國學典藏・綫裝書系

春秋左傳

超值白金版・插图本

第一册

〔春秋〕左丘明・著

江西美術出版社

图书在版编目（CIP）数据

春秋左传 /（春秋）左丘明著. -- 南昌：江西美术出版社，2012.12（2016.3重印）
（国学典藏·线装书系：超值白金版）
ISBN 978-7-5480-1873-5

Ⅰ. ①春… Ⅱ. ①左… Ⅲ. ①中国历史 - 春秋时代 - 编年体 Ⅳ. ①K225.04

中国版本图书馆CIP数据核字（2012）第292045号

策　　划 三读书馆
责任编辑 刘　滟
特约编辑 赵　然
封面设计 李　岩

国学典藏·线装书系（超值白金版）

春秋左传

作　　者（春秋）左丘明
出 品 人 陈　政
出　　版 江西美术出版社
地　　址 江西省南昌市子安路66号江美大厦
邮　　编 330025
电　　话 0719-86565506
发　　行 全国新华书店
印　　刷 三河市文通印刷包装有限公司
开　　本 889mm×1194mm　1/16
印　　张 89.125
版　　次 2012年12月第1版
印　　次 2016年3月第2次印刷
印　　数 3001-6000
I S B N 978-7-5480-1873-5
定　　价 399.00元

赣版权登字-06-2012-940

目录

隐公

隐公元年

原文

惠公元妃孟子①。孟子卒，继室以声子②，生隐公。宋武公生仲子③，仲子生而有文在其手，曰『为鲁夫人』，故仲子归于我④，生桓公而惠公薨，是以隐公立而奉之⑤。

元年春，王周正月⑥，不书即位，摄也。

三月，公及邾仪父盟于蔑⑦，邾子克也⑧。未王命，故不书爵。曰『仪父』，贵之也。公摄位而欲求好于邾，故为蔑之盟。

夏，四月，费伯帅师城郎⑨。不书，非公命也。

初，郑武公娶于申⑩，曰武姜⑪，生庄公及共叔段⑫。庄公寤生，惊姜氏，故名曰寤生，遂恶之。爱共叔段，欲立之。亟请于武公，公弗许。及庄公即位，为之请制⑬。公曰：『制，岩邑也⑭，虢叔死焉⑮。佗邑唯命⑯。』请京⑰，使居之，谓之京城大叔⑱。

祭仲曰⑲：『都城过百雉，国之害也。先王之制：大都不过参国之一，中五之一，小九之一。今京不度，非制也，君将不堪。』公曰：『姜氏欲之，焉辟害⑳？』对曰：『姜氏何厌之有㉑？不如早为之所㉒，无使滋蔓㉓，蔓难图也。蔓草犹不可除，况君之宠弟乎？』公曰：『多行不义必自毙㉔，子姑待之㉕！』

注释

①惠公：鲁国国君，名弗湟，隐公、桓公之父，在位四十六年而卒。元妃：国君的元配，即第一次所娶的正夫

人。孟子：孟为排行，即老大。古时以『孟、仲、叔、季』排行，也作『伯、仲、叔、季』。②声子：宋国女，孟子的侄女。春秋时婚俗，诸侯娶妻，女方常以其妹妹或侄女陪嫁，称为媵。元妃死，则以媵为继室，但尚不能视为正室夫人。声，谥号。③宋武公：宋国国君，名司空。宋，子姓，都城在今河南省商丘县，为殷商后裔。仲子：宋武公之女，鲁惠公之继配夫人，即鲁桓公之母。④归：出嫁。我：鲁国，即鲁惠公。⑤隐公：鲁惠公继室声子所生，名息姑。立：此指隐公行国君之政，即摄政。奉之：奉戴桓公。时桓公为太子，年尚幼，隐公遵照其父遗嘱，率国人奉桓公为君。⑥王周正月：王，周天子；周，周历。春秋时代各国所用历法不一，有夏历、殷历、周历。三历岁首月建不同。夏历正月建寅，殷历正月建丑，周历正月建子。此周正月即现夏历十一月。⑦邾仪父：邾国国君。盟：会盟，订约。蔑：鲁国地名，即姑蔑，位于今山东省泗水县东部。⑧邾子克：即仪父。⑨费伯：鲁国大夫。郎：地名，位于今山东鱼台县东北。⑩郑武公：郑国国君，名掘突，武公是死后的谥号。郑，国名，位于今河南新郑县一带，姬姓。申：国名，姜姓，位于今河南省南阳县。⑪武姜：即武公之妻姜氏，庄公、共叔段之母。武，表明其夫为武公；姜，表明其母家姓姜。⑫庄公：即郑伯，武公长子。共叔段：即太叔段，武公次子，名段。共，国名，位于今河南省辉县市。⑬制：地名，又名虎牢，位于今河南省荥阳县西。⑭岩邑：险邑。邑，城邑。⑮虢叔：东虢国君，为郑所灭。虢，国名，位于今河南省荥阳县。⑯佗：同『他』。⑰京：地名，郑国城邑，位于今河南省荥阳县东南。⑱大叔：即太叔，叔段的尊称。大，同『太』。⑲祭仲：即祭足，郑国大夫。祭，地名，祭仲的食邑，位于今河南省中牟县境内。⑳辟：同『避』，逃避。㉑何厌之有：即『有何厌』的倒装。厌，满足；之，结构助词，将宾语提前，无义。㉒早为之所：及早为太叔安排适当地点。㉓滋蔓：滋长蔓延，比喻太叔势力将会不断扩张开来。㉔毙：踣也，跌交子。㉕姑：暂且。

译文

惠公的第一夫人是孟子。孟子死，又娶了声子，生了隐公。宋武公生了仲子，仲子生下来就有字在手掌上，字为『为鲁夫人』，所以仲子嫁给我国，生了桓公，不久惠公就死了，于是隐公摄政以奉戴桓公。

元年春，周历正月，《春秋》没有记载隐公即位，这是由于隐公仅仅是摄政。

三月，隐公和邾仪父在蔑地会见。——邾仪父就是邾子克。由于邾子克没有正式受周室册封，因此《春秋》没有记载他的爵位。称他为『仪父』，是因为尊重他。隐公摄政而想要和邾国友好，所以举行了蔑地的盟会。

夏，四月，费伯率领军队在郎地筑城。《春秋》没有记录，这是由于费伯并不是奉了隐公的命令。

当初，郑武公在申国娶妻，名叫武姜，生了庄公和共叔段。庄公是脚先头后生出的，这使姜氏感到害怕，所以取名寤生，并因此讨厌他。姜氏喜欢共叔段，要立他为太子。姜氏屡次向武公请求，武公不同意。等到庄公即位，姜氏为共叔段请求将制地作为封邑。庄公说：『制地是地势险要的地方，虢叔死在那里。其他地方唯命是从。』姜氏改而请求京城，让共叔段居住在那里，称为京城太叔。

祭仲对庄公说：『凡属都邑，城墙的周长三百丈，就是国家的灾难。先王规定的制度：大的都邑，不超过国都的三分之一；中等的，不超过五分之一；小的，不超过九分之一。现在京城不合规定，这不是合理的制度，君王会受不了的。』庄公说：『姜氏要它，又哪能逃避祸害呢？』祭仲回答说：『姜氏怎么能满足？不如及早加以安排，不要让它到处蔓延，一经蔓延就难以对付了。蔓延的野草尚且不能除去，何况是您受宠的兄弟呢？』庄公说：『多行不义，必然自己受伤害。您暂时等着吧！』

原文

既而大叔命西鄙、北鄙贰于己。公子吕曰①：「国不堪贰②，君将若之何？欲与大叔，臣请事之；若弗与，则请除之，无生民心③。」公曰：「无庸④，将自及。」

大叔又收贰以为己邑，至于廪延⑤。子封曰：「可矣，厚将得众⑥。」公曰：「不义不昵⑦，厚将崩。」

大叔完聚⑧，缮甲兵⑨，具卒乘，将袭郑，夫人将启之⑩。公闻其期，曰：「可矣！」命子封帅车二百乘以伐京。京叛大叔段，段入于鄢⑪，公伐诸鄢。五月辛丑⑫，大叔出奔共⑬。

书曰：「郑伯克段于鄢。」段不弟⑭，故不言「弟」；如二君，故曰「克」；称「郑伯」，讥失教也；谓之郑志⑮。不言「出奔」，难之也。

遂置姜氏于城颍⑯，而誓之曰：「不及黄泉⑰，无相见也。」既而悔之。

注释

①公子吕：人名，郑国大夫，字子封。②国不堪贰：郑国受不住两面听命的局面。③无生民心：不要犹豫不决，使民产生二心。④无庸：不用去掉他。⑤廪延：郑国邑名，位于今河南省延津县北。⑥厚：指势力雄厚。⑦不义不昵：对君不义，对兄不亲。⑧完聚：完，坚固城郭。聚，聚集粮草。⑨缮：修整。⑩夫人：指姜氏，为庄公、太叔之母。⑪鄢：地名，位于今河南省鄢陵县。⑫五月辛丑：即五月二十三日。⑬共：原诸侯国名，后为卫国别邑，位于今河南辉县市。⑭不弟：不讲孝悌之道。弟，通「悌」。⑮郑志：即郑庄公的意志。⑯置：安置，软禁的意思。城颍：郑国地名，位于今河南省临颍县西北。⑰黄泉：地中之泉。人死埋入地下，黄泉指阴间。

译文

不久太叔命令西部和北部边境同时听命于自己。公子吕说：『国家不能面临这种两面听命的情况，君王准备怎么办？君王要把君位让给太叔，下臣就去事奉他；如果不给，那就请除掉他，不要让老百姓有其他想法。』庄公说：『用不着，他会自取其祸。』

太叔进而占用两属的地方作为自己的封邑，并发展到廪延。公子吕说：『可以下手了。势力雄厚，将会得到民心。』庄公说：『没有正义就不能团结人，势力强大，反而会分崩离析。』

太叔整治城郭，积聚粮食，修补装备武器，充实步兵车兵，企图袭击都城，姜氏则打算作为内应打开城门。庄公听到太叔起兵的日期，说：『可以了！』就命令公子吕派出二百辆战车攻打京城。京城的人反叛太叔，太叔逃到鄢地，庄公又赶到鄢地攻打他。五月二十三日，太叔又逃到共国。

《春秋》说：『郑伯克段于鄢。』太叔不讲孝悌，所以不称『弟』字；如同两国的国君在交战，所以用了『克』字；把庄公称为『郑伯』是讥讽他有失教诲；事情的发展是庄公故意安排的，《春秋》记载说郑伯早有杀弟之心。不说太叔『逃奔』，都是对庄公以责备。

此后，庄公就把姜氏安置在边远的城颍，发誓说：『不到黄泉之下不要相见了。』不久以后又后悔了。

原文

颍考叔为颍谷封人，闻之，有献于公。公赐之食，食舍肉。公问之，对曰：『小人有母，皆尝小人之食矣，未尝君之羹，请以遗之。』公曰：『尔有母遗，繄我独无[1]！』颍考叔曰：『敢问何谓也[2]？』公语之故，且告之悔。对曰：『君何患焉？若阙地及泉[3]，隧而相见[4]，其谁曰不然？』公从之。公入而赋：『大隧之中，其乐也融融[5]！』姜出而赋：『大隧之外，其乐也泄泄[6]！』遂为母子如初。

君子曰：『颍考叔，纯孝也，爱其母，施及庄公[7]。《诗》曰：「孝子不匮，永锡尔类[8]。」其是之谓乎！』

秋，七月，天王使宰咺来归惠公、仲子之赗[9]。缓，且子氏未薨[10]，故名。

天子七月而葬，同轨毕至[11]。诸侯五月，同盟至[12]。大夫三月，同位至[13]。士逾月，外姻至[14]。赠死不及尸，吊生不及哀[15]，豫凶事[16]，非礼也。

八月，纪人伐夷[17]。夷不告，故不书。

有蜚[18]。不为灾，亦不书。

惠公之季年[19]，败宋师于黄[20]。公立，而求成焉[21]。九月，及宋人盟于宿[22]，始通也。

注释

①繄：发声词，无义。②敢：谦词，意指冒昧。③阙：同『掘』，挖掘。④隧：作动词用，即掘作隧道。⑤融融：和和乐乐的样子。⑥泄泄：舒舒服服的样子。⑦施：延及。⑧锡：通『赐』。⑨天王：即周平王姬宜臼。宰咺：人名，周王室之臣子。赗：送财物给人办丧事。⑩子氏：即仲子。⑪同轨：车轨辙迹相同者，这里指诸侯。⑫同盟：彼此结有盟约的国家。⑬同位：同为大夫，爵位相同。⑭外姻：有婚姻关系的亲戚。⑮哀：自始死至返哭（古礼，葬后返庙而哭），其间主人最为悲哀。⑯豫：通『预』。⑰纪：国名，姜姓，故城位于今山东省寿光县南。夷：国名，妘姓，故城位于今山东省即墨县西。⑱蜚：一种有毒的飞虫。⑲季：末，最后。⑳黄：宋国的城邑，故城位于今河南省民权县东。㉑成：媾和。㉒宿：国名，风姓，故城位于今山东省东平县东南。

译文

颖考叔当时在颍谷做掌管疆界事物的官，听到这件事，就找机会见庄公。庄公赏赐他吃饭。吃饭的时候，他把肉放在旁边不吃。庄公问他为什么，他说：『小人有母亲，小人的食物都已尝过，但没有吃过君王的食物，请求让我带回去给她吃。』庄公说：『你有母亲可孝敬，咳！我却偏偏没有！』颍考叔说：『请问这是什么意思？』庄公就对他说明缘故，并且告诉他自己的悔意。颍考叔回答说：『君王有什么可担心的？如果掘地见到泉水，在暗道中相见，那有谁说不对？』庄公按照颍考叔的话去做了。庄公进入隧道，赋诗说：『身在大隧中，乐如水乳融！』姜氏离开隧道，做诗说：『身出大隧外，忽觉心神快！』于是作为母子和好，仍如从前一样。

君子说：『颍考叔的确纯孝了，爱他的母亲，扩大而及于庄公。《诗》说：「孝子行孝道没有穷尽，永远赐给你福禄。」说的就是这样的情况吧！』

秋，七月，周天子派遣宰咺来参加惠公和仲子的丧仪。惠公死去多时，这是晚了，而仲子还没有死，所以《春秋》直书宰咺的名字。

天子死后历七个月下葬，诸侯都参加葬礼。诸侯历五个月下葬，联合的诸侯参加葬礼。大夫历三个月下葬，官位相同的参加葬礼。士一个月以后下葬，姻亲参加葬礼。向死者陪送礼物没有赶上下葬，向生者吊丧没有赶上葬后的安神礼，人没有死而先赠送有关丧事的东西，这都不合乎礼。

八月，纪国人征伐夷国。夷国没有前来报告，所以《春秋》没有加以记载。

出现蜚盘虫。没有成灾，《春秋》也没有加以记载。

惠公的晚年，在黄地击败了宋国。隐公即位，要求和宋人言和。九月，和宋人在宿国结盟，两国开始通好。

原文

冬，十月庚申，改葬惠公。公弗临，故不书。

惠公之薨也，有宋师，太子少，葬故有阙[①]，是以改葬。

卫侯来会葬[②]，不见公，亦不书。

郑共叔之乱，公孙滑出奔卫[③]。卫人为之伐郑，取廪延。郑人以王师、虢师伐卫南鄙[④]。请师于邾，邾子使私于公子豫。豫请往，公弗许，遂行，及邾人、郑人盟于翼[⑤]。不书，非公命也。

新作南门，不书，亦非公命也。

十二月，祭伯来，非王命也。

众父卒，公不与小敛[⑥]，故不书日。

注释

①故：通『固』，本来。阙：同『缺』，意指葬礼不完备。②卫：国名，姬姓，文王子康叔之后。③公孙滑：共叔段之子。④以：率领，指挥。王师：周王的军队。鄙：边疆小邑。⑤翼：邾国地名，位于今山东费县西南九十里。⑥与：参加。小敛：以衣食加于死者之尸曰小敛。

译文

冬，十月十四日，改葬惠公。隐公未能以丧主的身份到场哭泣，所以《春秋》没有加以记载。

惠公死的时候，恰恰遇上对宋国有军事行动，太子又年幼，葬礼不充分，所以改葬。

卫侯来参加葬礼，没有见到隐公，《春秋》也没有加以记录。

郑国共叔段叛乱，公孙滑逃到卫国。卫国人为他攻打郑国，夺取廪延。郑国人率领周天子的军队、虢国的军队攻打卫国南部边疆。郑国又请求邾国出兵，邾子派人私下和公子豫商量。公子豫请求出兵，隐公不愿，他就自己走了，和邾国、郑国在翼地会盟。《春秋》没有加以记载，因为不是出于隐公的命令。

新建南门，《春秋》不加记载，也因为不是出于隐公的命令。

十二月，祭伯来，并不是奉周天子的命令。

众父死，隐公未能参加小敛，所以《春秋》没有记载死亡的日子。

枯木竹石图　清·吴徵

图中画枯树三株，近处一株高大伟岸、粗干繁枝、虬曲多姿。另外两株较为矮小，分立左右，相互穿插。坡石平缓，杂草丛生，竹影依稀。对岸一抹浅滩，使画面空间开阔深远。全图笔墨沉雄，布局匀整，意境萧疏淡远。

隐公二年

原文

二年春，公会戎于潜，修惠公之好也。戎请盟，公辞。

莒子娶于向[1]，向姜不安莒而归[2]。夏，莒人入向，以姜氏还。

司空无骇入极[3]，费庈父胜之[4]。

戎请盟。秋，盟于唐[5]，复修戎好也。

九月，纪裂𦈡来逆女[6]，卿为君逆也。

冬，纪子帛、莒子盟于密[7]，鲁故也。

郑人伐卫，讨公孙滑之乱也[8]。

注释

①莒：国名，已姓，都城位于今山东省莒县。向：国名，姜姓，在今山东省莒县南。②向姜：向国女。③司空无骇：鲁国卿士。司空，官名，鲁有司空、司马、司徒三卿。无骇为公子展之孙，柳下惠之父。极：鲁附庸国。④费庈父：即费伯，鲁国大夫。⑤唐：鲁国地名。⑥纪裂𦈡：纪国卿士。逆：迎娶。⑦密：莒国地名，位于今山东省昌邑县东南。⑧公孙滑：郑共叔段之子。叔段失败后，公孙滑逃到卫国，卫为之出兵伐郑，占领廪延。此次郑国伐卫，为报卫伐郑之仇讨伐公孙滑之叛乱。

译文

二年春天，隐公在潜地会见戎人，这是由于重修惠公时期的友好关系。戎人请求结盟，隐公拒绝了。

莒子在向国娶妻，向姜在莒国不安心而回到向国。夏，莒子领兵侵入向国带向姜回国。

司空无骇领兵进入极国，派费庈父攻灭了极国。

戎人请求结盟。秋，在唐地结盟，这是为了恢复和戎人的友好关系。

九月，纪国的裂繻来迎接隐公的女儿，这是卿为了国君而来迎亲的。

冬，纪子帛和莒子在密地结盟，这是为了缓解鲁国和莒国间的不和。

郑国人攻打卫国，讨伐公孙滑的叛乱。

隐公三年

原文

三年春，王三月壬戌①，平王崩②。赴以庚戌③，故书之。

夏，君氏卒。声子也。不赴于诸侯，不反哭于寝，不祔于姑④，故不曰『薨』。不称『夫人』，故不言葬⑤，不书姓。为公故，曰『君氏』。

郑武公、庄公为平王卿士⑥。王贰于虢⑦，郑伯怨王，王曰：『无之。』故周、郑交质。王子狐为质于郑⑧，郑公子忽为质于周⑨。王崩，周人将畀虢公政⑩。四月，郑祭足帅师取温之麦⑪。秋，又取成周之禾⑫。周、郑交恶。

君子曰：『信不由中⑬，质无益也。明恕而行，要之以礼⑭，虽无有质，谁能间之？苟有明信，涧溪沼沚之毛，苹蘩蕰藻之菜，筐筥锜釜之器⑮，潢汙行潦之水⑯，可荐于鬼神⑰，可羞于王公⑱，而况君子结二国之信，行之以礼，又焉用质？《风》有《采蘩》、《采苹》⑲，《雅》有《行苇》、《泂酌》，昭忠信也⑳。』

注释

①王三月：即周历三月。壬戌：二十四日。②崩：天子死为崩。③赴：讣告。庚戌：十二日。④祔：后死的人附祭于宗庙的一种仪式。姑：丈夫的母亲，即婆婆。⑤不言葬：因不以大夫之礼治丧，葬后不反哭于祖庙，故《春秋》记载其死，未言其实。⑥卿士：王卿之执政者。⑦贰：不专一。虢：此指虢公。⑧王子狐：周平王的儿子。⑨公子忽：郑庄公太子。⑩畀：授予。⑪祭足：即祭仲。温：周王畿内小国，位于今河南省温县南。⑫成周：周王的城邑，周公所建，故城位于今河南省洛阳市东。⑬信：人言。中：同『衷』。⑭要：约束。⑮筥：圆形竹筐。锜：三足锅。有足者为锜，无足者为釜。⑯汙：积水。行潦：道路上所积的雨水。⑰荐：献享。⑱羞：进奉。⑲《风》：指《诗

经》中的《国风》。⑳《雅》：指《诗经》中的《大雅》、《小雅》。

译文

三年春，周历三月二十四日，周平王死。讣告上说的是庚戌日，所以《春秋》也记下死的那天是十二日。

夏，君氏死。君氏就是声子。未能给诸侯发讣告，安葬后没有回到祖庙号哭，没有把神主放在婆婆神主的旁边，因此《春秋》称之为『卒』而不称『薨』。又因为她没有被称为『夫人』，所以不记载埋葬的情况，也没有记载她的姓氏。只是因为她是隐公的生母，所以命之为『君氏』。

郑武公、庄公先后担任平王的执政官。周平王想把郑庄公掌握的权力分一部分给虢公，于是，郑庄公怨恨平王，平王说：『没有这回事。』为了消除猜忌，所以周、郑交换人质。周平王的儿子姬狐到郑国作为人质，郑国的公子姬忽在成周作为人质。后来周平王死，周人准备把一部分政权交给虢公。四月，郑国的祭足领兵强收了温地的麦子。秋，又割取了成周的谷子。周朝和郑国埋下了仇恨。

君子说：『言语不发自内心，即使有人质也没有用处。设身处地互相原谅而后行事，又用礼仪加以约束，虽然没有人质，又有谁能挑拨他们？如果有光明磊落的信任之心，即使是山涧、池塘里生长的东西，苹、蘩、薀、藻这一类的野菜，一般的竹制盛物器和金属烹饪具，积聚或流动的水，都可以祭祀鬼神，可以用来献给王公，更何况君子建立了两国的信任，依据礼仪行事，又哪里用得着人质？《国风》有《采蘩》、《采苹》，《大雅》有《行苇》、《泂酌》，这些篇章，都是申明忠信之道的。』

原文

武氏子来求赙①，王未葬也。

宋穆公疾②，召大司马孔父而属殇公焉③，曰：『先君舍与夷而立寡人④，寡人弗敢忘。若以大夫之灵⑤，得保首领以没，先君若问与夷，其将何辞以对？请子奉之，以主社稷，寡人虽死，亦无悔焉。』对曰：『群臣愿奉冯也⑥！』公曰：『不可。先君以寡人为贤，使主社稷，若弃德不让，是废先君之举也，岂曰能贤？光昭先君之令德，可不务乎⑦？吾子其无废先君之功⑧！』使公子冯出居于郑⑨。八月庚辰⑩，宋穆公卒，殇公即位。

君子曰：『宋宣公可谓知人矣。立穆公，其子飨之，命以义夫⑪！《商颂》曰：「殷受命咸宜，百禄是荷。」其是之谓乎！』

冬，齐、郑盟于石门⑫，寻卢之盟也。庚戌⑬，郑伯之车偾于济⑭。

卫庄公娶于齐东宫得臣之妹⑮，曰庄姜⑯，美而无子，卫人所为赋《硕人》也⑰。又娶于陈⑱，曰厉妫，生孝伯，早死。其娣戴妫生桓公⑲，庄姜以为己子。

注释

①武氏子：即武氏之子。武氏，周王室大夫。赙：助丧的财物。②宋穆公：宋国国君，名和，宋武公之子，宣公弟，继其兄为国君。③大司马孔父：大司马，宋国官名。孔父，名嘉，又名孔父嘉，正考父之子，孔丘的祖先。殇公：宋宣公之子，名与夷，继承穆公为国君。④先君：指宋宣公。寡人：诸侯自谦之语。⑤灵：福佑。⑥冯：同『凭』，人名，穆公之子，即宋庄公。⑦务：尽力从事。⑧吾子：对称代词，即『你』，既表示恭敬，又表示亲昵。其：句中语气词，表示期望或命令。⑨公子冯：即穆公之子。⑩庚辰：初五日。⑪命以义：其命出于道义。⑫齐：国名，姜姓，太公望之后，都城位于今山东省临淄县北。春秋后期，君权由田氏取代，称为田齐。石门：齐国地名，位于今山东省长清县西南。⑬庚戌：十二月无庚戌日。⑭偾：颠覆。济：济水。⑮卫庄公：卫国国君，名

扬。东宫得臣：古时太子居东宫，故太子又被称为东宫。得臣，齐太子名，与庄姜同母，齐庄公嫡长子。⑯庄姜：齐庄公之嫡女。⑰《硕人》：据说是国人为忧悯庄姜贤而无子所作。⑱陈：国名，妫姓，虞舜的后代，都城位于今河南省淮阳县。⑲戴妫：厉妫之妹，从嫁于卫，亦为庄公之妻。戴，为谥号。桓公：名完，庄公之子，戴妫所生，为庄姜育为己子，尚未立为太子。

译文

武氏子来求取助丧的财物，这是因为周平王还没有入葬。

宋穆公病，召见大司马孔父而把殇公托付给他，说：『先君丢弃了他儿子与夷而立寡人为国君，寡人不敢忘记。假使托大夫的福，寡人得以保全头颈而死，先君问起与夷，将用什么话回答呢？请您事奉与夷以管理国家，寡人虽然死去，也没有什么遗憾了。』孔父回答说：『群臣甘心事奉君王的儿子冯啊！』穆公说：『不行。先君认为寡人有操守，让寡人主持国家，如果丢掉道德而不让位，这就是废弃了先君的选拔，哪里还能说有德行？弘扬光大先君的美德，难道能不急于从事吗？您不要荒废先君的功业！』于是命令公子冯出国住在郑国。八月初五，宋穆公死，殇公被立为王。

君子说：『宋宣公可以说是了解人的。立了兄弟穆公，他的儿子却仍然享有君位，这是他的遗命出于道义的缘故吧！《商颂》说：「殷王传授天命都合于道义，所以受到了各种福禄。」说的就是这种情形吧！』

冬，齐国和郑国在石门会盟，这是为了巩固在卢地结盟的友好关系。冬季某一天，郑伯的车倒在济水里。

卫庄公娶了齐国太子得臣的妹妹为夫人，称为庄姜。庄姜漂亮而没有生孩子，卫国人为她写了《硕人》这首诗。

卫庄公又在陈国娶了一个妻子，名叫厉妫，生了孝伯，很小就去世了。跟厉妫陪嫁来的妹妹戴妫，生了桓公，庄姜把他看作是自己的儿子。

原文

公子州吁，嬖人之子也①，有宠而好兵，公弗禁。庄姜恶之。石碏谏曰②：『臣闻爱子，教之以义方③，弗纳于邪。骄奢淫佚④，所自邪也⑤。四者之来⑥，宠禄过也。将立州吁，乃定之矣；若犹未也⑦，阶之为祸⑧。夫宠而不骄，骄而能降，降而不憾，憾而能昣者，鲜矣。且夫贱妨贵⑨，少陵长⑩，远间亲⑪，新间旧，小加大⑫，淫破义⑬，所谓「六逆」也。君义，臣行⑭，父慈，子孝，兄爱，弟敬，所谓「六顺」也。去顺效逆，所以速祸也。君人者⑮，将祸是务去，而速之，无乃不可乎⑯？』弗听。其子厚与州吁游⑰，禁之，不可。桓公立，乃老⑱。

注释

①嬖人：此指地位不高却得到君侯宠幸的女人。②石碏：卫大夫。谏：下劝戒上。③义方：犹道义。④佚：通『逸』，放纵不羁。⑤所自邪也：即产生邪的原因。⑥四者：指骄奢淫佚。⑦未：指未定。⑧阶之为祸：即为祸之阶，产生祸乱的台阶。⑨妨：妨害。⑩陵：侵犯。⑪间：取代。⑫加：欺陵。⑬破：败坏。⑭行：遵循，服从，照办。⑮君：做君侯，统治。⑯无乃……乎：表示委婉推测的固定结构，常与否定词连用，意为『大概是（不）……的吧？』⑰厚：石碏之子，与州吁交往密切，石碏加以制止也不听从。⑱老：告老致仕。

译文

公子州吁，是庄公宠姬的儿子，受到庄公的宠爱而爱好武事，庄公不禁止。可是，庄姜则讨厌他。大夫石碏规劝庄公说：『我听说疼爱儿子，应当以道义教导他，使他不要走上邪路。骄傲、无礼、违法、放荡，这是走上邪路的起点。这四种恶习的养成，则是由于宠爱太过分的缘故。如果打算立州吁为太子，那就定下来；如果还不定下来，这就会逐渐酿成祸乱。至于那种受宠而不骄横，骄横而能约束自己，约束自己而不埋怨，埋怨而能自制的人，是很少有的。而且低贱妨害尊贵，年少凌驾年长，关系疏远的人，离间关系亲近的人，新来的人挑拨旧有的人，弱小欺侮强大，淫欲破坏道义，这就是「六逆」。而为国君行事适度，臣下受命奉行，父亲慈爱儿子，儿子孝顺父母，兄长宽和，兄弟恭敬，这就是「六顺」。除去顺而效法逆，这就会很快地招致祸害。作为人君，应该尽量避免，现在却加速它的来到，恐怕不行吧？』庄公不听石碏的规劝。石碏的儿子石厚常与州吁交游，石碏加以禁止，他不听。卫桓公即位，石碏就告老还乡了。

松荫会琴图　元·赵孟頫

此图风格承北宋青绿山水画风。石边水畔，古松虬曲偃蹇。高士抚琴动操，知音端坐聆听，悠然神会。侍童侧立，神态专注。远山坡势平缓，渐入烟霭。图以青绿设色，坡脚敷以赭石。右上冯子振跋：『……虞伯士过访，携示赵子昂会琴图，相与嗟赏……』图中部右侧有『郭衢附鉴定』款并跋。

隐公四年

原文

四年春，卫州吁弑桓公而立。

公与宋公为会，将寻宿之盟。未及期，卫人来告乱。夏，公及宋公遇于清①。

宋殇公之即位也，公子冯出奔郑，郑人欲纳之。及卫州吁立，将修先君之怨于郑②，而求宠于诸侯以和其民，使告于宋曰：『君若伐郑以除君害，君为主，敝邑以赋与陈、蔡从③，则卫国之愿也。』宋人许之。于是，陈、蔡方睦于卫，故宋公、陈侯、蔡人、卫人伐郑，围其东门，五日而还。

公问于众仲曰④：『卫州吁其成乎？』对曰：『臣闻以德和民，不闻以乱。以乱，犹治丝而棼之也⑤。夫州吁，阻兵而安忍⑥。阻兵无众，安忍无亲，众叛亲离，难以济矣。夫兵犹火也，弗戢⑦，将自焚也。夫州吁弑其君而虐用其民，于是乎不务令德，而欲以乱成，必不免矣。』

秋，诸侯复伐郑。宋公使来乞师，公辞之。羽父请以师会之⑧，公弗许，固请而行。故书曰『翚帅师』，疾之也⑨。诸侯之师败郑徒兵⑩，取其禾而还。

注释

①遇：相逢，不期而遇。清：卫邑名，在今山东省东阿县南。②修：治。修怨，意为报仇。③敝邑：对自己国家的谦称。赋：兵赋，即人力物力。蔡：国名，周武王弟蔡叔度之后，故城位于今河南省上蔡县。④众仲：人名，鲁国大夫。⑤棼：缤纷杂乱。⑥阻兵：凭借武力。阻，凭借依仗。安忍：安于残忍。⑦戢：收敛，止息。⑧羽父：即公子翚，字羽父，鲁国大夫。⑨疾之：非难指责他。以其不听从君命，强行出兵为非礼。⑩徒兵：步卒。

译文

四年春，卫国的州吁除掉卫桓公而自立为国君。

隐公和宋殇公会见，打算恢复在宿地会盟所建立的友好关系。还没有到预定的日子，卫国人来报告发生反叛。

夏，隐公和宋殇公在清地进行非正式会见。

宋殇公即位的时候，公子冯逃到郑国，郑国人打算送他回国。等到州吁自立为国君以后，打算向郑国报复前代国君结下的旧怨，以此来讨好诸侯，安抚国内人民。他派人告诉宋国说：『君王如果攻打郑国，以除去君王的祸害，君王作为主人，敝邑发兵，和陈、蔡两国一起作为随军，这就是卫国的意志。』宋国答应了。这时陈国、蔡国正和卫国建立友好关系，所以宋公、陈侯、蔡人、卫人联合攻打郑国，围困了国都的东门，五天以后才回去。

隐公向众仲咨询说：『卫国的州吁会成功吗？』众仲回答说：『我听说用德行安抚百姓，没有听说用祸乱的。用祸乱，如同要理出已乱的头绪反而弄得更加纷乱。州吁这个人，凭借武力而安于残忍。凭借武力就没有群众，安于残忍就没有亲信。群众背叛，亲近离去，难以成功了。武事，就像火一样，不加制止，将会引火烧身。州吁杀了他的国君，又残暴地对待百姓，不致力于建立美德，反而想通过灾祸以取得成功，就一定不能免于祸难了。』

秋，诸侯再次侵入郑国。宋公派人前来请求出兵，隐公推辞了。羽父请求出兵会合，隐公不赞成，羽父坚决请求以后而前去。所以《春秋》记载说：『翚帅师』，这是表示厌恶他。诸侯的军队打败了郑国的步兵，割取了那里的谷子才返回。

原文

州吁未能和其民。厚问定君于石子①。石子曰：『王觐为可②。』曰：『何以得觐？』曰：『陈桓公方有宠于王。陈、卫方睦，若朝陈使请③，必可得也。』厚从州吁如陈。石碏使告于陈曰：『卫国褊小，老夫耄矣④，无能为也。此二人者，实弑寡君，敢即图之。』陈人执之，而请莅于卫。九月，卫人使右宰丑莅杀州吁于濮⑤。石碏使其宰獳羊肩莅杀石厚于陈⑥。

君子曰：『石碏，纯臣也。恶州吁而厚与焉⑦。「大义灭亲」，其是之谓乎！』

卫人逆公子晋于邢⑧。冬，十二月，宣公即位⑨。书曰『卫人立晋』，众也⑩。

注释

①厚：石厚。定君：使君位稳固。石子：即石碏。②王觐：即觐王。觐，古时诸侯朝见天子称为觐。③朝：诸侯见天子称朝。④耄：老，八十曰耄。⑤右宰：卫国官名。丑：人名。⑥宰：家臣之长。獳羊肩：人名。⑦与焉：连带在里面。与，参与，加入；焉，于是，在这件事情上。⑧邢：国名，姬姓。⑨宣公：即公子晋。⑩众也：指拥立公子晋当君主，为多数人的意愿。

译文

州吁没有能够安定他的百姓。石厚向石碏询问确立君位的办法。石碏说：『朝觐天子就可以取得合法地位。』石厚说：『怎样才能去朝觐呢？』石碏说：『陈桓公正受到天子的宠信。现在陈、卫两国更加和睦，如果拜会陈桓公，让他代为请求，就一定可以实现目的。』于是石厚就跟随州吁到了陈国。石碏派人告诉陈国说：『卫国地方狭小，我老头子岁数大了，不能做什么了。这两个人，已经杀死了我国君主，请您就此机会打他们的主意。』陈人把这两个人抓住，而请卫国派人来陈国对付他们。九月，卫人派右宰丑在陈国的濮地杀死州吁。石碏派他的管家獳羊肩在陈国干掉了石厚。

君子说：『石碏真是绝对忠于国家的臣子了。憎恶州吁，同时连带上石厚。「大义灭亲」，说的就是这样的情形吧！』

卫人到邢国迎接公子晋。冬，十二月，卫宣公登基。《春秋》记载说『卫人立晋』，这是说出于大众的意志。

天池石壁图　元·黄公望

此图画层峦叠嶂，千岩万壑，长松杂树，纵横有序，错综多姿，显示了天池石壁的雄秀美姿。构图繁而用笔简，笔墨浑厚华滋。人谓天池山得一『幽』字，此画表现出来了。图中多用淡赭，染以墨青墨绿，展示出山中的幽趣。全图烟云流润，气势雄伟，系黄公望浅绛山水的杰作。此图摹本传世甚多，此是唯一真本，至为珍贵。画中自题『至正元年十月，大痴道人为性之作天池石壁图，时年七十有三』。

隐公五年

原文

五年春，公将如棠观鱼者[1]。臧僖伯谏曰[2]：『凡物不足以讲大事，其材不足以备器用，则君不举焉。君将纳民于轨物者也。故讲事以度轨量谓之轨，取材以章物采谓之物，不轨不物谓之乱政。乱政亟行，所以败也。故春蒐夏苗，秋狝冬狩[3]，皆于农隙以讲事也。三年而治兵，入而振旅，归而饮至[4]，以数军实[5]，昭文章[6]，明贵贱，辨等列，顺少长，习威仪也。鸟兽之肉不登于俎[7]，皮革齿牙、骨角毛羽不登于器，则公不射，古之制也。若夫山林川泽之实，器用之资，皂隶之事[8]，官司之守[9]，非君所及也。』公曰：『吾将略地焉[10]！』遂往，陈鱼而观之。僖伯称疾，不从。书曰『公矢鱼于棠[11]』，非礼也，且言远地也。

曲沃庄伯以郑人、邢人伐翼[12]，王使尹氏、武氏助之[13]。翼侯奔随[14]。

夏，葬卫桓公。卫乱，是以缓。

四月，郑人侵卫牧[15]，以报东门之役。卫人以燕师伐郑[16]。郑祭足、原繁、泄驾以三军军其前，使曼伯与子元潜军军其后[17]。燕人畏郑三军而不虞制人[18]。六月，郑二公子以制人败燕师于北制[19]。

君子曰：『不备不虞，不可以师。』

曲沃叛王。秋，王命虢公伐曲沃而立哀侯于翼[20]。

卫之乱也，郕人侵卫[21]，故卫师入郕。

注释

①棠：鲁国边远地区的地名。鱼：同『渔』，即捕鱼。②臧僖伯：鲁臣，即公子姬彄，封于臧。僖，为谥号。③

蒐、苗、狝、狩：均为打猎，因四时不同而叫法不一。④饮至：古代的一种礼节，凡国君出外，临行时一定要告于宗庙，归来时也要告于宗庙，同时要宴请臣下，慰劳随从，称为『饮至』。⑤军实：战争中所有物资器械、兵员以及俘获的战利品。⑥文章：文采，此指车服旌旗。⑦俎：古代祭祀用以载牲的礼器，青铜制或木制漆饰。⑧皂隶：奴隶中的等级，这里泛指贱役。⑨官司之守：一般官吏职责所分管的事。⑩略：视察边境。⑪矢：陈。⑫曲沃庄伯：晋国国君的宗室，封于曲沃。曲沃，地名，位于今山西省闻喜县东。翼：晋国当时的都城，位于今山西省翼城县东南。⑬王：此指周桓王。尹氏、武氏：均为周世族大夫。⑭翼侯：指晋国国君晋鄂侯。随：晋国地名，位于今山西省介休县东南。⑮牧：郊外曰牧，当指卫都郊外之地。⑯燕：此指南燕，都城位于今河南省延津县东北。⑰曼伯：郑昭公，名忽。子元：郑厉公，名突。潜：埋伏。⑱虞：预料，防备。制：郑国城邑。⑲北制：地名，即虎牢关。⑳哀侯：晋鄂侯之子，名光。㉑郕：国名，位于今山东省境内。

译文

五年春，隐公打算到棠邑观看渔人捕鱼。臧僖伯劝告说：『凡是日常用品如果不能用到讲习祭祀和兵戎的大事上，它的材料不能制成写用器物，那么国君就不必亲自去办理。国君的职责就是把百姓的行为纳入到符合法度和礼制的规定。所以演练大事来检验法度的差等，叫做法度；选取材料作为器物的文书，叫做礼制；既不合于法度，又不合乎礼制，叫做乱政。乱政屡次出现，就是国家败亡的原因。所以春猎称蒐、夏猎称苗、秋猎称狝、冬猎称狩，都是为了在农闲时讲习武事。每隔三年还要整治军队，进行一次大演习。再整顿部队回来，祭告宗庙，宴请臣下，犒赏随从。表明器物的文采，贵贱分明，等级不乱，少长有序，此是讲习威仪的礼制。如果鸟兽的肉不是用于祭祀，皮革、牙齿、骨角、毛羽不能用到礼器和军事上，国君就不要去射杀它，这是古代的制度。至于山川河泽的资源，一般器具的材料，固然是制造器物所必需的，但这是下等人的事情，有关官吏的职责，不是国君所应涉及的。』隐公说：『我是准备视察边境啊！』于是前往棠邑，让捕鱼者陈设捕鱼的器具加以察赏。僖伯推说有病没有跟去。《春秋》记载说『鲁隐公在棠邑陈设捕鱼器具』，意思是说，隐公这个行为不合于礼，并且暗示棠地远离国都。

曲沃庄伯率领郑军、邢军攻打翼地，周天子派尹氏、武氏帮助他。在翼地的晋鄂侯逃到随地。

夏，埋葬卫桓公。由于卫国发生动乱，所以迟缓了。

四月，郑国人侵袭卫国郊区，以报复去年东门这一战役。卫国人率领南燕军队攻打郑国。郑国的祭足、原繁、泄驾带领三军攻打燕军的前面，派曼伯和子元偷偷率领制地的军队打击燕军的后面。燕国人畏惧郑国的三军，更没有防备从制地来的军队。六月，郑国的两个公子曼伯和子元在虎牢打败了燕军。

君子说：『不防范意外，就不可以作战。』

曲沃背弃周天子。秋，周天子命令虢公攻打曲沃，而在翼地立哀侯为晋君。

当卫国动乱的时候，郕人侵略卫国，所以卫国的军队攻入郕国。

原文

九月，考仲子之宫，将万焉[1]。公问羽数于众仲[2]，对曰：『天子用八，诸侯用六，大夫四，士二[3]。夫舞，所以节八音而行八风[4]，故自八以下。』公从之。于是初献六羽，始用六佾也。

宋人取邾田，邾人告于郑曰：『请君释憾于宋，敝邑为道。』郑人以王师会之[5]，伐宋，入其郛[6]，以报东门之役。宋人使来告命[7]。公闻其入郛也，将救之，问于使者曰：『师何及？』对曰：『未及国[8]。』公怒，乃止[9]。辞使

者曰：『君命寡人同恤社稷之难，今问诸使者，曰「师未及国」，非寡人之所敢知也。』

冬，十二月辛巳，臧僖伯卒。公曰：『叔父有憾于寡人⑩，寡人弗敢忘。』葬之加一等。

宋人伐郑，围长葛，以报入郛之役也。

注释

①万：一种舞蹈的名字。②羽数：执羽跳舞的人数。③八、六、四、二：均指佾数，一佾为一列，每列八人。④八音：指金、石、丝、竹、匏、土、革、木八种不同材料所制乐器之音。八风：八方之风。⑤郑人以王师会之：郑庄公为周王卿士，所以能带王师。⑥郛：外城。⑦告命：奉君命向他国求援。⑧未及国：未至国都。⑨乃止：则停止出兵援宋。⑩叔父有憾于寡人：臧僖伯为隐公之叔父，本年春曾谏止隐公去棠观鱼，未被接受，为此不满于隐公。有憾，即指此事。

译文

九月，祭仲子庙，又准备在庙内献演万舞。隐公向众仲过问执羽舞人的人数。众仲回答说：『天子用八行，诸侯用六行，大夫四行，士二行。舞，用来调节八种材料所制乐器的乐音而传播八方之风，所以人数在八行以下。』隐公听信了他的话。从首次献演六羽乐舞，开始使用六行舞人。

宋国人掠夺邾国的土地。邾国人告诉郑国说：『请君王对宋国进行报复来解恨，敝邑愿意做向导。』郑人带领周天子的部队和邾军会合，进攻宋国，进入了外城，以报复去年东门这一战役。宋国人派人前来用国君的名义告急求救。隐公听到军队已经进入外城，打算发兵救援宋国，询问使者说：『部队到了哪里？』使者欺骗他说：『还没有到国都。』隐公动怒，决定停止出兵。他辞谢使者说：『君王命令寡人一起为宋国的危难担忧，现在询问使者，回答说

九峰雪霁图　元·黄公望

图绘高岭竞立，层岩峰起，丘壑娆峥，冻树萧瑟，是隆冬腊月，气候严寒的山区景象。图中山峦纯用空勾，淡墨渍染。水和天空用浓墨渲染，烘托出白雪皑皑大雪初霁的山峰景色。

山中小树用细笔勾描，树干如『竹根』，树枝如『花霸』。用笔洗练，构图新颖，平中寓险，风格雄奇。为黄公望晚年水墨山水画之杰作。

「军队还没有到国都」，这就不是寡人敢知道的了。』

冬，十二月二十九日，臧僖伯死。隐公说：『叔父对寡人有怨恨，寡人不敢忘记。』于是按照原等级加一级埋葬他。

宋人进攻郑国，包围长葛，以报复攻进外城这一战役。

隐公六年

原文

六年春，郑人来渝平[①]，更成也。

翼九宗五正顷父之子嘉父逆晋侯于随，纳诸鄂[②]。晋人谓之鄂侯。

夏，盟于艾[③]，始平于齐也[④]。

五月庚申[⑤]，郑伯侵陈，大获。

往岁，郑伯请成于陈，陈侯不许[⑥]。五父谏曰[⑦]：「亲仁善邻，国之宝也。君其许郑！」陈侯曰：「宋、卫实难[⑧]，郑何能为？」遂不许。

君子曰：「善不可失，恶不可长，其陈桓公之谓乎！长恶不悛[⑨]，从自及也。虽欲救之，其将能乎？《商书》曰：『恶之易也[⑩]，如火之燎于原，不可乡迩[⑪]，其犹可扑灭？』周任有言曰[⑫]：『为国家者见恶，如农夫之务去草焉，芟夷蕴崇之[⑬]，绝其本根，勿使能殖，则善者信矣[⑭]。』」

注释

①渝平：抛开前嫌而重归于好，与『更成』同义。渝，更改，改变。②鄂：晋国地名，位于今山西省乡宁县南。③艾：地名，位于齐、鲁两国交界处，即今山东省新泰县西北。④始平于齐：春秋前，齐鲁关系不好，自此两国弃怨结好，缔结和平盟约。⑤庚申：十一日。⑥陈侯：即陈桓公。陈，妫姓国，其余在今河南省淮阳县。⑦五父：陈国执政大臣，又名陈公子佗、陈佗、文公子佗、陈五父、五父佗。⑧实难：实是可畏难的。⑨悛：改过、悔改之意。⑩易：蔓延。⑪乡：同『向』。⑫周任：古代著名史官。⑬芟夷：铲除。蕴崇：堆积。⑭善者：双关词，既指嘉禾，亦

指善人、善事、善政。信：同『伸』。

译文

六年春，郑人来要求解仇和好，当时叫做『更成』。

晋国翼都的九宗五正顷父的儿子嘉父到随邑迎接晋侯，把他安排在鄂地。所以晋国人称他为鄂侯。

夏，在艾地结盟，开始和齐国结好。

五月十一日，郑庄公侵入陈国，获得很多俘虏和财物。

往年，郑庄公请求和陈国讲和，陈桓公不答应。五父进谏说：『亲近仁义而结交邻国，这是国家的重要决策。您还是答应郑国的请求吧！』陈侯说：『宋国和卫国才是真正的祸根，郑国能干什么？』于是就没有同意。

君子说：『善不可丢失，恶不可滋长，这说的就是陈桓公吧！滋长了恶而不悔改，接着就自取祸害。即使拯救，也未必能办得到吧？《商书》说：「恶的蔓延，如同大火燎原，不可以靠近，难道还能扑灭？」周任有话说：「治理国和家的人，见到恶，就要像农夫忙于除草一样，锄掉它积聚起来肥田，挖掉它的老根，不要使它再生长，那么善就能发展。」』

原文

秋，宋人取长葛。

冬，京师来告饥[①]，公为之请籴于宋、卫、齐、郑[②]，礼也。

郑伯如周，始朝桓王也。王不礼焉。周桓公言于王曰[③]：『我周之东迁，晋、郑焉依[④]。善郑以劝来者，犹惧不蔇[⑤]，况不礼焉？郑不来矣。』

注释

①京师：周王朝都城。②籴：买粮食。③周桓公：即周公黑肩，王朝重臣。④晋、郑焉依：即『依晋、郑』。焉，是助成宾语前置的结构助词。⑤蔇：同『暨』，及或至的意思。

译文

秋，宋人攻占长葛。

冬，京城派人来报告饥荒，隐公就代为向宋、卫、齐、郑诸国请求购买粮食，这是合于礼的。

郑庄公去到成周，开始朝见周桓王。周桓王不加礼遇。周公对桓王说：『我们周室东迁，依仗的就是晋国和郑国。好好地对待郑国以鼓励后来的人，想好好对待还恐怕人家不来，况且不加礼遇呢？郑国不会来了。』

隐公七年

原文

七年春，滕侯卒[1]。不书名，未同盟也。凡诸侯同盟，于是称名，故薨则赴以名，告终称嗣也，以继好息民[2]，谓之礼经[3]。

夏，城中丘[4]，书，不时也。

齐侯使夷仲年来聘[5]，结艾之盟也。

秋，宋及郑平。七月庚申[6]，盟于宿[7]。公伐邾，为宋讨也。

初，戎朝于周，发币于公卿，凡伯弗宾[8]。冬，王使凡伯来聘。还，戎伐之于楚丘以归[9]。

陈及郑平。十二月，陈五父如郑莅盟。壬申[10]，及郑伯盟，歃如忘。泄伯曰[11]：『五父必不免，不赖盟矣。』

郑良佐如陈莅盟[12]。辛巳[13]，及陈侯盟，亦知陈之将乱也。

郑公子忽在王所，故陈侯请妻之[14]。郑伯许之，乃成昏[15]。

注释

①滕：位于今山东省滕县。②继好：继续同盟的旧好。息民：安民。③礼经：礼仪中的重要部分。④中丘：鲁地名，故城位于今山东省临沂县东北。⑤夷仲年：齐国大夫。聘：诸侯之间派遣卿大夫互访，称作『聘』。⑥庚申：十七日。⑦宿：地名，位于今山东省东平县东南。⑧凡伯：周王卿士。凡，国名，位于今河南省辉县西南。弗宾：不礼遇。⑨楚丘：地名，位于今山东省成武县西南。⑩壬申：初二日。⑪泄伯：郑国大夫泄驾。⑫良佐：郑国大夫。⑬辛巳：十一日。⑭妻：用作动词，以女嫁人。⑮昏：古时娶妻在黄昏，故称为昏礼。昏，同『婚』。

译文

七年春，滕侯死。《春秋》没有记录滕侯的名字，是由于没有和我国同盟。凡是诸侯同盟，称名以告神灵，所以死后在讣告上也签上名字，这是为了向同盟国通报国君死去和继位的人，维持友好关系而安定人民，这叫做礼的大法。

夏，在中丘建城。《春秋》加以记载，是由于防碍农时。

齐僖公派夷仲年前来访问，这是为了巩固艾地的会盟。

秋，宋国和郑国言和。七月十七日，在宿地结盟。隐公进攻邾国，这是为宋国而去攻打的。

开始，戎人到成周，向公卿赠送财币，凡伯不款待，也不回报。冬，周天子派凡伯来鲁国访问。在回去的路上，戎人在楚丘对他加以截击，捉了他回去。

陈国和郑国言和。十二月，陈国的五父到郑国参加结盟。初二日，和郑庄公盟誓，歃血的时候心不在焉。泄伯说：『五父必定不免于祸，因为他不把结盟完全当作国家的利益。』

郑国的良佐到陈国参与结盟。十一日，和陈桓公结盟，也看出了陈国将要发生动乱。

郑国的公子忽在周天子那里，所以陈桓公请求把女儿嫁给他。郑庄公答应，于是就举行订婚仪式。

隐公八年

原文

八年春，齐侯将平宋、卫[①]，有会期。宋公以币请于卫，请先相见。卫侯许之，故遇于犬丘[②]。

郑伯请释泰山之祀而祀周公，以泰山之祊易许田[③]。三月，郑伯使宛来归祊[④]，不祀泰山也。

夏，虢公忌父始作卿士于周。

四月甲辰[⑤]，郑公子忽如陈逆妇妫。辛亥[⑥]，以妫氏归。甲寅[⑦]，入于郑。陈鍼子送女[⑧]。先配而后祖[⑨]。鍼子曰：『是不为夫妇[⑩]。诬其祖矣[⑪]，非礼也，何以能育[⑫]？』

注释

①平：修好，这里是使动用法。②犬丘：卫国地名，即垂，位于今山东曹县北。③祊：郑国祭祀泰山的邑名。许：地名，原为周成王赏赐给周公的朝宿之邑。④宛：郑国大夫。⑤甲辰：初六日。⑥辛亥：十三日。⑦甲寅：十六日。⑧陈鍼子：陈国大夫。⑨配：同床共寝。祖：告祭祖庙。⑩不为夫妇：在未告祭祖庙，求得祖宗认可便同居，有违礼苟合性质，不能算夫妻。⑪诬：欺罔。⑫育：教育，生养子女。

译文

八年春，齐僖公准备让宋、卫两国和郑国谈和，已经有了结盟的日期。宋殇公用财币向卫国请求，希望先见面。卫宣公同意，所以在犬丘非正式谈判。

郑庄公请求放弃对泰山的祭祀而祭祀周公，用泰山旁边的祊地交换鲁国在许地的土田。三月，郑庄公派遣宛来奉送祊地，表示不再祭祀泰山了。

夏，虢公忌父开始在成周担任卿士。

四月初六日，郑公子忽到陈国迎娶妻子妫氏。十三日，带着妫氏一起回来。十六日，进入郑国。陈鍼子送妫氏进入郑国。他们先同房而后告祭祖庙。鍼子说：『这不能算夫妇，蒙蔽他的祖先了，这不合于礼，怎么能够生育呢？』

原文

齐人卒平宋、卫于郑。秋，会于温，盟于瓦屋，以释东门之役，礼也。

八月丙戌，郑伯以齐人朝王，礼也。

公及莒人盟于浮来，以成纪好也[1]。

冬，齐侯使来告成三国。公使众仲对曰：『君释三国之图以鸠其民[2]，君之惠也。寡君闻命矣，敢不承受君之明德！』

无骇卒。羽父请谥与族[3]。公问族于众仲。众仲对曰：『天子建德[4]，因生以赐姓，胙之土而命之氏[5]。诸侯以字为谥，因以为族，官有世功[6]，则有官族[7]，邑亦如之。』公命以字为展氏[8]。

注释

①好：名词，友好关系。②图：谋算。鸠：聚合。③谥：人死后，根据他生平的品行所送的名号。族：姓氏。④建德：赐封有德之人做诸侯。⑤胙：赐，赏赐。⑥世功：历世之功。⑦官族：以官职名为姓氏。⑧展氏：无骇字展，故鲁公根据他的字而赐为展氏。

译文

齐国人终于让宋、卫两国和郑国言和。秋，在温地会见，在瓦屋订立盟约，摈弃东门这一役的旧怨，这是合于礼的。

八月某日，郑伯带着齐人朝见周天子，这是合于礼的。

隐公和莒子在浮来结盟，以结成与纪国的友好。

冬，齐僖公派人来回报宋、卫、郑三国讲和的事。隐公派众仲回答说：『君王使三国取消相互复仇的图谋，安定他们的百姓，这都是君王的恩惠。寡君听到以后，岂敢不接受君王的明德！』

无骇死后，羽父为他请求谥号和族氏。隐公向众仲询问关于族氏的事。众仲回答说：『天子封立有德之人为诸侯，依照他的出生地而赐姓，分封土地而又赐给他族氏。诸侯以字作为谥号，他的后代又以这作为族氏。累代做这种官职而有功绩，他的后代就以官名为族氏。也有以封邑为族氏的。』隐公决定以无骇的字作为族氏，即展氏。

隐公九年

原文

九年春，王三月癸酉①，大雨霖以震②，书，始也。庚辰③，大雨雪，亦如之。书，时失也。

凡雨，自三日以往为霖，平地尺为大雪。

夏，城郎。书，不时也。

宋公不王。郑伯为王左卿士，以王命讨之，伐宋。宋以入郛之役怨公④，不告命。公怒，绝宋使。

秋，郑人以王命来告伐宋。

冬，公会齐侯于防⑤，谋伐宋也。

北戎侵郑。郑伯御之，患戎师，曰：『彼徒我车⑥，惧其侵轶我也⑦。』公子突曰：『使勇而无刚者尝寇，而速去之，君为三覆以待之⑧。戎轻而不整，贪而无亲，胜不相让，败不相救。先者见获必务进，进而遇覆必速奔，后者不救，则无继矣。乃可以逞。』从之。

戎人之前遇覆者奔，祝聃逐之⑨，衷戎师，前后击之，尽殪⑩。戎师大奔。十一月甲寅，郑人大败戎师。

注释

①癸酉：初十日。②雨：用作动词，下雨。震：雷。③庚辰：十七日。④入郛之役：指隐公五年，郑与郑联合伐宋，入其外城，宋向鲁求救，鲁公不肯出兵之事。⑤防：鲁国地名，在今山东费县东北。⑥徒：步兵。车：车夫。⑦轶：突然从后面跑到前面。⑧三覆：三处伏兵。⑨祝聃：郑国大夫。⑩殪：战死。

译文

九年春天，周历三月初十日，有『大雨霖』并有雷震，《春秋》记载了发生的日期。十七日，有『大雨雪』，《春秋》也只记开始的日期。所以记载，是由于气候不正常的原因。只要下雨，连续三天以上就叫『霖』，平地雪深一尺就叫『大雪』。

夏，在郎地修城。《春秋》之所以记载，是由于妨碍农时。

宋殇公没有朝觐周天子。郑庄公正担任周天子的卿士，因此用天子的名义讨伐他。郑国进攻宋国。宋国由于被攻进外城那次战役对隐公不满，没有来报告。隐公愤怒，就断绝了和宋国的来往。

秋，郑人用天子的名义前来报告攻击宋国的事。

冬，隐公和齐僖公在防地会面，商量进攻宋国。

北戎人攻打郑国。郑庄公抵御他们，又怕戎军兵力强大，说：『他们是步兵，我们是车兵，我很怕他们从后面突然迂回到我军之前袭击我们。』公子突说：『派遣一些勇敢而不刚强的兵士，和敌人一接触就赶紧退走，君王就设下三批伏兵等着他们。戎人轻率而不整齐，贪婪而缺乏团结，战胜了各不相让，战败了各不相救。走在前面的见到财物俘虏，必然只想前进；前进而陷入伏兵，必然很快奔逃。走在后面的不加救援，敌兵就没有后继部队了。这样，我们就可以胜利。』郑庄公听从了公子突的意见。

北戎的前哨部队遇到伏兵败退逃跑，祝聃追赶他们，把戎军从中截断，前后夹攻，全部歼灭。戎军后继部队拼命奔逃。十一月二十六日，郑人把戎军打得大败。

隐公十年

原文

十年春，王正月，公会齐侯、郑伯于中丘。癸丑①，盟于邓②，为师期。

夏，五月，羽父先会齐侯、郑伯伐宋。

六月戊申③，公会齐侯、郑伯于老桃④。壬戌⑤，公败宋师于菅⑥。庚午⑦，郑师入郜⑧；辛未⑨，归于我。庚辰⑩，郑师入防⑪；辛巳⑫，归于我。

君子谓：『郑庄公于是乎可谓正矣。以王命讨不庭⑬，不贪其土以劳王爵⑭，正之体也。』

蔡人、卫人、郕人不会王命。

秋，七月庚寅⑮，郑师入郊。犹在郊，宋人、卫人入郑。蔡人从之，伐戴⑯。八月壬戌⑰，郑伯围戴。癸亥⑱，克之，取三师焉⑲。

宋、卫既入郑，而以伐戴召蔡人，蔡人怒，故不和而败。

九月戊寅⑳，郑伯入宋。

冬，齐人、郑人入郕，讨违王命也。

注释

①癸丑：当是二月二十五日。②邓：鲁国地名。③戊申：六月无戊申日。④老桃：宋国地名。⑤壬戌：初七日。⑥菅：宋国地名，当位于今山东省单县北。⑦庚午：十五日。⑧郜：原为诸侯国名，位于今山东省城武县东南，春秋前，被宋国灭掉。⑨辛未：六月十六日。⑩庚辰：二十五日。⑪防：宋地。⑫辛巳：二十六日。⑬不庭：指不朝于王

庭之国。⑭以劳王爵：用伐不庭之国得到之领土，奖赏给得到王之爵位之国。⑮庚寅：初五日。⑯戴：姬姓国，位于今河南省兰考县一带。⑰壬戌：初八日。⑱癸亥：初九日。⑲三师：此指宋、卫、蔡三国军队。⑳戊寅：九月无戊寅日。

译文

十年春，周历正月，隐公在中丘接见齐僖公、郑庄公。二月二十五日，在郑地结盟，决定派兵的日期。

夏，五月，羽父先期会合齐僖、郑庄公，攻打宋国。

六月某日，隐公在老桃会见齐僖公、郑庄公。初七日，隐公在菅地打败宋国军队。十五日，郑国军队攻入郜地；十六日，郜地归属于我国。二十五日，郑国军队开进防地；二十六日，防地归属于我国。

君子认为：『郑庄公在这里可以说合于正道了。用天子的命令征伐不来朝觐的诸侯，自己不贪求土地，而以犒赏受天子的爵位且与两地相近的国君，这是治理政事的根本了。

蔡人、卫人、郕人没有按照天子的命令会师讨伐宋国。

秋，七月初五日，郑国的军队攻入本国的远郊，仍然驻扎在那里。宋军和卫军攻进郑国。蔡军跟在后面进攻戴地。八月初八日，郑庄公包围戴地。初九日，攻克戴地，活捉了三国的军队。

宋军、卫军已经攻入郑国，而又叫蔡军去攻打戴地。蔡人发怒，所以三国联军因为没有配合而招致失败。

九月某日，郑庄公攻入宋国。

冬，齐军、郑军攻入郕国，这是征伐它违背天子的命令。

隐公十一年

原文

十一年春，滕侯、薛侯来朝①，争长。薛侯曰：『我先封②。』滕侯曰：『我，周之卜正也③。薛，庶姓也④，我不可以后之。』

公使羽父请于薛侯曰：『君与滕君辱在寡人。周谚有之曰：「山有木，工则度之；宾有礼，主则择之。」周之宗盟⑤，异姓为后，寡人若朝于薛，不敢与诸任齿。君若辱贶寡人⑥，则愿以滕君为请。』

薛侯许之，乃长滕侯。

夏，公会郑伯于郲⑦，谋伐许也⑧。

郑伯将伐许。五月甲辰⑨，授兵于大宫⑩。公孙阏与颍考叔争车⑪，颍考叔挟辀以走⑫，子都拔棘以逐之⑬。及大逵，弗及，子都怒。

秋，七月，公会齐侯、郑伯伐许。庚辰⑭，傅于许。颍考叔取郑伯之旗蝥弧以先登⑮，子都自下射之，颠⑯。瑕叔盈又以蝥孤登⑰，周麾而呼曰⑱：『君登矣！』郑师毕登。壬午⑲，遂入许。许庄公奔卫。

注释

①薛：诸侯小国，任姓，位于今山东省滕县南。②封：受封。薛侯祖先为夏朝官员，封于夏代。③卜正：官名，卜官之长。④庶姓：不与周王同姓，称『庶姓』。⑤宗盟：会盟。⑥贶：赏赐，施加恩惠。辱贶：屈尊贵国君赐恩惠于寡君。⑦郲：郑国地名。⑧许：诸侯国，姜姓，位于今河南省许昌市东。⑨甲辰：二十四日。⑩授兵：发放兵器、兵车等。大宫：即太宫，郑国祖庙。⑪公孙阏：郑国大夫，又称子都。⑫辀：车辕木。走：奔，跑。⑬棘：同

『蝥弧』。⑭庚辰：初一日。⑮蝥弧：郑庄公之旗名。⑯颠：坠，指由城上坠下跌死。⑰瑕叔盈：郑国大夫。⑱周：遍。麾：招，挥动大旗招呼郑军。⑲壬午：初三日。

译文

十一年春天，滕侯和薛侯前来朝见，争执行礼的先后次序。薛侯说：『我先受封。』滕侯说：『我是成周的卜正。薛国是庶姓，我不能落后于他。』

隐公派羽父向薛侯游说：『承君王和滕君问候寡人。成周的俗语说：「山上有树木，工匠加以整治；宾客有礼仪，主人就加以选择。」成就周的会盟，异姓在后面。寡人如果去薛国朝见，就不会和任姓诸侯国争先后。如果承蒙君王加恩于我，那就希望君王同意滕君的请求。』

薛侯同意，就让滕侯进行朝礼。

夏，隐公和郑庄公在郲地会见，策划攻打许国。

郑庄公打算进攻许国。五月二十四日，在太祖庙内分发武器。子都和颍考叔争夺兵车，颍考叔挟起车辕就跑，子都拔出戟追上去。追到大路上，没有追赶上，子都非常生气。

秋，七月，隐公会合齐僖公、郑庄公讨伐许国。初一这天，三国军队逼近攀攻许国城下，颍考叔拿起郑庄公的大旗『蝥弧』，率先登城，子都从下边用箭射他，颍考叔摔了下来。瑕叔盈连忙接过『蝥弧』登城，然后向四周舞动召集人马，大声疾呼说：『国君登城了！』于是郑国的军队全部登城。初三日，郑庄公就进入许城。许庄公逃跑到卫国。

原文

齐侯以许让公。公曰：『君谓许不共[①]，故从君讨之。许既伏其罪矣，虽君有命，寡人弗敢与闻。』乃与郑人。

郑伯使许大夫百里奉许叔以居许东偏②，曰：『天祸许国，鬼神实不逞于许君，而假手于我寡人。寡人唯是一二父兄不能共亿③，其敢以许自为功乎？寡人有弟，不能和协，而使糊其口于四方，其况能久有许乎？吾子其奉许叔以抚柔此民也，吾将使获也佐吾子④。若寡人得没于地，天其以礼悔祸于许，无宁兹许公复奉其社稷⑤。唯我郑国之有请谒焉，如旧昏媾⑥，其能降以相从也。无滋他族⑦，实逼处此⑧，以与我郑国争此土也。吾子孙其覆亡之不暇，而况能禋祀许乎⑨？寡人之使吾子处此，不唯许国之为，亦聊以固吾圉也⑩。』乃使公孙获处许西偏，曰：『凡而器用财贿，无置于许⑪。我死，乃亟去之。吾先君新邑于此⑫，王室而既卑矣，周之子孙日失其序⑬。夫许，大岳之胤也⑭，天而既厌周德矣⑮，吾其能与许争乎⑯？』

注释

①共：法度。②许叔：许庄公弟，名郑，谥桓公。③一二父兄：指同姓群臣。共亿：意即相安无事。亿，安。④获：公孙获，郑国大夫。⑤无宁：宁可。无，句首词气助词，无实义。兹：使。⑥昏媾：婚姻亲戚。⑦滋：同『兹』，使。⑧逼：迫近。⑨禋：斋戒。⑩聊：姑且。圉：边疆。⑪而：同『尔』，你。⑫新邑：指新郑一带。郑国原位于陕西省华县东北，平王东迁之后，郑武公伐虢、桧，并其土地，立国于此。⑬序：绪业，即继承的功业。⑭大岳：即太岳，四岳，上古官名，掌管四岳的祭祀。胤：后代。⑮厌：厌弃。⑯其：意即岂。

译文

齐僖公把许国让给隐公。隐公说：『您说许国违背法度，所以我们跟随君王讨伐它。许国既然已经认罪，虽然君王有这样的好意，我也不敢听从。』于是他就把许国让给郑庄公。

郑庄公派许国大夫百里侍奉许叔，住在许都的东边，说：『上天降祸于许国，鬼神确实对许君不满，而借我们的手惩罚他。我只有一两个同姓的臣属，尚且不能相安无事，难道还敢把许国的事情揽来料理吗？我自己有弟弟尚且不能和睦相处，而使他四处乞食，更何况长久占有许国？您应当帮着许叔来安抚这里的黎民，我打算让公孙获来辅助您。如果我得以善终，埋骨于地下，上天又能依礼对待许国，宁可使许庄公再来治理他的国家。那时候只要我郑国有所请求，可能还是会像对待老亲戚一样心悦诚服地答应的。不要让其他宗族强住在这里，同我郑国争夺这块土地。我的后代对自己覆亡的命运尚来不及挽救，更何况占有许国？我之所以让您留在这里，不仅仅是为了许国，也是趁势巩固我的疆土。』于是就让公孙获住在许城的西部边境，对他说：『凡是你的器用财货，不要放在许国。我死后就尽快离开这里。我祖先最后才在这里建国，周王室已经慢慢衰微，我们这些周朝的子孙互相攻伐而秩序日益混乱。许国，是太岳的后代，上天既然已经放弃了成周，我哪里还能和许国相争呢？』

原文

君子谓：『郑庄公于是乎有礼。礼，经国家，定社稷，序民人[1]，利后嗣者也[2]。许无刑而伐之，服而舍之，度德而处之，量力而行之，相时而动[3]，无累后人，可谓知礼矣。』

郑伯使卒出豭[4]，行出犬鸡[5]，以诅射颍考叔者。

君子谓：『郑庄公失政刑矣。政以治民，刑以正邪。既无德政，又无威刑，是以及邪。邪而诅之，将何益矣？』

王取邬、刘、蒍、邘之田于郑[6]，而与郑人苏忿生之田[7]：温、原、絺、樊、隰郕、欑茅、向、盟、州、陉、隤、怀[8]。

君子是以知桓王之失郑也。『恕而行之[9]，德之则也，礼之经也。己弗能有而以与人，人之不至，不亦宜乎？』

郑、息有违言[10]，息侯伐郑。郑伯与战于竟，息师大败而还。君子是以知息之将亡也。『不度德，不量力，不亲

亲，不征辞⑪，不察有罪，犯五不韪而以伐人⑫，其丧师也，不亦宜乎？』

注释

①序：此作使动用法。②嗣：后代，继承人。③相时：瞅准机会。④卒：百人为卒。豭：公猪。⑤行：二十五人为行。⑥邬、刘、蒍、邘：均为邑名，已属郑地。此四邑位于今河南省郑州市以西，洛阳市以东一带。⑦苏忿生：人名，周武王时任司寇，受封于温。⑧温、原、絺、樊、隰郕、欑、茅、向、盟、州、陉、隤、怀：以上均为邑名，原为苏忿生封地，位于今洛阳市以东、黄河之北的河南省境内。⑨恕而行之：按照恕道办事。苏氏叛王，十二邑已非王所有，周桓王用不属于自己的地盘，去和郑交换四邑，实为欺骗，所以称其失恕道。⑩息：姬姓诸侯国，位于今河南省息县。违言：言语不和。⑪征辞：明辨是非。征，审察明白；辞，言辞。⑫韪：是。

译文

君子认为：『郑庄公在这件事情上合乎礼法。礼法，是管理国家、安定社稷、使百姓有序、使后代有利的工具。当许国背弃法度而讨伐它，服罪了就饶恕它，度量自己的德行与人相处，选择有利时机而后行动，不连累后人，可以说是懂得礼法了。』

郑庄公吩咐一百人拿出一头公猪，二十五人拿出一条狗和一只鸡，来祷告神明加祸于射颍考叔的人。

君子认为：『郑庄公荒废了政和刑。政用来治理百姓，刑用来纠正邪恶。既缺乏有道德的政治，又缺乏有威信的刑罚，所以才产生邪恶。已经发生邪恶而加以诅咒，会有什么好处呢？』

周天子在郑国取得邬、刘、蒍、邘的土地，而给了郑国人原本属于苏忿生的土地——温、原、絺、樊、隰郕、欑、茅、向、盟、州、陉、隤、怀。

君子因此得知桓王会失去郑国了。『按照恕道办事，是德的准则，礼的常规。自己如果不能保有，就拿来给别人。别人不肯来到，不也是应该的吗？』

郑国和息国之间有了口舌。息侯就攻打郑国。郑伯和息侯在国境内作战，息国的军队被打败而回。君子因此而知道息国将要灭亡了。『不揣度德行，不衡量力量，不亲近亲戚，不辨明是非，不查察有罪，犯了上述这五条过错，而还去讨伐别人，息国丧失军队，不也是活该吗？』

原文

冬，十月，郑伯以虢师伐宋。壬戌，大败宋师，以报其入郑也。宋不告命，故不书。凡诸侯有命，告则书，不然则否。师出臧否[①]，亦如之。虽及灭国，灭不告败，胜不告克，不书于策。

羽父请杀桓公，将以求大宰[②]。公曰：『为其少故也。吾将授之矣。使营菟裘[③]，吾将老焉。』羽父惧，反谮公于桓公而请弑之[④]。公之为公子也，与郑人战于狐壤[⑤]，止焉。郑人囚诸尹氏[⑥]。赂尹氏，而祷于其主钟巫[⑦]。遂与尹氏归，而立其主。十一月，公祭钟巫，齐于社圃[⑧]，馆于寪氏[⑨]。壬辰，羽父使贼弑公于寪氏。立桓公，而讨寪氏，有死者[⑩]。不书『葬』，不成丧也。

注释

①臧否：谓顺利与否。②大宰：即太宰，此指卿相。③营：建造。菟裘：鲁邑名。④谮：说人坏话，诬陷。弑：下杀上。⑤狐壤：郑地名。⑥诸：之于。尹氏：郑大夫。⑦祷：告神求福。钟巫：神名，尹氏家的祭主。⑧齐：通

『斋』，祭前斋戒洁身。社圃：园名。⑨馆：用作动词，住宿。寪氏：鲁大夫。⑩有死者：羽父伪装讨伐寪氏，而以弑君之罪归之寪氏，使寪氏家族有蒙冤而死者。

译文

冬，十月，郑庄公带着虢国的军队攻打宋国。十四日，把宋国的军队打得溃不成军，以报复宋国攻入郑国的那次战争。

宋国没有前来报告这件事，所以《春秋》就没有记载。凡有诸侯国发生大事，前来报告就记载，不然就不记载。出兵顺利或者不顺利，都一样。即使国家被灭亡，被灭的诸侯国不报告战败，胜利的诸侯国不报告战胜，也不记载在简册上。

羽父请求隐公杀掉桓公，想以此求得太宰的官职。隐公说：『由于他年少，所以我代为摄政，现在他已经长大成人，我打算把国君的位子交付给他。让人在菟裘修建房屋，我已经打算退隐了。』羽父害怕，倒过来在桓公那里诬陷隐公而请求桓公杀掉隐公。

隐公早年还是公子的时候，和郑国人在狐壤作战，被郑国所俘。郑国人把他囚禁在尹氏那里。隐公贿赂尹氏，并在尹氏的祭主钟巫神之前祷告，于是就和尹氏一起回鲁国而在鲁国立了钟巫的神主。十一月，隐公准备祭祀钟巫，在社圃斋戒，住在寪氏那里。十五日，羽父唆使坏人在寪家刺杀隐公，然后立桓公为国君，并且攻打寪氏，使寪氏蒙上故意杀人的恶名。《春秋》记载此事时，不写上『葬』的字样，因为这不符合丧礼。

桓公

桓公元年

原文

元年春，公即位①，修好于郑，郑人请复祀周公，卒易祊田。公许之。三月，郑伯以璧假许田，为周公、祊故也。

夏，四月丁未②，公及郑伯盟于越③，结祊成也。盟曰：『渝盟无享国④。』

秋，大水。凡平原出水为大水。

冬，郑伯拜盟。

宋华父督见孔父之妻于路⑤，目逆而送之⑥，曰：『美而艳。』

注释

①公即位：桓公就鲁君之位。先君死后，继位之君于次年正月，祭祀宗庙时改元，序定百官，正君臣之位，称作即位。②丁未：初二日。③越：鲁国地名，在今山东省曹县附近。④渝：改变。享：享有。⑤华父督：宋戴公之孙，名督，字华父。孔父：即孔父嘉，孔子六世祖。⑥逆：迎。

译文

元年春天，桓公即位，对郑国重修友好。郑人要求重新祭祀周公，完成祊田的交换。桓公答应了。三月，郑伯用增加玉璧来交换许田，这是为了请求祭祀周公和以祊田换回许田的缘故。

夏，四月初二日，桓公和郑庄公在越地结盟，这是为了祊田的交换而表示友好。誓词说：『如果违背盟约，就不能拥有国家。』

秋，发大水。凡是平原上淹了水叫做大水。

冬，郑庄公前来感谢结盟。

宋国的华父督在路上见到孔父的妻子，盯着她走过来又盯着她走过去，说：『她既美丽，又光彩照人。』

水阁清幽图 元·黄公望

此图写深山隐居之景。远处峦峰坡石跌宕交错，丛树虚漾隐约。溪水自林木丛中绕过隐落的山房，蜿蜒而前。溪岸两旁，杂木繁茂，枝叶葱郁，青翠欲滴。在构图及用笔上，旨在描绘淡然、静寂的意境。

桓公二年

原文

二年春，宋督攻孔氏，杀孔父而取其妻。公怒①，督惧，遂弑殇公。

君子以督为有无君之心而后动于恶，故先书『弑其君』。

会于稷以成宋乱②，为赂故，立华氏也。

宋殇公立，十年十一战，民不堪命。孔父嘉为司马，督为大宰，故因民之不堪命，先宣言曰：『司马则然。』已杀孔父而弑殇公，召庄公于郑而立之③，以亲郑。以郜大鼎赂公④，齐、陈、郑皆有赂，故遂相宋公。

夏，四月，取郜大鼎于宋。戊申⑤，纳于大庙，非礼也。臧哀伯谏曰⑥：『君人者将昭德塞违⑦，以临照百官，犹惧或失之，故昭令德以示子孙。是以清庙茅屋⑧，大路越席⑨，大羹不致，粢食不凿，昭其俭也。衮、冕、黻、珽⑩，带、裳、幅、舄⑪、衡、紞、纮、綖⑫，昭其度也。藻、率、鞞、鞛⑬，鞶、厉、游、缨⑭，昭其数也。火、龙、黼、黻⑮，昭其文也。五色比象⑯，昭其物也。钖、鸾、和、铃⑰，昭其声也。三辰旂旗⑱，昭其明也。夫德，俭而有度，登降有数⑲。文物以纪之，声明以发之，以临照百官，百官于是乎戒惧而不敢易纪律⑳。今灭德立违而置其赂器于大庙，以明示百官，百官象之，其又何诛焉㉑！国家之败，由官邪也。官之失德，宠赂章也㉒。郜鼎在庙，章孰甚焉？武王克商，迁九鼎于雒邑㉓，义士犹或非之㉔，而况将昭违乱之赂器于大庙，其若之何？』公不听。

注释

①公：指宋殇公。②稷：宋国地名，位于今河南省商丘县境内。③庄公：即公子冯，宋穆公之子。因殇公立而出奔于郑国。④郜：国名，姬姓，故城位于今山东城武县东南，为宋所灭，其鼎归于宋。⑤戊申：初九日。⑥臧哀

伯：鲁国大夫，名达，臧僖伯之子。⑦君人者：统治百姓的人，即人君。塞违：堵塞邪恶。违，指违德背礼的行为。⑧清庙茅屋：清庙，即太庙，又叫明堂，太室；茅屋，指屋顶用茅草覆盖。⑨大路越席：大路，车子的一种，路即『辂』；越席，用蒲草结成的席子作为车垫。⑩衮：古代天子及三公穿的礼服。冕：古代礼帽，大夫以上服用。黻：亦作韨，古代用来蔽膝的祭服。珽：玉笏，古代天子以至士，朝见皆执笏。天子用玉笏，诸侯用象牙笏，大夫与士用竹笏，笏的用处是有事写在上面，以备遗忘。⑪带：大带，用来束腰。裳：下裙。幅：古人以布缠足，上至膝，即今之绑腿。舄：鞋子，古人称鞋为履，鞋底用单层者称为屦，双层者称为舄。单层用皮，双层中间加木。古代天子、诸侯，逢吉事都穿舄，士以下穿屦。⑫衡：横笄，即固定帽子的簪子。紞：古代冠冕上用来系瑱的带子，纮：系于颔下的帽带。綖：冠冕上覆盖的装饰物。⑬藻：即缫藉，荐玉的东西。率：帅的假借字。鞞：刀鞘。鞛：刀把上的装饰。⑭鞶：革带。厉：带上的装饰品。游：旌旗上的飘带。缨：马鞅。⑮火、龙、黼、黻：四者均为古代礼服上的花纹。火，半环形；龙，龙形；黼，黑白两色的一对斧头形刺绣；黻，用黑青两色所绣成的两个弓形相背的花纹。⑯五色：指青、黄、赤、白、黑，古时以这五色为正色。比象：即以五色绘成山、龙、花、虫等形象。⑰钖：马额上的一种饰物，用铜制成，行走时有响声。鸾：同『銮』，车铃。和：车上的小铃。铃：指挂在旌旗上的小铃。⑱三辰：指日、月、星。旂旗：旗帜的总称。旂，一种有铃的旗帜。⑲登降有数：尊者登其数，卑者降其数，上下尊卑有其定数。⑳易：违反。㉑诛：责备。㉒宠赂章：把宠爱贿赂之行，彰然于世，使之公开化，合法化。㉓九鼎：古代象征天子政权的传国之宝。雒邑：周的王城，在今河南省洛阳市。㉔义士：指伯夷、叔齐。

译文

二年春天，宋卿华父督攻打孔氏，杀死了孔父而占有他的妻子。宋殇公发怒，华父督恐惧，就把殇公杀了。

君子认为华父督心里早已没有国君，然后才敢发动杀死托孤大臣的罪恶行动，所以《春秋》先记载『杀其君』。

桓公和齐僖公、陈桓公、郑庄公在稷地会面，成全宋国的叛乱。为了收取贿赂，建立了华氏的政权。

宋殇公即位以后，十年发生了十一次战争，百姓不能忍受。孔父嘉做司马，华父督担任太宰。华父督由于百姓不能忍受，早就宣言说：『司马才会这样频繁地发起战争。』不久就杀了孔父和宋殇公，把庄公从郑国召回而迎立他为国君，以此亲近郑国，把郜国的大鼎馈送给桓公，对齐、陈、郑诸国也都馈送财宝，所以能辅佐宋公。

夏，四月，在宋国取得郜国的大鼎。初九日，放置在太庙里，这是不合于礼的。臧哀伯劝阻说：『作为人君，要发扬道德而阻塞邪恶，以监视百官，还怕有所遗漏，所以彰扬美德以示范于子孙。因此太庙用茅草盖顶，大辂用蒲席铺垫，肉汁不用调料，主食不吃精米，这是为了表示俭朴。礼服、礼帽、蔽膝、大圭、大带、裙子、绑腿、鞋子、横簪、绳带、冠缨，这是为了遵重制度。缫藉、佩巾、刀鞘、刀饰、革带、带饰、飘带、马鞅，这是为了表示限定的数量。画火、画龙、绣黼、绣黻，这是为了表示图饰。五种颜色画出各种形象，这是为了表示颜色。锡、鸾、和、铃，这是为了表示声音。画着日、月、星的旂旗，这是为了表示光亮。行为的准则应当节俭而有制度，增减也有一定的限制，用文饰、色彩来记录它，用声音、明亮来发扬它，以此向各级官吏作明显的标志。各级官吏才有所畏惧，不敢违反纪律。现在除去道德而树立邪恶，把人家贿赂的器物放在太庙里，以此向各级官吏做出坏榜样。百官也学着这样，还能惩罚谁呢？国家的衰弱，由于官吏的邪恶。官吏的失德，由于受宠而贿赂盛行。郜鼎放在太庙里，还有比这更明显的贿赂吗？周武王打败商朝，把九鼎转迁王城，像伯夷、叔齐这种义士还有人认为他不对，更何况把表明邪恶叛乱的器物放入太庙中，这又该怎么办？』桓公不听。

原文

周内史闻之曰①：『臧孙达其有后于鲁乎！君违不忘谏之以德。』

秋，七月，杞侯来朝，不敬。杞侯归，乃谋伐之。

蔡侯、郑伯会于邓，始惧楚也②。

九月，入杞，讨不敬也。

公及戎盟于唐，修旧好也③。

冬，公至自唐。告于庙也。

凡公行，告于宗庙。反行，饮至、舍爵④，策勋焉⑤，礼也。

特相会，往来称地⑥，让事也。自参以上，则往称地，来称会，成事也。

初，晋穆侯之夫人姜氏以条之役生大子⑦，命之曰仇。其弟以千亩之战生⑧，命之曰成师⑨。

师服曰⑩：『异哉，君之名子也⑪！夫名以制义，义以出礼，礼以体政，政以正民。是以政成而民听，易则生乱。

嘉耦曰妃⑫，怨耦曰仇⑬，古之命也。今君命大子曰仇，弟曰成师，始兆乱矣。兄其替乎⑭！』

注释

①内史：周王室官名。②楚：国名，初建都丹阳（湖北省秭归县），周武王时迁于郢（湖北省江陵县）。③修旧好：隐公二年，鲁与戎结盟，今又盟，故称为续修旧好。④舍爵：设置酒杯，即饮酒。舍，放置；爵，古『雀』字，古代酒杯，形状似雀。⑤策勋：将功勋书写在简册上。策，用作动词。⑥称地：记明地点。⑦晋穆侯：晋国第九君，名费生，晋国原定都于唐（山西省太原市），后迁都于绛，即翼（山西省翼城）。条：晋国地名。大子：太子。⑧千亩：晋地，

位于今山西省安泽县北。⑨成师：后受封于曲沃，号桓叔。⑩师服：晋国大夫。⑪名子：为子取名，名词作动词用。⑫嘉耦：美好的姻缘。耦通『偶』。⑬怨耦：不和睦的夫妻，也指敌对的双方。⑭替：衰落。

译文

周朝的内史听到这件事，说：『臧孙达的后代在鲁国恐怕能长享禄位吧！国君违反礼制，他没有忘记以道德来劝阻。』

秋，七月，杞侯前来朝见，不恭敬。杞侯回国，桓公就计划讨伐他。

蔡桓侯、郑庄公在邓地会见，这是由于开始对楚国有所惧怕。

九月，攻入杞国，这是因为讨伐杞侯的不敬。

桓公和戎在唐地结盟，这是为了重建友好关系。

冬，桓公从唐地回来。之所以《春秋》有记载，是因为回来后祭告了宗庙。

凡是国君出国之前，要祭告宗庙。返回，也要祭告宗庙，还要宴请臣下，互相劝酒，把功勋写在简册上，这是合于礼的。

独自与他国国君相会见，无论前去他国或他国国君到来，都记下会见的地点，这是互相谦让谁为会首的会见。会见的国君在三个以上，那就前去他国时记载会见的地点，他国国君到来就不记载会见的地点而只记载会见，这是盟主已定，结束手续的会见。

当初，晋穆侯的夫人姜氏在条地战役的时候生了太子，取名为仇。仇的兄弟是在千亩之战的时候生的，命名为成师。

师服说：『怪哉，国君为儿子这样取名！命名表示道义，道义产生礼仪，礼仪体现政事，政事端正百姓。所以政事取得成功而百姓听从，反之则发生叛乱。好姻缘叫做妃，恶夫妻叫做仇，这是古代的称谓。现在国君命名太子为仇，他的兄弟为成师，这就开始预示动乱了。做哥哥的恐怕要衰落吧！』

原文

惠之二十四年[1]，晋始乱，故封桓叔于曲沃[2]，靖侯之孙栾宾傅之。

师服曰：『吾闻国家之立也，本大而末小，是以能固。故天子建国，诸侯立家，卿置侧室，大夫有贰宗[3]，士有隶子弟[4]，庶人、工、商，各有分亲，皆有等衰[5]。是以民服事其上，而下无觊觎[6]。今晋，甸侯也[7]，而建国，本既弱矣，其能久乎？』

惠之三十年，晋潘父弑昭侯而纳桓叔，不克。晋人立孝侯。惠之四十五年，曲沃庄伯伐翼[8]，弑孝侯。翼人立其弟鄂侯。鄂侯生哀侯。哀侯侵陉庭之田[9]。陉庭南鄙启曲沃伐翼[10]。

注释

①惠：指鲁惠公。②桓叔：即成师。封曲沃后号为桓叔。③贰宗：官名，由大夫的宗室子弟担任。④隶子弟：做隶役的子弟。⑤衰：等衰即等级。⑥觊觎：希望得到不该得到的。⑦甸：甸服，天子以王城为中心的方圆千里之内。⑧庄伯：桓叔成师之子。⑨陉：陉庭，晋地，在翼都东南。⑩启：引导。

译文

鲁惠公二十四年，晋国开始发生动乱，所以把桓叔封在曲沃，靖侯的孙子栾叔辅助他。

师服说：『我听说国家的成立，根本大而枝节小，这样才会巩固。所以天子建立侯国，诸侯建立采邑，卿

丹崖玉树图　元·黄公望

此图层岩叠翠，高松小舍。山上云雾迷蒙缥缈，殿阁半露。山下小桥横卧，林木葱茏，一人策杖寻幽。用笔简劲洗练，笔法苍秀，设色淡雅。构图上较繁密，山头多置矾石，敷以浅绛色彩，正如清吴修所说：『赭色微黄画里春，墨青墨绿染精神。』

设置侧室，大夫有贰宗，士有隶子弟，庶人、工、商各有亲疏，都有相异的等级。所以百姓甘心事奉上面，下面就没有什么非分的念头。现在晋国不过是王都境内的官属，而又另外成立侯国，它的根本既已衰弱，还能够长久吗？』

鲁惠公三十年，晋国的潘父杀掉昭侯而接纳桓叔，没有成功。晋国人立了孝侯。鲁惠公四十五年，曲沃庄伯占领翼城，杀了孝侯，翼城人立他的兄弟鄂侯。鄂侯生了哀侯。哀侯侵袭陉庭的土地。陉庭南部边疆的人引导了下一年曲沃夺取翼城。

桓公三年

原文

三年春，曲沃武公伐翼①，次于陉庭。韩万御戎②，梁弘为右③，逐翼侯于汾隰④，骖絓而止。夜获之。及栾共叔⑤。

会于嬴⑥，成昏于齐也。

夏，齐侯、卫侯胥命于蒲⑦，不盟也。

公会杞侯于郕，杞求成也⑧。

秋，公子翚如齐逆女。修先君之好。故曰『公子』。

齐侯送姜氏于讙，非礼也。凡公女嫁于敌国⑨，姊妹则上卿送之，以礼于先君，公子则下卿送之⑩。于大国，虽公子亦上卿送之。于天子，则诸卿皆行，公不自送。于小国，则上大夫送之。

冬，齐仲年来聘⑪，致夫人也。

芮伯万之母芮姜恶芮伯之多宠人也⑫，故逐之，出居于魏⑬。

注释

①曲沃武公：庄伯之子，即后来的晋武公。②韩万：庄伯之弟。御戎：驾驶战车。③梁弘：武公的大臣。右：古代战车，每车甲士三人，驾车的居中，称为御或御戎，执戈矛的居右，称右，尊者居左。④翼侯：指晋哀侯。汾隰：汾河岸边低洼地。⑤栾共叔：栾宾之子，名成，为哀侯大夫。⑥嬴：齐国地名，故城位于今山东省莱芜县西北。⑦胥命：会谈而不盟誓。蒲：卫国地名，位于今河南省长垣县东。⑧求成：请求与鲁讲和。⑨公女：公室女子。敌国：匹

敌的国家。⑩公子：男皆可称为公子，此则国君的女儿，也叫女公子。⑪齐仲年来聘：齐仲年代表国君前来聘问，并表达护送夫人的礼仪。⑫芮伯万：芮国国君，名万。芮，国名，故城位于今陕西省大荔县东南。⑬魏：国名，为晋献公所灭，故城位于今山西省芮城县境。

译文

三年春，曲沃武公攻打翼城，军队停驻在陉庭。韩万为武公驾车，梁弘作为车右，在汾水边的低洼地追击晋哀侯，由于骖马被绊住而停下来。夜里，活捉了晋哀侯和栾共叔。

桓公和齐僖公在嬴地会见，这是由于和齐女订婚。

夏，齐僖公、卫宣公在蒲地会面，之所以这么说，是由于没有结盟。

桓公和杞侯在郕地会见，这是因为杞国要求讲和。

秋，公子翚到齐国迎娶齐女，重修前代国君的友好，所以《春秋》称翚为『公子』。

齐僖公护送姜氏到讙地，这是不合于礼的。凡是本国的公室女子出嫁到同级国家，如果是国君的姐妹，就由上卿护送她，以表示对先代国君的尊敬。如果是国君的女儿，就由下卿护送她。上嫁到大国，即使是国君的女儿，也由上卿护送她。上嫁天子，就由各位大臣去护送，国君不亲自护送。出嫁到小国，就由上大夫护送她。

冬，齐仲年前来聘问，这是为了护送姜氏到鲁都。

芮伯万的母亲芮姜讨厌芮伯的宠姬太多，所以就把他赶走，让他住到魏城去。

桓公四年

原文

四年春，正月，公狩于郎。书时，礼也。

夏，周宰渠伯纠来聘。父在，故名。

秋，秦师侵芮①，败焉，小之也。

冬，王师、秦师围魏②，执芮伯以归。

注释

①秦：嬴姓之国。秦因芮国弱小而轻视，结果被战败。②魏：国名，山西省芮城县东北七里有河北城，即魏国故城。

译文

四年春，正月，桓公在郎地狩猎。《春秋》记载这件事，是由于狩猎得时，合于礼。

夏，周朝的宰官渠伯纠前来聘问。由于他的父亲还活着，所以《春秋》记载他的名字。

秋，秦国的军队攻打芮国，战败，这是由于轻敌。

冬，周天子的军队、秦国的军队包围魏国，逮了芮伯回国。

桓公五年

原文

五年春，正月，甲戌①，己丑②。陈侯鲍卒③，再赴也，于是陈乱。文公子佗杀太子免而代之④。公疾病而乱作，国人分散，故再赴。

夏，齐侯、郑伯朝于纪，欲以袭之。纪人知之。

王夺郑伯政⑤，郑伯不朝。秋，王以诸侯伐郑，郑伯御之。

王为中军；虢公林父将右军⑥，蔡人、卫人属焉；周公黑肩将左军⑦，陈人属焉⑧。

注释

①甲戌：上年十二月二十一日。②己丑：这年正月初六日。③陈侯鲍：即陈桓公。④佗：陈文公之子，陈桓公之弟，名五父。⑤王夺郑伯政：王肃夺郑庄公治理王政之权。⑥虢公林父：周王卿士。⑦周公黑肩：即周桓公，此时任王卿士。⑧属：隶属于。

译文

五年春天，正月，去年十二月二十一日，今年正月初六日，陈侯鲍死。《春秋》记载两个日子，是由于发了两次讣告而日期不同。当时陈国发生动乱，文公的儿子佗杀了太子免而取代他。陈侯病危时动乱发生，国内的臣民纷纷离散，因此发了两次讣告。

夏，齐僖公、郑庄公去纪国朝见，企图趁机袭击纪国。纪国人觉察了。

周天子剥夺了郑庄公干预周王室政务的权力，郑庄公不再朝觐。秋，周天子亲率诸侯讨伐郑国，郑庄公出兵抵御。

周天子指挥中军；虢公林父率领右军，蔡军、卫军隶属于右军；周公黑肩率领左军，陈军隶属于左军。

原文

郑子元请为左拒以当蔡人、卫人①，为右拒以当陈人，曰：『陈乱，民莫有斗心，若先犯之，必奔。王卒顾之，必乱。蔡、卫不枝②，固将先奔。既而萃于王卒，可以集事。』从之。曼伯为右拒③，祭仲足为左拒，原繁、高渠弥以中军奉公④，为鱼丽之陈⑤，先偏后伍⑥，伍承弥缝。

战于繻葛⑦。命二拒曰：『旝动而鼓⑧。』蔡、卫、陈皆奔，王卒乱，郑师合以攻之，王卒大败。祝聃射王中肩⑨，王亦能军⑩。

祝聃请从之。公曰：『君子不欲多上人，况敢陵天子乎？苟自救也，社稷无陨⑪，多矣⑫。』

夜，郑伯使祭仲足劳王⑬，且问左右。

注释

①子元：即公子突。拒：方形阵势，拒也作『矩』。②枝：支持，支撑，枝亦作『支』。③曼伯：公子忽，字曼伯。④原繁、高渠弥：郑国大臣。⑤鱼丽：战阵名，战时战车与步兵混编。兵车一部分为二偏，如兵车五十乘，则二十五乘为一偏。再以步卒填补兵车的空隙之间，兵车在前，步卒在后。⑥伍：步卒五人为『伍』。⑦繻葛：长葛，位于今河南省长葛县境内。⑧旝：大旗。⑨祝聃：郑臣。⑩王亦能军：王虽军败身伤，仍能组织撤退，而未溃散。⑪社稷无损：国家没有颠破。⑫多矣：就足够了。⑬劳：慰劳。

译文

郑国的子元建议用左方阵来攻击蔡军和卫军，用右方阵来对付陈军，说：『陈国暴乱，百姓没有人有战斗意志，如果先攻击他们，他们一定会逃跑。天子的军队要去照顾他们，必定发生混乱。蔡国和卫国的军队支持不住，也一定争先奔逃。然后集中军力于天子的中军，就可以成功。』郑庄公采纳了。曼伯担任右方阵的主将，祭仲足担任左方阵的主将，原繁、高渠弥带领中军拱卫郑伯，排开了名为鱼丽的阵势，前有偏，后有伍，伍弥补偏的空处。

在繻葛双方交战。郑庄公命令左右两边方阵说：『大旗摇动，就击鼓进军。』郑国的军队发动进攻，蔡、卫、陈军一起奔逃，周军于是混乱，郑国的军队从两边合拢而进攻，周军大败。祝聃射中周天子肩膀，但他还可以指挥军队。

祝聃请求前去追赶。郑庄公说：『君子不应当逼人太甚，何况敢于欺凌天子呢？如果能挽救自己，国家免于破亡，这就足够了。』

夜间，郑庄公派遣祭仲足去安慰周天子，同时问候他的左右随从。

原文

『仍叔之子』，弱也。

秋，大雩。书，不时也。凡祀，启蛰而郊[1]，龙见而雩，始杀而尝，闭蛰而烝[2]。过则书。

冬，淳于公如曹[3]。度其国危，遂不复。

注释

①启蛰：即今之惊蛰，夏历正月的一个节气。郊：夏历正月为求五谷丰收而举行的祭祀。②闭蛰：指昆虫蛰伏冬

眠的时候，当夏历十月。烝：为万物收藏而举行的祭祀。③淳于公：即州公，州国都淳于，故称。

译文

仍叔的儿子前来聘问，《春秋》之所以记为『仍叔之子』而不记他的名字，是由于他年少。

秋，为求雨而举行大雩祭。《春秋》记录这件事，是由于它不是例行的祭祀。凡是祭祀，昆虫惊动进行郊祭，苍龙、角亢二宿出现举行雩祭，秋天寒气降临举行尝祭，昆虫蛰伏举行烝祭。如果过了时节举行祭礼，就要用以记载。

冬，淳于公到曹国。想到他的国家危险且已无法解救，就没有回国。

松亭图 元·曹知白

此图盈幅写长松数株，高大伟岸，虬曲多姿，用笔沉着老练，极具笔力，尤其是松针用线刚劲有力，画法类李、郭而有变化。在一片空旷的平地上，远处有低矮草亭，空无一人，萧疏而外兼有简远之趣。本图布局以奇制胜，平远幽深，应为曹知白晚年作品。时人评知白『风流文彩，不减古人』，可见他是个生活闲适、才情横溢的文人士大夫。

桓公六年

原文

六年春，自曹来朝。书曰『实来[1]』，不复其国也。

楚武王侵随[2]，使薳章求成焉[3]，军于瑕以待之[4]。随人使少师董成[5]。

斗伯比言于楚子曰[6]：『吾不得志于汉东也[7]，我则使然。我张吾三军而被吾甲兵，以武临之，彼则惧而协以谋我，故难间也。汉东之国随为大，随张必弃小国。小国离，楚之利也。少师侈，请羸师以张之。』熊率且比曰[8]：『季梁在[9]，何益？』斗伯比曰：『以为后图，少师得其君。』王毁军而纳少师。

少师归，请追楚师，随侯将许之。季梁止之，曰：『天方授楚，楚之羸，其诱我也，君何急焉？臣闻小之能敌大也，小道大淫。所谓道，忠于民而信于神也。上思利民，忠也；祝史正辞，信也。今民馁而君逞欲，祝史矫举以祭，臣不知其可也。』公曰：『吾牲牷肥腯[10]，粢盛丰备，何则不信？』对曰：『夫民，神之主也。是以圣王先成民而后致力于神。故奉牲以告曰：「博硕肥腯。」谓民力之普存也，谓其畜之硕大蕃滋也[11]，谓其不疾瘯蠡也[12]，谓其备腯咸有也。奉盛以告曰：「洁粢丰盛。」谓其三时不害而民和年丰也[13]。奉酒醴以告曰：「嘉栗旨酒[14]。」谓其上下皆有嘉德而无违心也。所谓馨香，无谗慝也[15]。故务其三时，修其五教[16]，亲其九族[17]，以致其禋祀[18]。于是乎民和而神降之福，故动则有成。今民各有心[19]，而鬼神乏主[20]，君虽独丰，其何福之有？君姑修政而亲兄弟之国[21]，庶免于难[22]。』随侯惧而修政，楚不敢伐。

注释

①实来：当时常用语。②随：国名，姬姓。一说为神农之后，姜姓。故城位于今湖北省随县南。③薳章：楚国大

夫。④瑕：随国地名。⑤少师：随官名，其人不详。董成：主持议和。董，主持。⑥斗伯比：楚国大夫，令尹子文之父。楚子：即楚武王。⑦汉：即今汉水，汉东多姬姓小国。⑧熊率且比：楚国大夫。⑨季梁：随国贤臣。⑩牲：祭祀所用的牛、羊、猪等称为牲。牷：毛色纯一的牛等牲畜。腯：肥壮。⑪蕃：繁殖。滋：滋长。⑫瘯蠡：家畜病疫，瘦弱。瘯，借为瘦；蠡，借为羸。⑬三时：春、夏、秋三季。不害：没有灾害。⑭栗：通『冽』，清冽。旨：美好。⑮谗慝：谗，谗言；慝，邪恶。⑯五教：即父义、母慈、兄友、弟恭、子孝，五种教化。⑰九族：自高祖、曾祖、祖父、父、本身，至子、孙、曾孙、玄孙共九代，称为九族。一说九族包括异姓亲戚，除本族之外，另加外祖父、外祖母、岳父、岳母、姨母之子、姑母之子、姊妹之子、女之子共为九族。⑱禋祀：洁净的祭祀。⑲民各有心：民与君主不同心，各怀离心。⑳鬼神乏主：鬼神没有专主。㉑兄弟之国：指汉水流域诸姬姓国。㉒庶免于难：或许可免于祸难。

译文

六年春天，淳于公从曹国前来拜见。《春秋》记载作『实来』，是由于他不再回国。

楚武王入侵随国，先派薳章求和，把军队驻在瑕地以等待结果。随国人派少师主持议和。

斗伯比对楚王说：『我国在汉水东边不能得志，是我们自己造成的。我们扩大军队，整顿装备，用武力凌驾别国，他们害怕而结盟起来对付我们，所以就难以离间了。在汉水东边的国家中，随国最强大。随国要是自高自大，就必然放弃小国。小国离心，就是楚国的利益。少师这个人很骄傲，请君王隐藏我军的精锐而让他看到疲弱的士卒，使他更加骄傲。』熊率且比说：『有季梁在，这样做有什么益处？』斗伯比说：『这是为以后打算，因为少师可以得到他们国君的信任。』楚王假装把军容弄得乱七八糟而接待少师。

少师回去，请求追赶楚军，随侯准备答应。季梁劝阻说：『上天正在保佑楚国，楚国军队显得衰弱，是引诱我们。君王何必急于从事？下臣听说小国之所以能够对付大国，是小国有道而大国无度。所谓道，就是忠于百姓而取信于神灵。上边的人想到对百姓有好处，这是忠；祝史真实不欺地祝祷，这是信。现在百姓饥饿而国君放纵私欲，祝史假报功德来祭祀，下臣不知道怎样可以成功。』随侯说：『我祭祀采用的牲口都是既无杂色，又很肥壮，黍稷也都丰盛完备，为什么不能取信于神灵？』季梁立即说：『百姓，是神灵的主人，因此圣王先团结百姓然后才致力于神灵，所以在奉献牺牲的时候祝告说：「牲口又大又肥。」这是说百姓的财力都很富足，牲畜肥大而繁殖长大，并没有得病而瘦弱，又有各种好的品种。在进献黍稷的时候祝告说：「干净的粮食盛得满满的。」这是说春、夏、秋三季没有祸难，百姓和睦而收成很好。奉献甜酒的时候祝告说：「又好又清的美酒。」这是说上上下下都有德行而没有邪心。所谓的祭品芳香，就是没有配不上这种芳香祭品的邪意。因此致力于农时，修明教化，亲近自己的亲族，用这些举动来祭祀神灵，因此百姓和睦而神灵降福，做任何事情都能有功。现在百姓各有异心，鬼神没有主人，君王一个人祭祀丰盛，又能获得什么福气？君王暂且修明政事，亲近兄弟国家，这差不多可以免于祸难。』随侯害怕，自从修明政治以后，楚国就从未敢来攻打。

原文

夏，会于成，纪来咨谋齐难也[1]。

北戎伐齐，齐侯使乞师于郑。郑大子忽帅师救齐。六月，大败戎师，获其二帅大良、少良[2]，甲首三百[3]，以献于齐。

于是，诸侯之大夫戍齐，齐人馈之饩，使鲁为其班，后郑。郑忽以其有功也[4]，怒，故有郎之师[5]。

公之未昏于齐也，齐侯欲以文姜妻郑大子忽[6]，大子忽辞。人问其故，大子曰：『人各有耦，齐大，非吾耦

也。《诗》云：「自求多福⑦。」在我而已，大国何为？』君子曰：『善自为谋⑧。』及其败戎师也，齐侯又请妻之，固辞⑨。人问其故，大子曰：『无事于齐，吾犹不敢，今以君命奔齐之急，而受室以归⑩，是以师昏也⑪，民其谓我何？』遂辞诸郑伯。

注释

①咨谋：商讨。咨、谋为同义词。齐难：因为齐早有灭纪的企图，故称为『齐难』。②大良、少良：人名，一说为官名。③甲首：披甲者的人头。④郑忽：即郑国公子忽。⑤郎之师：即郎地的战役。⑥文姜：齐僖公之女，桓公三年嫁于鲁，六年生太子同，此处为回顾前事，即文姜未嫁之时。⑦自求多福：求福在自身，不在别人。⑧善自为谋：善于为自己谋划，而不能及于国家。⑨固辞：再次推辞。⑩受室：接纳妻室。室，妻室。⑪以师昏：利用战争成婚。

译文

夏，桓公和纪侯在成地相会，这是由于纪侯前来商讨怎样对付齐国灭纪的企图。

北戎攻打齐国，齐国派人到郑国求援。郑国的太子忽率领军队救助齐国。六月，把戎军打得大败，活捉了戎军的两个主帅大良、少良，砍了带甲戎军三百人的脑袋，献给齐国。

当时诸侯的大夫在齐国防守边疆，齐人馈送他们食物，让鲁国来决定各国军队的先后次序。鲁国把郑国排在后面。郑太子忽因为自己有功劳，发怒，所以后来就有郎地的战事。

桓公在没有向齐国求婚以前，齐僖公欲以文姜嫁给太子忽，太子忽辞谢。别人问为什么，太子说：『人人都有合适的配偶，齐国强盛，不是我的配偶。《诗》说：「求于自己，多受福德。」靠我自己就是了，要强国干什么？』君子说：『太子忽善于为自己考虑。』等到他打败了戎军，齐僖公又请求把别的女子嫁给他，太子忽再次推辞。别人问为什么，太子说：『我没为齐国做什么事情，还不敢娶妻。现在因为国君的命令奔赴齐国解救他的危急，反而娶了妻子回国，这是借战争而成婚，百姓将会对我有什么议论呢？』所以就用郑庄公的名义辞谢了。

原文

秋，大阅，简车马也。

九月丁卯，子同生，以大子生之礼举之：接以大牢①，卜士负之②，士妻食之，公与文姜、宗妇命之③。

公问名于申繻④，对曰：『名有五：有信，有义，有象，有假，有类。以名生为信⑤，以德命为义，以类命为象，取于物为假，取于父为类。不以国⑥，不以官，不以山川，不以隐疾，不以畜牲，不以器币⑦。周人以讳事神，名，终将讳之。故以国则废名，以官则废职，以山川则废主，以畜牲则废祀，以器币则废礼。晋以僖侯废司徒⑧，宋以武公废司空⑨，先君献、武废二山⑩，是以大物不可以命。』公曰：『是其生也，与吾同物⑪，命之曰同。』

冬，纪侯来朝，请王命以求成于齐⑫。公告不能。

注释

①接：父亲接见初生婴儿。大牢：即太牢，祭礼时牛、羊、豕三牲都用叫太牢。②卜士：占卜选择的吉善士人。③宗妇：同宗之妇。命之：为婴儿取名。命通『名』。④申繻：鲁大夫。⑤以名生：指根据出生时的情况来命名。⑥不以国：即『不以国命(名)』，省略谓语。⑦器：指礼器，如俎、豆、钟、磬等。币：送人的礼物，如圭、马、皮等。⑧僖侯废司徒：僖侯名司徒，故因避讳而改称司徒，官职为中军。⑨武公废司空：宋武公名司空，故因避讳改司空官为司城。⑩献武废二山：鲁献公名具，鲁武公名敖，后废具、敖二山之名而另以地名为山名。⑪物：岁、时、日、月、星、辰古称六物。这里的『同物』实指同日。⑫请王命以求成于齐：请鲁公转求周王，让周王令齐与纪讲和。

译文

秋，举行盛大的阅兵，这是想要检阅战车和驾车的马匹。

九月二十四日，儿子同出生，举行太子出生的仪式：父亲接见儿子时用太牢，用占卜选择士人背他，用占卜的办法选择士人的妻子给他吃奶，桓公和文姜、同宗妇人为他取名。

桓公向申繻询问取名字的事，申繻回答说：『名有五类：有信，有义，有象，有假，有类。用出生的情况来命名是信，用吉利的字眼来命名是义，用相类似的字眼来取名是象，用万物的名称来命名是假，用和父亲有关的字眼来命名是类。命名不用国名，不用官名，不用山川名，不用疾病名，不用牲畜名，不用用具礼品名。周朝人用避讳来供奉神灵，名，在死了以后就要避讳。所以用国名命名就会废除人名，用官名命名就会改变官称，用山川命名就会变化山川的神名，用牲畜命名就会废除祭祀，用器物礼物命名就会废除礼仪。晋国由于僖公而废除司徒之官名，宋国因为武公而废掉司空之官名，我国因先君献公、武公而废除具山、敖山二山之名，所以大的事物不应当用来命名。』桓公说：『这孩子的生日，和我在同一个日子，把他命名叫做同。』

冬，纪侯前来朝见，请求得到周天子的命令去向齐国求和。桓公告诉他说不行。

桓公七年

原文

七年春，谷伯、邓侯来朝①。名，贱之也。

夏，盟、向求成于郑②，既而背之。

秋，郑人、齐人、卫人伐盟、向。王迁盟、向之民于郏③。

冬，曲沃伯诱晋小子侯④，杀之。

注释

①谷伯：谷国国君，名绥。谷，故城位于今湖北省谷城县西北。邓侯：邓国国君，名吾离。邓，曼姓，故城位于今河南省邓县。②盟、向：周邑名。③郏：即北邙山，又称王城，位于今河南省洛阳市。④曲沃伯：即曲沃武公。晋小子侯：晋国国君，哀侯之子。

译文

七年春，谷伯、邓侯前来朝见。《春秋》之所以记载他们的名字，是因为贱视他们。

夏，盟邑、向邑向郑国求和，但马上又背叛郑国。

秋，郑军、齐军、卫军攻打盟邑、向邑。周天子将盟邑、向邑的百姓迁到王城。

冬，曲沃伯诱骗晋小子侯，将他杀了。

桓公八年

原文

八年春，灭翼。

随少师有宠。楚斗伯比曰：『可矣。仇有衅①，不可失也。』

夏，楚子合诸侯于沈鹿②。黄、随不会③，使薳章让黄④。楚子伐随，军于汉、淮之间。

季梁请下之⑤：『弗许而后战，所以怒我而怠寇也。』少师谓随侯曰：『必速战。不然，将失楚师⑥。』

随侯御之。望楚师，季梁曰：『楚人上左⑦，君必左⑧，无与王遇。且攻其右，右无良焉，必败。偏败⑨，众乃携矣⑩。』少师曰：『不当王⑪，非敌也。』弗从。战于速杞⑫，随师败绩。随侯逸⑬，斗丹获其戎车⑭，与其戎右少师⑮。

注释

①仇：仇敌，此指随国。衅：空隙。②沈鹿：楚地，位于今湖北省钟神县东六十里。③黄：国名，嬴姓，故城位于今河南省潢川县西。④让：责备。⑤下：请服。⑥将失楚师：将会失去打败楚军的战机。⑦上左：以左为上。上同『尚』，用作动词。春秋诸国，多以右为上，左为下。⑧君：此指楚君。⑨偏：偏师。⑩携：分离，分散。⑪不当王：不与楚王直接对阵。⑫速杞：随国地名，在今湖北省应山县。⑬逸：逃跑。⑭斗丹：楚大夫。⑮戎右：车右。

译文

八年春，曲沃伯消灭了翼邑。

随国少师被宠信。楚国的斗伯比说：『可以了。仇人得了空子，不能错过。』

夏，楚王与诸侯的军队在沈鹿会合。黄、随两国没有参加会见，楚王派薳章去责备黄国。楚王亲自讨伐随国，军队驻扎在汉水、淮水之间。

季梁建议向楚国人投降，说：『等他们拒绝，然后作战，这样就能激怒我军而懈怠敌军』。少师对随侯说：『必须速战速决，不这样，就会丧失战胜楚军的机会。』随侯出兵抵御。远望楚国的军队，季梁说：『楚人以左为尊，国君一定处在左军之中，不要和楚王正面作战，姑且攻击他的右军，右军没有良将，他们一定失败。偏师一败，军队就离散了。』少师说：『不和楚王正面作战，这就表示我们和他不能对等。』随侯没有听从季梁的意见。在速杞作战，随军大败。随侯逃走，斗丹俘获了随侯的战车和车右少师。

原文

秋，随及楚平，楚子将不许。斗伯比曰：『天去其疾矣[①]，随未可克也。』乃盟而还。

冬，王命虢仲立晋哀侯之弟缗于晋[②]。

祭公来，遂逆王后于纪[③]，礼也。

注释

①疾：祸患，此指少师。②虢仲：即周王卿士虢公林父。③逆：迎娶。古代的一种礼仪，天子娶后不亲迎，只派卿士迎娶。

译文

秋，随国和楚国讲和，楚王心里不同意。斗伯比说：『上天已经铲除了他们的祸患之师，但随国还不可能战胜。』于是被迫订立了盟约而回国。

冬，周天子下令虢仲在晋国立了晋哀侯的兄弟缗为晋侯。

祭公前来鲁国，随后到纪国迎接王后，这是合乎礼的。

秋江渔隐图　元·吴镇

此图起手处画清石水草于水中，后有一渔父坐船垂钓，当中一洲，上植二树，对岸是连绵山丘，远处高峰。图中用略浓而有变化的墨勾山石轮廓，略淡的线条作披麻状皴之，复加湿墨衬染，湿墨略分浓淡，罩在线条上面，使线半隐半显，使面透明而光亮。最后再以焦墨浓墨点苔。远山用淡墨没骨抹出。两棵树，以浓淡来区分，所以数百年之后，仍有『幛犹湿』之感。

桓公九年

原文

九年春，纪季姜归于京师①。凡诸侯之女行，唯王后书。

巴子使韩服告于楚②，请与邓为好。楚子使道朔将巴客以聘于邓。邓南鄙鄾人攻而夺之币③，杀道朔及巴行人④。

楚子使薳章让于邓，邓人弗受。

夏，楚使斗廉帅师及巴师围鄾⑤。邓养甥、聃甥帅师救鄾⑥。三逐巴师⑦，不克。斗廉衡陈其师于巴师之中⑧，以战，而北。邓人逐之，背巴师，而夹攻之。邓师大败，鄾人宵溃。

秋，虢仲、芮伯、梁伯、荀侯、贾伯伐曲沃⑨。

冬，曹大子来朝。宾之以上卿，礼也。

享曹大子⑩，初献⑪，乐奏而叹。施父曰⑫：『曹大子其有忧乎⑬！非叹所也⑭。』

注释

①季姜：即去年祭公所迎的王后。季，姊妹中排行。姜为姓。古时同姓不婚，所以女子一定将姓书写在排行之下。京师：此指洛邑。②巴子：巴国国君。巴，国名，姬姓，在楚国西北部。韩服：巴国使者。③鄾：邓国地名。币：聘问礼品。④行人：使者。⑤斗廉：楚大夫。⑥养甥、聃甥：两者均为邓国大夫。⑦逐：攻击。⑧衡陈：横阵。衡，同『横』；陈，通『阵』。⑨梁伯：梁国国君。梁，国名，嬴姓，故城位于今陕西省韩城县南。荀侯：荀国国君。荀，姬姓国，故城位于今山西省新绛县东北。贾伯：贾国国君。贾，姬姓国，故城位于今山西省襄汾县东。⑩享：宴享。⑪献：献酒。⑫施父：鲁大夫。⑬其：将。⑭非叹所：宴会为欢乐的场所，并非叹息之地。

译文

九年春，纪季姜嫁到京师。凡是诸侯的女儿出嫁，只有出嫁做王后才可以加以记载。

巴子派韩服向楚国报告，请求和邓国结约交好。楚王派遣道朔带巴国的使者到邓国询问。邓国南部边境的鄾地人进攻他们，并抢走了财礼，杀死了道朔和巴国的使者。楚王派遣薳章质问邓国，邓国人拒不接受。

夏，楚国派遣斗廉率领楚军和巴军将鄾地包围。邓国的养甥、聃甥率领邓军救援鄾地。邓军三次向巴军发起冲锋，没有得胜。斗廉在巴军之中列成横阵和邓军作战，伪装败走。邓国人追逐楚军，追到前面，巴军就处于他们背后。楚、巴两军两面夹攻邓军。邓军大败，鄾地人夜里就溃散了。

秋，虢仲、芮伯、梁伯、荀侯、贾伯攻打曲沃。

冬，曹国的太子前来朝见。用上卿的礼节接待他，这是合乎礼的。设享礼招待曹太子，开始献酒，奏乐，曹太子很高兴。施父说：『曹太子恐怕会有忧患吧！这里不是让人愉快的地方。』

桓公十年

原文

十年春，曹桓公卒。

虢仲谮其大夫詹父于王①。詹父有辞，以王师伐虢。夏，虢公出奔虞②。

秋，秦人纳芮伯万于芮。

初，虞叔有玉③，虞公求旃④。弗献，既而悔之，曰：『周谚有之：「匹夫无罪，怀璧其罪⑤。」吾焉用此，其以贾害也⑥？』乃献之。又求其宝剑。叔曰：『是无厌也。无厌，将及我⑦。』遂伐虞公，故虞公出奔共池⑧。

注释

①谮：诬陷别人。詹父：周王室大夫。②虞：姬姓国，僖公五年为晋所灭，故城位于今山西省平陆县东北。③虞叔：虞公之弟。④旃：『之、焉』两字的合音。『之』为代词，『焉』为语气助词。⑤怀璧：怀藏璧玉。⑥贾害：买祸害。⑦及我：祸患殃及我身上。⑧共池：地名，位于今山西平陆县境内。

译文

十年春，曹桓公死。

虢仲在周天子那里诬陷大夫詹父。詹父认为自己有理，带领周天子的军队攻打虢国。夏，虢公被迫逃亡到虞国。

秋，秦人把芮伯万送回芮国。

当初，虞公的兄弟虞叔藏有美玉，虞公向他索玉。虞叔没有进献，后来感到后悔，说：『周朝的谚语有这样的话：「百姓无罪，怀藏玉璧就是罪。」我哪里用得着美玉，为什么要用它买来祸患？』于是就献给虞公。虞公又向他索取宝剑。虞叔说：『这是没完没了。没完没了，祸难会到我身上来的。』于是就攻打虞公，所以虞公逃亡到共池。

原文

冬，齐、卫、郑来战于郎，我有辞也。

初，北戎病齐①，诸侯救之，郑公子忽有功焉。齐人饩诸侯，使鲁次之②。鲁以周班后郑③。郑人怒，请师于齐，齐人以卫师助之，故不称『侵伐④』。先书齐、卫，王爵也。

注释

①病齐：使齐病困，此指侵犯齐国。②次：排列次序。③周班：周朝封爵的次序。④不称侵伐：《春秋》论此事不称侵伐，而称来战，表明鲁国理直而三国理屈。

译文

冬，齐军、卫军、郑军前来和我军在郎地作战，我国是正义的。

当初，北戎使齐国疲困，诸侯援助齐国，郑国的公子忽有功劳。齐人给诸侯的军队馈送食物，让鲁国确定馈送的次序。鲁国按周室封爵的次序把郑国排在后面。郑人大怒，请求齐国出兵。于是齐人率领卫国军队帮助郑国，所以《春秋》不称这次战争为『侵伐』的战争。先记载齐国和卫国，是按照周室封爵的次序。

桓公十一年

原文

十一年春，齐、卫、郑、宋盟于恶曹。

楚屈瑕将盟贰、轸①。郧人军于蒲骚②，将与随、绞、州、蓼伐楚师③。莫敖患之④。斗廉曰⑤：『郧人军其郊，必不诫，且日虞四邑之至也⑥。君次于郊郢以御四邑⑦，我以锐师宵加于郧。郧有虞心而恃其城⑧，莫有斗志。若败郧师，四邑必离。』莫敖曰：『盍请济师于王⑨？』对曰：『师克在和，不在众。商、周之不敌，君之所闻也。成军以出⑩，又何济焉？』莫敖曰：『卜之？』对曰：『卜以决疑，不疑何卜？』遂败郧师于蒲骚，卒盟而还⑪。

注释

①屈瑕：人名，楚大臣。贰、轸：两国名，位于今湖北省境内，后均为楚所灭。②郧：国名，位于今湖北省安陆县境。蒲骚：郧国地名，位于今湖北省应城县西北。③绞：国名，位于今湖北省郧县西北。州：国名，位于今湖北省监利县东的州陵城。蓼：国名，位于今河南省唐河县西南。④莫敖：楚国官名，即司马。后来楚又另设大司马、右司马、左司马，莫敖则降至左司马之下。此时莫敖为屈瑕。⑤斗廉：又名斗射师，楚臣。⑥日虞：每天期盼。四邑：即随、绞、州、蓼四国。⑦君：指屈瑕。郊郢：即今湖北省钟祥县郢州故城。⑧虞心：盼望四国救兵之心。⑨盍：『何、不』二字的合音字。济：增加。⑩成军：军队整顿齐备。⑪卒盟而还：终于和贰、轸二国签订盟约后返国。

译文

十一年春，齐国、卫国、郑国、宋国在恶曹结盟。

楚国的屈瑕想与贰、轸两国结盟。郧国人把军队驻扎在蒲骚，计划和随、绞、州、蓼四国一起进攻楚国军队。莫敖担心这件事。斗廉说：『郧国人驻扎在他们的郊区，肯定缺乏警戒，并且天天期盼四国军队的来到。您驻扎在郊郢来抵御这四个国家的军队，我们用精锐部队夜里进攻郧国。郧国心存希望而且依仗城郭坚固，没有人再有战斗意志。一旦打败郧军，四国必定离散。』莫敖说：『为什么不向君王请求增兵？』斗廉回答说：『军队能否获胜，在于上下一心，不在于人多。商、周双方军力的不相等，这是您所知道的。整顿军队而出兵，又能增加多少兵呢？』莫敖说：『占卜一下？』斗廉回答说：『占卜是为了决断疑惑，没有疑惑，占卜什么？』于是就在蒲骚打败了郧国军队，终于和贰、轸两国签订盟约而回国。

原文

郑昭公之败北戎也，齐人将妻之。昭公辞。祭仲曰：『必取之。君多内宠[①]，子无大援，将不立。三公子皆君也。』弗从。

夏，郑庄公卒。

初，祭封人仲足有宠于庄公，庄公使为卿。为公娶邓曼，生昭公。故祭仲立之。宋雍氏女于郑庄公[②]，曰雍姞，生厉公。雍氏宗[③]，有宠于宋庄公，故诱祭仲而执之，曰：『不立突，将死。』亦执厉公而求赂焉[④]。祭仲与宋人盟，以厉公归而立之。

秋，九月丁亥，昭公奔卫。己亥，厉公立。

注释

①君：指郑庄公。内宠：受宠幸的妻妾。②女：嫁，此作动词。③宗：为人所尊重。④求赂：索取财物。

译文

郑昭公打败北戎的时候，齐侯计划把女儿嫁给他。昭公辞谢了。祭仲说：『您一定要娶她。国君姬妾很多，您如果缺少有力的外援，将不能继承君位。其他三位公子就有可能做国君。』昭公不同意。

夏，郑庄公死。

当初，祭地封人仲足受到郑庄公的宠信，庄公封他做卿。祭仲为庄公娶了邓曼，生了昭公。所以祭仲立他为国君。宋国的雍氏将女儿嫁给郑庄公，名叫雍姞，生了厉公。雍氏为人所尊重，受到宋庄公的宠信，所以就诱捕祭仲并且说：『不立突为国君，你就性命难保了。』雍氏还逮了厉公索取财货。祭仲和宋国人结盟，让厉公归国而立他为国君。

秋，九月十三日，郑昭公逃亡到卫国。二十五日，厉公被立为国君。

桓公十二年

原文

十二年夏，盟于曲池，平杞、莒也。

公欲平宋、郑。秋，公及宋公盟于句渎之丘①。宋成未可知也，故又会于虚②。冬，又会于龟。宋公辞平③，故与郑伯盟于武父④。遂帅师而伐宋，战焉，宋无信也⑤。

君子曰：『苟信不继⑥，盟无益也。《诗》云：「君子屡盟，乱是用长⑦。」无信也。』

注释

①句渎之丘：即谷丘，宋邑名，位于今河南省商丘县东南。②虚：宋国地名，位于今河南省延津县东。③辞平：拒绝和谈。④武父：郑国地名，位于今山东省东明县西南。⑤信：此指信用。⑥不继：接续不上。⑦君子屡盟，乱是用长：诗出自《诗经·小雅·巧言》篇。意为因不守信义，故不断结盟，又不断背盟、结怨，动乱因此而暴发、滋长。是用，是以。

译文

十二年夏，桓公和杞侯、莒子在曲池结盟，是为了让杞国和莒国讲和。

桓公想使宋、郑和好。秋，桓公和宋公在句渎之丘结盟。由于不知道宋国是否真想讲和，所以在虚地会见。冬，又在龟地会见。宋公拒绝议和，于是桓公和郑伯在武父结盟。盟后桓公就率领军队攻打宋国，爆发战争，因为宋国没有信用。

君子说：『如果没有信用，结盟也是没有好处的。《诗》说：「君子结盟多次，动乱因此滋长。」这都是因为没有信用。』

有信用。』

原文

楚伐绞，军其南门。莫敖屈瑕曰：『绞小而轻，轻则寡谋。请无扞采樵者[①]，以诱之。』从之。绞人获三十人。明日，绞人争出，驱楚役徒于山中[②]。楚人坐其北门[③]，而覆诸山下[④]，大败之，为城下之盟而还[⑤]。

伐绞之役，楚师分涉于彭[⑥]。罗人欲伐之，使伯嘉谍之。三巡数之[⑦]。

注释

①扞：同『捍』，保卫。②役徒：采樵之人。③坐其北门：在绞城北门坐等。④覆：通『伏』，埋伏。⑤城下之盟：敌军兵临城下，胁迫订立的盟约，被视为奇耻大辱。⑥分涉：分其军涉水过河。⑦三巡：多次。数：点数，数计。

译文

楚国攻打绞国，军队驻扎在南门。莫敖屈瑕说：『绞国地小而人轻浮，轻浮就缺少谋略。请对砍柴的人不要设防，以此引诱他们。』楚王听从了。绞军抓获了三十个砍柴人。第二天，绞军争着出城，把楚国的砍柴人赶到山里。楚军坐等在北门，在山下设下伏兵，大败绞军，签订了城下之盟而回国。

在攻打绞国的战役中，楚军分兵渡过彭水。罗国计划攻打他们，派遣伯嘉去侦察，多次遍数了楚军的人数。

桓公十三年

原文

十三年春，楚屈瑕伐罗，斗伯比送之。还，谓其御曰[1]：『莫敖必败。举趾高，心不固矣[2]。』遂见楚子，曰：『必济师[3]！』楚子辞焉，入告夫人邓曼[4]。邓曼曰：『大夫其非众之谓，其谓君抚小民以信[5]，训诸司以德[6]，而威莫敖以刑也。莫敖狃于蒲骚之役[7]，将自用也[8]，必小罗。君若不镇抚，其不设备乎！夫固谓君训众而好镇抚之，召诸司而劝之以令德，见莫敖而告诸天之不假易也[9]。不然，夫岂不知楚师之尽行也[10]？』楚子使赖人追之[11]，不及。

莫敖使徇于师曰[12]：『谏者有刑！』及鄢[13]，乱次以济[14]。遂无次，且不设备。及罗，罗与卢戎两军之，大败之。莫敖缢于荒谷[15]，群帅囚于冶父以听刑。楚子曰：『孤之罪也。』皆免之。

注释

①御：车夫。②固：稳定。③必济师：一定要增派援军。④入：此指入宫。⑤抚：镇抚。⑥诸司：泛指各级官吏。⑦狃：习惯。⑧自用：自以为是。⑨假易：宽纵。⑩尽行：倾巢出动。⑪赖：国名，在今湖北省随县东北。⑫徇：即通告。⑬鄢：水名，今名蛮河，发源于湖北省保康县西南，入汉水。⑭次：次序。济：渡河。⑮荒谷：地名，位于今湖北省江陵县西。

译文

十三年春，楚国的屈瑕进攻罗国，斗伯比送行。回来对御者说：『莫敖一定失败。走路把脚抬得很高，心就浮躁了。』于是进见楚武王，说：『一定要增派援军！』楚武王拒绝了，回宫告诉夫人邓曼。邓曼说：『斗伯比之意是不在人数的多寡，而是说君王要以信用来安抚普通百姓，以美德来训诫官员，而以刑法来使莫敖有所畏惧。莫敖已经习惯了蒲骚这一次胜利，他会自以为是，轻视罗国。君王如果不加督察，他肯定会轻率而不设防吧！伯比大夫所说的是请君王训诫大众而好好地督察他们，并召集官员们而勉之以美德，遇到莫敖而告诉他上天对他的过错是不会宽恕的。不是这样，伯比大夫难道不知道楚国军队已经倾巢出动了？』楚武王派赖国人追赶，但没有追上。

莫敖派人在军中通告：『进谏的人要受刑罚！』到达鄢水，楚国军队渡河，乱糟糟的不成队列，而且又不设防。到达罗国，罗国和卢戎的军队两边夹击楚军，将楚军打得大败。莫敖吊死在荒谷，其他将领们被囚禁在冶父听候处罚。楚王说：『这是孤的罪过。』把将领们都赦免了。

原文

宋多责赂于郑，郑不堪命，故以纪、鲁及齐与宋、卫、燕战。不书所战①，后也②。

郑人来请修好。

注释

①所战：战斗地点。②后也：是因为鲁公后至。盖交战由郑统一指挥，鲁公后至，故不书地。

译文

宋国多次向郑国索取钱财物品，郑国难以忍受，因而率领纪、鲁两国的军队和齐、宋、卫、燕四国的军队交战。《春秋》没有记载战争的地点，是因为桓公到达晚了。

郑国派人前来请求解怨结好。

桓公十四年

原文

十四年春，会于曹，曹人致饩，礼也。

夏，郑子人来寻盟①，且修曹之会。

秋，八月壬申，御廪灾②。乙亥，尝③。书，不害也。

冬，宋人以诸侯伐郑④，报宋之战也。焚渠门⑤，入及大逵⑥。伐东郊，取牛首。以大宫之椽归⑦，为卢门之椽⑧。

注释

①郑子人：郑伯之弟，字子人，后以为氏，称子人氏。寻盟：重续桓公十二年武父之盟约。②御禀：储藏祭祀所用谷物的仓库。灾：此指火灾。③尝：尝祭。④以：率领。⑤渠门：郑国城门。⑥大逵：此指城中大街。⑦大宫：太庙，即郑国祖庙。⑧卢门：宋国的城门。

译文

十四年春，桓公和郑厉公在曹国会见。曹国人送来食物，这是合乎礼的。

夏，郑国的子人前来重温过去盟会的友好，同时也是重温当年的会见。

秋，八月十五日，储藏祭祀谷物的仓库发生火灾。十八日，举行尝祭。《春秋》之所以记载这件事，是因为火灾尚不足以为害。

冬，宋国人率领诸侯攻打郑国，这是报复在宋国的那次战争。宋国焚烧了郑国都城的渠门，又入城到了城中大街。攻打东郊，攻取牛首。将郑国太庙的椽子拿回去做宋国卢门的椽子。

桓公十五年

原文

十五年春，天王使家父来求车，非礼也。诸侯不贡车服[①]，天子不私求财。

祭仲专[②]，郑伯患之，使其婿雍纠杀之[③]。将享诸郊，雍姬知之[④]，谓其母曰：『父与夫孰亲？』其母曰：『人尽夫也，父一而已，胡可比也[⑤]？』遂告祭仲曰：『雍氏舍其室而将享子于郊，吾惑之，以告。』祭仲杀雍纠，尸诸周氏之汪[⑥]。公载以出[⑦]，曰：『谋及妇人，宜其死也。』夏，厉公出奔蔡。

六月乙亥，昭公入[⑧]。

注释

①车服：车辆、戎服。②专：专权。③雍纠：郑国大夫，祭仲的女婿。④雍姬：雍纠之妻，祭仲之女。⑤胡：怎么。⑥尸：陈尸，此作动词。周氏之汪：地名。周氏，郑大夫；汪，水池。⑦公：指厉公。⑧昭公：即郑公子忽。

译文

十五年春，周天子派家父求取车辆，这是不合于礼的。诸侯不进贡车辆礼服，天子不得非分地私下求取财货。

祭仲专权，郑厉公对此很担心，派祭仲的女婿雍纠去刺杀他。雍纠准备在郊外宴请祭仲，雍姬知道后，对她母亲说：『父亲和丈夫哪一个更亲近？』她母亲说：『在出嫁以前，谁都可能做你丈夫，父亲却只有一个，怎么能够相比呢？』于是雍姬就告诉祭仲说：『雍氏不在他家里而在郊外宴请您，我怀疑这件事，因而告诉您。』祭仲就杀了雍纠，陈尸于周氏之汪。郑厉公装了尸体逃亡，说：『大事和女人商量，死得活该。』夏，郑厉公逃亡到蔡国。

六月二十二日，郑昭公进入郑国。

原文

许叔入于许。

公会齐侯于艾，谋定许也。

秋，郑伯因栎人杀檀伯，[1]而遂居栎。

冬，会于袲，谋伐郑，将纳厉公也。弗克而还。

注释

①檀伯：郑国戍守栎邑的大夫。

译文

许叔进入许国。

桓公和齐襄公会见于艾地，计划安定许国。

秋，郑厉公靠着栎地的人杀了檀伯，因而居住在栎地。

冬，桓公和宋庄公、卫惠公、陈庄公在袲地会见，打算攻打郑国，送郑厉公回国。军队没有取得胜利被迫退兵。

桓公十六年

原文

十六年春，正月，会于曹，谋伐郑也。

夏，伐郑。

秋，七月，公至自伐郑，以饮至之礼也。

冬，城向。书，时也。

初，卫宣公烝于夷姜[①]，生急子，属诸右公子。为之娶于齐，而美，公取之[②]，生寿及朔，属寿于左公子。夷姜缢。宣姜与公子朔构急子[③]。公使诸齐[④]，使盗待诸莘，将杀之。寿子告之。使行[⑤]，不可，曰：『弃父之命，恶用子矣！有无父之国则可也。』及行，饮以酒。寿子载其旌以先，盗杀之。急子至，曰：『我之求也，此何罪？请杀我乎！』又杀之。二公子故怨惠公[⑥]。

十一月，左公子泄、右公子职立公子黔牟[⑦]。惠公奔齐。

注释

①烝：与长辈淫乱。夷姜：卫庄公妾，卫宣公庶母。②取：夺取。③宣姜：齐女，宣公夫人，本卫急子妻。构：谗恶。④使：出使。⑤行：逃跑。⑥二公子：即左公子和右公子。惠公：即公子朔。⑦黔牟：太子急的弟弟。

译文

十六年春，正月，桓公和宋庄公、蔡桓侯、卫惠公在曹国会见，并策划进攻郑国。

夏，攻打郑国。

秋，七月，桓公进攻郑国到国内，举行了祭告宗庙、大宴臣下的礼仪。

冬，在向地筑城。《春秋》之所以记载这件事，是因为不防碍农时。

当初，卫宣公和夷姜私通，生了急子，卫宣公把他嘱托给右公子。又给他在齐国娶妻，这女子很美，卫宣公便自己娶了她，生了寿和朔，将寿嘱托给左公子。夷姜自己吊死了。宣姜和公子朔诬陷急子。卫宣公派急子出使到齐国，让坏人在莘地等着，杀掉他。寿子把这件事告诉急子，让他逃走，急子不同意，说：『违背父亲的命令，哪里还用得着儿子！要是世上有没有父亲的国家就可以逃往那里了。』等到临走，寿子用酒把急子灌醉。寿子车上打着太子的旗帜走在前面，坏人就杀了寿子。急子赶到，对坏人说：『他们要杀的是我，他有什么罪？请杀我吧！』坏人又杀了急子。左、右两公子因此怨恨惠公。

十一月，左公子泄、右公子职立公子黔牟为国君。卫惠公逃亡到齐国。

桓公十七年

原文

十七年春，盟于黄，平齐、纪，且谋卫故也。

及邾仪父盟于趡，寻蔑之盟也。

夏，及齐师战于奚，疆事也①。于是齐人侵鲁疆②。疆吏来告，公曰：『疆埸之事③，慎守其一，而备其不虞④。姑尽所备焉。事至而战，又何谒焉⑤？』

蔡桓侯卒，蔡人召蔡季于陈⑥。

秋，蔡季自陈归于蔡，蔡人嘉之也⑦。

伐邾，宋志也。

注释

①疆事：边界冲突。②于是：此时。③埸：边境。④不虞：出乎意料。⑤谒：请谒，请示。⑥蔡季：蔡桓侯之弟，名献舞，即哀侯。⑦嘉：赞许。

译文

十七年春，桓公和齐襄公、纪侯在黄地结盟，这是想调解齐、纪，使之和好同时商量对付卫国。

桓公和邾仪父又在趡地结盟，这是为了重申蔑地的盟约。

夏，和齐国军队在奚地发生战争，这是边境冲突。当时齐国人侵犯了鲁国边境。边境官吏前来报告，桓公说：『边境的事情，谨慎地防守自己一方并防备发生意外。姑且尽力设防就是了。出现情况就迎战，又何必请示呢？』

蔡桓侯死。蔡国人把蔡季从陈国召回。

秋，蔡季从陈国回到蔡国，并被立为国君，这是因为蔡国人赞许他。

进攻郑国，是宋国的意愿。

原文

冬，十月朔，日有食之。不书日，官失之也。天子有日官，诸侯有日御[①]。日官居卿以底日[②]，礼也。日御不失日[③]，以授百官于朝。

初，郑伯将以高渠弥为卿，昭公恶之，固谏，不听。昭公立，惧其杀己也。辛卯，弑昭公，而立公子亹[④]。

君子谓『昭公知所恶矣』。公子达曰：『高伯其为戮乎[⑤]！复恶已甚矣[⑥]！』

注释

①日官、日御：天子、诸侯掌历数之官。②底：致使，推算。③失日：漏记或错记日历。④公子亹：庄公之子，在位一年为齐所杀，无谥号。⑤高伯：高渠弥，字伯。⑥复恶：报仇。已：太。

译文

冬，十月初一，日食。《春秋》没有记载，这是史官的漏记。天子有日官，诸侯有日御。日官居于卿的地位以推算历象，这是合于礼的。日御应该详细记载每月大小和干支，无所遗漏，并在朝廷上授给百官。

当初，郑庄公准备用高渠弥做卿，昭公讨厌他，坚决劝阻，庄公不同意。昭公即位后，高渠弥担心昭公会杀掉自己。下月二十二日，杀了昭公而立公子亹。

君子认为『昭公了解他所讨厌的人』。公子达说：『高伯恐怕要被诛杀的吧！报仇报得太过分了！』

桓公十八年

原文

十八年春，公将有行，遂与姜氏如齐。申𦈡曰①：『女有家，男有室，无相渎也，谓之有礼。易此必败②。』

公会齐侯于泺，遂及文姜如齐。齐侯通焉③。公谪之④，以告。

夏，四月丙子，享公。使公子彭生乘公⑤，公薨于车。

鲁人告于齐曰：『寡君畏君之威，不敢宁居，来修旧好，礼成而不反，无所归咎，恶于诸侯⑥。请以彭生除之⑦。』齐人杀彭生。

注释

①申𦈡：鲁国大夫。②易：违反。败：坏。③通：通奸。④谪：责怒。⑤公子彭生：人名，齐国大力士。乘：助其登车。⑥恶：影响恶劣。⑦除之：消除耻辱。

译文

十八年春，桓公想外出，于是和姜氏到齐国去。申𦈡劝阻说：『女人有男人，男人有妻子，不能互相轻慢，这就叫有礼。违反了这一点必然坏事。』

桓公和齐襄公在泺地会见，然后再同文姜到了齐国。齐襄公和文姜通奸。桓公痛斥文姜，文姜告诉了齐襄公。

夏，四月初十日，齐襄公设宴招待桓公。然后让公子彭生帮助桓公登车，桓公死在车中。

鲁国人告诉齐襄公说：『寡君害怕君王的威严，不能安居，来到贵国重修旧好，礼仪完成后却没有回国，我国又不知道该追究谁的罪责，在诸侯中造成了恶劣影响。请求杀彭生来清除这种影响。』齐人杀死了彭生。

原文

秋，齐侯师于首止[①]，子亹会之[②]，高渠弥相[③]。七月戊戌，齐人杀子亹，而轘高渠弥。祭仲逆郑子于陈而立之。是行也[④]，祭仲知之，故称疾不往。人曰：『祭仲以知免。』仲曰：『信也。』

周公欲弑庄王而立王子克[⑤]。辛伯告王，遂与王杀周公黑肩。王子克奔燕。

初，子仪有宠于桓王，桓王属诸周公。辛伯谏曰：『并后、匹嫡、两政、耦国[⑥]，乱之本也。』周公弗从，故及[⑦]。

注释

①首止：卫地，接近郑国。②子亹：高渠弥新立之郑君。③相：诸侯参加朝聘、会盟等活动，必有相助之人，作为君之助手，称为相。④是行：指这次往会齐师。⑤王子克：庄王弟弟子仪。⑥并后：妾妃与王后并列。匹嫡：庶子跟嫡子等同。两政：两个人执掌朝政。耦国：大的城邑能跟国都抗衡。⑦及：遭难。

译文

秋，齐侯率领军队驻扎在首止。子亹前去会见，高梁弥作为首席陪同人员。七月初三日，齐人杀死了子亹并将高渠弥五马分尸。祭仲到陈国迎接郑子而立他为国君。这次会见，祭仲事先了解了情况，所以假称有病而没有去。有人说：『祭仲有先见之明所以免祸。』祭仲说：『那是真的。』

周公想杀掉周庄王而立王子克。辛伯报告了周庄王，于是帮着周庄王杀了周公黑肩。王子克逃到燕国。

起初，子仪被桓王宠信，桓王把他嘱托给周公。辛伯劝谏说：『妾媵并同于王后，庶子相等于嫡子，二卿拥有同等的权力，大城和国都一样，这都是祸乱的根源。』周公没有同意，所以遭到祸难。

庄公

庄公元年

原文

元年春，不称即位，文姜出故也①。

三月，夫人孙于齐②。不称姜氏，绝不为亲③，礼也。

秋，筑王姬之馆于外。为外，礼也。

注释

①出：外出。②夫人：指文姜。孙：通「逊」，奔。③绝不为亲：断绝母子之亲。

译文

元年春，《春秋》未能记载庄公即位，这是因为文姜外出没有回国。

三月，夫人到了齐国。《春秋》不称姜氏而称夫人，是因为断绝了母子关系，这是合于礼的。

秋天，在城外建造王姬的行馆。因为王姬不是鲁国的女子，这是合于礼的。

庄公二年

原文

二年冬，夫人姜氏会齐侯于禚。书，奸也。

译文

二年冬季，夫人姜氏与齐襄公在禚地相会。《春秋》记载这件事，是因为他们通奸的缘故。

洞庭渔隐图　元·吴镇

此图画松树坡石，平溪远岫，渔翁垂钓。图中山峦先勾出轮廓，后用干笔皴擦，浓墨点苔。松针用细笔勾画，圆浑不板，树干画得苍劲有力。构图采取一河两岸的形式，疏密、远近相间，静中求动，是吴镇山水画的优秀之作。

庄公三年

原文

三年春，溺会齐师伐卫[①]，疾之也。

夏，五月，葬桓王，缓也。

秋，纪季以酅入于齐[②]，纪于是乎始判[③]。

冬，公次于滑，将会郑伯，谋纪故也。郑伯辞以难[④]。

凡师，一宿为舍[⑤]，再宿为信[⑥]，过信为次[⑦]。

注释

①溺：鲁国大夫，即公子溺。②纪季：纪侯的弟弟。酅：纪国邑名，在今山东省临淄镇东。入：并入。③判：分。④难：祸患。⑤一宿为舍：古代出兵，日行三十里，为一舍，行一舍则停留一宿，故舍即宿也。⑥再宿为信：二宿为信。⑦过信为次：超过信则为次。次亦即一般的停留，并非专指军队。

译文

三年春，公子溺联合齐国军队攻打卫国，《春秋》之所以称溺，不称公子，是因为讨厌他的缘故。

夏，五月，安葬周桓王，下葬迟缓了。

秋，纪季把酅地划入于齐国，纪国从这时起开始分裂。

冬，庄公住在滑地，想会见郑伯，策划纪国的事情。郑伯以国内不安定为理由加以推辞。

凡是军队在外，住一宿叫做舍，两宿叫做信，两宿以上叫做次。

庄公四年

原文

四年春，王三月，楚武王荆尸[①]，授师孑焉[②]，以伐随。将齐[③]，入告夫人邓曼曰：『余心荡[④]。』邓曼叹曰：『王禄尽矣。盈而荡[⑤]，天之道也。先君其知之矣，故临武事，将发大命[⑥]，而荡王心焉。若师徒无亏[⑦]，王薨于行，国之福也。』王遂行，卒于樠木之下。令尹斗祁、莫敖屈重，除道梁溠，营军临随。随人惧，行成[⑧]。莫敖以王命入盟随侯，且请为会于汉汭而还[⑨]。济汉而后发丧。

纪侯不能下齐[⑩]，以与纪季。夏，纪侯大去其国[⑪]，违齐难也。

注释

①荆尸：楚武王所创的一种阵法。荆，楚国之别称；尸，阵法。②孑：同『戟』。③齐：同『斋』，斋戒。④荡：跳。⑤盈：满，足够。⑥命：令。⑦师徒：此指军队。⑧行成：求和。⑨汉汭：汉水转弯处。汭，水流弯曲的地方。⑩下齐：居于齐国之下。下，此用作动词。⑪大去：一去不返。

译文

四年春，周历三月，楚武王摆出『荆尸』的军阵，将戟颁发给士兵，而去攻打随国。准备斋戒，到宫里告诉夫人邓曼说：『我心慌。』邓曼叹气说：『君王的福禄尽了。月满才亏，这是自然的道理。先君一定知道了，所以面临作战，将要发布重大的命令的时候您感到心慌。如果军队没有什么损失，而君王死在路上，这就是国家之福了。』楚武王出征，死在樠树下面。令尹斗祁、莫敖屈重（秘不发丧），继续开路前进，并在水溠架桥，在随国境外建筑营垒。随国人害怕，求和。莫敖以楚王的名义进入随国和随侯结盟，并且邀请随侯在汉水转弯处会见，然后退兵。渡过了汉水才发丧。

纪侯没有屈从齐国，把自己统治的地方给了纪季。夏，纪侯便永远地离开了他的国家，以避开齐国的祸难。

溪山清夏图　元·盛懋

图绘崇山复岭，白云缭绕，楼阁掩映于丛树之中。近景溪水环绕，岸边筑有水阁亭榭，为可游可居之景。图中人物或于水榭纳凉，或悠游林下。构图繁复深曲，用长披麻皴表现山石，繁皴密点。界画楼阁严整，人物工能精谨，云霭以线勾勒，复染色彩。全图画法精巧，体现出盛懋在受文人画家影响的同时所具备的职业画家的一些特点。

庄公五年

原文

五年秋，郳犁来来朝[1]。名，未王命也。

冬，伐卫，纳惠公也。

注释

①郳：通『倪』，为鲁附庸国。犁来：郳国国君，名犁来。

译文

五年秋，郳犁来前来朝见。《春秋》记载了他的名字，是因为他还没有得到周天子的封爵。

冬，庄公会同齐、宋、陈、蔡四国攻打卫国，将护送卫惠公回国。

庄公六年

原文

六年春，王人救卫[①]。

夏，卫侯入，放公子黔牟于周，放宁跪于秦[②]，杀左公子泄、右公子职，乃即位。

君子以二公子之立黔牟，『为不度矣。夫能固位者，必度于本末而后立衷焉[③]。不知其本，不谋。知本之不枝[④]，弗强[⑤]。《诗》云：「本枝百世[⑥]。」』

注释

①王人：周王室官员。②宁跪：卫国大夫。③本末：各方面的条件。衷：适当的方法和时机。④不枝：没有枝叶。⑤强：勉强。⑥本枝百世：意为本宗和旁枝，百代兴旺。

译文

六年春季，周王室派子突率领军队前去援救卫国。

夏季，卫惠公回国，把公子黔牟流放到了成周，把宁跪流放到了秦国，并杀了左公子泄、右公子职，最后才即位。

君子认为左、右二公子立黔牟为国君，『是考虑不够周全。要想确保国君的地位能够稳固，应该事先全面衡量，从根本上看立他为君是否合乎道义，从长远看立他为君能否国泰民安，然后才能用适当的方法，在适当的时机立他为君。如果不了解他的底细，就不能为他谋划。如果知道他虽然应立为国君，但不能保证国泰民安，也不能勉强。所以《诗》说：「根壮枝茂才能百世不衰。」』

原文

冬，齐人来归卫宝，文姜请之也。

楚文王伐申[①]，过邓。邓祁侯曰：『吾甥也。』止而享之。骓甥、聃甥、养甥请杀楚子[②]，邓侯弗许。三甥曰：『亡邓国者，必此人也。若不早图，后君噬齐[③]，其及图之乎[④]！图之，此为时也！』邓侯曰：『人将不食吾余[⑤]。』对曰：『若不从三臣，抑社稷实不血食[⑥]，而君焉取余？』弗从。还年，楚子伐邓。十六年，楚复伐邓，灭之。

注释

①楚文王：武王子，邓曼所生。申：国名，故城在今河南省南阳市。②骓甥、聃甥、养甥：均为邓祁侯姊妹之子，在舅父朝中为官。③噬齐：咬自己的肚脐。齐，通脐。这句是当时俗语，比喻办不到，对付不了。④及：达到，能够办到某事。⑤不食吾余：当时俗语，唾弃、看不起的意思。余，剩余的东西。⑥抑：发语词，无意义。社：土地神。稷：谷神。实：语气副词，表确认。

译文

冬季，齐国人到鲁国归还卫国的宝器，这是出于文姜的请求。

楚文王攻打申国时，路过邓国。邓祁侯说：『你是我的外甥。』于是把他留下盛情款待。邓祁侯的另外三个外甥骓甥、聃甥、养甥请求杀掉楚王，邓祁侯不同意。那三个人说：『将来灭亡邓国的，必定是这个人。如果不早作打算，您将后悔莫及。希望及早下手！如果要动手，现在正是好机会！』邓祁侯说：『如果这样做，人们将鄙视我，再也不会食用我祭祀后剩余的东西了。』三个人回答说：『如果不听我们三人的话，邓必将被楚灭掉，神灵将得不到祭祀，您哪里还会有剩余的食物供宾客食用呢？』邓祁侯最终还是没有听从。果然，楚文王攻打申国返回那年，顺便进攻邓国。庄公十六年，楚国再一次攻打邓国，将它灭亡。

秋舸清啸图　元·盛懋

图绘远景山峦平缓，近岸树木列植，枝叶茂盛。一艘篷舟缓缓驶来，舟首一位逸士正仰天长啸，身前置放酒皿瓷碗，身后古玩横陈，船尾一童子摇橹。从此逸士的形象看，可能是魏晋时『嗜酒能啸』并善鼓琴的『竹林七贤』之一阮籍的写照。图中树石、远岸画法学董源、巨然，人物设色取唐人法，描线细劲。画风与盛懋至正辛卯年所作的《沧江横琴图》颇为一致。

庄公七年

原文

七年春，文姜会齐侯于防，齐志也。

夏，恒星不见①，夜明也。星陨如雨②，与雨偕也③。

秋，无麦、苗，不害嘉谷也④。

注释

①恒星：常见之星。②星陨：陨石。③偕：同，俱。④嘉谷：指黍稷。

译文

七年春季，文姜和齐襄公在鲁国再次幽会，这一次是齐襄公的要求。

夏季，平时常见的星星看不到了，这是由于夜空明亮。星星陨落犹如雨，而且和雨一起落下。

秋季，麦子因大雨没有收获，禾苗也被淹没，但大雨并没有妨碍黍稷的收成。

庄公八年

原文

八年春，治兵于庙，礼也。

夏，师及齐师围郕。郕降于齐师。仲庆父请伐齐师①。公曰：『不可。我实不德，齐师何罪？罪我之由②。《夏书》曰：「皋陶迈种德，德，乃降。」姑务修德以待时乎！』

秋，师还。君子是以善鲁庄公。

齐侯使连称、管至父戍葵丘③。瓜时而往，曰：『及瓜而代④。』期戍⑤，公问不至⑥。请代，弗许。故谋作乱。

僖公之母弟曰夷仲年，生公孙无知，有宠于僖公，衣服礼秩如适⑦。襄公绌之⑧。二人因之以作乱⑨。连称有从妹在公宫，无宠，使间公⑩，曰：『捷⑪，吾以女为夫人。』

注释

①仲庆父：鲁庄公的弟弟。②罪我之由：即『罪由我』的倒装句。③连称、管至父：二人名，均为齐国大夫。葵丘：齐地名，在今山东省临淄镇西。④及瓜：来年瓜熟之时。⑤期：一周年。⑥问：消息，音讯。⑦礼秩：待遇等级。适：同『嫡』。⑧绌：通『黜』，贬退。⑨因：凭借。⑩间：秘密侦察。⑪捷：事情办成。此为公孙无知向连称从妹许诺之词。

译文

八年春季，鲁国在太庙为军队颁发兵器，这是合乎礼的。

夏季，鲁国军队和齐国军队一同围攻郕国，郕国被迫向齐军投降。为此，仲庆父请求攻打齐军。庄公说：『不行。这是由于我缺少德行，齐军有什么罪？罪在于我。《夏书》说：「皋陶努力修养德行，德行一旦具备，他人就会降服。」我们还是尽力修养德行，以等待时机的到来吧！』

秋季，鲁国的军队回国。君子们为此对鲁庄公称赞不已。

齐襄公让连称、管至父两位大夫戍守葵丘。七月瓜熟的时候赴任，齐襄公对他们说：『到明年瓜熟的时候就派人去替换你们。』但一年戍期已满，襄公关于替换的命令还没有下来。连称和管至父请求派人来代替，襄公不答应。于是连、管二人就谋划叛乱。

齐僖公的同母之弟叫夷仲年，生了公孙无知。公孙无知深得僖公的宠爱，他穿的衣服和所享受的待遇同嫡子一样。襄公即位以后，他的待遇被取消了。连称和管至父二人就准备依靠他发动叛乱。

连称有个堂妹在齐襄公的后宫为妾，未得宠。连称就让她前去窥伺襄公的行动，乘机下手。公孙无知对她说：『如果谋杀取得成功，我便封你为夫人。』

原文

冬，十二月，齐侯游于姑棼[1]，遂田于贝丘[2]。见大豕，从者曰：『公子彭生也。』公怒曰：『彭生敢见！』射之，豕人立而啼[3]。公惧，队于车[4]，伤足丧屦。反，诛屦于徒人费[5]。弗得，鞭之，见血。走出，遇贼于门，劫而束之。费曰：『我奚御哉[6]！』袒而示之背，信之。费请先入，伏公而出斗[7]，死于门中。石之纷如死于阶下[8]。遂入，杀孟阳于床，曰：『非君也，不类[9]。』见公之足于户下，遂弑之，而立无知。

初，襄公立，无常[10]。鲍叔牙曰：『君使民慢[11]，乱将作矣。』奉公子小白出奔莒[12]。乱作，管夷吾、召忽奉公子纠来奔[13]。

初，公孙无知虐于雍廪[14]。

注释

①姑棼：齐地名，即薄姑，在今山东省博兴县东北。②田：围猎。贝丘：齐地名，在今山东省博兴县南。③人立：即后足立地，前足悬空，如人站立。④队：同『坠』。⑤诛屦：责令寻找鞋子。诛，责令。徒人费：即名字叫费的侍者。徒人，侍人，即宦官。⑥奚：怎么。御：抵抗。⑦伏公：将齐襄公藏匿起来。伏，藏匿。⑧石之纷如：即石纷如，宦官名字。⑨不类：不像。⑩无常：行为无准则。⑪慢：松弛放纵。⑫小白：僖公庶子，襄公之弟。⑬管夷吾：即管仲，原为公子纠之傅，后相桓公，霸诸侯，春秋时著名政治家。召忽：公子纠之傅。公子纠：小白庶兄。⑭雍廪：齐大夫。

译文

冬季，十二月，齐襄公在姑棼游玩，并在贝丘打猎。突然发现一头大野猪，随从说：『这是公子彭生。』齐襄公发怒了，说：『彭生还敢在我面前出现！』于是用箭射它。野猪前足腾空，像人一样站起来吼叫。齐襄公害怕了，从车上坠下来，摔伤了脚，还丢失了鞋。出游归来后，他命令一位名叫费的侍人前去找鞋。费找不到，齐襄公就鞭打他，直至打得浑身流血。费跑了出去，碰巧在门口遇到了叛贼，叛贼把费劫走并捆绑起来。费说：『我没有反对你们啊！』并解开衣服让叛贼看他的伤痕，叛贼这才相信。费表示愿意帮助他们，要求先行进宫。他进去后先把齐襄公隐藏起来，再出来和叛贼搏斗，结果死在宫门里。侍人石之纷如死在台阶下。叛贼杀进宫里，杀了在床上假冒齐襄公的孟阳，又说：『这个人不是国君，看样子不像。』后来在门下看到齐襄公露出的脚，于是把他拉出来杀了，然后立公孙无知为国君。

当初，齐襄公即位后，政令无常。鲍叔牙说：『国君放纵百姓，祸乱将要发生。』于是事奉僖公的庶子公子小白即后来的齐桓公逃到了莒国。叛乱发生后，管仲、召忽事奉僖公的儿子公子纠逃亡到了鲁国。

当初，公孙无知曾虐待齐国大夫雍廪。

林下鸣琴图　元·朱德润

图绘天旷气清，树叶尽落，群雁低徊。三位高士坐长松下，一人抚琴，二人谈论正浓，松风琴韵，表现了文人的逸兴。坡石的形状与皴法以及蟹爪般的枯枝，显然从郭熙的画法中来。朱德润此图虽借鉴宋人，用笔却简括了许多，且画面的格调已属元人。

庄公九年

原文

九年春，雍廪杀无知。

公及齐大夫盟于蔇，齐无君也。

夏，公伐齐，纳子纠。桓公自莒先入。

秋，师及齐师战于乾时，我师败绩。公丧戎路①，传乘而归②。秦子、梁子以公旗辟于下道，是以皆止。

鲍叔帅师来言曰：『子纠，亲也，请君讨之③。管、召，雠也④，请受而甘心焉⑤。』乃杀子纠于生窦⑥，召忽死之。管仲请囚，鲍叔受之，及堂阜而税之。归而以告，曰：『管夷吾治于高傒⑦，使相可也。』公从之。

注释

①戎路：四匹马的兵车。②传乘：轻便的快车。③讨：相当于『杀』。④雠：同『仇』。⑤受：指接受管、召以便把他们带回去亲自处置。⑥生窦：鲁国地名。⑦治于高傒：比高傒更有治国才能。治，治国才能；高傒，齐国上卿。

译文

九年春季，雍廪因难以忍受虐待而杀了公孙无知。

由于齐国目前没有国君，庄公和齐国的大夫在蔇地结盟。

夏季，庄公领兵进攻齐国，要护送公子纠回国即位。但齐桓公小白已从莒国抢先回到了齐国。

秋季，鲁国军队和齐国军队在乾时交战，结果鲁军被打败。庄公丢弃了战车，乘坐轻车得以脱逃回来。但秦子、梁子打着庄公的旗号躲在小道上作掩护，均被齐军俘获。

鲍叔率领军队前来鲁国说：『子纠是齐桓公的亲兄弟，请君王杀了他。管仲、召忽则是我们的仇人，请交给我们亲手把他处死。』于是齐国人就在生窦杀了子纠，而召忽也自杀了。管仲请求把他囚禁起来送往齐国，鲍叔答应了，到了齐国堂阜就给他松了绑。回国后，鲍叔向齐桓公进言，说：『管仲的政治才能高于高傒，可以让他辅佐君王。』齐桓公接受了他的建议。

暮云诗意图　元·马琬

此图描写山岭深处日暮雨后之景。层峦逶迤，或隐或现，平岗上林木深秀，临水有亭，隔溪板桥相接。山嶂烟岚轻动，茅屋村舍掩映。巨岗坡石用凝重柔和的披麻皴层层勾皴，表现出浑厚伟峻的形势。全图在水墨勾皴的基调上，略染淡淡的青绿，山巅阳面晕染薄薄的赭石，树叶点染花青，使物象呈现出暮色苍茫的气氛。

庄公十年

原文

十年春，齐师伐我。公将战，曹刿请见[①]。其乡人曰：『肉食者谋之[②]，又何间焉[③]？』刿曰：『肉食者鄙[④]，未能远谋。』乃入见。问：『何以战？』公曰：『衣食所安，弗敢专也[⑤]，必以分人。』对曰：『小惠未遍，民弗从也。』公曰：『牺牲玉帛[⑥]，弗敢加也[⑦]，必以信[⑧]。』对曰：『小信未孚[⑨]，神弗福也。』公曰：『小大之狱，虽不能察[⑩]，必以情[⑪]。』对曰：『忠之属也，可以一战，战则请从。』

公与之乘。战于长勺。公将鼓之。刿曰：『未可。』齐人三鼓。刿曰：『可矣。』齐师败绩。公将驰之[⑫]。刿曰：『未可。』下，视其辙，登轼而望之[⑬]，曰：『可矣。』遂逐齐师。

注释

①曹刿：鲁人，出身低微，足智多谋，长勺之战中，助鲁庄公打败强齐，创造以弱胜强的经典之战。②肉食者：指在位的贵族。③间：参与。④鄙：鄙陋不通。⑤专：专享。⑥牺牲玉帛：祭祀之物。⑦加：变更。⑧信：诚实。⑨孚：覆盖，普遍，孚借为『覆』。一说孚即信用，信服。⑩察：洞察，明察。⑪情：实情。⑫驰：追逐。⑬轼：车前横木，站在上面可以远望。

译文

十年春，齐军攻打鲁国。庄公准备迎战，曹刿请求进见。他的同乡人说：『有权位的人在那里谋划，你又去干什么？』曹刿说：『那些人鄙陋不通，难以作长远考虑。』于是入宫进见。曹刿问庄公：『凭什么来作战？』庄公说：『我所喜爱的衣服，喜爱的食物，不敢独自享受，一定分给众人。』曹刿回答说：『小恩小惠难以周遍，百姓不会跟从的。』庄公说：『祭祀用的牛羊玉帛，不敢欺骗、夸大，祝史的祷告一定反映实情。』曹刿回答说：『一念之诚也难以代表一切，神灵也不会降福的。』庄公说：『所有的案件，虽然不能一一洞察，但必定按照情理处理。』曹刿回答说：『这是为百姓尽力，可以凭此打一下。打起来，请让我跟随前去。』

庄公和曹刿同乘一辆兵车，作战于长勺。庄公准备击鼓。曹刿说：『不可。』齐人三通鼓罢。曹刿说：『可以了。』齐军大败。庄公准备追上去。曹刿说：『不可。』下车，细看齐军的车辙，然后登上车前横板远望，说：『行了。』于是追赶齐军。

原文

既克，公问其故。对曰：『夫战，勇气也。一鼓作气，再而衰，三而竭。彼竭我盈，故克之。夫大国难测也，惧有伏焉①。吾视其辙乱，望其旗靡②，故逐之。』

夏，六月，齐师、宋师次于郎。公子偃曰③：『宋师不整，可败也。宋败，齐必还。请击之。』公弗许。自雩门窃出，蒙皋比而先犯之。公从之④，大败宋师于乘丘。齐师乃还。

蔡哀侯娶于陈，息侯亦娶焉。息妫将归⑤，过蔡。蔡侯曰：『吾姨也。』止而见之，弗宾⑥。息侯闻之，怒，使谓楚文王曰：『伐我，吾求救于蔡，而伐之。』楚子从之。秋，九月，楚败蔡师于莘，以蔡侯献舞归。

齐侯之出也，过谭，谭不礼焉。及其入也，诸侯皆贺，谭又不至。冬，齐师灭谭，谭无礼也。谭子奔莒，同盟故也。

注释

①伏：埋伏。②靡：随风倒下。③公子偃：鲁大夫。④公从之：庄公见公子偃已私出，为免鲁军吃亏，不得已领

兵随后。⑤将归：将嫁。⑥弗宾：不用客礼对待，大概有轻佻的行为。

译文

战胜以后，庄公问曹刿为什么取胜。曹刿回答说：『作战靠的是勇气。第一通鼓激发勇气，第二通就减弱，第三通勇气就竭尽了。他们的士气竭尽而我们充盈，所以能打败他们。大国难以捉摸，恐怕有埋伏。我细看他们的车辙已经杂乱，远望他们的旗子倒下，所以追赶他们。』

夏，六月，齐国和宋国将军队驻扎在郎地。公子偃说：『宋军的军容不齐，可以打败他。宋军败了，齐军必然回国。请您进攻宋军。』庄公不同意。公子偃便从雩门私自出击，把马蒙上老虎皮先攻打宋军。庄公领兵跟着进攻，在乘丘将宋军打得大败。齐军也就回国了。

蔡哀侯在陈国娶妻，息侯也在陈国娶妻。息妫出嫁时路过蔡国。蔡侯说：『你是我的小姨。』留下来见面，没有礼貌。息侯听到这件事，大怒，于是派人对楚文王说：『请您假装攻打我国，我向蔡国求救，您就可以攻打它。』楚王照办。秋，九月，楚国在莘地攻击蔡军，俘虏了蔡侯献舞回国。

齐侯逃亡在外，经过谭国，谭国不加礼遇。等到他回国，诸侯都去祝贺，谭国还是没有去。冬，齐军灭了谭国，这是由于谭国没有礼貌。谭子逃亡到莒国，这是由于两国同盟。

庄公十一年

原文

十一年夏，宋为乘丘之役故侵我。公御之。宋师未陈而薄之①，败诸鄑。

凡师，敌未陈曰『败某师』，皆陈曰『战』，大崩曰『败绩』，得俊曰『克』②，覆而败之曰『取某师』③，京师败曰『王师败绩于某』。

秋，宋大水。公使吊焉④，曰：『天作淫雨，害于粢盛⑤，若之何不吊？』对曰：『孤实不敬，天降之灾，又以为君忧，拜命之辱⑥。』

臧文仲曰⑦：『宋其兴乎！禹、汤罪己，其兴也悖焉⑧；桀、纣罪人，其亡也忽焉⑨。且列国有凶称孤，礼也。言惧而名礼⑩，其庶乎⑪！』既而闻之曰公子御说之辞也⑫。臧孙达曰⑬：『是宜为君，有恤民之心。』

注释

①薄：迫近。②得俊：战胜敌军，俘获敌军首领或勇士。俊，才智出众之人。③覆：埋伏。④吊：慰问。⑤粢盛：祭祀所用的黍稷，此指庄稼。⑥拜命之辱：当时习惯用语，相当于『承蒙关照，实不敢当』。⑦臧文仲：即臧孙辰，鲁国大夫。⑧悖：同『勃』。⑨忽：疾速。⑩言惧：言辞谦恭惶恐。名礼：名称合于礼。⑪庶：庶几。⑫公子御说：宋庄公之子，宋闵公之弟，即后来的宋桓公。⑬臧孙达：即臧哀伯。

译文

十一年夏，宋国为了乘丘战役而侵袭我国。庄公出兵迎战。宋国的军队还没摆开阵势，我军就压过去，在鄑地将宋军打败。

凡是作战，敌方尚未摆开阵势叫做『败某师』，摆开了阵势叫做『战』，大崩溃叫做『败绩』，俘虏敌方的勇士称为『克』，伏兵而击败敌军称为『取某师』，周天子的军队打败称为『王师败绩于某』。

秋，宋国发大水。庄公派使者前去慰问，说：『上天降大雨，危害了庄稼，为什么不慰问呢？』宋公回答说：『孤对于上天不敬，上天降灾，还因此让贵国国君担忧，承蒙关注，实不敢当。』

臧文仲说：『宋国恐怕要兴起了！禹、汤责罚自己，他们勃然兴起；桀、纣责罚别人，他们马上灭亡。而且列国发生灾荒的时候，国君称孤，这是合于礼的。言语惶恐而名称合于礼，这就差不多了吧！』不久又听说这是公子御说的话。臧孙达说：『这个人适合当国君，他有爱护百姓的心意。』

原文

冬，齐侯来逆共姬①。

乘丘之役，公以金仆姑射南宫长万②，公右歂孙生搏之③。宋人请之。宋公靳之④，曰：『始吾敬子，今子，鲁囚也，吾弗敬子矣。』病之⑤。

注释

①齐侯：齐桓公。②仆姑：箭名。③右：车右。生搏：活捉。④靳：羞辱，取笑。⑤病：担忧、恐惧。宋万误以为闵公对己不满而担忧、恐惧。

译文

冬，齐桓公前来迎娶共姬。

在乘丘战役中，庄公用金仆姑箭射中南宫长万，庄公的车右歂孙将他活捉。宋国人请求把南宫长万释放回国。宋公和南宫长万开玩笑说：『开始我尊敬你，现在你是鲁国的囚犯，我不尊敬你了。』南宫长万因而怀恨。

寒林群鸦图　元·罗稚川

此图上绘岸边坡石纵横，二木傲然挺立，虽枝干枯老瘦硬，却更显伟岸。笔墨凝重浑厚，皴法及树法全学李成、郭熙而又有所变化。上有一群乌鸦，或盘旋空中或散落树梢。对岸浅滩，杂树密林，将观者视线引向深处。远山连绵，树丛依稀，皆以淡墨染出。河谷虽不宽，却显开阔之势。全图荒寒沉寂，空旷深远。作者罗稚川虽以李、郭为师，更以自然为师。时人评其『作诗点出末来眼，一扫徐熙与郭熙』。可见罗稚川在当时的影响。

庄公十二年

原文

十二年秋，宋万弑闵公于蒙泽①。遇仇牧于门，批而杀之②。遇太宰督于东宫之西③，又杀之。立子游④。群公子奔萧⑤。公子御说奔亳。南宫牛、猛获帅师围亳⑥。

冬，十月，萧叔大心及戴、武、宣、穆、庄之族以曹师伐之⑦。杀南宫牛于师，杀子游于宋，立桓公。猛获奔卫。南宫万奔陈，以乘车辇其母⑧，一日而至。

宋人请猛获于卫。卫人欲勿与。石祁子曰：『不可。天下之恶一也，恶于宋而保于我⑨，保之何补⑩？得一夫而失一国，与恶而弃好⑪，非谋也。』卫人归之。亦请南宫万于陈，以赂⑫。陈人使妇人饮之酒，而以犀革裹之⑬。比及宋，手足皆见⑭。宋人皆醢之⑮。

注释

①宋万：即南宫长万。闵公：即宋闵公，名捷。蒙泽：宋国地名，在今河南省商丘县北。②批：反手击打。③太宰督：即华督。太宰，官名。④子游：宋国公子。⑤萧：宋附庸国，在今安徽省萧县西北。⑥南宫牛：南宫长万之子。猛获：南宫长万的同党。⑦萧叔大心：萧国大夫。叔，排行；大心，名。戴、武、宣、穆、庄：指宋戴公、宋武公、宋宣公、宋穆公、宋庄公。⑧乘车：载人的车子。辇：以人驾车称为『辇』。⑨保：保护。⑩补：益处。⑪与恶：袒护邪恶。⑫以赂：送上财物。⑬犀革：犀牛之革。⑭比及：等到。见：现。此指其力气极大，手足破犀革而出。⑮醢：肉酱，此作动词，即烹。

译文

十二年秋，宋国的南宫长万在蒙泽将宋闵公杀死。在门口遇到仇牧，一巴掌未将他打死。在东宫的西面遇到太宰督，又杀了他。立了子游为国君。公子们逃亡到萧国，而公子御说逃亡到亳地。南宫牛、猛获率领军队包围了亳地。

冬，十月，萧叔大心和宋戴公、武公、宣公、穆公、庄公的族人率领曹国军队发动进攻。杀死了南宫牛，在宋国都城杀死了子游，立宋桓公为国君。猛获逃亡到卫国。南宫长万逃往陈国，自己拉车带上他的母亲，只一天就到达了陈国。

宋国人到卫国请求将猛获归还。卫国人想不给他们。石祁子说：『不行。普天下的邪恶是一样的，在宋国作恶而在我国怎能受保护，保了他又有什么好处？得到一个人却失去一个国家，结交邪恶的人却丢弃友好的国家，这不是好主意。』于是卫国人把猛获归还宋国。宋国又到陈国请求归还南宫长万，并送上礼物。陈国人让女人劝南宫长万饮酒，灌醉他后而用犀牛皮把他包起来。等到抵达宋国，南宫长万的手脚已经挣破犀牛皮露在外面了。宋国人将这两个人剁成了肉酱。

庄公十三年

原文

十三年春，会于北杏，以平宋乱，遂人不至①。夏，齐人灭遂而戍之。

冬，盟于柯，始及齐平也。

宋人背北杏之会②。

注释

①遂：诸侯国，妫姓，在今山东省宁阳县西北与肥城县的交界处。②背：背盟，违约，结怨。

译文

十三年春季，庄公和齐、宋、陈、蔡、邾等国国君在北杏会见，目的是要平定宋国的动乱，但遂国国君没有来。

夏季，齐国出兵消灭遂国并驻兵镇守。

冬季，庄公和齐桓公在柯地结盟，从此鲁国开始和齐国交好。

宋国人背叛了春天的时候在北杏订立的盟约。

庄公十四年

原文

十四年春，诸侯伐宋，齐请师于周。夏，单伯会之，取成于宋而还。

郑厉公自栎侵郑，及大陵①，获傅瑕②。傅瑕曰：『苟舍我③，吾请纳君。』与之盟而赦之。六月甲子，傅瑕杀郑子及其二子④，而纳厉公。

初，内蛇与外蛇斗于郑南门中⑤，内蛇死。六年而厉公入。公闻之，问于申繻曰：『犹有妖乎？』对曰：『人之所忌，其气焰以取之，妖由人兴也。人无衅焉⑥，妖不自作。人弃常则妖兴⑦，故有妖。』

厉公入，遂杀傅瑕。使谓原繁曰：『傅瑕贰，周有常刑，既伏其罪矣。纳我而无二心者，吾皆许之上大夫之事，吾愿与伯父图之⑧。且寡人出，伯父无里言⑨，入，又不念寡人，寡人憾焉。』对曰：『先君桓公命我先人典司宗祏⑩。社稷有主，而外其心，其何贰如之？苟主社稷，国内之民，其谁不为臣？臣无二心，天之制也⑪。子仪在位十四年矣，而谋召君者，庸非贰乎⑫？庄公之子犹有八人，若皆以官爵行赂，劝贰而可以济事⑬，君其若之何？臣闻命矣⑭。』乃缢而死。

注释

①大陵：郑国地名，在今河南省密县与新郑县之间。②傅瑕：郑国大臣。③舍：释放。④郑子：即郑国国君子仪，因无谥号，故称郑子。⑤内蛇：门内之蛇。外蛇：门外之蛇。⑥衅：破绽，缝隙。⑦弃常：失去常态或常道。⑧伯父：指原繁。⑨里言：指以国内情况告知厉公。⑩桓公：郑始封的第一代国君。典司：主管。宗祏：宗庙中藏主的石室。⑪制：规定。⑫庸：难道。⑬劝贰：怂恿别人对君主存二心。济事：成事，指当一国之君。⑭闻命：听从命令。

译文

十四年春，诸侯进攻宋国，齐国请求成周出兵。夏，单伯领兵和诸侯会合，和宋国讲和后回国。

郑厉公从栎地领兵袭击郑国国都，到达大陵，俘获了傅瑕。傅瑕说：『如果放了我，我设法使君王回国再登君位。』郑厉公和他发誓，把他赦免了。六月二十日，傅瑕杀死郑子和郑子的两个儿子，接纳厉公回国。

当初，在郑国国都的南门下面，一条门里的蛇和一条门外的蛇相斗，门里的蛇被咬死。过了六年厉公回国。鲁庄公听说这件事，向申繻询问说：『因为妖孽厉公才回国的吗？』申繻回答说：『一个人是否会遇到他所害怕的事，是由于他自己的气焰所决定的，妖孽是由于人引起的。人没有疵瑕，妖孽不能自己起来。人丢弃了常道，妖孽就起来，所以才有妖孽。』

郑厉公回国，将傅瑕杀了。派人对原繁说：『傅瑕对国君三心二意，对于这种情况，周朝是有规定的刑罚的，现在已经受到惩处了。帮助我回国而没有三心二意的，我答应封他上大夫，我愿意跟伯父一起商量。而且寡人离开国家在外，伯父没有告诉寡人国内的情况。回国以后，又并不亲近寡人，寡人对此非常遗憾。』原繁回答说：『先君桓公命令我的先人管理宗庙石室。国家有君主而心却在国外，还有比这更大的三心二意吗？如果他主持国家，国内的百姓，谁又不是他的臣下？臣下不应该三心二意，这是上天的规定。子仪居于君位十四年了，现在策划召请君王回国，难道不是三心二意吗？庄公还有八个儿子，如果都用官爵做贿赂以劝说别人三心二意而又可能成功，君王又怎么办？下臣听到君王的命令了。』于是就上吊死了。

原文

蔡哀侯为莘故[①]**，绳息妫以语楚子**[②]**。楚子如息，以食入享，遂灭息。以息妫归，生堵敖及成王焉。未言**[③]**。楚子**

问之，对曰：『吾一妇人，而事二夫，纵弗能死，其又奚言？』楚子以蔡侯灭息，遂伐蔡。秋，七月，楚入蔡。

君子曰：『《商书》所谓「恶之易也[4]，如火之燎于原，不可乡迩[5]，其犹可扑灭」者，其如蔡哀侯乎？』

冬，会于鄄，宋服故也。

注释

①蔡哀侯为莘故：蔡哀侯莘地战役被俘，这时在楚国。②绳：通『渑』，赞誉。③言：主动开口。④易：蔓延，滋长。⑤乡迩：挨近。乡，通『向』。

译文

蔡哀侯因为莘地战役被俘，在楚文王面前赞美息妫。楚文王到息国，设享礼招待息侯而进行袭杀，就消灭了息国。他把息妫带回楚国，生了堵敖和成王。息妫没有说过话，楚文王问她，她回答说：『一个女人，伺候两个丈夫，即使不死，又能说什么？』楚文王由于蔡侯的缘故才消灭了息国，于是攻打蔡国。秋，七月，楚军进入蔡国。

君子说：『《商书》所说的「恶的蔓延，就好像火的燎原，不可能接近，难道还能扑灭」，恐怕就像蔡哀侯吧！』

冬，单伯和齐桓公、宋桓公、卫惠公、郑厉公在鄄地会见，这是由于宋国顺服的缘故。

庄公十五年

原文

十五年春，复会焉①，齐始霸也②。

秋，诸侯为宋伐郳③。郑人间之而侵宋。

注释

①复会：指齐、宋、陈、卫、郑国再次于鄄地会盟。②霸：此作动词，称霸。③郳：宋国附庸，后背叛了宋国。

译文

十五年春季，齐桓公、宋桓公、陈宣公、卫惠公和郑厉公再次在鄄地会见，此后齐国开始称霸。

秋季，各诸侯国为了宋国攻打郳国。郑国人趁机侵入宋国。

庄公十六年

原文

十六年夏，诸侯伐郑，宋故也。

郑伯自栎入，缓告于楚。秋，楚伐郑，及栎，为不礼故也。

郑伯治与于雍纠之乱者。九月，杀公子阏，刖强鉏[①]。公父定叔出奔卫[②]。三年而复之，曰：『不可使共叔无后于郑。』使以十月入，曰：『良月也[③]，就盈数焉[④]。』

君子谓强鉏不能卫其足[⑤]。

冬，同盟于幽，郑成也。

注释

①刖：一种断足的酷刑。强鉏：祭仲党羽。②公父定叔：共叔段的孙子。定，谥号。③良月：古人以单数月为忌，双数月为良。④盈数：数至十而满，故称盈数。⑤强鉏不能卫其足：指强鉏不能见机避害，所以他失去双足。

译文

十六年夏季，宋国、齐国和卫国进攻郑国，是郑国入侵了宋国的缘故。

郑厉公从栎地回到国都后，没有立即告诉楚国。秋季，楚国向郑国发动了进攻，军队攻至栎地，这是为了报复他对楚国的不敬。

郑厉公开始惩治参与雍纠之乱的人。九月，杀了公子阏，砍断了强鉏的双脚。公父定叔被迫逃亡到卫国。三年后，他又被郑厉公请了回去，说：『不能让共叔段在郑国没有后代继承禄位。』并让他在十月回国，说：『十月是个好月份，十是个满数。』

君子认为是强钼自己不能保全自己的双脚。

冬季，庄公和齐桓公、宋桓公、陈宣公、卫惠公、郑厉公、许穆公、滑伯、滕子在幽地结盟，目的是与郑国讲和。

原文

王使虢公命曲沃伯以一军为晋侯。

初，晋武公伐夷，执夷诡诸①。芳国请而免之②。既而弗报③，故子国作乱④。谓晋人曰：『与我伐夷而取其地。』

遂以晋师伐夷，杀夷诡诸。

周公忌父出奔虢⑤。惠王立而复之⑥。

注释

①夷诡诸：周大夫，以采邑作为姓氏。②芳国：周大夫。③既而：后来。④子国：即芳国。⑤周公忌父：王朝卿士。⑥复之：让他回国复位。

译文

周天子派虢公命令曲沃武公建立一个军的部队，并封他为晋侯即晋武公。

当初，晋武公曾进攻夷地，抓住了夷诡诸。但周大夫芳国为他求情，使晋国赦免了对他的处罚。但事后夷诡诸并没有报答芳国，所以芳国作乱。芳国对晋国人说：『请和我们一起攻打夷国，夺取它的土地。』于是就带领晋国军队攻打夷地，杀了夷诡诸。

周公忌父为了躲避战乱而逃亡到了虢国。直到周惠王即位后才恢复了他的王室卿士的职位。

庄公十七年

原文

十七年春，齐人执郑詹，郑不朝也。

夏，遂因氏、颌氏、工娄氏、须遂氏飨齐戍[1]，醉而杀之，齐人歼焉[2]。

注释

①因氏、颌氏、工娄氏、须遂氏：遂国四个家族。齐戍：齐国的戍卒。②歼：杀尽。

译文

十七年春季，齐国人将郑国执政大臣郑詹抓了起来，是因为郑国不去朝见齐国。

夏季，遂国的因氏、颌氏、工娄氏和须遂氏用酒食招待齐国戍守遂国的人，把他们灌醉后全部杀死。齐国人因此也把因氏等人全部消灭了。

庄公十八年

原文

十八年春，虢公、晋侯朝王[①]，王飨醴，命之宥[②]，皆赐玉五瑴[③]，马三匹。非礼也。王命诸侯，名位不同，礼亦异数，不以礼假人。

虢公、晋侯、郑伯使原庄公逆王后于陈[④]。陈妫归于京师，实惠后。

夏，公追戎于济西。不言其来，讳之也[⑤]。

秋，有蜮，为灾也。

注释

①晋侯：指晋武公之子，献公诡诸。②宥：酬酢，劝酒。③五瑴：五对玉。瑴，合在一起的两块玉，亦写作『珏』。④原庄公：周王卿士。⑤不言其来，讳之：戎来入侵，鲁不能知，足见边防松弛，是防御上的失误，《春秋》不直书怎样入侵，是隐讳鲁国的失误。

译文

十八年春，虢公、晋献公朝觐周天子。周天子用甜酒招待，还同意他们向自己敬酒，同时各赐给他们玉五对，马三匹，这是不合于礼的。周天子对诸侯有所策命，他们名称地位不同，礼仪的等级也不同，是不能把礼仪随便给人的。

虢公、晋献公和郑厉公派原庄公去陈国把王后迎回。陈妫嫁到京城，便成了惠后。

夏，庄公在济水之西追逐戎人。《春秋》没有记载戎人的这次进攻，这是由于忌讳。

秋，发现蜮虫，《春秋》之所以记载它，是由于成了灾。

原文

初，楚武王克权①，使斗缗尹之，以叛②。围而杀之，迁权于那处③，使阎敖尹之④。及文王即位，与巴人伐申，而惊其师⑤。巴人叛楚而伐那处，取之，遂门于楚。阎敖游涌而逸⑥。楚子杀之，其族为乱。冬，巴人因之以伐楚。

注释

①权：国名，子姓。②以：以之，凭借权邑（叛楚）。③迁权：迁移权邑之民。那处：楚地。④阎敖：楚大夫。⑤惊：惊惧，吓唬。其：代巴人。⑥涌：水名。逸：逃跑。

译文

当初，楚武王攻占了权国，派斗缗做这里的长官，斗缗盘踞在这里而叛变楚国。楚国包围权地而杀掉了斗缗，又把权地的百姓迁到那处，派阎敖管理这里。等到文王即位，楚军和巴国人一起进攻申国，使巴军受到惊吓。巴国人背叛楚国而进攻那处，并占领了它，于是又攻打楚国都城的城门。阎敖在涌水里游泳逃走。楚子杀了阎敖，他的族人就叛乱了。冬，巴国人由此而攻打楚国。

庄公十九年

原文

十九年春，楚子御之①，大败于津。还，鬻拳弗纳②。遂伐黄③，败黄师于踖陵。还，及湫④，有疾。夏，六月庚申，卒，鬻拳葬诸夕室⑤，亦自杀也，而葬于绖皇⑥。

初，鬻拳强谏楚子，楚子弗从，临之以兵⑦，惧而从之。鬻拳曰：『吾惧君以兵，罪莫大焉。』遂自刖也。楚人以为大阍⑧，谓之大伯⑨，使其后掌之⑩。

君子曰：『鬻拳可谓爱君矣，谏以自纳于刑，刑犹不忘纳君于善。』

注释

①御之：抵抗巴军。②鬻拳：人名，掌管楚国城门。③黄：国名，嬴姓，在今河南省潢川县西南。④湫：楚国地名，在今湖北省钟祥县北。⑤夕室：楚国君主墓葬地名。⑥绖皇：陵墓地宫前庭。绖，通『窒』，绖皇即窒皇。⑦临：对着。兵：武器。⑧大阍：守城门的官员。阍，守门之人。⑨大伯：即太伯。伯，长。⑩使其后掌之：使其后代子孙掌此官职。

译文

十九年春季，为反击巴国人的进攻，楚文王率军抵抗，但大败于津地。回国后，掌管城门的鬻拳又不开城门，拒绝文王入城。于是楚文王被迫转而攻打黄国，在踖陵打败了黄国的军队。回途中，行至湫地，楚文王染病。夏季，六月十五日楚文王去世。鬻拳将楚文王安葬在夕室后，自杀身亡，他被葬在文王陵墓地下宫殿的前庭。

当初，鬻拳曾力劝楚文王不要出兵，但被楚文王拒绝。于是鬻拳便拿起兵器威胁，楚文王害怕了，才听了他的话。鬻拳说：『我以兵器威胁国君，犯下了莫大的罪过。』于是就自己砍掉了双脚。后来楚国人让他担任守卫楚都城门的官职，称之为太伯，并且让他的子孙也世代担任此职。

君子对此评论说：『鬻拳可以说是对国君忠心耿耿了。因力劝国王而自我受刑，即使自我受刑也没有忘记引导国君向好的方向发展。』

原文

初，王姚嬖于庄王[1]，生子颓。子颓有宠，蒍国为之师[2]。及惠王即位，取蒍国之圃以为囿。边伯之宫近于王宫[3]，王取之。王夺子禽祝跪与詹父田，而收膳夫之秩[4]。故蒍国、边伯、石速、詹父、子禽祝跪作乱，因苏氏。秋，五大夫奉子颓以伐王，不克，出奔温[5]。苏子奉子颓以奔卫。卫师、燕师伐周。冬，立子颓。

注释

①王姚：庄王之妾。嬖：指对婢妾的宠幸、疼爱。②之：其，他的。③宫：府邸，房舍。④膳夫：官名，掌王宫饮食。此指下文的石速。秩：俸禄。⑤温：苏氏的封邑。

译文

当初，王姚被周庄王宠幸，生了子颓。子颓被宠爱，庄王让蒍国做他的老师。庄王的孙子惠王即位后，霸占了蒍国的菜园作为饲养禽兽的地方。周大夫边伯的房屋在王宫附近，惠王也强行占有了。另外，惠王还夺取了子禽祝跪和詹父的田地，收回了膳夫石速的俸禄。因此蒍国、边伯、石速、詹父和子禽祝跪就联合发动了叛乱，归依了苏忿生。秋季，五位大夫事奉子颓攻打惠王，但失败了，便逃亡到了温地。苏忿生则事奉子颓逃亡到了卫国。卫国、燕国的军队又联合攻打周王室。冬季，立了子颓为周天子。

庄公二十年

原文

二十年春，郑伯和王室①，不克。执燕仲父②。夏，郑伯遂以王归，王处于栎。秋，王及郑伯入于邬③。遂入成周④，取其宝器而还。

冬，王子颓享五大夫，乐及遍舞⑤。郑伯闻之，见虢叔，曰：『寡人闻之，哀乐失时，殃咎必至⑥。今王子颓歌舞不倦，乐祸也。夫司寇行戮⑦，君为之不举⑧，而况敢乐祸乎？奸王之位，祸孰大焉？临祸忘忧，忧必及之。盍纳王乎⑨？』虢公曰：『寡人之愿也！』

注释

①和王室：在周惠王与子颓之间进行调解、讲和。②燕仲父：南燕国君，曾伐周。③邬：郑国邑名。④成周：子颓在王城，成周在王城东。⑤遍舞：指六代舞曲，即黄帝之《云门》《大卷》，尧之《大咸》，舜之《大韶》，禹之《大夏》，汤之《大濩》，周武王之《大武》。⑥殃咎：祸害，灾难。⑦司寇：古代主管刑法的官员。行戮：杀人。⑧不举：减少膳食，撤除音乐。举，即备有佳肴并以音乐助食。⑨盍：何不。

译文

二十年春，郑厉公调解王室的纷争，失败了。抓住了燕仲父。夏，郑厉公就带了周惠王回国，惠王居住的地方是栎地。秋，惠王和郑厉公到了邬地，就进入成周，夺取了成周的宝器而回。

冬，王子颓设享礼招待五位大夫，奏乐涉及所有的舞蹈。郑厉公听到这件事，见到虢叔说：『寡人听说，悲哀和高兴得不是时候，灾殃必然降临。现在王子颓观赏歌舞而不疲倦，这是以祸患为高兴。司寇杀人，国君因此而减膳撤乐，更何况怎能以祸患而高兴呢？篡夺王位，祸患还有比这更大的吗？面临祸患而忘记忧伤，忧愁一定到来。何不让天子复位呢？』虢公说：『这是寡人的愿望！』

罗浮山樵图　元·陈汝言

图中层峦叠嶂，沟壑纵横，大小山冈，密林丛生，山庄村居隐现于其中，一派草木华滋、生机勃发之景。一股飞泉自远处山峰之侧飞泻而下，至山脚变为潺潺细流，注入大河。笔法沉着而疏秀，用墨严实而苍浑。山头布以『矾头』，用长披麻皴法，再以淡墨渲染。近树双钩而成，远树则墨点成丛。画法几乎全自董源、巨然而出，只是笔力偏硬。

庄公二十一年

原文

二十一年春，胥命于弭[①]。夏，同伐王城。郑伯将王[②]，自圉门入，虢叔自北门入，杀王子颓及五大夫。郑伯享王于阙西辟，乐备[③]。王与之武公之略，自虎牢以东[④]。原伯曰[⑤]：『郑伯效尤[⑥]，其亦将有咎[⑦]！』五月，郑厉公卒。

王巡虢守。虢公为王宫于玤[⑧]，王与之酒泉[⑨]。郑伯之享王也，王以后之鞶鉴予之[⑩]。虢公请器，王予之爵[⑪]。郑伯由是始恶于王[⑫]。

冬，王归自虢。

注释

①胥命：指诸侯会见，订立盟约而不歃血。弭：郑国地名，在今河南省密县境内。②将：扶持。③乐备：即备六代之乐。④虎牢：即虎牢关，在今河南省荥阳县境。⑤原伯：原庄公。⑥效尤：仿效别人干坏事。⑦咎：灾。⑧玤：虢地，在今河南省渑池县境。⑨酒泉：周地。⑩鞶：大带，又称绅。鉴：镜子。⑪爵：饮酒器。爵为礼器，贵于鞶鉴。⑫郑伯：厉公之子文公捷。文公以为王重虢轻郑，由此开始怀恨周王。

译文

二十一年春，郑厉公和虢公在弭地会谈。夏，一起攻打王城。郑厉公事奉周惠王从圉门入城，虢叔从北门入城，杀死了王子颓和五个大夫。

郑厉公在宫门口西阙设宴礼招待周惠王，全套乐舞一样不缺。周惠王赐给他郑武公的土地，在虎牢以东。原伯说：『郑伯学了坏，恐怕也会有灾祸！』五月，郑厉公死。

周惠王巡查虢公防守的土地。虢公为周惠王在玤地建造了一座行宫，惠王把酒泉赐给他。郑厉公设宴礼招待周惠王的时候，惠王把王后的鞶鉴赐给他。虢公请求赏赐器物，惠王把青铜酒杯赐给他。由于鞶鉴比不上青铜酒杯珍贵，郑厉公从此怀恨在心。

冬，周惠王从虢国回到成周。

扁舟傲睨图　元·佚名

远山青峰叠嶂，古寺掩映，近岸陂陀老松，水边泊一扁舟。舟船之上置一长方矮几，一位白髯老翁左手抚琴，右手轻摇羽扇，背倚书卷。舟前一人执棹而立，一童子弓腰烹茶。构图简洁，意境深远，写实而生动。图上方有元张雨、张翥、鲁薮三人题跋。

庄公二十二年

原文

二十二年春，陈人杀其大子御寇，陈公子完与颛孙奔齐①。颛孙自齐来奔。

齐侯使敬仲为卿②。辞曰：『羁旅之臣，幸若获宥③，及于宽政，赦其不闲于教训④，而免于罪戾⑤，弛于负担，君之惠也⑥，所获多矣。敢辱高位⑦，以速官谤⑧？请以死告。《诗》云：「翘翘车乘，招我以弓，岂不欲往，畏我友朋。」』使为工正⑨。

饮桓公酒，乐。公曰：『以火继之⑩。』辞曰：『臣卜其昼⑪，未卜其夜，不敢。』君子曰：『酒以成礼，不继以淫⑫，义也。以君成礼，弗纳于淫，仁也。』

注释

①公子完：陈厉公之子，太子御寇之同党。颛孙：太子御寇的同党。②敬仲：即陈公子完。③宥：宽容，宽恕。④闲：熟习。⑤戾：罪过。⑥惠：恩惠。⑦敢：岂敢。辱：辱没，此作谦词。⑧谤：指责。⑨工正：官名，掌管百工之官。⑩火：烛火。⑪卜：占卜。⑫淫：过度。

译文

二十二年春季，陈国人把陈宣公的太子御寇杀了。陈厉公的儿子敬仲即公子完，素与御寇交好，担心灾祸降临，于是就和颛孙逃到了齐国。不久颛孙又从齐国逃到了鲁国。

齐桓公想任命敬仲做卿，敬仲推辞说：『像我这样流亡在外的人，承蒙您的宽恕，在这宽厚的国家里，赦免我的过失，免去我的罪过，解除我的负担，这就是君王对我的莫大恩赐了。我已经得到很多了，哪里还敢占据高位而使您招致百官的指责呢？因此冒死禀告。《诗》说：「贵人坐在高高的车上，手持弓招我前往，并非是我不想前去，只因为害怕我的亲朋。」』最后，齐桓公封他为工正。

敬仲设酒宴招待齐桓公，齐桓公很高兴。饮至天色已晚，桓公说：『点灯继续喝。』敬仲辞谢说：『为臣知道白天可以招待君王，但晚上不能再饮，请恕我不敢遵命。』君子道：『酒是用来举行各种礼仪的，饮用不可过度，这是义；招待国君饮酒，完成了礼仪，但又不过分，这就是仁。』

原文

初，懿氏卜妻敬仲[1]。其妻占之，曰：『吉。是谓「凤凰于飞[2]，和鸣锵锵。有妫之后[3]，将育于姜。五世其昌，并于正卿。八世之后，莫之与京[4]。」』

陈厉公，蔡出也，故蔡人杀五父而立之。生敬仲。其少也，周史有以《周易》见陈侯者[5]，陈侯使筮之，遇观䷓之否䷋[6]。曰：『是谓「观国之光，利用宾于王」，此其代陈有国乎？不在此，其在异国。非此其身[7]，在其子孙。光，远而自他有耀者也[8]；坤，土也；巽，风也；乾，天也；风为天于土上[9]，山也。有山之材，而照之以天光，于是乎居土上，故曰「观国之光，利用宾于王」。庭实旅百[10]，奉之以玉帛，天地之美具焉，故曰「利用宾于王」。犹有观焉[11]，故曰其在后乎[12]！风行而著于土，故曰其在异国乎[13]！若在异国，必姜姓也。姜，太岳之后也[14]，山岳则配天，物莫能两大，陈衰，此其昌乎[15]！』

及陈之初亡也，陈桓子始大于齐。其后亡也，成子得政[16]。

注释

①懿氏：陈大夫。妻敬仲：以女为敬仲妻。②于：将。③有妫：陈国为舜之后，姓妫。有，词头，无义。④莫

之与京：即没有谁跟它一样强大。京，大。⑤史：官名。《周易》：占筮之类的书。⑥观：卦名。否：卦名。之：往，变成。⑦此其：代词连用，实际上相当于『此』。⑧有耀：照耀。⑨风为天：风起于天。⑩庭实：摆在庭内的礼物。旅：陈列。百：极言数量很多。⑪犹有观焉：这是就观卦言观，观就是看别人的所作所为，不是自己的行为。⑫在后：即子孙后代方能发迹。⑬在异国：观卦上巽下坤，则是风行于土上，风会流动，不是待着不动的，故称『在异国』。⑭太岳：即四岳，在尧时为四方部落首领，后赐姜姓。⑮『山岳则配天』……『此其昌乎』：是说太岳之后人必然兴旺。但事物不能两强并立，必为一消一长，陈衰败之时，就是太岳之后在姜姓之国兴旺之日。⑯成子得政：陈在鲁昭公八年为楚所灭，恰是敬仲五世后的陈桓子，在齐国敌于正卿之时。到鲁哀公十七年，楚终灭陈，则是陈成子代齐之时。

译文

当初，陈国大夫懿氏把女儿嫁给敬仲为妻的时候，曾占卜吉凶。懿氏的妻子占卜后说：『大吉大利。这可以说是：「凤凰相伴而飞，鸣声嘹亮清脆。我们妫氏后辈，将在齐国长大。第五代就要昌盛，位比正卿。八代以后，无人与之争雄。」』

陈厉公是蔡国女人所生，蔡国人杀了五父而立他为国君。后来陈厉公又有了儿子敬仲。在敬仲少年时，周王室的一个太史拿了《周易》去会见陈厉公，厉公让他占卜。得到的是观卦，又变为否卦。太史解释说：『这叫做「出使他国观光，利于做君王的贵宾」。此人很可能将要代陈而拥有整个国家。但它的实现不是在这里而是在其他国家，不是在此人身上而在他的后代。光，是从远处照射而来的。坤是土，巽是风，乾是天。风从天空产生，在地上运行，就形成了山。有了山上的物产，又有天光照射，就能在土地上居住，所以说「出使他国观光，利于做君王的贵宾」。庭院中摆了很多礼物，还有进奉的玉璧束帛，天上地上美好的东西应有尽有，所以说「利于做君王的贵宾」。另外还要等着看将来怎么样，所以说他的昌盛不在他自身，而在于他的后代。风从这刮到那，最后落到地上，因而说他的昌盛是在他国而不在本国。如果是在他国，必定是姜姓之国。姜是太岳的后代，山岳高大能与天相比，但两个事物不能一样大，如果陈国衰亡了，这个氏族就会兴盛！』

果然，陈国第一次被楚国灭亡，陈桓子就开始在齐国兴盛起来。后来陈国再次被楚国灭亡时，陈成子就取得了齐国政权。

青山画阁图　元·佚名

图绘重峦叠嶂，楼阁重重，游人漫步其中，临溪水榭有人凭栏远眺，两只小舟荡于溪水之上。山石的形态和画法受郭熙的影响，界画楼阁整饬，手法工谨，当属职业画家所创作的山水楼阁画。

庄公二十三年

原文

二十三年夏，公如齐观社，非礼也。曹刿谏曰：『不可。夫礼，所以整民也。故会以训上下之则①，制财用之节②；朝以正班爵之义③，帅长幼之序；征伐以讨其不然④。诸侯有王⑤，王有巡守，以大习之⑥。非是，君不举矣⑦。君举必书，书而不法⑧，后嗣何观？』

晋桓、庄之族逼⑨，献公患之⑩。士蔿曰⑪：『去富子⑫，则群公子可谋也已。』公曰：『尔试其事！』士蔿与群公子谋，谮富子而去之⑬。

秋，丹桓宫之楹⑭。

注释

①则：法则。②节：节制。③班爵：排列爵位。义：同『仪』，即仪式。④不然：不敬。⑤有王：朝聘天子。⑥大习：指熟习会见和朝觐的制度、礼仪。⑦举：行动。⑧不法：不合法度。⑨桓、庄：指桓叔、庄伯，即曲沃武公的父与祖。逼：威逼，压迫公室。⑩献公：晋武公之子，名诡诸，庄公十八年即位。⑪士蔿：晋大夫。⑫富子：人名，桓、庄家族中足智多谋的人。⑬谮：进谗言，说坏话。⑭丹：朱漆，此作动词。桓宫：鲁桓公庙。楹：柱子。

译文

二十三年夏，庄公到齐国看祭祀社神，这是不合于礼的。曹刿劝阻说：『不行。礼，是用来治理百姓的。会见是用以训示上下之间的法则，制订财赋的标准；朝觐是用以纠正排列爵位的仪式，遵循老少的次序；征伐是用以攻打对方的菲薄。诸侯朝聘于天子，天子巡察四方，以熟悉会见和朝觐的制度。如果不是这样，国君是不会有举动的。国君的举动一定要加以记载。如果记载都不合于法度，后代子孙看了会怎样？』

晋国桓叔、庄伯的家族势力膨胀而威逼公族，晋献公担心这件事。士𫇭说：『去掉富子，对公子们就好办了。』晋献公说：『你试着办这件事吧！』士𫇭就在公子们中间讲富子的坏话，然后和公子们策划杀掉了富子。

秋，桓公庙的柱子被涂上红漆。

东山丝竹图　元·佚名

本图表现了晋朝谢安隐居东山的故事。一座精致的庄院坐落山谷中，主人在侍从的簇拥下正从外归来，堂前一群女乐已在演奏。背景处山势巍峨，云雾缭绕。画面气魄宏大，浓重的青绿设色显得庄重华丽。笔法严整精谨，近似盛懋一派。

庄公二十四年

原文

二十四年春，刻其桷，皆非礼也①。御孙谏曰②：『臣闻之：「俭，德之共也③；侈，恶之大也。」先君有共德而君纳诸大恶，无乃不可乎！』

秋，哀姜至④。公使宗妇觌⑤，用币，非礼也。御孙曰：『男贽大者玉帛⑥，小者禽鸟，以章物也⑦。女贽不过榛、栗、枣、脩，以告虔也⑧。今男女同贽⑨，是无别也。男女之别，国之大节也⑩。而由夫人乱之，无乃不可乎！』

晋士蒍又与群公子谋，使杀游氏之二子⑪。士蒍告晋侯曰：『可矣。不过二年，君必无患。』

注释

①非礼：古礼，天子宫庙之桷，斫之砻之，又加以细磨；诸侯宫庙之桷，斫之砻之，不加细磨；大夫之桷，只斫不砻；士人之桷，砍断树根而已。自天子以至大夫、士，皆不雕刻桷，亦不漆柱。故丹楹、刻桷均为非礼。②御孙：鲁国大夫。③共：通『洪』，大。④哀姜：鲁庄公夫人。⑤宗妇：同姓大夫的夫人。觌：见。⑥贽：古时初次拜见尊长时所拿的礼物。⑦章物：古代的贽见礼，由各人所执礼物的不同而显示其贵贱等级，章物即此义。⑧告虔：表示诚敬。⑨同贽：贽礼相同。⑩大节：大法。⑪游氏之二子：桓、庄族公子。

译文

二十四年春季，鲁桓公庙宇的椽子上也被雕刻了花纹，这与在柱子上涂上红漆一样，是不合于礼的。鲁大夫御孙劝阻说：『下臣听说：「节俭，是德行中最重要的；奢侈，则是最大的恶行。」先君具有大德，而君王却要把这种大德放到大恶中去，恐怕不可以吧！』

秋季，哀姜从齐国来到鲁国，庄公让同姓大夫的夫人和哀姜相见。夫人们都用玉帛作为拜见的礼物，这也是不合于礼的。御孙说：『男人进见时使用礼物，大的是玉帛，小的是禽鸟，以这种不同的礼物来表明不同的等级。女人进见时用的礼物，用榛子、栗子、枣子、干肉等，能表明心诚恭敬就行了。而现在男女进见的礼物一样，这就没有区别了。男女之别是一个国家的重要礼法，如果夫人们把这种礼法搞乱，恐怕不可以吧！』

晋国的士蒍又和公子们谋划，杀了游氏的两个儿子。士蒍告诉晋献公说：『现在行了。不到两年，君王肯定就没有可担心的了。』

千岩万壑图　明·宋懋

高山林立，烟云缭绕，左边宝刹与楼台、水阁临接，瀑布飞泻而下，林木茂密。下方小桥流水，草亭寺院，水边泊舟三艘，临水岩台上，有二老者对坐远眺，观其画面疑系唐棣系统，树的画法又近似郭熙，皴法用笔或取法各家之长，融为一体。层次分明，气势宏伟。

庄公二十五年

原文

二十五年春，陈女叔来聘①，始结陈好也。嘉之，故不名。

夏，六月辛未，朔②，日有食之。鼓③，用牲于社，非常也④。唯正月之朔，慝未作⑤，日有食之，于是乎用币于社⑥，伐鼓于朝⑦。

秋，大水。鼓，用牲于社，于门⑧，亦非常也。凡天灾，有币无牲。非日月之眚⑨，不鼓。

晋士蔿使群公子尽杀游氏之族，乃城聚而处之⑩。

冬，晋侯围聚，尽杀群公子。

注释

①女叔：陈国卿士。②朔：夏历每月初一日。③鼓：击鼓。④非常：不合常礼。⑤慝：阴气。⑥币：玉帛。⑦伐：击打。⑧门：城门门神。⑨眚：灾难、祸害。⑩聚：地名，晋邑，在今山西绛县东南。处之：使群公子居于聚邑。

译文

二十五年春，陈国的女叔前来聘问，这是与陈国结好的开始。《春秋》称颂这件事，所以不记载女叔的名字。

夏，六月初一日，出现日食。击鼓，用牲畜祭祀土地神庙，这是不合于礼的。只有夏历四月初一日，阴气没有发作，出现日食，才用玉帛祭祀土地之神，在朝廷之上击鼓。

秋，有大水。击鼓，用牲畜祭祀土地神庙和城门门神，也不合于礼。凡是天灾，祭祀时只能用玉帛而不用牲畜。

不是日食、月食，不能击鼓。

晋国的士蒍让公子们把游氏家族杀尽，于是在聚地筑城而让公子们住进去。

冬，晋献公包围聚城，又杀掉了所有的公子。

雪溪晚渡图　元·佚名

图绘山中雪霁之景。山丘奇特，层层高远，银装素裹，萧肃宁静。山脚下柴门茅舍，溪流寒林，有舟船晚渡，有高士屋内对弈，使画面充满生机。画家描绘雪景时采用不同的色墨烘染，近景的树木多虬枝，形似蟹爪，宗郭熙法。

庄公二十六年

原文

二十六年春，晋士蒍为大司空①。

夏，士蒍城绛②，以深其宫③。

秋，虢人侵晋。冬，虢人又侵晋。

注释

①司空：官名，掌管土木工程。大司空为卿官。②城：加高城墙。③深：加高宫墙。

译文

二十六年春季，晋国的士蒍被晋升为大司空。

夏季，士蒍整修绛城，不仅增加了城墙高度，同时还加高了宫墙。

秋季，虢国人侵犯晋国。到了冬季，虢国人又一次侵犯晋国。

庄公二十七年

原文

二十七年春，公会杞伯姬于洮[①]，非事也。天子非展义不巡守[②]，诸侯非民事不举，卿非君命不越竟[③]。

夏，同盟于幽，陈、郑服也。

秋，公子友如陈，葬原仲[④]，非礼也。原仲，季友之旧也[⑤]。

注释

①杞伯姬：鲁庄公女，杞成公夫人。洮：鲁国地名。②展义：宣扬德义。③竟：同「境」。④原仲：陈国大夫。⑤季友：即公子友。旧：旧好，老朋友。

译文

二十七年春，庄公和杞伯姬在洮地会见，不是因为国家大事。天子不是为了宣扬德义不能出去视察，诸侯不是为了百姓就不能出行，卿没有君主之令就不能越过国境。

夏，庄公和齐桓公、宋桓公、陈宣公、郑文公在幽地一起结盟，是因为陈国和郑国都顺服了。

秋，公子友到陈国安葬原仲，这是不合于礼的。原仲，只是季友私人的老友而已。

原文

冬，杞柏姬来，归宁也[①]。凡诸侯之女，归宁曰「来[②]」，出曰「来归[③]」。夫人归宁曰「如某」，出曰「归于某」。

晋侯将伐虢，士蒍曰：「不可。虢公骄，若骤得胜于我，必弃其民。无众而后伐之，欲御我谁与？夫礼、乐、慈、爱，战所畜也[4]。夫民，让事、乐和[5]，爱亲、哀丧，而后可用也。虢弗畜也[6]，亟战将饥[7]。』

王使召伯廖赐齐侯命[8]，且请伐卫，以其立子颓也。

注释

①归宁：女子出嫁，返回娘家探问父母称为归宁。宁，安。②来：女子出嫁，探问父母后仍返回夫家。③来归：女子出嫁，被夫家休弃，不再返回，称为来归，又叫出。④畜：积聚，储藏。⑤让事：谦让，指礼而言。乐和：和谐，指乐而言。⑥虢弗畜：虢公不培养这些德行。⑦亟：屡次。饥：馁，气馁。⑧召伯廖：周王卿士。赐齐侯命：赐命齐桓公为诸侯之长。

译文

冬，杞伯姬来，这是回娘家。凡是诸侯的女儿，回娘家称之为『来』，被夫家休弃称之为『来归』，本国国君的夫人回娘家称之为『如某』，被休弃称之为『归于某』。

晋献公准备进攻虢国。士芀说：『不行。虢公自负，如果一下子和我国交战而得胜，就必定抛弃他的百姓。他没有群众然后我们再去进攻，即使要抵抗，有谁会跟他呢？礼、乐、慈、爱，这是作战所应具备的。百姓谦让、和谐，对亲属爱护，对丧事哀痛，这才可以，现在虢国抛弃这些，屡次对外作战，百姓会失望的。』

周惠王派遣召伯廖赐命齐桓公，请求他攻打卫国，因为卫国立了子颓为天子。

庄公二十八年

原文

二十八年春，齐侯伐卫。战，败卫师。数之以王命①，取赂而还。

晋献公娶于贾②，无子。烝于齐姜③，生秦穆夫人及大子申生。又娶二女于戎，大戎狐姬生重耳④，小戎子生夷吾⑤。晋伐骊戎，骊戎男女以骊姬⑥。归，生奚齐。其娣生卓子⑦。骊姬嬖，欲立其子，赂外嬖梁五⑧与东关嬖五，使言于公曰：『曲沃，君之宗也⑨。蒲与二屈，君之疆也，不可以无主。宗邑无主，则民不威，疆埸无主则启戎心。戎之生心，民慢其政，国之患也。若使大子主曲沃，而重耳、夷吾主蒲与屈，则可以威民而惧戎，且旌君伐⑩。』使俱曰：『狄之广莫，于晋为都⑪。晋之启土，不亦宜乎？』晋侯说之⑫。夏，使大子居曲沃，重耳居蒲城，夷吾居屈。群公子皆鄙⑬，唯二姬之子在绛。二五卒与骊姬谮群公子而立奚齐⑭，晋人谓之『二五耦⑮』。

注释

①数：责备。命：名义。②贾：姬姓诸侯国。③齐姜：齐国女。一说为晋武公之妾。④大戎狐姬：又名狐季姬，王子狐之后。⑤小戎子：大戎狐姬的妹妹。⑥骊戎男：骊戎国君。男，爵名。⑦娣：指骊姬之妹。⑧外嬖：受宠的男子叫外嬖。女人受宠叫内嬖。梁五：人名，晋大夫。⑨宗：宗庙所在地。⑩旌：表彰。伐：功。⑪都：城邑。⑫说：通『悦』。⑬鄙：边界城邑。⑭立：立为太子。⑮二五耦：即梁五与东关嬖五朋比为奸。耦，二人合作做某事。

译文

二十八年春季，齐桓公率军攻打卫国，卫军被打败。齐桓公借周天子之名谴责了他们，夺取财物后回国。

晋献公从贾国娶了妻子，但没生儿子。便与齐姜通奸，生了秦穆夫人和太子申生。后来又从戎国娶了两个女子，大戎狐姬生了重耳，小戎子生了夷吾。后来晋国进攻骊戎，骊戎男把骊姬进献给了晋献公，回国后与骊姬生了奚齐，骊姬的妹妹生了卓子。骊姬得到宠爱，想立自己的儿子为太子，就贿赂献公宠爱的臣子梁五和东关嬖五，通过他们对献公说：『曲沃是君王宗庙的地方，蒲地和北屈、南屈是君王的边疆，它们不能无人掌管。宗庙所在之地如果没人掌管，百姓就不会畏惧，边疆无人掌管，外敌就会产生侵犯之心。如今戎狄想侵犯我国，百姓又轻视政令，这无疑是国家的隐患。如果让太子主管曲沃，让重耳、夷吾分管蒲地和二屈，就能使百姓有所畏惧，使戎狄有所害怕，并能以此宣扬君王的功德。』骊姬还让两个人对献公说：『狄人拥有广阔的土地，如果这些土地能属于晋国，晋国就可以在那里建立城邑。晋国不断地扩大疆土，不也是理所当然的吗？』晋献公很高兴。夏季，便让太子住在曲沃，重耳住在蒲城，夷吾住在屈地。并安排其他的公子分别住到边疆，只有骊姬和她妹妹的儿子仍住在绛城。梁五和东关嬖五最后和骊姬诬陷了在外的公子们，立了奚齐为太子。晋国人称这两个人为『二五耦』。

原文

楚令尹子元欲蛊文夫人，为馆于其宫侧，而振《万》焉[1]。夫人闻之，泣曰：『先君以是舞也，习戎备也。今令尹不寻诸仇雠[2]，而于未亡人之侧[3]，不亦异乎！』御人以告子元，子元曰：『妇人不忘袭雠，我反忘之！』

秋，子元以车六百乘伐郑，入于桔柣之门[4]。子元、斗御彊、斗梧、耿之不比为旆[5]，斗班、王孙游、王孙喜殿[6]。众车入自纯门，及逵市[7]。县门不发。楚言而出。子元曰：『郑有人焉。』诸侯救郑，楚师夜遁。郑人将奔桐丘，谍告曰：『楚幕有乌。』乃止。

冬，饥[8]，臧孙辰告籴于齐，礼也。

筑郿[9]，非『都』也。凡邑，有宗庙先君之主曰『都』，无曰『邑』。邑曰『筑』，都曰『城』。

注释

①振万：敲击铎铃伴跳万舞。②寻：用。诸：这里相当于『于』。下句『于』前承此句省略『寻』。雠：仇敌。③未亡人：古代寡妇的自称。④桔柣之门：远郊的防卫门。⑤旆：先锋旗，前军。⑥殿：殿后。⑦逵市：郑国城外的大路市场。⑧饥：庄稼欠收叫饥。⑨郿：鲁国地名，今山东省寿县以南。

译文

楚国的令尹子元即楚文王的弟弟想引诱文王的夫人息妫，就在她的宫室旁边修建房子，并在房内摇动大铃跳起了《万》舞。文王夫人听后，哭泣道：『过去先君让人跳这种舞，是演习战备。如今令尹没把它用于对付仇敌，却在我这寡妇的身边跳，真是莫名其妙！』仆人把这话告诉了子元，子元感叹道：『女人还没有忘记敌人，我反倒忘记了！』

秋季，子元率领六百辆战车进攻郑国，一鼓作气攻入了郑国的桔柣。子元、斗御强、斗梧、耿之不比率军先行，斗班、王孙游、王孙喜则随后而行。战车车队进入郑国外城的纯门，到达城外大路上的市场。但郑国内城的闸门却没有放下。楚国人议论了一阵就后退了。子元说：『郑国有人才。』各诸侯国赶来救援郑国，楚军就在夜里悄悄撤走了。郑国人本来准备逃亡到桐丘，探子报告说：『楚国军队已经撤退。』这才放弃了逃跑的打算。

冬季，由于年成不好，鲁国大夫臧孙辰前往齐国购买粮食，这是合乎礼的。

鲁国在郿地筑城，郿城并不是『都』。凡是城邑，有宗庙和先君灵位的才能叫『都』，没有的就只能叫『邑』。建造邑称作『筑』，建造都称作『城』。

庄公二十九年

原文

二十九年春，新作延厩[①]。书，不时也。凡马，日中而出[②]，日中而入[③]。

夏，郑人侵许。凡师，有钟鼓曰『伐』，无曰『侵』，轻曰『袭』。

秋，有蜚[④]，为灾也。凡物，不为灾，不书。

注释

①延厩：马圈名。②日中：春分，秋分。春分与秋分两时节白天和黑夜一样长，故称为日中。出：春分时节，百草生长，出外牧马。③入：秋分后，由于水寒草枯，马匹开始入圈。④蜚：蜚盘虫。

译文

二十九年春，新造延厩。《春秋》之所以记载这件事，是因为不合时令。凡是马，只有春分时节放牧，秋分时节入圈。

夏，郑国人进攻许国。凡是出兵，有钟鼓之声称之为『伐』，没有称之为『侵』，轻装部队快速突击称之为『袭』。

秋，发现蜚盘虫，成了灾。凡是事物没有灾，《春秋》就不加记载。

原文

冬，十二月，城诸及防。书，时也。凡土功，龙见而毕务[①]，戒事也[②]。火见而致用，水昏正而栽[③]，日至而毕[④]。

樊皮叛王[⑤]。

注释

①龙：苍龙星，东方星宿的总称。苍龙星出现在夏历九月。毕务：农事完毕。②戒事：土功的准备工作。③水：星名，即定星，又叫营室。昏正：黄昏正现于南方。栽：筑墙立板。④日至：指冬至。⑤樊皮：周大夫。樊为其采地，皮为其名。

译文

冬，十二月，在诸地和防地修筑城。《春秋》记载这件事，也是因为合于时令。凡是土木工程，见到苍龙星而农事完毕，就应该作准备了。见到大火星就应该把用具放到工场上，黄昏见到营室星在南方就要筑墙立板，冬至就应该完工。

樊皮背叛周天子。

庄公三十年

原文

三十年春，王命虢公讨樊皮。夏，四月丙辰，虢公入樊，执樊仲皮①，归于京师。

楚公子元归自伐郑，而处王宫。斗射师谏②，则执而梏之。秋，申公斗班杀子元。斗谷於菟为令尹③，自毁其家，以纾楚国之难④。

冬，遇于鲁济⑤，谋山戎也，以其病燕故也⑥。

注释

①樊仲皮：即樊皮。②斗射师：楚国大夫。③斗谷於菟：即令尹子文。④纾：缓解，解除。⑤鲁济：鲁国济水。⑥病燕：祸害燕国。

译文

三十年春季，周天子命令虢公讨伐樊皮。夏季，四月十四日，虢公率军攻入樊国，俘获了樊皮，并把他押回京城。

楚国的公子元攻打郑国回国，住在王宫里，企图引诱文王夫人。斗射师出面劝阻，反而被抓了起来，戴上手铐。秋季，申公斗班杀了子元。斗谷於菟做了令尹，他捐弃了自己的家财，用以缓解楚国面临的危难。

冬季，庄公和齐桓公在鲁国的济水非正式会晤，谋划攻打山戎，因为山戎曾侵扰燕国。

庄公三十一年

原文

三十一年，夏，六月，齐侯来献戎捷[1]，非礼也。凡诸侯有四夷之功，则献于王，王以警于夷。中国则否[2]。诸侯不相遗俘。

注释

①献戎捷：奉献俘获的戎人。打胜仗往往有所获，献其所获称献捷，又叫献功。②中国：中原。

译文

三十一年，夏，六月，齐桓公前来进献俘获的戎人，这是不合于礼的。凡是诸侯讨伐四方夷狄有功，就进献给周天子，周天子以此来警戒四方夷狄；但在中原作战就不这样了。诸侯之间是不能互相赠送俘虏的。

庄公三十二年

原文

三十二年春，城小谷[①]，为管仲也。

齐侯为楚伐郑之故，请会于诸侯。宋公请先见于齐侯。夏，遇于梁丘。

秋，七月，有神降于莘[②]。

惠王问诸内史过曰：『是何故也？』对曰：『国之将兴，明神降之，监其德也[③]；将亡，神又降之，观其恶也。故有得神以兴，亦有以亡。虞、夏、商、周皆有之。』王曰：『若之何？』对曰：『以其物享焉[④]，其至之日[⑤]，亦其物也[⑥]。』王从之。内史过往，闻虢请命[⑦]，反曰：『虢必亡矣，虐而听于神。』

神居莘六月。虢公使祝应、宗区、史嚚享焉[⑧]。神赐之土田。史嚚曰：『虢其亡乎！吾闻之：国将兴，听于民；将亡，听于神。神，聪明正直而壹者也[⑨]，依人而行。虢多凉德[⑩]，其何土之能得？』

注释

①小谷：即谷，齐邑名，在今山东省东阿县境内。②莘：虢国地名，在今河南省三门峡市西。③监：视。④以其物享：用与它相匹配的祭品去祭祀。其，它，指神灵；物，祭品，祭服等；享，祭享。⑤其至之日：指神灵降临之日。⑥亦其物也：用与神灵降血之日相当的祭品去祭祀。⑦请命：求神赐予。⑧祝应：人名。祝，太祝。宗区：人名。宗，宗人。史嚚：人名。史，太史。⑨壹：一心一意。⑩凉德：薄德。凉，薄、少。

译文

三十二年春季，齐国在小谷修筑城，这是为管仲建造的。

齐桓公因楚国进攻郑国一事，请求同各诸侯会见。宋桓公则请求先和齐桓公见面。于是在夏天，在梁丘两人非正式会见。

秋季，七月，在莘地有神灵显现。

周惠王问大夫内史过：『这是为什么？』内史过回答：『凡是国家将要兴盛的时候，神灵就要降临，来观察这一国家的德行；一个国家将要灭亡的时候，神灵也会降临，来观察它的邪恶。因此，有的国家因神灵的降临而兴盛，有的则因神灵的降临而灭亡。虞、夏、商、周都曾经有过这种情况。』周惠王说：『应该怎样对待神灵呢？』内史过回答：『应该用相应的祭品来祭祀他们。神灵降临的那天，依照惯例，祭祀应该使用的物品，也就是适用于他的物品』。周惠王听从了他的意见，于是内史过前去祭祀。当他听到虢国祈告神灵赐予土地一事时，回来说：『虢国必定要灭亡了。虢君暴虐成性，听从神命，却不顺从民心。』

神灵在莘地显现了六个月，虢公派遣祝应、宗区、史嚚前往祭祀。神灵答应赐予他疆土。史嚚说：『看来虢国是要灭亡了吧！我听说：一个国家要兴起，就应听命于百姓；要灭亡，则听命于神灵。神灵一向智睿正直而一心一意，相人而行事。虢国缺德之事太多，又怎能得到什么土地呢？』

原文

初，公筑台，临党氏，见孟任①，从之，闷②。而以夫人言③，许之，割臂盟公。生子般焉。雩④，讲于梁氏⑤，女公子观之⑥。圉人荦自墙外与之戏。子般怒，使鞭之。公曰：『不如杀之，是不可鞭。荦有力焉，能投盖于稷门。』

公疾，问后于叔牙。对曰：『庆父材⑦。』问于季友，对曰：『臣以死奉般。』公曰：『乡者牙曰「庆父材」。⑧』成季使以君命命僖叔，待于针巫氏⑨，使针季鸩之⑩。曰：『饮此，则有后于鲁国⑪；不然，死且无后。』

饮之，归，及逵泉而卒。立叔孙氏⑫。

八月癸亥，公薨于路寝。子般即位，次于党氏⑬。冬，十月己未，共仲使圉人荦贼子般于党氏⑭。成季奔陈。立闵公⑮。

注释

①孟任：党氏之女。②闷：闭门。③以夫人言：以立为夫人为条件。④雩：求雨的祭祀。⑤讲：演习。梁氏：鲁大夫。⑥女公子：庄公之女，子般之妹。⑦庆父：庄公之弟。材：有才能。⑧乡者：前不久。⑨针巫：即下句的针季，鲁大夫。氏：家。⑩鸩：用毒酒害人。⑪有后于鲁国：后世子孙可在鲁国享有禄位，能奉祀祖宗。⑫立叔孙氏：立叔牙之子为叔孙氏。⑬次于党氏：党氏为子般舅家，子般侍父丧，住在舅家。⑭共仲：庆父。⑮立闵公：闵公为哀姜之妹叔姜所生，名开，此时只有八岁，庆父立之为君。

译文

当初，庄公建了一座高台，从台上可以看到党家。一次他在台上见到孟任，就不由自主地跟着她走。孟任闭门拒绝。庄公发誓立她为夫人，她才同意了，并割破手臂和庄公盟誓，后来生了子般。一次鲁国举行雩祭，在梁家预演的时候，庄公的女公子观看演习，养马人荦从墙外调戏她。子般大怒，让人鞭打荦。庄公说：『不如杀了他，对这个人鞭打是不行的。他很有力气，能够举起稷门的城门扔出去。』

庄公患了病，问叔牙有关继承人的问题。叔牙回答说：『庆父比较有才能。』向季友询问，季友回答说：『我誓死事奉您的儿子子般为君。』庄公说：『叔牙说「庆父比较有才能」。』于是季友就派人以国君的名义命令叔牙在鲁大夫针巫家里等候，并让针巫在酒里下毒药毒死叔牙，说：『喝了这酒，你的后代就能享有禄位；否则，即使你死了，你的后代也休想得到禄位。』于是叔牙喝了毒酒，回去时走到逵泉就毒发而亡。鲁国立他的儿子为叔孙氏。

八月初五日，庄公死了。子般即位，住在党氏家里。十月初二日，共仲即庆父指使养马人荦在党家刺杀了子般。

季友被迫逃亡到了陈国，于是庆父立了闵公为国君。

峰下醉吟图　明·徐贲

此图为徐贲作品，图中山峦层叠，杂树相陈挺立，山下茅亭屋宇、板桥横立。画面清洒萧疏而又俊秀。

闵公

闵公元年

原文

元年春，不书即位，乱故也。

狄人伐邢。管敬仲言于齐侯曰：『戎狄豺狼，不可厌也①。诸夏亲昵②，不可弃也。宴安鸩毒③，不可怀也。《诗》云：「岂不怀归，畏此简书④。」简书，同恶相恤之谓也⑤。请救邢以从简书。』齐人救邢。

夏，六月，葬庄公。乱故，是以缓⑥。

秋，八月，公及齐侯盟于落姑⑦，请复季友也。齐侯许之，使召诸陈，公次于郎以待之。『季子来归，』⑧嘉之也。

注释

①厌：满足。②诸夏：中原诸侯各国。③宴安：安逸。④简书：书写在一片竹简上的文字。此指告急文书。⑤同恶相恤：同仇敌忾。恤，忧、救。⑥是以缓：古礼诸侯五月而葬，庄公上年八月死，至今已十一个月才安葬，所以称『缓』，这是由于动乱造成的。⑦落姑：齐国地名，在今山东省平阴县境。⑧季子：即季友。

译文

元年春，《春秋》没有即位的记载，是因为动乱不能举行仪式的缘故。

狄人进攻邢国。管仲对齐侯说：『戎狄就好像豺狼，是不能满足的。中原各国互相亲近，是不能丢弃的。安逸相当于毒药，是不能怀恋的。《诗》说：「难道不想着回去，但害怕这个竹简上的军令文字。」竹简上的军令文字，就是同仇敌忾、忧患与共的意思，所以请您听从简书而救援邢国。』于是齐国人出兵救援邢国。

夏，六月，安葬庄公。但由于发生动乱，所以推迟了。

秋，八月，闵公和齐侯在落姑结盟，请求齐侯帮助季友回国。齐侯答应了，派人从陈国召回季友，闵公在郎地等他。《春秋》记载说『季子来归』，这是赞美季友。

原文

冬，齐仲孙湫来省难[1]。书曰『仲孙』，亦嘉之也。

仲孙归曰：『不去庆父，鲁难未已[2]。』公曰：『若之何而去之？』对曰：『难不已，将自毙，君其待之！』

公曰：『鲁可取乎？』对曰：『不可，犹秉周礼[3]。周礼，所以本也。臣闻之：「国将亡，本必先颠，而后枝叶从之。」鲁不弃周礼，未可动也。君其务宁鲁难而亲之，亲有礼，因重固[4]，间携贰，覆昏乱[5]，霸王之器也[6]。』

晋侯作二军[7]，公将上军，大子申生将下军。赵夙御戎[8]，毕万为右[9]，以灭耿、灭霍、灭魏[10]。还，为大子城曲沃。赐赵夙耿，赐毕万魏，以为大夫。

士芳曰[11]：『大子不得立矣！分之都城，而位以卿[12]，先为之极[13]，又焉得立[14]？不如逃之，无使罪至。为吴太伯[15]，不亦可乎？犹有令名，与其及也。且谚曰：「心苟无瑕[16]，何恤乎无家[17]？」天若祚大子[18]，其无晋乎[19]！』

卜偃曰[20]：『毕万之后必大。万，盈数也；魏，大名也。以是始赏，天启之矣。天子曰「兆民[21]」，诸侯曰「万民」。今名之大，以从盈数，其必有众。』

注释

①仲孙湫：齐国大夫。省难：一国发生灾难，他国派人视察、慰问，叫省难。②未已：不止。③秉：执掌。④因重固：依靠稳定坚固的国家。因，凭靠。⑤覆：颠覆。⑥霸王：称霸称王。器：气度、度量。⑦作二军：建立两个

军。⑧赵夙：晋大臣。⑨毕万：晋臣。右：车右。⑩耿：姬姓国，周父王子叔处所封，故城在今山西省霍县西南十六里。魏：姬姓国，故城在今山西省芮城县东北。⑪士蒍：晋大夫。⑫位以卿：给予卿之高位。⑬先为之极：先使居臣之最高位。⑭又焉得立：又怎能立为晋君？⑮吴太伯：周王季历之兄。周太王欲立季历，太伯奔荆蛮，文身断发，以避季历，立为吴太伯。⑯瑕：瑕疵。⑰恤：忧。⑱祚：赐福。⑲无晋：不要留在晋国。⑳卜偃：即郭偃，晋国掌占卜的大夫。㉑兆：数词，古代以百万为兆，在此表示极多。

译文

冬，齐国的仲孙湫前来表示慰问。《春秋》记载他为『仲孙』，也是赞美他。

仲孙回国说：『不除掉庆父，鲁国的祸难难以结束。』齐侯问：『怎么样才能除掉他？』仲孙回答说：『生祸太多，将会自取灭亡，您就等着吧！』齐侯问：『鲁国能够取得吗？』仲孙回答说：『不行，他们还掌握着周礼。周礼，是立国的根本。下臣听说：「国家的灭亡，如同大树，躯干必然先倒，然后枝叶才跟着倒落。」鲁国没有抛弃周礼，是不能动它的。您应当平定鲁国的祸难并且亲近它。亲近有礼仪的国家，依靠安定的国家，离间内部涣散的国家，灭亡昏乱的国家，这是称霸称王的气度。』

晋侯建立两个军的部队，自己率领上军，太子申生率领下军。赵夙为晋侯驾御战车，毕万作为车右，出兵消灭耿国、消灭霍国、消灭魏国。回国，为太子在曲沃建造城墙，把耿地赐给赵夙，把魏地赐给毕万，还封他们做大夫。

士蒍说：『太子做不了继承者了！把都城分给他，并封他为卿，先让他到了顶点，又怎么做君主为国君？与其得到罪过，不如逃走，以免罪过到来。做一个吴太伯，不也是可以的吗？这样还有好名声。而且俗话说：「心里如果没有邪念，又哪怕没有家？」上天如果保佑您，您就不要在晋国了吧！』

卜偃说：『毕万的后代必定昌盛。万，是满数；魏，是大名。开始赏赐就这样，上天已经表示预兆了。天子统治兆民，因而称为「兆民」；诸侯统治万民，因而称为「万民」。现在名称的高大符合满数，他就必然会得到大众。』

原文

初，毕万筮仕于晋，遇屯䷂之比䷇①。辛廖占之②，曰：『吉。屯固，比入，吉孰大焉？其必蕃昌。震为土③，车从马，足居之④，兄长之⑤，母覆之，众归之，六体不易⑥，合而能固⑦，安而能杀⑧，公侯之卦也。公侯之子孙，必复其始⑨。』

注释

①屯䷂之比䷇：屯卦之初九变为初六，由阳爻变阴爻，屯卦则成比卦。②辛廖：周大夫。③为：变为。屯卦上坎下震，比卦上坎下坤，坤代表地即土，故曰『为土』。④足：震为足。居之：处在坤上。⑤兄：震又为兄。长：长养，抚育。⑥六体：指六种卦象，即土、车、马、足、母、众。⑦合：比卦主合。固：屯卦主固。⑧安：坤为大地，万物所安。杀：震有雷庭之威武，所以说杀。⑨复其始：恢复祖先当初的地位。

译文

当初，毕万占卜在晋国做官的吉凶，结果屯卦䷂变成比卦䷇。辛廖占卜说：『吉利。屯坚固，比卦进入，还有比这更大的吉利吗？所以他必定昌盛。震卦变成了土，车跟随着马，两脚踏在这里，哥哥抚育他，母亲保护他，大众归附他，这六种卦象不变，集合而能坚固，安定而能杀戮，这是公侯的卦象。公侯的子孙，必定恢复祖先当初的地位。』

闵公二年

原文

二年春，虢公败犬戎于渭汭。舟之侨曰[1]：『无德而禄，殃也。殃将至矣。』遂奔晋。

夏，吉禘于庄公[2]。速也。

初，公傅夺卜齮田[3]，公不禁。秋，八月辛丑，共仲使卜齮贼公于武闱[4]。成季以僖公适邾。共仲奔莒，乃入，立之。以赂求共仲于莒，莒人归之。及密[5]，使公子鱼请[6]。不许，哭而往[7]。共仲曰：『奚斯之声也[8]！』乃缢。

注释

①舟之侨：虢国大夫。②吉禘：丧后二十五月举行大祭，将死者神主移于宗庙，称吉。禘，大祭。③傅：教诲辅佐君主的人。卜齮：鲁国大夫。④共仲：即庆父。武闱：路寝的旁门。闱，宫门。⑤密：鲁国地名，在今山东省费县北。⑥公子鱼：字奚斯，鲁国宗室。请：请求赦罪。⑦哭而往：庆父派公子鱼入鲁请求赦罪，未成，因此哭着返回。⑧奚斯之声：共仲听到公子鱼的哭声，知事不成，于是自缢而死。

译文

二年春季，虢公在渭水处打败了犬戎。舟之侨说：『无德而受禄，这是祸害。祸害快要到来。』于是就逃亡到了晋国。

夏季，鲁国为庄公举行了定位大祭。但时间提前了。

当初，闵公的保傅夺取了卜齮的田地，闵公没有禁止。秋季，八月二十四日，共仲即庆父命令卜齮在武闱杀害了闵公。季友带着僖公逃到了邾国，待庆父逃亡到莒国后，才回国，立僖公为国君。并用财物向莒国请求换取庆父，莒国人把庆父交还鲁国。庆父到了密地，让公子鱼前去请求赦免。但没有得到允许，公子鱼便哭着回去了。庆父远远听到哭声说：『这是公子鱼的哭声啊！』于是绝望了，自缢而死。

原文

闵公，哀姜之娣叔姜之子也，故齐人立之。共仲通于哀姜，哀姜欲立之。闵公之死也，哀姜与知之①，故孙于邾②。齐人取而杀之于夷③，以其尸归。僖公请而葬之。

成季之将生也，桓公使卜楚丘之父卜之。曰：『男也，其名曰友，在公之右④。间于两社⑤，为公室辅。季氏亡，则鲁不昌。』又筮之，遇大有䷍之乾䷀⑥，曰：『同复于父⑦，敬如君所⑧。』及生，有文在其手曰『友』，遂以命之⑨。

注释

①与：通『预』，预先。②孙：通『逊』，逃。③夷：齐地名。④右：在右指用事，执政。⑤间于两社：指将来是朝内大臣。两社，鲁国有两社，一个是周社，另一个是亳社，在宫内雉门左右两侧，是朝内治事大臣的处所。⑥大有：六十四卦之一，乾下，离上。之乾：变为乾卦。之，变。⑦同复于父：和父亲走同样的道路。复，走老路。意为地位与其父同样尊贵。⑧敬如君所：敬重如同国君的位置。⑨命：命名。

译文

闵公是哀姜的妹妹叔姜的儿子，所以齐国人才立他为国君。庆父和哀姜私通，哀姜便想要立他为国君。闵公被害的事情，哀姜事先知道，因此她逃到了邾国。后来齐国人从邾国把哀姜抓回，在夷地杀了她，把她的尸首归还给了鲁国。僖公征求齐国同意后将哀姜安葬。

季友要出生时，桓公让卜楚丘的父亲给他占筮。他说：『这是男孩，名叫友，将来在您之上，能成为朝廷大臣，公室的辅弼。季氏如果灭亡，鲁国就不能昌盛。』又占筮，得到大有卦变成乾卦，他说：『这孩子将来如同尊贵父亲一样，如同国君一样受人敬重。』等到生下来，果然在手掌有一个『友』字，于是就以『友』起名。

原文

冬，十二月，狄人伐卫。卫懿公好鹤，鹤有乘轩者①。将战，国人受甲者皆曰②：『使鹤，鹤实有禄位，余焉能战？』公与石祁子玦，与宁庄子矢③，使守，曰：『以此赞国④，择利而为之。』与夫人绣衣，曰：『听于二子⑤。』渠孔御戎，子伯为右，黄夷前驱，孔婴齐殿。及狄人战于荧泽，卫师败绩，遂灭卫。卫侯不去其旗，是以甚败。狄人囚史华龙滑与礼孔以逐卫人。二人曰：『我，大史也，实掌其祭。不先⑥，国不可得也。』乃先之。至，则告守曰⑦：『不可待也⑧。』夜与国人出。狄入卫，遂从之⑨，又败诸河。

初，惠公之即位也少，齐人使昭伯烝于宣姜⑩，不可，强之⑪。生齐子、戴公、文公、宋桓夫人、许穆夫人。文公为卫之多患也，先适齐。及败，宋桓公逆诸河，宵济⑫。卫之遗民男女七百有三十人，益之以共、滕之民为五千人⑬。立戴公以庐于曹⑭。许穆夫人赋《载驰》⑮。齐侯使公子无亏帅车三百乘、甲士三千人以戍曹。归公乘马⑯，祭服五称，牛、羊、豕、鸡、狗皆三百，与门材⑰。归夫人鱼轩⑱，重锦三十两。

郑人恶高克⑲，使帅师次于河上，久而弗召。师溃而归，高克奔陈。郑人为之赋《清人》⑳。

注释

①轩：四面有遮蔽的车子，为大夫所乘用。②受甲者：披甲的战士。③宁庄子：卫臣，又名宁速。矢：箭。④赞：助。⑤二子：指石祁子与宁庄子。⑥不先：不先回国。⑦守：守卫者。⑧待：抵御。⑨从：追逐。⑩昭伯：宣公之子，惠公庶兄，公子顽。宣姜：宣公夫人，惠公母，齐女。⑪不可，强之：齐人使昭伯烝宣姜，昭伯不肯，齐人强

迫其听从。⑫宵济：夜间渡河。⑬益：加上。共：卫邑，即今河南省辉县市。⑭庐：寄居。曹：卫邑，即今河南省滑县西南的白马故城。⑮赋：朗诵，创作。⑯归：同馈，赠送。乘马：驾车的马匹。⑰门材：做门户的材料。⑱鱼轩：装饰有鱼皮的车子。⑲郑人：指郑文公。高克：郑国大夫。⑳《清人》：《诗经·郑风》篇名。清，郑邑，在今河南省中牟县境。

译文

冬季，十二月，狄人攻打卫国。卫懿公一向喜欢鹤，他养的鹤甚至乘坐轩车。当卫国将要与狄人作战的时候，国都战士都说：『让鹤去作战吧，鹤享有禄位，我们为什么作战呢？』懿公把佩玉赐给了石祁子，把箭赐给了宁庄子，说：『你们用这个帮助国家，怎样有利怎样做。』并把绣衣给了夫人，说：『你听这两个人的。』然后由渠孔驾车，子伯为车右，黄夷为前卫，孔婴齐殿后。在荧泽和狄人交战，结果卫军大败，随后狄人灭了卫国。由于作战时懿公不让去掉自己的旗帜，所以败得很惨。狄人抓获史官华龙滑和礼孔，并继续追杀卫国人。这两个人说：『我们是太史，掌握着国家的祭祀。如果我们不先回去，你们是得不到国都的。』于是狄人就放他们先回去。他们到达国都后，告诉守城的人：『不要抵抗了。』在夜里就和国都的人一起逃走了。狄人进入卫都后，继续追杀，在黄河边上打败了卫国人。

当初，卫惠公即位时还很年轻，齐国人让昭伯和宣姜通奸，昭伯不肯，齐国人就强迫他。后来生了齐子、戴公、文公、宋桓夫人和许穆夫人。由于卫国灾祸太多，文公先到了齐国。等到卫国被打败，宋桓公在黄河边上迎接卫国人，夜里渡过黄河。卫国的遗民有七百三十人，另外加上共地、滕地的百姓共有五千人。大家立戴公为国君，寄住在曹邑。许穆夫人为此做了《载驰》一诗。齐桓公派公子无亏率领三百辆战车、三千个战士守卫曹邑。并赠给戴公驾车的马匹，祭服五套，牛、羊、猪、鸡、狗各三百头，以及做门户用的木材。赠给夫人有鱼皮装饰的车子和三十匹上等锦缎。

郑国国君非常讨厌高克，让他率军住在黄河边上，很长时间没有召他回去。后来军队被打散，士兵纷纷逃回，高克便逃到了陈国。郑国人为高克做了《清人》一诗。

原文

晋侯使大子申生伐东山皋落氏。里克谏曰：『大子奉冢祀、社稷之粢盛[1]，以朝夕视君膳者也[2]，故曰冢子[3]。君行则守[4]，有守则从[5]。从曰抚军，守曰监国，古之制也。夫帅师，专行谋，誓军旅[6]，君与国政之所图也[7]，非大子之事也。师在制命而已[8]，禀命则不威，专命则不孝[9]。故君之嗣适不可以帅师。君失其官[10]，帅师不威，将焉用之？且臣闻皋落氏将战。君其舍之！』公曰：『寡人有子，未知其谁立焉！』不对而退。见大子，大子曰：『吾其废乎？』对曰：『告之以临民[11]，教之以军旅，不共是惧[12]，何故废乎？且子惧不孝，无惧弗得立。修己而不责人，则免于难。』

大子帅师，公衣之偏衣，佩之金玦。狐突御戎，先友为右。梁余子养御罕夷，先丹木为右。羊舌大夫为尉。先友曰：『衣身之偏，握兵之要[13]，在此行也，子其勉之！偏躬无慝[14]，兵要远灾，亲以无灾，又何患焉？』狐突叹曰：『时[15]，事之征也[16]。衣，身之章也。佩，衷之旗也[17]。故敬其事[18]，则命以始[19]；服其身，则衣之纯[20]；用其衷，则佩之度[21]。今命以时卒，閟其事也[22]；衣之尨服[23]，远其躬也；佩以金玦，弃其衷也。服以远之，时以閟之。尨，凉；冬，杀；金，寒；玦，离。胡可恃也？[24]虽欲勉之，狄可尽乎？』梁余子养曰：『帅师者，受命于庙，受脤于社[25]，有常服矣[26]。不获而尨[27]，命可知也。死而不孝，不如逃之！』罕夷曰：『尨奇无常[28]，金玦不复[29]，虽复何为？君有心矣[30]。』先丹木曰：『是服也，狂夫阻之㉛。曰「尽敌而反」。敌可尽乎？虽尽敌，犹有内谗㉜，不如违之㉝。』狐突欲行。羊舌大夫曰：『不可。违命不孝，弃事不忠。虽知其寒㉞，恶不可取㉟，子其死之！』

注释

①冢祀：大祀，即宗庙祭祀。②膳：膳食。③冢子：即大子，太子。④守：保卫国家。⑤从：跟从。⑥誓军旅：号令军队。誓，誓师。⑦国政：一国的正卿。⑧制命：古代作战，主帅制命，即所谓『将在外君命有所不受』。制命，即握兵权。⑨专命：专制命之权，不受君命。⑩失其官：失去用官之道。指太子率军不宜。⑪告：命令。临民：此指治理曲沃百姓。⑫不共：不能完成任务。共，通『供』。⑬要：机要，此指兵权。⑭偏躬：即偏衣。躬，身。慝：恶。⑮时：指用兵的时间。⑯征：征象。⑰衷：中心。⑱敬：重。⑲始：开头，指春夏之时。⑳纯：纯色衣服。古代戎服，尤贵一色，称为均服。㉑度：礼制，礼度。古人以佩玉为常度。㉒闷：闭门，意为不通。㉓尨服：杂色衣服。尨，杂。㉔胡：怎么。㉕受脤：古代出兵祭社，祭毕，以社肉颁赐诸人，称为受脤。脤，祭祀所用的生肉。㉖常服：规定的服饰。㉗不获：即得不到常服。㉘尨奇无常：杂色奇异非常之服，不是好兆头。㉙金玦不复：金玦表示决绝，不复和好。㉚君有心：指君有害太子之心。㉛狂夫阻之：对于杂色奇服，狂人也不会穿。㉜内谗：指骊姬等在献公面前讲太子坏话的人。㉝违：离去。㉞虽知其寒：虽知君心寒薄。㉟恶不可取：不忠不孝的恶行还是不可取的。

译文

晋献公派遣太子申生攻打东山的皋落氏。里克劝谏说：『太子是掌管宗庙祭祀、社稷大祭和照顾国君早晚饮食的人，所以称为冢子。国君出外就受命守护国家，如果有人守护国家则跟随国君前往。随君在外称之为抚军，守护在内称之为监国，这是自古以来制度。至于率军作战，在战场上作出决定，对军队发号施令等，则是国君和正卿所应该考虑的，并非太子之事。领兵就要发布命令，而太子领兵，凡事都要禀报就会失去威严，自行决断发布命令则又是不孝。所以太子不能领兵作战。国君如果失去了任命官吏的准则，即使让太子率军也没有威严，又何必这样做呢？我听说皋落氏准备迎战。君王还是别让太子领兵为好！』献公说：『我有这么多儿子，还不知道将来要立谁呢！』里克没再说什么就退了下来。

里克见到太子，太子问：『我要被废黜了吧？』里克回答：『君王让您管理百姓，又教您掌管军队熟悉军事，是担心您难以完成任务，为什么会废您呢？而且您作为儿子，应该担心不孝，而不应担心能不能被立为嗣君。严格要求自己而不是责备别人，就能免于灾难。』

太子率军出征，献公让他穿上两色的衣服，佩戴金玦。狐突驾御战车，令先友做车右，梁余子养做罕夷驾御战车，先丹木做车右，羊舌大夫做军尉。先友说：『身穿衣服颜色是国君衣服颜色的一半，掌管着军事大权，成败在此一举了，您要努力啊！国君赐给您偏衣并没有恶意，手握兵权又可以逃离灾祸。既然国君对您如此亲近，您又没有灾祸，还担心什么呢？』狐突叹了口气说：『时令是事情的象征；衣服是身份的标志；佩饰则是内心的旗帜。所以君王如果重视这件事，就应在春夏时节发布命令；赐给衣服，其颜色应该纯一；想让人忠心，就要让他佩戴合乎规定的饰物。但现在，在年底才发布命令，就是故意为了使事情不顺；赐给他杂色衣服，目的就在于疏远他；让他佩戴金玦，就表明要舍弃自己的一片忠诚。通过衣服来疏远他，利用时令来阻碍他。杂色，表明冷漠；冬天，意味着肃杀；金，表示寒冷；玦，暗示诀别。这怎么能靠得住呢？即使要尽心尽力，狄人能消灭干净吗？』梁余子养说：『领兵之人要在太庙中接受命令，在祭祀土地神之处接受祭肉，并且应穿规定的衣服。如今，得到的却是杂色衣服，国君意图也很明显。即使死了也还要落个不孝的罪名，不如逃跑吧！』罕夷说：『杂色衣服不合常规，金玦表示诀别。这样的话，即使回去又能干什么？看来国君已经别有用心了。』先丹木说：『这样的衣服，狂人也不会去穿的。国君说「消灭完了敌人再回来」。敌人难道能消灭完吗？即使敌人被消灭完了，也还有小人的谗言，还不如趁早离开呢。』狐突想走，羊舌大夫说：『不行。违背君命就是不孝，放弃职守就是不忠。即使我们已经感觉到了国君的寒冷之心，也不能承担不孝不忠的罪名。您还是为此而死吧！』

原文

大子将战，狐突谏曰：『不可。昔辛伯谂周桓公云①：「内宠并后，外宠二政②，嬖子配嫡，大都耦国③，乱之本也。」周公弗从，故及于难。今乱本成矣，立可必乎④？孝而安民，子其图之⑤！与其危身以速罪也⑥。』

成风闻成季之繇，乃事之⑦，而属僖公焉，故成季立之。

僖之元年，齐桓公迁邢于夷仪。二年，封卫于楚丘。邢迁如归，卫国忘亡。

卫文公大布之衣⑧，大帛之冠，务材训农⑨，通商惠工⑩，敬教劝学，授方任能⑪。

元年，革车三十乘，季年⑫，乃三百乘。

注释

①谂：极力劝谏。②二政：另施政令，与国君抗衡。③耦：相当。国：国都。④立：指立为嗣君，即继承君位。必：一定，肯定。⑤图：谋划，实行。⑥危身以速罪：如果出战则将危身而加速召祸，不如尽快离去。⑦事之：跟他共事，即结为同僚。⑧大布：等于说粗布。下句『大帛』，也等于说粗帛。⑨务材：培植材用。训：引导。⑩通商：使商贾畅通。惠工：让百工得利。⑪方：法则，此指为官之道。能：有才能的人。⑫季：晚。

译文

太子准备作战，狐突劝阻说：『不行。过去辛伯曾极力劝谏周桓公说：「姬妾与王后等同，宠臣与正卿并重，庶子与嫡子都一个样，大城和国相匹敌，这就是祸乱的根源。」周公不听，因此遭到祸患。如今祸乱的根源已经形成，您还能被立为嗣君吗？与其作战引火烧身，加速祸患的到来，还不如竭尽孝道安定百姓。您还是仔细考虑吧！』

成风听到卦辞后，就要和成季结交，并且把僖公托付给他，后来成季立了僖公为国君。

僖公元年，齐桓公把邢国迁到夷仪。二年，又把卫国定都在楚丘。邢国人迁居后好像又回到了原来的国土，卫国人自己也忘记了自己的灭亡。

卫文公穿粗布衣服，帽子也是粗帛所制，引导农民培植材用，使商贾畅通，让百工得利，尊敬为师之人，鼓励学习，告诉人们为官之道，任用有才能的人。

即位第一年，有革车三十乘，到最后一年，达到了三百乘。

僖公

僖公元年

原文

元年春，不称即位，公出故也。公出复入，不书，讳之也。讳国恶[1]，礼也。

诸侯救邢[2]。邢人溃，出奔师[3]。师遂逐狄人，具邢器用而迁之[4]，师无私焉[5]。

注释

①国恶：指国家之动乱，于礼应加隐讳。②诸侯：指齐桓公、宋桓公、曹昭公。③出奔师：逃奔到诸侯的军队里。④具：完备。⑤无私：无所私取。

译文

元年春，《春秋》没有记载即位一事，这是由于僖公出奔在外的缘故。僖公出奔而又回国，《春秋》不加记载，这是由于避讳。隐讳国家的坏事，这是合乎礼的。

诸侯救援邢国。邢军已经溃散，逃到诸侯的军队里。军队就将狄人赶走了，装载了邢国的器物财货而让他们迁走，军队没有私自占取。

原文

夏，邢迁于夷仪，诸侯城之，救患也。凡侯伯[1]，救患、分灾、讨罪[2]，礼也。

秋，楚人伐郑，郑即齐故也[3]。盟于荦[4]，谋救郑也。

九月，公败邾师于偃，虚丘之戍将归者也[5]。

注释

①侯伯：诸侯之长，指齐桓公。②分灾：诸侯遭受灾害，则与之分担，用谷物布帛救济它。讨罪：诸侯有无礼征伐之类罪恶，则应会同诸侯国讨伐其罪。③即：就，亲附。④莘：陈国地名，在今河南省淮阳县西北。⑤虚丘：地名，在今山东省费县境内。

译文

夏，邢国迁到夷仪，诸侯为它建造城池，这是为了帮他们救援患难。凡是诸侯领袖，救援患难、分担灾害、讨伐罪人，这是合乎礼的。

秋，楚国人攻打郑国，这是由于郑国亲近齐国的原因。僖公和齐侯、宋公、郑伯、曹伯、邾人在莘地结盟，策划救援郑国的事情。

九月，僖公在偃地将邾国的军队打败，这支军队是戍守在虚丘将要回去的军队。

原文

冬，莒人来求赂[①]，公子友败诸郦[②]，获莒子之弟挐。非卿也，嘉获之也[③]。公赐季友汶阳之田及费[④]。

夫人氏之丧至自齐[⑤]。君子以齐人之杀哀姜也为已甚矣[⑥]，女子，从人者也[⑦]。

注释

①赂：财物。②诸：“之于”的合音。郦：地名，鲁地。③嘉获之：嘉奖季友获敌之功。④汶阳之田：鲁地。水北曰阳，其地在汶水之北，故称之汶阳之田。费：鲁地，故城在今山东省费县西北二十里。⑤丧：尸体。⑥已甚：太过分。⑦从人者也：妇子已出嫁从人，如果有罪应由夫家处置，非父母所宜讨。

译文

冬，莒国人来求取财货，公子友在郦地将他们打败，俘虏了莒子的弟弟挐。挐并不是卿，《春秋》这样记载，是为了赞扬公子友俘获的功劳。僖公把汶阳的田地和费地赐给季友。

夫人的灵柩从齐国运来。君子认为齐国人将哀姜杀死实在是太过分了，女子既已出嫁，就应听从夫家处置。

潭北草堂图　明·谢缙

此图描绘的是杜甫在成都草堂会友论诗的生活情景。画面上峰峦巍峨，松林茂密，板桥卧波，草堂隐现。该图章法逼塞而空灵，气势苍郁深邃，皴法茂密蓬松，设色淡逸清新，由此可见画家之功力和才力。

僖公二年

原文

二年春，诸侯城楚丘而封卫焉①。不书所会，后也②。

注释

①封：封疆。古代天子封诸侯，必分给土地，立其疆界，聚土为封作为标记，称之为封国，因卫国君死国灭，重新封建，故称之为封。②不书所会，后也：『城楚丘』为诸侯联合行动。此独言鲁，不及其他，因诸侯分担工程完后撤走，鲁后至，未及相会。

译文

二年春季，诸侯在楚丘修筑城池后把卫国封在那里。《春秋》没有记载诸侯会见一事，是因为僖公没有按指定时间到达。

原文

晋荀息请以屈产之乘与垂棘之璧①，假道于虞以伐虢②。公曰：『是吾宝也③！』对曰：『若得道于虞，犹外府也。』公曰：『宫之奇存焉④。』对曰：『宫之奇之为人也，懦而不能强谏，且少长于君，君昵之⑤，虽谏，将不听。』乃使荀息假道于虞，曰：『冀为不道⑥，入自颠軨⑦，伐鄍三门⑧。冀之既病，则亦唯君故。今虢为不道，保于逆旅⑨，以侵敝邑之南鄙⑩。敢请假道，以请罪于虢⑪。』虞公许之，且请先伐虢⑫。宫之奇谏，不听，遂起师。夏，晋里克、荀息帅师会虞师，伐虢，灭下阳。先书虞，贿故也。

注释

①荀息：晋国大臣，又称荀叔。屈：北屈，地名，在今山西省吉县东北。乘：马四匹称为乘。垂棘：地名，在今山西省潞城县北。②假道：借路通过。虞：姬姓国名，故城位于今山西省平陆县东北。晋伐虢，必须经过虞境。③宝：此指马与璧。④宫之奇：虞国之贤臣。⑤昵：亲昵，亲近。⑥冀：国名，在今山西省河津县东北冀亭遗址。不道：此指残暴。⑦颠軨：虞国地名，为中条山的要冲，位于今山西省平陆县东北七十里。⑧鄍：虞国地名，在今山西省平陵县东北二十里。⑨保：小城，即今之堡垒，此作动词。逆旅：客舍。⑩敝邑：敝国。敝，谦词。南鄙：南部边境。⑪请罪于虢：向虢国问罪。⑫请先伐虢：因虞君得晋重贿，不仅同意借道，还请求先出兵伐虢。

译文

晋国的荀息提议以屈地出产的马匹和垂棘出产的玉璧为代价，向虞国借道用以攻打虢国。晋献公说：『这两种东西可是我的无价之宝啊！』荀息回答说：『如果能向虞国借了道，这些东西放到虞国，就如同放在我国的外库里一样。』献公说：『虞国有宫之奇啊。』荀息回答说：『宫之奇的为人一向是懦弱而不能力谏，而且从小就和虞国国君在一起长大，虞君非常亲近他，即使宫之奇进谏，虞君也不会听从的。』于是献公就派荀息前往虞国借道，荀息对虞国人说：『昔日冀国无道，无故从颠軨入侵，围攻贵国鄍邑的三面城门。我国攻打冀国，从而打击了它，也是为了国君，并不是为我们自己。现在虢国无道，在旅馆客舍里筑起了碉堡，用以攻打我国的南部边境。因此特地请求贵国能够借道，以便让我们前往向虢国兴师问罪。』虞公就答应了，并且请求自己先去攻打虢国。宫之奇进行劝阻，虞公根本不听，随后就发兵攻打虢国。夏季，晋国的里克、荀息领兵会同虞军，对虢国进行攻打，灭亡了下阳。《春秋》记载这件事时把虞国写在前面，是由于虞国接受了晋国的贿赂。

原文

秋，盟于贯，服江、黄也①。

齐寺人貂始漏师于多鱼②。

虢公败戎于桑田。晋卜偃曰③：『虢必亡矣。亡下阳不惧，而又有功，是天夺之鉴④，而益其疾也！必易晋而不抚其民矣⑤。不可以五稔⑥。』

冬，楚人伐郑，斗章囚郑聃伯⑦。

注释

①服江、黄：江、黄原为楚之与国，今归服于齐，齐桓公使与诸侯结盟。②寺人貂：貂是人名，寺人指做宫中侍御的宦官，貂是宦官，为宫中侍卫，故名。漏师：泄露军事机密。多鱼：地名，未详。③卜偃：名偃的卜筮之官。④鉴：镜子。⑤易：轻视。⑥五稔：庄稼成熟五次，亦即五年。意为用不了五年，虢国就要灭亡。⑦斗章：楚大夫。

译文

秋季，齐桓公、宋桓公和江国、黄国的国君在贯地结盟。因为江、黄两国已经归顺了齐国。

齐国的寺人貂在多鱼一地开始将军事机密泄露出去。

虢公在桑地将戎人打败。晋国的卜偃说：『虢国定将灭亡。下阳被灭掉还不害怕，反而又出兵征战，这是上天故意将其镜子夺去，使其见不到自己的丑恶，从而加重它的罪恶！这样它必定会轻视晋国而不爱护百姓。它难以支持五年。』

冬季，楚国人攻打郑国，楚大夫斗章囚禁了郑国的聃伯。

僖公三年

原文

三年春，不雨。夏六月，雨，自十月不雨至于五月。不曰旱，不为灾也[1]。

秋，会于阳谷[2]，谋伐楚也。

齐侯为阳谷之会，来寻盟[3]。冬，公子友如齐莅盟。

注释

①『自十月』……『不为灾也』：周十月为夏八月，周五月为夏三月，八月到三月为秋收至春播之间，故无雨亦不会造成灾害。②阳谷：齐国地名，在今山东省阳谷县北。③来寻盟：阳谷之会，鲁君未参加，故齐侯派人来鲁请求寻盟修好。

译文

三年春季，鲁国始终没有下雨，一直到夏季六月才下雨。从十月又开始不下雨，一直到第二年五月。《春秋》只记载说『不雨』，没有说旱，这是因为没有造成灾害。

秋季，齐桓公、宋桓公、江国国君、黄国国君在阳谷会见，共同谋划攻打楚国。

齐桓公为阳谷盟会的事情前来鲁国重温旧好。冬季，公子友来到齐国参加盟会。

原文

楚人伐郑，郑伯欲成[1]，孔叔不可。曰：『齐方勤我[2]，弃德不祥。』

齐侯与蔡姬乘舟于囿[3]，荡公。公惧，变色。禁之，不可。公怒，归之，未之绝也[4]。蔡人嫁之[5]。

注释

①成：求和，讲和。②勤我：即帮助我。勤，劳。③蔡姬：蔡女，齐桓公夫人。囿：苑，即园林。④未之绝：尚未断绝关系。⑤蔡人嫁之：蔡侯未领会桓公之意，竟将蔡姬改嫁。

译文

楚军攻打郑国，郑文公想要和楚国讲和，孔叔没同意。他说：『齐国正在为援救我国而奔忙，将他们的恩德抛弃那是不好的。』

齐桓公和夫人蔡姬在园林中乘船游玩，蔡姬摇动船身，使桓公左右摇晃。桓公非常害怕，脸色都变色了，急忙让蔡姬停止摇船，但蔡姬不听。桓公极为恼火，就把她送回了蔡国，但没有和蔡国断绝关系。没多久之后，蔡国又把蔡姬改嫁到了别国。

僖公四年

原文

四年春，齐侯以诸侯之师侵蔡。蔡溃，遂伐楚。楚子使与师言曰：『君处北海①，寡人处南海，唯是风马牛不相及也②。不虞君之涉吾地也③，何故？』管仲对曰：『昔召康公命我先君大公曰④：「五侯九伯⑤，女实征之⑥，以夹辅周室⑦。」赐我先君履⑧，东至于海，西至于河，南至于穆陵⑨，北至于无棣⑩。尔贡包茅不入⑪，王祭不共，无以缩酒⑫，寡人是征。昭王南征而不复，寡人是问。』对曰：『贡之不入，寡君之罪也，敢不共给？昭王之不复⑬，君其问诸水滨⑭！』师进，次于陉。

注释

①北海：泛指北方。海，即荒远的地方。下文『南海』亦同此。②风：牛马雌雄相诱逐。③不虞：没想到，没料到。虞，料想。④召康公：周王室太保。大公：辅佐武王灭殷之姜尚，即太公望。⑤五侯：公、侯、伯、子、男五等诸侯。九伯：九州之方伯。五侯九州泛指天下诸侯。⑥女：汝。⑦夹辅：辅佐，辅助。⑧履：践踏。意为所到之处，此指征伐范围。⑨穆陵：地名，今山东省临朐县南一百里大砚山上之穆陵关。⑩无棣：地名，在今山东省无棣县北三十里。⑪贡：贡品。包茅：即菁茅，古人用来滤酒。⑫缩酒：以菁茅滤除酒中糟粕，称之缩酒。⑬昭王：周成王之孙，到南方巡守，渡汉水，船坏溺死。⑭问诸水滨：问于汉水边上之人。意为当时楚的势力尚未达到汉水之滨，昭王溺水与楚无涉。

译文

四年春季，齐桓公率领齐国、鲁国、宋国、陈国、卫国、郑国、许国、曹国的军队对蔡国发动进攻。结果蔡军大败，于是诸侯就趁此机会攻打楚国。楚成王派使臣来到诸侯的军队中对桓公说：『君王住在北海，寡人住在南海，距离甚远，互不干扰，即使任凭发情的牛马奔跑，也不会相遇。没有料到君王竟来到我们的土地上，是什么原因呢？』管仲回答说：『从前召康公曾经命令我们的先君太公说：「五等诸侯，九州之长，如果有罪过，你可以进行讨伐，以辅佐周王室。」他还赐给我们先君征伐的范围，东到大海，西至黄河，南到穆陵，北至无棣。如今你们应该进贡的包茅不按时送来，致使周王室祭祀的物品供给不上，没有办法用来滤酒。为此，我们特意前来向贵国质问。另外，为什么当年昭王南巡楚国却没有回去，这也要请贵国解释。』楚国使者回答说：『贡品没能及时进献，这是我们国君的罪过，怎么敢不供给呢？至于昭王南巡未归的原因，还是请你到水边上去询问一番吧！』这时，诸侯的军队又向前开进，驻扎在陉地。

原文

夏，楚子使屈完如师[①]。师退，次于召陵[②]。

齐侯陈诸侯之师，与屈完乘而观之[③]。齐侯曰：『岂不谷是为[④]？先君之好是继[⑤]。与不谷同好，如何？』对曰：『君惠徼福于敝邑之社稷[⑥]，辱收寡君[⑦]，寡君之愿也！』齐侯曰：『以此众战，谁能御之？以此攻城，何城不克？』对曰：『君若以德绥诸侯，谁敢不服？君若以力，楚国方城以为城，汉水以为池，虽众，无所用之。』

屈完及诸侯盟。

注释

①屈完：楚臣。②召陵：楚地名，在今河南省郾城县南。③乘：共载。④岂不谷是为：兴兵难道是为我齐侯自己吗？不谷，不善，为诸侯自谦之词。⑤先君之好是继：是为了把先君之友好继续下去。⑥惠：副词，表示谦敬。徼

福：求福。徼，求，取。⑦辱：副词，表示恭敬。收：安抚。

译文

夏季，楚成王派屈完率兵前往诸侯驻扎军队的地方。于是，诸侯的军队向后撤退，驻扎在召陵。

齐桓公让诸侯的军队摆成战阵，然后和屈完共同乘坐一辆车对军队检阅了一番。桓公说：『我们起兵出征，难道是为了我个人吗？只不过是为了继承我们先君建立的友好关系罢了。你们楚国不妨也和我们建立友好关系，如何？』屈完答道：『承蒙君王惠临为敝国的社稷求福，使敝国得到保全。您又如此不顾蒙受耻辱收容我们，与敝国建立友好关系。这也恰好是我们国君的愿望！』桓公指着被检阅的军队说：『用这么多的军队去作战，谁能够抵挡住他们？用这么多的军队去攻城，哪个城池攻破不了？』屈完回答说：『君王如果用恩德来安抚诸侯，谁敢不服从呢？但君王如果凭借武力，那么我们楚国将以方城山作为城墙，以汉水作为护城河，您的军队即使众多，只怕也是没有用处。』

随后，屈完就和诸侯订立了友好盟约。

原文

陈辕涛涂谓郑申侯曰①：『师出于陈、郑之间，国必甚病②。若出于东方，观兵于东夷③，循海而归，其可也。』申侯曰：『善。』涛涂以告齐侯，许之④。申侯见曰：『师老矣，若出于东方而遇敌，惧不可用也。若出于陈、郑之间，共其资粮屝屦⑤，其可也。』齐侯说，与之虎牢⑥。执辕涛涂。

秋，伐陈，讨不忠也。

许穆公卒于师，葬之以侯，礼也。凡诸侯薨于朝、会⑦，加一等；死王事，加二等⑧。于是有以衮敛⑨。

冬，叔孙戴伯帅师会诸侯之师侵陈。陈成[10]，归辕涛涂[11]。

注释

①辕涛涂：陈大夫。申侯：郑大夫。②病：困乏。齐侯伐楚往返都经过陈、郑，粮草征发甚多，则陈、郑两国必定困乏。③观兵：检阅军队，以兵威服人。东夷：指郑、莒、徐等国。④许之：齐桓公同意从东路撤军。⑤共：通『供』。屝屦：草鞋。⑥虎牢：郑地，即今河南巩县东之虎牢关，为郑国险要城邑。⑦朝、会：诸侯或臣属朝见君主，春见曰朝，不定期的朝见曰会。⑧加二等：古代天子命爵，有公、侯、伯、子、男五等，许是男爵，此次为周王伐楚，是死于王事，故加二等，可以按侯礼安葬。⑨衮：天子、上公的礼服，侯爵加等的也可用衮衣敛尸。⑩陈成：陈国请求讲和。⑪归辕涛涂：齐侯放回陈大夫辕涛涂。

译文

陈国的辕涛涂对郑国的大夫申侯说：『军队在陈国和郑国之间取道行军，两国因为要为军队供给往返所需要的大量粮草，必定非常困乏。如果让军队向东行进，向东夷炫耀一下武力，然后沿海边回国，也是可以的。』申侯说：『好。』辕涛涂把这一想法告诉了齐桓公，桓公表示赞同。但申侯进见桓公时却说：『军队在外滞留时间太长了。如果往东走与敌人相遇，恐怕难以取胜。如果取道陈国和郑国之间，由两国负责提供所需要的粮食和军鞋，则是比较好的办法。』桓公非常高兴，便把虎牢这一个地方赏给了他，然后把辕涛涂抓了起来。

秋季，齐国和江、黄二国联合攻打陈国，目的是讨伐陈国辕涛涂对齐国的不忠诚。

许穆公在军中去世，他虽是男爵，却以安葬侯的制度被安葬，这是合于礼的。因为凡是诸侯在朝会期间去世，葬礼提高一等；为天子征伐而去世，提高两等。因此也只有在这种情况下才能够用天子、三公的礼服敛尸入棺。

冬季，叔孙戴伯领兵会同齐、宋、卫、郑、许、曹军队攻打陈国。陈国请求讲和，于是就放辕涛回陈国。

原文

初，晋献公欲以骊姬为夫人，卜之，不吉；筮之，吉。公曰：『从筮。』卜人曰：『筮短龟长①，不如从长。且其繇曰：「专之渝②，攘公之羭③。一薰一莸④，十年尚犹有臭⑤。」必不可。』弗听，立之。生奚齐，其娣生卓子。及将立奚齐，既与中大夫成谋⑥。姬谓大子曰：『君梦齐姜，必速祭之。』大子祭于曲沃，归胙于公⑦。公田⑧，姬置诸宫。六日，公至，毒而献之。公祭之地，地坟⑨；与犬，犬毙；与小臣，小臣亦毙。姬泣曰：『贼由大子⑩。』大子奔新城⑪。公杀其傅杜原款⑫。

注释

①筮短龟长：古人占卜用龟，占筮用蓍草，二者相比较，占卜较灵，且以卜为先，故称为『筮短龟长』。②专之渝：意为专心宠幸则生变化。此暗指太子申生。专，即专宠；渝，变化。③攘公之羭：夺去公之牡羊。羭，牡羊。牡羊暗喻太子申生。④薰：香草。莸：臭草。⑤十年：形容很长时间。⑥中大夫：宫中大臣。成谋：预谋，定计。⑦胙：祭祀用的酒肉。⑧田：打猎。⑨地坟：地上突起如坟。⑩贼：毒害。⑪新城：即曲沃。⑫傅：师傅。

译文

当初，晋献公计划立骊姬为夫人，占卜的结果是不吉利，而占筮的结果却是吉利。献公说：『就照占筮的结果办。』卜人说：『一般占筮不如占卜灵验，不如按照灵验的办。而且占卜的繇辞说：「对一人进行专宠会使其产生邪念，将来会偷走您的公羊。香草杂草混放一起，十年之后臭气也难消除。」一定不能这么办。』献公不听，还是立了骊姬。后来骊姬生了奚齐，她的妹妹生了卓子。

等到准备将奚齐立为太子的时候，骊姬已经和中大夫定好了圈套。骊姬告诉太子申生说：『国君曾梦见你母亲齐姜，你务必尽快去祭祀她。』申生赶到曲沃祭祀，然后把祭酒祭肉带回献给献公。此时适逢献公外出打猎，骊姬就把酒肉放在宫里。六天后，献公回来了，骊姬在酒肉里下了毒药后献上去。献公把酒洒在地上，地上的土立即鼓起一个小包；把肉给狗吃，狗马上就死掉了；让左右近臣吃，近臣也死掉了。骊姬哭着说：『这是太子企图谋害您啊。』于是太子申生逃亡到了曲沃。献公将他的保傅杜原款杀掉了。

原文

或谓大子：『子辞[①]，君必辩焉。』大子曰：『君非姬氏，居不安，食不饱。我辞，姬必有罪。君老矣，吾又不乐。』曰：『子其行乎？』大子曰：『君实不察其罪，被此名也以出[②]，人谁纳我？』

十二月戊申[③]，缢于新城[④]。

姬遂谮二公子曰：『皆知之。』重耳奔蒲[⑤]，夷吾奔屈[⑥]。

注释

①辞：讼词，此指申辩的意思。②被：遭受，蒙受。③戊申：晋用夏历，据周历推算，当在周历明年二月二十七日。④缢：吊死。⑤蒲：为晋邑。⑥屈：为晋邑。

译文

有人对太子说：『如果您能为自己辩解，国君一定能搞清楚的。』太子说：『国君如果失去了骊姬，便坐不能安，食不能饱。如果我辩解清楚，骊姬一定会被治罪。国君年纪已老，失去了骊姬，必定不高兴，他如果不高兴，我也不会高兴。』别人又劝他：『那么你是不是逃走呢？』太子说：『现在国君还没有将我的罪过查清，如果背着这个杀父的恶名出逃，有谁会接纳我呢？』

十二月二十七日，太子在曲沃自缢而死。

然而骊姬又诬陷另外两个公子：『太子杀父的阴谋，他们都清楚。』于是重耳逃亡到了蒲城，夷吾则逃亡到了屈地。

关山行旅图　明·戴进

此图中高峰耸立，苍松杂树，山下人家，隐约关口，赶路旅人，行色匆匆。画面既有生活气息，又雄伟中见秀气。

僖公五年

原文

五年春，王正月辛亥朔①，日南至。公既视朔②，遂登观台以望，而书，礼也。凡分、至、启、闭③，必书云物④，为备故也。

晋侯使以杀大子申生之故来告。

初，晋侯使士蒍为二公子筑蒲与屈⑤，不慎，置薪焉⑥。夷吾诉之。公使让之。士蒍稽首而对曰⑦：『臣闻之：「无丧而戚，忧必仇焉⑧；无戎而城，仇必保焉⑨。」寇仇之保⑩，又何慎焉？守官废命⑪，不敬；固仇之保，不忠。失忠与敬，何以事君？《诗》云：「怀德惟宁⑫，宗子惟城⑬。」君其修德而固宗子，何城如之？三年将寻师焉⑭，焉用慎？』退而赋曰⑮：『狐裘龙茸⑯，一国三公，吾谁适从⑰？』

注释

①王正月辛亥朔：指周历正月初一日，即夏历十一月初一日。②视朔：天子诸侯每月朔日祭告于祖庙，然后治理政事。以特羊告于庙，称为告朔。告朔之后，仍然在太庙听治一个月政事，称为视朔，也称为听朔。③闭：立秋，立冬。④云物：云色，即五云之色，系指青、白、赤、黑、黄五色。古礼，国君在二分(春分、秋分)二至（夏至、冬至）及四立(立春、立夏、立秋、立冬)之日，必登台以望天象，占卜吉凶并且记载下来。⑤蒲、屈：均为晋地名。⑥置薪：城墙里放进了木柴。⑦稽首：古代拜礼中最敬的礼仪，手、头同时下至于地，一般通行于尊卑之间。⑧仇：相应。⑨仇：仇敌。保：守卫。⑩寇仇：泛指敌人。⑪守官：居官任职。废命：拒绝命令。⑫怀德惟宁：心存德行就是安宁。⑬宗子惟城：使诸子团结一心就是坚城。⑭寻师：用兵，三年后将用兵于二邑。⑮赋：士蒍自作之诗。⑯狐

裘：大夫的服装。尨茸：杂乱。⑰适：主。

译文

五年春季，周历正月初一日，这天是冬至。僖公在太庙听政一个月后，登上观台观望云气，并对此进行记载，这是合乎礼的。凡是春分秋分、夏至冬至、立春立夏、立秋立冬，必然都要对云气的情况进行记载，为的是若有灾害以便及时做好准备。

晋献公派使者前来鲁国报告杀害太子申生的原因。

当初，晋献公派士蒍为两位公子在蒲地和屈地筑城的时候，士蒍不小心，把木柴放入了城墙中。夷吾把此事告诉了献公。献公便派人去责备士蒍。士蒍叩首回答说：『为臣听说：「没有丧事而悲伤，忧愁必然会跟随而至；没有战患而筑城，反而会使国内的敌人凭借它进行抵抗。」既然敌人有可能占据，建造时哪里还用得着认真？我本来不愿意去筑城，但身为此官，不服从命令就是不尊敬国君；然而如果把城墙建造得特别牢固，将来成为仇敌的坚固城池，则对于国家来说，又是不忠。丢弃了忠和敬，怎么还能事奉国君呢？《诗》说：「拥有德行，国家就可以安定，有了诸位公子就有了坚固的城池。」君王只要重视修养德行并巩固公子们的地位，什么样的城能比得上呢？可以预言，三年以后就会有战乱发生，现在筑城哪里还用得着谨慎？』士蒍退出来后又吟诗道：『皮袍乱蓬蓬，一国有三公，我把谁跟从？』

原文

及难，公使寺人披伐蒲。重耳曰：『君父之命不校①』。乃徇曰：『校者，吾仇也。』逾垣而走②。披斩其祛，遂出奔翟。

夏，公孙兹如牟③，娶焉。

会于首止④，会王大子郑，谋宁周也⑤。

陈辕宣仲怨郑申侯之反己于召陵⑥，故劝之城其赐邑⑦，曰：『美城之⑧，大名也⑨，子孙不忘。吾助子请。』乃为之请于诸侯而城之，美。遂谮诸郑伯曰：『美城其赐邑，将以叛也。』申侯由是得罪。

注释

①不校：不违抗。校，违抗。②逾垣：跳墙。③公孙兹：即叔孙戴伯。牟：国名，在今山东省莱芜县东。④首止：卫国地名。⑤宁周：安定周太子郑之位。⑥辕宣仲：即辕涛涂。反己：背约，出卖。⑦赐邑：指齐桓公所赐之虎牢。⑧美城：将城邑筑得美观。⑨大名：即扩大名声。

译文

等到祸患发生之时，晋献公便派寺人披领兵攻打蒲城。重耳说：『父王的命令不能抗拒。』于是通令说：『谁抵抗，谁就是我的敌人。』然后跳墙逃走，披砍掉了他的袖口。重耳逃亡到了翟国。

夏季，公孙兹来到牟国娶亲。

僖公和齐桓公、宋桓公、陈宣公、卫文公、郑文公、许男、曹昭公在首止会面，并会见了王太子郑，谋划如何使周王室趋向于安定。

陈国的辕涛涂因郑国的申侯在召陵出卖了自己而心怀怨恨，便伺机报复。他故意怂恿申侯在所赐的虎牢筑城，他说：『把城修建得漂亮一些，能扩大名声，子孙也不会将你忘记。我可以为你请求。』于是就向诸侯请求，得到允许后筑起了城墙，并且建造得很美观。辕涛涂转而又在郑文公面前诬陷申侯说：『他将赐封之地的城墙建得那么美观，肯定是准备叛乱的。』申侯因此而将郑文公得罪了。

原文

秋，诸侯盟。王使周公召郑伯[①]，曰：『吾抚女以从楚，辅之以晋，可以少安。』郑伯喜于王命，而惧其不朝于齐也，故逃归不盟。孔叔止之曰[②]：『国君不可以轻，轻则失亲，失亲患必至。病而乞盟，所丧多矣。君必悔之。』弗听，逃其师而归[③]。

楚斗谷於菟灭弦，弦子奔黄。

于是江、黄、道、柏方睦于齐[④]，皆弦姻也[⑤]。弦子恃之而不事楚，又不设备，故亡。

注释

①王：周惠王。周公：名宰孔。郑伯：指郑文公。②孔叔：郑国大夫。③逃其师：国君出行，必带军队同行。郑伯害怕帅师回国，受到诸侯堵截，故离开军队只身逃跑。④江、黄、道、柏：四国名，地处楚国附近。⑤弦姻：江、黄、道、柏诸国都和弦国有姻亲关系。

译文

秋季，诸侯进行会盟。周天子派周公召见郑文公，对他说：『我让你离开齐国而去随从楚国，并让晋国辅助你，这样可以使各国之间略微安定一些。』郑文公对此感到很高兴，但又害怕还没有朝见齐国，于是就准备逃回国内而不去参加盟会。孔叔不让他走，说：『国君不能轻率从事，一旦轻率就会失去亲近的人，祸患肯定到来。等到国家遇到困难时再去请求结盟，失去的东西就太多了。您必然后悔莫及。』郑文公不听，丢下军队独自逃回国内。

楚国的斗谷於菟将弦国灭掉，弦子逃亡到了黄国。

当时江、黄、道、柏四国正和齐国交好，这几个国家和弦国都有婚姻关系。弦子依仗这个而不去事奉楚国，国家又不设置防备，因此就被楚国灭亡了。

原文

晋侯复假道于虞以伐虢，宫之奇谏曰：「虢，虞之表也。虢亡，虞必从之。晋不可启①，寇不可玩②，一之谓甚，其可再乎？谚所谓『辅车相依③，唇亡齿寒』者，其虞、虢之谓也。」公曰：「晋，吾宗也，岂害我哉？」对曰：「大伯、虞仲④，大王之昭也⑤。大伯不从，是以不嗣⑥。虢仲、虢叔⑦，王季之穆也⑧，为文王卿士，勋在王室，藏于盟府。将虢是灭，何爱于虞？且虞能亲于桓、庄乎⑨？其爱之也，桓、庄之族何罪？而以为戮，不唯逼乎⑩？亲以宠逼，犹尚害之，况以国乎？」公曰：「吾享祀丰洁⑪，神必据我⑫。」对曰：「臣闻之，鬼神非人实亲⑬，惟德是依。故《周书》曰：『皇天无亲，惟德是辅。』又曰：『黍稷非馨⑭，明德惟馨⑮。』又曰：『民不易物⑯，惟德繄物』。如是，则非德，民不和，神不享矣。神所冯依⑰，将在德矣。若晋取虞，而明德以荐馨香，神其吐之乎？」弗听，许晋使。宫之奇以其族行⑱，曰：「虞不腊矣⑲。在此行也，晋不更举矣⑳。」

注释

①晋不可启：晋国之野心不可开启。启，开启。②寇：兵，指借道之晋军。玩：玩忽，轻侮。③辅：车厢两边的夹板。④大伯：即太伯，周太王长子。虞仲：太伯之弟，太王次子。⑤大王：即太王。昭：古代庙次及墓次。始祖居中，其后第一、三、五代逢奇数者位在左，为昭；第二、四、六代逢偶数者位在右，为穆。⑥不嗣：太伯为太王长子，与其弟虞仲远去吴国，未能继承父位，由其幼弟王季继位。⑦虢仲、虢叔：王季(季历)之子。⑧穆：王季为昭，

虢仲、虢叔皆其子，故称王季之穆。⑨桓、庄：指曲沃桓叔和曲沃庄伯。⑩逼：逼迫，压力。⑪享祀：祭品。丰洁：丰盛而洁净。⑫据：依靠，依从。⑬非人实亲：即非亲人，此为倒装用法。⑭黍稷：古代祭祀常用的谷物。馨：芳香。⑮明德：光明之德。⑯易物：改变祭物。⑰冯：同『凭』，凭借。⑱以：率领。族：家族。⑲腊：腊祭。⑳晋不更举：晋将用此次灭虢之师一举灭虞，不顺另外举兵。

译文

晋献公又一次向虞国借道前去攻打虢国，虞大夫宫之奇规劝虞公说：『虢国是虞国的屏障。如果虢国灭亡了，那么虞国也必定随着灭亡，我们不能轻易答应，以免使晋国的野心更加增大，对侵犯他国的军队决不能放松警惕。上次我们允许晋国借道，已经是很过分了，怎么可以再有第二次呢？俗话说：「辅车相依，唇亡齿寒。」讲的就是虞国和虢国之间的关系吧。』虞公说：『晋国和虞国都是姬姓国，是同一宗族，难道它能害我们吗？』宫之奇回答说：『当年太伯和虞仲同是周太王的儿子，太伯没有听从父命而和虞仲一起出走，因此他没有继承王位。虢仲、虢叔都是王季的儿子，又都做过周文王的卿士，对周王室是有功劳的，他们受封时的典策至今还藏在盟府里。现在晋国即使连虢国这样的同宗都想灭掉，那么对我们虞国又有什么好怜惜的呢？再说，它对虞国还能比对桓、庄的后代更亲近吗？如果他们爱惜桓、庄，这两个家族有什么罪？竟成了杀戮的对象，不正是因为他们对晋献公构成了威胁吗？亲族之间由于权势的威胁，尚且进行杀害，更何况您拥有一个国家，不是更让他感到是个威胁吗？』虞公又说：『神灵一定对我们进行保佑，因为我祭祀的供品丰盛而又洁净。』宫之奇回答说：『我听说：神灵并不对哪一个人亲近，而只是保佑有德行的人。因此《周书》中说：「上天不分亲疏，只保佑有德之人。」又说：「黍稷的滋味并不是馨香，只有光明的德行才是馨香。」又说：「人们进献的祭品是没有区别的，只有有德之人的祭品才算是真正的祭品。」如此说来，如果没有德行，百姓就会不和睦，神灵也不会享用他的祭品。神灵所保佑的，只是那些有德行的。假如晋国吞并了虞国，然后又崇尚德行，进献它的祭品，神灵还会把它的东西吐出来吗？』虞公不听劝阻，还是答应了晋国使者的请求。宫之奇便领着他的家族离开了虞国，他说：『今年虞国举行不了腊祭了。晋国将在这次军事行动中顺便灭掉虞国，不必再另行专门发兵了。』

原文

八月甲午，晋侯围上阳①。问于卜偃曰：『吾其济乎？』对曰：『克之。』公曰：『何时？』对曰：『童谣云：「丙之晨，龙尾伏辰②。均服振振，取虢之旂③。鹑之贲贲④，天策焞焞⑤。火中成军，虢公其奔。」其九月、十月之交乎！丙子旦，日在尾，月在策，鹑火中，必是时也。』

冬，十二月丙子⑥，朔，晋灭虢，虢公丑奔京师。师还，馆于虞，遂袭虞，灭之。执虞公及其大夫井伯，以媵秦穆姬⑦，而修虞祀，且归其职贡于王⑧。

故书曰：『晋人执虞公。』罪虞，且言易也。

注释

①上阳：虢有东虢、北虢、南虢，上阳为南虢。②龙尾：苍龙七宿的第六宿，即尾宿。辰：日月相会叫辰。③旂：系有许多铃的旗。④鹑：朱雀七宿第三宿，即柳宿，亦名鹑火，火星。贲：贲贲，星体貌。⑤天策：即傅说星。焞焞：光线暗弱的样子。⑥十二月：此用周历，相当夏历十月。⑦媵：陪嫁的男女。秦穆姬：晋献公之女，嫁秦穆公。⑧职贡：赋税和贡物。

译文

八月的某一天，晋献公将上阳包围。他向卜偃问道：『我能攻克吗？』卜偃回答说：『能攻克。』晋献公问：『在什么时间？』卜偃回答说：『有童谣说：「丙子之日天破晓，龙尾星宿看不到。军服威武多漂亮，虢国旗帜夺到了。鹑火星像只鸟，天策星没光耀。鹑火出现军队到，吓得虢公要逃跑。」成功的日子大概在九月底、十月初吧！这一天是丙子日的早晨，太阳在尾星之上，月亮在策星之上，鹑火星出现于南方，肯定是在这个时候。』

冬季，十二月初一日，晋国灭掉了虢国，虢公丑逃亡到了京城。晋国军队在回归途中，驻扎在虞国，趁机袭击并将它灭亡了。并且抓住了虞公和他的大夫井伯，又把井伯作为秦穆姬的陪嫁送到了秦国，但并没有废弃虞国的祭祀，而且还决定把虞国的赋税送给周天子。

所以《春秋》记载说：『晋人执虞公。』表示将虞国的灭亡归罪于虞公，而且说明晋国轻而易举就将虞国灭掉了。

僖公六年

原文

六年春，晋侯使贾华伐屈①。夷吾不能守，盟而行②。将奔狄。郤芮曰③：『后出同走④，罪也，不如之梁⑤。梁近秦而幸焉⑥。』乃之梁。

夏，诸侯伐郑，以其逃首止之盟故也。围新密⑦，郑所以不时城也⑧。

秋，楚子围许以救郑。诸侯救许，乃还。

冬，蔡穆侯将许僖公以见楚子于武城⑨。许男面缚⑩，衔璧⑪，大夫衰绖⑫，士舆榇⑬。楚子问诸逢伯⑭，对曰：『昔武王克殷，微子启如是⑮。武王亲释其缚，受其璧而祓之⑯，焚其榇，礼而命之⑰，使复其所⑱。』楚子从之。

注释

①贾华：晋国右行大夫。②盟而行：夷吾与屈人盟誓，要求他们不背叛自己，而后离屈出走。③郤芮：一说冀芮，晋臣。④同走：指与重耳同到狄国。⑤梁：嬴姓国，僖公十九年亡于秦。⑥幸：信任。⑦新密：即新城，在今河南密县东南。⑧不时：即非兴土功之时，指农忙时节所筑。⑨将：带着。武城：地名，在今河南省南阳市北。⑩许男：即许僖公。男，爵名。面缚：谓手背后反绑双手。⑪衔璧：口含璧玉。古人死后，口含珠玉而葬，以此表示甘服死罪。⑫衰绖：古代用麻布制成的孝服。⑬舆榇：抬着棺材。⑭逢伯：楚大夫。⑮微子启：殷帝乙的长子，纣王的庶兄。⑯祓：古礼，用以除灾求福。⑰礼：礼遇。⑱复其所：复微子之国。

译文

六年春，晋侯派遣贾华攻打屈地。夷吾没有守住，和屈人订立盟约然后出走。准备逃亡到狄。郤芮说：『在重耳之后离开而一起去到狄，这是有罪的，不如到梁国去。梁国接近秦国而又得到它的信任。』于是就来到了梁国。

夏，诸侯攻打郑国，因为它逃离首止那次结盟的缘故。包围了新密，这就是郑国之所以在农忙时令筑城的原因。

秋，楚子包围许国以救援郑国，诸侯救援许国，于是楚军回国。

冬，蔡穆侯带领许僖公到武城去见楚子。许男反绑两手，嘴里衔着玉璧，大夫穿着孝服，士抬着棺材。楚子向逢伯询问，逢伯回答说：『从前武王将殷商打败，微子启就是这样做的。武王亲自解开他的捆绑，接受他的玉璧而举行扫除灾害之礼，将他的棺材烧掉，给予礼遇并赐给他爵命文书，让他回到原地去。』楚子听从了逢伯的话。

踏雪寻梅图　明·戴进

此图绘高士踏雪访梅之雅事。整幅构图师郭熙景式，枯树画法也仿郭熙的蟹爪，而山石皴法则用小斧劈，峦头灌木双学于范宽。

僖公七年

原文

七年春，齐人伐郑。孔叔言于郑伯曰：『谚有之曰：「心则不竞[1]，何惮于病[2]？」既不能强，又不能弱，所以毙也。国危矣，请下齐以救国[3]。』公曰：『吾知其所由来矣，姑少待我。』对曰：『朝不及夕[4]，何以待君？』

夏，郑杀申侯以说于齐[5]，且用陈辕涛涂之谮也。

注释

①则：假如。竞：强也。②何惮于病：意为心志如不坚强，还何必害怕屈辱？惮，害怕；病，屈辱。③下齐：屈服于齐。④朝不及夕：保得了早晨保不了傍晚，意为情况危急。⑤说：同『悦』，即取悦，讨好。

译文

七年春，齐国人攻打郑国。孔叔对郑伯说：『俗话说得好：「心里如果不坚强，为什么又怕屈辱？」既然不能坚强，又不能软弱，所以可能导致灭亡。国家危险了，请您向齐国屈服以挽救国家。』郑伯说：『我知道他们是为什么来的了，暂且稍微等我一下。』孔叔回答说：『情况很紧急，保得了早晨保不了傍晚，怎么等待君王呢？』

夏，郑国把申侯杀死以讨好齐国，同时也是因为陈国辕涛涂的诬陷。

原文

初，申侯，申出也[1]，有宠于楚文王。文王将死，与之璧，使行，曰：『唯我知女，女专利而不厌[2]，予取予求[3]，不女疵瑕也。后之人将求多于女[4]，女必不免[5]。我死，女必速行。无适小国，将不女容焉。』既葬，出奔郑，又有宠于厉公⑥。子文闻其死也⑦，曰：『古人有言曰：「知臣莫若君。」弗可改也已！』

秋，盟于宁母⑧，谋郑故也。

注释

①申出：当为楚女嫁于中国所生之子。有说为中国之女嫁于楚国所生，恐非。②女：同『汝』，你。专利：垄断财货。厌：足。③予取予求：从我这里取支，从我这里求得。④求多于女：向你大量索取货财。⑤不免：不免于罪。⑥厉公：指郑厉公。⑦子文：即楚臣斗谷於菟。⑧宁母：鲁地名，在今山东省鱼台县境。

译文

当初，申侯是申氏所生，受到楚文王的宠信。文王将要死的时候，把玉璧赠予他，让他走，说：『只有我最清楚你，你垄断财货而永不满足，从我这里取，从我这里求，我不挑剔你。后来的人将会向你索取大量财货，你一定会犯罪。我死，你一定快点离开这里，不要到小国去，他们不会容纳你的。』楚文王安葬后，申侯逃到郑国，厉公又很宠信他。子文听到他的死讯，说：『古人这样说：「了解臣下没有像国君那样清楚的。」这句话是不能改变的啊！』

秋，僖公和齐侯、宋公、陈国的世子款、郑国的世子华在宁母结盟，共同进攻郑国。

原文

管仲言于齐侯曰：『臣闻之：招携以礼①，怀远以德。德礼不易②，无人不怀。』齐侯修礼于诸侯，诸侯官受方物③。

郑伯使大子华听命于会。言于齐侯曰：『泄氏、孔氏、子人氏三族④，实违君命。君若去之以为成，我以郑为内臣[5]，君亦无所不利焉。』齐侯将许之。管仲曰：『君以礼与信属诸侯[6]，而以奸终之，无乃不可乎？子父不奸之谓礼[7]，守命共时之谓信[8]。违此二者，奸莫大焉。』公曰：『诸侯有讨于郑，未捷。今苟有衅[9]，从之，不亦可乎？』

注释

①招携：招抚有二心的国家。携，离心，怀二心。②不易：不改变、不背离。③受方物：接受赏赐。方物，职贡所用土产。④泄氏、孔氏、子人氏：三者均为郑国大夫。泄氏指泄驾氏族；孔氏指孔叔；子人氏指郑厉公弟，名语。⑤内臣：臣服于齐，如封内之臣。⑥属：会合。⑦奸：干犯，违背。⑧守命共时：见机行事以完成君命。⑨有衅：有隙可乘。

译文

管仲对齐侯说：『臣听说：招抚左右摇摆的国家，用礼；怀念疏远的国家，用德。遇事不违背德和礼，人们就会归附。』齐侯就依礼对待诸侯，诸侯的官员接受了齐国的赏赐。

郑伯派遣太子华接受会议的命令，对齐侯说：『泄氏、孔氏、子人氏三族，违反您的命令。您如果除掉他们而和敝国讲和，我就把敝国作为您的藩属，这对您也没有什么不利。』齐侯准备应允他的意见。管仲说：『君王用礼和信会合诸侯，而用邪恶来结束，这未免不太好吧！儿子和父亲不相违背叫做礼，见机行事完成君命叫做信。违背这两点，是最邪恶的了。』齐侯说：『诸侯进攻郑国，失利。现在幸而有隙可乘，利用这点，不也行吗？』

原文

对曰：『君若绥之以德[1]，加之以训，辞，而帅诸侯以讨郑，郑将覆亡之不暇[2]，岂敢不惧？若总其罪人以临之[3]，郑有辞矣，何惧？且夫合诸侯，以崇德也。会而列奸[4]，何以示后嗣？夫诸侯之会，其德、刑、礼、义，无国不记。记奸之位，君盟替矣。作而不记，非盛德也。君其勿许！郑必受盟。夫子华既为大子，而求介于大国以弱其国[5]，亦必不免。郑有叔詹、堵叔、师叔三良为政[6]，未可间也[7]。』齐侯辞焉[8]。子华由是得罪于郑。

冬，郑伯使请盟于齐。

闰月，惠王崩。襄王恶大叔带之难[9]，惧不立，不发丧，而告难于齐。

注释

①绥：安抚。②覆亡：挽救危亡。③总：带领。临：从上面到下面来，这里有以势欺人之意。④列奸：使奸人在君位。列，位。⑤介：凭借。⑥叔詹、堵叔、师叔：郑国执政的三位贤明大夫。⑦未可间：没有空隙为人所乘。⑧辞：桓公拒受子华之言。⑨襄王：即惠王太子郑。恶：忧虑、畏惧。大叔带：即太叔带，襄王之弟，惠后之子，惠后欲立太叔带，没有来得及，惠王就死了。大，同『太』。

译文

管仲回答说：『君王如果用德来安抚，加上教训，他们不领情，然后率领诸侯征讨郑国，郑国挽救危亡还来不及，岂敢不害怕？如果领着它的罪人以兵攻打郑国，郑国就有理了，还害怕什么？而且把诸侯会合起来，这是为了推崇德行。会合而让奸邪之人位列国君，怎么能垂示于后代呢？诸侯的会见，他们的德行、刑罚、礼仪、道义，每个国家都加以记载。如果记载了让邪恶之人临朝，君王的盟约就难履行了。事情做了而不能见于记载，这就不是崇高的道德。君王不要答应！郑国一定会愿意和我们订立盟约的。子华既然身为太子，而要求凭借大国来削弱他的国家，也一

雪景山水图　明·戴进

此图写雪景山水。图中山峰峻拔，岩石硬厚，山峦白雪皑皑，丛树凋零，近景高大松树苍郁挺立。山溪涓流，溪桥横架。山坳间，城楼重叠，俨似雄关一座。行旅人物顶风冒雪，一队正行走在溪桥上，一队已达城楼前。全景构图。画山石笔墨放纵，线条外形多变，侧中锋兼用，画树木则硬笔刚线。画法融马、夏之笔意，又自具苍劲雄浑之貌。

定不能免于祸患。郑国有叔詹、堵叔、师叔三个圣贤执政，还不能钻它的漏洞呢。』齐侯于是向子华辞谢。子华因此而得罪了郑国。

冬，郑伯派遣使者到齐国请求订立盟约。

闰十二月，周惠王死。襄王害怕太叔带造成的祸难，害怕不能立为国君，所以不发布丧事的消息而向齐国报告灾祸。

僖公八年

原文

八年春，盟于洮，谋王室也。郑伯乞盟[1]，请服也。襄王定位而后发丧。

晋里克帅师，梁由靡御[2]，虢射为右[3]，以败狄于采桑[4]。梁由靡曰：『狄无耻[5]，从之必大克[6]。』里克曰：『惧之而已，无速众狄[7]。』虢射曰：『期年[8]，狄必至，示之弱矣[9]。』

夏，狄伐晋，报采桑之役也。复期月[10]。

注释

①乞盟：请求加入盟会。②梁由靡：即梁余子养。③虢射：晋臣。④采桑：地名，其地在今山西省乡宁县西。⑤狄无耻：狄人退却逃跑，无羞耻之心。⑥从：追击。大克：大胜。⑦惧之而已，无速众狄：意为稍示警戒就可以了，如果追击太狠，会很快招致更多狄人的报复。⑧期年：一年。⑨示之弱：如果不乘胜追击，那么是向狄人表示软弱可欺。⑩复：应验。期月：即期年。

译文

八年春季，僖公和周王室的人、齐桓公、宋桓公、卫文公、许僖公、曹共公、郑世子款在洮地召开盟会，研究如何使王室安定。郑文公请求参加盟会，并且表示顺服。襄王的王位确立后才举行了惠王的丧礼。

去年，晋国的里克统领军队，由梁由靡驾车，虢射为车右，在采桑一地把狄人打败。梁由靡说：『狄人没有羞耻，居然逃走，如果我们追击，必然大胜。』里克说：『让他们害怕就行了，不要因为追赶他们而招来更多的狄人。』虢射说：『一年之后，狄人肯定还要来。现在不追他们的话，就表明我们软弱可欺了。』

夏季，狄人果然又来进攻晋国，以报复采桑一战之仇。虢射的话被证实了。

原文

秋，禘，而致哀姜焉，非礼也。凡夫人，不薨于寝[①]，不殡于届[②]，不赴于同[③]，不祔于姑[④]，则弗致也。

冬，王人来告丧，难故也，是以缓。

宋公疾，大子兹父固请曰：『目夷长且仁[⑤]，君其立之！』公命子鱼[⑥]。子鱼辞曰：『能以国让，仁孰大焉？臣不及也，且又不顺[⑦]。』遂走而退。

注释

①薨于寝：死于自己的寝宫。②殡：停放灵柩。③同：同盟之国。④祔：后死者附葬于先祖叫祔。姑：丈夫的母亲。⑤目夷：兹父庶兄。⑥子鱼：目夷的字。⑦不顺：废嫡立庶，不顺于礼。

译文

秋季，鲁国举行了宗庙合葬仪式，把哀姜的灵位放到太庙中，这是不合于礼的。因为凡是夫人，如果没有死在正房里，不在祖庙里停棺，不向盟国发讣告，其神位不放在婆婆神位的旁边，就不能把她的神位放到太庙中去。

冬季，周天子的使者来鲁国通知惠王的丧事，因为周王室发生了祸难，所以延迟了报丧的时间。

宋桓公患了病，太子兹父再三向他请求：『哥哥目夷年长而且有仁德，君王应该立他为国君！』桓公就命令立目夷为国君。目夷推托说：『能把一个国家让给别人，还有比这更大的仁爱吗？我不如他，而且立我为国君又不合乎规矩。』于是就迅速退了出来。

僖公九年

原文

九年春，宋桓公卒。未葬而襄公会诸侯，故曰『子』。凡在丧[1]，王曰『小童』，公侯曰『子』[2]。

夏，会于葵丘，寻盟，且修好，礼也。

王使宰孔赐齐侯胙，曰：『天子有事于文、武[3]，使孔赐伯舅胙[4]。』齐侯将下拜[5]。孔曰：『且有后命。天子使孔曰：「以伯舅耋老，加劳，赐一级，无下拜。」』对曰：『天威不违颜咫尺[6]，小白余敢贪天子之命无下拜[7]？恐陨越于下[8]，以遗天子羞。敢不下拜[9]？』下拜，登受[10]。

注释

①在丧：君死至下葬礼前这段时间为在丧。②公侯：公、侯、伯、子、男五等爵位的统称。③有事：有祭事，即祭祀大事。文、武：指周文王、周武王。④伯舅：天子称同姓诸侯为伯父或叔父，称异姓诸侯为伯舅。⑤下拜：走下台阶，再拜稽首。⑥违颜：离于颜面。咫：古代以八寸为咫。⑦小白：即齐桓公。贪：受。⑧陨越：颠坠，即跌跤。⑨下拜：下降于两阶之间，北面再拜稽首。⑩登受：下拜后升堂，再拜而后受赐。

译文

九年春季，宋桓公逝世。宋襄公还没有将桓公埋葬，就会见了诸侯，因此《春秋》称其为『子』。凡处于丧事期间，天子称『小童』，公侯称『子』。

夏季，僖公和王室太宰周公、齐桓公、宋襄公、卫文公、郑文公、许僖公、曹共公在葵丘会盟，重申过去的盟约，同时也是为了继续友好下去，这是合于礼的。

周天子派宰孔把祭肉赐给齐桓公，并对他说：『天子祭典文王、武王，派我把祭肉赐给伯舅。』桓公准备下阶拜谢。宰孔说：『请稍等，后面还有命令呢。天子让我说：「由于伯舅年老，加上有功劳，特赐爵一级，不用下阶跪拜。」』桓公回答说：『上天的威严距离我的颜面只有咫尺之远，小白我岂敢贪受天子之命，而不下阶拜谢？如果那样，恐怕将来要在下面栽跟头，并且使天子蒙受耻辱。怎么敢不下拜呢？』于是就下阶跪拜，然后又登上台阶接受了赏赐。

原文

秋，齐侯盟诸侯于葵丘，曰：『凡我同盟之人，既盟之后，言归于好[1]。』

宰孔先归，遇晋侯曰：『可无会也。齐侯不务德而勤远略，故北伐山戎，南伐楚，西为此会也。东略之不知，西则否矣[2]。其在乱乎。君务靖乱，无勤于行。』晋侯乃还。

九月，晋献公卒。里克、丕郑欲纳文公[3]，故以三公子之徒作乱[4]。

初，献公使荀息傅奚齐。公疾，召之，曰：『以是藐诸孤，辱在大夫[5]，其若之何？』稽首而对曰：『臣竭其股肱之力，加之以忠贞。其济，君之灵也[6]；不济，则以死继之。』公曰：『何谓忠贞？』对曰：『公家之利，知无不为，忠也。送往事居[7]，耦俱无猜[8]，贞也。』

及里克将杀奚齐，先告荀息曰：『三怨将作[9]，秦、晋辅之，子将何如？』荀息曰：『将死之。』里克曰：『无益也！』荀叔曰：『吾与先君言矣，不可以贰[10]。能欲复言而爱身乎[11]？虽无益也，将焉辟之？且人之欲善，谁不如我？我欲无贰，而能谓人已乎？』

注释

①言：句首助词。②否：不知道。③丕郑：晋大夫。文公：指重耳。④三公子之徒：指申生、重耳、夷吾的党羽。⑤辱在大夫：即托付于大夫您。⑥灵：威灵，福气。⑦送往事居：送走死去的，事奉活着的。此指献公、奚齐。⑧耦：指已故国君和新国君。⑨三怨：指三公子之徒。⑩贰：改变，有二心。⑪复言：实践诺言。爱身：顾惜生命。

译文

秋季，齐桓公在葵丘和诸侯会见，他说：『凡是我们一同结盟之国，发了盟誓之后，都要言归于好。』

宰孔先行回国，途中遇到了晋献公，他对献公说：『不必去参加盟会了。齐桓公不努力修身养德而忙于远征，所以北攻山戎，南伐楚国，又在西边召开了这次盟会。向东是否有所举动还不知道，向西进攻晋国是不可能了。晋国很可能将有灾祸。作为君王应致力于平定国内祸乱，而不应忙于外出东征西战。』于是晋献公便返回国。

九月，晋献公去世。里克、丕郑想接纳文公重耳为国君，于是就鼓动申生、重耳、夷吾三位公子的党羽起来作乱，不想使奚齐继位。

当初，献公曾让荀息去辅助奚齐。献公患病后，召见荀息说：『我把奚齐这个弱小的孤儿托付于大夫您照料，您将怎么办？』荀息叩头回答说：『我愿尽我所能辅佐他，并对他忠贞不二。倘若能成功，那是君王在天之灵的保佑；倘若不能成功，我将以死报答。』献公问：『什么是忠诚坚贞？』荀息回答说：『为了国家利益，只要知道了就尽力去做，这是忠；送走先君事奉新君，使双方均无猜疑，这是贞。』

等到里克准备把奚齐杀掉时，他先告诉荀息说：『公子三方的仇恨将要发作了，秦国和晋国人都将帮助他们，您准备如何行动？』荀息说：『准备去死。』里克说：『死也没有益处！』荀息说：『我已和先君说过，我不能苟且偷生。难道既想实践自己的诺言又要爱惜生命吗？尽管我死也没有什么用，但又能躲到何处呢？再说，人们都想变好，谁不跟我一样？我不想改变自己的誓言，难道又能阻止别人改变自己的想法吗？』

原文

冬，十月，里克杀奚齐于次①。书曰『杀其君之子』，未葬也。荀息将死之，人曰：『不如立卓子而辅之。』荀息立公子卓以葬。十一月，里克杀公子卓于朝，荀息死之。

君子曰：『《诗》所谓「白圭之玷②，尚可磨也；斯言之玷，不可为也」，荀息有焉。』

齐侯以诸侯之师伐晋，及高梁而还③，讨晋乱也。令不及鲁，故不书。

晋郤芮使夷吾重赂秦以求入④，曰：『人实有国⑤，我何爱焉？入而能民⑥，土于何有⑦？』从之。

齐隰朋帅师会秦师⑧，纳晋惠公。

秦伯谓郤芮曰：『公子谁恃？』对曰：『臣闻亡人无党⑨，有党必有仇。夷吾弱不好弄⑩，能斗不过⑪，长亦不改，不识其他。』

注释

①次：居丧的茅屋，即遭丧者陪侍灵柩所居住的寝所。②白圭：白玉。玷：玉石上的瑕疵。③高梁：晋邑，在今山西省临当市东北。④郤芮：晋臣。入：入国为君。⑤人：他人。⑥能民：得民。⑦土于何有：倒装句，即何有于土？意为不患无土。⑧隰朋：齐国大夫。⑨亡人：逃亡在外的人，指夷吾。党：同伙。⑩弱不好弄：小时候不爱玩耍。弱，年少。⑪能斗不过：能争斗而不过分。

译文

冬季，十月，里克在守灵的茅屋中杀了奚齐。《春秋》之所以记载为『杀其君之子』，是因为献公还没有被安葬。荀息准备为此而自杀，有人劝他说：『不如立卓子为国君并辅佐他。』于是荀息便立了公子卓为国君，并把献公安葬了。十一月，里克又在朝廷上把公子卓杀了，随后荀息便自杀而死。

君子对此评论说：『《诗》所说的「白璧之瑕，尚可磨掉；言语有失，不可追回」，荀息正是这样的人啊。』

齐桓公率领诸侯的军队攻打晋国，到了晋邑高梁就回国了，此行是为了讨伐晋国发生的祸乱。由于命令没有送达鲁国，所以《春秋》就没有此事的记载。

晋国的郤芮让夷吾给秦国送以重礼，要求帮他回国。他对夷吾说：『国家已被别人所占有，我们还爱惜什么？如果回国就能得到百姓，土地有什么了不起？』

齐国的隰朋领兵联合秦军，把晋惠公夷吾送回国内即位。

秦穆公问郤芮：『公子夷吾在国内有什么凭靠？』郤芮回答说：『据我所知，逃亡在外的人没有党羽，有党羽必有仇敌。夷吾幼年不喜玩耍，虽能争斗但不过分，成人了也没有改变。我只知道这些，其他就不清楚了。』

原文

公谓公孙枝曰[①]：『夷吾其定乎？』对曰：『臣闻之，唯则定国。《诗》曰：「不识不知，顺帝之则。」文王之谓也。又曰：「不僭不贼[②]，鲜不为则[③]。」无好无恶，不忌不克之谓也。今其言多忌克[④]，难哉[⑤]！』公曰：『忌则多怨，又焉能克？是吾利也[⑥]。』

宋襄公即位，以公子目夷为仁，使为左师以听政[⑦]，于是宋治。故鱼氏世为左师[⑧]。

注释

①公孙枝：秦大夫。②僭：虚假，不真实。贼：伤害。③鲜：少。④忌克：猜忌好胜。⑤难哉：难以使晋国安定啊！⑥吾利：晋国的君臣相互猜疑、争胜，必定衰弱，这对相邻的秦国有利。⑦左师：执政官名。⑧鱼氏：目夷字子鱼，其后以鱼为氏。

译文

穆公又问公孙枝说：『夷吾能使他的国家安定吗？』公孙枝回答说：『据我所知，只有其行为合乎常理才能安定国家。《诗》说：「不知不觉，悄然遵循上帝的法则。」指的是文王。又说：「不诬陷，不伤害，其言行很少不能成为别人模仿之典范。」一个人应该没有喜好，也没有厌恶，也就是说既不猜忌，也不争强好胜。如今夷吾的话里既有猜忌又透露出其争强好胜，要想使国家稳定，很难啊！』穆公说：『只要猜忌必然就产生许多怨恨，又怎么能够取胜呢？这对我们有利。』

宋襄公登基，他认为公子目夷仁爱，就让他做了左师并主持政事，宋国因此而走向大治。所以目夷的后代鱼氏就世袭左师一职。

僖公十年

原文

十年春，狄灭温[①]，苏子无信也[②]。苏子叛王即狄，又不能于狄[③]，狄人伐之，王不救，故灭。苏子奔卫。

夏，四月，周公忌父、王子党会齐隰朋立晋侯[④]。晋侯杀里克以说[⑤]。将杀里克，公使谓之曰：『微子则不及此[⑥]。虽然，子弑二君与一大夫，为子君者不亦难乎[⑦]？』对曰：『不有废也，君何以兴？欲加之罪，其无辞乎[⑧]？臣闻命矣。』伏剑而死。于是丕郑聘于秦，且谢缓赂[⑨]，故不及。

注释

①温：周王畿内小国。②无信：不守信义。③不能：不相得，即相处不和。④周公忌父：疑即宰孔，周王卿士。王子党：周大夫。晋侯：即晋惠公，夷吾。⑤说：通『悦』，讨好。⑥微子：没有您。微，无。不及此：即做不了国君。⑦为子君者：做你君主的人。子，指里克。⑧其：岂。⑨谢：致歉。缓赂：所许财货暂缓给予。

译文

十年春季，狄人灭温国，这是因为苏子不讲信义。苏子背叛了周天子而投奔了狄人，却又不能和狄人相安，于是狄人攻打他，周天子不去援救，因此温国就灭亡了。苏子逃亡到了卫国。

夏季，四月，周公忌父、王子党在齐国的隰朋会合立了晋惠公为国君。惠公杀了里克以讨好他们。当惠公准备杀掉里克时，派人对里克说：『如果不是您，我就到不了这一步。就算是这样，您毕竟杀了两个国君和一个大夫，做您的国君不是太为难了吗？』里克回答说：『如果不废掉奚齐和卓子，君王怎么可以登位？如果想给一个人加上罪名，难道还怕没有理由吗？我知道您的意思了。』说完便持剑自刎而死。当时丕郑正在秦国访问，是为了拖延交付所许贿赂的时间，并对此表示歉意，因此他很幸运地没有碰上这次祸患。

原文

晋侯改葬共大子[1]。

秋，狐突适下国[2]，遇大子[3]。大子使登仆，而告之曰：『夷吾无礼，余得请于帝矣[4]，将以晋畀秦[5]，秦将祀余。』对曰：『臣闻之，神不歆非类[6]，民不祀非族。君祀无乃殄乎[7]？且民何罪？失刑、乏祀[8]，君其图之[9]！』君曰：『诺。吾将复请。七日，新城西偏，将有巫者而见我焉[10]。』许之，遂不见。及期而往，告之曰：『帝许我罚有罪矣[11]，敝于韩[12]。』

丕郑之如秦也，言于秦伯曰：『吕甥、郤称、冀芮实为不从[13]。若重问以召之[14]，臣出晋君，君纳重耳，蔑不济矣[15]。』

注释

①共大子：即太子申生。②下国：指曲沃新城，原为太子申生所居。③大子：指申生。④帝：天帝。⑤畀：给予，赋予。⑥歆：享用。非类：不同族。类，族。⑦无乃：或许。殄：绝灭。⑧失刑：惩罚不当。乏祀：祭祀断绝。⑨君：指太子申生。⑩巫者：巫人。见我：表现我。⑪有罪：有罪的人，此指夷吾。⑫敝：败。韩：韩原，晋地名。⑬吕甥：又称瑕甥，也称瑕吕饴甥或阴饴甥。吕，为晋采邑；甥，晋侯的外甥。郤称：晋臣。冀芮：即郤芮。不从：指不与秦赂。⑭重问：丰厚的礼品。召：召请。⑮蔑不济：没有不成功的。

译文

晋惠公改葬了太子申生。

秋季，狐突到陪都曲沃时，遇到了太子申生的魂灵。太子让他登车驾御，并告诉他：『夷吾有无礼的举动，我已请求上帝同意，准备把晋国送给秦国，将来秦国会祭祀我。』狐突回答：『我听说，神灵不会享用其他族类的祭祀，百姓也不会祭祀外族的神灵，只怕以后没有人祭祀您吧？况且百姓有什么罪？处罚不当并且自我断绝祭祀，恐怕不妥，您还是三思吧！』太子申生说：『好。我准备再次向上帝提出要求。七天之后，新城西部会有一个巫师来表达我的意思。』狐突同意去见巫师，这时申生突然不见了。狐突到那时，就去了，巫师告诉他：『上帝已同意我惩罚有罪之人，夷吾将在韩地被打败。』

丕郑去秦国时，对秦穆公说：『吕甥、郤称、冀芮并不同意给秦国贿赂。如果我们以重礼安抚他们，并召请他们来秦国访问，我趁机去赶走晋国国君，您协助重耳回国即位，肯定能成功。』

原文

冬，秦伯使泠至报问①，且召三子。郤芮曰：『币重而言甘，诱我也。』遂杀丕郑、祁举及七舆大夫②：左行共华、右行贾华、叔坚、骓歂、累虎、特宫、山祁，皆里、丕之党也。

丕豹奔秦③，言于秦伯曰：『晋侯背大主而忌小怨④，民弗与也。伐之必出⑤。』公曰：『失众，焉能杀？违祸，谁能出君？』

注释

①泠至：秦大夫。报：报聘，报答回访。问：赠送礼物。②祁举：晋大夫。七舆大夫：侯伯有副车七乘，每车

一大夫主之。③丕豹：丕郑之子。④背大主：背离秦国，指不贿赂秦国。忌小怨：忌恨里克、丕郑的小怨，而滥杀无辜。⑤伐之必出：秦如出兵讨伐晋，晋人必逐出其君。

译文

冬季，秦穆公派泠至到晋国聘问，赠予了吕甥三人财物，并邀请他们到秦国去访问。郤芮说：『财礼厚重而且甜言蜜语，无疑是在诱惑我们。』于是就杀了丕郑、祁举和七个舆大夫：左行共华、右行贾华、叔坚、骓歂、累虎、特宫、山祁，这些人都是里克、丕郑的同党。

丕郑的儿子丕豹逃亡到了秦国。他对穆公说：『晋惠公背叛了曾帮助过他的大国，却记住那些小怨仇，百姓不会拥戴他。如果我们讨伐他，百姓肯定会赶他走。』穆公说：『如果夷吾失去百姓，怎么还能杀掉大臣？晋国的百姓如果都像你一样全部因祸患而逃，还怎么能赶走国君呢？』

僖公十一年

原文

十一年春，晋侯使以丕郑之乱来告。

天王使召武公、内史过赐晋侯命①。受玉惰②。过归，告王曰：『晋侯其无后乎！王赐之命而惰于受瑞③，先自弃也已，其何继之有？礼，国之干也；敬，礼之舆也④。不敬则礼不行，礼不行则上下昏⑤，何以长世？』

注释

①天王：此指周襄王。召武公：名过，周卿士。内史过：周大夫。赐晋侯命：赐予晋侯荣宠的策命。②受玉：接受瑞玉。古代天子赐策命的同时还赐玉以作为信物凭证。惰：懈怠，不恭敬。③瑞：玉之通称。④舆：车中装载东西的部分。⑤昏：乱。

译文

十一年春季，晋惠公派人来鲁国告知丕郑策动叛变一事。

周天子派遣召武公，内史过以荣宠赐给晋侯。晋侯接受瑞玉时显得不恭敬。内史过回去告诉周天子说：『惠公的后代看来难以享有禄位了！天子赐给他光荣，他反而懈怠地去接受玉璧，这就说明他自己就先抛弃自己了，他还能有什么后代继承？礼法，就像一个国家的躯干；恭敬，则是装载礼法的车子。不恭敬，礼就无法被执行，礼不能实施，那么国家上下就会昏乱。还靠什么延续下去呢？』

原文

夏，扬、拒、泉、皋、伊、洛之戎同伐京师①，入王城，焚东门，王子带召之也。秦、晋伐戎以救周。秋，晋侯平戎于王②。

黄人不归楚贡。冬，楚人伐黄。

注释

①扬、拒、泉、皋：为四个戎人城邑。伊、洛：指居住在伊水、洛水一带的戎人。②平戎于王：使戎人与周襄王讲和。

译文

夏季，扬、拒、泉、皋和伊、洛的戎人一起攻打京城，侵入王城后，把东门烧了，这是王子带把他们引来的。秦、晋军队进攻戎军以救援周王室。秋季，晋惠公让戎人和周天子和好。

黄国人不向楚国纳贡。冬季，楚国人攻打黄国。

僖公十二年

原文

十二年春，诸侯城卫楚丘之郛[①]，惧狄难也。

黄人恃诸侯之睦于齐也，不共楚职，曰：『自郢及我九百里[②]，焉能害我？』夏，楚灭黄。

王以戎难故，讨王子带。秋，王子带奔齐。

冬，齐侯使管夷吾平戎于王，使隰朋平戎于晋。

注释

①郛：即郭，外城。卫于僖公二年迁都楚丘，诸侯协助筑城，今又帮助筑外城。②郢：楚国都城，在今湖北省江陵县。

译文

十二年春，诸侯在卫国的楚丘修筑外城，这是因为害怕狄人的进攻。

黄人依靠诸侯和齐国和睦，不向楚国进贡，说：『从郢都到我国有九百里，楚国如何可以损害我国？』夏，楚国把黄国灭了。

周天子由于戎人骚扰的缘故，攻打王子带。秋，王子带逃亡到齐国。

冬，齐侯派管仲让戎人与周天子讲和，派隰朋让戎人与晋国讲和。

原文

王以上卿之礼飨管仲。管仲辞曰：『臣，贱有司也[①]。有天子之二守国、高在[②]。若节春秋来承王命[③]，何以礼焉？陪臣敢辞[4]。』王曰：『舅氏[5]，余嘉乃勋，应乃懿德，谓督不忘[6]。往践乃职[7]，无逆朕命！』管仲受下卿之礼而还。

君子曰：『管氏之世祀也宜哉[8]！让不忘其上[9]。《诗》曰：「恺悌君子[10]，神所劳矣[11]。」』

注释

①贱有司：谦词，言其不过是地位低下的有职守官员。②二守：即国子、高子二守臣，为周天子所任命，均为上卿。国氏、高氏世代为齐上卿，管仲为齐桓公任命，为下卿。③节春秋：即春秋时节。古代以春、秋两季为朝聘之节，来接受王室的命令。④陪臣：列国的大夫入天子之国自称陪臣。敢辞：请辞上卿之礼。⑤舅氏：周王称异姓诸侯为舅氏。⑥督：借为『笃』，厚重。⑦往践乃职：去执行你的职务。⑧世祀：世代受到祭祀。⑨让不忘其上：谦让，不忘记在其上的国、高二氏。⑩恺悌君：意为和悦平易的君子。恺悌，平易和乐。⑪神所劳：为神所护佑。劳，保佑。

译文

周天子以上卿的礼节设宴招待管仲。管仲推辞说：『陪臣是低贱的官员。现在有天子所任命的国氏、高氏在那里，如果他们在春、秋两季来接受天子的命令，又给他们什么样的礼节待遇呢？陪臣谨请辞谢。』天子说：『舅父，我赞赏你的功勋，接受你的美德，这可以说是深厚而不能被忘怀的。去执行你的职务吧，不要违背我的命令！』管仲最终还是承受了下卿的礼节而回国。

君子说：『管氏世世代代受到祭祀是多么恰当啊！谦虚而不忘记爵位比他高的上卿。《诗》说：「和悦平易的君子，就是神灵所护佑的了。」』

僖公十三年

原文

十三年春，齐侯使仲孙湫聘于周①**，且言王子带。事毕，不与王言**②**。归，复命曰：『未可。王怒未怠**③**，其十年乎。不十年，王弗召也。』**

夏，会于咸④**，淮夷病杞故，且谋王室也。**

秋，为戎难故，诸侯戍周。齐仲孙湫致之⑤**。**

注释

①仲孙湫：齐大夫。②不与王言：即不与周王说起王子带的事情。③未怠：没有缓和。④咸：卫国地名，位于河南省濮阳县东南一带。⑤致之：带兵戍守周地。

译文

十三年春季，齐桓公派仲孙湫到周王室问候，同时让他商讨一下王子带的事情。但直到最后，仲孙湫都没有和周天子提起王子带的事情。回国后他向桓公答复说：『现在还不是时候。天子的愤怒还没有消除，恐怕还要等上十年吧。不过十年，天子不会召他回去。』

夏季，僖公和齐桓公、宋襄公、卫文公、郑文公、许僖公、曹共公在咸地会盟。原因是淮夷威胁到了杞国，同时还要商量使周王室安定一事。

秋季，由于戎人曾给周王室带来祸患，诸侯各国便派兵前去保卫成周。齐国的仲孙湫率军前往。

原文

冬，晋荐饥[1]，使乞籴于秦[2]。秦伯谓子桑："与诸乎？"对曰："重施而报[3]，君将何求？重施而不报，其民必携[4]。携而讨焉，无众必败。"谓百里："与诸乎？"对曰："天灾流行，国家代有[5]。救灾、恤邻，道也。行道，有福。"丕郑之子豹在秦，请伐晋。秦伯曰："其君是恶，其民何罪？"秦于是乎输粟于晋，自雍及绛相继[6]，命之曰"泛舟之役[7]"。

注释

①荐：指谷物连年不熟。饥：饥荒，年成不好。②籴：买进粮食。③重施：指既使夷吾回国即位，又给他们粮食。重，再一次。④携：离。⑤代：交替、轮流。⑥雍：当时秦都。绛：晋都。⑦泛：浮。

译文

冬季，晋国再次歉收，派人到秦国求购粮食。秦穆公对子桑说："卖给他们吗？"子桑回答说："过去我们曾协助夷吾回国即位，这次再帮助他们一次，他们一定会报答我们，君王还想要求什么呢？如果再帮助他们一次而不报答我们，那么百姓必然唾弃他们。等百姓离弃他们了再去攻打，他们人寡，必然失败。"穆公又问百里："卖不卖给他们？"百里回答说："天灾流行，总会在各国交替发生的。帮助受灾之人，救济相邻之国，是合乎道义的。按道义行动，必有福禄。"此时丕郑的儿子丕豹正在秦国，便请求秦国趁机攻打晋国。穆公说："虽然我们讨厌他们的国君，但他们的百姓没有罪啊？"于是秦国就把米运送到了晋国，运粮的船从雍城一直排到绛城。这一事件，被称为"泛舟之役"。

僖公十四年

原文

十四年春，诸侯城缘陵而迁杞焉。不书其人，有阙也①。

鄫季姬来宁②，公怒，止之，以鄫子之不朝也。夏，遇于防，而使来朝。

秋，八月辛卯③，沙鹿崩④。晋卜偃曰：『期年将有大咎⑤，几亡国。』

注释

①不书其人，有阙：解释经文诸侯城缘陵，未具体列出哪些国家参加，是因为人数不齐，即参加咸之会的诸侯并未全部到齐。②鄫季姬：鄫子夫人，鲁僖公女。鄫，国名，姒姓，故城在今山东省枣庄市东。宁：归宁。③辛卯：初五日。④沙鹿：沙鹿山，在现河北省大名县东一带。⑤咎：灾难。

译文

十四年春，诸侯在缘陵筑城而把杞国赶走。《春秋》没有记载筑城的人，这是由于文字的缺陷。

鄫季姬回来走娘家，僖公发怒，留住她不让回去，这是因为鄫子不来朝见的原因。夏，鄫季姬和鄫子会见于防地，而使鄫子前来朝见。

秋，八月初五日，沙鹿山塌陷。晋国的卜偃说：『一周年将会有大灾难，几乎要亡国。』

原文

冬，秦饥，使乞籴于晋，晋人弗与。庆郑曰①：『背施无亲②，幸灾不仁③，贪爱不祥④，怒邻不义。四德皆失，何以守国？』虢射曰⑤：『皮之不存，毛将安傅⑥？』庆郑曰：『弃信背邻，患孰恤之？无信患作，失援必毙。是则然矣。』虢射曰：『无损于怨而厚于寇⑦，不如勿与。』庆郑曰：『背施幸灾，民所弃也。近犹仇之⑧，况怨敌乎⑨？』弗听。退曰：『君其悔是哉！』

注释

①庆郑：晋大夫。②背施：背弃恩惠。③幸灾不仁：幸人之灾是不仁爱。④贪爱不祥：贪吝己物，不以分灾是祥。⑤虢射：晋大夫。⑥傅：通『附』。⑦厚于寇：增加敌人的实力。⑧近犹仇之：亲近之人也会因此结仇。⑨况怨敌乎：何况是结怨之敌呢？

译文

冬，秦国发生灾荒，派人至晋国请求购买粮食。晋国人不给，庆郑说：『背弃恩德就没有亲人，幸灾乐祸就是不仁，贪图所爱惜的东西就是不祥，使邻国愤恨就是不义。这四种道德都丢掉了，用什么来保护国家？』虢射说：『皮已经不存在，毛又依附在哪里？』庆郑说：『丢掉信用，背弃邻国，有灾患时谁会来救援？没有信用就会发生患难，失掉了帮助必定灭亡。这就是那样的。』虢射说：『即使给粮食，对怨恨不会有所减少，反而使敌人增加实力，不如不给的好。』庆郑说：『背弃惠下，幸灾乐祸，是百姓所不耻的。亲近的人还会因此结仇，何况是怨家敌人呢？』晋惠公不采纳。庆郑退下来说：『国君对这一定要后悔的！』

僖公十五年

原文

十五年春，楚人伐徐。徐即诸夏故也①。三月，盟于牡丘，寻葵丘之盟，且救徐也。孟穆伯帅师及诸侯之师救徐②，诸侯次于匡以待之。

夏，五月，日有食之。不书朔与日，官失之也。

秋，伐厉，以救徐也。

晋侯之入也，秦穆姬属贾君焉③，且曰：『尽纳群公子④。』晋侯烝于贾君，又不纳群公子，是以穆姬怨之。晋侯许赂中大夫⑤，既而皆背之。赂秦伯以河外列城五⑥，东尽虢略⑦，南及华山，内及解梁城，既而不与。晋饥，秦输之粟；秦饥，晋闭之籴⑧，故秦伯伐晋。

注释

①即：接近，亲附。诸夏：中原诸侯国。②孟穆伯：即公孙敖，庆父之子。③秦穆姬：晋献公女，秦穆公夫人。贾君：申生的妃子，晋惠公的嫡长嫂。④群公子：晋献公有子九人，除申生、奚齐、卓子已死，夷吾立为国君外，还有重耳等五人，故称群公子。⑤中大夫：晋国执政之臣，指里克、丕郑。⑥河外：指黄河以西、以南之地。黄河自龙门至华阴，自北而南，晋都于绛，故以河西与河南为外。⑦东尽虢略：东到虢略，尽。极；虢略，即今河南省灵宝且虢略镇。⑧闭之籴：不卖粮给秦国。

译文

十五年春季，楚国人攻打徐国。原因是徐国和中原诸国很亲密。三月，僖公和齐桓公、宋襄公、陈穆公、卫文公、郑文公、许僖公、曹共公在牡丘结盟，重申鲁僖公九年的葵丘盟约，同时也是为了帮助徐国。孟穆伯率领鲁国军队和诸侯军队前往徐国，诸侯则住在匡地等待。

夏季，五月，鲁国上空发生了日食。《春秋》没有记载朔日和日期，是被史官漏记了。

秋季，联军攻打厉国，以帮助徐国。

晋惠公回国即位时，秦穆姬曾把贾君托付给他照顾，并说：『你要把逃亡在外的众公子全都接回国来。』后来，惠公和贾君通奸，又不接纳公子们，穆姬因此而恨他。惠公曾许诺赠给中大夫财礼，后来也违背了诺言。曾经允诺送给秦穆公黄河以西和以南五座城，东到虢略镇，南至华山，另外还有黄河以里的解梁城，后来也没有给。晋国灾年歉收，秦国给它运送粮食；而秦国遇到灾年时，晋国却不卖给它粮食。所以秦穆公决定攻打晋国。

原文

卜徒父筮之[1]，吉：『涉河，侯车败[2]。』诘之。对曰：『乃大吉也。三败必获晋君。其卦遇蛊䷑，曰：「千乘三去，三去之余，获其雄狐[3]。」夫狐蛊[4]，必其君也。蛊之贞[5]，风也；其悔[6]，山也。岁云秋矣，我落其实而取其材[7]，所以克也。实落材亡，不败何待？』

三败及韩。晋侯谓庆郑曰：『寇深矣[8]，若之何？』对曰：『君实深之，可若何？』公曰：『不孙！』卜右[9]，庆郑吉，弗使[10]。步扬御戎[11]，家仆徒为右[12]。乘小驷，郑人也[13]。庆郑曰：『古者大事，必乘其产[14]，生其水土，而知其人心，安其教训，而服习其道[15]，唯所纳之[16]，无不如志。今乘异产，以从戎事，及惧而变，将与人易[17]。乱气狡愤[18]，阴血周作[19]，张脉偾兴[20]，外强中干。进退不可，周旋不能，君必悔之。』弗听。

注释

①卜徒父：秦之卜者，名徒父。②侯车：公侯的战车。败：毁坏。③『千乘三去』……『获其雄狐』：当时卜筮书杂辞。三去即三驱，指晋军三败。雄狐：比喻晋君。④狐蛊：占筮得到蛊卦，蛊之外卦为艮，艮象征狐。⑤贞：重卦的下卦又称贞。蛊卦的上卦为巽，巽象征风。⑥悔：重卦的上卦又称悔。蛊卦的下卦为艮，艮象征山。⑦我落其实而取其材：巽为内卦，代表秦国，艮为外卦，代表晋国，秦为风，晋为山，风吹山林，故附会为吹落果实，伐取木材。⑧深：深入，此作使动用法。⑨卜右：占卜当以何人为车右。⑩弗使：即不用庆郑。⑪步扬：人名，郤氏之后代，晋国公族，姬姓。⑫家仆徒：晋大夫。⑬郑入：郑国人所纳献的，并非当地所产。⑭乘其产：乘坐本国所产之马所驾的车。⑮服习：熟习。⑯唯所纳：听凭使唤。⑰与人易：与人的意志相违反。易，反。⑱乱气狡愤：指马的性情狡戾暴躁。⑲阴血周作：血液在全身奔流。阴血，血在体内故称阴血。⑳张脉偾兴：血管膨胀突起。偾，奋起。

译文

进攻之前，卜徒父进行了占筮，结果是大吉：『渡过黄河，晋侯的车子必然毁坏。』穆公问为什么吉利。卜徒父回答说：『这是大吉大利。三次打败晋国军队，一定会活捉晋国国君。此卦得到蛊，繇辞说：「秦军进攻三次，三次进军之后，就能俘获那条雄狐。」雄狐一定是他们的国君。蛊的内卦是风，表示秦国。外卦是山，代表晋国。如今时令已到秋天，我们的风从他们山上吹过，吹落了树上的果实，并得到了木材，因此说可以战胜。果实坠地，木材丢失，不是失败是什么？』

果然，晋国三次大败，撤退到韩地。晋惠公对庆郑说：『敌人已深入我国，如何是好？』庆郑回答说：『君王尽管让他们深入，能怎么样？』惠公说：『放肆！』惠公挑选做车右的人时，占卜的结果是选用庆郑吉利，但惠公不任用他，而让步扬驾车，家仆徒做车右。驾车的小驷马则是郑国进献的。庆郑说：『古时作战，一定要用本国出产的马驾车，因为它出生在本国的土地上，明白主人的心意，甘心受主人的指挥，熟悉本国的道路，任凭怎样使用它，也没有不如意的。而现在君王使用外国出产的马驾车作战，等到它一害怕而不静气平心，将违背人的意愿。它愤怒暴跳，呼吸急促，血管膨胀，表面很强大，但内心却已害怕无力了。如果到这一步，进也不能，退也不可，转身都不行，君王肯定会后悔。』惠公还是不听。

原文

九月，晋侯逆秦师，使韩简视师①。复曰：『师少于我，斗士倍我②。』公曰：『何故？』对曰：『出因其资③，入用其宠④，饥食其粟。三施而无报，是以来也。今又击之，我怠秦奋，倍犹未也！』公曰：『一夫不可狃⑤，况国乎？』遂使请战，曰：『寡人不佞，能合其众而不能离也⑥。君若不还，无所逃命。』秦伯使公孙枝对曰：『君之未入，寡人惧之；入而未定列⑦，犹吾忧也。苟列定矣，敢不承命？』韩简退曰：『吾幸而得囚。』

壬戌⑧，战于韩原，晋戎马还泞而止⑨。公号庆郑⑩。庆郑曰：『愎谏违卜⑪，固败是求⑫，又何逃焉？』遂去之。梁由靡御韩简⑬，虢射为右，辂秦伯⑭，将止之⑮。郑以救公误之，遂失秦伯。秦获晋侯以归。晋大夫反首拔舍从之⑯。秦伯使辞焉，曰：『二三子何其戚也？寡人之从君而西也，亦晋之妖梦是践⑰，岂敢以至？』晋大夫三拜稽首曰：『君履后土而戴皇天，皇天后土实闻君之言，群臣敢在下风⑱。』

注释

①韩简：晋大夫，韩万之孙。视师：察看敌情。②斗士倍我：斗志旺盛之士二倍于我。③出因其资：指夷吾逃离

晋国是凭借秦国的资助。④入用其宠：夷吾回国也是由于秦的宠信。⑤一夫不可狃：意为一个人尚不可轻侮，何况一国。狃，轻侮。⑥合其众：集合起军队。⑦定列：定位，即君位安定。⑧壬戌：十四日。⑨还泞：盘旋于泥泞之中。⑩号：呼号求救。⑪愎谏：不听劝谏。违卜：违背卜者之言，指不用庆郑为车右。⑫固败是求：本来就是自求失败。⑬御韩简：即驾御韩简的战车。⑭辂秦伯：迎上秦伯的战车。⑮止：俘获。⑯反首：披头散发。拔舍：拔起帐篷。⑰妖梦是践：即实现其妖梦。妖梦，指狐突适下国，遇太子一事。⑱下风：下面，此作谦词。

译文

九月，晋惠公准备迎战秦军，派韩简前去察看敌军情况。韩简回来说：『秦国兵力比我们少，但气势却倍于我们。』惠公问：『为什么？』韩简回答说：『当年君王逃亡时曾依靠他们的帮助，回国即位也是受到他们厚爱的结果，遇到饥荒又吃他们的粮食。这三次恩德我们都不曾报答，他们是为此而来的。现在我们又准备迎击他们，因此我军懈怠，秦军抖擞，两军斗志相差不止一倍啊！』惠公说：『是啊，一个普通的人尚且不能轻侮慢怠，更何况一个国家呢？』于是就派韩简去约战，并对秦国人说：『我没有能力，既然已经把军队集合起来了，就无法把他们解散，必须同贵军比试一下。国君如果不退兵，我们将无法逃避您进军的命令。』秦穆公派公孙枝回答说：『君王没有回国时，我替您担忧；您回国后没有定居于君位时，我还为您忧虑。现在既然您已身居君位，我怎敢不接受您作战的命令呢？』韩简退下去说：『这次战斗，我如果能做俘虏而不战死就算走运了。』

十四日，两军又在韩地开战。晋惠公的小驷马陷在泥泞之中，左右盘旋都出不来。惠公向庆郑呼救，庆郑说：『您刚愎自用，不听良言，又违背占卜结果，不用我为车右，本来就是自寻绝路，又为什么要逃走呢？』说完就走开了。梁由靡驾驭韩简的战车，以虢射为车右，迎面遇到秦穆公的战车，正要准备活捉他。恰在这时，庆郑因为自己没去救惠公，就招呼韩简去救。这一来就错过了擒获秦穆公，使其得以逃走。而晋惠公却终于被秦军俘获带回。晋国的大夫们披头散发，带着帐篷，一直跟着惠公走。秦穆公派人安慰他们说：『你们几位为何如此难过？我之所以随着惠公西行，只不过是应验了当年晋大夫狐突遇申生鬼魂的妖梦罢了，怎么敢做得过分呢？』于是晋国的大夫们三拜叩首说：『上有苍天，下有大地，天地都听到了君王的话，我们也听到了，希望君王说话算数。』

原文

穆姬闻晋侯将至，以大子䓨、弘与女简璧登台而履薪焉①。使以免服衰绖逆，且告曰：『上天降灾，使我两君匪以玉帛相见，而以兴戎。若晋君朝以入，则婢子夕以死；夕以入，则朝以死。唯君裁之！』乃舍诸灵台②。

大夫请以入③，公曰：『获晋侯，以厚归也④。既而丧归⑤，焉用之⑥？大夫其何有焉？且晋人戚忧以重我，天地以要我。不图晋忧，重其怒也⑦；我食吾言⑧，背天地也。重怒难任⑨，背天不祥。必归晋君。』公子絷曰⑩：『不如杀之，无聚慝焉⑪。』子桑曰：『归之而质其大子，必得大成⑫。晋未可灭而杀其君，只以成恶。且史佚有言曰⑬：「无始祸⑭，无怙乱⑮，无重怒。」重怒难任，陵人不祥⑯。』乃许晋平。

注释

①大子䓨：即秦康公，秦穆公的长子。弘：公子弘，䓨之同母弟。履薪：踩着柴草，以示自焚。②舍诸灵台：安置晋侯于灵台。③入：入国都。④厚：收获大。⑤丧归：归来将发生丧事。⑥焉用：有什么用。焉，什么。⑦重其怒：增加他们对秦国的愤怒。⑧食吾言：说话不算数，不履行诺言。⑨难任：难以承当。⑩公子絷：秦大夫。⑪聚慝：相聚为恶。⑫大成：大为有利的讲和条件。⑬史佚：古人名，西周成、康时史官。⑭始祸：为祸乱的首倡者。⑮

怙乱：恃人之乱以为己利。⑯陵人：欺凌他人。

译文

秦穆姬听说晋惠公被捉至秦国，便领着太子罃、弘和女儿简璧，登上高台，站在柴草之上，准备自焚而亡。她让人身着丧服去迎接穆公，并告诉他：『上天降下祸患，致使我们两国不是以赠送玉帛这种正常的礼节相待，而是诉诸战争。如果您让晋国国君早上进入我们国都，那么我晚上就自焚；晚上进入，我早上就自焚。请君王三思！』于是秦穆公便只好让惠公住在灵台。

秦大夫请求把惠公带回国都。穆公说：『俘获晋君而归，是一大胜利。但如果把他带回国都，却造成夫人自杀而死，那有什么用？对大夫们又有什么益处呢？况且晋国人以忧伤来感动我，指着天地和我相约，如果不考虑他们的忧伤，就会增加他们对我的记恨；我不履行自己的诺言，就是背叛了天地。增加怨恨会使我不能承担，背叛天地则不吉祥。总之，一定要放晋君回国。』公子絷说：『我看不如杀了他，不要使他继续作恶。』子桑说：『如果让他回国，而把他的太子作为人质，必定对我们大大有利。现在还不能将晋国灭亡，如果杀掉了它的国君，只能造成两国间更大的仇恨，导致更坏的恶果。并且史佚曾说过：「不要首先发动祸难，不要凭借动乱获利，不要增加相互间的怨怒。」增加了怨怒使人承受不了，欺侮别人则不吉祥。』于是就答应与晋国讲和。

原文

晋侯使郤乞告瑕吕饴甥，且召之。子金教之言曰①：『朝国人而以君命赏②，且告之曰：「孤虽归，辱社稷矣，其卜贰圉也③。」』众皆哭。晋于是乎作爰田④。吕甥曰：『君亡之不恤，而群臣是忧，惠之至也。将若君何？』众曰：『何为而可？』对曰：『征缮以辅孺子⑤。诸侯闻之，丧君有君，群臣辑睦⑥，甲兵益多。好我者劝，恶我者惧，庶有益乎！』众说。晋于是乎作州兵⑦。

初，晋献公筮嫁伯姬于秦，遇归妹䷵之睽䷥⑧。史苏占之曰⑨：『不吉。其繇曰⑩：「士刲羊⑪，亦无衁也⑫。女承筐，亦无贶也⑬。西邻责言⑭，不可偿也。归妹之睽，犹无相也⑮。」震之离，亦离之震。「为雷为火⑯，为嬴败姬⑰。车说其輹⑱，火焚其旗，不利行师，败于宗丘。归妹睽孤⑲，寇张之弧⑳。侄其从姑㉑，六年其逋㉒，逃归其国，而弃其家，明年其死于高梁之虚。』及惠公在秦，曰：『先君若从史苏之占，吾不及此夫。』韩简侍，曰：『龟，象也㉓；筮，数也㉔。物生而后有象，象而后有滋，滋而后有数。先君之败德，及可数乎㉕？史苏是占，勿从何益㉖？《诗》曰：「下民之孽，匪降自天，僔沓背憎㉗，职竞由人㉘。」』

注释

①子金：瑕吕饴甥的字。②朝国人：使国人到朝堂前共同商议国家大事。③卜贰：占卜日期立太子为君。圉：即子圉，晋太子。④作爰田：把土地分赏众人，减轻劳役地租。⑤征缮：征收赋税，修治军备。孺子：指子圉。⑥辑睦：和睦，团结。⑦作州兵：指改革军制，扩充军备。⑧归妹：六十四卦之一，卦象为兑下震上。之：变。睽：六十四卦之一，卦象为兑下离上。⑨史苏：晋卜筮的官员。⑩繇：通『爻』，卦辞。⑪刲：割，刺。⑫衁：血。⑬无贶：即无实。贶，赐。⑭西邻：指秦国，秦在晋西。责言：责备之言。⑮无相：无助。⑯为雷为火：指震为雷，离为火。由震变离则是为火，由离变震则是为雷。⑰为嬴败姬：秦国嬴姓，晋国姬姓，即秦打败晋国。⑱车说其輹：车子脱落伏兔。说，脱；輹，固定车轴的东西，又名伏兔。⑲归妹睽孤：归妹，即嫁女；睽，指睽违，睽离，故单孤。⑳弧：木弓。㉑侄从其姑：侄子跟着姑姑。指子圉到秦做人质，跟从在穆姬身边。㉒逋：逃亡。㉓象：形象，象征。占卜用龟甲，烧灼后根据裂纹而测吉凶。㉔数：数字。占筮用蓍草，通过揲蓍，根据束数推演成卦而占

祸福。㉕及可数乎：意为非筮数所生。㉖勿从何益：不听从史苏之言，灾祸也不会增加。㉗僔沓背憎：意为相聚时谈论热烈，背后相互怨憎。僔，聚，众；沓，杂沓。㉘职竞由人：主导者终究在人。职，主；竞，终究。

译文

晋惠公派郤乞回国通知吕甥，秦国已应允讲和，并且召他前来谈判。吕甥教给郤乞如何代表惠公对群臣讲话：『你要把他们集合起来，并以国君的名义赏赐他们东西，并且告诉他们：「我虽然是回来了，但已经给我们的国家带来了耻辱，你们还是占卜一下准备辅佐太子圉即位吧。」』群臣听了郤乞的话，都感动得痛哭失声。晋国从此开始改变田制，分赏群臣大量土地。吕甥说：『国君不为自己出亡在外而忧虑，反而替我们群臣考虑，这对我们来说，真是莫大的恩惠，我们应该怎样报答国君呢？』大家问：『你说怎么办呢？』吕甥回答说：『征收赋税，完善军备，以辅佐太子。诸侯知道我们虽然失去了国君，但却立了新君，并且群臣和睦团结，武器装备比以前更强。这样，同我们友好的国家就会激励我们，而仇恨我们的国家就会害怕我们了，这样可能会有益处吧！』大家都很高兴。从此晋国开始改革兵制，扩充军备。

当初，晋献公要把伯姬即秦穆姬嫁给秦国时，曾进行了占筮，结果得到归妹卦变成睽卦。史苏预测说：『不吉利。卦辞说：「男子杀羊不见血，女子以筐承接什么都得不到。西边邻国责备，理亏无话说。女子出嫁而有乖离之兆，一定对娘家无所帮助。」震卦变成了离卦，也就是离卦变成震卦。「雷电生，火燃起，胜者姓嬴败者姬。战车脱了轴，大火烧军旗，出师不利，宗丘之地必败绩。出嫁的少女极乖离，敌人张弓要袭击。侄子随姑为人质，六年之后又逃去。逃回本国去，却又舍其妻。到了第二年，在高梁地死去。」』等到惠公被秦国虏获，他说：『如果先君听从了史苏的占卜，我也不会落到如此田地！』当时韩简正在身边服侍，他说：『龟甲，用以显现裂纹形象以占吉凶；筮草，是用数字来预测吉凶的。一定要先有事物，才有表示事物的形象，有了形象以后事物才能慢慢增长，增长多了自然会产生一定的数字。先君所做的坏事太多了，哪里是数字所能反映出来的呢？就算他听从了史苏的占卜，又能有什么用呢？《诗》说：「百姓的灾祸，不是从天而生，而是由那些相聚就彼此奉承、背后则互相攻击的小人造成的。」』

原文

震夷伯之庙①，罪之也，于是展氏有隐慝焉②。

冬，宋人伐曹，讨旧怨也。

楚败徐于娄林，徐恃救也。

十月，晋阴饴甥会秦伯，盟于王城③。

秦伯曰：『晋国和乎？』对曰：『不和。小人耻失其君而悼丧其亲④，不惮征缮以立圉也⑤，曰：「必报仇，宁事戎狄。」君子爱其君而知其罪，不惮征缮以待秦命，曰：「必报德，有死无二。」以此不和。』秦伯曰：『国谓君何⑥？』对曰：『小人戚，谓之不免⑦；君子恕⑧，以为必归。小人曰：「我毒秦⑨，秦岂归君？」君子曰：「我知罪矣，秦必归君。贰而执之，服而舍之，德莫厚焉，刑莫威焉。服者怀德，贰者畏刑。此一役也，秦可以霸！纳而不定，废而不立，以德为怨，秦不其然⑩。」』秦伯曰：『是吾心也。』改馆晋侯⑪，馈七牢焉。

注释

①震：雷击。夷伯：鲁臣，展氏之祖。②隐慝：人所不知的罪恶，或不可告人的罪恶。③王城：当在今陕西省大荔县东。④失其君：指惠公被俘。⑤征缮：征税整装。⑥国谓君何：国人以为晋侯命运会怎样。⑦不免：不被赦免。

⑧恕：推己及人。⑨毒秦：指对秦之三施而不报答。⑩不其然：不会这样。⑪馆：客馆，用作动词。

译文

雷电烧毁了鲁大夫夷伯的庙宇，这是上天对他的惩罚，从此可以看出展氏有不可告人的罪恶。

冬季，宋国人进攻曹国，是为了讨伐两国过去所结下的仇恨。

楚国在娄林打败了徐国。由于徐国只是依靠别国前去救援，所以才被打败。

十月，晋国的吕甥会见秦穆公，双方在王城签订了盟约。

秦穆公问吕甥：『晋国内部意见统一吗？』吕甥回答说：『不一致。那些小人对失去了国君感到耻辱，对丧失了亲人感到悲伤。他们不怕多征税赋，进一步修整甲兵，并且主张拥立太子圉为国君，发誓说：「一定要报仇，宁可向戎狄投降也要报仇。」那些君子则爱戴他们的国君，但是也知道自己的罪过了，他们也不惜多征税赋和进一步整修甲兵，为的是等候秦国的命令，他们说：「一定要报答秦国的恩德，即使死了也不会叛变。」因此意见不一致。』秦穆公又说：『晋国整个国家对国君的前景有什么看法？』吕甥回答说：『小人感到忧虑，认为他不会被赦免；君子则感到放心，认为他一定能回来。小人说：「我们对秦国太残酷无情了，秦国怎么可以让国君回来？」君子则说：「我们已经知罪了，秦国一定能让国君回来。当初国君对秦有二心，秦国就把他擒住了，现在已认错服罪，就会释放他。如果这样，就没有比这更宽厚的恩德了，没有比这更威严的刑罚了。认错服罪者念其德行，存有二心者怕其刑罚。就凭这一战役，秦国就可以成为霸主！如果帮助人家回国成为国君，却又不能使他安于君位；废除了他，又不尽快使他回国成为国君。这就会把恩德变为怨恨，秦国不会这么做吧。」』秦穆公说：『我也是这么想。』于是就给晋惠公换了住处，迁入接待外宾的馆舍，并以诸侯之礼相待，赠送他牛、羊、猪各七头。

原文

蛾析谓庆郑曰[1]：『盍行乎[2]？』对曰：『陷君于败，败而不死，又使失刑[3]，非人臣也。臣而不臣，行将焉入？』十一月，晋侯归。丁丑，杀庆郑而后入。

是岁，晋又饥，秦伯又饩之粟[4]，曰：『吾怨其君，而矜其民[5]。且吾闻唐叔之封也[6]，箕子曰：「其后必大。」晋其庸可冀乎[7]？姑树德焉，以待能者。』

于是秦始征晋河东，置官司焉。

注释

①蛾析：晋大夫。②盍：何不的合音词。③失刑：逃亡，使君不得惩罚其罪。④饩：赠送别人谷物。⑤矜：怜悯。⑥唐叔：晋国的始祖，武王之子，成王之弟，名虞，始封于唐，故曰康叔，后迁曲沃，因南有晋水，故改曰晋。⑦晋其庸可冀乎：晋国将来还是很有希望的吧？

译文

晋大夫蛾析对庆郑说：『你何不逃走呢？』庆郑答复说：『是我使国君陷于失败，国君失败了我不但不以身殉国，却又要逃走，让国君失去用刑的威严，这不是君子所为。为臣而不行臣子之道，就是逃走，我又能到哪里去呢？』十一月，晋惠公回国。二十九日，杀了庆郑后进入国都。

这一年，晋国又歉收，秦穆公又赠送给他们粮食，并说：『我虽然怨恨晋国的国君，但却可怜晋国的百姓。而且我听说当初晋国祖先唐叔受封的时候，箕子曾说：「晋国的后代一定会强盛起来。」晋国将来还是很有希望的吧？我们姑且还是对晋国树立一些恩德，以等待将来有能力的人出现。』

在这个时候，秦国才开始在晋国的黄河东部征收赋税，并设置了官吏负责管理。

雪夜访戴图　元·张渥

此图绘冬季山水。写『雪夜访戴』故事，画东晋王徽之雪夜访戴逵，至其门，不入而返，人问其故，答曰：『兴尽。』（事见《世说新语》）此画学南宋马、夏画风，作者以斧劈皴刷山石，画树多露根，瘦硬曲折。

僖公十六年

原文

十六年春，陨石于宋五，陨星也。六鹢退飞，过宋都[1]，风也。周内史叔兴聘于宋，宋襄公问焉，曰：『是何祥也[2]？吉凶焉在？』对曰：『今兹鲁事多大丧[3]，明年齐有乱，君将得诸侯而不终。』退而告人曰：『君失问[4]。是阴阳之事，非吉凶所生也。吉凶由人。吾不敢逆君故也。』

夏，齐伐厉不克，救徐而还。

秋，狄侵晋，取狐、厨、受铎[5]，涉汾，及昆都[6]，因晋败也。

注释

①鹢：一种水鸟，能高飞。②祥：吉凶的先兆。在此并不单指吉兆。③今兹：今年。④失问：询问不当。⑤狐、厨、受铎：晋国三邑名。⑥昆都：晋邑，在今山西临汾县南，汾水之东。

译文

十六年春季，宋国发现从天上掉下来的五块石头，这是陨落的星星。还见到六只鹢鸟向后倒着飞过宋国国都，这是由于当时风刮得太大太急。周王室的内史叔兴到宋国聘问，宋襄公问起此事：『这是凶还是吉？凶吉将在哪里应验呢？』叔兴回答说：『今年鲁国将遇到几次较大的丧事，明年齐国将有祸乱发生，国君能得到诸侯的拥护，但却难以善始善终。』叔兴退出来之后告诉别人：『国君不该问这个。星星坠落与鹢鸟退飞属于宇宙中的阴阳变化，与人事吉凶没有关系。吉凶是由人决定的。我之所以这样回答是由于不敢违背国君的缘故。』

夏季，齐国发兵攻打厉国，失利，但因此而解了徐国之围，之后齐军便回国了。

秋季，狄人攻打晋国，由于晋国失败，狄人夺取了狐、厨、受铎三地，并渡过汾水，逼近昆都。

原文

王以戎难告于齐。齐征诸侯而戍周。

冬，十一月乙卯①，郑杀子华②。

十二月，会于淮，谋鄫，且东略也③，城鄫，役人病④。有夜登丘而呼曰：『齐有乱！』不果城而还⑤。

注释

①乙卯：十二日。②子华：郑国太子。③东略：向东征伐。④病：困乏。⑤不果城而还：未把城墙筑好就返回了。

译文

周天子告诉齐国，狄人常来骚扰发难。于是，齐国便调集诸侯的军队前去保护成周。

冬季，十一月十二日，郑国人杀了子华。

十二月，僖公于淮地和齐桓公、宋襄公、陈穆公、卫文公、郑文公、许僖公、邢侯、曹共公会见，商讨救援鄫国和攻打东方之事。在给鄫国筑城时，服役的劳工困乏不堪。夜里有人登上土丘高喊：『齐国发生动乱了！』所以诸侯便没有等到城修完就回国了。

僖公十七年

原文

十七年春，齐人为徐伐英氏[1]，以报娄林之役也。

夏，晋太子圉为质于秦，秦归河东而妻之。

惠公之在梁也[2]，梁伯妻之。梁嬴孕，过期[3]。卜招父与其子卜之[4]。其子曰：『将生一男一女。』招曰：『然。男为人臣，女为人妾。』故名男曰圉，女曰妾。及子圉西质，妾为宦女焉。

师灭项[5]。淮之会，公有诸侯之事，未归，而取项。齐人以为讨，而止公。

秋，声姜以公故[6]，会齐侯于卞[7]。九月，公至。书曰『至自会』，犹有诸侯之事焉，且讳之也。

注释

①英氏：国名，偃姓，故城在现今的安徽省金寨县东南一带。②梁：国名，嬴姓。故其女称为梁嬴。③过期：怀孕超过十个月未分娩称过期。④卜招父：梁国太卜。⑤项：国名，在现今的河南省项城县境。⑥声姜：僖公夫人，齐女。⑦卞：鲁邑名。

译文

十七年春季，齐国人为徐国攻打英氏，想要报娄林一战之怨恨。

夏季，晋国的太子圉到秦国做人质，秦国把黄河以东的土地还给晋国，秦穆公还把女儿嫁给了太子圉。

当初晋惠公在梁国时，梁伯曾把女儿梁嬴嫁给了他。梁嬴怀孕后，过了预产期还未分娩。梁国大夫卜招父和他的儿子为其预测。他儿子说：『将要生一男一女。』卜招父说：『对，男的将来必做别人的臣下，女的则做别人的奴婢。』这样就把男孩叫圉，女孩叫妾。等到子圉到秦国做人质时，妾也就做了秦国的宫女。

鲁国军队灭亡了项国。僖公在淮地与诸侯会见时，因为正商量大事，未能回国，恰在此时，鲁军攻陷了项国。齐国人认为这是僖公下令攻打的，因此把他抓了起来不让回国。

秋季，僖公夫人声姜因为僖公的事情，在卞地会见了齐桓公。九月，僖公才得以回来。《春秋》记载为『至自会』，说明僖公还没有和诸侯商量完一些事情，而且也因为忌讳僖公被抓一事。

原文

齐侯之夫人三，王姬、徐嬴、蔡姬①，皆无子。齐侯好内②，多内宠，内嬖如夫人者六③：长卫姬，生武孟；少卫姬，生惠公；郑姬，生孝公；葛嬴，生昭公；密姬，生懿公；宋华子，生公子雍。公与管仲属孝公于宋襄公④，以为大子。雍巫有宠于卫共姬⑤，因寺人貂以荐羞于公⑥，亦有宠。公许之立武孟。管仲卒，五公子皆求立。冬，十月乙亥，齐桓公卒。易牙入⑦，与寺人貂因内宠以杀群吏，而立公子无亏⑧。孝公奔宋。十二月乙亥，赴⑨。辛巳，夜殡⑩。

注释

①王姬：周王室之女。徐嬴：徐国之女。蔡姬：蔡国之女。②内：女色。③内嬖：宫内宠幸之姬妾。如夫人：待遇等同于夫人者。④属：嘱托。⑤雍巫：名巫的雍人。雍人，周代宫中掌烹调之官。雍，通『饔』，熟食。⑥寺人：宦官而在宫中侍御的人。荐羞于公：即以荐羞进于公。荐、羞，都有食品之义，又都有进献之义。⑦易牙：即雍巫。⑧无亏：即武孟。字武孟，名无亏。⑨赴：向诸侯发出丧事讣告。⑩殡：入殓。

译文

齐桓公有三个夫人：王姬、徐嬴、蔡姬。三个人都没有生儿子。桓公喜好女色，有很多宠妾。受宠的女人如同

聘庞图　明·倪端

此图写的是三国时荆州刺史刘表聘请隐士庞德公的历史故事。画面层峦叠嶂，高耸入云。山坳草舍一间，树竹掩映。四围松柏挺立，流泉潺浸，环境幽美僻静，一派世外桃源景象。此图画法继承南宋院体风格，接近李唐一派。山石多小斧劈皴，树叶点染精微，用笔劲健，墨色富有层次。整幅图属于比较精细、谨严的一路，也堪称明代院体人物画的代表作。

夫人的有六个：长卫姬，生了武孟；少卫姬，生了惠公；郑姬，生了孝公；葛嬴，生了昭公；密姬，生了懿公；宋华子，生了公子雍。桓公和管仲把孝公托付给宋襄公照料，后来立他为太子。雍巫受到长卫姬的宠信，又利用寺人貂献给桓公美味佳肴，从而又受到桓公的宠信。桓公答应立武孟为继承人。管仲死后，除孝公之外，其余五个公子都想被立为继承人。冬季，十月初七日，齐桓公逝世。易牙即雍巫进入宫内，和寺人貂依靠那些如夫人杀死了许多官员，然后立了公子无亏即武孟为君。孝公则逃亡到了宋国。直到十二月初八日，齐国才发了桓公去世的讣告。十四日夜里，将桓公的尸体入殓。

國學典藏·綫裝書系

春秋左傳

超值白金版·插图本

第二册

〔春秋〕左丘明·著

江西美術出版社

僖公十八年

原文

十八年春，宋襄公以诸侯伐齐。三月，齐人杀无亏。

郑伯始朝于楚。楚子赐之金①，既而悔之，与之盟曰：『无以铸兵②。』故以铸三钟。

齐人将立孝公，不胜，四公子之徒遂与宋人战③。夏，五月，宋败齐师于甗④，立孝公而还。

秋，八月，葬齐桓公。

注释

①金：铜。②无以铸兵：不可用所赐之铜铸造兵器。③四公子：指昭公潘、懿公商人、惠公元及公子雍。④甗：齐国地名，在现山东省济南市附近一带。

译文

十八年春，宋襄公率领诸侯进攻齐国。三月，齐国人把无亏杀了。

郑伯开始到楚国朝见。楚子把铜赐给他，不久又反悔，和他盟誓说：『不要拿来铸造武器。』所以郑伯用它铸造了三座钟。

齐国人准备立孝公为国君，挡不住四公子一伙的反对，孝公逃亡到宋国，四公子一些人就和宋军交战。夏，五月，宋国在甗地打败了齐军，立了孝公然后回国。

秋，八月，把齐桓公安葬了。

原文

冬，邢人、狄人伐卫，围菟圃[①]。卫侯以国让父兄子弟及朝众曰：『苟能治之，燬请从焉[②]。』众不可[③]，而后师于訾娄[④]。狄师还。

梁伯益其国而不能实也[⑤]，命曰新里，秦取之。

注释

①菟圃：卫地名，位于河南省长垣县境。②燬：卫文公之名。③不可：不同意。④訾娄：卫邑，在今河南滑县西南，与长垣相接。⑤益其国：修筑很多城邑。实：使百姓居住。

译文

冬，邢人、狄人进攻卫国，包围了菟圃。卫侯把国君的地位推让给父兄子弟和朝廷上的其他人，说：『谁如果能管理国家，我就跟从他。』大家不答应他，而后在訾娄摆开阵势。狄军就退回去了。

梁伯开拓了疆土，却不能把百姓迁往那里，把那地方命名为新里，但被秦国占领了。

僖公十九年

原文

十九年春，遂城而居之。

宋人执滕宣公①。

夏，宋公使邾文公用鄫子于次睢之社②，欲以属东夷。司马子鱼曰③：『古者六畜不相为用④，小事不用大牲，而况敢用人乎？祭祀以为人也。民，神之主也。用人，其谁飨之？齐桓公存三亡国以属诸侯⑤，义士犹曰薄德，今一会而虐二国之君，又用诸淫昏之鬼⑥，将以求霸，不亦难乎？得死为幸⑦！』

注释

①滕宣公：即滕子婴齐。②鄫子：即杀死鄫子用来祭祀。次睢之社：次睢的土地神。次睢，地名，当在现今江苏省铜山县一带。③司马子鱼：即目夷。司马，官名，在宋、郑诸国为执政大臣之一，掌军事。④不相为用：不能相混相代。⑤三亡国：指鲁、卫、邢三国。⑥淫昏之鬼：指次睢之社奉祀的妖神。⑦得死：即善终。

译文

十九年春，秦国人就修城而住在那里。

宋人抓住了滕宣公。

夏，宋公让邾文公杀死鄫子来祭典次睢的土地神，这是由于想使东夷来归降的缘故。司马子鱼说：『古时候六畜不能相互用来祭祀，小的祭祀不杀大牲口，更何况用人呢？祭祀是为了人。百姓，是神的主人。杀人祭祀，有谁来接受？齐桓公恢复了三个被灭亡的国家以使诸侯归附，义士还说他薄德，现在一次会盟而侵害两个国家的国君，又用来祭祀邪恶昏乱的鬼神，要拿这个来谋求霸业，不也是很难吗？得以善终就算不错了！』

原文

秋，卫人伐邢，以报菟圃之役。于是卫大旱，卜有事于山川①，不吉。宁庄子曰：『昔周饥，克殷而年丰。今邢方无道，诸侯无伯②，天其或者欲使卫讨邢乎！』从之，师兴而雨。

宋人围曹，讨不服也③。子鱼言于宋公曰：『文王闻崇德乱而伐之④，军三旬而不降，退修教而复伐之，因垒而降⑤。《诗》曰：「刑于寡妻，至于兄弟，以御于家邦。」今君德无乃犹有所阙⑥，而以伐人，若之何？盍姑内省德乎⑦？无阙而后动⑧。』

注释

①有事：即祭祀。②伯：首领，盟主。③讨不服：曹南之会，曹为与会国之一，但曹伯并未亲自参加，当有轻视宋公之意，讨不服可能因此而起。④崇：指崇侯虎。⑤因垒：凭靠以前所筑壁垒。⑥阙：通『缺』。⑦盍：何不。姑：姑且，暂且。内省：自我反省。⑧无阙而后动：自身德行无缺而后再行动。

译文

秋，卫军攻打邢国，以报复菟圃这一役。这时卫国出现旱情，为祭祀山川而占卜，不吉利，宁庄子说：『从前周室发生饥荒，把商朝打败了就收成丰足。现在正当邢国无道，诸侯没有领袖，上天或者是要让卫国讨伐邢国吧！』听从了他的话，征调军队就下了雨。

宋军包围曹国，因为曹国不肯顺服。子鱼对宋公说：『文王听到崇国德行昏乱而去征讨，打了三十天，崇国不投降。退兵回去，修明教化，再去攻打，崇国人就在文王过去所筑的营垒里归降了。《诗》说：「在嫡妻面前作出示范，由此而作为兄弟们的模范，以此来治理一家一国。』现在君王的德行恐怕还有所欠缺，而以此攻打曹国，能把它怎么办？为什么不暂且退回去自己检查一下德行呢？等到完美无缺了再采取行动。』

原文

陈穆公请修好于诸侯，以无忘齐桓之德，冬，盟于齐，修桓公之好也。

梁亡，不书其主，自取之也。初，梁伯好土功，亟城而弗处①，民罢而弗堪②，则曰『某寇将至』。乃沟公宫③，曰：『秦将袭我。』民惧而溃，秦遂取梁。

注释

①亟：屡次。②罢：通『疲』。③沟公宫：在梁伯宫室外挖成深沟。

译文

陈穆公请求在诸侯间重修友好关系，以不忘齐桓公的厚德。冬，在齐国会盟，重修齐桓公建立的友好关系。

梁国被灭，《春秋》没有记载灭亡它的人，是因为它自取其祸。当初，梁伯喜好土木工程，屡次筑城而无人居住，百姓疲倦不堪，就说『某某敌人要来了』。于是在国君的宫室外挖沟，说：『秦国将要讨伐我国。』百姓害怕而溃散，秦国就占领了梁国。

僖公二十年

原文

二十年春，新作南门。书，不时也。凡启塞从时[①]。

滑人叛郑而服于卫[②]。夏，郑公子士、泄堵寇帅师入滑[③]。

秋，齐、狄盟于邢，为邢谋卫难也。于是卫方病邢[④]。

随以汉东诸侯叛楚。冬，楚斗谷於菟帅师伐随[⑤]，取成而还[⑥]。

注释

①启塞：指修建城门。②滑：国名。③公子士：郑文公之子。泄堵寇：郑大夫。④病：担忧。⑤斗谷於菟：楚令尹文子。⑥取成：迫使对方接受议和。

译文

二十年春季，鲁国翻新了国都的南门。《春秋》记载了此事，是因为此时已过冬至，却大兴土木，违反了农时。凡是修筑城门和制作门闩，应该不妨碍农时。

滑国人背叛郑国而归顺了卫国。夏季，郑国的公子士、泄堵寇率军攻入滑国。

秋季，齐国人和狄人在邢国集会，为的是帮助邢国设法对付卫国的入侵。这时，卫国才对邢国感到担心。

随国统领汉水以东的各国背叛了楚国。冬季，楚国的斗谷於菟率军讨伐随国。两国讲和后，楚军回国。

原文

君子曰：『随之见伐，不量力也。量力而动，其过鲜矣。善败由己[①]，而由人乎哉？《诗》曰：「岂不夙夜[②]，谓

行多露[3]。」』

宋襄公欲合诸侯，臧文仲闻之[4]，曰：『以欲从人则可[5]，以人从欲鲜济[6]。』

注释

①善败：成败。②夙夜：清晨与夜晚。③谓：奈何。行：道路。『岂不夙夜，谓行多露』，隐喻有所谓则不动，凡事应量力相时而行之。④臧文仲：鲁臣，即臧孙辰，臧孙。⑤以欲从人：克制自己，将自己的欲望服从别人。⑥以人从欲：强制别人服从自己的欲望。鲜济：很少有成功。

译文

君子对此评论说：『随国之所以受到攻打，是因为不自量力。量力而行，则过错就少。成败完全在于自己，难道是因为别人吗？正如《诗》所说：「难道不想早晚行走，怎奈路上露水太多。」』

宋襄公想要会合诸侯，臧文仲闻讯，便劝他说：『使自己的愿望服从别人是可以的，但要想使别人听从自己的愿望就很少能成功。』

僖公二十一年

原文

二十一年春，宋人为鹿上之盟[①]，以求诸侯于楚[②]。楚人许之。公子目夷曰：『小国争盟，祸也。宋其亡乎！幸而后败[③]。』

夏，大旱。公欲焚巫、尪[④]。臧文仲曰：『非旱备也。修城郭、贬食、省用、务穑、劝分[⑤]，此其务也。巫、尪何为？天欲杀之，则如勿生；若能为旱，焚之滋甚[⑥]。』公从之。是岁也，饥而不害[⑦]。

注释

①鹿上：宋地名，在现山东省曹县东北一带。②求诸侯：即要求诸侯奉己为盟主。③幸而后败：失败得晚一点就算幸运了。④巫、尪：巫人及突胸仰面的畸形人。⑤务穑：致力于农事。劝分：劝勉富人济贫救荒。⑥滋甚：更厉害。⑦饥而不害：虽有饥荒，未成大害。

译文

二十一年春，宋国人和齐国人、楚国人在鹿上召开了盟会，目的是要求楚国允许中原诸侯各国奉自己为盟主。楚国人答应了。公子目夷说：『小国争当盟主，这是灾祸。宋国也许会灭亡吧！失败得晚一点就算幸运了。』

夏季，鲁国出现了大的旱情。僖公想烧死巫人和仰面朝天的畸形人。臧文仲说：『这不是抵御旱灾的办法。应该尽力去修建长城、缩减食物、节省开支、致力农事、劝人施舍。巫人和仰面朝天者能做什么？上天倘若想要杀害他们，就不应该让他们出生；如果他们能引来旱灾，那么烧死了他们则会使旱灾更加严重。』僖公听从了他的劝告。结果这一年，虽然收成不好，但百姓没有受到伤害。

原文

秋，诸侯会宋公于盂①。子鱼曰：『祸其在此乎！君欲已甚②，其何以堪之？』于是楚执宋公以伐宋。

冬，会于薄以释之③。子鱼曰：『祸犹未也，未足以惩君④。』

注释

①盂：宋地，位今河南省睢县境内。②已：太。③薄：即亳，宋邑名，位于今河南省商丘县北部。④惩君：惩罚国君使其悔悟。

译文

秋季，楚成王、陈穆公、蔡庄公、郑文公、许僖公、曹共公在盂地会见了宋襄公。子鱼即目夷说：『恐怕祸患就在这一次会见中发生吧！君王的欲望太过分了，怎么能忍受呢？』果然，在会上楚国人把宋襄公抓了起来，并出兵攻打宋国。

冬季，诸侯在薄地举行盟会，把宋襄公放回。子鱼说：『看来真正的祸患还没有到来，大概这次还不足以惩罚国君。』

原文

任、宿、须句、颛臾，风姓也，实司大皞与有济之祀①，以服事诸夏②。邾人灭须句。须句子来奔，因成风也③。成风为之言于公曰：『崇明祀④，保小寡，周礼也；蛮夷猾夏⑤，周祸也。若封须句，是崇皞、济而修祀、纾祸也⑥。』

夏云欲雨图　明·刘珏

此图仿吴镇笔意，绘夏日山中阴雨之景，层峦叠嶂，林壑幽深，泉深石乱，木秀云生，笔墨浓润，气韵苍浑，是公认的刘珏传世之代表作。作者用湿笔淡墨长披麻皴，再加浓墨苔点，与矾头相映发。笔道细秀绵密，墨气风流蔼然，别具清丽幽媚之格。对明代中期的吴门画派有很大影响。

注释

①大：同太。太皞，即伏羲，传说中的古帝名。有济：即济水。②服事：服从。诸夏：指周代分封的诸侯国，即中原各国。③成风：庄公之妾，僖公的母亲，须句是成风的娘家。④明祀：太皞与济水的祭祀。⑤猾：扰乱。⑥纾：解除。

译文

任国、宿国、须句、颛臾，都姓风，主持太皞和济水之神的祭祀，并且服从于中原各国。邾国人灭亡了须句，须句子逃到鲁国来，这是由于须句是僖公母亲成风的娘家。成风对僖公说：『尊崇太皞与济水的祭祀，保护弱小的国家，是周朝的礼仪；蛮夷扰乱中原，是周朝的祸患。如果您能对须句重封，就是尊崇太皞和济水的祭祀，就是修明礼仪，缓解祸患啊。』

僖公二十二年

原文

二十二年春，伐邾，取须句，反其君焉，礼也。

三月，郑伯如楚。

夏，宋公伐郑。子鱼曰：『所谓祸在此矣。』

初，平王之东迁也，辛有适伊川①，见被发而祭于野者②，曰：『不及百年，此其戎乎！其礼先亡矣。』秋，秦、晋迁陆浑之戎于伊川③。

注释

①辛有：周大夫。伊川：伊河流经的地方，即今河南省嵩县及伊川县境内。②被发：让头发披散下来，为夷狄的风俗。祭于野：在野外墓地进行祭祀，也是夷狄的风俗。③陆浑之戎：古戎人的一个分支，后迁河南省伊、洛一带。

译文

二十二年春季，僖公率军攻打邾国，占领了须句，并释放国君回国，这是合乎礼的。

三月，郑文公前往楚国。

夏季，宋襄公发兵进攻郑国。子鱼说：『看来以前所说的祸患就要在这一次出现了。』

当初，周平王向东迁都洛阳时，周大夫辛有前去伊川，途中见到一个披头散发在野外祭祀的人说：『过不了一百年，这里就要被戎人所统治了！因为周朝的礼仪已经消亡了。』秋季，秦国和晋国把陆浑之戎迁到伊川定居。

原文

晋大子圉为质于秦，将逃归，谓嬴氏曰①：『与子归乎？』对曰：『子，晋大子，而辱于秦②，子之欲归，不亦宜乎？寡君之使婢子侍执巾栉③，以固子也④。从子而归，弃君命也。不敢从，亦不敢言。』遂逃归。

富辰言于王曰⑤：『请召大叔⑥。《诗》曰：「协比其邻⑦，昏姻孔云⑧。」吾兄弟之不协，焉能怨诸侯之不睦？』王说。王子带自齐复归于京师，王召之也。

邾人以须句故出师。公卑邾⑨，不设备而御之。臧文仲曰：『国无小，不可易也⑩。无备，虽众不可恃也。《诗》曰：「战战兢兢，如临深渊，如履薄冰。」又曰：「敬之敬之，天惟显思，命不易哉！」先王之明德，犹无不难也，无不惧也，况我小国乎？君其无谓邾小，蜂虿有毒⑪，而况国乎？』弗听。

注释

①嬴氏：即怀嬴，秦女，子圉之妻。②辱于秦：屈居于秦。③执巾栉：拿着手巾、梳子。④固子：使你安心住下来。⑤富辰：周大夫。⑥大叔：即周襄王之弟王子带，于僖公二十年奔齐。⑦协比其邻：与邻里相处融洽亲切。协比，融洽亲切。⑧昏姻孔云：姻亲交往非常友好。孔，甚。⑨卑：轻视。⑩易：轻慢、轻视。⑪蜂虿：黄蜂、蝎子一类的毒虫。长尾为虿，短尾为蝎。

译文

晋国的太子圉在秦国做人质，他想逃回晋国，便对嬴氏说：『我和你一起回去吧？』嬴氏说：『您是晋国的太子，却作为人质住在秦国，您想回去，不也很应该吗？我们君王让我侍奉您，目的是使您安心居住。我如果跟随您回去，就是背弃了国君的命令。我不敢跟您走，也不敢对别人说。』这样太子圉就一人逃回了晋国。

周大夫富辰请求周天子说：『请您把太叔召回来。《诗》说：「与邻里相处融洽亲切，与姻亲交往非常友好。」连我们自己兄弟之间都不能和睦相处，还有什么资格埋怨诸侯对王室不归顺呢？』周天子听了非常高兴，于是就把王子带从齐国召回京师。

邾人因鲁国协助须句而出兵攻打鲁国。僖公很轻视邾人，不打算事先做更多准备工作去抵御。臧文仲说：『国家无所谓大小，都不能轻视。如果不加以防备，即使人多，也还是没用。《诗》说：「战战兢兢，如临深渊，如履薄冰。」又说：「小心又仔细，上天明察，天命不易长久保持不变啊！」以先王的美德，尚且还有困难，还有惧怕，更何况我们小国呢？君王还是不要认为邾国衰弱，黄蜂、蝎子尚且有毒，更何况是一个国家？』但僖公不听。

原文

八月丁未①，公及邾师战于升陉，我师败绩。邾人获公胄②，县诸鱼门③。

楚人伐宋以救郑。宋公将战，大司马固谏曰④：『天子弃商久矣⑤，君将兴之，弗可赦也已。』弗听。

冬，十一月己巳朔，宋公及楚人战于泓⑥。宋人既成列，楚人未既济⑦。司马曰：『彼众我寡，及其未既济也请击之。』公曰：『不可。』既济而未成列，又以告。公曰：『未可。』既陈而后击之，宋师败绩。公伤股，门官歼焉⑧。

注释

①丁未：初八日。②胄：头盔。③县：通『悬』。鱼门：邾国的城门。④固：人名，即公孙固。⑤商：即宋。⑥泓：水名，在今河南省柘城县北部。⑦未既济：尚未完全渡泓水。既，尽。⑧门官：护卫国君之亲兵，由卿大夫子弟充任。歼：杀尽。

译文

八月初八日，僖公和邾军在升陉作战，结果鲁军大败。邾君得到了僖公的头盔，回去把它悬挂在邾国国都的城门上夸耀。

楚国攻打宋国，以救援郑国。宋襄公准备迎战，大司马固劝阻说：『上天抛弃我们商朝已经很久了。您打算恢复它，这是违背天意，罪不可赦啊。』但襄公不听。

冬季，十一月初一日，宋国人和楚国人在泓水附近交战。当宋军已摆好战势，楚国还未完全渡过河的时候，司马对襄公说：『楚军人多，我军人少，趁现在楚军还没有安全过河，请君王下令进攻他们。』襄公说：『不行。』当楚军已全部过河，还没有拉开阵势时，司马又请求下令进攻，襄公还是说：『不行。』等楚军已经摆开了阵势后，宋军才发动攻击，结果宋军被打败，襄公腿部受伤，守门的官员被全部消灭。

原文

国人皆咎公。公曰：『君子不重伤[①]，不禽二毛[②]。古之为军也，不以阻隘也[③]。寡人虽亡国之余，不鼓不成列[④]。』子鱼曰：『君未知战。勍敌之人[⑤]，隘而不列[⑥]，天赞我也。阻而鼓之，不亦可乎？犹有惧焉[⑦]！且今之勍者，皆吾敌也。虽及胡者[⑧]，获则取之，何有于二毛？明耻教战[⑨]，求杀敌也，伤未及死，如何勿重？若爱重伤[⑩]，则如勿伤；爱其二毛，则如服焉[⑪]。三军以利用也，金鼓以声气也[⑫]，利而用之，阻隘可也；声盛致志，鼓儳可也[⑬]。』

注释

①不重伤：对已受伤的敌人不再伤害。②禽：同『擒』。二毛：有白发掺杂在黑发之间的老年人。③不以阻隘：不扼敌于险隘之地。④不鼓：不攻击。古时作战，击鼓为进军之号令。⑤勍敌：强敌。⑥隘而不列：因处险隘而不能

成列。⑦犹有惧：尚且害怕不能取胜。⑧胡耇：老年人，长寿者。耇，长寿。⑨明耻教战：明白什么是耻辱，然后教之以战术。⑩爱重伤：怜惜伤兵。⑪如服：应当降服。⑫金鼓以声气：金、鼓，两种乐器，古代作为行军进退的号令。以声气，以声音激励士气。⑬鼓儳：攻击阵列不整之敌。儳，阵列不整，进退无章。

译文

国人都埋怨宋襄公。襄公说：『君子不能伤害已经受伤的人，也不追击那些头发花白的人。古代打仗，不在险阻狭隘处攻击敌人。我虽然是已经灭亡的商朝后裔，但仍然不想进攻还没有摆好阵势的敌人。』子鱼说：『国君不懂得作战的常理。强大的敌人因地形险隘而不能列阵，这正是上天在帮助我们。我们趁机阻截攻击他们，不是很好吗？唯恐这样还担心不能取胜呢！况且现在那些强大的国家，都是我们的敌人。即使遇到的是老兵，能俘获的也要把他们抓过来，还管他什么头发白不白呢？使将士知道什么是耻辱，教给他们怎样打仗，就是要他们多杀敌人。对那些受伤没死的敌人，为什么不可以再伤害他们。如果怜悯头发花白的老兵，那么就应当向他们屈服。凡是军队，都要趁着有利的时机发动攻击，鸣金击鼓是为了振奋士气。抓住有利时机，趁敌人处于险阻狭隘处进攻是完全可以的；鼓声大作，士气高昂，趁敌人还处于混乱状态而击鼓进攻也没有什么不可以的。』

原文

丙子晨，郑文夫人芈氏、姜氏劳楚子于柯泽[①]。楚子使师缙示之俘馘[②]。君子曰：『非礼也。妇人送迎不出门，见兄弟不逾阈[③]，戎事不迩女器[④]。』

丁丑，楚子入飨于郑，九献[⑤]，庭实旅百[⑥]，加笾豆六品[⑦]。飨毕，夜出，文芈送于军。取郑二姬以归[⑧]。叔詹曰[⑨]：『楚王其不没乎[⑩]！为礼卒于无别，无别不可谓礼。将何以没？』诸侯是以知其不遂霸也[⑪]。

注释

①郑文：即郑文公。芈氏：楚女。芈，楚国的国姓。姜氏：齐女。劳：慰劳。柯泽：郑地。②师缙：楚国的乐师。馘：战争中割取的敌人的左耳。③阈：门槛。④迩：近。⑤九献：宴饮之时，主宾酬酢九次。⑥实：指陈列的礼品。旅：陈列。⑦笾：古代祭祀和宴会时盛食品用的一种竹器。豆：古代一种盛食物的高脚器皿。品：种。⑧郑二姬：郑文公夫人芈氏，姜氏之女，郑为姬姓，故称二姬。⑨叔詹：郑之贤臣。⑩不没：不得善终。⑪不遂霸：不能完成称霸诸侯之业。

译文

十一月初八日早明，郑文公的夫人芈氏、姜氏在郑国的柯泽犒赏楚成王。成王派师缙领她们参观了俘虏和被杀死的人的左耳。君子对此评价说：『这是不合于礼的。因为女人送迎不出房门，和兄弟相见不出门槛，作战时不接近女人的用具。』

初九日，楚成王来到郑国接受宴请，主人九次敬酒，院子里摆了上万件礼品，另外又加上笾豆食品六件。宴请完毕，出来时已是夜间，文芈把成王送到军营。成王带了郑国的两个女子回去。叔詹说：『楚王大概难以善终吧！执行礼节而最后竟然男女无别，男女无别就不能认为合于礼。他将靠什么得以善终呢？』诸侯从这件事了解成王不能完成霸业了。

僖公二十三年

原文

二十三年春，齐侯伐宋，围缗①，以讨其不与盟于齐也。

夏，五月，宋襄公卒，伤于泓故也。

秋，楚成得臣帅师伐陈②，讨其贰于宋也③。遂取焦、夷，城顿而还④。子文以为之功，使为令尹⑤。叔伯曰⑥：『子若国何？』对曰：『吾以靖国也。夫有大功而无贵仕⑦，其人能靖者与有几⑧？』

注释

①缗：宗邑，在今山东省金乡县东北二十五里。②成得臣：楚臣，字子玉，即令尹子玉。③贰于宋：与宋暗中往来，亦即对楚不忠诚。④顿：国名，姬姓，在今河南省项城县南顿故城。⑤令尹：楚国最高的官职。⑥叔伯：吕臣。⑦贵仕：位居高官。⑧靖：安定。

译文

二十三年春季，齐孝公攻打宋国，包围了缗地，目的是讨伐宋国在鲁僖公十九年不到齐国参加会盟。

夏季，五月，宋襄公因在泓地作战受伤而死去。

秋季，楚国的成得臣即子玉率军攻打陈国，为的是讨伐陈国在归顺楚国的同时又暗中勾结宋国。于是楚军占领了焦、夷两地，并筑城于顿地后才回国。子文即斗谷於菟认为这完全是子玉的功劳，便任命他做令尹。叔伯对子文说：『你想把我们的国家如何处治呢？』子文说：『我想以此来使国家安定。有了大功而不居高位，这样的人中有几个人能不作乱而使国家安定呢？』

原文

九月，晋惠公卒。怀公立[①]，命无从亡人[②]。期期而不至，无赦。狐突之子毛及偃从重耳在秦，弗召。冬，怀公执狐突曰：『子来则免[③]。』对曰：『子之能仕，父教之忠，古之制也。策名委质[④]，贰乃辟也[⑤]。今臣之子，名在重耳，有年数矣。若又召之，教之贰也，父教子贰，何以事君？刑之不滥，君之明也，臣之愿也。淫刑以逞[⑥]，谁则无罪？臣闻命矣。』乃杀之。

卜偃称疾不出[⑦]，曰：『《周书》有之：「乃大明服。」己则不明，而杀人以逞，不亦难乎？民不见德，而唯戮是闻，其何后之有？』

注释

①怀公：晋惠公子太子圉。②亡人：逃亡在外之人，指公子重耳。③子：即狐突子之子狐毛和狐偃。④策名：名字写在简策上。委质：送给尊者的进见礼物。委，置；质，同『贽』，指玉帛、禽鸟一类见面礼品。⑤辟：罪过。⑥淫刑：滥施刑罚。逞：快意，称心。⑦卜偃：晋之卜官名偃。。

译文

九月，晋惠公逝世。怀公即公子圉即位后，便下令臣下不准再跟随逃亡在外的公子重耳。并且还规定了时间，到期不回来的，决不赦免。狐突的儿子毛和偃正跟随重耳在秦国，因此违抗命令没有回国。冬季，怀公把狐突抓了起来，对他说：『如果你两个儿子回来，就把你释放。』狐突回答说：『当儿子能够做官的时候，父亲就教给他要忠诚不二，这是自古以来的常理。当名字写在书简上，给主子致送了进见的礼物后，再不忠诚，就是罪过。如今我儿子的名字在重耳那里已经有几个年头了，如果召他回来，就是教他另有二心。父亲教儿子不忠，还怎么来事奉国君呢？不滥用刑罚，这是君王的圣明，也是我的期望。如果想滥用刑罚以逞淫威，那么谁能没有罪过？我明白您的意思了。』于是怀公便杀了狐突。

卜偃听到此事后，便托辞有病不出家门，他说：『《周书》上有这样的话：「君王如果伟大圣明，臣民才能信服。」如果自己不贤能，却借杀人以逞淫威，不也很难长久下去吗？百姓看不到君王的德行，却只听到杀戮之声，那么他的后代怎么还能长享禄位呢？』

原文

十一月，杞成公卒。书曰『子』，杞，夷也。不书名，未同盟也。凡诸侯同盟，死则赴以名，礼也。赴以名，则亦书之，不然则否，辟不敏也[①]。

晋公子重耳之及于难也[②]，晋人伐诸蒲城。蒲城人欲战，重耳不可，曰：『保君父之命而享其生禄[③]，于是乎得人。有人而校[④]，罪莫大焉。吾其奔也。』遂奔狄。从者狐偃、赵衰、颠颉、魏武子、司空季子[⑤]。狄人伐廧咎如[⑥]，获其二女：叔隗、季隗，纳诸公子。公子取季隗，生伯儵、叔刘；以叔隗妻赵衰，生盾。将适齐，谓季隗曰：『待我二十五年，不来而后嫁。』对曰：『我二十五年矣，又如是而嫁，则就木焉[⑦]。请待子。』处狄十二年而行。

注释

①辟：同『避』，避免。不敏：不清楚。②难：指骊姬之乱。③保：依靠。生禄：养生之禄。④校：报复。⑤狐偃：狐突之子，重耳的舅父，又称子犯、舅犯。赵衰：赵夙之子，后为晋国执政大臣。颠颉：重耳亲信。魏武子：又名魏犨，重耳亲信。司空季子：又名胥臣、臼季。⑥廧咎如：狄人的一支，隗姓。⑦就木：装入棺椁为死亡之意。木，指棺椁。

译文

十一月，杞成公逝世。《春秋》称其为『子』，是因为杞是夷人。不记载其名字，是因为他没有和鲁国订立盟约。凡是结盟的诸侯，死后就在讣告上写上名字，这是合乎礼的。讣告上写上名字，《春秋》就加以记载，相反就不记，这是为了避免因搞不清楚而记录错误。

晋国的公子重耳因骊姬谗害太子申生而有灾患的时候，晋献公曾派军队到蒲城讨伐他。蒲城人打算迎战，重耳不让，他说：『我凭借君父的命令，才享受到优越的禄位，得到百姓的爱戴。如果因为自己有了拥护者，便借此同君父较量，那就再没有比这更大的罪过了。我还是逃亡吧。』于是就逃去狄人那儿。当时跟随他的有狐偃、赵衰、颠颉、魏武子、司空季子。狄人进攻廧咎如，俘获了他的两个女儿叔隗、季隗，然后把她们送给公子重耳。重耳娶了季隗，后来生了伯儵、叔刘。把叔隗赠予赵衰为妻，后来生了赵盾。重耳想到齐国去，对季隗说：『你等我二十五年，我如果不回来你再嫁人。』季隗回答说：『如今我已二十五岁了，如果再过二十五年，行将就木，怎么还能嫁人。我会一直等您。』重耳在狄人那里住了十二年后才离去。

原文

过卫，卫文公不礼焉。出于五鹿[①]，乞食于野人[②]，野人与之块。公子怒，欲鞭之。子犯曰[③]：『天赐也！』稽首，受而载之。

及齐，齐桓公妻之，有马二十乘，公子安之。从者以为不可，将行，谋于桑下[④]。蚕妾在其上[⑤]，以告姜氏[⑥]。姜氏杀之，而谓公子曰：『子有四方之志，其闻之者，吾杀之矣。』公子曰：『无之！』姜曰：『行也，怀与安[⑦]，实败名。』公子不可，姜与子犯谋，醉而遣之。醒，以戈逐子犯。

及曹，曹共公闻其骈胁[8]，欲观其裸。浴，薄而观之。僖负羁之妻曰[9]：『吾观晋公子之从者，皆足以相国[10]，若以相，夫子必反其国。反其国，必得志于诸侯。得志于诸侯而诛无礼，曹其首也。子盍蚤自贰焉[11]？』乃馈盘飧，置璧焉[12]。公子受飧反璧。

注释

①出：经过。五鹿：卫地名，一在今河南省濮阳县南，一在今河北省大名县东。②野人：乡下人。③子犯：即狐偃。④桑下：桑树之下。⑤蚕妾：养蚕的女奴。⑥姜氏：齐女，重耳妻子。⑦怀与安：怀恋妻室及贪图安逸。⑧骈胁：肋骨排列紧密，并为一体。骈，连在一起；胁，肋。⑨僖负羁：曹国大夫。⑩相国：辅助国家。⑪贰：二心，指讨好重耳，向他表示礼敬与友好。⑫置璧焉：飧中藏着璧玉。

译文

当公子重耳路过卫国的时候，卫文公没有待以礼遇。他经过五鹿向东行走时，曾向乡下人要饭，那人却给了他一个土块。重耳非常气愤，想要鞭打他。子犯说：『这是上天的恩赐啊！』于是重耳便叩头感谢，收下土块并把它装到车上。

他到了齐国后，齐桓公为他娶了妻，并赠予他八十匹马，重耳因而安于在齐国的生活。随从的人认为这样不行，准备离他而去，就聚在桑树下商量。当时正好有一婢女在树上采摘桑叶，她听到后便把这告诉姜氏。姜氏把这个婢女杀了，然后对重耳说：『您有远大的理想，我已把听到的人杀了。』重耳说：『没有这事啊！』姜氏说：『你走吧！眷恋享受，安于现状，实在是容易诋毁一个人的名声。』重耳不愿意走，于是姜氏就和子犯商量，把他灌醉后，将他送走。重耳酒醒后，非常生气，就手持戈追着子犯要刺他。

到了曹国，曹共公听说重耳的肋骨相连如一个骨，就想看看他裸体时的情形。于是就趁重耳沐浴时，走到他那儿偷看。曹大夫僖负羁的妻子说：『我看晋公子的随从，一个个都能做国家的辅佐之臣，如果晋公子能用他们为辅臣，一定能回到晋国为君。为君后，也一定能在诸侯中得志。得志以后如果要惩治对他无礼的国家，曹国便会首当其冲。你何不早一点对他有所表示呢？』于是僖负羁就送给重耳一盘晚饭，并在饭中藏了一块玉璧。重耳领受了食物，却把玉璧退了回来。

原文

及宋，宋襄公赠之以马二十乘。

及郑，郑文公亦不礼焉。叔詹谏曰：『臣闻天之所启①，人弗及也。晋公子有三焉，天其或者将建诸！君其礼焉。男女同姓，其生不蕃②。晋公子，姬出也③，而至于今，一也。离外之患④，而天不靖晋国，殆将启之⑤，二也。有三士⑥，足以上人而从之⑦，三也。晋、郑同侪⑧，其过子弟⑨，固将礼焉，况天之所启乎？』弗听。

及楚，楚子飨之，曰：『公子若反晋国，则何以报不谷⑩？』对曰：『子、女、玉、帛⑪，则君有之。羽、毛、齿、革⑫，则君地生焉。其波及晋国者，君之余也，其何以报君？』曰：『虽然，何以报我？』对曰：『若以君之灵⑬，得反晋国，晋、楚治兵，遇于中原，其辟君三舍⑭。若不获命，其左执鞭弭⑮，右属櫜鞬⑯，以与君周旋。』子玉请杀之。楚子曰：『晋公子广而俭⑰，文而有礼⑱。其从者肃而宽，忠而能力⑲。晋侯无亲⑳，外内恶之。吾闻姬姓，唐叔之后㉑，其后衰者也，其将由晋公子乎！天将兴之，谁能废之？违天必有大咎。』乃送诸秦。

注释

①启：开，此作赞助。②生其不蕃：不能繁衍。不蕃，不昌盛。③姬出：姬姓女子所生。④离：同『罹』，遭

受。⑤殆：大概。⑥三士：指狐偃、赵衰、贾佗。⑦上人：言才智谋略超出他人之上。⑧同侪：同等，同辈。⑨其过子弟：指晋国子弟路过郑国。⑩不谷：楚成王自称。⑪子、女：指男女奴隶。⑫羽、毛、齿、革：泛指各种珍宝。羽，翡翠、孔雀之类的羽毛；毛，旄牛；齿，象牙；革，犀牛皮。⑬灵：威灵，福。⑭舍：古代行军一宿为一舍，而一日行军三十里，故三十里也称为一舍。⑮弭：泛指弓。⑯属：著，带着。櫜：箭袋。鞬：弓套。⑰广而俭：志向远大而生活俭约。⑱文：言辞华美。⑲忠而能力：忠诚且有力能勇力。⑳晋侯：晋惠公。㉑唐叔：晋国始祖。

译文

到了宋国，宋襄公送给重耳八十四马。

到了郑国，郑文公也没有待以礼遇。叔詹劝谏郑文公说：『我听说上天所帮助的人，谁也比不了。晋公子有三点是别人比不上的，或许是上天要立他为国君吧！君王还是要对他以礼相待。一般情况下，如果同姓结婚，其子孙必不强大，晋公子的母亲是戎族的狐姬，与晋国都是姬姓，但他却一直活到今天，这是第一点。他逃亡在外，而上天却不让晋国安定下来，也许是上天正在为他创造有利的条件吧，这是第二点。狐偃、赵衰、贾佗这三个人都强过一般人，却都甘心辅佐他，这是第三点。晋国和郑国地位相当，他们的子弟来往经过郑国，本来就应该以礼相待，更何况是上天所赞助的人呢？』郑文公终究不听。

重耳到了楚国，楚成王设酒宴厚待他，并说：『公子如果能回到晋国，用什么来报答我呢？』重耳回答说：『男女奴仆和玉帛，君王已经有了；至于鸟羽、皮毛、象牙、皮革，本来就是君王土地上所有的。晋国的那些东西，都是君王所剩余的，我还能用什么来报答君王呢？』成王说：『尽管如此，你到底打算怎样报答我们呢？』重耳回答说：『如果托君王的福，能回到晋国，将来一旦晋楚两国打起来的话，在中原相遇，为报答君王的恩德，晋国将把军队后退九十里。如果这样还不能获得君王的原谅而退兵，那么就只能手持武器，与君王比试一下了。』子玉请求成王杀掉他。楚成王说：『晋公子志向远大而且严于律己，言语得体并且合乎礼仪。跟从他的人都态度严肃待人仁厚，能为他效忠。晋惠公没有亲近之人，所以国内外都讨厌他。我听说姬姓中唐叔的后代，在诸侯中将最后衰亡。这恐怕是由于晋公子将成为国君的原因吧！上天将要使他兴盛起来，谁能把他废掉呢？违背了上天的意愿，必遭大灾。』于是楚成王就把他送到了秦国。

原文

秦伯纳女五人，怀嬴与焉①。奉匜沃盥②，既而挥之。怒，曰：『秦、晋，匹也。何以卑我？』公子惧，降服而囚③。

他日，公享之④。子犯曰：『吾不如衰之文也⑤，请使衰从。』公子赋《河水》⑥，公赋《六月》。赵衰曰：『重耳拜赐！』公子降⑦，拜，稽首。公降一级而辞焉。衰曰：『君称所以佐天子者命重耳，重耳敢不拜？』

注释

①怀嬴：秦女，即晋怀公圉的妻子。与：参与。②奉：捧。匜：盛水器。沃：浇。盥：洗手。③降服而囚：脱去上衣，自己囚禁自己向怀嬴谢罪。囚，系。④享：宴享，用食物招待人。⑤文：有文才，才华。⑥《河水》：逸诗的篇名。诗以河水朝宗于海为义，以海喻秦，表示对秦的尊敬。⑦降：下阶。

译文

秦穆公送给重耳五个女子，其中还有曾嫁给晋怀公即太子圉的怀嬴在内。怀嬴手捧水盆侍奉重耳洗手，重耳洗手后没有擦手，而是挥手把水甩掉。怀嬴恼火地说：『秦、晋两国地位平等，为什么这样看不起我？』重耳这才胆怯了，便脱去上衣，自囚以谢罪。

一天，秦穆公设酒宴款待重耳。狐偃说：『我不如赵衰善于辞令，请您让他跟着去吧。』重耳在酒宴上吟诵了《河水》一诗，穆公则吟诵了《六月》一诗，以祝愿并鼓舞他。赵衰说：『请重耳拜谢君王赐予的良言！』于是重耳便走到台阶下拜谢，而后叩头。秦穆公则走下一级台阶辞谢。赵衰说：『君王对重耳寄予辅佐天子的厚望，重耳怎么可以不拜谢呢？』

两江名胜图(之一) 明·沈周

《两江名胜图》之一，绘长江淮河两岸的名胜风景，画面撷取富有特征的景物，剪裁简明，却构成诗意盎然的境界。构思单纯集中，情景融合，意味隽永。用笔质朴、凝重，山峦的繁笔勾皴和屋宇的简笔勾勒，形成疏密的对比，墨色也富有虚实轻重的变化，使画面产生强烈的装饰美感。

僖公二十四年

原文

二十四年春，王正月，秦伯纳之。不书，不告入也。

及河，子犯以璧授公子，曰：『臣负羁绁从君巡于天下[①]，臣之罪甚多矣，臣犹知之，而况君乎？请由此亡。』公子曰：『所不与舅氏同心者[②]，有如白水[③]！』投其璧于河。济河，围令狐，入桑泉，取臼衰。二月甲午，晋师军于庐柳[④]。秦伯使公子絷如晋师。师退，军于郇[⑤]。辛丑，狐偃及秦、晋之大夫盟于郇。壬寅，公子入于晋师。丙午，入于曲沃。丁未，朝于武宫[⑥]。戊申，使杀怀公于高梁。不书，亦不告也。

注释

①负羁绁：背着马笼头和马缰绳，这是客套话，意为追随车前马后，为其驱使、服役。②所：若，假如。舅氏：子犯为重耳舅父。③有如白水：重誓词，意为有河神为证。④庐柳：晋地，在今山西省临猗县北部。⑤郇：晋地名，在今山西省临猗县西南一带。⑥武宫：重耳祖父晋武公之庙。

译文

二十四年春，周历正月，秦穆公把公子送回晋国。《春秋》对这件事没有记载，因为晋国没有来报告。

至黄河，子犯把玉璧还给公子重耳，说：『下臣背着马笼头和马缰绳跟随您在天下巡游，下臣的罪过很多了，下臣自己尚且知道，何况您呢？还请您让我从这里走开吧。』公子说：『如果不和舅父同心，有河神为证！』把他的玉璧扔在黄河里。

重耳一行渡过黄河，包围了令狐，攻入桑泉，占取了臼衰。二月某日，晋国的军队在庐柳驻军。秦穆公派遣公子絷到晋国军队里陈说利害。晋军退走，在郇地驻扎。某日，狐偃和秦国、晋国的大夫在郇地结盟。某日，公子重耳到达晋国军队里。某日，进入曲沃。某日，在武公的庙宇中朝见群臣。某日，派人在高粱把怀公杀死。《春秋》没有记载这件事，也是由于晋国没有来告知。

原文

吕、郤畏逼①，将焚公宫而弑晋侯②。寺人披请见，公使让之③，且辞焉，曰：『蒲城之役，君命一宿，女即至。其后余从狄君以田渭滨④，女为惠公来求杀余，命女三宿⑤，女中宿至⑥。虽有君命，何其速也。夫祛犹在⑦，女其行乎。』对曰：『臣谓君之入也，其知之矣⑧。若犹未也，又将及难。君命无二⑨，古之制也。除君之恶，唯力是视⑩。蒲人、狄人，余何有焉？今君即位，其无蒲、狄乎！齐桓公置射钩而使管仲相⑪，君若易之，何辱命焉⑫？行者甚众，岂唯刑臣⑬。』公见之，以难告。三月，晋侯潜会秦伯于王城。己丑晦⑭，公宫火，瑕甥、郤芮不获公，乃如河上，秦伯诱而杀之。晋侯逆夫人嬴氏以归⑮。秦伯送卫于晋三千人⑯，实纪纲之仆⑰。

注释

①吕、郤：指吕甥、郤芮，二人均为晋怀公的亲信。畏逼：畏惧晋文公逼迫。②晋侯：指晋文公。③让：责备。④田：打猎。⑤三宿：三日。⑥中宿：过了第二个晚上。⑦祛：袖头。⑧知之：明智，晓得为君的道理。⑨无二：无二心。⑩唯力是视：即只看自己有多大力量。⑪置射钩：把射钩一事放置一边。⑫何辱命：何劳君主下命令，意为我会自己走开。⑬刑臣：受过宫刑的小臣。⑭己丑晦：己丑，三十日；晦，每月最后一天。⑮嬴氏：秦穆公女文嬴。⑯卫：卫士。⑰纪纲之仆：得力的仆从。

译文

吕、郤两家害怕逼迫，准备焚烧宫室而杀死晋文公。寺人披请求进见。晋文公派人埋怨他，而且不接见，说：『蒲城那一次，国君命令你过一个晚上到达，你立刻就到了。后来我跟随狄君在渭水边上打猎，你为惠公要杀我，惠公命令你过三个晚上到达，你过两晚就到了。就算有国君的命令，为什么那么快呢？那双袖子还在，你还是走吧。』寺人披回答说：『小臣原来认为君王回国以后，已经明白情况了。如果还没有，就会又一次遇到灾患。执行国君的命令只有一心一意，这是古代的制度。除去国君所怨恨的人，只看自己有多大力量。蒲人、狄人，对我来说算什么呢？现在您即位做国君，也会同我心目中一样没有蒲、狄吧！齐桓公把射钩的事放在一边，而让管仲辅佐他。君王如果改变这种做法，我会自己走的，哪里需要君王的命令呢？走的人很多，岂独是我受过宫刑的小臣？』晋文公接见了他，他就把祸乱告诉了晋文公。三月，晋文公私下和秦穆公在王城会见。三十日，宫室被烧。瑕甥、郤芮未能找到晋文公，于是就到了黄河边上，秦穆公把他们骗去杀掉。晋文公迎接夫人嬴氏回国。秦穆公送给晋国卫士三千人，都是得力的仆人。

原文

初，晋侯之竖头须[1]，守藏者也[2]。其出也，窃藏以逃，尽用以求纳之[3]。及入，求见。公辞焉以沐[4]。谓仆人曰：『沐则心覆[5]，以覆则图反[6]，宜吾不得见也。居者为社稷之守，行者为羁绁之仆，其亦可也，何必罪居者？国君而仇匹夫，惧者甚众矣。』仆人以告，公遽见之。

狄人归季隗于晋，而请其二子[7]。文公妻赵衰，生原同、屏括、楼婴。赵姬请逆盾与其母[8]，子余辞[9]。姬曰：『得宠而忘旧，何以使人？必逆之。』固请，许之。来，以盾为才，固请于公以为嫡子，而使其三子下之，以叔隗为

内子而己下之。

晋侯赏从亡者，介之推不言禄⑩，禄亦弗及。推曰：『献公之子九人，唯君在矣。惠、怀无亲，外内弃之。天未绝晋，必将有主。主晋祀者，非君而谁？天实置之，而二三子以为己力，不亦诬乎⑪？窃人之财，犹谓之盗，况贪天之功以为己力乎？下义其罪⑫，上赏其奸，上下相蒙，难与处矣！』其母曰：『盍亦求之⑬，以死谁怼⑭？』对曰：『尤而效之⑮，罪又甚焉。且出怨言，不食其食⑯。』其母曰：『亦使知之，若何？』对曰：『言，身之文也⑰。身将隐，焉用文之？是求显也。』其母曰：『能如是乎？与女偕隐。』遂隐而死。晋侯求之，不获，以绵上为之田⑱，曰：『以志吾过⑲，且旌善人⑳。』

注释

①竖：未成年的童仆、随从。头须：人名，又作里凫须。②守藏：保管财物。③求纳之：设法纳文公回国。④沐：洗头。⑤覆：反。⑥图反：意图颠倒。⑦请其二子：请求将其二子留在狄国。二子，即伯儵、叔刘。⑧赵姬：晋文公之女，赵衰之妻。盾：赵盾，其母为叔隗。⑨子余：赵衰字。⑩介之推：人名，晋文公臣，又作介子推。随文公出之不大出名的人物。⑪诬：欺骗。⑫下义其罪：下属把罪过视为合宜。义，宜。⑬求之：求赏。⑭怼：怨恨。⑮尤：罪。⑯不食其食：不该吃其俸禄。⑰身之文：身体的装饰。⑱田：封田。⑲志：记。⑳旌：表彰。

译文

起初，晋文公的小跟班头须，是掌管财物的。当晋文公在国外的时候，头须偷了财物离开，把这些钱都用来设法让晋文公回国。等到晋文公回来，头须请求进见。晋文公托辞说正在洗头。头须对仆人说：『洗头的时候心就倒过来，心倒了心意就反过来，无怪我不能被接见了。留在国内的人是国家的护卫，跟随在外的是背着马笼头和马缰绳的仆人，这也都是可以的，何必要怪罪留在国内的人？身为国君而怨恨普通人，害怕的人就多了。』仆人把这些话告诉晋文公，晋文公立刻接见了他。

狄人把季隗送回晋国，而请求她留下她的两个儿子。文公把女儿嫁给赵衰，生了原同、屏括、楼婴。赵姬请求接迎盾和他的母亲。赵衰辞谢不干。赵姬说：『得到新宠而把旧好忘记，以后还怎么使用别人？一定要把他们接回来。』赵姬坚决请求，赵衰才答应了。回来以后，赵姬认为赵盾有才，坚决向晋侯提请，把赵盾作为嫡子，而让她自己生的三个儿子居于赵盾之下，让叔隗作为正妻，而自己位居其下。

晋侯赏赐跟随他流亡的人，介之推没有提及禄位，禄位也没有给他。介之推说：『献公的儿子有九个，只有国君在世了。惠公、怀公没有亲近的人，国内国外都离弃他们。上天不绝晋国，一定会有君主。主持晋国祭祀的人，不是国君又是谁？这实在是上天立他为君，而他们几位却以为是自己的力量，这不是欺骗吗？偷别人的财物，尚且叫做盗，何况贪天之功把它当作自己的力量呢？下面的人把罪过当成合理，上面的人对欺骗加以封赏，上下相互欺瞒，这就难和他们相处了！』他母亲说：『你怎么不去求封赏？因为这样而死，又能怨谁？』介之推回答说：『明知错误而去做，错误就更大了。而且我口出不逊之言，不能吃他的俸禄。』他母亲说：『也让他知道一下，怎么样？』介之推回答说：『说话，是身体的掩饰。身体将要隐藏，哪里用得着文饰？这是去求显露罢了。』他母亲说：『你能够做到这样吗？我和你一起隐居起来。』于是就隐居而死。晋文公遍寻介之推不见，就把绵上作为他的封田，说：『用这来记载我的错误，而且表扬好人。』

原文

郑之人滑也，滑人听命。师还，又即卫。郑公子士、泄堵俞弥帅师伐滑[1]，王使伯服、游孙伯如郑请盟[2]。郑伯怨

惠王之入而不与厉公爵也③，又怨襄王之与卫、滑也④，故不听王命而执二子⑤。王怒，将以狄伐郑。富辰谏曰⑥：『不可。臣闻之，大上以德抚民⑦，其次亲亲以相及也⑧。昔周公吊二叔之不咸⑨，故封建亲戚以蕃屏周⑩。管、蔡、郕、霍、鲁、卫、毛、聃、郜、雍、曹、滕、毕、原、酆、郇⑪，文之昭也。邘、晋、应、韩⑫，武之穆也。凡、蒋、邢、茅、胙、祭⑬，周公之胤也。召穆公思周德之不类⑭，故纠合宗族于成周而作诗，曰：「常棣之华，鄂不韡韡⑮，凡今之人，莫如兄弟。」其四章曰：「兄弟阋于墙⑯，外御其侮。」如是，则兄弟虽有小忿，不废懿亲⑰。今天子不忍小忿以弃郑亲，其若之何？庸勋亲亲⑱，昵近尊贤，德之大者也。即聋从昧，与顽用嚚⑲，奸之大者也。弃德崇奸，祸之大者也。郑有平、惠之勋⑳，又有厉、宣之亲㉑，弃嬖宠而用三良㉒，于诸姬为近㉓，四德具矣。耳不听五声之和为聋，目不别五色之章为昧，心不则德义之经为顽㉔，口不道忠信之言为嚚，狄皆则之，四奸具矣。周之有懿德也，犹曰「莫如兄弟」，故封建之。其怀柔天下也，犹惧有外侮；扞御侮者㉕，莫如亲亲，故以亲屏周。召穆公亦云。今周德既衰，于是乎又渝周、召以从诸奸㉖，无乃不可乎？民未忘祸㉗，王又兴之，其若文、武何㉘？』王弗听，使颓叔、桃子出狄师㉙。

夏，狄伐郑，取栎。

王德狄人，将以其女为后。富辰谏曰：『不可。臣闻之曰：「报者倦矣，施者未厌。」狄固贪惏㉚，王又启之。女德无极㉛，妇怨无终㉜，狄必为患。』王又弗听。

注释

①公子士：郑国宗室即郑文公子。泄堵俞弥：郑大夫。②伯服、游孙伯：二人名，均为周大夫。③厉公：郑文公之父。④与：偏袒。⑤二子：指伯服和游孙伯。⑥富辰：周臣。⑦大上：为帝皇之世上圣之人。⑧其次：为三王以来之圣人。亲亲：亲近其亲族。⑨吊：伤感。二叔：指管叔、蔡叔。不咸：不同心，不和睦。⑩封建：公封建制。蕃屏

周：为周做藩篱屏障。⑪『管、蔡』……『郇』：为十六诸侯国，均为周文王之子的封国。⑫邘、晋、应、韩：四封国为周武王之子。⑬『凡、蒋、邢』……『祭』：六封国为周公之子。⑭召穆公：即召公虎，又称召伯虎，周厉王、宣王时大臣。不类：不善，衰微。⑮鄂：同『萼』。韡韡：光明。⑯阋：争讼，斗狠，争强。⑰懿：美。⑱庸勋：酬劳有功者。⑲与顽：交结冥顽者。用嚚：任用奸诈愚顽之人。⑳平、惠之勋：指周平王东迁，依靠郑而立国。周惠王因王子颓之乱出奔，也由郑返回。㉑厉、宣之亲：指郑始封之祖桓公友是周厉王的儿子，周宣王的弟弟。㉒弃嬖宠：指郑文公杀掉嬖臣申侯和宠子太子华。用三良：指信用叔詹、堵叔、师说。㉓诸姬：姬姓诸国。㉔不则：不遵循，不效法。㉕扞御：捍卫，抵御。㉖渝周、召：改变周公、召公的做法。渝，变。㉗民未忘祸：指王子带勾结狄人带给周人的祸难。㉘其若文、武何：言将废弃文王、武王的功业。㉙颓叔、桃子：二人皆周大夫。㉚惏：同『婪』。㉛女德无极：女人求其所得无止境。㉜妇怨无终：妇女欲望不得满足，则怨无终止。

译文

郑军进入滑国的时候，滑人听从命令。军队回去，滑国又归顺卫国。郑国的公子士、泄堵俞弥领兵进攻滑国。周天子派伯服、游孙伯到郑国请求不要攻打滑国。郑伯怨恨周惠王回到成周而不给厉公爵位，又记恨周襄王偏袒卫、滑两国，所以不服从周天子的命令而逮了伯服和游孙伯。周天子发怒，打算领着狄人攻打郑国。富辰劝阻说：『不可以。下臣听说，最高的人用德行来安抚百姓，其次的亲近亲属，由近到远。从前周公感伤管叔、蔡叔不得善终，因此把亲戚分封建制以作为周的遮屏。管、蔡、郕、霍、鲁、卫、毛、聃、郜、雍、曹、滕、毕、原、酆、郇各国，都为文王的儿子。邘、晋、应、韩各国，是武王的儿子。凡、蒋、邢、茅、胙、祭各国，是周公的后代。召穆公担心周德衰微，所以集合了宗族在成周赋诗，说：「郁李的花儿，花开是那样漂亮美丽，现在的人们，总不能亲近像自己兄弟。」它的第四章说：「兄弟们在墙里争吵，一到墙外就共同抗敌。」像这样，那么兄弟之间虽然有小小纷争，也不能废弃好亲属。现在您不忍耐小怨而丢弃郑国这门亲属，又能把它怎么办？酬有功者，爱护亲属，接近近臣，尊敬圣贤之人，这是德行中的大德。靠拢耳背的人，跟从昏暗的人，赞成固陋的人，使用奸诈的人，这是邪恶中的大恶。抛弃德行，推尚邪恶，这是祸患中的大祸。郑国有过帮助平王、惠王的动劳，又有厉王、宣王的亲属关系，郑国国君舍弃宠臣而选任三良，在姬姓诸国中属于近亲，四种德行都具有了。耳朵不能听到五声的唱和是耳背，眼睛不能辨别五色的文饰是昏暗，心里不学德义的常理是固陋，嘴里不说忠信的话是奸诈。狄人对这些进行仿效，四种邪恶都具备了。周室具有美德的时候，尚且说「总不能亲近得像兄弟」，所以分封建制。当它招揽天下的时候，尚且害怕有外界的侵略；抵御外界侵犯的措施，没有比亲近亲属再好的了，所以用亲属作为周室的屏障。召穆公也是这样说的。如今周室的德行已经衰微，而这时又改变周公、召公的措施以跟从各种邪恶，恐怕不可以吧？百姓没有忘记灾患，君王又把它挑起来，怎么来对待文王、武王呢？』周天子不采纳他的劝谏，派遣颓叔、桃子出动狄军。

夏，狄人攻打郑国，夺取了栎地。

周天子为了谢答狄人，准备把狄君的女儿作为王后。富辰劝阻说：『不行。臣听说：「报答的人已经厌倦了，施恩的人还没有满足。」狄人本来贪婪，而您又刺激他们。女子的德行没有尽头，妇人的怨恨没有终了，狄人必然成为祸患。』周天子又不采纳。

原文

初，甘昭公有宠于惠后[①]，惠后将立之，未及而卒。昭公奔齐，王复之，又通于隗氏[②]。王替隗氏[③]。颓叔、桃子曰：『我实使狄，狄其怨我。』遂奉大叔，以狄师攻王。王御士将御之[④]，王曰：『先后其谓我何[⑤]？宁使诸侯图之。』王遂出。及坎欿⑥，国人纳之。

秋，颓叔、桃子奉大叔，以狄师伐周，大败周师，获周公忌父、原伯、毛伯、富辰。王出适郑，外于氾⑦。大叔以隗氏居于温。

郑子华之弟子臧出奔宋，好聚鹬冠⑧。郑伯闻而恶之，使盗诱之。八月，盗杀之于陈、宋之间。

君子曰：『服之不衷⑨，身之灾也。《诗》曰：「彼己之子，不称其服。」子臧之服，不称也夫！《诗》曰：「自诒伊戚。」其子臧之谓矣。《夏书》曰：「地平天成⑩。」称也。』

宋及楚平，宋成公如楚。还，入于郑。郑伯将享之，问礼于皇武子⑪。对曰：『宋，先代之后也，于周为客。天子有事膰焉⑫，有丧拜焉。丰厚可也。』郑伯从之，享宋公有加⑬，礼也。

注释

①甘昭公：即王子带，周惠王之子，周襄王之弟，封于甘，昭为其谥号。惠后：襄王、王子带之母。②通：通奸。隗氏：周襄王新娶狄女，立为王后。③替：废。④王御士：襄王之侍卫亲兵。⑤先后：其母惠后。⑥坎欿：地名，在今河南省巩县东南。⑦氾：地名，在今河南省襄城县南一带，因周襄王曾出居于此，故名为襄城。⑧鹬冠：用鹬羽毛做冠。鹬，水鸟名。⑨不衷：不合适。⑩地平天成：大地平静，上天成全。⑪皇武子：郑卿。⑫膰：宗庙祭肉，此用作动词，即致胙于宋。⑬有加：正礼外又有所加。

译文

起初，甘昭公受到惠后的宠信，惠后打算立他为嗣君，没有来得及惠后去世了。昭公逃亡到齐国，周天子让他回来，他又和隗氏私通。周天子废弃隗氏。颓叔、桃子说：『狄人之所以这样，是我们指使的，狄人会记我们的仇。』

就奉事太叔攻打周天子。周天子的侍卫人员准备抵御他们，周天子说：『倘若杀死太叔，先王后将会说我什么？宁可让诸侯来出主意。』周天子于是就离开成周，到达坎欿，都城里的人又把周天子接回去。

秋，颓叔、桃子奉事太叔率领狄人的军队进攻成周，周军大败，俘虏了周公忌父、原伯、毛伯、富辰。周天子离开成周去郑国，住在汜地。太叔和隗氏住在温地。

郑国子华的兄弟子臧流亡到宋国，喜欢收集鹬毛冠。郑伯听到了很反感，让人骗他出来。八月，骗他出来的人把他杀死在陈国和宋国交界的边境。

君子说：『衣服的不合适，对身体来说是灾祸。《诗》说：「那一个人啊，和他的服饰不能相称。」子臧的服饰，那就不相称啊！《诗》说：「自己给自己找来忧戚。」这话用于子臧正恰当。《夏书》说：「大地平静，上天成全。」这就是上下相宜了。』

宋国和楚国讲和，宋成公到楚国。回国时，进入郑国。郑文公打算设享礼招待他，向皇武子询问礼节事项。皇武子回答说：『宋国是先朝的后代，在周室是客人。天子祭祀祖庙，要送给他祭肉；有了丧事，宋国国君来吊唁，天子是要答拜的。招待他不管多丰盛都是可以的。』郑文公听从皇武子的话，设享礼招待宋公，比常礼有所厚待，这是合于礼的。

原文

冬，王使来告难，曰：『不谷不德，得罪于母弟之宠子带，鄙在郑地汜①，敢告叔父。』臧文仲对曰：『天子蒙尘于外②，敢不奔问官守③？』王使简师父告于晋④，使左鄢父告于秦⑤。天子无出，书曰「天王出居于郑」，辟母弟之难也⑥。天子凶服、降名⑦，礼也。

郑伯与孔将钼、石甲父、侯宣多省视官、具于汜[8]，而后听其私政，礼也。

卫人将伐邢，礼至曰[9]：『不得其守[10]，国不可得也[11]。我请昆弟仕焉[12]。』乃往，得仕。

注释

①鄙：野居，僻居。②蒙尘：天子逃亡在外，蒙受风尘。③官守：居官职的人，指天子的群臣。④简师父：周大夫。⑤左鄢父：周大夫。⑥母弟：同母弟弟。⑦凶服：素服。降名：天子当自称余一人，不谷是诸侯自称，周天子用不谷自称，是降低自己的名分。⑧孔将钼、石甲父、侯宣多：三人皆为郑大夫。⑨礼至：卫大夫。⑩不得其守：不除去邢国守官。⑪国不可得：不能得到邢国。⑫昆弟：兄弟。

译文

冬，周天子的使者前来告知发生的祸难，说：『不谷缺乏德行，得罪了母亲所宠爱的子带，如今僻处在郑国的汜地，谨敢以此报告叔父。』臧文仲回答说：『天子在外边蒙受尘土，岂敢不赶紧去侍奉左右？』周天子派简师父到晋国报告，派左鄢父到秦国报告。天子无所谓出国，《春秋》记载说『王出居于郑』，说的是由于躲避兄弟所造成的灾难。天子穿着凶服，自称『不谷』，这是合于礼的。

郑文公和孔将钼、石甲父、侯宣多到汜地问候天子的官员和检查给天子供给的器具，然后听取关于郑国的政事，这是合于礼的。

卫国人打算攻打邢国，礼至说：『不做他们的官，国家是不能够得到的。我请求让我们兄弟去邢国做官。』于是他们就去了邢国，做了官。

僖公二十五年

原文

二十五年春，卫人伐邢，二礼从国子巡城①，掖以赴外②，杀之。正月丙午③，卫侯燬灭邢。同姓也，故名。礼至为铭曰④：『余掖杀国子，莫余敢止⑤。』

秦伯师于河上，将纳王。狐偃言于晋侯曰：『求诸侯⑥，莫如勤王⑦。诸侯信之，且大义也。继文之业而信宣于诸侯⑧，今为可矣。』

使卜偃卜之，曰：『吉。遇黄帝战于阪泉之兆。』公曰：『吾不堪也。』对曰：『周礼未改。今之王，古之帝也。』公曰：『筮之。』筮之，遇大有䷍之睽䷥⑨，曰：『吉。遇「公用享于天子⑩」之卦。战克而王飨，吉孰大焉？且是卦也，天为泽以当日⑪，天子降心以逆公⑫，不亦可乎？大有去睽而复⑬，亦其所也。』

注释

①二礼：指礼至兄弟二人。国子：邢国大臣。②掖以赴外：挟持到城外。掖，扶住胳膊。③丙午：二十日。④为铭：于器具上铭刻其功。⑤莫余敢止：『莫敢止余』的倒装。⑥求诸侯：指求得诸侯拥护。⑦勤王：勤劳王事。⑧文：指晋文侯，曾经帮助平王东迁，匡扶周室。⑨大有：六十四卦之一，卦象为乾下离上。睽：六十四卦之一，卦象为兑下离上。⑩公用享于天子：为《易经》大有卦的九三爻辞。⑪天为泽以当日：指大有卦下卦为乾，乾为天；变为兑卦，兑为泽。而大有卦上卦为离，离为日；离卦未变，于大有卦，居乾之上，于睽卦，居兑之上，故称当日。⑫降心：降格，乾为天而在离日之下，故称『天子降心』。⑬大有去睽而复：指大有卦变为睽卦而终将回到大有卦。因天子『富有四海』，才能称为『大有』，意为天子将复位。

译文

二十五年春季，卫国人进攻邢国。礼至和他弟弟跟随国子在城上巡视。两人趁国子没有防备，左右挟持其臂，将他扔到城外，把他杀害。正月二十日，卫文公灭亡了邢国。由于卫国灭掉了自己的同姓之国的缘故，因此《春秋》直书卫文公的名字。礼至后来曾写了铭文说：『我挟持杀死了国子，没有人敢阻止我。』

秦穆公领兵在黄河边上驻军，准备护送周天子回朝。狐偃对晋文公说：『要取得诸侯的爱戴，最好的办法是为天子效劳。这样不但能得到诸侯的信任，而且符合大义。不但能继续发展文侯事业，而且能在诸侯中提高声誉。现在有机会了。』

晋文公让卜偃占卜，卜偃说：『吉利。得到了黄帝在阪泉作战的预兆。』文公说：『我哪里比得上黄帝呢？实在不敢比。』卜偃回答说：『周朝的礼制还没有改变。现在的王，就是古代的帝。』文公说：『占筮一下。』结果得到大有卦变成睽卦。卜偃说：『吉利。得到「公被天子设宴款待」这一卦，表明在战胜以后，天子将设酒宴款待您。还有比这更大的吉利吗？而且这一卦，天变为水泽以承受太阳的照射，意味着天子将破格迎接您，这不是很好吗？大有卦变成睽卦，而后又回到本卦，这表明天子就要回朝。』

原文

晋侯辞秦师而下。三月甲辰[①]，次于阳樊[②]。右师围温，左师逆王。夏，四月丁巳[③]，王入于王城，取大叔于温[④]，杀之于隰城[⑤]。

戊午[⑥]，晋侯朝王，王享醴，命之宥。请隧[⑦]，弗许，曰：『王章也[⑧]。未有代德而有二王[⑨]，亦叔父之所恶也。』与之阳樊、温、原、欑茅之田。晋于是始启南阳。

阳樊不服，围之。苍葛呼曰⑩：『德以柔中国，刑以威四夷，宜吾不敢服也。此谁非王之亲姻⑪，其俘之也？』乃出其民⑫。

秋，秦、晋伐鄀。楚斗克、屈御寇以申、息之师戍商密⑬。秦人过析隈⑭，入而系舆人以围商密⑮，昏而傅焉⑯。宵⑰，坎血加书⑱，伪与子仪、子边盟者。商密人惧曰：『秦取析矣，戍人反矣！』乃降秦师。秦师囚申公子仪、息公子边以归。楚令尹子玉追秦师，弗及。遂围陈，纳顿子于顿。

注释

①甲辰：十九日。②阳樊：在今河南省济源县东南。③丁巳：初三日。④大叔：即王子带。⑤隰城：地名，位于今河南省武陟县境。⑥戊午：四月初四日。⑦请隧：请求死后用隧葬。隧葬为古代天子葬礼。⑧王章：王者所享的典章礼制。⑨代德：取代周室之德。二王：两个天子，指诸侯用天子的葬礼。⑩苍葛：阳樊人。⑪此：指阳樊，即在阳樊的人，均为天子的亲戚。⑫出：放出。⑬斗克：字子仪，时为楚地方长官申公。屈御寇：字子边，时为楚地方长官息公。⑭隈：河水弯曲处。⑮舆人：众人。或为士兵，或为役卒。⑯昏而傅：黄昏而逼近城下。⑰宵：夜里。⑱坎血：掘地为坎。杀牲取血以告神，即歃血。加书：即将盟书放在上面。

译文

晋文公辞退了秦军，顺黄河而下。三月十九日，军队在阳樊驻军，右军包围了温国，左军迎接周天子。夏季，四月初三日，天子进入王城，文公在温国捉获了太叔，在隰城将其杀害。

四月初四日，晋文公朝见了周天子，周天子用甜酒款待他，并允许他向自己敬酒。文公向天子请求在他死后能以天子之礼葬在隧道，天子没有答应，说：『这是天子的典章制度。还没有具备足以取代周朝的厚德，却有了两个天子，我想这也是您所不喜欢的。』于是把樊、温、原、攒茅等地赐给了文公。晋国从这个时候才开始开辟南阳的疆土。

由于阳樊人不归顺晋国，于是晋军包围了它。阳樊人苍葛大声喊道：『招抚中原各国只能使用德行，对四方夷狄才使用刑罚来威慑。你们这样威胁我们，我们肯定不会归顺。这里的人谁不是天子的亲戚，你们难道能俘虏他们吗？』于是晋军便把阳樊的百姓放出城外。

秋季，秦国和晋国联合攻打鄀国。楚国的斗克、屈御寇率领申国、息国军队保卫鄀国国都商密。秦军经过析地，从丹江拐弯处抄近道，并且将自己的士兵捆绑起来假装析地的俘虏，进而包围了商密，黄昏时逼近城下。夜里掘地杀牲，把盟书放在上面，假装和斗克、屈御寇歃血盟誓的样子。商密人很害怕，说：『秦国人已占领析地了，戍守的斗克、屈御寇背叛了我们！』于是就投降了秦军。秦军抓获了申公斗克、息公屈御寇回国。楚国令尹子玉率军追赶秦军，未能赶上。于是就把陈国包围，把顿子送回了顿国。

原文

冬，晋侯围原，命三日之粮。原不降，命去之。谍出[①]，曰：『原将降矣。』军吏曰：『请待之。』公曰：『信，国之宝也，民之所庇也[②]。得原失信，何以庇之？所亡滋多。』退一舍而原降[③]。迁原伯贯于冀。赵衰为原大夫，狐溱为温大夫。

卫人平莒于我[④]。十二月，盟于洮[⑤]，修卫文公之好，且及莒平也。

晋侯问原守于寺人勃鞮[⑥]，对曰：『昔赵衰以壶飧从径[⑦]，馁而弗食[⑧]。』故使处原。

注释

①谍：间谍。②庇：庇佑，保护。③所亡滋多：所失去的更多。舍：一舍三十里。④平：调解使和好。⑤洮：鲁地。⑥勃鞮：即寺人披。⑦飧：水泡饭，装在壶里，所以叫壶飧。径：行。⑧馁：饥饿。

译文

冬季，晋文公包围了原国，准备在三天内攻下，因此下令准备三天的军粮。但到了三天，原国还不归降，文公就下令撤兵。这时间谍从城里出来说：『原国打算投降了。』军官对文公说：『暂且等一下吧。』文公说：『信用是国家之宝，百姓也要靠它来庇护。如果我们得到原国，却失去了信用，那么将用什么来庇护百姓？这样失去的东西就更多。』于是退兵三十里，后来原国还是归降了。文公把原国国君贯迁至冀地，然后任命赵衰为原大夫，狐溱为温大夫。

卫国人出面调和莒国和鲁国的关系。十二月，僖公和卫子、莒庆在洮地结盟，大家重新回顾了卫文公时期的友好关系，同时和莒国讲和。

晋文公向寺人披询问有关镇守原地的人选时，寺人披举荐赵衰：『从前，赵衰提着壶携带着食物跟随您，有时您行大道，他一人走小道，虽然很饿，也从不敢吃您的食物。』于是文公就任命赵衰为原大夫。

僖公二十六年

原文

二十六年春，王正月，公会莒兹丕公、宁庄子盟于向[1]，寻洮之盟也。

齐师侵我西鄙，讨是二盟也[2]。

夏，齐孝公伐我北鄙。卫人伐齐，洮之盟故也。

注释

①兹丕：莒公之号，莒国君无谥有号。向：莒地名。②二盟：指鲁与宫、卫在洮与向的二次盟会。

译文

二十六年春，周历正月，僖公会见莒兹丕公、宁庄子，在向地结盟，重结洮地盟会之好。

齐国军队侵犯我国西部边境，表示对洮、向两次盟会的不满。

夏，齐孝公进攻我国北部边境。卫军攻打齐国，这是卫国履行洮地盟约的缘故。

原文

公使展喜犒师[1]，使受命于展禽[2]。齐侯未入竟[3]，展喜从之，曰：「寡君闻君亲举玉趾，将辱于敝邑[4]，使下臣犒执事[5]。」齐侯曰：「鲁人恐乎？」对曰：「小人恐矣，君子则否。」齐侯曰：「室如县罄[6]，野无青草，何恃而不恐？」对曰：「恃先王之命。昔周公、大公股肱周室，夹辅成王。成王劳之而赐之盟，曰：『世世子孙，无相害也。』载在盟府[7]，大师职之[8]。桓公是以纠合诸侯而谋其不协，弥缝其阙而匡救其灾，昭旧职也[9]。及君即位，诸侯之望曰：『其率桓之功[10]！』我敝邑用不敢保聚[11]，曰：『岂其嗣世九年而弃命废职[12]？其若先君何？君必不然。』恃此以不恐。』齐侯乃还。

注释

①展喜：鲁大夫。犒师：以酒肉食品犒劳军队。②展禽：鲁大夫，名获，字禽。一说食邑于柳下，说居于柳下，故又称柳下惠，为春秋时有名的贤人。③竟：同『境』。④辱于敝邑：谦词，即屈尊光临敝国。⑤执事：指左右侍从。⑥室如县罄：即一无所有。县，同『悬』；罄，同『磬』。⑦载：即盟约。盟府：收藏盟约的府库。⑧大师：太史。职：主管。⑨昭旧职：发扬太公辅佐周室的固有职责。⑩率桓之功：遵循桓公的功业。率，循。⑪用：因。保聚：保城聚众。⑫其嗣世：齐桓公后继之君，即孝公。

译文

僖公派遣展喜犒劳军队，派他向展禽请教怎么办。齐孝公没有进入我国国境，展喜出境跟着，说：『寡君听说君王亲自出动大驾，将要光临敝邑，所以派遣下臣来犒劳您的左右侍从。』齐侯说：『鲁国人胆怯吗？』展禽回答说：『小人害怕了，君子则不害怕。』齐孝公说：『房屋中像挂起的磬一样空无一物，四野里连青草都没有，没有凭借为什么不害怕？』展喜回答说：『靠着先王的命令。从前周公、太公辅佐周室，在左右协助成王。成王慰劳他们，赐给他们盟约，说：「世世代代的子孙不要互相侵扰。」这个盟约藏在盟府之中，由太史主管。桓公因此纠合诸侯，而商讨解决他们之间的不和谐，弥补他们的缺失，而救济他们的灾难，这都是显扬过去的职责。等君王即位，各国期望着说：「他会继续桓公的功业罢！」我敝邑因此不敢保城聚众，说：「难道他即位九年，就丢弃王命、不尽职责？他怎么对待先君？他一定不会如此。」靠着这个，所以不害怕。』齐孝公就收兵回国了。

原文

东门襄仲、臧文仲如楚乞师[①]。臧孙见子玉而道之伐齐、宋[②]，以其不臣也。

夔子不祀祝融与鬻熊[③]，楚人让之。对曰：『我先王熊挚有疾[④]，鬼神弗赦，而自窜于夔，吾是以失楚，又何祀焉？』秋，楚成得臣、斗宜申帅师灭夔[⑤]，以夔子归。

宋以其善于晋侯也[⑥]，叛楚即晋。冬，楚令尹子玉、司马子西帅师伐宋，围缗。

公以楚师伐齐，取谷。凡师，能左右之曰『以』。置桓公子雍于谷，易牙奉之，以为鲁援。楚申公叔侯戍之[⑦]。

桓公之子七人，为七大夫于楚。

注释

①东门襄仲：即公子遂，为将而治东门，因以为氏。臧文仲：即臧孙辰。②臧孙：即臧文仲。道：引导、带领。③祝融与鬻熊：祝融、鬻熊都是楚国的先祖。夔：国名，与楚同姓。④熊挚：楚国嫡子，有病不得嗣位，故另封于夔，为楚附庸。⑤成得臣：即令尹子玉。斗宜申：即司马子西。⑥善于晋侯：宋曾与晋文公相友善。⑦申公叔侯：楚臣，此次将兵者。

译文

东门襄仲、臧文仲到楚国请求发兵。臧孙进见子玉而带领他进攻齐、宋两国，因为它们不肯奉事楚国。

夔子不祭祀祝融和鬻熊，楚人埋怨他。夔子回答说：『我们的先王熊挚身缠疾病，鬼神不肯赦免他，所以自己流窜到夔，我国因此失去楚国的增援，又祭祀什么？』秋，楚国的成得臣、斗宜申领兵灭亡夔国，捉夔子回国。

宋国因为他们曾经对晋文公表示友善，所以背叛楚国而亲近晋国。冬，楚国的令尹子玉、司马子西领兵攻打宋国，把缗地包围。

僖公率领楚国军队攻打齐国，占领了谷地。凡是出兵，能够随意统领别国军队叫做『以』。把齐桓公的儿子雍迁在谷地，易牙奉事他作为鲁国的后援。楚将申公叔侯领兵戍守谷地。齐桓公有七个儿子，在楚国做大夫。

两江名胜图(之二) 明·沈周

《两江名胜图》之二为《杭州下天竺寺图》，画中寺院掩映在万木丛中，雾霭缭绕，流泉跳珠，一派梵宫胜地幽雅和宁静的气氛。

僖公二十七年

原文

二十七年春，杞桓公来朝。用夷礼，故曰『子』。公卑杞，杞不共也①。

夏，齐孝公卒。有齐怨，不废丧纪②，礼也。

秋，入杞，责无礼也。

楚子将围宋，使子文治兵于睽③。终朝而毕④，不戮一人。子玉复治兵于蒍，终日而毕，鞭七人，贯三人耳⑤。国老皆贺子文⑥。子文饮之酒，蒍贾尚幼⑦，后至，不贺。子文问之。对曰：『不知所贺？子之传政于子玉，曰：「以靖国也。」靖诸内而败诸外，所获几何？子玉之败，子之举也。举以败国，将何贺焉？子玉刚而无礼，不可以治民。过三百乘，其不能以入矣⑧。苟入而贺，何后之有？』

注释

①共：同『恭』。鲁公蔑视杞用夷礼，以为不恭敬。②丧纪：丧事的总称。③子文：前令尹。治兵：此指临战前的军事演习。④终朝：一个早上，即从旦至食时。⑤贯耳：用箭穿耳。⑥国老：离任的国家的卿大夫等官员。⑦蒍贾：楚大夫，字伯嬴，孙叔敖之父。⑧入：率全军回国。

译文

二十七年春季，杞桓公来鲁国朝见。因为他朝见时采用夷人的礼仪，所以《春秋》称他为『子』。僖公因为他行夷人之礼不够恭敬而看不起他。

夏季，齐孝公去世。鲁国虽然对齐国记恨，但并没有因此而抛弃对齐国的丧礼，这是合乎礼的。

秋季，鲁国的公子遂领兵攻入杞国，前去责难杞桓公朝见鲁国时的无礼举动。

楚成王准备围攻宋国，派子文在睽地训练士兵。子文一个早上就操练完毕了，而且没有惩罚一个人。子玉又在蒍地操练，练了一天才结束，而且因其军纪严厉，刑法残酷，一天下来鞭打七人，用箭穿耳三人。楚国的老臣都前去祝贺子文推荐的子玉有能力。子文请大家饮酒，此时蒍贾年纪还小，最后才到，而且不祝贺子文。子文问他原因，他回答说：『我不知道有什么可祝贺的？您把大权传给子玉，说：「这是为了安定国家。」这样国内虽然能获得暂时的安定，但对外作战却可能要失败，所得到的有多少？子玉如果作战失败，也是由于您的推荐，举荐一个使国家失败的人，还值得祝贺吗？子玉刚愎而无礼，不能让他治理百姓。如果他率领超过三百乘的军队，恐怕他就很难安然无恙地回国了。如果他能安全回国，再来祝贺也不迟吧？』

原文

冬，楚子及诸侯围宋。宋公孙固如晋告急[①]。先轸曰[②]：『报施救患，取威定霸，于是乎在矣[③]。』狐偃曰：『楚始得曹而新昏于卫，若伐曹、卫，楚必救之，则齐、宋免矣。』于是乎蒐于被庐[④]，作三军，谋元帅。赵衰曰：『郤縠可[⑤]。臣亟闻其言矣[⑥]，说礼乐而敦《诗》、《书》[⑦]。《诗》、《书》，义之府也[⑧]。礼、乐，德之则也。德、义，利之本也。《夏书》曰：「赋纳以言，明试以功[⑨]，车服以庸[⑩]。」君其试之。』乃使郤縠将中军，郤溱佐之[⑪]；使狐偃将上军，让于狐毛，而佐之；命赵衰为卿[⑫]，让于栾枝，先轸，使栾枝将下军，先轸佐之。荀林父御戎，魏犨为右。

注释

①公孙固：宋庄公之孙。②先轸：即原轸，晋臣。③于是乎在：『在于是乎』的倒装。④蒐：检阅军队。⑤郤

縠：晋臣。⑥亟：多次。⑦说：同「悦」。敦：治。⑧府：府库。⑨明试以功：根据功迹考察其能力。⑩车服以庸：用车马、衣服的等次酬报其功绩的大小。⑪郤溱：晋大夫。⑫命赵衰为卿：令赵衰为下军将佐。晋之三军将佐皆为卿。

译文

冬季，楚成王和陈、蔡、郑、许等国联合发兵，包围了宋国。宋国的公孙固到晋国报告了这一紧急军情。晋国的先轸说：「报答宋襄公赠马之恩，解救被困宋国的灾患，在诸侯中树立威望，成就晋国的霸业，就在此一举了。」狐偃说：「楚国刚刚得到曹国不久，又与卫国新近联姻。如果我们攻打曹、卫两国，楚国必然前去增援，这样宋国甚至连齐国也都能解围了。」于是晋国在庐地举行了大规模的阅兵仪式，把部队编成三个军，并商讨谁做元帅。赵衰说：「郤縠可以。我从他多次的谈话中，了解到他爱好礼乐，注重《诗》、《书》。《诗》和《书》，是道义之所在。礼和乐，是德行的规矩。德行和道义，是利益的根本。《夏书》说：「使用一个人就要倾听他的意见，并交给他一项任务尝试一下。如果他有了功绩，就赐以车马服饰作为酬劳。」君王不妨试一试。」这样晋文公就委派郤縠率领中军，郤溱为副帅；任命狐偃率领上军，但狐偃让他弟弟狐毛率领，自己为副帅；委派赵衰为卿，即率领下军，可是赵衰让给了栾枝和先轸，栾枝为主帅，先轸为副帅。荀林父驾驭战车，魏犨为车右。

原文

晋侯始入，而教其民。二年，欲用之①。子犯曰：「民未知义，未安其居。」于是乎出定襄王②，入务利民，民怀生矣③。将用之。子犯曰：「民未知信，未宣其用④。」于是乎伐原以示之信。民易资者⑤，不求丰焉⑥，明征其辞⑦。公曰：「可矣乎？」子犯曰：「民未知礼，未生其共⑧。」于是乎大蒐以示之礼⑨，作执秩以正其官⑩。民听不惑，而后用之。出谷戍，释宋围。一战而霸⑪，文之教也⑫。

注释

①用之：用民于征伐之事。②定襄王：指僖公二十五年晋侯出兵帮助周襄王复位之事。③怀生：安于生计。④宣：明了。用：措施。⑤易资：以货物交换资财。⑥不求丰：即不求高价谋利。⑦征：证明。辞：言辞，这里指卖货物时所标的价格。⑧共：通『恭』。⑨大蒐：大规模的阅兵。⑩作：开始设置。执秩：管理爵禄秩位的官。正其官：使国家官吏的设置合于正规。⑪一战而霸：指明年城濮之战，晋获大胜而为诸侯霸主。⑫文：晋文公。

译文

当初晋文公刚一回国，就开始训练百姓。训练了两年，就想调用他们。子犯说：『国家战乱多年，如今百姓还不明白道理，不能够安居乐业，不可使用。』于是文公就出兵救助周襄王，帮助他安定王位，回国后又致力于为百姓谋求福利，百姓就逐渐生活安定了。这时文公又打算使用他们。子犯说：『目前百姓不知道您有无信用，也还不了解信用的作用，不宜使用。』于是文公就又通过攻打原国向百姓说明他讲究信用。从此，百姓之间交易商品不求多得，明码标价，公平合理。文公问：『现在行了吧？』子犯说：『百姓还不知道礼仪，还不能做到尊敬长辈和上司，时机未到。』于是文公就又举行大规模的阅兵仪式，从而使百姓知道什么是礼仪，并设置执秩一官负责掌握爵禄等级，以使官员各归其位，各司其职。这样，百姓才服从调遣，不再迷惑，然后再使用他们。结果就赶走了驻扎在谷地的楚军，并解了宋国之围。只凭一次战争就称霸于诸侯，这都是文公注重教化的结果。

僖公二十八年

原文

二十八年春，晋侯将伐曹，假道于卫，卫人弗许。还，自南河济[1]，侵曹伐卫。正月戊申[2]，取五鹿[3]。二月，晋郤縠卒。原轸将中军，胥臣佐下军，上德也[4]。晋侯、齐侯盟于敛盂[5]。卫侯请盟，晋人弗许。卫侯欲与楚，国人不欲，故出其君以说于晋[6]。卫侯出居于襄牛[7]。

注释

①南河：即南津，又称棘津、济津、石济津，在现今河南省淇县之南一带，延津县之北部。②戊申：初九日。③五鹿：卫地，在今河南省濮阳县南部。④上德：即尚德，崇尚德行。⑤敛盂：卫地名，在现今的河南省濮阳县东南部。⑥出：赶走。说：同『悦』。⑦襄牛：卫地，在今山东省范县境内。

译文

二十八年春季，晋文公准备进攻曹国，便向卫国借道，卫国人没有答应。于是晋军就绕道从卫国南面渡河，袭击曹国，并攻打卫国。正月初九日，夺取了五鹿。二月，郤縠死去。原轸即先轸率领中军，胥臣出任下军副帅。因为先轸有德，所以才提拔他接任郤縠。晋文公和齐昭公在敛盂结盟。卫成公请求也参加会盟，晋国不同意。卫成公想亲近楚国，但国内的人们不愿意，于是他们就赶走了成公，讨好晋国。卫成公离开了国都后住在襄牛。

原文

公子买戍卫[1]，楚人救卫，不克。公惧于晋，杀子丛以说焉。谓楚人曰：『不卒戍也[2]。』

晋侯围曹，门焉[3]，多死[4]，曹人尸诸城上，晋侯患之。听舆人之谋[5]，称『舍于墓[6]』。师迁焉，曹人凶惧，为其所得者，棺而出之。因其凶也而攻之。三月丙午⑦，入曹。数之⑧，以其不用僖负羁而乘轩者三百人也⑨。且曰献状⑩。令无入僖负羁之宫而免其族，报施也⑪。魏犨、颠颉怒曰：『劳之不图⑫，报于何有？』爇僖负羁氏⑬。魏犨伤于胸。公欲杀之而爱其材，使问⑭，且视之。病⑮，将杀之。魏犨束胸见使者曰：『以君之灵⑯，不有宁也⑰？』距跃三百⑱，曲踊三百。乃舍之⑲。杀颠颉以徇于师⑳，立舟之侨以为戎右㉑。

注释

①公子买：鲁国宗室，字子丛。②不卒戍：驻守不满期。③门焉：攻打曹国城门。④多死：曹守门甚坚，晋军攻城门者多战死。⑤舆人：众人。⑥舍于墓：在曹人墓地宿营。⑦丙午：初八日。⑧数之：数说曹君之罪。⑨乘轩者：指坐车子的官员。⑩献状：观状，即先责其用人之过，然后诛观状之罪。观状指观晋文公骈肋的罪状。⑪报施：报答重耳过曹时，僖负羁赠食、赠玉之惠。⑫劳之不图：指对有功劳的尚不考虑行赏，魏犨、颠颉均有从亡之劳。⑬爇：烧。⑭问：馈送东西。⑮病：即伤势重。⑯灵：威灵。⑰不有宁：不敢自图安定。⑱距跃三百：向上跳跃多次。三百，虚数，并非实指。⑲舍：舍而不杀。⑳徇：示众。㉑舟之侨：本虢臣，于闵公二年投奔晋。

译文

就在这个时候，鲁国的大夫公子买戍守卫国。楚国人救援卫国，未能得胜。鲁僖公因此而害怕晋国讨伐自己，于是就把公子买杀了以讨好晋国。又对楚国人谎称：『因为他没有等驻守到期就想回去，所以才杀了他。』

晋文公包围了曹国，攻打城门时，晋军死伤很多。曹国人把晋国人的尸体悬挂在城上，晋文公非常担忧。于是便采纳了役卒的建议，扬言『要把军队驻扎在曹国人的墓地上，以掘墓曝尸』。并让军队迁至墓地，曹国人这才害怕了，急忙把他们得到的晋军尸体入殓运了出来。晋国人趁曹国人胆怯攻打城门。三月初八日，攻克曹都。文公责难曹共公任用三百多大夫，却不用僖负羁。并且说过去你偷看我肋骨，现在我让你看个够。还命令不准进入僖负羁的住宅，饶恕他的族人，以报其馈赠食物和玉璧之恩。魏犨、颠颉对此很恼火，说：『对我们这些有功劳的人都想不到，还谈什么报答僖负羁？』于是就放火烧了僖负羁的住宅。此时魏犨胸部受伤，文公想把他杀了，但又舍不得他的才干，便派人前去慰问，同时观察病情。如果他受伤过重，就打算杀了他。魏犨包住胸部，出来会见使者，说：『托国君的福，你看我这不是很健康吗？』说完就向前跳了几次，又回身跳了几次，以此表示他受伤不重。于是晋文公就放弃了杀他的念头，但还是杀了颠颉以通报全军，让舟之侨代替魏犨任车右。

原文

宋人使门尹般如晋师告急①。公曰：『宋人告急，舍之则绝，告楚不许。我欲战矣，齐、秦未可，若之何？』先轸曰：『使宋舍我而赂齐、秦，藉之告楚。我执曹君而分曹、卫之田以赐宋人。楚爱曹、卫，必不许也。喜赂怒顽②，能无战乎？』公说，执曹伯，分曹，卫之田以畀宋人③。

楚子入居于申④，使申叔去谷，使子玉去宋，曰：『无从晋师！晋侯在外十九年矣，而果得晋国。险阻艰难，备尝之矣；民之情伪⑤，尽知之矣。天假之年⑥，而除其害⑦。天子所置，其可废乎？《军志》曰⑧：「允当则归⑨。」又曰：「知难而退。」又曰：「有德不可敌。」此三者志⑩，晋之谓矣。』

子玉使伯棼请战⑪，曰：『非敢必有功也，愿以间执谗慝之口。』王怒⑫，少与之师，唯西广、东宫与若敖之六卒实从之⑬。

子玉使宛春告于晋师曰⑭：『请复卫侯而封曹，臣亦释宋之围。』子犯曰：『子玉无礼哉！君取一、臣取二⑮，不可失矣。』先轸曰：『子与之！定人之谓礼。楚一言而定三国，我一言而亡之。我则无礼，何以战乎？不许楚言，是弃宋也。教而弃之，谓诸侯何？楚有三施，我有三怨，怨仇已多，将何以战？不如私许复曹、卫以携之⑯，执宛春以怒楚，既战而后图之。』公说，乃拘宛春于卫，且私许复曹、卫。曹、卫告绝于楚。

子玉怒，从晋师⑰，晋师退。军吏曰：『以君辟臣⑱，辱也。且楚师老矣⑲，何故退？』子犯曰：『师直为壮⑳，曲为老，岂在久乎？微楚之惠不及此㉑，退三舍辟之，所以报也。背惠食言，以亢其仇㉒，我曲楚直。其众素饱，不可谓老。我退而楚还，我将何求？若其不还，君退臣犯，曲在彼矣。』退三舍。楚众欲止，子玉不可。

注释

①门尹般：宋国大夫，也是宋国的重臣。②怒顽：即恼怒楚国的顽固。③畀：给予。④楚子：楚成王。申：楚之大邑，在今河南省南阳市。⑤情伪：真伪。情，实。⑥年：年寿。⑦除其害：扫除危害他的政敌，指晋惠公、怀公、吕甥、郤芮等。⑧《军志》：古代兵书，已佚。⑨允当则归：指敌我力量相当，有适当收获应收兵，即适可而止。⑩三志：三条记载。志，记。⑪伯棼：即斗椒，字子越，斗伯比孙。⑫王：指楚成王。⑬西广：指楚国右军的兵车。东宫：楚太子所属的军队。若敖：子玉的祖父，即子玉同族子弟所组成的亲兵。六卒：一百八十辆。兵车三十辆为一卒。⑭宛春：楚大夫。⑮君取一、臣取二：晋文公为国君，只取一个释宋之围的好处，子玉为楚臣，却取得复卫和封曹两个好处。⑯携之：指拉拢曹、卫，一说指离间曹、卫与楚的关系。⑰从晋师：向晋军进攻。⑱辟：通『避』。⑲老：疲惫，无斗志。⑳师直：指师出有名，即理直。㉑微：无。㉒亢：通『抗』。一作庇护解。

译文

宋国人派大夫门尹般到晋国军队报告紧急军情。晋文公说：『宋国向我们求救，如果不理它，就会断绝两国关系。请求楚国撤兵，楚国又不肯。我们想作战，齐国和秦国又不同意，如何是好？』先轸说：『让宋国不要向我们晋国求救，而去给齐、秦两国送礼，向他们求救，让他们去请求楚国退兵。我们抓住了曹国国君，把曹国、卫国的土地割予宋国，楚国不愿失去曹、卫两国，肯定不会答应齐国、秦国的请求。这样，齐、秦两国得到了宋国的贿赂，一定高兴之极，自然对楚国的顽固不化恼怒，还能不参战吗？』文公非常高兴，于是就活捉曹共公，把曹、卫的田地给了宋国。

楚成王退至申地居住，又让申叔离开谷地，让子玉离开宋国，并下令说：『不要追赶晋军！晋文公在外十九年，最终还是得到了晋国。一切艰难险阻，他都体验过了；百姓的真伪虚实，也都一清二楚。而且上天赐予他高寿，又帮他除掉了祸害。既然上天这样安排，难道我们还能丢弃他吗？《军志》说：「适可而止。」又说：「知难而退。」又说：「有德之人不可与他为敌。」这三句话说的即是晋国啊。』

子玉让伯棼请求作战，说：『虽然不能肯定一定立功，但希望以我的行动堵住谗佞小人的嘴。』楚成王很恼火，给了他少量军队，只派西广、东宫和若敖的一百八十辆战车跟随他去。

子玉派宛春告诉晋军说：『请让卫侯的君位恢复，并把土地还给曹国。这样我们也解除对宋国的围困。』子犯说：『子玉真是无礼！让我们国君只得到一桩好处，而他作为臣子却得到两个好处。我们不要失去进攻楚国的机会。』先轸说：『应该答应他的请求！使别人的国家安定叫做有礼。楚国一句话能安定三国，而我们一句话却使三国灭亡。这样我们的行为就无礼了，又怎么来交战呢？不同意楚国的请求，实际上就等于舍弃宋国。本来打算救援宋国，结果却见死不救，对各国的诸侯怎么交代呢？楚国对三国有恩，我们则对三国有怨，仇恨埋藏得多了，靠什么作战？不如暗中恢复卫国君位，还给曹国土地，从而离间他们和楚国的关系，同时抓住宛春以激怒楚国，等打起仗来再商量其他有关问题。』晋文公非常高兴，于是就把宛春抓了起来囚禁在卫国，同时私下答应恢复了曹国土地和卫国君位。于是曹、卫两国便和楚国断绝了关系。

子玉非常愤怒，率军追赶晋军，晋军后撤。晋军军官说：『作为国君却躲避臣子，真是令人感到羞耻。而且楚军已经疲惫不堪，我们为何后退？』子犯说：『领兵作战，关键在于理之曲直，理直一方就是气壮，理曲一方就是疲惫，哪里在于时间长呢？我们国君如果当初不是因为楚国的恩德，就不会到今天这一步。现在我军后退三舍，就是要报答他们。如果忘记了对方的恩德违反了当初的诺言，并且还去保护他们的仇敌宋国，如果是这样我们就理曲而楚国理直了。楚军一向士气饱满，不能说它疲弱。如果我们退兵，楚军也回去，我们还有别的要求吗？如果他们不回去，那么君王撤退，臣下侵犯，理曲一方就是他们了。』于是晋军后退九十里。楚军士兵想要停下不追，但子玉不允许。

原文

夏，四月戊辰[1]，晋侯、宋公、齐国归父、崔夭、秦小子慭次于城濮[2]。楚师背酅而舍[3]，晋侯患之，听舆人之诵，曰：『原田每每[4]，舍其旧而新是谋。』公疑焉。子犯曰：『战也！战而捷，必得诸侯。若其不捷，表里山河[5]，必无害也。』公曰：『若楚惠何？』栾贞子曰：『汉阳诸姬[6]，楚实尽之。思小惠而忘大耻，不如战也。』晋侯梦与楚子搏[7]，楚子伏己而盬其脑[8]，是以惧。子犯曰：『吉。我得天[9]，楚伏其罪[10]，吾且柔之矣。』

子玉使斗勃请战[11]，曰：『请与君之士戏[12]，君冯轼而观之[13]，得臣与寓目焉[14]。』晋侯使栾枝对曰：『寡君闻命矣。楚君之惠未之敢忘，是以在此。为大夫退[15]，其敢当君乎？既不获命矣，敢烦大夫，谓二三子[16]：「戒尔车乘，敬尔君事，诘朝将见[17]。」』

晋车七百乘，韅、靷、鞅、靽[18]。晋侯登有莘之虚以观师[19]，曰：『少长有礼[20]，其可用也。』遂伐其木以益其兵[21]。

注释

①戊辰：四月初一日。②国归父、崔夭：齐国二大夫名。小子慭：秦穆公之子。③酅：险要之地。④每每：植物生长繁茂。一说为肥美。⑤表里山河：指晋国外有黄河，内有太行山，面河背山，地势优越，足以固守。⑥汉阳诸姬：指汉水以北姬姓诸国。⑦搏：格斗。⑧伏己：即伏在晋文公身上。盬：咀嚼。⑨得天：指晋侯仰卧向上，象征得天。⑩伏其罪：指楚子俯卧，向下，象征伏罪。⑪斗勃：楚大夫。⑫戏：角力。⑬冯轼：靠着车前扶手横木。冯，通『凭』。⑭得臣：子玉名。寓目：寄目以观。⑮大夫：指子玉。⑯二三子：二三位，此指楚国将领。⑰诘朝：明日早晨。⑱韅、靷、鞅、靽：均为战马装备的各种皮件，意为装备齐全。⑲有莘之虚：莘国旧城遗址。虚，通『墟』。⑳少长有礼：士卒中年少的与年长的相互尊敬爱护，有礼貌。㉑兵：兵器。

译文

夏季，四月初一日，晋文公、宋成公、齐国的归父、崔夭、秦国的小子慭率军在城濮驻兵，楚军背靠险要的丘陵地带扎营。晋文公担心不能战胜楚军，又听士兵们唱道：『田野里草茂盛，赶紧除掉播新种。』知道士兵作战心切，心中又有些疑虑。子犯说：『下决心打吧！只要能成功，诸侯一定会信任。即使不胜，我们外有高山，内有大河，肯定也没有什么害处。』晋文公说：『还考虑楚国对我的恩德吗？』栾枝说：『汉水以北的姬姓国家都被楚国灭亡了。不要总是对小恩小惠耿耿于怀，却忘了同姓国家被灭亡这种奇耻大辱，还是打吧。』晋文公夜里做梦和楚成王打斗，成王伏在文公身上，咬他的脑袋，文公因此很担心。但子犯说：『这是吉兆。君王面朝天，说明我们得到了上天的帮助，楚王面朝下，说明他已伏罪，看来我们马上就会使楚国归顺了。』

子玉派斗勃向晋文公挑战，说：『我请求和您的军队较量较量，您可以靠在车前横木上观看，我也陪您一起观看。』晋文公派栾枝回答说：『我知道您的意思了。楚王的恩惠我不敢忘记，所以一直停在这里不敢前进。我本以为您已经退兵了，因为我作为国君已经后退，而您作为臣下，难道还能与国君对抗吗？既然您不肯退兵，那么就烦您转告贵国将领：「请你们准备好战车，为你们的国君而战斗吧。明天早晨再见。」』

晋军出动七百辆战车，车马装备一应俱全。晋文公登上有莘旧城的废墟检阅军队，说：『士兵长幼排列有序，说明他们已懂得礼仪，可以使用了。』于是就命令砍伐山上的树木以增加作战兵器。

原文

己巳[1]，晋师陈于莘北[2]，胥臣以下军之佐当陈、蔡[3]。子玉以若敖之六卒将中军，曰：『今日必无晋矣。』子西将左[4]，子上将右[5]。胥臣蒙马以虎皮，先犯陈、蔡。陈、蔡奔，楚右师溃。狐毛设二旆而退之[6]。栾枝使舆曳柴而伪遁，楚师驰之。原轸、郤溱以中军公族横击之[7]。狐毛、狐偃以上军夹攻子西，楚左师溃。楚师败绩。子玉收其卒而止，故不败。

晋师三日馆谷，及癸酉而还[8]。甲午，至于衡雍[9]，作王宫于践土。

乡役之三月[10]，郑伯如楚致其师[11]。为楚师既败而惧，使子人九行成于晋[12]。晋栾枝入盟郑伯。五月丙午[13]，晋侯及郑伯盟于衡雍。

丁未[14]，献楚俘于王，驷介百乘[15]，徒兵千。郑伯傅王，用平礼也[16]。己酉，王享醴，命晋侯宥。王命尹氏及王子虎、内史叔兴父策命晋侯为侯伯[17]，赐之大辂之服[18]，戎辂之服[19]，彤弓一[20]，彤矢百，玈弓矢千[21]，秬鬯一卣[22]，虎贲三百人[23]。曰：『王谓叔父[24]，敬服王命，以绥四国，纠逖王慝[25]。』晋侯三辞，从命。曰：『重耳敢再拜稽首，奉扬天子之丕显休命[26]。』受策以出，出入三觐[27]。

卫侯闻楚师败，惧，出奔楚，遂适陈，使元咺奉叔武以受盟㉘。癸亥㉙，王子虎盟诸侯于王庭。要言曰：『皆奖王室，无相害也。有渝此盟㉚，明神殛之㉛，俾队其师㉜，无克祚国㉝，及而玄孙㉞，无有老幼㉟。』君子谓是盟也信，谓晋于是役也，能以德攻㊱。

注释

①己巳：四月初二日。②莘北：即城濮。③胥臣：司空季子。④子西：楚大夫，斗宜申的字。⑤子上：斗勃的字。⑥二旆：前军的两队。旆，大旗。⑦公族：指晋文公直辖的军队，由公族子弟组成。⑧癸酉：四月初六日。⑨甲午：二十七日。衡雍：郑地，在今河南省原阳县西。⑩乡：往昔。⑪致其师：即出兵助战。⑫子人九：人名，郑大夫。行成：求和。⑬丙午：初九日。⑭丁未：初十日。⑮驷介：四匹披甲的马。⑯平礼：用从前周平王接待晋文侯的礼仪。⑰尹氏及王子虎：周王室二卿士。内史：官名。叔兴父：人名，掌管策命的官员。侯伯：诸侯之长，即霸主。⑱大辂：祭祀所用涂金的车子。⑲戎辂：兵车。⑳彤弓：涂朱漆之弓。赐弓表示授予征伐之权。㉑玈：黑色。㉒秬鬯：用黑黍和香草酿成的香酒。秬，黑黍；鬯，香酒。卣：盛酒器。㉓虎贲：勇士，王之近卫亲兵。㉔叔父：指晋文公。㉕纠逖：惩治剔除。逖，远离。㉖丕显休命：伟大光明的赐命。丕，大；显，明；休，美。㉗出入三觐：前后三次进见天子。㉘元咺：卫臣。叔武：卫成侯之弟。㉙癸亥：五月二十六日。㉚渝：变，背。㉛殛：诛杀。㉜俾：使。队：坠，颠覆。㉝无克祚国：不能享有国家。克，能；祚，福，享有。㉞及尔玄孙：即使到了你的玄孙一代。㉟无有老幼：无论老幼。㊱能以德攻：能以文德教民，而后用之于征伐。

译文

四月初二日，晋军在莘北也就是城濮摆开战阵，胥臣率领下军的一部分抵挡楚军的右师即陈、蔡军队。子玉征调若敖的一百八十辆战车率领中军，他说：『今日一定要使晋国灭亡。』楚大夫子西率领左军，子上率领右军。胥臣用虎皮蒙住马身首先攻打陈、蔡两军。结果陈、蔡两军溃败奔逃，禁军右师也随之溃散了。狐毛从率领的上军中抽调出两支部队，帮助击退溃散的楚军。栾枝让战车拖着木柴，使路上的灰尘扬起，装作逃走的样子，果然楚军追了上来。原轸、郤溱率领中军禁卫军拦腰截击。狐毛、狐偃率领上军夹攻子西的左军，楚国的左军也溃散了。结果楚军大败。子玉因为及时收兵停战，才使他的一百八十辆战车得以幸存。

晋军休整三天，吃楚军留下的粮食，到了初六日才班师回国。二十七日，到达衡雍，在践土为天子建造了一座行宫。

城濮之战的前三个月时，郑文公曾派军队前往楚国协助作战。等到楚军失败，郑文公很害怕，便派子人九去向晋国求和。晋国的栾枝到郑国和郑文公研究结盟之事。五月初九日，晋文公和郑文公在衡雍结盟。

初十日，晋国把从楚国俘获的战利品献给周天子，有驷马披甲的一百辆战车，步兵一千人。郑文公给天子担任相礼一职，使用周平王接待晋文侯的礼节来接待晋文公。十二日，周天子设宴招待，给晋文公赏甜酒喝，并允许他向自己敬酒。周天子命尹氏、王子虎和内史叔兴父制发策书任命晋文公为诸侯的领袖，并赐给他大辂车、戎辂车及其服饰，还有一把红色的弓，一百支红色的箭，黑色的弓十把，黑色的箭一千支，用黑黍和香草酿造的酒一卣，三百勇士。他们还对文公说：『天子让我们对您说：「希望您服从天子的命令，以安抚各方诸侯，并为天子惩治邪恶。」』晋文公辞谢三次，才接受命令。说：『我重耳叩头再拜，一定要宣扬天子的主张。』接受了策书后便离开了周王室。晋文公从来到走，其间三次朝见天子。

卫成公听说楚军失败了，非常害怕，急忙逃亡到了楚国，又到了陈国，并派元咺辅佐叔武到王室领受盟约。

二十六日，王子虎和诸侯在天子的宫中订立盟约。盟约说：『要共同辅佐王室，不要互相残害。谁要违背盟约，神灵将惩治他：使其失去军队，不能长期享有国家，即使到了你的玄孙一代，无论老幼，也都要服从这个盟约，否则也将受到惩罚。』君子认为这次结盟是讲究信用的，并认为晋国在这次战役中是以德取胜的。

原文

初，楚子玉自为琼弁玉缨[1]，未之服也。先战[2]，梦河神谓己曰[3]：『畀余[4]，余赐女孟诸之麋[5]。』弗致也。大心与子西使荣黄谏[6]。弗听。荣季曰：『死而利国，犹或为之，况琼玉乎？是粪土也，而可以济师[7]，将何爱焉？』弗听。出，告二子曰[8]：『非神败令尹[9]，令尹其不勤民[10]，实自败也。』既败，王使谓之曰[11]：『大夫若入，其若申、息之老何[12]？』子西、孙伯曰[13]：『得臣将死，二臣止之曰：「君其将以为戮。」』及连谷而死。

晋侯闻之而后喜可知也，曰：『莫余毒也已[14]！蒍吕臣实为令尹[15]，奉己而已[16]，不在民矣[17]。』

或诉元咺于卫侯曰：『立叔武矣。』其子角从公[18]，公使杀之。咺不废命，奉夷叔以入守[19]。

六月，晋人复卫侯。宁武子与卫人盟于宛濮[20]，曰：『天祸卫国，君臣不协，以及此忧也。今天诱其衷[21]，使皆降心以相从也[22]。不有居者，谁守社稷？不有行者，谁扞牧圉[23]？不协之故，用昭乞盟于尔大神以诱天衷。自今日以往，既盟之后，行者无保其力[24]，居者无惧其罪。有渝此盟，以相及也。明神先君，是纠是殛。』国人闻此盟也，而后不贰。

卫侯先期入，宁子先[25]，长牂守门以为使也[26]，与之乘而入。公子歂犬、华仲前驱[27]。叔武将沐[28]，闻君至，喜，捉发走出[29]，前驱射而杀之。公知其无罪也，枕之股而哭之。歂犬走出，公使杀之。元咺出奔晋。

注释

①琼弁：装饰玉石的马冠。玉缨：装饰玉石的马鞅。②先战：即战前。③河神：黄河之神。④畀：送给。⑤孟

诸：宋国薮泽。麋：同『湄』，水边草地。⑥大心：子玉之子。荣黄：即荣季，楚臣。⑦而可以济师：如果可以使军队战胜。而，作『如』。⑧二子：指大心、子西。⑨败：使之败。⑩不勤民：不以民事为重。⑪王：指楚成王。⑫申、息之老：申、息二邑的父老。⑬孙伯：即大心。⑭莫余毒：即莫毒余，意为没有人害我。⑮蔿吕臣：楚臣，即僖公二十三年传之叔伯。⑯奉己而已：保己之禄位而已。⑰不在民：不勤于民事，无远大志向。⑱角：元咺之子元角。⑲夷叔：即叔武。入守：回国摄政。⑳宁武子：卫臣，一名宁俞。㉑天诱其衷：即天意在我。㉒降心：放弃成见。㉓扞：保卫。牧圉：牧牛养马的人。㉔保其力：仗恃其功劳。㉕宁子：宁武子。㉖长牂：卫臣。㉗公子歂犬、华仲：卫大夫。㉘沐：洗发。㉙捉发走出：手握着头发跑出来迎接。

译文

原来，楚国的子玉自己制作了马冠和马鞅，不过还没有用过。城濮一战之前，他梦见黄河的河神对自己说：『你把马冠马鞅送给我，我就让你打胜仗，把宋国孟诸的沼泽地送给你。』子玉不想割爱。子玉的儿子大心和子西让荣黄劝他，他也不听。荣黄说：『只要是对国家有好处，就是去死也可以，更不要说只是献出美玉？美玉不过是粪土一样，假如能使军队得胜，有什么可惜的？』子玉仍然不听。荣黄出来告诉大心和子西说：『不是神灵让令尹失败，而是令尹不为百姓着想，实际上是自寻绝路。』子玉失败以后，楚成王派人对他说：『你打了败仗，申、息两地的子弟都已战死，你要是回来，有何脸面见申、息两地的父老乡亲呢？』子西和大心说：『子玉原本要自尽，是我们两人阻拦他，对他说：「君王会惩罚你的。」』子玉到了连谷就自杀了。

晋文公听说以后大喜，说：『今后再也没有人能和我对抗了！蔿吕臣做令尹，他只知道保全自己，是不会为百姓着想的。』

有人在卫成公面前诋毁元咺说：『他立了叔武做国君。』当时元咺的儿子角正跟随成公，成公便派人把他杀了。元咺并没有因此废弃成公当初的命令，仍然事奉叔武回国摄政。

六月，晋国人恢复了卫成公的君位。宁武子和卫国人在宛濮结盟说：『上天降祸给卫国，使君臣失和，并因此而遭到这样的祸患。现在上天又保佑我国，使大家捐弃前嫌联合起来。如果没有留下来的人，谁来守卫国家呢？如果没有人跟随君王出行，谁来保卫君王随身携带的财物呢？因为君臣不和，才乞求在神灵面前盟誓，以得到上天的佑护。从今天订立盟约开始，以后随君王出外的人不要居功自傲，留在国内的人也不要愁虑有罪。谁要违背了这一盟约，就让灾祸降临到他身上。今有神灵和先君在上，将对背弃盟约者进行严厉的惩治。』国内的人听说了这一盟约，从此才消除了三心二意。

卫成公没有等到约定的期限就回到了卫国国都，宁武子比成公先到，那个时候长牂守卫城门，认为他是君王的使者，就和他同乘一辆车入城。公子歂犬、华仲走在卫成公前面。那个时候叔武正准备洗头，听说国君就要来到，非常高兴，手握着头发跑出来接他们，但却被走在前面的人杀了。卫成公知道他没有罪，于是就伏在叔武的大腿上哭起来。歂犬吓得逃跑了，成公派人把他杀了。元咺逃离到了晋国。

原文

城濮之战，晋中军风于泽[1]，亡大旆之左旃[2]。祁瞒奸命[3]，司马杀之，以徇于诸侯，使茅茷代之[4]。师还，壬午[5]，济河。舟之侨先归，士会摄右[6]。秋，七月丙申[7]，振旅[8]，恺以入于晋[9]。献俘授馘[10]，饮至大赏，征会讨贰[11]。杀舟之侨以徇于国，民于是大服。

君子谓：『文公其能刑矣[12]，三罪而民服[13]。《诗》云：「惠此中国，以绥四方。」不失赏刑之谓也。』

冬，会于温，讨不服也。

卫侯与元咺讼，宁武子为辅⑭，鍼庄子为坐⑮，士荣为大士⑯。卫侯不胜。杀士荣，刖鍼庄子，谓宁俞忠而免之。执卫侯，归之于京师，置诸深室。宁子职纳橐饘焉⑰。元咺归于卫，立公子瑕。

是会也，晋侯召王，以诸侯见，且使王狩。仲尼曰⑱：『以臣召君，不可以训。故书曰：「天王狩于河阳。」言非其地也⑲，且明德也⑳。』

壬申㉑，公朝于王所。

注释

①风于泽：军行于泽中，突遇大风。②大旆：旗名。左旃：前军左边赤色大旗。③祁瞒：晋臣。奸命：干犯军令。④茅茷：晋臣，代祁瞒之职者。⑤壬午：六月十六日。⑥士会：字季，士蒍之孙。摄右：代理车右。⑦丙申：初二日。⑧振旅：整顿队列军容。振，整；旅，众。⑨恺：同『凯』，凯旋的乐曲。⑩授馘：呈报杀敌数字。馘，战争中割取的敌人左耳。⑪征会讨贰：征召诸侯会盟，讨伐那些有三心二意的国家。⑫能刑：能严明刑罚或说善于用刑。⑬三罪：杀三罪人，即颠颉、祁瞒、舟之侨。⑭辅：即诉讼人。⑮坐：即代理人。⑯大士：即答辩人。⑰纳橐饘：送衣食。橐，古代盛东西的器具；饘，稠粥。⑱仲尼：孔子。⑲非其地：天子诸侯田猎，皆在自己封地，不得越境。⑳且明德：明晋侯尊王之功德，并隐其召王之缺失。㉑壬申：十月初七日。

译文

在城濮之战中，晋国的中军曾在沼泽地碰到了狂风，大风刮走了前军左军的大旗。祁瞒因此而违反了军令，司马把他杀了，并通报诸侯，然后让茅茷接替他。军队回来，六月十六日，渡过黄河。舟之侨提前归国，由士会代理车右。秋季，七月的某一天，军队胜利归来，在凯旋乐曲声中进入晋国。然后在太庙汇报俘虏和杀死敌兵的人数，并设酒宴款待，还召集诸侯会盟，准备攻打对晋国存有二心的国家。还杀了舟之侨，并向全国告知此消息，百姓因此而大为顺服。

君子认为：『晋文公能正确地使用惩罚，杀了颠颉、祁瞒和舟之侨三个罪人，从而使百姓信服。《诗》说：「施恩于中原各国，以安抚四方诸侯。」说的就是不要失去公正的封赏和刑罚。』

冬季，僖公和晋文公、齐昭公、宋成公、蔡庄公、郑文公、陈穆公、莒子、邾子、秦人会合于温地，研究攻打不肯顺服的国家。

卫成公和元咺因杀叔武的事情向作为诸侯领袖的晋国要求告状，宁武子作为卫成公的诉讼代理人，鍼庄子为成公作证，士荣为成公辩护，结果卫成公败诉。于是晋国就杀了士荣，砍了鍼庄子的双脚，但认为宁武子忠心而赦免了他。并把卫成公逮捕了，把他押送到京城，囚在牢房里，宁武子则负责给成公送衣送食。元咺回到卫国，立了公子瑕为国君。

这次温地会盟的时候，晋文公曾请周天子前来，带领诸侯拜见，并让周天子打猎。孔子说：『作为臣子召请天子，不能作为诸侯的榜样。』因此《春秋》记载为：『天王狩于河阳。』这样记载意思是说这里并不是周天子的地方，并且也是为了显示晋国的功德从而为晋文公的过失避讳。

十月初七日，僖公到天子的住处朝见。

原文

丁丑，诸侯围许。晋侯有疾，曹伯之竖侯獳货筮史[1]，使曰以曹为解[2]：『齐桓公为会而封异姓，今君为会而灭

同姓。曹叔振铎[3]，文之昭也；先君唐叔[4]，武之穆也。且合诸侯而灭兄弟，非礼也；与卫偕命[5]，而不与偕复，非信也；同罪异罚[6]，非刑也。礼以行义，信以守礼，刑以正邪。舍此三者，君将若之何？』公说，复曹伯，遂会诸侯于许。

晋侯作三行以御狄[7]。荀林父将中行，屠击将右行，先蔑将左行。

注释

①侯獳：小臣名。货：贿赂。筮史：掌卜筮的官员。②曰以曹为解：把曹国灭亡作为晋侯得病的原因来解释。③曹叔振铎：始封于曹，文王之子。④唐叔：唐叔虞，武王之子，始封于晋。⑤偕命：一同得到晋侯允许复国的命令。⑥同罪异罚：罪过相同而处罚不一。⑦行：此前晋有左右二行，今又增中行而成三行。

译文

十一月十二日，诸侯发兵把许国包围了。晋文公身染疾病，曹共公的童仆侯獳贿赂晋国筮史，让他把患病的原因解释为灭了曹国。于是筮史对文公说：『从前齐桓公召集盟会，封了异姓国家，如今君王主持盟会却把同姓国家灭亡了。曹国先祖叔振铎是文王的儿子，先君唐叔是武王的儿子。会合诸侯灭掉兄弟国家，是不合礼法的。同时答应曹国和卫国，却不能同时使国家恢复，是不讲信用的。罪过相同而处罚不同，是不适当的用刑。礼法是用来推行道义的，信用是用以维护礼法的，刑罚是用来矫正邪恶的。丢弃了这三项，君王准备怎么办呢？』文公很高兴，便恢复了曹共公的君位，曹共公马上就在许地和诸侯结了盟。

晋文公组建了三个步兵军对狄人进行抵抗。由荀林父率领中军，屠击率领右军，先蔑统领左军。

僖公二十九年

原文

二十九年春，介葛卢来朝①，舍于昌衍之上。公在会，馈之刍米②，礼也。

夏，公会王子虎、晋狐偃、宋公孙固、齐国归父、陈辕涛涂、秦小子慭，盟于翟泉，寻践土之盟，且谋伐郑也。卿不书③，罪之也④。在礼，卿不会公、侯⑤，会伯、子、男可也⑥。

注释

①介葛卢：介国国君。介，东夷国名。②刍：干草。③卿不书：参加盟会之卿未书名，只书人。④罪之也：是罪其违礼。⑤卿不会公侯：卿不可以和公、侯会盟国。⑥会伯、子、男可也：卿和伯、子、男一等小国之君可以会盟。

译文

二十九年春季，介国国君葛卢前来鲁国拜见，鲁国让他住在昌衍山上。此时僖公正在会合诸侯围困许国，便派人给他送了草料粮食，这是合乎礼的。

夏季，僖公和王子虎、晋国的狐偃、宋国的公孙固、齐国的国归父、陈国的辕涛涂、秦国的小子慭在翟泉召开盟会，重温了践土之盟的盟约，同时商讨进攻郑国之事。《春秋》没有记载参加盟会的狐偃等人的名字，是表示对他们国家的不满。根据礼制，诸侯的卿不能和公侯一同开会，当然和伯、子、男一起开会是合乎礼的。

原文

秋，大雨雹，为灾也。

冬，介葛卢来，以未见公，故复来朝。礼之，加燕好①。介葛卢闻牛鸣，曰：『是生三牺②，皆用之矣③。其音云④。』问之而信。

注释

①燕好：以宴享之礼招待及馈赠上等财货。燕，享宴之礼；好，好的礼品。②是生三牺：这头牛生下三头牛，用作祭品。③用：杀之以祭。④其音云：其叫声是这样的。

译文

秋季，鲁国地区降了大雨和冰雹，造成了灾祸。因此《春秋》才加以记载。

冬季，介葛卢又来到鲁国，由于他上次没有见到僖公，所以再次朝见。僖公对他待以礼遇，设宴招待时比正常酒宴更为丰盛。席间，介葛卢听到外面的牛叫声，他说：『这头牛生了三头小牛，但都用于祭典了。从它的叫声可以听出是这样。』一问，果然是这样。

僖公三十年

原文

三十年春，晋人侵郑，以观其可攻与否。狄间晋之有郑虞也①，夏，狄侵齐。

晋侯使医衍鸩卫侯②。宁俞货医③，使薄其鸩，不死。公为之请④，纳玉于王与晋侯，皆十瑴⑤，王许之。秋，乃释卫侯。

卫侯使赂周歂、冶廑曰⑥：『苟能纳我，吾使尔为卿。』周、冶杀元咺及子适、子仪⑦。公入，祀先君。周、冶既服将命⑧，周歂先入，及门，遇疾而死。冶廑辞卿。

注释

①间：间隙。郑虞：担心郑国。②医衍：医生，名衍。鸩：用鸩酒毒杀，用作动词。③货：贿赂。④公：指鲁僖公。⑤十瑴：十对玉。双玉为瑴。⑥周歂、冶廑：皆为人名，卫国二位有实力的人物。⑦子适：即公子瑕。子仪：公子瑕的弟弟。⑧既服将命：已经穿好卿的礼服，将入宋庙受命。

译文

三十年春，晋国人进攻郑国，以此来试探是不是可以攻打郑国。狄人钻了晋国担心郑国这个空子，夏，狄人进攻齐国。

晋文公派医衍把卫成公毒死。宁俞贿赂医生，让他减轻毒药的量，所以卫成公没有死。僖公为他请求，把玉献给周天子和晋文公，都是十对，周天子同意了。秋，就释放了卫成公。

卫成公派人收买周歂、冶廑说：『如果能接纳我当国君，我让你们当卿。』周、冶两人杀了元咺和公子瑕、子仪。卫成公返回，在太庙祭祀先君，周、冶两人已经穿好礼服，准备受领任命，周歂先进太庙，到门口，发病而死。冶廑辞去卿的职位。

原文

九月甲午①，晋侯、秦伯围郑，以其无礼于晋②，且贰于楚也。晋军函陵③，秦军氾南④。

佚之狐言于郑伯曰⑤：『国危矣，若使烛之武见秦君⑥，师必退。』公从之。辞曰：『臣之壮也，犹不如人；今老矣，无能为也已。』公曰：『吾不能早用子，今急而求子，是寡人之过也。然郑亡，子亦有不利焉。』许之，夜缒而出⑦，见秦伯，曰：『秦、晋围郑，郑既知亡矣。若亡郑而有益于君，敢以烦执事。越国以鄙远⑧，君知其难也，焉用亡郑以陪邻⑨。邻之厚，君之薄也。若舍郑以为东道主⑩，行李之往来⑪，共其乏困，君亦无所害。且君尝为晋君赐矣⑫，许君焦、瑕⑬，朝济而夕设版焉⑭，君之所知也。夫晋何厌之有？既东封郑⑮，又欲肆其西封，若不阙秦⑯，将焉取之？阙秦以利晋，唯君图之。』

注释

①甲午：初十日。②无礼于晋：指重耳流亡过郑，郑文公不礼之事。③函陵：在今河南省新郑县北十三里。④氾：水名，氾南指今河南省中牟县一带。⑤佚之狐：郑大夫。⑥烛之武：郑大夫。⑦缒：以绳悬之而下。⑧越国：越过别国。鄙远：以远方之地为边境。⑨陪邻：增加邻国的土地。陪，通『倍』。⑩东道主：东路的主人。⑪行李：外交官员。⑫为晋君赐：即有赐于晋君，指援助晋惠公。⑬焦、瑕：晋国二地名。⑭朝济：早晨渡过黄河回国。设版：筑城。版，筑城的夹版。⑮东封郑：向东在郑国土地上封疆，即扩张领土。⑯阙：损害。

译文

九月初十日，晋文公、秦穆公包围郑国，原因是它对晋国无礼，而且向着楚国。晋军驻扎在函陵，秦军在氾南驻扎。

佚之狐对郑文公说：『国家处于危急之中，如果派遣烛之武去进见秦君，军队一定退走。』郑文公听从了他的话。烛之武推托说：『下臣年壮的时候，尚且不如别人；现在老了，心有余而力不足。』郑文公说：『我没有能及早任用您，现在形势危急而来求您，这是寡人的不对。然而郑国灭亡，对您也没有好处啊。』烛之武答应了，夜里用绳子从城上吊下来，进见秦穆公，说：『秦、晋两国包围郑国，郑国已经知道自己要被灭了。如果灭亡郑国而对君王有利，那是足以劳动君王左右随从的。越过别国而以远方的土地作为边邑，君王知道是困难的，哪里用得着灭亡郑国来为邻国增加土地？邻国的增强，就是君王的削弱。如果赦免郑国让它做东路上的主人，使者的往来，供应它所缺乏的一切，对君王也没有害处。而且君王曾经把好处赏给晋国国君了，他答应给君王焦、瑕两地，早晨渡河回国，晚上就设版筑城，这是君王所知道的。晋国怎么会满足？已经东边向郑国开拓土地，又要肆无忌惮开拓它西边的土地。不损害秦国，到哪里去取得土地？损害秦国来有利于晋国，请君王三思。』

原文

秦伯说[1]，与郑人盟，使杞子、逢孙、杨孙戍之[2]，乃还。

子犯请击之。公曰：『不可。微夫人之力不及此[3]。因人之力而敝之，不仁；失其所与[4]，不知[5]；以乱易整，不武。吾其还也。』亦去之。

初，郑公子兰出奔晋，从于晋侯伐郑，请无与围郑。许之，使待命于东。郑石甲父、侯宣多逆以为大子，以求成

于晋，晋人许之。

冬，王使周公阅来聘，飨有昌歜、白、黑、形盐[6]。辞曰：『国君，文足昭也，武可畏也，则有备物之飨，以象其德；荐五味，羞嘉谷，盐虎形，以献其功[7]。吾何以堪之？』

东门襄仲将聘于周，遂初聘于晋。

注释

①说：同『悦』。②杞子、逢孙、杨孙：均为秦大夫。③微：如果没有。④与：亲近。⑤知：同『智』。⑥昌歜：即昌蒲菹，亦指用其根做成的盐菜。白：稻米糕。黑：黍米糕。形盐：其形似虎的盐块。⑦献：与象征同义。

译文

秦穆公很高兴，和郑人结盟，派遣杞子、逢孙、杨孙在郑国镇守，就撤退了。

子犯请求进攻秦军。晋文公说：『不行。如果没有他们的力量，我们到不了今天。靠了别人的力量反而去削弱他，这是不仁；失掉了同盟国家，这是不智；用动乱代替秩序，这是不武。我还是回去吧。』晋文公也就撤军回国。

起初，郑国的公子兰流亡到晋国，跟随晋文公攻打郑国，请求不要参加对郑国的围攻。晋文公答应了，让他在东部边境等候命令。郑国的石甲父、侯宣多把他迎回去做太子，以求与晋国和好，晋国允许了。

冬，周天子派遣周公阅前来聘问，宴请他的食品有昌蒲菹、白米糕、黑黍糕和虎形块盐。周天阅托辞说：『国家的君主，文治足以显扬四方，武功可以使人畏惧，就备有特殊物品宴请，以代表他的德行；进五味的调和，献美好的粮食，盐的形状像老虎，以表明他的功业。我怎么当得起这个？』

东门襄仲将要到成周聘问，就借此机会到晋国作初次聘问。

僖公三十一年

原文

三十一年春，取济西田，分曹地也。使臧文仲往，宿于重馆①。重馆人告曰：『晋新得诸侯，必亲其共②，不速行，将无及也③。』从之，分曹地。自洮以南，东傅于济④，尽曹地也。

襄，仲如晋，拜曹田也。

夏四月，四卜郊⑤，不从⑥，乃免牲，非礼也。犹三望⑦，亦非礼也。礼不卜常祀⑧，而卜其牲、日⑨。牛卜日曰牲⑩，牲成而卜郊，上怠慢也⑪。望，郊之细也⑫。不郊，亦无望可也。

注释

①重：鲁地名，在今山东省鱼台县西。馆：侯馆。②共：恭。③无及：赶不上。④傅：同『附』，附靠。⑤卜郊：占卜郊祭的吉凶。⑥不从：即不举行郊祭。⑦三望：各国名山大川之神。⑧常祀：常规的祭祀。郊祭即为祭天的常祀。⑨牲：牺牲。⑩卜日：占卜得吉日。⑪怠慢：怠于吉典，亵渎龟策。⑫细：细节。

译文

三十一年春季，鲁国取得了济水以西的地方，这是瓜分的曹国土地。僖公派遣臧文仲前去接受，当时臧文仲住在重地的旅馆里。旅馆里的人告诉他：『晋文公新近得到诸侯的拥护，必须格外亲近尊重他的人，你还不快点去，否则会赶不上的。』臧文仲听从了这个建议，结果分得了曹国的土地。具体是从洮水以南，东边紧靠济水，这些全部是曹国的地盘。

襄仲就分得曹国土地的事情前往晋国拜谢。

夏季，四月，鲁国准备举行郊祭，但占卜四次，都不吉利，于是就不再宰杀牛羊，将郊祭取消了，这是不合于礼的。既然不举行郊祭，却又举行了三次望祭，这同样是不合于礼的。根据礼制，对像郊祭这样的常规祭祀不用占卜，而只是占卜祭祀所需要的牛和日期就行了。祭祀用的牛在占卜到好日子后就改叫牲，已经成为牲却还要占卜郊祭的吉凶，这是对大典和龟甲的不恭和亵渎。望祭本是郊祭的一部分，既然不再举行郊祭，当然就不必举行望祭了。

原文

秋，晋蒐于清原①，作五军以御狄②。赵衰为卿。

冬，狄围卫，卫迁于帝丘。卜曰三百年③。

卫成公梦康叔曰：『相夺予享。』公命祀相。宁武子不可，曰：『鬼神非其族类，不歆其祀④。杞、鄫何事？相之不享于此久矣，非卫之罪也，不可以间成王、周公之命祀⑤。请改祀命⑥。』

郑泄驾恶公子瑕⑦，郑伯亦恶之，故公子瑕出奔楚。

注释

①蒐：检阅部队。清原：晋地。②作五军：在原来上中下三军基础上，又增设上下新军。③三百年：据《史记·卫世家》及《诸侯年表》，卫此后历四百三十年而亡。④歆：祭祀时鬼神享受祭品的香气叫歆。⑤间：通『干』，冒犯。成王：周成王。周公：周公旦。⑥请改祀命：请君改变祀相之命令。⑦泄驾：郑大夫。公子瑕：郑文公子。

译文

秋季，晋国在清原检阅军队，并设置了五个军准备抵御狄人。赵衰被任命为卿。

临戴进谢安东山图　明·沈周

成语『东山再起』，说的是东晋谢安辞职归东山(今浙江上虞境内)，其后复职为相的故事。谢安于东山隐居期间，或与好友酌酒垂钓，或携歌伎纵情郊外。此图则表现其携伎外出郊游的情景。此图人物的描绘、树木的勾填、山石的皴染均极工致富丽，反映出沈周刻意临摹的认真态度和不分门户兼善诸家的坦荡胸襟。

冬季，狄人对卫国进行围攻，卫国被迫迁移到了帝丘。对其国运进行占卜，结果是还能够持续三百年。

卫成公曾做梦见到康叔说：『相夺走了我的祭品。』成公便命令祭祀相。宁武子不赞成，他说：『如果祭祀者不是同族，神灵就不会享用祭品。杞国和鄫国为何该祭祀而不祭祀呢？杞国和卫国已经很久没有祭祀相了，这不是卫国的罪过，我们不能违犯成王、周公规定的祭祀对象。请您变更祭祀相的命令。』

郑国的泄驾很憎恶公子瑕，郑文公也讨厌他，因此公子瑕便逃亡到楚国。

僖公三十二年

原文

三十二年春，楚斗章请平于晋①，晋阳处父报之②。晋、楚始通③。

夏，狄有乱。卫人侵狄，狄请平焉。秋，卫人及狄盟。

冬，晋文公卒。庚辰④，将殡于曲沃⑤。出绛，柩有声如牛。卜偃使大夫拜曰：『君命大事⑥：将有西师过轶我⑦，击之，必大捷焉。』

注释

①请平：请求讲和。②阳处父：晋大夫。报之：入楚回聘。③通：交通，来往。④庚辰：十二月初十日。⑤殡：人死入殓而未葬。⑥大事：指兵戎之事。⑦西师：西方的军队。过轶：越境而过。轶，超前。

译文

三十二年春，楚国的斗章前往晋国请求讲和，晋国的阳处父到楚国回聘，晋国和楚国自此开始正式交往。

夏，狄人发生动乱，卫军对狄人进行侵袭，狄人请求讲和。秋，卫国和狄结成联盟。

冬，晋文公死。十二月初十日，准备把棺材送到曲沃停放。离开绛城，棺材里有声音像牛叫。卜偃让大夫跪拜，说：『国君发布军事命令：将要有西边的军队越过边境而袭击我国，如果攻击他们，必定大获全胜。』

原文

杞子自郑使告于秦曰：『郑人使我掌其北门之管①，若潜师以来②，国可得也。』穆公访诸蹇叔③，蹇叔曰：『劳师以袭远，非所闻也。师劳力竭，远主备之，无乃不可乎④？师之所为，郑必知之，勤而无所，必有悖心。且行千里，其谁不知？』公辞焉。召孟明、西乞、白乙⑤，使出师于东门之外。蹇叔哭之，曰：『孟子，吾见师之出而不见其入也。』公使谓之曰：『尔何知！中寿⑥，尔墓之木拱矣！』蹇叔之子与师，哭而送之，曰：『晋人御师必于崤⑦。崤有二陵焉：其南陵，夏后皋之墓也⑧；其北陵，文王之所避风雨也。必死是间，余收尔骨焉！』秦师遂东。

注释

①管：钥匙。②潜师：秘密地派遣军队。③访：询问。诸：之于的合音词。蹇叔：秦国元老。④无乃：恐怕。⑤孟明、西乞、白乙：皆为秦国的将领。⑥中寿：六七十岁叫中寿，蹇叔已近八十，过了中寿。⑦崤：山名。⑧夏后皋：夏朝帝王，夏桀的祖父。后，国君。

译文

杞子从郑国派人告诉秦国说：『郑人让我掌管他们北门的钥匙，倘若偷偷地发兵前来，国都是可以获得的。』秦穆公访问蹇叔，蹇叔说：『使军队疲劳而去侵袭遥远的地方，我没有听说过。军队疲劳，力量衰竭，远地的主人有防备，恐怕不行吧？我们军队的行动，郑国一定知道，费了力气而没有着落，一定有抵触的念头。而且行走一千里，谁会不知道？』秦穆公不接受。召见孟明、西乞、白乙，让他们在东门外出兵。蹇叔哭着为他们送行，说：『孟子，我看到军队出去而看不到军队回来了！』秦穆公派人对他说：『你知道什么！如果你六七十岁死了，你坟上的树木已经能够合抱了！』蹇叔的儿子在军队里，蹇叔哭着送他，说：『晋国人必定在崤山进行抵御，崤山有两座山陵。它的南陵，是夏后皋的坟墓；它的北陵，文王在那里躲避过风雨。你必定死在两座山陵之间，我来替你收尸骨吧！』秦国军队就出发东进。

僖公三十三年

原文

三十三年春，秦师过周北门①，左右免胄而下②。超乘者三百乘③。王孙满尚幼④，观之，言于王曰：『秦师轻而无礼⑤，必败。轻则寡谋，无礼则脱⑥。入险而脱，又不能谋，能无败乎？』

及滑⑦，郑商人弦高将市于周⑧。遇之，以乘韦先⑨，牛十二犒师，曰：『寡君闻吾子将步师出于敝邑⑩，敢犒从者。不腆敝邑，为从者之淹⑪。居则具一日之积⑫，行则备一夕之卫⑬。』且使遽告于郑⑭。

注释

①周北门：王城之北门。②左右：指战车上的武士。免胄：脱下头盔。③超乘：一跃上车。超，跃。④王孙满：周襄王之孙，名满，周大夫。⑤轻：轻狂，轻佻，不庄重。⑥脱：疏略，疏忽。⑦滑：姬姓小国，故址在今河南省偃师县南。⑧将市于周：将要去成周做生意。⑨以乘韦先：以四张熟牛皮作为先行致送的礼物。乘，四，古代一车四马，故借乘为四；韦，熟牛皮。⑩步师：行军。敝邑：敝国。⑪淹：留。⑫积：指粮食、饲草、肉类等。⑬卫：守卫、警戒。⑭遽：古代传递公文消息的快车，即驿车。

译文

三十三年春季，秦军路过成周北门时，战车上的车左和车右都摘下头盔下车徒步行走，但刚一下车就又跳了上去，有三百辆车都是这样。当时王孙满年纪尚小，看到这种状况便对周天子说：『秦军轻佻无礼，肯定失败。轻佻必然缺少谋略，无礼必然粗心大意。到了险要之地而粗心大意，又没有谋略，能不失败吗？』

秦军行至滑国时，郑国的商人弦高正打算到京城去做买卖。与秦军相遇后他先给秦军送了四张熟牛皮，然后又送去十二头牛，以犒劳秦军。他对秦军将领说：『我们国君听说贵军将要到我国去，特地派遣我前来慰劳贵军将士。我国虽不富裕，但愿意为贵国长久地服务。贵军如果要居留，我们保证提供每天的必需品，即使要离开，我们也要为你们守卫到最后一夜。』与此同时弦高派人迅速向郑国报信。

原文

郑穆公使视客馆[①]，则束载、厉兵、秣马矣[②]。使皇武子辞焉[③]，曰：『吾子淹久于敝邑[④]，唯是脯资饩牵竭矣[⑤]。为吾子之将行也，郑之有原圃，犹秦之有具囿也[⑥]。吾子取其麋鹿以闲敝邑[⑦]，若何？』杞子奔齐，逢孙、杨孙奔宋。

孟明曰：『郑有备矣，不可冀也[⑧]。攻之不克，围之不继[⑨]，吾其还也。』灭滑而还。

注释

①客馆：杞子等人的居处。②束载：捆束车子。厉兵：磨砺兵器。秣马：喂饱马匹。③皇武子：郑大夫。辞：致辞。④吾子：指杞子等三人。⑤脯资饩牵：指肉食和粮食。脯，干肉。资，粮食。饩牵：未宰杀的牲畜。⑥具囿：秦国养兽打猎的苑囿，在今陕西省泾阳县境内。⑦闲：闲暇。⑧冀：希望。⑨不继：无后援。

译文

郑穆公派人前去杞子等人居住的旅馆打探情报，发现他们已经装束完毕，磨砺兵器，喂饱战马，准备行动了。于是就派皇武子前去驱逐他们，说：『你们长期住在我国，因为我们的肉类和粮食快被你们消耗光了，所以你们要离开这里了。郑国有一个打猎的地方叫原圃，和秦国的具囿一样，请你们到那里去猎取麋鹿，以便使我们的负担减轻，也让我们休养一下，怎么样？』于是杞子逃亡到了齐国，逢孙、杨孙逃亡到了宋国。

孟明说：『郑国已经有所准备，这次征战没有希望了。攻打它不能取胜，包围它则又没有后续部队，我们还是回去吧。』于是就灭亡了滑国后撤军回国。

原文

齐国庄子来聘，自郊劳至于赠贿①，礼成而加之以敏②。臧文仲言于公曰：『国子为政③，齐犹有礼，君其朝焉！臣闻之：服于有礼④，社稷之卫也。』

晋原轸曰⑤：『秦违蹇叔，而以贪勤民⑥，天奉我也⑦。奉不可失，敌不可纵。纵敌患生，违天不祥。必伐秦师。』栾枝曰：『未报秦施而伐其师⑧，其为死君乎⑨？』先轸曰：『秦不哀吾丧而伐吾同姓⑩，秦则无礼，何施之为？吾闻之：一日纵敌，数世之患也。谋及子孙，可谓死君乎！』遂发命，遽兴姜戎⑪。子墨衰绖⑫，梁弘御戎⑬，莱驹为右⑭。

注释

①郊劳：郊外迎接。赠贿：赠送礼物送行。②敏：做事审慎、得当。③国子：指国庄子。为政：执政。④服：顺服。⑤原轸：即先轸。⑥勤民：劳民。⑦奉：与。⑧秦施：秦国的恩惠。施，恩惠。⑨为死君：指忘掉先君。君，即晋文公。⑩同姓：指郑、滑，与晋同为姬姓国。⑪遽兴姜戎：急速调动姜戎的军队。姜戎，秦晋之间的一个部族，与晋国关系密切。⑫子：指晋文公之子晋襄公。因文公未葬，尚未即位，故称子。墨衰绖：染黑丧服。衰，麻制丧服；绖，麻制腰带。衰、绖均为白色。因行军穿白色孝服不吉利，故用墨染成黑色。⑬梁弘：人名，为晋大夫。⑭莱驹：人名，晋大夫。

译文

齐国的国庄子来鲁国聘问，自郊外欢迎到赠物告别，国庄子始终遵礼而行，聪明而又稳重。臧文仲对僖公说：

『现在国子执政，齐国还是讲究礼法的。君王去接见吧！我听说：顺服礼仪之国，就如同保卫自己的国家。』

晋国的先轸说：『秦穆公不听从蹇叔的劝告，因为贪婪而兴师动众，这实在是上天对我们的帮助。上天赐予的机会不能失去，远道而来的敌人不能让他逃走。放走了敌人就会产生祸患，违背上天的意愿就会不吉利。一定要攻打秦军。』栾枝说：『我们尚未报答秦国的恩德，却又攻打它的军队，那么我们心目中还有去世的文公吗？』先轸说：『秦国不但不前来吊唁我们的丧事，反而去攻打我们的同姓国家。这是非常无礼的，还有什么恩惠可讲？我听说：放走敌人一天，那将是几代人的祸害。我们攻打秦国是为了子孙后代，这总可以向死去的国君交代了吧！』于是就发布命令，并马上动员了姜戎的军队参加。出征时，晋襄公穿着黑色的丧服，梁弘为他驾御战车，莱驹为车右。

原文

夏，四月辛巳[1]，败秦师于崤，获百里孟明视、西乞术、白乙丙以归。遂墨以葬文公。晋于是始墨[2]。

文嬴请三帅[3]，曰：『彼实构吾二君[4]，寡君若得而食之[5]，不厌，君何辱讨焉[6]？使归就戮于秦，以逞寡君之志[7]，若何？』公许之[8]。先轸朝，问秦囚。公曰：『夫人请之，吾舍之矣。』先轸怒曰：『武夫力而拘诸原，妇人暂而免诸国[9]。堕军实而长寇仇[10]，亡无日矣。』不顾而唾[11]。公使阳处父追之，及诸河，则在舟中矣，释左骖[12]，以公命赠孟明，孟明稽首曰：『君之惠，不以累臣衅鼓[13]，使归就戮于秦，寡君之以为戮，死且不朽。若从君惠而免之，三年将拜君赐[14]！』

注释

①辛巳：四月十三日。②始墨：开始用黑色作为丧服的颜色，并由此形成习俗。③文嬴：晋文公夫人，襄公嫡母。请：求情。三帅：孟明视、西乞术、白乙丙三人。④构：挑拨离间。⑤寡君：指秦穆公。⑥辱：委屈，谦词。⑦

逞：满足。逞志，即快意。⑧公：指晋襄公。⑨暂：突然，一下子。一说为诈欺。免：赦免，释放。⑩堕军实：毁伤战果。长寇仇：助长敌人的势力。⑪不顾而唾：不回头就在襄公面前吐唾沫。言其气愤之极。⑫释左骖：解开左边驾车的马。古代一车四马，在两旁的称骖。⑬累臣：囚臣，孟明自称。衅鼓：以血涂鼓，即杀戮。古代有以囚俘祭鼓的现象。⑭拜君赐：拜谢君王的恩赐，言外之意即复仇。

译文

夏季，四月十三日，晋军在崤山将秦军击败，俘虏了百里孟明视、西乞术、白乙丙回国，而后又穿着黑色的丧服将文公安葬。从此以后，晋国人凡遇丧事都穿戴黑色丧服。

晋文公夫人文嬴向晋襄公请求释放孟明等秦军三个主将，她说：『他们是挑拨我们两国国君关系的罪魁祸首，我们秦国国君如果能将他们抓到，就是食其肉也不能解恨，又何必有劳您去惩治他们呢？让他们回到秦国去受刑，以满足我们国君的心愿。怎么样？』晋襄公同意了。后来先轸朝见晋襄公，问起秦国囚犯的情况，晋襄公说：『夫人为他们请求，我已经把他们放回去了。』先轸恼怒地说：『将士们在战场上费了那么大的力气才把他们抓获，而一个女人几句骗人的话就放走了他们，这是在糟蹋我们的战果而助长敌人的气焰，晋国灭亡的时间没有多久了。』说完往地上吐了口唾沫，头也没回就走了。晋襄公急忙派阳处父对孟明等人进行追赶，追到黄河边上，他们已经上船了，阳处父假借襄公的名义说是要把左骖送给孟明，企图使他们回来拜谢，再将其捉住。但孟明在船上叩头拜谢说：『承蒙君王开恩，不处死我们这些俘虏，而让我们回国受刑。如果我们国君杀了我们，纵然死了，我们也不会忘记今天的恩惠。如果托君王的福而得到赦免，那么三年之后，我们将会前来拜谢君王的恩德！』

原文

秦伯素服郊次[1]，乡师而哭，曰[2]：『孤违蹇叔以辱二三子，孤之罪也。』不替孟明[3]，曰：『孤之过也，大夫何罪？且吾不以一眚掩大德[4]！』

狄侵齐，因晋丧也。

公伐邾，取訾娄[5]，以报升陉之役。邾人不设备。秋，襄仲复伐邾。

注释

①素服：凶服。郊次：在郊外等候。②乡：同『向』。③替：废止，撤职。④眚：过。⑤訾娄：邾地名。

译文

秦穆公身穿素服等候在郊外，面对被释放回国的孟明等人失声痛哭，他说：『我没有听蹇叔的话，使你们几位蒙受耻辱，这是我的罪过。』因此便没有免除孟明的职务，他解释说：『这完全是我的过错，大夫有什么过错？再说我也不能因为一次过失而抹杀他的巨大功劳啊！』

狄人入侵齐国，是趁晋国遇到丧事而发难的。

僖公发兵攻打邾国，夺取了訾娄，因而报了升陉一战之仇。邾国没有提防。秋，襄仲又一次率军攻打邾国。

原文

狄伐晋，及箕[1]。八月戊子[2]，晋侯败狄于箕。郤缺获白狄子[3]。

先轸曰：『匹夫逞志于君而无讨[4]，敢不自讨乎？』免胄入狄师，死焉。狄人归其元[5]，面如生。

注释

①箕：晋地名，在现今的山西省蒲县东北一带。②戊子：二十二日。③郤缺：晋臣，又名郤成子。白狄：为狄人的一支，隗姓。④逞志于君：指『不顾而唾』一事。⑤元：首级，脑袋。

译文

狄人攻打晋国，一直攻到了箕地。八月二十二日，晋襄公率军在箕地将狄人打败，郤缺俘获了白狄子。先轸说：『我这样一个普通人竟敢在国君面前无礼，却没有被制裁，那么我自己还敢不惩罚自己吗？』于是就摘下头盔冲进狄军，结果战死在那里。狄人送回他的脑袋时，他的面容还和生前一样。

原文

初，臼季使过冀①，见冀缺耨②，其妻馌之。敬，相待如宾③。与之归，言诸文公曰：『敬，德之聚也④。能敬必有德，德以治民，君请用之！臣闻之：出门如宾，承事如祭，仁之则也。』公曰：『其父有罪⑤，可乎？』对曰：『舜之罪也殛鲧⑥，其举也兴禹⑦。管敬仲，桓之贼也⑧，实相以济⑨。《康诰》曰：「父不慈，子不祗，兄不友，弟不共，不相及也。」《诗》曰：「采葑采菲⑩，无以下体⑪。」君取节焉可也。』文公以为下军大夫。反自箕，襄公以三命命先且居将中军⑫，以再命命先茅之县赏胥臣⑬，曰：『举郤缺，子之功也。』以一命命郤缺为卿，复与之冀，亦未有军行。

冬，公如齐，朝，且吊有狄师也⑭。反，薨于小寝⑮，即安也⑯。

注释

①臼季：即胥臣，又称马季子，晋臣。②冀缺：即郤缺。耨：锄草。③如宾：如会见宾客。④聚：集中体现。

⑤其父有罪：冀缺之父为晋惠公之党，欲害晋文公，为秦穆公所诱杀。⑥罪：治罪。殛鲧：把鲧流放到荒远的地方。殛，诛；鲧，禹的父亲。⑦举：选拔。⑧贼：仇敌。⑨济：成功，此指完成霸业。⑩葑：蔓菁。菲：萝卜。⑪无以下体：不要以为是下体而抛弃。⑫三命：诸侯任命大臣有『一命』、『再命』、『三命』的区别。以命数多为贵，车服的规制也与此相应。三命为最高等级。先且居：先轸之子，其父战死疆场，功勋卓著，故以之命命之为卿，使将中军。⑬先茅：晋大夫，因绝后，故取其县赏赐胥臣。⑭吊：抚慰。⑮小寝：燕寝，诸侯平日所居。⑯即安：小寝为诸侯燕安之所，鲁僖公病，未移居正寝，就小寝而死，故称即安。

译文

当初，臼季出使外国时，曾路过冀国，看到冀缺正在田间除草，他妻子送饭给他，二人相敬如宾。臼季便邀请冀缺一起来到晋国，对晋文公说：『恭敬是德行的集中表现，对人恭敬就一定有德行，德行能够用来治理百姓，请君王重用冀缺！据我所知：出门恭敬如同对待宾客，办事庄重犹如参加祭祀，这是仁爱的规则。』晋文公说：『他的父亲冀芮有罪，能重用他吗？』臼季回答说：『从前舜为了惩罚犯罪而将鲧流放，但他为了选拔人才却起用了鲧的儿子禹。管仲曾经因为射杀齐桓公而成为他的敌人，后来却被任命为相并取得成功。《书经·康诰》说：「父亲不仁慈，儿子不孝顺，哥哥不友爱，弟弟不恭敬，相互之间没有关系。」《诗》中说：「采蔓菁，采萝卜，不要将它的根部舍弃。」您根据他的优点挑选就行了。』于是晋文公便让冀缺担任了下军大夫。箕地一战胜利归来，晋襄公用诸侯大臣中的最高规格任命先轸之子先且居率领中军，用仅次于先且居的规格把先茅的县赏给胥臣即臼季，并且对他说：『举荐郤缺，是你的功劳。』用仅次于胥臣的规格任命郤缺为卿，重新把冀地封给他，但没有委任他军职。

冬季，僖公到齐国朝见，同时就狄人攻打齐国的事情进行慰问。回国后，僖公就在燕寝中去世，这是不合于礼的，因为他为了享受安逸舒适才没有移居到正寝。

原文

晋、陈、郑伐许，讨其贰于楚也。

楚令尹子上侵陈、蔡。陈、蔡成，遂伐郑，将纳公子瑕，门于桔柣之门[①]。瑕覆于周氏之汪。外仆髡屯禽之以献[②]。文夫人敛而葬之郐城之下[③]。

晋阳处父侵蔡，楚子上救之[④]，与晋师夹泜而军[⑤]。阳子患之，使谓子上曰：『吾闻之：「文不犯顺[⑥]，武不违敌。」子若欲战，则吾退舍，子济而陈[⑦]，迟速唯命，不然纾我[⑧]。老师费财[⑨]，亦无益也。』乃驾以待。

注释

①门：攻城门。桔柣之门：郑都远郊之门。②髡屯：人名。禽：同『擒』。③文夫人：郑文公夫人，可能为公子瑕的生母。郐：本为国名，为郑所灭，在今河南省密县东南部。④子上：即斗勃，楚令尹。⑤泜：泜水，发源于河南省鲁山县，东流经宝丰、叶县、舞阳，会于北沙河。⑥犯顺：违犯顺理成章之言。⑦子济而陈：你们渡过河而列阵。⑧纾我：使我纾缓，即济河而列阵。纾，缓。⑨老师：军队久驻在外，疲劳不堪。

译文

晋国、陈国、郑国联合攻打许国，对它亲近楚国予以惩戒。

楚国令尹子上攻打陈国、蔡国。陈、蔡与楚国讲和后，楚军又攻打郑国，并计划送公子瑕回郑国做国君，攻打郑都城门桔柣之门时，公子瑕的车子翻倒在周氏之汪中，仆人髡屯抓住他献给了郑穆公。文夫人为他收了尸并将其埋葬到郐城下。

晋国的阳处父领兵攻打蔡国，楚国的子上前去援救，和晋军相隔泜水对峙。阳处父对此极为担心，便派人对子上说：『我听说：「使用文的方法不能违背真理，使用武的方法不能躲避敌人。」您如果想打，那么我退后三十里，让您渡过河摆好阵势，至于早打还是晚打，我听从您的意见。如果不这样，而是让我渡过河去，再休整一下，又耗费时间，浪费钱财，也没有什么用处。』于是就套上战车准备让楚军过河。

原文

子上欲涉，大孙伯曰[①]**：『不可。晋人无信，半涉而薄我，悔败何及？不如纾之。』乃退舍。阳子宣言曰：『楚师遁矣。』遂归。楚师亦归。**

大子商臣谮子上曰[②]**：『受晋赂而辟之，楚之耻也。罪莫大焉。』王杀子上。**

葬僖公，缓作主，非礼也。凡君薨，卒哭而祔[③]**，祔而作主，特祀于主**[④]**，烝、尝、禘于庙**[⑤]**。**

注释

①大孙伯：即大心。②大子商臣谮子上：楚成王想立商臣为太子，令尹子上曾经加以阻止，所以太子商在楚成王面前诬告子上。谮，诬陷。③祔：把新死者的神主附祭于先祖。④特：单独。⑤烝：冬祭。尝：秋祭。禘：禘祭，新主既立，则可单独祭祀先主于寝庙。

译文

子上想率军渡河，大孙伯说：『不能如此。晋国人不讲信用，我们渡过一半时，他们就会向我们发动袭击，到时候战败了，再后悔还来得及吗？不如我们后退，让他们缓口气。』于是楚军向后退了三十里。这时阳处父便向部队宣布：『楚军逃跑了。』就率军回国了，楚军也只能回国。

太子商在楚成王面前诬告子上说：『子上接受了晋国的贿赂，因此才避免和晋军打仗。这是楚国的耻辱，再没有比这更大的罪过了。』于是成王就把子上杀了。

鲁国安葬了僖公，但没有及时设置神位，这是不合于礼法的。凡国君去世，安葬后十几天，止住了不定时的号哭后，就得把死者的神位送入祖庙，送入祖庙就要设置神位，以便于单独向死者祭祀。至于以后遇到烝祭、尝祭、禘祭时，就在祖庙内和其他祖先共同祭祀。

庐山高图　明·沈周

图中山峦层叠，草木丰茂，飞瀑高悬，云雾浮动。此图构图布局颇具匠心，墨色浓淡层次逐渐变化。作者取于王蒙技法，善于组合稠密高叠的石岩，进而形成转折交搭的层峦，再布置大小林木，复合为整一的自然美，疏密、松紧，有条不紊。

文公

文公元年

原文

元年春，王使内史叔服来会葬。公孙敖闻其能相人也[①]，见其二子焉。叔服曰：『谷也食子[②]，难也收子[③]。谷也丰下[④]，必有后于鲁国[⑤]。』

于是闰三月，非礼也。先王之正时也[⑥]，履端于始[⑦]，举正于中[⑧]，归余于终[⑨]。履端于始，序则不愆[⑩]；举正于中，民则不惑；归余于终，事则不悖[⑪]。

注释

①公孙敖：鲁大夫，庆父之子。相人：给人相面。②谷：公孙敖长子，字文伯。食子：奉养您。③难：公孙敖次子，字惠叔。收子：安葬您。④丰下：面方而脸之下部丰满。⑤有后：后嗣昌盛。⑥正时：端正时令。⑦履端于始：推算年历以冬至为始。⑧举正于中：以正朔之月为正月。⑨归余于终：置闰月于岁终。⑩序则不愆：四时有序则不错乱。⑪事则不悖：按此做事则不悖谬。

译文

元年春季，周天子派遣内史叔服前来参加葬礼。公孙敖听说他能相面，就让自己的两个儿子出来见他。叔服说：『谷可以祭祀供养您，难可以将您安葬。谷的下颌丰满，后嗣必然在鲁国昌盛光大。』

今年闰三月，这是不合传统习惯的。先王端正时令，年历的推算以冬至为开始，测定春分、秋分、夏至、冬至的月份作为四季的中月，把剩余的月份归总在一年的末尾。年历的推算以冬至为开始，四时的次序就没有错乱；以正朔的月份作为标准，百姓就不会被迷惑；把剩余的月份归总在一年的末尾，事情就没有谬误了。

原文

夏，四月丁巳，葬僖公。

王使毛伯卫来锡公命①。叔孙得臣如周拜②。

晋文公之季年③，诸侯朝晋，卫成公不朝，使孔达侵郑④，伐绵、訾及匡⑤。晋襄公既祥⑥，使告于诸侯而伐卫，及南阳。先且居曰：『效尤⑦，祸也。请君朝王，臣从师。』晋侯朝王于温。先且居、胥臣伐卫。五月辛酉朔⑧，晋师围戚⑨。六月戊戌⑩，取之，获孙昭子⑪。

注释

①毛伯卫：人名，天王使者。②叔孙得臣：鲁臣，又称叔孙庄叔、庄叔。拜：拜谢赐命。③季年：末年。④孔达：卫大夫。⑤訾：訾娄，本为卫邑，后属郑。匡：本为卫邑，故址在今河南省长垣县西南部，后为郑国夺去。⑥既祥：行过小祥祭礼以后。祥，古丧礼的一种。⑦效尤：效仿别人的错误。⑧辛酉朔：初一日。⑨戚：卫邑，在今河南省濮阳县北一带。⑩戊戌：六月初八日。⑪孙昭子：卫大夫。

译文

夏，四月二十六日，僖公被安葬。

周天子派遣毛伯卫来赐给文公策命的荣宠。叔孙得臣到成周拜谢。

晋文公的晚年，诸侯朝见晋国，卫成公没有朝见，反而派遣孔达侵袭郑国，攻打绵、訾和匡地。晋襄公在举行小祥祭祀以后，派人通告诸侯而对卫国进行讨伐，到达南阳。先且居说：『效法错误，这是祸患。请您朝觐周天子，下臣跟随军队。”晋襄公在温地朝觐了周天子。先且居、胥臣向卫国发动进攻。五月初一日，晋军包围戚地。六月初八日，占取戚地，将孙昭子俘虏。

原文

卫人使告于陈。陈共公曰：“更伐之[①]，我辞之[②]。”卫孔达帅师伐晋，君子以为古[③]。古者，越国而谋。

秋，晋侯疆戚田[④]。故公孙敖会之。

注释

①更伐之：陈共公让卫再次向晋师进攻。②辞：言辞，求和。③古：粗心、粗俗、固陋。④疆：划疆正界，以便管理。

译文

卫国人派人报告陈国。陈共公说：“转过去攻击他们，我去跟他们说话。”卫国的孔达就领兵攻打晋国。君子认为这样做过于粗心。粗心，指的是让别国给自己出主意。

秋，晋国划分戚地土田的疆界，所以公孙敖参加了。

原文

初，楚子将以商臣为大子，访诸令尹子上[①]。子上曰：“君之齿未也[②]，而又多爱[③]，黜乃乱也。楚国之举[④]，恒在少者[⑤]。且是人也，蜂目而豺声[⑥]，忍人也[⑦]，不可立也。”弗听。既又欲立王子职[⑧]，而黜大子商臣。商臣闻之而未察[⑨]，告其师潘崇曰：“若之何而察之？”潘崇曰：“享江芈而勿敬也。”从之。江芈怒曰：“呼[⑩]！役夫[⑪]！宜君王之欲杀女而立职也。”告潘崇曰：“信矣。”潘崇曰：“能事诸乎[⑫]？”曰：“不能。”“能行乎[⑬]？”曰：“不能。”

『能行大事乎⑭？』曰：『能。』

冬，十月，以宫甲围成王⑮。王请食熊蹯而死⑯。弗听。丁未⑰，王缢。谥之曰『灵』，不瞑；曰『成』，乃瞑。

注释

①访：询问。②齿未：年岁不大，不急于立世子。齿，年。③多爱：多内宠。④举：立。⑤恒：常。⑥蜂目：眼睛像蜂。豺声：声音如豺。⑦忍人：残忍的人。⑧既：立了以后。王子职：成王子，商臣的庶弟。⑨未察：没有详细调查。⑩呼：叹词，表惊怪。⑪役夫：贱者的称呼。⑫事：事奉。诸：之。⑬行：逃亡。⑭大事：指弑君夺位，一说指政变。⑮宫甲：太子亲兵。⑯熊蹯：熊掌。⑰丁未：十月十八日。

译文

当初，楚成王计划立商臣为太子，征询令尹子上的意见。子上说：『君王的年岁还不大，而且内宠又多，如果立了商臣再废黜他，就是祸乱。楚国立太子，往往选择年轻的。而且商臣这个人，眼睛像胡蜂，声音像豺狼，是一个残忍的人，不能把他立为太子。』楚王没有听从。立了以后，又想立王子职而将太子商臣废黜。商臣听到消息但还没有弄清楚，告诉他老师潘崇说：『如何才能弄清楚？』潘崇说：『你设宴招待江芈而故意表示对他不尊敬。』商臣听从了。江芈发怒说：『啊！下贱的东西！无怪君王要杀掉你而立职做太子了。』商臣对潘崇说：『事情确实了。』潘崇问：『你能事奉公子职吗？』商臣说：『不能。』潘崇问：『你能逃亡吗？』商臣说：『不能。』潘崇问：『你能够办大事吗？』商臣说：『能。』

冬，十月，商臣率领宫中的警卫军将楚成王包围。成王请求吃了熊掌以后去死，商臣没有应允。十八日，楚王上吊而死。谥号称为『灵』，尸体不闭眼睛，改谥为『成』，才闭上了眼睛。

原文

穆王立，以其为大子之室与潘崇，使为大师，且掌环列之尹①。

穆伯如齐②，始聘焉③，礼也。凡君即位，卿出并聘，践修旧好④，要结外援，好事邻国，以卫社稷，忠、信、卑让之道也⑤。忠，德之正也；信，德之固也；卑让，德之基也。

崤之役，晋人既归秦帅，秦大夫及左右皆言于秦伯曰：『是败也，孟明之罪也，必杀之。』秦伯曰：『是孤之罪也。周芮良夫之诗曰⑥：「大风有隧，贪人败类⑦。听言则对，诵言如醉。匪用其良⑧，覆俾我悖⑨。」是贪故也，孤之谓矣。孤实贪以祸夫子⑩，夫子何罪？』复使为政。

注释

①环列之尹：宫中警卫军长官。②穆伯如齐：《春秋》载『公孙敖如齐』。公孙敖，鲁卿。③始聘：新君即位，派卿去大国朝见，小国聘问，称作始聘。④践：履行。⑤卑让：谦让。⑥芮良夫：周厉王时卿士。⑦类：善。⑧匪用其良：不听良臣之言。⑨覆：反。⑩夫子：那个人，指孟明。

译文

楚穆王即位，把他做太子时的房屋财物赏赐给潘崇，任命他做太师，而且作为掌管宫中警卫军的长官。

穆伯到齐国去，开始聘问，这是合乎礼的。只要是国君即位，卿出国普遍聘问，继续重温过去的友好，团结外援，善待邻国，以此来保卫国家，这是合乎忠、信、卑让之道的。忠，意味德行的纯正；信，意味德行的巩固；卑让，意味德行的根本。

崤地这一战役，晋国将秦国主将放回，秦国的大夫和左右侍臣都对秦穆公说：『这次失败，是孟明的罪过，一定要杀死他。』秦穆公说：『这是我的罪过。周朝芮良夫的诗说：「大风迅猛把一切摧毁，贪婪的人把善良抛弃。听到不相干的话就喜而答对，听到《诗》、《书》就昏昏欲睡。不能任用有才能的人，却使我和道义相违背。」这是因为贪婪的缘故，说的就是我啊。我由于贪婪而使那一位受祸，那一位有何罪过？』重新让孟明执政。

溪堂诗思图　明·戴进

此图绘层峰叠翠，山泉蜿蜒而下汇入溪流，溪畔杂树成林，烟气迷蒙，山麓林下，茅堂临溪，一老者坐于堂前正凝思冥想，小桥上，有侍童抱琴而来。此图笔墨苍劲，布置精密，峰峦重叠，颇见生机，为戴进晚年的杰作。

文公二年

原文

二年春，秦孟明视帅师伐晋，以报崤之役。二月，晋侯御之。先且居将中军，赵衰佐之。王官无地御戎①，狐鞫居为右②。甲子，及秦师战于彭衙③，秦师败绩。晋人谓秦『拜赐之师④』。

战于崤也，晋梁弘御戎，莱驹为右。战之明日，晋襄公缚秦囚，使莱驹以戈斩之。囚呼，莱驹失戈，狼瞫取戈以斩囚⑤，禽之以从公乘，遂以为右。箕之役，先轸黜之，而立续简伯⑥。狼瞫怒。其友曰：『盍死之⑦？』瞫曰：『吾未获死所。』其友曰：『吾与女为难⑧。』瞫曰：『《周志》有之⑨：「勇则害上⑩，不登于明堂⑪。」死而不义，非勇也。共用之谓勇⑫。吾以勇求右，无勇而黜，亦其所也。谓上不我知⑬，黜而宜，乃知我矣。子姑待之。』及彭衙，既陈，以其属驰秦师，死焉。晋师从之，大败秦师。

注释

①王官无地：人名，晋臣。②狐鞫居：晋臣，又称续鞫居、续简伯。③彭衙：秦地名，在今陕西省白水县东北。④拜赐之师：晋人引此语讥讽秦国。拜赐，要来复仇。⑤狼瞫：晋之勇士。⑥续简伯：即狐鞫居。⑦盍死之：何不以死相抗争？⑧为难：发难，即共杀先轸。⑨《周志》：即《周书》。⑩则：如果。⑪明堂：古代帝王宣明政教的地方。⑫共用：为国效命。勇：以死供国之用。⑬上：指先轸。

译文

二年春季，秦国孟明视率军攻打晋国，以报崤地一战之仇。二月，晋襄公领兵抵御。先且居率领中军，赵衰为副帅。王官无地驾驭战车，狐鞫居为车右。二月初七日，和秦军交战于彭衙，结果秦军大败。晋国人把秦军叫做『前来拜谢恩德的部队』。

在崤地之战中，晋国的梁弘为晋襄公驾驭战车，莱驹为车右。战斗持续到第二天，晋襄公命人把秦国的几个俘虏捆起来，让莱驹用戈将他们的脑袋砍掉。俘虏大声喊叫起来，莱驹一惊，手中的戈掉在地上，这时，狼瞫迅速拿起戈砍掉了俘虏的脑袋，并把莱驹抓起追上了晋襄公的战车，于是晋襄公就让他做了车右。箕地一战中，先轸把狼瞫废黜了，让续简伯即狐鞫居代替他。狼瞫非常恼怒。他的朋友说：『你怎么不去死？』狼瞫说：『我还没有找到死的地方。』朋友说：『我跟你一起发难将先轸杀掉。』狼瞫说：『《周志》上说：「勇猛但如果杀了位居在上的人，死后也不能进入庙堂。」如果不义而死，不能算是勇敢。为国而死才叫做勇敢。我当初因为勇敢而做了车右，而今因为不勇敢而被废黜，这也是理所应当的。如果说是先轸不了解我，废黜得当，这就是了解我了。您等着瞧吧。』待到彭衙一战，狼瞫在阵势摆开以后，率领他的部下冲入秦军，结果死在那里。晋军紧跟而上，大败秦军。

原文

君子谓：『狼瞫于是乎君子①。《诗》曰：「君子如怒，乱庶遄沮②。」又曰：「王赫斯怒③，爰整其旅④。」怒不作乱而以从师，可谓君子矣。』

秦伯犹用孟明。孟明增修国政，重施于民。赵成子言于诸大夫曰⑤：『秦师又至，将必辟之，惧而增德，不可当也。《诗》曰：「毋念尔祖⑥，聿修厥德⑦。」孟明念之矣。念德不怠，其可敌乎⑧？』

注释

①于是乎君子：狼瞫冲入敌阵英勇献身，换得晋国的胜利，以此举可谓君子了。②遄：疾。沮：止。③赫斯：赫然发怒的样子。④爰：于是。⑤赵成子：赵衰，晋之卿。⑥毋：语气词，无义。⑦聿：语气词，无义。⑧其：岂。

译文

君子对此评价说：『狼瞫在这件事上可以说是个君子。《诗》说：「君子如果发怒，动乱几乎可以迅速终止。」又说：「文王勃然大怒，于是就整顿军队。」愤怒但不去作乱，而是上前线打仗，可以说是君子了。』

秦穆公仍然任用了孟明。孟明更加努力于修明政事，给百姓以更大的好处。赵衰对大夫们说：『秦军如果再来攻打我们，一定要躲开它。因为害怕对方而更加修明德行，这样的人是抵抗不了的。《诗》说：「怀念你的祖先，修明你的德行。」孟明知道这两句话。致力于修德并能坚持不懈，难道能抵抗得住吗？』

原文

丁丑①，作僖公主。书，不时也。

晋人以公不朝来讨，公如晋。夏，四月己巳，晋人使阳处父盟公以耻之。书曰：『及晋处父盟。』以厌之也②。

适晋不书③，讳之也。

公未至，六月，穆伯会诸侯及晋司空士縠盟于垂陇④，晋讨卫故也。书『士縠』，堪其事也⑤。

陈侯为卫请成于晋，执孔达以说⑥。

注释

①丁丑：二月二十日。②厌：憎恶、厌弃。③适晋不书：不记载鲁公被迫去晋，这是出于为君讳。④士縠：士蔿之子。垂陇：郑地，在今河南省荥阳县东北。⑤堪其事：能胜任其事。⑥说：解说。

译文

二月二十日，鲁国设置了僖公的神位。《春秋》记载了这件事，是因为没有及时设置。

晋国人由于文公没有前去朝见而发兵攻打鲁国，于是文公就去了晋国。夏季，四月十三日，晋国派遣阳处父和文公在晋国国都结盟，以此来羞辱他。《春秋》记载为：『及晋处父盟。』表示对晋国的不满意。对文公前往晋国一事不加记载，是因为避讳。

文公还没有回到鲁国，六月，穆伯即公孙敖和诸侯以及晋国司空士縠在垂陇结成盟国，这是因为晋国攻打卫国的缘故。《春秋》直书『士縠』的名字，是认为他能够胜任攻打卫国的任务。

陈共公替卫国向晋国求和，并抓了孔达以向晋国进行解释。

原文

秋，八月丁卯，大事于大庙[1]，跻僖公[2]，逆祀也[3]。于是夏父弗忌为宗伯[4]，尊僖公，且明见曰[5]：『吾见新鬼大，故鬼小[6]。先大后小，顺也。跻圣贤，明也。明顺，礼也。』

君子以为失礼：『礼无不顺。祀，国之大事也，而逆之，可谓礼乎？子虽齐圣，不先父食久矣[7]。故禹不先鲧[8]，汤不先契[9]，文、武不先不窋[10]。宋祖帝乙，郑祖厉王，犹上祖也[11]。是以《鲁颂》曰：「春秋匪解，享祀不忒，皇皇后帝，皇祖后稷。」君子曰礼，谓其后稷亲而先帝也。《诗》曰：「问我诸姑，遂及伯姊[12]。」君子曰礼，谓其姊亲而先姑也[13]。』

注释

①大事：此指祭祀。②跻僖公：升僖公的神位。跻，升、登。僖公与闵公为兄弟，僖公继闵公为君，依当时礼制，闵公当在僖公之上。此升僖公之位于闵公之上，故称跻。③逆祀：把僖公牌位升于闵公之上，搞乱了庙次中昭穆之序，按此祭祀称作逆祀。④于是：当时。夏父弗忌：人名，鲁大夫，夏父展之后。宗伯：古代掌礼之官。⑤明见：

明言其所见。⑥故鬼：指闵公，其死已久。⑦不先父食：此句为譬喻，即后之国君享受祭品不能在先立国君之上。⑧鲧：禹的父亲。⑨契：汤的十三世祖。⑩不窋：周文王的先祖。⑪上祖：尊尚父祖。⑫问我诸姑，遂及伯姊：问候各位姑姑，也问候姐妹们。⑬姊亲而先姑：姐姐与姑姑相比，姐姐更亲近，而先问候姑姑，也是合于礼的。

译文

秋季，八月十三日，鲁国在太庙举行了祭祀，把僖公的神位升到闵公之上，这次祭祀违背了正当顺序。当时夏父弗忌担任宗伯一职，他敬仰僖公，并且说明了他所见到的情况：『我看到新死的僖公的鬼魂大，早死的闵公的鬼魂小，先大后小，是符合顺序的。使圣贤升位，是明智的。明智并且符合顺序，是合乎礼的。』

君子认为这样做是失礼的：『礼没有不合顺序的。举行祭祀是国家的大事，不按照正确的顺序，能说是合乎礼的吗？即使儿子再聪明圣哲，也不能在父亲之前享受祭品，这是老规矩。所以禹不能在鲧前面，汤不能在契前面，文王、武王不能在不窋前面。宋国以帝乙为祖宗，郑国以厉王为祖宗，都是对祖宗的崇敬。所以《鲁颂》说：「四时不怠惰，祭祀没有差错，祭我伟大的上帝，祭我伟大的祖先后稷。」君子认为这是合乎礼的，就是说虽然和后稷亲近，却要先称上帝。《诗》说：「问候我的姑姑，然后再问候我的姐姐。」君子认为这也是合乎礼的，就是说虽然姐姐和自己亲近，但要先向姑姑问候。』

原文

仲尼曰：『臧文仲①，其不仁者三，不知者三。下展禽②，废六关③，妾织蒲，三不仁也。作虚器④，纵逆祀，祀爰居，三不知也。』

冬，晋先且居、宋公子成、陈辕选、郑公子归生伐秦⑤，取汪及彭衙而还⑥，以报彭衙之役。卿不书，为穆公故，

尊秦也，谓之崇德。

襄仲如齐纳币，礼也。凡君即位，好舅甥⑦，修昏姻，娶元妃以奉粢盛⑧，孝也。孝，礼之始也。

注释

①臧文仲：鲁大夫臧孙辰。②展禽：即柳下惠，孔子称其为贤人。③废：置。六关：关名。④虚器：指臧文仲私蓄大蔡之龟，并专为龟修建华丽房子的事。⑤宋公子成：宋庄子之子。郑公子归生：字子家，为灵公之弟。⑥汪：地名，临近彭衙。⑦好舅甥：加强舅甥国家之间的友好关系。好，用作动词。齐、鲁世为婚姻，所以两国关系是舅甥关系。⑧粢盛：祭祀的谷物。

译文

孔子说：「臧文仲有三件事做得不仁爱，有三件事做得不明智。使展禽屈居自己之下，设置了六个关口以收赋税，让他的小妾织席贩卖与民争利，这三件事做得不够仁爱。给一个大乌龟建造一座讲究的房屋并把它养起来，纵容夏父弗忌举行不合乎顺序的祭祀而不加制止，让国人祭祀海鸟，这三件事做得不够明智。」

冬季，晋国的先且居、宋国的公子成、陈国的辕选、郑国的公子归生联合起来攻打秦国，夺取了汪地和彭衙后回国，因而报了上次彭衙一战之仇。《春秋》不写参战的各国卿的名字，是由于秦穆公的缘故。尊重秦国，叫做崇尚德行。

襄仲为齐国送去玉帛财礼，这是合乎礼的。凡国君即位，发展甥舅国家之间的友好关系，两国联姻，娶元配夫人以参加祭祀，这就是孝道。讲究孝道，是合乎礼的开端。

文公三年

原文

三年春，庄叔会诸侯之师伐沈[①]，以其服于楚也。沈溃。凡民逃其上曰溃[②]，在上曰逃。

卫侯如陈，拜晋成也。

夏，四月乙亥，王叔文公卒[③]，来赴，吊如同盟，礼也。

注释

①庄叔：即叔孙得臣。沈：国名，姬姓，在今河南省沈丘旧县治一带。②逃其上：百姓逃避他们的上层人物，因人数众多，如堤溃水流，故称『溃』。③王叔文公：即王子虎。

译文

三年的春天，庄叔会合晋国、宋国、陈国、卫国、郑国的军队攻打沈国，原因是沈国顺服了楚国。沈国的百姓纷纷溃逃。凡是百姓逃离他们的国君称为『溃』，国君逃走则称为『逃』。

卫成公前往陈国，就陈共公替卫国请求与晋国讲和一事进行拜谢。

夏季，四月二十四日，王叔文公去世，王室将讣告送来。鲁国派人以同盟诸侯的礼节吊唁，是合乎礼的。

原文

秦伯伐晋，济河焚舟[①]，取王官[②]，及郊[③]。晋人不出，遂自茅津济[④]，封崤尸而还。遂霸西戎，用孟明也。

君子是以知：『秦穆公之为君也，举人之周也[⑤]，与人之壹也[⑥]；孟明之臣也，其不解也[⑦]，能惧思也；子桑之忠也[⑧]，其知人也，能举善也。《诗》曰：「于以采蘩[⑨]？于沼、于沚。于以用之？公侯之事。」秦穆有焉。「夙夜匪解[10]，以事一人[11]。』孟明有焉。「诒厥孙谋[12]，以燕翼子[13]。』子桑有焉。』

注释

①济河焚舟：渡过河把船烧掉，表示决一死战，不胜不还的决心。②王官：晋地名，在现山西省闻喜县西。③郊：地名，在王官附近。④茅津：地名，在今山西省平陆县境内茅津渡。⑤周：全面，周密。⑥与人：信任、任用人。⑦壹：专一无二。⑦解：同『懈』。⑧子桑：即公孙枝。⑨蘩：白蒿，供祭祀用。⑩夙：早。⑪一人：君主。⑫诒：遗。⑬燕：安。翼：辅佐。

译文

秦穆公讨伐晋国，过了黄河后便烧毁了渡船，表示决战到底，从而夺取了王官，以及王官附近的郊地。晋军听从赵衰的劝告不出城迎战，于是秦军就从茅津这个地方渡过黄河，在崤地堆土树碑，以纪念死亡的将士，然后就回国了。秦穆公从此称霸于西戎，这是由于重用了孟明。

君子因而知道：『秦穆公作为国君，选拔人才考虑周到，起用人才果断专一。因此孟明作为臣下，仍能坚持不懈，通过对战败的反思，进一步修明德行，子桑更为忠诚，他不但了解别人，更能举荐贤人。《诗》说：「何处去采蒿？池塘里，小洲中。哪里去用它？公侯的祭典上。」秦穆公就是如此能以忠信待人，人又能为其所用。「起早贪黑努力做事，一心事奉一个人。」孟明就是这样的人。「把谋略留给子孙，将其安定辅佐。」子桑就是这样的人。』

原文

秋，雨螽于宋[1]，队而死也[2]。

楚师围江，晋先仆伐楚以救江。

冬，晋以江故告于周，王叔桓公、晋阳处父伐楚以救江。门于方城[3]，遇息公子朱而还。

晋人惧其无礼于公也，请改盟。公如晋[4]，及晋侯盟[5]。晋侯飨公，赋《菁菁者莪》。庄叔以公降拜[6]。曰：『小国受命于大国，敢不慎仪？君贶之以大礼[7]，何乐如之？抑小国之乐[8]，大国之惠也。』晋侯降，辞。登，成拜。公赋《嘉乐》。

注释

①雨：用作动词，落下。螽：昆虫名。②队：同『坠』。③门：用作动词，指攻方城的门。④如：往。⑤及：与。⑥降拜：走下台阶下拜。晋侯赋诗称鲁文公是君子，所以庄叔让文公降阶拜谢。⑦贶：赐与。大礼：指飨礼。⑧抑：语首词，无意义。

译文

秋季，宋国发现很多螽斯像下雨一般落下来，是死后落下来的。

楚军围攻江国，晋国的先仆发兵攻打楚国，以便援救江国。

冬季，晋国把江国被围一事向周天子报告了，王叔桓公、晋国的阳处父攻打楚国以援救江国。攻打方城山关口时，遇到了楚国的息公子朱，然后就回国了。

晋国人因曾经对鲁文公无礼而感到害怕，所以请求改订盟约。因此文公前往晋国和晋襄公结盟。晋襄公设宴招待文公，并吟诵了《菁菁者莪》一诗表示欢迎。庄叔便让文公走下台阶再拜，说：『小国在大国受命，岂敢对礼仪不慎重？君王设宴对我们隆重款待，还有什么比这更令人高兴的呢？小国的高兴完全是大国的恩赐啊。』晋襄公也走下台阶推辞谦让，二人登上台阶至堂上，完成了拜礼。文公吟诵了《嘉乐》一诗表示感谢。

文公四年

原文

四年春，晋人归孔达于卫，以为卫之良也，故免之。

夏，卫侯如晋拜。

曹伯如晋，会正①。

逆妇姜于齐，卿不行，非礼也。君子是以知出姜之不允于鲁也②，曰：『贵聘而贱逆之，君而卑之③，立而废之，弃信而坏其主④，在国必乱，在家必亡。不允宜哉！《诗》曰：「畏天之威，于时保之。」敬主之谓也⑤。』

秋，晋侯伐秦，围邧、新城⑥，以报王官之役。

注释

①会正：与会交纳贡赋。正，同『政』，即交纳贡赋。当时小国诸侯有向霸主纳贡赋的义务，与会以定其数额。②出姜：即哀姜，鲁文公新娶的夫人，因其在文公死后，子被杀，己被出，归齐不返，故称出姜。不允：不终。③君：小君，国君之妻的称谓。④弃信：指贵聘贱逆，不依所聘时之礼行事。坏其主：夫人为公宫内之主，而卑之，废之，故曰『坏其主』。⑤敬主：敬重内主。⑥邧：秦邑，在今陕西省澄城县南部。新城：秦邑，在今陕西省澄城县东北二十里。

译文

四年春，晋国人将孔达释放让其回到卫国，这是因为把他作为卫国的突出人才，所以赦免了他。

夏，卫成公到晋国拜谢释放孔达。

曹共公到晋国商议纳贡的事情。

在齐国迎接姜氏，鲁卿没有去，这是不合乎礼的。君子因此而知道出姜在鲁国不会有好结果，说：『用尊贵的礼节行聘而用低下卑贱的礼节迎接她，身份是小君而慢待她，立为夫人而废弃她，丢掉信用而损害内主的身份，这样的事情发生在国家中肯定使国家动乱，在家族中必然使家族灭亡。没有好结果就是很正确了！《诗》说：「畏惧上天的威灵，因此就能保有福禄。」这说的就是要看重内主的身份。』

秋，晋襄公攻打秦国，将邧地、新城包围，以报复王官那次战役。

原文

楚人灭江，秦伯为之降服、出次、不举、过数[1]。大夫谏。公曰：『同盟灭，虽不能救，敢不矜乎[2]？吾自惧也。』君子曰：『《诗》云：「惟彼二国[3]，其政不获[4]；惟此四国，爰究爰度。」秦穆之谓矣。』

卫宁武子来聘，公与之宴，为赋《湛露》及《彤弓》。不辞，又不答赋。使行人私焉[5]。对曰：『臣以为肄业及之也[6]。昔诸侯朝正于王[7]，王宴乐之，于是乎赋《湛露》，则天子当阳，诸侯用命也。诸侯敌王所忾，而献其功。王于是乎赐之彤弓一、彤矢百、玈弓矢千[8]，以觉报宴。今陪臣来继旧好，君辱贶之[9]，其敢干大礼以自取戾[10]？』

冬，成风薨[11]。

注释

①降服：穿素服。出次：避开正寝，别居次舍。不举：撤去丰盛膳食与歌乐。②矜：哀怜。③二国：夏、商。④不获：失道，不得人心。⑤私：用作动词，私下探究。⑥肄业：修习课业。⑦正：正月。⑧玈：黑色。⑨辱：表敬副词。贶：赐与。⑩干：犯。戾：罪。⑪成风：庄公妾，僖公生母。

译文

楚国人灭掉了江国，秦穆公为这件事穿上素服，出居别室，减膳撤乐，超过了应有的礼数。大夫劝谏。秦穆公说：『同盟的国家被灭，虽然没有能援救它，岂敢不哀怜呢？我是自己警惕呀。』君子说：『《诗》说：「他们两国，政事不合法度；四方的国家，因而探讨自谋。」这说的即是秦穆公啊。』

卫国的宁武子前来聘问，文公和他一同饮宴，为他赋《湛露》和《彤弓》两首诗。宁武子没有辞谢，也不赋回答。文公派行人私下加以探问。宁武子回复道：『下臣以为是练习而演奏的。从前诸侯在正月去京师向天子朝贺，天子设宴奏乐，在此时赋《湛露》这首诗，那就表示天子对着太阳，诸侯听命效劳。诸侯把天子所痛恨的人作为敌人，而且献上自己的功劳。天子因为这样而赏赐给他们红色的弓一把、红色的箭一百枝、黑色的弓十把和箭一千枝，以表彰功劳而用宴乐来答谢。现在陪臣前来继续过去的友好，承蒙君王赐宴，岂敢触犯大礼以自取罪过？』

冬，成风死。

文公五年

原文

五年春，王使荣叔来含且赗①，召昭公来会葬，礼也。

初，鄀叛楚即秦②，又贰于楚。夏，秦人入鄀。

六人叛楚即东夷。秋，楚成大心、仲归帅师灭六③。

冬，楚子燮灭蓼④。臧文仲闻六与蓼灭，曰：『皋陶、庭坚不祀忽诸⑤。德之不建，民之无援⑥，哀哉！』

注释

①荣叔：周臣。来含：即致送死者所含的珠玉等物。含，以珠玉等物置于死者口中叫做含。赗：助丧的礼物。②鄀：秦、楚界上小国。③成大心、仲归：二人名，均为楚臣。④子燮：楚公子。蓼：国名，在今河南省固始县东北一带。⑤忽诸：突然，一下子。⑥德之不建，民之无援：二国之君不能增建德行以守国，二国之民得不到大国的援救。

译文

五年春季，周天子派荣叔送来含玉和丧礼，并派召昭公参加葬礼，这是合乎礼的。

当初，鄀国曾背叛楚国亲近秦国，后来又暗中亲近楚国。夏天的时候，秦军攻入鄀国。

六国人背叛了楚国，对东夷亲近。秋季，楚国的成大心和仲归率兵灭掉了六国。

冬季，楚国的公子燮灭掉了蓼国。臧文仲听说了六国和蓼国灭亡的消息后，说：『皋陶和庭坚突然就没有人祭祀了。可见如果不建立德行，百姓就没有救了，真令人伤心啊！』

原文

晋阳处父聘于卫，反过宁①，宁嬴从之，及温而还②。其妻问之，嬴曰：『以刚③。《商书》曰：「沈渐刚克④，高明柔克⑤。」夫子壹之⑥，其不没乎⑦！天为刚德，犹不干时，况在人乎？且华而不实，怨之所聚也。犯而聚怨⑧，不可以定身⑨。余惧不获其利而离其难⑩，是以去之。』

晋赵成子、栾贞子、霍伯、白季皆卒⑪。

注释

①宁：晋邑，在今河南省固始县东北有蓼城岗。②温：温山，在今河南省修武县北。③以：太，过于。④沈渐：深沉隐伏。⑤高明：高亢明爽。⑥夫子：此人，指阳处父。壹：动词，意指只具备一种品性。⑦没：死。⑧犯而聚怨：凌犯于人而又积聚怨恨。⑨定身：使自身得以安定。⑩离：同『罹』，遭。⑪白季：即胥臣。

译文

晋国的阳处父到卫国聘问，回来途经宁地，宁嬴愿意跟随他，但走到温地就又回去了。他的妻子问他为何又回来，他说：『这个人太刚强了。《商书》说：「优柔的人应以刚强来克服，豪爽的人应该用柔弱来克服。」阳处父只具备豪爽和刚强一个方面，恐怕难以善终！上天为阳本来属于刚强，尚且不去触犯四季运行的顺序，何况作为人呢？再说如果只说不做，华而不实，就会招致怨恨。刚强冒犯了别人，而且华而不实招来怨恨，就难以安定自身。我担心得不到他的好处，反而遭到祸患，所以才离开了他。』

晋国的赵成子即赵衰、栾贞子即栾枝、霍伯即先且居、白季即胥臣都先后逝世。

文公六年

原文

六年春，晋蒐于夷[1]，舍二军[2]。使狐射姑将中军，赵盾佐之[3]。阳处父至自温，改蒐于董[4]，易中军[5]。阳子[6]，成季之属也[7]，故党于赵氏[8]，且谓赵盾能，曰：『使能，国之利也。』是以上之[9]。宣子于是乎始为国政，制事典[10]，正法罪，辟狱刑[11]，董逋逃[12]，由质要[13]，治旧洿[14]，本秩礼，续常职[15]，出滞淹[16]。既成，以授太傅阳子与大师贾佗[17]，使行诸晋国，以为常法。

臧文仲以陈、卫之睦也，欲求好于陈。夏，季文子聘于陈[18]，且娶焉。

注释

①蒐：蒐礼，为古代军礼之一种，指对军队的检阅。②舍：撤销。③赵盾：晋臣，又称赵宣子。④董：晋地。⑤易中军：改变中军将佐人选。⑥阳子：即阳处父。⑦成季：赵衰的谥号。⑧党：偏袒。⑨上之：居于上位。⑩制事典：制订办事章程、条例。⑪辟狱刑：清理诉讼积案。⑫董逋逃：督察追捕逃犯。⑬由质要：使用契约、账目作为凭据。⑭治旧洿：治理清除政治污垢。洿，污秽。⑮续常职：重建被废弃的官职。⑯出滞淹：推举被埋没的贤能。⑰贾佗：晋文公旧臣，曾随文公流亡各国而受信用。⑱季文子：鲁桓公子季友的孙子，又称季孙行父。

译文

六年春季，晋国在夷地对军队进行检阅，同时裁减了两个军即新上军和新下军。派狐射姑统率中军，赵盾为副帅。阳处父从温地回来后，又改在董地检阅，同时调换了中军主将，即让赵盾统率中军，狐射姑为副帅。阳处父曾是成季即赵衰的下属，所以偏袒赵氏，并且他也认为赵盾确有才能，他说：『任用有才能的人对国家是有利的。』因此赵盾居于狐射姑之上。赵盾从此开始掌管国家的政权，制定规章制度，修订律例法令，清理诉讼积案，督察追捕逃犯，运用契约账簿作为凭据，铲除政治弊端使之清明，恢复日益混乱的等级，重建已经废弃的官职，起用屈居下位的贤能之人。章法条令制定出来后，便将其交给太傅阳处父和太师贾佗，让他们在全国实施，以作为晋国的基本法则。

臧文仲因为陈国和卫国关系较好，也想和陈国结好。夏季，季文子来到陈国聘问，并在陈国娶了妻子。

原文

秦伯任好卒①。以子车氏之三子奄息、仲行、鍼虎为殉②，皆秦之良也。国人哀之，为之赋《黄鸟》。

君子曰：『秦穆之不为盟主也，宜哉！死而弃民。先王违世③，犹诒之法，而况夺之善人乎？《诗》曰：「人之云亡，邦国殄瘁。」无善人之谓。若之何夺之？古之王者知命之不长，是以并建圣哲④，树之风声⑤，分之采物⑥，著之话言⑦，为之律度⑧，陈之艺极，引之表仪⑨，予之法制，告之训典⑩，教之防利⑪，委之常秩⑫，道之礼则，使毋失其土宜⑬，众隶赖之，而后即命⑭。圣王同之。今纵无法以遗后嗣⑮，而又收其良以死，难以在上矣。』君子是以知秦之不复东征也⑯。

注释

①任好：秦穆公之名。②子车氏：秦大夫氏。殉：殉葬。③违世：离开人世，即死去。④并建：普遍选立。⑤风声：风化声教。⑥采物：指旌旗衣服之类。⑦话言：善言。⑧律度：法度。⑨引之表仪：引导其效仿表帅。⑩训典：前代的典章制度。⑪防利：防止贪利。⑫常秩：一定的职务及俸禄。⑬土宜：即因地制宜。⑭即命：天命已终，即死去。⑮纵：纵然，即使。无法：没有法度。⑯不复东征：不能再征伐东方诸侯，以为霸主。

译文

秦穆公任好去世。殡葬时用子车氏的三个儿子奄息、仲行、鍼虎陪葬，这三个人都是秦国的杰出人才。因此秦国人都感到悲痛，并为此创作了《黄鸟》一诗。

君子对此评论说：『看来秦穆公未能成为盟主，也是理所当然的了！因为他死后还要连累他人，遗弃百姓。前代君王死后，都给后人留下典范，树立榜样，怎么会夺去百姓心目中的好人的生命呢？《诗》说：「如果贤能之人死亡，那么国家也就病入膏肓。」这即是说已经没有好人了。为什么还要把好人的生命夺去呢？古代君王自知做不到长生不老，于是就广泛地选用贤能之人，并给他们树立风俗教化的榜样，使他们的旗帜服饰显示出尊卑上下，为他们撰写了许多治国良言，制定了无数法律制度，宣布了应该遵循的法则，并引导他们遵守法纪，教给他们如何运用法律，讲解先王的典章遗训，教导他们不可过分谋求私利，还任命他们担当一定的职务，教给他们各种礼仪和规范，使他们对各种问题因地制宜，可以灵活处置，从而使百姓都信赖他们。古代君王把以上各项事情都做完了，才放心地死去。圣明的君王都是这样做的。而如今秦穆公不但没有给后人留下可供遵循的法律条例，反而又夺走贤良之才的生命作为他的殉葬品。这样，作为一个君王，他就很难长久下去了。』君子因此而认识到秦国不可能再向东扩展势力了。

原文

秋，季文子将聘于晋，使求遭丧之礼以行。其人曰①：『将焉用之②？』文子曰：『备豫不虞③，古之善教也④。求而无之，实难。过求何害？』

八月乙亥，晋襄公卒。灵公少⑤，晋人以难故，欲立长君⑥。赵孟曰⑦：『立公子雍⑧。好善而长。先君爱之，且近于秦⑨。秦，旧好也。置善则固，事长则顺⑩，立爱则孝，结旧则安。为难故，故欲立长君。有此四德者⑪，难必

抒矣[12]。』贾季曰[13]：『不如立公子乐[14]。辰嬴嬖于二君[15]，立其子，民必安之。』赵孟曰：『辰嬴贱，班在九人，其子何震之有？且为二嬖，淫也。为先君子，不能求大而出在小国，辟也[16]。母淫子辟，无威。陈小而远[17]，无援。将何安焉？杜祁以君故[18]，让偪姞而上之，以狄故，让季隗而己次之，故班在四。先君是以爱其子而仕诸秦，为亚卿焉[19]。秦大而近，足以为援，母义子爱，足以威民，立之不亦可乎？』使先蔑、士会如秦，逆公子雍。贾季亦使召公子乐于陈，赵孟使杀诸郫[20]。

注释

①其人：指季文子的随从。②焉：何。③备豫不虞：准备着预料不到的事情。④善教：好的教训。⑤灵公：名夷皋，襄公子。⑥长君：年长的国君。因当时太子尚在怀抱中，所以要废太子而立年长者为君。⑦赵孟：即赵盾，自赵盾以后，赵氏世称孟。⑧公子雍：晋文公之子，襄公庶弟。⑨近于秦：公子雍仕于秦，为亚卿，与秦亲近。⑩事长：立长。⑪四德：即固、顺、孝、安。⑫抒：同『纾』，意为缓。⑬贾季：即狐射姑。⑭公子乐：公子雍之弟。⑮辰嬴：即子圉之妻怀嬴，后嫁晋文公，故改称辰嬴。二君：指怀公、文公。⑯辟：同『僻』，鄙陋。⑰陈：陈国，公子乐出居于陈。⑱杜祁：公子雍之母。杜，国名；祁，姓。⑲亚卿：次卿。⑳郫：晋邑名。

译文

秋季，季文子打算前往晋国聘问，他让侍从代为请求一旦遭到丧事使用什么样的礼仪，然后才动身。侍从问他：『有这个必要吗？』文子说：『及早动手，有备而无患，这是自古以来的教训。如果不提前准备，一旦遇到丧事，临时再去请求，就会措手不及。提前准备好，有什么不好呢？』

八月十四日，晋襄公去世。当时太子晋灵公年纪尚小，晋国人为了避免发生灾难，想立一个年长的国君。赵盾说：『就立公子雍吧。他好做善事且年龄大，先君文公又很喜欢他，另外他又一向亲近秦国。秦国是我们晋国的旧友。拥立一个善良的人作为国君，国家就能巩固，事奉年长的人是名正言顺的，立先君喜爱的儿子为君合乎孝道，结交昔日的友邦就能安定国家。为了避免祸难的发生，所以要立年长者为国君。拥有了固、顺、孝、安这四种德行，灾难必然能够消除。』狐射姑说：『我看不如立公子乐为君。因为他的母亲辰嬴曾经得到怀公、文公两位先君的宠爱，如果将她的儿子拥立为君，百姓必然安定。』赵盾说：『辰嬴身份低贱，在文公夫人中位居第九，她的儿子有什么威信可言呢？再说她曾受到两位君王的宠幸，从这里看出她是一个淫乱的女人。公子乐作为先君文公的儿子，不争取到大国做官，却甘愿去那小小的陈国，由此可见这也是一个邪僻之人。母亲淫荡，儿子邪僻，自然就没有威信。陈国弱小而且离我们又很遥远，不能援助我们。国家靠什么安定？公子雍的母亲杜祁为了晋襄公，才让偪姞居于自己之上。同时为了安抚狄人，她又甘愿屈居季隗之下，因此她排名第四。先君文公因为这个而特别喜欢她的儿子，让他到秦国做官，官至亚卿。秦国强大而且离我国又很近，能够迅速援救我们，母亲仁义儿子备受喜爱，就能够使百姓震服。这样的话，立他不是也可以吗？』于是就派先蔑、士会到秦国迎接公子雍。与此同时，狐射姑也派人到陈国迎接公子乐，但赵盾偷偷派人在晋国的郫地杀死了公子乐。

原文

贾季怨阳子之易其班也[①]，而知其无援于晋也。九月，贾季使续鞫居杀阳处父。书曰『晋杀其大夫』，侵官也[②]。

冬，十月，襄仲如晋，葬襄公。

十一月丙寅，晋杀续简伯。贾季奔狄，宣子使臾骈送其帑[③]。

注释 ①易其班：改变其地位。贾季本为中军帅，后改为中军副帅。②侵官：君已命军帅，阳处父又加以改变，故称为侵官。③宣子：即赵盾。臾骈：人名，赵盾的下属。帑：同『孥』，妻子儿女。

译文 狐射姑对阳处父把他从中军主帅降为副帅一直耿耿于怀，而且他也知道自己在晋国得不到帮助，于是就在九月份派续鞫居将阳处父杀死了。《春秋》中记载为『晋杀其大夫』，这是因为阳处父随便就把君王任命的将领撤换了的缘故。

冬季，十月，襄仲来到晋国参加晋襄公的葬礼。

十一月的某一天，晋国人将续鞫居杀了。狐射姑逃亡到了狄人那里，赵盾派臾骈把他的妻子儿女都送了过去。

原文 **夷之蒐，贾季戮臾骈①。臾骈之人欲尽杀贾氏以报焉。臾骈曰：『不可。吾闻《前志》有之曰：「敌惠敌怨②，不在后嗣，忠之道也。」夫子礼于贾季③，我以其宠报私怨④，无乃不可乎？介人之宠⑤，非勇也。损怨益仇，非知也。以私害公，非忠也。释此三者⑥，何以事夫子？』尽具其帑，与其器用财贿，亲帅扞之⑦，送致诸竟⑧。**

注释 ①戮：侮辱。②敌惠敌怨：有惠于人或有怨于人，即是说对贾季之怨不涉及其家族妻儿。敌，对应。③夫子：指赵盾。④以其宠：借助赵盾的宠信。⑤介：因。⑥释：诛杀。⑦扞：保卫。⑧竟：同『境』，指国境。

译文

过去，有一次夷人检阅军队的时候，狐射姑曾经侮辱过臾骈。因此现在臾骈的部下准备把狐射姑全家斩尽杀绝，为臾骈报仇。但臾骈阻拦说：『不能这样做。据我所知，《前志》上有句话说：「无论和人有恩还是有仇，都和他的子孙无关，这就是忠恕之道。」赵盾对狐射姑非常尊重，我却利用他的宠信而报复自己的私仇，恐怕不行吧？利用别人的宠信进行报复，不能算是勇敢的表现。虽然自己平息了愤恨，却增加了对方对自己的仇恨，这并不是聪明之举。因为私事而损害公事，这是不忠的行为。如果抛弃了勇、智、忠这三条，又靠什么去事奉赵盾呢？』于是臾骈就按照赵盾的命令亲自率兵把狐射姑的家人和财物护送到边境。

原文

闰月不告朔，非礼也。闰以正时①，时以作事②，事以厚生③，生民之道于是乎在矣。不告闰朔，弃时政也，何以为民④？

注释

①闰以正时：通过闰月来调整四时。②时以作事：四时正，才可能据以安排农事、国事。③事以厚生：事情做好才能使民众丰衣足食。④为：治理。

译文

这一年闰月，鲁国没有在宗庙举行告朔典礼，这是不合于礼的。闰是用来修正四季误差的，根据四时安排农事，农事合乎时令，百姓就能保障生活，使百姓赖以生存的道理就在这里。如果不举行告朔典礼，就等于是放弃了利用四季管理农事的形式，那么又靠什么来治理百姓呢？

文公七年

原文

七年春，公伐邾，间晋难也①。

三月甲戌，取须句②，置文公子焉③，非礼也。

夏，四月，宋成公卒。于是公子成为右师④，公孙友为左师，乐豫为司马，鳞矔为司徒，公子荡为司城，华御事为司寇。昭公将去群公子⑤，乐豫曰：『不可。公族，公室之枝叶也，若去之，则本根无所庇荫矣⑥。葛藟犹能庇其本根，故君子以为比，况国君乎？此谚所谓「庇焉而纵寻斧焉」者也⑦。必不可，君其图之！亲之以德，皆股肱也，谁敢携贰？若之何去之？』不听。穆、襄之族率国人以攻公⑧，杀公孙固、公孙郑于公宫。六卿和公室⑨，乐豫舍司马以让公子卬⑩，昭公即位而葬。书曰『宋人杀其大夫』，不称名，众也，且言非其罪也。

注释

①间：乘隙。②须句：鲁国封内所属国。③文公：即邾文公。④右师：官名。右师、左师、司马、司徒、司城（司空）司寇为宋之六卿。⑤昭公：名杵臼，宋成公之子。去：除掉。⑥庇荫：树荫遮护。⑦寻斧：使用斧头。⑧穆、襄之族：即宋穆公、宋襄公的子孙。⑨和公室：与公室讲和。⑩公子卬：宋昭公之弟，属于公室方面的势力。

译文

七年春季，文公率兵攻打邾国。选择这一时机进攻邾国，是利用晋国正忙于立君之争，顾不上干涉其他国家的事情。

三月十七日，鲁军夺取了原先属鲁国的属国后被邾国灭亡的须句，但却安排邾文公的儿子做了须句的守官，这是不合于礼的。

夏季，四月，宋成公去世。适逢公子成担任右师，公子友任左师，乐豫任司马，鳞矔任司徒，公子荡任司城，华御事任司寇。准备即位的宋昭公打算把公子们都杀掉以绝后患，但乐豫对他进行劝阻说：『不行。公族犹如公室的枝叶，假如铲除了它们，那么公室便失去了庇护，就像树干树根没有了枝叶的庇护一样。连葛藤这种植物都知道保护自己的躯干和根部，所以君子们经常以它作比喻来说明这个道理，更何况您作为一个国君呢？这正如俗话所说的「貌似保护自己，实则持斧自斫」。千万不能这么做，请君王慎重考虑！假如您以德行去亲近他们，那么他们都能成为您的得力助手，谁还敢三心二意呢？为什么还要将他们杀掉？』昭公还是不听。结果穆公和襄公的族人被迫叛乱，攻打昭公，在宫里杀了公孙固和公孙郑。此时六卿出面为公室调停，使其讲和，乐豫又主动把司马的职位让给了昭公的弟弟公子卬。直到昭公即位之后才将宋成公安葬。《春秋》中只写『宋人杀其大夫』，并没有记载各个大夫的名字，是因为被杀的人过多，而且也表明他们并没有罪。

原文

秦康公送公子雍于晋[1]，曰：『文公之入也无卫，故有吕、郤之难。』乃多与之徒卫[2]。

穆嬴日抱大子以啼于朝[3]，曰：『先君何罪？其嗣亦何罪？舍适嗣不立而外求君，将焉置此[4]？』出朝，则抱以适赵氏，顿首于宣子，曰：『先君奉此子也而属诸子[5]，曰：「此子也才，吾受子之赐；不才，吾唯子之怨。」今君虽终，言犹在耳，而弃之，若何？』宣子与诸大夫皆患穆嬴，且畏逼[6]，乃背先蔑而立灵公，以御秦师。箕郑居守。赵盾将中军，先克佐之；荀林父佐上军；先蔑将下军，先都佐之。步招御戎，戎津为右。及堇阴[7]，宣子曰：『我若受秦[8]，秦则宾也；不受，寇也。既不受矣，而复缓师，秦将生心[9]。先人有夺人之心[10]，军之善谋也。逐寇如追逃，军之善政也。』训卒利兵⑪，秣马蓐食⑫，潜师夜起⑬。戊子，败秦师于令狐⑭，至于刳首⑮。

注释

①秦康公：秦穆公之子。②徒卫：徒为步卒，以步卒为护卫，不动用兵车。③穆嬴：晋襄公夫人，晋灵公生母。④将焉置此：将把太子置于何地。⑤属诸子：托付于您。⑥逼：威胁，强迫。⑦堇阴：晋地，位于今山西省临猗县东一带。⑧受秦：即接受秦国送公子雍回国。⑨生心：产生别的念头。⑩先人：行动在别人之前。⑪利兵：使兵器锋利。⑫蓐食：饱餐。蓐，厚。⑬潜师夜起：使军队隐蔽起来夜间行军。⑭令狐：晋地名。⑮刳首：晋地名，位于今临猗县西一带。

译文

秦康公送公子雍回到晋国，并告诉他说：『当年文公回国时因为没有卫士保护，因而才发生了吕、郤之乱。』于是派了很多步兵卫士，护送他回国。

此时晋襄公夫人穆嬴每天抱着太子在朝廷上哭闹，她说：『先君有什么罪？他的合法继承人又有什么罪过？放弃嫡子不拥立，反而要到国外迎立庶子为君，你们准备把这个孩子怎么安置？』她从朝廷上出来，又抱着太子来到赵盾家，向赵盾叩头，说：『先君以前把这个孩子托付给您，并说：「这孩子如果成才，我就感谢您的恩德；倘若不能成才，我将怨恨您。」如今先君虽已去世，但他的话还在耳边，可是您却把太子放弃不管，你看如何处理？』赵盾和大夫们都对穆嬴的哭闹感到头痛，并且也害怕穆嬴一派人的威胁，于是就背叛了先蔑前往秦国迎接的公子雍，而立了太子灵公为君，并马上发兵抵抗护送公子雍回国的秦国军队。由箕郑留守国内。赵盾亲自率领中军，先克为副帅；荀林父作为副帅独率上军；已先行回国的先蔑率领下军，先都为副帅。步招为赵盾驾车，戎津任车右。军队行军来到堇阴时，赵盾说：『如果我们欢迎秦国护送的公子雍，那么秦军就是宾客；如果不欢迎，秦军就是敌寇。既然已经决定不接受了，却又迟迟不肯出兵进攻，秦军必生疑心。抢先一步以便将敌人的气势压倒，是对敌作战中的上策。追赶敌人如同追击逃兵，这是对敌作战中一个行之有效的战术。』于是就操练士兵，磨砺武器，喂饱战马，让部队饱餐一顿，然后就在当天夜里悄悄出兵了。四月初一日，在令狐一地将秦军打败，并一直追击到刳首。

原文

己丑①，先蔑奔秦，士会从之。

先蔑之使也，荀林父止之，曰：『夫人、大子犹在，而外求君，此必不行。子以疾辞，若何？不然将及②。摄卿以往可也③，何必子？同官为寮④，吾尝同寮⑤，敢不尽心乎！』弗听。为赋《板》之三章。又弗听。及亡，荀伯尽送其帑及其器用财贿于秦⑥，曰：『为同寮故也。』

注释

①己丑：四月初二日。②将及：灾祸将及于自身。③摄卿：指以大夫代理卿职。摄，代理。④寮：同『僚』。⑤同寮：同在一起当官为同僚。⑥荀伯：即荀林父。

译文

四月初二日，先蔑逃亡到了秦国，当时士会也跟着去了。

当初先蔑出使秦国迎接公子雍时，荀林父曾对他进行劝阻，说：『夫人和太子都还在，反而要到国外去迎立国君，这样做肯定不行。你借口患病不去行不行？不然的话，你将招致灾祸。派一个卿代理你前去就可以了，何必你亲自前往？我们同朝为官，也曾并肩作战，我这是全心全意为你着想！』先蔑不听，荀林父又为他吟诵了《板》这首诗的第三章再次劝他，但他还是没有听从。等到后来逃亡到秦国，荀林父又把他的家人和财物护送到秦国，并解释说：『这是因为我们曾经同事一场。』

原文

士会在秦三年，不见士伯[1]。其人曰[2]：『能亡人于国[3]，不能见于此，焉用之[4]？』士季曰[5]：『吾与之同罪，非义之也，将何见焉？』及归，遂不见。

狄侵我西鄙，公使告于晋。赵宣子使因贾季问酆舒[6]，且让之。酆舒问于贾季曰：『赵衰、赵盾孰贤？』对曰：『赵衰，冬日之日也[7]。赵盾，夏日之日也。』

注释

①士伯：即先蔑。②其人：士会的随从人员。③能亡人于国：即能与人俱逃离晋国。④焉用之：即何用如此。⑤士季：即士会。⑥酆舒：狄国的丞相。⑦冬日之日：冬天的太阳。

译文

士会在秦国三年，没有见过先蔑。他的侍从说：『先前能和他一起从晋国逃亡，可是在这里又不去见他，这样有什么意思呢？』士会说：『我之所以和他一同出逃，是由于我们二人都是获罪之人，并不是为了他有义气而随他出逃，因此我又何必去见他呢？』直到回国，都没有去见先蔑一次。

狄人侵犯鲁国西部边境，文公派使者到晋国报告。于是赵盾便派狐射姑前去谴责狄人宰相酆舒。酆舒问狐射姑：『赵衰和赵盾二人相比，哪一个更为贤明？』狐射姑回答说：『赵衰就像冬天的太阳，赵盾则像夏天的太阳。』

原文

秋，八月，齐侯、宋公、卫侯、郑伯、许男、曹伯会晋赵盾盟于扈，晋侯立故也。公后至，故不书所会[①]。凡会诸侯，不书所会，后也。后至，不书其国，辟不敏也[②]。

穆伯娶于莒[③]，曰戴己，生文伯，其娣声己生惠叔。戴己卒，又聘于莒，莒人以声己辞，则为襄仲聘焉[④]。

注释

①不书所会：不具体书写与会诸侯、卿大夫。②不敏：不清楚。③穆伯：即公孙敖，鲁卿，庆父之子。④襄仲：即公子遂，鲁卿，庄公之子。

译文

秋季，八月，齐昭公、宋成公、卫成公、郑穆公、许男、曹共公和晋国的赵盾结盟于扈地，这是晋灵公即位的缘故。由于鲁文公到得晚了，所以《春秋》没有具体记载与会各国及其君王和卿大夫的名字。只要是诸侯会盟，如果《春秋》不记载与会各国的情况，就表明有的国家迟到了。由于迟到而不记载，是为了避免因搞不清具体原因而记载错误。

穆伯在莒国娶了一个妻子，名叫戴己，后来生了文伯；她的妹妹声己生了惠叔。戴己死去后，穆伯又想到莒国另娶一位正妻，但莒国人以应将声己扶为正妻为理由将他拒绝了，穆伯只好给襄仲聘定了一个妻子。

原文

冬，徐伐莒。莒人来请盟。穆伯如莒莅盟，且为仲逆[①]。及鄢陵[②]，登城见之，美，自为娶之。仲请攻之，公将许之。叔仲惠伯谏曰[③]：『臣闻之：「兵作于内为乱，于外为寇。寇犹及人，乱自及也[④]。」今臣作乱而君不禁，以启寇仇[5]，若之何？」公止之。惠伯成之：使仲舍之[6]，公孙敖反之[7]，复为兄弟如初。从之。

注释

①为仲逆：穆伯为襄仲迎娶莒女。②鄢陵：莒邑名，位于今山东省临沭县境内。③叔仲惠伯：叔牙之孙。④乱自及：内乱，自己打自己。⑤启寇仇：招致外敌的进攻。⑥舍之：放弃莒女不娶。⑦反之：蒋莒女送回莒国。

译文

冬季，徐国出兵攻打莒国，莒国人来鲁国请求结盟以取得救援。穆伯到莒国参加盟会，并准备顺便为襄仲迎娶夫人。可是当他来到莒邑鄢陵时，进城见到那个女子非常漂亮，便自己娶她做了妻子。襄仲请求攻打穆伯，文公正准备答应。叔仲惠伯劝阻说：『据我所知：「内部发生了战争叫做乱，外部发生了战争叫做寇。在外部进行战争还能使敌人造成一定伤亡，而内部发生了战乱，死伤的只能是自己人了。」现在臣子意欲作乱而国君却不加禁止，将来势必把外敌引来。到那时候怎么办呢？』于是文公就阻止了襄仲攻打穆伯的念头。惠伯又出面为穆伯和襄仲调解：让襄仲放弃莒女，让穆伯把莒女送回莒国，二人恢复兄弟关系，就像过去一样。襄仲和穆伯按照惠伯说的做了。

原文

晋郤缺言于赵宣子曰：『日卫不睦[1]，故取其地。今已睦矣，可以归之。叛而不讨，何以示威？服而不柔[2]，何以示怀[3]？非威非怀，何以示德？无德，何以主盟？子为正卿，以主诸侯，而不务德，将若之何？《夏书》曰：「戒之用休[4]，董之用威[5]，劝之以《九歌》，勿使坏[6]。」九功之德皆可歌也，谓之《九歌》。六府、三事，谓之九功。水、火、金、木、土、谷，谓之六府；正德、利用、厚生[7]，谓之三事。义而行之，谓之德、礼。无礼不乐[8]，所由叛也[9]。若吾子之德，莫可歌也，其谁来之？盍使睦者歌吾子乎[10]？』宣子说之。

注释

①日卫不睦：以前卫与晋不和，亦即不服于晋。②柔：安抚，怀柔。③怀：怀柔。④戒：同『诫』。休：美好，吉庆。⑤董：监督。⑥勿使坏：不要使其变坏。⑦正德：指人之德。⑧无礼不乐：在上者无礼，虐政暴行，所以在下者无可乐。⑨所由叛：由此引起叛乱。⑩盍：何不。

译文

晋国的郤缺对赵盾说：『当初卫国与我国不和，所以我国才夺取了卫国的土地。但如今两国已经修好，应该把土地还给卫国了。背叛了而不进行讨伐，用什么来显示大国的威严？而顺从了却不加以安抚，用什么来表明我国的怀柔政策呢？没有威严，缺少安抚，用什么来显示我们的德行呢？没有德行，又如何能担当诸侯盟主呢？您作为晋国正卿，负责各诸侯之间的事务，如果不尽力显扬我国的德行，如何能行呢？《夏书》中说：「以善行告诫，以威严监督，用《九歌》规劝，使其不要变坏。」所说的《九歌》，就是凡九功德行都可以歌颂。所谓九功就是六府、三事。水、火、金、木、土、谷，就是六府；端正德行，便于利用，使百姓富裕，就是三事。把这九功合乎道义地在天下推行，就是有德、有礼。假如无礼无德，百姓就心中不乐，叛乱也会由此而发生。如果您的德行没有值得赞美的地方，那么谁肯来归顺您呢？怎么不想办法使友好邻邦歌颂您呢？』赵盾听了这番话，非常高兴。

文公八年

原文

八年春，晋侯使解扬归匡、戚之田于卫①，且复致公婿池之封②，自申至于虎牢之境③。

夏，秦人伐晋，取武城④，以报令狐之役。

注释

①解扬：晋臣，字子虎，后又称霍虎。②公婿池：人名，不详。③申：郑地，位于今河南省巩县东，荥阳县西一带。④武城：晋邑，位于今陕西省华县东北部。

译文

八年春季，晋灵公派解扬归还匡、戚两处的土地给卫国，同时把公婿池的封地，即从申地到虎牢的边境也还给了卫国。

夏季，秦军攻打晋国，夺取了武城，因而得以报复了去年的令狐之战。

原文

秋，襄王崩。

晋人以扈之盟来讨。冬，襄仲会晋赵孟，盟于衡雍，报扈之盟也。遂会伊、雒之戎。书曰『公子遂』，珍之也①。

穆伯如周吊丧，不至，以币奔莒②，从己氏焉③。

注释

①珍：尊重。②币：指馈送吊丧的礼品。③从己氏：即从莒女。

译文

秋季，周襄王去世。晋国借口扈地结盟时文公晚到而前来攻打鲁国。冬季，襄仲与晋国的赵盾会见，并在衡雍结盟，这是对扈地之盟的补偿。然后又马上会见了伊、雒两地的戎人。《春秋》记载为『公子遂』，表示对他的看重。穆伯前往周王室吊唁丧事，但尚未走到周都，就带着丧礼逃到了莒国，目的还是为了追求那个被他放回的莒国女子己氏。

原文

宋襄夫人①，襄王之姊也，昭公不礼焉②。夫人因戴氏之族，以杀襄公之孙孔叔、公孙钟离及大司马公子卬。皆昭公之党也。司马握节以死③。故书以官。司城荡意诸来奔，效节于府人而出④。公以其官逆之，皆复之。亦书以官，皆贵之也。

夷之蒐，晋侯将登箕郑父、先都⑤，而使士縠、梁益耳将中军。先克曰：『狐、赵之勋，不可废也。』从之。先克夺蒯得田于堇阴⑥。故箕郑父、先都、士縠、梁益耳、蒯得作乱。

注释

①宋襄夫人：宋昭公的祖母。②不礼：不加礼遇。③节：官的符节。④效：致献。府人：管理府库的官。⑤登：提升。⑥蒯得：晋大夫。

译文

宋襄公夫人是周襄王的姐姐，宋昭公对她不加礼遇。于是宋襄夫人就借戴氏族人之手杀死了襄公的孙子孔叔、公孙钟离以及大司马公子卬，被杀的这些人全是宋昭公的党羽。大司马死时手里还拿着符节，可见他非常讲究信用。因此《春秋》中记载了他的官职而没有直说他的名字。宋国司城荡意诸逃亡到鲁国，把符节交给府人后就出来了。鲁文公以他原任官职的级别对他进行接待，而且对荡意诸的属下各官也都以原任等级对待。《春秋》中也记载他的官职而没有写他的名字，同样是表示对他的尊重。

在鲁文公六年夷地那次阅兵时，晋灵公打算提升箕郑父和先都，并让士縠和梁益耳统率中军。但先克劝晋灵公说：『狐、赵的功劳不可磨灭。』灵公听从了他的建议而让狐射姑统率中军，赵盾为副帅。先克又在堇阴强行夺取了蒯得的土地。所以箕郑父、先都、士縠、梁益耳和蒯得发动了叛乱。

文公九年

原文

九年春，王正月己酉[1]，使贼杀先克。乙丑，晋人杀先都、梁益耳。

毛伯卫来求金[2]，非礼也。不书王命，未葬也。

二月，庄叔如周[3]。葬襄王。

三月甲戌[4]，晋人杀箕郑父、士縠、蒯得。

注释

①己酉：初二日。②毛伯卫：周臣。求金：即求赙，求取丧葬之财。③庄叔：即叔孙得臣。④甲戌：二十八日。

译文

九年春季，周历正月初二日，晋灵公派遣凶手杀了先克。十八日，晋人将先都、梁益耳杀死了。

毛伯卫前来求取丧仪，这不合于礼。《春秋》没有记载说这是天子的命令，这是因为周襄王还没有下葬。

二月，庄叔去成周参加襄王的葬礼。

三月二十八日，晋人杀死了箕郑父、士縠、蒯得。

原文

范山言于楚子曰[1]：『晋君少，不在诸侯[2]，北方可图也。』楚子师于狼渊以伐郑[3]。囚公子坚、公子龙及乐耳[4]。郑及楚平。

公子遂会晋赵盾、宋华耦、卫孔达、许大夫救郑，不及楚师。卿不书，缓也，以惩不恪[5]。

夏，楚侵陈，克壶丘⑥，以其服于晋也。

注释

①范山：楚大夫。范，为楚邑，以邑为氏。②不在诸侯：即无意称霸诸侯。③狼渊：又称狼陂，在今河南省许昌市西部。④公子坚、公子龙及乐耳：三人均为郑大夫。⑤恪：谨慎、恭敬。⑥壶丘：陈邑名，在今河南省新蔡县东南一带。

译文

范山对楚王说：『晋国国君年纪尚小，心意不在于称霸诸侯，北方是可以打主意的。』楚王在狼渊出兵以攻打郑国。拘禁了公子坚、公子龙和乐耳。郑国与楚国讲和。

公子于是会合晋国赵盾、宋国华耦、卫国孔达、许国大夫救援郑国，没有与楚军相遇。《春秋》没有记载卿的名字，由于他们出兵迟缓，以此惩罚他们办事不严肃认真。

夏，楚国进攻陈国，把壶丘攻下，因为它归服了晋国。

原文

秋，楚公子朱自东夷伐陈，陈人败之，获公子茷。陈惧，乃及楚平。

冬，楚子越椒来聘①，执币傲②。叔仲惠伯曰：『是必灭若敖氏之宗③。傲其先君，神弗福也。』

秦人来归僖公、成风之襚，礼也。诸侯相吊贺也，虽不当事④，苟有礼焉，书也，以无忘旧好。

注释

①子越椒：又名斗椒、斗伯棼，为令尹子文从子。②币：指相互赠送的礼物。③是：此。宗：族。④不当事：不

山水人物图　明·杜堇

此图以谨严苍劲的笔墨描绘文人的隐逸生活。画面上高山峻拔，溪流绕岸，松林苍翠。一隐士漫步于溪岸，仰望远山，陶醉于林泉山色中。画家自题：『松色洒衣碧，微风寄遐想。山中有楼居，仙人自来往。』更抒发了隐逸之趣。

及时。

译文

秋，楚国公子朱从东夷向陈国发动进攻，陈国军队将他打败，俘虏了公子茷。陈国害怕楚国报复，就与楚国讲和。

冬，楚国子越椒前来聘问，手持礼物显出傲慢。叔仲惠伯说：『此人必然会使若敖氏的宗族灭亡。向他的先君表示傲慢，神灵不会对他降福。』

秦国人前来向死去的僖公和成风赠送衣衾，这是合乎礼的。诸侯之间互相吊丧贺喜，虽然不及时，如果符合礼仪，《春秋》就要加以记载，以表示不忘记过去的友好。

文公十年

原文

十年春，晋人伐秦，取少梁[1]。

夏，秦伯伐晋，取北徵[2]。

注释

①少梁：古梁国，僖公十九年亡于秦。②北徵：晋邑名，今陕西省澄城县。

译文

十年春季，晋国人攻打秦国，攻取了少梁。

夏季，秦康公对晋国加以讨伐，夺取了北徵。

原文

初，楚范巫矞似谓成王与子玉、子西曰：『三君皆将强死[1]！』城濮之役，王思之，故使止子玉曰：『毋死。』不及。止子西，子西缢而县绝[2]，王使适至，遂止之，使为商公[3]。沿汉溯江[4]，将入郢[5]。王在渚宫，下，见之。惧而辞曰[6]：『臣免于死，又有谗言，谓臣将逃，臣归死于司败也[7]！』王使为工尹[8]，又与子家谋弑穆王。穆王闻之，五月，杀斗宜申及仲归[9]。

秋，七月，及苏子盟于女栗[10]，顷王立故也。

注释

①强死：即被杀而死。强，健。②县绝：绳子断开。县，同『悬』。③商：即商密，楚地名，在今河南省淅川县西南一带。④沿汉溯江：沿汉水顺流而下，入长江后再逆水向长江上游而行。⑤郢：楚国都，在今湖北省江陵县北部。⑥辞：

解说。⑦司败：楚官名，即司寇，执法官。⑧工尹：官名，掌百工，亦可临时统兵。⑨斗宜申：即子西。⑩苏子：周卿士。女栗：不详何地。

译文

当初，楚国范地的巫人裔似曾预言楚成王和子玉、子西说：『这三个人将不能善终！』城濮之战时，楚成王想起了这句话，便派人对子玉进行劝阻说：『即使战败也不要自杀。』但为时已晚。去劝阻子西时，子西也正准备上吊自杀，但恰好绳子断了，使者此时赶到，才阻止了他，并将他任命为商公。子西顺汉水而下，溯长江而上，准备进入楚国郢都。此时楚成王正在渚宫，便下来接见他。子西非常害怕，慌着解释说：『臣虽然幸免一死，但现在又有人诬陷说我打算逃走。臣特来请求让司败把臣处死！』楚成王让他做了工尹，他又和仲归勾结企图谋杀楚穆王。穆王得知这一阴谋后，在五月份把他和仲归杀死了。

秋季，七月，文公和周王室卿士苏子在女栗结盟，这是由于周顷王即位的缘故。

原文

陈侯、郑伯会楚子于息。冬，遂及蔡侯次于厥貉，将以伐宋。

宋华御事曰：『楚欲弱我也[1]，先为之弱乎[2]？何必使诱我[3]？我实不能，民何罪？』乃逆楚子，劳且听命[4]。遂道以田孟诸[5]。宋公为右盂[6]，郑伯为左盂。期思公复遂为右司马[7]，子朱及文之无畏为左司马。命夙驾载燧。宋公违命，无畏抶其仆以徇[8]。

或谓子舟曰[9]：『国君不可戮也[10]。』子舟曰：『当官而行[11]，何强之有？《诗》曰：「刚亦不吐，柔亦不茹。」「毋纵诡随[12]，以谨罔极[13]。」是亦非辟强也。敢爱死以乱官乎[14]？』

厥貉之会，麇子逃归⑮。

注释

①弱我：意指使我臣服。弱，作动词。②先为之弱：意指我先主动为其表现出软弱无能。③诱我：诱迫我。④劳：慰劳。⑤道：导。田：同『畋』，打猎。⑥孟：行猎阵名。⑦期思：楚邑名。⑧抶：鞭打，徇：对众宣示。⑨子舟：即文之无畏。⑩戮：侮。⑪当官：指正值官守的职责。当，值。⑫诡随：诡诈欺谩之人。⑬罔极：罪大恶极。⑭爱：惜。⑮麇：国名，在今湖北省郧县西部。

译文

陈共公、郑穆公和楚穆王会见于息地。冬季，三国就和蔡庄公一起率领军队在厥貉驻扎下来，准备攻打宋国。

宋国的华御事说：『楚国想让我们顺服，那么我们先主动表示甘愿顺服如何？何必等到他们逼迫后才顺服呢？我们确实是没有能耐，但百姓们有什么罪啊？』于是就前去迎接楚穆王，向他慰问，并且表示顺服。然后就给穆王带路在孟诸打猎。打猎的时候宋昭公率领右边圆阵，郑穆公率领左边圆阵。期思公复遂担任右司马，子朱和文之无畏担任左司马。楚穆王下令大清早就用车子载上取火工具出发。但宋昭公没有服从这一命令，于是文之无畏就用鞭子抽打宋昭公的仆人，并在全军示众。

当时有人对文之无畏说：『不能随便侮辱国君。』文之无畏说：『我秉公办事，国君有何了不起？《诗经》说：「硬的不怕，软的也不怕。」「不能放纵狡诈之人，目的在于使其有所收敛。」这里说的也是不畏强权。我怎么敢为了保全性命而不履行职责呢？』

在进行厥貉会见的时候，麇子逃回了国内。

文公十一年

原文

十一年春，楚子伐麇。成大心败麇师于防渚①。潘崇复伐麇，至于锡穴。

夏，叔仲惠伯会晋郤缺于承匡②，谋诸侯之从于楚者。

注释

①成大心：成得臣之子，字孙伯。防渚：麇地名，即今湖北省房县。②叔仲惠伯：即叔彭生，鲁宗族。承匡：宋地名，在今河南省睢县西。

译文

十一年春季，楚子攻打麇国。成大心在防渚将麇军击败。潘崇再次攻打麇国，到达锡穴。

夏，叔仲惠伯在承匡会见晋国郤缺，这是为了商议对付跟从楚国的诸侯。

原文

秋，曹文公来朝，即位而来见也。

襄仲聘于宋，且言司城荡意诸而复之。因贺楚师之不害也。

鄋瞒侵齐①，遂伐我。公卜使叔孙得臣追之，吉。侯叔夏御庄叔②，绵房甥为右，富父终甥驷乘③。冬，十月甲午，败狄于咸④，获长狄侨如。富父终甥春其喉⑤，以戈杀之，埋其首于子驹之门⑥。以命宣伯⑦。

注释

①鄋瞒：国名，即北方长狄部落，在今山东省中部，济南以北。②御庄叔：即驾驭庄叔的战车。庄叔，即叔孙

得臣。③驷乘：四人共乘一车。④咸：鲁地，在今山东省巨野县南一带。⑤舂：撞、捣。⑥子驹之门：鲁外城北面三门，最西面的城门为子驹之门。⑦命宣伯：即将宣伯命名为侨如。宣伯，即叔孙得臣之子叔孙侨如。

译文

秋，曹文公前来朝见，这是因为即位而前来。

襄仲在宋国聘问，同时又为司城荡意诸说好话而让他回国。此次聘问是因为去祝贺楚军没有产生危害的缘故。

鄋瞒进攻齐国，并因此攻打我国。文公为派遣叔孙得臣追赶敌人而进行占卜，吉利。侯叔夏驾御叔孙得臣的战车，绵房孙为车右，富父终甥为驷乘。冬，十月初三日，在咸地打败狄人，将长孙侨如俘虏。富父终甥用戈抵住他的咽喉，将他杀死，把他的脑袋埋在子驹之门下边。就为宣伯命名为侨如。

原文

初，宋武公之世，鄋瞒伐宋。司徒皇父帅师御之。耏班御皇父充石①，公子谷甥为右，司寇牛父驷乘，以败狄于长丘②，获长狄缘斯③。皇父之二子死焉，宋公于是以门赏耏班，使食其征④，谓之耏门。

晋之灭潞也⑤，获侨如之弟焚如。齐襄公之二年，鄋瞒伐齐。齐王子成父获其弟荣如。埋其首于周首之北门⑥。卫人获其季弟简如。鄋瞒由是遂亡。

郕大子朱儒自安于夫钟⑦，国人勿徇⑧。

注释

①耏：皇父充石，即司徒皇父。②长丘：宋邑，今河南省封丘县南旧有白沟，当为长丘故址。③缘斯：侨如的先祖。④征：赋税。⑤潞：国名，赤狄的一支，在今山西省潞城县东北部。⑥周首：齐邑，在今山东省东阿县东部。⑦

陪月闲行图　明·杜堇

此图画宋代的林逋隐栖西湖孤山，月夜雅游的情景。人物神态淡泊自如，画山石树木笔法潇洒恣意，墨色简淡冲和，显示出浙派绘画的风格特征。

安：处。⑧徇：顺。

译文

起初，在宋武公时代，鄋瞒进攻宋国，司徒皇父领兵进行抵抗。耏班驾御皇父充石的战车，公子谷甥作为车右，司寇牛父作为驷乘，在长丘打败狄人，将长狄缘斯俘获。皇父的两个儿子战斗而死，宋公因此就把城门赏给耏班，让他征收城门税，把城门称为耏门。

晋国灭掉潞国的时候，俘虏了侨如的弟弟焚如。齐襄公二年，鄋瞒攻打齐国，齐国的王子成父俘虏了侨如的弟弟荣如，把他的脑袋埋在周首的北门下边。卫国人又俘获了侨如的弟弟简如。鄋瞒从此就灭亡了。

郕国的太子朱儒自己在夫钟安居，国内的人们不肯顺服他。

文公十二年

原文

十二年春，郕伯卒，郕人立君。太子以夫钟与郕邽来奔。公以诸侯逆之，非礼也，故书曰『郕伯来奔』。不书地①，尊诸侯也。

杞桓公来朝，始朝公也②。且请绝叔姬而无绝昏③，公许之。

二月，叔姬卒。不言『杞』，绝也。书『叔姬』，言非女也④。

注释

①不书地：不书其以地来献。②始朝公：鲁文公即位后，杞国第一个来朝见。③绝叔姬：与叔姬断绝夫妻关系。无绝昏：与鲁国不断绝婚姻关系。④非女：并非未嫁的女子。

译文

十二年春季，郕伯去世，郕国人没有拥立太子朱儒而另外又立了国君。太子朱儒逃亡到鲁国，并将夫钟和郕邽两地献给了鲁国。文公以诸侯之礼接待了太子朱儒，这是不合于礼的，所以《春秋》只写『郕伯来奔』。没写进献土地一事，这是因为对诸侯的尊重。

杞桓公来鲁国朝见，这是他即位后首次来朝见文公。与此同时提出和叔姬离婚，但并不断绝两国之间的婚姻关系，文公答应了他的请求。

二月，叔姬去世。《春秋》中没写『杞』字，表明她已与杞国断绝了关系。写『叔姬』，表明她已不是未嫁女子了。

原文

楚令尹大孙伯卒①，成嘉为令尹。群舒叛楚②。夏，子孔执舒子平及宗子③，遂围巢④。

秋，滕昭公来朝，亦始朝公也。

秦伯使西乞术来聘，且言将伐晋。襄仲辞玉曰：『君不忘先君之好，照临鲁国⑤，镇抚其社稷，重之以大器⑥，寡君敢辞玉。』对曰：『不腆敝器⑦，不足辞也⑧！』主人三辞⑨。宾答曰：『寡君愿徼福于周公、鲁公以事君⑩，不腆先君之敝器，使下臣致诸执事以为瑞节，要结好命⑪，所以藉寡君之命⑫，结二国之好，是以敢致之。』襄仲曰：『不有君子，其能国乎？国无陋矣⑬！』厚贿之。

注释

①大孙伯：即成大心。②舒：国名，偃姓。有舒庸、舒蓼、舒鸠、舒龙、舒鲍、舒龚六名，均为同宗异国，称为群舒。大致宗国在今安徽省舒城县，而散居于舒城县、庐江县至巢县一带。③舒子平：舒国国君，名平。宗子：舒同宗国之君。④巢：群舒国名，在今安徽省巢县东北。⑤照临：光临。⑥大器：指圭璋等宝玉。⑦不腆敝器：谦词，不丰厚的一点器物。⑧辞：辞谢。⑨主人：指襄仲。⑩徼福：求福。⑪要：约。好命：友好之命。⑫藉寡君之命：凭借此物以表达寡君的命令。⑬无陋：不鄙陋。

译文

楚国的令尹大孙伯去世了，成嘉继任做了令尹。此时那些舒国全都背叛了楚国。夏季，成嘉将舒子平和宗子抓获，并趁机包围了巢国。

秋季，滕昭公来鲁国朝见，他也是第一次朝见文公。

秦康公派西乞术来鲁国聘问，并且说打算攻打晋国。襄仲不愿意接受西乞术赠送的玉器，说：『承蒙贵国君王没有忘记两国先君结成的友谊，派您光临敝国，以稳定我国，并赠给我们如此贵重的玉器。敝国国君不敢接受这玉器。』西乞术回答说：『区区薄礼，不值得辞谢，还是不要客气吧！』襄仲三次辞让。西乞术说：『敝国国君希望能得到贵国先君周公和鲁公的保佑，并愿意以此来事奉贵君，因此派我将这并不丰厚的玉器赠送给贵国，以作为信物，从而求得两国的友好关系。我肩负君王的使命，前来缔结两国的友好关系，所以才敢献上这微薄的礼物。』襄仲说：『如果没有这样的君子，还能将国家治理好吗？看来秦国虽然地处偏远，但仍然有贤能之人啊！』于是就厚赠了西乞术。

原文

秦为令狐之役故①，冬，秦伯伐晋，取羁马②。晋人御之。赵盾将中军，荀林父佐之。郤缺将上军，臾骈佐之。栾盾将下军，胥甲佐之。范无恤御戎，以从秦师于河曲。

臾骈曰：『秦不能久，请深垒固军以待之③。』从之。

秦人欲战。秦伯谓士会曰④：『若何而战⑤？』对曰：『赵氏新出其属曰臾骈，必实为此谋，将以老我师也⑥。赵有侧室曰穿，晋君之婿也，有宠而弱，不在军事⑦；好勇而狂，且恶臾骈之佐上军也。若使轻者肆焉⑧，其可。』秦伯以璧祈战于河。

注释

①令狐之役：时间在文公七年。②羁马：晋邑，在今山西省永济县南。③深：高，用作动词。④士会：本晋人，文公七年奔秦，此时为秦谋士。⑤若何而战：用什么办法能使晋军出战。⑥老：用作动词，意为使疲乏失去战斗力。

⑦在：察。⑧肆：袭击。

译文

令狐战役中，秦国战败，因此秦康公于冬季攻打晋国，夺取了羁马。晋国人发兵进行抵抗，赵盾率领中军，荀林父为副帅。郤缺率领上军，臾骈为副帅。栾盾率领下军，胥甲为副帅。由范无恤为赵盾驾御战车，追击秦军，直到河曲。臾骈说：『秦国军队支持不了很久，我军应高筑营垒，巩固防线，以等待秦军撤退。』赵盾听从了这一建议。

秦军准备发起攻击。秦康公对士会说：『采取什么方法作战呢？』士会回答说：『赵盾近来提拔了一位下属名叫臾骈，一定是这个人出的主意，企图使我军长时间地在外以致疲惫不堪。但赵盾有个旁支子弟名叫赵穿，此人是晋襄公的女婿，很受赵盾宠信。他年纪尚轻，不懂得打仗，但生性勇猛而且妄自尊大，并且对臾骈出任上军副帅非常不满。如果我们派出一些勇猛但不刚强的人对他进行袭击，大概能够将他激出城作战。』于是秦康公把玉璧投入黄河，祈求河神保佑自己取得胜利。

原文

十二月戊午[①]，秦军掩晋上军[②]。赵穿追之，不及。反，怒曰：『裹粮坐甲[③]，固敌是求。敌至不击，将何俟焉[④]？』军吏曰：『将有待也！』穿曰：『我不知谋，将独出。』乃以其属出[⑤]。宣子曰[⑥]：『秦获穿也，获一卿矣。秦以胜归，我何以报[⑦]？』乃皆出战，交绥[⑧]。

秦行人夜戒晋师曰：『两君之士皆未慭也[⑨]，明日请相见也！』臾骈曰：『使者目动而言肆[⑩]，惧我也，将遁矣。薄诸河[⑪]，必败之。』胥甲、赵穿当军门呼曰[⑫]：『死伤未收而弃之，不惠也！不待期而薄人于险，无勇也！』乃止。秦师夜遁。复侵晋，入瑕[⑬]。

城诸及郓⑭。书，时也。

注释

①戊午：初四日。②掩：袭击。③裹粮坐甲：装着粮食，披着甲胄坐待。④俟：等待。⑤以其属出：率其私属亲兵出战。⑥宣子：即赵盾。⑦报：回报国人。⑧交绥：交相退兵。⑨未慭：不痛快。慭，情愿。⑩言肆：声音失常。⑪薄：迫近。⑫军门：军营大门。⑬瑕：晋邑，在今河南省陕县西南。⑭诸、郓：鲁二邑名。

译文

十二月初四日，秦军袭击晋国的上军。晋国的上军按兵不动，但赵穿独自一人追出城外，结果也没有追上秦军。回来后发怒说：『带着粮食，披着盔甲，就是为了追击敌人。可如今敌人来到跟前却不去追击，还等什么呢？』军吏说：『等待好时机的到来啊！』赵穿说：『我不懂得什么谋略，反正我准备自己攻打出去。』于是就率领他的部下冲出城外。赵盾说：『假如秦军俘虏了赵穿，就是俘虏了我国一个卿。倘若秦军带着他胜利回国，我拿什么回报晋国父老呢？』于是就率领全军出城与秦军交战，但两军刚一交锋就彼此退兵了。

秦国派使者在夜间到晋军的驻地说：『我们双方的将士尚未尽兴，明天再打吧！』臾骈说：『秦军使者眼珠乱转声音失常，表明他们已经害怕我们，准备逃走了。只要把他们逼到黄河边上，就一定能将他们打败。』此时胥甲、赵穿挡住营门大声喊道：『死亡的将士尚未来得及救护，你们就丢下他们去追击敌人，实在是不仁慈啊！不到约定的时间就把人家逼到危险的地方，这是没有勇气的行为！』于是晋军就不再进行追击。秦军在夜间逃走了，途中又进攻了晋国其他地方，夺取了瑕地。

鲁国在诸地和郓地修建了城池。《春秋》之所以记载了此事，是因为当时筑城合乎时令。

文公十三年

原文

十三年春，晋侯使詹嘉处瑕①，以守桃林之塞②。

晋人患秦之用士会也。夏，六卿相见于诸浮③。赵宣子曰：『随会在秦④，贾季在狄，难日至矣，若之何？』中行桓子曰⑤：『请复贾季，能外事⑥，且由旧勋⑦。』郤成子曰⑧：『贾季乱，且罪大，不如随会。能贱而有耻⑨，柔而不犯⑩。其知足使也，且无罪。』

注释

①詹嘉：晋大夫。瑕：宋邑，在今山西省芮城县南一带。②桃林：地名，在今河南省灵宝县西，接陕西潼关界。③诸浮：城外某地。④随会：即士会。⑤中行桓子：即荀林父。⑥能外事：知道境外的事情。⑦由旧勋：因过去有功。⑧郤成子：即郤缺。⑨能贱而有耻：处卑贱而知耻。⑩柔而不犯：性情柔弱但不容侵犯。

译文

十三年春季，晋灵公派詹嘉在瑕地驻扎，以防守桃林这个要塞之地。

晋国人担心秦国会重用士会。夏季，晋国六卿在诸浮举行会议。赵盾说：『士会在秦国，狐射姑在狄人那里，随时都可能发生灾难，怎么办呢？』荀林父说：『请让狐射姑回来，他善于处理外交事务，再说他的父亲曾建立过功勋。』郤缺说：『狐射姑惯于叛乱，而且罪恶严重，比不上士会。士会能屈能伸，知耻明义，虽然性情柔弱，但不容冒犯。再说他足智多谋，可以重用，而且他也没有什么罪过。』

原文

乃使魏寿余伪以魏叛者[①]，以诱士会。执其帑于晋[②]，使夜逸。请自归于秦[③]，秦伯许之。履士会之足于朝。秦伯师于河西，魏人在东。寿余曰：『请东人之能与夫二三有司言者[④]，吾与之先。』使士会。士会辞曰：『晋人，虎狼也，若背其言，臣死，妻子为戮，无益于君，不可悔也[⑤]。』秦伯曰：『若背其言，所不归尔帑者，有如河。』乃行。绕朝赠之以策[⑥]，曰：『子无谓秦无人，吾谋适不用也。』既济，魏人噪而还[⑦]。秦人归其帑。其处者为刘氏。

注释

①魏寿余：晋臣，毕万之后。魏，国名，在今山西省芮城县东北。②帑：指妻子儿女。③请自归于秦：请求以魏邑投入秦国。④东人：指晋国人。二三有司：指魏邑的几位臣吏。⑤不可悔：追悔莫及。⑥绕朝：秦大夫。策：马鞭。一说为策书。⑦噪：吵嚷。

译文

于是晋国就派魏寿余装假率领魏地的人背叛晋国，想引诱士会回国。晋国抓住了魏寿余及其妻子儿女，把他们囚禁在晋国，又故意让魏寿余夜里逃走。魏寿余到秦国请求秦康公把魏地归属秦国，秦康公同意了。在这次朝会中，魏寿余在朝廷上偷偷踩了一下士会的脚，向他发出暗示。秦军驻扎在河西，魏地人在河东。魏寿余说：『请派一个既是东边的又能与魏地几个官员进行谈判的人，与我一同先过去。』秦康公便派士会去。但士会推辞说：『晋国人犹如虎狼一样凶狠，如果他们违背了诺言，那么就会将我杀死，我的妻子儿女也会被秦国杀害，这对君王您也没有什么好处。到时候后悔也来不及。』秦康公说：『如果晋国食言不放你回来，我保证将你的妻子儿女送回去，如果不相信就以河神为证。』士会这才起身出发。这时秦大夫绕朝赠送给他一条马鞭，说：『你不要以为秦国没有人识破你们的诡计，只是我的意见不被采纳罢了。』士会过了黄河之后，魏地的人们欢呼着迎接他回去。秦康公也只好送还了他的妻子儿女。士会还有留在秦国没有回晋国的子孙，后来就改姓为刘氏。

原文

邾文公卜迁于绎①。史曰：『利于民而不利于君。』邾子曰：『苟利于民，孤之利也。天生民而树之君②，以利之也。民既利也，孤必与焉。』左右曰：『命可长也，君何弗为？』邾子曰：『命在养民③。死之短长，时也。民苟利矣，迁也，吉莫如之！』遂迁于绎。

五月，邾文公卒。君子曰：『知命。』

秋，七月，大室之屋坏。书，不共也④。

冬，公如晋朝，且寻盟。卫侯会公于沓，请平于晋⑤。公还，郑伯会公于棐，亦请平于晋。公皆成之。

郑伯与公宴于棐，子家赋《鸿雁》⑥。季文子曰：『寡君未免于此。』文子赋《四月》。子家赋《载驰》之四章。文子赋《采薇》之四章。郑伯拜，公答拜。

注释

①绎：邾邑，今山东省邹县东南。②树：置立。③命在养民：君主的使命在于养育其民。④共：同『恭』。⑤请平于晋：鲁文公去晋，卫侯托其与晋国求和。⑥子家：郑大夫公子归生的字。

译文

邾文公准备迁到绎地，因此占卜吉凶。史官说：『如果迁移，对百姓有利，但对君王不利。』邾文公说：『如果对百姓有利，也就是对我有利。上天生育了百姓并为他们设立了君王，其目的就是要为他们谋取福利的。既然百姓获得了利益，自然有我的一份了。』他的左右官员说：『如果不迁，君王的寿命就可以长久一些。您为什么不这样做呢？』邾文公说：『国君的使命就在于养育百姓。至于个人寿命的长短，只能听从天命了。只要对百姓有利，就坚决迁移，没有比这更吉利的了！』于是邾国就把国都迁到了绎地。

五月，邾文公去世。君子认为：『邾文公能够得知天命。』

秋季，七月，鲁国太庙的屋顶坏了。《春秋》之所以记载此事，是责备鲁国大臣们对太庙不够恭敬。

冬季，文公前往晋国朝见，同时重温先前两国结下的友谊。赴晋国的路上，在沓地会见了卫成公，卫成公请求文公出面让卫、晋和解。返回途中，又在棐地会见了郑穆公，郑穆公也请求文公出面使郑、晋两国和解。最后，文公帮助他们都和晋国达成了和议。

郑穆公在棐地请文公赴宴，宴会上郑大夫公子归生吟诵了《鸿雁》一诗。季文子说：『我们国君也有这种情况。』就吟诵了《四月》一诗。公子归生又吟诵了《载驰》一诗的第四章，季文子则吟诵了《采薇》一诗的第四章。郑穆公起身向文公拜谢，文公也予以答拜。

文公十四年

原文

十四年春，顷王崩。周公阅与王孙苏争政，故不赴。凡崩、薨，不赴则不书。祸、福[1]，不告亦不书。惩不敬也。

邾文公之卒也，公使吊焉，不敬。邾人来讨，伐我南鄙，故惠伯伐邾。

子叔姬妃齐昭公[2]，生舍。叔姬无宠，舍无威。公子商人骤施于国[3]，而多聚士，尽其家，贷于公有司以继之[4]。

夏，五月，昭公卒，舍即位。

邾文公元妃齐姜生定公，二妃晋姬，生捷菑。文公卒，邾人立定公。捷菑奔晋。

六月，同盟于新城，从于楚者服，且谋邾也[5]。

注释

①祸：指逃亡、兵败等大灾祸。福：指归复、战胜等大喜之事。②妃：同『配』，婚配。③公子商人：齐桓公夫人密姬之子。骤施于国：多次在国内施舍财物。骤，屡。④公有司：指掌管公室财物的官员。⑤谋邾：谋划护送邾公子捷菑回邾即位。

译文

十四年春季，周顷王去世。周公阅和王孙苏之间争夺权力，因此没有顾得上给鲁国发讣告。凡是天子『驾崩』，诸侯『薨』，倘若不给鲁国发来讣告，《春秋》就不予记载。倘若遇到灾祸或喜庆之事，只要不通知鲁国，《春秋》也不予以记载。这是对他们不尊重鲁国的一种惩罚。

邾文公去世时，鲁文公曾派人前去吊唁丧事，但使者不够恭敬。于是邾国人就出兵攻打鲁国南部边境。因此鲁国就派了惠伯去攻打邾国。

子叔姬嫁给齐昭公后，生了儿子舍。叔姬得不到宠爱，因此人们也就不惧怕公子舍。公子商人多次在国内施舍钱财，还招纳了很多门客，把家产都用尽了，还向掌管公室财物的官员借了很多债，继续进行施舍。夏季，五月，昭公去世，公子舍继承国君之位。

邾文公的第一个妻子齐姜生了定公，第二个妻子生了捷菑。文公去世后，邾国人将定公拥立为国君。捷菑则逃亡来到了晋国。

六月，鲁文公在宋地新城和宋昭公、陈灵公、卫成公、郑穆公、许男、曹文公以及晋国的赵盾结盟，因为以前追随楚国的陈、郑、宋三国又顺服了晋国，同时诸侯又商量了帮助捷菑返回邾国的问题。

原文

秋，七月乙卯夜，齐商人弑舍而让元①。元曰：『尔求之久矣。我能事尔，尔不可使多蓄憾。将免我乎？尔为之！』

有星孛入于北斗②。周内史叔服曰：『不出七年，宋、齐、晋之君皆将死乱③。』

晋赵盾以诸侯之师八百乘纳捷菑于邾。邾人辞曰：『齐出貜且长④。』宣子曰：『辞顺，而弗从⑤，不祥。』乃还。

注释

①元：即齐惠公，为齐桓公夫人少卫姬所生，商人之兄。②孛：即彗星，俗称扫帚星。北斗：在北天排列成斗形

的七颗亮星，其名称是一天枢，二天璇，三天玑，四天权，五玉衡，六开阳，七瑶光。③死乱：死于祸乱。④齐出：齐女所生。貜且：即邾定公，邾文公嫡长子，齐女所生。长：年长。⑤辞顺：言辞顺乎情理。

译文

秋季，七月的一天夜里，齐国的公子商人杀了舍，然后让他的哥哥元做国君。元说：『你想做国君已经很久了。我可以事奉你为君，但你不能事奉我为君。否则，你将对我心怀怨恨。到那时，你还能不杀我吗？还是由你来做国君吧！』

鲁国发现了彗星进入北斗星附近。周朝内史叔服预测说：『用不了七年时间，齐、宋、晋三国的君王都将在叛乱中死去。』

晋国的赵盾率领诸侯联军的几百辆战车护送捷菑回到了邾国，准备将他立为国君。但邾国人却说：『齐女所生的貜且年长，应拥立他为君。』赵盾说：『有道理，如果不听，就不吉祥。』于是就率军离开了邾国。

原文

周公将与王孙苏讼于晋，王叛王孙苏①，而使尹氏与聃启讼周公于晋②。赵宣子平王室而复之。

楚庄王立，子孔、潘崇将袭群舒③，使公子燮与子仪守而伐舒蓼。二子作乱④，城郢而使贼杀子孔，不克而还。八月，二子以楚子出，将如商密⑤，庐戢梨及叔麇诱之⑥，遂杀斗克及公子燮⑦。

注释

①王：指周匡王。②尹氏：周卿士。聃启：周大夫。讼周公：为周公诉冤求理。③子孔：当时为楚国令尹。潘崇：楚穆王之师。④二子：指公子燮与子仪。⑤商密：楚地名，在今河南省淅川县西一带。⑥庐戢梨及叔麇：二人

名，庐大夫。⑦斗克：即子仪。

译文

周公打算和王孙苏到晋国评判是非曲直，但周匡王违背了当初要帮助王孙苏的诺言，派尹氏和聃启到晋国为周公辩护。赵盾对王室纠纷进行了调解，并使他们各复其位。

楚庄王即位后，子孔、潘崇准备攻打背叛楚国的那些舒族国家。派公子燮和子仪留守国内，然后亲自率兵攻打舒蓼。没想到公子燮和子仪在国内发动了叛乱，加强了郢都的城池设防，并派人刺杀子孔，但没有成功。八月，二人挟持楚庄王离开国都，准备到商密去，庐戢梨和叔麇设法把子仪和公子燮诱杀了。

原文

初，斗克囚于秦，秦有崤之败，而使归求成①。成而不得志，公子燮求令尹而不得，故二子作乱。

穆伯之从己氏也，鲁人立文伯②。穆伯生二子于莒而求复③，文伯以为请。襄仲使无朝。听命，复而不出，三年而尽室以复适莒④。文伯疾而请曰：『谷之子弱⑤，请立难也⑥。』许之。文伯卒，立惠叔。穆伯请重赂以求复，惠叔以为请，许之。将来，九月，卒于齐。告丧⑦，请葬⑧，弗许。

注释

①使归求成：后来秦使子仪归楚，请求秦、楚讲和。②文伯：穆伯之子，名谷。③求复：请求返回鲁国。④尽室：尽其家室。⑤弱：幼弱。⑥难：穆伯之子，文伯之弟。⑦告丧：讣告丧事。⑧请葬：请求归葬于鲁。

译文

当初，子仪被囚禁在秦国时，适逢秦国在崤地之战中失败，秦国便派他回晋国求和。两国讲和之后，子仪的要求没有得到准许，公子燮想当令尹也没能如愿，因此二人就发动了叛乱。

穆伯为求己氏到莒国后，鲁国人拥立了他的儿子文伯为继承人。穆伯在莒国生了两个儿子，后来又要求返回鲁国，并让文伯代为请求。襄仲提出他回国后不得参与政事，因此穆伯回国后再也没有外出过，三年后又举家迁往莒国。此时文伯患病，请求说：『我的儿子年纪尚小，就请立我的弟弟难吧。』鲁国人同意了这一要求。于是在文伯死了以后，就立了惠叔即难。此后穆伯又想回到鲁国，并送了丰厚的礼物，让惠叔替他请求，得到了允许。当他准备返回鲁国时，九月份在齐国死去。向鲁国报告了丧事，并请求归葬鲁国，但没有得到同意。

原文

宋高哀为萧封人[①]，以为卿，不义宋公而出，遂来奔。书曰『宋子哀来奔』，贵之也。

齐人定懿公，使来告难[②]，故书以『九月』。

齐公子元不顺懿公之为政也，终不曰『公』，曰『夫己氏[③]』。

襄仲使告于王，请以王宠求昭姬于齐[④]，曰：『杀其子[⑤]，焉用其母？请受而罪之。』冬，单伯如齐请子叔姬，齐人执之，又执子叔姬。

注释

①萧：宋邑，封人，镇守边疆的地方官。②告难：通报舍被杀之事。③夫己氏：犹如说『那个人』。己，读作『其』。④昭姬：昭公夫人，即子叔姬。⑤子：指被商人所杀的舍。

译文

宋国的高哀镇守萧地时，被提升为卿，可是他认为宋昭公不讲道义，就离开宋国逃亡到鲁国。《春秋》记载为

『宋子哀来奔』，是表示对他的尊敬。

齐国人让齐懿公即位之后，才派人来通报杀掉公子舍一事。因此《春秋》把这一事件归入『九月』。

齐国的公子元对懿公执政很不服气，因此始终不称他为『公』，而是称他为『那个人』。

襄仲派人向周天子进行报告，请求以天子的名义向齐国求取子叔姬，说：『既然把她的儿子舍杀死了，又哪里用得着母亲？请把她送回鲁国加以惩治。』冬季，周王室卿士单伯到齐国求取子叔姬，齐国人将他抓了起来，同时把子叔姬也抓了起来。

雪溪放艇图　明·钟钦礼

此图画雪景山水，溪中一舟，有人倚篷下，溪上枯林掩映茅堂，远处高岭隐藏寺观。用硬笔勾皴，天水墨气一色。构图严谨，有开有合，带有浓郁的江南山水特色。

文公十五年

原文

十五年春，季文子如晋，为单伯与子叔姬故也。

三月，宋华耦来盟，其官皆从之。书曰『宋司马华孙』，贵之也。公与之宴。辞曰：『君之先臣督[1]，得罪于宋殇公，名在诸侯之策[2]。臣承其祀，其敢辱君[3]？请承命于亚旅[4]。』鲁人以为敏[5]。

注释

①督：即华督，华耦的曾祖。②名在诸侯之策：华督之名记在诸侯国的简策上。③其：岂。④亚旅：官名，上大夫。⑤敏：应对敏捷。

译文

十五年春，季文子去晋国，是因为单伯和子叔姬的缘故。

三月，宋国的华耦前来会盟，他的下属都跟随前来。《春秋》称他为『宋司马华孙』，这是表示对他的尊重。文公要和他饮宴。华耦辞谢说：『君王的先臣督把宋殇公得罪了，名字记载在诸侯的简册上。下臣承继他的祭祀，岂敢使君王蒙受耻辱？请在亚旅那里受命。』鲁国人认为华耦对答聪敏快捷。

原文

夏，曹伯来朝，礼也。诸侯五年再相朝，以修王命，古之制也。

齐人或为孟氏谋[1]，曰：『鲁，尔亲也。饰棺置诸堂阜[2]，鲁必取之。』从之。卞人以告[3]。惠叔犹毁以为请，立于朝以待命。许之。取而殡之。齐人送之。书曰『齐人归公孙敖之丧』，为孟氏，且国故也。葬视共仲[4]。声己不视[5]，帷堂而哭[6]。襄仲欲勿哭，惠伯曰：『丧，亲之终也。虽不能始，善终可也。史佚有言曰：「兄弟致美[7]。救乏、贺善、吊灾、祭敬、丧哀[8]，情虽不同，毋绝其爱，亲之道也。」子无失道，何怨于人？』襄仲说，帅兄弟以哭之。

注释

①孟氏：鲁公孙敖的家族，称孟氏。②饰棺：古代对于死人的棺木，依爵位、等级的不同，而有不同的装饰，称为饰棺。堂阜：地名，鲁、齐交界处。③卞人：鲁卞邑大夫。④葬视共仲：葬礼如同共仲一样。视，比；共仲，即庆父。⑤声己：公孙敖次妻，惠叔之母。不视：不视灵柩。⑥帷堂：古时，人死后尸体放置堂中小敛，四周围上帷幕，叫帷堂。⑦致美：各尽其美。⑧救令：救助困乏。吊灾：抚慰灾祸。丧哀：逢其丧事攻哀。

译文

夏，曹文公前来朝见，这合于礼。诸侯每五年再一次互相朝见，以便重温天子的命令，这是古时候的制度。

齐国有人为孟氏策划，说：『鲁国，是你的亲属，把公孙敖的饰棺放置在堂阜，鲁国必定会将它取走的。』孟氏听从了。卞邑大夫把这件事作了报告。惠叔仍然很悲哀，容颜消瘦，请求取回饰棺，立在朝廷上等候命令。大家答应了。取回了饰棺停放。齐国人为他送行。《春秋》记载说『齐人归公孙敖之丧』，这是为了孟氏，同时又是为了国家的缘故。依照安葬共仲的葬礼安葬公孙敖。声已不愿意去看棺材，在帷堂里哭泣。襄仲不想去哭丧，惠伯说：『丧事，是对待亲人的最后大事。虽不能有一个好的开始，有一个好的终结是可以的。史佚有这样的话，说：「兄弟之间各自尽力做到完美。救济贫困、祝贺喜庆、吊唁灾祸、祭祀恭敬、丧事哀痛，感情虽然不一样，不要将他们之间的友爱断绝，这是对待亲人的道德。」您自己只要不失道德，怨恨别人什么呢？』襄仲听了很高兴，领了兄弟前去哭丧。

原文

他年，其二子来[①]，孟献子爱之[②]，闻于国。或谮之曰：『将杀子。』献子以告季文子。二子曰：『夫子以爱我闻[③]，我以将杀子闻，不亦远于礼乎？远礼不如死。』一人门于句鼆，一人门于戾丘[④]，皆死。

六月辛丑朔，日有食之。鼓，用牲于社，非礼也。日有食之，天子不举[⑤]，伐鼓于社。诸侯用币于社[⑥]，伐鼓于朝，以昭事神、训民、事君，示有等威[⑦]，古之道也。

注释

①二子：指穆伯在莒国的两个儿子。②孟献子：文伯谷之子仲孙蔑。③夫子：指孟献子。④戾丘：鲁邑名。⑤不举：撤去丰盛的饮食和助食的音乐。⑥用币于社：用玉帛祭于社稷坛。⑦等威：威仪之等差。

译文

而后，穆伯的两个儿子回来，孟献子喜欢他们，全国闻名。有人诬陷他们，对孟献子说：『这两个人打算杀死你。』孟献子把这话告诉季文子。这两个人说：『他老人家因为爱我们而闻名，我们以打算杀死他而闻名，这不也是与礼相背离了吗？远离于礼不如死。』一个人在句鼆守门，一个人在戾丘守门，都战斗而死了。

六月初一日，日食。击鼓，用牲畜在土地神庙里祭祀，这是不合乎礼的。日食，天子减膳撤乐，在土地神庙里击鼓。诸侯用玉帛在土地神庙里进行祭祀，在朝廷上击鼓，以表明事奉神灵、教训百姓、事奉国君，表示威仪有确定的等级，这是古代的制度。

原文

齐人许单伯请而赦之，使来致命。书曰『单伯至自齐』，贵之也。

新城之盟，蔡人不与。晋郤缺以上军、下军伐蔡，曰：『君弱[1]，不可以怠[2]。』戊申[3]，入蔡，以城下之盟而还[4]。凡胜国，曰『灭之』；获大城焉，曰『入之』。

秋，齐人侵我西鄙，故季文子告于晋。

注释

①弱：年幼。②怠：怠慢、懈怠。③戊申：初八日。④城下之盟：敌军兵临城下，以武力威逼签订的盟约，视为国家的奇耻大辱。

译文

齐国人答应了单伯要子叔姬回国的请求而把他赦免了，派遣他前来传送这项命令。《春秋》记载说『单伯至自齐』，这是表示尊重他。

在新城举行的盟会，蔡国人不参加。晋国的郤缺率领上军、下军袭击蔡国，说：『国君年少，不能因此懈怠。』六月初八日，进入蔡国，订立了城下盟约然后回国。凡是战胜一个国家，叫做『灭之』；得到大城，叫做『入之』。

秋，齐军侵犯我国西部边境，所以季文子报告给晋国。

原文

冬，十一月，晋侯、宋公、卫侯、蔡侯、郑伯、许男、曹伯盟于扈，寻新城之盟，且谋伐齐也。齐人赂晋侯，故不克而还。于是有齐难[1]，是以公不会。书曰『诸侯盟于扈』，无能为故也[2]。凡诸侯会，公不与，不书，讳君恶也。与而不书，后也。

齐人来归子叔姬，王故也。

齐侯侵我西鄙，谓诸侯不能也。遂伐曹，入其郛，讨其来朝也。

季文子曰：「齐侯其不免乎？己则无礼[3]，而讨于有礼者，曰：「女何故行礼？」礼以顺天，天之道也。己则反天，而又以讨人，难以免矣。《诗》曰：「胡不相畏？不畏于天。」君子之不虐幼贱，畏于天也。在《周颂》曰：「畏天之威，于时保之。」不畏于天，将何能保？以乱取国[4]，奉礼以守，犹惧不终；多行无礼，弗能在矣[5]。」

注释

①齐难：指『侵我西鄙』。②无能为：无所作为。③无礼：指拘执王使而又讨伐无罪。④以乱取国：指齐侯杀舍而自立。⑤在：终。

译文

冬，十一月，晋灵公、宋昭公、卫成公、蔡庄侯、陈灵公、郑穆公、许昭公和曹文公结盟于扈地，重温新城盟会的旧好，同时谋划攻打齐国。齐国人给晋灵公馈送财礼，所以没有战胜就回来了。此时发生了齐国进攻我国的祸难，所以文公没有参加盟会。《春秋》记载说『诸侯盟于扈』，这是因为没有能救援我国的缘故。只要是诸侯会见，鲁公不参加，就不加记载，这是由于隐瞒国君的过失。参加了而不加记载，这是由于迟到的缘故。

齐国人前来将子叔姬送回，这是由于天子有命令的缘故。

齐懿公对我国西部边境发动进攻，他认为诸侯不能援助。并因此而攻打曹国，讨伐它曾经前来朝见鲁国。

季文子说：『齐侯恐怕无法免于祸难吧？自己就不合乎礼，反而讨伐合于礼的国家，说：「你为什么实行礼？」礼用来顺服上天，这是上天的常道。自己就违背上天，反而又因此讨伐别人，这就难逃祸难了。《诗》说：「为什么不互相畏惧？因为不畏惧上天。」君子不虐待幼小和卑贱，这是因为畏惧上天。在《周颂》里说：「畏惧上天的威灵，因此就能保持福禄。」不畏敬上天，会有什么保得住？用动乱取得国家，奉行礼来保持国君的地位，尚且害怕不得善终；多做不合乎礼的事情，这就不能善终了。』

春景山水图　明·钟钦礼

图中绘古木虬曲，怪石自山脚斜出，江面开阔，远处重峦叠嶂，一派春意盎然之景。一人于桥头垂钓，抱膝而坐，正与靠岸的船主搭话，船上什物清晰可见。画树用笔生拙朴质，画石皴法如斧劈刀削，远山则层层渲染，充分表现了浙派绘画水墨苍劲的特点。

文公十六年

原文

十六年春，王正月，及齐平。公有疾，使季文子会齐侯于阳谷。请盟，齐侯不肯，曰：『请俟君间[①]！』

夏，五月，公四不视朔[②]，疾也。公使襄仲纳赂于齐侯，故盟于郪丘[③]。

注释

①请俟君间：请等鲁君病好再说吧。间，病愈。②视朔：古礼诸侯每月初一以特羊告庙，称之告朔。告朔毕，即听治此月之政，称之视朔，也称作听朔。③郪丘：齐地名，在齐国临淄附近一带。

译文

十六年春季，周历正月，鲁国与齐国和解。因为文公生病，便派季文子在阳谷和齐懿公进行和谈。季文子请求结盟，齐懿公不答应，说：『等贵国国君病好了再说吧！』

夏季，五月，文公因为患病，四次没有上朝听政。所以文公派襄仲给齐懿公送了许多财礼，于是就结盟于郪丘。

原文

有蛇自泉宫出[①]，入于国，如先君之数[②]。

秋，八月辛未，声姜薨[③]，毁泉台。

楚大饥，戎伐其西南，至于阜山[④]，师于大林[⑤]。又伐其东南，至于阳丘，以侵訾枝[⑥]。

注释

①泉宫：鲁都曲阜近郊邑名。②如先君之数：鲁国自伯禽至僖公共有十七位君主。③声姜：鲁僖公夫人，文公的

母亲。④阜山：楚邑名，在今湖北省房县南部。⑤大林：楚邑名，在今湖北省荆门县西北部。⑥訾枝：楚邑名，在今湖北省枝江县境内。

译文

鲁国发现许多大蛇从泉宫爬出来，一直爬到国都的城门内，并且数量与鲁国先君的数量一样，总共有十七条。

秋季，八月初八日，声姜亡故，然后泉台就被拆毁了。

楚国发生了特大饥荒，戎人趁机进攻楚国西南边境，一直深入到阜山，在大林驻扎。接着又攻打楚国东南边境，进逼阳丘，并侵入訾枝。

原文

庸人帅群蛮以叛楚[1]。麇人率百濮聚于选[2]，将伐楚。于是申、息之北门不启。

楚人谋徙于阪高[3]。蒍贾曰[4]：『不可。我能往，寇亦能往，不如伐庸。夫麇与百濮，谓我饥不能师，故伐我也。若我出师，必惧而归。百濮离居[5]，将各走其邑，谁暇谋人？』乃出师。旬有五日[6]，百濮乃罢[7]。

注释

①群蛮：即散居在今湖北省境内的少数民族部落。②百濮：散居在今湖北省石首县一带地区的少数民族部落。濮，即种族名。选：楚地名，在今湖北省枝江县境内。③阪高：楚地名，在今湖北省当阳县东北部。④蒍贾：人名。⑤百濮离居：百濮各部落分散居住，没有统一指挥。⑥旬有五日：旬有五日，即十五日。旬，为十日。⑦罢：罢兵而归。

译文

在这同时，庸国人率领群蛮也背叛了楚国。麇国人也率领百濮人在选地聚集，准备攻打楚国。楚国申、息两城的北门也不敢再开了。

楚国人商量将国都迁往阪高。蒍贾说：『不行。我们能迁过去，敌人也一样能追过去，不如发兵攻打庸国。至于麇国和百濮，只是认为我们遭受灾荒没有办法出兵，因此才趁机攻打我们。如果我们出兵，他们一定因害怕而回去。百濮人在各地散居，他们一定各自逃回居住的地方，谁还有时间来攻打我国呢？』于是就出兵抵抗。十五天过后，百濮人就撤兵离去了。

原文

自庐以往①，振廪同食②。次于句澨③，使庐戢梨侵庸。及庸方城，庸人逐之，囚子扬窗④。三宿而逸，曰：『庸师众，群蛮聚焉，不如复大师，且起王卒，合而后进。』师叔曰⑤：『不可。姑又与之遇以骄之。彼骄我怒，而后可克，先君蚡冒所以服陉隰也⑥。』又与之遇。七遇皆北，唯裨、儵、鱼人实逐之⑦。

庸人曰：『楚不足与战矣。』遂不设备。楚子乘驲⑧，会师于临品⑨，分为二队：子越自石溪⑩，子贝自仞⑪，以伐庸。秦人、巴人从楚师。群蛮从楚子盟，遂灭庸。

注释

①庐：楚邑名，在今湖北省南漳县东五十里外。②振廪：打开粮仓。③句澨：楚之西界地名，在今湖北省均县废县西一带。④子扬窗：即庐戢梨的下属官员。⑤师叔：即楚大夫潘尫。⑥蚡冒：即楚先君名。陉隰：国名。⑦裨、儵、鱼：统属群蛮部落名。⑧驲：驿站传车。⑨临品：地名，在今湖北省均县境内。⑩子越：又叫子越椒、斗椒，楚

宗族。石溪：即地名。⑪子贝：即楚臣。仞：即地名。

译文

楚军到达庐地时，携带军粮已经用尽。因此从庐地出发后，沿途每到一地，便把仓库打开让将士和百姓同时食用。军队在句澨驻扎后，派庐戢梨攻打庸国。当他攻打庸国的方城时，遭到了庸人的反击，庐戢梨的下属子扬窗被俘。子扬窗住在庸人那里三天后逃跑，回来说：『庸军人多，蛮人都在那里聚集，不如再次派大军前来，把君王的卫戍部队也派来参加战斗，等到各路兵马汇集在一起后再行进攻。』楚大夫师叔说：『不行。暂且再和他们交战，以便使其产生骄傲情绪。等到敌人骄傲，我军斗志高昂时，就可以一战而胜，先君蚡冒就是用这种方法征服陉隰的。』于是楚军又和庸人进行交战。七次交战，楚军全都佯装败走，庸军中只有裨、鯈、鱼人追击楚军。

庸国人说：『楚军已经不堪一击了。』所以就不再设防。楚庄王乘坐驿站的传车，在临品与各路军队会合，而后兵分两路：由子越领兵从石溪出发，子贝率军从仞地出发，两路同时进攻庸国。秦军、巴军则在其后助战。结果那些蛮人纷纷和楚庄王订立和约，随后楚军将庸国灭掉了。

原文

宋公子鲍礼于国人[1]。宋饥，竭其粟而贷之[2]。年自七十以上，无不馈饴也[3]，时加羞珍异[4]。无日不数于六卿之门[5]，国之材人[6]，无不事也，亲自桓以下[7]，无不恤也[8]。公子鲍美而艳，襄夫人欲通之[9]，而不可，乃助之施[10]。昭公无道，国人奉公子鲍以因夫人[11]。

于是，华元为右师，公孙友为左师，华耦为司马，鳞鱹为司徒，荡意诸为司城，公子朝为司寇。初，司城荡卒[12]，公孙寿辞司城[13]，请使意诸为之[14]。既而告人曰：『君无道，吾官近[15]，惧及焉[16]。弃官则族无所庇。子，身之贰也[17]，姑纾死焉⑱。虽亡子，犹不亡族。』

注释

①公子鲍：即宋文公，宋昭公庶弟。②贷：施与或贷与。③馈饴：馈送。④时：按时令。加羞珍异：加进珍贵食品。羞，进献。⑤数：屡次，频繁。⑥材人：具有才能的人。⑦桓：即宋桓公，为公子鲍的曾祖。⑧恤：赈济。⑨襄夫人：即宋襄公夫人，周襄王之姊。⑩助之施：襄夫人助公子鲍施惠于国人。⑪奉公子鲍以因夫人：拥戴公子鲍以亲附襄夫人。⑫司城荡：即公子荡。司城，官名。⑬公孙寿：公子荡的儿子，父死，子承其位。⑭意诸：即荡意诸，公孙寿的儿子。寿辞位，使其子继承。⑮吾官近：我如担当司城之官，则于国君靠近。⑯惧及：害怕因君之祸而及于自身。⑰身之贰：意即我的替身。⑱纾死：缓死。

译文

宋国的公子鲍对国都的人非常有礼。宋国发生饥饿荒灾时，他把粮食全部拿出来施舍给百姓。对年纪在七十岁以上的人，没有不赠送食物的，有时还增加一些美味食品。每天都要到六卿家里为百姓参请，对国内有才干的人都给予重用，对桓公子孙以下的亲属都给予救济。公子鲍漂亮无比光彩照人，宋襄公夫人想和他私通，但公子鲍拒绝了，于是襄公夫人就帮助他共同施舍。宋昭公无道，国内的人们都愿意事奉公子鲍，并依赖襄公夫人。

当时华元担任右师，公孙友任左师，华耦任司马，鳞鑵任司徒，荡意诸任司城，公子朝任司寇。当初，司城荡死后，他的儿子公孙寿把司城的职务辞去，请求让他的儿子荡意诸担任，然后又对别人说：『国君无道，而我的官职又常常接近国君，我担心惹祸上身。但如果放弃这个职务不干，那么我的族人就得不到保护了。儿子是我的替身，由他接替我，我便可以死得晚一些。这样，即使丧失了儿子，尚且不至于丧失整个家族。』

原文

既，夫人将使公田孟诸而杀之[1]。公知之，尽以宝行。荡意诸曰：『盍适诸侯？』公曰：『不能其大夫至于君祖母以及国人[2]，诸侯谁纳我？且既为人君，而又为人臣，不如死。』尽以其宝赐左右而使行。

夫人使谓司城去公。对曰：『臣之而逃其难[3]，若后君何？』

冬，十一月甲寅，宋昭公将田孟诸，未至，夫人王姬使帅甸攻而杀之[4]，荡意诸死之。书曰『宋人弑其君杵臼[5]』，君无道也[6]。

文公即位，使母弟须为司城[7]。华耦卒，而使荡虺为司马[8]。

注释

①孟诸：即地名。②君祖母：古人称母为君母，祖母为君祖母。③臣之：指做他的臣子。臣，用作动词。④夫人王姬：即襄公夫人，由于她是周襄王的姐姐，所以这样称呼。帅甸：官名。⑤杵臼：即宋昭公名。⑥君无道：凡《春秋》记载弑君之名，则为君无道。宋昭公无道表现为与公族作对，结果失败被杀还留下恶名。可见公族之强大。⑦母弟：同母之弟。⑧虺：意诸的弟弟。

译文

没多久，襄公夫人打算让宋昭公到孟诸去打猎，并趁机杀了他。宋昭公得知这件事以后，带上全部珍宝打算逃亡。荡意诸说：『为什么不逃到诸侯那里去？』宋昭公说：『我连宋国的大夫以至祖母襄公夫人和国人的信任都得不到，还有哪个诸侯能接纳我呢？再说我作为宋国国君，却去到别国成为臣子，还不如死了算了。』于是就把他的财宝全部都赐给左右随从，并让他们逃走。

高士观瀑图　明·钟钦礼

图中危崖耸立，瀑布垂挂直落谷底，水雾弥漫。雅士于园林一角。凭栏观飞泉，神态怡然陶醉，超然清逸之趣溢于画外。山石全以斧劈皴出之，描绘树木勾点并用。整幅图有峻峭秀逸之气。

襄公夫人派人告诉司城荡意诸，让他离开宋昭公。但荡意诸回答说：『身为臣子却要逃避国君的灾难，那么我以后还怎么事奉新的国君呢？』

冬季，十一月二十二日，宋昭公准备去孟诸打猎，还没有到达孟诸，襄公夫人就派甸地的军帅把他杀死了，荡意诸也在这时被害。《春秋》记载为『宋人弑其君杵臼』，表示宋昭公不讲道义，不得人心。

宋文公即位，委派同母的弟弟须担任司城。华耦去世后，任命荡虺出任司马。

文公十七年

原文

十七年春，晋荀林父、卫孔达、陈公孙宁、郑石楚伐宋，讨曰：『何故弑君？』犹立文公而还。卿不书，失其所也[1]。

夏，四月癸亥[2]，葬声姜。有齐难，是以缓。

齐侯伐我北鄙。襄仲请盟。六月，盟于谷[3]。

注释

①失其所：丧失其根本立场根本宗旨。②癸亥：初四日。③谷：谷地，在今山东平阳西南。

译文

十七年春季，晋国荀林父、卫国孔达、陈国公孙宁、郑国石楚讨伐宋国，进行质问说：『为什么杀死你们国君？』结果还是立了宋文公而回国。《春秋》没有记载卿的名字，这是因为他们处置失当的缘故。

夏四月初四日，鲁国安葬声姜。这是由于有齐国造成的祸患，所以推迟了。

齐懿公进攻我国北部边境地区，襄仲请求同各国结盟。六月，在谷地结盟。

原文

晋侯蒐于黄父[1]，遂复合诸侯于扈，平宋也。公不与会，齐难故也。书曰『诸侯』，无功也。

于是，晋侯不见郑伯，以为贰于楚也。郑子家使执讯而与之书[2]，以告赵宣子，曰：『寡君即位三年，召蔡侯而与之事君[3]。九月，蔡侯入于敝邑以行。敝邑以侯宣多之难，寡君是以不得与蔡侯偕。十一月，克灭侯宣多而随蔡侯

以朝于执事[④]。十二年六月[⑤]，归生佐寡君之嫡夷[⑥]，以请陈侯于楚而朝诸君。十四年七月，寡君又朝，以蒇陈事[⑦]。十五年五月，陈侯自敝邑往朝于君。往年正月，烛之武往朝夷也[⑧]。八月，寡君又往朝。以陈、蔡之密迩于楚而不敢贰焉[⑨]，则敝邑之故也。虽敝邑之事君，何以不免？『在位之中，一朝于襄，而再见于君。夷与孤之二三臣相及于绛[⑩]。虽我小国，则蔑以过之矣。今大国曰：「尔未逞吾志。」敝邑有亡[⑪]，无以加焉。』

注释

①晋侯：即晋灵公。黄父：晋地名，在今山西省翼城县东北部，与沁水县相接之乌岭。②执讯：即通讯问之官。③召蔡侯而与之事君：当时蔡未服晋，郑穆公召蔡侯共同事奉晋君。④克灭：灭绝。⑤十二年：指郑穆公十二年，即鲁文公十一年。⑥归生：郑子家名。夷：郑穆公太子名，即郑穆公的儿子郑灵公。⑦蒇陈事：完成陈国的事情。⑧朝夷：使夷朝见晋。朝，使动用法。⑨密迩：紧密连接。⑩孤：小国之君称为孤。相及：一个接着一个。⑪有亡：只有被灭亡掉。

译文

晋灵公在黄父阅兵，就因此再次在扈地与诸侯会合，这是为了安定宋国。文公没有参加，这是由于发生了齐国造成的祸难的缘故。《春秋》记载说『诸侯』而不记名字，这是讥讽他们并没有取得成效。

当时晋灵公不愿意和郑穆公相见，认为他和楚国有勾结。郑国的子家派遣执讯去晋国并且交给他一封信，告诉赵宣子，说：『寡君即位三年，召请蔡侯和他共同事奉贵国国君。九月，蔡侯进入敝邑前去贵国。敝邑由于侯宣多造成的祸患，寡君因此而不能和蔡侯同行。十一月，把侯宣多消灭，就随同蔡侯而向执事朝见。十二年六月，归生辅佐寡君的嫡子夷，到楚国请求陈侯共同朝见贵国国君。十四年七月，寡君又对贵国朝见，以完成关于陈国的事情。十五年五月，陈侯从敝邑前去拜见贵国国君。去年正月，烛之武前去贵国，这是为了让夷前往拜见贵国国君。八月，寡君又前去进行拜见。因陈、蔡两国紧紧挨着楚国而不敢有三心二意，那就是由于敝邑的缘故。为什么单单敝邑这样事奉贵国国君，反而不能免除祸患呢？

『寡君在位期间，一次朝见贵国先君襄公，两次朝见现在的君主。夷和我的几个臣下紧接着来到绛城。我们虽是小国，这样侍奉晋国，已经不能比这再有所超过了。现在大国说：「你没有能让我称心满意。」已经竭尽了全力，敝邑唯有等待灭亡，也不能再增加一点什么了。』

原文

『古人有言曰：「畏首畏尾，身其余几[①]？」又曰：「鹿死不择音。」小国之事大国也，德，则其人也；不德，则其鹿也，铤而走险，急何能择？命之罔极[②]，亦知亡矣[③]。将悉敝赋以待于鯈[④]，唯执事命之！

『文公二年六月壬申，朝于齐。四年二月壬戌，为齐侵蔡，亦获成于楚。居大国之间而从于强令[⑤]，岂其罪也？大国若弗图，无所逃命。』

晋巩朔行成于郑[⑥]，赵穿、公婿池为质焉[⑦]。

注释

①畏首畏尾，身其余几：即畏头又畏尾，中间不畏者还能剩余多少。形容郑国瞻前顾后，顾虑重重，日子难过。

②命之罔极：命令没有准则，即反复无常。③亦知亡矣：郑已知难免灭亡。④敝赋：敝国的军备。鯈：地名，在晋、郑边境一带。⑤从：屈服。强令：强加的命令。⑥巩朔：晋大夫，又称巩伯、士庄伯。⑦公婿池：人名。

译文

『古人说：「头也怕尾也怕，剩下来不怕的身子还有多少？」又说：「鹿在临死前顾不上再发出好听的叫声。」小国服事大国，如果大国以德对待，那就会像人一样恭顺；如果不是以德相待，那就会像鹿一样，狂奔走险，急迫的时候如何还能选择？贵国的命令没有标准，我们也知道即将灭亡了，只好准备全部派出敝邑的士兵等候在鯈地。该怎么办，就听从执事的命令吧！

『我郑文公二年六月二十日，曾到齐国朝见。四年二月某日，为齐国进攻蔡国，也和楚国进行讲和。处于齐、楚两个大国之间而屈服于压力，这难道是我们的罪过吗？大国如果不能谅解，我们是没有办法逃避你们的命令的。』

晋国的巩朔到郑国讲和修好，赵穿、公婿池作为人质。

原文

秋，周甘歜[1]败戎于邥垂[2]，乘其饮酒也。

冬，十月，郑太子夷、石楚为质于晋[3]。

襄仲如齐，拜谷之盟。复曰：『臣闻齐人将食鲁之麦[4]。以臣观之，将不能[5]。齐君之语偷。臧文仲有言曰：「民主偷，必死[6]。」』

注释

①甘歜：周大夫，王子带之后。②邥垂：周地名，在今河南省洛阳市南部。③石楚：郑大夫名。④食鲁之麦：意即伐鲁。⑤将不能：大概不能这样做。⑥民主偷，必死：民之君主不循礼法，只图眼前实利，必定速死。

译文

秋，周朝的甘歜在邥垂把戎人打败，这是趁他们喝酒而没有设防的机会。

冬，十月，郑国的太子夷、石楚到晋国作为人质。

襄仲前去齐国，拜谢谷地的结盟。回来说：『臣下听说齐国人准备吃鲁国的麦子。以下臣看来，恐怕做不到。齐国国君的话毫无远虑。臧文仲说：「百姓的主人毫无远虑，必定很快就会死亡。」』

琴高乘鲤图　明·李在

此图绘古代琴高乘鲤的神话。此图表现琴高辞别众弟子乘鲤而去的情景。全图布局构思精巧，笔墨精纯熟练，充满动势。人物的情态生动，线描劲拔舒畅；山石和树木的画法，融和了郭熙的细润和马远的刚健。设色简淡，格调爽朗明快，在明代院体风格之上又吸取了文人画的技法，独具一格。

文公十八年

原文

十八年春，齐侯戒师期①，而有疾。医曰：『不及秋，将死。』公闻之②，卜曰：『尚无及期③。』惠伯令龟④，卜楚丘占之曰：『齐侯不及期，非疾也。君亦不闻。令龟有咎⑤。』二月丁丑，公薨。

齐懿公之为公子也，与邴歜之父争田⑥，弗胜。及即位，乃掘而刖之⑦，而使歜仆⑧。纳阎职之妻⑨，而使职骖乘⑩。

注释

①戒师期：戒为发布命令，下达出兵伐鲁日期的命令。②公：即鲁文公。③尚：希望。④令龟：即命龟。临卜之前，将所卜之事告龟，称命龟。命龟有一套说辞。⑤令龟有咎：命龟之惠伯亦有凶咎。为惠伯被杀张本。⑥邴歜：齐臣。⑦掘而刖：掘其尸而断其足。⑧仆：驾车。⑨阎职：指齐臣。⑩骖乘：指古时乘车在车右的人。

译文

十八年春季，齐懿公公布了攻打鲁国的时间，但没过多久他就生了病。御医说：『看来到不了秋天就会死去。』文公听到这一消息后，让人占卜，并说：『希望他等不到攻击我国的时候就死去。』惠伯把所要占卜的事情先告诉了龟甲，卜楚丘占卜后说：『齐侯等不到对鲁国发动进攻，但他并非死于疾病。君王您也听不到他死的消息了。同时连告诉龟甲的人也将会有灾难。』果然二月二十三日，文公去世。

齐懿公还是公子的时候，曾经和邴歜的父亲互相争夺田地，结果没有把田地争到手。等到他即位以后，邴歜的父亲就已经死了，但是他还是挖出了他的尸体把他的双脚砍掉。但又让邴歜为他驾车。将阎职的妻子掠走，却又让阎职做他的车右副手。

原文

夏，五月，公游于申池①。二人浴于池。歜以扑挟职②，职怒。歜曰：『人夺女妻而不怒，一挟女，庸何伤③？』职曰：『与刖其父而弗能病者何如④？』乃谋弑懿公，纳诸竹中。归，舍爵而行⑤。齐人立公子元⑥。

六月，葬文公。

注释

①申池：齐都城外之池。②扑挟：用马鞭击打。扑，击马的竹鞭；挟，笞击。③庸何伤：有何损伤，有什么关系。④病：即忧虑，怨愤。⑤舍爵而行：告奠于祖庙，然后逃走。⑥公子元：齐桓公子，少卫姬所生，避难于卫，故齐人迎于卫而立元，是为齐惠公。

译文

夏季，五月，齐懿公到城外游泳。而邴歜和阎职则在池水里洗澡。邴歜用鞭子抽打阎职，阎职非常恼怒。邴歜说：『别人将你的妻子夺走你都不生气，我打你一下，又有什么了不起？』阎职说：『我和那个被人砍了自己父亲双脚而又不敢生气的人相比怎么样？』于是二人就密谋杀了齐懿公，并隐藏尸体于竹林中。返回后，二人在宗庙里祭告了祖先，然后才逃亡。后来齐国人将公子元立为国君，就是齐惠公。

六月，鲁国安葬了文公。

原文

秋，襄仲、庄叔如齐，惠公立故，且拜葬也。

文公二妃敬嬴生宣公。敬嬴嬖而私事襄仲[1]。宣公长而属诸襄仲[2]。襄仲欲立之，叔仲不可。仲见于齐侯而请之。齐侯新立而欲亲鲁，许之。

冬，十月，仲杀恶及视而立宣公[3]。书曰『子卒』，讳之也。

注释

①私事：即暗中勾结。②属：嘱托。③恶及视：指鲁文公二子，其母为出姜，齐女。

译文

秋季，襄仲、庄叔来到齐国，既向齐惠公即位表示祝贺，也对齐国派人前来参加文公葬礼表示感谢。

文公的次妃敬嬴生了宣公。敬嬴受到文公的宠爱，却暗地和襄仲私通。宣公年长，敬嬴便将他托付给襄仲。襄仲准备立宣公为君，但叔仲不肯。襄仲便向齐惠公请求同意立宣公为君。齐惠公刚被立为国君，想和鲁国亲近，因此就答应了襄仲的请求。

冬季，十月，襄仲杀掉了太子恶和他的同母弟弟公子视，将宣公拥立为国君。因此《春秋》记为『子卒』，这是为了隐讳事情的真相。

原文

仲以君命召惠伯[1]。其宰公冉务人止之[2]，曰：『入必死。』叔仲曰：『死君命可也。』公冉务人曰[3]：『若君命，可死；非君命，何听？』弗听，乃入，杀而埋之马矢之中[4]。公冉务人奉其帑以奔蔡，既而复叔仲氏[5]。

夫人姜氏归于齐，大归也[6]。将行，哭而过市曰：『天乎，仲为不道，杀适立庶。』市人皆哭，鲁人谓之『哀姜』。

莒纪公生大子仆⑦，又生季佗。爱季佗而黜仆，且多行无礼于国。仆因国人以弑纪公，以其宝玉来奔，纳诸宣公。公命与之邑，曰：『今日必授！』季文子使司寇出诸竟⑧，曰：『今日必达⑨！』公问其故。季文子使大史克对曰：

注释

①仲：即襄仲。君命：鲁文公去世，太子恶当立，此『君』应指太子恶。②宰：春秋时卿大夫的家臣之长叫做宰。③公冉务人：即人名，复姓公冉，名务人。惠伯的家臣之长。④马矢：指马粪。矢，通『屎』。⑤复叔仲氏：复立其子，其子即叔仲氏。⑥大归：古时妇女既嫁之后，回娘家省亲称为归宁，归而不返叫大归。而姜氏夫死子亡，不得不大归。⑦莒纪公：即莒国的国君，名庶其。⑧出诸竟：逐出国境。竟，同『境』。⑨达：彻底执行。

译文

而后襄仲以国君的名义召请叔仲惠伯。叔仲惠伯的总管公冉务人阻止他说：『你去了一定会死。』叔仲惠伯说：『死于国君的命令也算是死得其所了。』公冉务人说：『如果真正是国君的命令，死去倒也没什么；但若不是国君的命令，为什么要听从呢？』叔仲惠伯还是不听劝告。进宫后，被襄仲杀死并将尸体埋在马粪中。公冉务人则侍奉叔仲惠伯的家人逃亡到了蔡国，没多长时间鲁国又将叔仲惠伯的儿子立为叔仲氏。

文公夫人姜氏回到娘家齐国就再没有回来。她临走时哭着穿过集市，说：『天啊，襄仲无道，竟然杀了嫡子而立了庶子。』集市上的人也全都随着哭泣，因此鲁国后来就把她称为『哀姜』。

莒纪公生了太子仆，而后又生了季佗。莒纪公宠爱季佗而打算把太子仆废黜，而且他在国内做了许多违背礼义的事情。太子仆借助国内人们的力量把莒纪公杀掉，而后携带莒国的财宝逃跑来到鲁国，并将这些财宝都献给了宣公。宣公下命令给他一个城邑，并说：『今天就要给他！』但季文子却让司寇驱逐他出国境，也说：『今天就要执行！』

宣公问他为什么要这样做，季文子便派太史克回答说：

原文

“先大夫臧文仲教行父事君之礼，行父奉以周旋①，弗敢失队②。曰：‘见有礼于其君者，事之如孝子之养父母也；见无礼于其君者，诛之如鹰鹯之逐鸟雀也。’先君周公制《周礼》曰：‘则以观德③，德以处事④，事以度功⑤，功以食民⑥。’作《誓命》曰：‘毁则为贼⑦，掩贼为藏，窃贿为盗⑧，盗器为奸⑨。主藏之名⑩，赖奸之用⑪，为大凶德。有常无赦⑫，在九刑不忘。’行父还观莒仆⑬，莫可则也⑭。孝敬、忠信为吉德，盗贼、藏奸为凶德。夫莒仆，则其孝敬，则弑君父矣；则其忠信，则窃宝玉矣。其人，则盗贼也；其器，则奸兆也⑮。保而利之，则主藏也。以训则昏⑯，民无则焉。不度于善，而皆在于凶德，是以去之。

注释

①行父：指季孙行父，即季文子。周旋：应酬。②失队：失落。队，通“坠”。③则以观德：以礼则观察人之德行。合则为吉德，不合则为凶德。④德以处事：有了好的德行，则能处治好事务。⑤事以度功：根据事之成败得失而评定其功效之有无和大小。⑥功以食民：办事有功而得到封邑，而食于民。⑦毁则为贼：毁坏礼法则为贼。⑧窃贿：即盗窃财物。⑨盗器：指偷盗宝器。器，宝物。⑩主藏之名：因窝赃有名。⑪赖奸之用：以奸人的宝器为利。⑫常：常刑，常法。⑬还观：遍观，细察。⑭则：取法，效法。⑮奸兆：盗窃的赃物。兆即佻，偷，窃取。⑯训：教育百姓。昏：迷乱。

译文

“已经去世的大夫臧文仲曾教导过我服事国君的礼仪，我就是依据这点来处理有关事宜的，从来不敢有所违背。

臧文仲说：「如果见到对他的国君有礼的人，就事奉他，如同孝子奉养父母一样；如果见到对他的国君无礼的人，就把他诛杀掉，就像老鹰追逐鸟雀一样。」先君周公在其所著的《周礼》中说：「礼仪用以观察人的德行，德行用以处理各种事情，处理各种事情都要考虑功劳的大小，功劳用来养育百姓。」又在所著《誓命》中说：「破坏礼仪就是奸贼，藏匿奸贼就是窝藏，窃取财物就是强盗，盗取国家宝物就是奸臣。有着窝藏的罪名，依靠盗取的国宝，都是最大的凶德。对待这些行为，全都有规定的刑罚，赦免不得。而且都在九刑中记载下来，不可忘记。」我认真观察了莒国太子仆，觉得这个人没有一条可取之处。孝敬、忠信为吉德，盗贼、藏奸是凶德。太子仆，从孝敬父母来看，他杀死了他的君王父亲；从忠信来看，他偷盗了国家的宝玉。以此可见这人就是盗贼，他所带的财宝就是赃证。如果保护这个人并收下他的财宝，那就是庇护盗贼，窝藏赃物。如果以此来教育百姓，百姓就会感到迷乱不解进而无所适从了。由于上述这些都不是善行，而是凶德，因此我才坚决把他赶走。

原文

『昔高阳氏有才子八人：苍舒、隤敳、梼戭、大临、龙降、庭坚、仲容、叔达，齐、圣、广、渊[1]，明、允、笃、诚[2]，天下之民谓之八恺[3]。高辛氏有才子八人：伯奋、仲堪、叔献、季仲、伯虎、仲熊、叔豹、季狸，忠、肃、共、懿[4]，宣、慈、惠、和[5]，天下之民谓之八元[6]。此十六族也，世济其美[7]，不陨其名，以至于尧，尧不能举。舜臣尧，举八恺，使主后土，以揆百事，莫不时序，地平天成。举八元，使布五教于四方[8]，父义、母慈、兄友、弟共、子孝，内平外成[9]。昔帝鸿氏有不才子，掩义隐贼，好行凶德，丑类恶物[10]，顽嚚不友[11]，是与比周，天下之民谓之「浑敦」。少皞氏有不才子，毁信废忠，崇饰恶言，靖谮庸回[12]，服谗蒐慝[13]，以诬盛德，天下之民谓之「穷奇[14]」。颛项氏有不才子，不可教训，不知话言，告之则顽[15]，舍之则嚚[16]，傲很明德[17]，以乱天常，天下之民谓之「梼杌[18]」。此三族也，以济其凶，增其恶名，以至于尧，尧不能去。缙云氏有不才子[19]，贪于饮食，冒于货贿，侵欲崇侈[20]，不可盈厌[21]，聚敛积实[22]，不知纪极[23]，不分孤寡[24]，不恤穷匮，天下之民以比三凶[25]，谓之「饕餮[26]」。舜臣尧，宾于四门[27]，流四凶族，浑敦、穷奇、梼杌、饕餮，投诸四裔[28]，以御螭魅[29]。是以尧崩而天下如一，同心戴舜以为天子，以其举十六相[30]，去四凶也。故《虞书》数舜之功曰「慎徽五典，五典克从」[31]，无违教也；曰「纳于百揆，百揆时序」，无废事也；曰「宾于四门，四门穆穆」[32]，无凶人也。

『舜有大功二十而为天子[33]。今行父虽未获一吉人，去一凶矣。于舜之功，二十之一也，庶几免于戾乎[34]！』

注释

①齐、圣、广、渊：齐，指行为中正；圣，指世事通达；广，指度量宽宏；渊，指谋略深远。②明、允、笃、诚：明，指明察事务；允，指守信不二；笃，指笃厚善良；诚，指诚实纯正。③恺：和乐。④忠、肃、共、懿：忠，指忠人奉上；肃，指恭敬严肃；共，指勤谨治事；懿，指行为端美。⑤宣、慈、惠、和：宣，指知思周密；慈，指心地慈爱；惠，指怜贫恤穷；和，指宽和大方。⑥元：善。⑦世济其美：后世继承其美德。⑧布五教：宣扬传布五教以化育万民。五教，指父义、母慈、兄友、弟共、子孝。⑨内平外成：指内外都平静和顺。⑩丑类恶物：即以恶物为同类。丑类为同义词，作动词用。⑪顽嚚不友：即愚顽奸诈的恶人。⑫靖谮：安于谗谮。庸回：指庸违，听信奸邪。⑬服谗：造谣中伤。蒐慝：掩盖罪恶。⑭穷奇：歪门邪道。⑮顽：冥顽不化。⑯嚚：顽固而愚蠢。⑰傲很：即无视。⑱梼杌：凶顽无比。⑲缙云氏：姜姓，炎帝的后裔，黄帝时在缙云为官。⑳侵欲崇侈：沉浸于贪欲而崇尚奢侈。㉑盈厌：满足。㉒聚敛积实：搜刮财货谷物。㉓纪极：限度，极限。㉔不分孤寡：不分财物给孤寡无助之人。㉕三凶：即浑敦、穷奇、梼杌。㉖饕餮：传说中一种贪吃的恶兽，这里比喻为贪婪凶恶的人。㉗宾于四门：开放四方之门以宾

礼众贤士。㉘四裔：指四方边远的地方。㉙螭魅：古人幻想中专门害人的怪物。㉚十六相：指八恺、八元，舜举用他们，相助自己治理天下。㉛数：列举。徽：美好。五典：即五教，指父义、母慈、兄友、弟恭、子孝。㉜四门穆穆：指来自四方的宾客都敬穆而有美德。㉝大功二十：指举拔十六相及去四凶。㉞庶几免于戾：差不多可以免除罪过吧。

译文

『从前高阳氏有八个有才能的儿子，就是苍舒、隤敳、梼戭、大临、龙降、庭坚、仲容、叔达，他们公正、博学、宽宏、深沉，明察、守信、厚道、诚实，由此天下的百姓将他们称为八恺。高辛氏也有八个有才能的儿子，他们是伯奋、仲堪、叔献、季仲、伯虎、仲熊、叔豹、季狸，他们忠诚、恭敬、勤勉、美好，周到、慈祥、仁爱、宽和，天下的百姓把他们称作八元。这十六个家族，世世代代继承了他们先人的美好品德，一直没有丧失他们祖宗的美好名声，直到尧的时代，但尧并没有对他们给以重用。当舜做了尧的臣子后，才开始重用八恺，让他们负责管理土地，并处理各项事务，都很顺利，地上无事，天上平安。后来舜又重用了八元，让他们到各地去宣扬推行五种教化，即父有道义，母亲慈祥，哥哥友爱，弟弟恭敬，子女孝顺，所以国内安定，国外平和。从前帝鸿氏有一个碌碌无为的儿子，他掩弃正义，包庇奸贼，好行凶德，与坏人相互勾结，和那些不讲道义、无忠无信的人狼狈为奸，因此天下的百姓把他们叫「浑敦」。少皞氏也有一个不才的儿子，他败坏信用，抛弃忠诚，道貌岸然，惯于诬陷他人，重用奸邪之人，爱听谗言，包庇恶人，欺侮好人，天下的百姓把他叫做「穷奇」。颛顼氏也有一个不肖之子，他不可救药，不知好歹，管教他，不听从，不管他，又学坏，鄙视美德，背离上天的伦理纲常，天下的百姓称其为「梼杌」。这三个人的家族，世世代代都继承了祖先的奸邪，更增加了他们祖先的恶名，以至到了尧的时代，都没能将他们除掉。缙云氏有个不肖的儿子，只知吃喝，贪图财物，穷奢极欲，不知满足，他聚财囤粮，不计其数，但从不周济孤儿寡妇，也不救济穷苦百姓，天下的百姓把他比成上述三凶，把他称为「饕餮」。直到舜做了尧的臣子之后，才打开四方城门以接纳贤人，并把这四大凶人及其家族都流放到四方蛮荒之地，用他们去抵抗各种妖魔鬼怪。因此在尧死后，天下人就万众一心地把舜拥戴为天子，其原因就是舜起用了十六相并驱逐了四大凶人。因此《虞书》记载了舜的功绩，说他「认真推行五常之理，五常就能服从他的安排」，这就是说他没有错误的教导；又说「让他处理各种事情，各种事情全都能井井有条」，这是说他没有荒废政务；又说「打开四方城门，来往宾客都恭敬有礼」，这是说他没有把坏人招来。『舜做了这二十件大功后才做了天子，现在我虽然没有得到一个好人，却为国家赶走了一个坏人。和舜的功业相对比，是二十分之一，大概也就可以抵销罪过了吧！』

原文

宋武氏之族道昭公子，将奉司城须以作乱①。十二月，宋公杀母弟须及昭公子，使戴、庄、桓之族攻武氏于司马子伯之馆②，遂出武、穆之族，使公孙师为司城③。公子朝卒，使乐吕为司寇，以靖国人④。

注释

①司城须：指宋文公同母弟。②司马子伯：即华耦。③公孙师：宋庄公之孙。④靖：安定。

译文

宋国武氏的族人领着宋昭公的儿子，准备事奉司城须发动叛乱。十二月，宋文公杀死了同母弟须和宋昭公的儿子，接着又派戴公、庄公、桓公的族人到司马子伯的旅馆中去攻打武氏，于是把武公和穆公的族人都驱赶出境了，然后委任公孙师任司城。公子朝死后，委派乐吕担任司寇，从而安抚了国内的百姓。

宣公

宣公元年

原文

元年春，王正月，公子遂如齐逆女，尊君命也。

三月，遂以夫人妇姜至自齐①。尊夫人也。

夏，季文子如齐，纳赂以请会。

晋人讨不用命者，放胥甲父于卫②，而立胥克③。先辛奔齐④。

注释

①妇姜：公子遂去齐为宣公迎娶夫人。妇是对姑而言。因宣公之母尚在，故称其妻曰妇姜，姜为齐女辈之姓。②放：放逐也。胥甲父：又作胥甲，曾为晋下军佐。③胥克：胥甲父之子。④先辛：胥甲父的下属。

译文

元年春季，周历正月，鲁国的公子遂即襄仲到齐国去迎娶齐女。《春秋》直书『公子遂』，表明他是遵照国君的命令去的。

三月，公子遂陪同夫人妇姜从齐国返回鲁国。《春秋》称公子遂为『遂』，意思是对夫人的尊重。

夏季，季文子前去齐国，向齐国进献财礼并以请求参加诸侯的会盟。

晋国人为了惩罚不愿意服从命令的人，把胥甲父放逐到了卫国，而后立了他的儿子胥克为国侯继承人。胥甲父的下属先辛则逃亡到了齐国。

原文

会于平州①，以定公位。

东门襄仲如齐拜成。

六月，齐人取济西之田，为立公故，以赂齐也。

宋人之弑昭公也，晋荀林父以诸侯之师伐宋，宋及晋平，宋文公受盟于晋。又会诸侯于扈，将为鲁讨齐，皆取赂而还。郑穆公曰：『晋不足与也。』遂受盟于楚。陈共公之卒，楚人不礼焉，陈灵公受盟于晋。

秋，楚子侵陈②，遂侵宋。晋赵盾帅师救陈、宋。会于棐林③，以伐郑也。楚蒍贾救郑，遇于北林④，囚晋解扬⑤。晋人乃还。

晋欲求成于秦。赵穿曰：『我侵崇，秦急崇，必救之。吾以求成焉。』冬，赵穿侵崇，秦弗与成。

晋人伐郑，以报北林之役。于是晋侯侈，赵宣子为政，骤谏而不入，故不竞于楚。

注释

①平州：在今山东莱芜县西。②楚子：指楚庄王。③棐林：地名，在今河南省新郑县附近。④北林：郑地，在今河南省郑州市境内。⑤解扬：晋大夫，字子虎。

译文

宣公和齐惠公在平州举行会谈，目的是稳定宣公的君位。

东门襄仲即公子遂前去齐国，就宣公能够参加诸侯会盟表示感谢。

六月，齐国获得了鲁国济水以西的田地，这是鲁国为感谢齐国拥立宣公而赠给齐国的礼物。

宋国人杀死宋昭公的时候，晋国的荀林父曾率领诸侯的军队侵犯宋国，结果宋国请求讲和，宋文公接受了晋国订立的盟约。然后晋国又在扈地会合诸侯，打算为鲁国侵犯齐国，但各诸侯在得到了宋国的财物后就将军队全部撤走了。对此，郑穆公说：『晋国不值得与之交往。』于是就接受了楚国的盟约。由于陈共公去世时，楚国人没行丧礼，因此陈灵公即位后便同意了与晋国的盟约。

秋季，楚庄王发兵侵犯陈国，接着又进攻宋国。晋国的赵盾率军救援陈、宋两国。并和宋文公、陈灵公、卫成公、曹文公在棐林会合，以此打算攻打郑国。楚国的蒍贾救援郑国，双方在郑国的北林碰面，结果楚军俘虏了晋国的解扬。晋军这才撤退回国。

晋国要与秦国和解。赵穿说：『我们不妨入侵崇国，这样秦国必然为崇国着急，一定救援崇国。这时我们就可以提出与秦国讲和。』冬季，赵穿领兵攻打崇国，但秦国并没有因此而同晋国讲和。

晋军入侵郑国，目的是报北林一战之仇。这时晋灵公奢侈无度，赵盾执政，赵盾屡屡进谏，但灵公都没听，因此晋国没有力量与楚国抗争。

宣公二年

原文

二年春，郑公子归生受命于楚[①]，伐宋。宋华元、乐吕御之[②]。二月壬子，战于大棘[③]。宋师败绩。囚华元，获乐吕，及甲车四百六十乘，俘二百五十人，馘百人[④]。

狂狡辂郑人[⑤]，郑人入于井。倒戟而出之[⑥]，获狂狡。君子曰：『失礼违命，宜其为禽也。戎昭果毅以听之之谓礼。杀敌为果，致果为毅。易之[⑦]，戮也[⑧]。』

注释

①命于楚：受命于楚。②华元：时为宋右师，当政。乐吕：时为宋司寇。③大棘：宋地名，在今河南省睢县南。④馘：古代作战，杀死敌人，割下其左耳，用以记功、称馘。⑤狂狡：宋大夫。辂：迎战之意。⑥倒戟：即狂狡将戟柄授予人。⑦易之：与此相反。⑧戮：受处罚。

译文

二年春，郑国公子归生接受楚国命令进攻宋国。宋国华元、乐吕率领军兵迎战。二月某日，在大棘交战。宋军大败。郑国囚禁了华元，拿取乐吕的尸首和战车四百六十辆，活捉了二百五十人，从打死的敌人头上割下了一百双耳朵。

狂狡迎战郑国人，那个人逃到井里。狂狡把戟柄放下去把他拉出来，然而那个人出井以后反而生擒了狂狡。君子说：『抛弃礼而违背命令，他的被擒就是活该了。战争，发扬果断刚毅的精神以服从命令称为礼。处决敌人就是果断，达到果断就是刚毅。如果反过来，就要被杀害。』

原文

将战，华元杀羊食士，其御羊斟不与①。及战，曰：『畴昔之羊②，子为政③；今日之事，我为政。』与入郑师，故败。君子谓：『羊斟非人也，以其私憾④，败国殄民⑤，于是刑孰大焉？《诗》所谓「人之无良」者，其羊斟之谓乎！残民以逞。』

宋人以兵车百乘、文马百驷以赎华元于郑⑥。半入，华元逃归。立于门外，告而入。见叔牂⑦，曰：『子之马然也⑧？』对曰：『非马也⑨，其人也⑩。』既合而来奔⑪。

注释

①羊斟：人名，为华元之御。不与：未参与吃羊肉。②畴昔：往日。③为政：做主。此为羊斟心里话，意为往日分羊肉是你做主，今日驾车是我做主。④私憾：私仇，私恨。⑤败国殄民：使国家战败、人民遭受灭绝之灾。殄，灭绝。⑥文马百驷：毛色漂亮的马四百匹。⑦叔牂：即羊斟。⑧子之马然也：驰入敌营是你的马不听驾驭造成的吗？为询问口气，表示对羊斟的疑心。⑨非马也：不在于马。⑩其人也：而由于人。⑪合：答。叔牂回答后，即畏罪奔鲁。

译文

准备迎战的时候，华元杀羊犒赏士卒，他的御者羊斟没有吃上。打起仗来，羊斟说：『往日的羊，是你做主；今天的打仗，该是我做主。』驱车进入郑军，因而战败。君子认为：『羊斟不像个人，因为私仇，使国家战败百姓遭殃，还有比这应当受到更重的刑罚吗？《诗》所谓「人中间的坏人」，羊斟应该就是这种人吧！损害百姓以使自己称心如意。』

宋国人用兵车一百辆、毛色漂亮的马四百匹在郑国赎取华元。礼物刚送去一半，华元就逃回来了。站在城门外，告诉守门人，随即进城。碰到羊斟，说：『您的马不受驾驭才会这样吧？』羊斟回答说：『这并不在于马，而在于人。』就逃到鲁国来。

原文

宋城①，华元为植②，巡功③。城者讴曰：『睅其目④，皤其腹⑤，弃甲而复⑥。于思于思⑦，弃甲复来。』使其骖乘谓之曰：『牛则有皮，犀兕尚多⑧，弃甲则那⑨？』役人曰：『从其有皮，丹漆若何？』华元曰：『去之！夫其口众我寡。』

秦师伐晋，以报崇也，遂围焦⑩。夏，晋赵盾救焦，遂自阴地⑪，及诸侯之师侵郑，以报大棘之役。

注释

①城：筑城。②为植：为主持筑城的主要负责人。③巡功：巡视检查筑城工程。④睅：眼睛瞪大突出。⑤皤：肚子大。⑥复：战败逃归。⑦于思：胡须多的样子。于，语气助词。⑧犀兕：犀牛。兕，雌性犀牛。⑨那：奈何的合音。⑩焦：晋邑，在今河南省陕县南部。⑪阴地：地名，在今河南省陕县至嵩县一带，黄河以南，秦岭以北地。阴地城则在河南卢氏县东北。

译文

宋国筑城，华元作为主持人，巡视筑城工作。筑城的人吟唱说：『挺着肚子瞪着眼，丢了皮甲往回转。连鬓胡子长满腮，丢了皮甲又回来。』华元让他的驾车人对他们说：『有牛就有皮，犀兕多的是，丢了皮甲又算得了什么？』做工的人说：『即使有牛皮，哪里又去找红漆？』华元说：『走开吧！他们的嘴多，我们的嘴少。』

秦国军队侵袭晋国，以报复晋军侵犯崇地的那次战役，因此而包围焦地。夏，晋国赵盾救援焦地，于是从阴地会同诸侯的军队进犯郑国，以报大棘之战的仇。

原文

楚斗椒救郑，曰：『能欲诸侯而恶其难乎[①]？』遂次于郑以待晋师。赵盾曰：『彼宗竞于楚[②]，殆将毙矣[③]。姑益其疾[④]。』乃去之。

晋灵公不君[⑤]：厚敛以雕墙[⑥]；从台上弹人而观其辟丸也[⑦]；宰夫胹熊蹯不熟[⑧]，杀之，置诸畚[⑨]，使妇人载以过朝。赵盾、士季见其手[⑩]，问其故，而患之。将谏，士季曰：『谏而不入，则莫之继也。会请先，不入则子继之。』三进[⑪]，及溜而后视之[⑫]，曰：『吾知所过矣，将改之。』稽首而对曰：『人谁无过？过而能改，善莫大焉。《诗》曰：「靡不有初[⑬]，鲜克有终[⑭]。」夫如是，则能补过者鲜矣。君能有终，则社稷之固也，岂唯群臣赖之？又曰：「衮职有阙[⑮]，惟仲山甫补之[⑯]。」能补过也。君能补过，衮不废矣。』

注释

①欲诸侯：想得到诸侯拥护。②彼宗：斗椒为若敖氏族，自子文以来，世为令尹。竞于楚：在楚国争强斗胜。③殆将毙：大概将要毙灭了。④姑益其疾：暂且让他加重疾病吧。⑤不君：失去为君之道，不像君的样子。⑥厚敛：加重赋税。雕墙：彩饰墙壁。⑦弹人：用弹弓打人。辟丸：躲避弹丸。⑧胹：烧煮。熊蹯：熊掌。⑨畚：畚箕。⑩见其手：死尸虽遮蔽而手露在外，故见之。⑪三进：始进入门，再进入庭，三进升阶。⑫溜：屋檐下台阶之间。⑬靡不有初：事情往往有好的开始。⑭鲜克有终：但很少能够善终。⑮衮：天子以及上公的礼服。阙：破损。⑯仲山甫：周宣王时的贤臣樊侯，也称樊仲甫。

译文

楚国斗椒前去救援郑国，说：『难道能够想得到诸侯的支持而又厌恶困难吗？』就驻扎在郑国，以等待晋军。赵盾说：『他那个宗族在楚国争权夺利，大概要完蛋了。那么就姑且让他加重疾病吧。』于是就离开郑国。

晋灵公违反为君之道：重重地征税用来彩画墙壁；从高台上用弹丸打人然后欣赏他们躲避弹丸的惊恐形状；厨子烧煮熊掌不熟，杀了他，把尸体放在畚箕里，让女人用头顶着穿过朝廷。赵盾和士会看到死尸的手，问起杀人的原因，感到担心。准备进谏，士会对赵盾说：『您劝谏而不听您的意见，就没有人接着劝谏了。请让士会先去，如果君王不听我的意见，您再接着劝谏。』士会前进三次，到达屋檐下，晋灵公才睁开眼看他，说：『我知道过错了，以后一定改正。』士会叩头回答说：『没有一个人没有过错，有了过错就能够改正，没有比这再好的事情了。《诗》说：「事情都有个好开始，但很少能有个好结果。」如果像这样，能够改正过错的人就很少了。君王能够有好结果，那就是国家的安定有保证了，难道仅仅臣下们依靠它吗？《诗》又说：「礼服有了破损，仲山甫把它缝补。」这说的就是能够改正过错。君王能够弥补过错，那么礼服就不会被抛弃了。』

原文

犹不改。宣子骤谏[1]，公患之。使鉏麑贼之[2]。晨往，寝门辟矣，盛服将朝。尚早，坐而假寐[3]。麑退，叹而言曰：『不忘恭敬，民之主也。贼民之主，不忠；弃君之命，不信。有一于此，不如死也。』触槐而死[4]。

秋，九月，晋侯饮赵盾酒，伏甲将攻之。其右提弥明知之[5]，趋登[6]，曰：『臣侍君宴，过三爵，非礼也。』遂扶以下。公嗾夫獒焉[7]，明搏而杀之。盾曰：『弃人用犬，虽猛何为！』斗且出。提弥明死之。

注释

①宣子：即赵盾。②钼麑：晋力士。贼：刺杀。③假寐：坐着闭目小息。④触槐而死：头碰槐树自杀而死。⑤提弥明：赵盾的车右。⑥趋登：快步登堂。⑦嗾：用嘴发出声音驱使狗。獒：大犬、猛犬。

译文

晋灵公口头上那样说，其实还是没有改正。赵盾多次进谏，晋灵公很心烦，派遣钼麑去杀掉他。天刚亮就去，赵盾的卧室门这时已经开了，穿得整整齐齐准备入朝。时间还早，赵盾正坐在那里打瞌睡。钼麑退出来，长叹说：『不忘记恭敬，真是百姓的主人。刺杀百姓的主人，就是不忠；放弃国君的使命，就是不信。如果两件事情有了一件，不如死掉算了。』于是撞在槐树上而死。

秋，九月，晋灵公邀请赵盾喝酒，埋伏下甲士，预谋杀死赵盾。赵盾的车右提弥明察觉了，快步登上殿堂，说：『臣下侍奉国君饮酒，超过三杯，就不合礼仪典章了。』于是就扶了赵盾下殿。晋灵公嗾使恶狗向赵盾猛扑过去，提弥明急步上前搏斗而杀死了它。赵盾说：『丢开人而利用狗，虽然凶猛，又有什么用！』于是边斗边退出去。提弥明死在里边。

原文

初，宣子田于首山[1]，舍于翳桑[2]，见灵辄饿[3]，问其病。曰：『不食三日矣。』食之，舍其半。问之，曰：『宦三年矣[4]，未知母之存否，今近焉，请以遗之。』使尽之，而为之箪食与肉[5]，置诸橐以与之。既而与为公介[6]，倒戟以御公徒，而免之。问何故，对曰：『翳桑之饿人也。』问其名居[7]，不告而退，遂自亡也。

乙丑[8]，赵穿攻灵公于桃园[9]。宣子未出山而复[10]。大史书曰『赵盾弑其君』，以示于朝。宣子曰：『不然。』

对曰：『子为正卿，亡不越竟，反不讨贼，非子而谁？』宣子曰：『呜呼！《诗》曰：「我之怀矣，自诒伊戚⑪。」其我之谓矣！』孔子曰：『董狐⑫，古之良史也，书法不隐⑬。赵宣子，古之良大夫也，为法受恶⑭。惜也，越竟乃免。』

注释

①首山：即首阳山，在今山西省永济县东南部。②翳桑：首山一带地名。③灵辄：人名。④宦：为人臣隶。⑤箪：盛食物的小圆筐。⑥与为公介：做了晋灵公的甲士。⑦名居：姓名和住处。⑧乙丑：九月二十六日。⑨赵穿：晋臣，赵盾的从父兄弟之子。攻：攻杀。桃园：灵公园囿名。⑩未出山而复：赵盾脱出公宫外逃，未越出晋境时，闻知灵公被杀而返回。山，指晋边境之山。⑪伊：此，指示代词。诒：通『遗』。⑫董狐：晋之太史。⑬书法不隐：据法直书而不加隐讳。⑭为法受恶：为遵守法而承受弑君恶名。

译文

当初，赵盾在首山打猎，住在翳桑，看见灵辄饿得厉害，问他哪里不适。灵辄说：『我没吃东西已经三天了。』赵盾将食物给他，他留下一半。问他为什么，他说：『为人臣隶已经三年了，不清楚母亲还在不在，现在快到家了，请让我把这个留给她。』赵盾让他吃完，然后又给他准备了一筐饭和肉，放在袋子里给了他。后来灵辄做了晋灵公的禁卫兵，倒戈来抵御晋灵公的其他禁卫兵，使赵盾幸免于难。赵盾问他为什么这样做，他回答说：『我就是翳桑那个饿人。』问他的姓名住处，他没有回答就退了出去，接着赵盾自己逃亡了。

九月二十六日，赵穿在桃园杀掉了晋灵公。赵盾没有走出晋国国境就回来重新登上卿位。太史记载说『赵盾弑其君』，拿到朝廷上给人看。赵盾说：『不是这样。』太史回答说：『您是正卿，逃亡而没有走出国境，回来不处治凶手，那么弑君的人不是您还是谁？』赵盾说：『哎呀！《诗》说：「因为我的怀恋，给自己带来了忧伤。」这里可能就是说的我了！』孔子说：『董狐，古代的好史官，据法直书而不加隐讳。赵宣子，是古代的好大夫，为了法度而蒙受坏的名声。真是可惜啊，如果走出国境就可以除去弑君之名了。』

原文

宣子使赵穿逆公子黑臀于周而立之①。壬申，朝于武宫②。

初，丽姬之乱，诅，无畜群公子，自是晋公无族。及成公即位，乃宦卿之适而为之田③，以为公族。又宦其余子亦为余子④，其庶子为公行⑤。晋于是有公族、余子、公行。

赵盾请以括为公族⑥，曰：『君姬氏之爱子也⑦。微君姬氏，则臣狄人也。』公许之。冬，赵盾为旄车之族⑧，使屏季以其故族为公族大夫⑨。

注释

①公子黑臀：晋文公之幼子，晋襄公之弟，后为晋成王。②朝：拜祭。武宫：曲沃武公之庙。晋公即位必朝此庙。③宦：授与官职，动词。适：通『嫡』。④余子：嫡子之同母弟。后一『余子』为官名。⑤公行：官名，为治庶子政事之官。⑥括：赵括，也称屏括、屏季，赵盾异母弟，其母赵姬，晋文公之女。⑦君姬氏：即赵姬，晋成公之姊。⑧旄车之族：即余子。旄，戎车有旄，故名旄车。⑨故族：赵氏宗族之大宗，原由嫡子赵盾统率，今让与赵括统之。

译文

赵盾派遣赵穿在成周迎接公子黑臀而立他为诸侯国王。十月初三日，公子黑臀来到武宫朝祭。

当初，骊姬制造祸乱的时候，在神前诅咒，不许收留公子们，从那以后晋国没有公族这个官职。等到成公即位，

瑶池仙乐图　元·张渥

此图取祝寿吉祥之意。画中瑶池烟波浩渺，岸边高崖耸立，树木葱笼。四位寿星须发皆白，却面色红润，精神矍烁，正仰望空中，欣喜地恭迎西王母。空中祥云缭绕，西王母衣袂飘飘，正按落云头而来。身旁侍女手捧托盘，上有仙桃四枚，画面构图上下呼应，以白描手法为主，淡加敷色。山水之景与人物之情融合在一起，自成天趣。

就授官给卿的嫡子并且给他田国，让他担任公族。又把官职授给卿的其他儿子，也让他们担任余子，让他们的庶子充当公行。晋国从那以后有了公族、余子、公行三种官职。

赵盾上奏请求让赵括担任公族，说：『他是君姬氏的爱子。如果没有君姬氏，那么下臣就是狄人了。』晋成公答应了。冬季，赵盾掌管旄车之族，让赵括统率他的旧族充当公族大夫。

宣公三年

原文

三年春，不郊而望①，皆非礼也。望，郊之属也。不郊，亦无望可也。

晋侯伐郑，乃郔②。郑及晋平，士会入盟。

注释

①郊、望：均为祭礼。②郔：郑国北部边境地名，即今河南省延津县。

译文

三年春季，宣公没有举行郊祭而举行了望祭，这是不合乎礼的。望祭，是郊祭的一种。如果不举行郊祭，那么举行望祭也没有必要了。

晋成公率军侵犯郑国，军队行至郑国郔地。这时郑国与晋国讲和，晋国派士会到郑国签订和解协定。

原文

楚子伐陆浑之戎①，遂至于雒，观兵于周疆②。定王使王孙满劳楚子③。楚子问鼎之大小轻重焉④。对曰：『在德不在鼎⑤。昔夏之方有德也，远方图物⑥，贡金九牧⑦，铸鼎象物⑧，百物而为之备，使民知神奸⑨。故民入川泽山林，不逢不若⑩。螭魅罔两⑪，莫能逢之。用能协于上下以承天休⑫。桀有昏德，鼎迁于商，载祀六百⑬。商纣暴虐，鼎迁于周。德之休明⑭，虽小，重也。其奸回昏乱，虽大，轻也。天祚明德，有所厎止⑮。成王定鼎于郏鄏⑯，卜世三十⑰，卜年七百⑱，天所命也。周德虽衰，天命未改。鼎之轻重，未可问也。』

注释

①陆浑之戎：少数民族部落名，在今河南省嵩县及伊川县境内。②观兵：陈兵示威。周疆：周王室境界内。③王孙满：周大夫。劳：慰劳。④鼎：周人以鼎为王权的象征。楚王问鼎，有取代周王的意图。⑤在德不在鼎：鼎之轻重在于君主之德行，不在鼎自身。君主德高则鼎重，重则不可移。失德则鼎轻，轻则易移。⑥图物：描画各种事物。图，用作动词。⑦贡金九牧：为九牧贡金的倒装句。贡金，进贡青铜；九牧，九州之长，牧即地方长官。⑧铸鼎象物：铸造九鼎，并把所描画事物铸在鼎上。⑨使民知神奸：鼎上铸有鬼神百物图像，使民识别何者为神物，何者为恶物。⑩不若：不顺，不逢不若即不碰到恶物。⑪罔两：为木石的怪物，能为害于人。⑫协：和谐，和洽。天休：上天的福佑。⑬载祀：皆纪年之称。古人或称载，或称祀，或称年，或称岁。⑭休明：美善光明。⑮底止：固定。⑯郏鄏：周地，即今河南洛阳市。⑰卜世三十：占卜结果可传三十代。⑱卜年七百：占卜预测可享国七百年。

译文

楚庄王侵犯陆浑戎人，军队行军抵达雒水之滨时，就在这块属于周朝的土地上举行阅兵演习。周定王也只好派王孙满前往慰劳楚庄王。楚庄王竟然问起九鼎有多大有多重。王孙满回答说：『一个人能不能得到天下，关键在于德而不在于鼎。过去夏朝实行德政的时候，远方各国把当地的风物绘画成图，供奉给朝廷；九州的长官也都把青铜贡献出来，夏王用这些青铜铸造了九座鼎。鼎上逐个铸出了各种风物，万物都被铸在鼎上面，从而使百姓能从中认识各种鬼神妖怪的形状。所以那时的百姓进入川泽、山林，没有遇到不顺利的事情。即使有种种鬼怪妖魔也遇不到。因此当时上下一心，都能承受上天的恩赐。夏桀昏庸无道，所以九鼎便被商朝夺去，在商朝储藏了六百年。后来商纣又暴虐无道，九鼎又落入周朝。如果施行美好的德政，鼎虽然很小，也是很重的，别人没有办法轻易夺走。如果昏庸暴乱，即使鼎再大，也是轻的，别人轻易地就会将它夺去。上天保佑有德行的君主，不过也不是没有任何限度的。当初成王把九鼎安置在郏鄏的时候，曾经占卜过周朝可以拥有多少年，结果是可以传世三十代，前后历经七百年，这都是上天的旨意。现在周朝的德行虽然已渐趋衰微，但是上天的旨意还没有改变。因此关于九鼎的轻重大小，您就不必再过问了。』

原文

夏，楚人侵郑，郑即晋故也。

宋文公即位三年，杀母弟须及昭公子，武氏之谋也。使戴、桓之族攻武氏于司马子伯之馆，尽逐武、穆之族。武、穆之族以曹师伐宋。秋，宋师围曹，报武氏之乱也。

冬，郑穆公卒。

初，郑文公有贱妾曰燕姞①，梦天使与己兰②，曰：『余为伯鯈③。余，而祖也，以是为而子④。以兰有国香⑤，人服媚之如是⑥。』既而文公见之，与之兰而御之⑦。辞曰：『妾不才，幸而有子，将不信⑧，敢征兰乎⑨？』公曰：『诺。』生穆公，名之曰『兰』。

注释

①燕姞：南燕国之女。②天使：上天之使者。兰：香草名。③伯鯈：南燕国之祖。④以是为而子：以此兰为你生子之名。⑤国香：香气全国数第一。⑥服媚：佩而爱之。服，佩戴它；媚，爱。⑦御：妃妾侍寝称御。⑧将：假若。⑨征兰：以兰作为信物。

译文

夏季，楚国人出兵郑国，这是因为郑国又和晋国结好的缘故。

宋文公做诸侯王第三年时，杀死了同母弟弟公子须和昭公的儿子。因为须和昭公子的叛乱，都是武氏的谋划。于是文公便让戴公、桓公的族人到司马子伯的旅馆里去袭击武氏，并把武公和穆公的族人统统赶出了宋国。后来武公、穆公的族人领着曹国军队进攻宋国。秋季，为了报复武氏的叛乱，宋军将曹国包围。

冬季，郑穆公去世。

当初，郑文公有个贱妾名叫燕姞，她做梦见到天使送给她一把兰草，还对她说：『我是伯鯈。我，是你的先辈，你可把这兰草作为你的儿子。因为兰草香味在全国数第一，你佩戴上它，人们就会像爱它一样而喜爱你。』后来文公见到燕姞，就送给她一把兰草，并让她服侍自己。燕姞对文公说：『贱妾出身卑微，如果这次承蒙幸运怀了孩子，别人也不会相信，您能否以兰草作为信物呢？』文公说：『可以。』后来燕姞生下穆公后，就取名叫做『兰』。

原文

文公报郑子之妃[①]，曰陈妫，生子华、子臧。子臧得罪而出。诱子华而杀之南里[②]，使盗杀子臧于陈、宋之间。又娶于江，生公子士。朝于楚，楚人鸩之，及叶而死。又娶于苏，生子瑕、子俞弥。俞弥早卒。泄驾恶瑕，文公亦恶之，故不立也。公逐群公子，公子兰奔晋，从晋文公伐郑。石癸曰：『吾闻姬、姞耦[③]。其子孙必蕃[④]。姞，吉人也，后稷之元妃也[⑤]。今公子兰，姞甥也，天或启之，必将为君，其后必蕃。先纳之可以亢宠[⑥]。』与孔将鉏、侯宣多纳之，盟于大宫而立之[⑦]，以与晋平。

穆公有疾，曰：『兰死，吾其死乎！吾所以生也。』刈兰而卒[⑧]。

注释

①报：淫亲属之妻叫做报。郑子：郑文公的叔父，子仪。②南里：郑地，在今河南省新郑县。③姬、姞耦：姬、

姞二姓婚配。④蕃：繁衍。⑤后稷：周人的先祖。⑥亢宠：可达到宠幸之极。亢，极也。⑦大宫：郑国祖庙。⑧刈：割，多指割草。

译文

郑文公强奸了叔父子仪的妃子陈妫，生下子华、子臧二人。子臧后来由于犯罪而逃出郑国。郑文公在南里想了个计谋诱杀了子华，并且又派凶手在陈、宋两国交界处杀死了子臧。郑文公又从江国娶了妻，生下了公子士。公子士到楚国拜见楚王时，楚国人让他喝了毒酒，后来他走到叶地就死了。郑文公又从苏国娶了妻，生下子瑕、子俞弥。俞弥死得很早。泄驾厌恶子瑕，郑文公也不喜欢他，因此也就没有立他为太子。郑文公把公子们都从郑国驱逐出去，公子兰逃亡到了晋国，曾陪同晋文公攻击郑国。郑国大夫石癸说『我听说：如果姬、姞两姓结为婚姻，其子孙必定繁荣昌盛。姞姓吉祥，后稷的第一个妻子就是姞姓。如今公子兰是姞姓的外甥，上天或许要帮助他，因此他一定会成为国君，而且他的后代也必然繁荣兴旺。如果能先把他接回来立为国君，我们就可以长久得到他的保护。』于是石癸就和孔将钽、侯宣多把公子兰接回去，在宗庙中祭拜后立为国君，并且用这个作为条件与晋国讲和。

郑穆公身患病，他说：『如果兰草死了，我也就要死了！我是靠兰草而生存的。』没多久，当人们割掉兰草时，郑穆公也就死去了。

宣公四年

原文

四年春，公及齐侯平莒及郯，莒人不肯。公伐莒，取向，非礼也。平国以礼，不以乱。伐而不治，乱也。以乱平乱，何治之有？无治，何以行礼？

楚人献鼋于郑灵公①。公子宋与子家将见②。子公之食指动，以示子家，曰：『他日我如此，必尝异味③。』及入，宰夫将解鼋，相视而笑。公问之，子家以告。及食大夫鼋④，召子公而弗与也。子公怒，染指于鼎⑤，尝之而出。公怒，欲杀子公。子公与子家谋先⑥。子家曰：『畜老，犹惮杀之，而况君乎？』反谮子家。子家惧而从之。夏，弑灵公。

注释

①鼋：大鳖，俗称团鱼。②公子宋：郑国大夫，即子公。子家：即公子归生。③异味：特殊美味。④食大夫鼋：将鼋赐给大夫们吃。⑤染指于鼎：将手指蘸在鼎里。⑥谋先：预谋先下手，杀害郑灵公。

译文

四年春，宣公和齐惠公让莒国与郯国讲和，莒人没有同意。宣公进攻莒国，夺取了向地，这是不合乎礼的。与别国讲和应该用礼，不应该使用动乱。攻打就不能太平，就是动乱。用动乱去镇压动乱，那还有什么太平？没有太平，用什么来推行礼？

楚国人献给郑灵公一对大甲鱼。公子宋和子家刚要进见。公子宋的食指突然自己动了起来，就把它展示给子家看，说：『以前我遇到这种情况，一定可以尝到美味。』等到进去以后，厨子正要把甲鱼切块，两人相视而笑。郑灵公问他们为什么笑，子家就把刚才的情况告诉郑灵公。后来把甲鱼赐给大夫吃的时候，也把公子宋召来但偏偏不赐给他。公子宋恼怒，把手指头蘸在鼎里，尝了尝味道后退出去。郑灵公大怒，要杀死公子宋。公子宋和子家打算着先下手。子家说：『牲口老了，要杀它尚且有所担心顾虑的，何况国君？』公子宋就反过来诬陷子家。子家恐惧，只好跟着他干。夏，诛杀郑灵公。

原文

书曰：『郑公子归生弑其君夷。』权不足也。君子曰：『仁而不武①，无能达也②。』凡弑君，称君，君无道也；称臣，臣之罪也。

郑人立子良③。辞曰：『以贤④，则去疾不足；以顺⑤，则公子坚长。』乃立襄公⑥。

注释

①仁而不武：仁慈而不勇武。②无能达：临大事不能通达。③子良：郑穆公庶子，灵公弟，公子去疾。④以贤：以才能而论。⑤以顺：以长幼顺序而论。⑥襄公：即公子坚，公子去疾之兄。

译文

《春秋》记载说：『郑公子归生弑其君夷。』这是子家的权力不足的原因。君子说：『仁爱而没有勇武，总是不能行通的。』凡是杀掉国君，假若只是记载国君的名字，这是由于国君无道；记载臣下的名字，这是由于臣下的罪过。

郑人要立子良为国君。子良婉言拒绝说：『以贤明而论，去疾是不够的；按照次序而言，公子坚所年长。』于是就立了郑襄公。

原文

襄公将去穆氏[1]，而舍子良[2]。子良不可，曰：「穆氏宜存，则固愿也。若将亡之，则亦皆亡，去疾何为[3]？」乃舍之[4]，皆为大夫[5]。

初，楚司马子良生子越椒[6]。子文曰：「必杀之！是子也，熊虎之状，而豺狼之声；弗杀，必灭若敖氏矣。谚曰：『狼子野心[7]。』是乃狼也，其可畜乎？」子良不可。子文以为大戚[8]。及将死，聚其族，曰：「椒也知政[9]，乃速行矣[10]，无及于难。」且泣曰：「鬼犹求食，若敖氏之鬼[11]，不其馁而？」

注释

①去：逐。穆氏：郑穆公之诸子，襄公的众兄弟。②舍：赦免。③去疾何为：诸子都被逐，我去疾为何单独留下呢？④乃舍之：于是郑襄公赦免了群公子。⑤皆为大夫：让群公子都做了大夫。⑥司马子良：斗伯比之子，令尹子文之弟，司马为其官名。子越椒：即斗椒。⑦狼子野心：为当时俗语，比喻生性残忍，其心难以驯化之人。⑧大戚：很大的心事。⑨知政：执掌政事。⑩速行：尽快离开。⑪若敖氏之鬼：若敖氏家族的祖先。

译文

郑襄公准备驱逐他的兄弟们，而唯独赦免子良。子良不肯，说：「穆公的儿子如果适合留下来，去疾本来就这样盼望着。如果要逃离郑国，那就都逃离，为什么单单留下去疾？」于是郑襄公赦免了他们，让他们都做了大夫。

当初，楚国的司马子良生了子越椒。子文说：「非得杀了他！这个孩子，有熊虎的形状、豺狼的声音；如果不杀，必然会灭亡若敖氏了。俗话说：『狼子野心。』这孩子是一条狼，难道能够养着吗？」子良不答应。子文把此事当成很大一件事挂在心上。到他临死的时候，召集了他的族人，说：『如果越椒一旦执政，就快点逃开吧，不要遭到祸难。』同时哭着说：『鬼尚且要求吃东西，若敖氏的鬼不是要忍受饥饿了吗？』

原文

及令尹子文卒，斗般为令尹①，子越为司马。芀贾为工正②，谮子扬而杀之③，子越为令尹，己为司马。子越又恶之，乃以若敖氏之族，圄伯嬴于轑阳而杀之④，遂处烝野⑤，将攻王。王以三王之子为质焉⑥，弗受。师于漳澨⑦。秋，七月戊戌⑧，楚子与若敖氏战于皋浒⑨。伯棼射王⑩，汰辀⑪，及鼓跗，著于丁宁⑫。又射汰辀，以贯笠毂⑬。师惧，退。王使巡师曰⑭：『吾先君文王克息⑮，获三矢焉，伯棼窃其二，尽于是矣。』鼓而进之，遂灭若敖氏。

注释

①斗般：又作斗班，尹子文之子，字子扬。②工正：官名，掌百工之长。③子扬：即斗般。④伯嬴：即芀贾。轑阳：楚邑名，在今湖北省江陵县境。⑤烝野：楚邑名，在今河南省新野县境。⑥三王之子：楚文王、成王、穆王的子孙。把他们送给子越椒当人质，使其不要进攻。⑦漳澨：地名，在今湖北省荆门县西部，漳水的东岸。⑧戊戌：初九日。⑨皋浒：楚地名，在今湖北省襄阳县西部。⑩伯棼：斗椒字。⑪汰辀：箭矢强而有力，射过车辕。辀，车辕。⑫著于丁宁：射在铜钲上。丁宁，即铜钲，军中用作号令的乐器，似铃而不同。⑬笠毂：支撑车盖的圆木。⑭巡师：巡视军队。⑮克息：战胜息国。

译文

等到令尹子文死去，斗般做令尹，子越做司马。芀贾做工正，诽谤子扬并且还杀了他，子越就做了令尹，他做了司马。子越又厌恶他，就带领了若敖氏的族人把伯嬴囚禁在轑阳杀了他，因此就住在烝野，打算进攻楚庄王。楚庄王把三代国王的子孙作为人质，子越不答应。楚庄王在漳澨发兵。秋，七月初九日，楚庄王和若敖氏在皋浒打起仗来。

子越椒用箭射楚庄王，力量大而且箭镞锋利，射过车辕，穿过鼓架，正好射着在铜钲上。又射一箭，射过车辕，透过车盖。士兵害怕，开始退却。楚庄王派人在军队里四处喊着说：『我们的先君文王攻占息国，得到三枝利箭，子越椒偷去两枝，已经消耗殆尽了。』击鼓而进军，就消灭了若敖氏。

原文

初，若敖娶于䢵[①]，生斗伯比[②]。若敖卒，从其母畜于䢵，淫于䢵子之女，生子文焉。䢵夫人使弃诸梦中[③]。虎乳之[④]。䢵子田，见之，惧而归。夫人以告，遂使收之。楚人谓乳『谷』，谓虎『於菟』，故命之曰斗谷於菟。以其女妻伯比。实为令尹子文。

其孙箴尹克黄使于齐[⑤]，还，及宋，闻乱。其人曰：『不可以入矣。』箴尹曰：『弃君之命，独谁受之[⑥]？君，天也，天可逃乎？』遂归复命，而自拘于司败[⑦]。王思子文之治楚国也，曰：『子文无后，何以劝善？』使复其所[⑧]，改命曰『生』[⑨]。

冬，楚子伐郑，郑未服也。

注释

①䢵：国名，在今湖北省安陆县。②斗伯比：子文之父。③诸：之于的合音。梦中：云梦泽中。④虎乳之：母虎以乳喂养之。⑤箴尹：楚官名，为谏臣。克黄：令尹子文之孙，子扬元子。⑥独：语气词，多用于疑问句。⑦司败：楚司法官名，相当于中原各国之司寇。⑧复其所：复其所任藏尹之官。⑨改命曰『生』：改易其名为『生』。

译文

当初，若敖在䢵国娶妻，生了斗伯比。若敖死后，追随着他母亲养在䢵国，和䢵子的女儿私通，生了子文。䢵夫人让人把子文丢弃在云梦泽里。有老虎喂他奶。郧子打猎，看到这场面，恐惧而回来。夫人把女儿私生子的情况告诉郧子，郧子就让人收养了子文。楚国人把奶叫做『谷』，把老虎叫做『於菟』，于是就把这个孩子叫做斗谷于菟。郧子把他的女儿嫁给伯比为妻。斗谷於菟就是令尹子文。

子文的孙子箴尹克黄出使齐国，回来时到达宋国，听到国内叛乱的消息。有人说：『你不能回去了。』箴尹说：『丢掉国君的命令，还有谁能够接受我？国君，就是上天，上天难道可以逃避吗？』于是就回到楚国复命，并且要求法官将自己囚禁。楚庄王想起子文治理楚国的政绩，说：『子文如果没有后代，还用什么来劝人为善？』就让克黄回来恢复原来的职位，把他的名字改为『生』。

这年冬天，楚庄王进攻郑国，这是由于郑国没有顺服。

宣公五年

原文

五年春，公如齐。高固使齐侯止公①，请叔姬焉②。

夏，公至自齐，书，过也③。

秋，九月，齐高固来逆女，自为也④。故书曰『逆叔姬』，即自逆也。

冬，来，反马也。

楚子伐郑。陈及楚平。晋荀林父救郑，伐陈。

注释

①止：挽留。②请叔姬：强请鲁公将叔姬嫁与高固。③过：过失。指鲁公被留齐国，强迫许婚于邻国之臣。④自为：自己为自己。

译文

五年春天，宣公到齐国去。齐国的高固让齐惠公想办法挽留宣公，旨在迫使宣公答应女儿叔姬嫁给他。

夏季，宣公从齐国返回，《春秋》对此事有记载，意在说明宣公的过失。

秋季，九月，齐国的高固前来娶叔姬为妻，这是自己为自己迎娶新娘。所以，《春秋》记载为『逆叔姬』，意思就是说高固为自己迎娶妻子。

冬季，高固和妻子叔姬回到鲁国，这样做是行『反马』之礼，即送还新娘出嫁时所用娘家的马匹。

楚庄王出兵郑国。陈国与楚国讲和。晋国的荀林父则一方面发兵救援郑国，一方面又进军陈国。

宣公六年

原文

六年春，晋、卫侵陈，陈即楚故也。

夏，定王使子服求后于齐[①]。

秋，赤狄伐晋。围怀[②]，及邢丘[③]。晋侯欲伐之。中行桓子曰[④]：「使疾其民[⑤]，以盈其贯[⑥]，将可殪也[⑦]。《周书》曰：『殪戎殷[⑧]。』此类之谓也[⑨]。」

注释

①子服：周大夫。②怀：晋国地名，在今河南省武陟县西南部。③邢丘：晋国地名，在今河南省温县东二十里的平皋故城。④中行桓子：即荀林父。⑤疾其民：疾害其人民。⑥贯：满贯指积敛财富，此处比喻罪恶盈数。⑦将：大概，语气副词。殪：死，此作一举灭绝。⑧殪戎殷：绝灭大国殷。戎，作大解。⑨此类之谓：就是采用此类策略。

译文

六年春季，晋国和卫国共同出兵陈国，原因是陈国又与楚国接近了。

夏季，周定王派子服到齐国请求娶齐女为王后。

秋季，赤狄出兵晋国。包围了怀地和邢丘。晋成公打算组织反攻。荀林父阻止他说：『暂时先让他继续危害他的百姓吧，等到他恶贯满盈的时候，就可以一举把他消灭。《周书》说：「彻底消灭大国殷商的人。」说的就是这个意思。』

原文

冬，召桓公逆王后于齐[①]。

楚人伐郑，取成而还[②]。

郑公子曼满与王子伯廖语，欲为卿。伯廖告人曰：『无德而贪，其在《周易》丰䷶之离䷝[③]，弗过之矣。』间一岁[④]，郑人杀之。

注释

①召桓公：周王卿士。②取成：得到对方求和。③丰之离：丰卦变成离卦。丰、离均为六十四卦之一。④间一岁：间隔一年，首尾相合为三年。

译文

冬季，周天子的卿士召桓公到齐国为天子迎娶王后。

楚军进攻郑国，直到郑国求和才回国。

郑国的公子曼满曾经对王子伯廖说想做卿。伯廖把这件事对别人说了，并且说：『一个人如果毫无德行而又贪婪，那么他正好应在《周易》中由丰卦变成离卦这一卦象上，他过不了三年就一定灭亡。』果真，事隔一年之后，公子曼满就被郑国人给杀死了。

宣公七年

原文

七年春，卫孙桓子来盟，始通。且谋会晋也。

夏，公会齐侯伐莱[①]，不与谋也。凡师出，与谋曰『及』，不与谋曰『会』。

赤狄侵晋，取向阴之禾[②]。

郑及晋平，公子宋之谋也，故相郑伯以会[③]。冬，盟于黑壤。王叔桓公临之[④]，以谋不睦。

晋侯之立也，公不朝焉，又不使大夫聘，晋人止公于会。盟于黄父，公不与盟，以赂免。故黑壤之盟不书[⑤]，讳之也。

注释

①莱：国名，在今山东省昌邑县东南。②向阴：晋地名。③相：礼仪官，此处用作动词。④王叔桓公：周卿士。临：监临。⑤黑壤：又名黄父，在今山西省翼城东北。

译文

七年春季，卫国的孙桓子来到鲁国缔结盟约，两国从那开始通好。孙桓子这次来鲁，还有另外一项任务，就是商量和晋国会盟一事。

夏季，宣公会合齐惠公联合进攻莱国，这次伐莱，齐国事先没有和鲁国商量。凡是出兵征伐，如果事先互相商量叫『及』，如果没有商量则叫『会』。

赤狄攻打晋国，抢收了晋国向阴一地的谷子。

月下吹箫图　清·费丹旭

此图师法马远、夏圭，画峰势壁立峻峭，近处山崖斜耸，长松偃仰，秋叶泛红，在树石掩映下，高台楼阁半露，一老者依栏吹箫，身后两童仰面指月嬉戏。画面简净爽朗，笔力挺秀，一派秋夜萧疏辽阔的气象。

郑国和晋国终于讲和，这是公子宋的计策，因此公子宋就作为相礼跟随郑襄公参加诸侯盟会。冬季，宣公、晋成公、宋文公、卫成公、郑襄公、曹文公在黑壤举行了会盟。周天子派王叔桓公到会监临，以讨论怎样对付不顺服晋国的国家。

晋成公即位时，宣公没有拜见，也没有派使节前去聘问，因此晋国人便在举行盟会期间设法不让宣公去。诸侯在黑壤结盟时，宣公没有参加，在送了贿赂之后才得以回到本国。所以《春秋》只记载『会』而没有记载黑壤之盟，是出于避讳这一耻辱的目的。

宣公八年

原文

八年春，白狄及晋平。夏，会晋伐秦。晋人获秦谍[1]，杀诸绛市，六日而苏[2]。

有事于大庙，襄仲卒而绎，非礼也。

楚为众舒叛故，伐舒蓼，灭之。楚子疆之。及滑汭[3]，盟吴、越而还。

晋胥克有蛊疾[4]，郤缺为政[5]。秋，废胥克，使赵朔佐下军[6]。

注释

①谍：间谍。②苏：死而复生。③及滑汭：到达滑水的转弯处。汭，河流的弯曲处。④蛊疾：心志惑乱之疾。⑤为政：为执政的官。⑥赵朔：赵盾之子，代胥克佐下军。

译文

八年春季，白狄和晋国请求和好。夏季，白狄又联合晋国一同进攻秦国。晋国人俘虏了秦国的一个间谍，在绛城的街市上将俘虏处死，但却没有想到六天后，这个间谍又像发生奇迹般地复活了。

鲁国在太庙举行了祭祀。襄仲逝世后连续祭祀了两天，这是不合乎礼的。

楚国因为舒姓诸国背叛而进攻舒蓼，并最终将其灭亡。楚庄王亲自划定疆界。到达滑水的转弯处，与吴、越结盟后回国。

晋国的胥克神智不清，因此就由郤缺代替执政。秋季，废了胥克，由赵朔充当下军副帅。

原文

冬，葬敬嬴。旱，无麻，始用葛茀[①]。雨，不克葬，礼也。礼，卜葬[②]，先远日[③]，辟不怀也[④]。

城平阳。书，时也。

陈及晋平。楚师伐陈，取成而还。

注释

①茀：牵挽棺材的绳索。②卜葬：占卜葬日。③先远日：古时占卜葬期，由远及近。此月下旬先卜来月下旬，不吉则卜中旬，又不吉则卜上旬。④辟不怀也：避免不怀念父母的嫌疑。

译文

冬季，鲁国安葬了宣公的母亲敬嬴。因为天旱无雨，没有麻绳，从此使用葛作为牵引棺材的绳索。出殡的那一天，由于下雨，又不能安葬，不过这都是合乎礼的。按礼的一般规定，占卜安葬的日期，是从远些日子开始，由远及近，这是出于避免外人认为亲属对死者没有哀悼之心。

鲁国在平阳筑城。《春秋》记载这件事，是因其合乎时令。

陈国向晋国请求和好。楚国军队便进攻陈国，迫使陈国求和后才回到自己国家。

宣公九年

原文

九年春，王使来征聘[1]。夏，孟献子聘于周。王以为有礼，厚贿之。

秋，取根牟[2]，言易也。

滕昭公卒。

注释

①征聘：天王使臣前来，征求鲁国派人前往京师聘问。②根牟：国名，在今山东省沂水县南部。

译文

九年春，周天子派出的使者前来要求鲁国派使者去成周聘问。夏，孟献子去成周拜见问候。周天子认为有礼，于是赠给他丰厚的财货。

秋，占取根牟，《春秋》如此记载，是说事情完成得非常容易。

滕昭公去世。

原文

会于扈[1]，讨不睦也[2]。陈侯不会。晋荀林父以诸侯之师伐陈。晋侯卒于扈，乃还。

冬，宋人围滕，因其丧也。

陈灵公与孔宁、仪行父通于夏姬[3]，皆衷其衵服，以戏于朝。泄冶谏曰：『公卿宣淫[4]，民无效焉[5]，且闻不令[6]，君其纳之[7]！』公曰：『吾能改矣！』公告二子。二子请杀之，公弗禁，遂杀泄冶。

孔子曰：『《诗》云：「民之多辟，无自立辟。」其泄冶之谓乎！』

楚子为厉之役故，伐郑。

晋郤缺救郑。郑伯败楚师于柳棼[8]。国人皆喜，唯子良忧曰：『是国之灾也，吾死无日矣。』

注释

①扈：郑地名，在今河南省原阳县西。②讨不睦：征讨不睦于晋之诸侯。③孔宁、仪行父：二人皆陈国之卿。④宣淫：宣扬、炫耀淫乱之行。⑤民无效：民众无所效法。⑥且闻不令：而且传扬开去名声不好。⑦纳之：将夏姬之衣收藏起来。⑧柳棼：郑地。

译文

晋成公、宋文公、卫成文、郑襄公、曹文公在扈地会见，这是因为打算进攻不服从晋国的国家。陈灵公没有参加。晋国的荀林父统领诸侯的军队进攻陈国。晋成公死于扈地，荀林父就率兵回国。

冬，宋军包围滕国，这是趁滕国有丧事之机。

陈灵公和孔宁、仪行父跟夏姬通奸，几个人都把夏姬的汗衫贴在身上穿着，而且在朝廷上开玩笑。泄冶启奏规劝他们说：『国君和卿宣扬淫乱，百姓就无所效法，而且传出不好的名声。君王还是应该把那件汗衫收起来吧！』陈灵公说：『我能够改过了！』陈灵公把泄冶的话告诉了孔宁、仪行父两个人。这两个人请求杀死泄冶，陈灵公没有加以禁止，因此就杀了泄冶。

孔子说：『《诗》说：「百姓做恶事是因上边的邪辟影响太大，因此不要再去提倡歪风邪气。」这说的就是泄冶吧！』

楚庄王为了报厉地一役之仇的缘故，侵犯郑国。

晋国的郤缺救援郑国。郑襄公在柳棼战胜了楚军。国内的人们非常高兴，只有子良担心说：『这是国家的灾难，我离死可能不会很久了。』

渔乐图　明·吴伟

此图为吴伟传世的巨幅山水画杰作，描绘湖山相连，艇停泊于港湾树丛下。水面渔舟往来，山湾盘曲蜿蜒，江边坡石高树，远处峰峦层叠，江面无涯，水天一色。粗壮劲健的线条，挥洒淋漓的墨色，迅疾纵逸的笔锋，表现了画面的磅礴气势。人物描写生动逼真，充满生活气息。全幅境界开阔，气象雄壮。

宣公十年

原文

十年春，公如齐。齐侯以我服故，归济西之田。

夏，齐惠公卒。崔杼有宠于惠公[①]，高、国畏其逼也[②]，公卒而逐之，奔卫。书曰『崔氏』，非其罪也，且告以族，不以名。凡诸侯之大夫违[③]，告于诸侯曰：『某氏之守臣某，失守宗庙，敢告。』所有玉帛之使者则告[④]，不然，则否。

注释

①崔杼：齐国正卿。②高、国：即高氏和国氏两族，二氏世代为齐国上卿。③违：离开国家。④玉帛之使者：通玉帛聘问之友好国家。

译文

十年春季，宣公前去齐国。齐惠公因为鲁国归顺他，就把济水以西的田地还给了鲁国。

夏季，齐惠公死。崔杼在齐惠公生前备受宠信，所以齐国的高、国两族非常害怕崔杼。现在齐惠公死了，他们就把崔杼驱出了齐国。崔杼逃命到了卫国。

《春秋》记为『崔氏』，表明不是他的罪过，而且在把这件事通告诸侯时也是只称其族，不叫他的姓名。凡是诸侯的大夫离开本国，告诉各诸侯时就说：『某氏的守臣某人，不能继续奉守宗庙，特此通告。』但是，这种通告只发给有友好往来的国家，否则就不予通告。

原文

公如齐奔丧[①]。

陈灵公与孔宁、仪行父饮酒于夏氏[②]。公谓行父曰：『徵舒似女。』对曰：『亦似君。』徵舒病之[③]。公出，自其厩射而杀之[④]。二子奔楚[⑤]。

注释

①奔丧：在外闻其亲丧，奔而归也。②夏氏：陈大夫夏徵舒家。③病：愤。④自其厩射而杀之：从马厩里射杀陈灵公。⑤二子：孔宁、仪行父。

译文

宣公前往齐国吊唁死者。

陈灵公和孔宁、仪行父在夏姬家里饮酒。陈灵公对仪行父说：『徵舒长得和你非常像。』仪行父回答说：『也很像你。』夏徵舒对此十分生气，所以就在陈灵公出来时，从马棚内用箭射死了他。孔宁和仪行父则逃亡到了楚国。

原文

滕人恃晋而不事宋，六月，宋师伐滕。

郑及楚平。诸侯之师伐郑，取成而还。

秋，刘康公来报聘[①]。

师伐邾，取绎。

季文子初聘于齐。

冬，子家如齐[2]，伐邾故也。国武子来报聘[3]。

楚子伐郑。晋士会救郑，逐楚师于颍北[4]。诸侯之师戍郑。

郑子家卒[5]。郑人讨幽公之乱[6]，斫子家之棺而逐其族[7]。改葬幽公，谥之曰『灵』。

注释

①刘康公：即王季子。刘，为采邑，在今河南省偃师县南。报聘：回报、聘问。②子家：即公孙归父，鲁臣。③国武子：即国佐。④颍北：颍水之北。颍水源于河南省登封县嵩山西南。⑤子家：即公子归生，又名声子，郑宗室。⑥幽公之乱：指郑公子归生弑其君夷一事。⑦斫：砍、剖。

译文

滕国人凭恃晋国而不事奉宋国，六月，宋军进攻滕国。

郑国向楚国请求和好。诸侯联军便进攻郑国，直到郑国求和才撤回军队。

秋季，周天子派刘康公来到鲁国聘问，以答谢孟献子的聘问。

鲁国出兵攻打邾国，夺取了绎地。

季文子第一次前往齐国聘问。

冬季，子家为鲁国进攻邾国一事而访问齐国。国武子来鲁国访问，以答谢鲁国对齐的聘问。

楚庄王出兵征伐郑国。晋国的士会援救郑国，在颍水以北驱逐了楚国军队。然后诸侯军队便留在郑国驻守。

郑国的子家去世了。郑国人为了报复鲁宣公四年子家杀害幽公的那次暴乱，砍开了子家的棺材，把他的族人全都赶出了郑国。然后改葬幽公，并改他的谥号为『灵』。

山水图　清·潘恭寿

此图画山石壁立，层峦叠翠，平缓处，老树横枝，其下，溪流有声，绿草丛茵，两高士席地而坐，欣赏周围美景，童子则抱琴侧畔待唤，各自神形俱备。画面苍古隽逸。

宣公十一年

原文

十一年春，楚子伐郑，及栎①。子良曰：『晋、楚不务德而兵争，与其来者可也②。晋、楚无信，我焉得有信？』乃从楚。夏，楚盟于辰陵③，陈、郑服也。

楚左尹子重侵宋，王待诸郔④。

注释

①栎：郑国别都，在今河南省禹县。②与其来者：与来者交好，不必守信。③辰陵：陈地名，在今河南省淮阳县西部。④郔：地名，在陈、宋、郑三国交界处。

译文

十一春季，楚庄王出兵郑国，军队行到栎地。郑国的子良说：『晋、楚两国不是在德行上下工夫，而是靠武力夺取诸侯，那么谁来攻击我们，我们就和谁亲近好了。因为晋、楚两国既然不守信，我们还讲什么信用呢？』于是就表示臣服楚国。夏季，楚国在辰陵举行盟会，这是由于陈、郑两国都已顺服。

楚国的左尹子重领兵侵袭宋国，楚庄王则住在郔地静候佳音。

原文

令尹苏艾猎城沂①，使封人虑事②，以授司徒。量功命日③，分财用④，平板干⑤，称畚筑⑥，程土物⑦，议远迩⑧，略基趾⑨，具糇粮⑩，度有司⑪。事三旬而成，不愆于素⑫。

晋郤成子求成于众狄⑬。众狄疾赤狄之役⑭，遂服于晋。秋，会于攒函⑮，众狄服也。

注释

①𫇭艾猎：即孙叔敖。一说为孙叔敖之兄。沂：楚邑，在今河南省正阳县境内。②封人：主管筑城的官员。虑事：筹划工程设计等事宜。③量功命日：计算工程总量，预计完工日期。④分财用：按工程分配材料用具。⑤平板干：取平夹板和支柱。⑥称畚筑：使运土之功与筑土之功相称。筑，筑土的杵。⑦程土物：计算土方和木材。⑧议远迩：依据取运水土，材料之远近，平衡工作量。⑨略基趾：巡视城墙基址的走向、地形、土质等情况。略，巡视。⑩具糇粮：准备好役夫所用的粮食。糇，干粮。⑪度有司：测试考察筑城官员是否有能力，是否称职。⑫不愆于素：不超过原来的计划。愆，过。⑬郤成子：即郤缺、冀缺。⑭众狄疾赤狄之役：众狄，泛指白狄的一些分支；赤狄，即赤狄潞氏最强，众狄受其奴役，故怨恨赤狄而归晋。⑮欑函：狄地名。

译文

楚国的令尹𫇭艾猎在沂地修筑城池，他派总监考虑筑城工程计划，然后把这项计划报告司徒。他又亲自计算工程量和所需要的日期，分配建筑材料，以及工程所需的夹板和支柱，测量所需土方，讨论在什么地方取用水土，巡视城池的基地，准备粮食，考察测试监工人员。结果前后用了三十天时间，工程就完成了，没有超过预定计划的时间。

晋国的郤缺向各处的狄人谋求友好。各地的狄人也都非常仇恨于赤狄对他们的奴役，所以都顺服了晋国。秋季，晋国和这些狄人在狄地欑函会谈，从那时起狄人顺服晋国。

原文

是行也，诸大夫欲召狄。郤成子曰：『吾闻之，非德，莫如勤。非勤，何以求人？能勤有继[1]，其从之也。《诗》曰：「文王既勤止。」文王犹勤，况寡德乎[2]？』

冬，楚子为陈夏氏乱故，伐陈。谓陈人：『无动[3]，将讨于少西氏[4]。』遂入陈，杀夏徵舒，轘诸栗门[5]。因县陈[6]。陈侯在晋[7]。

注释

①继：结果。②寡德：德行寡浅之人。自谦之词。③无动：不要惊恐。④少西氏：指夏徵舒。徵舒之祖字子夏，名少西，故以为称。⑤轘：车裂之刑。栗门：陈国都城城门。⑥县陈：以陈为楚县。县，用作动词。⑦陈侯：指陈灵公太子午，陈成公。

译文

在这次欑函之行以前，晋国的大夫们全都主张让狄人前来。但郤缺说：『我听说，没有德行，就要以勤劳来弥补。如果连勤劳也没有，那么怎么还能要求别人顺服自己呢？只要我们能做到勤劳，就能够取得善的结果。还是到狄人那里去吧。《诗》说：「文王是很勤勉的。」文王尚且勤劳，更何况我们这些缺少德行的人呢？』

冬季，楚庄王为了镇压陈国的夏氏之乱而派兵攻打了陈国。楚庄王对陈国人说：『你们不要担心，我只讨伐夏徵舒而已。』攻占陈国后，杀了夏徵舒，在栗门外把他五马分尸。将陈国灭亡，作为楚国的一个县。这时陈成公恰好在晋国。

原文

申叔时使于齐[1]，反，复命而退。王使让之曰：『夏徵舒为不道，弑其君。寡人以诸侯讨而戮之，诸侯、县公皆庆寡人，女独不庆寡人，何故？』对曰：『犹可辞乎[2]？』王曰：『可哉！』曰：『夏徵舒弑其君，其罪大矣；讨而戮之，君之义也。抑人亦有言曰[3]：「牵牛以蹊人之田[4]，而夺之牛。」牵牛以蹊者，信有罪矣；而夺之牛，罚已重矣。诸侯之从也，曰讨有罪也。今县陈，贪其富也。以讨召诸侯，而以贪归之，无乃不可乎⑤？』王曰：『善哉！吾未之闻也。反之，可乎？』对曰：『吾侪小人所谓「取诸其怀而与之」也！』乃复封陈。乡取一人焉以归，谓之夏州。故书曰：『楚子入陈。纳公孙宁、仪行父于陈。』书，有礼也。

厉之役，郑伯逃归。自是楚未得志焉。郑既受盟于辰陵，又徼事于晋⑥。

注释

①申叔时：楚大夫。②辞：辩解。③抑：不过，表语气转折。④蹊：小径。此作动词，踩上小径。⑤无乃：不是，表反问语气。⑥徼：求。

译文

楚国的申叔时出使齐国，回国后向楚庄王汇报完出使情况后，没说别的就退下去了。楚庄王派人前去怪罪他说：『夏徵舒大逆不道，杀了自己的国君。我领着诸侯前去讨伐并把他杀了，各诸侯及我国各县县公都相继向我表示祝贺，单单你不向我道贺，是什么意思？』申叔时回答说：『我可以申辩一下吗？』楚庄王说：『你可以申辩！』申叔时便说道：『夏徵舒杀害他的国君，的确罪大恶极，君王讨伐并将其诛杀，这也是伸张正义。但是人们也有话说：「张三牵着牛踩踏了李四的田地，但李四竟然把张三的牛给夺走了。」牵牛践踏别人的田地的人，他的行为当然不对，但由此而夺走了那人的牛，这惩罚太重了吧。诸侯跟随君王攻打陈国时，说是讨伐有罪之人。而现在把陈国划为楚国的一个县，这就有贪图陈国财富的嫌疑了。以讨伐为名召集诸侯，最后却以贪财而结束，好像不行吧？』楚庄王说：『好！你这话我倒还没有听闻。那么我现在归还陈国的土地，行不行呢？』申叔时回答说：『这就是我们这些小人所说的「从别人怀中取走，再还给别人」啊！』于是楚庄王再次恢复封立了陈国。只是从被俘的陈国人中，每一乡挑选一个人，把他们聚集到楚国的一个地区，这个地区就称为夏州。所以《春秋》中记载：『楚子入陈。纳公孙宁、仪行父于陈。』这是显示楚庄王的这一行动是合乎礼的。

厉地一战，郑襄公逃回国内。直到现在，楚国还没有能够让郑国名副其实地臣服。郑国于今年夏季在辰陵接受了楚国的盟约，但反过来又请求事奉晋国。

山雨欲来图　清·袁耀

此图为张路水墨山水画的代表作之一，写山雨欲来前狂风大作，乌云满天的情景。此图在笔墨形成上亦有独到之处，充分运用绢不易晕化的特性，多用湿笔和浓墨，恰到好处。山石画法近似马、夏及戴进的带水斧劈法，但又有所不同。画树则多以短笔横向画出，自然生动。全幅笔墨健拔淋漓，气势壮阔。

宣公十二年

原文

十二年春，楚子围郑，旬有七日。郑人卜行成①，不吉；卜临于大宫②，且巷出车③，吉。国人大临，守陴者皆哭④。楚子退师。郑人修城。进复围之，三月克之。入自皇门⑤，至于逵路⑥。郑伯肉袒牵羊以逆⑦，曰：『孤不天⑧，不能事君，使君怀怒以及敝邑，孤之罪也。敢不唯命是听？其俘诸江南以实海滨⑨，亦唯命。其翦以赐诸侯⑩，使臣妾之⑪，亦唯命。若惠顾前好，徼福于厉、宣、桓、武⑫，不泯其社稷，使改事君，夷于九县⑬，君之惠也，孤之愿也，非所敢望也。敢布腹心⑭，君实图之。』左右曰：『不可许也，得国无赦。』王曰：『其君能下人，必能信用其民矣，庸可几乎⑮？』退三十里而许之平。潘尪入盟⑯，子良出质⑰。

夏，六月，晋师救郑。荀林父将中军，先縠佐之⑱；士会将上军，郤克佐之⑲；赵朔将下军，栾书佐之。赵括、赵婴齐为中军大夫，巩朔、韩穿为上军大夫，荀首、赵同为下军大夫⑳。韩厥为司马㉑。

注释

①卜行成：卜问向楚求和。②临于大宫：哭于祖庙。临，号哭。大宫：祖庙。③巷出车：出车于街巷，虽困难也要与楚决战到底。④守陴者：即守城之将士。陴，为城上蔽身之短墙，高二尺五寸，宽三尺。⑤皇门：郑都城门名。⑥逵路：城中宽阔而又四通的道路。⑦郑伯：指郑襄公。肉袒牵羊：上身裸露，牵着羊，表示谢罪，愿为臣仆。古有此臣服之礼。⑧不天：不能承奉天意。⑨俘诸江南：俘获郑国君民到江南去。实：置放。⑩翦以赐诸侯：分割其土地、人民，赐给与楚交好之诸侯。翦，翦灭。⑪使臣妾之：使郑之君民男为人臣仆，女为人婢妾。⑫徼福于厉、宣、桓、武：徼福，求福；厉、宣、桓、武，指周厉王、周宣王、郑桓公、郑武公。郑桓公为郑国始封君，周厉王之子，

周宣王之弟，郑武公之父。⑬九县：诸县。九，虚数。⑭布腹心：披露心里话。⑮几：同『冀』，希望。⑯潘尫：字师叔，楚臣。⑰子良：即公子去疾，郑臣。⑱先縠：先轸之孙。⑲郤克：郤缺之子，又称郤献子。⑳荀首：荀林父之弟，又称知季、知庄子。㉑韩厥：韩万之玄孙，又称韩献子。

译文

十二年春，楚庄王包围了郑国十七天。郑人准备求和因而占卜，不吉利；为在太庙号哭和出车于街巷而占卜，结果这样做吉利。城里的人们在太庙号哭，守城的将士也在城上大哭。楚庄王退兵。郑国人修筑城墙。楚国又进军再次将其包围，经过三个月攻破了郑国。楚军从皇门进入，直达大路上。郑襄公去衣露体，牵着羊迎接楚庄王，说：『孤不能承奉天意，不能为国君效劳，使君王带着怒气来到敝邑，这是孤的过错。岂敢不唯命是听？要把孤俘虏到江南，放在海边，也仍然听君王吩咐；要灭亡郑国分割郑地以赐给各位诸侯，让郑国人作为臣妾，也听君王吩咐。如果承君王想着从前的友好，向周厉王、周宣王、郑桓公、郑武公求福，而不绝灭敝邑，让我们改而服侍君王，等同于楚国的诸县，这是君王的赏赐，孤的心愿，但又不是孤所敢于指望的了。谨披露心里的话，请君王考虑。』左右随从说：『不能答应他，得到了国家没有赦免的。』楚庄王说：『他的国君能够自甘处于人下，一定能够取信和使用他的百姓，恐怕还是很有希望的吧？』退兵三十里而答应郑国讲和。潘尫进入郑国结盟，子良到楚国作为人质。

夏，六月，晋国的军队救援郑国。荀林父统领中军，先縠作为助手；士会统领上军，郤克作为辅佐；赵朔统领下军，栾书作为助手。赵括、赵婴齐担任中军大夫，巩朔、韩穿担任上军大夫，荀首、赵同充当下军大夫。韩厥担任司马。

原文

及河，闻郑既及楚平，桓子欲还[1]，曰『无及于郑而剿民[2]，焉用之？楚归而动，不后[3]。』随武子曰[4]：『善。会闻用师，观衅而动[5]。德、刑、政、事、典、礼不易，不可敌也，不为是征[6]。楚军讨郑，怒其贰而哀其卑。叛而伐之，服而舍之，德、刑成矣。伐叛，刑也；柔服，德也。二者立矣。昔岁入陈，今兹入郑，民不罢劳，君无怨讟[7]，政有经矣[8]。荆尸而举[9]，商、农、工、贾不败其业[10]，而卒乘辑睦[11]，事不奸矣[12]。蒍敖为宰[13]，择楚国之令典[14]；军行，右辕[15]，左追蓐[16]，前茅虑无[17]，中权[18]，后劲[19]。百官象物而动[20]，军政不戒而备[21]，能用典矣。其君之举也，内姓选于亲[22]，外姓选于旧[23]。举不失德，赏不失劳。老有加惠，旅有施舍。君子小人，物有服章[24]。贵有常尊[25]，贱有等威[26]。礼不逆矣。德立，刑行，政成，事时[27]，典从[28]，礼顺，若之何敌之？见可而进，知难而退，军之善政也。兼弱攻昧，武之善经也。子姑整军而经武乎！犹有弱而昧者，何必楚？仲虺有言曰[29]：「取乱侮亡[30]。」兼弱也。《汋》曰：「於铄王师[31]，遵养时晦[32]。」耆昧也[33]。《武》曰：「无竞惟烈[34]。」抚弱耆昧以务烈所[35]，可也。』彘子曰[36]：『不可。晋所以霸，师武、臣力也[37]。今失诸侯，不可谓力。有敌而不从，不可谓武。由我失霸，不如死。且成师以出，闻敌强而退，非夫也[38]。命为军帅[39]，而卒以非夫，唯群子能[40]，我弗为也。』以中军佐济[41]。

知庄子曰[42]：『此师殆哉[43]！《周易》有之，在师䷆之临䷒[44]，曰：「师出以律，否臧，凶[45]。」执事顺成为「臧」[46]，逆为「否」[47]。众散为弱[48]，川壅为泽[49]。有律以如己也[50]，故曰律。否臧，且律竭也[51]。盈而以竭，夭且不整[52]，所以凶也。不行之谓临，有帅而不从，临孰甚焉？此之谓矣。果遇，必败，彘子尸之[53]，虽免而归，必有大咎。』韩献子谓桓子曰[54]：『彘子以偏师陷，子罪大矣。子为元帅，师不用命，谁之罪也？失属、亡师[55]，为罪已重，不如进也。事之不捷，恶有所分[56]。与其专罪，六人同之，不犹愈乎？』师遂济。

注释

①桓子：荀林之父。②无及于郑：救郑已来不及。剿民：劳民。③不后：不算不及时。④随武子：指士会。⑤观衅：瞅空子。⑥不为是征：即『不征是』。⑦讟：怨言。⑧经：常法。⑨荆尸：楚武王创立的阵法。⑩贾：囤积营利叫『贾』，运货贩卖为『商』，因此古时有『行商坐贾』之说。⑪卒乘：步兵称作卒，车兵称作乘。辑睦：团结和睦。⑫奸：犯。⑬蒍敖：孙叔敖。宰：令尹。⑭令典：好法典。⑮右辕：右军跟随主将车辕。⑯左追蓐：左军搜寻粮草。⑰前茅虑无：前锋持茅旌探路，侦察情况。茅，即旌。⑱中权：主将居中权衡谋划。⑲后劲：以精兵劲旅殿后。⑳象物而动：按照象征自己的各种旗号的指挥而行动。物，旌旗上的各种标志。㉑不戒而备：不待敕令而完备。㉒内姓：同姓。㉓旧：世代旧臣。㉔物有服章：衣物有等级色彩的不同区别。㉕常尊：尊贵的常礼。㉖等威：威仪的等级差别。㉗事时：兴作合时，不误农耕。㉘典从：政令法典执行。㉙仲虺：商汤的左相。㉚取乱侮亡：攻取动乱的国家，欺侮将要灭亡的国家。㉛於铄王师：周王的军队阵容壮观。於，叹词；铄，美。㉜遵养时晦：率领军队攻打昏昧的国家。遵，率；养，取；时，同『是』。㉝耆昧：攻昧。㉞无竞惟烈：周武克商的功业无比强大。竞，强；烈，业。㉟以务烈所：以致力于功业所在。㊱彘子：即先縠，晋中军佐。㊲师武、臣力：军队勇武、臣下尽力。㊳夫：大丈夫。㊴命：奉命。㊵群子：指你们几位。㊶济：渡河。㊷知庄子：即荀首，又称智季，晋臣。㊸殆：危险。㊹师之临：由师卦变成临卦。师、临，六十四卦中第七卦和第十九卦。师卦卦象为坎下坤上，临卦卦象为兑下坤上。㊺师出以律，否臧，凶：这一句为师卦初六爻辞。言军队出征要有纪律约束，不善则凶。㊻执事顺成：办事情顺从规律且有成效。㊼否：恶，不顺。㊽众散为弱：这句解释卦象，即从师卦变为临卦，指师卦初六爻由阴变阳(由坎变为兑)，坎为水，代表众多；兑为少女，代表柔弱。所以坎变为兑，象征从散为弱。㊾川壅为泽：因坎为水为川，兑为泽，坎变为兑，因此象征流水壅塞淤积而成沼

泽。㊿如己：如指挥自己。51律竭：法令穷尽而无用。52夭且不整：夭阏阻塞而且众散不齐。53尸：主，指祸首。54韩献子：韩厥。55失属：失掉属国，此指郑国。56恶有所分：失败的恶果可由大家分担。

译文

到达黄河，听到郑国已经和楚国讲和，荀林父想要回师，说：『没有赶到郑国而使百姓劳累，出兵有什么用？等楚军回去以后我军再去攻打郑国，那么也为时不晚。』士会说：『好。会听说用兵之道，仔细观察敌人的间隙而后发动。德行、刑罚、政令、事务、典则、礼仪不违背常道，就是锐不可当的，不能侵犯这样的国家。楚国的国君讨伐郑国，愤恨他心意不专而哀怜他的卑下。由于背叛而讨伐他，由于顺服而赦免他，德行、刑罚都完成了。讨伐背叛，这是对背叛者的刑罚；安抚顺服，这是对顺服者的德行。这二者树立起来了。往年进入陈国，今年进入郑国，百姓并不疲劳，国君没有受到抱怨，政令就合乎常道了。列成荆尸之阵而后发兵有条不紊，商贩、农民、工匠、店主都不荒废时令丢弃经营，步兵车兵关系和睦，事务就互不相犯了。蒍敖做令尹，选择实行楚国好的法典：军队出动，右军跟随主将的车辕，左军打草作为歇息的事先准备工作，前军以茅旌开路以防意外，中军斟酌策划，后军用精兵押阵。各级军官按照象征自己的旌旗的指示而行动，军事政教不必等待命令而自己完备，这就是能够运用典则了。他们国君任用人才，同姓中挑选亲近的支系，异姓中选择世代旧臣。举荐选拔不遗漏有德行的人，赏赐不遗漏有政绩的人。对老人有加恩，对旅客有赐予。君子和小人，各有分别规定的衣服色彩。对尊贵的有一定的礼节示以尊重，对低贱的有一定的等级示以威信。这就是礼节没有不顺的了。德行确立，刑罚施行，政事成就，事务合时，典则执行，礼节顺当，怎么能够抵挡楚国？看到可能就前进，看到困难就后退，这是治军的好方案。兼并衰弱进攻昏庸，这是用兵的好规则。您姑且整顿军队、筹划武备吧！还有弱小而昏暗的国家，为什么偏偏要进攻楚军？仲虺说过：「占取动乱之国、凌压可以灭亡之国。」说的就是兼并衰弱。《诗》中《汋》篇说：「天子的军队特别神气，率领他们占取昏庸的国家。」说的就是进攻昏暗。《武》篇说：「他的事业功绩没有办法更加强盛。」安抚衰弱进攻昏暗，以致力于功业所在，这就足够了。』先縠说：『不行。晋国之所以能领袖诸侯，是因为军队勇敢、臣下尽力。现在由于不敢作战而失去诸侯，不能说是尽力。有了敌人而不去迎战，不能说是有胆量。因为我们而丢掉霸主的地位，还不如死去。而且整顿军队而出动，听到敌人强大而后退，这算不上是个大丈夫。被任命为军队的统帅，而以不是大丈夫告终，这只有诸位能办到，我是办不到的。』于是就带领中军副帅所属军队横渡黄河。

荀首说：『这部分军队将要遇上危险了！《周易》上有这样的卦象，从师卦变成临卦，爻辞说：「出兵用法令治理，否臧，凶。」实施顺当而成功就是「臧」，反其道就是「否」。大众离散是怯弱，流水壅塞就成为沼泽。有法制指挥三军如同指挥自己一样，因此叫做治理。执行不顺当，法制治理就穷尽而没用。从充满到穷尽，阻塞而且整齐不了，就是凶象了。不能流动叫做临，有统帅而不听从命令，还有比这更严重的「临」吗？说的就是这个了。果真和敌人作战，结果必然会失败，彘子将会是罪魁，虽然免于战死而回国，必定有大的灾祸。』韩厥对荀林父说：『彘子率领一部分军队失陷，您的错误大了。您作为最高统帅，军队不服从命令，那么这是谁的罪过？失去属国，丢掉军队，作为罪过已经太重，不如干脆进军。作战如果胜利不了，坏事可以有所分担。与其一个人担当罪责，六个人一起担当，不还好一点吗？』于是军队就渡过了黄河。

原文

楚子北，师次于郔。沈尹将中军[1]，子重将左[2]，子反将右[3]，将饮马于河而归。闻晋师既济，王欲还，嬖人伍参欲战[4]。令尹孙叔敖弗欲，曰：『昔岁入陈，今兹入郑，不无事矣。战而不捷，参之肉其足食乎？』参曰：『若事之

捷，孙叔为无谋矣。不捷，参之肉将在晋军，可得食乎？」令尹南辕、反旆[5]，伍参言于王曰：『晋之从政者新，未能行令。其佐先縠刚愎不仁，未肯用命。其三帅者，专行不获[6]。听而无上[7]，众谁适从？此行也，晋师必败。且君而逃臣[8]，若社稷何？』王病之，告令尹，改乘辕而北之，次于管以待之[9]。

晋师在敖、鄗之间[10]。郑皇戌使如晋师[11]，曰：『郑之从楚，社稷之故也，未有贰心。楚师骤胜而骄，其师老矣，而不设备。子击之，郑师为承，楚师必败。』彘子曰：『败楚服郑，于此在矣。必许之！』栾武子曰[12]：『楚自克庸以来，其君无日不讨国人而训之于民生之不易[13]，祸至之无日，戒惧之不可以怠。在军，无日不讨军实而申儆之[14]，于胜之不可保，纣之百克，而卒无后。训之以若敖、蚡冒[15]，筚路蓝缕[16]，以启山林[17]。箴之曰[18]：「民生在勤，勤则不匮。」不可谓骄。先大夫子犯有言曰：「师直为壮，曲为老。」我则不德，而徼怨于楚。我曲楚直，不可谓老。其君之戎，分为二广[19]，广有一卒[20]，卒偏之两[21]。右广初驾[22]，数及日中；左则受之，以至于昏[23]。内官序当其夜[24]，以待不虞[25]，不可谓无备。子良，郑子良也；师叔，楚之崇也[26]。师叔入盟，子良在楚，楚、郑亲矣。来劝我战，我克则来，不克遂往，以我卜也[27]！郑不可从。』赵括、赵同曰：『率师以来，唯敌是求。克敌得属，又何俟？必从彘子！』知季曰[28]：『原、屏[29]，咎之徒也[30]。』赵庄子曰[31]：『栾伯善战[32]！实其言[33]，必长晋国[34]。』

注释

①沈尹：人名。②子重：即公子婴齐。③子反：即公子侧。④嬖人：宠臣。⑤南辕：回车向南。反旆：倒转军中大旗。旆，军前大旗。⑥专行不获：想专行而不得。⑦听而无上：想听从命令又没有上司。⑧君而逃臣：国君逃避臣下。楚庄王为君，晋荀林父为臣。⑨管：地名，今河南郑州市。⑩敖、鄗：二山名，俱在今河南省荥阳县之北一带。⑪皇戌：郑卿。⑫栾武子：即栾书。⑬讨：治理。⑭军实：军中指战员。申儆：反复告诫官兵。⑮若敖、蚡冒：二人

皆为楚国先君。⑯筚路：简陋的柴车。蓝缕：破旧的衣服。⑰启：开辟，开发。⑱箴：规劝，告诫。⑲二广：楚君之亲兵、其车分为左右二部分，称为二广。⑳广有一卒：每部有战车三十辆。楚以三十辆战车为一卒。㉑卒偏之两：每卒又分为两偏，即每偏有战车十五辆。㉒初驾：先驾车。㉓昏：黄昏。㉔内官：国王左右亲近大臣。序当其夜：按照次序值夜当班。㉕不虞：意外。㉖崇：尊崇者。㉗以我卜：用我们的胜负来作占卜。即晋胜则服晋，晋败则服楚。㉘知季：知庄子荀首。㉙原、屏：原，指赵同；屏，指赵括。㉚咎之徒：取祸之道。徒，借为途。㉛赵庄子：即赵朔，赵括之侄，为晋下军将。㉜栾伯：栾书。㉝实其言：实行栾书之言，照栾书的话办。实，实践。㉞必长晋国：必使晋国长久安定。

译文

楚庄王北上，军队驻扎在郔地。沈尹统帅中军，子重率领左军，子反率领右军，准备在黄河饮马以后就回国。这时听到晋国军队已经渡过黄河，楚庄王打算回去，宠臣伍参想和晋军决战。令尹孙叔敖不想干，说：『往年进入陈国，今年进入郑国，不是没有战事。打起来以后如果不能取胜，伍参的肉足够吃吗？』伍参说：『如果作战得胜，孙叔就是没有智慧。不能得胜，参的肉将会在晋军那里，哪能吃得上呢？』令尹回车向南，倒转旌旗。伍参对楚庄王说：『晋国执掌政权的是新人，不能行使命令。他的副手先縠武断自用，不愿意听从命令。他们的三个统帅，想要专权行事而不能办到。想要听从命令而没有上级领导，大军听从谁的命令？这一次，晋军一定失败。而且国君逃避臣下，国家怎么能受这耻辱？』楚庄王听了很不痛快，告诉令尹把战车改而向北，驻扎在管地等待。

晋国军队驻在敖、鄗两山之间。郑国的皇戌出使到晋军中，说：『郑国追随楚国，是为了保存国家的缘故，对晋国并没有三心二意。楚军多次得胜而自大起来，他们在外面已经很长时间而气衰，又不设防御。您攻打他们，郑国的军队作为后继，楚军必然失败。』先縠说：『打败楚国、降服郑国，就在此一举了。一定要答应皇戌的请求！』栾书说：『楚国自从战胜庸国以来，他们的国君没有一天不用以下的方式统治国内的人们：以百姓生计的艰难、祸患很快就会到来、戒备警惕不能懈怠来教训他们。在军队里没有一天不用以下的方式治理军官兵士：以胜利的不能永远保有、纣得到一百次胜利而最终没有结果来命令告诫他们。用若敖、蚡冒乘坐柴车、穿着破衣开辟山林的事迹来教育他们。告诫说：「百姓的生计在于勤劳，如果勤劳就没有匮乏。」这就不能说他们骄傲。先大夫子犯说过：「出兵作战，理直就是气壮，理曲就是气衰。」我们所做的不合乎道德，又与楚国结怨。我们理曲而楚国理直，这就不能说他们士气衰落。他们国君的战车分为左右二广，每广有战车一卒三十辆，每卒又分左右两偏。右广先套车，数着时间等到中午，左广会替换它，直至晚上。左右近臣按次序值夜，以防备意外，这就不能说没有防备。子良，是郑国的突出人物；师叔，是楚国地位尊贵的人物。师叔进入郑国结盟，子良作为人质住在楚国，楚国和郑国是关系很密切的。他们来劝我们作战，我们战胜就来归服，不胜就去投奔楚国，这是用我们占卜呢！郑国的话不能听从。』赵括、赵同说：『率军而来，就是为了寻求敌人。战胜敌人得到属国，又等待什么？所以必然要听从彘子的话！』荀首说：『原、屏的主意，是一条取祸之道。』赵庄子说：『栾伯好啊！如果实践他的话，必然能使晋国长久。』

原文

楚少宰如晋师[1]，曰：『寡君少遭闵凶[2]，不能文。闻二先君之出入此行也[3]，将郑是训定[4]，岂敢求罪于晋[5]？二三子无淹久[6]！』随季对曰[7]：『昔平王命我先君文侯曰：「与郑夹辅周室[8]，毋废王命。」今郑不率[9]，寡君使群臣问诸郑，岂敢辱候人[10]？敢拜君命之辱。』彘子以为谄，使赵括从而更之，曰：『行人失辞。寡君使群臣迁大国之迹于郑[11]，曰：「无辟敌[12]！」群臣无所逃命。』

楚子又使求成于晋，晋人许之，盟有日矣⑬。楚许伯御乐伯，摄叔为右，以致晋师⑭。许伯曰：『吾闻致师者，御靡旌、摩垒而还⑮。』乐伯曰：『吾闻致师者，左谢以菆⑯，代御执辔，御下两马⑰，掉鞅而还⑱。』摄叔曰：『吾闻致师者，右入垒，折馘⑲，执俘而还⑳。』皆行其所闻而复㉑。晋人逐之，左右角之㉒。乐伯左射马而右射人，角不能进，矢一而已。麋兴于前，射麋丽龟㉓。晋鲍癸当其后，使摄叔奉麋献焉，曰：『以岁之非时，献禽之未至㉔，敢膳诸从者㉕。』鲍癸止之，曰：『其左善射，其右有辞，君子也。』既免㉖。

注释

①少宰：官名，各国多有设置，或为太宰之副手。②闵凶：忧患。③此行：这条道路，指从楚至郑。④将郑是训定：即『将训定郑』的倒装。是为了训诫安定郑国。训定，教导、安定。⑤求罪于敌：即并不是与晋为敌。求罪，得罪。⑥二三子：指晋诸将。无淹久：不必久留。⑦随季：即随武子、士会。⑧夹辅：共同辅佐。⑨不率：不遵循。率，循也。⑩候人：本为官名，为道路迎送宾客的官吏。这里指楚少宰。⑪迁大国之迹于郑：使楚军全部离开郑国不留踪迹。迁，为迁出。大国，指楚。⑫辟：同避。⑬盟有日：已约定盟期。⑭致晋师：向晋军挑战。⑮御靡旌摩垒而还：驾车者疾速行驶，使旌旗偃倒，迫近敌人营垒而返回。⑯菆：利箭。⑰两马：一乘四马，中间两匹称服，边上两匹称骖。两马就是把两服、两骖排列整齐。⑱掉鞅：整理马颈上的皮带。掉，整理。⑲折馘：杀死敌人，割取左耳。⑳执俘：捉回俘虏。㉑行其所闻：按其所听到的去实行。㉒左右角之：从左右两角夹攻。㉓射麋丽龟：射中了麋的背部。丽，正中；龟，禽兽的背部。㉔献禽：即献兽。㉕膳诸从者：进献给从者充当膳食。㉖既免：使三人都免于被俘。

译文

楚国的少宰到晋军中去，说：『寡君年轻遭遇祸患，不善于言辞。听到两位先君来往在这条道路上，就是准备对郑国教导而使其安定，怎么敢得罪晋国？您几位不要待得时间太长了！』士会回答说：『以前平王命令我们的先君文侯说：「和郑国共同辅佐周王室，不要抛弃天子的命令。」现在郑国不听从天子的命令，寡君派遣下臣们向郑国质问，怎么敢劳动候人？谨拜谢君王的命令。』先縠认为这样的回答是讨好楚国，派遣赵括跟上去更正说：『行人说得不合适。寡君使臣下们把大国的脚印挪出郑国，说：「不要躲避敌人！」臣下们没有地方逃避命令。』

楚庄王又派使者向晋国求和，晋国人答应，已约定好结盟的时间了。楚国的许伯为乐伯驾驭战车，摄叔作为车右，向晋军单车挑战。许伯说：『我听闻单车挑战，御者疾驰而使旌旗倒下、进逼敌营，然后回来。』乐伯说：『我听闻单车挑战，车左用利箭射敌，代替征者执掌马缰，御者下车，整齐马匹，收拾好马脖子上的皮带，然后回来。』摄叔说：『我听说单车向敌人宣战，车右进入敌营，杀死敌人折取左耳、抓住俘虏，然后回来。』这三个人都遵循他所听到的办事而后回来。晋国人追杀他们，左右两角夹攻。乐伯左边射马，右边射人，使两角不能前进，直至箭剩下了一支。有麋在前面出现，乐伯射麋正中背部。晋国的鲍癸正在后面，乐伯让摄叔拿着麋献给他，说：『今年还不到时令，应当奉献的禽兽没有来，谨供上它给您的随从作为膳食。』鲍癸阻止部下不再追击，说：『他们的车左善于射箭，车右很会说话，都是君子啊。』因此这三个人全都免于被俘。

原文

晋魏锜求公族①，未得而怒，欲败晋师。请致师，弗许。请使，许之。遂往，请战而还。楚潘党逐之②，及荧泽，见六麋，射一麋以顾献曰③：『子有军事，兽人无乃不给于鲜④？敢献于从者。』叔党命去之⑤。赵旃求卿未得⑥，且怒于失楚之致师者，请挑战，弗许。请召盟，许之。与魏锜皆命而往。郤献子曰⑦：『二憾往矣⑧，弗备必败⑨。』彘子曰：『郑人劝战，弗敢从也；楚人求成，弗能好也。师无成命⑩，多备何为？』士季曰：『备之善。若二子怒楚，楚人乘我⑪，丧师无日矣。不如备之。楚之无恶，除备而盟，何损于好？若以恶来，有备不败。且虽诸侯相见，军卫不彻，警也。』彘子不可。

士季使巩朔、韩穿帅七覆于敖前⑫，故上军不败。赵婴齐使其徒先具舟于河，故败而先济。

注释

①魏锜：又名厨武子、吕锜。公族：公族大夫。②潘党：潘尫之子。③顾献：回车献给潘党。④兽人：官名，掌猎获禽兽。⑤叔党：即潘党。命去之：命令部下离去勿追。⑥赵旃：赵穿之子。⑦郤献子：郤克。⑧二憾：两个心怀怨恨的人，指魏锜与赵旃。憾，恨，即心怀不满。⑨弗备必败：晋不作迎战准备，必定失败。⑩师无成命：指挥大军没有一定的命令。⑪乘：趁机掩杀。⑫七覆：七队伏兵。敖前：敖山之前。

译文

晋国的魏锜请求做公族大夫没能达到愿望，因而大怒，想要让晋军失败。请求单车挑战，没有得到同意。请求出使，终于被应允了。于是就去到楚军中，请战以后而回到晋国。楚国的潘党追杀他，到达荧泽，魏锜看到六只麋，便射死一只，回车献给潘党，说：『您有军事在身，兽人可能不会供给新鲜的野兽吧？我恭敬地以此奉献给您的随从。』潘党下令不再追赶。赵旃请求做卿没有得到，而且对于失掉楚国单车挑战的人很气愤，就请求领兵挑战，没有得到允许。请求召请楚国人前来结盟，允许了。赵旃和魏锜都受命而前去，郤克说：『两个心怀不满的人去了，会挑起事端来的，不加防备，必然失败。』先縠说：『郑国人劝我们作战，不敢听从；楚国人求和，又不能相处友好了。领兵没有固定的策略，多加防备做什么？』士会说：『防备他们有好处。如果这两位激怒楚国，楚国人趁机掩袭，立刻可以丧失军队。不如警惕他们。楚国人没有歹意，撤除戒备而结盟，哪里会有害于友好？如果带着恶意前来，有了防备，不会失败。而且即使是诸侯互相会面，军队的守卫也不加撤除，这就是警惕。』先縠没答应。

士会派遣巩朔、韩穿统帅七队伏兵隐藏在敖山之前，因此上军不败。赵婴齐派遣他的部下先在黄河准备船只，因此战败以后而能先渡过河去。

原文

潘党既逐魏锜，赵旃夜至于楚军，席于军门之外①，使其徒入之。楚子为乘广三十乘，分为左右。右广鸡鸣而驾，日中而说；左则受之，日入而说。许偃御右广，养由基为右；彭名御左广，屈荡为右。乙卯，王乘左广以逐赵旃。赵旃弃车而走林②，屈荡搏之，得其甲裳。晋人惧二子之怒楚师也，使軘车逆之③。潘党望其尘，使骋而告曰：『晋师至矣！』楚人亦惧王之入晋军也，遂出陈。孙叔曰：『进之！宁我薄人，无人薄我④。《诗》云：「元戎十乘，以先启行。」先人也⑤。《军志》曰：「先人有夺人之心⑥。」薄之也。』遂疾进师，车驰卒奔，乘晋军。桓子不知所为，鼓于军中曰：『先济者有赏。』中军、上军争舟，舟中之指可掬也⑦。

晋师右移，上军未动。工尹齐将右拒卒以逐下军⑧。楚子使唐狡与蔡鸠居告唐惠侯曰⑨：『不谷不德而贪，以遇大敌，不谷之罪也。然楚不克，君之羞也，敢藉君灵，以济楚师。』使潘党率游阙四十乘⑩，从唐侯以为左拒，以从上军。驹伯曰⑪：『待诸乎⑫？』随季曰：『楚师方壮，若萃于我，吾师必尽，不如收而去之。分谤生民⑬，不亦可乎？』殿其卒而退，不败。

注释

①席于军门之外：铺席坐在楚军营门外。②走林：跑入林中。③軘车：兵车的一种，用作屯守。④宁我薄人，无人薄我：宁可使我军迫近敌人，不让敌人迫近我军。薄，迫近。⑤先人：先发制人，争取主动。⑥夺人之心：夺去敌

人的斗志。⑦舟中之指可掬：船中的断指可以用手捧起来。即晋军争相上船，先上者或恐舟沉，或恐敌兵追至，以兵器砍断后上者的手指。掬，捧。⑧工尹齐：楚大夫。工尹，为楚官名，齐为人名。右拒：右侧之楚军方阵。⑨唐狡、蔡鸠居：二人皆为楚大夫。唐惠侯：唐国君主。唐，国名，姬姓，故城在今湖北省随县西北唐县镇。⑩游阙：在战场上巡视何处吃紧，即行补阙的机动战事。⑪驹伯：郤克之子郤锜。⑫待：抵御。⑬分谤生民：分担战败的谴责，保全士兵的生命。

译文

潘党赶走了魏锜，赵旃在夜里到达楚军那里，铺开席子坐在军营门之外，召令他的部下先进去。楚庄王的战车一广三十乘，共分为左右两广。右广在早晨鸡叫的时候套车，到了中午才卸车；左广就接替它，到了黄昏才卸车。许偃驾驭右广的指挥车，养由基作为车右；彭名驾驭左广的指挥车，屈荡充当车右。六月某日，楚庄王乘坐左广的指挥车以紧追赵旃。赵旃丢掉车子跑进树林里，屈荡和他展开搏斗，缴获了他的甲裳。晋国人害怕这两个人激怒楚军，让驻守的战车前去接他们回国。潘党远望飞起来的尘土，派战车奔驰报告说：『晋国的军队来了！』楚国人也害怕楚庄王陷入晋军，就出兵列阵迎战。孙叔说：『前进！宁可我们向敌人逼近，不能让敌人迫近我们。《诗经》说，「战车十辆，冲在前面开道。」这是要抢敌之先。《军志》说：「抢在敌人前面可以夺去敌人的斗志。」这是要主动迫近敌人。』因此就迅速地进军，战车骤驱、士卒奔跑，攻打晋军。荀林父不知所措，在军中击鼓宣布说：『先渡河的有赏。』中军、下军争相上船，先上船的人用刀砍断紧抓着船舷人的手指，船中的断指多得可以用手捧起来。

晋军向右转移，上军没有动。工尹齐统帅右方阵的士兵以追击晋国的下军。楚庄王派唐狡和蔡鸠居报告唐惠侯说：『我无德而贪图功劳，而又遭遇强大的敌人，这是我的罪过。楚国如果失败，这是君王的羞耻。谨借重君王的威灵，以辅佐楚军成功。』派遣潘党率领后备的战车四十辆，跟随唐侯作为左方阵，以迎战晋国的上军。驹伯说：『抵抗他们吗？』士会说：『楚军的士气正兴旺，如果集中兵力进攻我们，我们的军队一定会被消灭，不如收兵离开。分担对失败的怪罪、保全士兵的生命，不也是可以的吗？』于是就亲自作为上军的后殿而退兵，结果没有战败。

原文

王见右广，将从之乘。屈荡户之[1]，曰：『君以此始，亦必以终。』自是楚之乘广先左。

晋人或以广队不能进[2]，楚人惎之脱扃[3]。少进，马还[4]，又惎之拔旆投衡[5]，乃出。顾曰：『吾不如大国之数奔也[6]。』

注释

①户：阻止。②广队：兵车陷入坑中。广，兵车；队，同『坠』。③惎：教。④还：盘旋。⑤拔旆投衡：拔掉军旗，扔掉车轭。⑥大国：指楚国。数奔：经常逃跑。

译文

楚庄王见右广，准备乘坐。屈荡劝阻说：『君王乘坐左广开始作战，也必然要乘坐它结束战争。』从此楚国的乘广改以左广为先。

晋国人有战车陷在坑里挪动不了，楚国人教他们抽去车前横木以拔出陷坑。走不多远，马滞步不前，楚国人又教他们拔掉大旗、扔掉车轭，这样才逃了出去。晋军扭回头来说：『我们可不像大国的人经常逃跑，非常有经验。』

原文

赵旃以其良马二[1]，济其兄与叔父，以他马反。遇敌不能去，弃车而走林。逢大夫与其二子乘，谓其二子无顾[2]。

顾曰：『赵傁在后[3]。』怒之，使下，指木曰：『尸女于是[4]。』授赵旃绥[5]，以免。明日以表尸之[6]，皆重获在木下[7]。

楚熊负羁囚知罃[8]。知庄子以其族反之，厨武子御，下军之士多从之。每射，抽矢，菆，纳诸厨子之房[9]。厨子怒曰：『非子之求而蒲之爱[10]，董泽之蒲[11]，可胜既乎[12]？』知季曰：『不以人子，吾子其可得乎？吾不可以苟射故也。』射连尹襄老[13]，获之，遂载其尸；射公子谷臣[14]，囚之。以二者还。

及昏，楚师军于邲[15]。晋之余师不能军，宵济[16]，亦终夜有声[17]。

注释

①良马二：良马，好马、快马；二，指两服两骖，实为四马。②无顾：不要回头看。③赵傁：傁同『叟』，老人。此指赵旃。④尸女于是：逢大夫怒二子多事，令其下车，指路边之树说：『以后就在这里为你们收尸。』女，同汝。⑤绥：登车的绳索。⑥以表尸之：按标记收其尸骨。⑦皆重获在木下：皆得二子尸于树下。⑧熊负羁：楚大夫。知罃：知庄子之子。⑨厨武子：即魏锜。房：箭袋。⑩非子之求：『非求子』的倒装，即不去救儿子。而蒲之爱：反而爱惜蒲柳。蒲柳常用以做箭杆。⑪董泽：地名，在今山西省闻喜县东北四十里。⑫胜既：取完。既，取。⑬连尹襄老：楚臣襄老。连尹，楚官名；襄老，人名。⑭公子谷臣：楚王之子。⑮邲：地名，在今郑州市西北部。⑯宵济：夜间渡河。⑰终夜有声：整夜喧嚣之声不绝。

译文

赵旃用他的好马两匹乘载他的哥哥和叔父逃跑，而用别的马驾车回来。每当碰上敌人不能逃脱，就丢掉战车逃进树林里。逢大夫和他两个儿子坐在车上，告诉他两个儿子不要回头看望。儿子回头看望说：『赵老头儿在后边。』逢大夫非常生气，让他们下车，指着树木说：『在这里收你们的尸首。』把拉着上车的绳子给了赵旃，赵旃登上战车，所以才逃脱。第二天，按照标志前去收尸，在树下果然看见了两个叠压的尸首。

楚国的熊负羁囚禁了知罃，荀首率领他的部属转回来，魏锜驾驭战车，下军的士兵有许多跟着回来。荀首每次发射，抽箭，遇上是利箭，就放在魏锜的箭里。魏锜发怒说：『不去寻找儿子，反而爱惜蒲柳，董泽的蒲柳，难道害怕用得完吗？』荀首说：『不得到别人的儿子，我的儿子难道就可以得到吗？利箭我是不能轻易地射出去的。』后来射中了连尹襄老，得到他的尸首，就用战车装上；射中公子谷臣，囚禁起来。荀首带了这两个人回去。

傍晚时候，楚军驻扎邲地。晋国剩余的士兵已经溃不成军，夜里渡河，吵闹叫嚷，足有一夜。

原文

丙辰，楚重至于邲[1]，遂次于衡雍[2]。潘党曰：『君盍筑武军[3]，而收晋尸以为京观[4]？臣闻克敌必示子孙，以无忘武功。』楚子曰：『非尔所知也。夫文[5]，止戈为武。武王克商，作《颂》曰：「载戢干戈[6]，载櫜弓矢[7]。我求懿德，肆于时夏[8]，允王保之[9]。」又作《武》，其卒章曰[10]：「耆定尔功[11]。」其三曰[12]：「铺时绎思[13]，我徂惟求定[14]。」其六曰：「绥万邦，屡丰年。」夫武，禁暴、戢兵、保大、定功、安民、和众、丰财者也[15]，故使子孙无忘其章[16]。今我使二国暴骨，暴矣；观兵以威诸侯，兵不戢矣；暴而不戢，安能保大？犹有晋在，焉得定功？所违民欲犹多[17]，民何安焉？无德而强争诸侯，何以和众？利人之几[18]，而安人之乱[19]，以为己荣，何以丰财？武有七德，我无一焉，何以示子孙？其为先君宫[20]，告成事而已，武非吾功也。古者明王伐不敬，取其鲸鲵而封之[21]，以为大戮，于是乎有京观，以惩淫慝[22]。今罪无所[23]，而民皆尽忠以死君命，又可以为京观乎？』祀于河，作先君宫，告成事而还。

注释

①重：辎重。②衡雍：地名，在今河南省原武县西一带。③盍：何不。武军：收集晋军尸体掩埋封土。④京观：掩埋晋军尸体，垒成一座高丘，上树阙形建筑，称京观。京，大丘、商丘。⑤文：文字。⑥载戢干戈：收藏干戈。载，句首助词；戢，止、敛。⑦载櫜弓矢：装裹起弓箭。櫜，箭袋。⑧肆于时夏：陈于夏乐之中。肆，陈；时，是；夏，乐歌名。⑨允王保之：成就王业保有天下。允，句首助词。⑩卒章：最末一章。⑪耆：致。⑫其三：第三章。⑬铺时绎思：铺陈。绎，陈；思，句末助词。⑭徂：往。求定：求得安定。⑮保大：保持强大。⑯无忘：勿忘。无，通『勿』。⑰违民欲：违背百姓愿望。⑱几：危难。⑲安：安于。⑳为先君宫：修建先君祖庙。㉑鲸鲵：海中大鱼，这里指罪魁。㉒淫慝：罪恶，这里指不敬。㉓罪无所：无所归罪。

译文

六月某日，楚军的辎重到达邲地，军队就移驻在衡雍。潘党说：『君王为什么不建筑起武军以收取晋国人的尸首建立京观？下臣闻言战胜了敌人必定要有纪念物给子孙看到，以不忘记武功。』楚庄王说：『这是你所不知的。说到文字，止戈合起来是个武字。武王战胜商朝，作《颂》说：「收拾干戈，包藏弓箭。我追求那美德，陈于这《夏》乐之中，成就王业而使天下得以统治。」又作《武》篇，它的最后一章说：「得以巩固你的功业。」它的第三章说：「布陈先王的美德而加以发扬，我前去进攻它只是为了求得安定。」它的第六章说：「安定万邦，常有丰年。」武功，是用来禁止强暴、消弭动荡、保持强大、巩固功业、安定百姓、协调大众、丰富财物的，因此要让子孙不要忘记他的大功。现在我让两国士兵死者无数，这是强暴了；夸耀武力以使诸侯震慑，战争不能消弭了；强暴而不消弭战争，哪里能够保有强大？还有晋国存在，哪里能够巩固功业？所背离百姓的愿望还很多，百姓哪里能够安定？如果没有德行而勉强和诸侯相争，用什么调和大众？以别人的危难作为自己的利益，坐着观看别人的动乱，以此引为光荣，用什么丰富财物？武功具有七种德行，我没具有其中任意一种，用什么昭示子孙？还是修建先君的神庙，报告战争胜利就算告终了，武功不是我的功业。古代圣明的君王征伐对上不尊重的国家，抓住它的罪魁祸首杀掉埋葬，作为一次大杀戮，这样才有了京观以惩戒罪恶。如今并不能肯定晋国的罪过在哪里，而士卒都忠于职守而为执行国君的命令而死，又难道能建造京观吗？』楚庄王说完，就在黄河边上祭祀河神，修建先君的神庙，宣布战争胜利而后回国。

原文

是役也，郑石制实入楚师①，将以分郑而立公子鱼臣②。辛未③，郑杀仆叔及子服④。君子曰：『史佚所谓「毋怙乱」者，谓是类也。《诗》曰：「乱离瘼矣⑤，爰其适归⑥？」归于怙乱者也夫！』

郑伯、许男如楚。

秋，晋师归，桓子请死⑦，晋侯欲许之。士贞子谏曰⑧：『不可。城濮之役，晋师三日谷，文公犹有忧色。左右曰：「有喜而忧，如有忧而喜乎？」公曰：「得臣犹在，忧未歇也。困兽犹斗，况国相乎？」及楚杀子玉⑨，公喜而后可知也，曰：「莫余毒也已⑩。」是晋再克而楚再败也，楚是以再世不竞⑪。今天或者大警晋也，而又杀林父以重楚胜，其无乃久不竞乎？林父之事君也，进思尽忠，退思补过，社稷之卫也⑫，若之何杀之？夫其败也，如日月之食焉，何损于明？』晋侯使复其位。

注释

①郑石制实入楚师：郑之石制做了奸细，实际上是他引导楚军攻入郑国。②分郑：将郑国分成两半，一半给楚国，另一半立公子鱼臣为君。③辛未：七月二十九日。④仆叔：即公子鱼臣。子服：石制。⑤瘼：疾苦。⑥爰其适

归：将要归到何处。爰，用作焉。⑦请死：请处以死罪。⑧士贞子：士渥浊，亦称士伯、士贞伯。⑨子玉：即得臣。⑩莫余毒：没有人能加害于我。⑪再世不竞：楚成王、楚穆王两代不得强胜。⑫社稷之卫：国家的捍卫者。

译文

这次战役，郑国的石制把楚国军队引进来，准备分割郑国，然后立公子鱼臣为国君。七月二十九日，郑国除掉了鱼臣和石制。君子说：『史佚所谓「不要依仗动乱」，说的就是这一类人。《诗》说：「动乱离散是如此厉害，有哪里可以归宿？」这是归罪于靠动乱来从中为自己捞取利益的人吧！』

郑襄公、许昭公去到楚国。

秋，晋国军队回到本国，荀林父请求处自己以死罪，晋景公准备答应。士贞子劝谏说：『不可。城濮那一役，晋军三天吃着楚军留下的粮食，文公还面有忧虑。左右说：「有了喜事而忧愁，那么有了忧事反倒喜悦吗？」文公说：「得臣还在，忧愁还结束不了。被困的野兽要争斗一下，何况是一国的宰相呢？」后来等到楚国杀了得臣，文公喜形于色，说：「没有人来害我了。」这是晋国的又一次胜利并且是楚国的再次失败，楚国因为这个两世都不能强盛。现在上天或者是要大大地警戒晋国，但又杀了林父以增加楚国的胜利，这可能会好久不能强盛的吧？林父的事奉国君，进，想着竭尽忠诚；退，想着纠正过失。是国家的捍卫，怎么能杀掉他？即使他的失败，如同日食月食，哪里会损害日月的光明？』晋景公就让他官复原位。

原文

冬，楚子伐萧。宋华椒以蔡人救萧。萧人囚熊相宜僚及公子丙。王曰：『勿杀，吾退。』萧人杀之。王怒，遂围萧。萧溃。

申公巫臣曰[1]：『师人多寒[2]。』王巡三军，拊而勉之。三军之士，皆如挟纩[3]。遂傅于萧[4]。还无社与司马卯言[5]，号申叔展[6]。叔展曰：『有麦曲乎[7]？』曰：『无。』『有山鞠穷乎[8]？』曰：『无。』『河鱼腹疾奈何[9]？』曰：『目于眢井而拯之[10]。』『若为茅绖[11]，哭井则己。』明日，萧溃。申叔视其井，则茅绖存焉，号而出之。

晋原縠、宋华椒、卫孔达、曹人同盟于清丘[12]，曰：『恤病，讨贰。』于是卿不书，不实其言也[13]。

宋以盟故，伐陈。卫人救之，孔达曰：『先君有约言焉[14]。若大国讨，我则死之。』

注释

①申公巫臣：屈荡之子屈巫，字子灵，为楚申县尹。②师人多寒：军中士兵多寒冷。③挟纩：披上丝绵。纩，丝绵。④傅：逼近。⑤还无社：萧国大夫。司马卯：楚国大夫。⑥申叔展：楚国大夫。⑦麦曲：酿酒的酵母。⑧山鞠穷：即川芎，根可入药。⑨河鱼腹疾：当时习语，指风湿病。⑩眢井：废井、枯井。⑪茅绖：草绳。⑫清丘：卫国地名，在今河南省濮阳县东南一带。⑬不实其言：因他们未能实行盟约上的诺言。⑭先君有约言：先君指卫成公，曾与陈共公有旧好，故卫孔达欲背盟救陈。

译文

冬，楚庄王进攻萧国。宋国华椒统帅蔡军救援萧国。萧军把熊相宜僚和公子丙关押起来。楚庄王说：『不要杀，我退兵。』萧军杀了他们。楚王大怒，就包围了萧国。萧国瓦解。

申公巫臣说：『军队里的人大多很冷。』楚庄王巡视三军，抚慰并且鼓励士兵们。三军的战士心里暖融融的好，像披上了丝绵。军队就前进而逼近萧城。

溪山泛艇图　明·张路

此图写远山隐约起伏，近岩苍松虬屈盘空，水鸟低掠于明净溪面，景色清旷雄奇，其间有一士人泛舟于溪山之间，笔墨坚实浑厚，但有清空之意韵。作者是继戴进、吴伟之后的浙派著名画家张路，他的画作进一步发挥了前者笔墨遒劲纵肆的特长。

还无社告诉司马卯，将申叔展招呼出来。申叔展说：『你有麦曲吗？』还无社说：『没有。』『有山鞠穷吗？』还无社说：『没有。』『身患风湿病怎么办？』还无社说：『仔细看枯井就可以拯救我。』『你在井上放一根草绳子，有在井上哭的人那就是我。』第二天，萧国崩溃。申叔展看到井上有草绳子在那里，就失声痛哭，把还无社救出枯井。

晋国的原縠、宋国的华椒、卫国的孔达、曹人一起在清丘缔结盟约，说：『周济有困难的国家，攻打不专心一意的国家。』对这次盟会《春秋》没有记载卿的姓名，这是由于没有实践盟约。

宋国为了盟约，进攻陈国。卫军救援陈国，孔达说：『先君曾有过约定，因此要救援陈国。如果大国进攻我们，我愿意为此而死去。』

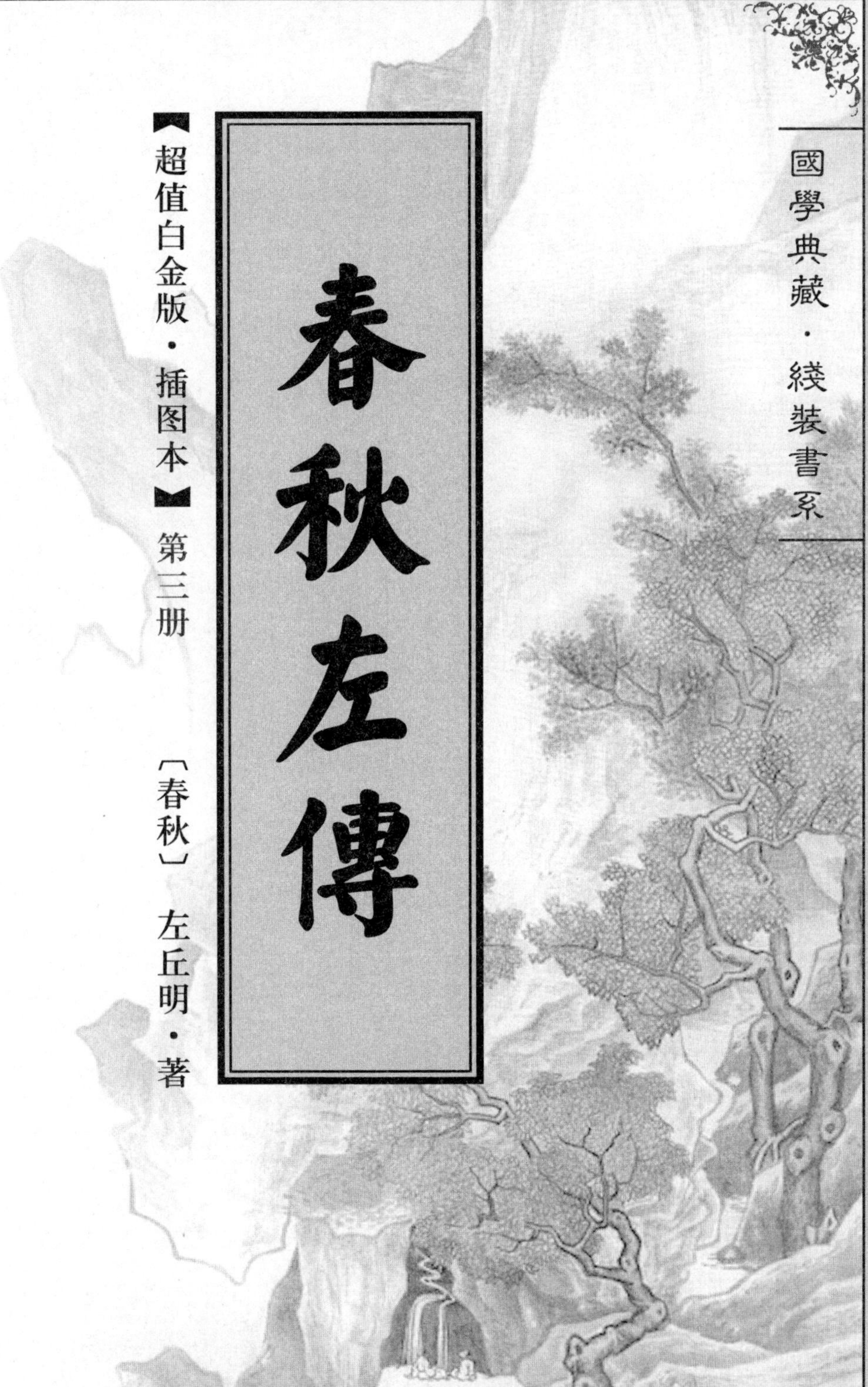

國學典藏·綫裝書系

春秋左傳

【超值白金版·插图本】第三册

〔春秋〕左丘明·著

江西美術出版社

宣公十三年

原文

十三年春，齐师伐莒，莒恃晋而不事齐故也。

夏，楚子伐宋，以其救萧也。君子曰：『清丘之盟[1]，唯宋可以免焉[2]。』

秋，赤狄伐晋，及清，先縠召之也。

冬，晋人讨邲之败，与清之师，归罪于先縠而杀之，尽灭其族。君子曰：『「恶之来也，己则取之。」其先縠之谓乎[3]！』

清丘之盟，晋以卫之救陈也，讨焉。使人弗去，曰：『罪无所归，将加而师。』孔达曰：『苟利社稷，请以我说，罪我之由。我则为政而亢大国之讨[4]，将以谁任[5]？我则死之。』

注释

①清：即清原，晋地名，在今山西省稷山县东南二十里。②唯宋可以免：只有宋国可以免于被指责。③恶：灾祸。④亢：当。大国之讨：指晋国派人来问罪。⑤将以谁任：我掌郑国之政，还能把责任推给谁呢。

译文

十三年春季，齐军出兵莒国，是由于莒国依仗晋国而不效力于齐国的缘故。

夏季，楚庄王发兵进攻宋国，因为宋国曾经救援萧国。君子认为：『清丘之盟，只有宋国履行了诺言，可以不被指责。』

秋季，赤狄出兵晋国，直达清地，这是晋国大夫先縠招引来的。

溪鹤图　明·吕纪

图绘山涧急流，二鹤站立水中石上。溪畔野花竞发，树上群禽栖息，空中百鸟飞鸣，气氛热烈。画山石多以湿墨渲染，间以斧劈皴。画水多萦回奔腾之势，浪花翻卷之状。此图画法师承南宋院体画家马远而更趋完善，为吕纪的代表作之一。

冬季，晋国人讨论研究邲地战败和赤狄入侵的原因，结果都归罪于先縠，因此就把他杀死了，并且把他的族人也全都杀掉了。君子认为：『「祸患的到来，是他自己导致的。」可能说的就是先縠吧！』

晋国依据清丘之盟，就卫国救援陈国一事进行责难。晋国使者不肯离去，说：『如果你们不交出救援陈国的罪魁祸首，我们将出兵征伐你们。』卫国大夫孔达说：『如果对国家有利，那就把我推出来吧，罪过都在于我。由于是我执政，那么如今大国来怪罪，能把罪责推给谁呢？我情愿为此而死。』

宣公十四年

原文

十四年春，孔达缢而死。卫人以说于晋而免①。遂告于诸侯曰：『寡君有不令之臣达②，构我敝邑于大国③，既伏其罪矣。敢告。』卫人以为成劳④，复室其子⑤，使复其位⑥。

夏，晋侯伐郑，为邲故也。告于诸侯⑦，蒐焉而还⑧。中行桓子之谋也。曰：『示之以整，使谋而来⑨。』郑人惧，使子张代子良于楚⑩。郑伯如楚，谋晋故也。郑以子良为有礼，故召之。

注释

①免：免于为晋讨伐。②不令：不善。③构：构造祸端。④成劳：旧勋。⑤复室其子：又为其子娶妻。⑥复其位：承袭其父禄位。⑦告于诸侯：晋向诸侯通告伐郑。⑧蒐焉而还：只是检阅一下军队就回来了。蒐，为阅兵，检阅车马。⑨使谋而来：使郑自谋而来归附晋国。⑩子张：即公孙黑肱，郑穆公之孙。

译文

十四年春季，孔达上吊身死。卫国人以这件事向晋国解释，从而避免了被攻打。随后卫国通告诸侯说：『敝国国君有一个不好的臣子孔达，在敝国和大国之间制造不和，最近已经将他治罪。谨此通告。』但卫国人还是认为孔达有辅佐成公复国的功劳，因此就把公室的女子嫁给了他的儿子为妻，并让他的儿子继承了孔达的官位。

夏季，晋景公讨伐郑国，这是为了邲地之战中郑国帮助楚国的缘故。晋国向各国通告，又举行了阅兵仪式后就回国了。这是荀林父的策略。他说：『我们向郑国展示严整的军容，让他们主动前来归附我们。』果然郑国人害怕了，就派子张到楚国代替子良做人质。郑襄公又来到楚国，这是为了研究怎样对付晋国的缘故。郑国解释，因为子良有礼让君位的美好德行，因此才召他回国。

原文

楚子使申舟聘于齐①，曰：『无假道于宋②。』亦使公子冯聘于晋，不假道于郑。申舟以孟诸之役恶宋③，曰：『郑昭、宋聋④，晋使不害，我则必死。』王曰：『杀女，我伐之。』见犀而行⑤。及宋，宋人止之。华元曰：『过我而不假道，鄙我也⑥。鄙我，亡也。杀其使者，必伐我。伐我，亦亡也。亡一也⑦。』乃杀之。楚子闻之，投袂而起⑧。屦及于窒皇⑨，剑及于寝门之外⑩，车及于蒲胥之市⑪。秋，九月，楚子围宋。

注释

①申舟：又名文之无良，楚大夫。②无假道于宋：去齐必经宋国。古礼，凡通过他国之境，必先假道，不假道而经行，是把他国视为己地，无礼之甚。楚王不许向宋假道，以借机挑起战端。③恶：得罪。④郑昭、宋聋：郑国明理，宋国糊涂。⑤见犀而行：将犀引见给楚庄王然后出行。犀，申犀，申舟之子。⑥鄙我：以我国为边鄙之地。⑦亡一：一样是亡。⑧投袂：奋袂。⑨屦及于窒皇：随从追到路寝前庭才送上鞋子。屦，鞋；窒皇，路寝前庭。⑩寝门：寝宫之门。⑪蒲胥之市：王宫外面之集市。

译文

楚庄王派申舟到齐国拜问，对他说：『你不必向宋国请求借道，尽管过去。』同时又派公子冯到晋国聘问，也让他不用向郑国借道。过去申舟曾经在鲁文公十年孟诸那次打猎中得罪了宋国，所以他对庄王说：『郑国人通情达理，而宋国人则昏聩不清，派往晋国的人没有危险，而我一定被宋国杀害。』楚庄王说：『他们如果杀了你，我就出兵讨伐他们。』申舟将儿子申犀引见给楚庄王后就出发了。到了宋国，宋国人不让他路过。华元说：『从我国穿过却又不向我们借道，这是把我国当成他们边境内的县城。既然把我们当成边境的县城，事实上就是当我们亡了国。如果杀了他们的使者，他们一定侵犯我们。侵犯我们，也不过就是亡国罢了。反正怎么都是亡国。』所以就杀了申舟。楚庄王听说后，一挥袖子站了起来，就向外走去。侍从追到院子里才把鞋子送上，追到门口才把佩剑送上，一直追到蒲胥街市上才让他坐上车子。秋季，九月，楚庄王发兵包围攻打宋国。

原文

冬，公孙归父会齐侯于谷[1]，见晏桓子[2]，与之言鲁[3]，乐。桓子告高宣子曰[4]：『子家其亡乎[5]！怀于鲁矣[6]。怀必贪，贪必谋人[7]。谋人，人亦谋己。一国谋之，何以不亡？』

孟献子言于公曰[8]：『臣闻小国之免于大国也，聘而献物，于是有庭实旅百[9]；朝而献功，于是有容貌采章嘉淑[10]，而有加货[11]。谋其不免也。诛而荐贿[12]，则无及也。今楚在宋，公其图之！』公说。

注释

①谷：齐地，在今山东省东阿镇。②晏桓子：齐国晏婴之父。③与之言鲁：与其讲说在鲁居高位，受宠信。④高宣子：即高固。⑤子家：公孙归父之字。亡：逃亡。⑥怀于鲁：留恋在鲁所得之禄位。⑦贪必谋人：贪婪必然算计别人。⑧孟献子：即仲孙蔑。⑨庭实旅百：诸侯朝见天子或互相访问，将所送礼物陈列于庭内，称为庭实。旅，陈列。⑩容貌采章嘉淑：泛指华美珍贵之物。⑪加货：额外附加的礼物。⑫荐：进献。

译文

冬季，公孙归父在谷地和齐顷公见面，他见到了晏桓子，晏桓子和他谈到了鲁国，他十分快乐。桓子告诉齐国的高固说：『公孙归父很有可能会逃跑！因为他心里一直在想着鲁国。一旦怀念就必定产生贪心，一有贪心就必定会算计别人。他算计别人，别人也会谋害于他。如果一个国家的人都算计他，他怎么能不逃跑呢？』

孟献子对鲁宣公说：『我闻言，一个小国能免于被大国问罪，最有效的方法就是前去拜见问候，并献上财物，因此大国就有了堆满庭院的种种财礼；小国朝见大国并献上所建功劳，因此大国也就有了形形色色彩斑斓的装饰品，再加上额外的财物。这都是为了避免难以避免的祸患。如果等大国责难问罪时再去行贿送礼，那时就来不及了。如今楚国君王正在宋国，您还是要考虑送礼过去！』宣公听了十分满意。

烟江远眺图　明·朱端

此图画临江平岗峻岭，树木葱茏，岗上二人对坐，居高远眺，一童侍立。江上烟波浩渺，渔舟扬帆；岸上村落人家，楼台宇阁。一派江南水乡山清水秀的迷人景象。此幅画法学郭熙，用笔精劲，墨彩明媚，画风秀润，自成一格。

宣公十五年

原文

十五年春，公孙归父会楚子于宋。

宋人使乐婴齐告急于晋①，晋侯欲救之。伯宗曰②：『不可。古人有言曰：「虽鞭之长，不及马腹。」天方授楚，未可与争。虽晋之强，能违天乎？谚曰：「高下在心③。」川泽纳污④，山薮藏疾⑤，瑾瑜匿瑕⑥，国君含垢⑦，天之道也。君其待之⑧！』乃止。

使解扬如宋⑨，使无降楚，曰：『晋师悉起，将至矣。』郑人囚而献诸楚。楚子厚赂之，使反其言。不许。三而许之。登诸楼车⑩，使呼宋人而告之。遂致其君命。楚子将杀之，使与之言曰：『尔既许不谷而反之，何故？非我无信，女则弃之。速即尔刑！』对曰：『臣闻之，君能制命为义⑪，臣能承命为信⑫，信载义而行之为利⑬。谋不失利，以卫社稷，民之主也。义无二信，信无二命。君之赂臣，不知命也。受命以出，有死无霣⑭，又可赂乎？臣之许君，以成命也。死而成命⑮，臣之禄也⑯。寡君有信臣，下臣获考死⑰，又何求？』楚子舍之以归。

注释

①乐婴齐：宋臣。②伯宗：晋大夫，孙伯起之子。③高下在心：处理事务，或高或下，要用心度量裁决。④川泽纳污：川泽之水中容纳有污浊。⑤山薮藏疾：山林薮泽隐藏毒物。⑥瑾瑜匿瑕：美玉里面也藏有瑕疵。⑦含垢：忍受耻辱。⑧君其待之：君将待楚衰弱而后行事。⑨解扬：晋大夫。⑩楼车：用来望敌人的兵车。⑪制命为义：制订、发布命令合于道义。⑫承命为信：接受、贯彻命令叫做信守。⑬信载义而行：信用通过贯彻道义去执行。⑭霣：同『陨』，落，废弃。⑮死而成命：完成君命而死。⑯臣之禄：是臣之职责。禄，职责。⑰考死：死得其所

译文

十五年春，公孙归父在宋国和楚庄王会面。

宋国人派乐婴齐去到晋国报告有紧急危难，晋景公打算救援宋国。伯宗说：『不可。古人有话说：「鞭子虽长，达不到马腹。」上天正在保佑楚国，不能同它竞争。虽然晋国很强大，能够违逆上天吗？民间有话说：「高高低低，都在心里。」河流湖泊里包容污泥浊水，山林草野里暗藏毒虫猛兽，美玉隐匿有斑痕，国君忍受着耻辱，这是上天的一般道理。君王还是等待吧！』于是晋景公停止进攻。

晋景公派遣解扬到宋国去，让他们不要向楚国投降，告诉他们：『晋国的军队都已经出发，将要到达了。』路过郑国，郑人将他关押起来献给楚国。楚庄王给了他很多钱，让他把话反过来说。解扬不同意。三次以后才同意了。楚国人让解扬登上楼车，向宋国人高声喊话。解扬就趁此机会传达晋君的命令。楚庄王打算杀死他，派人对他说：『你既然已答应去说，如今又反过来，是什么原因？不是我们没有信用，而是你失信了。快去领受你的刑罚吧！』解扬回答说：『下臣听说，国君能制订命令就是道义，臣下能承受命令就是信用，信用贯彻了道义去做就是利益。谋划不失去利益，以保卫国家，就是百姓的主人。道义不能有两种信用，信用不能同时接受两个主人的命令。君王贿赂下臣，就是不明白不能接受两种命令的意义。接受了国君的命令而出国，宁可一死而不能废弃国君的命令，难道又可以贿赂吗？下臣之所以应允您，那是为了借此机会完成使命。死而能完成使命，这是下臣的福气。寡君有守信的下臣，下臣便是死得其所，又有什么值得追求的？』于是楚庄王赦免了他让他回去。

原文

夏，五月，楚师将去宋。申犀稽首于王之马前，曰：『毋畏知死而不敢废王命[①]，王弃言焉[②]。』王不能答。申

叔时仆[3]，曰：『筑室反耕者[4]，宋必听命。』从之。宋人惧，使华元夜入楚师，登子反之床[5]，起之，曰：『寡君使元以病告，曰：「敝邑易子而食[6]，析骸以爨[7]。虽然，城下之盟，有以国毙[8]，不能从也。去我三十里，唯命是听。」』子反惧，与之盟而告王。退三十里，宋及楚平。华元为质。盟曰：『我无尔诈，尔无我虞。』

注释

①毋畏：即文之无畏，为申犀之父申舟。②弃言：放弃诺言，失信。③仆：驾车。④筑室反耕：使军队建造房子，让种田人返回。这里为持久之计。⑤子反：楚军主将公子侧。⑥易子而食：交换儿子而吃掉。⑦析骸以爨：劈开尸骨烧火做饭。⑧以国毙：与国俱亡。

译文

夏，五月，楚军准备离开宋国。申犀在楚庄王马前叩头，说：『文之无畏知道死而不敢抛弃君王的命令，君王丢掉自己的话了。』楚庄王答不上话来。申叔时正为楚庄王驾车，说：『造起房子，让种田的人回来，宋国一定听从命令。』楚庄王听从了。宋国人害怕，派华元在夜里进入楚营，登上子反的床，叫他起来，说：『寡君派元把危急情况告诉你，说：「敝邑百姓相互换着儿子杀了吃掉，把尸首拆开来烧着做饭。尽管这样，城下之盟，宁愿让国家灭亡，也是不能屈辱订立的。你们退兵三十里，宋国将唯命是听。」』子反恐惧，就和他盟誓然后报告楚庄王。楚军退兵三十里，宋国与楚国讲和。华元作为人质。两国盟誓说：『我不骗你，你不欺我。』

原文

潞子婴儿之夫人[1]，晋景公之姊也。酆舒为政而杀之[2]，又伤潞子之目。晋侯将伐之。诸大夫皆曰：『不可。酆舒有三俊才[3]，不如待后之人[4]。』伯宗曰：『必伐之。狄有五罪，俊才虽多，何补焉？不祀，一也。耆酒[5]，二也。弃仲章而夺黎氏地[6]，三也。虐我伯姬[7]，四也。伤其君目，五也。怙其俊才，而不以茂德[8]，滋益罪也。后之人或者将敬奉德义以事神人，而申固其命[9]，若之何待之？不讨有罪，曰「将待后」，后有辞而讨焉，毋乃不可乎？夫恃才与众，亡之道也。商纣由之，故灭。天反时为灾，地反物为妖[10]，民反德为乱[11]。乱则妖灾生。故文，反正为乏[12]。尽在狄矣。』晋侯从之。六月癸卯，晋荀林父败赤狄于曲梁[13]。辛亥，灭潞。酆舒奔卫，卫人归诸晋，晋人杀之。

王孙苏与召氏、毛氏争政[14]，使王子捷杀召戴公及毛伯卫[15]。卒立召襄[16]。

注释

①潞子婴儿：赤狄潞国君主。②酆舒：潞国执政之官。③三俊才：三种超人之才艺。④待后之人：不如待其后任无能者，伺机伐之。⑤耆酒：特别好喝酒。耆，同『嗜』。⑥仲章：潞国贤人。黎：本殷商古国名，在今山西省长治县西南部。⑦虐：杀。⑧不以茂德：不修美德。⑨申固其命：重新使国家的命运强固。⑩反物：违反物性。⑪反德：违反为人做事的准则。⑫反正为乏：『正』字的小篆反过来是『乏』。⑬曲梁：潞国地名，今名石梁，在今山西省潞城县北。⑭王孙苏与召氏、毛氏：三人均为周王卿士。⑮王子捷：即王札子。⑯召襄：召戴公之子。

译文

潞子婴儿的夫人，是晋景公的姐姐。酆舒执政以后把她杀死，又损毁潞子的眼睛。晋景公准备出兵攻打他。大夫们都说：『不可。酆舒有三项突出的才能，不如等待他的后任。』伯宗说：『一定要出兵攻打他。狄人有五条罪状，卓越的才能虽然多，有什么好处？不祭祀，这是一。喝酒贪杯，这是二。废弃仲章而夺取黎氏的土地，这是三。杀了我们伯姬，这是四。伤了他国君的眼睛，这是五。仅凭借他自己的突出才能，而不用美德，这就更增加了他的罪过。继任的人或者将会敬奉德义以奉事神灵，而巩固国家的命运，到时又把他怎么办？不出兵攻打有罪的人，说「将要等待以后』，以后找到充分根据再去出兵攻打，恐怕不可以吧？凭借才能和人多，这是亡国之道。商纣按这样去做，因此灭亡。天违反时令就是灾难，地违反物性就是妖异，民众违反道德就是祸乱。有了祸乱也就有妖异和灾难发生。所以在文字上，正字反过来就是乏字。上面这些情况在狄人那里都是存在的。』晋景公听从了。六月十八日，晋国荀林父在曲梁把赤狄战败。二十六日，灭亡潞国。酆舒逃亡到卫国，卫国人把他送到晋国，晋国人杀死了他。

王孙苏和召氏、毛氏争夺政权，让王子捷杀了召戴公和毛伯卫，最后立了召襄为执政卿士。

原文

秋，七月，秦桓公伐晋，次于辅氏①。壬午②，晋侯治兵于稷③，以略狄土④，立黎侯而还。及雒⑤，魏颗败秦师于辅氏⑥，获杜回，秦之力人也。

初，魏武子有嬖妾⑦，无子。武子疾，命颗曰：『必嫁是。』疾病⑧，则曰：『必以为殉！』及卒，颗嫁之，曰：『疾病则乱⑨，吾从其治也⑩。』及辅氏之役，颗见老人结草以亢杜回⑪，杜回踬而颠⑫，故获之。夜梦之曰：『余，而所嫁妇人之父也。尔用先人之治命，余是以报。』

注释

①辅氏：晋地，在今陕西省大荔县东二十里有辅氏城，即其故地。②壬午：二十七日。③稷：晋地，在今山西省稷山县南五十里有稷山，山下有稷亭。传说为晋景公治兵处。④略：强行占取。晋灭潞国，又夺取另外一些狄人的国土。⑤雒：水名，在今大荔县东南部。⑥魏颗：魏犨之子。⑦魏武子：即魏犨。⑧疾病：古时小病称疾，大病称病。疾病连用则是病危。⑨疾病则乱：病危之时则神智昏乱不清。⑩治：与『乱』相对，神志清醒之时。⑪结草以亢杜回：把草结系起来，如同布在地上的套索，用以遮挡杜回。亢，遮挡。⑫踬而颠：被绊而扑倒。

译文

秋，七月，秦桓公进攻晋国，将军队驻扎在辅氏。二十七日，晋景公在稷地举行军事演习，以占取狄人的土地，立了黎侯而后返回。到达雒水，魏颗在辅氏打败秦军，并且俘获了杜回这个秦国的大力士。

当初，魏武子有一个爱妾，没有儿子。魏武子患病，嘱托魏颗说：『等我死以后一定要嫁了她。』病危，又说：『一定让她殉葬！』后来等到魏武子死后，魏颗把她嫁了，说：『病重了就昏乱，我听从他神志清醒时候的话。』等到辅氏这一役，魏颗看到一个老人把草打成结来遮拦杜回。杜回被绊倒在地，所以把他抓捕回来。夜里梦见老人说：『我，是你所嫁女人的父亲。你要按照你先人清醒时候的话办事，我以此作为报答。』

原文

晋侯赏桓子狄臣千室[1]，亦赏士伯以瓜衍之县[2]，曰：『吾获狄土，子之功也。微子[3]，吾丧伯氏矣[4]。』羊舌职说是赏也[5]，曰：『《周书》所谓「庸庸祗祗」者[6]，谓此物也夫！士伯庸中行伯，君信之，亦庸士伯，此之谓明德矣。文王所以造周[7]，不是过也[8]。故《诗》曰：「陈锡哉周[9]。」能施也。率是道也，其何不济？』

晋侯使赵同献狄俘于周，不敬。刘康公曰[10]：『不及十年，原叔必有大咎[11]。天夺之魄矣。』

初税亩，非礼也。谷出不过藉[12]，以丰财也。

冬，蝝生，饥。幸之也。

注释

①狄臣千室：狄之俘虏千家，其所耕之土地也一并赏之。②士伯：亦称士渥浊。瓜衍之县：晋国邑名，在今山西省孝义县北之瓜城。③微：无。④伯氏：指荀林父。⑤羊舌职：晋武公后代叔向之父。⑥庸庸祗祗：用其可用，敬其

可敬。庸，通『用』；祗，敬。⑦造周：创立周朝。⑧不是过也：不过如此吧。⑨陈：布施。哉周：即造周。哉，通『载』。⑩刘康公：即王季子，周臣。⑪原叔：即赵同。咎：大灾祸。⑫藉：借，指商、周以来实行的井田制，奴隶主借奴隶之力为其进行无偿劳动的所谓『藉』法。

译文

晋景公赏给桓子狄人的奴隶一千家，也把瓜衍的县城赏赐给士伯，说：『我获得狄国的土地，是您的功劳。如果没有您，我就损失了伯氏了。』羊舌职对这些赏赐表示高兴，说：『《周书》所谓「使用可用的，尊敬值得尊敬的」，说的就是这一类吧！士伯认为中行伯为可以起用，国君信任他，就任用他，这就叫做明德了。文王之所以能创立周朝，也不超过这个了。因此《诗》说：「把利益普遍地施给天下，创立了周朝。」这是说文王能够施恩于百姓。按照这个道理去做，还有什么不能成功？』

晋景公派赵同到成周奉献俘虏的狄人，表现得不谨慎尊敬。刘康公说：『不到十年，原叔必然有大灾祸。上天已经夺走了他的魂魄了。』

开始按亩征税，这是与礼不符的。过去的征税方法是所征的稻谷不超过『藉』的规定，这是用以增加财富的方法。

冬，蝝虫成灾，造成饥荒。《春秋》之所以记载此事，是表示庆幸没有造成严重灾害。

宣公十六年

原文

十六年春，晋士会帅师灭赤狄甲氏及留吁、铎辰①。

注释

①甲氏及留吁、铎辰：皆为赤狄所属氏族部落名。

译文

十六年春季，晋国的士会率领军队消灭了赤狄的甲氏、留吁和铎辰三个部落。

原文

三月，献狄俘。晋侯请于王。戊申①，以黻冕命士会将中军②，且为大傅③。于是晋国之盗逃奔于秦。羊舌职曰：『吾闻之：「禹称善人④，不善人远。」此之谓也夫。《诗》曰：「战战兢兢，如临深渊，如履薄冰。」善人在上也。善人在上，则国无幸民⑤。谚曰：「民之多幸，国之不幸也。」是无善人之谓也。』

注释

①戊申：二十七日。②黻冕：为当时卿大夫穿戴之礼服。③大傅：官名。大，通『太』。在君左近主管礼刑之官，士会为中军将兼任此官。④称：举拔。⑤幸民：犯法而侥幸逃避之民。

译文

三月，晋国向周王室进献俘虏的赤狄人。晋景公向周天子请求准许提拔士会的官职。二十七日，赐给士会卿大夫的礼服，任命他为中军将领，并且兼任太傅。这时，晋国的盗贼争相逃奔到秦国。羊舌职说：『据我所知：「禹王重用贤人，恶人纷纷远离。」说的就是这种局面吧。《诗》说：「内心极为恐惧，如同面临深渊，又像脚踩薄冰。」这是由于有贤人在位。贤人在上位，国内就没有抱有侥幸心理的人。俗话说：「百姓多存侥幸，国家则有不幸。」这说的是没有贤人的情况。』

原文

夏，成周宣榭火。人火之也。凡火，人火曰『火』，天火曰『灾』。

秋，郯伯姬来归，出也①。

为毛、召之难故，王室复乱。王孙苏奔晋，晋人复之。

冬，晋侯使士会平王室②。定王享之，原襄公相礼③。殽烝④。武子私问其故⑤。王闻之，召武子曰：『季氏⑥，而弗闻乎？王享有体荐⑦，宴有折俎⑧。公当享，卿当宴，王室之礼也。』武子归而讲求典礼，以修晋国之法。

注释

①出：休弃。②平王室：调和周王室卿士之间的矛盾。③原襄公：周王室大夫。相礼：主持典礼。主持人称『相』。④殽烝：古代祭祀或宴会，杀牲，将牲放在俎上叫烝。整个牲体放在俎上，并不煮熟，叫全烝。将半个牲体放在俎上，叫房烝。将牲体支解煮熟，连肉带骨放在俎上叫殽烝。殽，即『肴』，宾主可食。⑤武子：士会谥号。⑥季氏：士会的字。⑦体荐：即房烝。⑧折俎：即殽烝。

译文

夏季，周王室的宣榭着了火。这是人为放火。凡有火灾，人为放火称作『火』，天然起火称作『灾』。

秋季，郯伯姬返回到鲁国，她是被郯国不要了而赶回娘家的。

仿郭熙山水图　佚名

此图画秋江边，千岩竞秀，白云萦绕，树林垂荫，楼台掩映。平静的江面上，闲暇的船夫正在聊天，一群水鸟轻快地掠过水面，境界静谧恬适。画石用圆笔，作卷云皴；画树状如鹰爪，皆为郭熙笔法。画风工致而不乏灵动秀润之气，有宋代院体山水之遗风。

由于毛伯卫、召戴公发起变动的缘故，周王室再次发生了祸乱。王孙苏逃跑到了晋国，没多久晋国人又让他重新恢复了原位。

冬季，晋景公派士会前去镇压周王室之祸乱。周天子以诸侯之礼设酒宴款待他，由原襄公主持典礼。士会看到把切开的带骨肉放到器具上，便问这是干什么用？周天子闻听后，便召见士会说：『士会，你没有听说过吗？天子用食物招待人时，总是要将半个牛放到器具上，用酒饭招待人时，则要将骨肉一并切烂放到器具上。对诸侯要设享礼招待，对卿则要设宴礼招待，这是王室的礼节仪式。』士会回国后，从那开始特别讲究礼仪，从而进一步修明了晋国的法律制度。

宣公十七年

原文

十七年春，晋侯使郤克征会于齐[1]。齐顷公帷妇人[2]，使观之。郤子登[3]，妇人笑于房[4]。献子怒[5]，出而誓曰：『所不此报[6]，无能涉河！』献子先归，使栾京庐待命于齐[7]，曰：『不得齐事[8]，无复命矣。』郤子至，请伐齐。晋侯弗许。请以其私属[9]，又弗许。

注释

①征会于齐：去齐国召请齐顷公参加断道盟会。②帷妇人：让妇人躲在帷幕后面。帷，作动词用；妇人，即齐顷公之母萧同叔子。③郤子：即郤克。登：登上台阶。④笑于房：郤克是跛子，故当其登阶，妇人笑出声来。房，正室左右的厢房。⑤献子：即郤克。⑥所不此报：若不报复这次耻辱。所，假设连词，多用于盟誓。⑦栾京庐：郤克的副手。待命：等待齐顷公的答复。⑧不得齐事：不能完成来齐的使命。⑨私属：郤克的宗族武装。

译文

十七年春，晋景公派遣郤克来到齐国邀请齐顷公参加盟会。齐顷公用帷幕掩藏妇人，让她暗中观看。郤克登上台阶，那妇人在厢房里笑出声来。郤克非常生气，出来发誓说：『不报复这次耻辱，就不能渡过黄河！』郤克先回国，然后让栾京庐在齐国等候命令，说：『不能完成在齐国的使命，就不要回国复命。』郤克返回晋国，请求进攻齐国。晋景公不同意。请求率领宗族去出兵攻打齐国，晋景公也不同意。

原文

齐侯使高固、晏弱、蔡朝、南郭偃会[1]。及敛盂[2]，高固逃归[3]。夏，会于断道[4]，讨贰也[5]。盟于卷楚，辞齐人。

晋人执晏弱于野王[6]，执蔡朝于原，执南郭偃于温。苗贲皇使[7]，见晏桓子。归，言于晋侯曰：『夫晏子何罪？昔者诸侯事吾先君，皆如不逮，举言群臣不信，诸侯皆有贰志。齐君恐不得礼[8]，故不出，而使四子来。左右或沮之[9]，曰：「君不出，必执吾使。」故高子及敛盂而逃。夫三子者曰：「若绝君好，宁归死焉[10]。」为是犯难而来[11]。吾若善逆彼，以怀来者[12]。吾又执之，以信齐沮[13]，吾不既过矣乎？过而不改，而又久之[14]，以成其悔，何利之有焉？使反者得辞[15]，而害来者，以惧诸侯，将焉用之？』晋人缓之[16]，逸[17]。

注释

①高固：即高宣子。晏弱：即晏桓子。蔡朝、南郭偃：均为齐臣。②敛盂：卫地，在今河南省濮阳县东南一带。③高固逃归：高固预料此行将有风险，故途中逃归。④断道：晋地名。⑤讨贰：断道盟会由晋发起，是针对楚及其盟国。讨贰当是要讨伐与楚结盟，与晋有二心的国家。⑥野王：地名，在今河南省沁阳县治。⑦苗贲皇：楚斗椒之子晋大夫。⑧不得礼：得不到礼遇。⑨沮：阻止。⑩若绝君好，宁归死焉：意思说，晋若弃绝两君之友好，则证明晋国无理，正义在齐。为给本国争正义，宁愿前往赴死。⑪犯难：冒着危险。⑫吾若善逆彼，以怀来者：我们应该好好接待他们，使来使对晋国产生怀念之情。若，作应该解。⑬信：证实。⑭久：久执不放。⑮反者得辞：回去的人找到理由。反者，指高固。⑯缓：放松看管。⑰逸：逃跑。

译文

齐顷公派遣高固、晏弱、蔡朝、南郭偃参加盟会。来到敛盂，高固就逃回去。夏，在断道会见，这是为了进攻不专一的国家。又在卷楚结盟，拒绝齐国人参加。晋国在野王逮了晏弱，在原地又抓获了蔡朝，在温地擒了南郭偃。苗贲皇出使恰巧路过，见到晏弱。回去，对晋景公说：『晏子有什么罪？过去诸侯事奉我们的先君，都急得像赶不上的样子，都说是因为晋国群臣不讲信用，所以诸侯都不是一心一意的。齐国的国君恐怕不能得到礼遇，因此不出国而让这四个人来。左右随从有人阻止，说：「您不出国，一定会俘获我国的使者。」于是高子到达敛盂就逃走了。这三个人说：「如果因为我们断绝了国君的友好，宁可回国被处死。」因为这个他们情愿冒着危险前来。我们应该热情地接待他们以使前来的人对我们怀念。但是我们偏偏抓了他们，以证实了齐人的劝阻是对的，我们不是已经做错了吗？如果不加改正，而又久久不肯释放，以造成他们的后悔，这有什么好处？让回去的人得到逃走的理由，而伤害前来出使的人，以使诸侯恐惧，这有什么用？」因此晋国人放松了看管，齐国的三名使者就逃跑了。

原文

秋，八月，晋师还。

范武子将老[①]，召文子曰[②]：『燮乎！吾闻之，喜怒以类者鲜[③]，易者实多[④]。《诗》曰：「君子如怒，乱庶遄沮[⑤]；君子如祉[⑥]，乱庶遄已。」君子之喜怒，以已乱也。弗已者，必益之。郤子其或者欲已乱于齐乎。不然，余惧其益之也！余将老，使郤子逞其志，庶有豸乎[⑦]。尔从二三子唯敬。』乃请老，郤献子为政。

冬，公弟叔肸卒，公母弟也。凡大子之母弟，公在曰公子，不在曰弟。凡称弟，皆母弟也。

注释

①范武子：即晋的正卿，中军帅士会。老：告老退休。②文子：名士燮，士会之子。③喜怒以类：喜怒之发，恰如其分。鲜：少。④易者实多：喜怒不以类发，言不当实在太多。⑤庶：庶几，可能。遄：迅速。沮：止。⑥祉：喜悦。⑦豸：解决。

译文

秋，八月，晋军回国。

范武子准备以年老辞职，把文子喊过来，说：『燮啊！我闻听，喜怒合于礼的是为数不多的，和它相反的倒是很多。《诗》说：「君子如果发怒，祸乱可能很快阻住；君子如果高兴，祸乱可能很快停歇。」君子的喜怒是用来阻止祸乱的。如果不是阻住，就必然有所增长。郤子也许是准备在齐国阻住祸乱吧。如果不是这样，我担心他会使祸乱更严重呢！所以我打算告老了，让郤子能够满足他的心愿，祸乱可能可以解除。你跟随几位大夫只能恭敬从事。』于是就请求告老。郤克执政。

冬，宣公的弟弟叔肸去世，他是宣公的同母兄弟。太子的同母兄弟，国君在世称作公子，不在世称作弟。凡称为弟的，全都是同母兄弟。

宣公十八年

原文

十八年春，晋侯、卫大子臧伐齐。至于阳谷，齐侯会晋侯盟于缯①。以公子强为质于晋，晋师还。蔡朝、南郭偃逃归。

夏，公使如楚乞师②，欲以伐齐。

秋，邾人戕鄫子于鄫。凡自内虐其君曰弑③，自外曰戕。

楚庄王卒，楚师不出④。既而用晋师，楚于是乎有蜀之役。

注释

①缯：地名，在今山东省阳谷县附近。②乞师：请求援兵。③虐：杀。④楚师不出：鲁派使臣去楚乞师，楚国庄王新死，故不能派兵来援助。

译文

十八年春季，晋景公和卫国太子臧一起进攻齐国。军队抵达阳谷时，齐顷公和晋景公见面，并在缯地结盟。齐国派公子强到晋国做人质，晋军才撤军回国。齐国的蔡朝、南郭偃也逃命回到国内。

夏季，宣公派使者到楚国请求出兵作战，以便联合进攻齐国。

秋季，邾国人在鄫国杀了鄫子。本国人杀了自己的国君都叫做弑，而外国人杀了本国国君则称作戕。

楚庄王死了，所以楚国也就没有出兵援助鲁国。没过多长时间鲁国又向晋国求援一起攻打齐国，楚国因此就在鲁成公二年发动了蜀地的战争。

原文

公孙归父以襄仲之立公也，有宠，欲去三桓以张公室①。与公谋而聘于晋，欲以晋人去之。冬，公薨。季文子言于朝曰②："使我杀适立庶以失大援者，仲也夫③！"臧宣叔怒曰④："当其时不能治也，后之人何罪？子欲去之，许请去之。"遂逐东门氏⑤。子家还⑥，及笙，坛帷⑦，复命于介⑧。既复命，袒、括发⑨，即位哭，三踊而出⑩。遂奔齐。书曰"归父还自晋"，善之也。

注释

①三桓：鲁国的季孙氏、孟孙氏、叔孙氏都是桓公的后代，久在鲁国专权。②季文子：即季孙行父。③仲：即襄仲，公孙归父之父。④臧宣叔：即臧孙许，臧文仲之子。⑤东门氏：襄仲家居鲁都东门，以住地为氏，称东门氏。⑥子家：即公孙归父。⑦坛帷：以帷幕遮蔽土坛。⑧介：子家的副手。⑨括发：用麻束发。⑩踊：顿足。

译文

公孙归父由于父亲襄仲当年拥立了宣公，而很受宣公的宠信。他打算彻底消灭三桓即孟氏、叔孙、季孙，以便使公室的权势进一步扩张。他和宣公谋划妥当后，就到晋国聘问，准备凭借晋国人的力量消灭三桓。冬季，宣公去世。季文子在朝廷上说："从前主张杀死嫡子拥立庶子，从而使我国丧失强大诸侯外援的人就是襄仲啊！"臧宣叔听到这话十分恼火地说："当时没有追究襄仲的罪责，他的后代有什么罪？如果您谋划把他铲除，我就杀死他。"于是就把襄仲的家族东门氏全部赶出了鲁国。

公孙归父从晋国回来，到达笙地时，闻言说宣公去世和家庭被逐后，便用帷幕遮住土坛，向他的副手举行复命的礼节。复命完毕，脱去外衣，以麻绳束起头发，在自己应立的位置上哭泣着哀悼宣公，一连顿足三次才出来。后来就逃亡到了齐国。《春秋》记载为『归父还自晋』，表示对他的赞美与欣赏。

柳荫人物图　明·郑文林

此图以泼墨侧锋，拖泥带水，尽情挥写乱石老柳，以细碎之笔，密点柳叶，疾写杂草。人物造型，偏头斜目，举止怪诞，神情诙谐，更以颤笔写衣纹，颠狂之气，跃然画外。此幅图吸取牧溪、梁楷天然之趣，而舍浙派生硬之弊，构成此图动人的艺术特点。

成公

成公元年

原文

元年春，晋侯使瑕嘉平戎于王[①]。单襄公如晋拜成[②]。刘康公徼戎[③]，将遂伐之。叔服曰[④]：『背盟而欺大国[⑤]，此必败。背盟不祥，欺大国不义，神人弗助，将何以胜？』不听，遂伐茅戎。三月癸未，败绩于徐吾氏[⑥]。

注释

①瑕嘉：即詹嘉，晋大夫。②单襄公：又名单朝，周卿士。拜成：答谢晋使周与戎和解之功劳。③刘康公：周王的母弟。徼戎：趁戎不备而侥幸取胜。④叔服：周王内史。⑤大国：指晋国。⑥徐吾氏：茅戎聚居的地方。即在此处打败周王之军。

译文

元年春季，晋景公派瑕嘉到周王室调解王室和戎人的冲突。这件事以后单襄公便到晋国对调停成功表示感谢。但刘康公却打算利用双方讲和，趁戎人不加防备的机会侥幸攻打戎人。叔服不同意说：『这样做既违背了与戎人的盟约，又欺骗了前来调停的晋国，一定失败。违背盟约是不吉祥，欺骗晋国就是不义，神和人都不会帮助你，又能靠什么打胜仗呢？』刘康公终究不听叔服的意见，发兵进攻茅戎。三月十九日，在徐吾氏被打得落荒而逃。

原文

为齐难故，作丘甲[①]。

闻齐将出楚师。夏，盟于赤棘。

秋，王人来告败。

冬，臧宣叔令修赋②、缮完③，具守备④，曰：『齐、楚结好，我新与晋盟。晋、楚争盟，齐师必至。虽晋人伐齐，楚必救之，是齐、楚同我也⑤。知难而有备，乃可以逞⑥。』

注释

①作丘甲：实行丘甲制度，即每丘中人按所耕田数分摊军赋。丘，地方基层组织。②修赋：指实行丘甲制。③缮：修整武器装备。完：加固城郭。④具守备：准备好守城之具。⑤齐、楚同我：齐、楚两国共同以我为敌。⑥逞：解除。使危险得以解除。

译文

鲁国为了预防齐国进犯，进行了军赋改革，建立了丘甲制度，以此加强战争防御力量。

鲁国听说齐国打算联合楚军前来进攻。因此就在夏季，由臧孙许和晋景公在赤棘结为军事同盟。

秋季，周天子派人通报王室军队被茅戎战败的消息。

冬季，臧宣叔下令整顿军赋，修缮城郭，完成战略防御工作。他说：『齐、楚两国缔结友好关系，我国最近与晋国结盟。晋、楚两国争夺霸主地位，齐国军队也一定前来。虽然说晋国进攻齐国，但楚国一定救援它，这事实上是齐、楚两国联合攻打我国。一条条地估计到可能遇到的困难，并且有足够的准备，就可以使祸难得以缓解。』

成公二年

原文

二年春，齐侯伐我北鄙，围龙①。顷公之嬖人卢蒲就魁门焉②。龙人囚之。齐侯曰：『勿杀！吾与而盟，无入而封③。』弗听，杀而膊诸城上④。齐侯亲鼓，士陵城。三日，取龙。遂南侵，及巢丘⑤。

卫侯使孙良夫、石稷、宁相、向禽将侵齐，与齐师遇。石子欲还。孙子曰：『不可。以师伐人，遇其师而还，将谓君何？若知不能，则如无出。今既遇矣，不如战也。』

夏，有……

注释

①龙：鲁地，在今山东省泰安市东南部。②门：攻打龙邑之城门。③而封：你们的边境。而，同『尔』。④膊诸城上：将卢蒲就魁陈尸城上。膊，暴尸。⑤巢丘：鲁地，当距龙不远，不出泰安境内。

译文

二年春，齐顷公侵犯我国北部边境，围攻龙地。齐顷公宠幸的臣子卢蒲就魁攻击城门。龙地的人把他逮住关押起来。齐顷公说：『不要杀死！我跟你们盟誓，再不进入你们的边境。』龙地的人不听劝告，结果把他杀了，在城上展示他的尸体。齐顷公亲自击鼓，兵士爬登城墙。三天，占取龙地。于是就向南进军，到达巢丘。

卫穆公委派孙良夫、石稷、宁相、向禽将进攻齐国，和齐军碰面。石稷准备回去。孙良夫说：『不可。用军队攻打别人，遇上敌人就回去，准备对国君说什么呢？如果了解到不能作战，就应当不出兵。现在既然已经和敌军相遇，不如决一胜负。』

夏天，有……

原文

石成子曰[1]：『师败矣，子不少须，众惧尽[2]。子丧师徒，何以复命？』皆不对。又曰：『子，国卿也。陨子[3]，辱矣。子以众退，我此乃止。』且告车来甚众。齐师乃止，次于鞫居[4]。新筑人仲叔于奚救孙桓子[5]，桓子是以免。

既，卫人赏之以邑，辞。请曲县、繁缨以朝[6]，许之。

仲尼闻之曰：『惜也，不如多与之邑。唯器与名[7]，不可以假人，君之所司也。名以出信，信以守器[8]，器以藏礼[9]，礼以行义，义以生利，利以平民[10]，政之大节也。若以假人，与人政也。政亡，则国家从之，弗可止也已。』

注释

①石成子：即石稷。②子不少须，众惧尽：不稷让他稍等，把军队组织一下，边阻击边撤退。如果一下子溃退下去，恐怕要全军覆没。须，待也，孙良夫急于求战，既败后又急于逃跑。③陨子：损失了你。④鞫居：卫地名，在今河南省封丘县。⑤仲叔于奚：新筑大夫。孙桓子：即孙良夫。⑥曲县：古礼，天子乐器，四面悬挂，称作『宫悬』。诸侯去其南面乐器，三面悬挂，称作『轩悬』，又叫『曲悬』。大夫仅用左右两面悬挂，称作『判悬』。士仅于东面或阶间悬挂，称作『特悬』。这里指仲叔奚僭用诸侯之礼。繁缨：马身上的装饰物，也属诸侯之礼。⑦器：指『曲县』、『繁缨』等器物。名：爵号。⑧信：威信。守器：保持器物。⑨藏礼：体现礼法。⑩平民：治民。

译文

石稷说：『军队战败了，您如果不略微等待，顶住敌军，全军可能都要覆灭了。您丧失了军队，用什么回报君命？』大家都不做声。石稷又说：『您，是国家的卿。损失了您，就是一种耻辱的事了。您带着大家撤退，我在这里等候。』同时通告军中，说援军的战车已经大批来到。齐国的军队也因此而停滞不前，驻扎在鞫居。新筑大夫仲叔于奚救了孙良夫，孙良夫得免于难。

没多久，卫国人把城邑赏给仲叔于奚，仲叔于奚婉言谢绝。请求得到诸侯所用三面悬挂的乐器，并用繁缨装饰马匹以朝见，卫侯答应了。

孔子听说此事，说：『可惜啊，还不如多给他些城邑。唯有器物和名号，不能给别人，这是国君所掌握的。名号用来代表威信，威信用来保持器物，器物用来体现礼制，礼制用来推行道义，道义用来创造利益，利益用来治理百姓，这是政权中的大节。倘若假借给别人，这就是把政权给了别人。政权如果丢了，国家也就跟着会丢，这是阻挡不了的。』

原文

孙桓子还于新筑，不入，遂如晋乞师。臧宣叔亦如晋乞师。皆主郤献子。晋侯许之七百乘。郤子曰：『此城濮之赋也[1]。有先君之明与先大夫之肃[2]，故捷。克于先大夫，无能为役[3]。请八百乘。』许之。郤克将中军，士燮佐上军，栾书将下军，韩厥为司马，以救鲁、卫。臧宣叔逆晋师，且道之。季文子帅师会之。

及卫地，韩献子将斩人[4]，郤献子驰，将救之。至，则既斩之矣。郤子使速以徇，告其仆曰：『吾以分谤也。』

师从齐师于莘。六月壬申[5]，师至于靡笄之下[6]。齐侯使请战，曰：『子以君师，辱于敝邑，不腆敝赋[7]，诘朝请见[8]。』对曰：『晋与鲁、卫，兄弟也，来告曰：「大国朝夕释憾于敝邑之地[9]。」寡君不忍，使群臣请于大国，无令舆师淹于君地[10]。能进不能退，君无所辱命[11]。』齐侯曰：『大夫之许，寡人之愿也；若其不许，亦将见也。』齐高固入晋师，桀石以投人[12]，禽之而乘其车，系桑本焉[13]，以徇齐垒，曰：『欲勇者贾余余勇[14]！』

注释

①城濮之赋：城濮之战，晋出兵数额为七百乘。赋，出兵之数额。②肃：敏捷。③无能为役：不足以为其仆人。④韩献子：即韩厥，时为中军司马，掌军法。⑤壬申：十六日。⑥靡笄：山名，即今济南市千佛山。⑦不腆敝赋：敝国军数额不充足，军力不强。⑧诘朝：明日晨。⑨敝邑之地：这里指鲁、卫二国。⑩舆师：众军。淹于君地：久停在齐国。意欲速战，以决胜负。⑪君无所辱命：不劳君之命令。这里为应战之词。⑫桀石以投入：举起石块向晋军投掷。⑬系桑本：将桑树根系在车上。⑭贾余余勇：买我剩余的勇气。

译文

孙桓子回到新筑，没有进国都，直接就到晋国请求出兵。臧宣叔也到晋国请求出兵。两人都投奔郤克。晋景公同意派出七百辆战车。郤克说：『这是城濮之战的战车数。当时有先君的明智的考察和先大夫的聪敏的行事，因此得胜。克和先大夫相比，还不足以做他们的仆人。请发八百乘战车。』晋景公同意了。郤克统帅中军，士燮辅佐上军，栾书率领下军，韩厥做司马，以救援鲁国和卫国。臧宣叔迎接晋军，并且向导开路。季文子带领军队和他们会合。

到达卫国境内以后，韩厥要杀人，郤克驾车迅速赶去，打算救下那个人。等赶到，人已经被杀死了。郤克派人把尸体在全军中示众，还告诉他的御者说：『我用这样的做法来分担谴责。』

晋军在莘地追上齐军。六月十六日，军队到达靡笄山下。齐顷公派使者请求出战，说：『您率领国君的军队来到我们国家，敝国的士兵人数很少，请在明天早晨相见。』郤克回答说：『晋和鲁、卫是同盟友好的国家，他们前来告诉我们说：「大国不分早晚都在敝邑的土地上发泄愤懑。」寡君不忍，派下臣们前来向大国请求，同时又不让我军长久留在您的国家。我们只能前进而不能后退，您的命令是一定会不照办的。』齐顷公说：『大夫答应，正是齐国的愿望；即便不答应，也要相见的。』齐国的高固进入晋军，拿起石头向晋军扔去，把晋军战俘抓住，然后坐上他的战车，把桑树根子系在车上，回到齐营巡行，说：『谁要勇气可以到这来买我剩下的勇气！』

原文

癸酉①，师陈于鞌②。邴夏御齐侯，逢丑父为右。晋解张御郤克，郑丘缓为右。齐侯曰：『余姑翦灭此而朝食。』不介马而驰之③。郤克伤于矢，流血及屦，未绝鼓音④，曰：『余病矣⑤！』张侯曰⑥：『自始合⑦，而矢贯余手及肘⑧，余折以御⑨。左轮朱殷⑩，岂敢言病？吾子忍之！』缓曰⑪：『自始合，苟有险，余必下推车，子岂识之？然子病矣！』张侯曰：『师之耳目，在吾旗鼓，进退从之。此车一人殿之⑫，可以集事⑬。若之何其以病败君之大事也？擐甲执兵⑭，固即死也⑮，病未及死，吾子勉之！』左并辔，右援枹而鼓⑯。马逸不能止⑰，师从之⑱。齐师败绩。逐之，三周华不注⑲。

注释

①癸酉：十七日。②鞌：齐地名，在今山东省济南市西部。③不介马：马不披甲。④未绝鼓音：指郤克忍痛击鼓，指挥晋军。⑤余病矣：我受伤了。郤克自言其伤，当是伤重不能坚持欲退之意。病，负伤。⑥张侯：即解张。⑦始合：开始交战。⑧矢贯余手及肘：敌箭射透了我的手和肘。⑨余折以御：我把箭拔出折断还坚持驾驭战车。折，折断箭杆。⑩左轮朱殷：血流在左边车轮上，染成黑红色。⑪缓：即郑丘缓。⑫殿：镇守住。⑬集事：成功，亦即战胜齐军。⑭擐甲：穿着盔甲。⑮固即死也：本来就是去拼死的。⑯援枹：拿起鼓槌。⑰逸：奔跑。⑱师从之：晋军紧随其后。⑲三周华不注：绕着华不注山追了三圈。华不注，山名，在今山东省济南市东北。

译文

十七日，两军在鞌地做好打仗准备。邴夏为齐顷公驾车，逢丑父作为车右。晋国的解张为郤克驾车，郑丘缓作为车右。齐顷公说：『我暂且先消灭了这些人然后再吃早饭。』说完马不披甲，驰向晋军。郤克为箭所伤，血流到鞋上，但是鼓声不断，说：『我受伤了！』解张说：『从一开始交战，箭就射穿了我的手和肘，我折断了箭接着驾车。左边的车轮子都染成黑红色，哪里敢说受伤？您就忍着点吧！』郑丘缓说：『从一开始交战，如果遇到危险，我一定下车推车，您了解吗？不过您真的是受伤了！』解张说：『军队的眼睛耳朵，在于我们的旗子和鼓声，前进后退都要听从它。这辆车子一个人坐着指挥，战事就可以成功。为什么要为了痛苦而败坏国君的大事呢？身披盔甲，手执武器，本来就是去死的，现在痛苦还没有达到死的程度，您还是尽力而为吧！』于是就左手一把握着马缰，右手拿着鼓槌击鼓。由于一只手控马，马奔跑不能停止，全军就跟着上去。把齐军彻底打败。晋军追赶齐军，绕了华不注山三圈。

原文

韩厥梦子舆谓己曰[1]：『旦辟左右[2]！』故中御而从齐侯[3]。邴夏曰：『射其御者，君子也。』公曰：『谓之君子而射之，非礼也。』射其左，越于车下[4]。射其右，毙于车中。綦毋张丧车[5]，从韩厥，曰：『请寓乘[6]！』从左右，皆肘之[7]，使立于后。韩厥俛[8]，定其右[9]。逢丑父与公易位。将及华泉，骖絓于木而止[10]。丑父寝于轏中[11]，蛇出于其下，以肱击之，伤而匿之[12]，故不能推车而及。韩厥执絷马前[13]，而拜稽首，奉觞加璧以进，曰：『寡君使群臣为鲁、卫请曰：「无令舆师陷入君地。」下臣不幸，属当戎行[14]，无所逃隐。且惧奔辟而忝两君[15]。臣辱戎士，敢告不敏[16]，摄官承乏[17]。』丑父使公下，如华泉取饮[18]。郑周父御佐车[19]，宛茷为右，载齐侯以免。韩厥献丑父，郤献子将戮之，呼曰：『自今无有代其君任患者，有一于此，将为戮乎？』郤子曰：『人不难以死免其君，我戮之，不祥。赦之，以劝事君

者。』乃免之。

注释

①子舆：韩厥之亡父。②旦辟左右：明日晨避开车左和车右。③中御：代御者居中执辔。④越：坠下。⑤綦毋张：晋大夫，姓綦毋名张。⑥寓乘：搭车。寄乘韩厥之车。⑦肘之：即用肘推他。肘，用作动词。⑧俛：同『俯』，弯下身子。⑨定其右：安置好车右的尸体。⑩絓：绊住。⑪轏：同『栈』，有栈棚的车子。⑫伤而匿之：受了伤而隐瞒下来。⑬执絷：为当时之礼。⑭属当戎行：适逢在军旅服役。属，适、恰好之意；戎行，即军旅，或以为战场，战车行列亦通。⑮忝：辱。两君：指晋君与齐君。⑯不敏：谦词，即不才。⑰摄：代替。承乏：因缺乏人手，故由自己承当。即代御者为顷公驾车，实为俘虏齐顷公。⑱华泉：华不注山下之泉。取饮：取水。⑲佐车：副车。

译文

韩厥梦见他父亲子舆对他说：『明天不要站在战车左右两侧。』所以韩厥就站在中间驾车而追赶齐顷公。邴夏说：『射那位驾车人，他是君子。』齐顷公说：『认为他是君子而射他，这与礼不相符合。』射车左，车左死在车下。射车右，车右死在车里。綦毋张把战车也丢了，跟上韩厥，说：『请答应我搭乘您的战车！』上车，打算站立在左边或右边，韩厥用肘推他，让他站在身后。韩厥弯下身子，稳住车右的尸体。逢丑父和齐顷公借机互相交换位置。将要来到华泉，骖马被树木绊住而不能行走。前面几日，逢丑父睡在栈车里，有一条蛇爬到他身子下边，他用小臂去打蛇，小臂受伤，但没有说出此事，由于这样，他不能用臂推车前进，这样才被韩厥追上。韩厥拿着马缰走向马前，跪下叩头，捧着酒杯加上玉璧奉献给逢丑父，说：『寡君派臣下们为鲁、卫两国请求，说：「不要让军队进入齐国的土地。」下臣运气不好，正好在军队里服役，不能逃避军役。而且担心奔走逃避成为两国国君的耻辱。下臣勉强充当一名战士，谨向君王禀告我的无能，但由于人手尚缺，只好担任这个官职。』逢丑父让齐顷公下车到华泉去取水。郑周父驾驭副车，宛茷作为车右，带着齐顷公逃走而没有被俘。韩厥献上逢丑父，郤克准备杀他，逢丑父喊叫说：『从今以后再没有代替他国君受难的人了，有一个在这里，还要被杀死吗？』郤克说：『如果一个人不怕用死来使国君免于祸患，我杀了他，不吉利。那么我赦免了他，用来勉励事奉国君的人。』因此就赦免了逢丑父。

原文

齐侯免，求丑父，三入三出。每出，齐师以帅退。入于狄卒①，狄卒皆抽戈，楯冒之②。以入于卫师，卫师免之。遂自徐关入③。齐侯见保者④，曰：『勉之！齐师败矣！』辟女子⑤。女子曰：『君免乎？』曰：『免矣。』曰：『锐司徒免乎⑥？』曰：『免矣。』曰：『苟君与吾父免矣，可若何？』乃奔。齐侯以为有礼。既而问之，辟司徒之妻也⑦。予之石窌⑧。

晋师从齐师，入自丘舆⑨，击马陉⑩。

注释

①狄卒：狄人组成的徒兵，时为晋国友军。②楯：同『盾』。冒：拥蔽，护卫。③徐关：齐地，在今山东省淄川镇西。④保者：守城者。⑤辟女子：有女子当齐君路，令避开。⑥锐司徒：主管锐兵的官吏。⑦辟司徒：主管壁垒的官吏。辟，通『壁』。⑧石窌：齐地，在今山东省长清县东南部。⑨丘舆：齐邑名，在今山东省益都县西南部。⑩马陉：齐邑，在丘舆之北部。

译文

齐顷公免于被俘以后，寻找逢丑父，在敌军中三进三出。每次出来，齐军都簇拥着保护他。进入狄人的军队中，狄人的士兵都抽出戈和盾以保护齐顷公的安全。进入卫国的军队中，卫军也对他们不加伤害。因此就从徐关进入齐国临淄。齐顷公看到守军，说：『你们努力吧！齐军战败了！』齐顷公所坐车的前卫驱赶一个女子躲开。这个女子说：『国君免于祸难了吗？』说：『免了。』她说：『锐司徒幸免于祸难了吗？』说：『免了。』她说：『如果国君和我父亲免于祸难了，还想要怎样？』而后就跑开了。齐顷公认为她有礼。没多久经查询，才知道是辟司徒的妻子，就赐给她石窌作为封地。

晋军追逐齐军，从丘舆进入齐国，攻打马陉。

原文

齐侯使宾媚人赂以纪甗、玉磬与地[1]。『不可，则听客之所为。』宾媚人致赂，晋人不可，曰：『必以萧同叔子为质，而使齐之封内尽东其亩[2]。』对曰：『萧同叔子非他，寡君之母也。若以匹敌，则亦晋君之母也。吾子布大命于诸侯，而曰：「必质其母以为信。」其若王命何？且是以不孝令也。《诗》曰：「孝子不匮，永锡尔类。」若以不孝令于诸侯，其无乃非德类也乎[3]？先王疆理天下[4]，物土之宜，而布其利。故《诗》曰：「我疆我理，南东其亩。」今吾子疆理诸侯，而曰「尽东其亩」而已，唯吾子戎车是利，无顾土宜，其无乃非先王之命也乎？反先王则不义，何以为盟主？其晋实有阙[5]。四王之王也[6]，树德而济同欲焉[7]；五伯之霸也[8]，勤而抚之，以役王命[9]。今吾子求合诸侯，以逞无疆之欲。《诗》曰：「布政优优[10]，百禄是遒[11]。」子实不优[12]，而弃百禄，诸侯何害焉？不然，寡君之命使臣，则有辞矣，曰：「子以君师，辱于敝邑，不腆敝赋，以犒从者。畏君之震[13]，师徒桡败[14]。吾子惠徼齐国之福，不泯其社稷，使继旧好，唯是先君之敝器、土地，不敢爱[15]。子又不许，请收合余烬，背城借一[16]。敝邑之幸，亦云从也；况其不幸，敢不唯命是听。」』鲁、卫谏曰：『齐疾我矣！其死亡者，皆亲昵也。子若不许，仇我必甚。唯子则又何求？子得其国宝，我亦得地，而纾于难，其荣多矣！齐、晋亦唯天所授，岂必晋？』晋人许之，对曰：『群臣帅赋舆以为鲁、卫请[17]。若苟有以藉口而复于寡君[18]，君之惠也。敢不唯命是听。』

注释

①兵媚人：即国佐。纪甗、玉磬：齐灭纪国时得到的珍宝。甗，礼器；磬，乐器。②尽东其亩：将齐国土地之田垅变为东西方向。这便于晋军进攻齐国。③德类：道德法则。④疆理：划分疆界，分其地理。指依据山川地形确定田垅走向和村落位置分布等。疆界指大的界线，如国与国之间的分界。⑤阙：过失。⑥四王之王：四王之所以能王天下。四王，指舜、禹、汤、武；王，统一天下。⑦济同欲：满足诸侯的共同愿望。⑧五伯：指齐桓、晋文、宋襄、秦穆、楚庄。⑨役王命：为王命服役、效劳。⑩布政：施政。优优：宽舒和缓貌。⑪百禄：各种福禄。遒：聚。⑫不优：不和缓、不宽容。⑬震：威盛。⑭桡败：失败，挫败。⑮爱：怜惜，吝惜。⑯背城借一：借使背城一战。⑰赋舆：兵车。⑱复于寡君：即有辞以答复寡君之命。

译文

齐顷公派遣宾媚人把纪甗、玉磬和土地赠予战胜诸国，说：『如果他们不同意讲和，就随他们便吧。』宾媚人赠送财礼，晋人不答应，说：『一定要让萧同叔子作为人质，并且使齐国境内的田陇全部东向。』宾媚人回答说：『萧同叔子，是寡君的母亲。如果从对等地位来说，那也就是晋君的母亲。您在诸侯中发布事关重大的命令，反而说：「一定要把他的母亲作为人质以取信。」您又打算怎么对待周天子的命令呢？而且这样做就是用不孝来号令诸侯。《诗》说：「孝子的孝心不应有竭尽，永远可以赐给你的同类。」如果用不孝号令诸侯，这也许不是道德的准则吧？先王对天下的土地定疆界、分地理，因地制宜，而作有利的安排。所以《诗》说：「我划定疆界、分别地理，南向东向开辟田亩。」如今您让诸侯定疆界、分地理，反而只说什么「田陇全部东向」，只管自己兵车的方便，不管地势是否适宜，恐怕这不是先王的政令吧？违逆先王就是不合道义，凭什么做盟主？晋国确实是犯了错误的。四王统一天下，树立德行而满足诸侯的共同要求；五伯领袖诸侯，自己功劳而使诸侯受到安慰，使大家为天子的命令而服役。现在您要求会合诸侯，来满足没完没了的欲望。《诗》说：「政事的推行宽大舒徐，各种福禄都将积聚。」您的确不能宽大，放下各种福禄，这对诸侯有什么害处吗？如果您不愿意答应，寡君命令我使臣，就有话可说了：「您带领国君的军队光临敝邑，敝邑用菲薄的财富，来犒劳您的随从。担心贵国国君的愤怒，军队战败。您惠临而求齐国的福佑，不灭亡我们的国家，让我们和贵国继续过去的友好关系，那么对于先君的破旧器物和土地，我们是不敢吝啬不奉献出来的。您如果又不愿答应，我们就请求收集残余，背靠自己的城墙再决一死战。敝邑有幸而战胜，也会服从贵国的；何况不幸而再战败，怎敢不唯命是听？」』鲁、卫两国劝谏说：『齐国不满我们了！他们死去和溃散的，都是宗族亲戚。您如果不肯答应，一定会更加痛恨我们。即使是您，还有什么可追求的？假使您得到他们的国宝，我们也得到土地，而祸难又得以疏缓，这荣耀也就很多了！齐国和晋国都是由上天授予的，难道一定只有晋国一国永久胜利吗？』晋人允许了，回答说：『下臣们带领战车，来为鲁、卫两国恳求。如果有话可以向寡君复命，这就是君王的恩惠了。岂敢不唯命是听？』

原文

禽郑自师逆公[1]。

秋七月，晋师及齐国佐盟于爰娄[2]，使齐人归我汶阳之田。公会晋师于上鄍[3]，赐三帅先路三命之服[4]，司马、司空、舆帅、候正、亚旅[5]，皆受一命之服。

八月，宋文公卒。始厚葬：用蜃、炭⑥，益车、马，始用殉，重器备⑦。椁有四阿⑧，棺有翰、桧⑨。

君子谓：『华元、乐举⑩，于是乎不臣。臣，治烦去惑者也⑪，是以伏死而争⑫。今二子者，君生则纵其惑，死又益其侈，是弃君于恶也。何臣之为⑬？』

注释

①禽郑：鲁大夫。参加联军作战，从军中往迎鲁成公。②爰娄：齐地，在今山东省临淄镇西部。③上鄍：齐、卫交界地名，在今山东省阳谷县境内。④三帅：郤克、士燮、栾书。路：同『辂』，诸侯赐予卿大夫的礼车。三命之服：卿大夫最高规格的礼服。古代对卿大夫有『三命』、『再命』、『一命』之别，命多则尊贵，车服也随之华丽。⑤司马：军中主管军纪、刑罚之官。司空：军中主管开路、运输、营建之官。舆帅：在全军最后负责收容的官。候正：主管瞭望侦察的官。亚旅：位当上大夫。⑥蜃、炭：蜃烧成的灰及木炭。蜃，大蚌蛤。⑦器备：器物。⑧椁：外棺。四阿：四面呈坡形，如房屋的建筑形式。⑨翰、桧：棺木上的装饰。⑩华元、乐举：时为宋国执政大臣。⑪治烦去惑：治理烦乱，除去昏惑。⑫伏死：冒死。⑬何臣之为：哪里是臣子所为。言二人所为丧失臣道。

译文

禽郑从军中去接待鲁成公。

秋，七月，晋军和齐国宾媚人在爰娄缔结盟约，让齐国人将汶阳的土田归还给我国。成公在上鄍会见晋军，将先路和三命的车服赏赐给三位高级将领，司马、司空、舆帅、候正、亚旅，统统接受了一命的车服。

八月，宋文公去世。开始以丰厚礼仪进行埋葬：用蚌蛤和木炭，增加车马，并且开始用人殉，加多器物。椁有四面坡，棺有翰、桧等装饰。

君子以为：『华元、乐举在这里有失为臣的义务。臣下，是为国君治理烦乱、消除迷惑的，因此冒死而争辩。现在这两个人，国君活着的时候就放纵他作恶，死了以后又有增加他的奢侈，这是把国君丢到邪恶里去。这算是什么臣下？』

原文

九月，卫穆公卒，晋三子自役吊焉[1]，哭于大门之外[2]。卫人逆之，妇人哭于门内。送亦如之。遂常以葬。

楚之讨陈夏氏也[3]，庄王欲纳夏姬。申公巫臣曰：『不可。君召诸侯，以讨罪也；今纳夏姬，贪其色也。贪色为淫，淫为大罚。《周书》曰：「明德慎罚[4]。」文王所以造周也。明德，务崇之之谓也[5]；慎罚，务去之之谓也。若兴诸侯，以取大罚，非慎之也。君其图之！』王乃止。子反欲取之[6]，巫臣曰：『是不祥人也！是夭子蛮[7]，杀御叔[8]，弑灵侯[9]，戮夏南[10]，出孔、仪[11]，丧陈国，何不祥如是？人生实难，其有不获死乎[12]？天下多美妇人，何必是？』子反乃止。王以予连尹襄老。襄老死于邲，不获其尸。其子黑要烝焉[13]。巫臣使道焉[14]，曰：『归！吾聘女。』又使自郑召之，曰：『尸可得也，必来逆之。』姬以告王。王问诸屈巫[15]。对曰：『其信！知罃之父[16]，成公之嬖也，而中行伯之季弟也[17]，新佐中军，而善郑皇戌[18]，甚爱此子[19]。其必因郑而归王子与襄老之尸以求之[20]。郑人惧于邲之役而欲求媚于晋，其必许之。』王遣夏姬归。将行，谓送者曰：『不得尸，吾不反矣。』巫臣聘诸郑，郑伯许之。及共王即位，将为阳桥之役[21]，使屈巫聘于齐，且告师期。巫臣尽室以行。申叔跪从其父将适郢[22]，遇之，曰：『异哉！夫子有三军之惧[23]，而又有桑中之喜[24]，宜将窃妻以逃者也[25]！』及郑，使介反币[26]，而以夏姬行。将奔齐，齐师新败，曰：『吾不处不胜之国。』遂奔晋，而因郤至[27]，以臣于晋。晋人使为邢大夫[28]。子反请以重币锢之，王曰：『止！其自为谋也，则过矣。其为吾先君谋也，则忠。忠，社稷之固也，所盖多矣[29]。且彼若能利国家，虽重币，晋将可乎？若无益于晋，晋将弃之，何劳锢焉？』

注释

①晋三子：郤克、士燮、栾书。自役：领兵回国途中。②哭于大门之外：在大门外西侧面向东哭祭。按礼节，邻国来吊丧，应进门升堂哭祭。因三人帅军归国，军旅匆匆，不能以常礼要求。③讨陈夏氏：事见宣公十一年传。④明德慎罚：明德，宣扬道德；慎罚：谨慎处罚。⑤崇：提高。⑥子反：楚公子侧。取：同『娶』。⑦天子蛮：子蛮为夏姬最早许嫁之夫，夭死。⑧御叔：夏姬次夫，夏徵舒之父。与夏姬成婚后，生子徵舒，御叔亦早死。⑨灵侯：即陈灵公，因夏姬而被杀。⑩夏南：即夏徵舒，夏姬之子。⑪出孔、仪：使孔宁、仪行父出逃在外。⑫不获死：不得善终。即是说，要娶夏姬不得好死。⑬黑要：襄老之子，亦与夏姬私通。⑭使道焉：使人示意于夏姬。道，通『导』。⑮屈巫：即巫臣。⑯知罃之父：指荀首。郯之役，知罃被楚俘获。⑰中行伯：即荀林父。⑱皇戌：郑臣。⑲此子：指知罃。⑳王子：即公子榖臣，为荀首所获。㉑阳桥：鲁地，在今山东泰安县西北部。㉒申叔跪：楚大夫，申叔时之子。㉓三军之惧：负有军事使命的警惧之心。㉔桑中：卫国地名，在今河南淇县境内。这里借用『桑中』一词，暗指巫臣与夏姬私约。㉕宜：殆，大概。㉖介：副使。反币：带回财礼。㉗因：通过。㉘邢：晋邑名，在今河南省温县东北之平皋故城。㉙盖：覆，护卫。

译文

九月，卫穆公去世，晋国的三位将领从领兵回国的路上前往哀悼，在门外大哭。卫国人迎接他们，女人在门里哭。送他们的时候也是这种情形。以后别国官员来吊唁就以此为常，直到下葬。

楚国在出兵陈国夏氏的时候，楚庄王打算收纳夏姬。申公巫臣说：『不可。君王叫来诸侯，是为了讨伐有罪；现在收纳夏姬，就表现是贪恋她的美色了。贪恋美色叫做淫，淫就会招致重大处罚。《周书》说：「宣扬道德，谨慎惩罚。」文王因此而创立周朝。宣扬道德，就是致力于提倡；谨慎惩罚，就是致力于不用。如果发动诸侯的军队，反而导致重大处罚，就不是对它谨慎了。君王还是认真考虑一下吧！』楚庄王就不要夏姬了。子反又想要娶她，巫臣说：『这个人不吉利！她使子蛮早死，御叔被杀，灵侯被弑，夏南受诛，孔宁、仪行父逃亡在外，陈国因为这个灭亡，为什么不吉利到这个样子？人生在世确实很不容易，如果娶了夏姬，恐怕不得好死吧？天下多的是漂亮女人，为什么单单要她不可？』子反也就不要她了。楚庄王把她送给连尹襄老。襄老在邲地战役中被杀，没有找到尸首。他的儿子黑要和夏姬通奸。巫臣派人向夏姬示意，说：『回娘家去！我娶你。』又派人从郑国叫她来说：『襄老的尸首可以得到，一定要亲自来接。』夏姬把话报告楚庄王。楚庄王询问巫臣。巫臣回答说：『很可能靠得住的！知罃的父亲，是成公的宠幸臣子，又是中行伯的小兄弟，新近做了中军佐，和郑国的皇戌交情很厚，十分喜欢这个儿子。他一定是想利用郑国而归还王子和襄老的尸首而要求交换知罃。郑国人对邲地战役感到畏惧，同时要取得晋国的欢心，他们必然会答应。』楚庄王就打发夏姬回去。临行时，夏姬对送行的人说：『不能得到尸首，我就不回来了。』巫臣在郑国聘她为妻，郑伯答应了。等到楚共王即位，打算发动阳桥战役，派巫臣到齐国聘问，并且把出兵的日期告诉齐国。巫臣把一切家财尽数全都带走。申叔跪跟着他的父亲将要到郢都去，碰上巫臣，说：『怪哉！这个人有肩负军事使命的警惧之心，却又有桑中这类事情的快活的表情，大概将要带着妻子逃亡了吧！』来到郑国，巫臣派副使带回财礼，就带着夏姬走了。准备逃亡到齐国，齐国又刚刚战败，巫臣说：『我不能住在不打胜仗的国家。』就逃亡到晋国，并且由于郤至的关系在晋国做人臣。晋国人让他做邢地的大夫。子反请求用重礼送给晋国要求对他永远不被录用，楚共王说：『别那样干！他为自己打算是错误的，他为我的先君打算则是尽忠尽责的。忠诚，国家靠着它来巩固统治，所能保护的东西就多了。而且他如果能有利于晋国，虽然送去重礼，晋国会答应吗？假使对晋国没有好处，晋国将会丢掉他，哪里用得着用厚礼求其永远不选任为官呢？』

原文

晋师归，范文子后入①。武子曰②：『无为吾望尔也乎③？』对曰：『师有功，国人喜以逆之。先入，必属耳目焉④，是代帅受名也，故不敢。』武子曰：『吾知免矣。』

郤伯见⑤，公曰：『子之力也夫⑥！』对曰：『君之训也，二三子之力也，臣何力之有焉？』范叔见⑦，劳之如郤伯⑧。对曰：『庚所命也⑨，克之制也⑩，燮何力之有焉？』栾伯见⑪，公亦如之。对曰：『燮之诏也，士用命也，书何力之有焉？』

注释

①范文子：即士燮。后入：最后入城。②武子：士会，为士燮之父。③无为吾望尔也乎：不知我在盼望你吗？为，同『谓』。④必属耳目：必使众人耳目集中于我。属，聚。⑤郤伯：郤克。⑥力：功劳。⑦范叔：即范文子。⑧劳：慰劳。⑨庚：荀庚，荀林父之子，这时将上军，士燮为上军佐。⑩克：郤克，为中军帅。⑪栾伯：即栾书。

译文

晋国军队回国，范文子最后进入国都。武子说：『你难道不知我在盼望你吗？』范文子回答说：『出兵有了功劳，国内的人们兴高采烈地迎接他们。先进来，必然要受到注意，这是代替统帅接受荣誉，因此不敢。』武子说：『你这样谦虚，我认为可以免于祸害了。』

郤伯进见，晋景公说：『这是您的功劳啊！』郤伯回答说：『这是君王指导有方，他们几位的功劳，下臣有什么功劳呢？』范文子进见，晋景公嘉奖他像对郤伯一样。范文子回答说：『这是庚的命令，克的节制，燮有什么功劳呢？』栾伯进见，晋景公也如同慰劳郤伯他们一样慰劳他。栾伯回答说：『这是燮的指示，士兵坚决服从命令，书有什么功劳呢？』

原文

宣公使求好于楚，庄王卒，宣公薨，不克作好。公即位，受盟于晋，会晋伐齐。卫人不行使于楚，而亦受盟于晋，从于伐齐。故楚令尹子重为阳桥之役以救齐。将起师，子重曰：『君弱，群臣不如先大夫，师众而后可。《诗》曰：「济济多士，文王以宁。」夫文王犹用众，况吾侪乎？且先君庄王属之曰：「无德以及远方，莫如惠恤其民，而善用之。」』乃大户①，已责②，逮鳏③，救乏④，赦罪。悉师⑤，王卒尽行⑥。彭名御戎，蔡景公为左，许灵公为右。二君弱，皆强冠之⑦。

注释

①大户：大规模清理户口。②已责：免除人民对国家的陈年债务。已，止；责，同『债』。③逮鳏：施舍年老鳏夫。④救乏：救济生活困乏者。⑤悉师：将楚军全数调起。⑥王卒尽行：楚王亲兵也全体随行。⑦强冠之：勉强行了加冠礼。

译文

宣公曾派遣使者到楚国要求建立友好关系，由于楚庄王去世，宣公也去世，没有能够建立友好。成公即位，在晋国接受盟约，会合晋国进攻齐国。卫国人不派使者去楚国拜访，也在晋国接受盟约，跟从着进犯齐国。因此楚国的令尹子重发动阳桥战役以救援齐国。将要发兵，子重说：『国君年龄小，臣下们又比不上先大夫，军队人数众多然后才可以取胜。《诗》说：「众多的人士，文王借以安宁。」文王尚且使用许多的人，何况是我们这些人呢？而且先君庄王把国君托付给我们说：「如果没有德行到达边远的地方，最好是加恩体贴百姓而很好地使用他们。」』于是就大肆清查户口，免去税收的积欠，施舍鳏夫，救济困乏，赦免罪人。发动全部军队，楚王的警卫军也全部出动。彭名驾驭战车，蔡景公充当车左，许灵公作为车右。两位国君还没有成年，都将就着行了冠礼。

原文

冬，楚师侵卫，遂侵我，师于蜀。使臧孙往①。辞曰：『楚远而久，固将退矣。无功而受名，臣不敢。』楚侵及阳桥，孟孙请往②，赂之以执斫、执针、织纴③，皆百人。公衡为质④，以请盟。楚人许平。

十一月，公及楚公子婴齐、蔡侯、许男、秦右大夫说、宋华元、陈公孙宁、卫孙良夫、郑公子去疾及齐国之大夫盟于蜀。卿不书，匮盟也⑤。于是乎畏晋而窃与楚盟，故曰『匮盟』。蔡侯、许男不书，乘楚车也，谓之失位。

君子曰：『位其不可不慎也乎！蔡、许之君，一失其位，不得列于诸侯，况其下乎！《诗》曰：「不解于位⑥，民之攸塈⑦。」其是之谓矣。』

注释

①臧孙：即臧孙许，臧孙叔。②孟孙：即孟献子仲孙蔑。③执斫：指木工。执针：缝工。织纴：织工。④公衡：或为宣公之子，成公之弟。⑤匮盟：缺乏诚意之盟。匮，乏。⑥解：通『懈』。⑦民之攸塈：即百姓得以休息。塈，休息。

译文

冬，楚军进犯卫国，就趁此机会在蜀地进攻我军。派臧孙去到楚军中求和。臧孙辞谢说：『楚军远离本国而长期在外，本来就要撤退回国了。没有功劳而接受荣誉，下臣不敢。』楚军到达阳桥，孟孙请求前去送给楚军木工、缝工、织工各一百人，公衡作为人质，请求缔结盟约。楚国人同意和解。

十一月，成公和楚国公子婴齐、蔡景侯、许灵公、秦国右大夫说、宋国华元、陈国公孙宁、卫国孙良夫、郑国公子去疾和齐国大夫在蜀地缔结盟约。《春秋》没有记载卿的名字，这是由于结盟缺乏诚意。在这种情况下担心晋国而偷偷地和楚国结盟，所以说『结盟缺乏诚意』。《春秋》没有记载蔡景侯、许灵公，这是因为他们乘坐了楚国的战车，叫做错乱了身份。

君子说：『身份是不可以不谨慎对待的啊！蔡、许两国国君，一旦失去身份，就不能列在诸侯之中，更不用说在他们之下的人！《诗》说：「在高位的人不懈怠，百姓就能得到休息。」说的就是这种情形了。』

原文

楚师及宋，公衡逃归。臧宣叔曰：『衡父不忍数年之不宴①，以弃鲁国，国将若之何？谁居②？后之人必有任是夫③！国弃矣！』

是行也，晋辟楚，畏其众也。君子曰：『众之不可以已也。大夫为政④，犹以众克，况明君而善用其众乎？《大誓》所谓商兆民离⑤，周十人同者，众也。』

注释

①衡父：即公衡。不宴：不安宁。宴，安。②居：语末助词，用在句末表示疑问。③任是：承担此祸。④大夫：

楚主帅子重。⑤商兆民离：商朝亿万人离心离德。

译文

楚军到达宋国，公衡逃回来。臧孙说：『衡父不能忍受几年的动荡不安，丢掉鲁国，把国家怎么办？谁来承担灾难？他的后代一定会受到祸患的！国家被丢掉了！』

在这次行动中，晋军躲避楚军，由于担心他们人多。君子说：『大众是必须要用的。大夫执政，尚且可以利用大众来打败敌人，何况是贤明的国君而且又善于使用大众呢？《大誓》所说商朝亿万人人心离散，周朝十个人同心同德，都是说的大众的作用啊。』

原文

晋侯使巩朔献齐捷于周①。王弗见，使单襄公辞焉，曰：『蛮夷戎狄，不式王命②，淫湎毁常，王命伐之，则有献捷。王亲受而劳之，所以惩不敬、劝有功也。兄弟甥舅③，侵败王略，王命伐之，告事而已，不献其功，所以敬亲昵，禁淫慝也④。今叔父克遂⑤，有功于齐，而不使命卿镇抚王室⑥，所使来抚余一人，而巩伯实来，未有职司于王室，又奸先王之礼。余虽欲于巩伯⑦，其敢废旧典以忝叔父？夫齐，甥舅之国也，而大师之后也⑧，宁不亦淫从其欲以怒叔父⑨，抑岂不可谏诲⑩？』士庄伯不能对⑪。王使委于三吏⑫，礼之如侯伯克敌使大夫告庆之礼，降于卿礼一等。王以巩伯宴，而私贿之。使相告之曰⑬：『非礼也，勿籍！』

注释

①巩朔：晋大夫，又称巩伯，士庄伯。献齐捷：进献齐国俘虏。②不式：不用，不执行。③兄弟甥舅：兄弟指同姓诸侯，异姓结亲之国称甥舅。④慝：邪恶。⑤叔父：指晋景公。周王称同姓诸侯为伯父、叔父。⑥命卿：天子任命

的执政大臣。⑦欲：喜好。⑧大师：齐始祖吕尚。⑨不：语气词，无义。从：通『纵』。⑩抑：还是。⑪士庄伯：即巩朔。⑫三吏：三公。⑬相：赞礼者。

译文

晋景公派遣巩朔到成周进献齐国俘虏。周天子不肯接见，派遣单襄公婉言推辞，说：『蛮夷戎狄，不依据天子的命令，迷恋酒色，败坏天子的制度，天子命令讨伐他们，就有了进献俘虏的礼节制度。天子亲自接受而加以慰劳，用这样来惩罚不敬，劝勉有功。如果是兄弟甥舅的国家侵犯败坏天子的法度，天子命令征讨他，不过报告战争的胜果罢了，不进献俘虏，用这样来尊敬亲近、去除邪恶。现在叔父能够成功，在齐国建立了功勋，而不派遣曾受天子任命的卿来镇抚王室，所派遣安抚我的使者，仅仅是巩伯，他在王室中没有当官任职，又违逆了先王的礼制。我虽然爱惜巩伯，怎敢废弃旧的典章制度以羞辱叔父？齐和我们是甥舅之国，而且是姜太公的子孙，叔父攻打他，难道是他放纵了私欲以激怒了叔父，还是已经不可规劝使其改正了呢？』巩朔无法回答。周天子把接待的事情委任给三公，让他们用侯伯打败敌人派大夫告庆的礼数接待，比接待卿的礼节低一等。周天子和巩伯饮宴，暗地里送给他财礼，让相礼者告诉他说：『这是不合于礼制的，不要记载在史册上！』

成公三年

原文

三年春，诸侯伐郑。次于伯牛①，讨邲之役也。遂东侵郑。郑公子偃帅师御之②，使东鄙覆诸鄤③，败诸丘舆④。

皇戌如楚献捷。

夏，公如晋，拜汶阳之田。

许恃楚而不事郑，郑子良伐许。

注释

①伯牛：郑国西部地名。②公子偃：郑穆公子。③鄤：郑国东部边境地名。④丘舆：地名，当在郑国东部。

译文

三年春季，鲁、晋、宋、卫、曹五国共同侵犯郑国。五国军队驻扎在伯牛，这次进攻是为了惩罚郑国在鲁宣公十二年邲之战中对晋国的不忠。随后联军便东下侵犯郑国。郑国的公子偃带领军队抵抗，并派部队在东部鄤地设下伏兵，在丘舆一地打败了联军。郑大夫皇戌马上前往楚国进献战利品。

夏季，成公到晋国去，就晋国让齐国归还汶阳的田地一事回复感谢。

许国凭借楚国的支持而不事奉郑国，于是郑国的子良就发兵征伐许国。

原文

晋人归公子谷臣与连尹襄老之尸于楚，以求知罃。于是荀首佐中军矣，故楚人许之。王送知罃，曰：『子其怨我乎？』对曰：『二国治戎①，臣不才，不胜其任，以为俘馘②。执事不以衅鼓③，使归即戮，君之惠也。臣实不才，又谁敢怨？』王曰：『然则德我乎[4]？』对曰：『二国图其社稷，而求纾其民，各惩其忿[5]，以相宥也。两释累囚，以成其好。二国有好，臣不与及，其谁敢德？』王曰：『子归，何以报我？』对曰：『臣不任受怨，君亦不任受德，无怨无德，不知所报？』王曰：『虽然，必告不谷。』对曰：『以君之灵，累臣得归骨于晋，寡君之以为戮，死且不朽。若从君之惠而免之，以赐君之外臣首[6]；首其请于寡君而以戮于宗[7]，亦死且不朽。若不获命，而使嗣宗职，次及于事[8]，而帅偏师，以修封疆，虽遇执事，其弗敢违。其竭力致死，无有二心，以尽臣礼。所以报也。』王曰：『晋未可与争。』重为之礼而归之。

注释

①治戎：治兵交战。②俘馘：此指俘虏。③不以衅鼓：不用我的血涂鼓，亦即不杀我。衅鼓，以血涂鼓。④德：用作动词，感激。⑤各惩其忿：各自抑止其愤怒。⑥外臣：当时卿大夫对外国国君自称为外臣。首：即荀首，为知罃之父。⑦宗：宗庙。⑧次及于事：按次序担当官职。

译文

晋国人把楚国的公子谷臣和连尹襄老的尸体交回到楚国，以此求得赎回知罃。这时知罃的父亲荀首已出任晋国中军的副帅，所以楚国人接受了这一要求。楚共王送知罃回国，问：『你埋怨我吗？』知罃回答说：『两国交战，我没有才能，没有能够胜任自己的职务，结果成了俘虏。君王没有将我杀掉，使我能够回国接受惩罚，这是您对我的恩惠。我的确是无能之辈，又敢埋怨谁呢？』楚共王又问：『那么你感激我吗？』知罃回答说：『两国交兵，都是为了谋求本国的利益，消除百姓的疾苦，现在两国都控制住自己的愤怒，互相求得谅解。双方把战俘放回去，以重修友好关系。两国友好，和我个人并没有什么关系，我为什么要感激谁呢？』楚共王问：『你回到晋国，以后拿什么报答我呢？』知罃回答说：『我既不怨恨您，也不感激您，我们之间不存在怨恨，也没有恩德，我不知道为什么要报答您？』楚共王说：『即使这样，你也必须要把你的想法告诉我。』知罃回答说：『托君王的洪福，使我这把骨头能够回到晋国，即使我们国君把我杀掉，我也认为死而无憾。如果承蒙您的恩惠，君王能免我一死，而把我交给父亲处置，即使我父亲征得君王同意在宗庙内将我杀死，我也认为死而无憾。如果君王不同意将我处死，并且又让我继承祖先传下来的官位，并按照规定的次序参与政事，率领一部分军队保卫边境，到那时，即使遇到您，我也不敢违背命令。我将尽我全部力量作战，即使战死，也不敢存有不忠诚的心，以此来尽到我作为臣子的责任。这就是我对您的报答。』楚共王感叹说：『看来不能和晋国争衡啊。』于是便为知罃举行了隆重的仪式送他回国。

原文

秋，叔孙侨如围棘①，取汶阳之田。棘不服，故围之。

晋郤克、卫孙良夫伐廧咎如②，讨赤狄之余焉。廧咎如溃，上失民也。

冬，十一月，晋侯使荀庚来聘，且寻盟。卫侯使孙良夫来聘，且寻盟。公问诸臧宣叔曰：『中行伯之于晋也③，其位在三④。孙子之于卫也，位为上卿，将谁先？』对曰：『次国之上卿，当大国之中，中当其下，下当其上大夫。小国之上卿当大国之下卿，中当其上大夫，下当其下大夫。上下如是，古之制也。卫在晋，不得为次国。晋为盟主，其将先之。』丙午⑤，盟晋。丁未⑥，盟卫。礼也。

注释

①棘：地名，在今山东省肥城县南一带。②廧咎如：赤狄部落名。③中行伯：即荀庚，为晋之上军帅。④其位在三：当时晋以郤克为中军帅，位第一；荀首为中军佐，位第二；荀庚为上军帅，位第三，荀庚当为下卿。⑤丙午：

十一月二十八日。⑥丁未：二十九日。

译文

秋季，叔孙侨如包围棘地，夺取了汶阳的田地。这是因为棘地人不肯归服，才围攻他们。

晋国的郤克和卫国的孙良夫联合侵犯廧咎如，以进一步消灭赤狄的残余势力。结果廧咎如大败溃散，这是由于他们的首领丧失了百姓的拥护。

冬季，十一月，晋景公派荀庚来鲁国聘问，同时也是为了重温鲁成公元年两国在赤棘订立的盟约。与此同时，卫定公也派孙良夫来鲁国聘问，而且也是来重新修订鲁宣公七年两国订立的盟约。于是成公问臧宣叔：『荀庚在晋国是下卿，而孙良夫在卫国是上卿，那么应该先让谁行礼呢？』臧宣叔回答说：『次国的上卿相当于大国的中卿，下卿相当于它的下卿，下卿相当于它的上大夫，那么小国的上卿只能相当于大国的下卿，下卿相当于它的上大夫，下卿相当于它的下大夫。上下职位如此，是自古到现在就有的制度。如今卫国与晋国相比，连次国也不够资格，只能算是小国，而且晋国为诸侯盟主，应该先让晋国在前面行礼。』于是，二十八日，和晋国结盟。二十九日，再和卫国缔结盟约。这样做是合于礼的。

原文

十二月甲戌，晋作六军①。韩厥、赵括、巩朔、韩穿、荀骓、赵旃皆为卿，赏鞌之功也。

齐侯朝于晋，将授玉。郤克趋进曰：『此行也，君为妇人之笑辱也②，寡君未之敢任。』

晋侯享齐侯。齐侯视韩厥，韩厥曰：『君知厥也乎？』齐侯曰：『服改矣。』韩厥登，举爵曰：『臣之不敢爱死，为两君之在此堂也。』

荀罃之在楚也③，郑贾人有将置诸褚中以出④。既谋之，未行，而楚人归之。贾人如晋，荀罃善视之，如实出己。贾人曰：『吾无其功，敢有其实乎？吾小人，不可以厚诬君子⑤。』遂适齐。

注释

①作：兴起，这里为扩充。②妇人之笑：指郤克为齐顷公母亲所笑一事。③荀罃：即知罃。④褚：盛衣物的口袋。⑤诬：欺骗。

译文

十二月二十六日，晋国将军队增加数额达到六个军。韩厥、赵括、巩朔、韩穿、荀骓、赵旃都被提拔为卿，这是奖赏他们在鞌地之战中的功劳。

齐顷公到晋国聘问，举行授玉仪式，郤克疾步上前对齐顷公说：『君王这次来访，目的是对上次贵国女人嘲笑小臣一事表示道歉的吧，我们君王可担当不起。』

晋景公设宴热情招待齐顷公。席间齐顷公一直盯着韩厥看，韩厥说：『君王您认识我吗？』齐顷公说：『穿着打扮不一样了。』韩厥登上台阶举起酒杯说：『当初我之所以冒死追赶君王，就是为了两国国君今天能在这里畅饮共席啊。』

知罃在楚国时，有个郑国的商人准备把他藏到装东西的大口袋里，帮助他逃出去。两人已经商议好了，但还没有行动，楚国人就打算把知罃送回晋国了。后来这个商人到晋国时，知罃对他盛情招待，就像他真的把自己救出来了一样。商人说：『知罃回国，我并没有什么功劳，怎么能有脸接受他的款待呢？我是个小人，不能这样来欺骗一个君子。』因此就到齐国去了。

成公四年

原文

四年春，宋华元来聘，通嗣君也[①]。

杞伯来朝，归叔姬故也[②]。

夏，公如晋。晋侯见公，不敬。季文子曰：『晋侯必不免。《诗》曰：「敬之敬之！天惟显思，命不易哉！」夫晋侯之命在诸侯矣[③]，可不敬乎？』

注释

①通嗣君：为继位的国君通好。②归叔姬：休弃叔姬。叔姬当为鲁公女，杞伯夫人。③晋侯之命在诸侯：晋侯命运决定于诸侯的向背，如不敬，将导致诸侯离心，霸主也就做不成了。

译文

四年的春天，宋国的华元前来朝见，为与新即位的宋共公谋求和鲁国结成友好关系。

杞桓公前来鲁国朝见，通报他打算休弃叔姬一事。

夏季，成公拜访晋国。晋景公会见成公时，不够礼貌。于是季文子说：『晋侯将来必然难免灾祸。《诗》说：「小心又谨慎！上天明察，天命不易常保不变！」晋侯的命运决定于诸侯的向背，他对诸侯怎么能不彬彬有礼呢？』

原文

秋，公至自晋，欲求成于楚而叛晋。季文子曰：『不可。晋虽无道，未可叛也。国大、臣睦，而迩于我[①]，诸侯听焉[②]，未可以贰[③]。《史佚之志》有之，曰：「非我族类，其心必异。」楚虽大，非吾族也，其肯字我乎[④]？』公乃止。

注释

①迩：近。②听：服。③未可以贰：不可以对晋存有二心。④字：爱。

译文

秋季，成公从晋国回来，打算和楚国结好而背叛晋国。但季文子说：『行不通。晋国虽然无道，但也不能背叛它。因为它是大国，加之群臣和睦团结，又紧挨我国，诸侯全都听从它的指挥，不能够怀有二心。《史佚之志》有这样的话：「不是同一种族，一定不能同心同德。」楚国虽然地域辽阔，但不是我们的同族，它能够喜欢我们吗？』于是成公改变了原有计划。

原文

冬，十一月，郑公孙申帅师疆许田。许人败诸展陂①。郑伯伐许，取鉏任、泠敦之田②。

注释

①展陂：许地名，在今河南省许昌市西北。②鉏任、泠敦：许地名，在今河南省许昌境内。

译文

冬季，十一月，郑国的公孙申带兵前去划定所取得的许国土地。许国人在展陂打败了他们。因而郑襄公就兴师攻打许国，夺取了角鉏任、泠敦的田地。

原文

晋栾书将中军，荀首佐之，士燮佐上军，以救许伐郑，取汜、祭①。

楚子反救郑，郑伯与许男讼焉，皇戌摄郑伯之辞。子反不能决也，曰：『君若辱在寡君，寡君与其二三臣共听两君之所欲，成其可知也[②]。不然，侧不足以知二国之成[③]。』

晋赵婴通于赵庄姬[④]。

注释

①汜：郑地名，在今河南省旧汜水县。祭：郑地名，在今郑州市北部。②成其可知：正确的判断就可以作出。③侧：子反名。成：定，定二国之事非。④赵婴：又称楼婴、赵婴齐，为赵衰之子，赵盾之异母弟。

译文

晋国的栾书统帅中军，荀首为副帅，士燮为上军副帅，出兵前去救援许国讨伐郑国，攻下了郑国的汜、祭二地。楚国的子反统帅军队救援郑国，郑襄公和许灵公在子反面前互相谴责，皇戌代表郑襄公发言。子反听了双方的申辩，也没有办法作出决断，所以他说：『如果您二位能前去面见我们国君，他和几个大臣听取了你们各自的要求，才能作出明断。若不然，我是没有办法分清你们谁是谁非的。』

晋国赵盾的弟弟赵婴和赵盾儿子赵朔的妻子赵庄姬私下通奸。

成公五年

原文

五年春，原、屏放诸齐①。婴曰：『我在，故栾氏不作。我亡，吾二昆其忧哉②！且人各有能有不能，舍我何害？』弗听。

婴梦天使谓己：『祭余，余福女。』使问诸士贞伯③。贞伯曰：『不识也④。』既而告其人曰⑤：『神福仁而祸淫。淫而无罚⑥，福也。祭，其得亡乎⑦？』祭之，之明日而亡。

孟献子如宋⑧，报华元也。

注释

①原、屏：原，即赵同；屏，即赵括。二人为赵婴同母之兄。放诸齐：指将赵婴放逐到齐国。②二昆：二兄，指赵同、赵括。③士贞伯：即士贞子、士渥浊。④不识：不知。⑤既而告其人：过一会又私下告诉赵婴派来之人。⑥淫而无罚：淫乱而没有受到惩罚。⑦其得亡乎：难道能无祸吗？亡，通『无』。⑧孟献子：即仲孙蔑。

译文

五年春季，赵同、赵括因为赵婴和赵庄姬私通而打算将他驱赶到齐国。赵婴对他们说：『如果晋国有我在，栾氏等人就不敢胡作非为。如果把我赶走，你们两位兄长就将有祸患！再说一个人有优点，也有不足，如果宽恕了我，对你们有什么不好之处呢？』但赵同和赵括不听。

赵婴在夜里梦见上天派使者对自己说：『你如果祭祀我，我将降福于你。』赵婴派人请士贞伯释译。贞伯说：『我也不理解这是什么意思。』但不久之后他又对别人说：『神灵只能降福给有德之人，降祸于淫乱之人。淫乱而没有受到惩罚，就是有福气了。假设他祭祀神灵，或许能被放逐，难道由此而免去一场灾祸吗？』赵婴祭祀了神灵，第二天就逃到了齐国。

孟献子奔赴宋国，对去年华元的聘问进行回访。

原文

夏，晋荀首如齐逆女，故宣伯餫诸谷①。

梁山崩②，晋侯以传召伯宗③。伯宗辟重④，曰：『辟传！』重人曰⑤：『待我，不如捷之速也。』问其所。曰：『绛人也。』问绛事焉。曰：『梁山崩，将召伯宗谋之。』问将若之何。曰：『山有朽壤而崩，可若何？国主山川，故山崩川竭，君为之不举⑥，降服⑦，乘缦，彻乐，出次⑧，祝币，史辞以礼焉。其如此而已。虽伯宗，若之何？』伯宗请见之。不可。遂以告而从之。

注释

①宣伯：即叔孙侨如。餫：给在野外行路之人馈送食物。②梁山：梁山有数处，此梁山当在今陕西韩城县，距黄河不远处。③传：传车，即驿站专用车。伯宗：晋大夫。④辟重：让重车把路让开。重，指装载重物之车，又称大车，行速很慢。⑤重人：押送重车的人。⑥不举：即食不杀牲、菜肴不丰盛、不用音乐助食。⑦降服：不着华丽衣服。⑧出次：离开寝宫，出居他处。

译文

夏季，晋国的荀首出使齐国为晋景公迎娶齐女，所以叔孙侨如在谷地等候送给他们粮食。

晋国境内的梁山发生了山崩，晋景公用驿车召见伯宗立即回到国都。途中伯宗让一辆载重车给驿车让路：『快给让路！』押送重车的人说：『你与其等待我这辆车过去再走，倒不如走捷径更来得快。』伯宗问他是哪里人。押车人他说：『我是晋都绛城人。』又问他绛城的消息。押车人说：『由于梁山发生了山崩，所以国君打算召见伯宗回去商量对策。』伯宗问押车人应该怎么办。押车人说：『山因为土质腐朽而发生了崩塌，又能有什么挽救的措施呢？一个国家以山川为主体，一旦发生山崩河枯这类事情，国君就应由此而减膳撤乐，身着常服，乘坐朴素的车子，不奏音乐，离开寝宫外出居住，给神灵献上丰盛的祭品，并由祝史宣读祭文以祭祀山川之神灵。也只能这样做。就算是让伯宗去办此事，他又能怎么样呢？』于是伯宗邀请押车人去见君王。押车人不肯去。于是伯宗把押车人的话告诉了晋景公，景公听从并去实施。

原文

许灵公愬郑伯于楚①。六月，郑悼公如楚，讼，不胜。楚人执皇戌及子国②。故郑伯归，使公子偃请成于晋。秋，八月，郑伯及晋赵同盟于垂棘。

注释

①许灵公愬郑伯于楚：许灵公到楚国控告郑悼公伐许。愬，同『诉』。②子国：郑穆公之子，即公子发。

译文

许灵公到楚国控诉郑悼公。六月，郑悼公到楚国争辩是非曲直，结果败诉。因此楚国人便抓住了皇戌和子国。所以郑悼公回国之后，便派公子偃到晋国去求和。秋季，八月，郑悼公和晋景公在垂棘结盟。

原文

宋公子围龟为质于楚而还①，华元享之。请鼓噪以出，鼓噪以复入，曰：『习攻华氏。』宋公杀之。

冬，同盟于虫牢，郑服也。

诸侯谋复会，宋公使向为人辞以子灵之难②。

十一月己酉③，定王崩。

注释

①公子围龟：宋文公之子，字子灵。围龟为质于楚，可能是替代华元的，故回国后，怨恨华元而欲攻之。②向为人：人名，宋臣，宋桓公后代。③己酉：十二日。

译文

宋国的公子围龟在楚国当人质，后来返回宋国时，华元设宴款待他。但围龟要求击鼓呼叫着出入华元家，并且说：『我这是在演习攻打华氏一族。』宋共公便杀死了他。

冬季，成公和晋景公、齐顷公、宋共公、卫定公、郑悼公、曹宣公、邾子、杞桓公在郑国的虫牢召开盟会，这次盟会是为郑国投降晋国而召开的。

各诸侯计划再召开一次盟会，但宋共公派向为人前来解释，因为国内发生了围龟事件，不能前来参加盟会了。

十一月十二日，周定王死。

成公六年

原文

六年春，郑伯如晋拜成，子游相[①]，授玉于东楹之东。士贞伯曰：『郑伯其死乎？自弃也已[②]！视流而行速[③]，不安其位，宜不能久[④]。』

二月，季文子以鞌之功立武宫[⑤]，非礼也。听于人以救其难，不可以立武。立武由己，非由人也。

取鄟[⑥]，言易也。

注释

①子游：即公子偃。相：辅助郑伯行礼。②自弃：自己不尊重自己。③视流：目光流移、张望。行速：走路慌张。④宜不能久：大概不能活多久了。⑤武宫：宣扬武功的纪念建筑物。⑥鄟：诸侯小国名，在今山东省郯城县东北部。

译文

六年春，郑悼公去到晋国拜谢讲和，子游作为相礼，在东楹的东边举行授玉的仪式。士贞伯说：『郑伯恐怕将不久于人世！自己不尊重自己！目光流动而走路不稳重，不能安详地处在自己的位子上，大概活不了多长时间。』

二月，季文子为了纪念鞌地战役的功劳建立了武宫，这是不合于礼的。依赖别人来救援自己的患难，不能建立武宫。建立武宫应该因为自己而不是依靠别人的援助。

占取鄟地，《春秋》这样记载，是说事情完成得轻而易举。

原文

三月，晋伯宗、夏阳说[①]、卫孙良夫、宁相、郑人、伊雒之戎、陆浑、蛮氏侵宋[②]，以其辞会也。师于针[③]。卫人不保。说欲袭卫[④]，曰：『虽不可入，多俘而归，有罪不及死。』伯宗曰：『不可。卫唯信晋。故师在其郊而不设备。若袭之，是弃信也。虽多卫俘，而晋无信，何以求诸侯？』乃止。师还，卫人登陴[⑤]。

注释

①夏阳说：晋国大夫。②蛮氏：即昭公十六年戎蛮。在今河南省临汝县西南。③针：卫邑名，在今河南省濮阳县附近。④说：即夏阳说。⑤陴：城上掩体之矮墙。

译文

三月，晋国伯宗、夏阳说、卫国孙良夫、宁相、郑人、伊雒戎人、陆浑、蛮氏进攻宋国，这是因为宋国拒绝会见的缘故。军队驻扎在针地。卫人没有防备。夏阳说要偷袭卫国，说：『虽然不能进入，多抓一些俘虏回去，有罪也不至于死。』伯宗说：『不可以。卫国因为信赖晋国，所以军队驻扎在他们郊外而不加防备。假设偷袭他们，这是背弃信用。虽然多抓了卫国俘虏，而晋国没有了信用，用什么去求得诸侯的爱戴？』于是就停下来没有按此计划实施。军队回国，卫国人登上了城墙。

原文

晋人谋去故绛[①]，诸大夫皆曰：『必居郇、瑕氏之地[②]，沃饶而近盐[③]，国利君乐，不可失也。』韩献子将新中军，且为仆大夫[④]。公揖而入。献子从。公立于寝庭，谓献子曰：『何如？』对曰：『不可。郇、瑕氏土薄水浅，其恶易觏。易觏则民愁，民愁则垫隘[⑤]，于是乎有沉溺重膇之疾[⑥]。不如新田[⑦]，土厚水深，居之不疾，有汾、浍以流其恶[8]，且民从教，十世之利也。夫山、泽、林、盐，国之宝也。国饶，则民骄佚。近宝，公室乃贫。不可谓乐。』公说，从之。夏，四月丁丑，晋迁于新田。

六月，郑悼公卒。

子叔声伯如晋[9]。命伐宋。

秋，孟献子、叔孙宣伯侵宋，晋命也。

楚子重伐郑，郑从晋故也。

冬，季文子如晋，贺迁也。

注释

①故绛：晋人称故都绛为故绛，此后迁都新田，也称新田为绛。在今山西省冀城县。②郇、瑕氏之地：郇、瑕为二地，古地名，在今山西省临猗县西南。③盐：即盐池，今称解池。④仆大夫：即太仆，掌管宫中之事。韩献子为新中军师并兼任此官。⑤垫隘：瘦弱。⑥沉溺重膇：沉溺为风湿病，重膇即足肿。⑦新田：晋新迁之都，即今侯马市，距故绛五十里。⑧汾、浍：汾河、浍河，二水名，汾水流经新田西北，浍水流经新田，注入汾水。⑨子叔声伯：即公孙婴齐。

译文

晋国人准备离开故绛，大夫们都说：『务必要住在郇、瑕，那里土地肥沃富饶而紧挨盐池，国家有利，国君欢乐，不能够放弃。』韩献子正带领新中军，同时兼任仆大夫。晋景公朝罢向群臣作揖而后退入路门。韩献子尾随其后。晋景公站在正寝外边的院子里，对韩献子说：『怎么样？』韩献子回答说：『不可以。郇、瑕的土地贫瘠水浅，污秽容易积聚。污秽容易积聚，百姓就烦恼，百姓愁苦，身体就不够健康，在这种情况下就患得风湿脚肿的病症。不如新田，土厚水深，住在那里不生疾病，有汾水、浍水以洗刷污秽，而且百姓服从管理，这是子孙十代的利益。深山、大泽、森林、盐池，是国家的宝藏。国家富饶，百姓就骄傲放荡。靠近宝藏，公室就会亏损。不能说是欢乐。』晋景公十分高兴，听从了他的意见。夏，四月十三日，晋国迁都到新田。

六月，郑悼公去世。

子叔声伯前往晋国。晋国命令鲁国去进攻宋国。

秋，孟献子、叔孙宣伯攻打宋国，这是由于晋国的命令。

楚国的子重攻打郑国，这是由于郑国投靠晋国的缘故。

冬，季文子去到晋国，这是为了对迁都表示祝贺。

原文

晋栾书救郑，与楚师遇于绕角①。楚师还。晋师遂侵蔡。楚公子申、公子成以申、息之师救蔡，御诸桑隧。赵同、赵括欲战，请于武子②，武子将许之。知庄子、范文子、韩献子谏曰：『不可。吾来救郑，楚师去我，吾遂至于此，是迁戮也③。戮而不已，又怒楚师，战必不克。虽克，不令。成师以出，而败楚之二县，何荣之有焉？若不能败，为辱已甚，不如还也。』乃遂还。

注释

①绕角：蔡国地名，在今河南省鲁山县东南部。②武子：即栾书，为中军之帅。③迁戮：转移杀戮对象，指侵蔡。

译文

晋国栾武子救援郑国，和楚军在绕角狭路相逢。楚军撤军回国。晋军就进攻蔡国。楚国公子申、公子成带领申地、息地的军队救援蔡国，在桑隧迎击晋军。赵同、赵括想要出战，向栾武子请求，栾武子打算同意。知庄子、范文子、韩献子进谏说：『不可以。我们来救援郑国，楚军离开我们，我们就到了这里，这是把杀戮转移到别人头上。杀戮而无休止，又激怒楚军，作战一定不能取胜。即使得胜，也不是好事。整顿军队出动，仅仅打败楚国两个县的部队，有什么光荣呢？如果不能打败他们，蒙受的耻辱就太过分了，不如回去。』因此晋军就回去了。

原文

于是，军帅之欲战者众。或谓栾武子曰：『圣人与众同欲，是以济事。子盍从众？子为大政[1]，将酌于民者也。子之佐十一人[2]，其不欲战者，三人而已。欲战者可谓众矣。《商书》曰：「三人占，从二人。」众故也。』武子曰：『善钧[3]，从众。夫善，众之主也。三卿为主，可谓众矣。从之，不亦可乎？』

注释

①大政：中军帅，即执政大臣。②佐：辅佐者。③善钧：同样是善。钧，同『均』。

译文

当时军官中主张作战的很多。有人对栾武子说：『圣人的愿望和大众相同，因而成事。您为什么不顺从大众的意见？您是执政大臣，应当是斟酌人民的意见办事。您的辅佐者十一个人，不要作战的仅仅只有三个人而已。想要作战的人可以说是大多数。《商书》说：「三个人占卜，听从两个人的。」由于是多数的缘故。』栾武子说：『同样是吉祥和善才听从多数。吉祥善良，是大众主张。现在有三位大臣主张，可以说是群众了。顺从他们，不也是可以的吗？』

成公七年

原文

七年春，吴伐郯，郯成。

季文子曰：「中国不振旅①，蛮夷入伐，而莫之或恤②。无吊者也夫③！《诗》曰：『不吊昊天，乱靡有定。』其此之谓乎！有上不吊④，其谁不受乱？吾亡无日矣！」君子曰：「知惧如是，斯不亡矣。」

郑子良相成公以如晋，见，且拜师⑤。

注释

①中国不振旅：中原华夏诸国不整治军旅以威四夷。②莫之或恤：对被蛮夷侵伐之国，没有人加以存恤救援。③无吊者：即无善君。吊，甲骨文及金文『叔』、『吊』同是一字。叔，同『淑』，善。④上：指霸主。⑤拜师：拜谢去年出兵救郑。

译文

七年春，吴国侵犯郯国，郯国与吴国讲和。

季文子说：『中原诸国不整顿军队，蛮夷侵犯，而没有人对此担心。这是因为没有才德高尚之士的原因啊！《诗》说：「上天不善，动乱没有个安定。」说的就是这种情况吧！有了上面的人然而不善，还有谁不受到动乱？我们不用多久就会灭亡了！』君子说：『像这样知道警惕，这就不会灭亡。』

郑国的子良作为郑成公的相礼者出使晋国，拜见晋景公，同时感激出兵援救郑国。

原文

夏，曹宣公来朝。

秋，楚子重伐郑，师于汜[1]。诸侯救郑。郑共仲、侯羽军楚师，囚郧公钟仪，献诸晋。

八月，同盟于马陵[2]，寻虫牢之盟，且莒服故也。

晋人以钟仪归，囚诸军府[3]。

注释

①汜：地名，在今河南省襄城县。②马陵：卫地，位于河北省大名县东南。③军府：军用仓库。今用作囚禁战俘。

译文

夏，曹宣公前来朝见。

秋，楚国的子重进攻郑国，军队驻扎在汜地。诸侯救援郑国。郑国的共仲、侯羽围困楚军，拘捕郧公钟仪，把他献给晋国。

八月，成公和晋景公、齐顷公、宋共公、卫定公、曹宣公、莒子、邾子、杞桓公共同在马陵结盟，这是由于重温虫牢的盟约，同时莒国归降的缘故。

晋国人带着钟仪回去，把他关押在军用仓库里。

原文

楚围宋之役，师还，子重请取于申、吕以为赏田[1]。王许之。申公巫臣曰：『不可。此申、吕所以邑也，是以为赋，以御北方。若取之，是无申、吕也，晋、郑必至于汉。』王乃止。子重是以怨巫臣。子反欲取夏姬，巫臣止之，遂取以行。子反亦怨之。及共王即位，子重、子反杀巫臣之族子阎、子荡及清尹弗忌及襄老之子黑要②，而分其室③。子重取子阎之室，使沈尹与王子罢分子荡之室，子反取黑要与清尹之室。巫臣自晋遗二子书，曰：『尔以谗慝贪婪事君，而多杀不辜，余必使尔罢于奔命以死④。』

注释

①申、吕：地名，为楚北部边陲之二县，故城在今河南省南阳市西。②清尹：楚官名。③分其室：分其家产，包括土地、房屋、姬妾奴仆以及所有财物。④罢：通『疲』。

译文

楚国围攻宋国那一战役，楚军回国，子重请求封给申邑、吕邑的部分土地作为赏赐。楚庄王同意了。申公巫臣说：『不可以。这些土地是申、吕两地所赖以成为城邑的，从这里征发兵赋，以抗击北方。如果私人拥有它，这就没有申邑和吕邑了，晋国和郑国必然可以到达汉水。』楚庄王就不给子重申、吕的土地了。子重因此怀恨巫臣。子反想娶夏姬，巫臣反对他，自己反而娶了夏姬逃到晋国。子反由此也很怨恨巫臣。等到楚共王当上国君，子重、子反杀了巫臣的族人子阎、子荡和清尹弗忌以及襄老的儿子黑要，并且一起分掉他们的所有家产。子重取得了子阎的全部家当，让沈尹和王子罢瓜分子荡的家产，子反取得了黑要和清尹的所有家产。巫臣从晋国写信给子反、子重，说：『你们用邪恶贪婪报答国君，杀了那么多无辜的人，我一定要让你们疲于奔命劳累而死。』

原文

巫臣请使于吴，晋侯许之。吴子寿梦说之。乃通吴于晋，以两之一卒适吴①，舍偏两之一焉②。与其射御，教吴乘车，教之战陈，教之叛楚。置其子狐庸焉[3]，使为行人于吴[4]。吴始伐楚、伐巢、伐徐，子重奔命。马陵之会，吴入州来[5]，子重自郑奔命[6]。子重、子反于是乎一岁七奔命。蛮夷属于楚者，吴尽取之，是以始大，通吴于上国[7]。

卫定公恶孙林父[8]。冬，孙林父出奔晋。卫侯如晋，晋反戚焉[9]。

注释

①两之一卒：合两偏为一卒的战车，即兵车三十辆。②舍偏两之一：留下卒中一偏，即兵车十五辆。③置其子：留下其子。④行人：外交人员。⑤州来：楚属国，位于今安徽省凤台县境内。⑥奔命：奉命奔驰以御吴军。⑦上国：指中原诸国。⑧孙林父：孙良夫之子，又称孙文子。⑨戚：本孙氏采邑，孙林父奔晋，其戚邑随孙氏归晋。

译文

巫臣请求出使到吴国，晋景公同意了。吴子寿梦赞赏他。于是巫臣就促使吴国和晋国通好，带领了楚国的三十辆战车来到吴国当教练，留下十五辆。送给吴国射手和御者，教吴人使用战车，教他们使用战阵，教他们反抗楚国。又把自己的儿子狐庸留下，让他在吴国做外交官。吴国开始进攻楚国、攻打巢国、攻打徐国，子重奉命往返其间。在马陵会见的时候，吴国进入州来，子重从郑国奉命赶去。子重、子反在这种情况下一年七次奉命奔驰以抵抗吴军。蛮夷属于楚国的，吴国一概加以占取，所以开始强大，得以和中原诸国互通友好。

卫定公憎恨孙林父。冬，孙林父逃跑来到晋国。卫定公去到晋国，晋国把孙林父的封邑戚地归还给了卫国。

成公八年

原文

八年春，晋侯使韩穿来言汶阳之田，归之于齐。季文子饯之，私焉[①]，曰：『大国制义[②]，以为盟主，是以诸侯怀德畏讨，无有贰心。谓汶阳之田，敝邑之旧也，而用师于齐[③]，使归诸敝邑。今有二命曰：「归诸齐。」信以行义，义以成命，小国所望而怀也。信不可知，义无所立，四方诸侯，其谁不解体？《诗》曰：「女也不爽，士贰其行。士也罔极，二三其德。」七年之中，一与一夺，二三孰甚焉？士之二三，犹丧妃耦，而况霸主？霸主将德是以，而二三之，其何以长有诸侯乎？《诗》曰：「犹之未远[④]，是用大简[⑤]。」行父惧晋之不远犹而失诸侯也[⑥]，是以敢私言之。』

注释

①私：私下交谈。②制义：处理事务适宜。③用师：鞌之战。④犹之未远：意为谋略无远见。犹，同『猷』，谋。⑤大简：极力规劝。简，谏。⑥行父：指季文子。

译文

八年春季，晋景公派遣韩穿去到鲁国，要求鲁国把鲁成公二年取得的汶阳田地返还给齐国。季文子给韩穿饯行时，偷偷对他说：『大国只有合理公道地处理各种事宜，才能当上诸侯盟主，各诸侯也会因此而怀念它的德行，担心它的征讨，不敢有三心二意。说起汶阳之田，本是我国领土，对齐国用兵之后，才逼迫齐国归还我国。而如今又有了第二道命令：「再归还齐国。」道义要靠信用实施，命令要靠道义执行，这是小国对大国的愿望，也因此而归附它们。现在不讲信用，不行道义，各处诸侯能不分崩离析吗？《诗》说：「女人并无过失，是男人的所作所为不对。男人心中没有主意，他的行为不可猜测。」七年之内，给一次又要回去一次，还有比这更没有立场的吗？男人变化无常，尚且会使恋人背离，更何况是诸侯盟主呢？作为霸主必须仰赖德行，如果朝令夕改，怎么能长期得到诸侯的拥戴呢？《诗》说：「您的谋略无远见，我就极力来劝谏。」我担心晋国在这个问题上不能深谋远虑，因此才敢偷偷对您说这些话。』

原文

晋栾书侵蔡，遂侵楚，获申骊①。

楚师之还也，晋侵沈②，获沈子揖初，从知、范、韩也③。君子曰：『从善如流，宜哉！《诗》曰：「恺悌君子④，遐不作人⑤？」求善也夫！作人，斯有功绩矣。』

是行也，郑伯将会晋师，门于许东门，大获焉。

声伯如莒，逆也。

宋华元来聘，聘共姬也。

夏，宋公使公孙寿来纳币，礼也。

注释

①申骊：楚大夫。②沈：国名，在今安徽省阜阳市西北。③知、范、韩：指知庄子、范文子、韩献子。④恺悌：平易近人。⑤遐不作人：何不起用人才。

译文

晋国的栾书带兵进犯蔡国，随后又侵入楚国，俘虏了楚国大夫申骊。

楚军回去的时候，晋国攻进沈国，抓住了沈子揖初，这是栾书采纳知庄子荀首、范文子士燮、韩献子韩厥三人谋划的结果。因此君子对此认为：『采纳善言像流水一样爽快，这是很妥帖的啊！《诗》说：「善良的君子，怎么不起用人才？」说的就是求取有德之人吧！善于起用人才，就能建立伟大的功绩。』

在晋军这次行动中，郑成公聚集晋军，路经许国时，顺便攻击许国国都的东门，结果收获十分显著。

声伯去到莒国，迎娶妻子。

宋国的华元前来鲁国聘问，为宋共公约定婚姻，聘定的是共姬。

夏季，宋共公又派公孙寿来到鲁国送呈彩礼，这是合于礼的。

原文

晋赵庄姬为赵婴之亡故，谮之于晋侯，曰：『原、屏将为乱。』栾、郤为征[1]。六月，晋讨赵同、赵括。武从姬氏畜于公宫。以其田与祁奚[2]。韩厥言于晋侯曰：『成季之勋[3]，宣孟之忠[4]，而无后，为善者其惧矣。三代之令王，皆数百年保天之禄，夫岂无辟王[5]？赖前哲以免也。《周书》曰：「不敢侮鳏寡。」所以明德也[6]。』乃立武[7]，而反其田焉[8]。

秋，召桓公来赐公命。

注释

①栾、郤为征：栾氏、郤氏为庄姬之诬告作证。②祁奚：晋臣，又称祁大夫，字黄羊，晋大夫高梁伯之子。③成季：赵衰，辅佐晋文公有功劳。④宣孟：即赵盾，对晋忠诚。⑤辟王：邪僻的君王。⑥明德：昭明美德。⑦立武：立赵武为赵氏家族继承人。⑧反其田：将收回的赵氏之田返还给他。

译文

晋国的赵庄姬因为赵婴被迫出逃一事，在晋景公面前诽谤赵同和赵括，说：『赵同和赵括打算叛乱。』而栾氏和郤氏则从旁为她作证。因而到了六月，晋国诛杀了赵同、赵括及其族人。赵武则跟着庄姬在晋景公的宫内居住。晋景公把赵氏的田地赐给了祁奚。韩厥对晋景公说：『赵衰功劳卓著，赵盾忠心耿耿，这样的人到头来却没有留下后代，这就会使善良的人感到忧虑。夏、商、周三代君王都能够享有富贵几百年，难道他们中间就不存有昏君吗？只不过是倚赖他们贤明的祖先才得以免除祸难罢了。《周书》说：「不要欺侮鳏夫寡妇。」就是为了宣扬德行。』因此晋景公就把赵武立为赵氏继承人，并把赵氏的田地全都返还给了他。

秋季，召桓公来鲁国传达周天子赐爵成公的诏令。

原文

晋侯使申公巫臣如吴，假道于莒。与渠丘公立于池上[①]，曰：『城已恶[②]。』莒子曰：『辟陋在夷，其孰以我为虞[③]？』对曰：『夫狡焉思启封疆以利社稷者，何国蔑有[④]？唯然，故多大国矣。唯或思或纵也。勇夫重闭[⑤]，况国乎？』

冬，杞叔姬卒。来归自杞，故书。

注释

①渠丘公：莒国君主，名朱。渠丘，为莒国邑名，在今山东莒县北。②城已恶：城墙太破旧了。已，太。③以我为虞：把我国作为觊觎的对象。虞：望。④蔑：无。⑤重闭：内外门户重重关闭。

译文

晋景公派申公巫臣出使吴国，向莒国借道。巫臣和渠丘公站在城池边上，巫臣说：『你们的城墙太破旧了。』渠丘公说：『我国地处偏远，为夷蛮之邦，谁还会打我们的算盘呢？』巫臣说：『狡诈之人都是绞尽脑汁扩展疆土，以有利于自己的国家，哪个国家没有这样的人？正因为这样，才出现了很多地域辽阔大国。只是小国中有的警惕性较高，有的则疏乎戒备。一个勇敢的人在睡觉时尚且要关闭门窗，更何况是一个国家呢？』

冬季，杞叔姬死去。由于她是被杞国休弃回到鲁国的，出于同情，《春秋》才加以记载。

原文

晋士燮来聘，言伐郯也，以其事吴故。公赂之，请缓师。文子不可①，曰：『君命无贰，失信不立②。礼无加货，事无二成③。君后诸侯，是寡君不得事君也④。燮将复之。』季孙惧，使宣伯帅师会伐郯。

卫人来媵共姬，礼也。凡诸侯嫁女，同姓媵之，异姓则否。

注释

①文子：指士燮。②失信不立：完不成使命而失信于君，则无以自立。③二：即出师与缓师。④寡君不得事君：晋君不得事奉鲁君。此为外交辞令，包含与鲁绝交之意。

译文

晋国的士燮来到鲁国聘问，说是要发兵攻击郯国，因为郯国背叛晋国而归顺吴国。成公送给士燮财物，请求让鲁国暂缓出兵。但士燮不赞成，他说：『执行国君的命令不能随意变更，如失去对国君的信用就难以自立。我只能接受规定的礼物，不能另外有所增加，立即出兵或暂缓出兵，在其中只能有一种选择。假设君王在其他诸侯之后出兵，那么我们君王就难以再事奉您了。我将实事求是向我们君王汇报。』季孙对此感到很恐惧，于是就只好让宣伯领兵会同晋军攻打郯国去了。

卫国人送来一个女子作为共姬的陪嫁，这是合于礼的。凡是诸侯的女儿嫁给其他国家，只要是同姓国家就要送一女子作为陪嫁，异姓国家就不必这样做了。

观瀑图　明·汪肇

此图阔笔斧劈，成跌宕巨石；劲毫顿挫，作屈铁古木。树石黝暗，以淡墨渝润；白云飞瀑，以留白而成。黑白相映，尽显山谷清幽之气。树旁二高士，抡扇举首，遥观飞瀑，神情悠然。衣纹以折芦描出之，与景物峭硬感觉相和谐，属典型浙派风格。

成公九年

原文

九年春，杞桓公来逆叔姬之丧[1]，请之也。杞叔姬卒，为杞故也。逆叔姬，为我也。

为归汶阳之田故，诸侯贰于晋。晋人惧，会于蒲，以寻马陵之盟。季文子谓范文子曰：『德则不竞[2]，寻盟何为？』范文子曰：『勤以抚之[3]，宽以待之，坚强以御之，明神以要之[4]，柔服而伐贰，德之次也。』

是行也，将始会吴，吴人不至。

注释

①丧：尸体。②德则不竞：德行不能自强。针对晋的讲信义而发。竞，强。③勤以抚之：即『抚之以勤』的倒装，下列句式与此同。④明神：指会盟。要：约束。

译文

九年春季，杞桓公奔赴鲁国接回叔姬的尸骨，这是应鲁国的要求而来的。叔姬是由于被杞国遗弃才死去的。杞国迎回叔姬的尸体也全部是出于鲁国的请求。

因为让鲁国把汶阳田地归还齐国一事，各诸侯国对晋国都有了三心二意。因此晋国人非常害怕，于是就召集诸侯在蒲地会盟，打算重温马陵的盟约。季文子对范文子士燮说：『德行已日趋衰落，重温旧盟又有什么用呢？』士燮说：『以勤勉安抚诸侯，以宽厚对待诸侯，以坚强统帅诸侯，以盟誓约束诸侯，安抚顺服者，讨伐三心二意者，这也毕竟是次一等的德行。』

这次会盟，原本准备开始和吴国会见，但吴国没有派人前来参加。

原文

二月，伯姬归于宋。

楚人以重赂求郑，郑伯会楚公子成于邓。

夏，季文子如宋致女①，复命，公享之。赋《韩奕》之五章。穆姜出于房②，再拜，曰：『大夫勤辱，不忘先君，以及嗣君，施及未亡人③。先君犹有望也！敢拜大夫之重勤。』又赋《绿衣》之卒章而入。

晋人来媵，礼也。

注释

①致女：古代女子出嫁，使大夫随行聘问，称为致女。②穆姜：宣公夫人，伯姬之母。③施：延续。未亡人：当时寡妇自称。

译文

二月，伯姬出嫁到宋国。

楚国送给郑国无数的财礼，请求和郑国和好，于是郑成公在邓地和楚国的公子成举行了会盟。

夏季，季文子到宋国慰问伯姬，回国后向成公复命，成公摆席招待他。席间季文子吟诵了《韩奕》一诗的第五章。穆姜听到后从里屋走出来，两次给季文子下拜，说：『大夫受累了，您不忘先君和当今君王的恩德，并且还因此对我这么好。先君开始也是这样期待您的！再次拜谢大夫的辛劳。』说完朗读了《绿衣》一诗的最后一章后才走进屋去。

晋国人送来一个女子作为陪嫁，这是合乎礼的。

原文

秋，郑伯如晋。晋人讨其贰于楚也，执诸铜鞮[①]。

栾书伐郑，郑人使伯蠲行成[②]，晋人杀之，非礼也。兵交，使在其间可也。

楚子重侵陈以救郑。

注释

①铜鞮：地名，在今山西省沁县南，此处建有晋侯的别宫。②伯蠲：人名，郑臣。

译文

秋季，郑成公前往晋国，晋国人为了惩罚他又一次投靠楚国，把他逮起来关押在铜鞮。

栾书率兵攻打郑国，郑国派伯蠲前来讲和，但是晋国人杀掉了他，这是不合乎礼的。在交战期间，使者是可以在双方之间来往的。

楚国的子重进攻陈国以救援郑国。

原文

晋侯观于军府，见钟仪，问之曰：『南冠而絷者[①]，谁也？』有司对曰：『郑人所献楚囚也。』使税之，召而吊之[②]。再拜稽首。问其族[③]。对曰：『泠人也[④]。』公曰：『能乐乎？』对曰：『先人之职官也，敢有二事？』使与之琴，操南音。公曰：『君王何如？』对曰：『非小人之所得知也。』固问之[⑤]，对曰：『其为大子也，师保奉之，以朝于婴齐而夕于侧也[⑥]。不知其他。』公语范文子。文子曰：『楚囚，君子也。言称先职，不背本也；乐操土风，不忘旧也；称大子，抑无私也。名其二卿[⑦]，尊君也。不背本，仁也。不忘旧，信也。无私，忠也。尊君，敏也。仁以接事⑧，信以守之，忠以成之，敏以行之。事虽大，必济。君盍归之，使合晋、楚之成⑨？』公从之，重为之礼，使归求成。

冬，十一月，楚子重自陈伐莒，围渠丘⑩。渠丘城恶⑪，众溃，奔莒。戊申，楚入渠丘。莒人囚楚公子平，楚人曰：『勿杀！吾归而俘。』莒人杀之。楚师围莒。莒城亦恶，庚申⑫，莒溃。楚遂入郓。莒无备故也。

注释

①南冠：楚人戴的帽子。絷：拘禁、束缚。②吊：慰问。③族：指宗族、官职。④泠人：乐官，亦作『伶人』。⑤固问之：一再问他。⑥朝于婴齐：早晨向令尹子重请教。夕于侧：晚上请教于司马子反。侧，即司马子反。⑦名其二卿：在晋侯面前直呼二卿的名字。⑧接事：指处理事务。⑨合晋、楚之成：洽商晋、楚讲和的事情。⑩渠丘：莒地名，在今山东省莒县东南部。⑪城恶：城墙毁坏。⑫庚申：十七日。

译文

晋景公检查军用仓库，当他看到被关押的钟仪时，便问身边的人：『那个头戴南方帽子而被绑起来的是谁呢？』有司回答说：『是郑国人献来的楚国俘虏。』晋景公吩咐给钟仪松绑，并召见安慰他一番。钟仪两次叩头对他表示感谢。晋景公问起他的世官。钟仪回答说：『是乐官。』晋景公又问：『你能演奏音乐吗？』钟仪回答说：『先人就是掌管这个的，我不学这个还能学什么呢？』晋景公便让他弹琴，钟仪演奏的是南方乐曲。晋景公又问：『你们君王如何？』钟仪回答说：『这我就不知道了。』晋景公再三问他，他才回答说：『他做太子的时候有师保服务于他。每天早晨请教令尹子重，晚上又请教司马子反。其他情况我就不太清楚了。』晋景公把这话告诉了范文子士燮。士燮说：『钟仪真是个高尚之人。说话时先提到先人的官职，说明他没有忘本；奏乐时弹奏家乡曲调，说明他没有忘旧；说起国君则只讲述他做太子时的事情，说明他对国君的称赞是发自内心的。直呼本国两位卿的名字，表明了对所在国君王的爱戴。不忘本就是仁，不忘旧就是信，发自本意就是忠，尊重君王就是敏。依靠仁来处事，依靠信来守事，依靠忠来成事，依靠敏来行事，拥有了这四者，即使再大的事也能够出色地完成。君王为什么不放他回去，从而让他成就晋、楚两国的友好呢？』于是晋景公同意了范文子士燮的建议，对钟仪热情隆重招待，让他回国去为晋、楚两国求和。

冬季，十一月，楚国的子重从陈国出发讨伐莒国，围攻了渠丘。由于渠丘的城墙极为残败，双方一交战，渠丘的守军便四散逃亡逃到了莒国都城。初五日，楚国军队攻入渠丘。莒国人抓获了楚国的公子平，楚国人对他们说：『别杀他！我们把你们的人归还过去。』但莒国人还是把公子平给杀了。于是楚国的军队围攻莒国都城。莒都的城墙也很破旧，所以在十七日，莒军就溃败了。随后楚军便攻入郓城。莒国这次十分容易地被攻克，完全是由于没有防备的缘故。

原文

君子曰：『恃陋而不备，罪之大者也；备豫不虞①，善之大者也。莒恃其陋，而不修城郭，浃辰之间②，而楚克其三都，无备也夫！《诗》曰：「虽有丝、麻，无弃菅、蒯③；虽有姬、姜④，无弃蕉萃⑤。凡百君子，莫不代匮⑥。」言备之不可以已也！』

注释

①备豫不虞：预先防备意料之外的事情。豫，预先有防备；不虞，预料之外。②浃辰：十二日，这里指由戊申到庚申经历地支一遍。浃，遍；辰，从子到亥十二辰。③菅、蒯：皆为多年生草本植物，古人用以编织席、鞋、绳索

等。④姬、姜：姬，为黄帝姓；姜，为炎帝姓。指代美女。⑤蕉萃：即憔悴，指代面黄肌瘦的丑女。⑥代匮：缺此少彼。

译文

君子对这件事评价说：『城墙简陋而又不加防备，这是罪中之大罪；戒备意外，则是善中之大善。莒国凭借其简陋破旧的城墙，不修治城郭，加强防御，所以在十二天之内，楚国就将它的三个城市攻陷，这完全是没有防备的流毒啊！《诗》说：「虽然有了丝和麻，也不要将杂草扔掉；虽然有了美女，也不要将丑陋的妻子遗弃。凡是君子们，没有不缺此少彼的时候。」这说的就是不能不防患于未然啊！』

原文

秦人、白狄伐晋，诸侯贰故也。

郑人围许，示晋不急君也[1]。是则公孙申谋之，曰：『我出师以围许，为将改立君者，而纾晋使[2]，晋必归君。』

注释

①不急君：不急于救出其君，而热衷于用兵图许。②纾晋使：暂缓派使者去晋国。

译文

秦国人和白狄联合包围攻打晋国，这是利用各诸侯对晋国怀有二心的机会进攻的。

郑国出兵包围了许国，以此向晋国表示，他们并没有因为郑成公被囚禁而畏惧。这是公孙申的主意，他说：『我们出兵包围许国，给晋国造成我们要另立国君的假象，同时也暂时不派使者到晋国，这样，晋国必然会把我们国君送回来。』

起蛟图　明·汪肇

此图描绘蛟龙得水，变幻腾空时的情景。作者采用对角线分割构图，人物用『枯柴描』，草草瓜笔，即把老叟童稚惊慌神态，描写得淋漓尽致。而树石则用笔简率，豪放不羁，墨气古朴浑润。整幅画面给人以心骇魄飞的紧张感。

原文

城中城。书，时也。

十二月，楚子使公子辰如晋[1]，报钟仪之使，请修好结成。

注释

①公子辰：字子商，楚国太宰。

译文

鲁国在都城内又建造了一座城。《春秋》记载了这件事，是因为这时修城符合时令。

十二月，楚共王派公子辰出使晋国，对晋国派钟仪为特使为两国修好一事表示感谢，并请求重修旧好，缔结盟约。

成公十年

原文

十年春，晋侯使籴茷如楚①，报大宰子商之使也②。

卫子叔黑背侵郑③，晋命也。

郑公子班闻叔申之谋。三月，子如立公子繻。夏，四月，郑人杀繻，立髡顽④。子如奔许。栾武子曰：『郑人立君，我执一人焉，何益？不如伐郑而归其君，以求成焉。』晋侯有疾。五月，晋立大子州蒲以为君，而会诸侯伐郑。郑子罕赂以襄钟⑤，子然盟于修泽⑥，子驷为质。辛巳，郑伯归。

注释

①籴茷：晋国大夫。②子商：楚公子辰。③子叔黑背：卫穆公子，定公弟，以子叔为氏。④髡顽：郑成公的太子，即郑僖公。⑤襄钟：即郑襄公庙里的钟。⑥子然：指郑穆公之子。修泽：郑国地名。

译文

十年春，晋景公派遣籴茷出访楚国，这是回报太宰子商的出使。

卫国子叔黑背攻打郑国，这是执行晋国的吩咐。

郑国的公子班听到了叔申的计划。三月，公子班立公子繻为国君。夏，四月，郑人把公子繻杀掉，又立了髡顽。公子班逃跑到许国。栾武子说：『郑国人立了国君，我们捕获的就是一个普通人，有什么好处？不如讨伐郑国而让他们的国君回国，以此求和。』晋景公生病。五月，晋国立太子州蒲为国君，联合诸侯攻打郑国。郑国的子罕把襄公宗庙中的钟呈献给晋国，子然和诸侯在修泽结盟，子驷作为人质。十一日，郑成公回国。

原文

晋侯梦大厉①，被发及地，搏膺而踊②，曰：『杀余孙③，不义。余得请于帝矣！』坏大门及寝门而入。公惧，入于室，又坏户。公觉，召桑田巫。巫言如梦。公曰：『何如？』曰：『不食新矣④！』公疾病⑤，求医于秦。秦伯使医缓为之⑥。未至，公梦疾为二竖子⑦，曰：『彼，良医也。惧伤我⑧，焉逃之？』其一曰：『居肓之上，膏之下⑨。若我何！』医至，曰：『疾不可为也。在肓之上，膏之下，攻之不可⑩，达之不及⑪，药不至焉，不可为也。』公曰：『良医也。』厚为之礼而归之。六月丙午，晋侯欲麦⑫，使甸人献麦⑬，馈人为之⑭。召桑田巫，示而杀之⑮。将食，张⑯，如厕，陷而卒。小臣有晨梦负公以登天⑰，及日中，负晋侯出诸厕，遂以为殉。

注释

①大厉：恶鬼。②搏膺而踊：搏膺，为自槌其胸；踊，跳。③杀余孙：当指成公八年晋景公杀赵同、赵括事。④不食新：吃不到新麦。即死在尝新之前。⑤疾病：病危。⑥医缓：医生，名缓。为：诊治。⑦疾为二竖子：疾病幻化成两个小孩，在晋景公神智不清的幻觉中出现。⑧惧伤我：恐怕要伤害我们。⑨居肓之上，膏之下：待在肓的上面，膏的下面。古代医学把心尖脂肪叫膏，心脏与隔膜之间叫肓，肓上膏下为药力与针灸所不能达到的地方。⑩攻：指灸。⑪达：指针。⑫欲麦：欲尝新麦。⑬甸人：官名，主管藉田，并供给野物。⑭馈人：掌管饮食之官。⑮示：即示以新麦。⑯张：今作『胀』，肚子发胀。⑰小臣：宦官。

译文

晋景公梦见一个十分可怕凶恶的大鬼，披散的长发一直拖到地上，捶胸跳跃，说：『你害死了我的子孙，这是不义。我的请求已经得到天帝同意了！』大鬼毁坏宫门和寝门走进来。晋景公恐惧，躲藏到内室，大鬼又毁坏了内室的门。晋景公醒来，召见桑田的巫人。巫人所说的和晋景公梦见的情况没有二致。晋景公说：『怎么样？』巫人说：『君王恐怕吃不到新收的麦子了！』晋景公病势日趋危急，到秦国去请医生。秦桓公派医缓给晋景公治病。医缓还没有到达，晋景公又梦见疾病变成两个小孩子，一个说：『他是个好医生，恐怕会伤害我们，往哪儿逃好？』另一个说：『我们待在肓的上边，膏的下边。他拿我们就没有办法了！』医生来到，说：『病已不能治了，在肓的上边，膏的下边，砭石不能用，针刺又够不着，药物的力量也到不了，的确不能治了。』晋景公说：『果然是好医生啊。』馈送给他非常丰厚的礼物让他回去。六月初六日，晋景公想要吃麦子，让甸人贡上，馈人烹煮。召见桑田巫人，把煮好的新麦子给他看，然后杀了他。刚要吃的时候，晋景公肚子发胀，上厕所，跌进厕所里死去。有一个宦官一大早梦见背着晋景公登天，等到中午，他背着晋景公出厕所，因此就让他为晋景公殉葬。

原文

郑伯讨立君者，戊申，杀叔申、叔禽①。君子曰：『忠为令德②，非其人犹不可③，况不令乎？』

秋，公如晋。晋人止公，使送葬。于是籴茷未反。

冬，葬晋景公。公送葬，诸侯莫在。鲁人辱之，故不书，讳之也。

注释

①叔申、叔禽：叔申即公孙申，叔禽为叔申之弟。②令德：美德。③非其人：指所忠的对象不得其人。

译文

郑成公攻打立国君的人，六月初八日，杀了叔申、叔禽。君子说：『忠诚是美德，所忠的人不合适尚且不可以，更不用说本人又并不善良呢？』

渔舟读书图　明·蒋嵩

此图为蒋嵩的粗笔水墨山水画。画家用简练概括的手法，兼泼墨写意法，用笔劲健粗放，墨气淋漓，但境界幽远，表现远近溪山、轻舟横渡的旷野之景。在画法风格上，显示出作者个人的独特风格。

秋，成公抵达晋国。晋国人留下成公，让他送葬。那时候籴茷还没回来。

冬，安葬晋景公。成公送葬，诸侯连一个都没有参加。鲁国人以此为耻辱，所以《春秋》不加记载，这是避讳国耻。

成公十一年

原文

十一年春，王三月，公至自晋。晋人以公为贰于楚，故止公。公请受盟，而后使归。

郤犨来聘，且莅盟。

声伯之母不聘①，穆姜曰②：『吾不以妾为姒③。』生声伯而出之。嫁于齐管于奚，生二子而寡，以归声伯。声伯以其外弟为大夫④，而嫁其外妹于施孝叔。郤犨来聘，求妇于声伯。声伯夺施氏妇以与之⑤。妇人曰：『鸟兽犹不失俪，子将若何？』曰：『吾不能死亡⑥。』妇人遂行，生二子于郤氏。郤氏亡，晋人归之施氏。施氏逆诸河，沉其二子⑦。妇人怒曰：『己不能庇其伉俪而亡之⑧，又不能字人之孤而杀之，将何以终？』遂誓施氏⑨。

注释

①声伯：公孙婴齐。不聘：没有行媒聘之礼。②穆姜：鲁宣公夫人。声伯之父叔肸与鲁宣公为同胞兄弟，因此穆姜与声伯之母为妯娌。③姒：妯娌之间，年长者为姒，年幼者为娣。姒，今称嫂。④外弟：即声伯的异父同母弟。⑤施氏：即施孝叔。⑥死亡：死及逃亡。亡，灭。⑦沉其二子：指将其二子投进黄河。⑧伉俪：门第相当之配偶。⑨誓施氏：与施氏发誓，绝不再为其妇。

译文

十一年春季，周历三月，成公自晋国返回鲁国。晋国人疑虑成公又私下勾结楚国，所以就强行扣押了他。直到成公同意了盟约后，才准许他回国。

郤犨来鲁国聘问，同时也是为了监督两国盟约的施行情况。

声伯的母亲没有行聘礼就嫁给了声伯的父亲，所以穆姜说：『我不能承受一个妾做我的嫂子。』声伯的母亲生了声伯之后就被休掉了。后来她嫁给了齐国的管于奚，生了两个孩子后就又守寡了，最后又带着孩子回到声伯身边。声伯让他的异父弟做了大夫，把异父妹妹嫁给了施孝叔。郤犫来鲁国聘问时，恳请声伯给他介绍一个妻子。于是声伯就又把那个异父妹妹从施孝叔手里夺走给了郤犫。那个女人对施孝叔说：『鸟兽都不愿意丢掉配偶，你应该怎么办呢？』施孝叔说：『我不甘愿因此而被处死或赶走。』于是那女人就义无反顾地跟郤犫走了，后来为郤氏家族生了两个孩子。郤氏被灭亡后，晋国人又把她归还给了施孝叔。施孝叔在黄河边上迎接她，不过却把她带来的两个孩子丢到河里淹死了。那个女人万分生气地说：『你既不能保护自己的妻子而让她离开，又不能关怀别人的孤儿而将他们杀死，这样倚赖什么得以善终？』就发誓不再做施氏的妻子。

原文

夏，季文子如晋报聘，且莅盟也。

周公楚恶惠、襄之逼也[①]，且与伯舆争政，不胜，怒而出。及阳樊[②]，王使刘子复之[③]，盟于鄄而入。三日，复出奔晋。

秋，宣伯聘于齐，以修前好[④]。

注释

①惠、襄：指周惠王、周襄王的后裔族人。②阳樊：地名，晋邑，在今河南省济源县东南一带。③刘子：周臣。④修前好：重修鞌之战前两国之旧好。

译文

夏季，季文子到晋国对郤犨的拜访进行回访，同时也是为了监视两国盟约的执行情况。

周公楚对周惠王和周襄王后人的逼迫十分讨厌，同时他又与伯舆产生了权力之争，因为没有获胜，就生气离开到达阳樊，周天子让刘子请他回来，他在鄄地和刘子结盟后就返回来了。不过过了三天，又逃亡到了晋国。

秋季，宣伯到齐国聘问，初衷是要重修两国以前的友好关系。

原文

晋郤至与周争鄇田①。王命刘康公、单襄公讼诸晋。郤至曰：『温，吾故也，故不敢失。』刘子、单子曰：『昔周克商，使诸侯抚封。苏忿生以温为司寇，与檀伯达封于河。苏氏即狄，又不能于狄而奔卫。襄王劳文公而赐之温，狐氏、阳氏先处之②，而后及子。若治其故③，则王官之邑也，子安得之？』晋侯使郤至勿敢争。

注释

①鄇：温之别邑，位于今河南省武陟县西南部。②狐氏、阳氏：狐氏即狐溱，曾为温大夫。阳氏即阳处父，温曾为阳氏采邑。③若治其故：如果追究此邑过去的情况。

译文

晋国的郤至和周王室为鄇田而打斗起来。周天子派刘康公、单襄公到晋国争辩对错曲直。郤至说：『温地本来就是我的封地，所以我才不敢丢掉这块地方。』刘康公和单襄公回答说：『早些时候周朝灭掉商朝后，让诸侯都有了封地。苏忿生被封在温地，并做了司寇，他和檀伯达一样都是被封在黄河北部的。后来苏氏族人归顺了狄人，和狄人不和睦又逃亡到了卫国。周襄公为了慰劳晋文公才把温地赐给了他，狐氏和阳氏两族人都先后被封在温地，到最后才封给你们这一族。所以假设要探根寻源，那么可以说温地是周天子属官的封邑，您又如何能得到它呢？』晋厉公让郤至不要再往下争辩。

原文

宋华元善于令尹子重，又善于栾武子。闻楚人既许晋籴茷成，而使归复命矣。冬，华元如楚，遂如晋，合晋、楚之成。

秦、晋为成，将会于令狐①。晋侯先至焉。秦伯不肯涉河，次于王城②，使史颗盟晋侯于河东③。晋郤犨盟秦伯于河西。范文子曰：『是盟也何益？齐盟④，所以质信也⑤。会所⑥，信之始也⑦。始之不从，其可质乎？』秦伯归而背晋成。

注释

①令狐：地名，在今山西省临猗县西。②王城：当在今陕西省大荔县东部。③史颗：秦国大夫。④齐：通『斋』。⑤质信：保证信誉。⑥会所：盟会的地点、场所。⑦信之始：彼此信任的起点。

译文

宋国的华元和楚国的令尹子重关系十分融洽，和晋国的栾书也非常要好。他听说楚国采纳了晋国籴茷的和议，并让他回国复命。华元在冬季来到了楚国，进一步促成了晋、楚两国的和好。

秦、晋两国达成和议，预计在令狐会谈。晋厉公首先到达。秦桓公不愿意渡过黄河，而是驻扎在河西的王城，派史颗到河东和晋厉公结盟。晋国的郤犨则到河西和秦桓公结盟。范文子士燮说：『这种结盟有什么功效呢？本来斋戒结盟就是为了表示信用，结盟的处所是这种信用的开始。现在一开始在地点上就不讲信用，又怎能说满怀诚意呢？』果然，秦桓公回国后就违背了双方达成的和议。

成公十二年

原文

十二年春，王使以周公之难来告。书曰：『周公出奔晋。』凡自周无出，周公自出故也。

宋华元克合晋、楚之成。夏，五月，晋士燮会楚公子罢、许偃①。癸亥，盟于宋西门之外，曰：『凡晋、楚无相加戎，好恶同之，同恤菑危②，备救凶患③。若有害楚，则晋伐之；在晋，楚亦如之。交贽往来④，道路无壅，谋其不协，而讨不庭。有渝此盟，明神殛之，俾队其师⑤，无克胙国⑥。』郑伯如晋听成，会于琐泽⑦，成故也。

注释

①公子罢、许偃：皆为楚大夫。②同恤菑危：有灾祸危难则相互抚恤。菑，同『灾』，为灾难危险。③备救凶患：尽力救援灾荒、患难。④交贽往来：即使者往来。贽，使者往来所携带的聘礼。⑤队：同『坠』，即颠覆。⑥无克胙国：不能保佑国家。胙，通『祚』，福佑。⑦琐泽：晋地名，在今河北涉县。

译文

十二年春季，周天子打发人前来通报周公楚逃亡一事。因此《春秋》记载说：『周公出奔晋。』通说认为，从王室逃出不能称作『出』，但周公楚是自己出逃，所以才使用『出』字。

宋国的华元促成了晋、楚两国的和谈。故而，夏季，五月，晋国的士燮和楚国的公子罢、许偃一起召开会谈。四月，在宋国的西门外共同结盟，双方商定：『今后晋、楚两国不再运用武力相争，要互相团结协作，齐心协力挽救危难，援助灾荒。如果有人危害楚国，那么晋国就出兵讨伐；楚国对晋国也是如此。两国使者往来，途中不能设置障碍，有相异看法共同协商，有背叛两国者一块讨伐。谁如果违逆这一盟誓，神灵将把他诛杀，并使他的军队丧失殆尽，让他失去国家。』郑成公也到晋国参与和约，并和诸侯在琐泽会见，这都是晋、楚两国缔结了友好的缘故。

原文

狄人间宋之盟以侵晋，而不设备。秋，晋人败狄于交刚①。

注释

①交刚：地名，具体不详。

译文

狄人利用晋、楚两国在宋国结盟这个机会，出兵进攻晋国，但他们自己却又没有周密的防备。因此，秋季，在交刚被晋军打败。

原文

晋郤至如楚聘，且莅盟。楚子享之，子反相，为地室而县焉①。郤至将登，金奏作于下②，惊而走出。子反曰：『日云莫矣，寡君须矣③，吾子其入也！』宾曰④：『君不忘先君之好，施及下臣，贶之以大礼⑤，重之以备乐⑥。如天之福，两君相见，何以代此？下臣不敢。』子反曰：『如天之福，两君相见，无亦唯是一矢以相加遗，焉用乐？寡君须矣，吾子其入也！』宾曰：『若让之以一矢，祸之大者，其何福之为？世之治也，诸侯间于天子之事⑦，则相朝也，于是乎有享、宴之礼。享以训共俭，宴以示慈惠。共俭以行礼，而慈惠以布政。政以礼成，民是以息。百官承事，朝而不夕⑧，此公侯之所以扞城其民也⑨。故《诗》曰：「赳赳武夫，公侯干城。」及其乱也，诸侯贪冒，侵欲不忌，争寻常以尽其民⑩，略其武夫，以为己腹心、股肱、爪牙。故《诗》曰：「赳赳武夫，公侯腹心。」天下有道，则公侯能为民干城，而制其腹心。乱则反之。今吾子之言，乱之道也，不可以为法。然吾子，主也，至敢不从？』遂

人。辛事，归，以语范文子。文子曰：『无礼，必食言。吾死无日矣夫！』

冬，楚公子罢如晋聘，且莅盟。十二月，晋侯及楚公子罢盟于赤棘。

注释

①县：通『悬』。②金奏：击打乐器以奏乐。③须：等待。④宾：即郤至。⑤贶：赏赐。⑥备乐：完备之乐，指用金乐肆夏来接待。⑦间：闲暇。诸侯在完成王事之闲暇时间，可以相互聘享，以修私好。⑧朝而不夕：白天朝见叫朝，晚上朝见叫夕。一般无急难大事则不夕见，故『朝而不夕』为太平无事之时。⑨扞城：也作『干城』。扞，蔽；城，即保护。⑩寻常：古代八尺为寻，一丈六尺为常，这里指尺寸之地。

译文

晋国的郤至到楚国聘问，并且检查楚国对盟约的履行情况。楚共王设宴招待他，由子反作为相礼者，并在地下室悬挂上乐器以奏乐助兴。郤至刚要登堂，就听到下面奏起了乐曲，他吓得马上跑了出来。子反说：『天快黑了，我们国君正在等候您，您快点进去吧！』郤至回答说：『贵国国君还记得和我们先君的友谊，从而善待下臣，又以隆重的礼仪和全套音乐来欢迎我。假如上天赐福给我们，让我们两国君主会面，那么贵国将使用什么规格的礼节呢？小臣不敢收下这份厚遇。』子反说：『如果上天降福，让两国国君相见，也只能在战场上相见，又哪里用得着音乐？我们国君正在等您，赶紧进去吧！』郤至说：『如果双方兵戎相见，那么这就是祸中之大祸，还说什么上天降福，在天下大治的时代，诸侯在完成天子交给的使命之余，还要彼此朝见，据此，而产生了享、宴这种礼仪。享礼用以倡导节俭，宴礼用以表示慈爱恩惠。节俭用以倡导礼仪，慈惠则用以广为政事。政事通过礼仪完成，百姓因此而安居乐业。百官处理政事都是在早晨而不是在晚上，这是公侯用以关怀爱护他们百姓的办法。因此《诗》说：「雄健的武夫，是公侯

沧浪濯足图　明·周臣

此图画崖壁青松，清流激湍，高人雅士，濯足畅怀，琴童携琴回首过桥，似被山色水势所吸引。画山石以水墨为主，皴以披麻、钉头、斧劈，巧妙结合。画松针或墨线，或绿线，生动有力。高士着笔不多，而开朗的形象十分鲜明。意境清幽，笔力稳重而显空灵，画风豪放，技巧娴熟，堪称佳作。

的护卫。」在社会动荡秩序混乱的时代，诸侯就都贪婪盲动，到处入侵，无所顾忌，往往为争夺尺寸之地而使大众生灵遭到涂炭，搜罗他国的武夫作为自己的心腹、帮凶和爪牙。所以《诗》又说：「雄健的武夫，是公侯的心腹。」如果天下有道，政治清明，公侯就能够成为百姓利益的保护者，从而控制他的心腹。如果是动乱时代，情况就恰好相反。现在您说的话，是乱世之语，不能作为我们行动的法则。但您是主人，我又怎么能不听命呢？』说完就入席了。他把事情办完之后回到晋国，把上述情况禀报给了范文子士燮。士燮说：『不懂礼法的国家，说话必然不会算数。我们很快就会战死在疆场的！』

冬季，楚国的公子罢到晋国聘问，并且监督晋国履行盟约的状况。十二月，晋厉公和楚国的公子罢在赤棘举行了盟会。

成公十三年

原文

十三年春，晋侯使郤锜来乞师[①]，将事不敬[②]。孟献子曰："郤氏其亡乎！礼，身之干也；敬，身之基也。郤子无基。且先君之嗣卿也[③]，受命以求师，将社稷是卫，而惰，弃君命也。不亡何为？"

注释

①乞师：请求出兵。②将事不敬：奉命行事而不认真。③嗣卿：继承其父的卿位。

译文

十三年春，晋厉公命郤锜前来恳请出兵，处理事情不礼貌。孟献子说："郤氏大概要灭亡了吧！礼仪，是身的躯干；恭敬，是身的基础。郤子没基础。而且作为先君的嗣君，承受命令而来请求出兵，目的在于保卫国家，但却怠惰，这是忘记了国君的使命。不灭亡还做什么？"

原文

三月，公如京师。宣伯欲赐[①]，请先使。王以行人之礼礼焉[②]。孟献子从[③]。王以为介，而重贿之[④]。公及诸侯朝王，遂从刘康公、成肃公会晋侯伐秦。成子受脤于社[⑤]，不敬。刘子曰："吾闻之：民受天地之中以生[⑥]，所谓命也。是以有动作礼义威仪之则，以定命也。能者养之以福，不能者败以取祸。是故君子勤礼，小人尽力。勤礼莫如致敬，尽力莫如敦笃。敬在养神[⑦]，笃在守业。国之大事，在祀与戎。祀有执膰[⑧]，戎有受脤，神之大节也。今成子惰，弃其命矣，其不反乎？"

注释

①宣伯：即叔孙侨如。欲赐：欲得周王赏赐。②行人：外交官。③孟献子从：孟献子即仲孙蔑，从鲁公朝王，辅佐公行礼。④重贿之：重加赏赐。⑤成子：指成肃公。⑥天地之中：指天地的中和之气。⑦养神：供奉鬼神。⑧执膰：一种祭礼。即祭祀完毕后，把祭肉分与有关人员。

译文

三月，成公来到京师。宣伯想要获取赏赐，请求先行出使。周天子以对行人的礼仪来接待他。孟献子伴随成公，周天子把他作为上介而丰厚地赠给他财礼。

成公和诸侯朝见周天子，接着就跟从刘康公、成肃公联合晋厉公讨伐秦国。成肃公在社神庙接受祭肉的时候不礼貌。刘康公说：『我闻言：百姓得到天地的中和之气而降生，就是所谓天命。故而就有动作、礼义、威仪的典则，用来固定天命。有能力的人保持这些以得到福禄，没有能力的人损害这些以自取灾祸。因此君子勤于礼法，小人使尽力量。勤于礼法没有比恭敬再好的了，竭尽力量没有比敦厚笃实再能达到目标的了。恭敬在于供奉神灵，笃实在于各安本分。社稷的大事情，在于祭祀和战争。祭祀有执膰之礼，战争有受脤之礼，这是和神灵打交道的大节。如今成子表现出怠惰，违背了天命，恐怕回不来了吧？』

原文

夏，四月戊午[①]，晋侯使吕相绝秦[②]，曰：

『昔逮我献公，及穆公相好，戮力同心，申之以盟誓，重之以昏姻。天祸晋国，文公如齐，惠公如秦。无禄[③]，献公即世。穆公不忘旧德，俾我惠公用能奉祀于晋。又不能成大勋，而为韩之师[④]。亦悔于厥心，用集我文公[⑤]，是穆之成也。文公躬擐甲胄，跋履山川，逾越险阻，征东之诸侯，虞、夏、商、周之胤[6]，而朝诸秦，则亦既报旧德矣。郑人怒君之疆埸，我文公帅诸侯及秦围郑。秦大夫不询于我寡君[7]，擅及郑盟。诸侯疾之，将致命于秦。文公恐惧，绥静诸侯，秦师克还无害，则是我有大造于西也[8]。无禄，文公即世，穆为不吊[9]，蔑死我君，寡我襄公，迭我殽地[10]，奸绝我好，伐我保城[11]，殄灭我费滑[12]，散离我兄弟[13]，挠乱我同盟，倾覆我国家。我襄公未忘君之旧勋，而惧社稷之陨，是以有殽之师。犹愿赦罪于穆公，穆公弗听，而即楚谋我。天诱其衷，成王殒命，穆公是以不克逞志于我。穆、襄即世，康、灵即位。康公，我之自出[14]，又欲阙翦我公室[15]，倾覆我社稷，帅我蝥贼[16]，以来荡摇我边疆，我是以有令狐之役。康犹不悛，入我河曲，伐我涑川[17]，俘我王官，翦我羁马，我是以有河曲之战。东道之不通，则是康公绝我好也。及君之嗣也，我君景公引领西望曰：「庶抚我乎！」君亦不惠称盟，利吾有狄难，入我河县[18]，焚我箕、郜[19]，芟夷我农功，虔刘我边陲[20]，我是以有辅氏之聚[21]。君亦悔祸之延，而欲徼福于先君献、穆，使伯车来[22]，命我景公曰：「吾与女同好弃恶，复修旧德，以追念前勋。」言誓未就，景公即世，我寡君是以有令狐之会。君又不祥[23]，背弃盟誓。白狄及君同州[24]，君之仇雠，而我之昏姻也。君来赐命曰：「吾与女伐狄。」寡君不敢顾昏姻，畏君之威，而受命于吏。君有二心于狄，曰：「晋将伐女。」狄应且憎[25]，是用告我。楚人恶君之二三其德也，亦来告我曰：「秦背令狐之盟，而来求盟于我，昭告昊天上帝、秦三公、楚三王曰[26]：『余虽与晋出入，余唯利是视。』不谷恶其无成德[27]，是用宣之，以惩不壹。」诸侯备闻此言，斯是用痛心疾首，昵就寡人[28]。寡人帅以听命，唯好是求。君若惠顾诸侯，矜哀寡人，而赐之盟，则寡人之愿也。其承宁诸侯以退[29]，岂敢徼乱？君若不施大惠，寡人不佞[30]，其不能以诸侯退矣。敢尽布之执事，俾执事实图利之[31]。」

注释

①戊午：初五日。②吕相：即魏锜之子魏相。③无禄：不幸。④韩之师：指秦、晋韩原之战。⑤集：成全，成就。⑥胤：后代。⑦秦大夫：实指秦穆公。这里为委婉的说法。⑧有大造于西：有大功于秦国。西，指秦国。⑨穆为不吊：秦穆公做事不善。⑩迭：借为『轶』，侵犯。⑪保城：城邑。保，通『堡』，小城。⑫费滑：即滑国。费，为滑国都城。⑬兄弟：指姬姓兄弟国家。⑭我之自出：秦康公母为晋女，是晋之外甥。⑮阙翦：损害。⑯蝥贼：害虫。指秦送公子雍回晋国争位。⑰涑川：地名，在今山西省永济县东北部。⑱河县：疑为河曲之变文。⑲箕、郜：二地名。郜，当距箕不远。⑳虔刘：骚扰杀掠。㉑聚：战斗。㉒伯车：秦桓公之子，名针。㉓不祥：与『不吊』同义。㉔同州：即同在雍州境内。㉕狄应且憎：狄人接受而又厌恶。应，受。㉖秦三公：指秦穆公、秦康公、秦共公。楚三王：即楚成王、楚穆王、楚庄王。㉗无成德：即反复无常。㉘昵就：亲近。㉙承宁：止息，安宁。㉚不佞：不才，不敏。㉛图利：权衡利害。

译文

夏，四月初五日，晋厉公命令吕相去断绝和秦国的外交关系，说：

『从前我们献公和穆公相友好，齐力同心，用盟誓加以申明，再用婚姻增进这种关系。上天降祸于晋国，文公到了齐国，惠公到了秦国。不幸，献公身亡。穆公谨记过去的恩德，使我们惠公因此能在晋国主持祭祀，可是又不能完成显著功勋，而有了韩地的战役。后来心里又遗憾，于是成就了我们文公，这都是穆公的成全。文公亲自身披甲胄，跋涉山川，经受艰难险阻，征服东方的诸侯，虞、夏、商、周的后裔都向秦国朝见，也就已经答谢了过去的恩德了。郑国人冒犯君王的边境，我们文公统帅诸侯和秦国一起包围郑国。秦国的大夫没有通知我寡君，擅自和郑国订立了盟约。诸侯愤恨这件事，计划和秦国决一死战。文公害怕，安抚诸侯，秦军得以回去而没有受到毫发损伤，这就是我国有大功于西方之处。不幸，文公去世，穆公不善，看不起我们故去的国君，以为我们襄公软弱，侵犯我们的殽地，毁灭我们同友好国家的相互往来，攻击我们的城堡，灭绝我们的滑国，拆散我们的兄弟之邦，扰乱我们的同盟之国，颠覆我们的国家。我们襄公没有忘记君王从前的勋劳，而又忧虑国家的颠覆，这样才有殽地这一战役。但还是愿意在穆公那里解释罪过，穆公却不听，反而结盟于楚国打我们的算盘。天意保佑我国，成王丧命，穆公因此不能在我国为非作歹。穆公、襄公去世，康公、灵公即位。康公，是穆姬所生的，但又想伤害我们公室，颠覆我们国家，统引我国的内奸，以动摇我们的边疆，因此我国才有了令狐这一战役。康公还是不肯改悔，进犯我国河曲，出兵我国涑川，掠夺我国王官，割断我国的羁马，于是我国才有了河曲这一战役。东边的道路不顺畅，那是由于康公同我们割绝友好造成的。等到君王继承君位以后，我们的国君景公伸着脖子望着西边说：「或许要安抚我们了吧！」但君王也不愿意加惠结盟，恰恰相反，趁我国有狄人的祸难，进入我国河县，焚烧我国的箕地、郜地，抢割我国庄稼，冒犯我国边境，我国因此才有辅氏的战役。君王也后悔于灾祸的蔓延，而想求福于先君献公和穆公，派遣伯车前来吩咐我们景公说：「我跟你同心同德，丢弃怨恨，再续以往的恩惠，以追念过去的勋劳。」盟誓还没有完成，景公就去世了，我寡君故而有令狐的会见。君王又不善，毁弃了盟誓。白狄和君王同在雍州境内，他们是君王的仇人，我们的姻亲。君王前来吩咐说：「我跟你攻打狄人。」寡君不敢顾惜婚姻，害怕君王的威严，就给官吏下达攻打狄人的命令。不过君王对狄人有了别的想法，告诉他们说：「晋国将要进攻你们。」对于君王的所作所为，狄人接受而又憎恨，因此就告诉了我们。楚国人厌恶君王的反复无常，也来通知我们说：「秦国背弃了令狐的盟约，而来向我国乞求结盟，对着皇天上帝、秦国的三位先公、楚国的三位先王祝告：『我虽然和晋国有交往，我只是唯利是图。』秦国人讨厌秦君不能恒一，因此把它公布，以惩戒言行不一。」诸侯都知道了这些话，由于这样才痛心疾首，亲近寡人。寡人统领诸侯以听侯君王的命令，只是为了请求友好。君王假若加惠而顾念诸侯，同情寡人，而赐我们以结盟，那是寡人的心愿，就可以安定诸侯而退走，岂敢求乱？君王如果不施大恩大惠，寡人无能，就不能率领诸侯退走了。谨把区区下忱布露给您的左右执事，请执事考虑利害。』

原文

秦桓公既与晋厉公为令狐之盟，而又召狄与楚，欲道以伐晋，诸侯是以睦于晋。晋栾书将中军，荀庚佐之；士燮将上军，郤锜佐之；朝厥将下军，荀罃佐之；赵旃将新军，郤至佐之。郤毅御戎①，栾鍼为右②。孟献子曰：『晋帅乘和，师必有大功。』五月丁亥，晋师以诸侯之师及秦师战于麻隧③。秦师败绩，获秦成差及不更女父④。曹宣公卒于师。师遂济泾，及侯丽而还。迓晋侯于新楚⑤。

注释

①郤毅：郤至之弟，又称步毅。②栾鍼：栾书之子。③麻隧：秦地，在今陕西咸阳县北。④成差：秦军之将。不更女父：不更，即车右；女父，人名。⑤新楚：秦地，在今陕西大荔县境内。

译文

秦桓公已经和晋厉公在令狐结盟，而又召来狄人和楚人，要引导他们讨伐晋国，诸侯因此跟晋国交好。晋国的栾书统领中军，荀庚作为辅佐；士燮统领上军，郤锜作为辅佐；韩厥统率下军，荀罃作为辅佐；赵旃率领新军，郤至作为辅佐。郤毅驾驭战车，栾鍼作为车右。孟献子说：『晋国的将领和甲士同心同德，军队必然建立宏伟的功绩。』五月初四日，晋军率领诸侯的军队和秦军在麻隧交战。秦军被打败，俘虏了秦国的成差和不更女父。曹宣公死在军中。

军队就渡过泾水，抵至侯丽然后回去。军队在新楚迎接晋厉公。

原文

成肃公卒于瑕。

六月丁卯夜，郑公子班自訾求入于大宫，不能，杀子印、子羽，反军于市。己巳，子驷帅国人盟于大宫，遂从而尽焚之，杀子如、子駹、孙叔、孙知[①]。

注释

①子如：即公子班。子駹：子如之弟。孙叔：子如之子。孙知：子駹之子。

译文

成肃公在瑕地逝世。

六月十五日夜里，郑国公子班从訾地要求进入祖庙，没有成功，就杀了子印、子羽，回来安营在市上。十七日，子驷率领国内的人们在祖庙结盟，随即就全部烧了它，杀了公子班、子駹、孙叔、孙知。

原文

曹人使公子负刍守[①]，使公子欣时逆曹伯之丧。秋，负刍杀其大子而自立也。诸侯乃请讨之。晋人以其役之劳，请俟他年。冬，葬曹宣公。既葬，子臧将亡[②]，国人皆将从之。成公乃惧，告罪，且请焉。乃反，而致其邑。

注释

①公子负刍：与公子欣时都是曹宣公庶子。②子臧：公子欣时之字。亡：逃亡。

毛诗图　明·周臣

汉代尊《诗》为经典，故名《诗经》，当时传诗者有齐鲁、韩、毛四家。后唯『毛诗』流传最完整，所以《诗经》又被称为《毛诗》。魏晋以来，《毛诗》成为许多画家的作画题材，周臣此图即是如此，该图质朴古拙，描绘山村乡民生活情景，极为切近现实，源于画家对下层人民生活劳作的深刻体认。

译文

曹国人派公子负刍留守，命令公子欣时去迎接曹宣公的骨骸。秋，负刍杀了曹宣公的太子而自立为国君。诸侯就要求讨伐他。晋国人由于他在和秦国交锋中的功勋，请求等到以后再对他讨伐。冬，安葬曹宣公。安葬以后，公子欣时筹划出奔，国内的人都打算跟随他。曹成公负刍才感到担心，承认罪过，而且乞求他留下来不要走。公子欣时这才回来把采邑还给曹成公。

成公十四年

原文

十四年春，卫侯如晋，晋侯强见孙林父焉[1]，定公不可。夏，卫侯既归，晋侯使郤犨送孙林父而见之。卫侯欲辞，定姜曰[2]：『不可。是先君宗卿之嗣也[3]，大国又以为请[4]。不许，将亡。虽恶之，不犹愈于亡乎[5]？君其忍之！安民而有宗卿，不亦可乎？』卫侯见而复之[6]。

注释

①强见孙林父：即晋厉公侯勉强卫定公接见孙林父，欲使其归于卫。②定姜：卫定公夫人。③先君宗卿：先君，指卫定公之父卫穆公；宗卿，指孙林父之父孙良夫。孙氏与卫君同宗，孙良夫曾为卫执政大臣。④大国：指晋国。⑤愈：胜过、好于。⑥见而复之：卫定公召见孙林父，并恢复其职位与采邑。

译文

十四年春季，卫定公去到晋国聘问，晋厉公逼迫卫定公接见鲁成公七年从卫国逃到晋国的孙林父，卫定公不愿意。夏季，卫定公返回到国内，晋厉公便让郤犨送孙林父回国拜见君王。卫定公打算拒绝，但是定公夫人定姜说：『不可以这么做。孙林父是先君同宗卿的后人，而且又有大国来请求。假设不答应接见他，势必要亡国。即使厌恶他，不是也比亡国更好一些吗？君王应该克制一下！您接见他，既安定了百姓，又宽恕了宗卿，岂不两全其美？』因此卫定公接见了孙林父，并恢复了他的职位和封地。

原文

卫侯飨苦成叔[1]，宁惠子相[2]。苦成叔傲。宁子曰：『苦成家其亡乎！古之为享食也，以观威仪、省祸福也。故

《诗》曰：「兕觥其觩③，旨酒思柔④。彼交匪傲⑤，万福来求⑥。」今夫子傲，取祸之道也。」

秋，宣伯如齐逆女。称族⑦，尊君命也。

注释

①飨苦成叔：设享礼招待苦成叔。苦成叔，即郤犨。②宁惠子：卫臣，即宁殖。③兕觥：古代用犀牛角制成的酒器。觩：弯曲的样子。④旨酒思柔：美酒柔和。思，语中助词。⑤彼交匪傲：不骄不傲。彼，通『匪』；交，借为『骄』。⑥求：聚集。⑦称族：称呼族名，指称叔孙。

译文

卫定公设宴招待郤犨，由宁惠子主持。席间郤犨表现非常傲慢自大。宁惠子说：『郤犨家族已快要灭亡！自古以来，设宴款待，就是为了观察一个人的言行威仪，测知他的祸福的。所以《诗》说：「酒杯虽大，酒性柔和。不骄不傲，福禄全到。」如今那个人高傲无礼，这实在是自讨灾祸啊。』

秋季，宣伯来到齐国为鲁成公迎娶齐女。《春秋》记录宣伯的族名『叔孙』，显示他是奉君命而去的。

原文

八月，郑子罕伐许，败焉。戊戌，郑伯复伐许。庚子，入其郛①。许人平以叔申之封②。

注释

①郛：外城。②叔申：即公孙申。

译文

八月，郑国的子罕攻打许国，结果战败。二十三日，郑成公再次出兵讨伐许国。二十五日，攻进许国国都外城。

许国人被迫以叔申的封地呈献郑国求和。

原文

九月，侨如以夫人妇姜氏至自齐。舍族[1]，尊夫人也。故君子曰：『《春秋》之称，微而显[2]，志而晦[3]，婉而成章[4]，尽而不汙[5]，惩恶而劝善[6]。非圣人，谁能修之？』

注释

①舍族：指不加称『叔孙』。②微而显：文辞少而含义显明。③志而晦：记载事实而寓意精微深远，思之不尽。志，记。④婉而成章：表达婉转曲折，而又顺理成章。⑤尽而不汙：直言其事，尽其情实而无所歪曲。汙，不正，歪曲。⑥惩恶而劝善：善恶必书，以惩戒恶，劝勉善。

译文

九月，宣伯带领着夫人姜氏从齐国回来。这次《春秋》不称他的族名『叔孙』，是为了尊重夫人。所以君子们认为：『《春秋》的语言，文辞细密但含义清楚，记载史实又意义深远，委婉含蓄但顺理成章，记述全面又无所扭曲，惩治邪恶，劝导善行。假如不是圣人，谁能编写到这种程度？』

原文

卫侯有疾，使孔成子、宁惠子立敬姒之子衎以为大子[1]。冬，十月，卫定公卒。夫人姜氏既哭而息，见大子之不哀也，不内酌饮，叹曰：『是夫也，将不唯卫国之败，其必始于未亡人。乌呼！天祸卫国也夫！吾不获鱄也使主社稷。』大夫闻之，无不耸惧[2]。孙文子自是不敢舍其重器于卫[3]，尽置诸戚[4]，而甚善晋大夫[5]。

注释

①敬姒：卫定公妾。衎：即卫献公。②耸惧：为震惊之意。耸，同『悚』，亦惧义。③舍：放置。④戚：地名，孙氏采邑。⑤甚善晋大夫：极力与晋大夫交好，待卫乱时，好引以为援。

译文

卫定公生了病，让孔成子、宁惠子拥戴他的妾敬姒的儿子衎为太子。冬季，十月，卫定公死去。夫人定姜哭了不长时间就停下来了，因为她看到太子并不悲哀，她气得连水也不喝了，叹道：『太子这个人啊，他不但会使卫国灭亡，而且还一定会从我身上开刀。唉！这或许是上天降祸给卫国吧！我后悔没有立他的同母弟弟鱄来为君王。』大夫们听到以后，都极为害怕。从此孙林父不敢把他的贵重物品存留在卫国都城，而是移到了他的封邑戚地，同时也非常注重和晋国的大夫们搞好关系。

成公十五年

原文

十五年春，会于戚，讨曹成公也。执而归诸京师。书曰『晋侯执曹伯』，不及其民也。凡君不道于其民，诸侯讨而执之，则曰『某人执某侯』，不然，则否。

诸侯将见子臧于王而立之。子臧辞曰：『《前志》有之[1]，曰：「圣达节[2]，次守节[3]，下失节[4]。」为君，非吾节也。虽不能圣，敢失守乎[5]？』遂逃，奔宋。

注释

①《前志》：古书、古籍。②圣达节：圣人于进退、上下皆合节操。③次守节：次一等的能不应得而不取，与而不受，以保持节义。④下失节：下等者失去节操。⑤失守：即失节。

译文

十五年春季，成公和晋厉公、卫献公、郑成公、曹成公、宋国的世子成、齐国的国佐、邾人等在戚地订下盟约，旨在征讨曹成公。所以，在盟会上把曹成公擒获后送到了京城。《春秋》记载『晋侯执曹伯』，表示仅仅是要惩罚曹成公，并不牵连曹国百姓。凡是国君对百姓无道，那么诸侯讨伐将他逮捕，就称为『某人执某侯』，否则就不这样写。

诸侯打算让子臧去朝见周天子，然后立他为曹国国君。但子臧辞谢说：『《前志》有句话说：「圣人能上能下，进退自如，这是通达节操，为最高境界；第二等的才是消极对待，仅仅保守节操；最下等的是图名求利，失去节操。」出任国君不合乎我的节操。我虽然不能成为圣人，可是怎么敢失去节操或仅仅保守节操呢？』然后就逃亡到了宋国。

原文

夏，六月，宋共公卒。

楚将北师[1]。子囊曰[2]：『新与晋盟而背之，无乃不可乎？』子反曰：『敌利则近[3]，何盟之有？』申叔时老矣，在申，闻之，曰：『子反必不免。信以守礼[4]，礼以庇身[5]，信、礼之亡，欲免，得乎？』

楚子侵郑，及暴隧[6]。遂侵卫，及首止[7]。郑子罕侵楚，取新石。

栾武子欲报楚。韩献子曰：『无庸，使重其罪[8]，民将叛之。无民，孰战？』

注释

①北师：向北方兴师，侵郑、卫。②子囊：楚共王弟，庄王子，又称公子贞。③敌利则近：与之相对抗有利则进兵，不必管什么盟约。④信以守礼：以信来持守礼义。⑤礼以庇身：以持礼义来卫护自身。⑥暴隧：本为周室暴辛公采地，后属郑，当在今河南原阳县西原武县境内。⑦首止：卫地，在今河南睢县东南部。⑧重其罪：加重其罪过。

译文

夏季，六月，宋共公死去。

楚国想要出兵骚扰北方。子囊说：『我们才和晋国结盟，就转而背叛了它，恐怕不行吧？』子反说：『敌情对我有利就要进攻，还用体恤结盟不结盟吗？』这时申叔时已经告老退休，听说这一情况后，说：『子反将难以避免灾祸。信用是用来保持礼义的，礼义是用来保护自身的，假使信用、礼义都丢掉了，想要免于灾祸，办得到吗？』

楚共王入侵郑国。攻至暴隧一地。随后又进攻卫国，进至首止。郑国的子罕则发兵讨伐楚国，攻克了新石。

栾书打算要报复楚国，韩厥说：『用不着这么做，尽可能让他们自己加重自己的罪过，到必要时候，人民大众一定会背叛他们。失去了百姓，他们还凭借什么作战？』

原文

秋，八月，葬宋共公。于是华元为右师，鱼石为左师①，荡泽为司马②，华喜为司徒，公孙师为司城，向为人为大司寇，鳞朱为少司寇，向带为大宰，鱼府为少宰。荡泽弱公室③，杀公子肥。华元曰：『我为右师，君臣之训，师所司也。今公室卑，而不能正，吾罪大矣。不能治官④，敢赖宠乎？』乃出奔晋。

二华⑤，戴族也⑥。司城，庄族也。六官者⑦，皆桓族也⑧。鱼石将止华元，鱼府曰：『右师反，必讨，是无桓氏也。』鱼石曰：『右师苟获反，虽许之讨，必不敢。且多大功，国人与之，不反，惧桓氏之无祀于宋也⑨。右师讨，犹有戌在⑩，桓氏虽亡，必偏。』鱼石自止华元于河上。请讨，许之，乃反。使华喜、公孙师帅国人攻荡氏，杀子山。书曰『宋杀其大夫山』，言背其族也。

注释

①鱼石：公子目夷的曾孙。②荡泽：名山，公孙寿之孙。③弱公室：削弱公室君主势力。④治官：尽职责。⑤二华：指华元、华喜。⑥戴族：宋戴公之后『二华』皆为宗戴公之后，故称戴族。⑦六官：鱼石、荡泽、向为人、鳞朱、向带、鱼府。⑧桓族：宋桓公之后。『六官』皆为宋桓公之后，故称桓族。⑨无祀于宋：即在宋被灭掉。⑩戌：向戌，出自桓族。或是华元党羽。

译文

秋季，八月，安葬了宋共公。当时华元担任右师，鱼石担任左师，荡泽担任司马，华喜担任司徒，公孙师担任司城，向为人担任大司寇，鳞朱担任少司寇，向带官封太宰，鱼府担任少宰。荡泽计划削弱公室，就把公子肥杀死。华元说：『我担任右师，君臣之礼都是我所掌管的。现在公室衰弱，我又无力拨正，我就罪恶滔天了。不能尽职尽责，还企图得到什么宠信呢？』于是就逃亡到了晋国。

二华即华元、华喜，都是宋戴公的后人。司城公孙师，是宋庄公的后人。剩下六个大臣鱼石、荡泽、向为人、鳞朱、向带、鱼府，都是宋桓公的后人。鱼石本来打算劝阻华元不要出逃，可是鱼府说：『右师如果回来，一定会攻打荡泽，这样就会连带把我们这些桓公子孙一并杀害。』鱼石说：『如果右师能够回来，即使同意他讨伐罪人，他也肯定不敢。再说他功劳卓著，国内的人都十分爱戴他，如果不让他回来，恐怕国人要将我们这一族人消灭，从而使我们祖先的神灵得不到祭祀啊。即使右师要进攻荡泽，必然也不会攻击他的党羽向戌。向戌也是桓族后代，即使我们毁灭，对桓族来说也只是灭亡了一部分。』于是鱼石就赶到黄河阻止华元出国。华元提出要攻打荡泽，鱼石允诺，华元才又回来。然后便命华喜、公孙师统帅国都的人攻打荡泽一族人，把荡泽杀掉。《春秋》中记载为『宋杀其大夫山』，是说荡泽反叛了他的族人。

原文

鱼石、向为人、鳞朱、向带、鱼府出舍于睢上①。华元使止之，不可。冬，十月，华元自止之，不可，乃反。鱼府曰：『今不从，不得入矣。右师视速而言疾，有异志焉②。若不我纳，今将驰矣。』登丘而望之，则驰。骋而从之，则决睢澨③，闭门登陴矣。左师、二司寇、二宰遂出奔楚④。华元使向戌为左师，老佐为司马⑤，乐裔为司寇，以靖国人。

注释

①睢上：睢水岸边，距宋都不远。睢水今已湮塞。②异志：别的想法，意即非真心挽留。③决睢澨：掘开睢水堤

防。溢，堤防。④左师：鱼石。二司寇：大司寇向为人，少司寇鳞朱。二宰：太宰向带，少宰鱼府。⑤老佐：人名，宋戴公五世孙。

译文

鱼石、向为人、鳞朱、向带、鱼府都离开国都住到睢水边上。华元派人阻止他们，但他们都没有听从。冬季，十月，华元又亲自去劝他们，仍旧没有答应，华元也就只好回来了。鱼府说：『现在假若不听从华元的劝告，以后就不能回宋都了。我看华元目光敏锐，说话急速，必然是别有用心，并不是诚心诚意要挽留我们。如果他不是真心让我们回去，如今必然已经驱车回去了。』于是五人登上土丘远眺，果然看见华元已飞车远去。五人便也驱车跟了上去，但走到国都，华元已掘开睢水大堤，紧闭城门登上城墙，严阵以待了。因而这五个人就逃亡到了楚国。华元委任向戌担任左师，老佐担任司马，乐裔担任司寇，以抚慰国内百姓。

原文

晋三郤害伯宗①，谮而杀之，及栾弗忌②。伯州犁奔楚③。韩献子曰：『郤氏其不免乎！善人，天地之纪也④，而骤绝之⑤，不亡，何待？』

初，伯宗每朝，其妻必戒之曰：『「盗憎主人，民恶其上。」子好直言，必及于难。』

注释

①三郤：指郤锜、郤犨、郤至。②栾弗忌：伯宗同党。③伯州犁：伯宗之子。④纪：纲纪。⑤骤绝之：连杀善人，使国之纲纪断绝。骤，屡。

译文

晋国的郤锜、郤至、郤犨勾结起来诬陷伯宗，在君王面前说他坏话，最后把他杀死了，并且又连带杀了著名的善人栾弗忌。伯宗的儿子伯州犁逃亡到了楚国。韩厥说："郤氏必将难逃大祸！好人是维系天地的纲纪，却一下子被杀害，还能不灭亡吗？"

当初，伯宗每次朝见君王，他的妻子一定告诫他："'盗贼憎恨主人，人民讨厌大官。'你一贯直言相谏，一定要遇到不幸。"

原文

十一月，会吴于钟离，始通吴也。

许灵公畏逼于郑，请迁于楚。辛丑，楚公子申迁许于叶。

译文

十一月，叔孙侨如与晋国的士燮、齐国的高无咎、宋国的华元、卫国的孙林父、郑国的公子鳟在钟离和吴国进行了会谈，这是中原各国第一次和吴国往来。

许灵公担心郑国的多次入侵，请求迁到楚国居住。初三日，楚国的公子申协助把许国迁到了楚国的叶城。

成公十六年

原文

十六年春，楚子自武城使公子成以汝阴之田求成于郑。郑叛晋，子驷从楚子盟于武城①。

夏，四月，滕文公卒。

郑子罕伐宋，宋将鉏、乐惧败诸汋陂②。退，舍于夫渠③，不儆。郑人覆之，败诸汋陵④，获将鉏、乐惧。宋恃胜也。

注释

①子驷：即公子騑。②将鉏、乐惧：二人均为宋臣。汋陂：宋地，当位于今河南商丘与宁陵县之间。③夫渠：地名，当离汋陂不远。④汋陵：位于今宁陵县南部。

译文

十六年春季，楚共王从武城指使公子成用汝阴的田地去向郑国求和。所以郑国又背叛了晋国，子驷来到武城和楚共王订立了盟约。

夏季，四月，滕文公死去。

郑国的子罕进攻宋国，宋国的将鉏、乐惧在汋陂打败了子罕。然后宋军撤退，安营在夫渠，但并没有加强防范。结果郑国人设下伏兵，在汋陵将宋军打得惨败，并擒住了将鉏和乐惧。这次失败是宋军先胜之后滋生轻敌思想的结果。

原文

卫侯伐郑，至于鸣雁，为晋故也。

晋侯将伐郑。范文子曰：『若逞吾愿，诸侯皆叛，晋可以逞[①]。若唯郑叛，晋国之忧，可立俟也[②]。』栾武子曰：『不可以当吾世而失诸侯，必伐郑。』乃兴师。栾书将中军，士燮佐之；郤锜将上军，荀偃佐之；韩厥将下军，郤至佐新军。荀罃居守[③]。郤犨如卫，遂如齐，皆乞师焉。栾黡来乞师。孟献子曰：『有胜矣。』戊寅，晋师起。

注释

①逞：缓。②立俟：立刻等到。③荀罃：为晋下军佐，奉命留守都城。

译文

卫献公进攻郑国，军队打到鸣雁一地，这次全然是为了晋国才发兵的。

晋厉公计划进攻郑国。范文子士燮劝阻道：『如果想要达到我们的目的，必须等到诸侯都背叛以后，晋国的危机才能得以解除。只是一个郑国背叛了，就出兵讨伐，那么我们就会马上遭遇忧患。』栾武子栾书说：『千万不可在我们执政期间失去诸侯，必然攻打郑国。』于是就下令出兵。由栾书率领中军，士燮为副帅；郤犨率领上军，荀偃为副帅；韩厥率领下军，郤至为新军副帅。由荀罃看护国内。郤犨先到卫国，又到齐国，都是为了请求派兵增援。栾黡来鲁国求兵。孟献子说：『晋国定能取胜。』十二日，晋军起程。

原文

郑人闻有晋师，使告于楚，姚句耳与往[①]。楚子救郑。司马将中军[②]，令尹将左[③]，右尹子辛将右。过申，子反入见申叔时，曰：『师其何如？』对曰：『德、刑、详、义、礼、信，战之器也[④]。德以施惠，刑以正邪，详以事神，义以建利，礼以顺时，信以守物。民生厚而德正，用利而事节[⑤]，时顺而物成。上下和睦，周旋不逆，求无不具，各知其极[⑥]。故《诗》曰：「立我烝民，莫匪尔极。」是以神降之福，时无灾害，民生敦厖[⑦]，和同以听，莫不尽力以从上命，致死以补其阙[8]。此战之所由克也。今楚内弃其民，而外绝其好；渎齐盟[9]，而食话言；奸时以动[10]，而疲民以逞。民不知信，进退罪也[11]。人恤所厎[12]，其谁致死？子其勉之！吾不复见子矣。』姚句耳先归，子驷问焉。对曰：『其行速[13]，过险而不整[14]。速则失志[15]，不整，丧列[16]。志失、列丧，将何以战？楚惧不可用也。』

注释

①姚句耳：人名，非正式使者。②司马：子反，又名公孙侧，为中军帅。③令尹：即子重，又名公子婴齐，为左军师。④战之器：战争手段。⑤用利：举动有利于国而行。事节：事情合于节度。⑥各知其极：人人皆知其行为准则。⑦敦庬：敦厚淳朴。⑧阙：空缺，指战死者。⑨渎齐盟：亵渎盟约。齐，同『斋』。⑩奸时以动：违反时令而兴兵。⑪进退罪也：进退都是罪过。⑫人恤所厎：人们为结局担忧。厎，至。⑬行速：行军速度很快。⑭过险而不整：通过险阻之地，队列不整齐。⑮速则失志：行进太快则失于周密思考。⑯丧列：失去阵列。

译文

郑国人闻言晋军出动了，便立即派人告诉楚国，姚句耳也随使者前往。因此楚共王发兵救郑。由司马子反率领中军，令尹子重率领左军，右尹子辛统领右军。楚军途经申地时，子反求见申叔时，说：『依您看来，这次出兵结果会怎样？』申叔时答复说：『德行、刑法、祭祀、道义、礼法、信用这六种是作战的必不可缺的要素。德行用以布施恩惠，刑法用以匡正邪恶，祭祀用以事奉神灵，道义用以建树利益，礼法用以顺应时机，信用用以保守事物。人民大众生活富足，德行就会端正。所有行动都是为了百姓谋利就合乎法度，顺时应势万物就能有所成就。这样就能使国家上下团结一致，一切行动畅通无阻，全部需求都能满足，每人都能了解掌握行动的准则。所以《诗》说：「安置我的百姓，人人都合准则。」这样，神灵就会赐福给他们，使其四季免除灾祸，百姓富裕，万众一心，遵守政令，人人都竭尽全力为君王效力，不惜牺牲自己的生命前赴后继，这才是作战能够取胜的原因。如今楚国对内不关心爱护百姓，对外断绝了和别的国家的友好关系，亵渎神圣的盟约，言而无信，在这春耕之时兴兵作战，使百姓疲于奔命以满足自己的扩张野心。百姓不清楚什么是信用，所以前进或后退都是犯罪。他们都为自己的命运而恐惧，还有谁肯拼死作战呢？您尽力去做吧！总之我是再也看不到你了。』姚句耳先回到郑国，子驷问他情况怎样。姚句耳回答说：『楚军行军快捷，但经过险要地带时军容不整。动作太快就容易考虑不周，军容不整，就会使队列混乱。考虑不全面，队列混乱，又怎么能作战？恐怕楚军没法依赖了。』

原文

五月，晋师济河。闻楚师将至，范文子欲反，曰：『我伪逃楚，可以纾忧。夫合诸侯，非吾所能也，以遗能者。我若群臣辑睦以事君，多矣。』武子曰：『不可。』

六月，晋、楚遇于鄢陵。范文子不欲战。郤至曰：『韩之战，惠公不振旅①；箕之役，先轸不反命②；邲之师，荀伯不复从③。皆晋之耻也。子亦见先君之事矣。今我辟楚，又益耻也。』文子曰：『吾先君之亟战也④，有故⑤。秦、狄、齐、楚皆强，不尽力，子孙将弱。今三强服矣⑥，敌楚而已。惟圣人能外内无患。自非圣人，外宁必有内忧。盍释楚以为外惧乎⑦？』

注释

①不振旅：即不能取胜。②不反命：指战死。③不复从：指失败。④亟战：屡战。⑤有故：有其特殊原因。⑥三强服：齐、秦、狄皆服于晋。⑦释：置、放下之意。

译文

五月，晋军渡过黄河。闻知楚军将要来到，范文子士燮打算退兵，他说：『我们假装逃避楚军，这样就可以使晋国的忧患得到缓解。再说大会诸侯，不是我们力所能及的，还是留给以后有能力的人去做吧。只要我们群臣上下一心事奉君王就足够了。』但栾武子栾书说：『不可以。』

六月，晋、楚两军在鄢陵狭路相逢。范文子士燮不想作战。但郤至却说：『起初韩地之战，我们惠公没有能够整军而归，被敌人打得大败；箕地之战，先轸战死疆场；邲地之战，荀伯一败即退。这都是我们晋国的天大的耻辱。您也看到过先君的成败。现在我们再躲避楚国，无疑是更加重了我们的耻辱。』范文子士燮说：『我们先君几次作战，都是有原因的。秦、狄、齐、楚都很强大，若不尽全力，子孙将会被削弱。如今齐、秦、狄三强都已归顺，和我们相匹敌的就只有一个楚国了。只有圣人才能做到既无外忧又无内患，我们都不是圣人，就算消除了外患，内忧也必然会随之而来。那么我们为什么不放过楚国，使我国仍然对外有所戒惧，从而攘除内忧的发生呢？』

原文

甲午晦，楚晨压晋军而陈。军吏患之。范匄趋进[1]，曰：『塞井夷灶，陈于军中，而疏行首[2]。晋、楚唯天所授，何患焉？』文子执戈逐之，曰：『国之存亡，天也。童子何知焉？』栾书曰：『楚师轻窕，固垒而待之，三日必退。退而击之，必获胜焉。』郤至曰：『楚有六间[3]，不可失也：其二卿相恶[4]；王卒以旧[5]；郑陈而不整；蛮军而不陈；陈不违晦[6]；在陈而嚣，合而加嚣，各顾其后，莫有斗心。旧不必良[7]，以犯天忌。我必克之。』

楚子登巢车[8]，以望晋军。子重使大宰伯州犁侍于王后[9]。王曰：『骋而左右，何也？』曰：『召军吏也。』『皆聚于军中矣！』曰：『合谋也。』『张幕矣。』曰：『虔卜于先君也。』『彻幕矣。』曰：『将发命也。』『甚嚣，

且尘上矣！」曰：「将塞井夷灶而为行也。」「皆乘矣，左右执兵而下矣！」曰：「听誓也⑩。」「战乎？」曰：「未可知也。」「乘而左右皆下矣！」曰：「战祷也⑪。」伯州犁以公卒告王。苗贲皇在晋侯之侧⑫，亦以王卒告。皆曰：「国士在⑬，且厚，不可当也。」苗贲皇言于晋侯曰：「楚之良，在其中军王族而已。请分良以击其左右，而三军萃于王卒⑭，必大败之。」公筮之，史曰：「吉。其卦遇复䷗⑮，曰：『南国蹙⑯，射其元王，中厥目。』国蹴、王伤，不败，何待？」公从之。

注释

①范匄：士燮之子士匄，后谥宣子。匄，同「丐」。②疏行首：将行列间道路隔宽。行首，行道。③六间：六个空子。间，间隙、弱点。④二卿：即子反、子重。⑤以旧：任用旧贵族。⑥不违晦：不避晦日，古人迷信，月末不宜布阵作战。⑦旧不必良：旧族子弟，一定必精良。⑧巢车：兵车的一种，高如鸟巢，以瞭望敌军。⑨伯州犁：晋伯宗之子，后奔楚，为楚太宰。以下为楚共王与伯州犁的对话。⑩听誓：听从号令。⑪战祷：战前祈祷。⑫苗贲皇：楚斗椒之子，后奔晋。⑬国士：国家的杰出人物。⑭萃于王卒：集中攻击王族。⑮复：六十四卦之一，其卦象为下震上坤。⑯南国：即楚国。蹴：局迫。

译文

五月三十日，楚军早晨逼近晋军列阵。晋国军官对此极为忧虑。范匄趋步向前，说：「我们应快快填井平灶，列开阵势，放宽队列之间的间隔。晋、楚两国都是上天所保佑的，我们还不放心什么呢？」他父亲范文子士燮拿起戈追打他，说：「国家的存亡完全在于天意。你小孩子了解什么？」栾书说：「楚军军心涣散，只要我们坚守阵地，三天之后他们必定撤军。一旦他们撤退，我们再追击，就必然能大获全胜。」郤至说：「现在楚军有六个空子可乘，不能失去这个可乘的机会：他们的两个卿子重和子反彼此之间仇视；楚王的亲兵都是旧家子弟；郑国军队阵容参差不齐；蛮人军队未列阵势；列阵作战没有躲开月末这一天；士兵在阵中喧闹不安，各阵势会合后又更加喧闹，各军彼此观望后顾，毫无斗志。旧家子弟不一定是强兵良将，晦日出兵犯了大忌。这样我们一定能战胜他们。』

楚共王登上巢车观望晋军，子重让太宰伯州犁站在楚共王身后。楚共王说：『晋军的兵车向左右两个方向行进，是什么意思呢？』伯州犁答复说：『这是在召集军官开会。』楚共王又说：『他们都集合到中军了！』伯州犁说：『这是在商讨战略。』楚共王又说：『他们打开了帐幕。』伯州犁说：『这是在他们先君灵位前祈祷和占卜。』楚共王说：『他们又把帐幕拆除了。』伯州犁说：『这是计划发布命令。』楚共王说：『那里非常吵闹，而且尘土飞扬！』伯州犁说：『这是在填井平灶打算列阵了。』楚共王又说：『他们都上车了，但将帅和车右又下来了！』伯州犁说：『这是要记取军令。』楚共王问：『就要作战了吗？』伯州犁说：『还不能确定。』楚共王说：『他们上了战车，但将帅和车右又都下来了！』伯州犁说：『这是在做战斗前的祈祷。』伯州犁还把晋厉公亲兵的情况禀知了楚共王。这时晋军方面的苗贲皇正站在晋厉公的旁边，也把楚王新兵的情况告诉了晋厉公。晋厉公周围的人都说：『楚国有伯州犁这样的杰出人才，而且阵容强大，恐怕没法抵抗。』苗贲皇对晋厉公说：『楚军的精兵强将，都集结在他们的中军王族中了。请把我们的精兵分开去偷袭他们的左右两军，并派三军集中攻击他们中军的王族，这样必然能打败楚军。』晋厉公让太史占筮，太史说：『吉利。占筮得到的是复卦，卦辞说：「南方之国正逐渐消弱，箭射它的君王，定能射中他的眼睛。」国家不强盛，君王受伤，还能不败吗？』晋厉公采纳了他们的建议下令出战。

原文

有淖于前，乃皆左右相违于淖。步毅御晋厉公①，栾鍼为右。彭名御楚共王潘党为右。石首御郑成公，唐苟为

右。栾、范以其族夹公行②。陷于淖。栾书将载晋侯。鍼曰：『书退！国有大任，焉得专之？且侵官③，冒也④；失官，慢也；离局⑤，奸也⑥。有三罪焉，不可犯也。』乃掀公以出于淖⑦。

癸巳⑧，潘尫之党与养由基蹲甲而射之⑨，彻七札焉。以示王，曰：『君有二臣如此，何忧于战？』王怒曰：『大辱国⑩！诘朝，尔射，死艺⑪。』吕锜梦射月，中之，退入于泥。占之，曰：『姬姓，日也；异姓，月也。必楚王也。射而中之，退入于泥，亦必死矣。』及战，射共王，中目。王召养由基，与之两矢，使射吕锜，中项，伏弢⑫。以一矢复命。

注释

①步毅：即郤毅。②夹公行：护卫晋厉公前进。③侵官：侵犯他人职权。④冒：冒犯。⑤离局：离开自己的部属。⑥奸：乱。⑦掀公：即掀起厉公的战车。掀，举。⑧癸巳：为甲午日前一天。此补叙前事。⑨潘尫之党：即潘尫之子潘党。蹲甲：将甲置放一起。⑩大辱国：当时口头骂人的话。责备二人只知武力，不重智谋，有辱于国。⑪死艺：死于自身技艺。⑫伏弢：伏于弓套而死。弢，弓套。

译文

晋军前面有一片泥沼，故而便都左右避开泥沼绕行。步毅为晋厉公驾驭战车，栾鍼为车右。楚军则让彭名为楚共王驾车，潘党为车右。石首为郑成公驾车，唐苟为车右。栾书、士燮带着他们的族人队伍守护在晋厉公两旁。晋厉公的战车陷到了泥沼里。栾书打算让晋厉公乘坐自己的战车。他儿子栾鍼说：『栾书您退下！您肩负国家重任，怎能独揽所有事务？再说您侵犯别人的职权，这是冒犯；放弃自己的职守，这是失职；离开自己的部属，也是犯错误的。这三个罪名，都是不能触犯的。』言毕就下去把晋厉公的车从泥沼中掀了出来。

五月二十九日，楚国潘尫的儿子潘党和养由基把铠甲放到远处，用箭射它，结果穿透了七层。然后呈献给楚共王看，并且说：『君王有我们这样的神射手，还怕作战吗？』楚共王十分生气：『真不知羞耻！如果明天早晨你们也这么射箭，就一定死到这箭术上。』晋国的吕锜在夜里梦见用箭射月，而且射中了，不过自己退下后却掉到了泥坑里。故而他让人占卜，结果是：『姬姓为日，异姓为月，这月亮必然就是代表楚王。虽然你的箭射中了他，但你一退就掉入泥坑，这说明你也难免一死。』等到战争开始后，果然他一箭射中楚共王的眼睛。楚共王派人唤来养由基，给他两支箭，让他射吕锜，结果一箭就射中了他的脖子，吕锜立即就倒在弓袋上死了。养由基拿着剩余的那支箭向楚共王复命。

原文

郤至三遇楚子之卒，见楚子，必下，免胄而趋风①。楚子使工尹襄问之以弓②，曰：『方事之殷也③，有韎韦之跗注④，君子也。识见不谷而趋，无乃伤乎？』郤至见客⑤，免胄承命⑥，曰：『君之外臣至，从寡君之戎事，以君之灵，间蒙甲胄，不敢拜命⑦。敢告不宁⑧，君命之辱。为事之故，敢肃使者。』三肃使者而退。

晋韩厥从郑伯，其御杜溷罗曰：『速从之？其御屡顾，不在马，可及也。』韩厥曰：『不可以再辱国君。』乃止。郤至从郑伯，其右茀翰胡曰：『谍辂之⑨，余从之乘而俘以下。』郤至曰：『伤国君有刑⑩。』亦止。石首曰：『卫懿公唯不去其旗，是以败于荧。』乃内旌于弢中。唐苟谓石首曰：『子在君侧，败者壹大⑪。我不如子，子以君免，我请止。』乃死。

注释

①免胄而趋风：脱下头盔，快步前进。②工尹襄：工尹，官名；襄，其名。问之以弓：赠弓问好。③方事之殷：

战事正当激烈。④韎韦之跗注：赤黄色熟牛皮军衣。韎，赤黄色；跗，脚背；注，连属。当时军服，长至脚背，故用跗注借指军服。⑤客：即工尹襄。⑥免胄承命：脱下头盔，听受楚共王使者之命。⑦不敢拜命：《礼记·曲礼上》载：『介者不拜。』即穿甲的人不下拜。⑧不宁：未受伤。⑨谍辂之：即另派轻兵从小道迎击。⑩伤国君有刑：伤害敌国之君亦有刑罚。⑪败者壹大：战败者应专一保护国君。壹，专一；大，指郑君。

译文

郤至三次遇到楚共王的亲兵，见到楚共王后，他就必然要下车，摘下头盔，向前疾步而进。楚共王派工尹襄送给他一张弓表示慰问，并且说：『当前战斗正在激烈地进行，这位身着赤黄色军服的人大概是位君子吧。方才见到寡人就快步向前，恐怕是受伤了吧？』郤至见到工尹襄，摘下头盔接受楚共王的差遣，说：『外臣跟随我们国君作战，托君王的威灵，得以披甲入列，不敢拜受君王的慰问。我并没有受伤，承蒙君王的爱护，实在承受不起。由于军务在身，谨向使者肃拜以表敬意。』说完对着使者肃拜三次才退下去。

晋国的韩厥追赶郑成公时，他的御者说：『要不要立即追上去？前面那辆车的御者频繁回头，注意力没有集中到马上，我们可以追上去。』韩厥说：『我早先曾经羞辱过齐顷公一次，这次可不敢再羞辱郑伯了。』因而下令停车。郤至继续追击郑成公，他的车右茀翰胡说：『快命轻兵抄到前面去拦截他，我从后面追上他的车，就能把他擒获。』郤至说：『伤害国君是要遭受刑罚的。』于是也停下不追了。石首对郑成公说：『从前卫懿公与狄人作战时就因为没有丢掉旗子，才在荧泽被害。』故此就把旗子收起来放到弓袋里。唐苟对石首说：『你在国君身侧，遇到失败就应该专心保护君王。我赶不上您，请您保护君王逃跑，我下车抵挡一阵。』结果唐苟战死。

原文

楚师薄于险①，叔山冉谓养由基曰：『虽君有命，为国故，子必射！』乃射，再发②，尽殪③。叔山冉搏人以投④，中车，折轼。晋师乃止。囚楚公子茷⑤。

栾鍼见子重之旌，请曰：『楚人谓夫旌，子重之麾也，彼其子重也。日臣之使于楚也，子重问晋国之勇，臣对曰：「好以众整⑥。」曰：「又何如？」臣对曰：「好以暇⑦。」今两国治戎，行人不使，不可谓整；临事而食言，不可谓暇。请摄饮焉⑧。』公许之。使行人执榼承饮⑨，造于子重，曰：『寡君乏使，使鍼御持矛⑩，是以不得犒从者，使某摄饮。』子重曰：『夫子尝与吾言于楚⑪，必是故也。不亦识乎？』受而饮之，免使者而复鼓⑫。旦而战，见星未已。

注释

①薄于险：被压迫在险阻之地。②再发：连发射两箭。③尽殪：射死二人。殪，毙，死。④搏人以投：抓住晋人投掷过去。⑤公子茷：楚共王之子，又名王子发钩。⑥好以众整：爱好军队整肃一致。⑦好以暇：喜好从容不迫。暇，从容闲暇。⑧摄饮：派人代为进酒。⑨执榼承饮：端着酒器献酒。榼，酒器。⑩持矛：即车右。古者车右持矛。⑪夫子：指栾鍼。⑫免：放走。

译文

楚军被晋军逼至十分险要地带，叔山冉对养由基说：『虽然国君曾经吩咐您不得随便射箭，但是为了国家的利益，您现在必须射箭！』于是养由基便搭弓射箭，两箭射死两人。叔山冉逮捕一个俘虏就向晋军扔去，掷中晋军的战车，把车前横木都给砸断了。晋军因此而停了下来，仅仅抓获了公子茷。

栾鍼看到子重的旗子后说：『楚国战俘说那是子重的旗子，车上的人必然就是子重了。以前我出使楚国时，子重问我晋国的勇武体现在哪里，我回答说：「表现在最喜欢军容整肃。」他又问：「还有什么呢？」我回答说：「喜欢从容不迫。」如今两国交兵，外交使节不相往来，不能说是军容整肃；遇到战争爆发却出尔反尔，也不能说是从容不迫。请君王派人代替我给子重敬酒。』晋厉公同意了他的要求。晋厉公命人送给子重一杯酒，使者说：『我们国君人手不足，让栾鍼担任车右，故此他不能亲自前来犒劳阁下，特派我前来向您敬酒。』子重说：『栾鍼以前在楚国曾经和我说过你们晋国喜好整肃和从容，必然是为了这句话才给我送酒。他的记性不是很好吗？』接过酒来便一饮而尽，让使者回去之后，就又击鼓作战。从早晨开始作战，一直持续到傍晚星星出来。

原文

子反命军吏察夷伤①，补卒乘②，缮甲兵③，展车马④，鸡鸣而食，唯命是听。晋人患之。苗贲皇徇曰：『蒐乘、补卒，秣马、利兵，修陈、固列，蓐食、申祷⑤，明日复战！』乃逸楚囚。王闻之，召子反谋。谷阳竖献饮于子反⑥，子反醉而不能见。王曰：『天败楚也夫！余不可以待。』乃宵遁。

晋入楚军，三日谷。范文子立于戎马之前⑦，曰：『君幼，诸臣不佞，何以及此？君其戒之！《周书》曰：「惟命不于常⑧。」有德之谓。』

注释

①察夷伤：察看抚慰受伤人员。②补卒乘：补充步卒与车兵。③缮甲兵：修理甲胄和兵器。④展车马：将车马陈列检查。⑤蓐食、申祷：饱餐一顿，再次祝祷。⑥谷阳竖：子反的仆臣。⑦戎马：晋厉公的车马。⑧惟命不于常：意为天命不常与，只有修德才能保持它。

译文

子反让军官考察战斗伤亡情况，并及时补充步兵和车兵，修理盔甲武器，摆列战车马匹，鸡叫时就吃饭，整装待发一切准备就绪。晋国对此非常担心。苗贲皇通告全军说：『现在检阅战车、填充兵员，喂饱战马、磨砺武器，排好战阵、巩固行列，饱餐一顿、再次祷告，准备明天继续战斗！』并故意放松对楚国俘虏的监守，使他们得以逃跑。楚共王得知这一情况后，召集子反讨论对策。但子反的侍从谷阳竖给子反献酒，子反喝醉了，所以就不能前去拜见楚共王。楚共王叹息地说：『看来是上天要让楚国不能胜利啊！我不能坐以待毙。』于是就连夜逃走了。

晋军进入楚军阵地，一连把楚军的粮食吃了三天。范文子士燮站在晋厉公的车马前，说：『我们君王并不老练，群臣又无才干，但我们为什么却取得了这样重大的胜利呢？君王要以此为戒啊！《周书》中说：「天命不会一成不变。」也就是说只有有德的人才能承受天命。』

原文

楚师还，及瑕，王使谓子反曰：『先大夫之覆师徒者①，君不在②。子无以为过，不谷之罪也。』子反再拜稽首曰：『君赐臣死，死且不朽。臣之卒实奔，臣之罪也。』子重使谓子反曰：『初陨师徒者，而亦闻之矣。盍图之！』对曰：『虽微先大夫有之，大夫命侧，侧敢不义？侧亡君师，敢忘其死？』王使止之，弗及而卒。

战之日，齐国佐、高无咎至于师。卫侯出于卫，公出于坏隤③。宣伯通于穆姜④，欲去季、孟，而取其室。将行，穆姜送公，而使逐二子。公以晋难告，曰：『请反而听命。』姜怒，公子偃、公子鉏趋过，指之曰：『女不可，是皆君也。』公待于坏隤，申宫、儆备、设守⑤，而后行，是以后。使孟献子守于公宫。

注释

①覆师徒：指晋、楚城濮之战，楚军大败。②君不在：楚王不在军中。③坏隤：地名，在今山东省曲阜县境内。④宣伯：即叔孙侨如。穆姜：鲁成公之母。⑤申宫：即司宫，守宫。

译文

楚军撤兵回国，走到瑕地时，楚共王派人告诉子反：『当年城濮之战时，先大夫子玉使楚军全军覆没，当时国君不在军中，所以责任应由子玉来负。但这次战败，你没有责任，是我的罪过。』子反连叩两头说：『就算君王赐我一死，我也感到无限光荣。是我的部下首先逃亡，这次失败是我的罪过。』子重派人对子反说：『从前那个使军队失败的子玉是怎样的结果，大概你也听说了。何去何从，你自己掂量一下吧！』子反说：『即使没有子玉自杀一事，您让我去死，我怎敢贪求不义而苟且偷生呢？我使君王的军队遭受失败，哪里敢忘记以死谢罪呢？』楚共王派人去劝阻他，但没有赶到他就已经自行了断了。

战争爆发的第二天，齐国的国佐、高无咎抵至军中。卫献公统引军队从国内前来参加战斗，鲁成公也从鲁国的坏隤率军赶来。宣伯和成公的母亲穆姜私通，他计划杀掉季文子和孟献子，从而霸占他们的全部财产。成公计划去往晋国时，穆姜为他送行，借机让成公驱逐季文子和孟献子。成公把晋国要求联合讨伐郑国的事情告诉了她，然后说：『请等我回来再服从您的命令。』穆姜十分生气。这时成公的庶弟公子偃、公子鉏从旁路过，穆姜用手指着这两个人对他说：『你如果不同意，他们都可以代替你作为鲁国国君。』成公听到后就在坏隤等待去晋国，同时下令防守宫室、增强警备、设置守卫，然后才到晋国去，因此他去迟了。当时他派孟献子留守宫中。

原文

秋，会于沙随[1]，谋伐郑也。宣伯使告郤犨曰：『鲁侯待于坏隤，以待胜者。』郤犨将新军，且为公族大夫，以主东诸侯[2]。取货于宣伯，而诉公于晋侯。晋侯不见公。

曹人请于晋曰：『自我先君宣公即世，国人曰：「若之何？忧犹未弭。」而又讨我寡君，以亡曹国社稷之镇公子，是大泯曹也。先君无乃有罪乎？若有罪，则君列诸会矣。君唯不遗德、刑，以伯诸侯。岂独遗诸敝邑？敢私布之。』

七月，公会尹武公及诸侯伐郑[3]。将行，姜又命公如初。公又申守而行。诸侯之师次于郑西。我师次于督扬[4]，不敢过郑。子叔声伯使叔孙豹请逆于晋师[5]，为食于郑郊。师逆以至。声伯四日不食以待之，食使者而后食。

诸侯迁于制田[6]，知武子佐下军，以诸侯之师侵陈，至于鸣鹿[7]。遂侵蔡。未反，诸侯迁于颍上[8]。戊午，郑子罕宵军之，宋、齐、卫皆失军[9]。

曹人复请于晋。晋侯谓子臧：『反，吾归而君。』子臧反，曹伯归。子臧尽致其邑与卿而不出。

宣伯使告郤犨曰：『鲁之有季、孟，犹晋之有栾、范也，政令于是乎成。今其谋曰：「晋政多门，不可从也。宁事齐、楚，有亡而已，蔑从晋矣。」若欲得志于鲁，请止行父而杀之[10]，我毙蔑也[11]，而事晋，蔑有贰矣。鲁不贰，小国必睦。不然，归必叛矣。』九月，晋人执季文子于苕丘。公还，待于郓，使子叔声伯请季孙于晋。郤犨曰：『苟去仲孙蔑，而止季孙行父，吾与子国，亲于公室。』对曰：『侨如之情，子必闻之矣。若去蔑与行父，是大弃鲁国，而罪寡君也。若犹不弃，而惠徼周公之福，使寡君得事晋君，则夫二人者，鲁国社稷之臣也。若朝亡之，鲁必夕亡。以鲁之密迩仇雠，亡而为雠，治之何及？』郤犨曰：『吾为子请邑。』对曰：『婴齐，鲁之常隶也[12]，敢介大国以求厚焉[13]？承寡君之命以请，若得所请，吾子之赐多矣，又何求？』范文子谓栾武子曰：『季孙于鲁，相二君矣。妾不衣帛，马不食粟，可不谓忠乎？信谗慝而弃忠良，若诸侯何？子叔婴齐奉君命无私，谋国家不贰，图其身不忘其君。若虚其请⑭，是弃善人也！子其图之！』乃许鲁平，赦季孙。

注释

①沙随：宋地，位于今河南宁陵县北一带。②主东诸侯：主持齐、鲁等东方诸侯联络事务。③尹武公：即尹子。④督扬：郑国东部地名。⑤子叔声伯：鲁宣公弟叔肸之子，即公孙婴齐。叔孙豹：叔孙侨如之弟。⑥制田：地名，位于今河南新郑县东北。⑦鸣鹿：位于今河南鹿邑县西。⑧颍上：颍水之旁，当位于今河南禹县境内。⑨失军：将领与部属相失，全军溃败。⑩行父：季孙行父，季文子。⑪蔑：即仲孙蔑，孟献子。⑫常隶：寻常的小臣，普通的下级官吏。⑬介：仗恃。求厚：求取厚禄。⑭虚其请：使其请求落空。

译文

秋季，成公和晋厉公、齐灵公、卫献公、宋国的华元、邾人在沙随举行会谈，商议如何进攻郑国。宣伯派人告诉郤犨说：『鄢陵之战时，鲁侯待在坏隤延误不前，是静观晋、楚两国的战况，以等待胜利者。』当时郤犨统帅新军，并且兼任公族大夫，负责东方诸侯的有关工作。他从宣伯那里接受了财物，然后就在晋厉公面前告了成公。晋厉公故而拒绝会见成公。

曹国人向晋国人请求说：『自从我们先君宣公过世，国内的人们都说：「这可怎么办？忧患没有止境。」去年贵国又攻击我们国君，并使我国主持国政的公子子臧逃亡国外，这是要彻底亡我曹国啊。是我们先君有罪吗？如果是他有罪，那么君王又让他参加鲁宣公十七年的断道盟会。君王您自始至终没有丢失德行和刑罚，赏所当赏，罚所当罚，所以才称霸于诸侯。但为什么唯独对我们曹国却赏罚失当，不够公平呢？特此申述，敬请宽恕。』

七月，成公会合尹武公和各诸侯讨伐郑国。打算出发时，穆姜又要求他驱逐季、孟二人。成公又一次安排好了宫中的守卫警备之后才离开。诸侯军队驻扎在郑国西部。鲁军则安营在郑国东部的督扬，没有胆子经过郑国国都。子叔声伯派叔孙豹请求晋军前去迎接鲁军，并在郑都郊外为晋军置办下了饭食。晋军为迎接鲁军而来到郑郊。声伯等待晋军一连四天都没有吃饭，直到让晋国的使者吃了饭他才进食。

诸侯的军队转移到制田，知武子荀罃担任下军副帅，带领着诸侯的军队攻击陈国，来到鸣鹿。随后又入侵蔡国。诸侯军队没有返回，又转移到颍上。二十四日，郑国的子罕在夜里偷袭，结果宋、齐、卫都受到极大的损失。

曹国人再次请求晋国。晋厉公对子臧说：『你也回去吧，我把你们国君送回。』子臧回国后，曹成公果然被释放回国了。子臧把自己的封地和卿位全都赠送给了曹成公，从此退隐山林不再出仕。

宣伯又吩咐人对晋国的郤犨说：『鲁国的季氏和孟氏，就像晋国的栾氏、范氏一样，政令都是由他们一手制定的。现在他们商量说：「晋国政出多门，很不统一，没法遵守。我们情愿归顺齐、楚两国，即使是亡国，也不去顺从晋国了。」假使你们仍然想得到鲁国的拥护，就请在晋国把季文子杀死，我在国内将孟献子杀掉，到那时鲁国对待晋国就没有二心。如果鲁国没有了二心，其他小国也必然顺服晋国。否则，季文子回国后肯定要背叛晋国。』于是九月，晋国人在苕丘抓住了季文子。成公回到国内，在郓地等候季文子，并派子叔声伯到晋国请求释放他。郤犨对声伯说：『如果你能铲除仲孙蔑和季孙行父，我就把鲁国的政权全都交给您，那么我们对您比对晋国公室还要友好。』声伯回答说：『侨如的有关情况想必您也了解了。如果铲除了仲孙蔑和季孙行父，就等于是全然抛弃鲁国，而治裁我们的国君了。如果您还不打算抛弃鲁国，并且托周公的福气，还能让我们国君继续服侍晋国国君的话，那么这两个人就是鲁国的重臣。如果他们早晨被处死，那么鲁国晚上就肯定会灭亡。鲁国离你们敌国齐、楚十分接近，如果你们要灭亡它，它就必定会成为你们的仇敌，到时候再挽救还来得及吗？』郤犨说：『我为您请求一个封邑。』声伯说：『我本是鲁国一个平凡至极的官员，怎么敢依仗大国来求取丰厚的官禄呢？我奉我们国君前来请求，如果能被准许，那就是您对我的丰厚的赏赐了，我还敢奢望别的什么呢？』范文子士燮对栾武子栾书说：『季孙行父在鲁国，先后辅佐过两个君王。他的妾不穿丝绸，马不吃粮食，能说他不是一心一意吗？相信谗言和奸邪而丢弃忠诚善良，怎么向天下的诸侯交代？声伯奉行国君的旨意没有任何私心杂念，为国家着想忠心不二，就算为自己考虑时也不忘记他的国君。我们假使拒绝他的请求，无疑就是丢弃善人啊！您还是认真考虑一下！』于是晋国就同意跟鲁国讲和，饶恕了季孙行父。

原文

冬，十月，出叔孙侨如而盟之。侨如奔齐。十二月，季孙及郤犨盟于扈，归，刺公子偃。召叔孙豹于齐而立之。

齐声孟子通侨如①，使立于高、国之间②。侨如曰：『不可以再罪③。』奔卫，亦间于卿。

注释

①声孟子：齐灵公之母，宋女。②立：同『位』。③再罪：侨如担心位高遭忌。

译文

冬季，十月，鲁国驱逐了叔孙侨如，文武百官都参加了盟誓。结果叔孙侨如出奔到晋国。十二月，季孙和郤犨在扈地结盟，回国后暗杀了公子偃。随即把叔孙侨如的弟弟叔孙豹从齐国召回立为叔孙氏的继承人。

齐灵公的母亲声孟子也和叔孙侨如私通，所以齐国让叔孙侨如的地位和齐国世袭上卿高氏和国氏一样显贵。叔孙侨如说：『我不能再造成祸端了。』因此就逃亡到了卫国，也位列各卿之间。

原文

晋侯使郤至献楚捷于周，与单襄公语，骤称其伐。单子语诸大夫曰：『温季其亡乎[①]！位于七人之下，而求掩其上。怨之所聚，乱之本也。多怨而阶乱[②]，何以在位？《夏书》曰：「怨岂在明[③]？不见是图[④]。」将慎其细也。今而明之，其可乎？』

注释

①温季：即郤至。②阶乱：祸乱的阶梯。③怨岂在明：怨恨难道都在明处？④不见是图：还应考虑那些看不见的因素。

译文

晋厉公命令郤至到周王室献上和楚国作战时的俘虏。郤至在和单襄公谈话时，屡屡夸耀自己的显赫战功。事后单襄公对大夫们说：『郤至难免杀身之祸。他的地位只不过是七人之下，却夸耀自己的功劳在七人之上，奢望独揽大权。这样就一定会导致更多的怨恨，这就是发生祸乱的源泉。招致怨恨自取祸乱，又怎么能保持自己的官位呢？《夏书》中说：「怨恨难道都在明处？看不到的因素更应多加小心。」这就是说即使对一些不起眼的问题也要谨慎从事。现在郤至却在明目张胆地导引怨恨，能行吗？』

成公十七年

原文

十七年春，王正月，郑子驷侵晋虚、滑①。卫北宫括救晋，侵郑，至于高氏②。夏，五月，郑大子髡顽、侯獳为质于楚③。楚公子成、公子寅戍郑。

公会尹武公、单襄公及诸侯伐郑，自戏童，至于曲洧④。

注释

①虚：晋邑，在今河南省偃师县境内。滑：故滑国，为秦兰州所灭，当时属晋，后又属周，故城在今河南省偃师县内。②高氏：地名，在今河南禹县西南一带。③侯獳：郑大夫。④戏童：即戏，位于今河南巩县东南。曲洧：即今河南洧川，现归尉氏县。

译文

十七年春季，周历正月，郑国的子驷进犯晋国的虚、滑二地。卫国的北宫括出兵帮助晋国，攻打郑国，攻至高氏一地。夏季，五月，郑国的太子髡顽、侯獳到楚国做了人质。楚国的公子成、公子寅到郑国守护驻扎。

成公集聚尹武公、单襄公和晋厉公、齐灵公、宋平公、卫献公、曹成公、邾人协同攻打郑国，军队从戏童出发，到达曲洧。

原文

晋范文子反自鄢陵，使其祝宗祈死①，曰：『君骄侈而克敌，是天益其疾也②。难将作矣！爱我者惟祝我③，使我速死，无及于难，范氏之福也。』六月戊辰，士燮卒。

乙酉，同盟于柯陵[4]，寻戚之盟也。

楚子重救郑，师于首止。诸侯还。

注释

①祝宗：古时卿大夫家有祝史、祝宗，祝宗为主家庙祷祝的家臣。②天益其疾：上天增加他的过失。③祝我：诅咒我。④柯陵：即嘉陵，位于今河南许昌市南。

译文

晋国的范文子士燮从鄢陵战场上返回之后，就让他宗族的祝史为他祷告，盼望能快些死去，他说：『我们国君竟这样地骄横奢侈，却能打败楚国，这实际上是上天在加重他的罪过。大难就要降临！希望爱我的人能够诅咒我，以便让我快一天死去，让我不要遇到祸患，这就是我们范氏一族的福气了。』六月初九日，士燮死。

六月二十六日，成公和尹武公、单襄公、晋厉公、齐灵公、宋平公、卫献公、曹成公、邾人在柯陵召开盟会，回顾了鲁成公十五年戚地盟约的盛况。

楚国的子重率军救援郑国，军队驻扎在首止。诸侯联军退兵回国。

原文

齐庆克通于声孟子，与妇人蒙衣乘辇而入于闳[1]。鲍牵见之[2]，以告国武子[3]。武子召庆克而谓之。庆克久不出，而告夫人曰：『国子谪我！』夫人怒。国子相灵公以会，高、鲍处守。及还，将至，闭门而索客。孟子诉之曰：『高、鲍将不纳君，而立公子角，国子知之[4]。』秋，七月壬寅，刖鲍牵而逐高无咎。无咎奔莒。高弱以卢叛[5]。齐人来召鲍国而立之[6]。

初，鲍国去鲍氏而来为施孝叔臣。施氏卜宰[⑦]，匡句须吉。施氏之宰，有百室之邑。与匡句须邑，使为宰。以让鲍国，而致邑焉。施孝叔曰：『子实吉。』对曰：『能与忠良，吉孰大焉？』鲍国相施氏忠，故齐人取以为鲍氏后。

注释

①蒙衣：妇女外出蒙衣，为当时习俗。辇：人力推挽之车。闳：小巷门。②鲍牵：鲍叔牙曾孙。③国武子：名国佐，齐卿。④知：参与。⑤高弱：高无咎之子。卢：高氏采邑，位于今山东长清县西南。⑥鲍国：鲍牵之弟，被召回之后立为鲍氏继承人。⑦卜宰：占卜决定家宰人选。家宰为当时卿大夫家总管。

译文

齐国的庆克和齐灵公的母亲声孟子之间有奸情，有一次女扮男装和一个妇人同乘一辆车子进入宫中小巷。鲍牵目睹后，把此事告诉了国武子。于是国武子把庆克找来斥骂了一番。从此庆克藏在家里，好长时间不敢出门，他告诉声孟子说：『国子责备了我！』声孟子非常气愤。国武子作为齐灵公的相礼一起前去参加诸侯会盟，由高无咎和鲍牵镇守都城。国武子和齐灵公回国，走到国都时，城门关闭了，并且要搜查行人。声孟子向齐灵公告状说：『高、鲍二人不打算让你进城，而计划立公子角为君，国子也知道这一阴谋。』秋季，七月十三日，齐灵公下令砍去了鲍牵的双脚，把高无咎驱赶出境。高无咎逃亡到莒国。高无咎的儿子高弱带领高氏封邑卢地的人起兵反叛。齐国人把鲍牵的弟弟鲍国从鲁国召回，立为大夫。

当初，鲍国离开鲍氏族人来到鲁国做了施孝叔的家臣。施家计划通过占卜挑选一位总管家，占卜的结果是选用匡句须吉利。施家的总管家应该有一百户人家的封邑。于是施家就给了匡句须封邑，任命他做总管。但他推让鲍国做总管，并且把封邑也赠给他。施孝叔说：『占卜的结果显示你是最吉利的啊。』匡句须说：『把这一地位送给忠诚善良的人，还有比这更大的吉利吗？』果然鲍国辅佐鲍家全心全意，所以齐国人才把他召请回去作为鲍氏的后代。

原文

仲尼曰：『鲍庄子之知不如葵，[1]葵犹能卫其足。』

冬，诸侯伐郑。十月庚午，围郑。楚公子申救郑，师于汝上[2]。十一月，诸侯还。

初，声伯梦涉洹，或与己琼瑰[3]。食之，泣而为琼瑰，盈其怀。从而歌之曰：『济洹之水[4]，赠我以琼瑰。归乎！归乎！琼瑰盈吾怀乎！』惧不敢占也[5]。还自郑，壬申，至于狸脤而占之，曰：『余恐死，故不敢占也。今众繁而从余，三年矣，无伤也。』言之，之莫而卒[6]。

注释

①鲍庄子：即鲍牵。葵：一种蔬菜。②汝上：汝水岸边。③琼瑰：玉珠。④洹：洹水，在今河南省北部，又名安阳河。⑤惧不敢占：古时人死，口含珠玉。此梦口含玉珠，志伯疑为凶兆，故不敢占卜。⑥之莫：至暮。

译文

孔子认为：『鲍牵还赶不上葵菜有智慧，葵菜尚且能保护自己的双脚。』

冬季，成公联合单襄公、晋厉公、宋平公、卫献公、曹成公、齐国人、邾国人一起进攻郑国。十月十二日，围攻了郑国。楚国的公子申救援郑国，统引军队驻守到汝水岸上。十一月，诸侯的军队撤兵回国。

当初，声伯做梦光着脚渡过洹水，有人送给他一块珠玉。他吃下去后，哭泣时泪水却变成了亮闪闪的珠玉，装满了怀抱。他跟着那人唱道：『我渡过洹水，有人赠我以珠玉。回去吧！回去吧！珠玉已满怀！』醒来后他很恐惧，不敢占卜吉凶。从郑国回来，十一月的某一天，途经狸脤这个地方时，才占卜，他说：『我由于怕死，才没敢占卜。如今有这么多人伴随我，而且已经三年了，占卜一下，不会受到伤害吧。』说了这话之后，到夜里就死了。

原文

齐侯使崔杼为大夫，使庆克佐之，帅师围卢。国佐从诸侯围郑，以难请而归。遂如卢师①，杀庆克，以谷叛②。齐侯与之盟于徐关而复之③。十二月，卢降。使国胜告难于晋④，待命于清⑤。

晋厉公侈，多外嬖⑥。反自鄢陵，欲尽去群大夫，而立其左右⑦。胥童以胥克之废也⑧，怨郤氏，而嬖于厉公。郤锜夺夷阳五田⑨，五亦嬖于厉公。郤犨与长鱼矫争田，执而梏之，与其父母妻子同一辕。既，矫亦嬖于厉公。栾书怨郤至，以其不从己而败楚师也，欲废之。使楚公子茷告公曰：『此战也，郤至实召寡君。以东师之未至也⑩，与军帅之不具也，曰：「此必败！吾因奉孙周以事君⑪。」』公告栾书。书曰：『其有焉！不然，岂其死之不恤，而受敌使乎⑫？君盍尝使诸周而察之？』郤至聘于周，栾书使孙周见之。公使觇之⑬，信⑭。遂怨郤至。

注释

①如卢师：到达围卢军中。②以谷叛：据谷邑叛齐。③徐关：地名，位于今山东省临川镇西。④国胜：国佐之子。⑤清：齐邑，位于今山东聊城西。⑥外嬖：宠幸的大夫。⑦左右：即外嬖。⑧胥童：胥克之子。⑨夷阳五：又作夷羊五，晋大夫。⑩东师：指齐、鲁、卫三国之军。⑪奉孙周：拥立孙周。孙周，即晋悼公。⑫受敌使：指鄢陵之战，楚子曾赠弓问候。⑬觇：侦察，窥探。⑭信：晋侯相信公子茷中伤郤至之语。

译文

齐灵公委任崔杼为大夫，让庆克帮助他，统帅军队围攻卢地。当时国佐正随诸侯一同围攻郑国，闻听这件事后，以国内发生了动乱为由请求回来。随后就到了包围卢地的军队中，杀死了庆克，并领着谷地的人起兵反抗。齐灵公被迫和国佐在徐关结盟，并把他的官位恢复。十二月，卢地宣布投降。齐国便派国胜到晋国去报告这一消息，并让他在清地等候差遣。

晋厉公生活荒淫无度，他有很多外宠。从鄢陵回来后，就打算杀掉周围的所有大夫，而另立他的左右宠信之人。胥童因为胥克被郤缺罢免而怀恨郤氏，但却很受晋厉公宠信。郤锜夺去了夷阳五的田地，夷阳五也获得晋厉公的宠信。郤犨和长鱼矫为田地争夺起来，郤犨把长鱼矫逮起来，把他和他的父母妻子捆绑在一辆车上。很快，长鱼矫也受宠于晋厉公。栾书怨恨郤至，是因为嫉妒他不听从自己的意见却立下打败楚军的功劳，就准备罢黜他。于是让楚国的公子茷禀报晋厉公说：『这次战役，实际上是郤至请我们国君来的。由于当时东方各诸侯军队还没有抵至，晋军各个将帅也还没有来到，他说：「这次战役晋国必然失败！我将拥立孙周以事奉君王。」』晋厉公把这话告诉了栾书。栾书说：『有这回事！否则，他怎么敢不怕死去接见敌国的使者呢？君王为什么不把他派往周王室以更深切地考察他呢？』所以郤至便到周王室聘问，栾书又让孙周和他见面。晋厉公派人暗中监视郤至，看到他和孙周会面，就相信了栾书的话，从而对郤至怀恨在心。

原文

厉公田，与妇人先杀而饮酒[1]，后使大夫杀。郤至奉豕[2]，寺人孟张夺之[3]，郤至射而杀之。公曰：『季子欺余！』

厉公将作难。胥童曰：『必先三郤，族大多怨。去大族不逼，敌多怨有庸[4]。』公曰：『然。』郤氏闻之，郤锜欲攻公，曰：『虽死，君必危。』郤至曰：『人所以立，信、知、勇也。信不叛君，知不害民，勇不作乱。失兹三者，其谁与我？死而多怨[5]，将安用之？君实有臣，而杀之，其谓君何？我之有罪，吾死后矣！若杀不幸，将失其

民，欲安，得乎？待命而已！受君之禄，是以聚党⑥。有党而争命⑦，罪孰大焉？』壬午，胥童、夷羊五帅甲八百，将攻郤氏。长鱼矫请无用众，公使清沸魋助之⑧。抽戈结衽⑨，而伪讼者。三郤将谋于榭⑩，矫以戈杀驹伯、苦成叔于其位⑪。温季曰⑫：『逃威也⑬！』遂趋。矫及诸其车，以戈杀之。皆尸诸朝。

注释

①先杀：田猎合围以后，先射杀禽兽。②奉豕：献上所猎之野猪。③寺人孟张：晋厉公宦官名。④敌多怨有庸：以多怨之人为敌，容易成功。⑤死而多怨：叛乱致死又留下更多怨恨。⑥聚党：聚集亲族。⑦争命：抗命。⑧清沸魋：嬖人。⑨结衽：连接衣襟。⑩谋于榭：即在公堂听讼。⑪驹伯：即郤锜。苦成叔：郤犨。⑫温季：即郤至。⑬逃威：逃避无罪被杀。威，读为畏，无罪被杀。

译文

晋厉公出去打猎，他和女人先打猎又一块饮酒，然后让大夫射猎。郤至献给晋厉公一头野猪，寺人孟张上来争执，郤至便一箭把他射死了。厉公说：『郤至你欺负我！』

晋厉公计划动手除掉异己。但胥童说：『必须要先从三郤下手。他们家族大，惹起的怨恨也多，假使铲除这一大族，公室就不能受到逼迫。攻打大家所怨恨的人容易成功。』晋厉公说：『对。』郤氏一族听说后，郤锜要征讨晋厉公，他说：『就算我们死了，君王也必然面临危险。』郤至说：『一个人之所以能立身处世，就在于有信用、明智、勇敢。讲究信用就不能反对君王，明智就不能残害百姓，勇敢就不能发动内乱。失去这三点，谁还能爱戴我们？死了又增加无穷愤恨，还有什么用？臣子归国君所有，国君要杀臣子，能把他怎么样？我假设有罪，那就死得太晚了！如果滥杀无辜，那么他将失去人民，想要安于君位，能行吗？还是服从命令吧！我们享受了国君的俸禄，才能蓄养家兵。如果用这些家兵去和国君抵抗，还有比这更大的罪过吗？』二十六日，胥童、夷阳五带领甲士八百多人计划攻击郤氏。长鱼矫建议不要兴师动众，晋厉公派清沸魋协助他。长鱼矫和清沸魋抽出戈来，把两人的衣襟连接起来，伪装成打架的假象。三郤准备在台榭上为他们二人调解，长鱼矫趁机抽出来戈杀了郤锜和郤犨。郤至说：『与其冤枉被杀还不如赶快逃跑！』因而就逃了出去。长鱼矫追上他的车子，用戈杀死了他。然后将三郤陈尸朝廷给大家看。

原文

胥童以甲劫栾书、中行偃于朝①。矫曰：『不杀二子，忧必及君。』公曰：『一朝而尸三卿，余不忍益也②。』对曰：『人将忍君③。臣闻乱在外为奸，在内为轨。御奸以德，御轨以刑。不施而杀④，不可谓德；臣逼而不讨⑤，不可谓刑。德刑不立，奸、轨并至。臣请行。』遂出奔狄。公使辞于二子，曰：『寡人有讨于郤氏，郤氏既伏其辜矣，大夫无辱，其复职位！』皆再拜稽首曰：『君讨有罪，而免臣于死，君之惠也。二臣虽死，敢忘君德！』乃皆归。公使胥童为卿。

注释

①中行偃：即荀偃。②余不忍益：晋厉公见一日已杀三卿，不忍心再增加了。③人将忍君：人将忍心杀君。人，指栾书与中行偃等。④不施而杀：对外面的叛乱，不施恩惠而一味杀戮。⑤臣逼而不讨：权臣逼迫公室而不加讨伐。

译文

胥童带领甲士在朝廷上劫持了栾书和荀偃。长鱼矫说：『不杀了这两个人，君王一定大祸临头。』晋厉公说：『一天之中就杀了三位卿，我不能忍心再多杀了。』长鱼矫回答说：『君王对他们不忍心，而他们对您却不会这样。

我听说外面发生了祸乱是奸，内部发生了祸乱是轨。防御奸要用德行，警惕轨就要用刑罚。不施恩惠而杀人，不能叫德行；可是遇到臣子逼迫而不去讨伐，也不能叫做刑罚。德行和刑罚不树立，内忧外患就会并驾齐驱到来。我请求君王同意我离开晋国。』然后就逃亡到了狄人那里。晋厉公派人把栾书和荀偃放掉，并且说：『我这次主要是为了攻打郤氏，如今郤氏已经伏法，大夫也不要由于受到刚才的骚扰而感到耻辱，我让你们官复原职！』二人两次叩头拜谢说：『君王讨伐有罪之人，而饶恕了我们的死罪，这是君王的恩惠。我们二人就是死了，也不敢忘记君王的大德！』然后就都回去了。晋厉公封胥童为卿。

原文

公游于匠丽氏①，栾书、中行偃遂执公焉。召士匄②，士匄辞。召韩厥，韩厥辞，曰：『昔吾畜于赵氏。孟姬之谗，吾能违兵③。古人有言曰：「杀老牛，莫之敢尸④。」而况君乎？二三子不能事君⑤，焉用厥也？』

注释

①匠丽氏：为晋厉公主管工匠的嬖臣。②士匄：即士燮之子。③违兵：不用兵。④尸：做主。⑤二三子不能事君：你们一伙不能事奉君，要杀掉他，何必用我韩厥呢？二三子，指栾书、中行偃等一伙人。

译文

有一天晋厉公到宠臣匠丽氏家里游玩，栾书和荀偃趁机逮捕了他。他们让士匄杀晋厉公，士匄拒绝了。又让韩厥杀，韩厥也拒绝了，韩厥说：『早先我在赵家长大。后来孟姬陷害赵氏，赵氏遭到攻打，唯独我没有出兵。古人有句话说：「宰杀老牛，无人做主。」更何况对待君王呢？你们几个人既然不愿意服侍君王，又何必利用我的手杀害他呢？』

原文

舒庸人以楚师之败也，道吴人围巢①，伐驾②，围厘、虺③。遂恃吴而不设备。楚公子橐师袭舒庸，灭之。

闰月乙卯晦，栾书、中行偃杀胥童。民不与郤氏，胥童道君为乱，故皆书曰『晋杀其大夫』。

注释

①巢：古国名，其故地在今安徽省巢县东北五里。②驾：地名，在今安徽省无为县境内。③厘：地名，在今安徽省无为县境内。虺：地名，在今安徽省卢江县境内。

译文

舒庸人利用楚军战败的时机，引导吴国人包围了巢地，侵入驾地，接着又围困了厘、虺二地。后来又凭借有吴国扶助，而不加强防备。楚国的公子橐师率军偷袭舒庸，灭掉了它。

闰十二月二十九日，栾书、荀偃杀死了胥童。人民不亲近郤氏，胥童趁机引诱君王制造动乱，所以《春秋》中记载为『晋杀其大夫』。

成公十八年

原文

十八年春，王正月庚申，晋栾书、中行偃使程滑弑厉公，葬之于翼东门之外[①]，以车一乘。使荀罃、士鲂逆周子于京师而立之[②]，生十四年矣[③]。大夫逆于清原[④]。周子曰：『孤始愿不及此。虽及此，岂非天乎！抑人之求君，使出命也[⑤]。立而不从，将安用君？二三子用我今日，否亦今日。共而从君，神之所福也。』对曰：『群臣之愿也，敢不唯命是听。』庚午，盟而入，馆于伯子同氏。辛巳，朝于武宫。逐不臣者七人。周子有兄而无慧，不能辨菽麦，故不可立。

齐为庆氏之难故，甲申晦，齐侯使士华免以戈杀国佐于内宫之朝[⑥]。师逃于夫人之宫。书曰：『齐杀其大夫国佐。』弃命，专杀，以谷叛故也。使清人杀国胜。国弱来奔[⑦]。王湫奔莱[⑧]。庆封为大夫[⑨]，庆佐为司寇[⑩]。既，齐侯反国弱，使嗣国氏，礼也。

注释

①翼：晋国旧都，在今山西省翼城县东南。②周子：即孙周，即位为晋悼公。③生十四年：晋悼公即位时为十四岁。④清原：地名，位于今山西省稷山县东南二十里。⑤出命：发布命令。⑥士：掌刑之官。华免：人名。⑦国弱：国胜之弟。⑧王湫：国佐党羽。⑨庆封：庆克之子。⑩庆佐：庆克之子。

译文

十八年春，周历正月初五日，晋国的栾书、中行偃命程滑把晋厉公杀死，葬在翼地的东门外边，只用了一辆车子。打发荀罃、士鲂在京师迎接周子而立他为国君，当时他只有十四岁。大夫在清原迎接。周子说：『孤起初的愿望并不是到这地步。如今虽然到了这地步，难道不是上天的意志吗？但是人们要求有国君，这是为了让他发布命令。立了国君以后又不遵从，还哪里用得着国君？您几位用得着我，是在今天；用不着，也是在今天。恭敬而听从国君，这是神灵所赞同的。』大夫回答说：『这是下臣们的心意，怎么敢不唯命是听。』十五日，结盟以后才进入国都，住在伯子同家里。二十六日，在武宫朝见。放逐了不合臣道的七个人。周子有一个哥哥是白痴，不能区分豆子和麦子，因此不能立为国君。

齐国为了庆氏祸患的原因，正月二十九日，齐灵公吩咐士华免用戈把国佐杀死在内宫的前堂。大伙逃到夫人的宫里。《春秋》记载说：『齐杀其大夫国佐。』这是因为他抛弃君命，专横杀人，盘踞谷地而叛变的缘故。让清地人杀了国胜。国弱逃亡前来鲁国。王湫逃亡到莱地。庆封做大夫，庆佐做司寇。很快，齐灵公让国弱回国，让他继承国氏，这是合于礼的。

原文

二月乙酉朔，晋悼公即位于朝。始命百官①，施舍、已责②，逮鳏寡，振废滞③，匡乏困④，救灾患，禁淫慝⑤，薄赋敛，宥罪戾，节器用，时用民⑥，欲无犯时⑦。使魏相、士鲂、魏颉、赵武为卿。荀家、荀会、栾黡、韩无忌为公族大夫，使训卿之子弟共、俭、孝、弟。使士渥浊为大傅，使修范武子之法；右行辛为司空，使修士蒍之法。弁纠御戎，校正属焉⑧，使训诸御知义⑨。荀宾为右，司士属焉⑩，使训勇力之士时使⑪。卿无共御，立军尉以摄之。祁奚为中军尉，羊舌职佐之；魏绛为司马，张老为候奄⑫。铎遏寇为上军尉，籍偃为之司马，使训卒、乘，亲以听命⑬。程郑为乘马御，六驺属焉⑭，使训群驺知礼。凡六官之长，皆民誉也。举不失职，官不易方，爵不逾德，师不陵正⑮，旅不逼师，民无谤言，所以复霸也。

公如晋，朝嗣君也。

注释

①始命百官：开始任命百官，使各主其事。②已责：免除百姓对国家的欠债。责，同『债』。③振废滞：起用被废黜或长居下位的旧贵族。④匡乏困：救助生活困乏者。⑤禁淫慝：制止暴虐凶恶之行。⑥时用民：用民有一定时限。⑦欲无犯时：不因私欲侵占农时。⑧校正：掌马之官。⑨诸御：兵车驾驭者。⑩司士：官名，即司右。⑪时使：对勇力之士加以训练，到用时，从中选取优秀者，以为车右而用之。⑫候奄：官名，又名元候、候正。⑬亲以听命：步兵、车兵协调一致，服从命令。⑭六驺：六，指六闲，闲即马厩，主六厩；驺，养马的人。⑮正：正大于师，师大于旅。正、师、旅为一般官吏名位。

译文

二月初一日，晋悼公在朝廷上登基当国君。开始任命百官，赐舍而减免人民对国家的积欠，照顾到鳏夫寡妇、起用被废黜和长居下位的才能之士，救济贫困，援助灾难，禁止邪恶，少征赋税，宽恕罪过，节约器用，在农闲时使用农民，私人的欲望不和农时抵触。派魏相、士鲂、魏颉、赵武做卿。荀家、荀会、栾黡、韩无忌担任公族大夫，让他们传授教导卿的子弟恭敬、节俭、孝顺、友爱。命士渥浊担任太傅，让他学习范武子的法度；右行辛任司空，让他学习士𫇭的法度。弁纠驾驭战车，校正归他统领，让他教育御者们明白道理。荀宾作为车右，司士归他管辖，让他训练勇士们以待时选用。卿没有固定的御者，设立军尉同时并管理这些事。祁奚做中军尉，羊舌职辅佐他；魏绛做司马，张老做候奄。铎遏寇做上军尉，籍偃为他做司马，让他训诫步兵车兵，和睦而听从命令。程郑做乘马御，六驺属他管辖，让他教育他们知晓礼仪。凡是各部门的长官，都是百姓拥戴的人。举荐的人不失职，做官的人不改变常规，爵位不越过德行，师不欺陵正，旅不逼迫师，人民大众没有指责的话，这就是晋悼公再次领导诸侯的原因。

成公去到晋国，朝见新立的国君晋悼公。

原文

夏，六月，郑伯侵宋，及曹门外①。遂会楚子伐宋，取朝郏②。楚子辛、郑皇辰侵城郜，取幽丘，同伐彭城。纳宋鱼石、向为人、鳞朱、向带、鱼府焉，以三百乘戍之而还。书曰『复入』。凡去其国，国逆而立之，曰『入』；复其位，曰『复归』；诸侯纳之，曰『归』。以恶，曰『复入』③。宋人患之。西鉏吾曰④：『何也？若楚人与吾同恶，以德于我，吾固事之也，不敢贰矣。大国无厌，鄙我犹憾。不然，而收吾憎，使赞其政，以间吾衅，亦吾患也。今将崇诸侯之奸，而披其地⑤，以塞夷庚⑥。逞奸而携服⑦，毒诸侯而惧吴、晋。吾庸多矣⑧，非吾忧也。且事晋何为？晋必恤之。』

公至自晋。晋范宣子来聘，且拜朝也⑨。君子谓晋于是乎有礼。

注释

①曹门：宋都西北城门，由此可去曹国，故称曹门。②朝郏：宋地，当位于今河南夏邑县。③恶：指武力强制。④西鉏吾：宋臣。⑤披：分。⑥夷庚：车马往来的平道。夷，平地；庚，道也。⑦逞奸而携服：使乱臣满意，让服从之国离心。携，离。⑧吾庸多矣：楚国这样大，大有功用于我。庸，用。⑨拜朝：答拜鲁君去晋朝见悼公。

译文

夏，六月，郑成公讨伐宋国，到达曹门外边。于是就联合楚共王协同进攻宋国，占取朝郏。楚国子辛、郑国的皇辰进攻城郜，攻下幽丘。然后一起攻打彭城，送回了宋国的鱼石、向为人、鳞朱、向带、鱼府，用三百辆战车守护彭城然后回国。《春秋》记载说『复人』。只要是离开自己的国家，本国迎接而且立他，叫做『入』；回复当初的位置，叫做『复归』；诸侯送他回来，叫做『归』；用武力的，叫做『复入』。宋国人忧虑这件事。西钼吾说：『担心忧虑干什么？如果楚国人和我们同仇敌忾，施恩德给我们，我们本来是可以服侍他们的，不敢不一心一意。现在大国的欲望没有个满足，即使把我国作为他们的边邑还会觉得遗憾。否则，收留我们憎恨的人，让他们辅助政事，等机会钻我们的空子，也是我们的祸害。如今却尊崇诸侯的乱臣而且封赏他们以土地，阻塞各国之间的通道，使乱臣得以快意而使归顺他们的国家离心，毒害诸侯而使吴国、晋国人心惶惶，我们的好处多啦，并不是我们的忧患。而且事奉晋国为了什么？晋国一定会救助我们。』

成公从晋国回到鲁国。晋国的范宣子前来聘问，同时答拜对晋君的朝见。在君子看来晋国在这件事情上合于礼。

原文

秋，杞桓公来朝，劳公，且问晋故。公以晋君语之。杞伯于是骤朝于晋而请为昏①。

七月，宋老佐、华喜围彭城，老佐卒焉。

八月，邾宣公来朝，即位而来见也。

筑鹿囿。书，不时也。

己丑，公薨于路寝，言道也②。

冬，十一月，楚子重救彭城，伐宋。宋华元如晋告急。韩献子为政，曰：『欲求得人，必先勤之。成霸、安疆③，自宋始矣。』晋侯师于台谷以救宋。遇楚师于靡角之谷，楚师还。

晋士鲂来乞师。季文子问师数于臧武仲，对曰：『伐郑之役，知伯实来[4]，下军之佐也。今彘季亦佐下军[5]，如伐郑可也。事大国，无失班爵而加敬焉[6]，礼也。』从之。

十二月，孟献子会于虚朾，谋救宋也。宋人辞诸侯而请师以围彭城。孟献子请于诸侯，而先归会葬。

丁未，葬我君成公。书，顺也。

注释

①骤朝：疾速去晋朝见。②言道：言得君死之正道。③成霸、安疆：成就霸业，安定各国之疆域。④知伯：即荀罃。⑤彘季：即士鲂。⑥班爵：排列爵位。

译文

秋，杞桓公前来朝见，向成公表示了慰问，同时询问晋国的事故。成公把晋君的政治措施都介绍给他听。杞桓公因此迅速地向晋国朝见而请求通婚。

七月，宋国的老佐、华喜围攻彭城，老佐死在这次战役里。

八月，邾宣公前来鲁国朝见，这是为了即位而前来进见。

建造鹿囿。《春秋》之所以讲述这件事，是由于此时建筑不合时令。

初七日，成公在寝宫里逝世，这是说合于正常的规定。

冬，十一月，楚国的子重援助彭城，围攻宋国。宋国的华元去到晋国告急。此时韩献子执政，说：『打算得到别人的拥护，必须要先为他付出勤劳。成就霸业，安定天下，从宋国开始了。』晋悼公领兵驻扎在台谷以救援宋国。在靡角之谷和楚军相遇，楚军率军撤退回国。

春山伴侣图　明·唐寅

此图全用水墨，仅一叟衣袍醮以淡红色。图中曲栏映掩，杂树绽青，春山含笑，高士临流，给人以阳和日暖之感。山峦秀媚，皴以柔和的披麻，着意于水墨渲染，益见明秀逗人，全图具有天真幽淡的意趣。该图运用元人笔墨为山川写容，却又具有宋代山水画之风韵。位置经营，也别具匠心。由此可见作者的高超画艺。

晋国的士鲂前来鲁国请求发兵。季文子向臧武仲问出兵的兵力数目，他回答说：『攻打郑国那次战役，是知伯来请求发兵的，他是下军的助手。现在士鲂也辅佐下军，出兵的数字像攻打郑国时就能成事了。事奉大国，应充分考虑来使的爵位次序而要更加恭敬有礼貌，这是合于礼的。』季文子采纳了。

十二月，孟献子和晋悼公、宋平公、卫献公、邾宣公、齐国的崔杼在虚朾会见，研究救援宋国。宋人谢绝诸侯，而请求出兵以包围彭城。孟献子向诸侯请求先回国参加葬礼。

十二月二十六日，『葬我君成公』。《春秋》这样记载，是表示国内形势十分稳定。

襄公

襄公元年

原文

元年春，己亥，围宋彭城。非宋地，追书也。于是为宋讨鱼石，故称宋，且不登叛人也[1]，谓之宋志[2]。彭城降晋，晋人以宋五大夫在彭城者归[3]，置诸瓠丘[4]。齐人不会彭城，晋人以为讨。二月，齐大子光为质于晋。

注释

①不登叛人：不赞同鱼石等人据邑叛君。叛人，指鱼石等。②宋志：宋之意愿。③宋五大夫：指鱼石、向为人、鳞朱、向带、鱼府。④瓠丘：晋地，又称壶丘，在今山西垣曲县东南五十里。

译文

元年春季，正月二十五日，诸侯围攻了宋国的彭城。实际上彭城已经不是宋国的属地了，《春秋》依然记载为『宋彭城』，是一种追记的方法。此时诸侯是为了宋国才去攻打鱼石等人的，因此称为宋国，同时也表示反对这些叛逆者，从而表达了宋国的意愿。

彭城终于向晋国投降，晋国人把在彭城的鱼石等五个宋国大夫带回晋国，把他们安排在瓠丘。

齐国人没有出兵到彭城会师，晋国因此又去攻打齐国。二月，齐国的太子光到晋国做了人质。

原文

夏，五月，晋韩厥、荀偃帅诸侯之师伐郑，入其郛，败其徒兵于洧上。于是东诸侯之师次于鄫[1]，以待晋师。晋师自郑以鄫之师侵楚焦、夷及陈②。晋侯、卫侯次于戚③，以为之援。

秋，楚子辛救郑④，侵宋吕、留⑤。郑子然侵宋⑥，取犬丘⑦。

九月，邾子来朝，礼也。

冬，卫子叔、晋知武子来聘⑧，礼也。凡诸侯即位，小国朝之，大国聘焉，以继好、结信、谋事、补阙⑨，礼之大者也。

注释

①鄫：郑地，位于今河南睢县东南。②焦、夷：二邑本陈地，后为楚取。焦在今安徽省亳县，夷在亳县东南七十里。③戚：卫地名。④子辛：即公子壬夫。⑤吕、留：宋国二邑名。吕在今徐州市东南五十里，留在今江苏省沛县与徐州市之间。⑥子然：郑穆公子。⑦犬丘：宋地，在今河南永城县西北三十里。⑧子叔：公孙剽。知武子：荀罃。⑨补阙：弥补过失。阙，过失。

译文

夏季，五月，晋国的韩厥、荀偃统帅诸侯的军队进攻郑国，进至郑都的外城，在洧水上游将郑国的步兵打得落花流水。此时东部诸侯的军队正驻守在鄫地，等候和晋军会合。随后晋军从郑国带领驻扎鄫地的军队入侵楚国的焦地、夷地和陈国。晋悼公、卫献公则住在戚地，作为先头部队的后部增援。

秋季，楚国的子辛出兵救援郑国，侵入了宋国的吕地和留地。郑国的子然也领兵入侵宋国，攻克了犬丘这个地方。

九月，邾子来鲁国朝见，这是合于礼的。

冬季，卫国的子叔、晋国的荀罃来鲁国聘问，这是合乎礼。凡是诸侯即位，小国都应该前来朝见，大国则来聘问，其目的是继续发展睦邻友好关系，取得对方信任，研究两国大事，弥补从前的不足，这是礼仪中最重要的核心。

步溪图　明·唐寅

此图写高士步溪赏景。图中巨峰突兀，杂树成林，枝随风摆，溪水微波，高士于溪畔桥边仰首而望，若有所思，画面清秀中有浓重，柔润中见雄健。

襄公二年

原文

二年春，郑师侵宋，楚令也。

齐侯伐莱，莱人使正舆子赂夙沙卫以索马牛[1]，皆百匹，齐师乃还。君子是以知齐灵公之为『灵』也。

夏，齐姜薨。初，穆姜使择美槚[2]，以自为榇与颂琴[3]，季文子取以葬。

注释

①正舆子：莱国贤大夫。夙沙卫：齐灵公幸臣。索马牛：选好的马和牛。索，选择。②美槚：上等槚木。槚，山楸，木材细密，古人常用作棺榇。③颂琴：琴名，长七尺二寸，宽一尺八寸，有二十五根弦。

译文

二年春，郑国的军队偷偷袭击宋国，这是楚国的命令。

齐灵公进攻莱国，莱国人打发正舆子把精挑细选的马和牛各一百匹送给夙沙卫，齐军就退兵回去。君子因此而知道了齐灵公之所以谥为『灵』的原因。

夏，齐姜去世。当初，穆姜挑选上好的槚木，为自己制作了内棺和颂琴，季文子拿来安葬齐姜。

原文

君子曰：『非礼也。礼无所逆。妇[1]，养姑者也[2]。亏姑以成妇，逆莫大焉。《诗》曰：「其惟哲人，告之话言，顺德之行。」季孙于是为不哲矣。且姜氏，君之妣也[3]。《诗》曰：「为酒为醴，烝畀祖妣，以洽百礼，降福孔偕。」』

齐侯使诸姜、宗妇来送葬[4]。召莱子，莱子不会，故晏弱城东阳以逼之[5]。

注释

①妇：媳妇，即儿媳。②姑：婆母。③妣：祖母。④诸姜、宗妇：诸姜，与齐同姓之女嫁与齐国大夫为妻者；宗妇，同姓大夫之妻。⑤东阳：齐国境上邑名，当在今山东省临朐县东。

译文

君子说：『这是不合于礼的。礼不能有所不顺。媳妇，是侍奉婆婆的人。亏损婆婆以成全媳妇，没有比这再大的不顺了。《诗》说：「只有明智的人，才可以把好听之言告诉他，要他顺着道德而行动。」季孙在这件事情上就是愚笨了。而且穆姜还是国君的祖母啊。《诗》说：「酿造甜酒，献给祖妣，合乎礼仪，福临天下。」』

齐灵公派遣许配给大夫的宗女和同姓大夫的妻子前来送葬。召见莱子，莱子不参加会见，所以晏弱在东阳筑城以强迫他。

原文

郑成公疾，子驷请息肩于晋[1]。公曰：『楚君以郑故，亲集矢于其目[2]。非异人任[3]，寡人也！若背之，是弃力与言[4]，其谁昵我？免寡人，唯二三子！』

秋，七月庚辰，郑伯睔卒。于是子罕当国[5]，子驷为政，子国为司马。晋师侵郑。诸大夫欲从晋。子驷曰：『官命未改。』

注释

①息肩：即放包袱。②集矢于其目：指鲁成公十六年鄢陵之战，楚共王被射中目一事。③非异人任：并非保护其

他人。任，保。④弃力与言：背弃其功劳与誓言。力，功。⑤当国：秉政。

译文

郑成公患病，子驷请求顺服晋国以消除对楚国的负担。郑成公说：『楚国的国君因为郑国的缘故，他的眼睛被箭射中受伤。受到这样的灾祸不是为了别人，正是为了寡人啊！如果我背叛他，这是丢弃了人家的功劳和自己的誓言，还有谁能来亲近我？使我免于受过，就看你们几位的了！』

秋，七月庚辰，郑国的伯睔去世。当时子罕主管国家大事，子驷处理政务，子国担任司马。晋军侵犯郑国。大夫们准备服从晋国。子驷说：『国君的命令没有变化。』

原文

会于戚，谋郑故也。孟献子曰①：『请城虎牢以逼郑。』知武子曰：『善。鄫之会，吾子闻崔子之言，今不来矣。滕、薛、小邾之不至，皆齐故也。寡君之忧不唯郑。罃将复于寡君，而请于齐。得请而告，吾子之功也。若不得请，事将在齐。吾子之请，诸侯之福也，岂唯寡君赖之？』

注释

①孟献子：鲁卿仲孙蔑。

译文

仲孙蔑和晋国荀罃、宋国华元、卫国孙林父、曹人、邾人在戚地会面，这是为了商量征服郑国的缘故。孟献子仲孙蔑说：『请在虎牢筑城以逼迫郑国。』知武子荀罃说：『好。鄫地的盟会，您听到了齐国代表崔杼所说的话，现在他不来了。滕国、薛国、小邾国的没有到，都是因为齐国的缘故。寡君的担心不仅在于郑国。罃准备向寡君报告而向齐国请求会见。请求得到同意而告诉诸侯共同在虎牢筑城，这是大夫的贡献。如果请求得不到同意，战事就会在齐国爆发。大夫的请求，是诸侯的福气，岂独寡君依靠它？"

原文

穆叔聘于宋，通嗣君也。

冬，复会于戚，齐崔武子及滕、薛、小邾之大夫皆会，知武子之言故也。遂城虎牢。郑人乃成。

楚公子申为右司马，多受小国之赂，以逼子重、子辛。楚人杀之，故书曰："楚杀其大夫公子申。"

译文

穆叔到宋国聘问，向他们通知新君即位。

冬，又一次在戚地见面，齐国的崔武子和滕国、薛国、小邾国的大夫都来参加会见，这是由于知武子这一番话的缘故。于是就在虎牢筑城。郑国人这才要求议和。

楚国的公子申做右司马，接受了小国很多财礼，以威逼子重、子辛。楚国人将他杀害，所以《春秋》记载说："楚杀其大夫公子申。"

襄公三年

原文

三年春，楚子重伐吴，为简之师①。克鸠兹②，至于衡山③。使邓廖帅组甲三百、被练三千，以侵吴④。吴人要而击之⑤，获邓廖。其能免者，组甲八十、被练三百而已。

子重归，既饮至⑥。三日，吴人伐楚，取驾。驾⑦，良邑也；邓廖，亦楚之良也。君子谓：『子重于是役也，所获不知所亡。』楚人以是咎子重。子重病之，遂遇心疾而卒。

注释

①为简之师：在出兵前，对士卒加以挑选和训练，组成一支精干部队。简，选拔。②鸠兹：吴邑，当在今安徽芜湖市东南二十五里。③衡山：吴地，即今当涂县东北六十里的横山。④被练：徒兵之服，此指徒兵。⑤要而击之：要拦腰攻击楚军。⑥饮至：古代礼仪，诸侯外出参加朝聘、会盟、征伐，归来时在宗庙与随行者饮酒庆贺，称为饮臣。⑦驾：地名，在今安徽省无为县境内。

译文

三年春季，楚国的子重出兵进攻吴国，组建了一支经过严格选拔的军队。楚军攻占吴国的鸠兹，又逼至衡山。委任邓廖带领三百身穿组甲的车兵和三千身穿被练的步兵攻打吴国。吴国人在半路截杀，一举擒获邓廖。只有八十车兵和三百步兵幸免被俘。

子重回国后，一连三天大宴宾客庆祝胜利。到了第三天，吴国人攻打楚国，攻克了驾地。驾地是楚国的一个好城邑；邓廖，也是楚国的一个杰出将领。所以君子们认为：『子重在这次战役中得不偿失。』楚国人因此而归罪于子重，子重心中忧郁愤懑，得了心脏病因病去世了。

原文

公如晋，始朝也[①]。夏，盟于长樗[②]。孟献子相。公稽首[③]。知武子曰：『天子在，而君辱稽首，寡君惧矣[④]。』孟献子曰：『以敝邑介在东表[⑤]，密迩仇雠，寡君将君是望，敢不稽首？』

晋为郑服故，且欲修吴好，将合诸侯。使士匄告于齐曰：『寡君使匄，以岁之不易，不虞之不戒。寡君愿与一二兄弟相见，以谋不协。请君临之。使匄乞盟。』齐侯欲勿许，而难为不协，乃盟于耏外。

注释

①始朝：鲁襄公即位，首次朝见盟主。②长樗：疑是晋郊地名。③稽首：一种跪拜礼，叩头至地，为九拜中最重的礼仪。④寡君惧：寡君不敢承受这样的大礼。⑤介在东表：疆域处于东方偏远的地方。

译文

襄公前去晋国，这是即位后第一次朝见。夏季，两国在长樗结盟。孟献子仲孙蔑主持盟会。襄公向晋悼公朝拜叩头。知武子荀罃说：『现在有天子高高在上，而君王却屈尊行此大礼，我们国君会感到承受不了的。』孟献子说：『我们国家远在东方，和齐、楚等仇国近在咫尺，我们国君要完全仰仗贵君，怎能不行此大礼？』

晋国由于郑国已经臣服听命，并且也打算和吴国建立友好关系，于是就准备召集诸侯会盟。派士匄到齐国通知说：『我们国君命我前来，是因为近年来各国之间纠纷不断产生，因此对意外情况就没有多加防备。我们国君希望与几位兄弟国家见面，以便共同研究对付敌国。希望君王能届时光临。特此派我前来请求结盟。』齐灵公本来不想同意，但转念一想，又不好公开闹不团结，于是就在耏水之外举行了盟会。

原文

祁奚请老①，晋侯问嗣焉②。称解狐，其仇也。将立之而卒。又问焉。对曰：『午也可③。』于是羊舌职死矣④，晋侯曰：『孰可以代之？』对曰：『赤也可⑤。』于是使祁午为中军尉，羊舌赤佐之。

君子谓：『祁奚于是能举善矣。称其仇，不为谄。立其子，不为比⑥。举其偏⑦，不为党。《商书》曰：「无偏无党，王道荡荡。」其祁奚之谓矣！解狐得举，祁午得位，伯华得官，建一官而三物成⑧，能举善也。夫唯善，故能举其类。《诗》云：「惟其有之，是以似之。」祁奚有焉。』

注释

①祁奚：又名祁黄羊，晋大夫，当时任中军尉。请老：因年老请求退休。②嗣：继位人。③午：即祁午，为祁奚之子。④羊舌职：为祁奚的副手，此时为晋中军佐。⑤赤：羊舌职之子，羊舌赤，字伯华。⑥比：偏私。⑦偏：副手。⑧三物：称，事也，即三事，指得举、得位、得官。

译文

祁奚请求告老还乡，晋悼公问他谁能接替他的职位。祁奚荐举了解狐，解狐是他的仇人。晋悼公正准备委派解狐时，不料他却死了。于是晋悼公又问祁奚，还有谁可以担任此职。祁奚回答说：『我的儿子祁午完全可以胜任。』正好这时祁奚的副手羊舌职也去世了，晋悼公便又问祁奚：『谁能代替他？』祁奚说：『羊舌职的儿子羊舌赤可以担任职务。』于是晋悼公便任命祁午为中军尉，羊舌赤为他的副职。

君子们认为：『祁奚在这个问题上的的确确是能够做到荐举贤能之人。举荐他的仇人不能算是拍马屁，荐举他的儿子不能算是营私，荐举他的副手不能算是结党。《商书》说：「既不结党又不营私，君王之道可昭日月、光明磊落。」大概说的就是祁奚啊！解狐被举荐，祁午被重用，羊舌赤得到任命，任命一个官员却完成了三件事，这是能够举荐贤人的典范。只有贤能之人才能举荐贤人。因此《诗》说：「正因为他有才能，所以被荐者才像他一样。」祁奚就是这样的人。』

原文

六月，公会单顷公及诸侯。己未①，同盟于鸡泽②。

晋侯使荀会逆吴子于淮上③，吴子不至。

楚子辛为令尹，侵欲于小国，陈成公使袁侨如会求成。晋侯使和组父告于诸侯。秋，叔孙豹及诸侯之大夫及陈袁侨盟，陈请服也。

注释

①己未：二十三日。②鸡泽：地名，在今河北邯郸市东北。③淮上：淮水之北，在今安徽省凤台县境内，淮水北岸。

译文

六月，襄公联合单顷公和晋悼公、宋平公、卫献公、郑僖公、莒子、邾子、齐国的世子光。于二十三日在鸡泽举行盟会。

晋悼公派荀会到淮水上游恭候吴王寿梦，但是吴王没有来。

楚国的子辛出任令尹，他打算侵略弱小的国家以满足其扩张野心，因此陈成公便派袁侨到鸡泽盟会上议和。晋悼公派和组父把这件事告诉了诸侯。秋季，叔孙豹和各诸侯的大夫与陈国的袁侨结盟，这是陈国恳求臣服的缘故。

原文

晋侯之弟扬干乱行于曲梁[①]，魏绛戮其仆。晋侯怒，谓羊舌赤曰：『合诸侯，以为荣也。扬干为戮，何辱如之[②]！必杀魏绛，无失也！』对曰：『绛无贰志，事君不辟难，有罪不逃刑，其将来辞[③]，何辱命焉[④]？』言终，魏绛至，授仆人书，将伏剑[⑤]。士鲂、张老止之。公读其书，曰：『日君乏使，使臣斯司马。臣闻「师众以顺为武，军事有死无犯为敬[⑥]」。君合诸侯，臣敢不敬？君师不武，执事不敬，罪莫大焉。臣惧其死，以及扬干，无所逃罪。不能致训，至于用钺[⑦]，臣之罪重，敢有不从以怒君心？请归死于司寇[⑧]。』公跣而出[⑨]，曰：『寡人之言，亲爱也。吾子之讨，军礼也。寡人有弟，弗能教训，使干大命[⑩]，寡人之过也。子无重寡人之过，敢以为请。』

注释

①乱行于曲梁：在曲梁扰乱军队行列。乱行，扰乱队列；曲梁，在鸡泽附近。②何辱如之：什么侮辱能比上这个。③其将来辞：他将会来向君主说明。④何辱命：何劳君主下命令。⑤伏剑：抽剑自杀。⑥无犯：不违反军纪。⑦钺：行刑所用的大斧。⑧司寇：主管司法官。⑨跣：赤足。⑩干大命：触犯军令。

译文

晋悼公的弟弟扬干的车子在离鸡泽不远的曲梁干扰了前往参加盟会军队的队列，于是魏绛就杀了扬干的车夫。晋悼公听说后非常恼火，他对羊舌赤说：『会合诸侯本来是一种光荣。但扬干却因此而受到了惩罚，这是多么大的奇耻大辱啊！坚决要杀掉魏绛，不要让他跑掉！』羊舌赤回答说：『魏绛忠心不二，事奉君王从来不逃避任何危难，有了罪过也不会逃避惩罚，他一定能自动前来请罪，又何必劳君王下令呢？』果然，二话没说，魏绛来到，把一封信交给仆人后，就想要拔剑自杀。士鲂和张老等人上前劝阻了他。晋悼公打开阅读他的信，信中说：『开始君王缺乏人手，让臣下担任司马之职务。我听说「军队服从纪律叫做武，参军后宁死不违军纪叫做敬」。君王会合诸侯，我怎敢不执行军法军纪呢？君王的部队目无法纪，军中官吏不执军法，那么再没有比这更大的罪责了。我正因为怕犯下这一大罪，才敢连累扬干，我没有其他选择。我对下属有失训教，以至于用大斧杀了扬干的车夫，我罪孽深重，怎么敢不伏罪来激怒君王？请把我交给司寇请求赐死。』晋悼公没等穿上鞋就急忙从屋子里出来，说：『我的话是出于对兄弟的友爱。您处死了扬干的车夫，这是执行军法。我对弟弟没有能够教育好，使他违反了军令，这是我的过错。您不要再以死来加重我的过错了，请您不要再死。』

原文

晋侯以魏绛为能，以刑佐民矣①。反役与之礼食②，使佐新军。张老为中军司马，士富为候奄。

楚司马公子何忌侵陈，陈叛故也。

许灵公事楚，不会于鸡泽。冬，晋知武子帅师伐许。

注释

①佐：治。②反役：盟会事后返国。礼食：公食大夫之礼。

译文

晋悼公认为魏绛能够较好地运用刑罚管理百姓，所以，从鸡泽回国之后，就在太庙中设礼食款待他，并提拔他为新军副帅。另外又任命张老为中军司马，士富为候奄。

楚国的司马公子何忌率军侵入陈国，这是由于陈国背叛了楚国的缘故。

许灵公臣服恭对楚国，所以不来参加鸡泽的盟会。冬季，晋国的知武子荀罃便发兵进攻许国。

襄公四年

原文

四年春，楚师为陈叛故，犹在繁阳[①]。韩献子患之，言于朝曰：『文王帅殷之叛国以事纣，唯知时也[②]。今我易之[③]，难哉！』

三月，陈成公卒。楚人将伐陈，闻丧乃止。陈人不听命[④]。臧武仲闻之，曰：『陈不服于楚，必亡。大国行礼焉，而不服；在大犹有咎[⑤]，而况小乎？』

注释

①繁阳：楚地，在今河南新蔡县北一带。②知时：知道时机不成熟。③易：改变，变更之意。④不听命：不听从楚命，不肯服楚。⑤咎：灾祸。

译文

四年春季，楚国由于陈国叛乱兵变而侵犯陈国的缘故，军队一直驻守在繁阳。这使韩献子韩厥深为担心，他在朝廷上说：『文王之所以率领背叛商朝的国家臣服纣王，是因为他知道时机还没有成熟。如今我们却把事情弄反，想要成就功业真是难啊！』

三月，陈成公死。楚国正打算攻打陈国，听到这一消息后便停止出兵了。但陈国仍旧不肯臣服楚国。臧武仲得知这事后，说：『陈国不顺服楚国，一定灭亡。大国在陈国国丧期间不发动战争，这是讲究礼法的，即使这样还不顺服；如此，对大国来说尚且难免引火烧身，更何况是小小的陈国呢？』

原文

夏，楚彭名侵陈，陈无礼故也。

穆叔如晋①，报知武子之聘也。晋侯享之，金奏《肆夏》之三②，不拜。工歌《文王》之三③，又不拜。歌《鹿鸣》之三，三拜。

韩献子使行人子员问之，曰：『子以君命，辱于敝邑。先君之礼，藉之以乐④，以辱吾子。吾子舍其大⑤，而重拜其细，敢问何礼也？』对曰：三《夏》，天子所以享元侯也⑥，使臣弗敢与闻。《文王》，两君相见之乐也，臣不敢及。《鹿鸣》，君所以嘉寡君也，敢不拜嘉？《四牡》，君所以劳使臣也，敢不重拜？《皇皇者华》，君教使臣曰：「必咨于周。」臣闻之：「访问于善为咨，咨亲为询，咨礼为度⑦，咨事为诹⑧，咨难为谋。」臣获五善⑨，敢不重拜？』

注释

①穆叔：即叔孙豹。②《肆夏》：乐章名，其辞今已亡。③工：乐人。《文王》之三：指《诗经·大雅》中《文王》、《大明》、《绵》三篇。④藉：荐，进献之意。⑤舍其大：指放弃重大的《肆夏》之三与《文王》之三。⑥元侯：牧伯，诸侯之长。⑦咨礼为度：询问礼之所宜为度。⑧诹：咨询、询问。⑨五善：指访善、咨亲、咨礼、咨事、咨难五种善德。

译文

夏季，楚国的彭名出兵进攻陈国，这是由于陈国不懂礼法的缘故。

叔孙豹前往晋国，对荀罃在襄公元年对鲁国的聘问进行回访。晋悼公设宴招待他，席间以钟鼓演奏了《肆夏》三章，但叔孙豹并没有起身拜谢。乐工又吟唱了《文王》三首，他还是没有表示。直到再唱《鹿鸣》、《四牡》、《皇皇者华》三首时，他这才站起身子，接连拜谢三次。

韩厥命外交官子员问他：『大夫奉君王之命拜访我国，我们根据先君的礼节用音乐款待大夫。大夫对前两次演唱不拜，却对第三次演唱连续拜谢，请问这是什么意思？』叔孙豹回答说：『《肆夏》是天子用来款待诸侯领袖的，我不敢听。《文王》是两国国君相见时演奏的，我也不敢听。《鹿鸣》是君王用来歌颂赞扬我国国君的，我怎敢不拜谢？《四牡》是君王犒赏我的，我怎敢不再次拜谢？《皇皇者华》说明君王教导小臣：「一定要请教忠信之人。」我听说：「向圣贤之人请教是咨，向亲戚访问是询，询问有关礼仪是度，询问有关政事是诹，询问有关祸难是谋。」我一连得到这五种善事，还怎敢不起身三拜呢？』

原文

秋，定姒薨。不殡于庙①，无榇②，不虞③。

匠庆谓季文子曰④：『子为正卿，而小君之丧不成，不终君也⑤。君长，谁受其咎？』

初，季孙为己树六槚于蒲圃东门之外。匠庆请木⑥，季孙曰：『略！』匠庆用蒲圃之槚，季孙不御⑦。

君子曰：『《志》所谓「多行无礼，必自及也」，其是之谓乎！』

注释

①殡于庙：停棺于祖庙待葬。②榇：贴近死者之内棺。③虞：祭礼。死者葬后，生者返殡宫祭祀而安死者之灵，称虞礼。④匠庆：鲁大匠，名庆。⑤不终君：意为使鲁襄公未为生母送终。⑥请木：请求为定姒做棺材的木料。⑦御：止。

译文

秋季，襄公的母亲定姒离世。但没有在祖庙停放棺材，也没有使用内棺，没有举行虞祭。

匠庆对季文子说：『您担任为国家正卿，国君生母的丧礼没有按夫人的档次办理，这就等于是不让国君为他母亲送终。将来国君长大后，谁来承担这一责任呢？』

当初，季文子为自己在蒲圃的东门之外种植了六颗槚树。匠庆请求使用这些树给定姒做棺材木料，季文子说：『还是不要使用这种上等木材吧！』但匠庆没肯听他的，还是砍伐了季文子种的槚树，季文子也没有加以阻止。

君子认为：『《志》书中所说的「自己多做违逆礼法之事，总有一天别人也会对自己无礼」。说的就是季文子吧！』

原文

冬，公如晋听政①。晋侯享公，公请属鄫②。晋侯不许。孟献子曰：『以寡君之密迩于仇雠，而愿固事君，无失官命。鄫无赋于司马③，为执事朝夕之命敝邑，敝邑褊小，阙而为罪。寡君是以愿借助焉！』晋侯许之。

楚人使顿间陈而侵伐之④，故陈人围顿。

注释

①听政：听从别人的要求。②属鄫：使鄫归属鲁国。鄫，其地在今山东省枣庄市东。③司马：晋司马主管诸侯的贡赋。④间陈：顿与陈相邻，楚命其伺陈有间隙则攻击。

译文

冬季，襄公前去晋国征求晋国对鲁国提出的要求。晋悼公设宴盛情款待襄公，襄公请求晋国把鄫国划归鲁国作为附庸。晋悼公不肯。孟献子说：『我们君王距离敌国这么近，但始终坚持事奉君王，从没有违反晋国的命令。鄫国从来不向晋国交纳贡品赋税，而君王的左右官员却整天对我国提出各种要求，我国虽然地域狭小，无力承受这种负担，但如果不满足贵国的要求，就是过错。我们君王因此希望能得到鄫国作为补偿！』晋悼公最终答应了。

楚国人让顿国趁陈国有间隙而攻打它。所以陈国人在顷刻间包围了顿国。

原文

无终子嘉父使孟乐如晋[1]，因魏庄子纳虎豹之皮[2]，以请和诸戎。晋侯曰：『戎狄无亲而贪，不如伐之。』魏绛曰：『诸侯新服，陈新来和，将观于我。我德则睦，否则携贰。劳师于戎，而楚伐陈，必弗能救，是弃陈也。诸华必叛[3]。戎，禽兽也[4]。获戎失华，无乃不可乎？《夏训》有之曰：「有穷后羿[5]——」』公曰：『后羿何如？』对曰：『昔有夏之方衰也，后羿自鉏迁于穷石[6]，因夏民以代夏政。恃其射也，不修民事，而淫于原兽[7]，弃武罗、伯因、熊髡、龙圉，而用寒浞。寒浞，伯明氏之谗子弟也，伯明后寒弃之[8]，夷羿收之[9]，信而使之，以为己相。浞行媚于内[10]，而施赂于外，愚弄其民，而虞羿于田。树之诈慝，以取其国家，外内咸服。羿犹不悛，将归自田，家众杀而亨之，以食其子[11]。其子不忍食诸，死于穷门[12]。靡奔有鬲氏[13]。浞因羿室，生浇及豷[14]。恃其谗慝诈伪，而不德于民。使浇用师，灭斟灌及斟寻氏[15]。处浇于过，处豷于戈[16]。靡自有鬲氏，收二国之烬[17]，以灭浞而立少康[18]。少康灭浇于过，后杼灭豷于戈[19]。有穷由是遂亡，失人故也。昔周辛甲之为大史也[20]，命百官，官箴王阙[21]。于《虞人之箴》曰：「芒芒禹迹，画为九州[22]，经启九道[23]。民有寝庙，兽有茂草，各有攸处，德用不扰[24]。在帝夷羿，冒于原兽[25]，忘其国恤[26]，而思其麀牡。武不可重[27]，用不恢于夏家。兽臣司原，敢告仆夫。」《虞箴》如是，可不惩乎？』于是晋侯好田，故魏绛及之。

注释

①无终：山戎国名。孟乐：无终国君之使者。②魏庄子：即魏绛。③诸华：指中原诸国。④禽兽也：当时中原诸国，文化发达，而戎狄落后，或尚处于原始状况，故视为禽兽。⑤有穷：部落名。后：君，即当时酋长。羿：人名，又称夷羿。⑥鉏：地名，位于今河南滑县东十五里。穷石：即穷谷，在今洛阳市南。⑦淫于原兽：沉溺于田猎。⑧伯明后寒：指寒后伯明，寒国之君。⑨夷羿：即后羿。夷，种族名。⑩行媚于内：在宫内献媚，即与羿的妻妾通奸。⑪以食其子：让羿的儿子吃。⑫穷门：穷国之门。⑬靡：后羿的贵臣。有鬲氏：部落名，其地当位于今山东德州市东南。⑭浇及豷：二人名。⑮斟灌及斟寻氏：都是部落名。⑯过：部落名，在今山东掖县西北。戈：部落名，在宋、郑之间。⑰烬：遗民。⑱少康：夏代君主名。⑲后杼：少康之子。⑳辛甲：本商臣，事纣，屡谏不听，后奔周，为周公卿。㉑官箴王阙：官员须劝谏天子的过失。箴，劝谏，用作动词。㉒画：分。㉓经启九道：开辟无数大道。九，泛指很多。㉔德用不扰：人与兽互不干扰。此箴言意为田猎不能过滥。㉕冒：贪。㉖国恤：国忧。㉗武：指田猎。

译文

无终国国王嘉父打发孟乐到晋国，通过魏绛的关系给晋悼公献上了一些虎豹皮，目的是恳请晋国和戎人各部落讲和。晋悼公说：『戎狄不可亲近而且贪婪成性，不如进攻他们。』魏绛说：『各诸侯刚刚臣服我国，陈国也最近才和我们求和，正在观察我们的态度，如果我们有德，就亲近我们，不然，就会背叛我们。兴师动众去大举讨伐戎狄，让楚国趁机攻打陈国，我们肯定不能救援他们，这实际上是抛弃陈国。中原诸国一定会背叛我们。戎狄，犹如牲畜野兽。如果征服了戎狄却失去了中原，恐怕得不偿失吧？《夏训》有句话说：「有穷的后羿——」』晋悼公打断他的话说：『后羿又怎么样？』魏绛说：『从前夏朝正日趋衰落日薄西山时，后羿自鉏地迁移到穷石，利用夏朝的百姓的愤怒取代了夏朝的政权。后羿依仗自己善于射箭，不修政事致力于安抚百姓，却沉溺于打猎的游玩之中，丢弃了武罗、伯因、熊髡、龙圉等有才能的人，却起用了寒浞。这寒浞是伯明氏的一个奸邪子弟，寒国君王伯明抛弃了他，后羿却收留了他，相信并且重用了他，让他担任了自己的助手。寒浞在宫内对女人大献殷勤，在外面又遍施钱财，愚弄百姓，使后羿终日以打猎为业。后来寒浞又运用卑鄙的手段夺取了国家的政权，国内国外都归顺了他。此时后羿仍旧不思悔改一意孤行，结果从打猎的地方回来后，就被他的家臣给杀了，还把他煮熟，让他的儿子吃。他儿子不忍心吃，就被杀害在穷门。后羿的臣子靡在羿死后逃亡到了有鬲氏。寒浞霸占了后羿的妻妾，后来生了浇和豷。又仗着他的奸诈邪恶，对百姓不施德行。并派浇出兵消灭了斟灌和斟寻氏。然后又让浇镇守过地，让豷镇守戈地。靡在有鬲氏聚集了斟灌和斟寻两国的遗民，一举灭亡了寒浞，然后立了少康。少康后来在过地消灭了浇，后杼则在戈地消灭了豷。有穷从此就灭亡了，这是由于失去贤才的缘故。从前周朝的辛甲做太史的时候，曾下令百官每人都要对天子的过错进行劝谏。《虞人之箴》中说：「大禹统治的广阔幅员，划分为九个州，开辟了无数道路。百姓生前有房屋，死后有庙宇供奉，禽兽有茂盛的野草，也有可供休息的地方，人兽和睦共处，互不干扰。后羿身为君主，贪恋猎杀野兽，不顾国家的忧患，整日所想都是飞禽走兽。田猎不可过分，否则将使国家分崩离析。兽臣是管理田猎之官，因此我才敢告诉君王。」《虞箴》中这么说，我们难道能不引以为戒提醒自身吗？』此时晋悼公正热衷于打猎，因此魏绛才讲了后羿的故事。

原文

公曰：『然则莫如和戎乎？』对曰：『和戎有五利焉：戎狄荐居[1]，贵货易土[2]，土可贾焉[3]，一也。边鄙不耸[4]，

民狎其野[5]，穑人成功[6]，二也。戎狄事晋，四邻振动，诸侯威怀[7]，三也。以德绥戎[8]，师徒不勤[9]，甲兵不顿[10]，四也。鉴于后羿，而用德度，远至、迩安，五也。君其图之！』

公说，使魏绛盟诸戎。修民事，田以时。

冬，十月，邾人、莒人伐鄫，臧纥救鄫。侵邾，败于狐骀。国人逆丧者皆髽[11]，鲁于是乎始髽。国人诵之曰[12]：『臧之狐裘，败我于狐骀。我君小子，朱儒是使。朱儒！朱儒！使我败于邾。』

注释

①荐居：逐水草而居。荐，草。②易：轻视。③贾：买。④不耸：不害怕。⑤狎：亲近。⑥穑人：农人。⑦威怀：因国威而慑服。⑧绥：安抚。⑨勤：劳。⑩顿：坏。⑪髽：妇人丧服，即以麻束发，去簪。⑫诵：讽。

译文

晋悼公说：『那么还有没有比跟戎狄请求议和更好的办法呢？』魏绛回答说：『与戎狄讲和共有五点好处：戎狄四处流动，逐水草而居，他们看重钱财而轻视土地，我们可以把他们的土地全都收买过来，这是第一点。边疆不必再加强警备防守，百姓可以无忧患耕种，管理边疆农田的官员也可以完成任务了，这是第二点。一旦戎狄臣服晋国，四周各国一定被惊扰，诸侯因为我们的威望而更加顺服，这是第三点。以德行安抚戎狄，能减免将士远征之苦，武器也不会被损坏，这是第四点。总结后羿的亡国教训，推行贤德治国，使远方的国家来朝拜我们，邻近的国家安心，这是第五点。君王还是仔细考虑一下吧！』

晋悼公欣喜万分，便派魏绛和戎狄各部落结盟。并且开始致力于百姓事务，即便打猎也要遵守农时了。

冬季，十月，邾人、莒人攻打鄫国。臧纥来鲁国请求援救。于是鲁国便攻打邾国以帮助拯救鄫国，却在狐骀被

山路松声图　明·唐寅

此图写山石悬岩陡峭，苍松虬曲，山泉飞下，石道围栏弯曲，伴着松涛阵阵，有高士正携仆观泉听风，悠然自得，不禁令人留恋于此，画面既清润秀雅又浓重雄健。

打败。国内的人们迎接阵亡将士尸骨回国时都以麻结发，鲁国从此开始流行以麻束发的习俗了。国内的人们都讽刺说：『臧孙身穿狐皮袄，狐骀一战被打败。我们国君年纪太小，竟然派此侏儒人。侏儒人啊！侏儒人！使我败给邾国人。』

襄公五年

原文

五年春，公至自晋。

王使王叔陈生愬戎于晋[1]，晋人执之。士鲂如京师，言王叔之贰于戎也[2]。

夏，郑子国来聘[3]，通嗣君也。

注释

①王叔陈生：周王卿士。②贰于戎：违背使命，对戎有二心。③子国：即公子发，其后为国氏。

译文

五年春，襄公从晋国抵达鲁国。

周天子打发王叔陈生向晋国控告戎人，晋国人把他抓了起来。士鲂去到京师，报告说王叔和戎人有私下勾结。

夏，郑国的子国前来聘问，这是为新立的国君来友好邦交。

原文

穆叔觌鄫大子于晋[1]，以成属鄫。书曰：『叔孙豹、鄫大子巫如晋。』言比诸鲁大夫也。

吴子使寿越如晋[2]，辞不会于鸡泽之故[3]。且请听诸侯之好。晋人将为之合诸侯，使鲁、卫先会吴，且告会期。故孟献子、孙文子会吴于善道。

注释

①觌：相见。②寿越：吴大夫。③辞：解释与致歉。

译文

穆叔带领郐国的太子去到晋国朝见，以完成鄫国臣服鲁国的手续。《春秋》记载说：『叔孙豹、鄫太子巫如晋。』这就是把鄫国的太子巫比喻成为鲁国的大夫。

吴子打发寿越去到晋国，解释没有参加鸡泽会见的原因。同时请求归从和诸侯友好。晋人准备为吴国联合诸侯，让鲁国、卫国先会见吴国，同时告诉吴国会见的时间。所以孟献子、孙文子在善道接见了吴人。

原文

秋，大雩，旱也。

楚人讨陈叛故①，曰：『由令尹子辛实侵欲焉②。』乃杀之。书曰：『楚杀其大夫公子壬夫。』贪也。

君子谓：『楚共王于是不刑③。《诗》曰：「周道挺挺，我心扃扃。讲事不令，集人来定。」已则无信，而杀人以逞，不亦难乎？《夏书》曰：「成允成功④。」』

九月丙午，盟于戚，会吴，且命戍陈也。

穆叔以属鄫为不利，使鄫大夫听命于会。

注释

①讨陈叛故：责问陈叛楚之缘故、理由。②侵欲：索取贿赂以满足私欲。③不刑：处刑不当。④成允成功：完成信用才能成功。允，信。

译文

秋，举行盛大的雩祭，这是因为天旱的缘故。

楚人责问陈国背叛的原因，陈人说：『因为令尹子辛侵害小国以满足他个人野心。』楚国就杀死了子辛。《春秋》记载说：『楚杀其大夫公子壬夫。』这是由于子辛贪得无厌的缘故。

君子认为：『楚共王在这件事情上惩罚不合理。《诗》说：「大道笔直，我的心里分明。主意出得没有灵验，招集贤人决定。」自己就没有信用，反而杀人以获取快乐，不也是很难吗？《夏书》说：「完成信用而后才能完成功业。」』

九月二十三日，襄公和晋悼公、宋平公、陈哀公、卫献公、郑僖公、曹成公、莒子、邾子、滕子、薛伯、齐国世子光、吴人、鄫人在戚地结盟，这是为了会见吴人，同时由晋悼公命令诸侯出兵防卫陈国。

穆叔认为鄫国的归属对鲁国没有好处，就让鄫国的大夫以独立国家的身份参加会见听取命令。

原文

楚子囊为令尹①。范宣子曰：『我丧陈矣。楚人讨贰而立子囊，必改行②，而疾讨陈。陈近于楚，民朝夕急，能无往乎？有陈，非吾事也，无之而后可。』

冬，诸侯戍陈。子囊伐陈。十一月甲午，会于城棣以救之。

季文子卒。大夫入敛，公在位。宰庀家器为葬备③，无衣帛之妾，无食粟之马，无藏金玉，无重器备。君子是以知季文子之忠于公室也：相三君矣④，而无私积，可不谓忠乎？

注释

①子囊：即公子贞。②改行：改变子辛的做法。③庀家器为葬备：备办其家之器物，供丧葬之用。庀，备具。④三君：指鲁宣公、鲁成公、鲁襄公。

译文

楚国的子囊担任了令尹。范宣子说：『我们失去陈国了。楚国人攻打不专心专意的国家而又立了子囊，必然会改变子辛的所作所为，而很快攻打陈国。陈国接近楚国，百姓时时担惊受怕，能够不归从楚国吗？保有陈国，不是我们的事情，放弃陈国，以后反倒好办。』

冬，诸侯派兵镇守陈国。子囊攻打陈国。十一月十二日，襄公和晋悼公、宋平公、卫献公、郑僖公、曹成公、齐国世子光在城棣会师以救援陈国。

季文子去世。按照大夫收葬的礼仪，襄公亲自监临。家臣收集家里的器物作为葬具，家里没有穿丝绸的妾，没有吃粮食的马，没有收藏铜器玉器，一切用具没有备份。君子从这里知道季文子的忠于公室：辅助过三位国君而没有私人积蓄，难道可以不认为是忠心耿耿吗？

襄公六年

原文

六年春，杞桓公卒。始赴以名，同盟故也。

宋华弱与乐辔少相狎[①]，长相优[②]，又相谤也。子荡怒，以弓梏华弱于朝。平公见之，曰：『司武而梏于朝[③]，难以胜矣！』遂逐之。夏，宋华弱来奔。

注释

①华弱与乐辔：华、乐两氏俱为宋戴公后裔，世代为宋国卿大夫。少相狎：小时候互相亲昵。狎，过分亲昵而不敬重。②长相优：长大了互相戏谑。优，调戏。③司武：即司马，宋国司马职掌军事。

译文

六年春季，杞桓公驾崩。杞国第一次在讣告上书写他们君王的名字，主要是出于两国同盟友好的缘故。

宋国的华弱和乐辔从小关系就很融洽，长大之后就互相讥讽取笑，也彼此进行攻击。有一次乐辔怒火冲天了，在朝廷上用弓套住华弱的脖子。宋平公看到后说：『统管军队的司马居然在朝廷上带上刑具，那么将来打仗也一定很难取胜！』于是就把华弱驱赶出境。夏季，华弱逃亡到了鲁国。

原文

司城子罕曰：『同罪异罚，非刑也。专戮于朝[①]，罪孰大焉？』亦逐子荡。子荡射子罕之门，曰：『几日而不我从[②]！』子罕善之如初[③]。

秋，滕成公来朝，始朝公也。

莒人灭鄫，鄫恃赂也。

注释

①专戮于朝：在朝廷上擅自侮辱大臣。专戮，专横而侮辱他人。②而：通『尔』。③善之如初：子罕虽被辱，也不敢触怒乐辔，待之如初。

译文

司城子罕说：『犯了同样的罪，结果却得到了不同的处罚，这是不合乎刑法规定的。在朝廷上公然羞辱别人，还有比这更大的罪过吗？』于是也要把乐辔驱逐出国。乐辔气得用箭射子罕的房门，说：『过不几天，我也会让你跟我一样被赶出去！』子罕吓得只好像过去一样好好善待他。

秋季，滕成公来鲁国朝见，这是他头一次朝拜襄公。

莒国人消灭了鄫国，这是因为鄫国凭仗送给鲁国财宝礼物，从而放松了戒备的缘故。

原文

冬，穆叔如邾聘，且修平[1]。

晋人以鄫故来讨，曰：『何故亡鄫？』季武子如晋见，且听命。

十一月，齐侯灭莱，莱恃谋也[2]。

于郑子国之来聘也，四月，晏弱城东阳，而遂围莱。甲寅，堙之环城[3]，傅于堞。及杞桓公卒之月，乙未，王湫帅师及正舆子、棠人军齐师[4]，齐师大败之。丁未，入莱。莱共公浮柔奔棠。正舆子、王湫奔莒，莒人杀之。四月，陈无宇献莱宗器于襄宫[5]。晏弱围棠，十一月丙辰，而灭之。迁莱于郳。高厚、崔杼定其田。

注释

①修平：重修友好关系。②莱恃谋：指赂夙沙卫之谋。鲁襄公二年，齐侯伐莱，莱人精选中马各百匹贿赂齐侯宠臣夙沙卫，得齐退兵。莱人恃此谋成功，而不多加防卫，故被灭。③堙：小土山，此处用作动词。④军：抵御。⑤陈无宇：即陈桓子，齐臣。襄宫：齐襄公宗庙。

译文

冬季，穆叔到邾国聘问，目的为重修两国的交好。

晋国人因为鄫国的灭亡而来责问鲁国：『你们为什么眼看鄫国被灭亡而不去救援？』季武子只好到晋国解释原因，同时听候晋国的处置。

十一月，齐灵公消灭了莱国，莱国是由于惯于玩弄阴谋诡计才导致灭亡的。郑国的子国来鲁国聘问时，正是去年四月，当时齐国的晏弱正在东阳修筑城池，然后就将莱国团团包围。某一天，在莱城四周堆筑起土山，高至墙垛。到杞桓公驾崩的今年三月十五日，王湫统帅军队和正舆子、棠人攻打齐军，结果被齐军打得落花流水。二十七日，齐军攻入莱城。莱共公浮柔逃亡到了棠地。正舆子和王湫则逃亡到了莒国，莒国人残忍地把他们杀了。四月，陈无宇将莱国宗庙中的宝器献到了齐襄公的庙里。晏弱随后又围困了棠地，十二月将其铲除，然后把莱地的百姓迁移到了郳地。高厚、崔杼则负责划分莱国的土地。

襄公七年

原文

七年春，郯子来朝，始朝公也。

夏，四月，三卜郊，不从[①]，乃免牲。

孟献子曰：『吾乃今而后知有卜、筮[②]。夫郊，祀后稷以祈农事也。是故启蛰而郊，郊而后耕。今既耕而卜郊，宜其不从也。』

南遗为费宰[③]。叔仲昭伯为隧正[④]，欲善季氏而求媚于南遗，谓遗：『请城费，吾多与而役[⑤]。』故季氏城费。

注释

①不从：不吉利。②卜、筮：二者有别，卜用龟甲，筮用蓍草，方法不同。③费宰：费邑县宰。费，为季氏私邑，费宰为季氏之家臣。④隧正：主管役徒之官。⑤多与而役：多给你征调徒役。而，同『尔』。

译文

七年春季，郯子前来鲁国朝见，他也是第一次朝见襄公。

夏季，四月，鲁国为举行郊祭就占卜了三次，结果都不太吉利，因此就决定免除杀祭牺牲这一个项目。

孟献子说：『我到如今才知道占卜和占筮的作用。举行郊祭就是祭祀后稷，以祈求风调雨顺农业得到丰收。因此在启蛰这一节气就要在郊外举行祭祀，然后再开始耕种。现在已经耕种完毕，再占卜郊祭之事，当然上天就不应允了。』

南遗担任了费邑的县宰。叔仲昭伯出任隧正一职，管理民工劳役，他打算拍季氏马屁，就首先向南遗讨好，对南遗说：『请您去请求季氏答应在费邑筑城，我多派给你劳役。』因此季氏就决定在费邑修筑城池。

原文

小邾穆公来朝，亦始朝公也。

秋，季武子如卫，报子叔之聘①，且辞缓报②，非贰也③。

冬，十月，晋韩献子告老。公族穆子有废疾④。将立之，辞曰：『《诗》曰：「岂不夙夜，谓行多露。」又曰：「弗躬弗亲，庶民弗信。」无忌不才，让，其可乎？请立起也⑤！与田苏游，而曰好仁。《诗》曰：「靖共尔位，好是正直。神之听之，介尔景福。」恤民为德，正直为正，正曲为直，参和为仁⑥。如是，则神听之，介福降之⑦。立之，不亦可乎？』

注释

①子叔之聘：子叔即公孙剽，于鲁襄公元年来鲁聘问。②辞缓报：说明迟至六年后才报聘，为国多难。③非贰：非是对卫有二心。④穆子：韩厥长子，名无忌。废疾：残废之病。一说为久治不愈之症。⑤起：穆子之弟。⑥参和：即德、正、直三者合为一体。⑦介福：大福。

译文

小邾国的穆公前来鲁国朝见，他也是头一次朝见襄公。

秋季，季武子到卫国回报子叔在鲁襄公元年对鲁国的聘问，同时解释之所以延误至现在才前去答谢并不是对卫国有了二心。

冬季，十月，晋国的韩厥告老还乡。他的长子穆子患有残疾。当晋悼公计划任命他代替他父亲的时候，穆子婉言拒绝说：『《诗》说：「难道是我不想每天早晚都来，只因途中露水太多。」又说：「如果不能亲躬政事，百姓就不会服从你。」我韩无忌没有才干，让给别人来干，可不可以呢？请求君王立我弟弟韩起担任这个官职吧！韩起和田苏经常交往，田苏说他好行仁义。《诗》说：「忠于天职，起用正直之人，神灵听说之后，将会降给你福祥。」同情关怀百姓是为德，循直而行是为正，匡正他人是为直，三者统一是为仁。如此得到上天神助，降给您福禄吉祥。任命这样的人为卿是可以的吧？』

原文

庚戌，使宣子朝，遂老。晋侯谓韩无忌仁，使掌公族大夫。

卫孙文子来聘，且拜武子之言，而寻孙桓子之盟①。公登亦登。叔孙穆子相，趋进曰：『诸侯之会，寡君未尝后卫君。今吾子不后寡君，寡君未知所过。吾子其少安②！』孙子无辞③，亦无悛容④。

注释

①孙桓子：即孙良夫，文子之父。②少安：稍停，使孙林父稍后。③无辞：不作回答。④无悛容：没有改变的表示。

译文

初九日，让韩起朝见晋悼公，同时当众公布韩厥退休。晋悼公认为韩无忌讲究仁义道德，因此就让他统管公族大夫。

卫国的孙文子前来鲁国聘问，同时对季武子的解释给予答谢，两国又重新温习了鲁成公三年孙桓子聘问鲁国时订立的盟约。主客双方步入内室时，襄公每登上一级台阶，孙文子也随其同时登上一级台阶。这时叔孙穆子作为相礼，急忙赶过去说：『诸侯会盟时，我们君王其实并没有走在贵国国君后面，因为两国地位平等。如今您不向后退一步，我们国君实在不明白究竟有什么过错而使您这样轻视他。您还是稍微动作慢一点吧！』孙文子没有解释，但也没有改变他的原有做法。

原文

穆叔曰：『孙子必亡。为臣而君[1]，过而不悛，亡之本也。《诗》曰：「退食自公，委蛇委蛇。」谓从者也。衡而委蛇[2]，必折[3]。』

楚子囊围陈，会于鄬以救之。

注释

①为臣而君：做臣子的却摆出国君的架势。指与鲁君并行。②衡：即横，强横，专横。③折：毁折，挫折。

译文

穆叔说：『孙文子一定会灭亡。因为他身为臣子却摆出国君的架势，有了过错又不知改错，这就是使他灭亡的根本原因。《诗》说：「办完公务回家用餐，神态从容、谦恭和蔼。」就是说要顺从君王。如果专横无礼而又扬扬自得，必然会遭受挫折。』

楚国的子囊包围了陈国，襄公和晋悼公、宋平公、陈哀公、卫献公、曹成公、莒子、邾子在鄬地会面联合，然后出兵救援陈国。

原文

郑僖公之为大子也，于成之十六年，与子罕适晋，不礼焉。又与子丰适楚，亦不礼焉。及其元年[1]，朝于晋，子

丰欲愬诸晋而废之，子罕止之。及将会于鄬，子驷相，又不礼焉。侍者谏，不听；又谏，杀之。及鄵[2]，子驷使贼夜弑僖公，而以疟疾赴于诸侯[3]。简公生五年[4]，奉而立之。

陈人患楚，庆虎、庆寅谓楚人曰：『吾使公子黄往[5]，而执之。』楚人从之。二庆使告陈侯于会，曰：『楚人执公子黄矣。君若不来，群臣不忍社稷宗庙，惧有二图[6]。』陈侯逃归。

注释

①元年：郑僖公元年，当为鲁襄公三年。②鄵：郑国地名。③疟疾：暴病。赴：同『讣』。④简公：郑僖公之子。⑤公子黄：陈哀公之弟。⑥惧有二图：恐怕有另外图谋。

译文

当郑僖公还是太子身份的时候，在鲁成公十六年和郑国的子罕一同来到了晋国，行为极为倨傲。没多久又和子丰到了楚国，也很无礼。等到郑僖公元年即鲁襄公三年又来到晋国朝见时，子丰打算向晋国控告以把郑僖公废掉，但被子罕制止了。这次在鄬地会见时，子驷担任相礼，郑僖公仍旧很不礼貌。侍者劝谏他，置之不理；再次劝谏，他竟然把侍者杀死了。到了鄵地，子驷便派人暗杀了郑僖公，然后给诸侯发讣告说是郑僖公因为生了急病暴亡。郑简公当时年仅五岁，被立为国君。

陈国人因为楚国的包围攻打而寝食不安，陈国执政大夫庆虎、庆寅对楚国人说：『我们派国君的弟弟公子黄前往贵国，你们把他逮捕起来。』楚国人便遵照他们的话做了。于是二庆便告知正在参加诸侯大会的陈哀公，说：『楚国已经把公子黄抓了起来。君王如果再不赶紧回来，我们忧虑群臣因为不忍心看到国家灭亡沦陷，会有顺从楚国的打算。』于是陈哀公便急忙赶了回来。

襄公八年

原文

八年春，公如晋朝，且听朝聘之数①。

郑群公子以僖公之死也，谋子驷②。子驷先之③。夏，四月庚辰④，辟杀子狐、子熙、子侯、子丁。孙击、孙恶出奔卫。

注释

①朝聘之数：晋悼公复修霸业，规定朝聘次数及贡献财币之数额。②谋子驷：谋划讨子驷之罪而诛之。③先之：先于群公子下手。④庚辰：十二日。

译文

八年春，襄公前去晋国朝聘，同时听取晋国要求的财币数量。

郑国的公子们由于郑僖公的去世，打算杀死子驷。子驷率先动手。夏，四月十二日，又制造罪名杀死了子狐、子熙、子侯、子丁。孙击、孙恶流亡到卫国。

原文

庚寅①，郑子国、子耳侵蔡，获蔡司马公子燮。郑人皆喜，唯子产不顺②，曰：『小国无文德，而有武功，祸莫大焉。楚人来讨，能勿从乎③？从之，晋师必至。晋、楚伐郑，自今郑国，不四五年，弗得宁矣。』子国怒之曰：『尔何知？国有大命，而有正卿。童子言焉，将为戮矣！』

五月甲辰④，会于邢丘，以命朝聘之数，使诸侯之大夫听命。季孙宿、齐高厚、宋向戌、卫宁殖、邾大夫会之。

郑伯献捷于会，故亲听命。大夫不书，尊晋侯也。

注释

①庚寅：二十二日。②子产：子国之子，又名公孙侨，为春秋时期杰出的政治家、思想家。③从：顺从。④甲辰：初七日。

译文

四月二十二日，郑国的子国、子耳进攻蔡国，俘虏了蔡国司马公子燮。郑国人都兴奋异常，只有子产不随波逐流，说：『小国没有文治而有了武功，没有比这再大的祸患了。楚国人前来征讨，能够不服从他们吗？顺从楚国，晋国的军队一定来到。晋、楚两国攻打郑国，以后郑国至少四五年内得不到安宁。』子国对他发怒说：『你知道什么？国家有出兵的重大指示，而且有执政的卿在那里，如果小孩子说这些话，要砍脑袋了！』

五月初七日，季孙宿和晋悼公、郑简公、齐人、宋人、卫人、邾人在邢丘会面，由晋国提出朝聘的财礼数字，让诸侯的大夫等待命令。季孙宿、齐国高厚、宋国向戌、卫国宁殖、邾国大夫全都参加。郑简公在这次会上奉献俘虏，因此亲自听取命令。《春秋》没有记载大夫的姓名，这是出于尊重晋侯。

原文

莒人伐我东鄙，以疆鄫田。

秋，九月，大雩，旱也。

冬，楚子囊伐郑，讨其侵蔡也。

子驷、子国、子耳欲从楚，子孔、子蟜、子展欲待晋。子驷曰：『《周诗》有之曰：「俟河之清①，人寿几

何？兆云询多②，职竞作罗③。』谋之多族④，民之多违⑤，事滋无成⑥。民急矣，姑从楚，以纾吾民。晋师至，吾又从之。敬共币帛，以待来者，小国之道也。牺牲玉帛，待于二竟，以待强者而庇民焉。寇不为害，民不罢病，不亦可乎？』

注释

①俟河之清：等待黄河澄清。②兆云询多：占卜实在太多。兆，卜；云，语中助词；询，信，实。③职竞作罗：当是自作罗网。职，主；竞，语气词。④谋之多族：族多人杂，利害不一，想法各异。⑤民之多违：与之谋划，必然意见分歧，难于统一。⑥事滋无成：事情更加办不成。

译文

莒人进攻我国东部边境，以划分确定郓地土田的疆界。

秋，九月，举行规模盛大的雩祭，这是由于天旱。

冬，楚国的子囊进攻郑国，征讨郑国侵袭蔡国。

子驷、子国、子耳要顺从楚国，子孔、子蟜、子展要等待晋国拯救帮助。子驷说：『《周诗》有这样的话：「等待黄河水变清澈，人的寿命能有几何？占卜实在太多，等于为自己结成网罗。」跟好多人合计这件事，由于主意太多，百姓多数不能跟从，事情更加不能成功。百姓感到情势危急了，暂且顺从楚国，以缓和百姓的苦难。晋国军队来到，我们又再顺从他。毕恭毕敬地供给财货，以等待别人前来，这是小国分内之事。用牺牲玉帛，在两边的边境上等待，以等待强有力的国家来保护百姓。敌人不为灾难之事，百姓不疲劳困乏，不也是可以的吗？』

原文

子展曰：『小所以事大，信也。小国无信，兵乱日至，亡无日矣。五会之信[①]，今将背之，虽楚救我，将安用之？亲我无成[②]，鄙我是欲[③]，不可从也。不如待晋，晋君方明，四军无阙，八卿和睦，必不弃郑。楚师辽远，粮食将尽，必将速归，何患焉？舍之闻之[④]：「杖莫如信[⑤]。」完守以老楚[⑥]，杖信以待晋，不亦可乎？』

子驷曰：『《诗》云：「谋夫孔多，是用不集。发言盈庭，谁敢执其咎？如匪行迈谋[⑦]，是用不得于道。」请从楚，騑也受其咎。』

注释

①五会：指近几年郑国参加晋主持五次盟会，即会于鸡泽、戚、城棣、邬及邢丘。②无成：无终，即无好结果。③鄙我是欲：其欲望是把我国作为边鄙。④舍之：子展名。⑤杖莫如信：人所可依仗者莫过于信义。杖，为『仗』之本字。⑥完守：坚固守备。⑦匪行迈谋：如同那个人随便与路人相谋，因而找不到正确道路而无所适从。匪，彼；行迈谋，与路人相谋。

译文

子展说：『小国用来顺从进贡大国的，是信用。小国没有信用，战争和祸患会每天来临，很快就要灭亡了。五次盟会所树立的信用，如今打算背弃它，虽然楚国救援我国，还有什么用？楚国的亲近对我国不会有什么好处，他们的愿望是把我国归属他们边界，不能顺从他们。不如等待晋国，晋国的国君正当贤达圣明的时候，四个军完备无缺，八个卿和睦无间如成一体，必然不会抛弃郑国。楚军距离我们遥远，粮食将要吃完了，必然会马上回去，没有什么可怕的？舍之听说：『没有比信用再能够依赖的了。』整治守备以让楚军疲惫，依靠信用以等待晋军，不也是可以的吗？』

子驷说：『《诗》说：「出点子的人很多，所以不能有所成就。发言的人挤满一院，谁敢承担过错？好像那个人一边走路一边还和人商量，所以什么也没有得到。」请顺从楚国，骓来承担责任。』

原文

乃及楚平，使王子伯骈告于晋[①]，曰：『君命敝邑：「修而车赋[②]，儆而师徒，以讨乱略[③]。」蔡人不从，敝邑之人，不敢宁处，悉索敝赋[④]，以讨于蔡，获司马燮，献于邢丘。今楚来讨，曰：「女何故称兵于蔡？」焚我郊保，冯陵我城郭。敝邑之众，夫妇男女，不遑启处[⑤]，以相救也。翦焉倾覆[⑥]，无所控告。民死亡者，非其父兄，即其子弟。夫人愁痛，不知所庇。民知穷困，而受盟于楚。孤也与其二三臣不能禁止，不敢不告。』

知武子使行人子员对之曰：『君有楚命，亦不使一个行李告于寡君[⑦]，而即安于楚[⑧]。君之所欲也，谁敢违君？寡君将帅诸侯以见于城下。唯君图之！』

注释

①王子伯骈：郑大夫。②车赋：车乘。③乱略：扰乱疆界者，侵夺别国者。④悉索敝赋：尽数征调敝国之军力。⑤不遑启处：无暇安居。⑥翦焉：将被翦灭。⑦一个行李：一介使臣。一个，一介；行李，使臣。⑧安于楚：受盟于楚而求安宁。

译文

于是郑国就向楚国乞求议和，派王子伯骈向晋国报告，说：『君王命令敝邑：「整治你们的战车，使你们的车兵徒兵保持戒备，以攻打动乱分子。」蔡国人不服从，敝邑的人不敢安居，全部聚集我国的军队，以讨伐蔡国，俘虏了司马燮，奉献于邢丘的盟会上。如今楚国前来攻打我们，说：「你们为什么对蔡国发兵？」焚烧我国郊外的城堡，侵犯我国的城郭。敝邑的大众，夫妻男女，来不及休息而互相救援。国家危危乎将要灭亡，没有地方可以控诉告状。百姓死去和逃亡的，不是父兄，就是子弟。人人哀愁悲痛，不知道在什么地方可以得到保护。百姓知道山穷水尽走投无路，所以就接受楚国盟约。孤和孤的几个臣下不能阻止，不敢不如实报告。』

知武子派行人子员回答：『君王受到楚国征讨的命令，也不派一个使者告诉寡君，相反地立刻屈服于楚国。君王的打算，谁敢反对？寡君就要率领诸侯和你们在城下相见会面。请君王认真考虑一下！』

原文

晋范宣子来聘①，且拜公之辱②，告将用师于郑。

公享之。宣子赋《摽有梅》。季武子曰：『谁敢哉？今譬于草木，寡君在君，君之臭味也③。欢以承命，何时之有？』武子赋《角弓》。宾将出，武子赋《彤弓》④。宣子曰：『城濮之役，我先君文公献功于衡雍，受彤弓于襄王，以为子孙藏⑤。匄也，先君守官之嗣也，敢不承命？』君子以为知礼。

注释

①范宣子：晋中军佐士匄。②拜公之辱：答拜鲁襄公春季朝见晋侯。③臭味：气味。④《彤弓》：《诗经·小雅》篇名。⑤藏：宝藏。

译文

晋国范宣子前来聘问，同时感谢襄公的朝见，报告计划对郑国用兵。

襄公设享礼款待他。范宣子赋《摽有梅》这首诗。季武子说：『谁敢不及时？现在用草木来比喻，寡君之于君王，不过是如同草木发出气味而已。高兴地接受命令，有什么时间早晚？』季武子赋《角弓》。客人将要退出，季武子赋《彤弓》。范宣子说：『城濮那次战役，我先君文公在衡雍向周天子献功，接受了襄王的彤弓，收藏起来以示子孙。我是先君守官的后代，怎敢不接受命令？』君子认为范宣子懂得礼。

落霞孤鹜图　明·唐寅

此图是唐寅的代表作之一。写峻岭、高柳、水榭、江岸、霞光，虚实相映，遂成妙制。作者以宋人法画垂柳，错落有致，画山石则湿笔长皴，勾斫相间，变化多趣。全图景物处置洗练洒脱，墨色和悦润泽。

襄公九年

原文

九年春，宋灾。乐喜为司城以为政①。使伯氏司里②。火所未至，彻小屋，涂大屋③，陈畚、挶④，具绠、缶⑤，备水器；量轻重，蓄水潦⑥，积土涂⑦；巡丈城，缮守备，表火道⑧。使华臣具正徒⑨，令隧正纳郊保⑩，奔火所。使华阅讨右官⑪，官庀其司⑫。向戌讨左，亦如之。使乐遄庀刑器⑬，亦如之。使皇郧命校正出马，工正出车⑭，备甲兵，庀武守⑮。使西鉏吾庀府守⑯，令司宫、巷伯儆宫。二师令四乡正敬享，祝宗用马于四墉⑰，祀盘庚于西门之外⑱。

晋侯问于士弱曰：『吾闻之，宋灾，于是乎知有天道。何故？』对曰：『古之火正⑲，或食于心，或食于咮，以出内火。是故咮为鹑火，心为大火。陶唐氏之火正阏伯居商丘⑳，祀大火，而火纪时焉㉑。相土因之，故商主大火㉒。商人阅其祸败之衅㉓，必始于火，是以日知其有天道也。』公曰：『可必乎？』对曰：『在道。国乱无象，不可知也。』

注释

①乐喜：即子罕。②伯氏：宋大夫。司里：管辖城内街巷。③涂：以泥涂封。④陈畚、挶：陈列盛土的器具。畚、挶，器具，可以盛土，也可盛粮。⑤绠、缶：二者为汲水器具。绠，绳索；缶，盛水容器。⑥蓄水潦：蓄水于池塘。⑦土涂：泥土。⑧表：标志。⑨具正徒：按规定征调徒役。⑩纳郊保：使郊外徒卒调赴国都。⑪讨：治，主管。⑫官庀其司：作为官长以督促下属各尽其责。⑬庀刑器：准备刑具。⑭工正：也是司马属官。⑮庀武守：守护武器库。⑯庀府守：主管国库的守卫。⑰用马于四墉：杀马祭祀四门城隍。⑱盘庚：宋国远祖。⑲火正：官名，职掌祭火星。⑳阏伯：相传为高辛氏的苗裔。今河南商丘县西南有阏伯台。㉑纪时：确定时节。㉒主大火：以大火为祭祀主

星。㉓阅：考察。衅：预兆。

译文

九年春季，宋国遭受了火灾。那时乐喜担任司城执掌宋国政权。他任命伯氏管理城内街巷。伯氏组织人在火没有烧到的地方把小屋拆除，大屋不易拆除就涂上泥土防火，同时准备了各种装运泥土的工具，以及往上吸水的绳子、盛水的器物，并依据对泥土和水的需求量的预测，储存积水，堆积泥土；又派兵巡视城区各个地方，加强警戒，并用标志表明大火的燃烧方向以此提醒过往行人。司徒华臣负责组织了大批徒役，又让下属隧正调集了远郊的一些徒卒赶到起火场所。让华阅督促所率右师，各官各自尽到职责。让向戌督促所率左师，各官各负其责。让乐遄准备刑罚器具，以防有人趁火灾作乱。让皇郧带领校正备好马匹，工正备好战车和武器，保护武器仓库。让西钼吾守卫国库，西钼吾又让司宫、巷伯等人加强宫中防备。左右两师命令四乡乡正祭祀神灵，让祝宗杀马祭祀四方城池之神，又在西门外祭祀盘庚。

晋悼公问士弱：『我听说，宋国由于爆发了火灾而明白了上天之道。这究竟是怎么回事呢？』士弱回答说：『古代的火正之官在祭祀火星时，或者以心宿一起祭祀，或者以柳宿陪祭，因为火星是在这两个星宿之间运行。所以柳宿就是鹑火星，心宿就是大火星。陶唐氏的火正阏伯驻住在商丘，祭祀大火星时，根据火星的移动来确定气节时令。殷商先祖相土顺沿了这种方法，因此商朝就以大火星作为祭祀的主星。商朝人观察他们祸乱失败的预先征兆，就一定是从火灾开始，因此在过去他们就以为掌握了天道运行。』晋悼公说：『这种规律能把握住吗？』士弱回答：『这完全在于有道或无道。如果国家动乱，上天不给显示预兆，就没有办法知道了。』

原文

夏，季武子如晋，报宣子之聘也。

穆姜薨于东宫[1]。始往而筮之遇艮之八䷳[2]。史曰：「是谓艮之随䷐。随其出也[3]。君必速出！」姜曰：「亡！是于《周易》曰：「随，元、亨、利、贞[4]，无咎，」元[5]，体之长也[6]。亨[7]，嘉之会也[8]。利，义之和也。贞[9]，事之干也[10]。体仁足以长人[11]，嘉德足以合礼[12]，利物足以和义，贞固足以干事。然，故不可诬也[13]，是以随无咎。今我妇人，而与于乱。固在下位，而有不仁，不可谓元。不靖国家，不可谓亨。作而害身，不可谓利。弃位而姣[14]，不可谓贞。有四德者，随而无咎。我皆无之，岂随也哉？我则取恶，能无咎乎？必死于此，弗得出矣。」

注释

①东宫：别宫名，非太子之宫。②遇艮之八：占筮得到艮卦，变为八。《周易》以『九』、『六』为变爻，并以此占断。此言『遇艮之八』并非依据《周易》。晋杜预认为此是用《连山易》或《归藏易》，然而此二易今已不可知。③随其出也：随卦有随人出走之象。④元、亨、利、贞：为随卦卦辞。⑤元：首。⑥体之长也：（首）为身体最高处。⑦亨：即享。⑧嘉之会也：凡嘉礼必有享礼，享礼有主有宾，故称会。⑨贞：忠信。⑩干：本。⑪体仁：以仁爱为本体。长人：即高于常人。⑫嘉德：嘉会。⑬诬：欺，妄。⑭弃位而姣：弃太后之尊位，而把自己修饰打扮成姣美的样子，与人私通。

译文

夏季，季武子到晋国，这是回报感谢士匄对鲁国的聘问。

穆姜在东宫离世。她开始搬到东宫的时候，曾做了占筮，得到艮卦变为八。太史说：『这就是说艮卦变为随卦。随是表示出走。您一定要想尽办法赶快出去！』穆姜说：『不必了！这卦象在《周易》的卦辞是：「随，元、亨、利、贞，无灾无祸。」元，是身体的极点，即头。亨，表示主宾相会。利，是道义的总和。贞，是事物的本体。自身的行为体现了仁就能够领导别人，美好的德行足以协调礼节义行，对一切事物有利就能够统揽道义，本体坚定有力就可以成就事业。有了这四种德行，就不算欺妄，因此即使遇到随卦也没有灾祸。而如今我这样一个女人，却成为动乱的祸根。本来女人就地位低下，再加上有了不仁的行为，不能说是元。能够使国家动荡不安，不能说是亨。所作所为害及自身，不能说是利。不守妇德而讲究修饰，不能说是贞。只要具备了这四种德行，即使遇到随卦也没有灾祸。我没有这四种德行，怎能一致于随卦的卦辞呢？我自讨邪恶，能没有灾难祸害吗？我必定要死在这里，出不去了。』

原文

秦景公使士雃乞师于楚[1]，将以伐晋。楚子许之。子囊曰：『不可。当今吾不能与晋争。晋君类能而使之[2]，举不失选[3]，官不易方[4]。其卿让于善，其大夫不失守[5]，其士竞于教，其庶人力于农穑。商、工、皂、隶，不知迁业[6]。韩厥老矣，知罃禀焉以为政。范匄少于中行偃，而上之，使佐中军。韩起少于栾黡，而栾黡、士鲂上之，使佐上军。魏绛多功，以赵武为贤，而为之佐。君明，臣忠，上让，下竞。当是时也，晋不可敌，事之而后可。君其图之！』王曰：『吾既许之矣，虽不及晋，必将出师。』

秋，楚子师于武城[7]，以为秦援。

秦人侵晋。晋饥，弗能报也。

注释

①士雃：秦大夫。②类能而使：按人能力分类，量才适用。③举不失选：选拔人才，各得其所。④官不易方：任命官员不改变政策。⑤不失守：不失职守。⑥不知迁业：不愿改变职业。⑦武城：楚地，位于今河南南阳市北。

译文

秦景公派士雃到楚国请求发兵帮忙攻打晋国。楚共王同意了。子囊却说：『行不通。现在我们不能与晋国争雄。晋国国君量才使用，选拔的人都非常胜任其职，官员都能坚决执行政策。他的卿都甘心情愿把职位让给合适的贤明的人，他的大夫都能恪尽职守，他的士都能致力于教育感化，他的农民都能努力生产粮食，他的工商皂隶都能安于本业。韩厥已告老退休，荀罃代替他掌权。士匄比中行偃年轻，但中行偃却让他位居自己之上，担任中军副帅。韩起比栾黡年轻，但栾黡和士鲂却让他位居自己之上，担任上军副帅。魏绛多次建树奇功而受世人仰目，但他认为赵武贤能，便心甘情愿做他的副手。君王贤明，臣子忠诚，上面谦让，下面奋发。在这种情况下，是不能与晋国为敌的，只有事奉他们才可以。君王还是三思而行！』楚共王说：『我既然已经同意出兵了，就是我国赶不上晋国，也一定要发兵攻打。』

秋季，楚共王发兵进攻武城，作为对秦国的支援。

秦国人入侵晋国。晋国正闹饥荒，所以没有予以回击。

原文

冬，十月，诸侯伐郑。庚午[①]，季武子、齐崔杼、宋皇郧从荀罃，士匄门于鄟门[②]。卫北宫括、曹人、邾人从荀偃、韩起门于师之梁[③]。滕人、薛人从栾黡、士鲂门于北门。杞人、郳人从赵武、魏绛斩行栗[④]。甲戌[⑤]，师于氾[⑥]。

令于诸侯曰：『修器备，盛餱粮，归老幼，居疾于虎牢，肆眚⑦，围郑。』

郑人恐，乃行成。中行献子曰：『遂围之，以待楚人之救也，而与之战。不然，无成。』知武子曰：『许之盟而还师，以敝楚人。吾三分四军⑧，与诸侯之锐，以逆来者。于我未病⑨，楚不能矣。犹愈于战⑩。暴骨以逞，不可以争。大劳未艾⑪。君子劳心，小人劳力，先王之制也。』诸侯皆不欲战，乃许郑成。十一月己亥，同盟于戏，郑服也。

注释

①庚午：十一日。②鄟门：郑都城东门名。③师之梁：郑都城西门。④行栗：道路旁的栗树。⑤甲戌：十五日。⑥汜：东汜水，位于今河南中牟县西南。⑦肆眚：宽恕有过错者。⑧三分四军：晋有上、中、下、新四个军将其分为三部分。⑨未病：不疲惫。⑩愈于战：比决战好。⑪大劳未艾：君子之劳心还未停息。就是要继续与敌斗智。大劳，指劳心；艾，息。

译文

冬季，十月，襄公联合晋悼公、宋平公、卫献公、曹成公、莒子、邾子、滕子、薛伯、杞孝公、小邾子、齐国的世子光一同进攻郑国。十一日，季武子、齐国的崔杼、宋国的皇郧随同荀罃、士匄攻打郑都东门鄟门。卫国的北宫括、曹国人、邾国人则随同荀偃、韩起进攻郑都西门师之梁。滕国人、薛国人随同栾黡、士鲂进攻郑都北门。杞国人、郳人随同赵武、魏绛负责砍去路边的栗树。十五日，联军驻守在汜水之滨。晋悼公传令诸侯：『整治武器，筹备干粮，把年老年幼者都送回去，让病人住到虎牢，对无意中犯错误的人要从宽赦免，准备包围攻打郑国。』

郑国人畏惧了，于是便派人前来求和。中行献子荀偃说：『要迅速完成对郑国的包围，以便等候楚军前来营救，和他们作战。不这样，就不可能真正地重归于好。』知武子知罃说：『我们可以答应与郑国结盟然后撤兵，从而让楚军进攻郑国，使楚军疲惫不堪。随后我们把四军分成三个部分，再联合其他诸侯的精锐部队，轮番与楚军作战。这对我军来说，轮番作战并不困乏，但楚军得不到休整，就受不了了。这种方法要比围攻郑国或等候和楚军决战更好。决一死战以贪图一时快乐，不能以这样的方法和敌人争胜。更大的苦难还在后面，应该注意养精蓄锐。君子以智慧取胜，小人靠力气取胜，这是前代君王的遗言教诲。』于是诸侯都不打算作战了，就答应郑国的求和。十一月初十日，双方在戏地结盟，证明郑国已经顺服。

原文

将盟，郑六卿公子騑、公子发、公子嘉、公孙辄、公孙虿、公孙舍之及其大夫、门子皆从郑伯①。晋士庄子为载书②，曰：『自今日既盟之后，郑国而不唯晋命是听，而或有异志者，有如此盟③！』公子騑趋进曰：『天祸郑国，使介居二大国之间④。大国不加德音，而乱以要之⑤，使其鬼神不获歆其禋祀，其民人不获享其土利，夫妇辛苦垫隘⑥，无所厎告⑦。自今日既盟之后，郑国而不唯有礼与强可以庇民者是从，而敢有异志者，亦如之！』荀偃曰：『改载书！』公孙舍之曰：『昭大神要言焉⑧。若可改也，大国亦可叛也。』知武子谓献子曰：『我实不德，而要人以盟，岂礼也哉？非礼，何以主盟？姑盟而退，修德，息师而来，终必获郑，何必今日？我之不德，民将弃我，岂唯郑？若能休和⑨，远人将至，何恃于郑？』乃盟而还。

晋人不得志于郑，以诸侯复伐之。十二月癸亥⑩，门其三门。闰月戊寅，济于阴阪⑪，侵郑。次于阴口而还。子孔曰：『晋师可击也，师老而劳，且有归志，必大克之。』子展曰：『不可。』

注释

①门子：卿的嫡子。从郑伯：随郑伯参加盟会。②载书：记载盟书、盟辞的书。③有如此盟：盟誓经常用语。言

如果背盟，甘愿受违盟之罚。④介：间。二大国：晋与楚。⑤乱以要之：发动战乱以强行结盟。⑥垫隘：极度困乏瘦弱。⑦厎告：致告，诉说。⑧昭大神要言焉：盟约之言已昭告神明。要言，约言，即盟约。⑨休和：美好和谐。⑩癸亥：初五日。⑪阴阪：洧水渡口，位于今新郑县西北一带。

译文

盟会正要进行，郑国的六位卿公子騑、公子发、公子嘉、公孙辄、公孙虿、公孙舍之及其大夫、卿的嫡子都跟随郑简公来了。晋国的士庄子士弱草拟了盟书，内容是：『从现在盟誓后，郑国如果不对晋国绝对服从或别有所图，就要依据此盟约予以处罚！』公子騑上前一步说：『上天降祸给郑国，使我们夹在两个大国之间受排挤。但大国不但不给我们带来恩德，反而以战乱相要挟，从而使我们的神灵得不到祭祀，我们的百姓享受不到土地的利益，男女老少辛辛苦苦劳作却依然瘦弱不堪贫困交加，而且无处诉说。从今天盟誓之后，郑国如果不对讲究礼仪而又能切实保护我国百姓的国家绝对服从，并有其他念头的话，甘愿受此重罚惩处！』荀偃说：『要再修改一下盟书！』公孙舍之说：『已经对着神灵把盟约当众诵读过了。如果还能修改的话，那么就是说我们也可以背叛大国了。』知武子荀罃对中行献子荀偃说：『我们自己修养不好，却又要以盟约要挟人家，难道礼法允许吗？不合礼法，怎能主持盟会呢？我们不如暂且结盟后撤军，待修养德行，休整军队后再来，那样最终必能攻下郑国，又何必急于要在今天得到呢？假如我们没有德行，连百姓都将背叛我们，哪里仅仅是郑国呢？如果我们既有美好的德行又很和睦，远方的诸侯也会自动前来臣服，又何必只指望郑国呢？』于是就和郑国结盟，然后便撤退了。

晋国人在郑国那里不能达到自己的目的，便率领诸侯联军再次袭击郑国。十二月初五日，攻打郑都的东、西、北三个城门，一连持续了五天。十二月二十日，军队在阴阪渡过洧水，再次进攻郑国。驻扎在阴口，然后就回去了。

子孔说：『可以攻打晋军，他们的军队已经劳累不堪了，而且士兵归心似箭，必然能得胜而归。』子展说：『不能进攻。』

原文

公送晋侯，晋侯以公宴于河上，问公年。季武子对曰：『会于沙随之岁，寡君以生。』晋侯曰：『十二年矣！是谓一终，一星终也①。国君十五而生子，冠而生子②，礼也。君可以冠矣！大夫盍为冠具？』武子对曰：『君冠，必以裸享之礼行之，以金石之乐节之③，以先君之祧处之④。今寡君在行⑤，未可具也，请及兄弟之国而假备焉！』晋侯曰：『诺。』公还，及卫，冠于成公之庙。假钟磬焉，礼也。

注释

①一星终：古人认为木星（又称岁星）一年行一次，十二年满一周天，故而十二年为一星终，而以此纪年。②冠：古代由童子至成人举行冠礼。国君举行冠礼的年龄，说法各异。晋悼公认为十二岁可以冠，十五岁可以生子。③节之：有节度。④祧：庙。⑤行：道路。

译文

襄公送别晋悼公，晋悼公在黄河岸上设宴招待襄公，席间问起襄公的具体年纪。季武子回答说：『我们国君出生于沙随盟会那一年。』晋悼公说：『虚岁已经十二年了！这所谓一终，就是岁星运行一周的时间。国君十五岁生孩子，十二岁举行冠礼之后生孩子是合情合理的。君王可以举行冠礼了！大夫为什么不给君王准备举行冠礼的必需品呢？』季武子说：『君王举行冠礼的时候，开始时必须举行裸享这一礼仪，并且要伴以钟磬之乐以表示有节度，还要到先君宗庙中举行典礼。如今我们国君正在途中，没法准备各种用具，等到了其他兄弟国家后再准备行事吧！』晋悼公说：『可以。』襄公回来经过卫国时，在卫成公庙中举行了加冠典礼。当时还借用了卫国的钟和磬，这是礼法所准许的。

原文

楚子伐郑。子驷将及楚平，子孔、子蟜曰：『与大国盟，口血未干而背之①，可乎？』子驷、子展曰：『吾盟固云：「唯强是从。」今楚师至，晋不我救，则楚强矣。盟誓之言，岂敢背之？且要盟无质②，神弗临也。所临唯信，信者，言之瑞也③，善之主也，是故临之。明神不蠲要盟④，背之，可也。』乃及楚平。公子罢戎入盟⑤，同盟于中分⑥。

楚庄夫人卒，王未能定郑而归。

晋侯归，谋所以息民。魏绛请施舍，输积聚以贷。自公以下，苟有积者，尽出之。国无滞积⑦，亦无困人。公无禁利⑧，亦无贪民。祈以币更，宾以特牲⑨，器用不作，车服从给。行之期年，国乃有节⑩。三驾而楚不能与争。

注释

①口血未干：形容刚刚饮过盟誓血酒，嘴上的血迹还未干，可谓时间极为短暂。②要盟：强加的盟约。质：诚信。③瑞：玉石，古人以此作为凭证。④蠲：清洁。⑤公子罢戎：楚大夫。入盟：入郑都参加盟会。⑥中分：郑都城内里巷名。⑦滞积：积压的财货。⑧公无禁利：国君没有专门的利益。⑨宾以特牲：招待宾客只用一头雄性牲畜。⑩节：法度。

译文

楚共王讨伐郑国。子驷打算与楚国议和，子孔、子蟜说：『我们与晋国歃血为盟，现在嘴上的血还没有干就背弃了，这怎么行得通呢？』子驷、子展说：『盟约中本来就说：「只要是强大的国家我们就臣服。」现在楚军来到，晋国不来救我们，那么楚国就是强国了。盟誓中的话，怎么敢背弃呢？再说在要挟威逼的情况下订立的盟约也没有什么信用可言，神灵也不一定亲临听取。只有真诚无欺的盟会神灵才亲临，因为信用是语言的祥兆，善良的根本，所以神灵才降临。圣明的神灵不会理睬在强迫的情况下订立的盟约，背叛它是可以的。』于是郑国就向楚国妥协讲和。公子罢戎进入郑都订立盟约，又在中分举行了结盟仪式。

楚庄王的夫人死去，因此楚共王没等到安定郑国就回去了。

晋悼公返回到国内，就研究怎样使百姓得到安居乐业休养生息。魏绛请求给予施舍救济，把国家储存的财物借给百姓。君王以下的所有官员，凡是有积蓄的都贡献出来。因此国家货物流通，没有穷人，君主也没有专门的利益，国内也没有生性贪财的百姓。祈祷时以财货代替牛羊，宴请宾客也只用一种牲畜，不再另行制造新的器具，车马服装以够用为原则不求多多益善。这一政策推行一年，国家便有了礼节和法度。因此晋悼公曾三次发兵攻打，楚国都没有能与晋国争衡。

襄公十年

原文

十年春，会于柤[①]，会吴子寿梦也。

三月癸丑[②]，齐高厚相大子光，以先会诸侯于钟离[③]，不敬。士庄子曰：『高子相大子以会诸侯，将社稷是卫，而皆不敬，弃社稷也。其将不免乎[④]！』

夏，四月戊午，会于柤。

注释

①柤：楚地，位于今江苏省邳县西北。②癸丑：二十六日。③钟离：地名，位于今安徽省凤阳县东而稍北二十五里。④不免：不免于灾祸。

译文

十年春，襄公和晋悼公、宋平公、卫献公、曹成公、莒子、邾子、滕子、薛伯、杞孝公、小邾子、齐国的世子光在柤地召开诸侯大会，目的是和吴王寿梦举行会谈。

三月二十六日，齐国的高厚担任太子光的相礼，和诸侯在钟离先行会谈，会谈时他们两人的态度都非常傲慢。晋国的士庄子说：『高厚作为太子的相礼参加诸侯大会，目的是保卫齐国，但他们都这样地倨傲，确实是在抛弃自己的国家。恐怕他们难逃此劫！』

夏季，四月初一日，各诸侯国便在柤地进行了会见。

原文

晋荀偃、士匄请伐逼阳[1]，而封宋向戌焉。荀罃曰：『城小而固，胜之不武，弗胜为笑。』固请。丙寅[2]，围之，弗克。孟氏之臣秦堇父辇重如役[3]。逼阳人启门，诸侯之士门焉。县门发[4]，郰人纥抉之[5]，以出门者。狄虒弥建大车之轮[6]，而蒙之以甲，以为橹[7]。左执之，右拔戟，以成一队。孟献子曰：『《诗》所谓「有力如虎」者也！』主人县布[8]，堇父登之，及堞而绝之。队[9]，则又县之。苏而复上者三[10]。主人辞焉，乃退。带其断以徇于军三日。

诸侯之师久于逼阳，荀偃、士匄请于荀罃曰：『水潦将降，惧不能归，请班师[11]！』知伯怒[12]，投之以机，出于其间，曰：『女成二事，而后告余。余恐乱命[13]，以不女违[14]。女既勤君而兴诸侯，牵帅老夫以至于此[15]，既无武守，而又欲易余罪，曰：「是实班师，不然克矣。」余羸老也，可重任乎[16]？七日不克，必尔乎取之[17]！』五月庚寅[18]，荀偃、士匄帅卒攻逼阳，亲受矢、石[19]。甲午[20]，灭之。书曰『遂灭逼阳』，言自会也。

注释

①逼阳：妘姓小国，当在今山东枣庄市南一带。②丙寅：初九日。③孟氏之臣：鲁孟孙氏的家奴。辇重如役：挽着重车到了战场。④县门发：悬吊的闸门放下来。县，同『悬』。⑤郰人：郰邑大夫，即郰宰。郰，鲁邑名，在今山东曲阜县东南约四十里。纥：即叔梁纥，孔丘之父。抉：高举起。⑥狄虒弥：鲁之勇士人。⑦橹：大盾牌。⑧主人县布：指逼阳守城人从城上将布下悬。⑨队：同『坠』。⑩苏而复上：苏醒过来再上。⑪班师：还师。⑫知伯：即荀罃，中军帅。⑬乱命：扰乱军令。⑭不女违：没有违背你们。⑮老夫：知罃自称。⑯可重任乎：能再次承担罪责吗？重任，任此重罪。⑰必尔乎取之：必定取你们的首级。尔乎取，即『取乎尔』的倒装。⑱庚寅：初四日。⑲亲受矢石：亲自冒着城上的利箭飞石攻城。⑳甲午：初八日。

译文

晋国的荀偃、士匄请求派兵进攻逼阳，然后把它封给宋国的向戌。荀罃说：『逼阳城虽小却固若金汤，即使攻克也表现不出我们的勇敢，如果攻克不了反而要遭到嘲笑。』但荀偃等人坚决要求如此行动。于是在四月初九日，晋军包围逼阳，果然长时间攻不下。这时鲁国孟氏的家臣秦堇父拖来一辆重车前来参战。逼阳人打开城门，诸侯的军队便趁此机会攻打，但逼阳人突然决定把城门放下，以把入城的士兵关在城内。这时鲁国郰邑大夫叔梁纥用双手死死顶住城门，从而把城内的士兵全部放了出来。鲁国人狄虒弥把一个大车轮子立起来，并蒙上一层甲皮，做成了大盾。他左手抓起车轮，右手拔出一支戟，带领一队步兵浴血奋战冲锋陷阵。孟献子说：『这真是《诗》中所说的「力大如虎」的人啊！』逼阳人把一匹布从城墙上放了下来铺成一片，堇父拉着布就要登城，快要爬到墙垛时，城上的人把布剪断，堇父就掉了下来。城上的人又把布放下来，堇父苏醒后拉住布又一次登城，如此反复登城三次，直到城上的人对他表示钦佩才停止。后来堇父把割断的布做成带子在军中到处卖弄炫耀了三天。

诸侯的军队包围进攻逼阳已经很久了，荀偃、士匄请示荀罃说：『快要下雨了，恐怕到时回不去，请下令撤退吧！』荀罃怒火冲天，他抓起弩机抛向他们，弩机从他们两人中间飞了过去，他说：『你们把伐逼阳、封向戌这两件事策划好了再告诉我。我深恐意见不一致而有违君命，所以才同意了你们的请求。你们鼓动君王并召集了诸侯的军队，又把老夫我引到这里。如今你们久攻不下，又打算把责任推给我，以后会说：「就是他下令退兵的，不然也许能攻克了。」我已经老了，还能承受得起这份责任吗？我告诉你们，限你们七天内攻克这座城，否则将你们处死！』五月初四日，荀偃、士匄冒着箭、石的攻击，亲自带领大兵攻打。初八日，终于灭亡了逼阳。《春秋》中记载为『遂灭逼阳』，是说柤地相聚结盟后就马上去进攻逼阳了。

原文

以与向戌。向戌辞曰：『君若犹辱镇抚宋国，而以逼阳光启寡君[①]，群臣安矣，其何贶如之？若惠赐臣，是臣兴诸侯以自封也，其何罪大焉？敢以死请。』乃予宋公。

宋公享晋侯于楚丘[②]，请以《桑林》。荀罃辞。荀偃、士匄曰：『诸侯宋、鲁，于是观礼。鲁有禘乐，宾祭用之。宋以《桑林》享君[③]，不亦可乎？』舞，师题以旌夏。晋侯惧而退入于房。去旌，卒享而还。及著雍[④]，疾。卜，桑林见。荀偃、士匄欲奔请祷焉，荀罃不可，曰：『我辞礼矣，彼则以之。犹有鬼神[⑤]，于彼加之。』晋侯有间[⑥]，以逼阳子归，献于武宫，谓之夷俘。逼阳，妘姓也。使周内史选其族嗣，纳诸霍人[⑦]，礼也。

注释

①光启寡君：使寡君扩大疆土。光，作广，光启，即广启。②楚丘：卫地，位于今山东省曹县东南。③《桑林》：商王享用之乐舞。④著雍：晋地名。⑤犹：若。⑥有间：病有好转，不祈祷而愈。⑦霍人：晋邑，位于今山西繁峙县东郊一带。

译文

战后就打算把逼阳赏赐给向戌。但向戌拒绝说：『如果君王计划安抚宋国，就应该将逼阳送给我们国君以使他进一步扩展疆土，群臣也就安心了，还有比这更好的赠礼吗？如果君王要赏赐给小臣，那么就是小臣发动诸侯联军来为自己求得封地了，还有比这更大的罪过吗？小臣冒死请求君王同意我的请求。』于是就把逼阳送给了宋平公。

宋平公在楚丘设宴厚待晋悼公，请求表演《桑林》之舞以助兴。但荀罃婉言谢绝了。荀偃、士匄说：『诸侯只能到宋国、鲁国观看这种天子享有的礼仪。鲁国有周天子的禘乐，只有宴请贵宾和举行大祭时才能使用。如今宋国用

《桑林》之舞款待国君，不也可以吗？』于是就决定表演《桑林》之舞，乐队领队举着旌夏之旗率领乐人冲进来时，晋悼公怕得躲进了里屋。宋国人让去掉了旌夏之旗，晋悼公这才重新回来。回国时到达著雍一地，晋悼公得了重病。让人占卜，结果在龟甲上发现了桑林之神的模样。荀偃、士匄准备要重新回到宋国向桑林神祈祷，荀罃不让，他说：『我们本来对此已经表示推辞了，但宋国一定要用此礼。如果神灵要报复，也只能降祸给宋国。』没多久，晋悼公的病便康复了，带了逼阳子回国，在武宫中举行了献俘典礼。典礼上称逼阳子为夷人俘虏。逼阳本是妘姓，当初派周朝内史从其宗教中挑选一个人，送到霍人这个地方定居下来，但并没有因此而灭掉妘姓，仍旧祭祀妘姓之神，这是合乎礼的。

原文

师归，孟献子以秦堇父为右。生秦丕兹，事仲尼。

六月，楚子囊、郑子耳伐宋，师于訾毋[①]。庚午，围宋，门于桐门[②]。

晋荀罃伐秦，报其侵也。

注释

①訾毋：宋地，在今河南鹿邑县南。②桐门：宋北门。

译文

鲁军回国之后，孟献子封秦堇父为车右。后来秦堇父生了秦丕兹，跟从孔子饱读诗书。

六月，楚国的子囊、郑国的子耳侵犯宋国，军队驻守在訾毋。十四日，包围宋都，进攻它的北门桐门。

晋国的荀罃发兵进攻秦国，借此机会报复秦国在鲁襄公九年对晋国的入侵。

原文

卫侯救宋，师于襄牛[①]。郑子展曰：『必伐卫。不然，是不与楚也。得罪于晋，又得罪于楚，国将若之何？』子驷曰：『国病矣！』子展曰：『得罪于二大国，必亡。病不犹愈于亡乎？』诸大夫皆以为然。故郑皇耳帅师侵卫，楚令也。

孙文子卜追之[②]，献兆于定姜[③]。姜氏问繇。曰：『兆如山陵，有夫出征，而丧其雄。』姜氏曰：『征者丧雄，御寇之利也。大夫图之！』卫人追之，孙蒯获郑皇耳于犬丘[④]。

秋，七月，楚子囊、郑子耳伐我西鄙。还，围萧[⑤]。八月丙寅，克之。九月，子耳侵宋北鄙。孟献子曰：『郑其有灾乎！师竞已甚[⑥]。周犹不堪竞，况郑乎？有灾，其执政之三士乎[⑦]！』

莒人间诸侯之有事也，故伐我东鄙。

注释

①襄牛：卫地，位于今山东省汉县境内。②孙文子：卫执政之卿孙林父。卜追之：为追逐郑国占卜。③定姜：卫定公夫人，卫献公之母。④孙蒯：孙林父之子。⑤萧：宋邑，在今安徽省萧县北稍西十五里。⑥竞：相争。⑦执政之三士：指子驷、子国，子耳秉政。当时郑简公年少，三人操纵郑国大权。

译文

卫献公发兵援救宋，将军队驻扎在襄牛。郑国的子展说：『一定要讨伐卫国。否则，就是要对楚国疏远。我们已经得罪了晋国，如果再得罪楚国，将来国家怎么办呢？』子驷说：『我们国家太贫穷了！』子展说：『得罪了这两个大国，必然要灭亡。困乏不也比灭亡情况要好一些吗？』大夫们都认为子展的话说得非常有道理。因此郑国的皇耳便领兵入侵卫国，这完全是执行楚国的命令。

孙文子就是否要攻打郑军而卜卦凶吉，然后把占卜的征兆上呈给了定姜。姜氏问繇辞是怎么说的。孙文子说：『卜兆犹如山陵，有人出兵远征，结果失去了他们的英雄。』姜氏说：『出征者让英雄死去，说明我们抵抗有利。大夫考虑一下吧！』于是卫国人便追击郑军，结果孙蒯在犬丘抓获了皇耳。

秋季，七月，楚国的子囊、郑国的子耳入侵鲁国西部边境。在回国途中，又包围了宋国的萧地。八月十一日，将萧地拿下。九月，子耳又发兵入侵宋国北部边境。

孟献子说：『郑国将有灾难了吧！军队外出征战太频繁了。周王室尚且经不起连连出战，何况是一个郑国呢？若有灾祸，恐怕首先也要降临到执政的那三个人身上！』

莒国人趁各诸侯之间战争绵绵不断，进攻鲁国东部边境。

原文

诸侯伐郑。齐崔杼使大子光先至于师，故长于滕。己酉[1]，师于牛首[2]。

初，子驷与尉止有争[3]。将御诸侯之师，而黜其车[4]。尉止获[5]，又与之争[6]。子驷抑尉止曰：『尔车，非礼也。』遂弗使献[7]。初，子驷为田洫[8]，司氏、堵氏、侯氏、子师氏皆丧田焉。故五族聚群不逞之人，因公子之徒以作乱[9]。于是子驷当国，子国为司马，子耳为司空，子孔为司徒。冬，十月戊辰[10]，尉止、司臣、侯晋、堵女父、子师仆帅贼以入，晨攻执政于西宫之朝，杀子驷、子国、子耳，劫郑伯以如北宫。子孔知之，故不死。书曰『盗』，言无大夫焉。

注释

①己酉：九月二十五日。②牛首：郑地，位于今河南通许县稍北一带。③尉止：郑大夫。④黜其车：减少尉止的兵车。⑤获：俘获。⑥与之争：子驷争夺尉止之俘获。⑦弗使献：不许尉止献其所俘获。⑧田洫：田间水沟。⑨公子之徒：指鲁襄公八年子驷谋杀子孤、子熙、子侯、子丁的族党。⑩戊辰：十四日。

译文

诸侯再次进攻郑国。齐国的崔杼派太子光率先来到军中，所以《春秋》把太子光地位排在了滕子的前面。二十五日，诸侯的军队驻扎在牛首这个地方。

当初，子驷和尉止曾有过争执。这次抵抗诸侯联军的时候，子驷便在数量上削减了尉止所率的兵车。尉止俘虏了敌人，子驷又和他争夺功劳。子驷故意压制尉止说：『你的兵车太多，不合规定。』因此便不许可他进献俘虏。当初，子驷以兴修水利为由挖沟修埂，司氏、堵氏、侯氏、子师氏都因为这个原因而失去了田地。于是尉氏和司氏等便四处搜罗了一批不得志的人发动了叛乱。

这时子驷掌管郑国朝廷大权，子国任司马，子耳任司空，子孔任司徒。冬季，十月十四日，尉止、司臣、侯晋、堵女父、子师仆带领叛乱分子闯入宫中，于早晨在西宫的朝廷上包围执政者，杀了子驷、子国、子耳，把郑简公绑架到北宫。子孔因为事先听说了这一阴谋，所以才没被杀死。《春秋》记载为『盗』，意思是说并没有大夫参加这次朝政动乱。

原文

子西闻盗①，不儆而出②，尸而追盗③。盗入于北宫，乃归，授甲，臣妾多逃，器用多丧。子产闻盗，为门者④，

庀群司，闭府库，慎闭藏，完守备，成列而后出，兵车十七乘，尸而攻盗于北宫。子蟜帅国人助之[⑤]，杀尉止、子师仆，盗众尽死。侯晋奔晋。堵女父、司臣、尉翩、司齐奔宋[⑥]。

子孔当国。为载书[⑦]，以位序[⑧]，听政辟。大夫、诸司、门子弗顺，将诛之。子产止之，请为之焚书[⑨]。子孔不可，曰：『为书以定国。众怒则焚之，是众为政也，国不亦难乎？』子产曰：『众怒难犯，专欲难成，合二难以安国，危之道也。不如焚书以安众，子得所欲，众亦得安，不亦可乎？专欲无成，犯众兴祸，子必从之！』乃焚书于仓门之外[⑩]，众而后定。

注释

①子西：子驷之子，公孙夏。②不儆而出：对自家不加警戒就出来了。③尸而追盗：收敛尸体，而后追赶尸体。④为门者：设置守门卫士，禁止随便出入。⑤子蟜：公孙虿。⑥尉翩：尉止之子。司齐：司臣之子。⑦为载书：子孔欲一人专权，与诸大夫相盟，拟定出盟约。⑧以位序：安排官员序位。⑨焚书：烧掉盟书。⑩仓门：郑国东南门。

译文

子驷的儿子子西听说发生了叛乱，没加防备就来到西宫，首先是安葬了他父亲的尸首，然后才去追击叛乱分子。叛乱分子逃入北宫后，子西才回去，准备四处分配皮甲组织攻打，但家里的男女奴仆大多已逃跑，而且器物也已大多丢失。子产听说发生了叛乱，便派人看管大门，紧急召集官员，关闭府库，把贵重财物隐藏好，立即做好防卫准备，然后组织甲兵，出动了兵车十七辆，先收敛了他父亲子国的尸首，然后便到北宫追击叛乱分子。子蟜率领国都的人从旁助阵协从，最后杀了尉止、子师仆，其他叛乱分子全部被杀死。侯晋逃亡到晋国。堵女父、司臣、尉翩、司齐逃跑到了宋国。

于是子孔掌握了国家政权。他重新草拟了一份盟书，要求官员各守其位，服从政令。大夫、各部门官员以及大夫的儿子都不愿意顺从他，于是子孔便打算把他们都杀死。子产劝阻他，并请他把那份盟书烧毁。但子孔不同意，他说：『拟定盟书就是为了定国安邦。如果大家不同意就烧了它，那就等于是让大家来执政，这样国家不就面临祸难了吗？』子产说：『众怒不敢触犯，专权的目的很难达到，企图把这两种难以实现的事情融合在一起来安定国家，是一种很危险的方式。不如焚毁盟书以求安抚众人，这样您既能掌握政权，大家也能安定下来，不也可以吗？专权的愿望没法实现，触犯了众怒会招惹祸乱的发生，您必须要听我的！』于是子孔就在郑都仓门之外烧掉了盟书，众人这才安定下来。

原文

诸侯之师城虎牢而戍之。晋师城梧及制[1]，士鲂、魏绛戍之。书曰『戍郑虎牢』，非郑地也，言将归焉。郑及晋平。

楚子囊救郑。十一月，诸侯之师还郑而南[2]，至于阳陵[3]。楚师不退。知武子欲退，曰：『今我逃楚，楚必骄，骄则可与战矣。』栾黡曰：『逃楚，晋之耻也。合诸侯以益耻，不如死！我将独进。』师遂进。己亥，与楚师夹颍而军[4]。子蟜曰：『诸侯既有成行[5]，必不战矣。从之将退，不从亦退。退，楚必围我。犹将退也[6]，不如从楚，亦以退之。』宵涉颍，与楚人盟。栾黡欲伐郑师，荀罃不可，曰：『我实不能御楚，又不能庇郑，郑何罪？不如致怨焉而还。今伐其师，楚必救之。战而不克，为诸侯笑。克不可命[7]，不如还也！』丁未[8]，诸侯之师还，侵郑北鄙而归。楚人亦还。

注释

①梧：地名，当在虎牢附近。②还郑而南：环绕郑国而后向南进军。还，同『环』。③阳陵：郑地，位于今许昌市西北一带。④颍：颍水。⑤成行：已做好退兵准备。⑥犹将退：同样准备退兵。⑦克不可命：胜利并无信心。⑧丁未：二十四日。

译文

诸侯的军队在虎牢筑城之后又留下部队加以防备看守。晋国军队在梧地和制地修建城池后由士鲂和魏绛驻守。《春秋》记载说『戍郑虎牢』，意思是说虎牢并不是郑国领土，但马上就要归还给它了。所以郑国便和晋国讲和了。

楚国的子囊援助郑国。十一月，诸侯军队包围郑国向南开进，来到阳陵。楚军仍然不退。荀罃打算退兵，他说：『如今我们远远避开楚军，楚军一定产生骄傲轻敌思想，一旦产生了骄傲情绪，我们就可以和他们打仗了。』栾黡说：『逃避楚军是晋国的耻辱。联合诸侯到头来却增加了自己的耻辱，生还不如死！我准备独自带领部队进攻。』于是联军只好前进。十六日，和楚军隔着颍水驻扎下来。郑国的子蟜说：『诸侯军队已经计划好了要退兵，肯定不会和楚军交战了。我们服从，他们要撤兵，不顺从，也要撤兵。如果他们撤军后退了，楚军一定要围攻我们。既然顺从不顺从诸侯都要退兵，那么我们还不如顺从楚国，从而使楚军也退兵。』于是就趁着夜色渡过颍水和楚国人订立了盟约。栾黡想要攻打郑军，荀罃不同意，他说：『是我们不能抵抗楚军，又不能保护郑国，郑国有什么罪过？不如回去，这样可以加剧郑国对楚国的怨恨。如果现在进攻郑国军队，楚军一定要请求救援。攻击而不能取胜，就会被诸侯们嘲弄耻笑。既然没有取胜的信心，就不如知难而退！』二十四日，诸侯联军撤退，顺路攻打了郑国的北部边界后就回国了。楚国人也回国了。

原文

王叔陈生与伯舆争政①，王右伯舆②。王叔陈生怒而出奔。及河，王复之，杀史狡以说焉③。不入，遂处之④。晋侯使士匄平王室，王叔与伯舆讼焉。王叔之宰与伯舆之大夫瑕禽坐狱于王庭⑤，士匄听之。王叔之宰曰：『筚门闺窦之人而皆陵其上，其难为上矣！』瑕禽曰：『昔平王东迁，吾七姓从王，牲用备具。王赖之，而赐之骍旄之盟，曰：「世世无失职。」若筚门闺窦，其能来东厎乎⑥？且王何赖焉？今自王叔之相也，政以贿成⑦，而刑放于宠，官之师旅，不胜其富。吾能无筚门闺窦乎？唯大国图之！下而无直⑧，则何谓正矣？』范宣子曰：『天子所右，寡君亦右之；所左，亦左之。』使王叔氏与伯舆合要⑨。王叔氏不能举其契，王叔奔晋。不书，不告也。单靖公为卿士，以相王室。

注释

①王叔陈生与伯舆：二人皆是周灵王的卿士。争政：即争权。②王右伯舆：周灵王助伯舆。右，助。③史狡：当是王叔陈生所憎恨的人，周灵王杀了史狡以取悦王叔陈生。说，悦。④处之：住在那里。之，指黄河边上。⑤坐狱：双方对讼，以争曲直。⑥厎：意为安居。⑦政以贿成：政事要用贿赂才能办成，指贿赂公行。⑧下而无直：在下的人不能有理。直，正直有理。⑨合要：把双方相争的讼言和证词等取来对证。

译文

王叔陈生和伯舆产生了争权斗争，周天子站在伯舆一边。王叔陈生一气之下就逃了出来。来到黄河附近时，周天子请他回去，并杀了王叔陈生讨厌的史狡以安抚他。但王叔陈生还是不同意回去，就在黄河边上长期居住了下来。晋悼公派士匄去调解王室的争端，王叔陈生和伯舆互相指控。王叔陈生的总管家和伯舆的大夫瑕禽分别作为双方代理人在周天子的庭院中申述各自理由，士匄负责裁判。王叔陈生的总管家说：『伯舆这种下贱之人却要欺负比他高贵的人，可见是目中无上！』瑕禽说：『过去周平王往东迁移时，伯舆的祖先和其他六姓跟随平王，天子祭祀用的牲畜，他们全部准备停当。天子因此而依靠他们，并宰杀红牛盟誓说：「让你们世世代代承袭卿职。」如果是蓬门小户，他们能跟从追随天子往东迁移吗？天子能仰仗他们吗？现在王叔把持朝政，处理政事全靠贿赂进行，并把执法大权交给他的宠臣，军中官员全部暴富。这样一来，我们怎能不变成蓬门小户呢？请大国认真体察！如果地位低下就没有公理，那么还有公正可言吗？』范宣子士匄说：『天子所赞同的，也就是我们国君要赞同的，天子所反对的，也就是我们国君要坚决反对的。』所以便让双方提出各自的理由和证据来。王叔陈生不能拿出任何理由和证据，便逃亡到晋国。《春秋》因此没有记载这件事，是因为王室没有通知报告鲁国。此时由单靖公代替王叔陈生出任卿士辅佐王室。

东篱赏菊图　明·唐寅

此图写赏菊之悠然。图中远山近石峻峭，一劲松高大虬曲，溪水泛波，仆童忙碌，两高士坐于石上赏菊言谈，乐在其中。此图山石勾皴，劲健峭利，坚凝厚实，全幅图挺劲而又秀雅。

襄公十一年

原文

十一年春，季武子将作三军①，告叔孙穆子曰②：『请为三军，各征其军③。』穆子曰：『政将及子，子必不能。』武子固请之。穆子曰：『然则盟诸！』乃盟诸僖闳④，诅诸五父之衢⑤。

正月，作三军，三分公室而各有其一⑥。三子各毁其乘。季氏使其乘之人，以其役邑入者，无征；不入者，倍征。孟氏使半为臣⑦，若子若弟。叔孙氏使尽为臣，不然，不舍⑧。

注释

①作三军：编制三个军。②叔孙穆子：叔孙豹，当时为鲁执政之卿。③各征其军：由季孙、叔孙、孟孙三家各有一军合成三军。④僖闳：鲁僖公宗庙大门。⑤诅：诅咒，即祭神使加祸于不守盟誓者。五父之衢：大道名，位于今曲阜县东南五里。⑥三分公室：指季孙、叔孙、孟孙三家将公室军队分而为三。⑦半为臣：私邑战士的一半作为奴隶兵。⑧不舍：不改编制。

译文

十一年春季，季武子打算把鲁国军队重新整编为三个军，他对叔孙豹说：『请答应我将军队编成三个军，以使我们孟孙、叔孙、季孙三家各指挥统领一个军。』叔孙豹说：『国家政权将要由你来掌握，你如果打算军权政权全揽，恐怕难以做到。』季武子一再要求这么做。叔孙豹说：『那么我们就为此而订盟立誓吧！』于是就在僖公庙的大门口盟了誓，又在五父之衢发了诅咒。

正月，鲁军被改编成三个军，三族把公室的军队一分为三，每族拥有一军。然后三族又把自己的私家车兵统统撤掉，把原来的私兵补充到各自的士兵中。季氏规定凡原为私兵现在参加军队者免除征税，不参加者则加倍征税。孟氏把私兵编进军队后，其中一半年轻力壮的，或子或弟，作为奴隶兵。叔孙氏的私兵本身为奴隶，编入军队后仍然为奴隶，不这样就不让他编入。

原文

郑人患晋、楚之故，诸大夫曰：『不从晋，国几亡。楚弱于晋，晋不吾疾也①。晋疾，楚将辟之。何为而使晋师致死于我，楚弗敢敌，而后可固与也②？』子展曰：『与宋为恶，诸侯必至，吾从之盟。楚师至，吾又从之。则晋怒甚矣。晋能骤来，楚将不能。吾乃固与晋。』大夫说之，使疆埸之司恶于宋③。宋向戌侵郑，大获。子展曰：『师而伐宋可矣。若我伐宋，诸侯之伐我必疾，吾乃听命焉，且告于楚。楚师至，吾又与之盟，而重赂晋师，乃免矣④。』夏，郑子展侵宋。

四月，诸侯伐郑。己亥⑤，齐大子光、宋向戌先至于郑，门于东门。其莫⑥，晋荀罃至于西郊，东侵旧许⑦。卫孙林父侵其北鄙。六月，诸侯会于北林⑧，师于向。右还⑨，次于琐。围郑，观兵于南门，西济于济隧⑩。郑人惧，乃行成。

注释

①疾：怨恨。又说为『急』。②固与：指与晋牢固结好。③疆埸之司：郑国守护边境的长官。④乃免矣：如此则可免于夹在晋、楚之间，受两面攻击之难。⑤己亥：十九日。⑥莫：同『暮』。⑦旧许：许国旧址，在今许昌市东三十六里。⑧北林：地名，在今河南省新郑县北。⑨右还：转向西北。⑩济隧：水名，原指黄河支流，在河南省原阳县，今已堙。

译文

郑国人对晋、楚两国依旧非常忧虑，大夫们都说：『若不顺从晋国，国家就差点要灭亡。楚国比晋国要势力弱一些，晋国人又不急于需要我们。如果晋国急需我们，楚国肯定会避开他们后退的。怎么才能让晋国下决心拼死进攻我们，从而使楚国不敢作任何防卫，以便使我们和晋国的关系牢不可破呢？』子展说：『向宋国挑衅，诸侯必定会来援救，我们就与他们结盟。楚国如果到来，再和楚国结盟。这样晋国就会被激怒。晋国能够经常前来，轮流依次攻打，而楚国就做不到。这样就能和晋国结下牢固的同盟。』大夫们都表示赞赏，便授意守卫郑国边境的官员向宋国寻衅滋事。于是宋国的向戌入侵郑国，掠夺很多东西。子展说：『现在可以出兵讨伐宋国了。如果我们攻打宋国，诸侯们一定会奋勇攻打我们，我们就马上俯首听命唯命是从，并立即报告楚国。楚军来到，我们再立刻和他们结盟，并用重金贿赂晋军，这样我们就可以免于年年遭受兵患了。』夏季，郑国的子展发兵攻打宋国。

四月，襄公联和晋悼公、宋平公、卫献公、曹成公、齐国的太子光、莒子、邾子、滕子、薛伯、杞孝公、小邾子进攻郑国。齐国的世子光和宋国的向戌率先到达郑国，驻守在郑都东门。当天晚上，晋国的荀罃带领士兵来到郑都西郊，并向东侵入旧许国所辖地区。卫国的孙林父入侵郑国的北部边境。六月，诸侯在北林会见，军队驻扎在向地。然后又挥师西北，驻扎在琐地。团团包围了郑国都城，在南门外举办了阅兵演习，又向西渡过济隧。郑国人心里恐惧了，马上向诸侯求和。

原文

秋，七月，同盟于亳。范宣子曰：『不慎[1]，必失诸侯。诸侯道敝而无成[2]，能无贰乎？』乃盟。载书曰：『凡我同盟，毋蕴年[3]，毋壅利[4]，毋保奸[5]，毋留慝[6]，救灾患，恤祸乱，同好恶，奖王室[7]。或间兹命[8]，司慎、司盟，名

山、名川⑨，群神、群祀，先王、先公，七姓、十二国之祖，明神殛之，俾失其民，队命亡氏，踣其国家⑩。』

楚子囊乞旅于秦。秦右大夫詹帅师从楚子，将以伐郑。郑伯逆之。丙子⑪，伐宋。

九月，诸侯悉师以复伐郑。郑人使良霄、大宰石㚟如楚⑫，告将服于晋，曰：『孤以社稷之故，不能怀君。君若能以玉帛绥晋，不然则武震以摄威之，孤之愿也。』楚人执之。书曰『行人』，言使人也。

注释

①不慎：指盟辞不慎。②道敝而无成：往来奔走疲敝且无功。③毋蕴年：不囤积粮食。年，谷熟。④毋：不，不要。壅利：专断山川之利。⑤保奸：保护他国罪犯。⑥留慝：收留坏人。⑦奖：助。⑧或间兹命：有人违犯这些命令。间，犯。⑨名山、名川：大山、大川之神。⑩踣：灭，破。⑪丙子：七月二十七日。⑫石㚟：人名。

译文

秋季，七月，郑国和诸侯在亳地结盟。范宣子士匄说：『这次拟定盟辞如果再不小心谨慎就必定会失去诸侯。让诸侯千里迢迢远道而来，却毫无成果，他们能不产生二心吗？』于是就宣读盟约。盟约的内容是：『凡是我们的同盟国家，不要囤积粮食收罗钱财，不要独占山川之利，不要庇护他国罪人，不要收留奸邪之辈，要互相救济，消除祸乱，同仇敌忾，团结一心辅佐王室。如果违犯上述规定，司慎、司盟两位天神，名山、大川的神灵，各种各样天神和名列祀典者，先王、先公，七姓、十二国的祖先，圣明的神灵都要诛杀他，让他失去百姓，丧失君王，全族灭亡，破家亡国。』

楚国的子囊到秦国请求援救。于是秦国的石大夫詹便领兵随从楚共王攻打郑国。郑简公连忙出来迎接表示愿意顺从。二十七日，郑国又一次进攻宋国。

九月，诸侯又全部出动再次进攻郑国。郑国人赶紧让良霄、太宰石㚟到楚国报告消息，说是他们要向晋国归降：『为了国家的生存，我们不能再怀念君王了。如果君王能用玉帛等物安抚晋国，或者以强大的武力威慑他们，这都是我们所希望的。』楚国人一鼓作气便把良霄和石㚟抓了起来。《春秋》称他们为『行人』，表示他们是外交使节，不应被逮捕起来。

原文

诸侯之师观兵于郑东门。郑人使王子伯骈行成。甲戌①，晋赵武入盟郑伯。冬，十月丁亥②，郑子展出盟晋侯。十二月戊寅③，会于萧鱼④。庚辰⑤，赦郑囚，皆礼而归之。纳斥候⑥，禁侵掠⑦。晋侯使叔肸告于诸侯⑧。公使臧孙纥对曰：『凡我同盟，小国有罪，大国致讨，苟有以藉手，鲜不赦宥，寡君闻命矣。』

郑人赂晋侯以师悝、师触、师蠲⑨；广车、軘车淳十五乘，甲兵备，凡兵车百乘⑩；歌钟二肆⑪，及其镈、磬；女乐二八。

注释

①甲戌：九月二十六日。②丁亥：初九日。③戊寅：初一日。④萧鱼：当在今许昌市。⑤庚辰：初三日。⑥纳斥候：撤回侦察、巡逻兵。⑦禁侵掠：禁止诸侯侵掠郑国。⑧叔肸：即羊舌肸，字叔向。⑨师悝、师融、师蠲：三人均为乐师。⑩凡：总共。⑪二肆：二套。

译文

诸侯的军队又在郑都的东门举行声势浩大的阅兵演习。郑国人派王子伯骈求和。二十六日，晋国的赵武入城和郑简公结盟。冬季，十月初九日，郑国的子展出发离城前去和晋悼公结盟。十二月初一日，双方在萧鱼会谈。初三日，释放了郑国的俘虏，全都客客气气地把他们送了过去。同时撤掉侦察和巡逻人员，严格禁止随便大肆抢夺。晋悼公派叔肸把上述三项决定通报诸侯。襄公派臧孙纥给予答复：『凡是我们的同盟国家，小国犯了罪，大国给予讨伐，只要是稍有收获，就很少有不对小国赦免的，我们国君完全服从指挥。』

郑国人把师悝、师触、师蠲三位乐师赐给晋悼公，还送给他广车、軘车各十五辆，每辆车上的盔甲武器都配备一应齐全，除此之外还有其他兵车一百辆，歌钟两架，以及与之配套的小钟和磬，还有十六名能歌善舞美艳如花的美女。

原文

晋侯以乐之半赐魏绛①，曰：『子教寡人和诸戎狄，以正诸华②。八年之中，九合诸侯，如乐之和，无所不谐。请与子乐之。』辞曰：『夫和戎狄，国之福也。八年之中，九合诸侯，诸侯无慝③，君之灵也④，二三子之劳也，臣何力之有焉？抑臣愿君安其乐而思其终也。《诗》曰：「乐只君子，殿天子之邦。乐只君子，福禄攸同。便蕃左右，亦是帅从。」夫乐以安德⑤，义以处之⑥，礼以行之，信以守之，仁以厉之⑦，则后可以殿邦国，同福禄，来远人，所谓乐也。《书》曰：「居安思危。」思则有备，有备无患。敢以此规。』公曰：『子之教，敢不承命！抑微子⑧，寡人无以待戎⑨，不能济河。夫赏，国之典也，藏在盟府，不可废也。子其受之！』魏绛于是乎始有金石之乐，礼也。

秦庶长鲍、庶长武帅师伐晋以救郑⑩。鲍先入晋地，士鲂御之，少秦师而弗设备。壬午⑪，武济自辅氏，与鲍交伐晋师⑫。己丑⑬，秦、晋战于栎，晋师败绩，易秦故也。

注释

①乐之半：郑国所献乐队的一半。②以正诸华：整顿中原诸国。正，治理，整顿；诸华，中原各国。③无慝：无

奸邪。意为都顺从，不违背。④灵：威灵。⑤安德：稳定德行，安定思想。⑥处：处置、对待。⑦厉：同『励』，勉励。⑧抑：抑或，若是。微：没有。子：您。⑨无以待戎：不能正确对待戎人。⑩庶长：秦爵位名称。⑪壬午：十二月初五日。⑫交伐：共同攻打。一说夹攻。⑬己丑：十二日。

译文

晋悼公把乐器和乐人赠送给魏绛一半，他说：『是你让我与戎狄各部落讲和，从而使中原诸国都臣服我国。在这八年之中，我们曾经九次会盟诸侯，和诸侯之间的关系犹如音乐一般的和谐，没有任何不谐之处。所以请你和我一起来分享这些礼物。』魏绛谢绝说：『与戎狄讲和是国家的福气。八年中九次会合诸侯，诸侯都唯命是从，这完全是君王的威望信用，也是您那几位大臣的功劳，我哪里出什么力了？但我希望君王既安于这种快乐，又要做到持之以恒，善始善终。《诗》说：「快乐的君子，镇守安抚天子的家邦。快乐的君子，积聚了无数的福气。治理好邻近小国，让他们甘心情愿顺从。」音乐是用以强化德行的，只有用道义对待它，用礼法推行它，用信用保证实施它，用仁爱勉励它，然后才能够镇抚邦国，同享福禄，使远方的人臣服，这才是所谓的快乐。《书》中说：「生活在安定之中，要时刻提防危险的到来。」想到这危险就有所预防，有所预防就没有了灾祸。谨此劝勉君王。』晋悼公说：『您的劝教，我怎敢不听！因为没有您，我就不能安抚戎狄，也不能渡过黄河征服郑国。论功赏赐，这是国家规定的典章制度，在盟府中保存着，是不能随便废止停用的。您必须要接受！』所以魏绛才能享受到金石音乐，当然这是合乎礼的。

秦国的庶长鲍和庶长武两人领兵进攻晋国以拯救帮助郑国。鲍首先侵入晋国土地，士鲂领兵奋起抵抗，由于认为秦军人少而没有认真进行准备。初五日，武从辅氏渡过河，和鲍一起联合进攻晋军。十二日，秦、晋两军在栎地交战，结果晋军战败，这都是过于轻视秦军的下场。

國學典藏·綫裝書系

春秋左傳

【超值白金版·插图本】第四册

〔春秋〕左丘明·著

江西美術出版社

襄公十二年

原文

十二年春，莒人伐我东鄙，围台①。季武子救台，遂入郓②，取其钟以为公盘。

夏，晋士鲂来聘，且拜师。

注释

①台：鲁邑，在今山东费县东南十多里。②郓：莒邑名，位于今山东省沂水县东北五十里。

译文

十二年春，莒国人侵犯我国东部边疆地区，围攻台地。季武子救援台地，就趁机进入郓国，掠取了他们的钟改造浇铸为襄公的盘。

夏，晋国的士鲂前来聘问，同时叩拜感谢我国出兵。

原文

秋，吴子寿梦卒，临于周庙①，礼也。凡诸侯之丧，异姓临于外②，同姓于宗庙③，同宗于祖庙，同族于祢庙。是故鲁为诸姬，临于周庙；为邢、凡、蒋、茅、胙、祭，临于周公之庙。

冬，楚子囊、秦庶长无地伐宋，师于杨梁④，以报晋之取郑也。

注释

①临：哭丧。周庙：周文王庙。②外：城外。③宗庙：周文王庙，即周庙。④杨梁：宋地，在今河南商丘县东南三十里。

译文

秋，吴王寿梦去世，襄公在周文王庙号啕大哭吊唁，这是合于礼的。诸侯的丧事，异姓的在城外哭泣吊唁，同姓的在宗庙里，同宗的在祖庙里，同族的在祢庙里。如此，鲁国为姬姓诸国，在周文王庙里吊唁；为了邢、凡、蒋、茅、胙、祭各国，在周公庙哭泣吊唁。

冬，楚国子囊、秦国庶长无地进攻宋国，军队驻守在杨梁，以报复晋国获取郑国。

原文

灵王求后于齐，齐侯问对于晏桓子①。桓子对曰：『先王之礼辞有之：天子求后于诸侯，诸侯对曰：「夫妇所生若而人，妾妇之若而人。」无女而有姊妹及姑姊妹②，则曰：「先守某公之遗女若而人③。」』齐侯许昏。王使阴里结之④。

公如晋朝，且拜士鲂之辱，礼也。

秦嬴归于楚。楚司马子庚聘于秦⑤，为夫人宁，礼也。

注释

①晏桓子：即晏弱，晏婴的父亲，齐国大夫。②姑姊妹：意为大姑小姑。姊妹，同父所生。③先守：意为先君。④阴里：周大夫。结：结言，即口头约定。⑤子庚：即楚公子午，楚庄王之子。

译文

周灵王在齐国求娶王后，齐灵公向晏桓子询问答辞。桓子回答：『先王的礼仪辞令有这样的话：天子在诸侯那里要求娶得王后，诸侯回答说：「夫人所生的多少人，妾妇所生的多少人。」没有女儿而有姐妹和姑母，于是回答说：

「先君某公的遗女多少人。」』齐灵公承认了婚事。周灵王派遣阴里作了口头约定。

襄公前去晋国朝见，同时拜谢士鲂的来访，这是合乎礼的。

秦嬴被许配给楚国。楚国的司马子庚到秦国聘问，为了夫人回娘家，这是合乎礼的。

虚阁晚凉图　明·唐寅

此图远处山峦起伏，泉流折叠于茂林烟雾间。近处浓荫茂盛，深掩茅屋草堂。旁有溪桥流水，意境清幽。盛暑时节，两三老人，在此消暑谈心，乐以忘忧。此幅皴法学刘松年、李唐，山石轮廓线转折处不露锋芒，皴点齐下，丰润华滋。作者善于把前人的技法融会贯通，自出新意，自成面貌。

襄公十三年

原文

十三年春，公至自晋，孟献子书劳于庙[1]，礼也。

夏，邿乱[2]，分为三。师救邿，遂取之。凡书『取』，言易也；用大师焉曰『灭』；弗地曰『入』。

注释

①劳：功勋。②邿：小国名，鲁附庸国，在今山东省济宁市南五十里。

译文

十三年春，襄公从晋国返回，孟献子到宗庙中记载襄公建立的卓越贡献，这是合于礼的。

夏季，邿国发生了动乱，结果分裂为三部分。鲁国出兵救援邿国，并趁机攻占了它。《春秋》中凡是称为『取』的，就说明是轻而易举地得到；如果动用了大批军队则称为『灭』；如果征伐某一国家但并不占有它的土地则称为『入』。

原文

荀罃、士鲂卒。晋侯蒐于绵上以治兵[1]。使士匄将中军，辞曰：『伯游长[2]。昔臣习于知伯，是以佐之，非能贤也。请从伯游。』荀偃将中军，士匄佐之。使韩起将上军，辞以赵武。又使栾黡，辞曰：『臣不如韩起，韩起愿上赵武[3]，君其听之！』使赵武将上军，韩起佐之；栾黡将下军，魏绛佐之。新军无帅，晋侯难其人[4]，使其什吏[5]，率其卒乘官属，以从于下军，礼也。晋国之民，是以大和，诸侯遂睦。

君子曰：『让，礼之主也。范宣子让[6]，其下皆让。栾黡为汰[7]，弗敢违也。晋国以平，数世赖之，刑善也夫[8]！一人刑善，百姓休和，可不务乎？《书》曰：「一人有庆[9]，兆民赖之，其宁惟永。」其是之谓乎！周之兴也，其《诗》曰：『仪刑文王，万邦作孚。』言行善也。及其衰也，其《诗》曰：『大夫不均，我从事独贤[10]。』言不让也。世之治也，君子尚能而让其下[11]，小人农力以事其上[12]，是以上下有礼，而谗慝黜远，由不争也，谓之懿德。及其乱也，君子称其功以加小人，小人伐其技以冯君子[13]，是以上下无礼，乱虐并生，由争善也，谓之昏德。国家之敝，恒必由之。』

注释

①绵上：地名，位于今山西翼城县西一带。②伯游：荀偃字。长：指年长。③愿上赵武：愿使赵武在上面。④难其人：对新军将佐人选感到困难。意为难以找到新军将佐的合适人选。⑤什吏：十个官吏。即新军所属之军尉、司马、司空、舆尉、候奄及其副手。⑥范宣子：即士匄。⑦汰：专横。专横放肆之意。⑧刑善：取法于善。⑨庆：善。⑩贤：多。⑪尚能：崇尚贤能。⑫农力：即努力。⑬伐其技：夸耀其技能。冯：凌驾。

译文

荀罃、士鲂死去。晋悼公为了检阅部队，在绵上举行了军事演习。任命士匄统领中军，但士匄告辞致谢说：『荀偃比我年长。从前我熟悉知伯，所以才作为他的副手，并不是我多么贤明能干。请任命荀偃。』因此便任命荀偃率领中军，士匄仍为副帅。任命韩起率领上军，但他推辞不愿担任，要让给赵武。赵武又推荐栾黡，栾黡推辞说：『我比不上韩起，既然韩起愿意让赵武为主将，就恳请君王采取他的意见！』于是便任命赵武率领上军，韩起为副帅；栾黡率领下军，魏绛担任副帅。但新军没有将帅，晋悼公对此人选一时很难以决定，于是便让新军的军尉、司马、司空、舆尉、候奄正副共十人统率所属步兵骑兵和军官，臣服到下军中，这也是合于礼的。从此晋国百姓极为和睦，诸侯之间也十分友好。

君子认为：『谦让是礼的主要表现。士匄谦虚忍让，他下面的人因此也都随之谦让。栾黡即使一向飞扬跋扈，在这种情况下也没敢违背礼法。晋国因此而团结安定，连续几代人都受到了这种益处，这是取法于善的结果啊！一人取法于善，百官族姓都高兴和睦，能不尽力而为吗？《书》中说：「一人行善，万民受益，国家因此而千秋永存。」说的就是这个意思吧！当周朝代商朝而兴起时，《诗》中描述道：「效法文王，万邦信赖。」说的就是取法于善。等到周朝逐渐地衰落时，《诗》中又说：「大夫不公平，只有我最贤能。」说的就是不知互相谦功礼让。在天下大治的时代，君子贤能而对下面做到礼让，小人则努力服从事奉他的上司，因此整个社会上下讲究礼仪，奸诈邪恶就会销声匿迹，这就是因为大家不去争夺，这就是美好品德。至于动乱黑暗的时代，君子炫耀自己的功劳而凌驾于小人之上，小人也到处吹嘘自己的技能企图凌驾在君子之上，因此整个社会上下不讲礼仪，动乱残暴同时出现，这就是由于大家都自以为是非常骄傲，这是昏德。一个国家的衰败，基本都是由此而来。』

原文

楚子疾，告大夫曰：『不谷不德，少主社稷。生十年而丧先君，未及习师保之教训①，而应受多福。是以不德，而亡师于鄢；以辱社稷，为大夫忧，其弘多矣②。若以大夫之灵，获保首领以殁于地，唯是春秋窀穸之事③，所以从先君于祢庙者，请为「灵」若「厉」。大夫择焉！』莫对④。及五命⑤，乃许。

秋，楚共王卒。子囊谋谥。大夫曰：『君有命矣。』子囊曰：『君命以「共」，若之何毁之？赫赫楚国⑥，而君临之，抚有蛮夷，奄征南海，以属诸夏，而知其过，可不谓共乎？请益之「共」。』大夫从之。

注释

①师保：指君王做太子时的师与傅。②弘多：太多。③窀穸：安葬。④莫对：大夫不同意，故无人应对。⑤五

命：楚共王五次下命令。⑥赫赫：形容楚国地域宽广，武力强胜。

译文

楚共王生了病，他告诉大夫们说：『我缺乏德行，从小就治理国家，十岁失去了先君。没有来得及学习师保的训教就匆忙继位了。正因为品行不好，才在鄢陵使军队灭亡；给国家造成了耻辱，给大夫们增添了忧愁，都是十分严重的。如果能托诸位大夫的瑞气福祥，使我得以保全尸首于地下，那么在祭祀和下埋时，我只希望能在祢庙中追随先君的神灵，给我一个「灵」或「厉」这样的谥号就可以了。请大夫们决定吧！』大夫们都不做声。楚共王一连不停督促五次，众人才答应了。

秋季，楚共王去世。子囊征求意见加封共王什么谥号。大夫们说：『君王生前已经有过命令了。』子囊说：『君王命令是取「共」字，我们怎能改变这一决定呢？我楚国威武强盛，君王管理有方贤明能干，安抚了蛮夷，征服了南海，并让他们归属中原各国，而且又清醒地认识到了自己的过错，能说不恭敬吗？请把他谥为「共王」吧。』大夫们都一致赞成了。

原文

吴侵楚，养由基奔命[①]，子庚以师继之[②]。养叔曰：『吴乘我丧，谓我不能师也，必易我而不戒。子为三覆以待我[③]，我请诱之。』子庚从之。战于庸浦[④]，大败吴师，获公子党。

君子以吴为不吊[⑤]。《诗》曰：『不吊昊天[⑥]，乱靡有定[⑦]。』

冬，城防。书事，时也。于是将早城，臧武仲请俟毕农事，礼也。

郑良宵、大宰石㚟犹在楚。石㚟言于子囊曰：『先王卜征五年，而岁习其祥[⑧]，祥习则行。不习，则增修德而改卜⑨。今楚实不竞，行人何罪？止郑一卿⑩，以除其逼，使睦而疾楚，以固于晋，焉用之？使归而废其使⑪，怨其君以疾其大夫，而相牵引也，不犹愈乎？』楚人归之。

注释

①养由基：即养叔，楚国大夫，善射。奔命：谓急行军中为前锋。②子庚：即楚庄王之子公子午，当时为司马。③三覆：在三处设下伏兵。④庸浦：楚地，位于今安徽无为县长江北岸。⑤不吊：即不善。⑥昊天：苍天，上天。⑦靡：没，没有。⑧岁习其祥：年年重复吉兆。习，一作『袭』，重复。⑨改卜：重新起卜。⑩止：留止，扣留。一卿：指良宵。⑪使归：指让良宵回国。废其使：废弃了他出使的任务。

译文

吴国入侵楚国，养由基率军立刻迎了上去，子庚又领兵随后赶到。养由基说：『吴国趁我正处于国丧期间，以为我们不能派兵出击抵抗，必然会轻视我们而丧失戒备之心。你设下三批伏兵等候我，我去诱惑他们。』子庚听了他的话。于是双方在庸浦交战，把吴军打得大败，俘获了公子党。君子因此而认为吴国不好。《诗》中说：『如果上天认为你不善，那么动乱就会永远没有止境。』

冬季，鲁国在防地筑城。《春秋》记载了这件事，是因为此时筑城合乎时令。当时本来准备在这之前就开工，但臧武仲坚持要到农闲时才动工，这是合于礼法的。

郑国的良宵，太宰石㚟还被关押在楚国。石㚟对子囊说：『古代的君王每当出征打仗时，都要在五年之前就开始占卜，如果每年占卜的结果都吉祥才可出征。如果有一年不吉祥，那么就努力修补德行，并重新开始占卜。现在是楚国不能与人争夺霸主地位，我们作为外交使节有什么罪呢？如果继续扣留良宵，就等于免去了对郑国君臣的威胁，从而使他们和睦团结，并怨恨楚国，而且和晋国更加友好，这对楚国又有什么益处？如果让他回去，郑国一定撤销他外交使节的职务，使其怨恨君王并气恼仇恨郑国的大夫，从而使他们互相牵制，产生不和，这不更好吗？』于是楚国人便把良霄送回去了。

骑驴归思图　明·唐寅

此图为唐寅的创新杰作。图画峻险山崖、盘曲栈道、急湍危桥、葱郁林木、骑驴旅人。用笔师法李唐，刚劲犀利，皴法把大斧劈皴拉长拉细，更显活泼滋润，用墨浓淡精到，既有北派山水的立体感，又有南派山水的情趣味。

襄公十四年

原文

十四年春，吴告败于晋。会于向，为吴谋楚故也。范宣子数吴之不德也[①]，以退吴人[②]。

执莒公子务娄，以其通楚使也。

注释

①数：指责。②退：拒绝。

译文

十四年春，吴国向晋国通报被楚国打败的消息。于是季孙宿、叔老与晋国的士匄、齐国人、宋国人、卫国人、郑国的公孙虿、曹国人、莒国人、邾国人、滕国人、薛国人、杞国人、小邾国人在向地和吴国人会谈，以研究怎样联合对付楚国。但会上范宣子士匄却指责吴国人在楚国国丧期间侵犯他国是不道德的，并因此而拒绝了吴国人。

会上又抓获了莒国的公务娄，因为他私通楚国的使节。

原文

将执戎子驹支[①]。范宣子亲数诸朝，曰：『来！姜戎氏！昔秦人迫逐乃祖吾离于瓜州[②]，乃祖吾离被苫盖[③]，蒙荆棘[④]，以来归我先君，我先君惠公有不腆之田，与女剖分而食之。今诸侯之事我寡君不如昔者，盖言语漏泄，则职女之由[⑤]。诘朝之事，尔无与焉[⑥]！与，将执女！』对曰：『昔秦人负恃其众，贪于土地，逐我诸戎。惠公蠲其大德[⑦]，谓我诸戎，是四岳之裔胄也[⑧]，毋是翦弃[⑨]。赐我南鄙之田，狐狸所居，豺狼所嗥。我诸戎除翦其荆棘，驱其狐狸豺狼，以为先君不侵不叛之臣，至于今不贰。昔文公与秦伐郑，秦人窃与郑盟，而舍戍焉，于是乎有殽之师。晋御其上，戎亢其下，秦师不复[10]，我诸戎实然。譬如捕鹿，晋人角之[11]，诸戎掎之，与晋踣之[12]。戎何以不免？自是以来，晋之百役[13]，与我诸戎相继于时，以从执政，犹殽志也，岂敢离逖？今官之师旅，无乃实有所阙，以携诸侯[14]，而罪我诸戎！我诸戎饮食衣服，不与华同，贽币不通[15]，言语不达，何恶之能为？不与于会，亦无瞢焉！』赋《青蝇》而退。宣子辞焉[16]，使即事于会[17]，成恺悌也。

注释

①驹支：姜戎之君主，名驹支。②乃祖：你的祖父。瓜州：即今甘肃敦煌。又说在今秦岭高峰的南北两坡。③被苫盖：披着草编的遮身物，如今之蓑衣。④蒙：冒。⑤职女之由：当是由于你。⑥与：参加。⑦蠲：显明。⑧四岳之裔胄：四岳的后代。四岳，为尧时方伯，姜姓。⑨毋是翦弃：倒装句，即『毋翦弃是』。翦弃，除去。⑩不复：回不去。意为覆没。⑪角之：从前面执其角。⑫踣之：使之倒毙。⑬百役：泛指所有战役。⑭携诸侯：使诸侯携贰。⑮贽币不通：财货不相往来。⑯辞：致辞谢罪。⑰即事于会：允许戎人参与诸侯盟会事宜。

译文

还准备逮捕戎子驹支。范宣子士匄在朝廷上愤怒地指责，说：『你过来！姜戎氏！过去秦国人把你的祖先吾离从瓜州驱逐出来时，他身披蓑衣，头戴草帽投奔我们先君，当时先君惠公虽然田地数量不多，却和他一分为二让他能够生存下去。现在诸侯事奉我们国君不如以前了，也许是因为有什么言语被泄露了出去，这都是因为你们的缘故。明天早晨开会时你不要去参与了！否则就把你抓起来！』戎子驹支回答说：『过去秦国凭借人多，贪图我们的土地，放逐我们戎人各部落。惠公表现了他的崇高德行，认为我们戎人也是尧时方伯的子孙后代，不能把我们抛弃。于是就把晋国南部边疆的土地赐给了我们，那里狐狸出没，豺狼嗥叫野兽出没。我们各部落戎人披荆斩棘，驱逐了野兽，打算做一个永不侵犯背叛先君的忠臣，直到如今也没有叛变之心。以前晋文公和秦国一同攻打郑国，但没想到秦国人暗地和郑国讲和，并且增派军队戍守郑国，因此爆发了郩地之战。在这一战役中，晋国从正面作战，我们戎人在后面拼死防御，秦军之所以全军覆没，就是因为有戎人各部奋力助战的缘故。就比如捕鹿，晋国人一把抓住了鹿角，戎人从后面抓住了鹿的腿，一同把它摔倒。为什么我们戎人还要受到责难呢？自郩战以来，晋国发动的多次战争，我们戎人都及时参加，绝对服从，和郩战一样竭尽全力，哪敢违背？现在恐怕是贵国执政者有了罪过，从而使诸侯离心离德，却反过来指责我们戎人！我们戎人的饮食和服装都和中原各国不同，而且相互没有往来，言语不通不能交流，能做什么坏事呢？即使不让参加会议，我们也问心无愧毫不埋怨！』说完就吟诵着《青蝇》一诗退了下去。士匄急忙上前道歉，并当即决定让他参加会议，体现了不听谗言的博大胸怀。

原文

于是，子叔齐子为季武子介以会①，自是晋人轻鲁币②，而益敬其使。

吴子诸樊既除丧③，将立季札④。季札辞曰：『曹宣公之卒也，诸侯与曹人不义曹君，将立子臧。子臧去之，遂弗为也，以成曹君。君子曰「能守节」。君，义嗣也⑤。谁敢奸君？有国，非吾节也。札虽不才，愿附于子臧，以无失节。』固立之，弃其室而耕⑥，乃舍之。

注释

①子叔齐子：即叔老。②轻鲁币：减轻鲁国向霸主所献财礼。③诸樊：名遏，吴王寿之嫡长子。④季札：诸樊之少弟，有贤才。⑤义嗣：合法继承人。诸樊为死君嫡长子，当继承，故曰『义嗣』。⑥弃其室而耕：抛弃家室，避居乡野躬耕自食。

译文

这时子叔齐子作为季武子的副手参加大会，从那以后晋国减轻了鲁国的贡礼，并更加敬重鲁国的使者。

吴国诸樊办完父亲的丧事之后，计划让弟弟季札代替自己出任吴国国君。季札婉言推辞，他说：『曹宣公去世时，诸侯和曹国人都不赞成立曹成公，而打算拥立子臧。子臧逃跑离开了曹国，所以曹国人就改变了主意，成全了曹成公。君子认为子臧的这种行为是「能保守贞节操守」。君王，您是合法继承人。谁敢冒犯您？当国君不是我的志向。我季札虽然没有什么特殊才华，但愿意效仿子臧以不失操守。』诸樊坚持要立他为君，季札便抛弃了自己的家产到乡间种田去了，这样诸樊才不再勉强他。

原文

夏，诸侯之大夫从晋侯伐秦，以报栎之役也。晋侯待于竟，使六卿帅诸侯之师以进。及泾，不济①。叔向见叔孙穆子②，穆子赋《匏有苦叶》③，叔向退而具舟。鲁人、莒人先济。郑子蟜见卫北宫懿子曰④：『与人而不固，取恶莫甚焉！若社稷何？』懿子说。二子见诸侯之师而劝之济。济泾而次。秦人毒泾上流⑤，师人多死。郑司马子蟜帅郑师以进，师皆从之，至于棫林⑥，不获成焉⑦。荀偃令曰：『鸡鸣而驾，塞井夷灶，唯余马首是瞻⑧！』栾黡曰：『晋国之命，未是有也。余马首欲东！』乃归，下军从之。左史谓魏庄子曰：『不待中行伯乎⑨？』庄子曰：『夫子命从帅。栾伯，吾帅也，吾将从之。从帅，所以待夫子也。』伯游曰：『吾令实过，悔之何及，多遗秦禽⑩。』乃命大还。晋人谓之『迁延之役⑪』。

注释

①不济：诸侯之师不肯渡河。②叔孙穆子：鲁大夫叔孙豹。③《匏有苦叶》：《诗经·邶风》篇名。④北宫懿

子：即北宫括。⑤毒泾上流：秦人在泾水上游放毒物，诸侯军卒多饮水中毒而死。⑥棫林：秦地名，位于今泾阳县泾水西南。⑦不获成焉：不能使秦讲和。⑧唯余马首是瞻：只看我的马头行事。⑨中行伯：即荀偃。⑩多遗秦禽：多留下人马只能为秦所擒获。⑪迁延之役：观望拖拉，将帅不和，终至无功而退的一次战役。

译文

夏季，诸侯的大夫们都随同晋悼公进攻秦国，以报栎地一战之仇。晋悼公停在国境静心等候，派六卿统率联军继续前进。行至泾水时，军队都不愿意渡河。叔肸进见叔孙豹，叔孙豹吟诵了《匏有苦叶》一诗后，叔肸便退出去准备船队舰只了。鲁国人、莒国人率先渡河，郑国的子蟜求见卫国的北宫懿子说：『既然顺服晋国却又不鞠躬尽瘁，没有比这更令人讨厌的了！这样我们的国家将怎么办？』懿子欣喜若狂。于是两人便去拜见诸侯各军，劝他们尽快渡河。随后军队便渡过泾水，到对岸驻扎。秦国人在泾水上游投放了毒药，诸侯军队中很多人中毒而死。郑国的司马子蟜统帅郑国军队出发，其他军队也就跟上了，行至棫林，仍旧没能使秦国投降议和。荀偃便下达命令：『明天早晨鸡叫时便驾好战车，填井平灶，跟着我的马走就行了！』栾黡说：『晋国还从来没有发布这样的命令。我的马头可是要往东走的啊！』于是就掉转马头回国了，整个下军也随同他回去了。左史对魏绛说：『我们也不等荀偃吗？』魏绛说：『是他命令我们要服从主帅，栾黡是我的主帅，所以我只能跟从他。服从主帅，其实也就是服从荀偃。』荀偃说：『我的命令确实有失误，后悔也来不及，只能给秦国创造一次战胜的机会。』于是就下令全部撤军后退。晋国人称这次战役为『疲疲沓沓的一场战役』。

原文

栾鍼曰①：『此役也，报栎之败也。役又无功，晋之耻也。吾有二位于戎路②，敢不耻乎？』与士鞅驰秦师③，死

焉。士鞅反。栾黡谓士匄曰：『余弟不欲住，而子召之④。余弟死，而子来，是而子杀余之弟也。弗逐，余亦将杀之。』士鞅奔秦。

于是齐崔杼、宋华阅、仲江会伐秦。不书，惰也。向之会亦如之。卫北宫括不书于向，书于伐秦，摄也⑤。

秦伯问于士鞅曰：『晋大夫其谁先亡？』对曰：『其栾氏乎！』秦伯曰：『以其汰乎？』对曰：『然，栾黡汰虐已甚，犹可以免。其在盈乎⑥！』秦伯曰：『何故？』对曰：『武子之德在民，如周人之思召公焉，爱其甘棠，况其子乎？栾黡死，盈之善未能及人，武子所施没矣，而黡之怨实章，将于是乎在。』秦伯以为知言⑦，为之请于晋而复之。

注释

①栾鍼：栾黡弟。②戎路：将帅所乘的兵车，栾黡时为戎右，居第二位。③士鞅：士匄之子。④而子：你的儿子。⑤摄：积极参与。⑥盈：栾黡之子。⑦知言：明智的话。

译文

栾鍼说：『这一战役，本是为报栎地那次战败之仇的，但发动了战役却没有成功，这实在是晋国的奇耻大辱。我们栾氏兄弟也参加了这次讨伐，怎能不为此而万分羞愧呢？』于是就和士匄的儿子士鞅一同杀入秦军，结果战死。士鞅逃了回来。栾黡对士匄说：『本来我弟弟不想这样做，是你儿子怂恿他去的。现在我弟弟死了，你儿子却逃了回来，这实际上是你儿子亲手杀害了我的弟弟。如果你不把他赶走，我就杀了他。』于是士鞅逃跑流亡到了秦国。

当时齐国的崔杼、宋国的华阅、仲江也参加了讨秦这一战役。《春秋》之所以没有记载，是由于他们临阵懈怠懒惰，不肯奋勇前进。对向地会盟的记载也是这样。对卫国的北宫括则不一样，他在向地会盟时怠惰，就没有记载，而在伐秦战斗中积极主动，所以就留意记下了他的名字。

秦景公问士鞅说：『晋国的大夫哪一个会先自取灭亡呢？』士鞅回答说：『恐怕是栾氏吧！』秦景公问：『是由于他骄横无礼吗？』士鞅回答说：『是这样，栾黡极为骄横残暴生性凶残，但他也许还能免于一死。恐怕灭亡要落到他的儿子身上！』秦景公问：『这是什么原因呢？』士鞅回答说：『栾书的恩德至今还留在百姓心中，他们怀念栾书好像是周朝人怀念召公一样，人们对召公停留过的甘棠树尚且爱护有加，更何况这是栾书的儿子呢？将来栾黡死后，栾盈的善行百姓还没有体会到，而栾书的恩德却已经随着时间的推移而渐渐被人们遗忘了，那么人们对栾黡的怨恨就会越来越深，所以栾氏的灭亡将要在栾盈身上发生。』秦景公认为这话很有道理，便为他向晋国恳请求助，从而恢复了他的职位。

原文

卫献公戒孙文子、宁惠子食[1]，皆服而朝[2]，日旰不召[3]，而射鸿于囿。二子从之，不释皮冠而与之言[4]，二子怒。孙文子如戚[5]，孙蒯入使[6]。公饮之酒，使大师歌《巧言》之卒章。大师辞。师曹请为之[7]。初，公有嬖妾，使师曹诲之琴，师曹鞭之。公怒，鞭师曹三百，故师曹欲歌之[8]，以怒孙子，以报公。公使歌之，遂诵之[9]。蒯惧，告文子。文子曰：『君忌我矣，弗先，必死。』

并帑于戚而入。见蘧伯玉，曰[10]：『君之暴虐，子所知也。大惧社稷之倾覆，将若之何？』对曰：『君制其国，臣敢奸之？虽奸之，庸知愈乎？』遂行，从近关出。

公使子蟜、子伯、子皮与孙子盟于丘宫，孙子皆杀之。四月己未[11]，子展奔齐[12]。公如鄄，使子行于孙子，孙子又杀之。公出奔齐，孙氏追之，败公徒于河泽，鄄人执之。

注释

①戒……食：即邀请……吃饭。②服而朝：二人穿好礼服命于朝。③日旰：天色已晚。④皮冠：用白鹿皮制成的帽子，田猎时用，君见臣，臣若穿朝服，依当时礼节，应脱去皮冠。⑤戚：孙林父采邑，在今河南省濮阳县北。⑥孙蒯：孙林父之子。入使：入朝请命。⑦师曹：太师所属乐人。⑧歌：依照乐谱歌唱。⑨诵：朗诵。⑩蘧伯玉：卫臣，名瑗，谥成子。⑪己未：二十六日。⑫子展：卫献公弟。

译文

卫献公邀请孙文子、宁惠子一起吃午饭，于是两人便穿上朝服在朝廷上等候，但直到天色很晚还没有人召请他们，原来卫献公仍在园林里猎射大雁。两人来到园林，卫献公和他们说话时居然不脱下帽子，因此两人十分生气。孙文子便回到了戚地，派他的儿子孙蒯到朝中听命。卫献公请孙蒯喝酒，并让主管音乐的太师演奏《巧言》的最后一个乐章。太师拒绝了。但太师手下的师曹却请求演唱这一章。原来当初卫献公有一个宠妾，让师曹教她弹琴，师曹鞭打过她。卫献公大怒，下令打了师曹三百鞭子，因此师曹记恨在心，打算以演唱激怒孙蒯，从而让他为自己报复卫献公。卫献公让他演唱，师曹便吟诵了这首诗。孙蒯听后十分恐惧，回去就告诉了孙文子。孙文子说：『君王已经怀恨我了，如果不先下手为强，必然只有死路一条。』

于是孙文子便把家众聚集到戚地，然后就攻打进入卫都。遇到了蘧伯玉，孙文子说：『君王暴虐无道，你也知道。我很担心国家会由此而灭亡，你看应该怎么做才好？』蘧伯玉回答说：『君王统治整个国家，臣子怎么敢顶撞他？即使冒犯了他，谁知道以后新君能不能比他强呢？』随后就从离国都最近的一个关口流亡到了国外。

卫献公派子蟜、子伯、子皮在丘宫与孙文子结盟，孙文子把他们全都杀了。四月二十六日，子展逃亡到了齐国。

卫献公随后到了鄄地，派子行前去向孙文子恳请讲和，孙文子又把子行给杀了。卫献公只好逃到齐国，孙文子紧追不舍，在河泽打败了卫献公的亲兵，鄄地人把卫献公的亲兵全都抓了起来。

原文

初，尹公佗学射于庚公差，庚公差学射于公孙丁。二子追公[①]，公孙丁御公。子鱼曰：『射，为背师；不射，为戮。射为礼乎[②]！』射两軥而还[③]。尹公佗曰：『子为师[④]，我则远矣[⑤]。』乃反之[⑥]。公孙丁授公辔，而射之，贯臂。

子鲜从公。及竟，公使祝宗告亡[⑦]，且告无罪。定姜曰：『无神，何告？若有，不可诬也。有罪，若何告无？舍大臣而与小臣谋，一罪也。先君有冢卿以为师保[⑧]，而蔑之[⑨]，二罪也。余以巾栉事先君[⑩]，而暴妾使余，三罪也。告亡而已，无告无罪！』

注释

①二子：尹公佗与庚公差。②射为礼：对老师射还是不射，在二者之中选择射更合乎礼。③軥：车辕两端的曲木。④子为师：公孙丁是你的老师。⑤我则远矣：对我来说为师祖，关系较远了。⑥反之：回车再去追赶。⑦祝宗：掌祭祀的官员。⑧冢卿：指孙林父，宁殖等卿。⑨蔑：轻视。⑩巾栉：梳洗的工具。

译文

当初，尹公佗曾经向庚公差学习过箭术，庚公差的箭术则是公孙丁传授的。如今尹公佗和庚公差为孙文子追赶卫献公，而为卫献公驾车的却是公孙丁。庚公差说：『我如果射他，就是背叛了恩师；如果不射，又会被杀害。也许还是射了更合乎礼的吧！』于是就连续射了两箭，结果射中了车上两旁的曲木，然后便驾着马车回去。尹公佗说：『您考虑师生情谊而不忍射中，我和他的关系就疏远一层了。』说完就要掉转车头再去追赶卫献公。这时公孙丁赶紧把马缰交给卫献公，搭弓射箭，一箭射中了尹公佗的胳臂。

卫献公的同母弟弟子鲜随同献公出逃。来到边境时，卫献公让祝宗设坛向祖先报告逃亡一事，并且开脱自己并没有罪过。但卫献公的母亲定姜说：『如果没有出现神灵，还有必要报告吗？如果有神灵，就欺瞒不了它。你的确有罪，却为什么还要说没有？排斥大臣而和小臣一起谋划，这是第一条罪状；先君让孙林父等卿担任您的辅佐，您却看不起他们，这是第二条罪状。我全心全意事奉先君，而您却把我当作婢妾一样残忍凶暴地对待，这是第三条罪状。您只报告逃亡就行了，不要再说没有过错！』

原文

公使厚成叔吊于卫，曰：『寡君使瘠①，闻君不抚社稷②，而越在他竟③，若之何不吊？以同盟之故，使瘠敢私于执事，曰④：「有君不吊⑤，有臣不敏；君不赦宥，臣亦不帅职。增淫发泄⑥，其若之何？」』卫人使大叔仪对曰：『群臣不佞，得罪于寡君。寡君不以即刑⑦，而悼弃之⑧，以为君忧。君不忘先君之好，辱吊群臣，又重恤之。敢拜君命之辱，重拜大贶⑨。』厚孙归，复命，语臧武仲曰：『卫君其必归乎！有大叔仪以守，有母弟鱄以出。或抚其内，或营其外，能无归乎？』齐人以郲寄卫侯⑩。及其复也，以郲粮归。

右宰谷从而逃归，卫人将杀之。辞曰：『余不说初矣⑪，余狐裘而羔袖。』乃赦之。

卫人立公孙剽，孙林父、宁殖相之，以听命于诸侯。

注释

①瘠：厚成叔名。②不抚：不有。③越：跨越，流亡。④执事：指卫国诸大夫。⑤不吊：不善。⑥增淫：积蓄已久。⑦不以即刑：不将臣下依法惩处。⑧悼弃之：远弃群臣。意即流亡。⑨重拜大贶：再次拜谢鲁君赐予之抚慰、

怜恤。贶，赐。⑩以郲寄卫侯：把郲邑让卫侯寄居。郲，即『莱』。⑪不说初：指最初跟随卫献公并不乐意。说，同『悦』。

译文

襄公派厚成叔前去卫国慰问：『我们国君派我前来，是听说贵国君王丧失了国家，逃跑流亡到了国外，怎么还能不来慰问呢？因为我们是联盟之国，所以我们国君派我来对诸位大夫说：「国君不善良，臣子也必定不贤能；国君不能宽大为怀，臣子也必定不能尽职尽责。如果积怨已久，一旦爆发出来，如何是好？」』卫国派太叔仪答复他说：『我们群臣没有才能，伤害了国君。国君不但没有严惩我们，反而流亡在外，以成为贵国君王的担忧。贵国君王又不忘记先君的慈爱，派您前来慰问，对我们如此地怜悯同情。首先感谢贵国对我们失去国君的关心，其次感谢对我们群臣的同情。』厚成叔回国复命，通知臧武仲说：『卫国国君肯定能回国复位！因为有太叔仪这样的人留在国内，又有子鲜这样的人随同出发奔走。有人在国内镇抚，有人在国外斡旋，能回不来吗？』齐国人把郲地送给卫献公临时居住。但等到他十二年之后回国复位的时候，竟然还把郲地的粮食一并带走了。

卫国大夫右宰谷先随同卫献公逃亡，但后来就又流亡回来了。卫国人打算把他杀掉，他辩解说：『我本来就不打算跟国君逃亡。我并没有多少罪孽，就像一件狐裘大衣，全身都是好的，只是袖口的材料有点羊皮罢了。』于是卫国人就放了他。

卫国人拥立公孙剽为君，孙林父、宁殖大力辅佐他，并情愿服从诸侯的命令。

原文

卫侯在郲。臧纥如齐，唁卫侯[①]。卫侯与之言，虐。退而告其人曰[②]：『卫侯其不得入矣！其言粪土也[③]。亡而不

变，何以复国？』子展、子鲜闻之，见臧纥，与之言，道。臧孙说，谓其人曰：『卫君必入。夫二子者，或挽之[4]，或推之，欲无入，得乎？』

师归自伐秦。晋侯舍新军[5]，礼也。成国不过半天子之军，周为六军，诸侯之大者，三军可也。于是知朔生盈而死，盈生六年而武子卒，彘裘亦幼[6]，皆未可立也。新军无帅，故舍之。

注释

①唁：慰问失国之君称唁。又吊生日唁。②其人：当为臧纥下属。③粪土：比喻恶劣下贱之物。此形容卫侯出言恶劣粗暴。④挽：前牵为挽。⑤舍：撤销。⑥彘裘：士鲂之子。

译文

卫献公住在郲地。臧武仲到齐国探视看望卫献公。卫献公和他说话，态度十分粗暴。臧武仲出来后告诉他的下属说：『卫侯恐怕不能回国了！他说的话简直一文不值。逃亡在外又没有悔改之意，怎么能恢复君位呢？』子展、子鲜闻言后，连忙会见臧武仲，言谈话语很通情达理。臧武仲十分高兴，又对他的部下说：『看来卫君一定能回去。有这样两个人辅佐他，即使他不想回国，行得通吗？』

诸侯联军进攻秦国回来。晋悼公撤销了新军，这是合于礼的。即使是泱泱大国，其军队也不应该超过天子的一半，周天子拥有六个军，诸侯大国有三个军就完全绰绰有余了。

这时荀罃的儿子荀朔生了荀盈后就去世了，荀盈长到六岁时荀罃也死去了，这时士鲂的儿子彘裘也还年幼，都不能做继承人。新军无帅，所以就把它取消了。

原文

师旷侍于晋侯①。晋侯曰：『卫人出其君，不亦甚乎？』对曰：『或者其君实甚。良君将赏善而刑淫，养民如子，盖之如天，容之如地。民奉其君，爱之如父母，仰之如日月，敬之如神明，畏之如雷霆，其可出乎？夫君，神之主而民之望也②。若困民之主③，匮神乏祀④，百姓绝望，社稷无主，将安用之？弗去何为？天生民而立之君，使司牧之⑤，勿使失性⑥。有君而为之贰⑦，使师保之⑧，勿使过度。是故天子有公，诸侯有卿，卿置侧室，大夫有贰宗，士有朋友，庶人、工、商、皂、隶、牧、圉皆有亲昵，以相辅佐也。善则赏之，过则匡之，患则救之，失则革之。自王以下，各有父兄子弟，以补察其政。史为书，瞽为诗⑨，工诵箴谏，大夫规诲⑩，士传言，庶人谤⑪，商旅于市，百工献艺。故《夏书》曰：「遒人以木铎徇于路，官师相规⑫，工执艺事以谏。」正月孟春，于是乎有之⑬，谏失常也。天之爱民甚矣，岂其使一人肆于民上，以从其淫⑭，而弃天地之性？必不然矣。』

注释

①师旷：字子野，晋国乐师。②神之主：神灵的祭主。③困民之主：使百姓生计困乏。④匮神之祀：缺乏对鬼神祭祀。⑤司牧：统治，治理。⑥性：天性，本性。⑦贰：辅佐。⑧师保：用作动词，即教育保护。⑨瞽：乐师。⑩规诲：教导。⑪谤：公开指责过失。⑫官师相规：官师规劝。官师，一官之长，地位不高。⑬有之：有遒人徇于路。⑭从其淫：放纵其邪恶。

译文

师旷在晋悼公身边伺候。晋悼公问他：『卫国人把自己的君王驱逐，不是太过分了吗？』师旷回答说『也许是他们的君王太过分了。贤明的君王赏赐善良而惩罚邪恶，像对待子女一样保护他的臣民，像上天一样覆盖他们，像大地一样包容他们。这样臣民对待君王，像父母一样爱戴他，像日月一样仰望他，像神明一样尊重他，像雷霆一样害怕他，难道还能把他驱赶出去吗？君王是神灵的祭主，百姓的希望。如果使百姓贫困疲乏，使神灵失去祭祀者，那么百姓就会万分地失望，国家将会失去主人，君王还有什么用呢？不赶走他又怎么办呢？上天创造了百姓并给他们立下一个君王，目的就是让君王统治他们，不让他们失去自然的属性。有了君王再设两个人帮助教诲指导他，使他不致失去分寸。所以天子有公，诸侯有卿，卿又有侧室，大夫又有二宗，士有朋友，此外庶人、工、商、皂、牧、圉也都有亲人互相帮助。行善就奖赏，有错就纠正，有难就给予援助，有失就改掉。从君王以下，都有父兄子弟来帮助他们发现和弥补过失。太史写成史书，乐师谱写诗歌，乐人吟诵箴谏，大夫规劝开导，士人传达意见，平民指出不是之处，商人在市场上议论纷纷，工匠则通过献艺委婉规劝。因此《夏书》中说：「宣令官摇着铃，大路上来回巡行，小吏上前来规劝，工匠献艺以讽谏。」初春的正月，宣令官便出发行动了，目的就是使大众能有机会谏诤君王的过错。上天十分热爱他的百姓，怎能容忍一个人骑在百姓头上作威作福花天酒地，任意胡为，从而失去天地的本来愿望呢？肯定不会这样。』

原文

秋，楚子为庸浦之役故，子囊师于棠①，以伐吴。吴不出而还。子囊殿，以吴为不能而弗儆。吴人自皋舟之隘要而击之②，楚人不能相救，吴人败之，获楚公子宜谷。

王使刘定公赐齐侯命，曰：『昔伯舅大公③，右我先王，股肱周室，师保万民。世胙大师，以表东海④。王室之不坏，繄伯舅是赖。今余命女环，兹率舅氏之典，纂乃祖考⑤，无忝乃旧。敬之哉！无废朕命！』

注释

①棠：地名，在今江苏六合县西北二十五里。②皋舟：吴国的险隘之道。③伯舅大公：即姜太公吕尚。④表：显扬。⑤纂乃祖考：继承你的祖先。纂，继；乃，你的。

译文

秋季，楚康王因为庸浦一战，而让子囊从棠地出兵，攻打吴国。吴国人不敢出兵迎战，于是楚军便回去了。撤退时子囊走在最后，他认为吴国没有力量应战，因此就放松了警惕。没想到吴国人从皋舟的险要处对楚军半路截击，楚国人彼此不能相援，结果被吴军打得落花流水，楚国公子宜谷被俘虏。

周天子派刘定公去到齐国赐给齐灵公爵命，并且说：『从前伯舅太公辅佐先王时，可以称为是周室的得力助手，百姓的头领。先王让太公的世世代代承袭爵位，使齐国得以统帅东海诸国。王室之所以没有衰微下去，完全是凭仗太公的功劳。现在我命令你，继续遵循伯舅规定的礼仪，继承伯舅父祖的千秋大业，不要给你的祖先带来耻辱。一定要谨慎小心！不要废弃我的命令！』

原文

晋侯问卫故于中行献子①。对曰：『不如因而定之。卫有君矣②，伐之，未可以得志而勤诸侯。史佚有言曰：「因重而抚之③。」仲虺有言曰④：「亡者侮之，乱者取之。推亡、固存，国之道也。」君其定卫以待时乎！』

冬，会于戚，谋定卫也。

范宣子假羽毛于齐而弗归⑤，齐人始贰。

楚子囊还自伐吴，卒。将死，遗言谓子庚⑥：『必城郢！』君子谓：『子囊忠。君薨，不忘增其名⑦；将死，不忘卫社稷，可不谓忠乎？忠，民之望也。《诗》曰：「行归于周，万民所望。」忠也。』

注释

①卫故：指卫国逐君的事。中行献子：荀偃，晋国执政。②卫有君：卫国已立公孙剽为君，即卫殇公。③重：指卫殇公已定位。④仲虺：商汤的左相。⑤假羽毛：指借鸟羽和旄牛尾，此二物皆可用于舞，也可作为旗杆或仪仗装饰。⑥子庚：公子午，楚国大夫，继子囊为令尹。⑦增其名：指楚共王去世后，为他定一个美好的谥号。

译文

晋悼公向荀偃询问卫国的有关情况。荀偃回答说：『不如趁此机会使卫国安定下来。卫国已经立了新君，如果进攻它，不一定就能达到我们的目的，反而又惊动了诸侯各国。史佚说：「趁其稳定，快去安抚。」仲虺有句话说：「灭亡的可以欺侮，动乱的可以攻占。推翻灭亡的，巩固存在的，这是治国之道。」君王还是出面安抚卫国以等待恰当机会再征服它吧！』

冬季，季孙宿和晋国的士匄、宋国的华阅、卫国的孙林父、郑国的公孙虿、莒国人、邾国人在戚地会见，目的是讨论怎样安定卫国。

范宣子士匄向齐国借了羽毛旗子后一直没有归还，所以齐国人有了二心。

楚国的子囊征伐吴国回来后就死去了。临死的时候他对子庚说：『一定要把郢城修好！』君子因此而认为：『子囊忠君爱国。君王驾崩之后，没有忘记谥其为「共」；自己死时，没有忘记保家卫国，能说不忠诚吗？忠诚，是百姓的希望所在。《诗》说：「一切行为都归服于忠信，这就是天下万民所希望的。」说的就是忠诚。』

襄公十五年

原文

十五年春，宋向戌来聘，且寻盟。见孟献子，尤其室[①]，曰：『子有令闻[②]，而美其室，非所望也！』对曰：『我在晋，吾兄为之。毁之重劳[③]，且不敢间[④]。』

官师从单靖公逆王后于齐。卿不行，非礼也。

楚公子午为令尹，公子罢戎为右尹，蒍子冯为大司马，公子橐师为右司马，公子成为左司马，屈到为莫敖，公子追舒为箴尹[⑤]，屈荡为连尹，养由基为宫厩尹，以靖国人。

注释

①尤其室：责其居室过分华美。②令闻：好名声。③重劳：重视修建的劳苦。④不敢间：不敢以兄长所为为非。⑤箴尹：谏官。

译文

十五年春，宋国的向戌前来聘问，并且同时重温从前盟会的友好。进见孟献子，责备他的屋子过分漂亮，说：『您有盛名，而把屋子修饰得太漂亮，这不是别人所希望的！』孟献子回答：『我在晋的时候，是我哥哥干的。现在要毁了它，又觉得建造的辛劳应当值得珍惜，而且不敢不同意哥哥所做的事。』

官师跟随单靖公在齐国恭迎王后。卿没有去，这是不合于礼法的。

楚国公子午任令尹，公子罢戎任右尹，蒍子冯任大司马，公子橐师任右司马，公子成担任左司马，屈到做莫敖，公子追舒被任命箴尹，屈荡做连尹，养由基做宫厩尹，以安定国内的人们。

原文

君子谓："楚于是乎能官人[①]。官人，国之急也。能官人，则民无觎心[②]。《诗》云：'嗟我怀人，置彼周行。'能官人也。王及公、侯、伯、子、男，甸、采、卫大夫，各居其列，所谓'周行'也。"

郑尉氏、司氏之乱，其余盗在宋。郑人以子西、伯有、子产之故，纳赂于宋，以马四十乘，与师茷、师慧。三月，公孙黑为质焉。司城子罕以堵女父、尉翩、司齐与之，良司臣而逸之[③]，托诸季武子[④]，武子置诸卞[⑤]。郑人醢之三人也[⑥]。

注释

①能官人：能因能授官。②觎心：非分之心。③良司臣而逸之：认为司臣有才能而放跑了他。良，用作动词。④季武子：鲁正卿季孙宿。⑤卞：地名，位于今山东泗水县东。⑥醢：古代一种酷刑，杀死后剁成肉酱。

译文

君子认为："楚国在此时能够合理地安排官职的首要人选。安排官职的人选，这是国家的首要大事。能够恰当地安排，那么百姓就没有非分的奢望。《诗》说，'嗟叹我所怀念的贤人，要把他们全都放在应该在的行列里。'这就是能够恰当地安排官职的人选。天子和公、侯、伯、子、男，以及甸、采、卫的各级大夫，每个人都在他所应该在的行列里，这就是所谓的'周行'了。"

郑国尉氏、司氏的叛乱，留下的叛乱分子待在宋国。郑国人由于子西、伯有、子产的缘故，用马一百六十匹和师茷、师慧作为财宝礼物送给宋国。三月，公孙黑去宋国作为人质。司城子罕把堵女父、尉翩、司齐赠送给郑国，认为司臣有才能而将他放走，托付给季武子，武子把他安置在卞地。郑国人把这三个人杀死后剁成肉酱。

原文

师慧过宋朝，将私焉。其相曰[1]：『朝也。』慧曰：『无人焉。』相曰：『朝也，何故无人？』慧曰：『必无人焉。若犹有人，岂其以千乘之相易淫乐之矇[2]？必无人焉故也。』子罕闻之，固请而归之[3]。

夏，齐侯围成，贰于晋故也[4]。于是乎城成郛。

注释

①相：盲人的扶持者。②矇：盲人。③固请而归之：子罕坚决请求于宋公，而后归还宋之乐师。④贰于晋：齐与晋有二心，故伐亲晋之鲁。

译文

师慧路过宋国朝廷，打算解小便。扶他的人说：『这里是朝廷。』师慧说：『可是里面没有人啊。』扶他的人说：『朝廷，为什么没有人？』师慧说：『一定是空无一人啊。如果还有人，难道会把拥有千乘战车的相国去交换一个演唱淫乐的瞎子？一定是因为没有人的缘故。』子罕听到了，一再坚持向宋平公请求而让师慧回国。

夏，齐灵公围攻成地，这是由于对晋国有了三心二意的缘故。在那时候就在成地建造外城。

原文

秋，邾人伐我南鄙，使告于晋。晋将为会以讨邾、莒，晋侯有疾，乃止。冬，晋悼公卒，遂不克会。

郑公孙夏如晋奔丧[1]，子蟜送葬[2]。

宋人或得玉，献诸子罕。子罕弗受。献玉者曰：『以示玉人[3]，玉人以为宝也，故敢献之。』子罕曰：『我以不贪为宝，尔以玉为宝。若以与我，皆丧宝也，不若人有其宝[4]。』稽首而告曰：『小人怀璧，不可以越乡，纳此以请死也。』子罕置诸其里⑤，使玉人为之攻之，富而后使复其所⑥。

十二月，郑人夺堵狗之妻⑦，而归诸范氏。

注释

①公孙夏：子西，郑卿。②子蟜：公孙虿，郑卿。③玉人：指治玉的匠人。④人有其宝：各有各的宝物。⑤其里：司城子罕的乡里。⑥复其所：送那个献玉的人回乡里。⑦堵狗：堵女父的族人。

译文

秋，邾国人进攻我国南部边界地区，我国命使者向晋国报告。晋国准备举行会见以讨伐邾国、莒国。晋悼公患病，事情就拖延了下来。冬，晋悼公去世，就没有能会见。

郑国的公孙夏去到晋国奔丧吊唁，又派子蟜前去送葬。

宋国有个人得到一块美玉，把它献给了子罕。子罕不肯接受这块美玉。献玉的人说：『我把这块玉让玉工看过了，他评说这是一块宝玉，因此我才献给您。』子罕说：『我把生性不贪婪作为宝物，你把美玉作为宝物。如果给了我，那么我们两人就都失去了宝物，还不如各自拥有自己应有的宝物。』献宝人叩头回答说：『我身藏璧玉，深怕来往各地有危险，把它献给您目的是为了自己避免被人谋财害命。』于是子罕就把这块玉拿回自己所住的地方，请玉工给他雕琢加工成宝物，然后又帮助他卖了出去，从而使献玉人一下子成为家财万贯的富翁，后来就让他回到老家去了。

十二月，郑国人绑架夺去了堵狗的妻子，然后把她送回娘家，也就是送给晋国的范氏。

襄公十六年

原文

十六年春，葬晋悼公。平公即位[①]，羊舌肸为傅[②]，张君臣为中军司马，祁奚、韩襄、栾盈、士鞅为公族大夫，虞丘书为乘马御。改服、修官[③]，烝于曲沃。警守而下[④]，会于溴梁。命归侵田。以我故，执邾宣公，莒犁比公，且曰：『通齐、楚之使。』

晋侯与诸侯宴于温，使诸大夫舞，曰：『歌诗必类[⑤]！』齐高厚之诗不类。荀偃怒，且曰：『诸侯有异志矣！』使诸大夫盟高厚，高厚逃归。于是，叔孙豹、晋荀偃、宋向戌、卫宁殖、郑公孙虿、小邾之大夫盟曰：『同讨不庭[⑥]。』

注释

①平公：晋悼公之子，名彪。②羊舌肸：即叔向。傅：太傅。③改服：脱去丧服，改穿吉服。修官：选拔贤能。又说修理馆舍。官，通『馆』。④警守而下：布置警备，沿黄河而下。⑤歌诗必类：演唱诗一定要与舞蹈相配。⑥不庭：这里指不忠于盟主晋国的人。

译文

十六年春季，晋国安葬了晋悼公。晋平公继承王位，羊舌肸为晋平公的老师，张君臣做中军司马，祁奚、韩襄、栾盈、士鞅做公族大夫，虞丘书做乘马御。然后又脱去丧服，重新穿上吉服，举荐一批贤能之士，又在曲沃举行了烝祭。晋平公在国都部署了防卫工作之后便顺黄河而下，和襄公、宋平公、卫献公、郑简公、曹成公、莒子、邾子、薛伯、杞孝公、小邾子在溴梁会面。晋平公命令诸侯退还给对方互相侵占的田地。由于鲁国的请求，会上把邾宣公、莒犁比公逮了起来，并且说：『他们二国还派使者来往于齐、楚之间。』

晋平公和诸侯在温地大摆宴席，席间让大夫们全都跳舞，而且说：『诵诗时一定要和舞步相协调！』齐国高厚吟诵的诗不合舞步。荀偃很生气，他说：『诸侯们有谋反之心了！』便让大夫们和高厚盟誓，高厚恐惧地逃回了国内。于是叔孙豹、晋国的荀偃、宋国的向戌、卫国的宁殖、郑国的公孙虿、小邾国的大夫便一起盟誓说：『共同征讨不忠于盟主的诸侯。』

原文

许男请迁于晋。诸侯遂迁许，许大夫不可，晋人归诸侯。

郑子蟜闻将伐许，遂相郑伯以从诸侯之师。穆叔从公。齐子帅师会晋荀偃。书曰『会郑伯』，为夷故也。

夏，六月，次于棫林。庚寅[1]，伐许，次于函氏[2]。

注释

①庚寅：初九日。②函氏：许地，位于今河南叶县北。

译文

许灵公请求迁都到晋国去。于是诸侯便打算帮助许国迁移，但许国大夫不答应这样做，所以，晋国就只好让诸侯都回国了。

郑国的子蟜听说将要征讨许国，便辅佐郑简公参加了诸侯联盟的军队。穆叔跟随襄公回国。齐灵公率领军队和晋国的荀偃会合。《春秋》记载『会郑伯』，是为了使先后顺序更为公平一些。

夏季，六月，军队在棫林驻扎。初九日，进攻许国，驻扎在函氏。

原文

晋荀偃、栾黡帅师伐楚，以报宋杨梁之役。楚公子格帅师，及晋师战于湛阪[1]。楚师败绩。晋师遂侵方城之外，复伐许而还。

秋，齐侯围成。孟孺子速徼之。齐侯曰：『是好勇[2]，去之以为之名。』速遂塞海陉而还[3]。

注释

①湛阪：地名，位于今河南平顶山市北。②是好勇：此人喜好勇敢。③海陉：指鲁、齐之间的险道。

译文

晋国的荀偃、栾黡率军围攻楚国，以报宋国杨梁交战之仇。楚国的公子格领兵在湛阪和晋军交锋。结果楚军被打败。晋军随后便攻击到方城之外，直到再次攻打许国后才回去。

秋季，齐灵公又一次围攻了成地。孟献子的儿子孟孺子速率军阻击齐军。齐灵公说：『这个人一向很勇敢，我们不如离开这里使他的名声成就。』孟孺子封锁了海陉险要道路后就回去了。

原文

冬，穆叔如晋聘，且言齐故[1]。晋人曰：『以寡君之未禘祀，与民之未息[2]。不然，不敢忘。』穆叔曰：『以齐人之朝夕释憾于敝邑之地[3]，是以大请！敝邑之急，朝不及夕，引领西望曰：「庶几乎！」比执事之间[4]，恐无及也！』见中行献子[5]，赋《圻父》。献子曰：『偃知罪矣！敢不从执事以同恤社稷，而使鲁及此！』见范宣子，赋《鸿雁》之卒章。宣子曰：『匄在此[6]，敢使鲁无鸠乎[7]？』

注释

①齐故：指齐国又一次进攻鲁国的事。②民之未息：百姓没有得到休养生息。③释憾：发泄愤恨。④比：及，等到。间：空暇。⑤中行献子：荀偃，晋国中军帅。⑥匄：即士匄，范宣子之名。⑦鸠：安定，安宁。

译文

冬季，穆叔到晋国聘问，同时报告了齐国再次攻打鲁国成地的情况。晋国人说：『由于我们国君还没有举行禘祭，民众还没有得到休息，因此暂时不能出兵救援。如果不是这个原因，我们怎能忘记贵国面临的灾难。』穆叔说：『齐国人常常在我国的土地上恣意妄为，因此我们才来郑重地向贵国请求！我们国家面临的危急可以说是朝不保夕，百姓天天翘首西望说：「也许晋国就要援救我们了吧！」等到贵国有时间发兵了，到那时怕是来不及了！』见到中行献子荀偃时，吟诵了《圻父》一诗。荀偃说：『我知道自己的罪过了！我怎敢不和您一起为贵国分忧解难，而使贵国到这步境地呢！』见到范宣子士匄时，吟诵了《鸿雁》一诗的最后一章。士匄说：『有我士匄在此，怎能让鲁国不处于动荡不安之中呢？』

襄公十七年

原文

十七年春，宋庄朝伐陈，获司徒卬[①]，卑宋也[②]。

卫孙蒯田于曹隧[③]，饮马于重丘[④]，毁其瓶。重丘人闭门而訽之[⑤]，曰：『亲逐而君，尔父为厉[⑥]。是之不忧，而何以田为？』

注释

①司徒卬：陈大夫。②卑宋：陈轻视宋，不设备，故败。③曹隧：曹地名。④重丘：曹邑，在今山东省茌平县西南约二十里。⑤訽：同『诟』，辱骂。⑥厉：恶。

译文

十七年春，宋国的庄朝进攻陈国，抓获了司徒卬，这是因为陈国没重视宋国的缘故。

卫国的孙蒯在曹隧打猎，在重丘让马喝水，打破了水瓶。重丘人关起门来辱骂他，说：『亲自赶走你的君王，你的父亲做了坏事。你不为这个忧虑，来打猎干什么？』

原文

夏，卫石买、孙蒯伐曹，取重丘。曹人愬于晋。

齐人以其未得志于我故，秋，齐侯伐我北鄙，围桃。高厚围臧纥于防[①]。师自阳关逆臧孙[②]，至于旅松。郰叔纥、臧畴、臧贾帅甲三百，宵犯齐师，送之而复。齐师去之。

齐人获臧坚，齐侯使夙沙卫唁之，且曰：『无死！』坚稽首曰：『拜命之辱！抑君赐不终，姑又使其刑臣礼于

士[3]。』以杙抉其伤而死[4]。

注释

①防：臧氏采邑，在今山东省泗水县西南二十八里。②阳关：地名，在今山东泰安县东南六十里。③姑：借为『故』，故意。刑臣：指宦官夙沙卫。士：臧坚自谓。④杙：木橛，一端尖锐。抉其伤：刺进伤口。

译文

夏，卫国的石买、孙蒯进攻曹国，占领重丘。曹国人向晋国告状。

齐国人因为他们没有能在我国满足愿望的缘故，秋，齐灵公进攻我国北部边境，围困桃地。高厚把臧纥围困在防地。我们的军队从阳关出动迎接臧纥，到达旅松。郰叔纥、臧畴、臧贾带领甲士三百人，趁着夜色偷袭齐军，把臧纥送到旅松然后回来。这样齐军离开了鲁国。

齐国人抓获了臧坚，齐灵公派夙沙卫向他抚慰，并且说：『不要死！』臧坚叩头说：『谨拜谢君王的命令！然而君王赐我不死，却又有意派受过刑的小臣来对一个士表示敬意。』臧坚用杙刺进伤口而死。

原文

冬，邾人伐我南鄙，为齐故也。

宋华阅卒。华臣弱皋比之室[1]，使贼杀其宰华吴。贼六人以铍杀诸卢门合左师之后[2]。左师惧，曰：『老夫无罪。』贼曰：『皋比私有讨于吴[3]。』遂幽其妻[4]，曰：『畀余而大璧！』宋公闻之，曰：『臣也，不唯其宗室是暴，大乱宋国之政，必逐之！』左师曰：『臣也，亦卿也。大臣不顺，国之耻也。不如盖之。』乃舍之。左师为己短策[5]，苟过华臣之门，必骋[6]。

十一月甲午，国人逐瘈狗[7]。瘈狗入于华臣氏，国人从之。华臣惧，遂奔陈。

注释

①华臣：华阅之弟。皋比：华阅之子。②铍：兵器，形如刀而两边有刃。卢门：宋城门。合左师：即向戌，其官为左师，其采邑在合乡，故称合左师。③吴：华吴。④其妻：华吴之妻。⑤为己短策：为自己准备一根短马鞭。⑥骋：快跑。⑦瘈狗：狂犬。

译文

冬，邾国人对我国南部边境出兵攻击，这是为了齐国的缘故。

宋国的华阅去世。华臣认为皋比家族力量微弱，派坏人去杀他的家臣头目华吴。六个坏人用铍把华吴杀死在卢门合左师后边。左师恐惧，说：『我老头子没有罪。』凶手说：『皋比私自征讨华吴。』就禁闭了华吴的妻子，说：『把你的大玉璧给我！』宋平公听说后，说：『华臣不仅凶残暴虐地对待他的宗室，而且使宋国的政事大乱，一定要逼他离开！』左师说：『华臣，也是卿。大臣不团结，这是国家的耻辱。不如掩盖起来算了。』宋平公就放下不问。左师给自己做了一根短马鞭子，如果经过华臣的门口，必须要策马快跑。

十一月二十二日，国内的人们驱赶疯狗。疯狗跑到华臣家里，人们就跟着追进去。华臣恐惧，就逃亡到陈国。

原文

宋皇国父为大宰，为平公筑台，妨于农收。子罕请俟农功之毕，公弗许。筑者讴曰：『泽门之皙[1]，实兴我役。邑中之黔[2]，实慰我心。』子罕闻之，亲执扑，以行筑者[3]，而抶其不勉者[4]，曰：『吾侪小人，皆有阖庐以辟燥湿寒暑[5]。今君为一台，而不速成，何以为役？』讴者乃止。或问其故，子罕曰：『宋国区区，而有诅有祝[6]，祸之本也。』

齐晏桓子卒[7]。晏婴粗缞斩[8]，苴绖、带、杖[9]，菅屦[10]，食鬻，居倚庐[11]，寝苫，枕草。其老曰[12]：『非大夫之礼也。』曰：『唯卿为大夫。』

注释

①泽门之皙：指皇国父。皇国父居住在泽门（宋东城南门），脸白皙。②邑中之黔：指子罕。子罕住在城内，脸色黑。③行：巡行督察。④抶：鞭打。不勉者：不使劲干活的人。⑤阖庐：意即屋宇、房舍。⑥诅：诅咒之词。⑦晏桓子：晏弱，晏婴之父。⑧晏婴：字平仲，又称晏子，齐国贤大夫。粗缞斩：即粗布做的丧服。缞斩，斩衰，古代丧服。⑨苴绖、带、杖：苴绖，服丧时戴在头上的麻带子，苴带是系在腰上的，苴杖即竹杖。苴，粗糙。⑩菅屦：即草鞋。⑪倚庐：居丧时所搭的草棚。⑫老：卿大夫的家臣。

译文

宋国的皇国父任太宰，给宋平公建造一座台，影响延误了农业收割。子罕请求等待农事结束以后再建造，宋平公拒绝。筑城的人唱着歌谣说：『泽门里的白皮膏，征发我们的劳役。城里的黑皮膏，符合我们的心意。』子罕听到了，亲自拿着竹鞭，在筑城的人中间监视而鞭打那些不卖力气的人，说：『我们这一辈小人都有房子躲避干湿冷热。如今国君造一座台而到时不能交付，怎么能成就大事呢？』唱歌的人就都停下不唱了。有人问他什么原因，子罕说：『宋国那么一点地方，既有诅咒，又有歌颂，这是灾难的源头。』

齐国的晏桓子去世。晏婴穿着粗布丧服，头上和腰里系着麻带，手持竹杖，脚穿草鞋，喝粥，住的是草棚，睡在草垫子上，用草当作枕头。他的家臣头子说：『这不符合大夫的礼仪。』晏婴说：『只有卿才是大夫，我还够不上大夫的身份。』

襄公十八年

原文

十八年春，白狄始来。

夏，晋人执卫行人石买于长子①，执孙蒯于纯留②，为曹故也。

秋，齐侯伐我北鄙。中行献子将伐齐，梦与厉公讼，弗胜。公以戈击之，首队于前，跪而戴之，奉之以走③，见梗阳之巫皋④。他日，见诸道，与之言，同。巫曰：『今兹主必死⑤。若有事于东方，则可以逞。』献子许诺。

注释

①长子：地名，即今山西长子县西郊。②纯留：本留吁国，被晋所灭。位于今山西屯留县南。③奉之以走：两手捧着头跑掉。④梗阳：晋邑，位于今山西清徐县治。巫皋：巫人名。⑤今兹主必死：今年你一定会死。兹，年；主，此指对荀偃的称呼。

译文

十八年春天，白狄人第一次来到鲁国。

夏季，晋国在长子抓住了卫国的使者石买，在纯留抓住了孙蒯，这是因为他们攻打曹国才抓起来的。

秋季，齐灵公进攻鲁国北部边境。中行献子荀偃正打算发兵攻打齐国时，晚上梦见和晋厉公打官司，结果自己败诉。晋厉公还手持着刀来杀自己，被砍下的头坠到前面，只好跪着把头捡起来再重又安到脖子上，用两手扶着朝前走，又见到梗阳的巫皋。惊醒后，过了不几天，荀偃果然在路上遇到了这个巫皋，和他说了梦中所见，没想到巫皋也梦见了相同的情况。于是巫皋说：『今年您一定要死。如果东边发生了战事，您一定在战争中死去。』荀偃答应了他的请求。

原文

晋侯伐齐，将济河，献子以朱丝系玉二瑴[1]，而祷曰：『齐环怙恃其险，负其众庶，弃好背盟，陵虐神主。曾臣彪将率诸侯以讨焉[2]，其官臣偃实先后之[3]。苟捷有功，无作神羞[4]，官臣偃无敢复济。唯尔有神裁之[5]！』沉玉而济[6]。

注释

①二瑴：二对。②曾臣：陪臣，天子称臣于神，诸侯称臣于天子，故诸侯于神称曾臣。彪：晋平公名。③先后：此指辅佐。④无作神羞：不给神灵带来羞耻。⑤有神裁之：神灵制裁。有，名词词头，无义。⑥沉玉：将玉沉入水中。

译文

晋平公攻打齐国，准备渡过黄河，荀偃用一根红线绑住两块玉，祈祷说：『齐国依仗地势险要和人口众多，而背信弃义，欺侮百姓。陪臣彪将统率诸侯军队前去讨伐，陪臣的下属荀偃将鼎力相助。如果此战成功，不使神灵蒙受耻辱，那么荀偃将不再回来。一切请神灵定夺！』随后就把两块玉沉到黄河里了。

原文

冬，十月，会于鲁济[1]，寻溴梁之言，同伐齐。齐侯御诸平阴[2]，堑防门而守之[3]，广里[4]。夙沙卫曰：『不能战，莫如守险。』弗听。诸侯之士门焉，齐人多死。范宣子告析文子曰[5]：『吾知子，敢匿情乎？鲁人、莒人皆请以车千乘自其乡入，既许之矣。若入，君必失国。

子盍图之！』子家以告公。公恐。晏婴闻之，曰：『君固无勇，而又闻是，弗能久矣。』

齐侯登巫山以望晋师。晋人使司马斥山泽之险，虽所不至，必旆而疏陈之[6]。使乘车者左实右伪[7]，以旆先[8]，舆曳柴而从之[9]。齐侯见之，畏其众也，乃脱归[10]。丙寅晦，齐师夜遁。师旷告晋侯曰：『乌乌之声乐[11]，齐师其遁。』邢伯告中行伯曰[12]：『有班马之声[13]，齐师其遁。』叔向告晋侯曰：『城上有乌，齐师其遁。』

注释

①鲁济：济水在鲁境内称为鲁济。②平阴：位于今山东平阴县东北。③堑防门：在防门挖掘沟壕。防门，地名，位于今山东平阴县东北。④广里：横着有一里。⑤析文子：指齐大夫子家。⑥旆而疏陈：树上旗帜，稀疏地排列军阵。⑦左实右伪：战车上左边是真人，右边则是假人。⑧以旆先：以大旗作为前导。⑨舆曳柴而从：战车后面拖着树枝跟着。晋以此使尘土飞扬，如大军奔驰，此为疑兵之计。⑩脱归：离开军队脱身而回。⑪乌乌之声乐：乌鸦的叫声快乐。乌乌，指乌鸦。⑫邢伯：指晋大夫邢侯。⑬班马之声：此指战马返回的声音。

译文

冬季，十月，襄公和晋平公、宋平公、卫殇公、郑简公、曹成公、莒子、滕子、薛伯、杞孝公、小邾子在鲁国济水岸边进行了会见，重新强调了溴梁的盟约，然后一同出兵征讨齐国。

齐灵公率兵在平阴进行抵抗，并在防门之外挖了沟壕坚守，沟壕长达一里。夙沙卫说：『如果不能出战，最好固守险要。』齐灵公不听他的劝谏。诸侯的军队攻打城门，齐军战死无数。范宣子士匄对齐国大夫析文子子家说：『你我也算是老朋友了，我敢隐瞒真实情况吗？鲁国人、莒国人都请求各带一千辆战车打过来，我们已经同意了。假使等他们打来了，贵国君王一定会丧失整个国家。希望你能好好考虑一下！』子家将这话转告了齐灵公。齐灵公害怕了。

晏婴听到后，说：『君王本来就懦弱怕事，如今又听了这一情况，我们一定坚持不了多久了。』

齐灵公登上巫山遥望晋军。晋国人正在派司马领人清除山泽之中的险阻，即使是大军不到的地方，他们也要插上一杆大旗并稍作战备。在战车的左边坐上真人，而右边用假人装饰，并用大旗作为前导，车子后面挂上树枝，行进时尘土飞扬，如同大军奔驰。看到这些情况，齐灵公害怕他们人多，于是就丢下军队独自逃跑了。二十九日，齐军趁着夜色逃离了。师旷对晋平公说：『乌鸦发出了愉快的叫声，齐军就要逃走了。』邢伯对荀偃说：『有马返回的声音，齐军就要逃走了。』叔向也对晋平公说：『城上有乌鸦在飞行，可以推断出齐军已经撤退了。』

原文

十一月丁卯朔，入平阴，遂从齐师。夙沙卫连大车以塞隧而殿①。殖绰、郭最曰：『子殿国师，齐子辱也。子姑先乎！』乃代之殿。卫杀马于隘以塞道。晋州绰及之，射殖绰，中肩，两矢夹脰②，曰：『止，将为三军获；不止，将取其衷③。』顾曰：『为私誓。』州绰曰：『有如日！』乃弛弓而自后缚之。其右具丙亦舍兵而缚郭最，皆衿甲面缚④，坐于中军之鼓下。

晋人欲逐归者，鲁、卫请攻险。己卯⑤，荀偃、士匄以中军克京兹⑥。乙酉⑦，魏绛、栾盈以下军克邿；赵武、韩起以上军围卢⑧，弗克。十二月戊戌⑨，及秦周⑩，伐雍门之萩⑪。范鞅门于雍门，其御追喜以戈杀犬于门中⑫；孟庄子斩其橁以为公琴⑬。己亥⑭，焚雍门及西郭、南郭。刘难、士弱率诸侯之师焚申池之竹木。壬寅，焚东郭、北郭，范鞅门于扬门⑮。州绰门于东闾⑯，左骖迫⑰，还于门中，以枚数阖⑱。

注释

①塞隧而殿：堵塞山中小道而殿后。②夹脰：即一箭中左肩，一箭中右肩。脰，颈项。③将取其衷：本文指将射中

你的脑袋。④衿甲：不脱衣甲。面缚：双手背后而绑。⑤己卯：十三日。⑥京兹：地名，位于今平阴县东南。⑦乙酉：十九日。⑧卢：位于今长清县西南。⑨戊戌：初二日。⑩秦周：地名，靠近雍门。⑪雍门：齐都西门名。⑫追喜：人名。⑬楢：树木名，可用来制作琴。⑭己亥：初三日。⑮扬门：齐城西北门。⑯东闾：齐东门。⑰左骖迫：车左边的战马因拥挤而盘旋不进。⑱以枚数阖：即数阖之枚。阖，门扇；枚，门上的乳钉，有如钟乳。

译文

十一月初一日，晋军攻进平阴，接着就追击齐军。夙沙卫把战车连起来堵住山中小道，他自己走在队伍最后边。殖绰、郭最说："你一个宦官作为殿后，这是齐国的耻辱。你最好还是走到前面去吧！"于是便代替他走在最后。夙沙卫又杀了马堵住狭窄小道。晋国的州绰追赶上来，箭射殖绰，结果射中他的肩膀，两箭一左一右正好夹住他的脖子，州绰对他说："你如果停下来，必将被我们擒获；你如果不停下来，我再射一箭，必会射中你的脑袋。"殖绰回头说："你要发誓，不能杀我。"州绰说："我对太阳发誓！"说完就放下弓箭用绳子从后面把殖绰捆了起来。他的车右具丙也放下武器捆绑了郭最，他们两人都没有解下盔甲就被从后面绑了起来，随后被放到中军战车的大鼓下边。

晋国人要继续追击齐国逃兵，鲁、卫两军请求攻打险要之处。十三日，荀偃、士匄率领中军攻陷京兹。十九日，魏绛、栾盈率领下军攻克邿地；赵武、韩起率领上军围攻卢地，但没有攻克。十二月初二日，军队追上秦周，砍伐了雍门之外的萩树。范鞅围攻雍门，他的御者追喜用戈在门里杀死一条狗；孟庄子砍下当地的楢木，后来为襄公制造了一把琴。初三日，晋军放火烧毁了雍门和西边、南边的外城。刘难、士弱带领诸侯军队焚烧了申池中的竹林。初六日，又放火焚烧了齐都东边和北边的外城，范鞅又攻打齐都西城的扬门。州绰攻打东城的东闾，他左边的骖马在拥挤不堪的境况下而徘徊不前，在停留期间，他居然把城门上的钉子都数了一遍。

原文

齐侯驾，将走邮棠①。大子与郭荣扣马②，曰：『师速而疾，略也③。将退矣，君何惧焉？且社稷之主，不可以轻④，轻则失众。君必待之！』将犯之，大子抽剑断鞅，乃止。甲辰⑤，东侵及潍⑥，南及沂。

郑子孔欲去诸大夫，将叛晋而起楚师以去之⑦。使告子庚，子庚弗许。楚子闻之，使杨豚尹宜告子庚曰⑧：『国人谓不谷主社稷，而不出师，死不从礼。不谷即位，于今五年，师徒不出，人其以不谷为自逸，而忘先君之业矣。大夫图之！其若之何？』子庚叹曰：『君王其谓午怀安乎⑨？吾以利社稷也。』见使者，稽首而对曰：『诸侯方睦于晋，臣请尝之。若可，君而继之；不可，收师而退。可以无害，君亦无辱。』

注释

①邮棠：即棠地，位于今山东平度县东南。②扣马：拦住马头。扣，拦住。③略：掠夺财物。④轻：轻动，逃走。⑤甲辰：初八日。⑥潍：潍水。⑦起楚师：发动楚军。⑧杨豚尹宜：楚国使者名。杨，其氏；豚尹，官名，即使者；宜，使者名。⑨怀安：即自逸，贪图安逸。

译文

齐灵公驾车打算逃往邮棠。太子和大夫郭荣拉住他的马，说：『敌军攻势过于猛烈，是为了掠夺财物。他们马上就会撤退的，您还害怕什么？何况作为一国之君不能轻易移动，不然就会失去人们的支持。君王一定要耐心等待！』齐灵公不听劝说，准备策马冲过去，但太子抽剑砍断了马鞅，齐灵公这才停了下来。初八日，军队又向东攻打潍水西岸，向南攻打沂水流域。

郑国的子孔打算铲除众位大夫，准备背叛晋国，发动楚国军队将大夫除掉。于是就派人告诉了楚国的令尹子庚，子庚没有答应。楚康王听说后，便派杨豚尹宜告诉子庚：『国内的人认为我主持国政却按兵不动，这样下去将来死后就不可以享受规定的祭祀礼仪。我即位至今，已经五年了，如不出兵征战，别人就会认为我是只顾贪图安逸却忘记了先君的霸主事业。大夫考虑一下！应该怎么办？』子庚叹道：『君王难道认为我是贪恋享受安逸吗？我这样做正是为了有利于国家。』便对楚康王派去的人叩头说：『如今诸侯正和晋国和睦友好相处，请让我首先试探一下。如果可以，就请君王随后发兵；如果不行，我就班师回国。这样既没有什么不利之处，又不会给君王带来耻辱。』

原文

子庚帅师治兵于汾①。于是子蟜、伯有、子张从郑伯伐齐②，子孔、子展、子西守。二子知子孔之谋③，完守入保④。子孔不敢会楚师。

楚师伐郑，次于鱼陵⑤。右师城上棘⑥，遂涉颍。次于旃然⑦。蒍子冯、公子格率锐师侵费滑、胥靡、献于、雍梁⑧，右回梅山⑨，侵郑东北，至于虫牢而反⑩。子庚门于纯门⑪，信于城下而还。涉于鱼齿之下⑫，甚雨及之，楚师多冻，役徒几尽⑬。

晋人闻有楚师，师旷曰：『不害。吾骤歌北风⑭，又歌南风。南风不竞，多死声。楚必无功。』董叔曰：『天道多在西北⑮。南师不时，必无功。』叔向曰：『在其君之德也。』

注释

①汾：楚国北部的要隘。②子张：即公孙黑肱，郑国大夫。③二子：即子展、子西。④完守：完善城郭加强守备。入保：进入城堡固守。⑤鱼陵：郑国地名。⑥右师：右翼部队。城上棘：在上棘筑城。上棘，郑国地名（位于今河南禹县西北）。楚军要渡颍水，故于水边（上棘）修筑小城，作为进退之备。⑦旃然：水名，即今河南荥阳县的索

河。⑧苏子冯：楚国司马，后为令尹，苏艾猎之子。公子格：楚国公子。费滑、胥靡、献于、雍梁：均为郑国地名，在今河南省境内。⑨右回梅山：向右绕过梅山。梅山为郑地，位于今河南郑县西南。⑩虫牢：郑国地名，位于今河南封丘县北。⑪纯门：郑国都外郭的南门。⑫鱼齿：即鱼齿山，在今河南平顶山市西北。⑬役徒：军中服杂役的人。⑭北风：此指北方曲调，南风则指南方曲调。⑮天道多在西北：天道指岁星所运行的轨道。此年岁星在豕韦，此月又建亥，故言天道多在西北。

译文

于是子庚便在汾地聚集军队，分发武器。此时郑国的子蟜、伯有、子张正跟随郑简公攻打齐国，子孔、子展、子西在国内留守。子展和子西知道了子孔的阴谋，于是就加强守备，倍加小心。因此子孔不敢和楚军会合。

楚国攻打郑国，军队驻守在鱼陵。右师在上棘修筑城池，随后便渡过颍水，驻扎在旃然。苏子冯、公子格率领精锐部队侵入到费滑、胥靡、献于、雍梁，然后挥师东进绕过梅山，侵入郑国东北，一直攻至虫牢才返回。子庚攻击郑都的纯门，在城下住了两天便返回了。在鱼齿渡过湛水时，遇到了大雨。楚军中冻死的人很多，军中服役的人几乎全被冻死。

晋国人得知楚军入侵了郑国，师旷说：『没有关系。我多次演唱北方的乐曲，也曾经演唱过南方的乐曲。南方的乐曲音调微弱，象征死亡的声音很多，楚军不会建立什么大功。』董叔说：『从对天象的观察看，现在木星运行的轨道多在西北一带，因而西北气运十分强大。南方的军队出动不合乎天时，因此肯定会无功而返。』叔向说：『关键取决于国君的德行如何。』

襄公十九年

原文

十九年春，诸侯还自沂上，盟于督扬[①]，曰：『大毋侵小。』

执邾悼公，以其伐我故。遂次于泗上[②]，疆我田。取邾田，自漷水归之于我。

晋侯先归。公享晋六卿于蒲圃，赐之三命之服；军尉、司马、司空、舆尉、候奄，皆受一命之服；贿荀偃束锦[③]，加璧、乘马[④]，先吴寿梦之鼎。

注释

①督扬：即祝柯，位于今山东长清县东北。②泗上：位于今曲阜县东北。③束锦：即锦五匹。一束十端，二端一匹。④乘马：四匹马。

译文

十九年春天，诸侯的军队从沂水岸边返回，在督扬结盟说：『大国不可以侵略小国。』

会上把邾悼公抓了起来，是因为他发兵入侵鲁国。然后军队就驻守在泗水岸边，重新划定鲁国的疆界。取得了邾国的土田，把漷水以西的土地都划归了鲁国。

晋平公首先回国了。襄公在蒲圃设宴招待晋国的六个卿，送给他们每个人一套高规格车服；赠给军尉、司马、司空、舆尉、候奄每人一套低规格车服；还送给荀偃五匹锦缎，加上玉璧、四匹马，还有吴王寿梦的一座铜鼎。

原文

荀偃瘅疽[①]，生疡于头[②]。济河，乃著雍，病，目出。大夫先归者皆反。士匄请见，弗内。请后[③]，曰：『郑甥

可④。」二月甲寅⑤，卒而视，不可含⑥。宣子盥而抚之曰：「事吴⑦，敢不如事主！」犹视。栾怀子曰：「其为未卒事于齐故也乎⑧？」乃复抚之曰：「主苟终⑨，所不嗣事于齐者⑩，有如河！」乃瞑，受含。宣子出，曰：「吾浅之为丈夫也。」

晋栾鲂帅师从卫孙文子伐齐。

季武子如晋拜师。晋侯享之。范宣子为政，赋《黍苗》。季武子兴⑪，再拜稽首曰：「小国之仰大国也，如百谷之仰膏雨焉⑫！若常膏之，其天下辑睦，岂唯敝邑？」赋《六月》⑬。

注释

①瘅疽：一种恶疾，又为脑后疽。②疡：即脑痈疽。③请后：请求指定继承人。④郑甥：即郑出。荀吴之母为郑女，故称荀吴为郑甥。⑤甲寅：十九日。⑥不可含：口紧闭，不能含珠玉。⑦吴：即荀吴。⑧未卒事于齐：指伐齐之事没有完成。⑨主苟终：你死后。⑩嗣事：继续从事。⑪兴：从座位上站起。⑫膏：泽，润。⑬《六月》：亦《小雅》篇名。为尹吉甫辅佐周宣王出征猃狁之诗。

译文

荀偃头上长了很多恶疮。渡过黄河抵达著雍时，病情复发并且加重，眼睛都鼓了出来。先回去的大夫们又都赶紧转头而回。士匄想见荀偃，但荀偃不肯接见他。让人问荀偃谁可以做继承他的王位的人，荀偃说：「荀吴可以。」二月十九日，荀偃去世，但仍然眼睛圆睁，嘴唇紧闭着，以至于无法把珠宝放入他嘴中。范宣子士匄用水擦洗了荀偃的尸体后抚摸着说：「今后一定要像事奉您一样去对待荀吴！」但荀偃眼睛还是不肯闭上。栾怀子栾盈说：「是因为没有攻克齐国因而死不瞑目吗？」就抚摸荀偃的尸体说：「我们对黄河盟誓，在您死后，一定要继续讨伐齐国，有河神为证！』荀偃这才闭上眼睛，并且张开嘴让人把珠玉放了进去。士匄出来感慨地说：『我那样去猜想荀偃，实在是浅薄之极啊。』

晋国的栾鲂统率军队跟随卫国的孙文子攻打齐国。

季武子到晋国就对晋帮助鲁国夺取郱田一事表示感谢。晋平公设下宴席招待了他。此时由范宣子士匄主持国政，席间他吟诵了《黍苗》一诗。季武子起身，叩头表示感谢说：『我们小国仰望大国，如同禾苗仰望天降甘霖一样！如果上天能经常滋润，那么天下将会和平安宁，这岂止是我国的福气？』说完吟诵了《六月》这首诗。

原文

季武子以所得于齐之兵，作林钟而铭鲁功焉。臧武仲谓季孙曰：『非礼也。夫铭，天子令德，诸侯言时计功①，大夫称伐。今称伐，则下等也；计功，则借人也②；言时，则妨民多矣。何以为铭？且夫大伐小，取其所得以作彝器③，铭其功烈以示子孙，昭明德而惩无礼也。今将借人之力以救其死，若之何铭之？小国幸于大国，而昭所获焉以怒之，亡之道也。』

齐侯娶于鲁，曰颜懿姬，无子。其侄鬷声姬生光，以为大子。诸子仲子、戎子④，戎子嬖。仲子生牙，属诸戎子。戎子请以为大子，许之。仲子曰：『不可。废常⑤，不祥；间诸侯⑥，难。光之立也，列于诸侯矣。今无故而废之，是专黜诸侯⑦，而以难犯不祥也，君必悔之。』公曰：『在我而已。』遂东大子光⑧。使高厚傅牙，以为大子，夙沙卫为少傅。

注释

①言时计功：举得时，动有功，则可铭。②借人：借助于他人的力量。③彝器：宗庙中的常器。④诸子：即众姬

妾。⑤废常：废弃常规。⑥间：触犯。⑦专黜：专擅而卑视。⑧东：迁移到东部边鄙之地。

译文

季武子把缴获齐国的武器铸成了林钟，并在上面刻上铭文以记载鲁国的功绩。臧武仲对季武子说：『这样做是不合乎礼的。铭文这种形式，天子用以标榜自己的德行，诸侯用以记载自己行动合乎时令和建立的功绩，大夫则用以记载自己的征伐之事。现在你如果要记载讨伐，那是自动将自己降了一等；如果要记载功劳，而你的功劳是凭借别人的力量取得的；如果要记载行动合乎时令，而这次行动恰恰大大耽误了农时。你究竟能记载什么呢？再说大国攻打小国，用缴获的东西铸造成宗庙祭器，记录所建立的战功，留给子孙们看，目的是标榜圣明的德行而惩戒无礼的行为。现在却是借助于别国的力量使自己避免灭亡的危险，还有什么值得铭刻的呢？小国幸运地战胜大国，又大肆宣扬所得到的战利品，势必要激怒大国，这种做法实在是亡国之道。』

齐灵公从鲁国娶的妻子名叫颜懿姬，一直没生儿育女。她的陪嫁侄女鬷声姬生了公子光，被立为太子。齐灵公的姬妾中有仲子、戎子，其中戎子备受灵公宠爱。仲子生了公子牙之后，把他托付给戎子。戎子要求齐灵公立公子牙为太子，齐灵公同意了。但仲子说：『不能这么做。废嫡立庶违反常规，这是不吉祥的；恐怕也会触怒诸侯，是很难成功的。公子光被立为太子，已经代表国家多次参与了诸侯的征战活动，可以说已经得到了诸侯的认可。如今无缘无故地要废弃他，这是专横霸道，而且是对诸侯的轻视。用这种很难做到的事情去冒天下之大不韪，君王要后悔的。』齐灵公说：『废立与否，一切由我做主。』随后把太子光放逐到齐国东部边境。改立公子牙为太子，让高厚做他的太傅，夙沙卫为少傅。

原文

齐侯疾，崔杼微逆光。疾病，而立之。光杀戎子，尸诸朝，非礼也。妇人无刑。虽有刑，不在朝市①。

夏，五月壬辰晦，齐灵公卒。庄公即位，执公子牙于句渎之丘。以凤沙卫易己，卫奔高唐以叛②。

晋士匄侵齐，及谷③，闻丧而还，礼也。

于四月丁未④，郑公孙虿卒。赴于晋大夫。范宣子言于晋侯，以其善于伐秦也。六月，晋侯请于王，王追赐之大路⑤，使以行⑥，礼也。

注释

①不在朝市：不能暴尸于朝市。②高唐：即今山东高唐县东。③谷：地名，即今山东东阿县南。④丁未：十三日。⑤大路：天子赐给的车子。⑥使以行：使大路跟随送葬的行列。

译文

齐灵公患了病，崔杼暗地里派人把公子光接回齐。趁齐灵公病危，重新立光为太子。太子光杀掉了戎子，把她的尸体放到朝廷上示众，这一行为是不合于礼的。国家对妇女没有制定专门的刑罚条文。即使她罪该处死，也不能暴尸朝廷。

这年夏季，五月二十九日，齐灵公亡故。齐庄公即位，随后在句渎之丘抓获了公子牙。齐庄公以为是凤沙卫主张把自己废掉的，结果凤沙卫逃到高唐叛乱。

晋国的士匄侵占了齐国，军队到达谷地时，听到齐灵公去世的消息，便回国了，这是合于礼的。

四月十三日，郑国的公孙虿去世了。郑国向晋国的大夫发了讣告。范宣子士匄因为公孙虿在诸侯进攻秦国时表现很好，便把他去世的情况告诉了晋平公。六月，晋平公向周天子请求，周天子同意追赐卿以上才能乘坐的大路车，让其跟随葬车为公孙虿送葬，这是合于礼的。

原文

秋，八月，齐崔杼杀高厚于洒蓝，而兼其室[①]。书曰『齐杀其大夫』，从君于昏也[②]。

郑子孔之为政也专，国人患之，乃讨西宫之难，与纯门之师。子孔当罪，以其甲及子革、子良氏之甲守[③]。甲辰，子展、子西率国人伐之，杀子孔，而分其室。书曰『郑杀其大夫』，专也。

子然、子孔，宋子之子也[④]。士子孔，圭妫之子也[⑤]。圭妫之班亚宋子，而相亲也；二子孔亦相亲也。僖之四年[⑥]，子然卒。简之元年[⑦]，士子孔卒。司徒孔实相子革、子良之室[⑧]，三室如一，故及于难。子革、子良出奔楚。子革为右尹[⑨]。郑人使子展当国，子西听政，立子产为卿。

注释

①洒蓝：齐地名，位于今临淄城郊。②从君于昏：服从国君的昏庸。③以：率领。④宋子：即郑穆公妾。⑤圭妫：亦为郑穆公妾。⑥僖：即郑僖公。⑦简：即郑简公。⑧司徒孔：即子孔。⑨右尹：楚国右尹。

译文

秋季，八月，齐国的崔杼在洒蓝除掉高厚，并没收了他的全部家产和封地。《春秋》中记载『齐杀其大夫』，意思是高厚跟从齐灵公做出愚蠢的事情。

郑国的子孔主持国政以来独断专行，郑国人都深感忧虑，于是就开始追究鲁襄公十年西宫叛乱和去年楚军攻打纯门的责任。最后判定子孔有罪，但子孔带着他的甲兵和子革、子良的甲兵坚决进行抵抗。十一日，子展、子西率领国人进攻他，杀了子孔，并没收了他的家产和封地。《春秋》记载为『郑杀其大夫』，表明这是子孔专权的后果。

子然、子孔都是郑穆公妃子宋子的儿子，士子孔则是郑穆公妃子圭妫的儿子。圭妫的地位虽然在宋子的下面，但两人的关系非常亲近友好；两个子孔关系也很好。郑僖公四年即鲁襄公六年，子然亡故。郑简公元年即鲁襄公八年，士子孔去世。司徒子孔辅佐子革、子良两家，三家亲密如同一家，所以子革、子良两家也受到杀害。子革、子良逃亡到楚国。后来子革当上了楚国的右尹。郑国人让子展摄政，让子西代理日常政事，并立子产为卿。

原文

齐庆封围高唐，弗克。冬，十一月，齐侯围之。见卫在城上①，号之，乃下。问守备焉，以无备告。揖之②，乃登。闻师将傅③，食高唐人④。殖绰、工偻会夜缒纳师⑤，醢卫于军。

城西郛，惧齐也。

齐及晋平，盟于大隧⑥。故穆叔会范宣子于柯。穆叔见叔向，赋《载驰》之四章。叔向曰：『肸敢不承命⑦！』

穆叔归，曰：『齐犹未也，不可以不惧。』乃城武城⑧。

卫石共子卒，悼子不哀⑨。孔成子曰⑩：『是谓蹶其本，必不有其宗。』

注释

①卫：夙沙卫。因他奔高唐以叛，故齐侯围之。②揖之：指齐庄公向夙沙卫作揖。③傅：同『附』，附着，挨附。指闻齐师将挨着城墙发动进攻。④食高唐人：让高唐人饱食一顿。⑤殖绰、工偻会：均为齐国大夫。⑥大隧：齐国地名，在今山东高唐县。⑦肸：即晋国贤大夫叔向，又称羊舌肸。⑧武城：靠近齐国之晋地，在今山东嘉祥县界。⑨悼子：即石恶，石买之子。⑩孔成子：即孔烝钼，卫卿。

译文

齐国的庆封率军围攻高唐，未能攻下。冬季，十一月，齐庄公亲自率领军队攻打。看到夙沙卫站在城墙上，便大声向他叫喊，夙沙卫走下城来。齐庄公询问他守卫情况，夙沙卫说并没有做什么防备。两人互相作揖之后，夙沙卫就登上城墙回去了。夙沙卫听说齐军将要攻城的消息，便让高唐人饱餐一顿准备进行迎战的工作。当天夜里，殖绰和工偻会用绳子把城外的齐军吊进城内，潜入守城军中把夙沙卫杀死，并把他在军中剁成了肉酱。

鲁国在国都外城修筑城墙，这是害怕齐国的入侵。

齐国与晋国请求和好，并在大隧结盟。为此穆叔在柯地会见了范宣子士匄。见到叔向时，穆叔吟诵了《载驰》一诗的第四章。叔向说：『我岂敢不听从您的指示！』穆叔返回鲁国，说：『齐国还不会停止侵占，我们不能放松警惕。』随后便修筑武城。

卫国的石买亡故，他的儿子悼子并不为此悲伤。孔成子说：『这就是忘记了根本，将来肯定不能保护他的宗族延续下去。』

襄公二十年

原文

二十年春，及莒平。孟庄子会莒人①，盟于向，督扬之盟故也。

夏，盟于澶渊②，齐成故也。

邾人骤至，以诸侯之事，弗能报也。秋，孟庄子伐邾以报之。

蔡公子燮欲以蔡之晋③，蔡人杀之。公子履，其母弟也，故出奔楚④。

注释

①孟庄子：即仲孙速。②澶渊：地名，位于今河南濮阳县西北。③以蔡之晋：使蔡顺服晋国。④出奔：出逃。

译文

二十年春天，鲁国与莒国和好。孟庄子在向地会见莒国人，双方起誓结盟，这是对去年督扬之盟的进一步发展。

那年夏天，襄公和晋平公、齐庄公、宋平公、卫殇公、郑简公、曹武公、莒子、邾子、滕子、薛伯、杞孝公、小邾子在澶渊结盟，这是因为和齐国结成了友好盟友关系。

邾国人又多次入侵鲁国，他们以为鲁国忙于参加诸侯征伐盟会，顾不上报复。秋天，孟庄子发兵攻打邾国报了此仇。

蔡国的公子燮想让蔡国服从晋国，结果被蔡国人杀死。他的同母弟弟公子履因为这件事逃亡到了楚国。

原文

陈庆虎、庆寅畏公子黄之逼，愬诸楚曰：『与蔡司马同谋①。』楚人以为讨，公子黄出奔楚。

初，蔡文侯欲事晋，曰：『先君与于践土之盟，晋不可弃，且兄弟也。』畏楚，不能行而卒。楚人使蔡无常②，公子燮求从先君以利蔡[3]，不能而死。书曰：『蔡杀其大夫公子燮。』言不与民同欲也。『陈侯之弟黄出奔楚。』言非其罪也。公子黄将出奔，呼于国曰：『庆氏无道，求专陈国，暴蔑其君，而去其亲，五年不灭，是无天也。』

齐子初聘于齐礼也[4]。

注释

①蔡司马：即公子燮。司马，官名。②使蔡无常：役使、征发蔡国没有一定限额、标准、时间、次数。③从先君：遵从先君遗志。④齐子：叔老。

译文

陈国的庆虎、庆寅害怕公子黄的迫害，他们于是向楚国告状说：『公子黄和蔡国的公子燮一同秘密谋划要背叛楚国而归顺晋国。』于是楚国便为此事要征讨公子黄，公子黄吓得连忙去楚国解释。

当初，蔡文侯打算事奉晋国，他说：『先君曾参加了鲁僖公二十八年践土的盟会，因此晋国不能离弃我国，再说我们两国本来就是兄弟国家。』后来他因为惧怕楚国，才迟迟没有行动，后来就亡故了。楚国人对蔡国人发号施令没有一定标准，公子燮本来准备实现先君蔡文侯的愿望，从而有利于蔡国，不幸也没有完成就被杀了。《春秋》记载：『蔡杀其大夫公子燮。』意思是说公子燮的想法和蔡国人截然不同。《春秋》又写道：『陈侯之弟黄出奔楚。』是说公子黄并没有罪过。公子黄逃亡之前，在都城对国人大声叫喊：『庆氏兄弟无道，企图在陈国独断专权，侮辱蔑视他们的君王，并赶走君王的亲属，假如他们五年内不灭亡，就没有天理可讲了。』

叔老首次到齐国聘问，去恕修好，这是合于礼的。

原文

冬，季武子如宋，报向戌之聘也。褚师段逆之以受享[①]，赋《常棣》之七章以卒。宋人重贿之。归，复命，公享之，赋《鱼丽》之卒章。公赋《南山有台》。武子去所[②]，曰：「臣不堪也[③]。」

卫宁惠子疾，召悼子曰[④]：「吾得罪于君，悔而无及也。名藏在诸侯之策，曰：『孙林父、宁殖出其君。』君入则掩之。若能掩之，则吾子也。若不能，犹有鬼神，吾有馁而已，不来食矣[⑤]。」悼子许诺，惠子遂卒。

注释

①褚师段：宋国大夫。褚师，官名，此以官为其姓氏；段，字子石。②去所：离开座位。③不堪：不敢承受，不敢担当。④召：通「诏」，告诫。悼子：即宁喜，宁惠子之子。⑤不来食：即不来受祭，意指不认悼子为儿子。

译文

冬天，季武子来到宋国，答谢向戌对鲁国的聘问。褚师段出来接迎并让他接受宋平公的宴请，席间季武子吟诵了《常棣》的第七章和最后一章。宋国人送给他很多礼物。季武子返回鲁国向襄公复命，襄公设宴招待他，席间他又吟诵了《鱼丽》一诗的最后一章。襄公则吟诵了《南山有台》一诗。季武子连忙起身感谢，说：「下臣实在不敢当。」

卫国的宁殖身患重病，他告诉儿子悼子说：「我得罪了国君，后悔也已来不及。我的罪名已被记录在诸侯们的史书上并被收藏起来，说：『孙林父和宁殖驱逐了他们的君王。』如果国君能够回国，还可以掩饰一下我的罪名。但能够使国君回国，以掩饰我恶名的人就只有你了。如果你做不到这一点，那么假若死后还有鬼神的话，我宁可做一个饿鬼，也不吃你供奉的食物。」悼子表示同意后，宁殖才放心地死去。

襄公二十一年

原文

二十一年春，公如晋，拜师及取邾田也。

邾庶其以漆、闾丘来奔[①]，季武子以公姑姊妻之，皆有赐于其从者。于是鲁多盗。季孙谓臧武仲曰：『子盍诘盗？』武仲曰：『不可诘也。纥又不能。』季孙曰：『我有四封[②]，而诘其盗，何故不可？子为司寇，将盗是务去[③]，若之何不能？』武仲曰：『子召外盗而大礼焉，何以止吾盗？子为正卿，而来外盗；使纥去之，将何以能？庶其窃邑于邾以来，子以姬氏妻之，而与之邑。其从者皆有赐焉。若大盗，礼焉以君之姑姊与其大邑，其次皁牧舆马[④]，其小者衣裳剑带，是赏盗也。赏而去之，其或难焉。纥也闻之，在上位者，洒濯其心[⑤]，壹以待人[⑥]，轨度其信[⑦]，可明征也，而后可以治人。夫上之所为，民之归也。上所不为，而民或为之，是以加刑罚焉，而莫敢不惩。若上之所为，而民亦为之，乃其所也[⑧]，又可禁乎？《夏书》曰：「念兹在兹，释兹在兹，名言兹在兹，允出兹在兹，惟帝念功。」将谓由己壹也。信由己壹[⑨]，而后功可念也。』

注释

①邾庶其：邾国大夫。漆、闾丘：二者均为地名，或为邾庶其的采邑。②四封：即四方边境。③将盗是务去：此句是『将务去是盗』的倒装。即当致力于去除盗贼。④皁牧舆马：贱役车马。⑤洒濯：洗。⑥壹：专诚。⑦轨度：纳入规范法度。⑧乃其所：是势所必然。⑨信由己壹：诚信由自己专一。

译文

二十一年的春天，襄公去到晋国，这是为了拜谢出兵和取得邾国的土地。

邾国的庶其带着漆地和闾丘逃亡前来，季武子把襄公的姑母嫁给他做妻子，对他的随从都加以赏赐。当时鲁国的盗匪很多。季武子对臧武仲说：『您为什么不禁治盗贼？』武仲说：『盗贼不可以禁治。纥也没有办法禁治。』季武子说：『我国有四方的边界，用来禁治盗贼，为什么不可以？您身为司寇，应当从事于清除盗贼，怎么做不到呢？』武仲说：『您召来外边的盗贼而大大地以礼相待，怎么能禁止国内的盗贼？您身为正卿，反而使外边的盗贼进来；让纥清掉国内的盗贼，纥凭什么能够办到？庶其在邾国偷盗了城邑而前来我国，您把姬氏作为他的妻子，还封赏了他城邑，他的随从都得到赏赐。如果用国君的姑母和他的大城邑对大盗表示敬重，其次的用皂牧车马，再小的用衣服佩剑带子，这是赏赐盗贼。赏赐了而要去掉他，恐怕不会容易吧。纥听说过，在上位的人要洗涤他的心，能够专一地待人，使他合乎法度而且让人民相信，然后可以管理好别人。上面的所作所为，是百姓的归依。上面所不做的，百姓有人做了，因此加以惩罚就没有人胆敢不小心谨慎。如果上面的所作所为百姓也做了，这是势所必然，又如何能够禁止呢？《夏书》说：「想要干的就是这个，想丢掉不干的就是这个，所要命令的就是这个，诚实信用所在的就是这个，只有天帝才能记下这功劳。」大约说的是要由自身来体现标准的互相统一。诚信由于自己的一致，然后才可以记载功劳。』

原文

庶其非卿也，以地来，虽贱必书，重地也。

齐侯使庆佐为大夫，复讨公子牙之党，执公子买于句渎之丘。公子鉏来奔。叔孙还奔燕。

夏，楚子庚卒。楚子使薳子冯为令尹，访于申叔豫[①]。叔豫曰：『国多宠而王弱，国不可为也。』遂以疾辞。方暑，阙地[②]，下冰而床焉[③]。重茧[④]，衣裘，鲜食而寝。楚子使医视之。复曰：『瘠则甚矣！而血气未动。』乃使子南

为令尹⑤。

注释

①访：商议。②阙：同"掘"，挖。③下冰而床：地下放冰，冰上设床。④重茧：两层棉袍。⑤子南：即公子追舒。

译文

庶其不是卿，他带着土地前来，虽然身份低贱，一定要加以记载，这是为了注重土地。

齐庄公派庆佐做大夫，再次征讨公子牙的亲族，在句渎之丘抓了公子买。公子钽逃亡前来。叔孙还逃奔到燕国。

夏，楚国的子庚死。楚康王派蘧子冯做令尹，蘧子冯访问申叔豫。申叔豫说："国家爱卿很多而君王又年轻，国家的事情不能办好。"于是蘧子冯就用有病来推辞不干。当时正好是大热天，挖地，放上冰之后安置床。蘧子冯身穿两层棉衣，又穿上皮袍，少吃东西而安然躺在床上。楚康王派医生去诊视。医生回来报告说："瘦是瘦到极点了！但血气还在动。"于是楚康王就任命子南做令尹。

原文

栾桓子娶于范宣子①，生怀子②。范鞅以其亡也③，怨栾氏，故与栾盈为公族大夫而不相能。桓子卒，栾祁与其老州宾通④，几亡室矣⑤。怀子患之。祁惧其讨也，愬诸宣子曰："盈将为乱，以范氏为死桓主而专政矣⑥，曰：'吾父逐鞅也，不怒而以宠报之，又与吾同官而专之。吾父死而益富。死吾父而专于国，有死而已！吾蔑从之矣⑦。'其谋如是，惧害于主⑧，吾不敢不言。"范鞅为之征。怀子好施，士多归之。宣子畏其多士也，信之。怀子为下卿，宣子使城著而遂逐之⑨。秋，栾盈出奔楚。宣子杀箕遗、黄渊、嘉父、司空靖、邴豫、董叔、邴师、申书、羊舌虎、叔罴[10]，囚伯华、叔向、籍偃。人谓叔向曰：『子离于罪[11]，其为不知乎[12]！』叔向曰：『与其死亡若何？《诗》曰：「优哉游哉，聊以卒岁。」知也。』

注释

①栾桓子：即栾黡。娶于范宣子：娶范宣子之女为妻。范宣子，即士匄。②怀子：栾盈。③范鞅：即士鞅，为栾黡所迫奔秦。④栾祁：栾黡之妻，士匄之女，栾盈之母。⑤亡室：指栾氏的家财为州宾所占有。⑥死桓主：害死桓主。桓主，即栾桓子。⑦蔑从：不从。⑧主：此为栾祁称其父士匄为主。⑨著：地名，即著雍。⑩箕遗……叔罴：十人均为晋大夫，栾盈之党。⑪离：同『罹』，遭遇。⑫知：同『智』。

译文

栾桓子娶范宣子的女儿做妻子，生有一子名为怀子。范鞅由于一度被迫逃亡，怨恨栾氏，所以和栾盈一起做公族大夫而不能友好相处。栾桓子死，栾祁和他的家臣头子州宾私通，州宾几乎夺取了全部家产。怀子为这件事焦虑不已。栾祁害怕怀子征讨，向范宣子起诉说：『盈将要发动叛乱，认为范氏弄死了桓子而垄断了晋国政权，说：「我的父亲逐驱范鞅，范鞅回国，不对他表示愤怒反而用宠信来回报他，又和我担任同样的官职而使他得以独断专行。我的父亲死后范氏更加富有。杀害我父亲而在国内专政，我只有一死！我不能顺从他了。」他的计划就是这样，我担心会伤害您，不敢不说。』范鞅为她作证。怀子喜欢施舍，很多的士都归附他。宣子害怕归附他的士多，信赖了栾祁的话。怀子当时担任下卿，宣子派他在著地筑城并且因为这件事驱逐了他。秋，栾盈逃亡到楚国。宣子杀死箕遗、黄渊、嘉父、司空靖、邴豫、董叔、邴师、申书、羊舌虎、叔罴，囚禁了伯华、叔向、籍偃。

有人对叔向说：『您得到了罪过，大概是因为不聪明吧！』叔向说：『比起死和逃亡来如何？《诗》说：「自在啊逍遥啊，姑且这样来度过岁月。」这正是聪明啊。』

原文

乐王鲋见叔向曰[1]：『吾为子请！』叔向弗应。出，不拜。其人皆咎叔向[2]。叔向曰：『必祁大夫[3]。』室老闻之，曰：『乐王鲋言于君，无不行，求赦吾子，吾子不许。祁大夫所不能也，而曰必由之，何也？』叔向曰：『乐王鲋，从君者也[4]，何能行？祁大夫外举不弃仇，内举不失亲，其独遗我乎？《诗》曰：「有觉德行[5]，四国顺之。」夫子，觉者也。』

晋侯问叔向之罪于乐王鲋。对曰：『不弃其亲[6]，其有焉。』于是祁奚老矣，闻之，乘驲而见宣子[7]，曰：『《诗》曰：「惠我无疆[8]，子孙保之。」《书》曰：「圣有谟勋，明征定保[9]。」夫谋而鲜过，惠训不倦者，叔向有焉，社稷之固也，犹将十世宥之，以劝能者。今壹不免其身，以弃社稷，不亦惑乎？鲧殛而禹兴；伊尹放大甲而相之[10]，卒无怨色；管、蔡为戮[11]，周公右王。若之何其以虎也弃社稷[12]？子为善，谁敢不勉？多杀何为？』宣子说，与之乘[13]，以言诸公而免之。不见叔向而归，叔向亦不告免焉而朝。

注释

①乐王鲋：晋大夫，又作乐桓子。②其人：叔向的下属。③祁大夫：即祁奚。④从君者也：是顺从国君的人。⑤有觉：有正直之貌。⑥亲：指羊舌虎，叔向之弟。⑦驲：传车。⑧惠我：施恩惠于我。⑨圣有谟勋，明征定保：二句皆为逸书文。意指圣哲的人有谋略，有训诲，应当相信保护。谟，谋略；勋，借为训。⑩伊尹：商汤之相。大甲：即

太甲，商汤之孙。⑪管、蔡：即管叔、蔡叔，二人与周公并为兄弟，因助殷叛乱，为周公所杀。⑫虎：即羊舌虎。弃社稷：指被杀。⑬与之乘：与之同乘一车。

译文

乐王鲋去访问叔向，说：『我为您去请求！』叔向也不回答。乐王鲋退出，叔向不表示拜送。他的手下人都认为他这样做不对。叔向说：『一定要祁大夫才行。』家臣头子听到了，说：『乐王鲋对国君的话，国君没有不依言照办的，他想请求宽恕您，您又不同意。这是祁大夫所做不到的，但您说一定要由他去办，这是为什么？』叔向说：『乐王鲋，是一切都听从国君的人，怎么能办得到呢？祁大夫举拔宗族外的人不放弃仇人，举拔宗族内的人不失掉亲人，难道独独会将我留下吗？《诗》说：「有正直的德行，使四方的国家归顺。」他老人家是耿直的人啊。』

晋平公向乐王鲋打听叔向的罪过。乐王鲋回答说：『不丢弃他的亲人，他可能是参加策划叛乱的。』当时祁奚已经告老退休了，听说这情况，坐上传车而去拜见范宣子，说：『《诗》说：「赏赐给我们的恩惠没有边际，子子孙孙永远保持它。」《书》说：「聪明的人有谋略训诲，对他们应当相信保护。」说到谋划而少有罪过，教育别人而不知疲倦的，叔向是这样的人，他是国家的柱石，即使他的十代子孙有过错还要宽恕，以此来勉励有能力的人。现在一旦自身不免于灾难而死，这不也会令人感到困惑吗？鲧被诛戮而禹兴起；伊尹放逐太甲又做了他的宰相，太甲一直没有怨恨的样子；管叔、蔡叔被诛杀，周公辅助成王。为什么他要因为羊舌虎而被杀？您做了好事，谁能够不努力？多杀人干什么？』范宣子高兴了，和他共乘一辆车子，向晋平公劝说从而宽恕了叔向。祁奚不去见叔向就回去了，叔向也不向祁奚告知得赦而去朝见晋平公。

原文

初，叔向之母妒叔虎之母美而不使①，其子皆谏其母。其母曰：『深山大泽，实生龙蛇。彼美，余惧其生龙蛇以祸女。女，敝族也②。国多大宠③，不仁人间之，不亦难乎？余何爱焉？』使往视寝，生叔虎，美而有勇力，栾怀子嬖之，故羊舌氏之族及于难。

栾盈过于周，周西鄙掠之④。辞于行人，曰：『天子陪臣盈⑤，得罪于王之守臣⑥，将逃罪。罪重于郊甸⑦，无所伏窜，敢布其死：昔陪臣书能输力于王室⑧，王施惠焉。其子黡，不能保任其父之劳⑨。大君若不弃书之力，亡臣犹有所逃。若弃书之力，而思黡之罪，臣戮余也⑩，将归死于尉氏⑪，不敢还矣。敢布四体⑫，唯大君命焉！』王曰：『尤而效之⑬，其又甚焉⑭！』使司徒禁掠栾氏者，归所取焉，使候出诸轘辕⑮。

注释

①不使：不使侍寝。②敝族：衰败的家族。③大宠：极为受宠信的人。④掠之：此指劫掠栾盈的财物。⑤陪臣：诸侯之臣在天子面前称陪臣。⑥守臣：王室守土之臣，即晋侯。⑦罪重于郊甸：又一次在天子郊外获罪。此指被劫掠。⑧书：指栾书，栾盈之祖。⑨保任：同义词连用，即保守，保全。⑩戮余：幸免于被杀戮者，即死里逃生之人。⑪尉氏：古代狱官名，晋有军尉，掌管刑戮。⑫布四体：直言不讳。⑬尤而效之：逐盈本来就错了，再去效仿它。⑭其又甚焉：过错就更大了。⑮候：候人，迎送宾客的官吏。出诸轘辕：护送出轘辕山。轘辕，山名，在今河南登封县西北。

译文

当初，叔向的母亲嫉妒叔虎的母亲貌美而不让她陪丈夫睡觉，儿子们都劝说母亲。叔向的母亲说：『深山大泽之中，的确会生长龙蛇。她容貌美丽，我害怕她生下龙蛇来伤害你们。你们，是衰落的家族，国内受到宠信的大官很多，坏人又从中挑拨，不也是很难处置吗？我自己有什么可爱惜的？』就让叔虎的母亲去陪侍睡觉，生了叔虎，仪表俊美而有勇力，栾怀子喜爱他，所以羊舌氏这一家族遭受灾难。

栾盈经过成周，周朝西部边境的人抢劫他的财物。栾盈向周室使者控告说：『天子的陪臣盈，得罪了天子的守臣，准备要逃避惩罚。又重新在天子的郊外获罪，没有地方可以逃窜藏匿，大胆以死进言：从前陪臣书能为王室尽力，天子施给了恩泽。他的儿子黡不能保持他父亲的辛劳。天王如果不丢弃书的忠诚效力，逃亡在外的陪臣还有地方可以隐匿。如果丢弃书的效力，而想到黡的罪过，那么陪臣本来就应被刑戮余生，就将要回国死在尉氏那里，不敢再回来了。谨敢直言不讳，后果怎么样，唯有听从天王指示了！』周灵王说：『有了过错而去效仿它，罪过就更大了！』让司徒制止那些掠夺栾氏的人，让他们归还强行抢走的东西，派候人把栾盈送出轘辕山。

原文

冬，曹武公来朝，始见也。

会于商任[1]，锢栾氏也。

齐侯、卫侯不敬。叔向曰：『二君者，必不免。会朝，礼之经也[2]；礼，政之舆也；政，身之守也。怠礼，失政；失政，不立[3]，是以乱也。』

知起、中行喜、州绰、邢蒯出奔齐[4]，皆栾氏之党也。乐王鲋谓范宣子曰：『盍反州绰、邢蒯？勇士也。』宣子曰：『彼栾氏之勇也，余何获焉？』王鲋曰：『子为彼栾氏[5]，乃亦子之勇也。』

注释

①商任：地名，位于今河南安阳一带。②经：常规。③不立：不能立身。④知起、中行喜、州绰、邢蒯：四人皆为晋大夫。⑤为彼栾氏：指对待他们像栾氏一样。

译文

冬，曹武公前来拜见，这是第一次朝见襄公。

襄公和晋平公、齐庄公、宋平公、卫殇公、郑简公、曹武公、莒子、邾子在商任见面，这是为他禁锢栾盈。齐庄公、卫殇公表现得很不尊重的样子。叔向说：『这两位国君必然不免于灾难。会见和朝见，这是礼仪的规范；礼仪，是政事的车子；政事，是身体的寄托。在礼仪面前傲慢，政事会有错失；政事错失，就难以立身处世，因此就会发生动荡。』

知起、中行喜、州绰、邢蒯逃亡到齐国，他们都是栾氏的亲族。乐王鲋对范宣子说：『为什么不让州绰、邢蒯回来？他们是勇敢的人啊。』范宣子说：『他们是栾氏的勇士，我能从他们身上得到什么？』王鲋说：『您如果做他们的栾氏，他们就为您所有了。』

原文

齐庄公朝，指殖绰、郭最曰：『是寡人之雄也[1]。』州绰曰：『君以为雄，谁敢不雄？然臣不敏，平阴之役，先二子鸣[2]。』庄公为勇爵[3]，殖绰、郭最欲与焉。州绰曰：『东闾之役，臣左骖迫，还于门中，识其枚数[4]，其可以与于此乎？』公曰：『子为晋君也。』对曰：『臣为隶新[5]，然二子者，譬于禽兽，臣食其肉而寝处其皮矣。』

注释

①雄：雄鸡，用以比喻勇士。②先二子鸣：比他们二位先鸣。③为勇爵：设置勇士的爵位。④识其枚数：记下了东闾门扇上的乳钉数。识，记录。⑤为隶新：做仆隶不久。意即我初来做您的臣下。

译文

齐庄公上朝，用手指着殖绰、郭最说：『这是寡人的大公鸡。』州绰说：『你认为他们是大公鸡，谁敢不认为他们是大公鸡？然而下臣平庸无才华，在平阴这次战争中，比他们二位可是先打鸣。齐庄公设置勇士的爵位，殖绰、郭最想要占有一份。州绰说：『东闾这次战役，下臣的左骖马被逼危，回到城门里，记录下了门上乳钉的数字，是不是可以在这里有一份呢？齐庄公说：『您是为的晋君啊。』州绰回答说：『下臣充当仆隶没有多长时间，然而这两位，如果用禽兽相比，下臣已经吃了他们的肉而睡在他们的皮上了。』

襄公二十二年

原文

二十二年春，臧武仲如晋。雨，过御叔①。御叔在其邑，将饮酒，曰：『焉用圣人②？我将饮酒而已。雨行，何以圣为？』穆叔闻之曰：『不可使也，而傲使人，国之蠹也。』令倍其赋。

夏，晋人征朝于郑③。郑人使少正公孙侨对曰④：

注释

①过御叔：看望御叔。御叔，鲁国御邑大夫。②圣人：明哲的人。③征朝于郑：征召郑人朝见。④少正：官名，即亚卿。公孙侨：即子产。

译文

二十二年春季，臧武仲来到晋国。因为下雨，就来到御叔那里暂停并顺便拜访他。御叔在他自己的封地，正准备饮酒，说：『圣人有什么用？我只知道喝酒。外出遇到大雨，还算什么圣人？』穆叔听说此事后说：『他没有资格做使节，反而对使节毫不尊重，真是国家的蛀虫。』于是就加倍征收御叔的赋税。

夏天，晋国人让郑国人前去拜见。郑国人派少正公孙侨答复说：

原文

『在晋先君悼公九年，我寡君于是即位。即位八月，而我先大夫子驷从寡君以朝于执事，执事不礼于寡君，寡君惧。因是行也，我二年六月朝于楚。晋是以有戏之役。楚人犹竞，而申礼于敝邑①。敝邑欲从执事，而惧为大尤②，曰晋其谓我不共有礼③，是以不敢携贰于楚。我四年三月，先大夫子蟜又从寡君以观衅于楚④，晋于是乎有萧鱼之役。谓我敝邑，迩在晋国，譬诸草木，吾臭味也，而何敢差池⑤？楚亦不竞，寡君尽其土实⑥，重之以宗器⑦，以受齐盟⑧。遂帅群臣随于执事，以会岁终。贰于楚者，子侯、石盂⑨，归而讨之。溴梁之明年，子蟜老矣，公孙夏从寡君以朝于君，见于尝酎⑩，与执燔焉⑪。间二年，闻君将靖东夏⑫，四月，又朝以听事期。不朝之间，无岁不聘，无役不从。以大国政令之无常，国家罢病，不虞荐至⑬，无日不惕，岂敢忘职？

『大国若安定之，其朝夕在庭，何辱命焉？若不恤其患，而以为口实⑭，其无乃不堪任命，而翦为仇雠。敝邑是惧，其敢忘君命？委诸执事，执事实重图之。』

注释

①申礼：申明礼仪。②大尤：大罪。③不共有礼：不恭敬于有礼者。④观衅：观察是否有嫌隙。⑤差池：不一致。⑥土实：土产，土地所产。⑦重之：加上。⑧齐盟：即斋盟。⑨子侯、石盂：为郑国二大夫。⑩尝酎：祭名，即在尝祭时用酎祭宗庙。酎，连酿三次的醇酒。⑪与执燔：参与分得膰肉。燔同『膰』，祭肉。⑫东夏：即齐国。⑬不虞荐至：意外的事情经常发生。⑭口实：借口，话柄。

译文

『贵国先君悼公九年，我们国君继承王位。即位八个月，我国的先大夫子驷便和我们国君前来朝见君王，但君王对我们国君很不尊重，因此我们国君害怕了。为此，我们就在二年六月朝见了楚国。贵国因为这件事发动了戏地一战。楚国人也是国力非常强大，却对我国很有礼貌。我国本打算顺从贵国，却又担心犯下大罪，心想晋国会不会认为我们是不尊重讲究礼仪的国家，于是也就不敢对楚国再有二心。我国四年三月，先大夫子蟜又随同我们君王前往楚国观察动静，于是贵国又发动了萧鱼之战。我们认为，我国距贵国很近，打个比喻，贵国是草木，我们就是散发出来的香味，哪里敢心怀二心呢？楚国日趋衰弱，我们君王献出了国产的全部东西，又加上祖庙的礼器，接受了诸侯盟约，带领群臣跟从君王参加了年终会见。当时我国与楚国暗中是相通的，只有子侯和石盂，君王回去后就把他们治罪了。溴梁之盟的第二年，子蟜告老退休，公孙夏又随同我们君王前来朝见，在举行尝酎时拜见了君王，并且参加了祭祀，饮酒吃肉。两年后，听说君王准备安定东方，四月，我们又来贵国朝见以听取会盟的日期。在不来朝见期间，我们也是没有一年不来贵国聘问，没有一次战役不派兵援助贵国。因为大国政令不能稳定，而且我们国家疲惫不堪，内忧外患随时都可能发生，我们从来没有放松过警惕，怎么敢忘记应尽的义务呢？

『如果大国能够使我国安定下来，那么我们自己就会主动前来朝见，哪里还用得着你们要求呢？但如果不体恤我们的忧患，而只是口头上说一些好听的话，那么我们就很难接受大国的命令，而被大国视为仇人了。我国非常害怕，哪里敢忘记君王的命令呢？一切听从执事吩咐，请执事深思一下。』

原文

秋，栾盈自楚适齐。晏平仲言于齐侯曰：『商任之会，受命于晋①。今纳栾氏，将安用之？小所以事大，信也。失信，不立。君其图之。』弗听。退告陈文子曰：『君人执信②，臣人执共③。忠、信、笃、敬，上下同之，天之道也。君自弃也，弗能久矣！』

九月，郑公孙黑肱有疾，归邑于公，召室老、宗人立段④，而使黜官、薄祭⑤。祭以特羊⑥，殷以少牢⑦。足以共祀，尽归其余邑。曰：『吾闻之，生于乱世，贵而能贫，民无求焉，可以后亡。敬共事君，与二三子。生在敬戒，不在富也。』己巳，伯张卒⑧。君子曰：『善戒。《诗》曰：「慎尔侯度，用戒不虞。」郑子张其有焉。』

注释

①受命于晋：指接受晋国发出禁锢栾氏的命令。②君人执信：做人君要保持信用。③臣人执共：做人臣的要保持恭敬。④段：即公孙黑肱之子。⑤薄祭：祭祀从简。⑥祭以特羊：四时的常祭只用一只羊。⑦殷以少牢：殷祭用羊和猪。殷，盛祭，本应用太牢，因减省用少牢。⑧伯张：即黑肱，字子张。

译文

秋季，栾盈从楚国来到齐国。晏平仲对齐庄公说：『在商任盟会上，我们曾经接受了晋国的指示。如今收容栾盈，您打算怎么办？小国事奉大国，靠的就是信用。失去信用，便不能生存。希望君王三思而后行。』齐庄公不听，晏平仲出来后对陈文子说：『君王守信，臣子才能表现出恭敬。忠心、信用、诚笃、恭敬，只有上下一致，才是上天之道。君王自己要抛弃这些，肯定难以长久保留君位！』

九月，郑国的公孙黑肱患了病，便把封邑重新还给郑简公，并把室老和宗人叫来，立了段为继承人，还让他们裁减家臣，祭祀要以简单为好。一般的祭祀只用一只羊，殷祭时只用羊和猪。留下足够供给祭祀的土地，其余的封邑均还给郑简公。他说：『我听说，生在动乱时代虽然地位尊贵但也要安守清贫，使百姓对他没有什么要求，这样就可以死在别人之后。你要小心地事奉君王和几位大臣，生存下去关键在于时常自我警戒，并不在于自身是否贫富。』二十五日，公孙黑肱亡故。君子认为：『公孙黑肱善于自戒。《诗》说：「小心你的法度，以防不测。」郑国的公孙黑肱的确做到了这一点。』

原文

冬，会于沙随，复锢栾氏也。

栾盈犹在齐。晏子曰：『祸将作矣！齐将伐晋，不可以不惧。』

楚观起有宠于令尹子南，未益禄，而有马数十乘。楚人患之，王将讨焉。子南之子弃疾为王御士①，王每见之，必泣。弃疾曰：『君三泣臣矣②，敢问谁之罪也？』王曰：『令尹之不能，尔所知也。国将讨焉，尔其居乎？』对曰：『父戮子居，君焉用之？泄命重刑③，臣亦不为。』王遂杀子南于朝，轘观起于四竟④。

注释

①御士：即侍御之人。②三泣臣：三次对臣哭泣。③泄命重刑：泄露君主的命令因而加重处罚。④轘：车裂。

译文

冬季，襄公和晋平公、齐庄公、宋平公、卫殇公、郑简公、曹武公、莒子、薛伯、杞孝公、小邾子在沙随会见，目的是为了再次表明各国不得收留栾盈。

此时栾盈还在齐国。晏子说：『灾难马上就要发生！齐国将要袭击晋国，这不能不使人忧虑万分。』

楚国的观起受到令尹子南的偏爱，他的官禄虽然还没有增加，却可以驾驭数十辆车子的几十匹马。楚国人对此非常焦虑，楚康王准备讨伐他。此时子南的儿子弃疾是楚康王的御士，楚康王每次见到他，必定会流泪不止。弃疾便问：『君王在臣面前已经哭了三次了，请问这是谁的罪过呢？』楚康王说：『令尹不善，这你是知道的。现在国家打算要惩罚他，你还能留下来吗？』弃疾回答说：『父亲如果被杀戮，即使儿子留下不走，君王还能重用他吗？不过泄露了重要秘密也将受到严重的惩罚，我不会这么做。』随后楚康王便在朝廷上杀了子南，将观起车裂而死，然后把他的尸体分别送到楚国四方边境示众。

原文

子南之臣谓弃疾：『请徙子尸于朝[1]。』曰：『君臣有礼，唯二三子。』三日，弃疾请尸[2]。王许之。既葬，其徒曰：『行乎？』曰：『吾与杀吾父，行将焉入？』曰：『然则臣王乎？』曰：『弃父事仇，吾弗忍也。』遂缢而死。

复使薳子冯为令尹，公子齮为司马，屈建为莫敖。有宠于薳子者八人，皆无禄而多马。他日朝，与申叔豫言。弗应而退。从之，入于人中。又从之，遂归。退朝，见之，曰：『子三困我于朝，吾惧，不敢不见。吾过，子姑告我，何疾我也？』对曰：『吾不免是惧[3]，何敢告子？』曰：『何故？』对曰：『昔观起有宠于子南，子南得罪，观起车裂，何故不惧？』自御而归，不能当道[4]。至，谓八人者曰：『吾见申叔，夫子所谓生死而肉骨也[5]。知我者，如夫子则可[6]。不然，请止[7]。』辞八人者，而后王安之。

注释

①子尸：子南之尸。②请尸：请求收尸。③不免是惧：害怕不免于罪。④当道：车行正道。⑤生死而肉骨：使死者复生，让白骨长肉。⑥夫子：即申叔豫。⑦止：休，绝交之词。

译文

子南的家臣对弃疾说：『请同意我们把你父亲的尸体从朝廷上运回来。』弃疾说：『君臣之间应该有一定的礼仪，就看几位大臣怎么处理了。』三天后，弃疾请求收敛父亲尸首。楚康王同意了。安葬子南后，弃疾手下的人说：『应不应该出走呢？』弃疾说：『我实际上也参与了谋害我父亲的阴谋，出走，哪里还能收留我呢？』手下人又问：『那么您继续事奉君王吗？』弃疾说：『抛弃了父亲却事奉仇人，我怎么也不忍心这么做。』于是就上吊身亡。

楚康王又让薳子冯做令尹，公子齮为司马，屈建为莫敖。受到薳子冯信赖的八个人，都没有俸禄却拥有很多马匹。有一天，薳子冯上朝，和申叔豫说话。没想到申叔豫不理他就走了。薳子冯追了上去，申叔豫躲到人群中。薳子冯继续追赶，申叔豫便回家了。退朝之后，薳子冯到申叔豫家中找他，说：『你在朝廷上三次给我难堪，我很是焦虑，不敢不来求见。我有过错，你可以告诉我，为什么这么讨厌我呢？』申叔豫回答说：『我还恐怕不能免于犯罪呢，还怎么敢告诉你？』薳子冯问：『为什么？』申叔豫回答说：『从前观起受到子南偏爱，子南因此而获罪，观起被五马分尸，怎么能不让人担心呢？』薳子冯自己驾车回去时，因为心里害怕，车子总是偏离正道。到家见到那八个人说：『我适才见到了申叔豫，这个人真是那种所谓能让死者复生，能使白骨长肉的人。你们中间谁能像这个人了解我，谁就留下。不然，就请自便。』然后便把那八个人全部赶走了，从此以后楚康王才对他不再怀疑。

原文

十二月，郑游眅将归晋①，未出竟，遭逆妻者②，夺之，以馆于邑。丁巳③，其夫攻子明，杀之，以其妻行。子展废良而立大叔④。曰：『国卿，君之贰也，民之主也，不可以苟。请舍子明之类⑤。』求亡妻者，使复其所。使游氏勿怨，曰：『无昭恶也。』

注释

①游眅：字子明，公孙虿之子。②遭逆妻者：遇上迎娶妻子的人。③丁巳：十二月无丁巳日。④良：游眅之子。大叔：即游吉，公孙虿之子，游眅之弟。⑤舍：舍弃。子明之类：指游眅之子良。

杏花茅屋图　明·唐寅

图中悬崖巨壁，苍松盘曲，杏花茅屋，山泉溪流，二幽人隐士漫步道上，放眼望去，远山连绵，渔人舟楫，湖水荡波，此图笔墨温润，沉着而又活泼。自题诗：『绿水江桥夹杏花，数间茅屋是渔家。主人莫拒看花客，囊有青钱酒不赊。』诗、书、画相融，其间既充满生活情趣，又反映作者超脱世俗，追求闲逸的意向。

译文

十二月，郑国的游贩打算回到晋国，但还没有走出国境，便遇到一个迎娶新娘的人，于是游贩便夺了这人的妻子，住到自己的封地中去了。十二月某日，那女人的丈夫攻打游贩，杀死了他之后，带着妻子走了。子展因此而把游贩的儿子良废除，立了游贩的弟弟游吉。他说：『一个国家的卿，便是君王的副手，百姓的主人，是绝对不能任意胡为的。请把这类人废弃掉。』又设法找到那个新娘被夺、杀了游贩的人，让他回到家乡，并警告游氏不得痛恨此人，他说：『不要使游贩的恶名再得以张扬。』

襄公二十三年

原文

二十三年春，杞孝公卒，晋悼夫人丧之①。平公不彻乐，非礼也。礼，为邻国阙②。

陈侯如楚，公子黄愬二庆于楚，楚人召之。使庆乐往，杀之。庆氏以陈叛。夏，屈建从陈侯围陈。陈人城，板队而杀人。役人相命③，各杀其长④，遂杀庆虎、庆寅。楚人纳公子黄。君子谓：「庆氏不义，不可肆也⑤。」故《书》曰：「惟命不于常⑥。」

晋将嫁女于吴，齐侯使析归父媵之⑦，以藩载栾盈及其士⑧，纳诸曲沃。栾盈夜见胥午而告之⑨。对曰：「不可。天之所废，谁能兴之？子必不免。吾非爱死也，知不集也。」盈曰：「虽然，因子而死，吾无悔矣。我实不天⑩，子无咎焉。」许诺。伏之而觞曲沃人，乐作，午言曰：「今也得栾孺子⑪，何如？」对曰：「得主而为之死，犹不死也。」皆叹，有泣者。爵行⑫，又言。皆曰：「得主，何贰之有！」盈出，遍拜之。

注释

①晋悼夫人丧之：晋悼夫人为他服丧。晋悼夫人，即杞孝公之妹，晋平公之母。②阙：撤乐。③相命：互相传令。④长：此指役夫之长。⑤肆：放。⑥惟命不于常：意即天命不常在。⑦媵之：送媵妾。⑧藩：车上的篷布。⑨胥午：即曲沃大夫。⑩不天：不为天所庇佑。⑪栾孺子：即栾盈。⑫爵行：互相举杯。

译文

二十三年春，杞孝公去世，晋悼夫人为他服丧。晋平公不撤除音乐，这是不合于礼的。按照礼，应该为邻国的丧事撤除音乐。

陈哀公来到楚国，公子黄在楚国对二庆提出起诉，楚人会见二庆。二庆让庆乐前往，楚人杀了庆乐。庆氏带领陈国背叛楚国。夏季，屈建跟从陈哀公围攻陈国。陈国人筑城，夹板掉下来，庆氏就杀死了筑城人。筑城的人互相传令，各自杀死他们的头目，趁机杀了庆虎、庆寅。楚人便把公子黄送回陈国。君子认为：『庆氏行动不合于道义，就不能肆意妄为。所以《书》说：「天命不能常在。」』

晋国将要把女儿嫁给吴国，齐庄公让析归父致送媵妾，用篷车装着栾盈和他的士，把他安排在曲沃。栾盈夜里进见胥午而把情况全部告诉他。胥午回答说：『不能那么做。上天所废弃的，谁能够把他兴盛起来呢？您肯定不免于死。我不是爱惜一死，不过明知事情不能成功。』栾盈说：『尽管这样，依靠您而死去，我不后悔。我确实不为上天庇护，您并没有过错。』胥午答应了。把栾盈隐匿起来以后就请曲沃人喝酒，音乐开始演奏，胥午发话说：『现在要是找到栾孺子，应该怎么办？』人们回答说：『找到了主人而甘心为他死，虽死尤生。』大家都悲叹不已，其中还有哭泣的。举杯，胥午又说这话。大家都说：『找到了主人，还有什么三心二意的！』栾盈走出来，对大家一一叩拜表示感谢。

原文

四月，栾盈帅曲沃之甲，因魏献子[1]，以昼入绛。初，栾盈佐魏庄子于下军[2]，献子私焉，故因之。赵氏以原、屏之难怨栾氏。韩、赵方睦[3]。中行氏以伐秦之役怨栾氏[4]，而固与范氏和亲[5]。知悼子少[6]，而听于中行氏。程郑嬖于公。唯魏氏及七舆大夫与之。

乐王鲋侍坐于范宣子。或告曰：『栾氏至矣！』宣子惧。桓子曰：『奉君以走固宫[7]，必无害也。且栾氏多怨，子为政；栾氏自外，子在位。其利多矣。既有利权，又执民柄[8]，将何惧焉？栾氏所得，其唯魏氏乎！而可强取也。

夫克乱在权，子无懈矣！』

注释

①魏献子：即魏舒。②魏庄子：即魏绛，献子之父。③韩、赵：即韩起、赵武。④中行氏：荀氏的一支。⑤范氏：即范宣子。⑥知悼子：即知盈。⑦固宫：晋侯的别宫。⑧民柄：对百姓的赏罚。

译文

四月，栾盈统率曲沃的甲士，依靠着魏献子，在白天进入绛地。当初，栾盈在下军中辅佐魏庄子，魏献子私下里和他关系很好，所以依靠他。赵氏由于原、屏的祸难痛恨栾氏。韩氏、赵氏刚刚和睦。中行氏由于攻打秦国的那次战役怨恨栾氏，本来和范宣子亲近。知悼子岁数尚小，因此听从中行氏的话。程郑受到晋平公的偏爱。只有魏氏和七舆大夫亲近栾氏。

乐王鲋侍坐在范宣子旁边。有人通报说：『栾氏来了！』范宣子感到恐惧不安。乐王鲋说：『事奉国君逃到固宫，一定没有危害。而且栾氏仇敌很多，您控制国政；栾氏从外边来，您处在掌权的地位。这有利的条件就多了。既执掌大权，又掌握着对百姓的赏罚，有什么可害怕的？栾氏所得到的，不就仅仅是魏氏吗！况且是可以用武力争取过来的。平定叛乱在于权力，您不要放松！』

原文

公有姻丧[①]，王鲋使宣子墨缞、冒、绖[②]，二妇人辇以如公[③]，奉公以如固宫。范鞅逆魏舒，则成列既乘[④]，将逆栾氏矣。趋进，曰：『栾氏帅贼以入，鞅之父与二三子在君所矣，使鞅逆吾子。鞅请骖乘。』持带，遂超乘。右抚剑，左援带，命驱之出。仆请，鞅曰：『之公。』宣子逆诸阶，执其手，赂之以曲沃。

初，斐豹，隶也，著于丹书[⑤]。栾氏之力臣曰督戎，国人惧之。斐豹谓宣子曰：『苟焚丹书，我杀督戎。』宣子喜，曰：『而杀之，所不请于君焚丹书者，有如日！』乃出豹而闭之[⑥]。督戎从之。逾隐而待之[⑦]，督戎逾入，豹自后击而杀之。

注释

①姻丧：即晋悼夫人丧其兄杞孝公。②墨缞、冒、绖：黑色丧服。缞，衰服；冒，冒巾；绖，腰绖。③二妇人辇以如公：和两个女人乘坐辇车前往晋侯那里。④成列既乘：军队已排列好，兵车准备完毕。⑤著于丹书：用红字记载在竹简上。⑥出豹而闭之：让斐豹出宫门然后关上宫门。⑦逾隐：跳过短墙。隐，短墙。

译文

晋平公有姻亲的丧事，乐王鲋让范宣子穿着黑色的丧服，和两个女人坐上车来到晋平公那里，陪侍晋平公去到固宫。范鞅前往迎接魏献子，魏献子的军队已经排成行列、登上战车，准备去迎接栾氏了。范鞅赶快走过去，说：『栾氏率领谋反分子进入国都，鞅的父亲和几位大夫都在国君那里，派鞅前来迎接您。鞅请求在车上作为骖乘。』拉着带子，就跳上了魏献子乘坐的战车。范鞅右手握着剑，左手拉着带子，下令驱车离开行列。驾车的人问他去哪里，范鞅说：『到国君那里。』范宣子在阶前迎候魏献子，拉着他的手，答应把曲沃赠给他。

当初，斐豹是一个奴隶，用红字记载在竹简上。栾氏有一个力气很大的人叫督戎，国内的人们都惧怕他。斐豹对范宣子说：『如果烧掉这竹简，我去杀死督戎。』范宣子很高兴，说：『你杀了他，如果不能请求国君焚毁这竹简，有太阳神作为证明！』于是就让斐豹出宫然后关上宫门。督戎跟上他。斐豹翻进矮墙等着督戎，督戎翻进墙来，斐豹从后面猛击而将他杀死。

原文

范氏之徒在台后，栾氏乘公门。宣子谓鞅曰：『矢及君屋，死之！』鞅用剑以帅卒，栾氏退，摄车从之。遇栾乐，曰：『乐免之。死将讼女于天。』乐射之，不中；又注[①]，则乘槐本而覆[②]。或以戟钩之，断肘而死。栾鲂伤。栾盈奔曲沃。晋人围之。

秋，齐侯伐卫。先驱[③]，谷荣御王孙挥，召扬为右。申驱[④]，成秩御莒恒，申鲜虞之傅挚为右；曹开御戎，晏父戎为右。贰广[⑤]，上之登御邢公，卢蒲癸为右。启[⑥]，牢成御襄罢师，狼蘧疏为右。胠[⑦]，商子车御侯朝，桓跳为右。大殿[⑧]，商子游御夏之御寇，崔如为右，烛庸之越驷乘。自卫将遂伐晋。

注释

①注：搭上箭。②乘槐本：车子碰到槐树根。③先驱：先锋部队。④申驱：次前锋。⑤贰广：齐侯副车。⑥启：左翼。⑦胠：右翼。⑧大殿：即后军。

译文

范氏的手下在台的后面，栾氏登上宫门。范宣子对范鞅说：『箭要射到国君的屋子，你就必然会死去！』范鞅用剑统领步兵迎战，栾氏败退，范鞅跳上战车追赶。碰到栾乐，范鞅说：『栾乐，别打了。我死了会向上天告发你的罪状。』栾乐用箭射他，没有射中；又把箭搭上弓弦，车轮撞到槐树根翻了车。有人用戟钩他，把他的手臂拉断，他就死了。栾鲂身受重伤。栾盈逃到曲沃。晋国人团团包围了他。

秋天，齐庄公攻击卫国。第一前锋，谷荣驾驭王孙挥的战车，召扬作为车右。第二前锋，成秩驾驭莒恒的战车，申鲜虞的儿子傅挚作为车右；曹开驾驭齐庄公的战车，晏父戎作为车右。齐庄公的副车，上之登驾驭邢公的战车，卢蒲癸作为车右。其左翼部队，牢成驾驭襄罢师的战车，狼蘧疏作为车右。其右翼部队，商子车驾驭侯朝的战车，桓跳作为车右。后军，商子游驾驭夏之御寇的战车，崔如作为车右，烛庸之越等四人共同乘坐一车作为殿后。从卫国出发并将由此攻打晋国。

原文

晏平仲曰：『君恃勇力，以伐盟主①。若不济，国之福也。不德而有功，忧必及君。』崔杼谏曰：『不可。臣闻之：「小国间大国之败而毁焉，必受其咎。」君其图之！』弗听。陈文子见崔武子，曰：『将如君何？』武子曰：『吾言于君，君弗听也。以为盟主，而利其难。群臣若急，君于何有？子姑止之。』文子退，告其人曰：『崔子将死乎！谓君甚，而又过之，不得其死。过君以义②，犹自抑也③，况以恶乎？』

齐侯遂伐晋，取朝歌④。为二队，入孟门⑤，登大行⑥。张武军于荧庭，戍郫邵⑦，封少水⑧，以报平阴之役，乃还。赵胜帅东阳之师以追之⑨，获晏牦⑩。八月，叔孙豹帅师救晋，次于雍榆，礼也。

注释

①盟主：即晋国。②过君以义：用道义超过国君。③自抑：抑制自己。④朝歌：地名，即今河南淇县。⑤孟门：位于今河南辉县市西，乃太行隘道。⑥大行：即太行陉，位于今河南沁阳西北。⑦郫邵：地名，位于今河南济源县西。⑧封少水：在少水收尸封土。⑨东阳：泛指晋属太行山以东的地方。⑩晏牦：即晏莱，晏婴之子。

译文

晏平仲说：『君王凭靠勇力，来攻打盟主。如果不能攻陷，这是国家的福气。没有德行而有功劳，灾难必然降临君王身上。』崔杼劝阻说：『不行。下臣听说：「小国钻了大国败坏的空子而以武力相加，一定要受到祸患。」君王还是考虑一下！』齐庄公不听。陈文子进见崔杼，说道：『打算把国君怎么办？』崔杼说：『我已经将实情对国君说了，国君不听。把晋国奉为盟主，反而以它的祸难为利。下臣们如果焦急，哪里还有什么国君？您姑且不用管了。』陈文子退出，指示他的手下说：『崔子将要死了吧！指责国君过分而其行为又超过国君，不会得到好结果的。用道义超过国君，还需要自己调节，又何况是用邪恶呢？』

齐庄公因此而攻打晋国，夺取朝歌。兵分两路，一路进入孟门，一路登上太行陉。在荧庭筑起武军，派人戍守郫邵，在少水聚拢晋军尸体埋在一个大坟里，以报复平阴那次战役的仇恨，这才撤退回去。赵胜领着东阳的军队追上去，俘虏了晏牦。八月，叔孙豹领兵增援晋国，驻扎在雍榆，这是合于礼的。

原文

季武子无适子，公弥长①，而爱悼子②，欲立之。访于申丰③，曰：『弥与纥，吾皆爱之，欲择才焉而立之。』申丰趋退，归，尽室将行。他日，又访焉。对曰：『其然，将具敝车而行④。』乃止。访于臧纥。臧纥曰：『饮我酒，吾为子立之。』季氏饮大夫酒，臧纥为客⑤。既献，臧孙命北面重席⑥，新尊絜之⑦。召悼子，降，逆之。大夫皆起。及旅⑧，而召公鉏，使与之齿⑨。季孙失色。

季氏以公鉏为马正⑩，愠而不出。闵子马见之⑪，曰：『子无然！祸福无门，唯人所召。为人子者，患不孝，不患无所。敬共父命，何常之有？若能孝敬，富倍季氏可也。奸回不轨⑫，祸倍下民可也。』公鉏然之，敬共朝夕，恪居官次⑬。季孙喜，使饮己酒，而以具往，尽舍旃⑭。故公鉏氏富，又出为公左宰。

注释

①公弥：即公鉏。②悼子：名纥。③申丰：季氏家臣。④具敝车：套上我的车子。⑤客：指上宾。⑥北面重席：

面向北铺二层席子。⑦新尊絜之：用新酒杯并洗涤干净。⑧旅：旅酬，即宾主按尊卑长幼次序相互敬酒。⑨使与之齿：使之与别人按年龄大小排列顺序。⑩马正：大夫家司马。掌管土地的军赋。⑪闵子马：即闵马父，为人名。⑫奸回：奸邪。⑬恪居官次：谨慎地履行职责。⑭旃：之焉的合音字。

译文

季武子没有嫡子，公钼最大，但是季武子喜欢悼子，打算让他做继承人。向申丰说：『弥和纥，我都喜欢，想要选择有才能的立为继承人。』申丰快步走出，回家，准备全家出走。过了几天，季武子以此事又问申丰。申丰答复说：『您如果再这样，我打算套上我的车子离开了。』季武子就停止此事了。季武子又去问臧纥。臧纥说：『款待我喝酒，我为您立他。』季氏招待大夫们喝酒，招待臧纥犹同上宾。向宾客献酒完毕，臧纥命令朝北铺上两层席子，换上新的酒尊并加以洗涤。见到悼子，走下台阶迎接他。大夫们都站立起来。等到宾主互相敬酒酬答，才召见公钼，让他和别人按年龄大小排列座位。出乎季武子意料，季武子脸上都变了颜色甚是难看。

季氏让公钼做马正，公钼憎恨，不肯做。闵子马见到公钼，说：『您别这样！祸和福没有定数，在于人们的召唤。做儿子的，害怕的是不孝，而不担心没有地位。小心地对待父亲的命令，事情怎么会固定不变呢？如果能够孝顺恭敬，富有可以胜过季氏。奸邪不合法度，灾难可以比老百姓增加一倍。』公钼同意他的话，就恭敬地早晚问安，谨慎地执行职务。季武子高兴了，让他招待自己喝酒，并且带着饮宴的器物前往，把器物全部留下。公钼氏于是致富，又做了鲁公的左宰。

原文

孟孙恶臧孙，季孙爱之。孟氏之御驺丰点好羯也[1]，曰："从余言，必为孟孙。"再三云，羯从之。孟庄子疾，丰点谓公鉏："苟立羯，请仇臧氏。"公鉏谓季孙曰："孺子秩，固其所也[2]。若羯立，则季氏信用力于臧氏矣。"弗应。己卯[3]，孟孙卒[4]。公鉏奉羯立于户侧。季孙至，入哭而出，曰："秩焉在？"公鉏曰："羯在此矣！"季孙曰："孺子长。"公鉏曰："何长之有？唯其才也。且夫子之命也[5]。"遂立羯。秩奔邾。

臧孙入，哭甚哀，多涕。出，其御曰："孟孙之恶子也，而哀如是。季孙若死，其若之何？"臧孙曰："季孙之爱我，疾疢也；孟孙之恶我，药石也[6]。美疢不如恶石[7]。夫石犹生我，疢之美，其毒滋多。孟孙死，吾亡无日矣。"孟氏闭门，告于季孙曰："臧氏将为乱，不使我葬。"季孙不信。臧孙闻之，戒。冬，十月，孟氏将辟，藉除于臧氏[8]。臧孙使正夫助之[9]，除于东门，甲从己而视之[10]。孟氏又告季孙。季孙怒，命攻臧氏。乙亥[11]，臧纥斩鹿门之关以出[12]，奔邾。

注释

①御驺：养马兼驾车的官员。丰点：人名。羯：孟庄子之庶子，孺子秩之弟，又称孝伯。②固其所：本来是继承人。③己卯：八月初十日。④孟孙：即仲孙速。⑤夫子：即孟庄子。⑥药：中草药。石：砭石，古以石为针，可以治病。⑦美疢不如恶石：好的疾病不如坏的砭石。⑧藉除：借用役夫。⑨正夫：即正卒，正徒。适合服役的男子。⑩甲从己：甲士跟随着自己。⑪乙亥：十月初七日。⑫斩鹿门之关：斩断鹿门上的门闩。鹿门，鲁都南城东门。

译文

孟庄子不喜欢臧孙，但季武子喜欢他。孟氏的御驺丰点喜欢羯，说："听从我劝说，你一定成为孟氏的继承人。』一再地说，羯就听从了他。孟庄子生病，丰点对公鉏说：『如果立了羯，就请他痛恨臧氏。』公鉏对季武子说：『孺子秩本来应当做继承王位的人。如果羯能够被改立为继承人，那么季氏就确实比臧氏有实力了。』季武子没有答应。八月初十日，孟孙亡故。公鉏事奉羯立在门边接受宾客来吊唁。季武子来到，进门，大哭不已，出门，说：『秩在哪里？』公鉏说：『羯在这里了！』季孙说：『孺子是岁数较大的。』公鉏说：『有什么年长不年长？就因为他有才华，而且是他老人家的命令。』就立了羯。秩逃亡到邾国。

臧孙进门号哭，很悲哀，眼泪很多。出门，他的御者说：『孟庄子不喜欢您，而您悲哀成这个样子。季武子如果死了，您该怎么办？』臧孙说：『季武子喜欢我，这是没有疼痛的疾病；孟庄子讨厌我，这是治愈疾病的良方。没有痛苦的疾病不如使人痛苦的药石。药石还可以让我活下去，疾病没有痛苦，它的毒害更多。孟庄子不在人世了，我的死期也没有多少日子了。』孟氏关起大门，告诉季武子说：『臧氏打算发动变乱，不让我家安葬。』季武子对他产生怀疑。臧孙听到消息，实行戒备。冬，十月，孟氏准备开掘墓道，在臧氏那里借用役夫。臧孙让正夫去帮忙，在东门开挖墓道，有甲士跟随着自己前去观察。孟氏又告诉季武子。季武子大怒，命令攻打臧氏。十月初七日，臧孙砍断鹿门的门闩逃亡到邾国。

原文

初，臧宣叔娶于铸[1]，生贾及为而死。继室以其侄，穆姜之姨子也[2]，生纥，长于公宫。姜氏爱之，故立之。臧贾、臧为出在铸。臧武仲自邾使告臧贾，且致大蔡焉[3]，曰：『纥不佞，失守宗祧[4]，敢告不吊。纥之罪，不及不祀。子以大蔡纳请，其可。』贾曰：『是家之祸也，非子之过也。贾闻命矣。』再拜受龟。使为以纳请，遂自为也。臧孙如防，使来告曰：『纥非能害也，知不足也。非敢私请！苟守先祀，无废二勋[5]，敢不辟邑[6]！』乃立臧为。臧纥致防

而奔齐[7]。其人曰："其盟我乎？"臧孙曰："无辞。"将盟臧氏。季孙召外史掌恶臣[8]，而问盟首焉，对曰："盟东门氏也[9]，曰：'毋或如东门遂，不听公命，杀适立庶。'盟叔孙氏也，曰：'毋或如叔孙侨如，欲废国常，荡覆公室。'"季孙曰："臧孙之罪，皆不及此。"孟椒曰："盍以其犯门斩关？"季孙用之。乃盟臧氏曰："无或如臧孙纥，干国之纪，犯门斩关。"臧孙闻之，曰："国有人焉！谁居[10]？其孟椒乎[11]！"

晋人克栾盈于曲沃，尽杀栾氏之族党。栾鲂出奔宋。书曰："晋人杀栾盈。"不言大夫，言自外也。

注释

①铸：古国名，位于今山东肥城县南。②穆姜之姨子：穆姜妹妹的女儿。③大蔡：大龟。④失守宗祧：不能祭祀宗庙。⑤二勋：二人的功勋。二人即二位先人文仲、宣叔。⑥辟邑：离开封邑。⑦致防：献出防地。⑧外史：官名。⑨东门氏：即东门襄仲，杀嫡子恶立宣公。⑩居：疑问助词，同"欤"。⑪孟椒：孟献子之孙子服惠伯。

译文

当初，臧宣叔在铸国迎娶妻子，她生了贾和为就去世了。臧宣叔以妻子的侄女作为继室，就是穆姜妹妹的女儿，生了纥，长在鲁公的宫中。穆姜十分宠爱他，所以立为臧宣叔的继承人。臧贾、臧为离开家里住在铸国。臧孙从邾国派人报告臧贾，同时送去大龟说："纥没有才能，不能祭祀宗庙，谨向您报告不善。纥的过错不至于断绝后代，您把大龟进献上去而请求立为我家的王位继承人，也许是可以的。"臧贾说："这是家门的灾祸，不是您的罪过。贾听到命令了。"再拜，接受了大龟，让为去代他进献请求，为却要求立自己为继承人。臧纥去到防地，派人来报告说："纥并不能伤害别人，而是由于智谋不足的原因。纥并不敢为自己私人请求！如果能保留先人的祭祀，不废掉两位先人的功劳，岂敢不让出封邑！"于是就立了臧为。臧纥献出了防地而逃跑到齐国。他的手下说："能为了我们盟誓吗？』臧纥说：『盟词不好写。』准备为臧氏盟誓。季武子召见掌管恶臣的外史，而询问盟词的写法。外史回答说：『为东门氏盟誓，说：「不要有人像东门遂那样不听国君的指示，杀嫡子，立庶子。」为叔孙氏发誓，说：「不要有人像叔孙侨如那样想要废弃国家的常道，头覆公室。」』季武子说：『臧纥的罪过都超过了这些。』孟椒说：『为何不把他砍城门的门闩写进盟词？』季武子采用了他的建议，就和其他官员盟誓，说：『不要有人像臧孙纥那样触犯国家的法纪，砍城门的门闩。』臧纥听说了，说：『国内有人才啊！是谁？此人应该是孟椒吧！』

晋人在曲沃战胜栾盈，把栾氏的亲族全部杀掉。栾鲂逃亡到宋国。《春秋》记载说：『晋人杀栾盈。』不说大夫，这是说他从国外进入国内反叛。

原文

齐侯还自晋，不入，遂袭莒，门于且于[1]，伤股而退。明日，将复战，期于寿舒。杞殖、华还载甲，夜入且于之隧[2]，宿于莒郊。明日，先遇莒子于蒲侯氏[3]。莒子重赂之，使无死，曰：『请有盟。』华周对曰[4]：『贪货弃命，亦君所恶也。昏而受命，日未中而弃之，何以事君？』莒子亲鼓之，从而伐之，获杞梁[5]。莒人行成。

齐侯归，遇杞梁之妻于郊，使吊之。辞曰：『殖之有罪，何辱命焉？若免于罪，犹有先人之敝庐在，下妾不得与郊吊[6]。』齐侯吊诸其室。

注释

①且于：莒邑名，在今山东莒县境内。②隧：狭路、隘道。③蒲侯氏：近莒之邑。④华周：即华还，齐大夫。⑤获：死获，即战死。杞梁：杞殖之字。⑥不得与郊吊：不能接受在郊外吊唁。

译文

齐庄公从晋国回来，不进入国都，就袭取莒国，攻打且于的城门，大腿受伤而退走。第二天，准备再战，约定军队在寿舒集中。杞梁、华还用战车装载甲士，夜里进入且于的狭窄的小路，露宿在莒国郊外。第二天，首先和莒子在蒲侯氏遭遇。莒子送给他们以重礼，让他们不要战死，说：『请和你们结盟。』华还回答说：『贪求财富丢弃命令，这也是君王所厌恶的。昨天晚上接受命令，今天太阳没有正中就丢弃命令，还用什么来事奉君王？』莒子亲自击鼓，追杀齐军，杀死了杞梁。莒国人和齐国讲和。

齐庄公回国，在郊外路上遇到杞梁的妻子，派人向她吊唁。她表示推辞并说：『杞梁有罪，岂敢劳动国君派人吊唁？如果能够获得免罪，还有先人的破屋子在那里，下妾不能接受在荒郊野外的吊唁。』于是齐庄公又到杞梁家去吊唁。

原文

齐侯将为臧纥田[1]。臧孙闻之，见齐侯。与之言伐晋，对曰：『多则多矣[2]！抑君似鼠。夫鼠，昼伏夜动，不穴于寝庙[3]，畏人故也。今君闻晋之乱而后作焉，宁将事之，非鼠如何？』乃弗与田。

仲尼曰：『知之难也[4]。有臧武仲之知，而不容于鲁国，抑有由也，作不顺而施不恕也[5]。《夏书》曰：「念兹在兹。」顺事、恕施也。』

注释

①为臧纥田：封给臧纥田邑。②多则多矣：战功多是很多了。③寝庙：即宗庙。④知：同『智』，聪明，明智。⑤作不顺：所作不顺于事理。施不恕：所为不合乎恕道。指臧纥参与季武子『废长立少』之事。

临溪幽赏图　明・文徵明

图中山坡上松柏、杂树高耸茂密，绿荫下溪水蜿蜒，溪上横卧小桥，桥上一老者临溪赏景，其后有童子侍立。此图用笔细谨，着墨精巧，意境清幽。

译文

齐庄公想封给臧纥土地。臧纥听说了，来见齐庄公。齐庄公跟他说起攻打晋国的事，他回答说：『功劳固然很多了，可是君王举止却像老鼠。老鼠，白天蹲着，夜里出动，不在宗庙里做窝，这是由于怕人的缘故。现在君王听到晋国动乱然后起兵，还不如去事奉它，这不是老鼠又是什么呢？』齐庄公发怒而没有封给他土地。

孔子说：『精明是很难做到的啊。有了臧武仲的聪明，而不能为鲁国接纳，这是有原因的，因为所作所为不顺乎事理而且不合乎恕道。《夏书》说：「想着这个，一心在于这个。」这就是要符合事理而且合乎恕道。』

襄公二十四年

原文

二十四年春，穆叔如晋，范宣子逆之，问焉，曰：『古人有言曰：「死而不朽。」何谓也？』穆叔未对。宣子曰：『昔匄之祖，自虞以上，为陶唐氏，在夏为御龙氏，在商为豕韦氏，在周为唐杜氏，晋主夏盟为范氏，其是之谓乎！』穆叔曰：『以豹所闻，此之谓「世禄」，非「不朽」也。鲁有先大夫曰臧文仲，既没，其言立①，其是之谓乎！豹闻之：「大上有立德②，其次有立功③，其次有立言。」虽久不废，此之谓不朽。若夫保姓受氏④，以守宗祊，世不绝祀，无国无之。禄之大者，不可谓不朽。』

范宣子为政，诸侯之币重，郑人病之。二月，郑伯如晋，子产寓书于子西以告宣子⑤，曰：

注释

①言立：言语一直流传不衰。②大上：即太上。立德：树立德行。③立功：建立功业。④保姓受氏：保守承袭姓氏。⑤寓书：寄书信。

译文

二十四年春季，穆叔来到晋国，范宣子士匄出来迎接，并问他：『古人有句话说：「死而不朽。」是什么意思？』穆叔没有答复。士匄又说：『从前我的祖先，在虞舜以前是陶唐氏，在夏朝是御龙氏，在商朝是豕韦氏，在周朝为唐杜氏，如今晋国称霸中原诸侯的时候是范氏，古人那句话我猜想说的就是这个吧！』穆叔说：『据我所知，这最多是叫做「世禄」，而并非是「不朽」。鲁国有个先大夫叫臧文仲，他死后，其言论还世世流传不为人们所忘记，所谓「不朽」，说的是这个吧！我听说：「最高的境界是建立德行，其次是建立功业，再次是留下言论。」能做到这些，经历再长的时间也不会被废止，这才叫做不朽。至于可以保存祖先的姓氏，守住宗庙，使祖先世世代代得到祭祀的情况，每一个国家都有。因而世世代代永享禄位的，还不能说是不朽。』

士匄执掌晋国大权期间，诸侯向晋国进献的贡品太多，郑国人有点不堪忍受他的暴虐。二月，郑简公到了晋国，子产寄给子西一封书信，让他转达士匄，信中内容是：

原文

『子为晋国①，四邻诸侯，不闻令德，而闻重币，侨也惑之②。侨闻君子长国家者③，非无贿之患④，而无令名之难⑤。夫诸侯之贿聚于公室，则诸侯贰⑥。若吾子赖之，则晋国贰。诸侯贰，则晋国坏；晋国贰，则子之家坏。何没没也⑦！将焉用贿？夫令名，德之舆也；德，国家之基也。在基无坏，无亦是务乎⑧？有德则乐，乐则能久。《诗》云：「乐只君子，邦家之基。」有令德也夫！「上帝临女⑨，无贰尔心。」有令名也夫！恕思以明德⑩，则令名载而行之，是以远至迩安。毋宁使人谓子⑪「子实生我」，而谓「子浚我以生」乎⑫？象有齿以焚其身⑬，贿也。』

宣子说，乃轻币。

是行也，郑伯朝晋，为重币故，且请伐陈也。郑伯稽首，宣子辞。子西相，曰：『以陈国之介恃大国，而陵虐于敝邑，寡君是以请请罪焉⑭，敢不稽首？』

孟孝伯侵齐，晋故也。

注释

①为：治。②侨：公孙侨，即子产。③长国家：治理国和家。④非无贿之患：即不患无贿。⑤无令名之难：患没有令名。令名，好名声。⑥贰：不一致，指分裂。⑦没没：即昧昧，指不明白，糊涂。⑧无亦是务：即『不亦务

是』，能不致力于此。务，致力，努力。⑨临女：监视着你。女，同『汝』，你。⑩恕思以明德：用宽恕来显示德行。⑪毋宁：即无宁，宁可。毋、无均为语首助词，无义。⑫子浚我以生：你靠剥削我而生存。浚，剥削，榨取。⑬焚：即偾，仆倒。⑭请请罪焉：请求请罪于陈，即请求伐郑。

译文

『阁下治理晋国政事，四邻的诸侯国家听不到您的美德，听到的却是纳贡日益增加，我感到迷惑。我听说君子治理国与家，并不忧虑财物的多少，忧虑的是没有一个美好的名声。诸侯的财物一旦都集中到您的家中，那么诸侯就会产生怀疑。如果您也想如此地聚敛财物，晋国的内部也会四分五裂。诸侯有了二心，晋国就会受到损害；晋国的内部出现了分裂，您的家庭也将受到不利影响。您是多么糊涂啊！怎么能如此重视财物呢？美好的名声是承载德行的工具；品德，是一个国家或家族的基础。有了基础，国与家才不致被毁坏，谁能不致力于这个基础的建议呢？有了德行就会令人高兴，内心快乐便能事事长久。《诗》说：「快乐的君子，就是国家的基础。」说的就是要有美德！「上天在监视你，必须一心一德。」说的就是有美名！宽恕别人以显示自己的德行，那么美名就流传天下，从而使远处的人来朝见，邻近的人心里安定。您宁可让人说「确实是你养活了我」，而不想让人说「你靠榨取我们养活了自己」吧？大象正因为有了象牙，才使自己遭到灭绝，这就是因为象牙珍贵的缘故。』

范宣子士匄看到书信后非常高兴，便减轻了诸侯的贡品。

这次郑简公拜见晋国，除了因为贡品太多不堪忍受之外，还有一个目的就是请求晋国出兵征伐陈国。郑简公叩头行礼，士匄不敢接受。子西作为相礼说：『陈国依仗楚国而欺凌我国，我们君王请求向陈国兴师问罪，怎敢不叩头呢？』

孟孝伯领兵侵入齐国，是为了报复去年齐国对晋国侵略的缘故。

原文

夏，楚子为舟师以伐吴，不为军政①，无功而还。

齐侯既伐晋而惧，将欲见楚子。楚子使薳启强如齐聘，且请期。齐社②，蒐军实③，使客观之。陈文子曰：『齐将有寇。吾闻之，兵不戢，必取其族④。』

秋，齐侯闻将有晋师，使陈无宇从薳启强如楚，辞，且乞师。崔杼帅师送之，遂伐莒，侵介根⑤。会于夷仪⑥，将以伐齐。水，不克。

注释

①不为军政：不对军队施行政教。②社：祭祀社神。③蒐军实：大检阅。④取其族：指危害自己。取，危害。族，类。⑤介根：本为莒旧都，位于今山东胶县西南。⑥夷仪：晋地，位于今河北邢台市西。

译文

夏天，楚康王出动水军攻击吴国，因为没有设置赏罚的制度，所以没有成功。

齐庄公攻打晋国之后便又害怕了，准备去朝见楚康王。于是，楚康王便派遣薳启强到齐国聘问，并询问朝见的日期。齐国在军中进行祭祀，并检阅了军队，让客人参观。陈文子说：『齐国将要受到侵犯。我听说，不把武器收藏起来，必然会使自身受到危险。』

秋天，齐庄公听说晋军将要发兵，便派陈无宇随同薳启强到楚国，说明要防备晋国进攻暂时不能朝见，同时请求出兵援助。崔杼领兵护送他出国，随后又顺便攻打莒国，占领了介根。

襄公和晋平公、宋平公、卫殇公、郑简公、曹武公、莒子、邾子、滕子、薛伯、杞文公、小邾子在夷仪见面，准备攻打齐国。因为发生了水灾，而没有攻克。

原文

冬，楚子伐郑以救齐，门于东门，次于棘泽①。诸侯还救郑。晋侯使张骼、辅跞致楚师②，求御于郑。郑人卜宛射犬③，吉。子大叔戒之曰：『大国之人，不可与也。』对曰：『无有众寡，其上一也④。』大叔曰：『不然，部娄无松柏。』二子在幄，坐射犬于外⑤；既食，而后食之。使御广车而行⑥，已皆乘乘车⑦。将及楚师，而后从之乘⑧，皆踞转而鼓琴⑨。近，不告而驰之。皆取胄于橐而胄⑩，入垒，皆下，搏人以投⑪，收禽挟囚⑫。弗待而出⑬。皆超乘，抽弓而射。既免，复踞转而鼓琴，曰：『公孙⑭！同乘，兄弟也，胡再不谋⑮？』对曰：『曩者志入而已⑯，今则怯也⑰。』皆笑曰：『公孙之亟也！』

注释

①棘泽：郑地，即今河南新郑县东南。②致楚师：向楚军挑战。③宛射犬：人名。④上：车上。⑤坐射犬于外：让射犬坐在帐幕外面。⑥广车：攻敌之车。⑦已：指二子，即张骼、辅跞。乘车：平日所乘战车。⑧而后从之乘：而后跳下自己的战车，登上射犬的攻敌之车。⑨踞转：蹲在车后的横木上。转，即轸，车后横木。⑩橐：盛甲胄的袋子。胄：戴上头盔，此用作动词。⑪搏人以投：与楚兵搏斗，抓住楚兵扔出去。⑫收禽挟囚：将俘虏绑住后夹在腋下。⑬弗待：此指射犬不等待二人。⑭公孙：即射犬。⑮胡再不谋：为何两次都不商量。⑯曩：以往。此指前一次，即『不告而驰』。⑰今：指后一次，即『弗待而出』。

译文

冬天，楚康王进攻郑国以救援齐国，攻打郑都的东门，然后驻守在棘泽。诸侯由齐国返回救援郑国。晋平公派张骼、辅跞向楚军挑衅，准备找一个郑国人驾车。郑国人为派遣宛射犬占卜，吉利。子太叔提醒宛射犬说：『对待大国人，是不能和他们比较高低上下的。』宛射犬说：『国家不论大小强弱，军队不论多少，御者位于车左车右之上，都是一样的。』太叔说：『不是这样。小土山上长不出松柏，小国不能与大国处于平等地位。』果然，张骼、辅跞在帐篷内，却让宛射犬坐在帐篷外面；他们两人吃饱后，才让宛射犬吃。他们让宛射犬驾着广车在前面走，自己则坐到战车上。快到楚军面前了，两人才丢弃战车，坐上了广车，而且又都蹲在车后的横木上悠闲弹琴。靠近楚军时，宛射犬没有告诉他们就冲进楚军后营中，他们两人连忙从袋子里取出头盔戴上。进入营垒后就都下了车，擒获了楚国士兵就扔了出去，又把两个士兵捆绑后挟在腋下。宛射犬没有等这两个人就驾车奔出。两人又都迅速跳上车，并拿弓射杀追击的敌兵。脱离危险之后，两人又蹲在车后横木上弹起琴来，并且说：『公孙！同坐一辆车，就是如同手足，为什么两次都不和我们商议呢？』宛射犬回答说：『前一次是一心想着冲进去，这一回是害怕了，想快点逃出来，因此都没有顾上商量。』两个人都笑道：『公孙这个人性子太急了！』

原文

楚子自棘泽还，使薳启强帅师送陈无宇。

吴人为楚舟师之役故，召舒鸠人①。舒鸠人叛楚。楚子师于荒浦②，使沈尹寿与师祁犁让之③。舒鸠子敬逆二子，而告无之，且请受盟。二子复命。王欲伐之。薳子曰④：『不可。彼告不叛，且请受盟，而又伐之，伐无罪也。姑归息民，以待其卒。卒而不贰，吾又何求？若犹叛我，无辞，有庸。』乃还。

注释

①舒鸠：楚属国。②荒浦：舒鸠地名，即黄陂。③沈尹寿与师祁犁：二人皆为楚大夫。④薳子：即令尹薳子冯。

译文

楚康王从棘泽回来，派薳启强率领送回陈无宇。

吴国人因为楚国水军进攻那一战而召集舒鸠人。因此舒鸠人就背弃了楚国。楚康王从荒浦发兵，派沈尹寿和师祁犁前去责问他们。舒鸠子恭敬有礼地迎接这两个人，告诉他们根本没有这回事，并且请求接受结盟。两人回去复命。楚康王还是想攻击舒鸠人。但薳子冯说：『不能这么做。他们说没有谋反，并且请求结盟，而我们又攻打他，这是在攻打无罪之国啊。我们暂且回去，使百姓得到休息，以等候最后的结果。如果最后他们果真没有二心，我们还有什么可说的？如果背叛了我们，他们也无借口可言，我们就能建立战功了。』于是楚军便撤军回国了。

原文

陈人复讨庆氏之党，鍼宜咎出奔楚。

齐人城郏①。穆叔如周聘，且贺城。王，嘉其有礼也，赐之大路②。

晋侯嬖程郑，使佐下军。郑行人公孙挥如晋聘③，程郑问焉，曰：『敢问降阶何由？』子羽不能对，归以语然明④。然明曰：『是将死矣。不然，将亡。贵而知惧，惧而思降，乃得其阶⑤。下人而已，又何问焉？且夫既登而求降阶者，知人也，不在程郑⑥。其有亡衅乎⑦！不然，其有惑疾，将死而忧也。』

注释

①城郏：在郏地郏城。郏，即王城，在今洛阳市。②大路：天子所赐车之总名。③公孙挥：即子羽，郑国大夫。

④然明：即鬷蔑，郑国大臣。⑤阶：适合自己才德的官位。⑥不在程郑：此指不是程郑一类人。⑦亡衅：逃亡的迹象。衅，征兆，迹象。

译文

陈国人又一次征讨二庆的党羽，鍼宜咎逃亡到了楚国。

齐国人在郏地筑城。穆叔到周王室聘问，同时庆祝筑城工程的顺利完工。周天子为了嘉奖他言行有礼，特地赐给他一辆大路车。

晋平公信任程郑，让他担任下军的副帅。郑国外交使节公孙挥来到晋国聘问，程郑问他：『请问降级是怎么回事？』公孙挥回答不出来，回国后将此话告诉然明。然明说：『问这话的人快要死了，不死也要逃往他国。地位尊贵了才能想到害怕，心怀害怕了才想到地位下降，这是想得到他认为适合自己的位置。把位置让给别人就行了，还问什么呢？再说已登上高位又想自动降级的人，应该说是少有的智者啊，但不是程郑这种人。恐怕他有了逃匿的迹象了吧！再不然就是患了疑心病，疑神疑鬼，心神不定，是忧虑自己快要死了吧。』

襄公二十五年

原文

二十五年春，齐崔杼帅师伐我北鄙，以报孝伯之师也。公患之，使告于晋。孟公绰曰①：『崔子将有大志，不在病我，必速归，何患焉？其来也不寇②，使民不严③，异于他日。』齐师徒归。

齐棠公之妻④，东郭偃之姊也。东郭偃臣崔武子。棠公死，偃御武子以吊焉。见棠姜而美之，使偃取之。偃曰：『男女辨姓⑤，今君出自丁⑥，臣出自桓⑦，不可。』武子筮之，遇困䷮之大过䷛。史皆曰吉。示陈文子，文子曰：『夫从风，风陨妻⑧。不可娶也。且其繇曰：「困于石⑨，据于蒺藜⑩，入于其宫，不见其妻，凶。」困于石，往不济也⑪；据于蒺藜，所恃伤也⑫；入于其宫，不见其妻，凶，无所归也。』崔子曰：『嫠也⑬，何害？先夫当之矣。』遂取之。

注释

①孟公绰：为鲁大夫。②不寇：不劫掠。③使民不严：役使百姓不严厉。④齐棠公：齐棠邑大夫。⑤男女辨姓：男女婚姻要区别姓氏。即同姓不通婚。⑥丁：齐丁公，姜太公之子。⑦桓：即齐桓公。丁、桓同为姜姓。⑧夫从风，风陨妻：丈夫随从风，风吹落妻子。即困卦的卦象是坎下兑上。坎为中男，故曰夫。三爻由阴变阳而为巽，巽为风，故曰『夫从风』。兑仍在上，故曰『风陨妻』。⑨困于石：为石头所困。⑩据于蒺藜：站在蒺藜丛里。⑪往不济：前去不成功。⑫恃伤：依靠它就会受伤害。⑬嫠：寡妇。

译文

二十五年春季，齐国的崔杼带领军队攻打鲁国的北部边境，以报去年孝伯入侵齐国结下的深仇大恨。襄公深为忧虑，便派人到晋国报告此事。孟公绰说：『崔杼另有政治野心，他的目的不在于侵犯我国，肯定会尽快退兵，还为此担忧什么？他们进攻却不抢劫财物，对百姓也不严厉，与往日不同。』果然，齐军没有获得利益只好返回。

齐国棠公的妻子是东郭偃的姐姐，东郭偃是崔杼的家臣。棠公逝世时，东郭偃为崔杼驾车前去吊唁。崔杼见棠姜相貌很标致，便要让东郭偃为自己娶过来。东郭偃说：『男女结婚要辨别姓氏，您是齐丁公的后代，我们是齐桓公的后代，两族不能通婚。』崔杼还放不下此事，又让人占卜，结果遇到困卦却成了大过卦。太史都说吉利。拿给陈文子看，文子说：『丈夫从风，大风吹落妻子。万万不能娶。而且它的繇辞说：「为石块所困，靠着蒺藜丛，走进屋子中，不见妻子影，这是险恶的征兆。」为石块所困，意思是即使去了也不能成功；靠着蒺藜丛，说明碰到的东西会让人受到伤害；进到屋子中，不见妻子踪影，是凶兆，意味着无家可归。』崔杼说：『她是个寡妇，有什么可令人恐惧的？再说先大夫棠公已经承担了凶险。』最终还是娶了棠姜。

原文

庄公通焉，骤如崔氏，以崔子之冠赐人，侍者曰：『不可。』公曰：『不为崔子[1]，其无冠乎？』崔子因是，又以其间伐晋也[2]，曰：『晋必将报。』欲弑公以说于晋，而不获间。公鞭侍人贾举，而又近之，乃为崔子间公[3]。

夏，五月，莒为且于之役故，莒子朝于齐。甲戌，飨诸北郭。崔子称疾[4]不视事[5]。乙亥，公问崔子，遂从姜氏[6]。姜入于室，与崔子自侧户出。公拊楹而歌[7]。侍人贾举止众从者而入，闭门。甲兴[8]，公登台而请，弗许；请盟，弗许；请自刃于庙，弗许。皆曰：『君之臣杼疾病，不能听命。近于公宫，陪臣干掫有淫者[9]，不知二命[10]。』公逾墙，又射之[11]，中股，反队。遂弑之。贾举、州绰、邴师、公孙敖、封具、铎父、襄伊、偻堙皆死[12]。祝佗父祭于高唐，至，复命，不说弁而死于崔氏。申蒯，侍渔者[13]，退，谓其宰曰：『尔以帑免[14]，我将死。』其宰曰：『免，是反子之义也[15]。』与之皆死。崔氏杀鬷蔑于平阴。

注释

①不为崔子：即不用崔子之冠。②间：晋国动乱的机会。③间公：寻找杀齐庄公的机会。④称疾：推说有病。⑤不视事：不参加，不办公。⑥从姜氏：跟姜氏在一起。⑦拊楹：轻轻拍打柱子。⑧甲兴：崔子的甲士起而攻庄公。⑨干掫：巡查搜捕。⑩不知二命：其他命令一概不受。⑪又射：有人射箭。又，同『有』。⑫贾举、州绰……偻堙：八人均为齐庄公所宠爱的勇士。⑬侍渔：管理渔业的人。⑭帑：家室。⑮反子之义：违反您的道义。

译文

齐庄公和棠姜私通，多次到崔杼家，并且还把崔杼的帽子赐给别人，侍从阻拦说：『您不能这么做。』齐庄公说：『这有什么，即使不用崔杼的帽子，难道没有别人的帽子可以用吗？』崔杼对此怀恨在心，又准备趁晋国内乱之机而去攻打晋国，他说：『晋国一定会来报仇雪恨。』他企图杀了齐庄公以讨好晋国，但一直没有找到机会。有一次齐庄公鞭打了仆人贾举，但后来又让他继续接近自己，于是贾举就同意为崔杼寻找除掉齐庄公的机会。

夏季，五月，莒国因为去年的且于之战，莒子赴齐国朝见。十六日，齐庄公在北城设宴接待崔杼。崔杼推说有病，没有前去。十七日，齐庄公前去探望崔杼，趁机又和姜氏鬼混起来。姜氏进入内室，和崔杼从左侧的门里走出来。这时齐庄公拍着柱子歌唱起来。侍从贾举阻拦齐庄公的其他随从人员入内，把他们关到门外。然后，崔杼的武士们一拥而上把齐庄公团团围住。齐庄公登上高台请求免他一死，甲士不答应；齐庄公请求盟誓，甲士也不应允；齐庄公请求在祖庙中自杀，甲士还是不答应。甲士们都说：『君王的臣子崔杼处于病危之中，不能亲自前来听取君王的命令。这里距离公室很近，我们只知道抓捕淫乱之人，不知道还有其他命令。』齐庄公企图跳墙逃走，甲士们便用箭射他，射中了他的大腿，从墙上掉了下来。甲士们便上去把他杀了。贾举、州绰、邴师、公孙敖、封具、铎父、襄伊、偻堙也都同时被他们杀死。祝佗父在高唐祭祀了齐国的别庙后返回复命，还没有来得及脱掉祭服，便被杀死在崔杼家中。申蒯，是负责管理渔业的一个官员，他退出来对他的家臣说：『你带着我的妻子赶快逃跑，我准备为君王战死。』他的家臣说：『如果我在此时逃走，就辜负了你对我的情义。』结果也和申蒯一同战死。崔杼又在平阴杀死了鬷蔑。

原文

晏子立于崔氏之门外，其人曰：『死乎？』曰：『独吾君也乎哉？吾死也？』曰：『行乎？』曰：『吾罪也乎哉？吾亡也？』曰：『归乎？』曰：『君死，安归？君民者①，岂以陵民？社稷是主。臣君者，岂为其口实②？社稷是养。故君为社稷死，则死之；为社稷亡，则亡之。若为己死，而为己亡，非其私昵③，谁敢任之？且人有君而弑之④，吾焉得死之？而焉得亡之？将庸何归⑤？』门启而入，枕尸股而哭。兴⑥，三踊而出⑦。人谓崔子：『必杀之！』崔子曰：『民之望也！舍之，得民。』

卢蒲癸奔晋，王何奔莒⑧。

注释

①君民：作为民众的国君。②口实：指俸禄。③私昵：个人所宠爱。④人有君：别人有君。别人，此指崔杼。⑤庸何：同义词连用。⑥兴：站起。⑦三踊：顿跳三次。⑧卢蒲癸、王何：二人皆为庄公亲信。

译文

晏子听到消息后来到崔杼的门外，他的手下说：『您打算为君王而战死吗？』晏子说：『是我一个人的君王吗？我为什么要死呢？』他的手下又说：『那您逃走吗？』晏子说：『难道我有罪吗？我为什么要逃亡？』他的手下又说：『那您要回去吗？』晏子说：『君王已死，我们能回到哪里去呢？作为百姓的君王，怎么能够凌驾到百姓头上胡作非为呢？应当认真治理国家。作为君王的臣子，难道仅仅是为了得到俸禄吗？应当切实地保护国家。因此如果君王是为国家而死，我们就应该随他一同死；如果是为国家而隐忍逃亡，那么我们就应该随他一同逃亡。但如果君王是为自己利益而死，为自己利益逃亡，那么除了他所亲信的人，谁愿意去做呢？再说崔杼立了庄公后来又杀了庄公，我为什么要为他而死而去逃亡呢？但我又能到哪里去呢？』这时崔杼家的大门忽然打开，晏子进去，趴到齐庄公的大腿上大哭了起来。哭完站起来，跳了三次就出去了。旁边的人对崔杼说：『一定要把他也杀死！』但崔杼说：『他是百姓所景仰的人！放了他，能够得到民心。』

齐庄公的党羽卢蒲癸逃到了晋国，王何则逃到了莒国。

原文

叔孙宣伯之在齐也①，叔孙还纳其女于灵公。嬖，生景公。丁丑，崔杼立而相之，庆封为左相，盟国人于大宫，曰：『所不与崔、庆者——』晏子仰天叹曰：『婴所不唯忠于君、利社稷者是与，有如上帝！』乃歃。辛巳，公与大夫及莒子盟。

大史书曰：『崔杼弑其君。』崔子杀之。其弟嗣书，而死者二人。其弟又书，乃舍之。南史氏闻大史尽死，执简以往。闻既书矣，乃还。

注释

①叔孙宣伯：即叔孙侨如。

译文

叔孙宣伯在齐国时，叔孙还把他的女儿送给齐灵公。结果这个女人受到齐灵公宠爱，后来生了齐景公。五月十九日，崔杼把他立为国君并辅助他，庆封任左相，又在太宫庙中和国内的人盟誓说：『谁要不亲附崔氏、庆氏——』，晏子接过话头仰天悲叹道：『我晏婴如果不对忠君利国的人亲近，甘愿受到上天的惩罚。』说完便歃血为誓。二十三日，齐景公和大夫们以及莒子结盟。

太史记载这一事件时写道：『崔杼弑其君。』崔杼于是把这个太史杀了。太史的弟弟仍然这么写，结果崔杼又杀了他。太史的最后一个弟弟还是这么写，崔杼却把他释放了。南史氏听说太史都死了，便手持竹简来到宫中，把听到的情况都记录下来才回去。

原文

闾丘婴以帷缚其妻而载之[①]，与申鲜虞乘而出。鲜虞推而下之，曰：『君昏不能匡，危不能救，死不能死，而知匿其昵，其谁纳之？』行及弇中[②]，将舍，婴曰：『崔、庆其追我！』鲜虞曰：『一与一，谁能惧我？』遂舍，枕辔而寝，食马而食，驾而行。出弇中，谓婴曰：『速驱之！崔、庆之众，不可当也。』遂来奔。

崔氏侧庄公于北郭[③]。丁亥，葬诸士孙之里[④]。四翣[⑤]，不跸[⑥]，下车七乘[⑦]，不以兵甲。

注释

①闾丘婴：与申鲜虞均为齐庄公近臣。②弇中：地名，即今山东临淄镇西南。③侧：烧土为砖，以砖围砌于棺木之外。④葬诸士孙之里：齐庄公被葬于士孙之里。古代族人应葬于族墓，唯凶死者另葬，以示惩罚。士孙，人姓，因名里。⑤翣：一种长柄扇。安葬时放在墓坑中。⑥跸：清道、警戒。⑦下车：送葬的破车子。

译文

闾丘婴用车子的帐幔包起妻子放到车上，然后和申鲜虞乘坐一辆车逃走。申鲜虞把闾丘婴的妻子推下车去，说：『如今君主昏庸无道不能安邦定国，国家危亡不能挽救，君王死了不能随之而死，却只知道藏匿自己的心爱的妻子，这样有谁会接纳你？』他们来到弇中。准备过夜时，闾丘婴说：『崔杼、庆封恐怕正在后面追赶我们！』鲜虞说：『这里是狭道，打起来也是一个对一个，有什么可怕的？』于是便住了下来，枕住马缰而睡，先喂了马，自己才吃饭，然后套上车子上路。过了弇中，鲜虞对闾丘婴说：『请快点跑！崔杼、庆封的人多，我们抗衡不住。』然后便逃亡来到鲁国。

崔杼把齐庄公的棺木临时停放在北面外城。二十九日，安葬在士孙之里。葬礼上只用了四把长柄扇，没有清道警戒，只用了七辆破车子，也没有出动甲兵护卫。

原文

晋侯济自泮，会于夷仪，伐齐，以报朝歌之役。齐人以庄公说①，使隰鉏请成。庆封如师，男女以班②。赂晋侯以宗器、乐器。自六正、五吏、三十帅、三军之大夫、百官之正长、师旅及处守者，皆有赂。晋侯许之。使叔向告于诸侯。公使子服惠伯对曰：『君舍有罪，以靖小国，君之惠也。寡君闻命矣！』

晋侯使魏舒、宛没逆卫侯③，将使卫与之夷仪。崔子止其帑④，以求五鹿。

注释

①以庄公说：以杀齐庄公向晋讨好。②男女以班：男女公开排列、捆绑。③卫侯：即卫献公。④止其帑：留下卫侯的妻子儿女。

译文

晋平公从泮水渡过河，和襄公、宋平公、卫殇公、郑简公、曹武公、莒子、邾子、滕子、薛伯、杞文公、小邾子在夷仪会见，然后联合起来攻打齐国，以报朝歌一战之仇。齐国人以杀了齐庄公这件事向晋国讨好，并派隰鉏请求与晋国讲和。庆封也来到军中活动，并把派出表示降服的男女排成两队。又赠送晋平公祭祀用的器什和乐器，另外，对六卿、五吏、三十个将领、三军大夫、各部门的主要官员及其下属、地方官等都送了东西。晋平公这才答应讲和，并让叔向通知各个诸侯。襄公派子服惠伯回答说：『君王原谅有罪的国家，从而安定小国，这是君王的恩泽。我们君王完全拥护！』

晋平公派魏舒和宛没去迎接卫献公，准备让卫国把夷仪一地送给卫献公居住。崔杼把卫献公的妻子儿女留下作为人质，以此要求把五鹿这个地方割让给他。

原文

初，陈侯会楚子伐郑，当陈隧者①，井堙木刊②，郑人怨之。六月，郑子展、子产帅车七百乘伐陈，宵突陈城③，遂入之。陈侯扶其大子偃师奔墓，遇司马桓子，曰：『载余！』曰：『将巡城！』遇贾获，载其母妻，下之，而授公车。公曰：『舍而母④！』辞曰：『不祥。』与其妻扶其母以奔墓，亦免。

子展命师无入公宫，与子产亲御诸门。陈侯使司马桓子赂以宗器。陈侯免⑤，拥社⑥，使其众，男女别而累，以待于朝。子展执絷而见，再拜稽首，承饮而进献。子美入，数俘而出。祝祓社⑦，司徒致民，司马致节⑧，司空致地，乃还。

注释

①当陈隧：陈国经过之地。②井堙木刊：井被填塞，树木被伐。刊，除。③宵突：夜里突袭。宵，夜。④舍：安置，即同乘一车。⑤免：丧服。⑥拥社：抱着土地神位。⑦祝袚社：向土地神祷告除灾。⑧致节：归还符节。

译文

当初，陈哀公联合楚国攻打郑国时，陈军所到之处，水井都被填上，树木全被砍伐，郑国人对此怀恨在心。六月，郑国的子展、子产统领七百辆战车攻打陈国，夜里发动袭击进了城。陈哀公带着太子偃师逃到坟堆中避难时，遇到司马桓子，陈哀公说：『请让我们坐上你的车！』但司马桓子说：『我还要去巡视城防情况呢！』路上遇到贾获，车上载着他的母亲和妻子，贾获让她们都下来，让陈哀公坐上去。陈哀公说：『让你母亲也坐上来吧！』贾获推辞说：『女人和你同乘一辆车，不是吉利的事。』说完就带着母亲和妻子躲到坟堆中，也躲过了这场祸灾。

子展下令军队不要进入陈哀公的宫内，和子产两人亲自在门口守卫。陈哀公让司马桓子把宗庙中的祭器送给他们。然后身穿丧服怀里抱着神位，率领百官将佐，男女站成两排，在朝廷听候处理。子展拿着绳子朝见陈哀公，两次叩头后向哀公敬酒。子产进来后，清点了俘虏的数目就出去了。郑国人祭祀土地神以消灾避邪，由司徒代表郑国把百姓重新还给陈国，由司马代表把兵符还给陈国，司空代表把土地还给陈国，然后郑军便撤军回国了。

原文

秋，七月己巳，同盟于重丘[①]，齐成故也。

赵文子为政[②]，令薄诸侯之币，而重其礼。穆叔见之。谓穆叔曰：『自今以往，兵其少弭矣！齐崔、庆新得政，将求善于诸侯。武也知楚令尹[③]。若敬行其礼，道之以文辞，以靖诸侯，兵可以弭。』

注释

①重丘：齐地。②赵文子：即赵武。③知楚令尹：与楚令尹相知。

译文

秋季，七月十二日，诸侯在重丘发誓结盟，这是与齐国讲和了的缘故。

赵武掌握了晋国的军政大权，他下令减轻诸侯的贡品，但加强对礼仪的重视程度。穆叔见他时，他说：『从今以后，战争恐怕可以稍稍消除了！齐国的崔杼、庆封刚刚取得政权，正在和诸侯讲和。我和楚国的令尹比较亲近。如果言行恭敬有礼，再加上委婉的外交辞令，就能够使诸侯之间安定下来，战争便可以消除。』

原文

楚薳子冯卒，屈建为令尹，屈荡为莫敖。舒鸠人卒叛，楚令尹子木伐之①，及离城②，吴人救之。子木遽以右师先，子强、息桓、子捷、子骈、子盂帅左师以退。吴人居其间七日。子强曰：『久将垫隘③，隘乃禽也④，不如速战！请以其私卒诱之，简师⑤，陈以待我。我克则进，奔则亦视之，乃可以免。不然，必为吴禽。』从之。五人以其私卒先击吴师。吴师奔，登山以望，见楚师不继，复逐之，傅诸其军。简师会之，吴师大败。遂围舒鸠，舒鸠溃。八月，楚灭舒鸠。

卫献公入于夷仪。

注释

①子木：即屈建。②离城：舒鸠邑名。③垫隘：疲弱。④禽：同『擒』，被活捉。⑤简师：挑选精锐兵士。

译文

楚国的薳子冯亡故，屈建出任令尹，屈荡为莫敖。此时舒鸠人终于背叛了楚国，于是屈建就发兵前去攻打，军队行至离城时，吴国人前来援助。屈建连忙让右翼部队冲上去，让子强、息桓、子捷、子骈、子盂率领左翼部队撤退。吴国人在楚国左右两军之间驻守了七天。子强说：『停留时间太长，军队就会疲弱，疲弱了就容易被敌人打败，不如速战速决！请允许我带领家兵前去引诱敌军，你们则挑选精锐兵士，摆开阵势等待我。我如果能战胜他们就继续前进，我如果失败了，你们就看情况决定怎么办，这样就可以免于被俘的命运。不然的话，我们全军都要被俘虏。』大家听从了他的建议。于是由五个人带领自己的家兵先向吴军进攻。吴军逃亡，他们登上山回头一看，楚军没有继续追赶，便折回来逼近楚军。楚军派出精锐部队和家兵会合到一起攻打吴军，结果吴军大败。随后楚军便围攻舒鸠，舒鸠人也溃散而逃了。八月，楚国灭亡了舒鸠国。

卫献公来到夷仪并在此地住下。

原文

郑子产献捷于晋，戎服将事。晋人问陈之罪，对曰：『昔虞阏父为周陶正[1]，以服事我先王。我先王赖其利器用也[2]，与其神明之后也[3]，庸以元女大姬配胡公[4]，而封诸陈，以备三恪。则我周之自出[5]，至于今是赖。桓公之乱[6]，蔡人欲立其出。我先君庄公奉五父而立之，蔡人杀之。我又与蔡人奉戴厉公。至于庄、宣，皆我之自立。夏氏之乱[7]，成公播荡[8]，又我之自入。君所知也。今陈忘周之大德，蔑我大惠，弃我姻亲，介恃楚众[9]，以冯陵我敝邑，不可亿逞，我是以有往年之告。未获成命，则有我东门之役。当陈隧者，井堙木刊。敝邑大惧不竞，而耻大姬，天诱其衷[10]，启敝邑之心[11]。陈知其罪，授手于我。用敢献功！』晋人曰：『何故侵小？』对曰：『先王之命，唯罪所在，各致其辟[12]。且昔天子之地一圻[13]，列国一同[14]，自是以衰[15]。今大国多数圻矣[16]！若无侵小，何以至焉？』晋人曰：『何故戎服？』对曰：『我先君武、庄，为平、桓卿士。城濮之役，文公布命曰：「各复旧职！」命我文公戎服辅王，以授楚捷。不敢废王命故也。』士庄伯不能诘[17]，复于赵文子。文子曰：『其辞顺。犯顺，不祥。』乃受之。

注释

①陶正：掌管制陶的官员。②先王：指周武王。③神明之后：指虞舜的后代。④元女大姬：周武王长女。大，同『太』。胡公：阏父之子。⑤周之自出：周朝的后代，实为周的外甥。⑥桓公之乱：事在鲁桓公五年。桓公，指陈桓公。⑦夏氏之乱：指鲁宣公十年夏徵舒杀陈灵公事。⑧播荡：流离失所。⑨介恃：借恃，借仗。⑩天诱其衷：上天厌恶他们。⑪启敝邑之心：开启我国伐陈之心。⑫辟：刑。⑬一圻：四方各一千里。圻，又作『畿』。⑭一同：方百里。⑮自是以衰：自此而下递减。⑯多数圻：多至几千里。⑰士庄伯：士弱。

译文

郑国的子产到晋国送上俘获的战利品，当时他身穿军服而没有换上朝服。晋国人问他陈国犯了什么罪，他回答说：『从前虞阏父出任周朝的陶正时，因为顺从才事奉我们周武王。武王为奖励他能自己制造武器，非常有用，再加上他是虞舜的后代，便把大女儿太姬嫁给了他，并封他在陈地，从而使黄帝、尧、舜的后代得到很好的安置。因此陈国是周朝的外甥，它至今还依仗着周朝。陈桓公死后陈国内部发生了动乱，蔡国人想把他们的外甥厉公立为君王。我们先君庄公事奉五父，立他为国君，不久蔡国人杀了五父。我们又和蔡国人共同拥护厉公。至于陈庄公和陈宣公，都是我们所立的。夏徵舒除掉陈灵公之后，陈成公流离失所，又是我们让他回国继承王位的。这一点君王您也知道。如今陈国忘记了周朝的大德，无视我们郑国的恩泽，翻脸不认我们这个亲戚，却依仗楚国人多，进攻我国的城池，但并没有达到阴谋，我国因此在去年请求贵国帮助攻打陈国。请求没有得到允许，后来却又发生了陈国攻打郑国东门的战役。陈军所到之处，填平水井，树木被砍伐光了。我国很害怕因此受到削弱从而使太姬蒙受耻辱，也是上天助我，使我们萌发了攻打陈国的念头。陈国深知他们所犯下的罪过，于是便甘愿受到惩罚。因此我国才敢前来献功！』晋国人问道：『为什么要侵略比你们弱小的国家？』子产回答说：『先王曾下令，只要犯了罪，都要分别给予处罚。再说从前天子的土地东西南北一千里，诸侯的土地方圆四百里，其他伯、子、男依次削减。而如今大国的土地竟然多至几千里！如果不是侵略小国，怎么能有这么多？』晋国人说：『你为什么穿着军服送上战利品？』子产回答说：『我们先君武公、庄公曾做过平王、桓王的卿士。在城濮之战中，晋文公下令：「每人都恢复原来的官职！」命令我们文公穿上军服辅佐天子，并接受楚国的俘虏以献给天子。现在我也穿着军服进献俘虏，是因为不敢违背天子的命令。』士弱哑口无言，回去向赵武复命。赵武说：『他的答复合情合理。如果我们硬要违背情理去做事情，是不吉祥的。』于是便接受了子产献上的战利品。

原文

冬，十月，子展相郑伯如晋，拜陈之功。子西复伐陈，陈及郑平。

仲尼曰：『《志》有之：「言以足志[1]，文以足言[2]。」不言，谁知其志？言之无文，行而不远[3]。晋为伯，郑人陈，非文辞不为功。慎辞哉！』

楚蒍掩为司马，子木使庀赋[4]，数甲兵。甲午，蒍掩书土田：度山林[5]，鸠薮泽[6]，辨京陵[7]，表淳卤[8]，数疆潦[9]，规偃猪[10]，町原防[11]，牧隰皋[12]，井衍沃[13]，量入修赋[14]，赋车籍马[15]，赋车兵、徒兵、甲楯之数。既成，以授子木，礼也。

注释

①言以足志：言语用来满足心愿。②文以足言：文采用来满足言语。③行而不远：不能传布远方。④庀赋：治理军赋。⑤度山林：度量山林木材。⑥鸠薮泽：聚集河湖渊泽的水产品。⑦辨京陵：区别山陵高地的情况。⑧表淳卤：标出盐碱地。⑨数疆潦：计算水淹地。疆，当作『强』。⑩规偃猪：规划畜水池。⑪町原防：划分小块耕地。原防同义。⑫牧隰皋：在低洼草地上放牧。⑬井衍沃：在肥沃的土地上划定井田。⑭量入修赋：计算收入而修订赋税之法。⑮赋车籍马：征收车马。

译文

冬季，十月，子展作为郑简公的相礼出使到晋国，对晋国接受了郑国进献的战利品表示谢意。子西领兵又攻打陈国，陈国不得不与郑国讲和。

孔子说：『《志》中说：「言语用来表达思想，文采用来修饰言语。」如果不会讲话，谁能了解他的目的打算呢？如果说话没有文采，他的话便不能广为流传。晋国成为霸主，郑国侵犯占领陈国，都是讲究文辞的结果，不然就不会成功。要小心地使用辞令啊！』

楚国的芳掩担任司马，屈建让他负责管理税赋，清点武器数量。十月初八日，芳掩写出了一份有关土地问题的报告，内容有：度量山林木材，统计河湖渊泽的水产品，区别不同山陵高地的情况，标出盐碱地，计算水淹地，规划如何修建堤坝蓄水防灾，平坦的土地被分成若干小块，在水边发展牧业，实行井田制，根据收成多少计算赋税数量，同时征收战车和马匹，征收车兵和步兵使用的武器等。报告写完之后，便交给了屈建，这是合于礼的。

原文

十二月，吴子诸樊伐楚，以报舟师之役。门于巢[①]。巢牛臣曰[②]：『吴王勇而轻，若启之，将亲门。我获射之，必殪。是君也死，疆其少安！』从之。吴子门焉，牛臣隐于短墙以射之，卒。

楚子以灭舒鸠赏子木。辞曰：『先大夫蒍子之功也。』以与蒍掩。

晋程郑卒，子产始知然明，问为政焉。对曰：『视民如子。见不仁者，诛之，如鹰鹯之逐鸟雀也。』子产喜，以语子大叔，且曰：『他日吾见蔑之面而已[③]，今吾见其心矣。』

子大叔问政于子产。子产曰：『政如农功，日夜思之，思其始而成其终，朝夕而行之。行无越思，如农之有畔，其过鲜矣。』

注释

①巢：地名，在今安徽巢县东北。②巢牛臣：人名。③蔑之面：然明貌丑。蔑，鬷蔑，即然明；面，面貌。

译文

十二月，吴王诸樊攻打楚国，为的是报去年楚国水兵入侵之仇。吴军攻打巢地的城门。巢牛臣说：『吴王勇敢但很轻率，如果我们打开城门，他将要亲自带头入城。我趁机用箭射他，他一定会被射死。他一死，我们的边境上就可以稍微安定一些！』楚国人采纳了他的建议。在吴王进入城门时，牛臣躲在矮墙后射他，一箭把他射死。

楚康王因为灭掉了舒鸠国而又封赏屈建。屈建推辞说：『这是先大夫蘧子冯的功劳。』楚康王便把赏赐给了蘧子冯的儿子蒍掩。

晋国的程郑死去，子产这才知道然明的预测是非常准确的，便向他询问有关为政的道理。然明回答说：『视百姓如子女。发现不仁的人便将他杀掉，就像老鹰捕捉麻雀一样。』子产听了非常高兴，把这话告诉了子太叔，并且说：『以前我见到的只是然明的外貌，现在才算是了解了他的内心思想。』

子太叔向子产探求有关为政的道理。子产回答说：『为政就如同从事农业生产，白天晚上都想着这件事，想到播种也想到收获，想到事情的开始也要想到事情的结束，并且起早贪黑地辛苦劳作。不要去做那些没有想到的事情，就像农民不要耕种田埂以外别人的田地一样，这样他的过失就会很少了。』

原文

卫献公自夷仪使与宁喜言，宁喜许之。太叔文子闻之，曰：『乌乎！《诗》所谓「我躬不说①，皇恤我后②」者，宁子可谓不恤其后矣。将可乎哉？殆必不可。君子之行，思其终也，思其复也③。《书》曰：「慎始而敬终，终以不困。」《诗》曰：「夙夜匪解④，以事一人⑤。」今宁子视君不如弈棋，其何以免乎？弈者举棋不定，不胜其耦⑥。而况置君而弗定乎？必不免矣。九世之卿族⑦，一举而灭之，可哀也哉！』

会于夷仪之岁⑧，齐人城郏。其五月，秦、晋为成，晋韩起如秦莅盟，秦伯车如晋莅盟⑨。成而不结⑩。

注释

①慎始而敬终：我自身尚且不能被容。②皇恤我后：哪有闲暇顾念我的后代。皇，又作『遑』，闲暇。③思其复：想到下次再做。④匪角：不懈怠。⑤一人：比喻国君。⑥耦：下棋的对方。⑦九世之卿族：宁氏出自卫武公，至宁喜九世为卿。⑧会于夷仪之岁：指鲁襄公二十四年。⑨伯车：名铖，秦君之弟。⑩成而不结：虽讲和而不巩固。

译文

卫献公从夷仪派人向宁喜商量有关复位的问题，宁喜同意了他的打算。太叔文子听说此事后说：『哎呀！正如

《诗》中所说的「我自身尚且没有被人们所容纳，哪里还顾得上我的后代」，宁喜真可以说不顾及他的子孙后代了。可以这样做吗？绝对不可以。君子在行动之前一定要考虑到后果，并且要想到下次还能不能这样做。《书》说：「始终谨慎小心，最后才不会被困难困住。」《诗》说：「早晚都不敢松懈，目的是事奉一人。」如今宁喜对待国君还不如对待下棋用心，他怎么能免于祸患呢？下棋的人举棋不定，所以才不能战胜对方。更何况在拥立君主的问题上没有一个明确的标准呢？他肯定不能免于灾难。宁喜是九代相传的卿族，一旦被毁灭，真是很可悲啊！』

诸侯在夷仪会晤那一年，齐国人在郏地筑城。那年五月，秦、晋讲和，晋国的韩起到秦国监督盟约的执行情况，秦国的伯车到晋国监视盟约的执行情况。两国虽然结了盟，但关系并不稳固。

山水图　明·王世昌

图中近景为溪水环绕的山间隐居之处，几位文人信步漫游于柳荫桃花之间，树丛中透出的屋顶或许是深山幽静的古寺。远处高山崇峻，瀑布凌空而下，山脚下有路蜿蜒相通，云遮雾障，一派春意盎然的景象。从此幅图可以看出，作者善于将人物的活动和对自然山川的描绘融为一体，而且在技法、构图、山石的皴法等方面都自具风格，体现了浙派的艺术成就。

襄公二十六年

原文

二十六年春，秦伯之弟鍼如晋修成，叔向命召行人子员。行人子朱曰："朱也当御①。"三云，叔向不应。子朱怒，曰："班爵同②，何以黜朱于朝？"抚剑从之。叔向曰："秦、晋不和久矣！今日之事，幸而集，晋国赖之。不集，三军暴骨。子员道二国之言无私③，子常易之。奸以事君者，吾所能御也。"拂衣从之。人救之。平公曰："晋其庶乎④！吾臣之所争者大。"师旷曰："公室惧卑⑤。臣不心竞而力争，不务德而争善，私欲已侈⑥，能无卑乎？"

注释

①当御：奉职，当班。②班爵：职位级别。③道：同"导"，传达，沟通。④晋其庶乎：晋国庶几要大治吧。庶几，差不多。⑤公室惧卑：公室的地位恐怕要降低。⑥侈：多，大。

译文

二十六年春，秦伯的弟弟鍼去到晋国重建盟约，叔向下令召唤行人子员。行人子朱说："朱是当班的。"说了三次，叔向不答理。子朱大怒，说："职位级别相同，为什么在朝廷上黜退朱？"手持利剑跟了上去。叔向说："秦国和晋国不和睦已经很久了！今天的事情，幸而成功，晋国依仗着它。不成功，军队就会死在战场上。子员沟通两国的话从没有过私心，您却常常违反原意。用邪恶来事奉国君的人，我是能够抵抗的。"提起衣服跟上去。别人劝阻了他。晋平公说："晋国差不多要国泰民安了吧！我的臣下所争执的是大问题。"师旷说："公室的地位怕要降低。臣下不在心里竞争而用力量来互相比拼，不致力于德行而争执是非，个人的欲望已经膨胀，公室的地位能不降低吗？"

原文

卫献公使子鲜为复①，辞。敬姒强命之②。对：『君无信，臣惧不免。』敬姒曰：『虽然，以吾故也。』许诺。

初，献公使与宁喜言，宁喜曰：『必子鲜在。不然，必败。』故公使子鲜。子鲜不获命于敬姒，以公命与宁喜言曰：『苟反，政由宁氏，祭则寡人。』宁喜告蘧伯玉。伯玉曰：『瑗不得闻君之出③，敢闻其入？』遂行，从近关出。告右宰谷④。右宰谷曰：『不可。获罪于两君，天下谁畜之⑤？』悼子曰⑥：『吾受命于先人，不可以贰。』谷曰：『我请使焉而观之。』遂见公于夷仪。反曰：『君淹恤在外十二年矣⑦，而无忧色，亦无宽言，犹夫人也⑧。若不已，死无日矣。』悼子曰：『子鲜在。』右宰谷曰：『子鲜在，何益？多而能亡，于我何为？』悼子曰：『虽然，弗可以已。』

孙文子在戚，孙嘉聘于齐，孙襄居守⑨。二月庚寅，宁喜、右宰谷伐孙氏，不克。伯国伤⑩。宁子出舍于郊。伯国死，孙氏夜哭。国人召宁子，宁子复攻孙氏，克之。辛卯，杀子叔及大子角⑪。书曰『宁喜弑其君剽』，言罪之在宁氏也。孙林父以戚如晋。书曰『入于戚以叛』，罪孙氏也。臣之禄，君实有之。义则进，否则奉身而退⑫。专禄以周旋⑬，戮也。

注释

①子鲜：卫献公母弟鱄。②敬姒：卫献公之母。③瑗：蘧伯玉名。④右宰谷：卫大夫。⑤畜：容留。⑥悼子：即宁喜。⑦淹恤：淹留忧患，即避难。⑧犹夫人：还是那么一个人。⑨孙嘉、孙襄：孙林父之二子。⑩伯国：即孙襄。⑪子叔：即卫侯剽。⑫奉身而退：保全自身而引退。⑬专禄以周旋：把俸禄视为私人专有而与人周旋。

译文

卫献公派子鲜为自己谋求重登君位的机遇，子鲜表示辞谢。敬姒一定要他去。子鲜回答说：『国君没有信用，下臣害怕不能免于祸难。』敬姒说：『尽管这样，为了我的原因，你还是去干吧！』子鲜同意了。起初，卫献公派人和宁喜谈这件事，宁喜说：『一定要子鲜在场。不这样，事情必然失败。』于是卫献公派遣子鲜。子鲜没有得到敬姒的命令，就把卫献公的命令告诉宁氏，说：『如果回国，政事由宁氏主持，祭祀则由寡人主持。』宁喜通知蘧伯玉。蘧伯玉说：『瑗没有能听到国君的出走，岂敢听到他的进入？』所以就出走，从近处的城门出国而去。宁告诉右宰谷。右宰谷说：『不行。得罪了两个国君，天下谁能接纳你？』宁喜说：『我在先人那里接受了指示，不能三心二意。』右宰谷说：『我请求出使去观察一下。』于是就在夷仪朝见卫献公。右宰谷回来，说：『国君流亡在外已经十二年了，却没有焦虑的样子，也没有宽容的话，还是那样一个人。如果不停止原计划，我们没有几天活着的日子了。』宁喜说：『有子鲜在那里。』右宰谷说：『子鲜在那里，他何用之有？最多不过他自己逃跑，又能为我们做些什么呢？』宁喜说：『尽管这样，不能停止了。』

孙文子在戚地，孙嘉在齐国聘问，孙襄留守在都城家里。二月初六日，宁喜、右宰谷攻击孙氏，没有攻下。孙襄受伤。宁喜退出都城住在郊外。孙襄去世，孙家的人夜里号哭。都城里的人们召唤宁喜，宁喜于是再次向孙氏发起进攻，攻下了。初七日，杀了卫侯剽和太子角。《春秋》记载说『宁喜杀其君剽』，这是说错误在于宁氏。孙林父带着戚地去到晋国。《春秋》中说『入于戚以叛』，这是归罪于孙氏。臣下的俸禄，实在是为国君所有的。符合道义就往前进，不合就保全一身而隐匿。把俸禄作为私有并以此和人打交道，应该受到诛戮。

原文

甲午，卫侯入。书曰『复归』，国纳之也。大夫逆于竟者，执其手而与之言；道逆者，自车揖之；逆于门者，颔之而已。公至，使让大叔文子曰：『寡人淹恤在外，二三子皆使寡人朝夕闻卫国之言[①]，吾子独不在寡人[②]。古人有言曰：「非所怨，勿怨。」寡人怨矣。』对曰：『臣知罪矣！臣不佞，不能负羁绁以从扞牧圉，臣之罪一也。有出者，有居者，臣不能贰，通外内之言以事君，臣之罪二也。有二罪，敢忘其死？』乃行，从近关出。公使止之。

卫人侵戚东鄙，孙氏愬于晋，晋戍茅氏。殖绰伐茅氏[③]，杀晋戍三百人。孙蒯追之，弗敢击。文子曰：『厉之不如[④]！』遂从卫师，败之圉[⑤]。雍鉏获殖绰。复愬于晋。

注释

①二三子：卫国诸大夫。②在：存问。③茅氏：地名，位于戚邑东部边界。④厉：恶鬼。⑤圉：地名，即今河南濮阳县东。

译文

初十日，卫献公进入都城。《春秋》记载说『复归』，这意味着本国人让他回来。大夫在国境上迎接的，拉着他的手与他说话；在大路上迎接的，从车上对他作揖；在城门口迎接的，点点头就完了。卫献公到达，派人责备太叔文子说：『几位大夫都使寡人从早到晚听到卫国的消息，大夫独独不关心寡人。古人有句话说：「不是所应该怨恨的，不要怨恨。」寡人怨恨了。』太叔文子答复说：『下臣知道罪过了！下臣没有才能，不能背着马笼头、马缰绳跟随君王使您的财物得以保全，这是下臣的第一条罪状。有人在国外，有人在国内，下臣应该一心一意，传递里外的消息来事奉君王，这是下臣的第二条罪状。有两条罪状，岂敢求得生存？』于是就出走，从近处的城门出国。卫献公派人拦住了他。

卫国人进攻戚地的东部边境，孙氏向晋国起诉，晋国派兵镇守茅氏。殖绰攻打茅氏，杀了晋国戍守的士兵三百个人。孙蒯追赶殖绰，不敢攻击。孙文子说：『你连恶鬼都不如！』孙蒯就跟上卫军，在圉地把他们打败。雍钽俘虏了殖绰。再次向晋国提起诉讼。

原文

郑伯赏入陈之功，三月甲寅朔，享子展，赐之先路、三命之服，先八邑①；赐子产次路、再命之服，先六邑。子产辞邑，曰：『自上以下，降杀以两②，礼也。臣之位在四，且子展之功也。臣不敢及赏礼，请辞邑。』公固予之③，乃受三邑。公孙挥曰：『子产其将知政矣！让不失礼。』

晋人为孙氏故，召诸侯，将以讨卫也。夏，中行穆子来聘④，召公也。

楚子、秦人侵吴，及雩娄⑤，闻吴有备而还。遂侵郑。五月，至于城麇⑥。郑皇颉戍之，出，与楚师战，败。穿封戌囚皇颉，公子围与之争之，正于伯州犁。伯州犁曰：『请问于囚。』乃立囚。伯州犁曰：『所争，君子也，其何不知⑦？』上其手⑧，曰：『夫子为王子围，寡君之贵介弟也⑨。』下其手，曰：『此子为穿封戌，方城外之县尹也。谁获子？』囚曰：『颉遇王子，弱焉。』戌怒，抽戈逐王子围，弗及。楚人以皇颉归。

注释

①先八邑：先于八邑。古代送礼，先轻后重。②降杀以两：以二数递减。降，递减。③固予：坚持给予。予，同『与』。④中行穆子：即荀吴。⑤雩娄：地名，位于今河南商城县东。⑥城麇：地名，不详。⑦其何不知：此为暗示语。知，同『智』。⑧上其手：高抬他的手。⑨贵介：即地位高贵。

译文

郑简公赏赐攻入陈国的有功之人，三月初一日，设享礼接待子展，赐给他先路和三命车服，然后再赏给他八个城邑；赐给子产次路和再命的车服，然后再赐给他六个城邑。子产辞去城邑，说：『从上而下，礼数以二的数目递减，这是合于礼的。下臣的地位在第四，而且这是子展的功绩。下臣不敢违反赏赐的礼仪，请求辞去城邑。』郑简公坚决要给他，他无法拒绝就接受了三个城邑。公孙挥说：『子产恐怕将要执政了！谦让而不失去礼仪。』

晋国为了孙氏的缘故，召集诸侯，打算讨伐卫国。夏，中行穆子前来询问，这是为了召请襄公。

楚康王、秦国人攻打吴国，到达雩娄，听到吴国有了防备而退走。趁机进攻郑国。五月，到达城麇。郑国的皇颉在城麇戍守，出动，和楚军作战，郑国被打败。穿封戌俘虏了皇颉，公子围和他争功，要伯州犁裁判是非。伯州犁说：『请问一下俘虏。』于是就让俘虏站在前面。伯州犁说：『所争夺的对象便是您，您是君子，有什么不明白的？』高高地抬起手，说：『那一位是王子围，是寡君的尊贵的弟弟。』放下手，说：『这个人是穿封戌，是方城山外边的县尹。谁俘虏您了？』俘虏说：『颉碰上王子，无法抵挡。』穿封戌大怒，抽出戈追赶王子围，没有追上。楚国人带着皇颉回去。

原文

印堇父与皇颉戍城麇，楚人囚之，以献于秦。郑人取货于印氏以请之，子大叔为令正[1]，以为请。子产曰：『不获。受楚之功，而取货于郑，不可谓国[2]，秦不其然。若曰：「拜君之勤郑国[3]。微君之惠，楚师其犹在敝邑之城下。」其可。』弗从，遂行。秦人不予。更币，从子产而后获之。

六月，公会晋赵武、宋向戌、郑良霄、曹人于澶渊以讨卫，疆戚田。取卫西鄙懿氏六十以与孙氏[4]。

赵武不书，尊公也。向戌不书，后也。郑先宋，不失所也。

于是卫侯会之。晋人执宁喜、北宫遗，使女齐以先归⑤。卫侯如晋，晋人执而囚于士弱氏。

注释

①令正：官名，主管起草文件、命令。②不可谓国：不合国礼。③勤郑国：即勤于郑国。④懿氏：地名。六十：即六十邑。⑤女齐：晋臣，又名女叔伺、司马侯。

译文

印堇父和皇颉一起在城麇驻守，楚国人囚禁印堇父，以讨好秦国。郑国人在印氏那里拿了财货向秦国请求赎取印堇父，子太叔正做令正，为他们草拟请求赎取的话。子产说：『这样是不能得到印堇父的。接受了楚国送来的俘虏，却在郑国拿财物，这不合于国家的体统，秦国不会这样做的。如果说：「感谢君王帮助郑国，如果没有君王的恩泽，楚军恐怕还在敝邑的城下。」这才可以。』子太叔不听，就动身了。秦国人不给。把财物改为一般的用来交际礼品，按照子产的话去说，便赎回了印堇父。

六月，襄公和晋国赵武、宋国向戌、郑国良霄、曹人在澶渊会合，以讨伐卫国，划定戚地的边界。取得了卫国西部边境懿氏六十邑给了孙氏。

《春秋》对赵武不加记载，这是由于敬重襄公。对向戌不加记载，这是由于迟到的原因。记载郑国在宋国之前，是由于郑国人如期到达。

当时卫献公是参加会合的。晋国人逮了宁喜、北宫遗，让女齐带了他们先回去。卫献公去到晋国，晋国人抓了他关在士弱家中。

原文

秋，七月，齐侯、郑伯为卫侯故如晋，晋侯兼享之。晋侯赋《嘉乐》。国景子相齐侯，赋《蓼萧》。子展相郑伯，赋《缁衣》。叔向命晋侯拜二君，曰：『寡君敢拜齐君之安我先君之宗祧也，敢拜郑君之不贰也。』国子使晏平仲私于叔向①，曰：『晋君宣其明德于诸侯，恤其患而补其阙，正其违而治其烦②，所以为盟主也。今为臣执君，若之何？』叔向告赵文子，文子以告晋侯。晋侯言卫侯之罪，使叔向告二君。国子赋《辔之柔矣》，子展赋《将仲子兮》，晋侯乃许归卫侯。

叔向曰：『郑七穆③，罕氏其后亡者也④，子展俭而壹⑤。』

注释

①私：私语。②烦：乱。③郑七穆：即郑穆公后代的七个家族。④罕氏：即子展的家族。⑤俭而壹：节俭而专一。

译文

秋，七月，齐景公、郑简公因为卫献公的缘故去到晋国，晋平公设享礼同时款待他们。晋平公赋《嘉乐》这首诗。国景子做齐景公的相礼，赋《蓼萧》这首诗。子展做郑简公的相礼，口诵《缁衣》这首诗。叔向告诉晋平公向两位国君叩拜，说：『寡君谨敢拜谢齐国国君重新安定我国先君的宗庙，谨敢拜谢郑国国君没有二心。』国景子派晏平仲暗地里对叔向说：『晋国国君在诸侯之中宣扬他的明德，担心他们的忧患而纠正他们的缺失，纠正他们的违礼而治理他们的动乱，因此才能当上盟主。现在为了臣下而逮捕了国君，怎么办？』叔向告诉赵文子，赵文子把这些话汇报给晋平公。晋平公一一列举出卫献公的罪过，派叔向告诉两位国君。国景子赋《辔之柔矣》这首诗，子展赋《将仲子兮》这首诗，晋平公于是就同意让卫献公回国。

叔向说：『郑穆公的后代有七个家族，罕氏大概是最后灭亡的，因为子展节俭而专一的高尚品德。』

原文

初，宋芮司徒生女子①，赤而毛，弃诸堤下。共姬之妾取以入②，名之曰弃。长而美。平公入夕③，共姬与之食。公见弃也，而视之，尤。姬纳诸御，嬖，生佐，恶而婉④。大子痤美而很，合左师畏而恶之⑤。寺人惠墙伊戾为大子内师而无宠⑥。秋，楚客聘于晋，过宋。大子知之，请野享之⑦，公使往。伊戾请从之。公曰：『夫不恶女乎？』对曰：『小人之事君子也，恶之不敢远，好之不敢近，敬以待命，敢有贰心乎？纵有共其外，莫共其内，臣请往也。』遣之。至，则欿，用牲，加书征之，而骋告公，曰：『大子将为乱，既与楚客盟矣。』公曰：『为我子，又何求？』对曰：『欲速。』公使视之，则信有焉。问诸夫人与左师⑧，则皆曰：『固闻之。』公囚大子。大子曰：『唯佐也，能免我。』召而使请，曰：『日中不来，吾知死矣。』左师闻之，聒而与之语⑨。过期，乃缢而死。佐为大子。公徐闻其无罪也，乃亨伊戾。

左师见夫人之步马者，问之。对曰：『君夫人氏也。』左师曰：『谁为君夫人？余胡弗知？』圉人归，以告夫人。夫人使馈之锦与马，先之以玉，曰：『君之妾弃使某献。』左师改命曰『君夫人』，而后再拜稽首受之。

注释

①芮司徒：宋大夫。②共姬：即宋伯姬，宋共公夫人。③平公入夕：宋平公夕时入而问安。平公，共姬之子。④恶而婉：面貌丑陋而性情和顺。⑤合左师：即向戌。⑥内师：太子宫内宦官之长。⑦野享：野外宴享。⑧夫人：即弃。⑨聒：絮语不休。

译文

当初，宋国的芮司徒生了个女儿，皮肤红而且长着毛，就把她丢弃在堤下。共姬的侍妾捡了回来，命名叫做弃。长大了很美丽。宋平公向共姬问候晚安，共姬让他吃东西。宋平公见到了弃，细看，觉得她好看极了。共姬就把她送给宋平公做侍妾，受到宋平公宠爱，生了佐，长得难看，但性情和顺。太子痤长得漂亮，但性情狠毒，向戌对他又害怕又厌恶。寺人惠墙伊戾做太子的内师而不受信赖。秋，楚国的客人到晋国聘问，经过宋国。太子和楚国的客人原来相识，请求在野外设宴招待他，宋平公允许他去了。伊戾请求跟从太子。宋平公说：『他不厌恶你吗？』伊戾回答说：『小人事奉君子，被讨厌不敢远离，被喜欢不敢接近，恭敬地等待命令，岂敢有三心二意呢？太子那里即使有人在外边侍奉，却没有人在里边伺候，下臣请求前去。』宋平公就派他去了。到那里，就挖坑，用牺牲，把盟书放在牲口上，并且小心地检查一遍，驰马回来报告宋平公，说：『太子将要作乱，现在他已经和楚国的客人结盟了。』宋平公说：『他已经是我的继承人了，还谋求什么？』伊戾回答说：『他必定是想快点即位。』宋平公派人去视察，真有这些迹象。向夫人和左师询问此事，他们都说：『的确听到过。』宋平公囚禁了太子。太子说：『只有佐才能够使我免于灾难。』召请佐并让他向宋平公请求，说：『到中午还不来，我知道我是难逃一死了。』左师听到了，就和佐说话说个没完没了。过了中午，太子就上吊身亡了。佐于是被立为太子。宋平公逐渐地知道痤没有罪，就把伊戾煮了。

左师见到夫人的溜马人，问他。溜马人说：『我是君夫人家的人。』左师说：『哪个是君夫人？我怎么不知道？』溜马的人回去，把他的话报告夫人。夫人派人送给左师锦和马，用玉作为先导之物，说：『国君的侍妾弃让某某奉献。』左师让他改口说『君夫人』，然后再拜叩头同意了。

原文

郑伯归自晋，使子西如晋聘，辞曰：『寡君来烦执事，惧不免于戾，使夏谢不敏[1]。』君子曰：『善事大国。』

初，楚伍参与蔡太师子朝友，其子伍举与声子相善也[2]。伍举娶于王子牟。王子牟为申公而亡，楚人曰：『伍举实送之。』伍举奔郑，将遂奔晋。声子将如晋，遇之于郑郊，班荆相与食[3]，而言复故[4]。声子曰：『子行也！吾必复子[5]。』

注释

①夏：子西名。②声子：子朝之子。③班荆：以草铺地代席。班，布、铺。④复故：返楚的事。⑤吾必复子：我一定会让你回去。子，你。

译文

郑简公从晋国返回郑国，派子西去到晋国聘问，致辞说：『寡君来麻烦执事，恐怕失敬而不免获罪，特派夏前来表示歉意。』君子说：『郑国善于事奉大国。』

起初，楚国的伍参和蔡国的太师子朝关系很友好，他的儿子伍举和声子互相友好往来。伍举娶了王子牟的女儿。王子牟为了申公而逃亡，楚国人说：『伍举确实护送了他。』伍举逃亡到郑国，打算趁机再到晋国。声子准备去到晋国，在郑国郊外碰上他，把草铺在地上一起吃东西，谈到回到楚国去的事。声子说：『您走吧！我会想办法让您回去。』

原文

及宋向戌将平晋、楚，声子通使于晋，还如楚。令尹子木与之语，问晋故焉，且曰：『晋大夫与楚孰贤？』对曰：『晋卿不如楚，其大夫则贤，皆卿材也。如杞、梓、皮革，自楚往也。虽楚有材，晋实用之。』子木曰：『夫独无族、姻乎[1]？』对曰：『虽有，而用楚材实多。归生闻之[2]：「善为国者，赏不僭而刑不滥。」赏僭，则惧及淫人；刑滥，则惧及善人。若不幸而过，宁僭无滥。与其失善，宁其利淫。无善人，则国从之。《诗》曰：「人之云亡，邦国殄瘁[3]。」无善人之谓也。故《夏书》曰：「与其杀不辜，宁失不经[4]。」惧失善也。《商颂》有之曰：「不僭不滥，不敢怠皇[5]。命于下国，封建厥福[6]。」此汤所以获天福也。古之治民者，劝赏而畏刑[7]，恤民不倦。赏以春夏，刑以秋冬。是以将赏，为之加膳，加膳则饫赐[8]，此以知其劝赏也。将刑，为之不举[9]，不举则彻乐，此以知其畏刑也。夙兴夜寐，朝夕临政，此以知其恤民也。三者，礼之大节也。有礼，无败。今楚多淫刑，其大夫逃死于四方，而为之谋主[10]，以害楚国，不可救疗，所谓不能也。子仪之乱，析公奔晋，晋人置诸戎车之殿，以为谋主。绕角之役，晋将遁矣，析公曰：「楚师轻窕，易震荡也[11]。若多鼓钧声[12]，以夜军之，楚师必遁。」晋人从之，楚师宵溃。晋遂侵蔡，袭沈，获其君；败申、息之师于桑隧，获申丽而还。郑于是不敢南面。楚失华夏，则析公之为也。雍子之父兄谮雍子，君与大夫不善是也[13]，雍子奔晋，晋人与之鄐[14]，以为谋主。彭城之役，晋、楚遇于靡角之谷。晋将遁矣，雍子发命于军曰：「归老幼，反孤疾，二人役，归一人。简兵蒐乘，秣马蓐食，师陈焚次，明日将战。」行归者，而逸楚囚。楚师宵溃，晋降彭城而归诸宋，以鱼石归。楚失东夷，子辛死之，则雍子之为也。子反与子灵争夏姬，而雍害其事，子灵奔晋，晋人与之邢，以为谋主，扞御北狄，通吴于晋，教吴叛楚，教之乘车、射御、驱侵，使其子狐庸为吴行人焉。吴于是伐巢、取驾、克棘、入州来，楚罢于奔命，至今为患，则子灵之为也。若敖之乱，伯贲之子贲皇奔晋，晋人与之苗[15]，以为谋主。鄢陵之役，楚晨压晋军而陈。晋将遁矣，苗贲皇曰：「楚师之良，在其中军王族而已，若塞井夷灶，成陈以当之，栾、范易行以诱之[16]，中行、二郤必克二穆[17]，吾乃四萃于其王族[18]，必大败之。」晋人从之，楚师大败，王夷[19]，师熸[20]，子反死之。郑叛、吴兴，楚失诸侯，则苗贲皇之为也。』子木曰：『是皆然矣。』声子曰：『今又有甚于此。椒举娶于申公子牟[21]，子牟得戾而亡，君大夫谓椒举[22]：「女实遣之！」惧而奔郑，引领南望，曰：「庶几赦余！」亦弗图也。今在晋矣。晋人将与之县，以比叔向。彼若谋害楚国，岂不为患？』子木惧，言诸王，益其禄爵而复之。声子使椒鸣逆之[23]。

注释

①族、姻：宗族、姻亲。②归生：即声子。③殄：尽。瘁：病。④不经：不守常法的人。⑤怠皇：偷闲。⑥封建：大加建立。⑦劝赏：乐于赏赐。⑧饫赐：将剩余菜肴赐予下属。饫，饱。⑨举：丰盛饮食且以乐助食。⑩谋主：主要谋士。⑪震荡：震动。⑫钧声：同时击鼓，其声宏大。⑬不善是：不能调解是非。⑭鄐：地名，在今河南温县附近。⑮苗：晋邑，在今河南济源县西。⑯易行：改变陈法，率家兵先进。⑰二穆：指楚穆王二位后代子重、子辛。⑱四萃：指晋上、中、下、新四军集中攻击。⑲王夷：楚王受伤。⑳师熸：士气不振。㉑椒举：即伍举。㉒君大夫：指君及诸大夫。㉓椒鸣：伍举之子，伍奢之弟。

译文

等到宋国的向戌打算调解晋国和楚国的关系，声子被派遣出使到晋国，回到楚国。令尹子木和他谈话，询问有关晋国的事，而且说：『晋国的大夫和楚国的大夫谁更英明？』声子回答说：『晋国的卿不如楚国，晋国的大夫是贤明的，都是当卿的人才。好像杞木、梓木、皮革，都是从楚国去的。虽然楚国有了人才，晋国却在使用他们。』子木说：『他们没有任用同宗和亲戚吗？』声子回答说：『虽然有，但使用楚国的人才确实很多。归生听说：「善于为国家做事的，封赏不过分而刑罚不随意滥用。」赏赐过分，就怕及于坏人；刑罚滥用，就怕及于好人。如果不幸而有了不当，宁可过分，不要滥用。与其失掉好人，不如利于坏人。没有好人，国家就跟着遭殃。《诗》说：「这个能人不在，国家就遭受灾害。」这就是说没有好人。所以《夏书》说：「与其杀死无辜，宁可对罪人疏于刑罚。」这就是怕失掉好人。《商颂》有这样的话说：「不过分不滥用，不敢懈怠偷闲。向下国下令，大大地建立他的福禄。」这就是汤之所以获得上天赐福的缘故。古代治理百姓的人，乐于施行恩泽而怕用刑罚，为百姓操心而不知疲倦。在春天和夏天行赏，在秋天和冬天执行刑罚。因此，在将要行赏的时候就为其加膳，加膳以后可以把剩菜赐给下边，由于这样而知道他乐于赏赐。将要行刑的时候就为其减膳，减了膳就撤掉音乐，由于这样而知道他怕用刑罚。早起晚睡，早朝晚朝都亲自办理国事，由于这样而知道他为百姓日夜操劳。这三件事，是礼仪的关键所在。有礼仪，就没有败坏。现在楚国滥用刑罚很多，它的大夫逃命到四方的国家，并且做了这些国家主要的谋士，来威胁楚国，导致不能挽救治疗，这就是所说的对滥用刑罚不能容忍。子仪的叛乱，析公逃亡到晋国，晋国人安排他在晋侯战车的后面，让他作为主要谋士。绕角那次战争，晋国人本来将要逃走了，析公说：「楚军轻佻，容易被震动。如果同时敲击许多鼓发出大声，在夜里全军进攻，楚军一定逃走。」晋国人听从了他这个计策，楚军夜里溃败。晋国于是就进攻蔡国，袭击沈国，俘虏了沈国的国君；在桑隧打败申国和息国的军队，俘虏了申丽而返回国土。郑国在那时候不敢偏向南方的楚国。楚国失去中原，这就是析公干出来的。雍子的父亲和哥哥陷害雍子，国君和大夫不为他们调解，雍子逃跑到晋国，晋国人封给他鄐地，让他作为主要谋士。彭城那次战役，晋国、楚国在靡角之谷相遇，晋国人将要败逃了，雍子对军队下令说：「年纪老的和年纪小的都回去，孤儿和有病的都回去，兄弟两个服役的回去一个。士兵精挑细选，检阅车兵，喂饱马匹，让兵士吃饱，军队摆开决战阵势，烧掉帐篷，明天将要决战。」让该回去的离去，并且故意放走楚国俘虏。楚军夜里被打得落花流水，晋国允许彭城投降而归还给宋国，带了鱼石回国。楚国被夺去东夷，子辛为此而死，这就是雍子干出来的。子反和子灵争夺夏姬而干涉子灵的婚事，子灵逃亡到晋国，晋国人封给他邢地，让他作为主要谋士，抵御北狄，让吴国和晋国通好，使吴国背叛楚国，教他们坐车、射箭、驾车奔驰于战场之上，让他的儿子狐庸做了吴国的行人。吴国在那时候进攻巢地、占取驾地、攻下棘地、进入州来，楚国疲于奔命，到今天还是灾患不断，这就是子灵干出来的。若敖的背叛，伯贲的儿子贲皇逃亡到晋国，晋国人封给他苗地，让他作为主要谋士。鄢陵那次战役，楚军早晨迫近晋军摆开誓与晋决战的阵势。晋国人将要溃逃了，苗贲皇说：「楚军的精锐在于他们中军的王族而已，如果填井平灶，摆开阵势以抗抵他们，栾、范用家兵引诱楚军，中行和郤锜、郤至一定能够攻克子重、子辛，我们就把四军集中共同对付他们的王族，一定能够把他们打得大败。」晋国人听从了，楚军大败而逃，君王受伤，军队一蹶不振，子反为此而命丧战场。郑国背叛，吴国兴起，楚国失去诸侯，这都是苗贲皇干出来的。』子木说：『这都是那样的。』声子说：『现在又有比这可怕的。椒举娶了申公子牟的女儿，子牟获罪而逃跑，国君和大夫对椒举说：「实在是你让他走的！」椒举害怕而逃亡到郑国，伸长了脖子望着南方，说：「也许可以宽恕我！」但是我们没有把这件事放在心上。现在他在晋国了。晋国人将要把县封给他，以和叔向并列。他如果策划威胁楚国，岂不成为祸患？』子木害怕，对楚康王说了，增加他的官禄爵位并让他返回楚国官复原职。声子让椒鸣去迎接。

原文

许灵公如楚，请伐郑，曰：『师不兴，孤不归矣！』八月，卒于楚。楚子曰：『不伐郑，何以求诸侯？』

冬，十月，楚子伐郑。郑人将御之。子产曰：『晋、楚将平，诸侯将和，楚王是故昧于一来。不如使逞而归，乃易成也。夫小人之性，衅于勇①，啬于祸②，以足其性而求名焉者，非国家之利也，若何从之？』子展说，不御寇。

十二月乙酉③，入南里，堕其城。涉于乐氏④，门于师之梁⑤。县门发，获九人焉。涉于汜而归⑥，而后葬许灵公。

卫人归卫姬于晋，乃释卫侯。君子是以知平公之失政也。

晋韩宣子聘于周，王使请事。对曰：『晋士起将归时事于宰旅⑦，无他事矣。』王闻之，曰：『韩氏其昌阜于晋乎！辞不失旧。』

注释

①衅于勇：见有机会，就凭血气之勇。②啬于祸：见有祸乱则有所贪图。③乙酉：初五日。④乐氏：洧水渡口名，位于新郑县境内。⑤师之梁：郑城门。⑥汜：即南汜，地名，在今河南襄城县南。⑦士：韩起于晋为卿，于周则称士，以示位卑。起：韩起，即韩宣子。时事：四时贡职。宰旅：家宰之下士，表示尊敬。

译文

许灵公去到楚国，请求进攻郑国，说：『兵不发，我就不回去了！』八月，在楚国去世。楚康王说：『不攻打郑国，怎么能求得诸侯？』

冬，十月，楚康王进攻郑国。郑国人准备抵御，子产说：『晋国和楚国将要达成妥协，诸侯将要和睦，楚王因此冒昧来这里一趟。不如让他快意而回去，就容易讲和了。小人的本性，一有空子就表现血气之勇，在祸乱中有所贪图，以满足他的本性而追求虚名，这有背国家的利益，怎么可以听从？』子展感到很高兴，就不抵御敌人。十二月初五日，楚军进入南里，拆毁城墙。步行从乐氏涉过济水，攻打师之梁城门。内城的闸门放下，俘虏了九个无法进城的郑国人。楚国人徒步渡过汜水回国，然后安葬许灵公。

卫国人把卫姬送给晋国，晋国这才放了卫献公。君子因此而知道晋平公失去了治理国家的常道。

晋国的韩宣子在成周聘问，周天子派人询问来意。韩宣子回答说：『晋国的士起前来向宰旅奉献贡品，别无他事。』周天子听到了，说：『韩氏恐怕要在晋国兴盛了吧！他仍然保持着以往的辞令。』

原文

齐人城郏之岁[①]，其夏，齐乌余以廪丘奔晋[②]，袭卫羊角[③]，取之；遂袭我高鱼[④]。有大雨，自其窦入[⑤]，介于其库，以登其城，克而取之。又取邑于宋。于是范宣子卒，诸侯弗能治也。及赵文子为政，乃卒治之。文子言于晋侯曰：『晋为盟主，诸侯或相侵也，则讨而使归其地。今乌余之邑，皆讨类也，而贪之，是无以为盟主也。请归之！』公曰：『诺。孰可使也？』对曰：『胥梁带能无用师[⑥]。』晋侯使往。

注释

①城郏之岁：在郏筑城那年，即鲁襄公二十四年。②廪丘：齐邑，在今山东范县东南。③羊角：卫邑，在今山东郓城县西北。④高鱼：鲁邑，在今山东范县东南，与郓城县接界。⑤窦：指城墙的排水孔。⑥胥梁带：胥午之子，晋国大夫。

译文

齐国人在郏地建筑城池的那一年，夏天，齐国的乌余带着廪丘逃跑到晋国，袭击卫国的羊角，占取了这地方；就趁机袭击我国的高鱼。天下大雨，齐军从城墙的排水孔钻进城里的武器库，取出甲胄并以此装备士兵，并登上城墙，攻陷占领了高鱼。又占取了宋国的城邑。当时范宣子已经去世，诸侯不能惩治乌余。等到赵文子执政，才终于把他惩治了。赵文子对晋平公说：『晋国作为盟主，诸侯有人彼此侵犯，就要征讨他，让他归还侵夺的土地。现在乌余侵占的城邑，属于应该征讨的一类，而我们贪图它，这就没有能力做盟主了。请归还给诸侯！』晋平公说：『好。谁可以做使者？』赵文子回答说：『胥梁带能够不用兵就把事情办好。』于是晋平公就派胥梁带前去。

襄公二十七年

原文

二十七年春，胥梁带使诸丧邑者具车徒以受地，必周[①]。使乌余具车徒以受封。乌余以其众出。使诸侯伪效乌余之封者，而遂执之，尽获之。皆取其邑，而归诸侯，诸侯是以睦于晋。

齐庆封来聘，其车美。孟孙谓叔孙曰：『庆季之车，不亦美乎！』叔孙曰：『豹闻之：「服美不称[②]，必以恶终。」美车何为？』叔孙与庆封食，不敬。为赋《相鼠》，亦不知也。

注释

①周：秘密。②称：相称。

译文

二十七年春天，胥梁带告知各个失去土地的诸侯率领兵马前来收回自己的土地，但行动必须严守机密。然后又通知乌余率领人马前来接受封地。于是乌余带着他的人马全部出动。胥梁带让诸侯假装准备把土地送给乌余的样子，然后乘乌余不备把他抓了起来，并将其党羽一网打尽。把他占有的土地全都夺回来，并且还给了诸侯，诸侯因此而和晋国建立了友好关系。

齐国的庆封来鲁国聘问，他乘坐的车子壮丽奢华。孟孙对叔孙说：『庆封的车子真是太豪华了！』叔孙说：『我听说：「一个人的车服如果和他的身份地位不相符合，这个人将会遭到厄运。」车子再漂亮有什么用呢？』叔孙招待庆封吃饭时，庆封的举动很不谦逊。叔孙吟诵了《相鼠》一诗来讽刺他，他也浑然不知。

原文

卫宁喜专，公患之。公孙免余请杀之[①]。公曰："微宁子，不及此。吾与之言矣。事未可知，只成恶名，止也！"对曰："臣杀之[②]，君勿与知。"乃与公孙无地、公孙臣谋，使攻宁氏。弗克，皆死。公曰："臣也无罪，父子死余矣！"夏，免余复攻宁氏，杀宁喜及右宰谷，尸诸朝。石恶将会宋之盟，受命而出，衣其尸，枕之股而哭之。欲敛以亡，惧不免，且曰："受命矣。"乃行。

子鲜曰："逐我者出，纳我者死。赏罚无章，何以沮劝？君失其信，而国无刑[③]，不亦难乎？且鱄实使之[④]。"遂出奔晋。公使止之，不可。及河，又使止之，止使者而盟于河。托于木门[⑤]，不乡卫国而坐。木门大夫劝之仕，不可，曰："仕而废其事，罪也；从之，昭吾所以出也。将谁愬乎[⑥]？吾不可以立于人之朝矣。"终身不仕。公丧之，如税服[⑦]，终身。

公与免余邑六十，辞曰："唯卿备百邑，臣六十矣。下有上禄，乱也。臣弗敢闻。且宁子唯多邑，故死。臣惧死之速及也。"公固与之，受其半。以为少师。公使为卿，辞曰："大叔仪不贰，能赞大事，君其命之！"乃使文子为卿。

注释

①公孙免余：卫大夫。②臣：指公孙臣。③无刑：刑罚无常。④鱄：子鲜名。⑤托于木门：寓居在木门。木门，地名，在今河北河间县西北。⑥愬：诉说。愬，同"诉"。⑦如税服：穿戴丧服。税服，即繐服，丧服的一种。

译文

卫国的宁喜专权独断，卫献公为此很焦虑。公孙免余请求杀了他。卫献公说："如果没有宁喜的帮助，我不可能回国复位。再说我曾经答应过让他掌握政权。杀他之事未必能成功，反而落得一个不好的名声，还是不要这么做吧。』公孙免余回答说：『我去杀他，君王您就装作不知道这件事。』于是就和公孙无地、公孙臣一同谋划，让他们攻打宁氏，不但没有成功，两人反而被杀死了。卫献公说：『公孙臣没有罪，他和他的父亲都是为我而战死沙场的！』夏季，公孙免余再次攻打宁氏，终于杀了宁喜和右宰谷，并把他们的尸体放到朝廷上示众。此时，石恶正打算到宋国参加盟会，他知道命令之后，出来给宁喜和右宰谷穿上衣服，并枕着宁喜的大腿大哭一场。他打算在入敛以后再逃亡，但又害怕不能免于灾难，于是就找了一个理由说：『已经接受了命令，还是早点走吧。』随后便起身出发了。

子鲜说：『赶走国君的人逃亡到了国外，接纳国君回国复位的人却惨遭杀害。赏罚如此不公，怎么能劝恶扬善呢？君王不讲信用，国家没有标准的刑罚，这样怎能不产生灾患呢？再说当初是我让宁喜接纳国君回来的。』于是就准备逃亡到晋国。卫献公派人劝阻他，没有成功。他走到黄河岸边，卫献公又派人执意挽留他，他拒绝了使者，并面对黄河发誓决不再回去。然后就隐居在晋国的木门，甚至连坐下时都不肯面对卫国的方向。木门大夫动员他出来做官，他拒绝，说：『如果出来做官却不能尽职尽责，那是罪过；但如果恪尽职守认真做本职工作，就等于向世人表明了我逃亡的原因。我向谁去说明这些呢？我不能在异国他乡做官。』从此终身没有做官。卫献公把他的出走视为一桩不幸事件，为此身着丧服，一直到亡故。

卫献公送给公孙免余六十座城邑，但公孙免余推辞不受并说：『只有卿才能拥有一百座城邑，我现在已经有六十座了。居下位却享有上位的福禄，就会招致灾难。我不敢想象这种后果。而且宁喜也正因为拥有太多的城邑才招致杀身之祸。我担心自己也会过早地死去。』卫献公坚持要给他，他勉强接受了一半。不久又让他做了少师。卫献公打算提升他为卿，但他推辞说：『太叔仪忠心不二，能够辅佐君王成就大事，君王还是下令任命他吧！』卫献公只好任命太叔仪为卿。

原文

宋向戌善于赵文子，又善于令尹子木，欲弭诸侯之兵以为名。如晋，告赵孟。赵孟谋于诸大夫，韩宣子曰：『兵，民之残也，财用之蠹，小国之大灾也。将或弭之，虽曰不可，必将许之。弗许，楚将许之，以召诸侯，则我失为盟主矣。』晋人许之。如楚，楚亦许之。如齐，齐人难之。陈文子曰：『晋、楚许之，我焉得已？且人曰「弭兵」，而我弗许，则固携吾民矣①，将焉用之？』齐人许之。告于秦，秦亦许之。皆告于小国，为会于宋。

五月甲辰②，晋赵武至于宋。丙午，郑良霄至。六月丁未朔，宋人享赵文子，叔向为介。司马置折俎③，礼也。仲尼使举是礼也④，以为多文辞⑤。戊申⑥，叔孙豹、齐庆封、陈须无、卫石恶至。甲寅⑦，晋荀盈从赵武至。丙辰⑧，邾悼公至。壬戌，楚公子黑肱先至，成言于晋。丁卯⑨，宋向戌如陈，从子木成言于楚。戊辰⑩，滕成公至。子木谓向戌，请晋、楚之从交相见也⑪。庚午，向戌复于赵孟。赵孟曰：『晋、楚、齐、秦，匹也。晋之不能于齐⑫，犹楚之不能于秦也。楚君若能使秦君辱于敝邑，寡君敢不固请于齐？』壬申⑬，左师复言于子木，子木使驲谒诸王⑭。王曰：『释齐、秦，他国请相见也。』秋，七月戊寅，左师至。是夜也，赵孟及子皙盟⑮，以齐言。庚辰⑯，子木至自陈。陈孔奂、蔡公孙归生至。曹、许之大夫皆至。以藩为军⑰。

注释

①携吾民：使我们的百姓怀有二心，即产生怀疑。②甲辰：二十七日。③折俎：指将牲体解成一节一段，置于俎中。④举：记录。⑤多文辞：多有文饰之词。⑥戊申：初二日。⑦甲寅：初八日。⑧丙辰：初十日。⑨丁卯：二十一

日。⑩戊辰：二十二日。⑪请晋、楚之从交相见：请跟从晋国与跟从楚国的国家互相朝见。⑫不能于齐：即不能指挥齐国。⑬壬申：二十六日。⑭谒诸王：报告楚康王。⑮子皙：即楚公子黑肱。⑯庚辰：初四日。⑰以藩为军：用藩离隔开各国军队。

译文

宋国的向戌和晋国的赵武关系一直很和睦，同时和楚国的令尹子木也有些私交，他准备出面调停消除诸侯之间的战争，从而提高自己的声望。于是向戌就到晋国，找到赵武商议。赵武又征求大夫们的意见，韩宣子韩起说：『战争向来使百姓遭到灾难，使各国的经济蒙受损失，更是弱小国家的深重灾难。现在有人提出了消除战争的倡议，虽然不一定能够做到，但也一定要应允他，如果我们不答应，楚国将会答应他，到那时侯，楚国凭借此事来号召诸侯，我们将必定失去盟主的地位了。』于是晋国人便答应了向戌的请求。向戌又到楚国，楚国人也表示完全赞同。但到了齐国，齐国人开始表示持反对意见。陈文子说：『晋、楚两国已经答应，我们怎能阻挠？再说人家说是要「消除战争」，而我们不赞成，这就会使我们的百姓因抱怨而产生怀疑，将来还怎么能役使他们呢？』于是齐国人答应了。向戌又到秦国询求意见，秦国也答应了。然后便由各大国分别通知自己的附属国，让他们到宋国举行联盟大会。

五月二十七日，晋国的赵武到了宋国。二十九日，郑国的良霄也到了。六月初一日，宋国人设宴款待赵武，叔向作为副宾。司马把煮熟了的肉拆碎陈列桌上，这是合乎礼的。后来孔子看到有关这次宴会的记载，认为所使用的虚饰华丽辞藻太多。初二日，鲁国的叔孙豹，齐国的庆封、陈须无，卫国的石恶来到宋国。初八日，晋国的荀盈跟随赵武也来参加会议。初十日，邾悼公到达。十六日，楚国的公子黑肱比令尹先到一步，和晋国先达成了协议。二十一日，宋国的向戌到陈国，和正在陈国访问的令尹子木商议盟约中有关楚国的条款内容。二十二日，滕成公来到。子木对向戌提出，让晋、楚两国盟国互相拜见。二十四日，向戌向赵武转达了这一提议。赵武说：『晋、楚、齐、秦四国，地位相当。晋国不能指挥齐国，就如同楚国不能支配秦国一样。如果楚国能让秦国君王到我国拜见，那么我们国君又怎能不让齐国去朝见楚国呢？』二十六日，向戌把这一意见转达给了子木，子木当即便派人乘驿车去向楚康王请示。楚康王说：『把齐国和秦国的问题暂时搁置一边，先让其他国家互相朝见。』秋季，七月初二日，向戌从陈国回到宋国。当晚，赵武和公子黑肱拟定了盟词，统一了想法。初四日，子木从陈国赶来。陈国的孔奂、蔡国的公孙归生也随同来到。曹国、许国的大夫也都到会。当时各国带来的军队只用篱笆分隔开来作为屏障。

原文

晋、楚各处其偏。伯夙谓赵孟曰：『楚氛甚恶①，惧难。』赵孟曰：『吾左还②，入于宋，若我何？』辛巳③，将盟于宋西门之外。楚人衷甲④。伯州犁曰：『合诸侯之师，以为不信，无乃不可乎？夫诸侯望信于楚，是以来服。若不信，是弃其所以服诸侯也。』固请释甲。子木曰：『晋、楚无信久矣，事利而已。苟得志焉，焉用有信？』太宰退⑤，告人曰：『令尹将死矣，不及三年。求逞志而弃信，志将逞乎？志以发言，言以出信，信以立志。参以定之⑥。信亡，何以及三？』赵孟患楚衷甲，以告叔向。叔向曰：『何害？匹夫一为不信，犹不可，单毙其死⑦。若合诸侯之卿，以为不信，必不捷矣。食言者不病⑧，非子之患也。夫以信召人，而以僭济之，必莫之与也⑨，安能害我？且吾因宋以守病⑩，则夫能致死⑪。与宋致死，虽倍楚可也，子何惧焉？又不及是。曰「弭兵」以召诸侯，而称兵以害我⑫，吾庸多矣⑬，非所患也。』

季武子使谓叔孙以公命，曰：『视邾、滕⑭。』既而齐人请邾，宋人请滕，皆不与盟。叔孙曰：『邾、滕，人之私也；我，列国也，何故视之？宋、卫，吾匹也。』乃盟。故不书其族，言违命也。

注释 ①楚氛：楚军气氛。②左还：左转。还，同「旋」。③辛巳：初五日。④衷甲：甲藏在衣中。⑤太宰：即伯州犁。⑥参以定之：有此三者(志、言、信)方能安定。⑦单毙其死：个人不得好死。⑧不病：不能害人。⑨与：赞同、帮助。⑩守病：防卫对我们的祸害。⑪夫：即晋军。⑫称兵：举兵、兴兵。⑬庸：同「用」，用处，好处。⑭视邾、滕：即比照邾、滕二国向晋、楚纳赋。

译文

晋、楚两国分别驻守在南北两地。荀盈对赵武说：『楚国方面看来气氛紧张异常，恐怕他们会发动突然袭击。』赵武说：『万一如此，我们向左转入宋国都城，他们能把我们如何？』初五日，诸侯准备在宋都西门之外结盟。楚国人暗中在外衣里套上皮甲。伯州犁说：『会集了天下诸侯的军队，却如此不讲信用，这恐怕不行吧？诸侯本来因为信任楚国，才前来顺服的。如果不讲信用，分明就是故意丢弃用以使诸侯信服的东西了。』于是就坚持请求脱下皮甲。但子木说：『晋、楚之间彼此不信任由来已久，只要对我们有利就行了。如果能实现我们的愿望，哪里还用得着讲什么信用？』伯州犁下去后，对人说：『令尹活着的日子不会长，至多不超过三年。只求满足欲望而丢弃信用，那么欲望能得到满足吗？有了某种想法才能形成言论，有了言论才能产生合于言论的行为，这才有了信用，有了信用才能使思想得到实现，满足愿望。这三个方面互相关联，互为条件。如今令尹已经丧失了信用，还怎能活到三年呢？』赵武对楚国人内穿皮甲之事深为担忧，把这件事告诉了叔向。叔向说：『这有什么害怕的？一个普通人一旦背信弃义，尚不能为社会所容，最后没有好结果。如果会集天下诸侯的卿竟然做出失信之事，他肯定也不会成功。说话不算数的人并不可怕，这并不是您的祸患。这次会盟本来是以信用来号召大家的，如果谁要以虚伪的言行来欺骗诸侯，必然没有人听从他，又怎能危害我们呢？况且我们因宋而抵抗，晋国也一定会誓死抗击。和宋军一同誓死抵抗楚国，即使楚军人数再多一倍也可以抵抗得住，您又怕什么？况且事情还不至于到这一步。楚国口头上喊着「消除战争」的高亢论调并且召集了诸侯，却发动战争威胁我国，这对我们是极为有利的，不必忧虑。」

季武子派人向叔孙传达襄公的指示：「根据邾、滕两国的情况再决定我国是否参加与之结盟。」不久齐国人请求把邾国作为属国，宋国人请求把滕国作为属国，因此邾、滕二国便又开始参加结盟了。叔孙说：「邾、滕二国是其他国家的附属国，不是独立国；而我们鲁国以诸侯国的身份，怎么能比照邾、滕二国行事呢？宋国、卫国才和我们的地位相同。」于是就擅自做主参加了结盟。所以《春秋》只写「豹」而没有写他的族名，意思是他违背了君王的指示。

原文

晋、楚争先。晋人曰：「晋固为诸侯盟主，未有先晋者也。」楚人曰：「子言晋、楚匹也，若晋常先，是楚弱也。且晋、楚狎主诸侯之盟也久矣[①]，岂专在晋？」叔向谓赵孟曰：「诸侯归晋之德只[②]，非归其尸盟也[③]。子务德，无争先。且诸侯盟，小国固必有尸盟者，楚为晋细，不亦可乎？」乃先楚人。书先晋，晋有信也。

壬午[④]，宋公兼享晋、楚之大夫，赵孟为客。子木与之言，弗能对；使叔向侍言焉，子木亦不能对也。

乙酉[⑤]，宋公及诸侯之大夫盟于蒙门之外[⑥]。子木问于赵孟曰：「范武子之德何如？」对曰：「夫子之家事治，言于晋国无隐情，其祝史陈信于鬼神[⑦]，无愧辞[⑧]。」子木归，以语王。王曰：「尚矣哉！能歆神、人[⑨]，宜其光辅五君以为盟主也[⑩]！」子木又语王曰：「宜晋之伯也！有叔向以佐其卿。楚无以当之，不可与争。」

注释

①狎：更替。②只：语末助词，无义。③尸盟：主盟。④壬午：初六日。⑤乙酉：初九日。⑥蒙门：宋都东北

门。⑦陈信：陈述忠诚。⑧无愧辞：没有虚饰的话。⑨歆：欣喜。⑩五君：五代国君，即晋文公、晋襄公、晋灵公、晋成公、晋景公。

译文

举行盟誓时，晋、楚为争先后顺序争执起来。晋国人说：『晋国本来就是诸侯盟主，没有谁可以排在晋国前面。』楚国人说：『你们说过晋、楚两国地位相同，如果晋国事事都领先他国，就说明楚国地位低下了。再说晋、楚两国轮流主持诸侯的盟会也由来已久，怎么能一直由晋国独自主持？』叔向对赵武说：『诸侯归服晋国的主要原因是因为崇尚德行，而不是因为主持结盟。您尽管专心于修养德行，根本不必与他国去争夺盟誓的先后顺序。再说诸侯结盟，小国本来也有权参与具体事务的，我们权且当楚国作为晋国的小国主持盟会不就行了吗？』于是晋国就让楚国先行歃血为盟。《春秋》记录此事时把晋国写在前面，是因为晋国比较讲究信用。

初六日，宋平公设宴同时款待晋、楚两国的大夫，赵武作为主宾。当子木和赵武谈话时，赵武竟然回答不上来；他让叔向陪子木谈话，子木竟也无话可以答复。

初九日，宋平公和诸侯的大夫们聚在宋都的蒙门之外结盟。子木向赵武问道：『士会这个人的品质德行怎么样？』赵武说：『他治家井井有条，对晋国来说毫无隐瞒，坦荡无私，他的祝史向鬼神祷告时从没有任何谎言。』子木回国后把这话告诉了楚康王。楚康王感叹道：『真是高尚的品德啊！他能同时得到人和神的偏爱，难怪他能一连辅佐五代国君，而且使晋国成为盟主啊！』子木又对楚康王说：『晋国成为诸侯盟主是理所应当的！因为现在有叔向这样的人来帮辅他们的卿。楚国就没有与之相匹敌的人，所以不要再与晋国争雄了。』

原文

晋荀盈遂如楚莅盟。

郑伯享赵孟于垂陇①，子展、伯有、子西、子产、子大叔、二子石从②。赵孟曰：『七子从君，以宠武也③。请皆赋，以卒君贶④，武亦以观七子之志。』子展赋《草虫》。赵孟曰：『善哉！民之主也。抑武也，不足以当之。』伯有赋《鹑之贲贲》。赵孟曰：『床第之言不逾阈⑤，况在野乎？非使人之所得闻也。』子西赋《黍苗》之四章。赵孟曰：『寡君在，武何能焉？』子产赋《隰桑》。赵孟曰：『武请受其卒章。』子大叔赋《野有蔓草》。赵孟曰：『吾子之惠也！』印段赋《蟋蟀》。赵孟曰：『善哉！保家之主也。吾有望矣。』公孙段赋《桑扈》。赵孟曰：『「匪交匪敖⑥」，福将焉往？若保是言也，欲辞福禄，得乎？』

注释

①垂陇：郑地，位于今郑州市西北。②二子石：即印段、公孙段。③宠武：使我赵武感到荣耀。④以卒君贶：用来完成郑君的恩赐。⑤阈：门槛。⑥匪交匪敖：不骄不傲。匪，同『不』；交，同『骄』；敖，同『傲』。

译文

晋国的荀盈随后便到楚国监督盟约的执行情况。

郑简公在垂陇摆下宴席招待赵武，子展、伯有、子西、子产、子太叔以及印段、公孙段作陪。席间，赵武说：『七位大夫随同君王陪我，实在让我担当不起。现在就请诸位大夫吟诗来感谢君王的恩赐，同时我也以此了解各位的思想。』于是子展吟诵了《草虫》一诗。赵武说：『真是绝妙啊！你真是百姓的主人。我这样的人是不能和你相比的。』伯有吟诵了《鹑之贲贲》一诗。赵武说：『男女室内情话不能传出门槛，更何况我们这是在野外呢？这不是我这个使者所应当听的和关心的。』子西吟诵了《黍苗》的第四章。赵武说：『上有我们君王，我有什么才能作为呢？』子产吟诵了《隰桑》一诗。赵武说：『请允许我只接受最后那一章。』子太叔诵读了《野有蔓草》一诗。赵武说：『这是凭借您的福禄啊！』印段吟诵了《蟋蟀》一诗。赵武说：『好啊！您是一位能保有家族的主人。我对您寄予重望。』公孙段吟诵了《桑扈》一诗。赵武说：『「不骄不傲」，福禄还能跑到哪里去呢？如果能保持这样，即使想要辞掉福禄，能行吗？』

原文

卒享，文子告叔向曰：『伯有将为戮矣！诗以言志，志诬其上[1]，而公怨之[2]，以为宾荣，其能久乎？幸而后亡[3]。』叔向曰：『然，已侈[4]。所谓不及五稔者[5]，夫子之谓矣。』文子曰：『其余皆数世之主也。子展其后亡者也，在上不忘降。印氏其次也，乐而不荒[6]。乐以安民，不淫以使之[7]，后亡，不亦可乎？』

宋左师请赏，曰：『请免死之邑[8]。』公与之邑六十，以示子罕。子罕曰：『凡诸侯小国，晋、楚所以兵威之，畏而后上下慈和，慈和而后能安靖其国家，以事大国，所以存也。无威则骄，骄则乱生，乱生必灭，所以亡也。天生五材[9]，民并用之，废一不可，谁能去兵？兵之设久矣，所以威不轨而昭文德也。圣人以兴[10]，乱人以废。废兴、存亡、昏明之术，皆兵之由也，而子求去之，不亦诬乎？以诬道蔽诸侯，罪莫大焉。纵无大讨，而又求赏，无厌之甚也！』削而投之[11]。左师辞邑。

注释

①志诬其上：从心里面诬蔑其国君。②公怨：公开怨恨。③幸而后亡：即使侥幸免死其后一定逃亡。④已侈：骄奢过分。⑤五稔：五年。⑥乐而不荒：欢乐而不荒唐。荒，荒唐，废乱。⑦不淫：不过分。⑧免死：免于一死，谦

言。⑨五材：指金、木、水、火、土。⑩圣人以兴：圣人由于兵(武力)而兴起。⑪削而投之：将书简削去字迹扔了出去。古人书于竹简或木札，书写有误则以刀削去。

译文

宴会结束后，赵武对叔向说：『伯有将遭到杀身的灾难！诗能表达一个人的思想，如果他的思想里流露出对国君的污蔑和公开的怨恨，并以此向宾客炫耀，他还能活得长久吗？即使侥幸得以免除死罪，将来也必定要逃亡国外。』叔向说：『是这样，他确实太傲慢了。所谓等不到五年的，大概就是说他了。』赵武说：『其他人都可能延续几代。子展可能是最后一个灭亡的，因为他虽然位居他人之上，却不忘谦虚自抑。印氏是第二个延续长远的家族，因为印段虽然欢乐却能有所节制。以欢乐稳定百姓，使用他们又不过分，在别人之后灭绝不是理所当然的吗？』

宋国的向戌向宋平公请求给予赏赐，他说：『此次盟会幸而成功，使我免于一死，请君王赏赐城邑。』于是宋平公便赐给他六十座城邑，并把记录着这一决定的简册拿给子罕看。子罕说：『诸侯小国常常受到晋、楚两国的武力威胁，由于害怕他们便能够上下团结和睦，团结和睦从而使他们的国家得到安定，以此来事奉大国，所以这种小国才能生存。没有大国威慑便会滋生骄傲，一旦骄傲便会招致灾难，灾难产生了必然导致毁灭，这就是弱小国家灭亡的原因。上天制造了金、木、水、火、土五种材料，百姓便将它们全部使用了，想废弃哪一种都不行，那么又能有谁废除不用武力呢？使用武力这一行为由来已久，其目的是要威慑越轨行为并表彰文治德政的。圣人因为武力而兴起，叛乱的人也因为武力而被消除。兴衰、存亡、昏庸、贤明，都是由武力决定的，而您却打算要消除武力，这不是自欺欺人吗？以欺骗来愚弄诸侯，再没有比这更大的罪过了。宽容他且没有对他予以严惩，他倒反而来请求封赏，真是贪得无厌到了极点！』说完就用刀削去了简册上的字迹，弃之于地。向戌这才自动撤销了这一请求。

原文

向氏欲攻司城①。左师曰：『我将亡，夫子存我②，德莫大焉。又可攻乎？』君子曰：『「彼己子之，邦之司直③。」乐喜之谓乎！「何以恤我④，我其收之⑤。」向戌之谓乎！』

齐崔杼生成及强而寡。娶东郭姜，生明。东郭姜以孤入⑥，曰棠无咎，与东郭偃相崔氏。崔成有疾而废之，而立明。成请老于崔，崔子许之，偃与无咎弗予，曰：『崔⑦，宗邑也，必在宗主⑧。』成与强怒，将杀之，告庆封曰：『夫子之身，亦子所知也，唯无咎与偃是从，父兄莫得进矣。大恐害夫子，敢以告。』庆封曰：『子姑退，吾图之。』告卢蒲嫳⑨。卢蒲嫳曰：『彼⑩，君之仇也。天或者将弃彼矣。彼实家乱，子何病焉？崔之薄，庆之厚也⑪。』他日又告。庆封曰：『苟利夫子，必去之！难，吾助女。』

注释

①司城：子罕为司城。②夫子：即子罕。③司直：主持正义。④恤：赐。⑤收：接受。⑥孤：东郭姜前夫棠公之子。⑦崔：邑名，在今山东济阳县东北。⑧宗主：即崔明。⑨卢蒲嫳：庆封所属大夫。⑩彼：指崔杼。⑪厚：巩固。

译文

向氏一族因此对子罕怀恨在心，准备攻打他。但向戌说：『在我将要面临灭亡时，是子罕援救了我，再没有比这更大的恩德了。又怎能恩将仇报去攻打他呢？』君子对此发表意见说：『「那个人是主持国家正义的人。」大概说的就是子罕吧！「你把什么赏赐给我，我都接受它。」说的就是向戌吧！』

齐国崔杼的妻子生了成和强两个儿子后就去世了。崔杼又娶了东郭姜，生了明。东郭姜出嫁的时候把前夫的儿子也带来了，他叫棠无咎，后来就和东郭偃共同辅助崔氏一族。崔杼的长子崔成因为身体有病而被废黜，把明立为继承人。崔成要求到崔地养老，崔杼答应了，但东郭偃和棠无咎却不让给，说：『崔地是宗庙所在地，一定要留给崔氏继承人。』崔成和崔强非常恼火，准备杀了他们，便对庆封说：『我父亲这个人您知道，一向只听棠无咎和东郭偃的说法，崔氏父老兄弟没有人能够说动他。我们担心将来有人会害了他，所以才向您报告。』庆封说：『你们先回去，让我再想一下。』庆封把这件事告诉了卢蒲嫳。卢蒲嫳说：『崔杼本是国君的仇人，也许是他将被上天抛弃。这实际上是他们家族出了内乱，您担心什么？崔氏受到削弱，也就是庆氏得到了加强。』几天后，崔成、崔强又向庆封谈起此事。庆封说：『如果对你们的父亲有利的话，就一定要将他们二人除掉！如果有什么威胁，我帮助你们。』

原文

九月庚辰①，崔成、崔强杀东郭偃、棠无咎于崔氏之朝。崔子怒而出，其众皆逃，求人使驾，不得。使圉人驾，寺人御而出。且曰：『崔氏有福，止余犹可。』遂见庆封。庆封曰：『崔、庆一也。是何敢然？请为子讨之。』使卢蒲嫳帅甲以攻崔氏。崔氏堞其宫而守之②。弗克，使国人助之，遂灭崔氏，杀成与强，而尽俘其家，其妻缢。嫳复命于崔子，且御而归之。至，则无归矣，乃缢。崔明夜辟诸大墓③。辛巳，崔明来奔。庆封当国。

注释

①庚辰：初五日。②堞其宫：加筑宫墙。③辟：同『避』。

译文

九月初五日，崔成、崔强在崔氏家族的外朝上杀了东郭偃和棠无咎。崔杼勃然大怒，准备出走，但他的手下人都逃走了，找人套车，却找不到人。只好让养马人套上车，让寺人驾着车子出去。走时崔杼还说：『如果崔氏还有福气的话，希望灾难能到我这儿就停下来，不要再祸及后人。』随后便见到了庆封。庆封说：『崔、庆两家人犹如一家。

这些人怎么能这么做？请允许我为您讨伐他们。』便派卢蒲嫳率领甲兵进攻崔氏。崔氏族人加高宫墙据以抵抗。没有攻克，卢蒲嫳又动员国都的人前来加入作战，最后将崔氏灭亡，杀了崔成和崔强，夺取了他们的全部家产和人口，崔杼的妻子东郭姜自缢身亡。然后卢蒲嫳就返回向崔杼复命，并为他驾车送他返回家中。崔杼到家后，一看已经无家可归了，于是也上吊自缢而死。崔明因为趁夜里躲入崔氏祖坟中才得以逃脱。初六日，崔明逃跑来到鲁国。从此庆封控制了齐国的大权。

原文

楚薳罢如晋莅盟①，晋侯享之。将出，赋《既醉》。叔向曰：『薳氏之有后于楚国也，宜哉！承君命，不忘敏②。子荡将知政矣。敏以事君，必能养民，政其焉往？』

崔氏之乱，申鲜虞来奔，仆赁于野③，以丧庄公④。冬，楚人召之，遂如楚，为右尹。

十一月乙亥朔，日有食之。辰在申⑤，司历过也⑥，再失闰矣。

注释

①薳罢：字子荡，后为楚国令尹。②不忘敏：薳罢宴饮完毕，将出而赋《既醉》，甚得其时，故曰『不忘敏』。敏，即所谓『敏于事』，应对敏捷。③仆赁于野：在郊野雇佣了仆人。④丧庄公：为齐庄公服丧。⑤辰在申：斗柄指向申星。辰，星名，即斗柄。⑥司历：主持司历的官。

译文

楚国的薳罢到晋国监督盟约的执行情况，晋平公设宴接待他。宴会将要结束时，薳罢吟诵了《既醉》这首诗。叔向说：『看来薳氏在楚国后继有人是必然的了！因为他执行君命而又机智敏捷。他不久将要大权在握了。以机智敏捷

明月种树图　清·汤禄名

此图中一个文人把锄倚树而立，似种树疲累正在憩息。他仰头望向夜空，梅花枝头，云开雾散，一轮明月高挂天宇。图中以墨笔写梅干细枝、繁花密萼，用笔纵放。人物用线疏简，面部刻画生动传神，将人物怡然自得、愉悦安祥的神情表现得栩栩如生。

来事奉君王，就一定能养活百姓，政权还能落到谁手里呢？』

鲁襄公二十五年，崔氏发动叛乱杀害了齐庄公后，申鲜虞逃亡来到鲁国，雇佣了公仆人住在郊外，为齐庄公服丧。冬季，楚国人召请他，他便去了楚国，担任了右尹的职务。

十一月初一日，鲁国出现了日食。当时斗柄指向申的方位。由于主持历法官员的过失，本来应该两次设置闰月，结果都没有设置。

襄公二十八年

原文

二十八年春，无冰。梓慎曰[1]：『今兹宋、郑其饥乎[2]！岁在星纪[3]，而淫于玄枵。以有时灾，阴不堪阳。蛇乘龙[4]，龙，宋、郑之星也[5]。宋、郑必饥。玄枵，虚中也。枵[6]，耗名也。土虚而民耗，不饥何为？』

夏，齐侯、陈侯、蔡侯、北燕伯、杞伯、胡子、沈子、白狄朝于晋[7]，宋之盟故也。

齐侯将行，庆封曰：『我不与盟，何为于晋[8]？』陈文子曰：『先事后贿，礼也。小事大，未获事焉，从之如志[9]，礼也。虽不与盟，敢叛晋乎？重丘之盟，未可忘也。子其劝行！』

注释

①梓慎：鲁大夫。②今兹：今年。③岁在星纪：岁星，即木星。古人误以为木星公转周期是十二年，并以此纪年。古天文学家以日月所会之处为次，日月一年十二会，故有十二次，与十二宫相当。十二次其名称为降娄、大梁、实沈、鹑首、鹑火、鹑尾、寿星、大火、析木、星纪、玄枵、娵訾。星纪，即此十二星次之一，在十二支中为丑，在二十八宿中为斗宿和牛宿。④蛇乘龙：古人以岁星为木，木为青龙。而次于玄枵，玄枵相当女、虚、危三宿。虚、危古以为蛇。龙行疾而失位，出见在虚、危之下，龙在下而蛇在上，故曰『蛇乘龙』。⑤龙，宋、郑之星：此为古分野之说，以土地疆域配天上星宿。⑥枵：空虚。⑦北燕：即姬姓之燕，都于蓟。胡：归姓国，故城在今安徽阜阳县治。⑧于晋：指朝于晋。⑨从之如志：按照大国的意图而顺从它。

译文

二十八年春天，鲁国地区气候反常，没能结冰。因此鲁国大夫梓慎说：『恐怕今年宋国和郑国要发生饥荒了！由于岁星本应在斗、牛的位置上，可现在却已经错过了这个位置，到了女、虚、危的位置。天时不正，就会带来灾荒，气候本应寒冷却仍然温暖。龙在下而蛇在上，龙是宋国、郑国的星宿，因此宋国、郑国必然发生粮食短缺的情况。玄枵有女、虚、危三宿，虚宿居中。枵，代表虚耗。土地虚耗百姓就会遭到损害，还能不饥荒吗？』

夏天，齐景公、陈哀公、蔡景侯、北燕伯、杞文公、胡子、沈子、白狄到晋国朝见，这是由于在宋国结盟的缘故。

齐景公动身时，庆封说：『我国没有加入结盟，为什么要朝见晋国呢？』陈文子说：『先事奉大国然后再进献贡品，这是合乎礼的。小国事奉大国，即使没能与之结盟，但仍然顺从大国的意志，也是合乎礼的。我们虽然没有参加结盟，但能叛逆晋国吗？那年重丘的盟约可不能忘记啊。您还是劝说君王去吧！』

原文

卫人讨宁氏之党，故石恶出奔晋。卫人立其从子圃[1]，以守石氏之祀，礼也。

邾悼公来朝，时事也[2]。

秋，八月，大雩，旱也。

蔡侯归自晋，入于郑。郑伯享之，不敬。子产曰：『蔡侯其不免乎！日其过此也[3]，君使子展廷劳于东门之外[4]，而傲。吾曰犹将更之。今还，受享而惰[5]，乃其心也。君小国，事大国，而惰傲以为己心，将得死乎？若不免，必由其子。其为君也，淫而不父。侨闻之[6]，如是者，恒有子祸。』

注释

①从子：兄弟之子，今称侄。②时事：四时朝聘。③日：往日。④廷劳：前往慰劳。廷，同『往』。⑤受享：接

受宴请。⑥侨：即子产。

译文

因为卫国人要讨伐宁氏的党羽，因而石恶逃亡到了晋国。卫国人便立了石恶弟弟的儿子石圃为继承人，以保证石氏的宗庙继续得到祭祀，这是合乎礼的。

邾悼公来鲁国朝见，这是每年的例行朝见。

秋季，八月，鲁国举行了大雩祭，以祈祷上天下雨，这是因为天旱。

蔡景公从晋国回来后，进入郑国。郑简公设宴款待他，席间蔡景公显得很无礼。子产说：『蔡侯恐怕难逃灾祸！以前他经过郑国时，君王派子展到东门之外慰劳他，他就很傲慢。我还以为他能改正，未曾想到这次回来，君王亲自宴请他，他还是那样怠惰无礼，这就是他的本性如此了。小国君王事奉大国，内心却傲慢无度，他还能有好结果吗？如果他被杀死了也必然是他的儿子所为。由于他身为国君，竟然不守父道与儿媳通奸。据我所知，像这种乱伦之人，经常会招致儿子发动叛乱。』

原文

孟孝伯如晋，告将为宋之盟故如楚也。

蔡侯之如晋也，郑伯使游吉如楚。及汉[1]，楚人还之，曰：『宋之盟，君实亲辱。今吾子来，寡君谓吾子姑还，吾将使驲奔问诸晋而以告。』子大叔曰：『宋之盟，君命将利小国，而亦使安定其社稷，镇抚其民人，以礼承天之休[2]，此君之宪令，而小国之望也。寡君是故使吉奉其皮币[3]，以岁之不易[4]，聘于下执事。今执事有命曰：女何与政令之有[5]？必使而君弃而封守，跋涉山川，蒙犯霜露[6]，以逞君心。小国将君是望，敢不唯命是听？无乃非盟

载之言，以阙君德，而执事有不利焉，小国是惧。不然，其何劳之敢惮[7]？」

子大叔归，复命，告子展曰：『楚子将死矣！不修其政德，而贪昧于诸侯[8]，以逞其愿。欲久，得乎？《周易》有之，在复䷗之颐䷚，曰：「迷复，凶[9]。」其楚子之谓乎！欲复其愿[10]，而弃其本，复归无所，是谓「迷复」，能无凶乎？君其往也！送葬而归，以快楚心。楚不几十年[11]，未能恤诸侯也，吾乃休吾民矣。』裨灶曰：『今兹周王及楚子皆将死。岁弃其次[12]，而旅于明年之次[13]，以害鸟帑[14]。周、楚恶之[15]。』

注释

①汉：汉水。②承天之休：承受上天的福禄。休，福禄。③皮币：指财礼。④岁之不易：岁有饥荒灾难。⑤女：同『汝』，指游吉。⑥蒙犯：冒着。⑦惮：畏。⑧贪昧：贪图进奉。⑨迷复，凶：复卦变为颐卦，则复卦为上六爻由阴变阳。『迷复，凶，』即为复上六爻辞，意为迷了路，往回走，不吉利。⑩复其愿：实践自己的愿望。⑪不几十年：大约不超过十年的时间。几，近。⑫岁弃其次：岁星不在其位置。即岁不在星纪。⑬旅于明年之次：运行在明年的位置上。即岁在玄枵。⑭以害鸟帑：要危害鸟尾。⑮周、楚恶之：即周、楚遭受灾祸。

译文

孟孝伯到晋国报告，准备履行宋国的约定到楚国朝见。

蔡景公去晋国时，郑简公派游吉前往楚国。行至汉水时，楚国人让游吉回去，说：『宋国盟会，贵国君主曾亲自参加了。如今却派您前来朝见，我们君主让您先返回去，我们将派驿车到晋国询问究竟是不是应该由贵国国君来朝。』游吉说：『在宋国的盟会上，贵国君王曾要求要有利于小国，使他们国家安定，镇抚百姓，依靠礼法继续享受上天的福禄，这是贵国君王的命令，也是我们小国的希望。我们君王因此才派我前来奉上财礼，因为年成不好，特向下级执事聘问。现在贵国又下令：你怎能代表你们国家？一定要让你们国君放弃政事，跋山涉水，披霜踏露，才能满足我们君王的期望。小国还要依靠贵国君王，怎能不俯首听命呢？只是这样做有违盟约的内容，也会损害贵国君王的德行，从而对贵国没有好处，我们小国对此深为忧虑。如果不是这样，我们君王难道还怕流离的劳苦吗？』

游吉回国复命，告诉子展说：『楚王命在旦夕！他不修德政，却过分追求让诸侯事奉自己，以满足自己的愿望。长此以往，还能久于人间吗？《周易》有这样的卦象，复卦变为颐卦，就叫：「迷路往回走，不吉利。」这大概说的就是楚王吧！他想满足自己的愿望，却摒弃了修养品行这一根本，就像回去找不到归路一样，此即「迷复」，怎能不发生凶事呢？还是让君王去楚国吧！去参加完楚王的丧礼便能回来，这样便可以满足楚国的虚荣心。楚国在十年之内不能争霸诸侯，我们可以让百姓得到休养了。』裨灶说：『今年周天子和楚王都将会死去。岁星失去了它原来的位置，却运行到明年的位置上，以致危害到了象征南方的朱鸟尾。周王室和楚国都将遭到灾难。』

原文

九月，郑游吉如晋，告将朝于楚，以从宋之盟。子产相郑伯以如楚。舍不为坛[①]。外仆言曰[②]：『昔先大夫相先君，适四国，未尝不为坛。自是至今，亦皆循之。今子草舍[③]，无乃不可乎？』子产曰：『大适小，则为坛；小适大，苟舍而已。焉用坛？侨闻之，大适小有五美：宥其罪戾，赦其过失，救其灾患，赏其德刑，教其不及[④]。小国不困，怀服如归。是故作坛以昭其功，宣告后人，无怠于德。小适大有五恶：说其罪戾，请其不足，行其政事，共其职贡，从其时命[⑤]。不然，则重其币帛，以贺其福而吊其凶，皆小国之祸也。焉用作坛以昭其祸？所以告子孙，无昭祸焉可也[⑥]。』

注释

①舍不为坛：设置帷宫而不筑坛。为坛，古代国君至他国要设坛，即先除野草，为一坦坪，然后积土为坛。②外仆：官名，主管筑坛置舍的人。③草舍：不除草而为舍。④教其不及：教导它做不到的地方。⑤时命：随时下达的命令。⑥昭：同『招』，招惹。

译文

九月，郑国的游吉去到晋国，告诉将要朝见楚国以实行宋国的盟约，随后子产便陪同郑简公到了楚国。他们在楚都郊外搭起帐篷而没有设立土坛。随同的下人说：『从前先大夫陪同先君到四方各国访问，没有不筑土坛的。直到今天都沿用这种做法。现在您不除草就搭建起帐篷，恐怕不行吧？』子产说：『大国到小国互访一般要设土坛，小国到大国朝见，简单地搭一个帐篷就行了，哪里还需要设坛呢？据我所知，大国到小国访问有五种益处：赦免小国的罪过，原谅它的过失，救助它的灾难，奖励它的德泽和法典，指导它想不到的地方。从而使小国不缺乏财物，归服大国就如同回到自己的家中。因此才设坛以宣扬大国的德行，并告诫后人，要勤于修养德行。小国朝见大国的五种坏处：大国会极力掩饰自己的罪过，向小国要求得到自己所缺乏的东西，要求小国执行大国的命令，向大国进献贡品，并听从大国的任何一种命令。如果不这样，就多加征收小国的贡赋，以祝贺喜事或吊唁丧事，这都是小国的祸患。哪里还用得着设坛以宣扬它的祸患呢？因此只要能够告知子孙不要再招惹灾祸就行了。』

原文

齐庆封好田而耆酒①，与庆舍政②，则以其内实迁于卢蒲嫳氏③，易内而饮酒。数日，国迁朝焉。使诸亡人得贼者，以告而反之，故反卢蒲癸。癸臣子之④，有宠，妻之。庆舍之士谓卢蒲癸曰：『男女辨姓，子不辟宗，何也？』

曰：『宗不余辟，余独焉辟之？赋诗断章⑤，余取所求焉，恶识宗⑥？』癸言王何而反之，二人皆嬖，使执寝戈，而先后之。

公膳日双鸡⑦，饔人窃更之以鹜⑧。御者知之⑨，则去其肉，而以其洎馈⑩。子雅、子尾怒⑪。庆封告卢蒲嫳。卢蒲嫳曰：『譬之如禽兽，吾寝处之矣⑫。』使析归父告晏平仲。平仲曰：『婴之众不足用也，知无能谋也。言弗敢出，有盟可也⑬。』子家曰⑭：『子之言云，又焉用盟？』告北郭子车。子车曰⑮：『人各有以事君，非佐之所能也⑯。』陈文子谓桓子曰⑰：『祸将作矣！吾其何得？』对曰：『得庆氏之木百车于庄⑱。』文子曰：『可慎守也已！』

注释

①者：同『嗜』。②庆舍：庆封之子。③内实：宝物妻妾。④癸臣子之：卢蒲癸做了子之的家臣。子之，庆舍字。⑤赋诗断章：春秋时外交场合常赋诗表意，赋者与听者各取所需。断章，即断章取义。⑥恶：疑问代词，何。⑦公膳：办公用餐，由朝廷供给。⑧饔人：主持割烹的厨师。鹜：鸭子。⑨御者：送饭的人。⑩洎：肉汁。⑪子雅、子尾：齐大夫，二人皆为齐惠公之孙。⑫寝处之：即寝其皮。⑬有盟可也：即可以盟誓。⑭子家：即析归父。⑮子车：齐大夫。⑯佐：子车名。⑰桓子：即陈文子之子陈无宇。⑱庄：临淄城大街名。

译文

齐国的庆封喜欢打猎和饮酒，把国家政权则交给庆舍去处理，自己则带着妻妾财物迁到卢蒲嫳家居住，两人互相交换妻妾饮酒作乐。几天之后，官员们都到这里朝见庆封。庆封下令凡是因崔氏之乱逃亡在外的人，只要能抓住崔氏的党羽，就将功赎罪，让他回来，因而就让卢蒲癸回来了。卢蒲癸做了庆舍的家臣，很受其喜爱，庆舍还把女儿嫁给了他。庆舍的家臣对卢蒲癸说：『男女结婚首先要分清姓氏，您娶同宗女子为妻，这是何故？』卢蒲癸说：『是同宗不避我，我怎么能避开同宗呢？就像吟诵时人们断章取义各取所需一样，我也只争取自己所需要的就行了，又何必顾忌什么同宗不同宗？』卢蒲癸又要求庆舍让王何也回到齐国，两人都受到庆舍的宠信，时常都手执武器护卫在庆舍的前后。

办公用餐按例每天有两只鸡，主管伙食的人偷偷的给换成两只鸭子。送饭的人知道了，干脆连鸭子也拿掉，只上肉汤。子雅、子尾大怒。庆封把这件事告知了卢蒲嫳。卢蒲嫳说：『我就把他们当作野兽，不但要吃他们的肉，而且还要剥他们的皮。』并派析归父把预谋杀了他们的意思告诉晏婴。晏婴说：『我的家臣尚不足以使用，即使聪明也不能参与谋划。但我对此事绝对保守机密，您如果不信，可以盟誓。』析归父说：『既然你这样说了，哪里还用得着盟誓呢？』析归父又告知了北郭子车。子车说：『每个人都有自己事奉君王的方法，这不是我所能办到的。』陈文子对儿子陈无宇说：『祸乱就要发生！我们能得到什么？』陈无宇说：『能在庄街上得到庆封一百车木材。』陈文子说：『得到了就谨慎地保护好它！』

原文

卢蒲癸、王何卜攻庆氏，示子之兆，曰：『或卜攻仇，敢献其兆。』子之曰：『克，见血。』冬，十月，庆封田于莱，陈无宇从。丙辰，文子使召之，请曰：『无宇之母疾病，请归。』庆季卜之[1]，示之兆，曰：『死。』奉龟而泣，乃使归。庆嗣闻之[2]，曰：『祸将作矣！』谓子家[3]：『速归！祸作必于尝，归犹可及也。』子家弗听，亦无悛志。子息曰[4]：『亡矣！幸而获在吴、越。』陈无宇济水，而戕舟发梁[5]。

注释

①庆季：即庆封。②庆嗣：庆封之族。③子家：即庆封，字子家。④子息：庆嗣字。⑤戕舟发梁：破坏船只，拆

掉桥梁。

译文

卢蒲癸、王何为攻打庆氏进行占卜，之后把占卜结果拿给庆舍看，并说：『有人占卜要攻打仇人，我们把占卜的卦象献给您。』庆舍说：『能够击败仇人，但需要流血。』冬季，十月，庆封在莱地打猎，陈无宇随同共往。十七日，陈文子派人让陈无宇回去，陈无宇便向庆封请求说：『我母亲有病，请允许我回去。』庆封为他占卜吉凶，并把结果给他看，无宇说：『这是母亲要死的征兆。』便捧着龟甲痛哭起来，于是庆封便让他回去了。庆嗣听到此事后说：『祸乱立刻就会发生了！』便对庆封说：『赶快回去！祸乱肯定在举行秋祭时发生，回去还能来得及防止。』庆封不以为然，也没有一点儿悔改的意思。庆嗣说：『他就要灭亡了！即使侥幸免于一死，也只能逃亡到吴、越二国。』陈无宇过河之后，就破坏了渡船，并撤去了桥梁。

原文

卢蒲姜谓癸曰[1]：『有事而不告我，必不捷矣。』癸告之。姜曰：『夫子愎，莫之止，将不出。我请止之。』癸曰：『诺。』十一月乙亥，尝于大公之庙，庆舍莅事。卢蒲姜告之，且止之。弗听，曰：『谁敢者？』遂如公[2]。麻婴为尸[3]，庆奊为上献[4]。卢蒲癸、王何执寝戈，庆氏以其甲环公宫。陈氏、鲍氏之圉人为优。庆氏之马善惊，士皆释甲、束马，而饮酒，且观优，至于鱼里[5]。栾、高、陈、鲍之徒介庆氏之甲。子尾抽桷[6]，击扉三，卢蒲癸自后刺子之，王何以戈击之，解其左肩。犹援庙桷[7]，动于甍[8]。以俎、壶投[9]，杀人而后死。遂杀庆绳、麻婴。公惧，鲍国曰：『群臣为君故也。』陈须无以公归，税服而如内宫。

庆封归，遇告乱者。丁亥，伐西门，弗克。还伐北门，克之。入，伐内宫，弗克。反，陈于岳[10]。请战，弗许。

遂来奔。献车于季武子，美泽可以鉴。展庄叔见之[11]，曰：『车甚泽，人必瘁，宜其亡也。』叔孙穆子食庆封，庆封氾祭[12]。穆子不说，使工为之诵《茅鸱》，亦不知。既而齐人来让，奔吴。吴句余予之朱方[13]，聚其族焉而居之，富于其旧。子服惠伯谓叔孙曰：『天殆富淫人，庆封又富矣。』穆子曰：『善人富谓之赏，淫人富谓之殃。天其殃之也，其将聚而歼旃。』

注释

①卢蒲姜：卢蒲癸之妻，庆舍之女。②如公：至公所，公所即太公庙。③尸：古代祭祀，用活人代替受祭者。④上献：上宾，宾长。⑤鱼里：里名。⑥桷：椽。⑦援庙桷：攀住太庙的屋椽。⑧甍：栋梁。⑨俎壶：盛酒肉的器具。⑩岳：城内大街名。⑪展庄叔：鲁大夫。⑫氾祭：遍祭诸神。⑬朱方：吴邑名。

译文

卢蒲姜对卢蒲癸说：『如果发生了动乱而不告诉我，肯定不能成功。』于是卢蒲癸便把此事告知了她。卢蒲姜说：『庆舍刚愎自用，没有办法劝阻他，他是不会出来的。让我去劝阻他。』卢蒲癸说：『也好。』十一月初七日，在太庙举行了秋祭，庆舍准备亲临祭祀。卢蒲姜告诉他有人要发动叛乱，劝他不要去。但庆舍不听，而且说：『谁能把我怎么样？』随后便来到太公庙。祭祀时麻婴充任受祭者，庆奊担任上献。卢蒲癸、王何手拿寝戈严阵以待，庆氏派甲兵在公宫四周警卫。陈氏、鲍氏的养马人表演马术。庆氏的马容易受惊，士兵都脱下皮甲，绊住马腿，一同喝酒，喝完酒又到鱼里去观看表演。于是子雅、子尾、陈文子、鲍国的随从趁机穿上庆氏甲兵的皮甲。子尾抽出槌子在门上敲了三下，卢蒲癸从后面追杀庆舍，王何用戈击他，砍下了他的左肩。庆舍挣扎着抽掉庙上的一根椽子，房顶为之震动起来。他抓起盛肉的器具和酒器抛了出去，杀死几个人后才死去。随后卢蒲癸又处死庆奊、麻婴。齐景公非常害怕，鲍国安慰他：『我们是为了君王才发动这次叛乱的。』陈文子带着齐景公回去，脱下祭服返回宫内。

庆封回来后，碰到有人向他报告暴乱的消息。十九日，他领人攻打西门，没能攻下。又回去进攻北门，结果顺利攻克。进城后又攻打内宫，没有攻下。又折回去，在岳街列开战阵。庆封再次请求决战，没能得到应允。便逃亡来到鲁国。奉献给季武子一辆车子，车子豪华无比，光可耀人。展庄叔见到后说：『车子如此华贵，主人就必然会招致灾祸，难怪他逃亡国外。』叔孙穆子宴请庆封，庆封首先把各种神灵祭告了一遍。穆子很不愉快，便让乐师演奏了《茅鸱》这首诗，庆封也不明白是什么意思。不久齐国人前来对鲁国收留庆封之事提出反对，于是庆封又逃亡到吴国。吴王勾余把朱方一地封给他，庆封便召集了他的族人住到那里，反而比在齐国时更加殷实。子服惠伯对叔孙说：『大概是上天要让恶人富有，所以庆封又富有起来了。』穆子说：『好人富有是奖励，恶人富有是灾祸。恐怕上天要降灾给他，所以先把他们的族人都集中起来，然后一举灭族。』

原文

癸巳，天王崩。未来赴，亦未书，礼也。

崔氏之乱，丧群公子。故鉏在鲁，叔孙还在燕，贾在句渎之丘。及庆氏亡，皆召之，具其器用，而反其邑焉。与晏子邶殿其鄙六十[①]，弗受。子尾曰：『富，人之所欲也，何独弗欲？』对曰：『庆氏之邑足欲，故亡。吾邑不足欲也，益之以邶殿，乃足欲。足欲，亡无日矣。在外，不得宰吾一邑。不受邶殿，非恶富也，恐失富也。且夫富，如布帛之有幅焉[②]。为之制度，使无迁也。夫民，生厚而用利[③]，于是乎正德以幅之[④]，使无黜嫚[⑤]，谓之福利。利过则为败。吾不敢贪多，所谓福也。』与北郭佐邑六十，受之。与子雅邑，辞多受少。与子尾邑，受而稍致之[⑥]。公以为忠，故有宠。释卢蒲嫳于北竟[⑦]。

注释

①邶殿：齐国大邑，在今山东昌邑县西北郊。其：之。鄙：郊鄙。②幅：幅度，宽度。③生厚而用利：生活富裕而财产丰厚。④正德以幅之：端正道德以限制他们。⑤使无黜嫚：使他们无不足也无过分。黜，退下；嫚，借为『漫』，水过多为漫。⑥稍致之：全部退还国君。稍，尽。⑦释：放逐。

译文

十一月二十五日，周天子去世。王室没有送来讣告，《春秋》也就没有记载，这是不合于礼的。

崔氏之乱时，齐国的公子们四散逃窜。公子钼逃到鲁国，叔孙还逃到燕国，公子贾逃到句渎之丘。等到庆氏被灭亡，齐国便把他们全部召了回去，为他们预备了家用器具，并把原来的封地还给他们。而且还把邶殿边境上的六十座城邑送给晏婴，但晏婴没有受领。子尾说：『富有是人人所希望的，为何只有您不想富有呢？』晏婴回答说：『庆氏的城邑满足了欲望，因此促使逃亡国外。我现有的城邑并不能满足我的愿望，假如加上邶殿的六十座城邑，才能满足。但欲望满足了，灭亡也就迫在眉睫。如果逃亡在外，就连一个城邑也没有了。我不要邶殿六十邑，不是讨厌富有，而是害怕失去富有。再说富有，好像布帛一样有一定的范围。为富有制定了范围，目的就是不让随便改变。百姓，总是希望生活富足，财物越多越好，因此就需要端正道德标准来规范、限制他们，从而使其既不要不足，也不要过分，这就叫做限制钱财。财富太多就会招致败亡。我不敢奢求，就是要对我的财富加以限制。』齐景公赏给北郭佐六十座城邑，他爽快地受领了。赏给子雅城邑，他辞掉的多，接受的少。赏给子尾城邑，开始接受了，后来又全部退还给了齐景公。齐景公因此认为子尾很忠义，从此便非常宠信他。把卢蒲嫳放逐到齐国的北部国境。

原文

求崔杼之尸，将戮之，不得。叔孙穆子曰：『必得之。武王有乱臣十人①，崔杼其有乎？不十人，不足以葬。』既，崔氏之臣曰：『与我其拱璧②，吾献其柩。』于是得之。十二月乙亥朔③，齐人迁庄公④，殡于大寝⑤。以其棺尸崔杼于市。国人犹知之，皆曰：『崔子也。』

为宋之盟故，公及宋公、陈侯、郑伯、许男如楚。公过郑，郑伯不在。伯有廷劳于黄崖，不敬。穆叔曰：『伯有无戾于郑⑥，郑必有大咎。敬，民之主也，而弃之，何以承守⑦？郑人不讨，必受其辜。济泽之阿⑧，行潦之苹、藻，置诸宗室⑨，季兰尸之，敬也。敬可弃乎？』

注释

①乱臣：治臣。乱，反训为治。②拱璧：大璧玉。③乙亥：初一日。④迁：迁葬。⑤大寝：即路寝，诸侯的正室。⑥无戾：无罪，即不治罪。⑦承守：继承守护先祖家业。⑧济泽之阿：水边的薄土。济，渡口；泽，沼泽；阿，水崖。⑨置诸宗室：用作祭品。宗室，宗庙。

译文

齐国寻找崔杼的尸首，准备戮尸以泄愤，然而到处找不到。叔孙穆子说：『一定要找到。周武王在当时有十个忠臣，崔杼会有这么多忠于他的人吗？只要不到十个人，他就不能够下葬，不下葬就一定能找得到他的尸体。』不久，崔氏的一个家臣说：『如果把崔杼原来那块大玉璧送给我，我就献出他的棺材。』这才找到了崔杼的尸体。十二月初一日，齐国人迁葬齐庄公，棺材摆放在正室。用崔杼的棺材装着崔杼的尸体游街示众。国内的人还都能辨认出他，都说：『这确实是崔杼。』

为实践宋国的盟约，襄公和宋平公、陈哀公、郑简公、许男前往楚国朝见。襄公经过郑国时，郑简公不在都城。伯有来到黄崖慰劳襄公，对他的态度显得傲慢。穆叔说：『郑国如果不杀掉伯有，就必然会发生大的灾祸。恭敬是治理百姓的保证，如果抛弃了它，依靠什么继承守护先辈创下的家业？郑国人如果不讨伐他，必受其祸。即使是困乏的土地，路边积水中的浮萍和水草，只要作为祭品放入宗庙中，由季兰这样的女子作为替身，也算是恭敬的表示。恭敬难道能丢弃吗？』

原文

及汉，楚康王卒。公欲反，叔仲昭伯曰：『我楚国之为，岂为一人？行也！』子服惠伯曰：『君子有远虑，小人从迩①。饥寒之不恤②，谁遑其后③？不如姑归也。』叔孙穆子曰：『叔仲子专之矣，子服子，始学者也。』荣成伯曰④：『远图者，忠也。』公遂行。宋向戌曰：『我一人之为，非为楚也。饥寒之不恤，谁能恤楚？姑归而息民，待其立君而为之备。』宋公遂反。

楚屈建卒。赵文子丧之如同盟，礼也。

王人来告丧，问崩日，以甲寅告⑤。故书之，以征过也。

注释

①从迩：从近，即只顾眼前。②恤：忧虑，顾惜。③谁遑其后：谁有闲暇顾及以后。承上省『恤』字。遑，闲暇。④荣成伯：又叫荣驾鹅，叔肸的曾孙，鲁国大夫。⑤甲寅：十二月十六日。

译文

襄公行到汉水时，楚康王就去世了。襄公想要回来，叔仲昭伯说：『我们是为楚国而来，难道仅仅为了楚王一个人？还是要去！』子服惠伯说：『君子有长远眼光，小人才只顾眼前利益。连眼前的饱暖问题都无法解决，谁还能顾及以后的事情呢？不如暂时回去吧。』叔孙穆子说：『叔仲子可以委以专项重任了，而子服子则只能算是刚刚开始学习。』荣成伯说：『能深谋远虑、有长远眼光的人，就表示他忠诚。』于是襄公便决定继续前进。宋国的向戌说：『我们只是为楚王一个人而来，并不是为了整个楚国。没有人关心我们的饥寒，谁还能顾得上楚国呢？我们暂时回去休养百姓，等他们立了新的国君后再提防他们。』宋平公便掉头回国了。

楚国的令尹屈建也辞世了。赵武前往吊唁，其礼仪就如同对待盟国一般，这是合乎礼的。

周王室派人来到鲁国通报天子驾崩的消息，鲁国询问天子去世的日期，回答是十二月十六日。因而《春秋》也就依此记载，这是对误报日期的惩罚，因为天子实际上是十一月二十五日去世的。

襄公二十九年

原文

二十九年春，王正月，公在楚。释不朝正于庙也①。

楚人使公亲襚②，公患之。穆叔曰：『祓殡而襚③，则布币也④。』乃使巫以桃、茢先祓殡⑤。楚人弗禁，既而悔之。

二月癸卯⑥，齐人葬庄公于北郭。

夏，四月，葬楚康王。公及陈侯、郑伯、许男送葬，至于西门之外。诸侯之大夫皆至于墓。楚郏敖即位，王子围为令尹。郑行人子羽曰：『是谓不宜，必代之昌。松柏之下⑦，其草不殖⑧。』

公还，及方城。季武子取卞⑨，使公冶问，玺书追而与之。曰：『闻守卞者将叛，臣帅徒以讨之，既得之矣。敢告。』公冶致使而退，及舍而后闻取卞。公曰：『欲之，而言叛。只见疏也。』

注释

①朝正：诸侯每月初一至祖庙，杀羊致祭，然后回朝听政。前者称其为告朔、视朔或听朔，后者称其为朝庙、朝享或朝正。②襚：为死者穿衣。③祓殡：驱除棺尸上的凶邪之气。祓，除凶去灾。④布币：陈列皮币。⑤桃、茢先祓殡：桃茢祓殡，为君临臣丧之礼。桃，桃棒；茢，扫帚。⑥癸卯：初六日。⑦松柏：比喻王子围。⑧草：比喻郏敖。⑨卞：本为鲁公室邑，季武子占为己有。

译文

二十九年春天，周历正月，襄公正在楚国。《春秋》这样记录，其意在于解释襄公为什么没有到祖庙听政。

楚国人让襄公亲自把寿衣放到楚康王的棺材一旁，襄公感到很为难。穆叔说：『如果先清除棺材的不祥气息，然后再把衣服放到那里，这就和陈列朝见时的皮币一样了。』于是便让巫人用桃木棒和扫帚先在灵柩上扫除邪气。楚国人虽然没有阻止他们这么做，但不久就后悔不已了。

二月初六日，齐国人把齐庄公安葬到国都外城的北面。

夏季，四月，楚国安葬了楚康王，襄公和陈哀公、郑简公、许男都前往送葬，仅仅送到楚都西门之外。诸侯的大夫们则都送到了墓地。楚康王的儿子郏敖登基，楚康王的弟弟王子围担任令尹。郑国的外交官员子羽说：『如此安排不合适，令尹必然取代郏敖而昌盛。因为松柏之下的草是长不起来的。』

襄公回国，到达方城。季武子强行占领了卞地，派公冶前来问候襄公，写了一封信，加盖印章，派人追上已经出发的公冶，让他交给襄公。信的具体内容是：『惊闻卞城守将阴谋发动叛乱，我率领徒众前来讨伐，已经占领了卞地。特此禀告。』公冶把信交给襄公后就退下去了。襄公回到住处后看了信才得知季武子已经攻占了卞地。襄公十分气愤地说：『分明是自己想要得到这个地方，却托辞别人叛乱。这只能说明他在有意疏远我。』

原文

公谓公冶曰：『吾可以入乎？』对曰：『君实有国，谁敢违君？』公与公冶冕服[①]。固辞，强之而后受。公欲无入，荣成伯赋《式微》，乃归。五月，公至自楚。

公冶致其邑于季氏，而终不入焉。曰：『欺其君，何必使余？』季孙见之，则言季氏如他日；不见，则终不言季氏。及疾，聚其臣，曰：『我死，必无以冕服敛，非德赏也[②]。且无使季氏葬我。』

葬灵王。郑上卿有事，子展使印段往。伯有曰：『弱[③]，不可。』子展曰：『与其莫往，弱不犹愈乎？《诗》

云：「王事靡盬，不遑启处。」东西南北，谁敢宁处？坚事晋、楚，以蕃王室也[4]。王事无旷[5]，何常之有？」遂使印段如周。

注释

①冕服：卿大夫的朝服。②非德赏：并非因德行才赏赐我。③弱：年少。④蕃：同「藩」，屏藩，保护。⑤旷：空缺。

译文

襄公问公冶：「我能回到都城吗？」公冶回答说：「君王拥有整个国家，谁敢违背您的命令呢？」于是襄公便要把卿一级的冕服赐给公冶。公冶坚决拒绝，襄公一再坚持这么做，他才接受。襄公不打算回到国都，荣成伯背诵了《式微》一诗后，他才决定回去。五月，襄公从楚国返回鲁国。

公冶把他的封邑退还给季氏，而且从此以后再也没有去过季孙家。公冶说：「欺骗他的国君，又何必派我去呢？」季孙来见他时，他仍旧一如平常一样和季孙说话；不见时，就始终不谈及季氏。等到公冶病倒了，便把他的家臣召集起来说：「我死后，一定不要把冕服放入棺材，因为这并不是依靠我的德行而得到的赏赐。并且不要让季氏来为我送葬。」

周王室安葬周灵王。此时因为郑简公还未从楚国回来，郑国的上卿子展忙于政事脱不开身，便决定派遣印段前去吊唁。伯有说：「印段年纪太轻，不行。」子展说：「年轻也总比没有人去要强吧？《诗》说：『对待王室之事需要踏实细致，因此就顾不上平安了。』东西南北，谁敢安定地居住？要坚定地事奉晋、楚两国，以保护王室。只要保护王室的事情没有什么缺失，管它符不符合标准呢？」便派印段去了成周。

原文

吴人伐越，获俘焉，以为阍①，使守舟。吴子余祭观舟，阍以刀弑之。

郑子展卒，子皮即位②。于是郑饥而未及麦，民病。子皮以子展之命，饩国人粟③，户一钟④，是以得郑国之民。故罕氏常掌国政，以为上卿。宋司城子罕闻之，曰：『邻于善，民之望也。』宋亦饥，请于平公，出公粟以贷；使大夫皆贷。司城氏贷而不书⑤，为大夫之无者贷。宋无饥人。叔向闻之，曰：『郑之罕⑥，宋之乐⑦，其后亡者也，二者其皆得国乎！民之归也。施而不德，乐氏加焉，其以宋升降乎！』

注释

①阍：守门人。②子皮：子展之子，继父位为上卿。③饩：放粮。④户一钟：每户一钟。钟，相当于当时六石四斗。⑤不书：不书契约，即不求归还。⑥郑之罕：郑子展、子皮为罕氏。⑦宋之乐：宋子罕为乐氏。

译文

吴国人攻打越国，活捉了一个俘虏，便让他当守门人，又派他守护船只。当吴王余祭察看船只时，这个人趁机杀了吴王。

郑国的子展去世了，他的儿子子皮继位做了上卿。此时正遇上郑国国内发生了饥荒，麦子还没有丰收，百姓生活困苦不堪。子皮根据子展的遗命，给国内的人们分发粮食，每户一钟，因此他得到了郑国百姓的拥戴。所以罕氏能够长久地主持国政，一直担任上卿。宋国的司城子罕听说这一情况后说：『多做善事，这是百姓的希望。』宋国也发生了饥荒，子罕便请示宋平公许可，拿出公室的粮食借给百姓；让大夫们也都把口粮借出去。司城氏家族借给人们粮食时不写借据，同时还将粮食送给缺乏粮食的大夫一些，让他们借给百姓。因此，宋国没有人饿肚子。叔向听说这些情况后说：『郑国的罕氏，宋国的乐氏家族，肯定会兴旺发达，他们应都能得到国家的政权吧！这是因为民心都已经归向他们了。借给其他大夫粮食让他们施舍百姓，不只是思考树立自己的德行，在这一点上，乐氏更胜一筹，他将与宋国同存共亡吧！』

原文

晋平公，杞出也，故治杞①。六月，知悼子合诸侯之大夫以城杞，孟孝伯会之，郑子大叔与伯石往。子大叔见大叔文子②，与之语。文子曰：『甚乎其城杞也！』子大叔曰：『若之何哉？晋国不恤周宗之阙③，而夏肄是屏④。其弃诸姬，亦可知也已。诸姬是弃，其谁归之？吉也闻之⑤，弃同、即异⑥，是谓离德。《诗》曰：「协比其邻，昏姻孔云。」晋不邻矣，其谁云之？』

齐高子容与宋司徒见知伯⑦，女齐相礼⑧。宾出，司马侯言于知伯曰：『二子皆将不免。子容专，司徒侈，皆亡家之主也。』知伯曰：『何如？』对曰：『专则速及，侈将以其力毙，专则人实毙之。将及矣。』

注释

①治杞：修治杞国的土地、城墙。②大叔文子：卫太叔仪。③周宗之阙：周室的衰落。④夏肄是屏：保护夏代的残余。肄，余；屏，藩屏。杞为夏的后代。⑤吉：游吉，即子太叔。⑥弃同、即异：抛弃同姓国，亲近异姓国。⑦高子容：即高止。宋司徒：即华定。知伯：即荀盈。⑧女齐：即司马侯。

译文

晋平公的母亲是杞国女子，因而晋平公决定帮助杞国修建都城。六月，知悼子荀盈集合诸侯的大夫为杞国筑城，孟孝伯也参加了，郑国的子太叔和伯石也去了。子太叔见到太叔文子，便和他攀谈起来。文子说：『如此兴师动众帮助杞国筑城实在太过分了！』子太叔说：『有什么法子呢？晋国不关心周王室的衰落，却要保护夏朝的后代。由此可以知道，它也必定要抛弃姬姓诸国。抛弃了同属姬姓的诸侯，还有谁能归顺它呢？据我所知，摒弃同姓之国而亲近异姓之国，这叫做远离德泽。《诗》说：「亲近同姓之国，亲戚就会和它友好相处。」如今晋国不把姬姓诸侯当作同姓之国看待，还有谁会和它友好来往呢？』

齐国的高子容和宋国的司徒华定朝见荀盈，由女齐主持仪式。等客人离开后，女齐对荀盈说：『这两个人都免不了会遇到灾祸。子容专横独断，司徒华定奢侈过度，他们都是导致家族灭亡的人。』荀盈说：『何故？』女齐说：『独断专行势必很快招致灾祸，过度奢侈将自取衰亡，专横就会置之于死地。他们马上就要招来灾祸了。』

原文

范献子来聘，拜城杞也。公享之，展庄叔执币。射者三耦。公臣不足，取于家臣。家臣，展瑕、展王父为一耦；公臣，公巫召伯、仲颜庄叔为一耦，鄫鼓父、党叔为一耦。

晋侯使司马女叔侯来治杞田[①]，弗尽归也。晋悼夫人愠曰[②]：『齐也取货[③]。先君若有知也，不尚取之[④]！』公告叔侯，叔侯曰：『虞、虢、焦、滑、霍、杨、韩、魏，皆姬姓也，晋是以大。若非侵小，将何所取？武、献以下[⑤]，兼国多矣，谁得治之？杞，夏余也，而即东夷。鲁，周公之后也，而睦于晋。以杞封鲁犹可，而何有焉[⑥]？鲁之于晋也，职贡不乏，玩好时至[⑦]，公卿大夫相继于朝，史不绝书，府无虚月[⑧]。如是可矣！何必瘠鲁以肥杞？且先君而有知也，毋宁夫人[⑨]，而焉用老臣？』

杞文公来盟。书曰『子』，贱之也。

注释

①女叔侯：即女齐。治杞田：处理鲁归还以往所取的杞田一事。②晋悼夫人：晋平公母，杞国之女。③取货：即取杞田。④不尚：不佑助。⑤武、献：即晋武公、晋献公。⑥何有焉：即『何有于杞』。⑦玩好时至：玩物按时送到。⑧府无虚月：国库没有一月不接收贡品。⑨毋宁夫人：宁可让夫人自己办理。

译文

晋国的范献子士鞅来到鲁国聘问，对鲁国帮助修筑杞城之事表达了感谢。襄公设宴招待士鞅，由展庄叔负责赠送客人礼物。宴后举行射箭礼节，要有三对六个人参加。当时襄公的朝臣挑不够六个人，便从家臣中挑选。家臣由展瑕、展王父作为一对，公臣中由公巫召伯、仲颜庄叔作为一对，鄫鼓父、党叔作为一对。

晋平公派司马女齐来鲁国处理归还杞国田地一事，结果鲁国并没有把田地全部归还给杞国。因而晋悼公夫人生气地说：『派女齐去求取田地，他实在是无用的人。先君如果知道了这件事，也会不高兴！』晋平公把这话转告了女齐。女齐说：『虞、虢、焦、滑、霍、杨、韩、魏等国，都是姬姓国家，凭借这些国家，晋国才日益强大起来。如果不是通过侵略小国，又能到哪里去获取领地呢？从晋武公、晋献公以来，历代先君兼并小国土地的事有很多，最后还给谁了？杞国是夏朝的后代，一向亲近东夷。鲁国是周公的子孙，和晋国友好。假如把杞国封给鲁国倒还可以，怎么能要求鲁国把田地全部还给杞国呢？鲁国对待晋国，从来是贡品源源不断，珍贵的玩物时有奉献，公卿大夫也一个接一个地前来朝见，对于这些，史官从来没有中断过记录，国库中没有一个月不接受鲁国的纳贡。维持现状就足够了！又何必削弱鲁国来增强杞国呢？如果先君知道此事，他也许会让夫人前去办理此事，哪里会用我这个无能之人呢？』

杞文公因为鲁国归还了田地而来和鲁国联合。《春秋》称其为『子』，以表示对他的鄙视。

原文

吴公子札来聘[1]，见叔孙穆子，说之。谓穆子曰：『子其不得死乎[2]？好善而不能择人[3]。吾闻君子务在择人。吾子为鲁宗卿，而任其大政，不慎举，何以堪之？祸必及子！』

请观于周乐。使工为之歌《周南》、《召南》，曰：『美哉！始基之矣，犹未也，然勤而不怨矣[4]。』为之歌《邶》、《鄘》、《卫》，曰：『美哉，渊乎！忧而不困者也[5]。吾闻卫康叔、武公之德如是[6]，是其《卫风》乎！』为之歌《王》，曰：『美哉！思而不惧[7]，其周之东乎[8]！』为之歌《郑》，曰：『美哉！其细已甚，民弗堪也，是其先亡乎！』为之歌《齐》，曰：『美哉，泱泱乎！大风也哉[9]！表东海者[10]，其大公乎！国未可量也。』为之歌《豳》，曰：『美哉，荡乎[11]！乐而不淫，其周公之东乎[12]！』为之歌《秦》，曰：『此之谓夏声[13]。夫能夏则大，大之至也，其周之旧乎[14]！』为之歌《魏》，曰：『美哉，沨沨乎[15]！大而婉，险而易行，以德辅此，则明主也！』为之歌《唐》，曰：『思深哉！其有陶唐氏之遗民乎！不然，何忧之远也？非令德之后，谁能若是？』为之歌《陈》，曰：『国无主，其能久乎？』自《郐》以下无讥焉[16]。为之歌《小雅》，曰：『美哉！思而不贰[17]，怨而不言[18]，其周德之衰乎！犹有先王之遗民焉。』为之歌《大雅》，曰：『广哉，熙熙乎[19]！曲而有直体[20]，其文王之德乎！』为之歌《颂》，曰：『至矣哉！直而不倨[21]，曲而不屈，迩而不逼[22]，远而不携，迁而不淫[23]，复而不厌，哀而不愁，乐而不荒[24]，用而不匮，广而不宣，施而不费[25]，取而不贪，处而不底[26]，行而不流[27]。五声和[28]，八风平[29]。节有度[30]，守有序，盛德之所同也。』

注释

①公子札：又名季札，吴王寿梦第四子。②不得死：不能寿终。③不能择人：不能选择人才。④勤而不怨：百

姓勤劳而不怨恨。⑤忧而不困：忧伤而不困窘。⑥康叔：周公弟。武公：康叔九世孙。⑦思而不惧：忧思而不恐惧。⑧周之东：指周东迁以后的乐诗。⑨大风：大国的音乐。⑩表东海：为东方各国的表率。⑪荡：荡然平易。⑫周公之东：指周公东征之事。⑬夏声：西方的乐声。古称西方为夏。⑭周之旧：秦国为西周旧地。⑮沨沨：浮泛。⑯郐：相传为祝融氏之后，在今郑州市南，为郑武公所灭。自郐以下，尚有曹风。讥：批评，评论。⑰思而不贰：思文、武之德，无叛逆之心。⑱怨而不言：有怨恨而不表达出来。⑲熙熙：和乐。⑳曲而有直体：抑扬曲折而本体刚正。㉑直而不倨：正直而不倨傲。㉒迩而不逼：亲近而不侵迫。㉓迁而不淫：迁移而不淫乱。㉔乐而不荒：欢乐而不荒淫。㉕施而不费：施舍而不耗费。㉖处而不底：安处而不停滞。㉗行而不流：行动而不流荡。㉘五声和：宫、商、角、徵、羽五声和谐。㉙八风平：八方之气协调。㉚节有度：节拍有节度。

译文

吴国的公子札来鲁国聘问，见到叔孙穆子，很愉快。他对穆子说：『您将来恐怕难以善终吧？因为您虽然喜好人才但不能很好地选拔任用人才。我听说君子应致力于挑选人才。您作为鲁国宗卿，执掌鲁国政权，却不能谨慎地选用人才，国家怎么能担当得了呢？灾难肯定会降到您身上！』

公子札请求观赏周朝的乐舞。襄公便让乐工为他演唱了《周南》、《召南》，他听后大为赞赏：『真是美妙绝伦极了！从中可以感到文王的事业已经奠定了基础，虽然还没有最后成功，但百姓勤劳而没有怨言。』接着乐工又吟唱了《邶风》、《鄘风》、《卫风》，他说：『真好听啊，音调深沉！反映出百姓虽然忧伤但并不困惑的情感。我听说卫国的康叔、武公就具有这种品德，刚才演唱的大概是《卫风》吧！』乐工又演唱了《王风》，他说：『美极了！百姓虽然怀恋过去但并不感到害怕，这大概是周王室东迁以后的乐曲吧！』乐工又演唱了《郑风》，他说：『好听！但歌词所言多是男女之间的感情琐事，有关政事的就很少，这样就使百姓难以忍受，这大概预兆着郑国要首先灭亡吧！』乐工又演唱了《齐风》，他说：『好听！声音宏大！不愧是大国的音乐！代表着可以做东海一带诸侯的表率，这恐怕是姜太公的国家吧！其国运真是没有办法估量。』乐工演唱《豳风》，他说：『好听，坦荡无邪！愉悦而又有节制，这恐怕是周公东征时的音乐吧！』乐工演唱《秦风》，他说：『这是西方的夏声。能有这种夏声，国家自然强盛壮大，而且是非常地强盛，这可能是周朝旧地的乐曲吧！』乐工演唱《魏风》，他说：『好听，轻盈飘逸！粗犷而又委婉，说明政令虽然很难但并不难于推行，如果再辅以德泽，就能成为贤明的君主了！』乐工演唱《唐风》，他说：『思绪深奥！这里恐怕有陶唐氏的遗民吧！否则，为什么忧思到如此深沉的地步呢？若不是继承唐尧美德的后代，谁能够这样呢？』乐工吟唱《陈风》，他说：『听起来感到这个国家好像没有君主，那么它能够统治长久吗？』乐工再演唱《郐风》以下的内容时，他就不加以评述了。乐工为他演唱《小雅》后，他说：『真美妙啊！深深地怀念文王、武王的德行而没有叛离之心，虽有怨恨然而没有尽情吐露，这大概是说明周朝已经衰败下去了吧！不过还是留有先王的遗风啊。』乐工演唱《大雅》，他说：『意境宽宏，和谐动听！表面柔缓曲折但内里刚劲有力，体现了文王的美好德行！』乐工演唱《颂》，他说：『真是好极了！刚直而不孤傲，委婉柔和而又不屈不挠，紧凑密集而不局促逼迫，稀疏悠远而不散漫游离，有变化而不过分，有反复而不令人厌烦，有哀思而不忧伤，有欢快而不过度，乐调多姿多彩用之不竭，意境宽广含蓄隐而不露，如同施舍恩惠而不浪费，又如求取财物而不贪婪，平静而不停滞，流动而不过度。因此五声和美，八音协调。节奏有规律，乐器配合有顺序，乐舞中所表现的意境，与圣贤的美德是一样的。』

原文

见舞《象箾》、《南籥》者，曰：『美哉！犹有憾。』见舞《大武》者，曰：『美哉！周之盛也，其若此

乎！』见舞《韶濩》者，曰：『圣人之弘也，而犹有惭德[1]，圣人之难也。』见舞《大夏》者，曰：『美哉！勤而不德[2]，非禹，其谁能修之？』见舞《韶箾》者，曰：『德至矣哉，大矣！如天之无不帱也[3]，如地之无不载也。虽甚盛德[4]，其蔑以加于此矣[5]，观止矣！若有他乐，吾不敢请已！』

其出聘也，通嗣君也。故遂聘于齐，说晏平仲[6]，谓之曰：『子速纳邑与政[7]！无邑无政，乃免于难。齐国之政，将有所归，未获所归，难未歇也。』故晏子因陈桓子以纳政与邑，是以免于栾、高之难。

聘于郑，见子产，如旧相识。与之缟带[8]，子产献纻衣焉[9]。谓子产曰：『郑之执政侈，难将至矣！政必及子。子为政，慎之以礼。不然，郑国将败。』

注释

①惭德：惭愧之德。季札或以商汤伐夏为犯上。②勤而不德：勤劳而不自以为有德。③帱：覆盖。④虽：同『唯』。⑤蔑：无。⑥说：同『悦』。⑦纳邑与政：使封邑与政权归属于公。⑧缟带：白色大带。⑨纻衣：纻麻所织的衣服。

译文

当公子札看到表演《象箾》、《南籥》舞时，说：『真是优美！不过好像还有点美中不足。』待到表演《大武》舞时，他说：『很优美！当年周朝强盛的时候，也许就是这个样子吧！』看到表演《韶濩》舞时，他说：『表现了圣人的宽宏大度，不过好像还流露出惭愧的意思，可见圣者也有为难的时候。』看到表演《大夏》舞时，他说：『很美丽！表现了勤奋而不居功自傲的精神，除了禹，谁还能编导出这样的舞蹈呢？』看到表演《韶箾》舞时，他说：『功德达到了顶峰，而且广大无边！如同上天一样覆盖一切，又仿佛大地一样承载万物。即使再高尚的德行，也不会超过这种尽善尽美的境界了，真让我叹为观止了！假使还有其他乐舞，我也不敢再请求观赏了！』

这次公子札出国聘问，目的是为新的国君修好。因此随后就从鲁国到齐国聘问，他很喜欢晏婴，便对他说：『你赶紧把封邑和政权退还给君王！只有既无封地又没有大权，才能幸免于难。齐国的政权将会另有归属，如果做不到这一点，祸乱就不会停止。』因而晏婴就通过陈桓子把政权和封邑还给了齐景公，这样才逃过后来栾氏和高氏发动的叛乱。

公子札到郑国聘问，见到子产，两人一见如故。随即送给子产一匹白绢大带，子产回赠他一件麻布衣服。公子札对子产说：『目前郑国的执政者过于奢侈，因此一场祸乱就在眼前！政权必将落到您的手中。有朝一日您一旦执政，务必要依靠礼法来处理政事。否则，郑国将会灭亡。』

原文

适卫，说蘧瑗、史狗、史鰌、公子荆、公叔发、公子朝，曰：『卫多君子，未有患也。』

自卫如晋，将宿于戚[1]，闻钟声焉，曰：『异哉！吾闻之也，辩而不德[2]，必加于戮。夫子获罪于君以在此，惧犹不足，而又何乐？夫子之在此也，犹燕之巢于幕上。君又在殡，而可以乐乎？遂去之。』文子闻之，终身不听琴瑟。

适晋，说赵文子、韩宣子、魏献子，曰：『晋国其萃于三族乎！』说叔向。将行，谓叔向曰：『吾子勉之！君侈而多良，大夫皆富，政将在家[3]。吾子好直，必思自免于难。』

注释

①戚：孙文子采邑。②辩而不德：既为变乱而又不修德行。辩，同『变』。③政将在家：政权将归于大夫家。

译文

公子札到了卫国，对蘧瑗、史狗、史䲡、公子荆、公叔发、公子朝等人印象也很不错，他说：『卫国有很多君子，不会有患事发生。』

公子札从卫国又到了晋国，当他打算投宿戚地时，忽然听到一阵钟声，他说：『奇怪！据我所知，一个人如果发动叛乱而又没有德行的话，必然会遭到杀戮。夫子得罪了君王后住在这里，按日常之理，害怕还来不及呢，又怎么能如此快乐呢？他住在这里，就如同燕子在帐幕上筑巢，处境非常危险。并且君王又正停棺待葬，国丧期间怎么能击钟行乐呢？』言罢便离开了戚地。孙林父听到他的话后，终身不听音乐。

公子札到晋国后，很喜爱赵武、韩起、魏舒，他说：『晋国的政权将要落到这三大家族手中！』他对叔向评论也很高。临走时，对叔向说：『您好好努力吧！君王虽然奢侈但良臣很多，大夫们也都非常殷实，晋国的政权将来要落到大夫手中。您为人耿直，一定要尽量使自己避免祸害。』

原文

秋，九月，齐公孙虿、公孙灶放其大夫高止于北燕。乙未，出。书曰『出奔』，罪高止也。高止好以事自为功，且专，故难及之。

冬，孟孝伯如晋，报范叔也。

为高氏之难故，高竖以卢叛[1]。十月庚寅，闾丘婴帅师围卢。高竖曰：『苟使高氏有后，请致邑。』齐人立敬仲之曾孙酀[2]，良敬仲也[3]。十一月乙卯，高竖致卢而出奔晋，晋人城绵而置旃[4]。

注释

①高竖：高止之子。②敬仲：高傒。酁：即高偃。酁、偃音近可通。③良敬仲：认为敬仲贤良。良，用作动词。以……贤良。④绵：绵上，即介山，在今山西介休县东南。

译文

秋季，九月，齐国的公孙虿、公孙灶把他们的大夫高止放逐到了北燕。初二日，高止动身出国。《春秋》记载为『出奔』，意思是高止有罪。高止这个人一向喜欢惹是生非而且常常贪天功占为己有，又专横独断，因而灾难就降到了他身上。

冬季，孟孝伯到晋国，这是对夏季士鞅出访鲁国进行回访。

由于高止被流放，他的儿子高竖便率领卢地发动了叛乱。十月二十七日，闾丘婴率领军队围困了卢地。高竖说：『假如答应不杀害高氏的后代，我就把卢地还给君王。』于是齐国人便立了高傒的曾孙高酁为继承人，因为高酁贤良。十一月二十三日，高竖交出卢地后便逃离到了晋国，晋国人在绵地筑城后把他安置在那里。

原文

郑伯有使公孙黑如楚[①]，辞曰：『楚、郑方恶，而使余往，是杀余也。』伯有曰：『世行也[②]。』子皙曰：『可则往，难则已，何世之有？』伯有将强使之。子皙怒，将伐伯有氏，大夫和之。十二月己巳，郑大夫盟于伯有氏。裨谌曰[③]：『是盟也，其与几何[④]？《诗》曰：「君子屡盟，乱是用长[⑤]。」今是长乱之道也。祸未歇也，必三年而后能纾[⑥]。』然明曰：『政将焉往？』裨谌曰：『善之代不善，天命也，其焉辟子产[⑦]？举不逾等，则位班也[⑧]。择善而举，则世隆也。天又除之，夺伯有魄，子西即世，将焉辟之？天祸郑久矣，其必使子产息之，乃犹可以戾[⑨]。不然，将亡矣。』

注释

①公孙黑：字子皙，驷氏，子西之弟，郑国大夫。②世行：意思是，你家世代都是外交使节。行，行人，外交使者。③裨谌：郑国大夫。④其与几何：即『其几何欤』的变句，意思是：能管多长时间呢？其意是不能长久。⑤用：因为，由于。⑥纾：解除。⑦其焉辟子产：政权怎能避开子产？辟，同避。⑧位班：子产的职位，论班次应执国政，即按班次子产应该执政了。⑨戾：安定。

译文

郑国的伯有派子皙到楚国去，子皙推辞说：『楚、郑两国正处于冷战状态，让我前去，等于是要我命。』伯有说：『因为你们家世代都是外交使节。』子皙说：『能去就去，不能去就不要去，和世代为外交使节有什么联系？』伯有强迫他去。子皙非常恼火，就预备率人攻打伯有氏家族，大夫们出面为他们调停。十二月初七日，郑国的大夫们在伯有家里结盟。裨谌说：『这次盟誓能维持多长时间呢？《诗》说：「君子一次又一次结盟，动乱反而会因此增多。」这次结盟事实上也是在进一步促进动乱。祸乱暂时还很难消除，必须要三年之后才能稳定下来。』然明说：『政权将会落到谁的手中呢？』裨谌说：『好人取代坏人，这是天命，除了子产，政权还能落到谁的手中呢？假如选拔人才不越级的话，按级别顺序也应该轮到子产执政了。选择好人予以提拔重用，那么非子产莫属。并且上天又为他扫清了道路，例如让伯有作恶多端而不得善果，让子西死去，这样除了子产还能有谁呢？上天降祸于郑国已经很久了，一定要等待子产出来整顿平息，国家才能得以安定。否则，郑国将灭亡。』

襄公三十年

原文

三十年春，王正月，楚子使薳罢来聘，通嗣君也。穆叔问王子之为政何如①。对曰：『吾侪小人，食而听事，犹惧不给命，而不免于戾，焉与知政？』固问焉，不告。穆叔告大夫曰：『楚令尹将有大事，子荡将与焉②，助之匿其情矣。』

子产相郑伯以如晋，叔向问郑国之政焉。对曰：『吾得见与否，在此岁也。驷、良方争③，未知所成④。若有所成，吾得见，乃可知也。』叔向曰：『不既和矣乎？』对曰：『伯有侈而愎，子皙好在人上，莫能相下也。虽其和也，犹相积恶也⑤，恶至无日矣。』

注释

①王子：即王子围，时为令尹。②子荡：薳罢之字。③驷：指驷氏，即子皙。良：指良氏，即伯有。④成：调停。⑤恶：厌恶、不满。

译文

三十年春，周历正月，楚王派遣薳罢前来聘问，这是为新立的国君前来修好的。穆叔问起王子围执政的情况怎么样。薳罢回答说：『我辈小人吃饭听使唤，还害怕不能完成使命而不能免于罪过，哪里能参与政事？』再三地询问，他还是不回答。穆叔告知大夫说：『楚国的令尹将要发动大乱，薳罢将参与协助，他是在掩盖实情。』

子产辅助郑简公而去到晋国，叔向问起郑国的政事。子产回答说：『我能不能见到，就在这一年了。驷氏、良氏正在抢夺，不知道怎么调和他们。如果有所调和，我能够见到，这就可以知道了。』叔向说：『不是已经和解了吗？』子产回答说：『伯有奢侈而又倔犟固执，子晳乐于居于别人之上，两人互不相让。虽然他们已经和好，还是积蓄了厌恶与不满，它的来到不会有几天了。』

原文

二月癸未，晋悼夫人食舆人之城杞者，绛县人或年长矣，无子而往，与于食。有与疑年[①]，使之年[②]。曰：『臣，小人也，不知纪年。臣生之岁，正月甲子朔，四百有四十五甲子矣，其季于今三之一也[③]。』吏走问诸朝。师旷曰：『鲁叔仲惠伯会郤成子于承匡之岁也。是岁也，狄伐鲁，叔孙庄叔于是乎败狄于咸，获长狄侨如及虺也、豹也，而皆以名其子。七十三年矣。』史赵曰：『亥有「二」首「六」身[④]，下「二」如身[⑤]，是其日数也。』士文伯曰：『然则二万六千六百有六旬也。』赵孟问其县大夫，则其属也。召之，而谢过焉，曰：『武不才，任君之大事，以晋国之多虞，不能由吾子[⑥]，使吾子辱在泥涂久矣[⑦]，武之罪也。敢谢不才。』遂仕之，使助为政。辞以老。与之田，使为君复陶[⑧]，以为绛县师，而废其舆尉[⑨]。

注释

①疑年：怀疑其年龄。②使之年：让他说出年龄。③其季于今三之一：即其最后一个甲子到今日为三分之一周甲，亦即二十日。④亥有『二』首『六』身：『亥』字是『二』字头，『六』字身。⑤下『二』如身：将『二』字取下来当身子。⑥由：任用。⑦辱在泥：屈居下面。⑧复陶：主管免除徭役的事务。陶，通『繇』。⑨舆尉：主持征役的官吏。

译文

二月二十三日，晋悼夫人赐给为杞国筑城的役卒吃饭，在绛县人中间有一个人年龄已经很大了，没有儿子而自己前去，给他吃东西。有人怀疑他的年龄，让他说一说他的真实年龄。他说：『下臣，是小人，不知道记录年龄。下人出生的那一年，是正月初一甲子日，至今已经经过了四百四十五个甲子日了，最后一个甲子日到今天刚刚二十天。』官吏走到朝廷里查问。师旷说：『这是鲁国的叔仲惠伯在承匡召见郤成子的那一年。这一年，狄人攻打鲁国，叔孙庄叔当时在咸地进攻狄人，俘虏了长狄的侨如和虺、豹，而都用来给儿子取名。满七十三岁了。』史赵说：『亥字是「二」字头「六」字身，把「二」拿下来当作身子，这就是他的年龄。』士文伯说：『那么应是二万六千六百六十天了。』赵孟问起老人的县大夫是谁，原来就是他的属下。赵孟把老人召来向他道歉，说：『武没有才能，承担了国君的重要职责，由于晋国多有忧患，没有能任命您，让您屈居卑下已经很久了，这是武的罪过。谨由于没有才能而向您道歉。』因而就让他做官，派他辅助自己执政。老人由于年纪大而辞谢。赵孟就给了他土地，让他为国君主持免除徭役的事宜，做绛地县师，而撤去了他舆尉的职务。

原文

于是，鲁使者在晋，归以语诸大夫。季武子曰：『晋未可媮也①。有赵孟以为大夫，有伯瑕以为佐②，有史赵、师旷而咨度焉，有叔向、女齐以师保其君。其朝多君子，其庸可媮乎？勉事之而后可。』

夏，四月己亥，郑伯及其大夫盟。君子是以知郑难之不已也。

蔡景侯为大子般娶于楚，通焉。大子弑景侯。

初，王儋季卒③，其子括将见王，而叹。单公子愆期为灵王御士，过诸廷，闻其叹，而言曰：『乌乎！必有此夫④！』入以告王，且曰：『必杀之！不戚而愿大，视躁而足高⑤，心在他矣。不杀，必害。』王曰：『童子何知？』及灵王崩，儋括欲立王子佞夫⑥。佞夫弗知。戊子，儋括围蔿，逐成愆⑦。成愆奔平畤⑧。五月癸巳，尹言多、刘毅、单蔑、甘过、巩成杀佞夫⑨。括、瑕、廖奔晋。书曰：『天王杀其弟佞夫。』罪在王也。

注释

①婾：轻视。②伯瑕：士匄字，即士文伯。③儋季：周灵王弟。④必有此：一定想占有此。此，即朝廷。⑤视躁而足高：目光张望不定而踮脚又高。⑥佞夫：周灵王之子。⑦成愆：蒍邑大夫。⑧平畤：周邑，离洛阳不远。⑨尹言多、刘毅、单蔑、甘过、巩成：此五人皆为周大夫。

译文

当时鲁国的使者正在晋国，回去将此事告知了大夫们。季武子说：『晋国不能轻视啊。有赵孟做正卿，有伯瑕做辅佐，有史赵、师旷可以问询，有叔向、女齐做国君的师保。他们朝廷上君子很多，哪里能够忽视他们呢？尽力事奉他们然后才可以。』

夏，四月某日，郑简公和他的大夫修好结约。君子因此而知道郑国的祸难没有结束。

蔡景侯为太子般在楚国娶妻结婚，又和儿媳妇私通。太子杀死了蔡景侯。

当初，周灵王的弟弟儋季辞世，他的儿子括将要朝见周灵王，哀叹。单国的公子愆期当周灵王侍卫，经过朝廷，听到叹气声，就说：『啊！一定是想着将这里占为己有吧！』进去把情况告知周灵王，而且说：『一定要杀了他！他不哀戚而且愿望大，眼光不定而且抬脚高，心在其他地方了。不杀，必然造成危害。』周灵王说：『小孩子知道什么？』待到周灵王死去，儋括想要立王子佞夫。佞夫不知道。二十八日，儋括包围蒍地，赶跑了成愆。成愆逃亡到平畤。五月初四日，尹言多、刘毅、单蔑、甘过、巩成处死佞夫。括、瑕、廖逃亡到晋国。《春秋》记录说：『天王杀死他的兄弟佞夫。』这是由于罪过在于周天子。

原文

或叫于宋大庙，曰：“譆譆，出出[①]。”鸟鸣于亳社，如曰“譆譆”。甲午[②]，宋大灾。宋伯姬卒，待姆也。君子谓宋共姬：“女而不妇[③]。女待人，妇义事也[④]。”

六月，郑子产如陈莅盟，归，复命。告大夫曰：“陈，亡国也，不可与也。聚禾粟，缮城郭，恃此二者，而不抚其民。其君弱植，公子侈，大子卑，大夫敖[⑤]，政多门，以介于大国[⑥]，能无亡乎？不过十年矣。”

秋，七月，叔弓如宋，葬共姬也。

郑伯有耆酒，为窟室，而夜饮酒，击钟焉[⑦]。朝至，未已[⑧]。朝者曰：“公焉在[⑨]？”其人曰：“吾公在壑谷[⑩]。”皆自朝布路而罢[⑪]。既而朝，而又将使子皙如楚，归而饮酒。庚子[⑫]，子皙以驷氏之甲伐而焚之。伯有奔雍梁，醒而后知之。遂奔许。

注释

①譆譆，出出：象声词。②甲午：初五日。③女而不妇：行女道，非妇道。女，闺女；妇，媳妇。④义事：据具体情况便宜从事。⑤敖：同“傲”。⑥介于大国：在大国之间。⑦击钟：指奏乐。⑧朝至未已：朝见的人已经来到，他喝酒还不停止。⑨公：即伯有。⑩壑谷：即窟室。⑪布路：分散。⑫庚子：十一日。

译文

有人在宋国太庙里大叫，说：“嘻嘻，出出。”鸟在亳社上鸣叫，声音似乎在说“嘻嘻”。五月初五日，宋国发生大火灾。宋伯姬被烧死，这是因为等待保姆。君子认为宋伯姬：“奉行的是大闺女而不是媳妇的规则。大闺女应当等待保姆，媳妇就可以根据具体情况来决定行动。”

六月，郑国的子产去到陈国参加同盟，回来，复命。告诉大夫们说：『陈国，是要衰亡的国家，不能亲附。他们积聚粮食，修理城池，靠了这两件事而不安抚百姓。他们的君主根基不巩固，公子生活奢侈，太子地位卑微，大夫骄横，政事各行其是，谁也管不了谁，在这种情况下处于大国之间，能够不亡国吗？不超过十年了。』

秋，七月，叔弓去到宋国，这是因为安葬共姬。

郑国的伯有嗜好喝酒，建造了地下室，而在夜里喝酒、奏乐。朝见的人来到，他还没有喝完。朝见的人说：『君主在哪里？』他的手下说：『我们的主人在地下室里。』朝见的人都分路回去。不久以后伯有朝见郑简公，又要派子皙去到楚国，回家以后又喝酒。七月十一日，子皙携带驷氏的甲士攻打伯有并且放火焚烧了他的家。伯有逃亡到了雍梁，酒醒以后才明白究竟是怎么回事。于是又逃亡到许国。

原文

大夫聚谋。子皮曰：『《仲虺之志》云：「乱者取之，亡者侮之。」推亡、固存，国之利也。罕、驷、丰同生，伯有汰侈，故不免。』人谓子产就直助强[1]。子产曰：『岂为我徒[2]？国之祸难，谁知所敝？或主强直[3]，难乃不生。姑成吾所[4]。』辛丑[5]，子产敛伯有氏之死者而殡之，不及谋而遂行。印段从之。子产止之。众曰：『人不我顺，何止焉？』子皮曰：『夫子礼于死者，况生者乎？』遂自止之。壬寅[6]，子产入。癸卯[7]，子石入[8]。皆受盟于子皙氏。乙巳[9]，郑伯及其大夫盟于大宫。盟国人于师之梁之外[10]。

注释

①就直助强：靠近正直的，帮助强大的。②徒：同党。③或主强直：有人言主政者，强大而正直。④姑成吾所：姑且保住我的地位。⑤辛丑：十二日。⑥壬寅：十三日。⑦癸卯：十四日。⑧子石：印段。⑨乙巳：十六日。⑩师之

梁：郑城门。

译文

大夫们聚在一起商讨。子皮说：『《仲虺之志》说：「动乱的就攻取它，灭亡的就欺侮它。」摧毁灭亡的而巩固存在的，这是国家的利益。罕氏、驷氏、丰氏本来是一母所生兄弟，伯有骄傲奢侈，所以不免于祸难。』别人对子产说，要靠拢正直的帮助强盛的。子产说：『他们难道是我的同伙？国家的祸难，谁知道如何让它平息？如果有主持国政的人强大而且正直，灾祸就不会发生。姑且保住我的势力吧。』十二日，子产收了伯有氏死者的尸体并且加以殡葬，不等和大夫们商量就出走了。印段随从他。子皮不让他走。大伙说：『别人不顺从我们，为什么不让他走？』子皮说：『这个人对故去的人有礼，何况对活着的人呢？』于是就亲自劝说子产。十三日，子产进入国都。十四日，印段进入国都。两个人都在子皙家里接受了契约。十六日，郑简公和他的大夫们在太庙结盟，和国内的人们在师之梁门外结盟。

原文

伯有闻郑人之盟己也，怒；闻子皮之甲不与攻己也，喜，曰：『子皮与我矣。』癸丑，晨，自墓门之渎入①，因马师颉介于襄库②，以伐旧北门。驷带率国人以伐之③。皆召子产。子产曰：『兄弟而及此，吾从天所与。』伯有死于羊肆④。子产襚之⑤，枕之股而哭之，敛而殡诸伯有之臣在市侧者，既而葬诸斗城。子驷氏欲攻子产。子皮怒之，曰：『礼，国之干也。杀有礼，祸莫大焉。』乃止。

于是游吉如晋还，闻难，不入。复命于介。八月甲子⑥，奔晋。驷带追之，及酸枣⑦。与子上盟⑧，用两珪质于河⑨。使公孙肸入盟大夫⑩。己巳，复归。

书曰『郑人杀良霄』，不称大夫，言自外入也。

于子蟜之卒也⑪，将葬，公孙挥与裨灶晨会事焉⑫。过伯有氏，其门上生莠⑬。子羽曰⑭：『其莠犹在乎？』于是岁在降娄，降娄中而旦。裨灶指之，曰：『犹可以终岁，岁不及此次也已。』及其亡也，岁在娵訾之口，其明年，乃及降娄。

仆展从伯有⑮，与之皆死。羽颉出奔晋⑯，为任大夫。

注释

①墓门之渎：郑城门的排水沟。②马师颉：人名，子羽孙。③驷带：子西之子。④羊肆：卖羊之街。⑤襚：衣其尸，小敛。⑥甲子：初六日。⑦酸枣：地名，在今河南延津县西南。⑧子上：即驷带。⑨用两珪质于河：沉两珪于黄河为信。⑩公孙肸：为游吉副手。⑪子蟜：公孙虿。⑫事：议事。⑬莠：狗尾草。⑭子羽：即公孙挥。⑮仆展：郑大夫，伯有党羽。⑯羽颉：即马师颉。

译文

伯有听说郑国人为他而结盟，很气愤；听到子皮的甲士没有参加攻打他，十分喜悦，说：『子皮亲附我了。』二十四日，从墓门的排水洞进入，依仗着马师颉用襄库的皮甲装备士卒，带着他们进攻旧北门。驷带率领国内的人们进攻伯有。两家都召请子产。子产说：『兄弟之间到达这种地步，我服从上天所保佑的一家。』伯有死在买卖羊的街市上。子产给伯有的尸首穿上衣服，头枕在尸体的大腿上而为他号啕大哭，收敛尸体并把棺材停放在街市旁边伯有生前的部下的家里，不久又葬在斗城。驷氏想要进攻子产。子皮为这事发怒，说：『礼仪，是国家的主干。处死有礼的人，没有比这再大的祸患了。』于是就停止不干。

当时游吉去了晋国返回之后，听说发生祸难，不进入国都。让副手回来复命。八月初六日，逃亡到晋国。驷带追捕他，到达酸枣。游吉和驷带结盟，把两件玉珪沉在黄河里表示诚心。让公孙肸进入国都和大夫结盟。十一日，游吉再次返回国内。

《春秋》记录说『郑人杀良霄』，不称他为大夫，这是说伯有从国外进来因而没有爵位了。

在子蟜死了以后，将要安葬，公孙挥和裨灶早晨一同商议丧事。经过伯有氏的家，他的门上长了狗尾巴草。公孙挥说：『他的狗尾巴草还在那儿吗？』当时岁星在降娄，降娄星在天宇中部天就亮了。裨灶手指着降娄星，说：『还可以等岁星绕一周，不过活不到岁星再绕到这个位置就是了。』等到伯有被处死，岁星正在娵訾的口上，下一年才能到达降娄。

仆展跟从伯有，和他一起死去。羽颉逃亡到晋国，做了任邑的长官。

原文

鸡泽之会，郑乐成奔楚，遂适晋。羽颉因之，与之比[①]，而事赵文子，言伐郑之说焉。以宋之盟故，不可。子皮以公孙鉏为马师[②]。

楚公子围杀大司马蒍掩而取其室。申无宇曰：『王子必不免。善人，国之主也。王子相楚国，将善是封殖[③]，而虐之，是祸国也。且司马，令尹之偏[④]，而王之四体也。绝民之主，去身之偏，艾王之体[⑤]，以祸其国，无不祥大焉[⑥]！何以得免？』

为宋灾故，诸侯之大夫会，以谋归宋财[⑦]。冬，十月，叔孙豹会晋赵武、齐公孙虿、宋向戌、卫北宫佗、郑罕虎及小邾之大夫，会于澶渊。既而无归于宋，故不书其人。

君子曰：『信其不可不慎乎！澶渊之会，卿不书，不信也。夫诸侯之上卿，会而不信，宠、名皆弃，不信之不可也如是！《诗》曰：「文王陟降，在帝左右。」信之谓也。又曰：「淑慎尔止，无载尔伪[⑧]。」不信之谓也。』书曰『某人某人会于澶渊，宋灾故』，尤之也[⑨]。不书鲁大夫，讳之也。

注释

①比：勾结。②公孙钼：子罕之子。马师：官名。③封殖：培养。④偪：辅佐。⑤艾：读为『刈』，斩除。⑥无：发声词，无义。⑦归：馈赠，即今之捐赠。⑧淑慎尔止，无载尔伪：逸诗。淑，善；慎，谨慎；止，举止；载，行为。⑨尤：罪。

译文

鸡泽的会见，郑国的乐成逃奔到楚国，就趁机去到晋国。羽颉靠着他，和他联合在一起奉事赵文子，提出了攻打郑国的建议。由于在宋国盟誓的原因，赵文子不应允。子皮让公孙钼代替羽颉做了马师。

楚国的公子围杀了大司马苏掩而占据了他的家财。申无宇说：『王子必然不能免于灾祸。善人，是国家的栋梁。王子辅助楚国的政事，应该大力培养善人，现在反倒对他们残暴，这是危害国家。而且司马，是令尹的辅佐，也是国君的手足。断绝百姓的栋梁，去掉自己的帮手，斩除国君的手足，以危害国家，没有比这再大的不吉利了！怎么能够免于灾祸呢？』

为了宋国火灾的缘故，诸侯的大夫会见，主要是商量赠送宋国财物。冬，十月，叔孙豹和晋国的赵武、齐国的公孙虿、宋国的向戌、卫国的北宫佗、郑国的罕虎以及小邾国的大夫在澶渊见面，事情了结后又没有赠送给宋国什么东西，所以《春秋》没有记载与会者的姓名。

君子说：『信用恐怕不可不小心吧！澶渊的会见，不记载卿的名字，这是由于他们不遵守信用的缘故。诸侯的上卿，会见了又不守信用，以致全都丢掉了他们高贵的姓名，不守信用是这样地不可以啊！《诗》说：「文王或升或降，皆在天帝的左右。」就是说要守信用。又说：「好好地谨慎你的行动，不要表现你的虚假。」这是说不守信用。』《春秋》记载说『某人某人会于澶渊，宋灾故』，这是为了责备他们。不记录鲁国的大夫，这是由于为他遮掩此事。

原文

郑子皮授子产政。辞曰：『国小而逼①，族大宠多，不可为也。』子皮曰：『虎帅以听②，谁敢犯子？子善相之。国无小，小能事大，国乃宽③。』

子产为政，有事伯石④，赂与之邑。子大叔曰：『国，皆其国也。奚独赂焉？』子产曰：『无欲实难。皆得其欲，以从其事，而要其成⑤。非我有成，其在人乎？何爱于邑⑥，邑将焉往？』子大叔曰：『若四国何？』子产曰：『非相违也，而相从也，四国何尤焉⑦？《郑书》有之曰：「安定国家，必大焉先⑧。」姑先安大，以待其所归。』既，伯石惧而归邑，卒与之。伯有既死，使大史命伯石为卿，辞。大史退，则请命焉。复命之，又辞。如是三，乃受策入拜。子产是以恶其为人也，使次己位。

注释

①逼：逼迫大国。②虎：子皮名。③宽：宽缓。④伯石：即公孙段。⑤要其成：取得成功。要，求，取。⑥爱：吝惜。⑦尤：斥责。⑧大焉先：大者于先。优先照顾大族。

译文

郑国的子皮把政权交给子产。子产辞谢说：『国家弱小而逼近大国，家族庞大而受君主喜爱的人众多，我不能治理好。』子皮说：『虎率领他们服从，谁敢触犯您？您好好地辅佐国政吧。国家不在于小，只要小国能够事奉大国，国家就可以得到缓和了。』

子产治理政事，有事情要伯石去代理，赠送给他城邑。子太叔说：『国家是大家的国家，为什么独独赠送他东西？』子产说：『要没有奢欲确实是难的。使他们都满足欲望，去办他们的事情才能取得成就。这不是我的成功，难道是别人的成功吗？对城邑有什么珍惜的，它会跑到哪里去？』子太叔说：『将怎么对待四方邻国？』子产说：『这样做不是为了互相违背，而是为了互相顺从，四方的邻国对我们有什么可斥责的？《郑书》有这样的话：「安定国家，必须要优先照顾大族。」姑且优先照顾大族，以等待它的后果。』不久，伯石害怕而交回封邑，最后子产还是把城邑给了他。伯有死了以后，郑简公让太史去命令伯石做卿，伯石辞谢了。太史退出，伯石又恳请太史重新发布命令。命令重发，然后又辞谢。像这样一连三次，这才接受策书入朝谢恩。子产因此讨厌伯石的为人，但又怕他作乱，就让他居于仅次于自己的位次。

原文

子产使都鄙有章[1]，上下有服[2]；田有封洫，庐井有伍。大人之忠俭者，从而与之[3]；泰侈者，因而毙之。

丰卷将祭[4]，请田焉[5]。弗许，曰：『唯君用鲜[6]，众给而已[7]。』子张怒，退而征役。子产奔晋，子皮止之而逐丰卷。丰卷奔晋。子产请其田、里[8]，三年而复之，反其田、里及其入焉[9]。

从政一年，舆人诵之，曰：『取我衣冠而褚之[10]，取我田畴而伍之。孰杀子产，吾其与之！』及三年，又诵之，曰：『我有子弟，子产诲之；我有田畴，子产殖之[11]。子产而死，谁其嗣之？』

注释

①使都鄙有章：让城市和边境地区一切事物都有一定的规章。都，城市；鄙，边境。②上下有服：上下尊卑各有职责。服，事、职。③从而与之：听从并亲近他。与，亲近。④丰卷：郑国大夫，字子张，丰氏。丰氏是郑国的大族之一。⑤请田：向子产请求田猎（意在猎取祭品）。⑥唯君用鲜：只有国君才用新杀的动物作为祭品。鲜，指新杀的动物。⑦众给而已：一般人只用普通的祭品就可以了。⑧请其田、里：请求郑简公保留丰卷的土地、住宅。里，住宅。⑨其入：封地的收入，指丰卷奔晋三年中封地全部收入。⑩取我衣冠而褚之：子产把我的衣冠没收贮藏起来。褚，通『贮』。⑪殖：种值，栽培。

译文

子产让城市和乡村各有所区别，上下尊卑长幼各有职责，土田有四界水沟，庐舍和耕地互相适应。对卿大夫中忠诚俭朴的，就听从靠近他；对骄傲奢侈的，就依法惩办他。

丰卷准备祭祀，请求打猎收集祭品。子产不答应，说：『只有国君祭祀才用新猎取的野兽，一般人只要大致足够就可以了。』丰卷大怒，退出以后就招集兵卒。子产要逃亡到晋国，子皮阻拦他而驱逐了丰卷。丰卷逃亡到晋国。子产请求不要没收他的田地住宅，三年之后让丰卷回国复位，把他的田地住宅和一切收入都还给了他。

子产参与政事一年，人们吟诵说：『计算我的家产而收费，丈量我的耕地而征税。谁杀死子产，我就助他一臂之力！』到了三年，又吟诵说：『我有子弟，子产教诲；我有土田，子产栽培。子产死了，谁来继位？』

襄公三十一年

原文

三十一年春，王正月，穆叔至自会，见孟孝伯，语之曰：『赵孟将死矣。其语偷，不似民主。且年未盈五十，而谆谆焉如八九十者[①]，弗能久矣。若赵孟死，为政者其韩子乎！吾子盍与季孙言之，可以树善，君子也。晋君将失政矣，若不树焉，使早备鲁，既而政在大夫，韩子懦弱，大夫多贪，求欲无厌，齐、楚未足与也，鲁其惧哉[②]！』孝伯曰：『人生几何？谁能无偷？朝不及夕，将安用树？』穆叔出，而告人曰：『孟孙将死矣。吾语诸赵孟之偷也，而又甚焉。』又与季孙语晋故，季孙不从。及赵文子卒，晋公室卑[③]，政在侈家[④]。韩宣子为政，不能图诸侯。鲁不堪晋求，谗慝弘多[⑤]，是以有平丘之会。

注释

①谆谆焉：絮叨不休的样子。②惧：陷入困境。③卑：下降。④侈家：指贪求无厌的大夫家族。⑤弘多：很多。弘，大，多。

译文

三十一年春天，周历正月，穆叔从澶渊会上回来，见到孟孝伯便对他说：『赵武即将死去。因为他说话毫无远虑，不像是一个国家的重臣。再说他年龄还不满五十，可是说起话来絮絮叨叨像个古稀的老人，可见他活不长久了。如果赵武死了，掌政的人恐怕是韩起吧！您何不和季孙说一下，可以早点与韩起修好，韩起可是一位正人君子啊。晋国的君王将要失去大权，如果不及早和韩起建立友好关系，使他提前为鲁国做些准备工作，不久以后一旦政权落入大夫们的手中，到那时韩起软弱无力，大夫们又贪婪成性，欲望难以得逞，而齐国、楚国又难以依靠，鲁国将要身处险境之中了！』孝伯说：『人的一生能有多长时间？谁又能考虑多长多远？何况我们早晨起来难以确信活到晚上，又哪里用得着提前去建立友好关系呢？』穆叔出来告诉别人说：『孟孙也命在旦夕之间。我告诉他赵武不能远虑，而他比赵武的目光更狭隘。』他又和季孙说起晋国的事情，季孙也不听。等到赵武去世，晋国公室衰弱无力，政权落到豪奢的大夫手中。韩起虽然执掌政权，但无力使诸侯都听从晋国安排。鲁国难以承担晋国的苛刻要求，因此出现了很多奸邪小人，因而也就有了鲁昭公十三年的平丘之会。

原文

齐子尾害闾丘婴，欲杀之，使帅师以伐阳州①。我问师故②。夏，五月，子尾杀闾丘婴，以说于我师。工偻洒、渻灶、孔虺、贾寅出奔莒③。出群公子。

公作楚宫④。穆叔曰：『《大誓》云：「民之所欲，天必从之。」君欲楚也夫！故作其宫。若不复适楚，必死是宫也。』六月辛巳⑤，公薨于楚宫。

叔仲带窃其拱璧⑥，以与御人，纳诸其怀，而从取之⑦，由是得罪。

注释

①阳州：为鲁邑，在今山东东平县北。②问师故：责问齐何故伐我。③工偻洒、渻灶、孔虺、贾寅：四人皆为闾丘婴之党。④楚宫：楚式宫殿。⑤辛巳：二十八日。⑥拱璧：襄公的大璧。⑦从：随即，后来。

译文

齐国的子尾因为担心闾丘婴成为祸患，计划杀了他，便让他领兵进攻鲁国的阳州。鲁国发兵前去询问他们为何无缘无故地入侵。夏天，五月，子尾便以攻打鲁国为罪名杀了闾丘婴，并以此向鲁国解释。闾丘婴的党羽工偻洒、渻灶、孔虺、贾寅逃亡到了莒国。此外，子尾还把公子们也赶出了齐国。

襄公仿造楚国的式样建造了一座宫殿。穆叔说：『《大誓》说：「百姓想要的，上天必然应允他们。」君王这是想得到整个楚国！因此才修建了楚国风格的宫殿。假使他不再去楚国，就必然死在这座宫殿里。』果然不出所料，六月二十八日，襄公在楚宫死去。

叔仲带趁机偷了襄公的大玉璧，先交给车夫藏到怀中带出去，接着又从车夫手中要了过来，他由此而得罪了鲁国人，鲁国人很轻视他。

原文

立胡女敬归之子子野[1]，次于季氏。秋，九月癸巳，卒，毁也[2]。

己亥，孟孝伯卒。

立敬归之娣齐归之子公子裯。穆叔不欲，曰：『大子死，有母弟，则立之；无，则立长。年钧择贤[3]，义钧则卜，古之道也。非适嗣，何必娣之子？且是人也，居丧而不哀，在戚而有嘉容[4]，是谓不度[5]。不度之人，鲜不为患。若果立之，必为季氏忧。』武子不听，卒立之。比及葬，三易衰[6]，衰衽如故衰[7]。于是昭公十九年矣，犹有童心，君子是以知其不能终也。

冬，十月，滕成公来会葬，惰而多涕[8]。子服惠伯曰：『滕君将死矣！怠于其位，而哀已甚，兆于死所矣。能无从乎[9]？』

癸酉[10]，葬襄公。

注释

①胡：归姓国。敬归：襄公妾。②毁：哀痛过度。③钧：同『均』，相同。④嘉容：喜色。⑤不度：不孝。⑥三易衰：三次更换丧服。⑦衰衽：丧服的衣襟。⑧惰：不恭敬。⑨从：随从。指随襄公而死。⑩癸酉：二十一日。

译文

鲁国决定立胡国女人敬归的儿子子野为国君，暂时住到季氏家为襄公服丧。岂知，秋季，九月十一日，子野因悲伤过度死了。

九月十七日，孟孝伯也辞世了。

于是又决定立敬归妹妹的儿子公子裯为新君。但穆叔不想立他，说：『如果太子死了，有同胞之弟，就应该立他；没有同母弟弟，就应该立年长的公子。如若年龄相同就择贤而立，如果贤能也不相上下就通过占卜的方式来决定，这是自古以来的继位方法。死了的并不是嫡子，又何必再立他母亲妹妹的儿子呢？再说这个人在服丧之时竟然一点也不悲哀，父亲死了却反而面露喜色，这就叫做不孝。不孝的人很少不招惹祸端，如果真是立了他为新君，肯定将成为季氏的忧患。』但季武子不听，终究还是立了公子裯为君。等到襄公出殡时，公子裯竟一连换了三次丧服，每次换了新丧服不久就污秽了，简直如同旧衣服。此时他已经十九岁了，但举止仍然像个小孩子，君子由此而预测他将不得善终。

冬季，十月，滕成公前来鲁国参加葬礼，吊唁时不是十分恭敬有礼，而且眼泪很多。子服惠伯说：『滕君是危在旦夕了！身在国君之位却显得懈怠无礼，而且又过度悲痛，在这葬礼上已有了他将死的先兆。能不紧接着先君而死吗？』

十月二十一日，安葬了襄公。

原文

公薨之月，子产相郑伯以如晋，晋侯以我丧故，未之见也。子产使尽坏其馆之垣，而纳车马焉。士文伯让之①，曰：『敝邑以政刑之不修，寇盗充斥，无若诸侯之属辱在寡君者何②，是以令吏人完客所馆③，高其闬、闳④，厚其墙垣，以无忧客使。今吾子坏之，虽从者能戒，其若异客何？以敝邑之为盟主，缮完、葺墙⑤，以待宾客。若皆毁之，其何以共命⑥？寡君使匄请命。』对曰：『以敝邑褊小，介于大国，诛求无时⑦，是以不敢宁居，悉索敝赋，以来会时事。逢执事之不间，而未得见；又不获闻命，未知见时⑧。不敢输币⑨，亦不敢暴露。其输之，则君之府实也，非荐陈之，不敢输也。其暴露之，则恐燥湿之不时而朽蠹，以重敝邑之罪。侨闻文公之为盟主也，宫室卑庳⑩，无观台榭⑪，以崇大诸侯之馆。馆如公寝，库厩缮修⑫，司空以时平易道路⑬，圬人以时塓馆宫室⑭；诸侯宾至，甸设庭燎⑮，仆人巡宫；车马有所，宾从有代⑯，巾车脂辖⑰，隶人、牧、圉⑱，各瞻其事；百官之属，各展其物；公不留宾⑲，而亦无废事；忧乐同之，事则巡之⑳；教其不知，而恤其不足。宾至如归，无宁灾患，不畏寇盗，而亦不患燥湿。今铜鞮之宫数里㉑，而诸侯舍于隶人㉒。门不容车，而不可逾越；盗贼公行，而天厉不戒。宾见无时，命不可知。若又勿坏，是无所藏币，以重罪也。敢请执事，将何所命之？虽君之有鲁丧，亦敝邑之忧也。若获荐币，修垣而行，君之惠也，敢惮勤劳？』文伯复命，赵文子曰：『信！我实不德，而以隶人之垣以赢诸侯㉓，是吾罪也。』使士文伯谢不敏焉。

注释

①士文伯：即士匄。②辱在寡君：朝见寡君。③完：修缮。④高其闬闳：加高大门。闬、闳，皆指门。⑤完：借为『院』。⑥共命：供给所求。命，所求。⑦诛求无时：索求贡献无一定时候。诛，责。⑧见时：朝见的时间。⑨输

币：送交财物礼品。⑩卑庳：低矮。⑪无观台榭：没有可供观望的台榭。⑫库厩：仓库马棚。⑬以时：按时。平易：平整使之平坦。⑭圬人：泥工。塓：涂抹墙壁。⑮甸：即甸师，官名。庭燎：大火把。⑯宾从有代：宾客的随从有人代为值班。⑰巾车：主管车子的官员。脂辖：为车轴上油。辖，安在车轴末端的挡铁，以不使车轮脱落。此指车轴。⑱隶人：掌客馆的洒扫。牧：养牛者。圉：养马者。⑲公不留宾：晋文公不使宾客滞留，来到就接见。⑳巡：安抚。㉑铜鞮之宫：晋离宫，在今山西沁县南。㉒舍于隶人：居于隶人之舍。㉓赢：接受、接待。

译文

襄公亡故的那个月，子产陪同郑简公来到晋国，晋平公推托鲁国有丧事，没有接见他们。子产便派人全部折毁宾馆周围的垣墙，然后把车马也赶到里面。士匄为此前去指责子产，说：『我国因为政治刑法施行得不够完善，所以盗贼很多，怎奈各国诸侯和卿大夫又时常屈尊来朝见我们国君，因此我们为了安全，让人修缮外宾下榻的宾馆，加高大门，增厚围墙，以使宾客无忧无虑。现在您把围墙拆毁，虽然您的随从戒备森严，但其他国家的宾客该怎么办呢？因为我国是诸侯盟主，所以才修建了有高大垣墙的馆舍，以接待各国的宾客。假如把垣墙都拆毁了，还拿什么来满足大家的要求呢？我们国君特地派我前来询问您的意见。』子产说：『因为我国国土狭小，又夹在大国之间，大国向我们索取贡品没有一定的规律，因此我们不敢安居，搜尽了全部财富前来纳贡。结果贵国国君竟然以没有时间为由不肯接见我们；而且又没有得到贵国的安排，不知什么时候才得以朝见。这样我们既不敢献纳贡品，又不敢把它暴露在野外。假使直接交到贵国府库，就成为贵国的东西了，但又因未经过陈列庭院的仪式，我们不敢随便缴纳。如果让贡品暴露在外，又怕日晒雨淋造成腐烂或被虫蛀坏，以加重我国的罪过。据我所知，从前晋文公作为诸侯盟主的时候，他的公室矮小无比，也没有观台楼阁，但却建筑了高大的宾馆接待前访诸侯。那宾馆就如同现在君王的寝官一样，仓库和马棚都修建得十分精细，司空按时修建平整道路，泥瓦匠也按时粉刷墙壁；诸侯的宾客一旦来了，负责接待的官员便在庭院中设置火炬以供照明，仆人日夜巡视馆舍以防盗贼；车马也有自己停放的地方，还有专人代替宾客的随从以供役使，负责管理车辆的官员给车轴上油，隶人、牧人和圉人各自照看自己分内的事情；朝中文武百官也都拿出他们的奇珍异品招待宾客；晋文公也从不无故使宾客滞留，而是随到随见，这样宾主两方都不会耽误事情；忧宾客之忧，乐宾客之乐，若有意外，也亲自前来安抚；教导宾客不知道的，关心宾客所不足的。各国宾客好像回到家里一样，不但不担心有什么灾祸，甚至不必担心盗寇，也不必担心贡品会遭到狂风暴雨。如今铜鞮官广阔数里，诸侯下榻的馆舍就如同奴隶居住的地方。大门狭窄得连车马都进不去，周围又有垣墙阻隔，无法越过；而盗贼又横行无度，对天气的阴晴变化又没有任何预防措施。宾客不知何时才能朝见，也不知道君王什么时候才下达接见的命令。如果不拆毁围墙，就没有地方安置贡品，将来一定要加重我们的罪责。谨请问执事，你们究竟让我们把这些东西放到什么地方？虽然贵国君王遇到了鲁国的丧事，但鲁襄公的辞世，我们也感到很悲伤啊。如果能尽早献上贡品，我们愿意把垣墙修好再返回，这也是贵国君王的莫大恩惠，难道我们还怕这一点辛劳吗？』士匄回去复命，赵武说：『确如子产所说！实在是我们缺少德行，用容纳奴隶的房间去接待诸侯，这是我们的过错啊。』于是便又派士匄前去赔礼。

原文

晋侯见郑伯，有加礼[1]，厚其宴，好而归之。乃筑诸侯之馆。叔向曰：『辞之不可以已也如是夫！子产有辞[2]，诸侯赖之[3]。若之何其释辞也？《诗》曰：「辞之辑矣，民之协矣[4]；辞之绎矣，民之莫矣。」其知之矣。』

郑子皮使印段如楚，以适晋告[5]，礼也。

莒犁比公生去疾及展舆。既立展舆，又废之。犁比公虐，国人患之。十一月，展舆因国人以攻莒子，弑之，乃立。去疾奔齐，齐出也。展舆，吴出也。

书曰『莒人弑其君买朱鉏』，言罪之在也。

注释

①加礼：增加礼仪。②有辞：善辞令。③赖：利。④协：协调，团结。⑤适晋：到晋国。

译文

晋平公接见郑简公时，特别加重了礼仪，宴会更加隆重，赠送的礼品也更为丰厚，然后送他们回去。并迅速修筑了接待诸侯宾馆。叔向说：『外交辞令是不曾料想竟如此地重要！子产善于辞令，其他诸侯也因此而得益匪浅。这样看来，怎能忽视辞令的作用呢？《诗》说：「言语温和，百姓就能团结一心；言语动听，百姓就能安居乐业。」写这首诗的人是很懂得这个道理的。』

郑国的子皮准备派印段到楚国去，事先到晋国告知此事，这是合乎礼的。

莒国的犁比公生了去疾和展舆两个儿子。原本已经立了展舆为太子，但又贬斥了他。犁比公为人一向暴虐，国都的人都为此而忧心忡忡。十一月，展舆依靠国都人们的力量攻打犁比公，杀了他之后，便自立为天子。去疾则逃亡到了齐国，他本来是齐国女子生的。展舆则是吴国女子所生。

《春秋》记载『莒人弑其君买朱鉏』，其意是说罪重于犁比公。

原文

吴子使屈狐庸聘于晋，通路也。赵文子问焉，曰：『延州来季子其果立乎①？巢陨诸樊，阍戕戴吴②，天似启之③，何如？』对曰：『不立。是二王之命也④，非启季子也。若天所启，其在今嗣君乎！甚德而度⑤。德不失民，度不失事。民亲而事有序，其天所启也！有吴国者，必此君之子孙实终之。季子，守节者也。虽有国，不立。』

十二月，北宫文子相卫襄公以如楚[⑥]，宋之盟故也。过郑，印段廷劳于棐林，如聘礼而以劳辞[⑦]。文子入聘。子羽为行人，冯简子与子大叔逆客。事毕而出，言于卫侯曰：『郑有礼，其数世之福也。其无大国之讨乎！《诗》云：「谁能执热[⑧]，逝不以濯？」礼之于政，如热之有濯也。濯以救热[⑨]，何患之有？』

注释

①延州来季子：即季札。季札初封于延陵，后又加封州来，故称延州来季子。果立：最终能立为国君。②阍戕戴吴：戴吴（即余祭）被阍人所杀。③天似启之：上天好像为季札开启为君之门。④二王之命：两位国王的命运。⑤甚德而度：甚有德行，而且合于法度。⑥北宫文子：即北宫佗。⑦如聘礼而以劳辞：行聘问之礼，而用慰劳之词。⑧执：忍受。⑨救热：消除炎热。

译文

吴王派屈狐庸到晋国聘问，是为了进一步融洽两国之间的关系。赵武问他：『公子札最终能被立为吴国国君吗？在攻打巢国时诸樊被杀死，余祭又被守门人杀死，好像上天在为季札打开了通向君王的通道，是不是这么回事？』屈狐庸回答说：『他不会被立为国君。诸樊和余祭之所以先后死去，是因为他们二人的命运不济，并不是上天在为季札扫清障碍。假如说是上天打开了大门，恐怕也是为了现在的国君夷昧吧！夷昧德行很好并且行为合于法度。有了德行就不会失去百姓，合于法度就不会处置失当。百姓亲附他，事情也井井有条，这就是上天的帮助！保有吴国江山的，定然是这位国君的后代。至于季札，是一位保守节操的人，即使让他做国君，他也不会干。』

十二月，北宫文子陪同卫襄公到楚国，这是为了履行宋国的盟约。途经郑国时，印段到棐林犒劳他们，见到他们时行了聘问之礼，使用了慰劳的辞令。北宫文子则进入郑都聘问以作为对印段的报酬。子羽作为外交官员陪同前往，冯简子和子太叔亲自出来迎。事后北宫文子对卫襄公说：「郑国很讲究外交礼节，这将是他们今后几代人的福气。不会再有大国征讨他们了！《诗》说：『天气热得让人难以忍受，谁还能不愿意去洗澡凉快呢？』对于政治来说，仪式礼节就像天热了要去洗澡一样。洗澡可以减轻酷热，还有什么可以担心的呢？」

原文

子产之从政也，择能而使之。冯简子能断大事；子大叔美秀而文；公孙挥能知四国之为①，而辨于其大夫之族姓、班位、贵贱、能否②，而又善为辞令；裨谌能谋，谋于野则获③，谋于邑则否④。郑国将有诸侯之事，子产乃问四国之为于子羽，且使多为辞令；与裨谌乘以适野，使谋可否；而告冯简子，使断之；事成，乃授子大叔使行之，以应对宾客。是以鲜有败事。北宫文子所谓有礼也。

郑人游于乡校，以论执政。然明谓子产曰：「毁乡校，何如？」子产曰：「何为？夫人朝夕退而游焉⑤，以议执政之善否。其所善者，吾则行之；其所恶者，吾则改之。是吾师也！若之何毁之？我闻忠善以损怨⑥，不闻作威以防怨。岂不遽止⑦，然犹防川，大决所犯，伤人必多，吾不克救也。不如小决使道⑧。不如吾闻而药之也⑨。」然明曰：「蔑也今而后知，吾子之信可事也。小人实不才。若果行此，其郑国实赖之，岂唯二三臣？」

注释

①四国之为：四方诸侯的政令。②能否：才能大小。③谋于野则获：在野外谋划就正确。④谋于邑则否：在城内谋划就失当。⑤夫人：那些人。夫，指示代词。退而游焉：做完事而在那里游玩。⑥损怨：减少怨言。⑦遽止：马上防止。⑧道：同「导」。⑨药：药石。用作动词，即「治疗己病」。

译文

子产执政，能够选拔贤能并器重他们。例如冯简子能决断大事；子太叔仪表英俊而且文采流畅；子羽通晓四方诸侯的政令，并且对各国大夫的家庭姓氏、官职爵位、地位贵贱、才能高低等情况了如指掌，并且又善于辞令；裨谌则善于谋划，他在郊外僻静处出谋划策就能获得成功，而在城里谋划则行不通。因此郑国遇到和其他国家的事情时，子产就向子羽询问有关其他国家的政策，并且让他起草外交辞令；然后和裨谌乘车到郊外，让他询问计划是否可行；最后再让冯简子决断；一旦计划确定下来，便交给子太叔去执行，让他和宾客应对谈判；因而很少有不成功的时候。这就是北宫文子所说的郑国很讲究外交礼节。

郑国人经常在乡间的学校游玩聚会，议论朝中执政的得失。因而然明对子产说：『把乡间学堂毁掉怎么样？』子产说：『这是为什么？人们在早晚做完事情后到那里游玩散心，评议国家政事的得失和恶善。他们认为好的，我们就推行；认为不好的，我们就清除掉。这实际上是我们的老师啊！为什么要毁掉？我只听说应该择善而从以求减少怨恨，没有听说过利用权势来阻止怨恨。如果使用压制的方法，也可以很快把大家的嘴封住，但这种做法犹如防水决口一样，如果河水大决口，必然有很多人遭受伤害，到那时我们也就无法拯救了。不如决开一个小口，让水一点点流出来。我们不妨把听到的批评看作是治病的良药。』然明说：『今天我才真正明白，您确实值得事奉。我实在没有才能。假使照这样去做，郑国就大有希望了，岂止是仅仅对几个大臣有益无害呢？』

仲尼闻是语也，曰：『以是观之，人谓子产不仁，吾不信也。』

原文

子皮欲使尹何为邑[①]。子产曰：『少，未知可否？』子皮曰：『愿[②]，吾爱之，不吾叛也。使夫往而学焉[③]，夫亦愈知治矣。』子产曰：『不可。人之爱人，求利之也。今吾子爱人则以政，犹未能操刀而使割也，其伤实多。子之爱人，伤之而已，其谁敢求爱于子？子于郑国，栋也，栋折榱崩[④]，侨将厌焉[⑤]，敢不尽言？子有美锦，不使人学制焉[⑥]。大官、大邑，身之所庇也，而使学者制焉。其为美锦，不亦多乎？侨闻学而后入政，未闻以政学者也。若果行此，必有所害。譬如田猎，射御贯[⑦]，则能获禽，若未尝登车射御，则败绩厌覆是惧[⑧]，何暇思获？』子皮曰：『善哉！虎不敏。吾闻君子务知大者、远者，小人务知小者、近者。我，小人也。衣服附在吾身，我知而慎之；大官、大邑所以庇身也，我远而慢之。微子之言，吾不知也。他日我曰：「子为郑国，我为吾家，以庇焉，其可也。」今而后知不足。自今请，虽吾家，听子而行。』子产曰：『人心之不同，如其面焉。吾岂敢谓子面如吾面乎？抑心所谓危[⑨]，亦以告也。』子皮以为忠，故委政焉[⑩]。子产是以能为郑国。

注释

①为邑：担任邑宰。②愿：谨慎，老实。③夫：即尹何。④榱：屋椽。⑤厌：通『压』。⑥学制：学习裁剪。⑦射御贯：即熟习射箭驾车。贯，今作『惯』。⑧败绩厌覆是惧：老是担心翻车被压。⑨抑心所谓危：不过心里认为是危险的。抑，转折连词。⑩委政焉：『委政于之』，把政事托付给他。

译文

孔子听到这话后说：『由此看来，有人说子产不仁，我决不相信。』

子皮打算让尹何去做自己封邑的邑宰。子产说：『他还年轻，不知能否胜任？』子皮说：『他为人一向谨慎小心，我很喜欢他，不会背叛我的。再说他虽然年轻，但让他去学着治理，想必就更懂得如何应付政事了。』子产说：『不行。人们之间相互喜爱，总是希望对他有利。现在您喜欢一个人，却要把政事交给他，这就好比让一个不会拿刀子的人去割东西，一定会让他受到伤害。您喜欢他，却又要让他受到伤害，那么将来还有谁敢得到您的宠幸呢？您是郑国的栋梁，如果栋梁折断，房屋就会倒塌，我就会被压在底下，因此我怎敢不直言？假如您有一块美丽的绸缎，是不会让一个不懂剪裁的人来练习如何裁剪衣服的，因为您怕把绸缎糟蹋了。大官天邑，是身家性命之所寄托，却让一个不会治理的人去学着治理。这样做岂不是将漂亮的绸缎比大官、大邑还看得更重吗？我只听说学习以后才能做官，闻所未闻边做官边学习的。如果真要这么做，一定会受到伤害。再比如打猎，只有对射箭和驾车非常熟悉，才能捕获猎物，假如从没有登过车射过箭，那么在车上只顾担心车翻人亡了，哪里还有闲心顾得上捕获猎物呢？』子皮说：『说得太好了！我实在糊涂至极。我听说，君子想到大事，因而看得长远；小人则只能想到小事，因而看到眼前。看来我只能是小人啊。衣服穿在我的身上，我知道小心地呵护它；而大官、大邑，这是身家性命之所寄托，我却认为是遥远的事情而忽略了它。如果没有您这番话，我是不会明白这个道理的。以前我就说过：「你治理郑国，我只治理我的家，使我能有个托身之地就可以了。」现在我才知道仅仅这样做还是不够的。现在我请您同意，即使将来治理我的家，我也要服从您的意见。』子产说：『每个人的内心都不一样，就如同人的面孔不同一样，我怎么敢说您的面孔就像我的面孔一样呢？然而只要我心里认为很危险的事情，还是会以实相告的。』子皮认为子产非常忠实，便把郑国的政权完全托付给他了。子产因此能执掌郑国大权。

原文

卫侯在楚，北宫文子见令尹围之威仪[1]，言于卫侯曰：『令尹似君矣[2]！将有他志。虽获其志，不能终也。《诗》云：「靡不有初，鲜克有终。」终之实难，令尹其将不免。』公曰：『子何以知之？』对曰：『《诗》云：「敬慎威仪[3]，惟民之则[4]。」令尹无威仪，民无则焉。民所不则[5]，以在民上，不可以终。』公曰：『善哉！何谓威仪？』

对曰：『有威而可畏谓之威[6]，有仪而可象谓之仪[7]。君有君之威仪，其臣畏而爱之，则而象之[8]，故能有其国家，令闻长世[9]。臣有臣之威仪，其下畏而爱之，故能守其官职，保族宜家。顺是以下皆如是[10]。是以上下能相固也[11]。《卫诗》曰[12]：「威仪棣棣[13]，不可选也[14]。」言君臣、上下、父子、兄弟、内外、大小皆有威仪也。《周诗》曰：「朋友攸摄，摄以威仪[15]。」言朋友之道，必相教训以威仪也。《周书》数文王之德[16]，曰：「大国畏其力，小国怀其德。」言畏而爱之也。《诗》云：「不识不知，顺帝不则。」言则而象之也。纣囚文王七年，诸侯皆从之囚，纣于是乎惧而归之，可谓爱之。文王伐崇，再驾而降为臣[17]，蛮夷帅服[18]，可谓畏之。文王之功，天下诵而歌舞之，可谓则之。文王之行，至今为法，可谓象之。有威仪也。故君子在位可畏，施舍可爱，进退可度，周旋可则[19]，容止可观，作事可法，德行可象，声气可乐，动作有文，言语有章[20]。以临其下，谓之有威仪也。』

注释

①威仪：即仪表。②似君：像国君。③敬慎：恭敬谨慎。④则：准则。⑤不则：不效法。⑥有威而可畏：有威严而使人生畏。⑦有仪而可象：有仪表而使人仿效。⑧则而象之：以之为准则而且仿效。⑨令闻长世：好名声流传于后世。⑩顺是：顺着这个次序。⑪相固：互相巩固。⑫《卫诗》：因邶、鄘均并入卫，此言卫诗。⑬棣棣：安和的样子。⑭选：计算。⑮摄：佐，辅助。⑯数：列举。⑰再驾：二次出兵。⑱帅服：相继归服。帅，通率。⑲周旋：应酬。⑳章：条理。

译文

卫襄公在楚国访问时，北宫文子听到公子围仪容威严，便对襄公说：『令尹就像一位天子！他很可能会有野心。但他即使可以实现野心，也必然难以善终。《诗》说：「什么事都有一个好的开始，但很少能有一个好的结局。」想要善始善终很难，令尹一定难免灾祸。』卫襄公问：『你怎么知道？』北宫文子说：『《诗》说：「珍惜谨慎你的仪容威严，因为它是百姓的楷模。」令尹没有令尹的威仪，百姓就没有了效法的榜样。平民不效法不崇敬的人高居要位，他就不能善终。』卫襄公说：『说得好！那么什么是威严呢？』北宫文子回答说：『有威严又能使人敬畏称为威，有仪表又能令人效仿叫做仪。君王有君王的威仪，他的臣子应该敬畏而又爱戴他，并以他为榜样而模仿他，因而他才能保有国家，并流芳百世。臣子有臣子的威严，让他的下属敬畏而又爱戴他，因此他才能保住他的官职，保护他的家族，并使家庭和睦。以此类推皆为这个道理。因此上下才能互相团结一致，牢不可破。《卫诗》说：「威仪很多，不胜枚举。」就是说君臣、上下、父子、兄弟、内外、大小之间都有威仪。《周诗》说：「朋友之间互相帮助，依靠的就是威仪。」说的是朋友之间相处必须通过威仪来互相规劝教育。《周书》历数文王的德行时说：「大国畏惧他的能力，小国怀念他的恩德。」说的就是敬畏而又爱戴他。《诗》说：「不需要智慧也不需要知识，一切顺着上天的法则行动。」说的就是有了榜样而加以效仿。商纣王拘禁周文王达七年之久，诸侯也都跟着他被囚禁，纣王因此吓得把文王放了回去，可见文王是深受人们爱戴的。文王进攻崇国，仅仅发兵两次，崇国就俯首称臣，南方的蛮夷也先后归服，由此可见文王是受到人们敬畏的。文王的功业，受到天下人的传诵和赞美，可见人们把文王作为榜样。文王的做法，直至今日还是我们的典范，可见人们仍然在效仿着他。这就是由于有威仪的缘故。因而君子在位时要让人敬畏，施舍时要让人爱戴，进退要作为人们的典范，处世要成为人们的榜样，举止要让人感到优美，做事要为人做出榜样，德行要让人值得效仿，言语要让人高兴，动作要斯文典雅，说话要条理清晰而且明确。这样来对待自己的下属，才叫做有威仪。』

昭公

昭公元年

原文

元年春，楚公子围聘于郑①，且娶于公孙段氏，伍举为介②。将入馆，郑人恶之，使行人子羽与之言，乃馆于外。既聘，将以众逆。子产患之，使子羽辞，曰：『以敝邑褊小，不足以容从者，请墠听命③！』令尹命大宰伯州犁对曰：『君辱贶寡大夫围，谓围将使丰氏抚有而室④。围布几筵，告于庄、共之庙而来。若野赐之，是委君贶于草莽也⑤！是寡大夫不得列于诸卿也！不宁唯是⑥，又使围蒙其先君，将不得为寡君老⑦，其蔑以复矣。唯大夫图之！』子羽曰：『小国无罪，恃实其罪⑧。将恃大国之安靖己，而无乃包藏祸心以图之！小国失恃，而惩诸侯，使莫不憾者⑨，距违君命⑩，而有所壅塞不行是惧！不然，敝邑，馆人之属也，其敢爱丰氏之祧⑪？』伍举知其有备也，请垂櫜而入⑫。许之。

注释

①公子围：即王子围，时为楚令尹。②介：副使。③墠：祭祀所用的平地。④丰氏：即公孙段。抚有：有。抚、有为同义词连用。⑤委君贶于草莽：把国君的恩赐丢在草丛中。委，弃；贶，赐。⑥宁：语中助词，无义。⑦老：卿老，上卿。⑧恃实其罪：意为依赖大国而不防备，则是罪。⑨憾：怨恨。⑩距：同『拒』。⑪祧：祖庙。⑫櫜：古时盛衣甲弓矢的口袋。

译文

元年春季，楚国的王子围到郑国访问，同时要娶公孙段的女儿为妻，伍举作为副手陪同前往郑国。当他们进入郑都准备投宿宾馆时，郑国人表现出了对他们的厌恶，并让外交官员子羽向他们说明心意，然后将其安置在城外住下。聘问的礼仪举行完毕，楚国提出要率领兵众到郑都迎亲。对这一要求，子产忧惧楚国会趁机侵郑，便派子羽拒绝了他们：『因为我们国都狭小，容纳不下贵国众多的随从人员，请在城外设坛举行婚庆典礼吧！』令尹王子围派太宰伯州犁答复说：『承蒙贵君恩赐我国大夫子围，对他说将把公孙段的女儿嫁给他为妻。王子围为此特地摆设了酒席，在庄王、共王庙中祭告了祖先以后来到郑国。如果在野外设坛行礼，就等于把贵国国君的恩赐全然抛弃在草丛之中了！同时这样做也是没有把王子围作为卿来对待！不仅如此，如此这般，又导致了王子围欺骗了我们的先君，从而使他没有资格继续担任楚国上卿，并且他再也无颜回到楚国复命。请大夫考虑一下这样是否合适！』子羽说：『小国并没有什么罪，要说它有罪责，那就是一心依赖大国而毫无戒备。小国原本就预备依靠大国来安定自己的国家，怎奈大国却包藏祸心，企图借机图谋我们！我们担心如果郑国失去了靠山，那么诸侯将以此为借鉴，全都怨恨大国，从而违背大国的命令。如此一来，大国的命令将难以施行！如果不是担心这个，那么我们国家就等于是贵国的了，难道还舍不得让你们在丰氏的祖庙内举行婚礼吗？』伍举因此推断郑国已经有了准备，于是便请求倒背着弓袋入城，表示没有携带任何武器。子产这才应允了他们。

原文

正月乙未[1]，入，逆而出。遂会于虢，寻宋之盟也。祁午谓赵文子曰：『宋之盟，楚人得志于晋。今令尹之不信，诸侯之所闻也。子弗戒，惧又如宋。子木之信称于诸侯，犹诈晋而驾焉[2]，况不信之尤者乎？楚重得志于晋，晋之耻也。子相晋国，以为盟主，于今七年矣。再合诸侯，三合大夫，服齐、狄，宁东夏，平秦乱，城淳于[3]，师徒不顿[4]，国家不罢，民无谤讟[5]，诸侯无怨，天无大灾，子之力也。有令名矣，而终之以耻[6]，午也是惧。吾子其不可以不戒！』文子曰：『武受赐矣⑦！然宋之盟，子木有祸人之心，武有仁人之心，是楚所以驾于晋也。今武犹是心也，楚又行僭⑧，非所害也⑨。武将信以为本，循而行之⑩。譬如农夫，是穮是蓘⑪。虽有饥馑，必有丰年。且吾闻之，能信不为人下。吾未能也。《诗》曰：「不僭不贼，鲜不为则。」信也。能为人则者，不为人下矣。吾不能是难⑫，楚不为患。』楚令尹围请用牲，读旧书，加于牲上而已。晋人许之。

注释

①乙未：十五日。②诈晋而驾：宋之盟，楚子木穿着衬甲参加盟会，凌驾于晋。驾，凌驾。③淳于：城邑名，位于今山东安丘县。④顿：疲弊，损伤。⑤谤讟：诽谤。⑥终之以耻：以蒙受耻辱而终结。⑦武：赵文子之名。⑧僭：不守信。⑨非所害：晋不是楚所能伤害的。⑩循：依照。⑪是穮是蓘：言辛勤耕作。穮，田间除草；蓘，培土。⑫不能是难：难于不能。

译文

正月十五日，王子围进入郑都，亲自迎娶妻子后便出了城。继而在郑国的虢地和鲁国的叔孙豹、晋国的赵武、齐国的国弱、宋国的向戌、陈国的公子招、蔡国的公子归生、郑国的罕虎、许国人、曹国人举行了会晤，以重温宋国之盟。祁午对赵武说：『在宋国盟会上，晋国在楚国之后歃血。如今楚国的令尹不讲信用，这也是诸侯都清楚的。如果您不有所戒备，我担心又会像在宋国盟会上那样让他们占便宜。楚国从前的令尹子木很讲忠信，为诸侯所称道，即使这样他还曾内穿皮甲蒙骗了晋国，企图凌驾于晋国之上，更何况不讲信用出了名的人呢？如果楚国再一次领先于晋国，那将是晋国的耻辱。您执掌晋国大权，使晋国作为盟主已经七年了。在这段时间，晋国曾两次会盟诸侯，三次会盟大夫，征服齐国和狄人，使华夏的东部趋于安定，平定了秦国发动的叛乱，修筑了杞国的淳于城，但是却没有使军队过分疲困，国家没有因此而贫困，百姓没有怨言，诸侯也心情愉快，上天也没有降下灾祸，这都是您的功劳。您有这样好的威望，最后却又得到耻辱，对此我很担心。您不能不防备！』赵武说：『我感谢您的忠告！但在宋国的盟会上，子木有害人之心，我有仁爱之心，所以楚国能压晋国之前占了便利。现在我仍然与以往相同，楚国又不守信用，这一次不会再造成什么损害了。我将以信义为本，沿着这条道走下去。就像农民，只要努力除草培土，即使有一时的饥饿，最后必然有丰收的年成。再说我听说，只要坚守忠义，就不会处居别人之下。恐怕我还没有完全做到这一点。《诗》说：「既不失信也不害人，便能成为做人的楷模。」这就是守信的作用。能够成为众人效仿的楷模，就不会在别人下面。我忧惧的是不能做到这一点，并不认为楚国能造成什么危难。』楚国令尹王子围请求杀了祭祀用的牲畜，然后宣读一下过去的盟约，把它放到牺牲上面。晋国人应允这样做。

原文

三月甲辰①，盟。楚公子围设服、离卫②。叔孙穆子曰：『楚公子美矣，君哉！』郑子皮曰：『二执戈者前矣！』蔡子家曰：『蒲宫有前③，不亦可乎？』楚伯州犁曰：『此行也，辞而假之寡君④。』郑行人挥曰：『假不反矣！』伯州犁曰：『子姑忧子皙之欲背诞也⑤。』子羽曰：『当璧犹在⑥，假而不反，子其无忧乎？』齐国子曰：『吾代二子愍矣⑦！』陈公子招曰：『不忧何成⑧？二子乐矣。』卫齐子曰：『苟或知之，虽忧何害？』宋合左师曰：『大国令，小国共。吾知共而已。』晋乐王鲋曰：『《小旻》之卒章善矣，吾从之。』

注释

①甲辰：二十五日。②设服、离卫：摆设国君的服饰仪仗，两卫士执戈侍立。离，通『俪』，一对。③蒲宫：楚君离宫。有前：有执戈卫士立于前。④辞而假之：经请示而借来的。⑤子皙之欲背诞：指鲁襄公三十年郑子皙杀伯

有，背命放诞，将为国难。⑥当璧：指公子去疾，后为楚平王。⑦愍：同『闵』，忧。⑧不忧何成：不忧而乐何以成事。

译文

三月二十五日，举行结盟仪式。楚国王子围运用了君王的服饰和器物，前后各有两名卫兵保护。看到这种情况，叔孙穆子说：『楚国的王子围确实很威仪，简直像君王！』郑国的子皮说：『另外还有两个执戈的人站在前面！』蔡国的子家说：『他在楚国就住在君王的离宫蒲宫中，因此前后各有两个执戈的卫兵也是应该的吧？』楚国的伯州犁回答：『这些仪仗是这次出来时向我们君王借来的。』郑国外交官子羽说：『恐怕借了就不会再还回去了吧！』伯州犁反唇相讥：『您还是去操心你们的子皙会不会要背弃君王作乱吧。』子羽说：『贵国君王还安康，如果王子围借了不还，您难道不担忧吗？』齐国的国弱说：『我为王子围和伯州犁的命运忧虑！』陈国的公子招说：『假使没有忧患怎能取得成功呢？这两个人不忧而乐，必定失败。』卫国的齐子说：『如果事先知道有了防备，即使有忧患又有什么损害呢？』宋国的向戌说：『大国发号施令，小国俯首听命。我们只管恭敬听命就行了。』晋国的乐王鲋说：『《小旻》的最后一章说得很好，我愿意像诗中说的那样去做，不要公开去讥讽别人。』

原文

退会，子羽谓子皮曰：『叔孙绞而婉①，宋左师简而礼②，乐王鲋字而敬③，子与子家持之，皆保世之主也④。齐、卫、陈大夫其不免乎！国子代人忧，子招乐忧，齐子虽忧弗害。夫弗及而忧，与可忧而乐，与忧而弗害，皆取忧之道也，忧必及之。《大誓》曰：「民之所欲，天必从之。」三大夫兆忧⑤，忧能无至乎？言以知物⑥，其是之谓矣。』

季武子伐莒，取郓。莒人告于会。楚告于晋曰：『寻盟未退⑦，而鲁伐莒，渎齐盟⑧，请戮其使。』

注释

①绞而婉：恰当而婉转，含而不露。②简而礼：言简而合于礼。③字而敬：自爱而恭敬。④保世：保持世代禄位。⑤兆忧：开忧患之先兆。⑥言以知物：从言语来验证事情。⑦退：结束。⑧渎：轻慢，亵渎。

译文

盟会散会后，子羽对子皮说：『叔孙穆子说话恰当而婉转，宋国向戌说话简洁而有礼仪，乐王鲋说话自爱而恭敬，您和子家说话不偏颇，都能保持几代爵禄。而齐、卫、陈三国的大夫恐怕就难逃灾祸！国弱为他人忧虑，子招以忧患为快事，齐子虽然有忧患之感却没有当作危害来重视。只要不应忧而忧，应忧而不忧，以及虽忧而不以为害，都是招致忧患的途经，必然会忧患加身。《大誓》说：「百姓所希望的，上天必然应允。」这三位大夫已有了忧患的征兆，忧患还能不来吗？通过言语来预测事物的结局，大概就是这个说法。』

季武子发兵进攻莒国，夺取了郓地。于是莒子便到盟会上控诉。楚国人对晋国人说：『我们重温宋国盟约的会议还没有结束，鲁国就公然攻打莒国，这是对盟誓的亵渎，请允许把鲁国的使者处斩。』

原文

乐桓子相赵文子，欲求货于叔孙，而为之请。使请带焉[1]，弗与。梁其踁曰[2]：『货以藩身，子何爱焉？』叔孙曰：『诸侯之会，卫社稷也。我以货免，鲁必受师，是祸之也，何卫之为？人之有墙，以蔽恶也。墙之隙坏，谁之咎也？卫而恶之[3]，吾又甚焉。虽怨季孙，鲁国何罪？叔出季处[4]，有自来矣，吾又谁怨？然鲋也贿，弗与，不已。』召使者，裂裳帛而与之，曰：『带其褊矣。』赵孟闻之，曰：『临患不忘国，忠也；思难不越官[5]，信也；图国忘死，贞也。谋主三者[6]，义也。有是四者，又可戮乎？』乃请诸楚曰：『鲁虽有罪，其执事不辟难[7]，畏威而敬命矣。子若免之，以劝左右，可也。若子之群吏，处不辟污[8]，出不逃难，其何患之有？患之所生，污而不治，难而不守，所由来也。能是二者，又何患焉？不靖其能[9]，其谁从之？鲁叔孙豹可谓能矣，请免之，以靖能者。子会而赦有罪，又赏其贤，诸侯其谁不欣焉望楚而归之，视远如迩？疆埸之邑，一彼一此，何常之有？王、伯之令也[10]，引其封疆[11]，而树之官。举之表旗，而著之制令。过则有刑[12]，犹不可壹[13]。于是乎虞有三苗，夏有观、扈，商有姺、邳，周有徐、奄。自无令王[14]，诸侯逐进，狎主齐盟[15]，其又可壹乎？恤大舍小，足以为盟主，又焉用之[16]？封疆之削[17]，何国蔑有？主齐盟者，谁能辩焉[18]？吴、濮有衅，楚之执事，岂其顾盟[19]？莒之疆事，楚勿与知[20]。诸侯无烦[21]，不亦可乎？莒、鲁争郓，为日久矣。苟无大害于其社稷，可无亢也[22]。去烦宥善，莫不竞劝[23]。子其图之？』固请诸楚，楚人许之，乃免叔孙。

注释

①请带：索要带子。不便直言索贿，以要带子为暗示。②梁其踁：叔孙的家臣。③卫而恶之：本为保卫社稷反而受到攻伐。④叔出季处：叔孙出使，季孙守国。⑤不越官：不忘记职守。⑥谋主三者：以忠、信、贞为谋事主导。⑦执事：指叔孙豹。⑧处不辟污：在国内不避污浊。意为处理国事不避困难。⑨靖其能：安靖贤能。⑩王、伯：三王五霸。⑪引：正。⑫过则有刑：越过边境则处罚之。⑬犹不可壹：如此还不能使边界一成不变。壹，一成不变。⑭自无令王：自从没有英明的帝王。⑮狎主齐盟：交替主持结盟。狎，更，代；齐，通『斋』。⑯焉用之：何必管这类边界争端小事。用之，治小事。⑰削：削小。⑱辩：治。⑲顾盟：顾及盟约。⑳勿与知：不要参与过问。㉑无烦：不烦劳诸侯出兵伐鲁。㉒亢：庇护、捍卫。㉓竞劝：竞相勉励为善。

译文

当时乐王鲋是作为赵武的副手参加会议的，他准备向叔孙索贿以向赵武求情。于是派人向叔孙要他的带子，但叔孙没有给。叔孙的家臣梁其踁说：『钱财本来就是用以保护自身的，您为什么如此爱惜钱财呢？』叔孙说：『诸侯举行会盟，目的就是保护各自的国家，如果我通过贿赂幸免于难，那么鲁国势必难免受到攻打，这样做事实上是给国家带来祸害，还有什么保护它可言？人们建造了墙壁，就是为了阻挡盗贼。如果墙壁因出现裂缝而毁坏，是谁的过错呢？我本来就是为保护国家而来，最后却为它招致灾祸，我的罪过又超过了墙壁的裂缝。虽然季孙攻打莒国应当受到责罚，但鲁国有什么罪呢？我出使在外，季孙留守在内，向来如此，我又去怨谁呢？不过乐王鲋贪财，如果不给他，他不会罢休。』于是就把那使者召来，把自己的裙子撕下一条给他，并且说：『带子恐怕太小了，把这个拿回去吧。』赵武听说此事后感叹地说：『面临着死亡的威胁，却念念不忘国家，这是忠心耿耿；宁可选择灾难而不放弃职守，这是至诚至信；为了国家利益而甘愿一死，这是坚贞不屈。遇事能做到这三点，就说明这个人讲究道德伦理。具备这四点，又怎么可以处死他呢？』于是就向楚国请求说：『鲁国虽然有罪，但它的大臣却不怕惩罚，他惧怕楚国的威严，服从楚国的命令。如果能免其一死，就可以鼓励贵国的群臣。如果贵国的群臣能够做到在国内不逃避危难，在国外不害怕灾祸，那么贵国还有什么可恐惧的呢？忧患的产生，常常是在于臣下遇到困难不去治理，遇到灾难来了而守不住，就是这样来的。如果能处理了这两个问题，又有什么可害怕的呢？如果不能安抚贤能的人，还有谁肯效仿他呢？鲁国的叔孙豹可以说是一个贤能之人，请求能赦免他，以安抚他人。如果贵国宽免了鲁国的罪过，又奖励了它的贤能之人，诸侯中有谁不心悦诚服地甘愿服从楚国呢？楚国虽然地处遥远，但这样一来谁不亲近它呢？如今这个时代，边境上的城邑，一时归属这个诸侯，一时又归属那个国家，变幻不定，没有固定的主人。三王、五伯曾命令划定边界，并设置了官员，立了界碑，制定了边界章程，谁要越境就要受到处罚。尽管如此，却不能使各国国界一成不变。因此在三王时代有三苗的祸乱，夏朝时代有观、扈之乱，商朝时代有姺、邳之乱，周朝有徐、奄之乱。自从没有了圣贤的天子之后，诸侯互相攻伐，扩张领土，轮流做诸侯的盟主，又怎么能够使各国的疆界划定不变呢？关心大的祸乱赦免小的过失，这才是盟主的气量，又何必什么小事都要过问呢？疆界遭到侵犯，哪个国家没有遇到过这样的事？作为盟主，又怎么能够一一过问得了？再说假如邻近贵国的吴国和百濮有机可乘，难道您还顾及盟约而不发兵攻伐吗？莒国疆土一事，楚国无需过问。诸侯也不必兴师动众，这样不是很好吗？莒国和鲁国争夺郓地由来久矣。如果对他们国家没有根本的危害，可以不去保护。免除诸侯的烦劳，赦免贤能的人士，大家便都会争相努力尽忠。请贵国认真斟酌一下！』并坚决请求楚国人应允这么做，结果楚国人答应了，宽免了叔孙。

原文

令尹享赵孟，赋《大明》之首章，赵孟赋《小宛》之二章。事毕，赵孟谓叔向曰：『令尹自以为王矣，何如？』对曰：『王弱，令尹强，其可哉！虽可，不终[1]。』赵孟曰：『何故？』对曰：『强以克弱而安之，强不义也。不义而强，其毙必速。《诗》曰：「赫赫宗周[2]，褒姒灭之。」强不义也。令尹为王，必求诸侯。晋少懦矣[3]，诸侯将往。若获诸侯，其虐滋甚[4]。民弗堪也，将何以终？夫以强取，不义而克[5]，必以为道[6]。道以淫虐[7]，弗可久已矣？』

注释

①不终：不得善终。②赫赫宗周：非常显赫的周王室。③少懦：稍衰弱。④滋甚：更厉害。⑤不义而克：行不义而成功。⑥必以为道：必以不义为常道。⑦道以淫虐：以荒淫暴虐为常道。

译文

令尹王子围设宴招待赵武，席间王子围吟诵了《大明》的第一章，赵孟则吟诵了《小宛》的第二章以劝告他。宴会后，赵武对叔向说：『楚国的令尹已自以为是君王了，他能怎么样？』叔向说：『君王弱小，令尹强盛，他大概能成功！但即使成为君王，最终也不会有好结果。』赵武说：『这是为什么？』叔向回答说：『凭借强大来欺凌弱小，而又自以为心安理得，那么这种强大是不仁义的。不仁义又很强大，他的衰亡必将很快到来。《诗》说：「宗周强大无比，却亡于褒姒之手。」这就是虽然强大然而却多行不义的结果。令尹做了君王之后，必然要争取诸侯的拥护。晋国作为盟主已经有点衰弱了，诸侯将会先后归顺它。如果能得到诸侯的拥护，他的暴虐一定会更加厉害。百姓不堪忍受，这样一来，令尹怎么能够有好结果呢？假如凭借强大的势力而夺取君位，依靠不义的行为达到自己的目的，那么他绝对认为这是正常的方法。把荒淫暴虐视为平常，他又怎能长久存在下去呢？』

原文

夏，四月，赵孟、叔孙豹、曹大夫入于郑，郑伯兼享之①。子皮戒赵孟②，礼终，赵孟赋《瓠叶》。子皮遂戒穆叔，且告之。穆叔曰：『赵孟欲一献③，子其从之！』子皮曰：『敢乎？』穆叔曰：『夫人之所欲也④，又何不敢？』及享，具五献之笾豆于幕下⑤。赵孟辞，私于子产曰：『武请于家宰矣⑥。』乃用一献。赵孟为客，礼终乃宴。穆叔赋《鹊巢》，赵孟曰：『武不堪也⑦。』又赋《采蘩》，曰：『小国为蘩⑧，大国省穑而用之⑨，其何实非命⑩。』子皮赋《野有死麇》之卒章。赵孟赋《常棣》，且曰：『吾兄弟比以安⑪，尨也可使无吠⑫。』穆叔、子皮及曹大夫兴⑬，拜，举兕爵⑭，曰：『小国赖子，知免于戾矣⑮。』饮酒乐。赵孟出，曰：『吾不复此矣。』

注释

①兼享：同时享宴。②戒：告。③一献：士饮酒之礼，即主人向宾客进酒一次，其他食品亦相应减少。④夫：指示代词，那。⑤具五献之笾豆于幕下：在东房准备了五献的食品用具。笾豆，盛食品的礼器。笾，以竹制成；豆，以木制成。⑥冢宰：指子皮，为郑上卿。⑦不堪：不敢当。⑧蘩：谷名白蒿，菊科植物。此言贡品菲薄。⑨省穑：减

省爱惜。穑，通『啬』，爱惜。⑩何实非命：何敢不从命。⑪比以安：亲密相安。比，亲密。⑫尨：狗。⑬兴：站起来。古人席地而坐，兴即站起来，起立后拜谢。⑭兕爵：用犀牛角制成的酒杯。⑮戾：罪。

译文

夏季，四月，赵武、叔孙豹和曹国的大夫共同到了郑国，郑简公同时招待他们。子皮前往赵武住处通知他举行宴会的时间，通知的仪式结束后，赵武背诵了《瓠叶》一诗。子皮又去通知叔孙豹，并把赵武背诗的情形告诉了他。叔孙豹说：『赵武希望酒宴只敬酒一次，您还是听他的！』子皮说：『敢这么做吗？』叔孙豹说：『这是他提出来的，又有什么不敢的？』等到宴会举行时，郑国在东房准备敬酒五次。赵武看到这种情况，便谢绝了这一盛情，并私下对子产说：『我已经对子皮说了，不要这么丰盛。』郑国只好又改为只敬酒一次。赵武作为主宾，举行完享礼的仪式后，主宾才入席开始吃饭。席间叔孙豹吟诵了《鹊巢》一诗，赵武说：『这可不敢当。』叔孙豹又吟诵了《采蘩》一诗，并说：『小国就像蘩草，如果大国不嫌弃，爱护并使用它，它怎敢不对大国言听计从呢？』子皮吟诵了《野有死麕》一诗的最后一章。赵武背诵了《常棣》一诗，并且说：『只要我们兄弟之间亲密无间，就可以不惊起任何一条狗。』听到这话，叔孙豹、子皮及曹国的大夫都离席下拜，举起杯子说：『我们小国依靠您，就完全能免于灾祸了。』这次宴会上，大家都喝得很快乐。赵武在酒后说：『我再也不会遇到这种欢乐的酒宴了。』

原文

天王使刘定公劳赵孟于颍，馆于洛汭①。刘子曰：『美哉禹功！明德远矣。微禹，吾其鱼乎②！吾与子弁冕、端委③，以治民、临诸侯，禹之力也。子盍亦远绩禹功④，而大庇民乎？』对曰：『老夫罪戾是惧，焉能恤远？吾侪偷食⑤，朝不谋夕，何其长也？』刘子归，以语王曰：『谚所谓老将知而耄及之者⑥，其赵孟之谓乎！为晋正卿，以主诸

侯，而侪于隶人⑦，朝不谋夕，弃神、人矣⑧。神怒、民叛，何以能久？赵孟不复年矣。神怒，不歆其祀⑨；民叛，不即其事⑩。祀、事不从，又何以年？』

注释

①洛汭：洛水岸边，其地位于今河南巩县洛水曲流处。②吾其鱼乎：我们或许成了鱼吧。③弁冕：古时卿大夫的礼帽。端委：礼服。④绩：同『继』。⑤吾侪偷食：如我之辈不过苟且偷安，混饭过日子。⑥老将知：老了将聪明。知同『智』。耄及之：糊涂接着来到。耄，八十岁曰耄，昏乱，糊涂。⑦侪：等。⑧弃神、人：丢弃神灵、百姓。⑨歆：享。⑩不即其事：不从事职事。即，就。

译文

周天子派刘定公到颍地慰劳赵武，两人住在靠近洛水的馆舍。刘定公感慨地说：『禹王的丰功伟业真是伟大！他的圣明的德行将流芳百世。假如没有禹王，我们恐怕都要变成鱼了吧！现在我和您都穿着朝服戴着礼帽，治理百姓，与诸侯往来，这都是禹王的功绩啊。您为何不继承禹王的功业而努力保护百姓呢？』赵武回答说：『我只担心犯下罪过，哪里还能考虑那么长远？像我们这些人只是苟且度日，过了早晨不考虑夜晚，怎能想那么远呢？』刘定公回去后告诉圣上说：『俗话说越老越聪明，但糊涂也随之而来，这大概说的就是赵武吧！他身为晋国的正卿，主持诸侯各国大事，却把自己等同于平常人，早晨不考虑晚上，这是在丢弃神灵和百姓啊。如果神灵大怒，百姓反叛，他还怎么能长久？赵武活不过今年了。神灵一旦发怒，就不会用他的祭祀；百姓一旦反叛，就会消极怠工。不能祭祀，不做事情，他又怎么能够活到明年呢？』

原文

叔孙归，曾夭御季孙以劳之①。旦及日中不出。曾夭谓曾阜②，曰：『旦及日中，吾知罪矣。鲁以相忍为国也③，忍其外不忍其内，焉用之？』阜曰：『数月于外，一旦于是④，庸何伤⑤？贾而欲赢，而恶嚣乎⑥？』阜谓叔孙曰：『可以出矣！』叔孙指楹曰：『虽恶是，其可去乎！』乃出见之。

注释

①曾夭：季孙的家臣。②曾阜：叔孙的家臣。③相忍：相互忍让。④一旦于是：即『一旦劳于是』的省略。⑤庸何伤：有什么妨碍呢？⑥嚣：指市场上的喧嚣声。

译文

叔孙豹回到鲁国，曾夭为季孙驾车前去慰问他。他们早晨来到，一直等到晌午还不见叔孙豹出来接见。曾夭对叔孙的家臣曾阜说：『从早晨等到中午还没有离去，表明我们已经知罪了。鲁国一向是以忍让统治国家的，如果只能在外边忍让，却不能在国内忍让，又怎么能行呢？』曾阜说：『我们在国外奔波了几个月，你们在这里等一早晨又算得了什么？就像商贾想要赚钱，还能厌烦市场上的喧嚣嘈杂吗？』曾阜对叔孙豹说：『你应该出去了！』叔孙豹指着房屋的大柱子说：『我虽然讨厌它，但却不能把它拆掉啊！』于是便出门接见了季孙。

原文

郑徐吾犯之妹美①，公孙楚聘之矣，公孙黑又使强委禽焉②。犯惧，告子产。子产曰：『是国无政③，非子之患也。唯所欲与。』犯请于二子，请使女择焉。皆许之。子皙盛饰入④，布币而出。子南戎服入⑤，左右射，超乘而出⑥。女自房观之，曰：『子皙信美矣，抑子南夫也。夫夫妇妇⑦，所谓顺也。』适子南氏。子皙怒，既而櫜甲以见子南[8]，欲杀之而取其妻。子南知之，执戈逐之。及冲[9]，击之以戈。子皙伤而归，告大夫曰：『我好见之，不知其有异志也，故伤。』

大夫皆谋之。子产曰：『直钧[10]。幼贱有罪[11]，罪在楚也。』乃执子南，而数之，曰：『国之大节有五，女皆奸之[12]。畏君之威，听其政，尊其贵，事其长，养其亲，五者所以为国也。今君在国，女用兵焉，不畏威也；奸国之纪，不听政也；子皙，上大夫，女，嬖大夫[13]，而弗下之，不尊贵也；幼而不忌[14]，不事长也；兵其从兄[15]，不养亲也。君曰：「余不女忍杀[16]，宥女以远[17]。」勉，速行乎，无重而罪！』

注释

①徐吾犯：郑大夫。②委禽：古代婚礼，又称为纳采，纳采用雁，故称为委禽。③无政：政事混乱不修。④子皙：即公孙黑。盛饰：装扮华丽。⑤子南：即公孙楚。⑥超乘：跃上车。⑦夫夫妇妇：丈夫要像丈夫，妻子要像妻子。⑧櫜甲：即内衬甲衣。⑨冲：大道四通之处。⑩直钧：双方理由均等。钧，同『均』。⑪幼贱有罪：年幼且地位低下的有罪。⑫奸：犯。⑬嬖大夫：即下大夫。⑭忌：敬。⑮兵其从兄：用武器伤害堂兄。从兄，同祖或同伯叔之子年长于己者均称为从兄。⑯不女忍杀：『不忍杀女』的倒装句。女，同『汝』。我不忍心杀你。⑰宥女以远：赦免你的死罪逐于远方。

译文

郑国徐吾犯的妹妹非常漂亮，本来已被子南聘定为妻，但子皙又派人硬是送去了聘礼。徐吾犯很恐惧，把此事告诉了子产。子产说：『这是由于国家政事混乱，才导致两个大夫争一个女子。你不必忧虑，只看她愿意嫁谁。』徐吾犯便请求子南和子皙，让她妹妹挑选。子南和子皙都同意这么做。于是子皙便身着华丽的服饰来到徐家，把礼品放下就走了。子南则戎装来到庭院里，左右开弓射了两箭，便一跃登上车走了。然而妹妹从房内往外观看说：『子皙确实很漂亮，然而子南是个真正的男子汉。丈夫要像个丈夫，妻子要像个妻子，这才是所说的顺理成章。』便嫁给了子南。子皙非常气愤，不久便内穿皮甲去见子南，企图杀了子南以后强占他的妻子。子南知道他的用心，便拿起戈来追赶，一直到大街上，用戈猛打。子皙受伤回来对大夫们说：『我非常友好地去拜访他，没料到他竟然以小人之心度君子之腹，因而我才受了伤。』

大夫们便在一起商量怎样对待此事。子产说：『双方都各有道理。不过比较起来，年轻并且地位低的人有罪，罪过在子南。』便把子南抓了起来，并一一列举他的罪状：『国家有五条重要原则，你都违犯了。惧怕君王的威严，服从君王的命令，尊重地位高贵的人，事奉长辈，供养亲属，这五条是用来治理国家的法纪。现在君王正在都城，你使用了武器，这是不惧怕君王的威严；触犯了国家的法纪，就是不服从君王的命令；子皙是上大夫，你是下大夫，却不肯忍让，这是不尊重位高权重的人；你年轻却不顾及年长，这是不事奉长者；用武器打你堂兄，这是不肯奉养亲属。君王说：「我不忍心处死你，决定免你一死，流放到远方。」尽你之力，快快动身，不要加重自己的罪责！』

原文

五月庚辰，郑放游楚于吴①。将行子南②，子产咨于大叔③。大叔曰：『吉不能亢身④，焉能亢宗？彼，国政也，非私难也。子图郑国，利则行之，又何疑焉？周公杀管叔而蔡蔡叔⑤，夫岂不爱？王室故也。吉若获戾，子将行之，何有于诸游？』

秦后子有宠于桓⑥，如二君于景⑦。其母曰：『弗去，惧选。』癸卯，鍼适晋，其车千乘。书曰『秦伯之弟鍼出奔晋』，罪秦伯也。

后子享晋侯，造舟于河，十里舍车⑧，自雍及绛⑨。归取酬币，终事八反⑩。司马侯问焉，曰：『子之车，尽于此而已乎？』对曰：『此之谓多矣！若能少此，吾何以得见？』女叔齐以告公⑪，且曰：『秦公子必归。臣闻君子能知其过，必有令图⑫。令图，天所赞也。』

注释

①游楚：即子南。②行子南：使子南行。③大叔：即游吉，为游氏宗主。④亢：保护。⑤蔡蔡叔：放逐蔡叔。前一『蔡』字用作动词，即放逐。⑥后子：秦桓公子，景公母弟，名鍼。⑦如二君于景：在景公时，如同有两个国君。⑧十里舍车：每隔十里，停车若干辆。⑨雍：秦都城，今陕西凤翔县。⑩终事八反：享礼结束，取币往返八次。后子享晋侯，用最隆重的九献之礼。九献则须用酬币九次。第一次酬币，后子先载于车，其余八次酬币，则须一次一次取于车，或后子欲借酬币而多献贿于晋侯。⑪女叔齐：即司马侯。⑫令图：善谋。令，善。

译文

五月初二日，郑国把子南放逐到吴国。让子南动身之前，子产又去征询太叔的看法。太叔说：『我现在自身难保，又怎能保护整个宗族呢？再说这件事归于国家政纪问题，并不是个人的灾难。您为郑国考虑，有利就去办，还犹豫什么呢？以前周公杀了管叔，放逐了蔡叔，并不是不爱护他们，而是为了加强王室的需要。即使我犯了罪，您也要依法惩办，何必顾虑游氏一家呢？』

秦国的公子鍼受到了秦桓公的宠信，秦景公登基后，公子鍼简直就像第二个君王一样。他的母亲说：『如果你不离开秦国，我担心会驱逐你。』于是在五月二十五日，前往晋国，带去的车辆有无数乘。《春秋》记载为『秦伯之弟鍼出奔晋』，意思是罪过在于秦景公。

公子鍼设宴招待晋平公，在黄河里排放了许多船只，组成一座浮桥。而且每隔十里，就停放若干乘车辆，一直从秦的雍城连到晋都绛城。派人回去求取秦献的贡物，直到宴会结束一共往返八次。司马侯问公子鍼：『您的车辆全都在这里了吗？』公子鍼说：『这已经算是多的了！假如少于这些，我怎么敢来到晋国拜见帝王呢？』司马侯把这话告诉了晋平公，并说：『秦公子将来一定能回国。据我所知，作为君子能认识到自己的过错，就一定会有好的计谋。好的计谋，这便是上天的帮助。』

原文

后子见赵孟。赵孟曰：『吾子其曷归①？』对曰：『鍼惧选于寡君，是以在此，将待嗣君。』赵孟曰：『秦君何如？』对曰：『无道。』赵孟曰：『亡乎②？』对曰：『何为？一世无道，国未艾也③。国于天地，有与立焉④。不数世淫⑤，弗能毙也。』赵孟曰：『天乎？』对曰：『有焉。』赵孟曰：『其几何？』对曰：『鍼闻之，国无道而年谷和熟，天赞之也。鲜不五稔⑥。』赵孟视荫曰：『朝夕不相及，谁能待五？』后子出，而告人曰：『赵孟将死矣。主民，玩岁而愒日⑦，其与几何⑧？』

郑为游楚乱故，六月丁巳⑨，郑伯及其大夫盟于公孙段氏。罕虎、公孙侨、公孙段、印段、游吉、驷带私盟于闺门之外⑩，实薰隧⑪。公孙黑强与于盟，使大史书其名，且曰『七子』。子产弗讨。

注释

①曷归：何时归国。②亡乎：秦国会灭亡吗？③艾：绝。④与立：帮助扶持。⑤数世淫：连续几代荒淫。⑥鲜不五稔：至少还可以活五年。⑦玩岁而愒日：习厌岁月，旷废时日。愒：旷废。⑧其与几何：即『其几何欤』的变句。⑨丁巳：初九日。⑩闺门：郑城门。⑪实薰隧：盟地就在薰隧。薰隧，闺门外道路名。

译文

公子铖拜见赵武。赵武说：『您什么时候回去呢？』公子铖回答说：『我害怕我们君王会流放我，因而才逃亡在此，准备等待新君继位后再回去。』赵武问：『秦君现在怎么样？』公子铖说：『暴虐无道。』赵武又问：『国家会衰亡吗？』公子铖说：『怎么会灭亡呢？一代国君无道，国家不会灭亡。国家存在于天地之中，必然有辅助君王的臣子出现，如果不是连续几代君王荒淫无度，是不能亡国的。』赵武问：『君王会短命而亡吗？』后子说：『的确会的。』赵武问：『还能有几年？』公子铖说：『据我所知，国家无道而粮食丰收，这全是上天在暗中帮助。他少则再活五年。』赵武望着太阳的影子感叹地说：『早晨起来恐怕连晚上都等不到，谁还能再等五年呢？』公子铖出来后对别人说：『赵武危在旦夕。主持国家大政，却感叹日月的流逝，又为自己的寿命焦灼不安，他还能坚持多久呢？』

郑国因为子南事件，在六月初九日，郑简公和其大夫们在公孙段家里结盟。罕虎、公孙侨（子产）、公孙段、印段、游吉、驷带等人在闺门之外又私下结盟，地点就是薰隧。公孙黑（子皙）也强行要加入结盟，让太史记下他的名字，把自己和其他六卿并列起来，称为『七子』。子产并没有征讨他。

原文

晋中行穆子败无终及群狄于大原，崇卒也①。将战，魏舒曰：『彼徒我车，所遇又厄②，以什共车③，必克。困诸厄，又克。请皆卒，自我始。』乃毁车以为行④，五乘为三伍⑤。荀吴之嬖人不肯即卒，斩以徇。为五陈以相离⑥，两于前，伍于后，专为右角，参为左角，偏为前拒，以诱之。翟人笑之⑦。未陈而薄之⑧，大败之。

莒展舆立，而夺群公子秩⑨。公子召去疾于齐。秋，齐公子鉏纳去疾，展舆奔吴。

叔弓帅师疆郓田，因莒乱也。于是莒务娄、瞀胡及公子灭明以大厖与常仪靡奔齐⑩。

注释

①崇卒：重用步兵。②厄：地势狭隘险要。③以什共车：每车配备十人。④行：步卒行列。⑤五乘为三伍：五辆战车的人员编为三个伍。伍，五人为伍，为战斗最小组织。⑥为五陈以相离：列成五种阵势以相互联系。离，通『丽』，附丽。⑦翟：同『狄』。⑧未陈而薄之：乘敌未列阵式而迫近攻击。⑨秩：俸禄，指禄米或土地。⑩务娄、瞀胡及公子灭明：皆为展舆同党。大厖与常仪靡：为莒之二邑，其地位于今山东莒县西北。

译文

晋国的中行穆子荀吴在大原打败了无终山戎和狄人各部落，这是他重视步兵的缘故。准备应战时，魏舒说：『他们是步兵我们是车兵，交锋的地点又是狭隘险要地区。如果用十个步兵对付一辆战车，大获全胜。如果把他们困在险要地带，又能战胜他们。请把我们的车兵全部改装为步兵，从我开始。』于是舍弃掉战车改成步兵的队伍，五乘战车上的十五个人编为三个小组。荀吴的宠臣不肯编入步兵队伍，荀吴便把他杀了示众以示警戒。将部队编成五种阵势互相呼应，两阵在前，五阵在后，专阵为右翼，参阵为左翼，偏阵为前锋，以引诱敌人。狄人看到以后，还嘲笑他们。但狄人没有来得及摆开阵势，晋兵就发动了进攻，结果狄人被打得大败。

莒国的展舆继位以后，削夺了公子们的俸禄。于是公子们便到齐国去找公子去疾回来。秋天，齐国的公子鉏把公子去疾送回莒国，展舆逃往吴国。

鲁国的叔弓领兵划定郓地的边界，这是利用莒国发生内乱的机会。与此同时，莒国的务娄、瞀胡和公子灭明带着大厖和常仪两座城邑投靠了齐国。

原文

君子曰：『莒展之不立，弃人也夫！人可弃乎？《诗》曰：「无竞维人①。」善矣。』

晋侯有疾，郑伯使公孙侨如晋聘，且问疾②。叔向问焉，曰：『寡君之疾病，卜人曰：「实沈、台骀为祟。」史莫之知。敢问此何神也？』子产曰：『昔高辛氏有二子③，伯曰阏伯，季曰实沈。居于旷林④，不相能也⑤，日寻干戈⑥，以相征讨。后帝不臧⑦，迁阏伯于商丘，主辰⑧。商人是因⑨，故辰为商星。迁实沈于大夏⑩，主参⑪。唐人是因，以服事夏、商。其季世曰唐叔虞。当武王邑姜方震大叔⑫，梦帝谓己：「余命而子曰虞，将与之唐⑬，属诸参⑭，而蕃育其子孙。」及生，有文在其手曰「虞」，遂以命之。及成王灭唐而封大叔焉⑮，故参为晋星。由是观之，则实沈，参神也。昔金天氏有裔子曰昧⑯，为玄冥师⑰，生允格、台骀。台骀能业其官⑱，宣汾、洮⑲，障大泽⑳，以处大原㉑。帝用嘉之㉒，封诸汾川㉓。沈、姒、蓐、黄㉔，实守其祀。今晋主汾而灭之矣。由是观之，则台骀，汾神也。抑此二者㉕，不及君身㉖。山川之神，则水旱疠疫之灾，于是乎禜之㉗；日月星辰之神，则雪霜风雨之不时，于是乎禜之。若君身，则亦出入、饮食、哀乐之事也㉘。山川、星辰之神，又何为焉？侨闻之，君子有四时：朝以听政，昼以访问，夕以修令，夜以安身。于是乎节宣其气㉙，勿使有所壅闭湫底㉚，以露其体㉛。兹心不爽，而昏乱百度㉜。今无乃壹之，则生疾矣。侨又闻之，内官不及同姓㉝，其生不殖。美先尽矣㉞，则相生疾，君子是以恶之。故《志》曰：「买妾不知其姓，则卜之。」违此二者㉟，古之所慎也。男女辨姓，礼之大司也。今君内实有四姬焉㊱，其无乃是也乎！若由是二者，弗可为也已。四姬有省犹可，无则必生疾矣。』叔向曰：『善哉！肸未之闻也。此皆然矣。』

注释

①无竞维人：意为要强大只有拥有人才。②问疾：探视疾病。③高辛氏：帝喾。④旷林：旷野之林，大森林。

⑤不相能：互不相容，不能和睦相处。⑥寻：用。⑦后帝：帝尧。不臧：不善，即不以为善。⑧主辰：以辰来定时节。辰，大火星，即心宿，亦名商星。⑨商人是因：商朝人沿袭下来。⑩大夏：即今太原市。⑪主参：以参星定时节。参，参宿即水星，有星七颗，即猎户星座。⑫邑姜：武王后，齐太公姜尚之女。震：怀孕。⑬与之唐：给他唐国。⑭属诸参：属于参星。⑮封大叔：叔虞封为唐侯，其子燮父改为晋侯。大叔，即太叔、叔虞，成王同母弟。⑯金天氏：少昊，黄帝之子，名契。裔子：后代子孙。⑰玄冥师：水官之长。玄冥，水官。⑱业其官：以其官为世业。⑲宣：疏通。⑳障：筑堤防治理。㉑大原：高平地带。㉒帝：颛顼。㉓汾川：汾水流域。㉔沈、姒、蓐、黄：四国名，均为台骀的后代。㉕二者：指实沈、台骀。㉖不及君身：与晋君的疾病无关。㉗禜：一种祈福除灾的祭名，即聚草木而束之，设为祭处，以祭名求神鬼，去祸祈福。㉘出入：逸劳。㉙节宣其气：有节制地散发、畅通血液气脉，即调节气脉，使之畅通。㉚壅闭湫底：四字义近，即阻塞凝滞。㉛露：同『羸』，弱。㉜百度：百事的节度。㉝内官：国君的姬妾。㉞美先尽矣：美丽早就全部占有。㉟二者：指昼夜淫乱，作息无度及娶同姓之美女。㊱内实：宫内姬妾。四姬：姬姓者四人。

译文

君子认为：『莒国的展舆不能被立为君王，是由于抛弃了贤人吧！贤人能失去吗？《诗》说：「强盛与否关键在于能否得到民心。」说得十分正确了。』

晋平公有了病，郑简公便派公孙侨（子产）前去晋国聘问，顺便问候晋平公的病情。叔向问子产：『我们君王的病情很重，占卜的人说：「是实沈、台骀在暗中作祟。」太史也不知道他们是谁。请问这是什么神啊？』子产说：『从前高辛氏有两个儿子，大的叫阏伯，小的叫实沈。他们住在树林中，互不相容，每天都互相争斗。尧帝认为他们不好，便把阏伯迁到商丘，以大火星来确定时节。商朝沿用这种方式，因此大火星就成了商星。把实沈迁到大夏，用参星来确定时节。唐国人沿用这种方式，以事奉夏、商两朝。唐国的末代君王叫唐叔虞。当周武王的妻子邑姜怀着太叔的时候，曾梦见上天对自己说：「我为你的儿子起名为虞，准备把唐国送给他，属于参星，他的子孙将繁衍不绝。」太叔生下来后，人们发现他的掌中有一个极像虞字的图案，于是便为他取名「虞」。等到成王消灭了唐国，便把太叔封在唐国，因而参星便成为晋国的星宿。由此看来，实沈是参星之神。从前黄帝的儿子金天氏有一个儿子叫昧，是水官之长，他生了允格和台骀两个儿子。台骀能继承他父亲的官位，沟通了汾水和洮水，又为大泽修筑了堤防，然后让百姓住在高平地区。颛顼帝因此而嘉奖他，把汾水流域封给了他。沈、姒、蓐、黄四国就是他的后代，一直祭祀他。现今晋国占领了汾水流域，灭掉了这些国家。由此看来，台骀是汾水之神。然而，这二位神灵都与贵国君王的疾病无关。山川之神兴水旱和瘟疫之灾，可以通过祭祀来消除；日月星辰之神兴风霜雨雪之灾，也可以通过祭祀来排除。至于君王的病患，乃是因为逸劳、饮食、哀乐之事所造成的。这和山川、星辰之神有什么关系呢？据我所知，君子有四个时间：清晨用于处理政事，白天用于四处出访，晚上用来研究政令，夜里用于休养自身。这样才能有节制地散发血气体气，从而使血气不致阻塞凝滞，保证身体健康。假如心情不愉快，处理事情就会昏乱不堪。现在君王很可能是作息无度，因此导致生病。据我所知，不能以同姓女子为姬妾，如不遵守其子孙便不能昌盛。如果娶同姓女子为妾，这个女子必然是极为美丽，美丽早就被一个人全部占有，就会因此而患疾，君子最忌讳这一点。因此《志》书中说：「假使买妾不知道她的姓氏，就要通过占卜来搞清楚。」违背了昼夜伦常和娶同姓女子这两条，是古代的人都害怕的。男女通婚首先要辨明姓氏，这是礼仪中最重要的。现在贵国君王的姬妾中有四人是姬姓，恐怕是因为这个原因吧！如果是因为这两点，恐怕他的病就无法医治了。假如赶快把这四个姬姓女子辞掉还来得及，否则就一定要生病。』叔向说：『太好了！我还没有听说过这些。这都是千真万确的啊。』

原文

叔向出，行人挥送之。叔向问郑故焉，且问子皙。对曰：『其与几何？无礼而好陵人，怙富而卑其上，弗能久矣。』

晋侯闻子产之言，曰：『博物君子也[①]。』重贿之。

晋侯求医于秦。秦伯使医和视之，曰：『疾不可为也。是谓近女室[②]，疾如蛊[③]。非鬼非食[④]，惑以丧志[⑤]。良臣将死，天命不佑。』公曰：『女不可近乎？』对曰：『节之。先王之乐，所以节百事也，故有五节[⑥]。迟速本末以相及[⑦]，中声以降[⑧]。五降之后[⑨]，不容弹矣。于是有烦手淫声[⑩]，慆堙心耳[⑪]，乃忘平和，君子弗听也。物亦如之，至于烦[⑫]，乃舍也已，无以生疾。君子之近琴瑟，以仪节也，非以慆心也。天有六气[⑬]，降生五味，发为五色，征为五声，淫生六疾[⑭]。六气曰阴、阳、风、雨、晦、明也，分为四时，序为五节[⑮]。过则为灾：阴淫寒疾，阳淫热疾，风淫末疾[⑯]，雨淫腹疾，晦淫惑疾[⑰]，明淫心疾。女，阳物而晦时[⑱]，淫则生内热惑蛊之疾。今君不节不时[⑲]，能无及此乎？』

注释

①博物：学识渊博。②近女室：亲近女色。③蛊：蛊惑。④非鬼非食：非由于鬼神，也非由于饮食。⑤惑以丧志：迷惑女色而丧失心志。⑥五节：五声的节奏。⑦迟速本末以相及：宫、商、角、徵、羽五声，有迟有速，有本有末。⑧中声以降：调和而得中和之声，然后降于无声。⑨五降：弹奏五次得和谐之音而平息。⑩烦手淫声：繁复的手法和靡靡之音。⑪慆堙心耳：使心中不定，耳朵淤塞。慆，淫；堙，塞。⑫烦：过度。⑬六气：指阴阳、风雨、晦明六种气象。⑭六疾：即下文的寒、热、末、腹、惑、心诸疾。⑮五节：五声之节。⑯末疾：四肢之疾。⑰晦淫惑疾：

淫乱过度则得思维混乱之疾。⑱阳物：女阴常随男阳，故云阳物。晦时：男女同寝常在夜间，故云晦时。⑲不节不时：不节制性欲，近女色不分昼夜。

译文

叔向从子产的住处出来，郑国的外交官员子羽送别他。叔向问起郑国的国情，同时问起子皙。子羽应答说：『他还能坚持多久啊？没有礼貌然而又喜欢凌驾于他人之上，仗着富有而看不起他的上司，他长久不了。』

晋平公听到了子产的话，说：『他真是个学识渊博的君子啊。』于是便送给子产很多财物。

晋平公向秦国求医治病。秦景公派一个叫和的大夫为他看病，医生说：『这种病已经无法医治了。这是由于过分亲近女色所致，这种病就像蛊惑。不是鬼神作祟，也不是饮食不当，是因为沉溺于女色而丧失心志所致。良臣将要死去，连上天也保佑不了。』晋平公说：『女色不能接近吗？』医生说：『非不近，而是应该有所节制。先王的音乐，就是为了节制各种事情而制定的，因此有五声节奏。快慢始终互相调和，然后变成中和之声，再慢慢降下来。五声降下来以后就不能再弹奏。这时再弹就变得复杂了，弹出来的都是靡靡之音，容易使人心神不定，从而忘记平正中和的声音，靡靡之音君子都不听。做其他事情也同样是这个道理，一旦过分，就尽快终止，才不会因此得病。君子接近女子和琴瑟，是出于礼仪制度的所需，并不是为了淫乐。天有六种气候，降到地上形成五种味道，又表现为五种色彩，显现为五种声音，上述种种一旦过分就会滋生六种病情。六种气候是阴、阳、风、雨、晦、明，又分为朝、夕、昼、夜四段时间，又按顺序形成为五声节奏。但如果过分了就是灾祸：阴过度要生虚寒，阳过度要生热病，风过度要生风寒病，雨过度要生肠胃病，晦过度要生迷乱病，明过度要生心病。男女之事归于阳性，而又在夜里进行，不节制就会使体内产生热量，从而产生蛊惑之病。现在君王对女色不节制，又不分时间，能不生病吗？』

原文

出，告赵孟。赵孟曰：『谁当良臣？』对曰：『主是谓矣[1]！主相晋国，于今八年，晋国无乱，诸侯无阙，可谓良矣。和闻之，国之大臣，荣其宠禄，任其大节[2]。有灾祸兴，而无改焉[3]，必受其咎。今君至于淫以生疾，将不能图恤社稷，祸孰大焉？主不能御[4]，吾是以云也。』赵孟曰：『何谓蛊？』对曰：『淫溺惑乱之所生也。于文，「皿」、「虫」为蛊。谷之飞亦为蛊[5]。在《周易》，女惑男，风落山，谓之蛊䷑。皆同物也。』赵孟曰：『良医也。』厚其礼而归之。

注释

①主：指赵武，赵武为正卿。②大节：大事。③无改：不能使君改正好色之过。④御：禁止。⑤谷之飞：谷物中生出的飞虫。

译文

医生出来后把晋平公的病情告知了赵武。赵武说：『您说的忠臣是指谁呢？』医生说：『说的就是您啊！您辅佐晋国，到现在已经八年，晋国没有发生动乱，诸侯也没有什么过失，您可以说是良臣了。我听说，作为国家大臣，享有国家的爵禄，肩负着国家的重任。如果国家发生了动乱，却不能及时挽救，那么他必将遭到灾祸。现在天子因沉缅女色而生病，不能治理国家，还有比这更大的灾祸吗？您没有及时地使国君改正，所以我才这么说。』赵武说：『什么叫做蛊？』医生回答说：『这种病是对某一事物沉迷惑乱所导致的。从文字上说，蛊由「虫」和「皿」二字构成。稻谷中的飞虫也叫蛊。《周易》中，女人迷惑男人，或大风吹落山木都叫蛊。这都是同样的东西。』赵武说：『您真不愧是位良医。』便馈赠给他许多东西，送他返回了。

原文

楚公子围使公子黑肱、伯州犁城犨、栎、郏[①]。郑人惧。子产曰：『不害。令尹将行大事[②]，而先除二子也。祸不及郑，何患焉？』

冬，楚公子围将聘于郑，伍举为介。未出竟[③]，闻王有疾而还。伍举遂聘。十一月己酉[④]，公子围至，入问王疾，缢而弑之，遂杀其二子幕及平夏[⑤]。右尹子干出奔晋，宫厩尹子皙出奔郑。杀太宰伯州犁于郏。葬王于郏，谓之郏敖。使赴于郑，伍举问应为后之辞焉。对曰：『寡大夫围。』伍举更之曰：『共王之子围为长。』

注释

①犨、栎、郏：本为郑邑，后归楚。②行大事：指弑君之事。③竟：同『境』。④己酉：初四日。⑤幕及平夏：楚王二子名。

译文

楚国的王子围派公子黑肱和伯州犁在犨、栎、郏三地筑城。郑国人害怕了。但子产说：『不要恐惧。这是令尹将要造反，而先用这种方法铲除这两个人。祸患不会降临郑国，怕什么？』

冬季，楚国的王子围预备到郑国去访问，伍举作为副手陪同前往。还没有走出国境，便听说楚王郏敖患病，于是王子围便马上回去了。由伍举到郑国去访问。十一月初四日，王子围回到郢都，进去探视楚王的病况，趁机把楚王勒死了，随后又处决楚王的两个儿子幕和平夏。右尹子干逃亡到了晋国，宫厩尹子皙逃离到了郑国。王子围在郏地杀了太宰伯州犁。把楚王安葬到郏地，因而称为郏敖。然后又派使者发讣告给郑国，使者出发之前，伍举问他如果郑国问起新君之事时怎样答复。使者说：『是我们的大夫王子围。』伍举纠正说：『你必须说明共王的儿子围年长。』

原文

子干奔晋，从车五乘。叔向使与秦公子同食，皆百人之饩①。赵文子曰：『秦公子富。』叔向曰：『底禄以德②，德钧以年③，年同以尊。公子以国，不闻以富。且夫以千乘去其国，强御已甚。《诗》曰：「不侮鳏寡，不畏强御。」秦、楚匹也。』使后子与子干齿④。辞曰：『鍼惧选，楚公子不获，是以皆来，亦唯命。且臣与羁齿⑤，无乃不可乎？史佚有言曰：「非羁何忌？」』

楚灵王即位，薳罢为令尹，薳启强为太宰。郑游吉如楚，葬郏敖，且聘立君。归，谓子产曰：『具行器矣。楚王汏侈而自说其事⑥，必合诸侯，吾往无日矣。』子产曰：『不数年，未能也。』

十二月，晋既烝⑦。赵孟适南阳，将会孟子余⑧。甲辰朔，烝于温。庚戌，卒。郑伯如晋吊，及雍乃复。

注释

①饩：口粮，食物。②底：致。这里是取得之意。③钧：通『均』。年：年龄。④齿：并列。⑤与羁齿：与羁旅之客并列。羁，客居，寄居。这里指子干。⑥汏侈：骄傲奢侈。说：同『悦』。⑦烝：冬祭。⑧会：求福除灾的祭祀。孟子余：赵衰，赵武的曾祖父。

译文

子干逃亡到晋国，随他而逃的有五辆车。叔向让他和秦公子享有同样的食禄，都赠送一百人的粮食。赵武说：『秦公子富有，不应该享有这么多的钱粮。』叔向说：『确定一个人的俸禄要根据他的德行，如果德行相同就根据年岁大小来确定，年龄也相同就依据地位高低来定。对逃亡来到晋国的公子要根据他的国家大小确定应享受的俸禄，没有听说过要根据他是否富有来确定。再说秦公子带着上千辆车离开他的国家，可见他势力确实很强大。《诗》说：

松溪横笛图　明·仇英

图中峭壁悬崖，溪流曲折潺潺，水阔处，溪畔苍松虬曲，有人独坐舟头，洗足横笛，悠然自得，恍如出尘仙境。山石勾勒皴法，均细润绵密，设色柔和，使意境更臻娴雅幽淡。作者取各家之长，将山水和人物两者巧妙结合，取得完满效果。此幅即是其佳作。

「不欺侮鳏寡之人，不害怕强横之人。」秦国和楚国是相匹敌的国家。』便让后子和子干享受同等待遇。但后子推辞说：『我因为害怕受到流放，楚国公子是由于不被信任，所以我们都逃亡来到这里，一切听从您的安置。再说我和楚公子这样的羁旅之客享有同等待遇，恐怕不行吧？史佚说过：「如果不是羁旅之人，为何要敬重他？」』

楚灵王即位，任用薳罢为令尹，薳启强为太宰。郑国的游吉到楚国为郑敖送葬，并随行问候楚国的新君。游吉回国之后对子产说：『趁早准备行装吧。楚王奢侈没有节制，又自以为是，他必然要集合诸侯举行盟约大会，不久将要到楚国去结盟。』子产说：『他不经过几年的奋斗是做不到的。』

十二月，晋国举行了冬祭后，赵武前往南阳，预备去祭祀他的祖先赵衰。初一日，在温地家庙中举行了冬祭。初七日，赵武去世。郑简公前往晋国凭吊，走到雍地就回去了。

國學典藏·綫裝書系

春秋左傳

超值白金版·插图本

第五册

〔春秋〕左丘明·著

江西美術出版社

昭公二年

原文

二年春，晋侯使韩宣子来聘，且告为政而来见，礼也。观书于太史氏，见《易》、《象》与《鲁春秋》，曰：『周礼尽在鲁矣。吾乃今知周公之德，与周之所以王也。』公享之。季武子赋《绵》之卒章。韩子赋《角弓》①。季武子拜，曰：『敢拜子之弥缝敝邑②，寡君有望矣。』武子赋《节》之卒章。既享，宴于季氏。有嘉树焉，宣子誉之。武子曰：『宿敢不封殖此树，以无忘《角弓》。』遂赋《甘棠》③。宣子曰：『起不堪也，无以及召公。』

注释

①《角弓》：《诗经·小雅》篇名。意义取兄弟之国宜相亲附。②弥缝：补救行事之缺陷。③《甘棠》：《诗经·召南》篇名。诗意为赞颂昭公之德。武子赋此诗想将宣子比昭公。

译文

二年春天，晋平公派韩宣子前来访问，同时报告他掌握国政，因而前来朝见，这是合乎礼的。韩宣子在太史那里赏阅册书，看到《易》、《象》和《鲁春秋》，说：『周礼都在鲁国了。我现在才知道周公的德泽和周能成就王业的缘故了。』昭公设享礼款待他。季武子赋《绵》的最后一章。韩宣子赋《角弓》这一章。季武子行叩头礼，说：『谨敢拜谢您弥补敝邑，寡君有了希望了。』季武子赋《节》的最后一节。享礼完备，在季武子家里饮宴。有一棵好树，韩宣子赞美它。季武子说：『宿岂敢不种植这棵树，以不忘记《角弓》。』就赋了《甘棠》这首诗。韩宣子说：『起不敢当，哪方面都赶不上昭公。』

原文

宣子遂如齐纳币。见子雅。子雅召子旗[1]，使见宣子。宣子曰：『非保家之主也，不臣[2]。』见子尾。子尾见强[3]。宣子谓之如子旗。大夫多笑之。唯晏子信之，曰：『夫子[4]，君子也。君子有信，其有以知之矣。』

自齐聘于卫。卫侯享之。北宫文子赋《淇澳》。宣子赋《木瓜》。

夏，四月，韩须如齐逆女。齐陈无宇送女，致少姜[5]。少姜有宠于晋侯，晋侯谓之少齐。谓陈无宇非卿，执诸中都[6]。少姜为之请，曰：『送从逆班[7]。畏大国也，犹有所易，是以乱作。』

叔弓聘于晋，报宣子也。晋侯使效劳。辞曰：『寡君使弓来继旧好，固曰：「女无敢为宾！」彻命于执事[8]，敝邑弘矣[9]。敢辱效使？请辞。』致馆。辞曰：『寡君命下臣来继旧好，好合使成[10]，臣之禄也[11]。敢辱大馆！』叔向曰：『子叔子知礼哉！吾闻之曰：「忠信，礼之器也[12]；卑让，礼之宗也[13]。」辞不忘国，忠信也；先国后己[14]，卑让也。《诗》曰：「敬慎威仪，以近有德。」夫子近德矣。』

注释

①子旗：子雅之子。②不臣：其言谈举止傲慢不恭。③强：子尾之子。④夫子：指韩起。⑤致少姜：护送少姜去晋国成婚。致，送至夫家。⑥中都：邑名。⑦送从逆班：送亲的人与迎亲的人地位相等。⑧彻命：上达使命。⑨弘：宏大，光大。⑩成：完成使命。⑪禄：福。⑫器：容器。⑬宗：主。⑭先国后己：先称国称君，后称臣之福禄。

译文

韩宣子于是就到齐国进献钱财。进见子雅。子雅召见子旗，让他拜会韩宣子。韩宣子说：『这不是保家的大夫，不像个臣子。』进见子尾。子尾让强拜见韩宣子。韩宣子对他的论述像对子旗的一样。大夫讥笑他，只有晏子信任他，说：『他老人家是君子。君子说话真实，他的了解是有所根据的。』

韩宣子从齐国到卫国聘问。卫襄公设礼仪招待他。北宫文子赋《淇澳》。韩宣子赋《木瓜》。

夏，四月，韩须到齐国迎亲。齐国的陈无宇送少姜，把她送到晋国。少姜备受晋平公的宠爱，晋平公称她为少齐。并且认为陈无宇不是卿，把他囚禁在中都。少姜为他求情，说：『送亲的人和迎亲的人地位相等。由于害怕大国，还有了一些改变，因此才发生了动乱。』

叔弓到晋国聘问，这是为了回报韩宣子前来聘问的缘故。晋平公派人在郊外犒劳。叔弓辞谢说：『寡君派弓前来修好，坚持说：「你不能作为宾客！」只要把命令送达给执事，敝邑就大有光彩了。岂敢打扰劳郊使者？请允许谢绝。』请他住宾馆。叔弓辞谢说：『寡君命令下臣前来继续过去的友好，友好结合，使命成就，这就是下臣的福禄了。怎敢住进宏大的宾馆！』叔向说：『子叔子懂得礼啊！我听说：「忠义，是礼的容器；卑让，是礼的主旨。」言辞不忘记国家，这是忠信；先国家后自己，这是谦让。《诗》说：「不要滥用威严，以亲近有德的人。」他老人家已经接近德行了。』

原文

秋，郑公孙黑将作乱，欲去游氏而代其位，伤疾作而不果[1]。驷氏与诸大夫欲杀之[2]。子产在鄙[3]，闻之，惧弗及，乘遽而至[4]。使吏数之[5]，曰：『伯有之乱，以大国之事，而未尔讨也[6]。尔有乱心，无厌，国不女堪[7]。专伐伯有，而罪一也；昆弟争室，而罪二也；薰隧之盟，女矫君位[8]，而罪三也。有死罪三，何以堪之？不速死，大刑将至。』再拜稽首，辞曰：『死在朝夕，无助天为虐。』子产曰：『人谁不死？凶人不终[9]，命也。作凶事，为凶人。不助天，其助凶人乎？』请以印为褚师[10]。子产曰：『印也若才，君将任之；不才，将朝夕从女。女罪之不恤，而又

何请焉？不速死，司寇将至。』七月壬寅⑪，缢。尸诸周氏之衢，加木焉⑫。

注释

①不果：不成。②驷氏：公孙黑之族。③鄙：边境之邑。④遽：传车。可经驿站换车马，日夜快速奔跑。⑤数之：责数其罪名。⑥未尔讨：未讨伐你的罪过。⑦国不女堪：国家不容忍你。⑧矫：假托。⑨凶人不终：恶人不得善终。⑩印：公孙黑之子。褚师：市官。⑪壬寅：初一日。⑫加木：书其罪名于木板，放在尸体上。

译文

秋，郑国公孙黑准备作乱，想要除掉子太叔族而代替子太叔的卿位，因为疮伤发作而没能成为事实。驷氏和众大夫想要杀了公孙黑。子产在边境，听说了，害怕赶不上，坐驿站的车来到国都。派官吏列举公孙黑的罪状说：『伯有那次祸乱，因为有澶渊盟会的大事，没来得及惩治你。你的乱心没有满足，国家忍受不了你这种罪行。擅自攻打伯有，这是你的第一条罪。弟兄们争夺妻室，这是你的第二条罪；在薰隧大夫结盟，你假传国君命令列入七子之位，这是你的第三条罪；你有三条死罪，凭什么忍受得了？不赶快死去，将动重刑。』公孙黑拜了两拜跪下磕头，辩解说：『我的疮伤发作，生死已在旦夕之间，上天已经在残害我了，你不要再帮助上天残害我了。』子产说：『哪个人不死？凶恶的人不得善终，这是天命。你做凶恶的事，当凶恶的人。我不帮助上天，难道帮助你这凶恶的人吗？』公孙黑请求任用其儿子印做褚师。子产说：『印如果有才能，国家将会任用他；如果不才，早晚将要跟你一块去。你对自己的罪不担忧，又在这里请求什么呢？不赶快死，司寇将会到来。』七月初一日，公孙黑上吊死了。把尸体陈列在周氏街道上示众，在尸体上还放了块列有公孙黑罪状的木板。

原文

晋少姜卒。公如晋，及河，晋侯使士文伯来辞，曰：『非伉俪也。请君无辱！』公还。季孙宿遂致服焉①。

叔向言陈无宇于晋侯曰：『彼何罪？君使公族逆之，齐使上大夫送之，犹曰不共②，君求以贪③。国则不共，而执其使。君刑已颇④，何以为盟主？且少姜有辞。』冬，十月，陈无宇归。

十一月，郑印段如晋吊。

注释

①致服：送少姜丧葬之服。②共：同『恭』。③君求以贪：君王的要求太过分。以，通『已』，太。④颇：偏。

译文

晋国少姜死了。鲁昭公到晋国去吊丧，走到黄河，晋平公派士文伯来辞谢说：『她是妾，不是配偶。请您不要辱临吊丧！』昭公返回鲁国。季孙宿接着向少姜送去衣衾。

叔向对晋平公谈论陈无宇说：『陈无宇有什么罪？国君派公族大夫迎接，齐国派上大夫送亲，还说不恭敬，国君的要求太不知满足了。那么是我国不恭敬，却把齐国的使臣囚禁起来。国君的刑罚太不公正，凭什么做盟主？况且少姜还为陈无宇说了话。』冬，十月，陈无宇被放回齐国。

十一月，郑国印段到晋国去吊丧。

昭公三年

原文

三年春，王正月，郑游吉如晋，送少姜之葬。梁丙与张趯见之①。梁丙曰：「甚矣哉！子之为此来也。」子大叔曰：「将得已乎②！昔文、襄之霸也③，其务不烦诸侯。令诸侯三岁而聘，五岁而朝，有事而会，不协而盟。君薨，大夫吊，卿共葬事；夫人，士吊，大夫送葬。足以昭礼、命事、谋阙而已④，无加命矣。今嬖宠之丧⑤，不敢择位，而数于守适⑥，唯惧获戾，岂敢惮烦？少姜有宠而死，齐必继室。今兹吾又将来贺，不唯此行也。」张趯曰：「善哉！吾得闻此数也⑦。然自今，子其无事矣。譬如火焉⑧，火中，寒暑乃退⑨。此其极也，能无退乎？晋将失诸侯，诸侯求烦不获⑩。」二大夫退。子大叔告人曰：「张趯有知，其犹在君子之后乎⑪！」

丁未，滕子原卒。同盟，故书名。

注释

①梁丙与张趯：二人为晋大夫。②得已：意为不得不如此。已，止。③文、襄：晋文公、晋襄公。④昭礼、命事、谋阙：宣扬礼仪，发布命令，商议补救缺失。⑤嬖宠：即少姜。⑥数于守适：礼数超过正妻。守适，国君原配，守内宫为长。适，同「嫡」。⑦数：礼数。⑧火：大火，星名。⑨寒暑乃退：（大火星）夏末黄昏时在天空中，暑气渐消，冬末天明时在天空中，寒气渐退。⑩不获：不得。⑪之后：之列。

译文

三年春季，周历正月，郑国的游吉来到晋国为少姜送葬。梁丙和张趯求见他。梁丙说：「太过分了！您亲自前来送葬。」子太叔游吉说：「我们也是不得已才这么做的！从前晋文公、晋襄公称霸诸侯的时候，他们都尽量不给诸侯带来更多的烦恼，只是让各国每三年才派大夫聘问一次，每五年才让诸侯朝见一次，平时有事才召集会见，诸侯间发生冲突才举行盟会。君王辞世，派大夫吊唁，卿参加葬礼；夫人去世，派士吊唁，大夫参加葬礼。只要能够昭明礼节、颁布法令、商量补救缺失就可以了，并没有额外的命令。而现在是君王宠姬的葬礼，我们不敢按惯例仅派一个相应身份的人来送葬，而是采用了超过夫人规格的礼节，怕的是得罪贵国，怎么能够嫌麻烦呢？少姜得到宠爱却又死去，齐国必定还要送来一位女子。到那时，我还来一趟，不单单是这一次啊。』张趯说：『好啊！从您的一席话中我明白了朝会吊丧的礼数。但从今以后您恐怕不必再来了。例如大火星，每当它运行到天空正中的时候，寒气或暑气将会逐渐衰落。因为这是它运行的极点，能不消退吗？今后晋国将会失去诸侯的拥戴，诸侯就是想要再干扰，恐怕还得不到呢。』两个大夫退出。游吉对别人说：『张趯智慧懂礼，也许可以进入君子的行列里吧！』

正月二十四日，滕国君王原辞世。因为滕国是鲁国的同盟国家，所以《春秋》中才写出了他的名号。

原文

齐侯使晏婴请继室于晋。曰：『寡君使婴曰：「寡人愿事君，朝夕不倦，将奉质币[1]，以无失时，则国家多难，是以不获[2]。不腆先君之适，以备内官。焜耀寡人之望[3]，则又无禄，早世殒命，寡人失望。君若不忘先君之好，惠顾齐国，辱收寡人[4]，徼福于大公[5]、丁公，照临敝邑，镇抚其社稷，则犹有先君之适及遗姑姊妹若而人[6]。君若不弃敝邑，而辱使董振择之[7]，以备嫔嫱，寡人之望也。」』

韩宣子使叔向对曰：『寡君之愿也。寡君不能独任其社稷之事，未有伉俪。在缞绖之中，是以未敢请。君有辱命，惠莫大焉。若惠顾敝邑，抚有晋国，赐之内主[8]，岂唯寡君，举群臣实受其贶，其自唐叔以下，实宠嘉之。』

注释

①质币：财礼。②不获：不能自来。③焜耀：明照之意。焜，明。④辱收寡人：承蒙抚恤寡人。⑤徼：求。⑥先君之适：谓原配所生。遗姑姊妹：非原配所生。若而人：若干人。⑦董振：同义词连用，即慎重。⑧内主：内宫之主，即正夫人。

译文

齐景公派晏婴前往晋国，请求再嫁一位女子给晋国，以代替少姜。晏婴说：『我们君王派我前来说：「我心甘情愿事奉君王，早晚都不敢倦怠，并按时奉献财宝，只因国家多灾多难，所以不能亲自来。本来我们先君这位嫡女能够得以伺候君王，实现了我的夙愿，但没料到她没有福气，短命而死，让我失去了期望。君王如果还念及先君以前的好处，看得起我们齐国，不嫌弃我的无能，托太公和丁公的洪福，使我们继续受到恩惠，使国家得以安邦定国的话，我们先君还有嫡女以及其他姑姐妹等人。君王如果不嫌弃我们，就请派一使者前来认真选择，以代替少姜作为姬妾。这是我的愿望。」』

韩宣子韩起派叔向答复说：『这当然是我们君王的愿望。我们君王不能独自承担国家重任，是因为没有正式的夫人。由于目前正处于丧事期间，所以我们还不敢向贵国求婚。既然承蒙君王有这个意愿，那么再没有比这更大的恩惠了。如果贵国看得起我国，给我们以安抚，再赐给一位内主的话，那就不单单是我们君王的荣幸，连我们群臣也受到恩惠，即使晋国自唐叔以来的历代祖先也都会表示赞同。』

原文

既成昏[1]，晏子受礼。叔向从之宴，相与语。叔向曰：『齐其何如？』晏子曰：『此季世也[2]，吾弗知齐其为陈

氏矣！公弃其民，而归于陈氏。齐旧四量[3]，豆、区、釜、钟。四升为豆，各自其四，以登于釜[4]。釜十则钟。陈氏三量，皆登一焉，钟乃大矣。以家量贷[5]，而以公量收之。山木如市，弗加于山[6]；鱼、盐、蜃、蛤，弗加于海。民参其力，二入于公，而衣食其一。公聚朽蠹，而三老冻馁[7]。国之诸市，屦贱踊贵[8]。民人痛疾，而或燠休之[9]。其爱之如父母，而归之如流水。欲无获民，将焉辟之？箕伯、直柄、虞遂、伯戏[10]，其相胡公、大姬[11]，已在齐矣。』

注释

①成昏：定婚。②季世：末代，衰世。③四量：四种计量器。④登：升。即以五升为豆，五豆为区，五区为釜。登一，升一。⑤以家量贷：有私家的量器借出。⑥弗加于山：价格不高于山上。⑦三老：年老致仕者。一说三老指上寿、中寿、下寿，皆八十以上的老人。或以为三老指工老、商老、农老。⑧屦贱：麻鞋便宜。屦，麻鞋。踊贵：假足很贵。此言受刑者很多。踊，假足，一说为扶持之杖。⑨燠休：厚赐。⑩箕伯、直柄、虞遂、伯戏：四人皆舜的后代，陈氏的先祖。⑪胡公：周始封陈氏之祖。大姬：胡公之妃。

译文

定婚之后，晏婴接受了享礼的招待。叔向陪同他饮宴，两人边饮边谈。叔向说：『齐国目前的境况怎么样？』晏婴说：『已经到了末代衰世了，我不能保证齐国会不会落到陈氏手中！君王丢弃他的百姓，自愿把他们拱手送给陈氏。齐国从前有四种量器，就是豆、区、釜、钟。四升为一豆，四豆为一区，四区为一釜。十釜就是一钟。而陈氏的量器只有三种，都比齐国国家统一的量器加大四分之一，钟的容量就更大了。他们用自家的大量器借粮给平民，而用公家的小量器收回。山里的木材运到市场上，价钱不比山里高；鱼、盐、蜃、蛤，价格也不比海边的贵。百姓劳动创造的钱财，有两份交给了国君，只留下一份维持生活。君王积聚的东西腐朽生虫了，但贫困的老人却饥寒交迫。国家的市场上，鞋子很便宜，而假足却因为被砍断脚的人日渐增多而十分昂贵。百姓痛苦或有病，陈氏就加倍安抚。百姓爱戴他们有如爱戴自己的父母，因此归服他们也就像流水一般。即使不想让百姓拥护陈氏，能有什么办法呢？现在箕伯、直柄、虞遂、伯戏等这些陈氏的先人，以及当初封在陈国的胡公和夫人太姬的灵魂，已来到齐国要帮助陈氏取得齐国政权了。』

原文

叔向曰：『然。虽吾公室，今亦季世也。戎马不驾，卿无军行①。公乘无人②，卒列无长。庶民罢敝③，而宫室滋侈。道馑相望④，而女富溢尤⑤。民闻公命，如逃寇仇。栾、郤、胥、原、狐、续、庆、伯⑥，降在皂隶，政在家门⑦，民无所依。君日不悛⑧，以乐慆忧。公室之卑，其何日之有？《谗鼎之铭》曰⑨：「昧旦丕显⑩，后世犹怠。」况日不悛，其能久乎？』晏子曰：『子叔若何？』叔向曰：『晋之公族尽矣。肸闻之，公室将卑，其宗族枝叶先落，则公从之。肸之宗十一族，唯羊舌氏在而已⑪。肸又无子，公室无度，幸而得死，岂其获祀？』

初，景公欲更晏子之宅，曰：『子之宅近市，湫隘嚣尘⑫，不可以居，请更诸爽垲者⑬。』辞曰：『君之先臣容焉，臣不足以嗣之，于臣侈矣。且小人近市，朝夕得所求，小人之利也，敢烦里旅⑭？』公笑曰：『子近市，识贵贱乎？』对曰：『既利之，敢不识乎？』公曰：『何贵？何贱？』于是景公繁于刑⑮，有鬻踊者。故对曰：『踊贵屦贱。』既已告于君，故与叔向语而称之。景公为是省于刑。

注释

①无军行：不帅兵。②公乘：公室的战车。③罢：通『疲』。④道馑：路上饿死者。⑤女富溢尤：嬖宠之家的财富多得容纳不下。⑥栾、郤、胥、原、狐、续、庆、伯：此为晋国八大家族，即栾枝、郤缺、胥臣、先轸、狐偃、续

简伯、庆郑、伯宗。⑦政在家门：由赵、韩等执政之卿把持国政。⑧君日不悛：君一天也不肯改过。⑨谗鼎：鼎名。⑩昧旦丕显：凌晨即起，可大为显赫。昧旦，欲亮未亮之时。⑪羊舌：食邑名。叔向以叔为族，以羊舌为氏。⑫湫隘嚣尘：低湿狭小，喧闹又多尘埃。⑬爽垲：明亮高爽。垲，高而干燥。⑭里旅：官名，掌卿大夫之家宅。⑮繁于刑：滥施刑罚。

译文

叔向说：『确实如此。即使是我们晋国公室，现在也已到了衰世了。战马不再驾车出征，卿不再率军攻伐。公室的车乘无人驾驭，步兵军队中没有长官。百姓贫困不堪，而公室却更加奢侈。路上饿死的人到处可见，而受宠的人家里依然财富多得容纳不下。百姓听到君王的命令，就像遇到强盗一样避之唯恐不及。栾、郤、胥、原、狐、续、庆、伯这八个家族的后代已沦为卑贱的小官，政权落到大夫私人手里，百姓生活无依无靠。君王没有哪一天能改过自新，只知道沉迷于欢乐之中，从而掩饰一天天增加的担忧。公室的衰败还能坚持几天呢？《谗鼎之铭》说：「即使天不亮就起来，建立了显赫的业绩，恐怕后代子孙还会懒惰倦怠。」更何况君王没有一天悔改过，这样他能维持长久吗？』晏婴说：『那么您打算怎么办呢？』叔向说：『晋国的公族已经消失了。据我所知，只要公室日渐式微，那么它的宗族就像树上的枝叶一样首先凋落，然后公室也随之而凋落。我们这一宗共有十一族，现在只有羊舌氏一族尚且繁衍生息。我又没有好儿子，公室又没有法度，能得以善终就算非常幸运了，难道还希望得到祭祀吗？』

当初，齐景公准备为晏婴换房，对晏婴说：『你的房屋靠近市场，潮湿矮小，而且嘈杂喧嚣，尘埃满天，无法居住，请您搬到宽敞明亮的房子中去吧。』晏婴谢绝说：『君王的先臣我的父辈就曾住在这里，因为我没有能够继承父业，所以即使住在这里，我也感到很不应该。再说我靠近市场居住，早晚能买到想要的东西，这对我是很方便的，何必再麻烦主管房宅的官员为我一个人另建住房呢？』齐景公笑道：『您靠近市场，知道各种物品的价格吗？』晏婴说：『既然很方便，怎能不知道物品的贵贱呢？』齐景公问：『何物贵？何物便宜？』此时齐景公滥施刑罚，很多人被砍掉了脚，因此就有专门卖假足的人。所以晏婴回答说：『假足贵，鞋子贱。』晏婴本来已把这种情况告诉了齐景公，因此和叔向说话时就又谈到了这个。齐景公为此而减省了刑罚。

原文

君子曰：『仁人之言，其利博哉。晏子一言而齐侯省刑。《诗》曰：「君子如祉[1]，乱庶遄已[2]。」其是之谓乎！』

及晏子如晋，公更其宅。反，则成矣。既拜，乃毁之，而为里室，皆如其旧，则使宅人反之。曰：『谚曰：「非宅是卜，唯邻是卜。」二三子先卜邻矣[3]，违卜不祥。君子不犯非礼[4]，小人不犯不祥，古之制也。吾敢违诸乎？』卒复其旧宅。公弗许，因陈桓子以请，乃许之。

注释

①祉：福。②遄：疾速。③二三子：指邻人。④不犯：不去触犯。

译文

君子对此评论说：『一个仁爱的人，他的话能给众多的人带来利益。晏婴的一句话，就使齐侯减省了刑罚。《诗》说：「君子愉悦之时，就是祸乱停止之日。」大概说的就是这种境况吧！』

趁晏婴去了晋国，齐景公为他修建住房。等晏婴回来后，新宅已经建成。晏婴向齐景公谢恩之后，就把新宅拆毁了，为被毁坏房屋的邻居重修了住房，一切都恢复到原来的模样，然后让邻居们都搬回去居住。他说：『俗话说：

「住宅不需要占卜，只有邻居才需要测风水。」这些邻居都是我占卜后选择的好邻居，违背了占卜的结果是不吉祥的。君子不去做不合礼法的事情，小人不去做不吉利的事情，这是自古以来就存在的制度。我敢违背它吗？』最终还是恢复了他原来房子的模样。开始齐景公不应允，于是晏婴便托陈桓子代为请求，这样齐景公才答应了。

原文

夏，四月，郑伯如晋，公孙段相。甚敬而卑，礼无违者。晋侯嘉焉，授之以策，曰：『子丰有劳于晋国[①]，余闻而弗忘。赐女州田，以胙乃旧勋[②]。』伯石再拜稽首[③]，受策以出。

君子曰：『礼，其人之急也乎[④]！伯石之汰也，一为礼于晋，犹荷其禄[⑤]，况以礼终始乎？《诗》曰：「人而无礼，胡不遄死？」其是之谓乎！』

初，州县，栾豹之邑也。及栾氏亡，范宣子、赵文子、韩宣子皆欲之。文子曰：『温，吾县也。』二宣子曰：『自郤称以别[⑥]，三传矣[⑦]。晋之别县不唯州，谁获治之？』文子病之，乃舍之。二子曰：『吾不可以正议而自与也[⑧]。』皆舍之。及文子为政，赵获曰[⑨]：『可以取州矣。』文子曰：『退！二子之言[⑩]，义也。违义，祸也。余不能治余县，又焉用州？其以徼祸也？君子曰：「弗知实难[⑪]。」知而弗从[⑫]，祸莫大焉。有言州必死！』

注释

①子丰：公孙段之父。②胙：报酬。③伯石：公孙段。④急：急需。⑤荷其禄：接受它的福禄。⑥郤称以别：郤称为晋大夫。别，划分为二，即将此地划分为州与温两县。⑦三传：州地开始属郤称采邑，后传于赵氏，又传于栾豹，故云『三传』。⑧正议：公正的主张。以公正之议论责人而自得其邑。⑨赵获：赵文子之子。⑩二子：指二宣子。⑪弗知实难：难在不知祸由何起。⑫知而弗从：知祸端而不避之。

译文

夏季，四月，郑简公前往晋国，由公孙段陪同。公孙段非常恭敬而且谦卑，礼法上也没有任何违背之处。晋平公对他极为欣赏，便授给他一份策书，说：『汝父子丰对晋国有功，我听说之后从来就没有忘记过。因而现在把州县的田地赐给你，作为对你们家过去功勋的报酬。』公孙段两次叩头后便接了策书出去。

君子对此评论说：『礼法，对人来说是非常重要的。公孙段为人一向骄傲，只有这一次在晋国注意了礼仪，就获得了晋君的赏赐，那么自始至终都讲究礼法的那些人又会怎么样呢？《诗》说：「人没有礼法，为什么不早点死？」大概说的就是这种情况吧！』

当初，州县是栾豹的封邑。等到栾氏衰亡以后，范宣子士匄、赵文子赵武、韩宣子韩起都想得到这块地方。赵武说：『温地是我的封邑，州县则属于温地。』士匄和韩起说：『自从郤称把州县和温县划分以来，已经三次更换主人了。晋国把一个县一分为二的情况有很多，不仅仅是州县如此，谁又能按照划分以前的样子去治理呢？』赵武感到难为情，就放弃了这块土地。士匄和韩起说：『我们也不能由于有道理就为自己争取。』就都不要这块土地了。等到赵武执政，赵获说：『现在我们可以攻夺州县了。』赵武说：『你滚出去！那两个人的话是合乎道义的，假如违背了道义，就会招致灾祸。我连自己的封地都治理不好，还要州县做什么？岂不是自取祸害？君子说：「忧虑的是不知道祸患何时到来。」如果知道这样做会招致祸患又不及早纠正，那么就没有比这更大的祸患了。今后谁要再提起州县一事，就将他处死！』

原文

丰氏故主韩氏[①]，伯石之获州也，韩宣子为之请之，为其复取之之故。

五月，叔弓如滕，葬滕成公，子服椒为介。及郊，遇懿伯之忌[2]，敬子不入[3]。惠伯曰[4]：『公事有公利，无私忌。椒请先入。』乃先受馆，敬子从之。

晋韩起如齐逆女。公孙虿为少姜之有宠也[5]，以其子更公女而嫁公子。人谓宣子：『子尾欺晋，晋胡受之？』宣子曰：『我欲得齐而远其宠[6]，宠将来乎？』

秋，七月，郑罕虎如晋，贺夫人，且告曰：『楚人日征敝邑[7]，以不朝立王之故。敝邑之往，则畏执事其谓寡君而固有外心。其不往，则宋之盟云。进退，罪也。寡君使虎布之。』宣子使叔向对曰：『君若辱有寡君[8]，在楚何害？修宋盟也。君苟思盟，寡君乃知免于戾矣。君若不有寡君，虽朝夕辱于敝邑，寡君猜焉[9]。君实有心，何辱命焉？君其往也！苟有寡君，在楚犹在晋也。』

注释

①丰氏：即公孙段的氏族。故：旧。主：住于其家。②懿伯：子服椒之父。忌：忌日，即逝世之日。③敬子：即叔弓。④惠伯：即子服椒。⑤公孙虿：子尾。⑥宠：宠幸之人，指子尾。⑦征：责问。⑧辱有寡君：承蒙有真心于寡君。⑨猜：疑。

译文

丰氏族人到晋国时一般都住到韩氏家里，公孙段能获得州县，也是韩起为他请求的，这是为了他自己可以再次取得州县的缘故。

五月，叔弓到滕国，参加滕成公的丧礼，子服椒作为副使。来到滕都郊外那一天，正是子服椒的父亲懿伯的忌日，于是叔弓就决定暂时先不进滕都。子服椒说：『为国家办事只能考虑国家的利益，不要由于私人的忌讳而受到影响。请允许我先进滕都去。』于是便首先住进了宾馆，叔弓这才随后进了滕都。

晋国的韩起到齐国为晋平公迎接夫人。子尾因为少姜曾受到晋平公的宠爱，便用自己的女儿取代齐景公的女儿嫁给晋平公，然后又把齐景公的女儿嫁给了别人。有人对韩起说：『子尾欺诈了晋国，晋国为什么还接受呢？』韩起说：『我们本来就是要得到齐国的拥护，假如拒绝了子尾，就是疏远齐国的宠臣。这样的话，他还会拥护晋国吗？』

秋季，七月，郑国的子皮到晋国，向晋平公新娶的夫人表示祝贺，同时告诉说：『楚国人每天都来询问我们为什么不去朝见他们的新国君。如果我们去朝见，又害怕您会认为我们君王有了二心。假如不去，就又违背了两国在宋国结下的盟约。真是去也不是，不去也不对。所以我们君王特地派我前来向您汇报这一情况。』韩起便派叔向答复说：『如果贵国国君心向我们君王，那么去朝见楚国又有什么害处？只不过是为了实践宋国的盟约而已。贵国国君假如能时时想到盟约，那么我们君王就知道可以免于罪过了。如果贵国国君心中不向我们君王，即使每天都来我国朝拜，我们君王也不相信。如果你们确实心向我国，又何必来告诉我们呢？尽管让贵国国君前去朝见好了！只要心中怀有我们君王，朝见楚国就像朝见晋国一样。』

原文

张趯使谓大叔曰：『自子之归也，小人粪除先人之敝庐[1]，曰：「子其将来！」今子皮实来，小人失望。』大叔曰：『吉贱，不获来，畏大国，尊夫人也。且孟曰[2]：「而将无事。」吉庶几焉。』

小邾穆公来朝，季武子欲卑之[3]。穆叔曰：『不可。曹、滕、二邾，实不忘我好。敬以逆之，犹惧其贰。又卑一睦，焉逆群好也[4]？其如旧而加敬焉！《志》曰：「能敬无灾。」又曰：「敬逆来者，天所福也。」』季孙从之。

八月，大雩，旱也。

注释

①粪除：扫除。粪，除土。②孟：指张趯。③卑之：以低于诸嬖、宠臣。④逆群好：将背离与鲁结好诸国。

译文

张趯派人对游吉说：『自从上次您回国之后，我每天都在打扫先人留下的破房子，心里想：「您不久之后就要来了！」但却没有想到现在来的是子皮，实在让我失望。』游吉对他说：『我地位低下，不适合前去，因为惧怕大国，所以才派上卿前去，以表示对夫人的尊重。再说您当初也说过：「您将闲着没事。」我盼望能这样。』

小邾穆公来鲁国朝见，季武子不想用诸侯的礼仪接待他。穆叔说：『不能这么做。曹、滕和大小邾国从来没有忘记和我们友好相处。即使崇敬地迎接他，还怕他生有二心呢。如果使这个友好国家的地位降低了，怎么再接待其他友好国家呢？还是像从前那样，而且还要表现得更加恭敬！《志》书中说：「能做到恭敬就能免除灾难。」又说：「恭敬地迎接来宾，就等于是天降大福。」』于是季武子便听从了穆叔的建议。

八月，鲁国举行了大雩祭，这是由于天旱而求雨。

原文

齐侯田于莒[①]，卢蒲嫳见，泣且请曰：『余发如此种种[②]，余奚能为？』公曰：『诺。吾告二子。』归而告之。子尾欲复之，子雅不可，曰：『彼其发短而心甚长，其或寝处我矣。』九月，子雅放卢蒲嫳于北燕。

燕简公多嬖宠，欲去诸大夫而立其宠人。冬，燕大夫比以杀公之外嬖[③]。公惧，奔齐。书曰：『北燕伯款出奔齐。』罪之也。

十月，郑伯如楚，子产相。楚子享之，赋《吉日》。既享，子产乃具田备[④]，王以田江南之梦[⑤]。

齐公孙灶卒[6]。司马灶见晏子[7]，曰：『又丧子雅矣。』晏子曰：『惜也！子旗不免，殆哉[8]！姜族弱矣，而妫将始昌[9]。二惠竞爽犹可，又弱一个焉，姜其危哉！』

注释

①田：田猎。字又作『畋』。②种种：短的样子，自言衰老发短，无力再作乱。③比：相互亲附，勾结。旧读去声。④田备：田猎用具。⑤以：与，和。后省宾语。梦：云梦泽。⑥公孙灶：即子雅。⑦司马灶：齐国大夫。⑧殆哉：以其傲慢不臣，故很危险了。⑨妫：陈氏。

译文

齐景公在莒国打猎时，卢蒲嫳见到他，哭诉说：『您看我的头发都已经掉光了，还有力作乱吗？』齐景公说：『好。我回去告诉子雅和子尾。』回来告知了两人后，子尾同意让他回来，但子雅认为行不通。子雅说：『他的头发虽然很短了，但他的心计很长，或许他还在想着要睡我的皮呢。』九月，子雅又把卢蒲嫳放逐到更为偏远的北燕。

燕简公有很多宠信的人，他想除掉各位大夫，而代之以宠信的人。冬季，燕国的大夫们联合起来杀死了简公的所有宠臣，燕简公吓得逃离到了齐国。《春秋》记载为：『北燕伯款出奔齐。』意思是罪过在于燕简公。

十月，郑简公前往楚国，子产也一同去。楚灵王设宴款待他们，席间吟诵了《吉日》。宴会结束后，子产便准备了打猎的器具。于是楚灵王便和郑简公到江南的云梦泽去打猎。

齐国的子雅辞世。司马灶见到晏婴时说：『又失去了子雅。』晏婴说：『可惜呀！连子旗也不能幸免灾祸，危险啊！姜族将要衰落下去了，而陈氏将要兴盛起来。如果子雅、子尾都活着还可以，现在又失去了一个，姜氏正面临着灭亡的危险啊！』

昭公四年

原文

四年春，王正月，许男如楚。楚子止之，遂止郑伯，复田江南，许男与焉。

使椒举如晋求诸侯，二君待之。椒举致命曰：『寡君使举曰：日君有惠①，赐盟于宋。曰：「晋、楚之从，交相见也。」以岁之不易，寡人愿结欢于二三君，使举请间②。君若苟无四方之虞，则愿假宠以请于诸侯③。』晋侯欲勿许。司马侯曰：『不可。楚王方侈，天或者欲逞其心，以厚其毒而降之罚④，未可知也。其使能终，亦未可知也。晋、楚唯天所相⑤，不可与争。君其许之，而修德以待其归。若归于德，吾犹将事之，况诸侯乎？若适淫虐，楚将弃之，吾又谁与争？』公曰：『晋有三不殆⑥，其何敌之有？国险而多马，齐、楚多难。有是三者，何乡而不济⑦？』对曰：『恃险与马，而虞邻国之难⑧，是三殆也。四岳、三涂、阳城、大室、荆山、中南⑨，九州之险也，是不一姓。冀之北土，马之所生，无兴国焉。恃险与马，不可以为固也，从古以然。是以先王务修德音以亨神、人⑩，不闻其务险与马也。邻国之难，不可虞也。或多难以固其国，启其疆土；或无难以丧其国，失其守宇⑪。若何虞难？齐有仲孙之难而获桓公⑫，至今赖之。晋有里、丕之难而获文公⑬，是以为盟主。卫、邢无难，敌亦丧之⑭。故人之难，不可虞也。恃此三者，而不修政德，亡于不暇⑮，又何能济？君其许之！纣作淫虐，文王惠和⑯，殷是以陨，周是以兴，夫岂争诸侯？』乃许楚使。使叔向对曰：『寡君有社稷之事，是以不获春秋时见。诸侯，君实有之，何辱命焉？』椒举遂请昏⑰，晋侯许之。

注释

①日：昔日。②请间：请于闲暇时听从寡人的请求。间，暇。③假宠：假借威宠。即借光。④厚其毒：加深其

危害。⑤相：助。⑥三不殆：言晋有三方面可恃而不危殆。⑦乡：同『向』。⑧虞：乐。⑨四丘：指东岳泰山，西岳华山，南岳衡山，北岳恒山。三涂：即三涂山，俗名崖口，在今河南嵩县西南伊水之北。阳城：俗名城山岭，在今河南登封县东南。大室：即今河南登封县的嵩山。荆山：在今湖北南漳县西八十里。中南：即陕西西安市南的终南山，又名秦山、秦岭。⑩亨：即『享』。⑪守宇：所守之疆土。⑫仲孙之难：事见庄公八年、九年传。获：成就。⑬里、丕之难：事见僖公九年传。里，里克；丕，丕郑。⑭敌亦丧之：敌人灭亡了它。闵公二年狄灭卫，僖公二十五年卫灭邢。⑮亡于不暇：即『不暇于亡』。意为挽救危亡还来不及。⑯惠和：慈惠和善。⑰请昏：求婚。

译文

四年春天，周历正月，许男到楚国朝见。楚灵王挽留他不让回去，随后又极力挽留郑简公，再一次到江南打猎，许男也跟去了。

楚灵王派伍举到晋国去，请求允许各诸侯到楚国会盟，同时让郑简公和许男就在楚国留守。伍举对晋国人说：『我们君王派我来告诉你们：从前多亏贵国君王大力协助，使宋国结盟得以获得今天的成就。盟约中说：「晋国和楚国的属国要互相朝见。」由于今年灾难过多，我愿意和诸侯重建友好，特派伍举前去请求。如果君王信任我们，就希望能通过您向其他诸侯请求。』晋平公本来不打算同意，但司马侯说：『这样做不妥当，因为楚灵王目前正是人气急升的时候，也许是上天要有意使他满足自己的愿望，从而加重他的罪行，然后再对他施加惩罚。也许能使他得以善终。晋国和楚国谁能在诸侯中称霸，只能靠上天的协助，不能依靠双方的争夺。君王不妨答应他们的要求，然后修明德行以看他的结局。如果他能施行德政，就是我们晋国也要对他小心事奉，更何况其他诸侯呢？如果他更加荒淫暴虐，楚国也会弃他而去，到那时又有谁能和我们争霸中原呢？』晋平公说：『晋国拥有三个有利条件，可以保证平安无事，有谁能和我们抗衡呢？一是地势险要，二是马匹充足，三是齐、楚两国多灾多难。有了这三条，我们到哪不战无不胜？』司马侯回答说：『恰恰相反，依靠地势险要和战马众多，又对邻国的灾难幸灾乐祸，这是三个危险的预兆。四岳、三涂、阳城、太室、荆山、中南，都是九州中的险要地带，它们并没被一姓长久所占有。冀州的北部盛产马匹，但并没有兴起强盛的国家。依靠地势险要和马匹众多，并不能保证国家得以巩固和壮大，自古以来就是这个道理。所以先王致力于修明德行以获取神灵和百姓的欢心，并没有听说过他要凭借险要地带和多产马匹来使国家富强。也不要把邻国的灾祸当作自己的欢乐。因为多灾多难也许会使国家得到进一步的巩固和加强，并开疆拓土；没有灾难也许反而会使国家失去疆土。为什么要希望别国发生灾难呢？齐国虽然发生了仲孙之乱，结果使齐桓公得以称霸，至今他们还受益于齐桓公的余荫。晋国发生了里克、丕郑之乱，最终出现了晋文公，从而使晋国能称霸于诸侯。卫国和邢国倒是没有发生什么灾难，却被外敌灭亡了。因此对别人的灾难，不能幸灾乐祸。如果仅仅依靠这三点，而不修明政治和德行，那么就难免灭亡了，又怎么能够取得成功？君王还是要应允他们！纣王荒淫暴虐，文王宽厚仁慈，商朝因此而灭亡，周朝却因此而兴盛，难道仅仅是争夺诸侯就能做到的吗？』于是晋国答应了楚国派来的使者。晋平公派叔向回答说：『我们君王因为要忙于处理国家大事，因此不能保证在春秋两季准时前往朝见。至于其他诸侯，本来就是属于贵国的，又何必要征求我们的意见呢？』于是伍举又顺便为楚灵王求婚，晋平公也答应了。

原文

楚子问于子产曰：『晋其许我诸侯乎？』对曰：『许君。晋侯少安[1]，不在诸侯。其大夫多求，莫匡其君。在宋之盟，又曰如一。若不许君，将焉用之？』王曰：『诸侯其来乎？』对曰：『必来。从宋之盟，承君之欢，不畏大国，何故不来？不来者，其鲁、卫、曹、邾乎！曹畏宋，邾畏鲁，鲁、卫逼于齐而亲于晋，唯是不来[2]。其余，君之

所及也，谁敢不至？』王曰：『然则吾所求者，无不可乎？』对曰：『求逞于人[3]，不可。与人同欲，尽济。』

大雨雹。季武子问于申丰曰：『雹可御乎？』对曰：『圣人在上，无雹，虽有，不为灾。古者，日在北陆而藏冰[4]，西陆朝觌而出之[5]。其藏冰也，深山穷谷，固阴沍寒[6]，于是乎取之。其出之也，朝之禄位[7]，宾食丧祭，于是乎用之。其藏之也，黑牡、秬黍，以享司寒[8]。其出之也，桃弧、棘矢[9]，以除其灾。其出入也时，食肉之禄[10]，冰皆与焉。大夫命妇，丧浴用冰。祭寒而藏之[11]，献羔而启之。公始用之，火出而毕赋[12]。自命夫、命妇，至于老疾，无不受冰。山人取之[13]，县人传之，舆人纳之，隶人藏之。夫冰以风壮[14]，而以风出[15]。其藏之也周，其用之也遍，则冬无愆阳[16]，夏无伏阴[17]，春无凄风，秋无苦雨，雷出不震[18]，无灾霜雹[19]，疠疾不降，民不夭札[20]。今藏川池之冰，弃而不用。风不越而杀[21]，雷不发而震。雹之为灾，谁能御之？《七月》之卒章，藏冰之道也[22]。』

注释

①少安：安于小事，无大志。少，小。②唯是：因此。③求逞于人：在别人那里求得快意。④北陆：指虚宿和危宿。地球公转至此为小寒与大寒，这时为夏历十二月，当极冷之时。⑤西陆：指昴宿和毕宿。昴、毕诸星早晨出现，则取出藏冰，其时应是清明、谷雨，当夏历四月。朝觌：早晨出现。⑥固阴沍寒：凝滞阴寒之气。固、沍同义，凝固。⑦朝之禄位：指卿大夫、士等官员。⑧司寒：为冬神玄冥。冬在北陆，故用黑色。⑨桃弧、棘矢：用桃木弓，荆棘箭挂在冰室门口以消除灾祸。⑩食肉之禄：禄位足以食肉者。指吃肉的官吏。⑪祭寒：即祭祀司寒之神。⑫火出而毕赋：大火星出现分配完毕。大火星于黄昏时出现，则为夏历三月，此时食肉者皆可得冰。⑬山人：即山虞，小官，执掌山林之政令。⑭冰以风壮：冰因寒风而坚。⑮而以风出：由于春风而取出。⑯愆阳：愆，过。即过阳，冬天没有冬暖。⑰伏阴：阴寒。⑱不震：雷鸣不击伤。⑲无灾霜雹：霜雹不成灾。⑳夭札：短命为夭，流行病死亡曰『札』。

得瘟病而夭死。㉑风不越而杀：风不散而草木凋零。㉒藏冰之道：藏冰的道理。

译文

楚灵王问子产：『晋国能答应让诸侯服从我吗？』子产回答说：『会的。晋平公只求安逸，心并不在诸侯身上。而他们的大夫又大多贪图财富和享受，没有人能有力地辅佐君王。在宋国盟会上又宣布晋、楚两国地位平等，诸侯可以互相朝见。假如他们不答应您，又哪里用得着缔结宋国的盟约呢？』楚灵王说：『诸侯是否会来朝见呢？』子产回答：『一定会来。服从宋国结下的盟约，可以讨得君王的欢心，又不用害怕晋国，有什么原因不来呢？即使有不来的国家，大概也就是鲁、卫、曹、邾等国吧！因为曹国害怕宋国，邾国畏惧鲁国，鲁、卫二国受到齐国的逼迫而不得不亲近晋国，因此他们可能不来。其他的国家，是君王的威力所能制伏得了的，谁敢不来呢？』楚灵王说：『既然这样的话，我想要求什么都会如愿以偿了？』子产说：『如果想强迫别人以满足自己的愿望是行不通的，但如果能做到和别人的愿望保持一致，就都能马到成功。』

鲁国下了大雨和冰雹。季武子问申丰说：『如何才能够防止冰雹呢？』申丰说：『圣人在位时，就不会下冰雹，即使下了，也不会造成灾害。古代当太阳运行到虚宿和危宿的位置时，就要将冰块贮藏起来，行至昴宿和毕宿时，就把冰块取出来。收藏冰块时，要到寒气比较凝重的深山幽谷中去凿取。取出冰块时，朝廷上有禄位的人在迎宾、用餐、丧葬、祭祀时都要使用它。收藏时，要用黑色的公羊和同样颜色的黍子来祭祀司寒之神。取出时，要在门上挂上桃弓和棘箭以消除灾难。收藏和取出的时间都有严格规定，凡是禄位足以食肉的人都具有用冰的资格。大夫和他的夫人去世后，可以用贮藏的冰块擦洗身体。祭祀司寒之神时要把冰块收藏起来，奉献羔羊祭祖时要打开冰库。君王首先使用，在大火星出现之前要把冰块分配完毕。大夫及其夫人，以及年老体弱的人都可以得到冰块。冰块由执掌山林的官去管凿取，由县官负责传递，由舆人负责运送，由隶人负责收藏。冰块由于寒风而进一步坚固，也因为春风而逐渐融化。其收藏严密，使用普遍，这样冬天就没有冬暖，夏天就不再有夏寒，春天就没有凄风，秋天就没有苦雨，天上打雷也不会伤到人群，下了霜雹也不会成灾，瘟疫不会流行，百姓不会早年夭折。而现在却收藏着河里池中的冰块又不使用，结果不刮风就草木凋零，不打雷就会导致人畜伤亡。冰雹造成了灾害，又有谁能预防得了呢？《七月》的最后一章就清楚地说明了藏冰的方法。』

原文

夏，诸侯如楚，鲁、卫、曹、邾不会。曹、邾辞以难，公辞以时祭①，卫侯辞以疾。郑伯先待于申。六月丙午②，楚子合诸侯于申。椒举言于楚子曰：『臣闻诸侯无归，礼以为归③。今君始得诸侯，共慎礼矣。霸之济否，在此会也。夏启有钧台之享④，商汤有景亳之命⑤，周武有孟津之誓，成有岐阳之蒐，康有酆宫之朝，穆有涂山之会，齐桓有召陵之师⑥，晋文有践土之盟⑦。君其何用？宋向戌，郑公孙侨在，诸侯之良也，君其选焉⑧。』王曰：『吾用齐桓。』王使问礼于左师与子产。左师曰：『小国习之，大国用之，敢不荐闻⑨？』献公合诸侯之礼六。子产曰：『小国共职，敢不荐守⑩？』献伯、子、男会公之礼六。君子谓合左师善守先代⑪，子产善相小国。

王使椒举侍于后，以规过⑫。卒事，不规。王问其故，对曰：『礼，吾所未见者有六焉⑬，又何以规？』

注释

①时祭：按时祭祀祖先。②丙午：十六日。③礼以为归：归服于有礼者。④钧台：位于今河南禹县。⑤景亳：位于今河南商丘北。⑥召陵之师：见僖公四年。⑦践土之盟：见僖公二十八年。⑧选：即选择哪种方式会诸侯。⑨荐闻：献其所闻。⑩荐守：献其所奉守的礼仪。⑪善守先代：善于奉守前代的礼仪。⑫规过：纠正礼仪之失。⑬六：指

左师、子产所献六礼。

译文

夏季，诸侯前往楚国会盟，但鲁、卫、曹、邾四国却没有参加。曹国、邾国借口国家不稳定没去，昭公以祭祖为理由没去，卫襄公以有病为托辞没去。郑简公先在申地等候诸侯来会盟。六月十六日，楚灵王在申地聚集了诸侯。伍举对楚灵王说：『根据我的判断，诸侯不会归服别的什么，只有归服礼仪法规。现在君王刚刚开始得到诸侯们的拥护，一定要谨慎地使用礼法。霸业能否成功，就在此一举了。从前夏启有钧台的宴享，商汤有景亳的命令，周武王有孟津的盟誓，成王有岐阳的阅兵，康王有酆宫的朝见，穆王有涂山的会见，齐桓公有召陵的出师，晋文公有践土的会盟等方式。君王打算采取哪一种方式呢？宋国的向戌和郑国的子产都在，他们是诸侯大夫中的杰出人才，可以随您挑选。』楚灵王说：『我采用齐桓公的方法。』于是楚灵王便向向戌和子产询问有关的礼仪规矩。向戌说：『小国学习礼法，大国使用礼法，我怎能不把知道的都贡献出来呢？』于是便献了公、侯会合诸侯的六种礼仪。子产说：『小国本应事奉大国忠于职守，哪有胆量不把应该做的贡献出来呢？』于是便献出了伯、子、男会见公、侯的六种礼仪。君子由此而认为向戌善于保存前代的礼仪，子产则擅长辅佐小国。

楚灵王让伍举站在自己身后，以便随时纠正他的做法。结果直到整个活动结束，伍举也没有做出任何纠正楚灵王的行动。楚灵王问伍举是什么原因，伍举说：『这六种礼法都是我从来没有见过的，我怎么知道是对是错呢？』

原文

宋太子佐后至，王田于武城，久而弗见。椒举请辞焉。王使往，曰：『属有宗祧之事于武城①，寡君将堕币焉②，敢谢后见。』

徐子，吴出也，以为贰焉，故执诸申。

楚子示诸侯侈[3]。椒举曰：『夫六王二公之事[4]，皆所以示诸侯礼也，诸侯所由用命也。夏桀为仍之会[5]，有缗叛之[6]；商纣为黎之蒐，东夷叛之；周幽为大室之盟，戎狄叛之。皆所以示诸侯汏也，诸侯所由弃命也。今君以汏，无乃不济乎！』王弗听。子产见左师曰：『吾不患楚矣。汏而愎谏[7]，不过十年。』左师曰：『然。不十年侈，其恶不远，远恶而后弃。善亦如之，德远而后兴。』

注释

①属：适逢。②堕币：即输币，以财礼祭献于宗庙。③示诸侯侈：对诸侯表现骄侈。④六王：指启、汤、武、成、康、穆。二公：即齐桓公、晋文公。⑤仍：古国名，太昊风姓后代，位于今山东金乡县东北。⑥有缗：即缗国，帝舜后代，姚姓。位于今山东金乡县东北。⑦愎谏：固执己见，拒谏。

译文

宋国的太子佐来得比较迟，当时楚灵王正在武城打猎，过了很长时间也没有接见他。伍举建议楚灵王拒绝接见太子佐，于是楚灵王就派伍举前去告诉他：『现在武城正在举行宗庙祭祀活动，我们国君打算把宋国进献的财礼献给宗庙，因此不能及时地接见您，深表歉意。』

徐子的母亲是吴国人，楚国人疑心他有二心，因此就把他抓了起来关押在申地。

楚灵王在诸侯面前表现出异常的放纵。伍举说：『前面所说的六王、二公举行重大活动和仪式都是用以向诸侯昭示礼法的，因此诸侯便都能服从命令。从前夏桀举行仍地的会见时，有缗背离了他；商纣举行黎地的阅兵时，东夷背离了他；周幽王举行大室盟会之际，戎狄背离了他。这都是由于他们在诸侯面前表现出了不可一世的态度，诸侯因此也就违背了他们的指示。现在君王也已经表现出骄纵了，恐怕此次会盟难以成功！』楚灵王没有听从劝告。子产见到向戌说：『我并不担心楚国会造成祸害。骄傲放纵又不听规劝，坚持不了十年。』向戌说：『对。他们骄纵不了十年，其邪恶就不会远播各地。一旦邪恶远播，他们就会被抛弃。善也是这个道理，一旦德行得到远播，就会兴盛起来。』

原文

秋，七月，楚子以诸侯伐吴。宋太子、郑伯先归。宋华费遂、郑大夫从。使屈申围朱方[①]。八月甲申，克之。执齐庆封而尽灭其族。将戮庆封。椒举曰：『臣闻无瑕者可以戮人。庆封唯逆命，是以在此，其肯从于戮乎？播于诸侯，焉用之？』王弗听，负之斧钺，以徇于诸侯，使言曰：『无或如齐庆封，弑其君，弱其孤[②]，以盟其大夫！』庆封曰：『无或如楚共王之庶子围，弑其君兄之子麇而代之[③]，以盟诸侯！』王使速杀之。

遂以诸侯灭赖。赖子面缚衔璧，士袒，舆榇从之[④]，造于中军。王问诸椒举。对曰：『成王克许，许僖公如是，王亲释其缚，受其璧，焚其榇。』王从之。迁赖于鄢。

注释

①朱方：吴邑名，位于今江苏丹徒镇南，吴赐予齐庆封。②弱其孤：削弱国君的孤儿。孤，指齐景公。③麇：即郏敖，楚国君，公子围之兄康王之子。④舆榇：抬着棺材。

译文

秋季，七月，楚灵王率领诸侯军队出兵吴国。宋国的太子、郑简公先起程回国，宋国的华费遂、郑国的大夫则跟随灵王前去征伐。楚灵王派屈申领兵围困了吴国的朱方。八月某日，将朱方攻克，活捉了齐国的庆封，并诛灭他的九族。正要准备杀死庆封时，伍举说：『我听说，只有毫无缺点的人才能有资格处罚别人。庆封就因为违抗了君王的命令才逃亡到这里，难道他希望接受楚国的惩罚吗？如果这件丑事在诸侯中散播开来，怎么好呢？』楚灵王不听，就让庆封背着一把斧钺，在诸侯居住处游行示众，并命令他高喊：『大家不要像齐国的庆封那样杀死他的国君，削弱幼主的权力，并和大夫暗地里订立盟约！』但庆封在游行时却大声吆喝道：『大家不要像楚共王的庶子王子围那样杀死他的国君，就是他哥哥的儿子郏敖，从而取而代之，然后又和诸侯订立盟约！』楚灵王即刻派人把庆封杀了。

随后楚灵王带领诸侯消灭了赖国。赖国国君两手反绑，口中衔着玉璧，并让光着上身的士兵抬着棺材跟着他来到楚国中军。楚灵王问伍举如何处置赖国国君，伍举说：『鲁僖公六年楚成王攻下许国，许僖公就是这样来到楚军之中。成王亲自为他松绑，接受了他的玉璧，放火烧了他抬来的棺材。』楚灵王接受了伍举的建议。然后把赖国迁到鄢地。

原文

楚子欲迁许于赖，使斗韦龟与公子弃疾城之而还。

申无宇曰：『楚祸之首[1]，将在此矣。召诸侯而来，伐国而克，城竟莫校[2]。王心不违[3]，民其居乎？民之不处，其谁堪之[4]？不堪王命，乃祸乱也。』

九月，取鄫，言易也。莒乱，著丘公立而不抚鄫，鄫叛而来，故曰『取』。凡克邑，不用师徒曰『取』。

注释

①首：开端。②城竟莫校：在边境筑城无人抗争。③王心不违：王之意愿都得实现，无所违。④堪：禁受，承受。

译文

楚灵王准备把许国迁到赖地，便派斗韦龟和公子弃疾前去修筑了赖城后才回国。

申无宇说：『楚国的祸乱会首先在这里发生。因为他们要召集诸侯，诸侯就前来，要攻打赖国，就能攻克，要筑城，也没有人提出异议，灵王想怎么干都能如其所愿，这样一来百姓哪里会有一天能安稳下来呢？百姓不能安居乐业，又怎能忍受得了？忍受不了君王的命令，就会发动祸乱。』

九月，鲁国攻占了鄫国。《春秋》记为『取鄫』，说明夺取鄫国易如反掌。由于莒国发生了动乱，著丘公即位以后不注意安抚鄫国，鄫国便背叛了他们而投靠了鲁国，因此称为『取』。凡是攻下一座城邑，未使用武力就叫『取』。

原文

郑子产作丘赋①。国人谤之，曰：『其父死于路②，己为虿尾③。以令于国，国将若之何？』子宽以告④。子产曰：『何害？苟利社稷，死生以之。且吾闻为善者不改其度，故能有济也。民不可逞，度不可改。《诗》曰：「礼义不愆，何恤于人言？」吾不迁矣。』浑罕曰⑤：『国氏其先亡乎⑥！君子作法于凉，其敝犹贪。作法于贪，敝将若之何？姬在列者⑦，蔡及曹、滕其先亡乎。逼而无礼⑧。郑先卫亡，逼而无法⑨。政不率法⑩，而制于心。民各有心，何上之有？』

冬，吴伐楚，入棘、栎、麻⑪，以报朱方之役。楚沈尹射奔命于夏汭⑫，箴尹宜咎城钟离，薳启强城巢，然丹城州来⑬。东国水⑭，不可以城。彭生罢赖之师⑮。

注释

①丘赋：丘为乡间基层组织，原隶属采邑主。丘赋即按田亩征收军赋。鲁国于成公元年曾作『丘甲』，疑与此相同。②其父死于路：子产之父子国被尉氏所杀。③虿：蝎子尾巴。④子宽：郑大夫。⑤浑罕：即子宽。⑥国氏：即子

产家族。郑国公族，其公孙一代常以父之字为氏。子产之父公子发字子国，为郑穆公之子。本人公孙侨，故以『国』为氏。其他如子游之子称游楚，子罕之子子展称罕氏等。⑦姬在列者：姬姓列国。⑧逼：近，即邻近大国。⑨逼而无法：郑逼近晋、楚，又不守旧法。⑩率：循。⑪棘、栎、麻：均为楚地名。棘，今河南永城县以南；栎，今河南新蔡县北二十里；麻，今安徽砀山县东北二十五里。⑫沈尹射：沈，县名，县长曰尹；射，人名。下文箴尹宜咎同此。⑬夏汭：地名，位于今安徽凤台县西南。⑬然丹：郑穆公孙，于襄公十九年奔楚。⑭东国：楚以东部地区为东国，钟离、巢、州来及赖皆属东部邑。⑮彭生：楚大夫。罢赖之师：撤除赖地筑城之军。

译文

郑国的子产制定了丘赋的制度。正因为如此而遭到国人的诽谤，他们说：『他的父亲死在路边，他毒害百姓有如蝎子尾巴。让这样的人治理国家，国家将怎么办呢？』子宽将这话转告了子产，子产说：『这没什么？假如对国家有利，我不吝啬个人的生死存亡。再说我曾听说，推行善政的人决不能轻易改变他的制度，只有这样才能取得成功。百姓不能让他们太放纵，制度不能轻易就改变。《诗》说：「只要礼法制度上没有错误，何必担心别人议论长短呢？」我不会改变这种做法。』子宽说：『国氏可能要首先灭亡吧！君子制定的政策过于苛刻，其结果必然流于贪婪。政策过于贪婪，其后果将会怎样？姬姓诸国中，蔡国和曹国、滕国将会首先灭亡，因为它们受到大国的逼迫而且不讲礼仪。郑国将在卫国之前灭亡，因为它也受到大国的逼迫而且也没有法律规范。制定国策不遵守先王的法度，而根据自己的意志决定，百姓就会各有各的想法，他们怎么会再将上面的执政人放在眼里呢？』

冬季，吴国攻打楚国，攻入棘、栎、麻等地，以报复楚国对朱方的攻打。楚国的沈尹射逃到夏汭等待命令，箴尹宜咎修筑钟离城，薳启强修筑巢城，然丹建造州来城。由于楚国以东地区发生了水灾，所以无法筑城。楚大夫彭生就下令赖地的军队停止筑城的工作。

原文

初，穆子去叔孙氏①。及庚宗②，遇妇人，使私为食而宿焉③。问其行，告之故，哭而送之。适齐，娶于国氏，生孟丙、仲壬。梦天压己，弗胜。顾而见人，黑而上偻④，深目而豭喙。号之曰：『牛！助余！』乃胜之。旦而皆召其徒，无之⑤。且曰：『志之⑥！』及宣伯奔齐⑦，馈之。宣伯曰：『鲁以先子之故⑧，将存吾宗，必召女。召女，何如？』对曰：『愿之久矣。』

鲁人召之，不告而归。既立，所宿庚宗之妇人，献以雉⑨。问其姓⑩。对曰：『余子长矣，能奉雉而从我矣。』召而见之，则所梦也。未问其名，号之曰：『牛！』曰：『唯⑪。』皆召其徒，使视之，遂使为竖⑫。有宠，长使为政⑬。公孙明知叔孙于齐⑭，归，未逆国姜⑮，子明取之。故怒，其子长而后使逆之。

注释

①穆子：即叔孙豹。②庚宗：鲁地名，位于今山东泗水县东。③使私为食而宿焉：私下为己预备膳食而宿于其家。宿，与妇人私通。④上偻：上身佝偻，驼背。⑤无之：无所梦之人。⑥志之：命人记下楚中人形象。⑦宣伯：即叔孙侨如，穆子之兄。⑧先子：即宣伯先人。⑨献以雉：妇人向穆子献雉，隐含有子之意。⑩姓：子。⑪唯：应答之词。⑫竖：小臣。⑬为政：主家政。⑭公孙明：齐大夫，字子明。与叔孙相知。⑮国姜：即孟丙、仲壬之母。

译文

当初，叔孙豹为逃避叔孙氏之乱，从叔孙家逃往齐国。逃到庚宗时，遇到一个女人，便让她偷偷给自己弄点吃的东西，并且和她私通起来。那女人问他要到哪里去，叔孙豹告诉她事情缘由，女人听到后哭着送他上路。叔孙豹到齐国后，娶了国氏的女子为妻，而后生了孟丙和仲壬。有一次做梦，天塌下来正好压住了自己，眼看就要支撑不住了，他回头一看，见到一个人面容黝黑，肩膀向前弯曲，眼睛深陷，长着一张猪一样的嘴巴。他向这个人喊道：『牛！快来帮帮我！』这样才顶住了天而没有被压死。第二天早晨他便召唤手下所有的人，也没有找到梦中那个人。于是他对手下说：『你们都给我牢牢记住这个人的相貌！』等到叔孙侨如也逃亡到齐国，叔孙豹送给他食物吃。侨如说：『鲁国由于我们的祖先有功的缘故，准备让我们家族的人做卿，一定要请你回去。如果请你，你怎么办？』叔孙豹说：『这正是我长久以来的希望。』

果然没过多久鲁国人便请叔孙豹回去，他没有告诉侨如就走了。当他被立为卿之后，那个在庚宗一度和他私通的女人前来向他献上野鸡。叔孙豹问起她的儿子，女人回答说：『我儿子已经长大了，可以拿着野鸡跟我一起来了。』便把她儿子叫来，叔孙豹一看，原来就是他梦中看见过的那个人。他没有问他的名字就大声喊道：『牛！』那孩子张口答应：『是。』叔孙豹便召集手下的人让他们和牛见面，随后便让他做了小臣。牛从此受到宠信，等他长大以后，叔孙豹又把家政交给他掌管。叔孙豹在齐国的时候和齐大夫公孙明关系很好，回到鲁国以后，还没有顾得上去接回国姜，公孙明就占有了她。叔孙豹因此对国姜非常恼怒，直到她的两个儿子长大之后，才把他们接回鲁国。

原文

田于丘莸，遂遇疾焉。竖牛欲乱其室而有之，强与孟盟，不可。叔孙为孟钟①，曰：『尔未际，飨大夫以落之②。』既具，使竖牛请日③。入，弗谒。出，命之日④。及宾至，闻钟声。牛曰：『孟有北妇人之客⑤。』怒，将往。牛止之。宾出，使拘而杀诸外⑥。牛又强与仲盟⑦，不可。仲与公御莱书观于公⑧，公与之环，使牛入示之⑨。

人，不示。出，命佩之[10]。牛谓叔孙：『见仲而何？[11]』叔孙曰：『何为？』曰：『不见。既自见矣，公与之环而佩之矣。』遂逐之，奔齐。疾急[12]，命召仲，牛许而不召。杜泄见[13]，告之饥渴，授之戈。对曰：『求之而至，又何去焉？』竖牛曰：『夫子疾病，不欲见人。』使置馈于个而退[14]。牛弗进，则置虚[15]，命彻[16]。十二月癸丑，叔孙不食。乙卯，卒。牛立昭子而相之。

注释

①为孟钟：为孟丙铸一口钟。②落：古代凡器用，如钟、鼓之类，置于宗庙先以猪、羊或鸡之血祭之，称为衅。然后享宴，称为落，如今之落成典礼。衅不必享，落则享客。③请日：请穆子确定宴享日期。④命之日：即假传穆子确定的宴享日期。⑤北妇人：即国姜。客：指其后妇公孙明。⑥杀诸外：拘杀孟丙于外。⑦仲：即仲壬。⑧莱书：人名，昭公御者。观于公：在公宫游玩。⑨入示：入室以示穆子。⑩命佩之：诈以穆子之命使仲壬佩戴。⑪见仲：使仲晋见昭公。⑫疾急：病危。⑬杜泄：叔孙氏家臣之长。⑭置馈于个：把食物放在厢房里。个，厢房。⑮置虚：将食物倒掉。⑯命彻：命令撤去食具。

译文

后来叔孙豹在丘莸打猎时，得了病。这时竖牛打算破坏叔孙豹的家室后将其占有，于是便强行要和孟丙盟誓，孟丙不答应。叔孙豹曾经为孟丙铸了一口钟，并对他说：『你还没有和卿大夫们应酬交往过，我准备选定一个时间宴请他们，同时为钟举行落成典礼，并确定你为继承人。』孟丙准备好享礼之后，让竖牛去请求父亲确定宴享日期。竖牛进去后，并没有回报这件事，出来后却诈称父亲已择定了宴享的日子。等到宴请的宾客都已来到，叔孙豹猛然听到有钟声响起，感到很诧异。竖牛借此激他说：『孟丙正在招待那女人的客人公孙明吧。』叔孙豹怒不可遏，打算出去看个究竟，但被牛劝住了。等到宾客走后，叔孙豹便让人把孟丙抓住并在门外把他杀死。牛又强行要和仲壬订立盟约，仲壬也不答应。有一次仲壬和昭公的御者莱书公在宫游玩时，昭公赐给他一个玉环，仲壬便让牛拿给叔孙豹看。牛进去后，并没有让叔孙豹看，出来后，佯称叔孙豹让仲壬佩戴。但他又在叔孙豹跟前说：『让仲壬朝见君王以确定他的继承人的地位，怎么样？』叔孙豹说：『为什么要这样？』牛说：『不让他去朝见，其实他自己已经去见了，君王送给他一只玉环，他都佩戴上了。』叔孙豹便非常气愤地把仲壬赶走了，仲壬逃亡到了齐国。当叔孙豹病危时，便让牛迅速召仲壬回来，牛答应了但又不派人去。杜泄见到叔孙豹时，叔孙豹告诉他，自己受到牛的虐待，饥渴交加，并给杜泄一把戈，让他去杀了牛。杜泄回答说：『当初您到处找这个人，如今找到了，又为什么要除掉他呢？』牛对前来看望的人都说：『他病情很重，不愿意见任何人。』让来看望的人把带来的东西都放到东厢房，然后让他们退出去。牛并没有将这些食物送给叔孙豹，而是倒掉后让来人把盛放食物的用具带走。十二月二十六日，叔孙豹一天没有吃到食物。二十八日，便去世了。牛便立了昭子为继承人，自己暗中辅佐他。

原文

公使杜泄葬叔孙。竖牛赂叔仲昭子与南遗，使恶杜泄于季孙而去之。杜泄将以路葬[1]，且尽卿礼。南遗谓季孙曰：『叔孙未乘路，葬焉用之？且冢卿无路[2]，介卿以葬[3]，不亦左乎[4]？』季孙曰：『然。』使杜泄舍路。不可，曰：『夫子受命于朝，而聘于王，王思旧勋而赐之路，复命而致之君。君不敢逆王命而后赐之，使三官书之[5]。吾子为司徒，实书名[6]。夫子为司马，与工正书服[7]；孟孙为司空，以书勋。今死而弗以[8]，是弃君命也。书在公府而弗以，是废三官也。若命服，生弗敢服，死又不以，将焉用之？』乃使以葬。

季孙谋去中军，竖牛曰：『夫子固欲去之。』

注释

①以路葬：用周王赐叔孙之车陪葬。路，路车，此指天子所赐的大路车。②冢卿：正卿。冢，大。③介卿：次卿。介，次。④左：不顺。⑤三官：即下文的司徒、司马、司空。⑥书名：定位号。⑦服：车服。此指与路车相称的名种饰器。⑧以：用。

译文

昭公派杜泄安葬叔孙豹。竖牛私下里贿赂叔仲带和季氏家臣南遗，让他们在季孙面前散布杜泄的谣言以除掉他。杜泄准备用周王所赐之车为叔孙豹送葬，同时使用卿的礼法。南遗对季孙说：『叔孙豹生前从没有乘坐过周王所赐之车，为什么要用它安葬？再说正卿都不用周王所赐之车，而次卿却用，这样做名正言顺吗？』季孙说：『对。』便让杜泄不要使用周王所赐之车。但杜泄不肯这么做，他说：『叔孙豹曾奉命去朝见天子，天子顾及他的祖先从前的功勋而赐给他这辆车，他回来后献给君王。但君王不敢违背天子的命令就又把这辆车赐给了他，并让司徒、司马、司空三位官员非常严肃地记下此事。当时您作为司徒，一度记下了爵位和姓名；叔孙豹作为司马，让工正记下了车服的事项；孟孙作为司空则记下了功勋。现在他死了却不让用周王所赐之车安葬，这等于是放弃君王的命令。有关此事的记载都存在公府中，如果不让使用，这相当于废除了三官。如果天子和国君赏赐的车服，生前不敢使用，死后又不允许使用，要它还有什么用呢？』季孙这才同意用周王所赐之车送葬。

季孙打算取消中军的建制，竖牛讨好说：『本来叔孙豹也打算要取消它。』

昭公五年

原文

五年春，王正月，舍中军，卑公室也。毁中军于施氏①，成诸臧氏②。初作中军，三分公室而各有其一。季氏尽征之③，叔孙氏臣其子弟④，孟氏取其半焉⑤。及其舍之也，四分公室，季氏择二，二子各一。皆尽征之，而贡于公。以书使杜泄告于殡，曰：『子固欲毁中军，即毁之矣，故告。』杜泄曰：『夫子唯不欲毁也，故盟诸僖闳⑥，诅诸五父之衢。』受其书而投之，帅士而哭之。

叔仲子谓季孙曰：『带受命于子叔孙曰：「葬鲜者自西门⑦。」』季孙命杜泄。杜泄曰：『卿丧自朝⑧，鲁礼也。吾子为国政，未改礼，而又迁之⑨。群臣惧死，不敢自也。』既葬而行。

注释

①毁中军于施氏：在施氏家里谋划撤去中军之事。施氏，公子施父之族。②成诸臧氏：在臧氏家里达成协议。臧氏，公子子臧之族。③尽征：鲁国军队，无论士卒车乘，皆出于国都近郊。三家的私兵，则出自其采邑。无论采邑或近郊之民，出卒乘者季氏免其田赋；不出卒乘者，加倍征其田赋。尽征即或征卒乘，或征田赋。④臣其子弟：即将青壮的士卒作为奴隶兵，老弱者作为自由民。子弟，指青壮年。⑤取其半：一半为自由民，出军粮、田赋；一半仍为奴隶，为奴隶兵、农业奴隶。⑥僖闳：僖公宗庙门口。⑦鲜：不得寿终。⑧自朝：自朝门出，朝门为正门，即鲁南门。⑨迁：变易，言季孙未修改鲁礼而以己意加以改变。

译文

五年春季，周历正月，鲁国正式撤去了中军，这是为了进一步降低公室的地位。这一决定最早在施氏家里讨论，后来在臧氏家里最终形成。当初设立中军之时，把公室的军队一分为三，季孙、叔孙、孟孙三家分别掌握一军。对于分得的军队，季孙氏全部征收田赋；叔孙氏则把年轻力壮者作为奴隶兵看待，把年老体弱者作为自由民对待；孟孙氏则一半为自由民，另一半为奴隶兵。等到这次撤去中军，则把原先隶属于公室的军队一分为四，季孙氏分了其中两部分，叔孙、孟孙各取一部分。全都把这些士兵作为自由民对待，采取征兵或征税的方法，然后向公室交纳相应数量的贡赋。

季孙用策书的形式让杜泄把这件事情告诉死去的叔孙豹：『您本来就计划撤去中军建制，现在把它撤去了，特此向您报告。』杜泄说：『叔孙豹正由于不愿意撤去中军，所以才在僖公宗庙门口盟誓，又在五父之衢诅咒。』所以他接了策书后扔到地上，率领众人大声痛哭起来。

叔仲子对季孙说：『我听叔孙说：「给未得善终的人送葬要从西门通过。」』因此季孙便让杜泄从西门出城。杜泄说：『卿的丧礼要从朝廷的正门出去，这是鲁国一向遵循的礼法。您主持国政，没有经过正式修改礼法却随便地加以变更，群臣都担心因此而招致杀身之祸，不敢服从您的决定。』安葬了叔孙豹以后，杜泄便动身去了楚国。

原文

仲至自齐[1]，季孙欲立之。南遗曰：『叔孙氏厚则季氏薄。彼实家乱，子勿与知，不亦可乎？』南遗使国人助竖牛以攻诸大库之庭。司宫射之[2]，中目而死。竖牛取东鄙三十邑，以与南遗。

昭子即位，朝其家众，曰：『竖牛祸叔孙氏，使乱大从[3]，杀适立庶，又披其邑[4]，将以赦罪。罪莫大焉，必速杀之！』竖牛惧，奔齐。孟、仲之子杀诸塞关之外[5]，投其首于宁风之棘上[6]。仲尼曰：『叔孙昭子之不劳[7]，不可能也。周任有言曰：「为政者不赏私劳，不罚私怨。」《诗》云：「有觉德行，四国顺之。」』

初，穆子之生也，庄叔以《周易》筮之，遇明夷䷣之谦䷎，以示卜楚丘。曰：『是将行，而归为子祀⑧。以谗人入，其名曰牛，卒以馁死⑨。明夷，日也。日之数十⑩，故有十时⑪，亦当十位。自王已下，其二为公，其三为卿。日上其中⑫，食日为二⑬，旦日为三⑭。明夷之谦，明而未融⑮，其当旦乎，故曰「为子祀」。日之谦，当鸟，故曰「明夷于飞」。明而未融，故曰「垂其翼⑯」。象日之动⑰，故曰「君子于行⑱」。当三在旦⑲，故曰「三日不食」。离，火也。艮，山也。离为火，火焚山，山败。于人为言⑳，败言为谗。故曰「有攸往，主人有言」。言必谗也。纯离为牛㉑，世乱谗胜，胜将适离㉒，故曰「其名曰牛」。谦不足，飞不翔㉓，垂不峻，翼不广㉔，故曰「其为子后乎」。吾子，亚卿也，抑少不终㉕。』

注释

①仲：即仲壬。②司宫：季孙家的阉臣。③大从：重大的条理，常规。④披其邑：分叔孙三十邑与南遗。披，分。⑤塞关：齐、鲁边界关口，关外即齐地。⑥宁风：齐地名。⑦不劳：不酬劳对己有功之人。⑧归为子祀：回国为您祭祀。⑨卒以馁死：最终因饥饿而死。馁，饿。⑩日之数十：古代传说尧时天有十日。一说从甲至癸十天干。⑪十时：古人分一昼夜为十时，即鸡鸣昧旦、旦(日出)大昕、日中、日昃、夕、昏(日旰、日入)宵、夜中等名。⑫日上其中：日由地中升起，此为上。⑬食日：昧旦。⑭旦日：日出。⑮明而未融：天虽然亮了，但太阳还没有升高。即仍为黑暗之时。融，大明。⑯垂其翼：黎明时，天未大亮，鸟之翅膀还垂着。⑰象日之动：日处地中，随其动而趋向光明。⑱君子于行：君子处乱世，亦应避难而行。⑲当三在旦：位在第三(卿位)，相当于旦时，尚未到食时。⑳于人为言：艮为言，为口。㉑纯：偶。㉒适：归于。㉓不翔：不能远飞。㉔不广：不能广远。㉕少不终：虽老寿，仍不得善终。少，小。

译文

仲壬从齐国回来，季孙准备立他为叔孙氏的继承人。但南遗说：『叔孙氏一旦强大起来，季孙氏就会被减弱势力。他们内部发生了变乱，您就佯装不知道这回事，不也可以吗？』南遗又让人协助竖牛在大库的庭院中攻打仲壬。季孙氏的家臣司官一箭将仲壬的眼睛射中，仲壬死去。竖牛然后把东部边境的三十座城邑送给了南遗。

昭子正式成为叔孙氏的继承人之后，把家族的人全都召集起来后说：『竖牛为叔孙氏酿造了祸端，从而使一些重要问题的正常秩序被彻底打乱了，杀了嫡子，立了庶子，又把封邑分封给外人，企图以此逃避自己的罪责。他罪大恶极，必须尽快把他杀死！』竖牛听了惊恐异常，便逃亡到了齐国。后来孟丙和仲壬的儿子，在塞关之外把他杀了，然后把他的头丢弃在宁风的草丛中。孔子对此评论说：『昭子不但不报答竖牛，反而将其杀害，这是难能可贵的。周任曾说过：「执掌政权的人绝对不能赏赐私功，也不能惩罚私怨。」《诗》中也说：「拥有正直的德行和情操，四方国家的人都会服从他。」』。

当初，叔孙豹出生时，他的父亲庄叔曾用《周易》加以占筮，结果遇到明夷卦变成谦卦，把这一卜卦的结果拿给卜人楚丘看，楚丘解释说：『这说明这个孩子将来要逃亡到国外，但最后又能回来为您祭祀。他回来时带着一个奸恶的人，这个人名叫牛。这个孩子日后会因饥饿而死亡。明夷就是太阳，太阳的数目是十，一天被分为十个时间，所以这个孩子将来也必然能得到相当于十等的爵位。从王以下，第二是公，第三是卿。太阳从地下上升时相当于王，露出地面时相当于公，当它离开地面时则相当于卿。明夷卦变为谦卦，表明天虽然亮了但太阳还没有升高，大概相当于刚刚离开地面时的情况，因此说他可以承袭您的卿位，「为您祭祀」。太阳变为谦卦时，相当于鸟，所以说「明夷飞翔」。天虽然亮了但太阳还没有升高，所以说「垂着翅膀」。又象征着太阳的运行，因此说「君子将要出奔」。当太阳刚刚离开地面时相当于第三位，因此说他「三天不吃东西」。离为火，艮为山。离是火，火烧山，山就会崩溃。艮对人来说就是语言，说别人的坏话就是谗言，所以说「有人离去，主人要说话」。这话必定是坏话。与离相配的是牛，社会动荡不安，谣言能够得逞，一旦得逞就会归于离，因此说「这个人叫牛」。谦就是不能满足，所以虽然能飞却又不能远飞，下垂就是飞不高，虽然有翅膀，但飞不太远，因此说「他或许能成为您的继承人」。您是次卿，但您的继承人却很难有好的结局。』

原文

楚子以屈申为贰于吴，乃杀之。以屈生为莫敖，使与令尹子荡如晋逆女。过郑，郑伯劳子荡于氾，劳屈生于菟氏①。晋侯送女于邢丘。子产相郑伯，会晋侯于邢丘。

公如晋，自郊劳至于赠贿，无失礼。晋侯谓女叔齐曰：『鲁侯不亦善于礼乎？』对曰：『鲁侯焉知礼？』公曰：『何为？自郊劳至于赠贿②，礼无违者，何故不知？』对曰：『是仪也，不可谓礼。礼所以守其国，行其政令，无失其民者也。今政令在家③，不能取也；有子家羁④，弗能用也；奸大国之盟，陵虐小国；利人之难⑤，不知其私；公室四分，民食于他⑥，思莫在公，不图其终。为国君，难将及身，不恤其所。礼之本末，将于此乎在⑦，而屑屑焉习仪以亟⑧。言善于礼，不亦远乎？』君子谓：『叔侯于是乎知礼。』

注释

①菟氏：郑地名，位于今河南尉氏县西北四十里。②郊劳：为迎宾礼仪，赠贿为送宾礼仪，昭公于此皆合宜。③在家：在私家。谓鲁国政权已掌握在卿大夫手中。④子家羁：人名，即懿伯。⑤利人之难：利用莒国动乱之机而取郸。⑥他：指季氏等三家。⑦于此乎在：『在于此乎』的倒装句。⑧屑屑焉：烦细忙碌不安的样子。亟：急。

译文

楚灵王认为屈申私下里勾结吴国，便把他杀了。然后任命屈生为莫敖，并命令他和令尹子荡到晋国迎亲。他们路过郑国时，郑简公在泛地慰劳子荡，在菟氏慰劳屈生。晋平公把女儿送到邢丘，子产陪同郑简公在邢丘接见了晋平公。

昭公前往晋国，从开始时的郊劳之礼直到结束时的赠礼，整个过程中一直都没有失礼的行为。晋平公对女叔齐说：『鲁侯看起来也很精通礼法吗？』女叔齐说：『鲁侯哪里懂得礼法呢？』晋平公说：『这是什么原因呢？从郊劳直到赠礼，没有任何一处违背礼仪，他为什么不懂礼法呢？』女叔齐说：『这只不过是仪式，不能算是礼法。礼法是用以保护国家推行政令，拥有百姓支持的工具。现在鲁国的政权旁落在大夫之手，国君无力收回；有子家羁这样的贤能之人却不能重用；违背和大国之间的盟约，同时又凌压小国；利用别国的动乱趁机侵略，却不知自己也身处困境；公室的军队一分为四，百姓凭仗三家大夫养活，臣民心中已经没有了君王的位置，君王自己也根本不再考虑后果。作为国君，祸难将要到来，却丝毫也不忧虑。礼法的根本和枝节都在这几个方面，而他却只忙于学习一些无关紧要的仪式。说他精通礼法，不是与现实相距太远了吗？』君子认为：『女叔齐在这个问题上是很懂得礼法的。』

原文

晋韩宣子如楚送女，叔向为介。郑子皮、子大叔劳诸索氏①。大叔谓叔向曰：『楚王汰侈已甚，子其戒之！』叔向曰：『汰侈已甚，身之灾也，焉能及人？若奉吾币帛，慎吾威仪；守之以信，行之以礼；敬始而思终，终无不复。从而不失仪，敬而不失威，道之以训辞②，奉之以旧法③，考之以先王，度之以二国，虽汰侈，若我何？』

注释

①索氏：地名，位于今河南荥阳县西。②训辞：前代圣人的言语。③旧法：故事、旧礼。

译文

晋国的韩起保护晋女前往楚国，叔向为副手。郑国的子皮、游吉在索氏迎接他们。游吉对叔向说：『楚王过于骄纵奢侈，您要格外当心！』叔向说：『骄纵奢侈过分了，只能是他个人的灾难，哪能拖累别人呢？只要我们进献贡礼，言行举止谨慎小心；严守信用，讲究礼仪；自始至终恭敬并且考虑周到，以后就都能够这么做。顺从而注意分寸，恭敬而有所节制，以先人的遗训为行动的标准，以传统的法度为行动的准则，参照先王的做法，衡量两个大国的力量，就算楚王奢侈过度，又能把我们怎么样？』

原文

及楚，楚子朝其大夫，曰：『晋，吾仇敌也。苟得志焉，无恤其他。今其来者，上卿、上大夫也。若吾以韩起为阍[1]，以羊舌肸为司宫[2]，足以辱晋，吾亦得志矣。可乎？』大夫莫对。薳启强曰：『可。苟有其备，何故不可？耻匹夫不可以无备，况耻国乎？是以圣王务行礼，不求耻人。朝聘有珪，享覜有璋[3]，小有述职[4]，大有巡功[5]。设机而不倚，爵盈而不饮，宴有好货，飧有陪鼎[6]，入有郊劳，出有赠贿，礼之至也。国家之败，失之道也，则祸乱兴。城濮之役，晋无楚备，以败于邲。邲之役，楚无晋备，以败于鄢。自鄢以来，晋不失备，而加之以礼，重之以睦，是以楚弗能报，而求亲焉。既获姻亲，又欲耻之，以召寇仇，备之若何？谁其重此[7]？若有其人，耻之可也。若其未有，君亦图之。晋之事君，臣曰可矣：求诸侯而麇至[8]；求昏而荐女，君亲送之，上卿及上大夫致之。犹欲耻之，君其亦有备矣。不然，奈何？韩起之下，赵成、中行吴、魏舒、范鞅、知盈；羊舌肸之下，祁午、张趯、籍谈、女齐、梁丙、张骼、辅跞、苗贲皇[9]，皆诸侯之选也[10]。韩襄为公族大夫，韩须受命而使矣；箕襄、邢带、叔禽、叔椒、子羽，皆大家也。韩赋七邑[11]，皆成县也[12]。羊舌四族[13]，皆强家也。晋人若丧韩起、杨肸[14]，五卿、八大夫辅韩须、杨石

⑮，因其十家九县，长毂九百⑯，其余四十县，遗守四千⑰，奋其武怒，以报其大耻。伯华谋之，中行伯、魏舒帅之，其蔑不济矣。君将以亲易怨，实无礼以速寇，而未有其备，使群臣往遗之禽⑱，以逞君心，何不可之有？』王曰：『不谷之过也，大夫无辱。』厚为韩子礼。王欲敖叔向以其所不知⑲，而不能，亦厚其礼。

注释

①阍：刖足使为守门人。②司宫：加宫刑使为阉臣。③享覜：宴享朝见。眺，见。④述职：诸侯朝见天子，陈述职事，称述职。⑤巡功：即巡狩。⑥飧：为熟食。陪鼎：另外增加的菜肴。⑦重此：任此，即承担此责任。⑧麋：通『群』。⑨祁午……苗贲皇：此八人为羊舌肸之下的贤大夫。⑩选：所选拔的良臣。⑪韩赋七邑：韩氏有七邑之赋。⑫皆成县也：这七邑皆为县。成，盛、大。⑬羊舌四族：指叔向及其兄弟伯华、叔鱼、叔虎。⑭杨肸：叔向采邑在杨，故又称杨肸。⑮韩须、杨石：韩须为韩起之子、杨石为叔向之子。⑯长毂：战车。⑰遗守：留守之兵车。⑱往遗之禽：送去做晋国的俘虏。⑲敖：同『傲』。

译文

他们到达楚国后，楚灵王召大夫们上朝。他说：『晋国是我们的敌人。假如我们能够在他们身上达到目的，其他就更没有什么可顾虑的了。如今他们派来的人是上卿和上大夫。如果我们砍掉韩起的双脚让他做看门人，再对叔向实施宫刑让他充当宦官，那么我们就能够羞辱晋国，从而满足我们的愿望。这样做可以吗？』大夫们都缄默无语。薳启强说：『我看可以。如果我们有足够的防备，有什么不可以吗？羞辱一个普通人尚且要有所防备，更何况侮辱一个国家呢？因此圣明的君王总要致力于推行礼法，而不追求羞辱他人。朝见聘问时手执玉珪，宴享时进贡玉璋，小国朝见大国叫述职，大国访问小国叫巡守。摆了桌子而不靠，斟满了酒杯却不喝，饮宴时要赠送礼品，吃饭时要添加菜肴，进入一个国家要举行郊劳之礼，离开一个国家又有赠礼的仪式，可以说这都是礼法的最佳表现形式。一个国家会失败的原因，就是因为失去了这些礼法，所以才导致祸乱的发生。城濮之战，晋国战胜了楚国之后没有提防，结果致使了邲之战的失败。楚国在邲地战役中取胜后也放松了警戒，结果造成鄢陵一虞的失败。自从鄢陵之战后，晋国一直对楚国严加防备，同时又以礼相待，重视两国的团结，因此楚国始终没有报仇雪耻的机会，而只能请求两国结亲通婚。即然已经结成了亲戚之国，却又要找机会羞辱对方，这就等于自树敌人，即使做好了防备又有什么用？谁又能完成这一重任呢？假如有人能胜此重任，那么可以羞辱他们。如果没有这样的人，就希望君王能认真思考。至于晋国事奉君王，我认为已经够可以的了：您想召集诸侯，他们便一刻不停地忙活起来；您想求婚让他们进献美女，他们的国君亲自送行，而且还由上卿和上大夫陪同前来。做到这些，居然还要侮辱他们，那么君王恐怕真要有充分的准备了。不这样，还能怎么办？晋国自韩起以下，卿还有赵成、荀吴、魏舒、范鞅、知盈；自叔向以下，大夫还有祁午、张趯、籍谈、女齐、梁丙、张骼、辅跞、苗贲皇，这些人全都是诸侯中的名臣良将。韩襄担任公族大夫，韩须奉命出使国外；箕襄、邢带、叔禽、叔椒、子羽也都是比较大的家族。韩氏征收赋税的七个城邑，都是晋国的大县。叔向四兄弟也是势力强盛的家族。晋国人一旦失去了韩起和叔向，五卿、八个大夫必然会帮助韩须、杨石，依靠他们十个家族九个县的力量，统率九百辆战车，另外其他四十县的四千辆战车镇守国内，他们必然一心御敌，拼死战斗，以雪洗奇耻大辱。有伯华策划，有荀吴和魏舒指挥，他们根本不会失败。这样一来，君王就是以亲善换来怨恨，以不守礼仪招来敌人，而又没有充分的准备，把群臣拱手送出去当俘虏，以满足君王的心愿，有什么不可以的呢？』楚灵王说：『这是我的错误，您不要再说了。』于是就送给韩起很多礼物。楚灵王本来还打算对叔向提出一些他不知道的问题为难他，但并未能难住叔向，最终只好也赏给他很多礼物。

原文

韩起反，郑伯劳诸圉①。辞不敢见，礼也。

郑罕虎如齐，娶于子尾氏。晏子骤见之②。陈桓子问其故，对曰：『能用善人，民之主也。』

夏，莒牟夷以牟娄及防、兹来奔③。牟夷非卿而书，尊地也。

莒人愬于晋，晋侯欲止公④。范献子曰：『不可。人朝而执之，诱也；讨不以师，而诱以成之，惰也。为盟主而犯此二者，无乃不可乎！请归之，间而以师讨焉。』乃归公。秋，七月，公至自晋。

莒人来讨，不设备。戊辰，叔弓败诸蚡泉⑤，莒未陈也。

冬，十月，楚子以诸侯及东夷伐吴，以报棘、栎、麻之役。薳射以繁扬之师⑥，会于夏汭。越大夫常寿过帅师会楚子于琐⑦。闻吴师出，薳启强帅师从之，遽不设备，吴人败诸鹊岸⑧。楚子以驲至于罗汭⑨。

注释

①圉：地名，位于今河南杞县南。②骤：屡。③牟娄及防、兹：皆为莒地。牟娄，在今山东诸城县西；防，在今山东安丘县西南；兹，在今山东诸城县北。④止公：扣留鲁昭公。⑤蚡泉：地名，在莒、鲁交界处。⑥繁扬：地名，位于今河南新蔡县境内。⑦琐：楚地，位于今安徽霍丘县东。⑧鹊岸：地名，位于今安徽无为县南到铝陵市北沿长江北岸地区。⑨罗汭：即汨罗江，位于今湖南汨罗市。

译文

韩起回国途中，郑简公又在圉地慰劳他。韩起以不敢让国君亲自慰劳为由推托了，这是合乎礼的。

郑国的子皮前往齐国，迎娶了子尾氏的女儿为妻。晏婴几次和他会面。陈桓子问这是为什么，晏婴说：『因为他能任用好人，是百姓真正的主人。』

夏季，莒国的牟夷带着牟娄和防地、兹地逃亡来到鲁国。牟夷并不是莒国的卿，但《春秋》却记载他的名字，这是由于对他带来的三处土地的重视。

莒国人到晋国指控鲁国收留了牟夷，晋平公本来准备要扣押昭公不让回国。范鞅说：『不能这么做。人家前来朝见，我们却把他逮了起来，这等于是引诱人家进入圈套；不用武力讨伐他，却采取设置骗局的方法来达到目的，这是一种低贱的行为。作为盟主却犯下这两条错误，可能不行吧！请让鲁君先回去，之后再发兵去攻打。』于是晋国便放昭公回国了。秋季，七月，昭公从晋国返回到国内。

莒国人发兵前来征讨，但他们并没有提防鲁国。十四日，叔弓领兵在蚡泉打败了他们，当时莒军还没有正式摆开阵势。

冬季，十月，楚灵王率领诸侯和东夷的军队出兵吴国，以报棘、栎、麻战役之仇。薳射率领繁扬的军队和楚灵王在夏汭会合。越国大夫常寿过率领军队在琐地和楚灵王会合。听说吴国军队出动了，薳启强便领兵追击，由于忙乱之中没有注意设防，结果在鹊岸被吴军打得落花流水。灵王乘驿车赶到罗汭。

原文

吴子使其弟蹶由犒师，楚人执之，将以衅鼓①。王使问焉，曰：『女卜来吉乎？』对曰：『吉。寡君闻君将治兵于敝邑，卜之以守龟②，曰：「余亟使人犒师，请行以观王怒之疾徐，而为之备，尚克知之③。」龟兆告吉，曰：「克可知也。」君若驩焉④，好逆使臣，滋敝邑休怠⑤，而忘其死，亡无日矣。今君奋焉⑥，震电冯怒⑦，虐执使臣，将以衅鼓，则吴知所备矣。敝邑虽羸，若早修完，其可以息师⑧。难易有备，可谓吉矣。且吴社稷是卜，岂为一人？使臣获衅军鼓，而敝邑知备，以御不虞，其为吉，孰大焉？国之守龟，其何事不卜？一臧一否⑨，其谁能常之？城濮之兆，其报在邲⑩。今此行也，其庸有报志⑪？』乃弗杀。

注释

①衅鼓：杀之以其血涂祭新鼓。②守龟：职掌龟卜者。③尚克知之：差不多能知道。④驩：同『欢』。⑤滋敝邑休怠：增益敝国懈怠之心。滋，增益也。⑥奋焉：勃然。⑦震电冯怒：雷霆盛怒。⑧息师：阻止、对抗楚军。⑨臧、否：吉、凶。⑩城濮之兆，其报在邲：城濮晋楚之战，楚卜吉，而实败，则此吉兆应验在邲之胜。报，报应。⑪其庸：反诘副词连用，岂。

译文

吴王余昧派他的弟弟蹶由前来慰劳楚军，楚国人把他抓了起来，打算杀了祭鼓。楚灵王派人问他：『你竟敢来到这里，来之前占卜的是吉卦吗？』蹶由回答说：『是吉卦。我们君王听说您打算攻打我国，就用国家的守龟占卜，并且说：「我准备迅速派人去犒劳楚军，以便趁机观察楚王的愤怒究竟到了什么程度，以便使我们做出相应的准备，希望能预知此行是吉是凶。」结果龟甲上显现的卦象是吉利，并且告诉我们：「可以预料有取胜的把握。」君王如果高兴地迎接使臣，麻痹我国从而使我们放松警戒，忘记死亡的威胁，那么我们就会很快灭亡。如今君王却龙颜大怒，又把使臣抓住，还打算杀掉祭鼓，这样一来，吴国就知道做好战斗准备了。我国虽然疲弱，但如果能尽早地加固城郭，整治武器，或许能够抵制楚军。无论是患难还是平安，只要事先有充分的准备，可以说都是吉利的。再说吴国占卜的是国家的吉凶，难道是一个人的吉凶吗？假如我被杀祭鼓，那么我国就会加强防备，来防备突来的袭击，这不是最大的顺心如意吗？国家的守龟有什么事不能占卜的？是吉是凶，谁能有把握会永远固定在一件事上呢？当年城濮之战时楚国占卜的吉兆却应验在郯之战中。我这次前来，难道会因为我的被杀而使吴国获胜吗？』因此楚灵王便决定不杀蹶由。

原文

楚师济于罗汭①，沈尹赤会楚子，次于莱山②。薳射帅繁扬之师先入南怀，楚师从之，及汝清。吴不可入。楚子遂观兵于坻箕之山③。

是行也，吴早设备，楚无功而还，以蹶由归。楚子惧吴，使沈尹射待命于巢，薳启强待命于雩娄，礼也④。

秦后子复归于秦⑤，景公卒故也。

注释

①济：渡水。②莱山：今河南光山南一百五十里的天台山。③观兵：阅兵。④礼也：设备以防吴，是合理的。⑤秦后子：昭公元年奔晋。

译文

楚军在罗汭渡过河去，沈尹赤和楚灵王聚合，驻扎在莱山。薳射率领繁扬的军队首先进入南怀，楚军随后也跟上了，行至汝清。因吴国已做好准备，所以没有办法进入。于是楚灵王便在坻箕之山检阅了军队。

这次军事行动，因为吴国已经做好了准备，因此楚军无功而返，只是把蹶由带了回来。楚灵王对吴国异常挂念，便派沈尹射在巢地待命，派薳启强在雩娄待命，这样防患于未然，是符合礼仪规矩的。

秦国的后子回到秦国，这是由于秦景公去世了。

昭公六年

原文

六年春，王正月，杞文公卒，吊如同盟，礼也。

大夫如秦，葬景公，礼也。

三月，郑人铸刑书①。叔向使诒子产书②，曰：『始吾有虞于子，今则已矣。昔先王议事以制③，不为刑辟④，惧民之有争心也。犹不可禁御，是故闲之以义⑤，纠之以政，行之以礼，守之以信，奉之以仁，制为禄位以劝其从⑥，严断刑罚以威其淫⑦。惧其未也⑧，故诲之以忠，耸之以行⑨，教之以务⑩，使之以和⑪，临之以敬，莅之以强，断之以刚。犹求圣哲之上⑫，明察之官⑬，忠信之长⑭，慈惠之师⑮，民于是乎可任使也，而不生祸乱。民知有辟，则不忌于上，并有争心，以征于书⑯，而徼幸以成之，弗可为矣。

『夏有乱政而作《禹刑》，商有乱政而作《汤刑》，周有乱政而作《九刑》⑰，三辟之兴，皆叔世也⑱。今吾子相郑国，作封洫⑲，立谤政⑳，制参辟㉑，铸刑书，将以靖民，不亦难乎？《诗》曰㉒：「仪式刑文王之德，日靖四方。」又曰：「仪刑文王，万邦作孚。」如是，何辟之有？民知争端矣㉓，将弃礼而征于书，锥刀之末㉔，将尽争之。乱狱滋丰，贿赂并行㉕，终子之世，郑其败乎！肸闻之，「国将亡，必多制」，其此之谓乎！』

注释

①铸刑书：将刑法铸于鼎上。②诒：送给。③议事以制：衡量事之轻重，据以断刑。议，度，量；制，断。④不为刑辟：不预先制定法律条文。刑辟，刑律。⑤闲之以义：用道义来防制。闲，防范、限制。⑥劝其从：勉励顺从者。⑦以威其淫：威胁那些放纵者。⑧未：未能奏效。⑨耸：奖励。⑩务：业务，专业。⑪使之以和：用和悦的

态度使用他们。⑫上：指执政的卿相。⑬官：指主事的官员。⑭长：指乡长。⑮师：为掌教化的老师。⑯征于书：引刑律条文为证。⑰乱政：违犯政令。⑱叔世：晚期衰世。⑲作封洫：事见襄公三十年传。⑳立谤政：指作丘赋，郑人谤之。见昭公四年传。㉑参辟：或指刑律的三种，或三项内容。参同三，辟，法。㉒《诗》曰：以下二句出自《周颂·我将》篇。仪、式、刑三字同义连用，义为效法。㉓争端：指刑书，即征于书。㉔锥刀之末：锥刀为刻字的工具，锥刀之末喻刑书的每字每句。㉕并：遍。

译文

六年春周历正月，杞文公去世。像对同盟的国家一样吊唁，这是合乎礼仪的。

大夫去到秦国，参加秦景公的葬礼，这是合乎礼法的。

三月，郑国把刑法浇铸在鼎上。叔向派人送给子产一封信，说：

『起初我对您抱有希望，现在没有了。从前先王衡量事情的轻重来判定罪刑，不制定刑法，这是害怕百姓有争夺之心的原因。还是不能禁止，因此用道义来防范，用政令来约束，用礼仪来奉行，用信用来维持，用仁爱来奉养；制定禄位，以勉励服从的人；严厉地判罪，以威胁放纵的人。还唯恐不能收效，所以用忠诚训诫他们，根据行为奖励他们，用专业知识技艺教导他们，用和悦使用他们，用严肃面对他们，用威严触及他们，用坚决的态度决定他们的罪行；还要访求智慧聪颖的卿相、明白事理的官吏、忠诚守信的乡长、慈祥和蔼的老师，百姓在这种情况下才可以使用而不发生祸乱。百姓了解有法律，就对上面不恭敬。大家都有抢夺的野心，征引刑法作为依据，而且侥幸得到成功，就不能治理了。

『夏朝有触犯政令的人，就制定《禹刑》；商朝有违犯政令的人，就制定《汤刑》；周朝有触犯政令的人，就制定《九刑》；三种法律的产生，都在很久以后了。现在您辅佐郑国，划定田界水沟，推行令人诅咒的政事，制定三种法律，把刑法铸在鼎上，计划用这样的办法安定百姓，不也是很难吗？《诗》说：「仿效文王的德行，每天抚定四方。」又说：「效法文王，万邦信赖。」像这样，有什么必要制定法律？百姓知道了争夺的依据，将会丢弃礼仪而征引刑书，每字每句，都要争个明白。触犯法律的案件更加繁多，贿赂到处使用。在您活着的时候，郑国估计是要衰败吧！肸听说「国家将要灭亡，必然多制定法律」，指的就是这个吧！」

原文

复书曰：「若吾子之言——侨不才，不能及子孙[①]，吾以救世也。既不承命，敢忘大惠？」

士文伯曰：「火见[②]，郑其火乎[③]！火未出而作火以铸刑器，藏争辟焉[④]。火如象之，不火何为？」

夏，季孙宿如晋，拜莒田也。晋侯享之，有加笾。武子退，使行人告曰：「小国之事大国也，苟免于讨，不敢求贶。得贶不过三献[⑤]。今豆有加，下臣弗堪，无乃戾也！」韩宣子曰：「寡君以为欢也。」对曰：「寡君犹未敢，况下臣，君之隶也，敢闻加贶？」固请彻加而后卒事。晋人以为知礼，重其好货。

宋寺人柳有宠，大子佐恶之。华合比曰：「我杀之。」柳闻之，乃坎、用牲、埋书，而告公曰：「合比将纳亡人之族[⑥]，既盟于北郭矣。」公使视之，有焉，遂逐华合比。合比奔卫。于是华亥欲代右师[⑦]，乃与寺人柳比[⑧]，从为之征[⑨]，曰：「闻之久矣。」公使代之，见于左师[⑩]，左师曰：「女夫也[⑪]，必亡！女丧而宗室，于人何有？人亦于女何有？《诗》曰：「宗子维城[⑫]，毋俾城坏[⑬]，毋独斯畏。」女其畏哉！」

注释

①及子孙：虑及子孙。②火见：大火星出现。③郑其火：郑国将发生火灾。火，火灾。④藏争辟：隐藏着刑律的

争端。⑤贶：赐。三献：献酒三次，为大夫应受之礼，季孙为卿，相当于大国之大夫，故言『不过三献』。⑥亡人：指出奔于陈的华臣。⑦华亥：华合比之弟。⑧比：勾结。⑨征：证。⑩左师：晋向戌。⑪女夫：轻视之词，亦作『而夫』。⑫宗子维城：见《大雅·板》。意为宗子好比卫护守族的城墙。⑬毋俾城坏：不要损坏城墙。

译文

子产覆信说：『按照您所说——侨没有才能，不能顾及到子孙，我是用来拯救当代的。既然不能接受您的命令，又岂敢忘了您的赐予？』

士文伯说：『大火星出现，郑国将要有火灾吧！大火星还没有出来，而使用火来浇铸刑器，包藏着引起争夺的法律。大火星假如象征这个，不引起火灾还干什么？』

夏，季孙宿去到晋国，目的是为了拜谢不讨伐占取莒国土田的缘故。晋侯设享礼款待他，有外加的菜肴。季孙宿退出，派行人报告说：『小国事奉大国，如果免于被讨伐，不敢多求封赏。得到赏赐也不超过三献。现在菜肴有所添加，下臣不敢当。这样恐怕是罪过吧！』韩宣子说：『寡君用它来讨取您的欢心。』季孙宿回答说：『寡君尚且不敢当，更何况下臣是君王的奴隶，岂敢听到有外加的封赏？』坚决请求撤去添加菜肴，然后结束享宴。晋国人认为他懂得礼法，在宴礼中重重地送给他财礼。

宋国的寺人柳受到宠信，太子佐厌恶他。华合比说：『我去将他杀了。』寺人柳听到了，就挖坑、杀牲口、把盟书放在牲口上埋起来，然后对宋公报告说：『合比准备接纳逃亡在外的人，已经在北边外城结盟了。』宋公命令人去看，有这回事，就驱赶了华合比。华合比逃亡到卫国。当时华亥想要将华合比的右师这一官职取而代之，就和寺人柳勾结，跟着为他作证，说：『这件事我也听到很长时间了。』宋公让他代替了华合比。华亥会见左师，左师说：『你这个人一定要逃亡！你毁坏你的宗族，对别人会如何？别人也会对你怎么样？《诗》说：「族长就是城墙，不要使城墙毁坏，不要使自己孤立而有所恐惧。」你大约会害怕的吧！」

原文

六月丙戌①，郑灾。

楚公子弃疾如晋，报韩子也。过郑，郑罕虎、公孙侨、游吉从郑伯以劳诸柤②。辞不敢见。固请见之，见。如见王，以其乘马八匹私面，见子皮如上卿③，以马六匹；见子产，以马四匹；见子大叔，以马二匹。禁刍牧采樵④，不入田，不樵树⑤，不采蓺⑥，不抽屋，不强匄⑦，誓曰：『有犯命者，君子废，小人降！』舍不为暴，主不慁宾⑧。往来如是，郑三卿皆知其将为王也⑨。

韩宣子之适楚也，楚人弗逆⑩。公子弃疾及晋竟，晋侯将亦弗逆。叔向曰：『楚辟我衷，若何效辟？《诗》曰：「尔之教矣，民胥效矣。」从我而已，焉用效人之辟？《书》曰：「圣作则⑪。」无宁以善人为则，而则人之辟乎？匹夫为善，民犹则之，况国君乎？』晋侯说，乃逆之。

注释

①丙戌：初七日。②柤：郑地，邻近郑都。③如上卿：如见楚上卿。④刍牧：割草放牧。⑤樵树：伐树为柴。⑥不采蓺：不采摘种植之蔬菜水果。蓺，今作『艺』，即蔬菜瓜果。⑦强匄：强行乞讨。匄同『丐』。⑧慁宾：不以宾为患。慁，忧，烦劳。⑨三卿：指罕虎、公孙侨、游吉。⑩弗逆：不郊迎。⑪圣作则：句出逸书。作则，做出准则。

译文

六月初七日，郑国发生火灾。

楚国的公子弃疾去到晋国，这是为了报答韩宣子的致送晋女。经过郑国，郑国的子皮、子产、子太叔跟从郑伯在柤地犒劳他。公子弃疾辞谢不敢见面。郑简公坚决要求，这才肯见面。进见郑简公好像进见楚王，用驾车的马八匹作为私人进见的贡献。进见子皮好像进见楚国的上卿，用马六匹；进见子产用马四匹；进见子太叔用马两匹。不允许割草放牧采摘砍柴，不进农田，不砍树木，不摘菜蔬，不拆毁房屋，不强行讨取。发誓说：『有违反命令的，君子撤职，小人降等！』寄住的时期不肆凶暴，主人不用过多地顾虑客人。前去和回来都像这样，郑国的三个卿都了解他将要做楚王了。

韩宣子去到楚国的时候，楚人不派人出来迎接。公子弃疾到达晋国国境，晋侯也准备不派人迎接。叔向说：『楚国不正派，我们正派。为什么去学不正派？《诗》说：「你的指示，百姓都要仿效。」根据我们自己的就可以了，哪里用得着学别人的不正派。《书》说：「圣人做出准则。」宁可把善人做准则，还是去效仿别人的不正派呢？一个普通人做好事，百姓还以他为标准，何况国君？』晋侯大悦，就派人迎接公子弃疾。

原文

秋，九月，大雩，旱也。

徐仪楚聘于楚[①]，楚子执之，逃归。惧其叛也，使薳泄伐徐。吴人救之。令尹子荡帅师伐吴，师于豫章[②]，而次于乾谿[③]。吴人败其师于房钟[④]，获宫厩尹弃疾[⑤]。子荡归罪于薳泄而杀之。

冬，叔弓如楚聘，且吊败也。

十一月，齐侯如晋，请伐北燕也。士匄相士鞅，逆诸河，礼也。晋侯许之。十二月，齐侯遂伐北燕，将纳简公。

晏子曰：『不入。燕有君矣，民不贰。吾君贿，左右谄谀，作大事不以信[⑥]，未尝可也！』

注释

①仪楚：徐国君主，此聘于楚国时或为太子。②师：出师。③乾谿：位于今安徽亳县东南七十里。④房钟：位于今安徽蒙城县西南。⑤宫厩尹：楚国官名。弃疾：斗韦龟的父亲。⑥作：起，兴。

译文

秋，九月，举行大的雩祭，这是因为发生了旱灾。

徐仪楚到楚国聘问，楚灵王捉拿他，他逃走回国。楚灵王担心他背叛，派薳泄攻打徐国。吴国人救援徐国。令尹子荡统领大军攻打吴国，在豫章发兵而住在乾谿。吴国人在房钟击败了令尹子荡的军队，捉拿了宫厩尹弃疾。子荡把罪过都推在薳泄身上而杀了他。

冬，叔弓去到楚国，聘问，同时借此慰问战争失败。

十一月，齐景公去到晋国，请求答应攻打北燕。士匄辅佐士鞅在黄河边上等候迎接，这是合于礼的。晋平公答应了。十二月，齐景公就攻打北燕，打算把燕简公送回去。晏子说：『简公送不回去的。燕国有了国君了，百姓没有二心。我们的国君贪财，左右的人阿谀奉承，办大事不依靠信用，所以还不可以呢！』

昭公七年

原文

七年春，王正月，暨齐平，齐求之也。癸巳[1]，齐侯次于虢[2]。燕人行成，曰：『敝邑知罪，敢不听命？先君之敝器，请以谢罪。』公孙皙曰[3]：『受服而退，俟衅而动，可也。』二月戊午[4]，盟于濡上[5]。燕人归燕姬，赂以瑶瓮、玉椟、斝耳[6]，不克而还。

楚子之为令尹也，为王旌以田。芋尹无宇断之，曰：『一国两君，其谁堪之？』及即位，为章华之宫，纳亡人以实之。无宇之阍入焉。无宇执之，有司弗与，曰：『执人于王宫[7]，其罪大矣。』执而谒诸王。王将饮酒，无宇辞曰：『天子经略[8]，诸侯正封[9]，古之制也。封略之内，何非君土？食土之毛，谁非君臣？故《诗》曰：「普天之下，莫非王土；率土之滨，莫非王臣。」天有十日[10]，人有十等，下所以事上，上所以共神也。故王臣公，公臣大夫，大夫臣士，士臣皂，皂臣舆，舆臣隶，隶臣僚，僚臣仆，仆臣台，马有圉[11]，牛有牧[12]，以待百事。今有司曰：「女胡执人于王宫？」将焉执之？周文王之法曰，「有亡，荒阅」[13]，所以得天下也。吾先君文王[14]，作《仆区》之法[15]，曰「盗所隐器[16]，与盗同罪」。所以封汝也[17]。若从有司，是无所执逃臣也。逃而舍之，是无陪台也[18]，王事无乃阙乎？昔武王数纣之罪，以告诸侯曰：「纣为天下逋逃主，萃渊薮[19]。」故夫致死焉[20]。君王始求诸侯而则纣，无乃不可乎？若以二文之法取之[21]，盗有所在矣。』王曰：『取而臣以往，盗有宠[22]，未可得也。』遂赦之。

注释

①癸巳：十八日。②虢：燕国边境城地，在今河北任丘县西北。③公孙皙：齐国大夫。④戊午：十四日。⑤濡上：濡上当在今任丘县西北。濡，水名。⑥瑶瓮：玉制酒器。玉椟：用玉石装饰的柜子。斝耳：两旁带耳的酒杯。

⑦执：指执无宇。⑧经略：经营疆界。经，计度，筹划，经营。略，界。⑨正封：治理封土。⑩天有十日：古人以天干记日，同甲至癸循环一次为十，称十日。⑪圉：为养马人。⑫牧：为养牛人。圉、牧均不在十等之列。⑬有亡，荒阅：奴隶中有逃亡者，大搜捕。荒，大。阅，搜索。⑭文王：指楚文王。⑮《仆区》之法：关于窝藏的法令。仆，隐，区，匿。⑯盗所隐器：隐匿盗贼的所得赃物。⑰封汝：扩张封疆至汝水。⑱陪台：逃亡复抓获的奴隶，在十等之下。⑲萃渊薮：聚集的渊薮。萃，集。渊，为鱼所藏处。薮，为兽所聚处。⑳夫致死焉：人们拼命攻打纣王。夫，人。㉑二文：周文王及楚文王。取之：逮捕盗贼。㉒盗有宠：楚王自指。

译文

七年春季，周历正月，北燕同齐国讲和，这完全是出于齐国的要求。十八日，齐景公前去北燕边境上的虢地，北燕派来人求和说：『我们国家已经认知自己的罪过了，怎么还敢不听从贵国的命令呢？请同意我们献上先君留下来的一些陈旧器物以此谢罪。』公孙皙对齐景公说：『我们现在暂时接受他们的归顺而退兵，等待时机再发兵，这样做是可以的。』二月十四日，双方结盟于濡水上。北燕人把燕姬嫁给齐景公，并且送给玉瓮、玉柜、玉斝等许多玉器，结果没有能够实现送燕公回国的目的就撤退了。

楚灵王当令尹的时候，曾经制作了一面国君才使用的旗子。他前去打猎时，芋尹无宇一剑将旗子的飘带斩断，并且说：『一个国家居然同时有两个君王，哪个能受得了？』等到灵王即位后，又建造了章华之宫，以便专门接收逃亡的人居住。无宇的守门人也逃到了宫里，无宇要进去把他捉回来，但管理章华之宫的官员不允许，并说：『在王宫里到处随便抓人，罪大恶极。』于是把无宇逮捕起来然后交给灵王。当时灵王正打算举行宴会，无宇申辩说：『天子治理天下，诸侯管理封地，这是自古以来的制度。封地之内，哪里不是君王的地盘？吃五谷杂粮的人，谁人不是君王的臣子？因此《诗》说：「普天之下没有一寸地方不是君王的土地；过境之内没有任何人不是君王的臣子。」天上有十个太阳，人也分为十等。地位卑微的人要事奉地位高贵的人，地位高贵的人要事奉神灵。所以天子以公侯为臣，公侯以大夫为臣，大夫以士为臣，士以皂为臣，皂以舆为臣，舆以隶为臣，隶以僚为臣，僚以仆为臣，仆以台为臣。马有马官，牛有牛官，各自担当其职责。如今官员却说：「你为什么要在王宫里随便抓人呢？」他逃到了王宫里面，我不去到王宫抓，又能到哪里去抓人呢？」周文王的法律规定：「因为有人逃亡，所以要四处搜索。」他因而得到了天下。我们先君楚文王曾经制定了惩罚藏匿犯罪的法律，规定：「隐藏盗贼的赃物，与盗贼同罪。」所以他的封地一直扩张到了汝水之滨。如果按照那一官员的话去做，那么就没有地方去抓获逃走的罪犯了。他想要逃跑就应让他逃跑，这就等于取消了陪台这一等人了。这样的话，君王的政策不是出现缺失了吗？过去武王向诸侯列举纣王的罪状时说：「纣成了天下逃犯的窝主，聚集的渊薮。」所以人们拼命攻打纣王。君王开始求取诸侯，却又效仿纣王的做法，恐怕行不通吧？如果以周文王和楚文王的法律来衡量，君王不也是盗贼了。』于是楚灵王便对无宇赦免了其罪行。

原文

楚子成章华之台，愿与诸侯落之[1]。大宰薳启强曰：『臣能得鲁侯。』薳启强来召公，辞曰：『昔先君成公[2]，命我先大夫婴齐曰[3]：「吾不忘先君之好，将使衡父照临楚国[4]，镇抚其社稷，以辑宁尔民。」婴齐受命于蜀[5]，奉承以来，弗敢失陨[6]，而致诸宗祧，曰我先君共王，引领北望，日月以冀，传序相授[7]，于今四王矣。嘉惠未至，唯襄公之辱临我丧。孤与其二三臣，悼心失图[8]，社稷之不皇，况能怀思君德？今君若步玉趾，辱见寡君，宠灵楚国，以信蜀之役，致君之嘉惠，是寡君既受贶矣，何蜀之敢望？其先君鬼神，实嘉赖之，岂唯寡君？君若不来，使臣请问行期[9]，寡君将承质币而见于蜀，以请先君之贶。』

公将往，梦襄公祖。梓慎曰⑩：『君不果行⑪。襄公之适楚也，梦周公祖而行。今襄公实祖，君其不行。』子服惠伯曰：『行！先君未尝适楚，故周公祖以道之；襄公适楚矣，而祖以道君。不行，何之？』

注释

①与诸侯落之：与诸侯同庆章华台之落成。②成公：鲁成公。③婴齐：楚令尹子重，为薳启强之先祖。④衡父：鲁成公之子公衡。⑤受命于蜀：指楚与鲁在蜀地结盟，自谦受鲁君之命。⑥失陨：失落，丢弃。⑦传序相授：世代相传。⑧悼心失图：心中摇摆，拿不定主意。⑨请问行期：请问会盟的日期。⑩梓慎：鲁大夫，善卜筮。⑪不果行：不能成行。

译文

楚灵王又动工兴建了章华之台，希望能和诸侯第一次在这里议事。太宰薳启强说：『我能够让鲁侯前来。』于是他就到鲁国去将昭公召请来，对昭公说：『从前贵国先君成公曾命令我们的先大夫婴齐说：「我绝对不会忘记先君建立的友好关系，打算派衡父前往楚国，以帮助他们安定国家，抚恤百姓。」婴齐在蜀地和贵国结盟后，我国就从那以后再没有背弃过，并且把盟约祭告了祖庙。过去我们先王共王常常引颈北望，每日每月都在盼望鲁国能派人前来，世世代代都能这样，到如今已经是第四代了。但仍然没得到贵国的恩赐，只有襄公曾因先君康王的丧事到过楚国一趟。那个时候君王郏敖和群臣痛苦万分，六神无主，根本顾不上国家，哪里还能顾得上好好地招待襄公呢？现在如果君王能屈尊大驾而来，朝见寡君，赐给楚国洪福，以现实的行动来继续蜀地结下的盟誓，体现君王的恩惠，那么，寡君就十分感激了，哪里还敢希望能像蜀地结盟时那样请贵国留下人质呢？这样一来，就算是我国先君的神灵也会赞成这种做法，又哪里仅仅是我们君王？君王要是不来，那么我想请问您打算何时出兵抵抗我国的攻打呢？我们君王将会带着进献的礼物和您在蜀地会见，以感谢贵国先君成公的恩赐。』

昭公正打算前往楚国朝见，当天夜里梦见襄公为他出访祭祀。梓慎说：『君王是不能去楚国的。从前襄公去楚国时，曾梦见周公为他祭祀路神才去了楚国。如今只是襄公为您祭祀，君王还是不去为好。』子服惠伯说：『要去！先君没有到楚国去过，因此周公祭祀路神为他引路；襄公已经去过楚国了，因此就祭祀路神为君王引路。不到楚国去，要去哪里呢？』

原文

三月，公如楚，郑伯劳于师之梁①。孟僖子为介，不能相仪②。及楚，不能答郊劳。

夏，四月甲辰朔，日有食之。晋侯问于士文伯曰：『谁将当日食③？』对曰：『鲁、卫恶之④，卫大鲁小。』公曰：『何故？』对曰：『去卫地，如鲁地⑤。于是有灾，鲁实受之。其大咎，其卫君乎！鲁将上卿。』公曰：『《诗》所谓「彼日而食，于何不臧」者，何也？』对曰：『不善政之谓也。国无政，不用善，则自取谪于日月之灾。故政不可不慎也。务三而已：一曰择人，二曰因民，三曰从时。』

晋人来治杞田，季孙将以成与之⑥。谢息为孟孙守，不可。曰：『人有言曰：「虽有挈瓶之知⑦，守不假器，礼也」。夫子从君⑧，而守臣丧邑⑨，虽吾子亦有猜焉。』季孙曰：『君之在楚，于晋罪也。又不听晋，鲁罪重矣。晋师必至，吾无以待之，不如与之，间晋而取诸杞。吾与子桃⑩，成反，谁敢有之？是得二成也。鲁无忧而孟孙益邑，子何病焉？』辞以无山，与之莱、柞⑪，乃迁于桃。晋人为杞取成。

注释

①师之梁：郑都西门。②不能相仪：不能辅助昭公行礼仪。③当日食：承当日食的灾祸。古人迷信，以日食为

上天的谴责。④恶之：受其凶恶。⑤去卫地，如鲁地：日食开始时先在卫地分野，后在鲁地分野结束。古以天空星宿分为十二次，配属于各国，用来占卜吉凶，名曰分野。⑥成：本为杞田，后为孟氏邑。⑦挈瓶之知：喻小智小惠。挈瓶，即垂瓶者，汲水者。⑧夫子从君：夫子，指孟僖子。从君，从公如楚。⑨守臣：谢息自指。⑩桃：地名，在今山东汶上县东北三十五里之桃乡。⑪莱、柞：二山名，位于山东莱芜县境内。

译文

三月，昭公前往楚国。途中经过郑国时，郑简公在郑都的师之梁城门为昭公接风洗尘，那个时候孟僖子是昭公的副手，但他不懂得礼仪，到楚国后，也不能对楚国的郊劳礼仪进行答谢。

夏季，四月初一日，鲁国发生了一次日食。晋平公问士文伯：『谁将遭受这次日食的灾祸呢？』士文伯说：『鲁国、卫国将遭受这次灾祸，不过卫国更为严重，鲁国较轻。』晋平公说：『这是为什么？』士文伯说：『日食首先是从卫国那里开始，太阳刚运行到鲁国就结束了。因此真要有灾害产生，鲁国也会受到波及。大的灾祸要降到卫国国君身上，鲁国的灾祸将要降到上卿身上。』晋平公说：『《诗》所说的「那个太阳发生了日食，是何等地不吉利啊」，是什么意思？』士文伯说：『说的是关于不推崇善政。国家不推崇善政，不任用善人，就会导致日食月食造成的灾祸，所以为政不能不加倍小心。只要努力做到三点就行了：一是选拔人才，二是实实在在为百姓着想，三是顺应时令。』

晋国命人来鲁国划定杞国的田界，季孙准备把成地送给他们。谢息作为孟孙任命的成宰坚决反对这么做，他说：『人们说：「就算只有小智小慧，只要守住器物不借他人，也是符合礼法的。」我的主人孟孙目前正随君王前往楚国，而我却把他的城邑丢掉了，即使是您也会疑心我不忠的。』季孙说：『君王去楚国对晋国来说就是罪过，如果再不听从晋国的话，鲁国的罪过就更严重了，晋军一定会前来攻打，我们没有办法抵抗，莫不如把成地送给他们，等以后有机会了再从杞国收回来。我暂且把桃地给你作为补偿，等将来收回成地时，不给你还能交给谁呢？这样你就等于得到了两个成地。这样一来，鲁国便消除了忧患，而孟孙又增加了城邑，你还忧虑什么？』谢息以桃地无山为理由仍不答应，于是季孙又给他增加了莱山和柞山，谢息这才从成地迁到了桃地。因而晋国人为杞国收回了成地。

原文

楚子享公于新台[1]，使长鬣者相[2]。好以大屈。既而悔之。薳启强闻之，见公。公语之，拜贺。公曰：『何贺？』对曰：『齐与晋、越欲此久矣。寡君无适与也，而传诸君。君其备御三邻[3]，慎守宝矣，敢不贺乎？』公惧，乃反之。

郑子产聘于晋。晋侯有疾。韩宣子逆客，私焉，曰：『寡君寝疾，于今三月矣，并走群望[4]，有加而无瘳，今梦黄熊入于寝门，其何厉鬼也？』对曰：『以君之明，子为大政，其何厉之有？昔尧殛鲧于羽山，其神化为黄熊，以入于羽渊[5]，实为夏郊，三代祀之。晋为盟主，其或者未之祀也乎！』韩子祀夏郊[6]。晋侯有间，赐子产莒之二方鼎。

注释

①新台：指章华台。②长鬣：指高大强壮。鬣，即长胡须。③三邻：指齐、晋、越三邻国。④并走群望：晋所望祀山川，皆前往祈祷。望，即望祭。⑤羽渊：羽山之水汇集处。⑥祀夏郊：在郊祭时以夏鲧配享。

译文

楚灵王在章华台大摆宴席招待昭公，让一个高大健壮的人作为相礼。宴会上楚灵王赠与昭公一把大屈弓，但没多久他就后悔了。薳启强得知这件事以后前去进见昭公。昭公和他说起这件事，薳启强便下拜向昭公表示祝贺。昭公说：『为什么要祝贺呢？』薳启强答道：『齐国与晋国、越国早就想得到这把弓，我们君王不给他们，可是偏偏给了您。您趁早准备好抵抗三个邻国的侵略吧，小心地把这件无价之宝保护好。这还不值得祝贺吗？』昭公一听害怕了，急忙把弓交还给楚灵王。

郑国的子产来到晋国聘问，正遇上晋平公患病，韩起迎接子产时，暗地对他说：『我们君王卧病在床已经长达三个月了，在此期间凡是应祭祀的神灵都祭祀过了，但病情仍旧只见加重不见减轻。今天他又做梦见到有一只黄熊来到门口，这是什么恶鬼呢？』子产说：『依贵国君王的英明，再加上有您执政，能有什么恶鬼？以前尧在羽山杀死了鲧，鲧的灵魂变成了一只大黄熊，进入了羽渊，从此鲧就成为夏朝郊祭的对象，夏、商、周三代都为他祭祀。晋国作为盟主，或者是没有祭祀他才导致君王生病吧！』因此韩起连忙祭祀鲧。后来果然晋平公的病情稍有好转，于是晋平公把莒国的两件方鼎赐给了子产。

原文

子产为丰施归州田于韩宣子[1]，曰：『日君以夫公孙段为能任其事，而赐之州田。今无禄早世[2]，不获久享君德。其子弗敢有，不敢以闻于君，私致诸子。』宣子辞。子产曰：『古人有言曰：「其父析薪[3]，其子弗克负荷。」施将惧不能任其先人之禄，其况能任大国之赐？纵吾子为政而可，后之人若属有疆埸之言，敝邑获戾，而丰氏受其大讨。吾子取州，是免敝邑于戾，而建置丰氏也[4]。敢以为请。』宣子受之，以告晋侯。晋侯以与宣子，宣子为初言，病有之，以易原县于乐大心[5]。

郑人相惊以伯有[6]，曰：『伯有至矣[7]！』则皆走，不知所往。铸刑书之岁二月，或梦伯有介而行[8]，曰：『壬子[9]，余将杀带也[10]。明年壬寅[11]，余又将杀段也。』及壬子，驷带卒。国人益惧。齐、燕平之月壬寅[12]，公孙段卒。国人愈惧。其明月[13]，子产立公孙泄及良止以抚之[14]，乃止。子大叔问其故，子产曰：『鬼有所归，乃不为厉，吾为之归也。』大叔曰：『公孙泄何为？』子产曰：『说也。为身无义而图说，从政有所反之，以取媚也。不媚，不信。不信，民不从也。』

注释

①丰施：郑公孙段长子。②禄：福。早世：早死。公孙段死于本年正月。③析薪：劈柴。此喻勤劳创业。④建置：扶持。⑤乐大心：宋大夫。⑥伯有：郑前任执政，作乱被杀。⑦伯有至矣：伯有之鬼魂来了。⑧介而行：披甲而行。介，披甲。⑨壬子：昭公六年三月二日。⑩带：驷带，助子皙杀伯有。⑪壬寅：昭公七年正月二十七日。⑫齐、燕平之月：即昭公七年正月。⑬其明月：即公孙段死第二月。⑭公孙泄、良止：公孙泄为子孔之子。良止为伯有之子。

译文

子产由于公孙段已经去世而替丰施把州田还给了韩起，并说：『过去君王认为公孙段能继承父亲的事业而把州田赐给了他。现在他不幸早逝，不能再继续享有君王的恩德。他的儿子没敢将这块田地独自占有，也不敢面奏君王，只能让我私下把地还给您。』韩起坚决推辞不要，子产说：『古人有句话说：「父亲砍好了柴，儿子却不能扛。」丰施生怕不能继承他先人的禄位，如何还谈得上接受大国的恩赐呢？在您执政期间他倒可以免于其罪过，但后来的人如果遇到领土纠纷的问题时，那样的话，我们国家可就要获罪了，丰氏也将会受到严厉的惩罚。您把州地收回，是使我国免于罪过，同时也是对丰氏的扶持。所以我特意向您提出这一请求。』这样韩起才接受了州地，并且告诉了晋平公，平公便把州地赐给了韩起。韩起回忆起原先和赵武争夺州地的话，感到心中惭愧，便用州地和乐大心将原县交换了。

郑国人经常以伯有的鬼魂来互相恐吓：『伯有来了！』于是大家便四处逃跑，也不知道要躲到什么地方去。把刑法铸到鼎上的那一年，也就是去年的二月，有人梦见伯有身穿皮甲走来，并且说：『到三月二日，我要把驷带杀死。到明年正月二十七日，还要杀死公孙段。』果然，到了去年三月二日，驷带被杀死了，国都的人越发恐惧起来。齐国和北燕讲和那个月，也就是今年的正月二十七日，公孙段也死了，人们更加忐忑不安。直到公孙段死后第二个月，子产立了子孔的儿子公孙泄和伯有的儿子良止为大夫，这样才使得伯有的鬼魂得到了安抚，他才结束了作怪。游吉问这是什么原因，子产说：『鬼魂只有有了归宿，他才不会变成恶鬼兴妖作怪，如今我为他找到了安身之处。』游吉又问：『为何还要立公孙泄为大夫呢？』子产说：『这是为了获得国人的欢心。伯有、子孔两人都从不施行道义而只有一人兴妖作怪，企图让立良止为大夫，本来公孙泄和良止都不应被立为大夫，但为了对伯有有所安抚，如果仅仅立了良止一人，就背离了礼法。与此同时把子孔的儿子公孙泄也立为大夫，是为了取得国人的欢心。要是得不到国人的支持，就得不到他们的信任，得不到信任，他们就不会服从。』

原文

及子产适晋，赵景子问焉[1]，曰：『伯有犹能为鬼乎？』子产曰：『能。人生始化曰魄，既生魄，阳曰魂。用物精多[2]，则魂魄强，是以有精爽，至于神明。匹夫匹妇强死，其魂魄犹能冯依于人[3]，以为淫厉，况良霄[4]，我先君穆公子之胄，子良之孙[5]，子耳之子[6]，敝邑之卿，从政三世矣。郑虽无腆，抑谚曰「蕞尔国[7]」，而三世执其政柄，其用物也弘矣，其取精也多矣，其族又大，所冯厚矣，而强死，能为鬼，不亦宜乎！』

子皮之族饮酒无度，故马师氏与子皮氏有恶。齐师还自燕之月，罕朔杀罕魋。罕朔奔晋。韩宣子问其位于子产。子产曰：『君子羁臣[8]，苟得容以逃死，何位之敢择？卿违，从大夫之位。罪人以其罪降，古之制也。朔于敝邑，亚大夫也；其官，马师也。获戾而逃，唯执政所置之。得免其死，为惠大矣，又敢求位？』宣子为子产之敏也，使从嬖

大夫。

注释

①赵景子：赵武之子晋中军佐赵成。②用物精多：用以滋养形体、精神之物精美丰富，则身体强壮精神健旺。③冯依于人：凭借依附在他人身上。④良霄：即伯有。⑤子良：公子去疾。⑥子耳：公孙辄。⑦蕞尔：小小的。⑧羁臣：羁旅之臣。

译文

等到子产到了晋国，赵成还对这件事进行询问。他说：『伯有还会兴妖作怪吗？』子产说：『会的。人在刚死去的时候叫魄，变成魄之后，阳气就叫魂。生前衣食精美丰富住所富丽堂皇，魂魄就强大有力，所以他就精神抖擞以至接近神灵。就算普通的人意外死亡，他的魂魄尚且要依附到人的身上兴妖作怪，况且伯有是我们先君穆公的后代，子良的孙子，子耳的儿子，我国的卿，而且参与国家政事已有三代了呢。郑国虽然只是一个弱小国家，但俗话说：「再小也是一个国家。」伯有三代掌握政权，在这期间使用了很多东西，摄取的精华也很多，再加上他的家族又非常庞大，依赖的势力雄厚，又是被强行杀死的。这样一来，他兴妖作怪不也是理所当然的吗？』

子皮的族人一向是喝起酒来就丝毫没有节制，马师罕朔很厌恶他们，所以两家关系一直不好。齐军从北燕回去的那个月也就是今年的二月，罕朔将罕魋杀了，然后逃亡到了晋国。韩起就怎样安排罕朔征求子产的意见。子产说：『他作为君王的一个逃亡之臣，能幸免一死就是求之不得了，哪里还希望能得到什么官位？如果是卿离开本国，那么降位一等，还可以享受大夫的待遇。要是他是罪人，就要根据所犯罪行的轻重判决应降的等级，这是自古以来的制度。罕朔在我们国家的爵位是亚大夫，官职是马师。他犯罪以后逃到贵国，听凭您的处置，能免他一死，就是最大的恩惠了，哪里还敢要求什么官位？』韩起认为子产的回答十分恰当，便只把罕朔降了一级，为籔大夫。

原文

秋，八月，卫襄公卒。晋大夫言于范献子曰：『卫事晋为睦，晋不礼焉，庇其贼人而取其地[①]，故诸侯贰。《诗》曰：「鹡鸰在原，兄弟急难。」又曰：「死丧之威，兄弟孔怀。」兄弟之不睦，于是乎不吊；况远人，谁敢归之？今又不礼于卫之嗣，卫必叛我，是绝诸侯也。』献子以告韩宣子。宣子说，使献子如卫吊，且反戚田[②]。

卫齐恶告丧于周，且请命。王使成简公如卫吊，且追命襄公曰：『叔父陟恪[③]，在我先王之左右，以佐事上帝。余敢高圉、亚圉[④]？』

注释

①庇其贼人而取其地：指庇护孙林父而取戚地。②反戚田：归还戚田给卫国。③陟恪：升天。④高圉、亚圉：均为周朝先代、殷时贤诸侯。

译文

秋季，八月，卫襄公死。晋国的大夫对士鞅说：『卫国事奉晋国一向赤胆忠心，但晋国却对卫国不够礼貌，保护他们的罪人孙林父，又把卫国的土地夺取了，因此使诸侯对晋国存有二心。《诗》说：「鹡鸰鸟在原野上飞翔，遇到危急互相救助。」又说：「死亡是何等恐惧，兄弟之间要互相关怀。」兄弟相互之间不和睦，彼此就不能亲近，更何况是没有血缘关系的人呢，谁还敢对晋国顺从呢？如今不派人去卫国吊唁，就是对卫国新君的轻视，卫国必定会背叛我们，这样也势必会将诸侯和我们的来往断绝。』士鞅把这话转告了韩起，韩起非常高兴，便派士鞅前去卫国吊唁，并且还把戚地还给了卫国。

卫国的齐恶到周王室报告丧事，同时恳请对卫襄公赐命。周天子派成简公前去卫国吊唁，并且追命卫襄公说："但愿叔父升天之后，能陪伴在先王左右，以辅佐事奉上帝。我岂敢忘记先祖高圉和亚圉呢？"

原文

九月，公至自楚。孟僖子病不能相礼①，乃讲学之，苟能礼者从之②。及其将死也，召其大夫，曰："礼，人之干也。无礼，无以立。吾闻将有达者曰孔丘③，圣人之后也，而灭于宋。其祖弗父何，以有宋而授厉公④。及正考父佐戴、武、宣⑤，三命兹益共⑥，故其鼎铭云："一命而偻，再命而伛，三命而俯。循墙而走，亦莫余敢侮。饘于是⑦，鬻于是⑧，以糊余口。"其共也如是。臧孙纥有言曰："圣人有明德者，若不当世，其后必有达人。"今其将在孔丘乎！我若获没，必属说与何忌于夫子，使事之，而学礼焉，以定其位。"故孟懿子与南宫敬叔师事仲尼⑨。仲尼曰："能补过者，君子也。《诗》曰："君子是则是效。"孟僖子可则效已矣。"

单献公弃亲用羁。冬，十月辛酉，襄、顷之族杀献公而立成公⑩。

注释

①病不能相礼：担忧不精通礼仪而不能助君行礼。病，担忧、苦恼。②能礼者：精通礼仪者。③达：得志。④有宋：据有宋国，即做国君。⑤戴、武、宣：三人皆宋君。⑥三命兹益共：三命，即上卿。兹益，同义词连用，更加。共，同"恭"。⑦饘：稠粥。⑧鬻：稀粥。⑨孟懿子、南宫敬叔：孟僖子二子。孟懿子即何忌，南宫敬叔即说。⑩成公：献公之弟。

译文

九月，昭公从楚国归来，孟僖子对自己不懂外交礼仪十分惭愧，于是便开始努力学习，只要有人懂得礼仪，他就向那个人虚心请教，直到他快要死去时，还把手下的大夫召集起来说：『礼法是一个人安身立命的根本，不懂礼法就没有办法立身。我听说有一个将要显达的人名叫孔丘，他是圣人的后代。他的家族在宋国被灭亡，他的祖父弗父何是宋缗公的儿子，本来应被立为国君，可是他让给了宋厉公。弗父何的曾孙正考父辅佐戴公、武公和宣公，身为上卿，他的地位越显贵，言行就越发恭敬，因此他庙中的鼎铭写道：「当大夫时走路低着头，当正卿时走路躬着身，而当上卿时走路深深弯下腰。顺着墙根快步走，也没有人敢欺侮我。我在鼎里煮干饭煮稀粥，勉勉强强能够糊口。」他是这样恭敬。臧孙纥有句话说：「圣人只要有光明的德行，就是不当国君，他的后代也必然显贵通达。」如今这句话将要应在孔丘身上吧！假如我能得以善终，就必须要把何忌和南宫敬叔托付给他，让他们跟着学习礼法，从而决定他们在国家政治生活中的地位。』所以后来孟懿子和南宫敬叔就投到孔子门下当了学生。孔子说：『能自觉对自己的过失进行弥补，还能算是个君子。《诗》说：「君子非常值得人们效法和学习。」孟僖子可以作为人们学习和效法的榜样吧。』

单献公对自己的亲族不加重用，却格外重用来自国外的客卿。冬季，十月二十日，襄公、顷公的族人杀了献公，然后立了他的弟弟成公。

原文

十一月，季武子卒。晋侯谓伯瑕曰[1]：『吾所问日食，从之。可常乎[2]？』对曰：『不可。六物不同[3]，民心不壹[4]，事序不类[5]，官职不则[6]，同始异终，胡可常也？《诗》曰：「或燕燕居息，或憔悴事国。」其异终也如是。』公曰：『何谓六物？』对曰：『岁、时、日、月、星、辰是谓也。』公曰：『多语寡人辰，而莫同。何谓辰？』对曰：『日月之会是谓辰，故以配日。』

注释

①伯瑕：即士文伯。②常：常以此占卜。③六物不同：即时间不同。六物，指岁、时、日、月、星、辰，皆指时间。④民心不壹：民所受政权不同而思想各异。⑤事序不类：事变发生顺序不同。⑥官职不则：治官居职各有其法，无统一规则。

译文

十一月，季武子死去。晋平公对士文伯说：『我以前问起的有关日食的情况，如今都得到应验了。对什么事情都能做出这样准确的推断吗？』士文伯说：『不能。六种事物各不相同，百姓愿望也不统一，事情的顺序不完全一样，官员的贤能与否也各有不同，开始可能一样，但结局却大相径庭，怎么能都作出推断呢？《诗》说：「有人舒舒服服在家休息，有人却终日奔波忙碌为国操心。」结局的不同是这样明显。』晋平公问：『六物是什么？』士文伯说：『六物就是岁、明、日、月、星、辰。』晋平公说：『有很多人和我谈起辰，但说法各不相同，究竟什么是辰呢？』士文伯说：『日月相会就是辰，所以它被用来纪日。』

原文

卫襄公夫人姜氏无子，嬖人婤始生孟絷[1]。孔成子梦康叔谓己[2]：『立元，余使羁之孙圉与史苟相之。』史朝亦梦康叔谓己：『余将命而子苟与孔烝鉏之曾孙圉相元。』史朝见成子，告之梦，梦协。晋韩宣子为政聘于诸侯之岁，婤始生子，名之曰元。孟絷之足不良能行。孔成子以《周易》筮之，曰：『元尚享卫国，主其社稷。』遇屯䷂[3]。又曰：『余尚立絷，尚克嘉之。』遇屯䷂之比䷇[4]。以示史朝，史朝曰：『元亨，又何疑焉？』成子曰：『非长之谓乎？』对曰：『康叔名之，可谓长矣。孟非人也，将不列于宗，不可谓长。且其繇曰：「利建侯。」嗣吉，何建？建非嗣也。二卦皆云，子其建之！康叔命之，二卦告之，筮袭于梦，武王所用也，弗从何为？弱足者居[5]，侯主社稷，临祭祀，奉民人，事鬼神，从会朝，又焉得居？各以所利，不亦可乎？』故孔成子立灵公。十二月癸亥，葬卫襄公。

注释

①嬖人：受宠爱的人，指姬妾。②孔成子：卫国卿，即下文的孔烝鉏。康叔：卫国始祖。③屯：卦名，《周易》六十四卦之第三，卦象为下震上坎。④比：卦名，《周易》六十四卦之第八。卦象为下坤上坎。⑤弱足者居：足跛不能行，宜居于家中。

译文

卫襄公的夫人姜氏没有儿子，可是襄公的宠姬婤姶却生了儿子孟絷。孔成子做梦见到康叔对自己说：『要立元为国君，我将会让羁的孙子圉和史苟辅佐他。』史朝也梦见康叔对自己说：『我将令你的儿子史苟和孔烝鉏的曾孙圉辅佐元。』史朝见到成子后，把梦中的情况如实告诉了他，最终发现两人的梦竟是如此相同。晋国的韩起开始当政遍访各国的那一年，也就是鲁昭公二年，接着婤姶又生了一个儿子，起名为元。孟絷的脚有病，对走路有影响。孔成子用《周易》为他占筮，筮辞是：『元渴望得到国家，执掌国政。』得到屯卦，卦辞说：『我希望立絷，期望能得到帮助。』得到屯卦又变成比卦。把结果拿出来交给史朝看，史朝解释说：『元将享有国家，还怀疑什么呢？』成子说：『「元」字不是指年长的人吧？』史朝说：『康叔起的名字，可以说元就是年长的人了。孟絷不是这样的人，他不能名列在宗主之中，不可能说他年长。再说繇辞表明：「利建侯。」要是孟絷继位吉利，是嗣位，还建立什么侯？既然说是建侯，理所当然就不应该是嗣位。两个卦象都这么说，您还是立他为好！既然康叔下达了命令，两个卦象也告诉了我们，占筮和梦境完全吻合，这也是以前武王所经历过的，为什么还不听从呢？脚有毛病只适合守在家里。而君王

霁雪图　明·谢时臣

此图绘武当紫霄宫大雪初晴的壮丽景色。画中冈岭雄踞，乔松挺立，幽谷森奥，流泉湍激，山道上，有坐轿骑马者，冒风匆行。而紫霄宫则在群峰环抱之中，院内亭台回廊，错落有致。树石画法有『浙派』遗韵，皴法则近似『董巨』的条子皴。两种不同的风格，在作者笔下却得到了和谐统一。全幅构图繁复精细，色彩浓淡相宜，笔墨刚劲和婉。

要掌管国家，亲临祭祀，奉养百姓，事奉鬼神，参加会盟朝见，怎么能够闲得住呢？所以让他们两人分别发挥自己的特长，不是很好的解决办法吗？』因此，孔成子立了元为国君，即卫灵公。十二月二十三日，安葬了卫襄公。

昭公八年

原文

八年春，石言于晋魏榆[①]，晋侯问于师旷曰：『石何故言？』对曰：『石不能言，或冯焉[②]。不然，民听滥也[③]。抑臣又闻之曰：「作事不时[④]，怨讟动于民[⑤]，则有非言之物而言。」今宫室崇侈，民力凋尽，怨讟并作，莫保其性。石言，不亦宜乎？』于是晋侯方筑虒祁之宫[⑥]，叔向曰：『子野之言[⑦]，君子哉！君子之言，信而有征[⑧]，故怨远于其身。小人之言，僭而无征[⑨]，故怨咎及之。《诗》曰：「哀哉不能言，匪舌是出，唯躬是瘁。哿矣能言，巧言如流，俾躬处休。」其是之谓乎！是宫也成，诸侯必叛，君必有咎，夫子知之矣。』

陈哀公元妃郑姬，生悼大子偃师[⑩]，二妃生公子留，下妃生公子胜[⑪]。二妃嬖，留有宠，属诸司徒招与公子过[⑫]。哀公有废疾[⑬]。三月甲申[⑭]，公子招、公子过杀悼大子偃师，而立公子留。

注释

①魏榆：晋地，位于今山西榆次县西北。②或冯：有所凭借。冯，凭依。③滥：失实。④作事不时：兴土木不在农闲之时。⑤怨讟：怨恨抱怨。⑥虒祁之宫：宫名，在今山西侯马市附近。⑦子野：师旷字。⑧信而有征：诚实而有证据。⑨僭而无征：虚假而无信。⑩悼：偃师的谥号。⑪下妃：三妃。⑫司徒招、公子过：二人皆哀公弟。⑬废疾：久治不愈之症。⑭甲申：十六日。

译文

八年春，在晋国的魏榆忽然间有石头说话。晋侯向师旷探听说：『石头为什么说话？』师旷回答说：『石头不会说话，有东西凭借着它。要不然，就是百姓听错了。下臣又听说：「做事情不合时令，怨恨诽谤在百姓中时有发生，就有不能说话的东西也能会说话。」如今宫室高大奢侈，百姓的财力耗尽，怨恨诽谤一齐涌出去，没有人能确保自己的生活，石头说话，不也是非常合适的吗？』当时晋侯正在建造虒祁之宫，叔向说：『子野的话真是君子啊！君子的话，诚实并且有根据，所以怨恨远离他的身体。小人的话，虚伪并且没有依据，所以怨恨灾祸来到他身上。《诗》说：「不会说话是何等的伤心，话从他舌头上出来，只能劳累他自己。会说话多么美好，漂亮话就好像流水，使他自己安居休息。」其指的就是这个吧！这座宫殿落成，诸侯肯定背叛，国君肯定有灾殃，他老人家已经明白这一点了。』

陈哀公的第一夫人郑姬生了悼太子偃师，后来第二夫人生了公子留，第三夫人生了公子胜。第二夫人受到宠幸，公子留得宠，哀公将他托付给司徒招和公子过。哀公患有长期不愈的严重疾病，三月十六日，公子招、公子过将悼太子偃师杀了而立公子留做了太子。

原文

夏，四月辛亥①，哀公缢②。干徵师赴于楚③，且告有立君。公子胜愬之于楚。楚人执而杀之。公子留奔郑。书曰『陈侯之弟招杀陈世子偃师』，罪在招也；『楚人执陈行人干徵师杀之』，罪不在行人也。

叔弓如晋，贺虒祁也。游吉相郑伯以如晋，亦贺虒祁也。史赵见子大叔④，曰：『甚哉，其相蒙也⑤！可吊也，而又贺之！』子大叔曰：『若何吊也？其非唯我贺，将天下实贺。』

注释

①辛亥：十三日。②缢：因忧悉过度而自缢身死。③干徵师：陈国行人。④子大叔：即游吉。⑤相蒙：相欺骗。蒙，欺骗。

译文

夏，四月十三日，哀公上吊自缢身亡。干徵师到楚国报丧，在这同时报告又立了国君。公子胜向楚国起诉。楚国人抓住干徵师而杀了他。公子留逃亡到郑国。

《春秋》载录说『陈侯之弟招杀死陈世子偃师』，这是由于公子招的罪过；『楚人执陈行人干徵师杀之』，这是因为罪过不在于行人。

叔弓去到晋国，祝贺虒祁之宫的建成。游吉辅佐郑伯而去到晋国，同时也是祝贺虒祁之宫的落成。史赵看见游吉以后，说：『大家互相蒙骗也太过分了！可以吊唁的事，却相反又来祝贺它！』游吉说：『如何吊唁啊？不仅我国祝贺，天下都将会前来祝贺。』

原文

秋，大蒐于红，自根牟至于商、卫①，革车千乘。

七月甲戌②，齐子尾卒，子旗欲治其室。丁丑③，杀梁婴④。八月庚戌⑤，逐子成、子工、子车⑥，皆来奔，而立子良氏之宰。其臣曰：『孺子长矣，而相吾室⑦，欲兼我也。』授甲，将攻之。陈桓子善于子尾，亦授甲，将助之。或告子旗，子旗不信，则数人告。将往，又数人告于道，遂如陈氏。桓子将出矣，闻之而还，游服而逆之，请命。对曰：『闻强氏授甲将攻子⑧，子闻诸？』曰：『弗闻。』『子盍亦授甲？无宇请从⑨。』子旗曰：『子胡然？彼，孺子也。吾诲之，犹惧其不济，吾又宠秩之⑩。其若先人何？子盍谓之？《周书》曰，「惠不惠，茂不茂⑪」，康叔所以服弘大也。』桓子稽颡曰：『顷、灵福子⑫，吾犹有望。』遂和之如初。

注释

①根牟：鲁东境，在今山东莒县西南五十里。商、卫：指宋国和卫国边境。②甲戌：初八日。③丁丑：十一日。④梁婴：子尾家臣总管。⑤庚戌：十四日。⑥子成、子工、子车：三人均为齐大夫，属子尾一派。⑦相吾室：帮我家管理事情。⑧强氏：子良。⑨无宇：陈桓子之名。⑩宠秩之：宠信并为他立宰。⑪惠不惠，茂不茂：施惠于不感激施惠之人，劝勉于不听劝勉之人。⑫顷、灵福子：顷、灵，齐二国君子。福子，保佑您。

译文

秋，在红地举行一次盛大检阅，从根牟直到和宋国、卫国边境线上，革车总共有一千辆。

七月初八日，齐国的子尾死。子旗想要治理子尾的家政。十一日，将梁婴杀了。八月十四日，驱逐了子成、子工、子车，这三个人都纷纷逃亡前来，子旗为子良氏立了家臣头子。子良的家臣说：『孩子如今已经长大了，子旗却要协助管我们的家事，这分明是准备兼并我们。』把武器发下去，准备攻打子旗。陈桓子和子尾亲近，也把武器发下去，打算帮助子良的家臣。有人报告给子旗，子旗不相信，又有几个人前来报告。子旗准备去子良家里，后来又有几个人在路上向他报告，于是就去到陈氏那里。陈桓子准备出动了，听到子旗来，就转回去，穿上便服迎接子旗。子旗请问桓子的意图。桓子答道：『听说子良家里把武器发下去准备攻打您，您听到了吗？』子旗说：『没有听说。』『您为什么不也把武器发下去？无宇请求跟从您。』子旗说：『您为何要这样做？他是个孩子。我对他进行教导，还恐怕他不能成功，我又宠信他为他立了家臣头子，如果同他互相攻打，那么如何对待先人？您何不对他去说一说？《周书》说，「施惠于不感激施惠的人，劝勉不受劝勉的人」，这就是康叔之所以能够做事宽大的原因。』陈桓子连忙叩着头说：『顷公、灵公保佑您，我还希望您赐惠于我呢。』于是就让两家和好像开始那样。

原文

陈公子招归罪于公子过而杀之。九月，楚公子弃疾帅师奉孙吴围陈[①]，宋戴恶会之。冬，十一月壬午，灭陈。舆嬖袁克杀马毁玉以葬[②]。楚人将杀之，请置之，既又请私。私于幄，加绖于颡而逃[③]。

使穿封戌为陈公[④]，曰："城麇之役不谄。"侍饮酒于王。王曰："城麇之役，女知寡人之及此，女其辟寡人乎！"对曰："若知君之及此，臣必致死礼以息楚[⑤]。"

晋侯问于史赵曰："陈其遂亡乎？"对曰："未也。"公曰："何故？"对曰："陈，颛顼之族也。岁在鹑火[⑥]。是以卒灭，陈将如之。今在析木之津[⑦]，犹将复由。且陈氏得政于齐，而后陈卒亡。自幕至于瞽瞍[⑧]，无违命。舜重之以明德，置德于遂。遂世守之。及胡公不淫[⑨]，故周赐之姓，使祀虞帝。臣闻盛德必百世祀，虞之世数未也[⑩]，继守将在齐，其兆既存矣[⑪]。"

注释

①孙吴：陈惠公名。悼太子偃师的儿子。②舆嬖：掌管车乘的宠幸大夫。③绖：麻带。服丧用。④穿封戌：楚国大夫。陈公：陈县之长。这时楚国已灭陈为县。⑤息：平定。⑥岁在鹑火：上古纪年法之一。岁，岁星，即木星。鹑火，星次名。⑦析木：星次名。津：天汉，即银河。⑧幕：舜的祖先。瞽瞍：舜的父亲。⑨胡公不淫：即胡公满，字不淫。陈国始祖。⑩世数未：虞舜世代之数未满一百。⑪其兆既存：陈氏在齐兴旺之征兆已然有了。

译文

陈国的公子招把罪责归于公子过而将其杀死。九月，楚国的公子弃疾领兵奉事太孙吴围困陈国。宋国的戴恶统领大军会合。冬，十一月某日，灭亡了陈国。舆嬖将马杀了毁了玉为陈侯殉葬。楚国人想要杀他，他请求赦免，没多久又恳请让他小便。他在帐幕里小便，把麻带子捆在头上逃走了。

楚灵王派穿封戌做陈公，对他说：『在城麇那次事件中他不谄媚。』穿封戌事奉楚灵王饮酒，楚灵王说：『城麇那次事件，你要明白寡人能到走这一步，你大约会让我的吧！』穿封戌答道：『如果知道您能走到这一步，下臣一定会冒死来安定楚国。』

晋平公向史赵询问说：『陈国大约就此灭亡了吗？』史赵说：『没有。』晋平公说：『这是何故？』史赵回答说：『陈国，是颛顼的后代。岁星在于鹑火，颛顼氏由此而终于走向灭亡。陈国也将会和过去一样。现在岁星在箕宿、斗宿间的银河中，陈国还将会复兴。而且陈氏要在齐国夺取政权以后才最终走向灭亡。这一族从幕一直到瞽瞍都没有背离天命，舜又增添了盛德，德行一直落到遂的身上。遂的后代保持了它。到了胡公不淫，因此周朝给他赐姓，让他祭祀虞帝。下臣听说，盛德一定享有一百代的祭祀。如今虞的世代数字不满一百，将会在齐国坚持下去，它的预兆已经在那里了。』

昭公九年

原文

九年春，叔弓、宋华亥、郑游吉、卫赵黡会楚子于陈。

二月庚申，楚公子弃疾迁许于夷，实城父①，取州来淮北之田以益之②，伍举授许男田。然丹迁城父人于陈，以夷濮西田益之。迁方城外人于许。

周甘人与晋阎嘉争阎田③。晋梁丙、张趯率阴戎伐颍。王使詹桓伯辞于晋，曰：『我自夏以后稷④，魏、骀、芮、岐、毕，吾西土也；及武王克商，蒲姑⑤、商奄⑥，吾东土也；巴、濮、楚、邓，吾南土也；肃慎、燕、亳，吾北土也。吾何迩封之有⑦？文、武、成、康之建母弟⑧，以蕃屏周，亦其废队是为⑨，岂如弁髦而因以敝之？先王居梼杌于四裔，以御螭魅，故允姓之奸，居于瓜州⑩。伯父惠公归自秦，而诱以来，使逼我诸姬，入我郊甸，则戎焉取之。戎有中国，谁之咎也？后稷封殖天下，今戎制之，不亦难乎？伯父图之！我在伯父，犹衣服之有冠冕，木水之有本原，民人之有谋主也。伯父若裂冠毁冕，拔本塞原，专弃谋主，虽戎狄，其何有余一人⑪？』叔向谓宣子曰：『文之伯也，岂能改物？翼戴天子而加之以共。自文以来，世有衰德而暴灭宗周，以宣示其侈。诸侯之贰，不亦宜乎？且王辞直，子其图之。』宣子说。王有姻丧⑫，使赵成如周吊，且致阎田与襚，反颍俘⑬。王亦使宾滑执甘大夫襄以说于晋⑭，晋人礼而归之。

注释

①实城父：实为城父。城父本陈地，即夷，僖公二十三年楚伐陈而取之。②益之：增加许之田。③甘人：指甘大夫襄。甘，居今洛阳市西南。阎嘉：晋阎县大夫。④自夏以后稷：在夏代因后稷之功。⑤蒲姑：在今山东博兴县东

南十五里。⑥商奄：在今山东曲阜城东。⑦迩封：近封。⑧建母弟：封母弟以建国封土。⑨废队是为：为防止废坏坠落。⑩瓜州：在今甘肃敦煌。⑪何有余一人：心中怎能有我这天子。⑫姻丧：外亲之丧。⑬反颍俘：遣返攻颍时的俘虏。⑭宾滑：周大夫。

译文

九年春季，鲁国的叔弓、宋国的华亥、郑国的游吉、卫国的赵黡在陈地一同会见了楚灵王。

二月某日，楚国的公子弃疾将许国迁移到夷地，也就是城父。并用州来、淮北的田地对许国给予补偿，伍举把田地授给了许男。然丹把城父的人迁移陈地，然后又把濮水以西的夷地补偿给了城父。把方城山之外的人统统迁到了许国。

周王室的甘地人与晋国的阎嘉为阎地的田地相互争夺起来。晋国的梁丙、张趯便统领阴戎进攻属于周王室的颍地。周天子派詹桓伯前往责备晋国：『在夏代，由于我们祖先后稷有功，魏、骀、芮、岐、毕五国就被封为周王室的西部领土；武王将商朝打败之后，蒲姑、商奄又成了我们的东部领土；巴、濮、楚、邓四国都是我们的南部领土；肃慎、燕、亳则是我们的北部领土。我们周王室有特别近的封地吗？文王、武王、成王、康王分封同母弟为诸侯，为的是在四周拱卫王室，以防王室的衰落和败坏。对待他们怎么能够像帽子和剪掉的头发一样任意就扔掉呢？先王派梼杌等四凶居住在四方偏远的地区，就是要让他们抵御各种妖魔鬼怪，因此让阴戎的祖先允姓中的奸邪之人住在瓜州。伯父晋惠公从秦国回来后就引诱他们来到中原，对我姬姓诸国进行恐吓，并侵入王室的近郊，从此戎人就占领了这些地方。戎人占据中原，究竟是谁的责任呢？后稷缔造了周朝的天下，现在却任由戎人四处横行霸道，不令我们感到头痛吗？希望伯父能够认真考虑一下！我们王室对伯父来说，就如同是衣服上的帽子，树木的根部，流水的源头，百姓的主人。如果伯父要撕毁帽子，拔掉树根，堵塞水源，专横地丢弃主人，就算是戎狄，心中怎会再把我这个天子放在眼里？』叔向对韩起说：『就是在晋文公在诸侯中称霸的时候，他难道能更改传统的礼制？他辅佐和拥戴天子而且更加恭敬有礼。从文公至今，每一代的德行都有所衰减，损害和蔑视王室，以显示他们的骄纵。这样一来，诸侯产生二心不也是非常自然的吗？而且天子的话也是非常有道理的，您还是应该考虑一下。』韩起表示赞同。这时周天子的亲戚有了丧事，于是韩起便派赵成到王室吊唁，同时献上阎地的田地和寿衣，把在进攻颍地时抓获的俘虏也全部放回去了。天子也派宾滑把甘地的大夫襄逮了起来，以讨取晋国的欢心，晋国人极为有礼貌地把襄送回了王室。

原文

夏，四月，陈灾。郑裨灶曰：『五年，陈将复封。封五十二年而遂亡。』子产问其故。对曰：『陈，水属也[1]；火，水妃也[2]。而楚所相也[3]。今火出而火陈[4]，逐楚而建陈也。妃以五成，故曰五年。岁五及鹑火[5]，而后陈卒亡，楚克有之，天之道也，故曰五十二年。』

晋荀盈如齐逆女，还，六月，卒于戏阳[6]。殡于绛，未葬。晋侯饮酒，乐。膳宰屠蒯趋入，请佐公使尊，许之。而遂酌以饮工，曰：『女为君耳，将司聪也。辰在子、卯[7]，谓之疾日[8]。君彻宴乐，学人舍业[9]，为疾故也。君之卿佐，是谓股肱。股肱或亏，何痛如之？女弗闻而乐，是不聪也。』又饮外嬖嬖叔曰[10]：『女为君目，将司明也[11]。服以旌礼，礼以行事，事有其物，物有其容。今君之容，非其物也[12]，而女不见，是不明也。』亦自饮也，曰：『味以行气[13]，气以实志，志以定言，言以出令。臣实司味，二御失官[14]，而君弗命，臣之罪也。』公说，彻酒。

注释

①水属：隶属于水。②水妃：水的配偶，即水火相辅相成。③楚所相：楚国所主治。楚祖先祝融，为高辛氏火正，主治火事。④火出而火陈：大火星出现而陈有火灾。⑤岁五及鹑火：岁星五年到达鹑火。⑥戏阳：其地位于今河南内黄县北。⑦辰在子、卯：日子在甲子、乙卯。甲子为商纣灭亡之日，乙卯为夏桀灭亡之日。⑧疾日：忌日。⑨学人舍业：学习音乐的人停止习乐。⑩外嬖：在外部之宠臣。⑪司明：外臣为君之眼目，使君明察。⑫非其物：不是应有的类别。⑬味以行气：口味是用来使血气畅通。⑭二御失官：二御，指乐工及嬖叔。失官，失职。

译文

夏季，四月，陈地爆发了火灾。郑国的裨灶说：『再过五年陈国还会再次受封，受封五十二年以后才被灭亡。』子产问他这是什么缘故。裨灶答道：『陈国属于水，火与水相配。楚国祖先是祝融，正好主管火事。现在大火星出现了，所以陈国发生了火灾，这表明是要驱逐楚国人，重新建立陈国。阴阳五行都是用五相互搭配，所以说是再过五年。岁星到达鹑火五次，陈国就会最后灭亡。楚国将其吞并，这是上天的安排，所以说是五十二年。』

晋国的荀盈前去齐国迎娶齐女为妻，返回时，六月，在戏阳死去，棺材停放在绛地，没有安葬。这时晋平公举行酒宴，并奏起了音乐为其助兴。专门负责屠宰事务的屠蒯疾步走进宴会，请求为晋平公斟酒，晋平公同意了。随后他又给乐工斟了一杯酒说：『您作为君王的耳朵，自然您的任务就是让君王更加灵敏。甲子日和乙卯日是忌日，在这两天里，君王不可饮宴奏乐，连学习音乐的人也要暂时停下来，这都是为了避开禁忌。大臣就是君王的股肱，如今股肱受到损害，还有比这更让人痛心的事情吗？荀盈死了，你不告诉君王却一如往常地奏乐。可知您这个耳朵是不灵敏的。』又给君王的宠臣嬖叔斟了一杯酒说：『您作为君王的眼目，任务是让他眼睛明亮。服饰用来体现礼仪，礼仪用以行事，事情的性质各不相同，其外貌形态也五花八门。如今君王遇到大臣去世，却没有悲痛的表情，相反却饮酒作乐，这样太不协调了。而您却视而不见，您这个眼睛是不明亮的。』说完自己也喝了一杯，说：『味道能够使血气流通，血气可以强化意志，意志可以通过语言表露出来，语言可以发出命令。我负责调剂君王的口味，这两个负责耳朵和眼睛的人没有能够尽职尽责，而君王却没有下令惩罚他们，这是我的罪过。』听到这些，晋平公非常高兴，立刻下令撤除酒宴。

原文

初，公欲废知氏而立其外嬖①，为是悛而止②。秋，八月，使荀跞佐下军以说焉③。

孟僖子如齐殷聘④，礼也。

冬，筑郎囿。书，时也。季平子欲其速成也，叔孙昭子曰：『《诗》曰：「经始勿亟⑤，庶民子来。」焉用速成，其以剿民也⑥？无囿犹可，无民，其可乎？』

注释

①知氏：即荀盈。②悛：改。③荀跞：荀盈之子。说：解说。④殷聘：以丰厚礼品聘问。⑤经：营造。亟：急。⑥剿：劳苦。

译文

起初，晋平公打算废掉荀盈，代之以自己的宠臣，因为屠蒯的一番话而改变了主意。秋季，八月，任命荀盈的儿子荀跞为下军副帅，以对他有所安抚。

孟僖子到齐国进行了一次比较隆重的聘问，这是符合礼法的。

仿黄鹤山樵山水图　明·谢时臣

此图为谢时臣的细笔山水佳作。写溪山胜境，山岚层叠，丘壑玲珑，栈道盘旋延伸，楼阁亭轩错落，士人童仆居其中，还有雾气升腾，飞瀑直泻，湖光粼粼。画山石用解索皴，点苔用渴墨，皆为黄叔明笔法。此图布局稠密，笔势纵横，墨色淡雅，清丽潇洒。

冬季，鲁国修建了郎囿。《春秋》之所以将这件事记载下来，是说明这一活动是不违背农时。季平子打算加快这一工程的进度，叔孙昭子说：『《诗》说：「开始修建并不急于竣工，但百姓却像儿子一样纷纷赶来帮忙。」何必为了加快进度而使百姓过分地疲劳呢？一个国家可以缺少园林，但是能够没有百姓吗？』

昭公十年

原文

十年春，王正月，有星出于婺女①。郑裨灶言于子产曰：『七月戊子，晋君将死。今兹岁在颛顼之虚②，姜氏、任氏实守其地③。居其维首④，而有妖星焉⑤，告邑姜也。邑姜，晋之妣也⑥。天以七纪⑦，戊子，逢公以登，星斯于是乎出⑧。吾是以讥之⑨。』

齐惠栾、高氏皆耆酒⑩，信内多怨，强于陈、鲍氏而恶之。

夏，有告陈桓子曰：『子旗、子良将攻陈、鲍。』亦告鲍氏。桓子授甲而如鲍氏，遭子良醉而骋，遂见文子⑪，则亦授甲矣。使视二子⑫，则皆从饮酒。桓子曰：『彼虽不信⑬，闻我授甲，则必逐我。及其饮酒也，先伐诸？』陈、鲍方睦，遂伐栾、高氏。子良曰：『先得公⑭，陈、鲍焉往？』遂伐虎门⑮。

注释

①婺女：星名，即女宿。②颛顼之虚：即玄枵，在二十八宿中为女、虚、危三宿。③姜氏、任氏实守其地：姜氏，齐国；任氏，薛国。二国的分野为玄枵。④居其维首：婺女处于玄枵三宿的首位。⑤妖星：指出于婺女之星，或客星，或新星。⑥妣：母已故称先妣。⑦天以七纪：天用七记数。此指二十八宿分布四方，每方七宿。⑧星斯于是乎出：妖星在这个时候出现。⑨讥：卜以问疑，此以星象占卜。⑩栾、高氏：二氏皆出于惠公。栾，即栾施，字子旗；高，高强，字子良。⑪文子：鲍国。⑫二子：子旗。⑬彼虽不信：彼指传言者。传言者所讲的话虽不属实。⑭先得公：先把齐景公控制起来，再迫使景公号令国人。得公，意为挟持齐景公。⑮虎门：景公路寝之南门。

译文

十年春季，周历正月，女宿星附近发现了一颗新星。因此郑国的裨灶对子产说：『据此看来七月的戊子日，晋国君王将要去世。因为今年岁星运行到了玄枵的位置上，姜氏、任氏看守着玄枵分野的土地。在玄枵三宿中女宿为首，而在它的位置上发现了来历不明的妖星，这就向邑姜发出了警告，她的亲属将要遇到灾祸。邑姜是晋国始祖唐叔的母亲。上天用七来记数，齐地从前的诸侯逢公就是在戊子这一天去世的，恰好这一天女宿星旁边出现了一颗妖星，我由于这个才预知晋侯死的时间。』

齐惠公的后代子旗、子良都爱好喝酒，由于他们听信女人的话，所以引出很多怨恨。他们的势力远远比陈氏、鲍氏强盛，但依然对陈、鲍怀恨在心。

夏季，有人告诉陈桓子：『子旗、子良打算讨伐陈氏和鲍氏。』而且也告诉了鲍氏。桓子急忙给家兵发放武器准备抗击，同时又亲自到鲍氏家研究对策。途中遇到喝醉了酒的子良，桓子赶紧加快速度，到了鲍氏家，看到鲍文子也正在给家兵发放武器。他们派人去察看子旗和子良的行动，探知他们还在继续喝酒，陈桓子说：『刚才那个人的话虽然不一定靠得住，但他们一旦知道我们已经发放了武器，就一定会驱逐我们。趁他们正在喝酒的机会，我们抢先一步攻打怎么样？』此时陈、鲍二家关系非常要好，于是他们就联合攻打子旗、子良两家。子良说：『只要我们先保卫住君王，看陈氏、鲍氏还能往哪儿跑？』随后便进攻虎门，企图挟持齐景公。

原文

晏平仲端委立于虎门之外①，四族召之②，无所往③。其徒曰：『助陈、鲍乎？』曰：『何善焉④？』『助栾、高乎？』曰：『庸愈乎⑤？』『然则归乎？』曰：『君伐焉归？』公召之而后入。公卜使王黑以灵姑銔率⑥，吉。请断三尺焉而用之[7]。五月庚辰，战于稷[8]，栾、高败，又败诸庄[9]。国人追之，又败诸鹿门。栾施、高强来奔。陈、鲍分其室。

晏子谓桓子：『必致诸公！让，德之主也，让之谓懿德。凡有血气，皆有争心，故利不可强，思义为愈。义，利之本也。蕴利生孽[10]。姑使无蕴乎！可以滋长。』桓子尽致诸公，而请老于莒。

桓子召子山[11]，私具幄幕、器用、从者之衣屦，而反棘焉。子商亦如之，而反其邑。子周亦如之，而与之夫于[12]。反子城、子公、公孙捷[13]，而皆益其禄。凡公子、公孙之无禄者，私分之邑[14]。国之贫约孤寡者，私与之粟。曰：『《诗》云「陈锡载周」，能施也。桓公是以霸。』公与桓子莒之旁邑，辞。穆孟姬为之请高唐[15]，陈氏始大。

注释

①端委：朝服。②四族：栾、高、陈、鲍。③无所往：皆不前往相助。④何善：有何善行值得相助。⑤庸愈：岂能取胜。庸，岂；愈，胜。⑥王黑：齐大夫。灵姑銔：齐桓公龙旗名。⑦断三尺：王黑以大夫而用齐侯旗，实为奉齐侯之命，故请截断三尺以示恭敬。⑧稷：齐都之城门。⑨庄：城内大街名。⑩蕴利生孽：积累利益产生妖害。⑪子山：及子商、子周均为襄公三十一年子尾所逐群公子。⑫夫于：邑名，位于今山东长山废县附近。⑬子城、子公、公孙捷：三子于昭公八年为子旗所逐。⑭私分之邑：将自己的私邑分给他们。⑮穆孟姬：齐景公之母。高唐：位于今山东高唐县东三十五里。

译文

这时，晏婴正身穿朝服站在虎门外面，于是栾、高、陈、鲍四个家族都请他，他统统不应允。他的手下人说：『我们帮助陈、鲍一方吗？』晏婴说：『他们有哪一方面值得帮助呢？』手下人又说：『那是协助栾、高一方吗？』

晏婴说：『难道他们有比陈、鲍还强的地方吗？』『如果这样我们抓紧时间回去吗？』晏婴说：『现在君王正遭受攻打，能回到哪里呢？』齐景公召见他时，他才进去。齐景公打算派王黑举着齐桓公的龙旗率军抵抗，算卦的结果有吉祥之兆。王黑请求把龙旗砍去三尺之后再用。五月某日，齐景公、陈氏、鲍氏的军队和子旗、子良的军队在稷门激战，结果子旗、子良战败，陈、鲍又在庄地将他们打败。国都的人追逐他们，又在鹿门将其再一次打败。因此子旗、子良逃亡去到鲁国，陈氏、鲍氏便分割了他们的家财。

晏婴对陈桓子说：『您千万要把得到的东西交给君王！谦让是德行的基础，让给别人被认为是一种高尚的情操。凡是有血气的人，都有争权夺利之心，所以利不能硬行夺取，只有时刻不忘义才能在任何方面胜过别人。义是利的根本，贪利就会发生灾祸。您暂且放弃利！以后利反而会更多。』于是陈桓子把得到的栾、高二家的东西全都赠给了齐景公，然后请求退休到莒邑养老。

陈桓子召请子山回去，暗地里为他准备了帷幕、用具和跟随人员的衣物，而且把棘地也还给了他。对子商也是同样，把封地还给了他。对子周也是这样，把夫于返还给了他。还把子城、子公、公孙捷都召了回来，并添加了他们的禄位。凡是公子、公孙中没有俸禄的，就把自己的封邑分封给他们。对国内贫穷孤寡而又没有依靠的人，把自己的粮食送给他们。他说：『《诗》说：「文王分送赏赐于他人，所以创建了周朝。」这就是能够施舍的原因。桓公也因此而称霸诸侯。』齐景公要把莒地旁边的城邑赐给陈桓子，但都被他拒绝了。齐景公的母亲穆孟姬请求把高唐一地封给他，从此陈氏开始逐渐强大起来。

原文

秋，七月，平子伐莒取郠[①]。献俘，始用人于亳社[②]。臧武仲在齐，闻之，曰：『周公其不飨鲁祭乎[③]！周公飨

义，鲁无义④，《诗》曰：「德音孔昭，视民不佻。」佻之谓甚矣，而壹用之⑤，将谁福哉？」

戊子，晋平公卒。郑伯如晋，及河，晋人辞之。游吉遂如晋。九月，叔孙婼、齐国弱、宋华定、卫北宫喜、郑罕虎、许人、曹人、莒人、邾人、滕人、薛人、杞人、小邾人如晋，葬平公也。

郑子皮将以币行⑥。子产曰：「丧焉用币？用币必百两⑦，百两必千人。千人至，将不行⑧。不行，必尽用之。几千人而国不亡？」子皮固请以行。

既葬，诸侯之大夫欲因见新君。叔孙昭子曰：『非礼也。』弗听。叔向辞之，曰：『大夫之事毕矣，而又命孤，孤斩焉在衰绖之中⑨。其以嘉服见⑩，则丧礼未毕；其以丧服见，是重受吊也。大夫将若之何？』皆无辞以见。子皮尽用其币，归，谓子羽曰：『非知之实难，将在行之。夫子知之矣，我则不足。《书》曰：「欲败度，纵败礼⑪。」我之谓矣。夫子知度与礼矣，我实纵欲而不能自克也⑫。』

注释

①郠：莒邑名，在今山东沂水县境内。②用人于亳社：在亳社杀人用作祭祀。③飨鲁：合于义则享之。④无义：杀人以为祭故曰无义。⑤壹：专一。⑥币：拜见新君之礼物。⑦百两：指装载礼物之车百辆。⑧不行：不还。⑨斩焉：哀痛貌。⑩嘉服：吉服。⑪欲败度，纵败礼：句出逸书。度，法度。纵，放纵。⑫自克：自我克制。

译文

秋季，七月，鲁国的平子领兵进攻莒国，夺取了郠地。获胜后在周公庙中奉献俘虏，并开始杀人祭祀亳社。臧武仲在齐国听到这一信息后说：『周公大概不会接受鲁国的祭祀吧！周公只接受合乎礼仪的祭祀，鲁国用杀人来祭祀丧失了道义。《诗》说：「先王的德教特别明确，使天下的百姓自尊自重。」杀人祭祀，这种方法比杀牛羊更为残忍了吧。把人和牛羊同等对待，神灵还能降福给鲁国吗？』

戊子这一天，果不其然晋平公死了。郑简公到晋国吊唁，走到黄河，晋国人婉言谢绝了他。因此便命令游吉前去。九月，鲁国的叔孙婼、齐国的国弱、宋国的华定、卫国的北宫喜、郑国的罕虎以及许国人、曹国人、莒国人、邾国人、滕国人、薛国人、杞国人、小邾国人都前来晋国，为晋平公送葬。

郑国的子皮即罕虎打算趁前去吊唁的机会捎带把祝贺新君即位的财礼也随同带去。但子产说：『丧礼哪儿会用得着财礼？如果把财礼运去，就需要用一百辆车，一百辆车就需要一千人。派去一千人，有极大可能会一时半会回不来。回不来，财礼就会被用尽。一个国家遇到几次这种情况，还会有不亡国的吗？』但子皮还是一再要求把财礼带了去。

安葬了晋平公之后，诸侯的大夫们想要拜见新君。叔孙婼说：『这样做是不符合礼法的。』但众人不听。叔向出来拒绝了他们，说：『大夫送葬的事情早已完毕，又要拜见我们新君。我们新君目前正沉浸在巨大的悲痛之中。如果他换上礼服接见大家，但丧礼还没有完毕；如果穿着丧服接见诸位，就等于又一次接受各国大夫的吊唁。大夫们打算怎么办呢？』大夫们听了之后便不再做这种请求。

子皮把带去的财礼真就花得分毫不剩。回国后他对子羽说：『懂得道理并不是困难，难的是按这个道理去做。子产懂得这一道理，我却不明白。《书》中说：「欲望败坏法度，骄纵败坏礼法。」可能说的就是我吧。子产懂得法度和礼法，我这人却只知道放纵自己的欲望却又不能克制。』

原文

昭子至自晋，大夫皆见，高强见而退。昭子语诸大夫曰：『为人子，不可不慎也哉！昔庆封亡，子尾多受邑而稍

致诸君[1]，君以为忠而甚宠之。将死，疾于公宫[2]，辇而归，君亲推之。其子不能任，是以在此。忠为令德，其子弗能任，罪犹及之，难不慎也[3]？丧夫人之力，弃德、旷宗[4]，以及其身，不亦害乎？《诗》曰：「不自我先，不自我后。」其是之谓乎！」

冬，十二月，宋平公卒。初，元公恶寺人柳[5]，欲杀之。及丧，柳炽炭于位[6]，将至，则去之[7]。比葬，又有宠。

注释

①稍：渐渐。诸：『之于』的合音词。君：指齐君。②疾于公宫：子尾在齐侯宫中发病。③难：『奈何』的合音。④旷宗：指荒废宗庙祭祀。⑤元公：宋平公太子，名佐。⑥炽炭于位：把炭火放在太子佐的丧位，以暖地。⑦将至，则去之：太子快来时，把炭火拿开，让太子坐在热地上。

译文

叔孙婼从晋国返回鲁国，大夫们都来会见他，只有子良见到叔孙婼后就立刻离开了。叔孙婼对大夫们说：『作为一个儿子不能不小心啊！从前庆封灭亡以后，子尾获得很多封邑，但是后来他把封邑送给了国君一部分，所以国君就认为他很忠诚，因而很重用他。他临终时，在君王的宫中得了病，坐车返回时，君王亲自推车送他。但子尾的儿子子良却没有能够继承父业，因此才逃亡在此。忠诚是美德，子尾的儿子不能继承发扬这种美德，罪过将迟早会落到他身上。由此看来，怎么能不小心谨慎呢？失去了他父亲的功劳，背弃了他父亲的德行，取消了宗庙的祭祀，最后，罪过还落到自己身上，这难道不是祸害吗？《诗》说：「祸患不在我前面，也不在我后面。」可能说的就是这种情况吧！』

冬季，十二月，宋平公去世。起初，宋平公的儿子太子佐讨厌寺人柳，打算杀了他。这次宋平公死后办理丧事期

钟馗嫁妹图　明·许俊

画题取材钟馗与好友杜平赴京应试，途中误入鬼窟，相貌变得丑陋，因此落第，气愤而死，杜平将其收殓。为报恩杜平，钟馗将其妹许配于他。此作即描绘钟馗率阴界众鬼为二人完婚情形。人物造型生动，山石描写精工，设色富丽，山水人物交相辉映，富于阳刚之气。

间，柳对太子佐过分殷勤，在他服丧的座位下烧上炭火，太子佐进来时，柳就把火撤掉。由于他对太子佐这样忠诚，所以在安葬了宋平公以后，他又得到了太子佐即宋元公的宠爱信任。

昭公十一年

原文

十一年春，王二月，叔弓如宋，葬平公也。

景王问于苌弘曰[①]：『今兹诸侯，何实吉？何实凶？』对曰：『蔡凶。此蔡侯般弑其君之岁也，岁在豕韦[②]，弗过此矣[③]。楚将有之，然壅也[④]。岁及大梁[⑤]，蔡复，楚凶，天之道也。』

楚子在申，召蔡灵侯。灵侯将往，蔡大夫曰：『王贪而无信，唯蔡于感[⑥]。今币重而言甘，诱我也，不如无往。』蔡侯不可。三月丙申，楚子伏甲而飨蔡侯于申，醉而执之。夏，四月丁巳[⑦]，杀之。刑其士七十人[⑧]。公子弃疾帅师围蔡。

注释

①苌弘：周大夫。②豕韦：星名，即二十八宿之室宿。③弗过此：蔡国遭遇凶事不超过此年。④壅：积恶。⑤大梁：十二星次之一，在二十八宿为胃、昴、毕三宿。⑥唯蔡于感：蔡邻楚之大国，有时不顺从楚，故为楚所怨恨。感，通『憾』，恨。⑦丁巳：初七日。⑧刑：处死，杀。

译文

十一年春季，周历正月，鲁国的叔弓前往宋国参加宋平公的葬礼。

周景王问苌弘：『当前在每个诸侯国中，哪国吉利哪国不吉利呢？』苌弘回答说：『蔡国不吉祥。由于今年正好和蔡侯般杀死他父亲那一年一模一样，岁星都是在豕韦的位置上，所以蔡国的凶祸当不出今年。楚国虽然将要占领蔡国，然而这对于楚国来说并不是什么好事，只能进一步加重他们的罪恶。直到岁星运行到大梁的位置时，蔡国可能复兴，楚国则会碰到灾祸，这是天意安排。』

楚灵王在申地召见蔡灵公。蔡灵公打算前去时，蔡国大夫说：『楚王贪婪而不讲诚信，他只恨蔡国不同意顺服。如今却送来了这么多的财礼，说话又极为顺耳，这分明是在诱惑我们，最好不要前往。』蔡灵公执意要去。三月十五日，楚灵王在申地布下了甲兵，然后设宴招待蔡灵公，将他灌醉后抓了起来。夏季，四月初七日，杀死了他。跟随他的七十多人也同时被杀。随后公子弃疾便率兵围困了蔡国。

原文

韩宣子问于叔向曰：『楚其克乎？』对曰：『克哉！蔡侯获罪于其君，而不能其民①，天将假手于楚以毙之，何故不克？然肸闻之，不信以幸②，不可再也。楚王奉孙吴以讨于陈，曰，「将定而国。」陈人听命，而遂县之③。今又诱蔡而杀其君，以围其国，虽幸而克，必受其咎，弗能久矣。桀克有缗，以丧其国。纣克东夷，而陨其身。楚小、位下，而亟暴于二王④，能无咎乎？天之假助不善，非祚之也⑤，厚其凶恶而降之罚也。且譬之如天，其有五材而将用之⑥，力尽而敝之，是以无拯，不可没振。』

五月，齐归薨。大蒐于比蒲⑦，非礼也。

孟僖子会邾庄公，盟于祲祥⑧，修好，礼也。

注释

①不能其民：不能得民之心。②不信以幸：不守信用而侥幸成功。③县：用作动词，置县。④亟：屡。二王：指夏桀、商纣。⑤祚：福。⑥五材：金、木、火、水、土。⑦比蒲：鲁地名，不详何处。⑧祲祥：地名，位于今山东曲阜县境内。

译文

韩起问叔向说：『楚国这次能打败蔡国吗？』叔向说：『能战胜！蔡侯杀了他的父王，又没能获得百姓的爱戴，这是上天在借助楚国之手把他杀掉，怎么能不获得胜利呢？但据我所知，不讲信用却侥幸得以成功，这种情况不能再有第二次了。楚王以前曾帮助太孙吴进攻陈国，并对他说：「我将协助你安定国家。」陈国人听了他的话，结果他却灭了陈国，使其成为楚国的一个县。而今又引诱蔡侯而杀害了他，并包围了蔡国，就算侥幸能取胜，也必然会因此受到惩罚，自然长久不了。桀王战胜了有缗，结果却丧失了国家。纣王战胜了东夷诸国，反倒因此而丧命。和桀、纣相比较，楚国领土小而且地位卑微，但其暴虐无道却一次次地超过了桀、纣二王，他们能不遭灾吗？上苍借助楚国之手攻打蔡国，是置他们于不善，并不是降福给他们，而是为加重他们的罪恶，以便以后严加惩罚。再比方上天有金、木、水、火、土五种物质被人们所利用，一旦用完，就会被抛弃。因此说楚国没法挽救，以后也不会再昌盛了。』

五月，昭公的母亲齐归去世了。与此同时，鲁国又在比蒲举行了隆重的阅兵活动，这是不合乎礼法的。

孟僖子和邾庄公会见，并在祲祥结下盟约，从而重新建立了两国的友好关系，这是合乎礼法的。

原文

泉丘人有女，梦以其帷幕孟氏之庙[①]，遂奔僖子，其僚从之[②]。盟于清丘之社，曰：『有子，无相弃也！』僖子使助薳氏之簉[③]。反自祲祥，宿于薳氏，生懿子及南宫敬叔于泉丘人。其僚无子，使字敬叔[④]。

楚师在蔡，晋荀吴谓韩宣子曰：『不能救陈，又不能救蔡，物以无亲[⑤]。晋之不能，亦可知也已。为盟主而不恤亡国，将焉用之？』

秋，会于厥慭[⑥]，谋救蔡也。

郑子皮将行。子产曰："行不远，不能救蔡也。蔡小而不顺，楚大而不德，天将弃蔡以壅楚。盈而罚之，蔡必亡矣。且丧君而能守者，鲜矣。三年，王其有咎乎！美恶周必复，王恶周矣。"

注释

①泉丘：当位于今山东宁阳、泗水两县之间。②僚：邻女。③薳氏：或为僖子正室，或以为僖子别邑名。篷：即妾。④字：抚养。⑤物以无亲：别人因而不来亲附。物，人。⑥厥慭：卫地名。

译文

泉丘有个女子，梦见自己的帷幕悬挂在了孟氏的宗庙上，因此她就跑去嫁给了孟僖子，她旁边邻居的一个女子也随她嫁给了僖子。二女和孟僖子在清丘的土地庙中结盟发誓说："如果有了儿子，就不要丢弃我们！"僖子让她们做了妾，住在薳氏。从祲祥回来后，僖子就定居薳氏。后来泉丘那个女子生了懿子和南宫敬叔，她的女友没生下儿子，便把敬叔要过来抚养。

楚国的军队还驻守在蔡国。晋国的荀吴对韩起说："我们不能援助陈国，又不能救援蔡国，这样一来便不会有人再和我们亲近了，由此能够看出晋国已经没有任何用处了。作为盟主却没办法关心和挽救灭亡的国家，它还有什么作用呢？"

秋季，季孙意如和晋国的韩起、齐国的国弱、宋国的华亥、卫国的北宫佗、郑国的罕虎即子皮以及曹国人、杞国人在厥慭举行了会面，策划如何救援蔡国。

郑国的子皮打算出发时，子产说："你走不了太远，蔡国已没有办法挽救了。蔡国小而又不服从，楚国大却又不讲德行，因此上天将要抛弃蔡国以加重楚国的恶行。等到楚国恶贯满盈的时候再惩罚它，因此蔡国注定要灭亡。再说蔡国已经失去了国君，在这种情况下还能保护国家不被灭亡的，非常罕见。再过三年，楚王就会遭到灾祸！无论善还是恶，岁星绕行一周后一定有报应，楚王的罪恶也已经快要到岁星绕行一周的时候了。』

原文

晋人使狐父请蔡于楚①，弗许。

单子会韩宣子于戚②，视下言徐③。叔向曰：『单子其将死乎！朝有著定④，会有表⑤；衣有禬⑥，带有结。会朝之言，必闻于表著之位，所以昭事序也⑦。视不过结、禬之中⑧，所以道容貌也⑨。言以命之，容貌以明之，失则有阙。今单子为王官伯，而命事于会⑩，视不登带⑪，言不过步⑫，貌不道容，而言不昭矣。不道，不共；不昭，不从。无守气矣。』

九月，葬齐归，公不戚。晋士之送葬者，归以语史赵。史赵曰：『必为鲁郊⑬。』侍者曰：『何故？』曰：『归姓也⑭，不思亲⑮，祖不归也⑯。』

叔向曰：『鲁公室其卑乎！君有大丧，国不废蒐；有三年之丧，而无一日之戚。国不恤丧⑰，不忌君也⑱；君无戚容，不顾亲也。国不忌君，君不顾亲，能无卑乎？殆其失国。』

冬，十一月，楚子灭蔡，用隐大子于冈山⑲。申无宇曰：『不祥。五牲不相为用⑳，况用诸侯乎？王必悔之！』

十二月，单成公卒。

注释

①狐父：晋大夫。请蔡于楚：请楚撤去围蔡之师。②单子：单成公。周王使臣。③视下言徐：目光向下，言语迟缓。④著定：朝见时有既定的位置。⑤表：会见时位次所立标志。⑥禬：衣服左右衿交叉。⑦昭事序：表明事情

有条理。⑧视不过结、襘之中：目光不低于带结与衣之中。⑨道：治，端正。⑩命事于会：在盟会宣告王命。⑪视不登带：目光下垂，不高于衣带。⑫言不过步：发言声音甚微，一步以远即听不见。⑬为鲁郊：寄食于鲁之郊外。⑭归姓：齐归之子。姓，子。⑮不思亲：母死无悲戚之容。⑯祖不归：祖宗不归依、助佑。⑰恤丧：哀痛死者。⑱不忌君：不畏惧国君。⑲用隐大子：即杀隐太子以祭。隐太子，即世子友。⑳五牲：即牛、羊、豕、犬、鸡。

译文

晋国人派狐父前往为蔡国求情，但楚国不应允。

单成公在戚地会见韩起时，两眼一直盯着下面，说话的速度也很缓慢。因此叔向说：『单子快死了！因为朝见时有规定的位置，会见时也都有相应的座次；所穿的衣服左右衿应交叉胸前，带子也要在腰间扎成结。会见和朝见时说的话必须要使在坐的人都能听到，以使言语清晰、条理；目光不能低于衣衿交叉处或衣带系结以外，以使仪态容貌保持端正。言语用以发布命令，仪容用以表现态度，做不到这一点，就会犯下错误。如今单子作为天子的百官之长，在盟会上宣布天子的命令，目光低于衣带，声音在一步之外都听不清楚，形貌没有应当具备的威仪，言语自然不能表达明白了。不严肃庄重，就不够恭敬，言语不清楚，别人就不会顺从。他已经丧失了元气。』

九月，鲁国为齐归举行葬礼，昭公表现得不够悲痛。晋国前来送葬的人回去后把这件事情告诉了史赵。史赵说：『昭公早晚有一天要被赶到郊外去。』手下人问：『这是什么缘故？』史赵说：『因为他是齐归的儿子，母亲去世自己却没有丝毫的伤心，祖先也不会保佑他。』

叔向说：『鲁国的公室要衰败下去了！君王有了大丧，国家却并没有停止阅兵。按照礼法规定母亲去世应该服丧三年，但鲁君却没有一天表现出伤心的样子。国家不为丧事而悲哀，相当于是对君王不敬畏；君王面无悲伤，说明他根本没有孝心。国家不畏惧君王，君王不孝敬父母，能不逐渐衰落下去吗？估计他迟早要失去整个国家。』

冬季，十一月，楚灵王消灭了蔡国，并杀了蔡灵公的太子祭祀冈山之神。申无宇说：『这样做不太吉利。就连牛、羊、猪、狗、鸡都不能彼此之间用来祭祀，更何况将诸侯杀了来祭祀山神呢？楚王一定会因此而后悔的！』

十二月，单成公过世了。

原文

楚子城陈、蔡、不羹。使弃疾为蔡公。王问于申无宇曰：『弃疾在蔡，何如？』对曰：『择子莫如父，择臣莫如君。郑庄公城栎而置子元焉，使昭公不立。齐桓公城谷而置管仲焉，至于今赖之。臣闻五大不在边[①]，五细不在庭[②]。亲不在外，羁不在内[③]。今弃疾在外，郑丹在内，君其少戒[④]！』王曰：『国有大城[⑤]，何如？』对曰：『郑京、栎实杀曼伯[⑥]，宋萧、亳实杀子游，齐渠丘实杀无知，卫蒲、戚实出献公。若由是观之，则害于国。末大必折，尾大不掉[⑦]，君所知也。』

注释

①五大：指太子、母弟、贵宠公子、公孙、累世正卿等五种人。②五细：指贱、少、远、新、小等五种人。隐公三年传：『贱妨贵，少陵长，远间亲，新间旧，小加大。』③羁不在内：寄居之臣不宜在朝内任要职。羁，别国寄居之客卿。④少：稍。⑤大城：高大坚固之城。⑥曼伯：即子仪，事参庄公十四年传。⑦掉：摇。

译文

楚灵王在陈、蔡和不羹等地建造城池，派公子弃疾担任蔡公。楚灵王问申无宇：『让弃疾去镇守蔡地如何？』申无宇说：『选择儿子的人莫过于他的父亲，选拔臣子的人莫过于君王。郑庄公在栎地筑城后让子元镇守，由此子元

三峰春色图　明·陆治

此图绘江南春景。图中三峰峥嵘，山间松林深处隐藏古刹，山下水绕坡坨。港汊间散布人家村落，村民或居家闲话，或骑乘外出，多种活动，富有生活情趣。

后来赶走了昭公成为国君；齐桓公在谷地筑城后派管仲驻守在那里，结果齐国到现在还蒙受他的恩泽。据我所知，有五种人不适合派驻边境，即太子、母弟、贵宠公子、公孙和几代正卿。有五种人不适宜留在朝廷，即卑贱、年少、疏远、弱小以及新人。亲属不能安置在外边，别国前来逃亡的人不能留在朝内。现在弃疾被任职到外边，而郑丹却在朝廷任职，君王要千万小心谨慎！』楚灵王说：『我们国都有高大的城墙，可以抵御任何叛乱，有什么好担心的？』申无宇回答说：『郑国的京、栎两邑有高大的城墙，最后曼伯被杀死；宋国的萧、亳两邑有高大的城墙，结果子游被杀害；齐国的渠丘有高大的城墙，结果无知被杀死；卫国的蒲、戚两邑有高耸挺立的城墙，结果卫献公因此而被驱赶出了国。如此看来，一个国家拥有了大城，反而会给国家带来灾难。就像一棵树，树枝太大就必然会被折断。又如动物的尾巴，太大了就不能如意摇摆，这个道理君王想必也一定知道。』

昭公十二年

原文

十二年春，齐高偃纳北燕伯款于唐，因其众也①。

三月，郑简公卒。将为葬除②，及游氏之庙③，将毁焉。子大叔使其除徒执用以立④，而无庸毁，曰：『子产过女，而问何故不毁⑤，乃曰：「不忍庙也！诺，将毁矣！」』既如是，子产乃使辟之。司墓之室⑥，有当道者。毁之，则朝而堋⑦；弗毁，则日中而堋。子大叔请毁之，曰：『无若诸侯之宾何？』子产曰：『诸侯之宾，能来会吾丧，岂惮日中？无损于宾，而民不害，何故不为？』遂弗毁，日中而葬。君子谓：『子产于是乎知礼。礼，无毁人以自成也。』

夏，宋华定来聘，通嗣君也。享之，为赋《蓼萧》，弗知，又不答赋。昭子曰：『必亡。宴语之不怀⑧，宠光之不宣⑨，令德之不知⑩，同福之不受⑪，将何以在？』

齐侯、卫侯、郑伯如晋朝嗣君也。公如晋，至河乃复。取郠之役，莒人愬于晋，晋有平公之丧，未之治也。故辞公。公子慭遂如晋。

晋侯享诸侯，子产相郑伯，辞于享，请免丧而后听命⑫。晋人许之，礼也。

注释

①因其众：因唐邑多数人愿意让北燕伯款回来，故先护其入唐。②为葬除：为送葬清除道路。③游氏之庙：游氏之祖庙，同其所处地妨碍丧车通过，将被拆除。游氏，为子太叔之族。④除徒：清道的徒众。⑤而：假设连词，若。⑥司墓之室：掌公墓者的房子。⑦朝而堋：早晨就可下葬。堋，下葬。⑧不怀：不思念。⑨宠光之不宣：宠信和光耀

不赞颂宠光，即宠信和光耀：宣，扬。⑩令德：善德。⑪同福之不受：华定不答赋，故曰不受。⑫免丧：服丧期满。时郑定公有父丧未毕。

译文

十二年春，齐国的高偃将北燕伯款送达唐国去，这是由于唐地的群众乐意收留他。

三月，郑简公去世。准备为安葬而清理道路，来到游氏的祖庙，想要把它拆掉。子太叔让他手下清除道路的人拿着工具站着，而不要去拆，说：『子产途经你们这里，如果问你们为什么不拆，就说：「不忍心拆祖庙啊！对，打算拆了！」』这样一番以后，子产就让清道的人躲避游氏的祖庙。司墓的房屋有位于当路的，拆了它，就可以在早晨下葬；如果不拆，就要到中午才能下葬。子太叔请求拆了它，说：『不拆，把各国的宾客如何处理？』子产说：『各国的宾客能够前来参加我们的丧礼，难道会怕推延到中午？对宾客不会损伤，而百姓不遭受危害，为什么不做？』于是就不拆，到中午下葬。君子认为子产在这里懂得礼仪。礼，没有毁坏别人而使自己的事得以成功。

夏，宋国的华定到这来聘问，为新上任的宋君通好。设享礼款待他，为他赋《蓼萧》这首诗，他不知道，又不赋诗答复。昭子说：『他必然会逃亡。诗中所说宴会的笑语不念及，宠信和光耀不赞颂，美好的德行不知道，共同的福禄不接受，他将如何能终于其位？』

齐景公、卫灵公、郑定公去到晋国，拜见新立的国君。昭公去到晋国，抵达黄河，就回去了。占取郠地的那一次战争，莒国人向晋国起诉，晋国正好有平公的丧事，没有能够处理，所以辞谢昭公。公子慭就出发来到晋国。

晋昭公设享礼款待诸侯，子产辅佐郑定公，请求要不参加享礼，请求服丧满期而后再听取命令。晋国人应允了他的这一请求，这是合于礼的。

原文

晋侯以齐侯宴，中行穆子相[1]。投壶[2]，晋侯先，穆子曰：『有酒如淮，有肉如坻[3]。寡君中此，为诸侯师[4]。』中之。齐侯举矢，曰：『有酒如渑[5]，有肉如陵。寡人中此，与君代兴[6]。』亦中之。伯瑕谓穆子曰[7]：『子失辞。吾固师诸侯矣，壶何为焉？其以中俊也[8]。齐君弱吾君[9]，归弗来矣。』穆子曰：『吾军帅强御[10]，卒乘竞劝，今犹古也，齐将何事？』公孙傁趋进曰[11]：『日旰君勤[12]，可以出矣！』以齐侯出。

楚子谓成虎若敖之余也[13]，遂杀之。或谮成虎于楚子，成虎知之而不能行。书曰『楚杀其大夫成虎』，怀宠也。

注释

①中行穆子：即荀吴。②投壶：古代主客宴饮娱乐，有投壶之礼。壶用来盛箭，口较大，颈狭长，腹大，内盛豆。箭用楛或荆棘做成，不去皮，取其坚且重。箭投中壶内，被豆弹出。多中者胜，少者负，胜者请负者饮酒。③坻：水中高地。④师：长。⑤渑：渑水，出临淄西北。⑥代兴：代之而兴盛。⑦伯瑕：士文伯。⑧其以中俊：岂能把投中看作俊异。⑨弱吾君：以为我君软弱。⑩强御：强梁。⑪公孙傁：齐大夫。⑫日旰君勤：天晚了，国君疲劳。⑬成虎：又作成熊，令尹子玉之孙，若敖氏后代。若敖之余：若敖氏余党。若敖氏之灭在宣公四年。

译文

晋昭公和齐景公饮宴，中行穆子相礼。投壶，晋昭公最先投，穆子说：『有酒就像淮流，有肉就像高丘。寡君投中，统领诸侯。』投中了。齐景公举起矢，说：『有酒像渑水，有肉像山陵。寡人投中，代君兴旺发达。』也投中了。伯瑕对穆子说：『您的话不准确。我们本来就称霸诸侯了，壶有什么用？还是不要把投中看成稀罕事。齐君认为我们国君软弱可欺，回去以后不会再来了。』穆子说：『我们军队统帅勇敢善战，士兵争着互相鼓舞，今天就像从前一样，齐国能做些什么？』公孙傁疾步走进，说：『天晚了，国君已经疲劳，可以出去了！』于是就和齐景公一道出去。

楚灵王认为成虎是若敖的余党，就将他杀死了。有人在楚灵王那里诽谤成虎，被成虎知道了，但是不能出走。《春秋》记载说『楚杀其大夫成虎』，这是由于他舍不得放弃宠信。

原文

六月，葬郑简公。

晋荀吴伪会齐师者，假道于鲜虞，遂入昔阳①。秋，八月壬午，灭肥②，以肥子绵皋归。

周原伯绞虐，其舆臣使曹逃③。冬，十月壬申朔，原舆人逐绞而立公子跪寻④。绞奔郊⑤。

甘简公无子⑥，立其弟过。过将去成、景之族⑦。成、景之族赂刘献公⑧，丙申，杀甘悼公⑨，而立成公之孙鰌。丁酉，杀献太子之傅庾皮之子过，杀瑕辛于市⑩，及宫嬖绰、王孙没、刘州鸠、阴忌、老阳子。

季平子立，而不礼于南蒯⑪。南蒯谓子仲⑫：『吾出季氏，而归其室于公，子更其位⑬，我以费为公臣。』子仲许之。南蒯语叔仲穆子⑭，且告之故。

注释

①昔阳：鼓国之都城，位于今河北晋县西。鼓为鲜虞属国。②肥：国名，亦鲜虞属国，位于今河北藁城县西南七里。③曹逃：成群逃走。④跪寻：原伯绞之弟。⑤郊：周地。⑥甘简公：周卿士。⑦成、景：成公、景公，皆为过的先君。⑧刘献公：周卿士。⑨甘悼公：即过。⑩瑕辛：及宫嬖绰等六人皆为周大夫。⑪南蒯：南遗之子，季氏费邑宰。⑫子仲：公子慭。⑬子更其位：让子仲代替季平子之位为卿。⑭叔仲穆子：叔仲带之子叔仲小，南蒯向其告知欲逐出季平子的原因。

译文

六月，将郑简公加以安葬。

晋国的荀吴佯装会合齐军的样子，向鲜虞借路，就借此机会进入昔阳。秋，八月初十日，灭亡肥国，带了肥子绵皋回国。

周朝的原伯绞荒淫暴虐，他的许多手下人成群结队地逃跑。冬，十月初一日，原地大众赶走绞，立了公子跪寻。绞逃亡到郊外。

甘简公没有儿子，立了他兄弟过任国君。过打算去掉成公、景公的族人。成公、景公的族人贿赂刘献公，二十五日，将甘悼公杀害，立了成公的孙子鳅。二十六日，杀掉了献太子保傅庾皮的儿子过，在市上杀害瑕辛，又杀死了宫嬖绰、王孙没、刘州鸠、阴忌、老阳子。

季平子即位，对南蒯没有采用礼法对待。南蒯对子仲说：『我赶走季氏，将他的家产归公，您代替他的位置，我带着费地作为公臣。』子仲答应了。南蒯告诉叔仲穆子，同时把缘由告诉了他。

原文

季悼子之卒也[1]，叔孙昭子以再命为卿。及平子伐莒，克之，更受三命。叔仲子欲构二家[2]，谓平子曰：『三命逾父兄，非礼也。』平子曰：『然。』故使昭子[3]。昭子曰：『叔孙氏有家祸，杀适立庶，故婼也及此[4]。若因祸以毙之[5]，则闻命矣。若不废君命，则固有著矣[6]。』昭子朝，而命吏曰：『婼将与季氏讼，书辞无颇。』季孙惧，而归罪于叔仲子[7]。故叔仲小、南蒯、公子慭谋季氏。慭告公，而遂从公如晋。南蒯惧不克，以费叛如齐。子仲还，及卫，闻乱，逃介而先[8]。及郊，闻费叛，遂奔齐。

注释

①季悼子：季武子之子，平子之父。②构二家：离间二家的关系。二家，指季平子与叔孙昭子。③使昭子：使昭子自贬黜。④婼：昭子名。⑤因祸以毙：因祸乱被讨而倒台。⑥著：著定，位次。⑦叔仲子：即叔仲小。⑧逃介而先：丢下副使先逃回国。

译文

季悼子去世之际，叔孙昭子由于再命而做了卿。直到平子攻打莒国得胜，昭子改受三命。叔仲穆子想要挑拨季氏和叔孙氏两家，对平子说：『三命超过了父兄，这是不合乎礼法的。』平子说：『是这样。』所以就让昭子亲自辞谢。昭子说：『叔孙氏发生家祸，杀死嫡子立了庶子，所以婼才到了今天这一步。如果是由于祸乱而来讨伐，那么婼听到命令了。假若不废除国君的命令，那么本来就有婼的位次。』昭子拜见，命令官吏说：『婼准备和季氏争讼，写诉讼辞的时候不要偏袒。』季平子害怕，就归罪于叔仲子。因此叔仲穆子、南蒯、子仲就开始打季氏的算盘。子仲告诉昭公，就尾随昭公去到晋国。南蒯害怕打不赢，带了费地叛变去了齐国。子仲回国，到达卫国，听到动乱的情况，扔下副使先行逃走回国，到达郊外，听到费地叛乱，就流亡逃避到齐国。

原文

南蒯之将叛也，其乡人或知之，过之而叹，且言曰：『恤恤乎，湫乎攸乎[①]！深思而浅谋，迩身而远志[②]，家臣而君图[③]，有人矣哉！』南蒯枚筮之[④]，遇坤䷁之比䷇[⑤]，曰：『黄裳元吉[⑥]。』以为大吉也。示子服惠伯，曰：『即欲有事[⑦]，何如？』惠伯曰：『吾尝学此矣，忠信之事则可，不然，必败。外强内温，忠也；和以率贞[⑧]，信也，故曰「黄裳元吉」。黄，中之色也[⑨]；裳，下之饰也；元，善之长也。中不忠，不得其色；下不共[⑩]，不得其饰；事不善，不得其极⑪。外内倡和为忠，率事以信为共，供养三德为善⑫，非此三者弗当⑬。且夫《易》，不可以占险，将何事也？且可饰乎⑭？中美能黄，上美为元，下美则裳，参成可筮⑮。犹有阙也，筮虽吉⑯，未也。」

将适费，饮乡人酒。乡人或歌之曰：「我有圃，生之杞乎⑰！从我者子乎⑱，去我者鄙乎，倍其邻者耻乎⑲！已乎已乎！非吾党之士乎！」

平子欲使昭子逐叔仲小。小闻之，不敢朝。昭子命吏谓小待政于朝，曰：「吾不为怨府⑳。」

注释

①湫乎攸乎：忧愁。湫，借为「愁」。攸，借为「悠」，即忧。②迩身：南蒯身为季氏家臣，故曰迩身。③家臣而君图：身为家臣却为国君谋划。④枚筮：古代卜筮首先告其所问之事，如不告，就为枚卜或枚筮，即隐匿其事而占筮。⑤坤、比：二卦名。⑥黄裳元吉：坤卦六五爻辞。⑦即：假设连词，若。⑧和以率贞：即用和顺来行卜问的事情。以比卦来说，坤为土，坎为水，土水相合则和。率，行；贞，卜问。⑨中之色：内衣的颜色。中，义有双关，此借为「衷」，即亵衣，内衣。⑩共：同「恭」。⑪不得其极：不能和准则相合。极，标准，准则。⑫供养三德：崇尚三种德行。三德，指忠、信、极。⑬弗当：不合卦辞所测。⑭可饰乎：言能否在下位而恭敬。⑮参成可筮：三美具备方合于卦辞的预测。参同「叁」。⑯筮：指卦辞。⑰杞：杞柳。杞柳本生水旁，而生于圃，喻所得违其所欲。⑱子：古代男子的美称。⑲倍：通「背」，背叛。⑳怨府：怨恨聚集处。

译文

南蒯打算叛变的时候，他的家乡有人了解情况，走过他的门口，叹了一口气，说：「担心啊！忧啊，愁啊！愿望过高而智谋浅，关系近而志向远，作为家臣而想为国君抛头露面，有这样的人才啊！」南蒯不提出所问的事情而占卜，得到坤卦䷁变成比卦䷇，卦辞说：『黄裳元吉。』就以为是吉祥如意。把它给子服惠伯看，说：『如果有事情，如何？』惠伯说：『我曾经学习过《易》，假如是忠信的事情就可以，合于卦辞的预测，不是这样，就一定无法成功。外面强盛内部温顺，这是忠诚；用温顺来进行占卜，这是信用，因此说「黄裳元吉」。黄，是内衣的颜色；裳，是下部的服饰；元，是善的第一位。内心不忠悫，就和颜色不相符合；在下面不恭敬，就和服装不相符合；事情办理不善，就和标准不相符合。内外和谐一致就是忠，按照诚信办事就是恭，崇尚上述三种德行情操就是善，不是这三种德行就当不起卦辞的预测。并且《易》不能用来预测冒险的事情，您计划做什么呢？而且能不能在下位而毕恭毕敬呢？中美就是黄，上美就是元，下美就是裳，这三者全都具备了才能合于卦辞的预测。如果有所遗漏，卦辞虽然吉利，还是行不通。』

南蒯准备去费地，请乡里的人喝酒。乡里人有人唱歌说：『我有块菜地，却长出了枸杞呵！跟我走的是大男子呵，不跟我走的不是东西呵，背叛抛弃他亲人的可耻呵！罢了罢了！不是我们一伙的亲人呵！』

季平子想要让昭子驱逐叔仲子。叔仲子听到了，没有胆子朝见。昭子命令官吏告诉叔仲子在朝廷上等候办公，说：『我不充当怨恨聚集的角色。』

原文

楚子狩于州来，次于颍尾①，使荡侯、潘子、司马督、嚣尹午、陵尹喜帅师围徐以惧吴②。楚子次于乾谿，以为之援。雨雪，王皮冠，秦复陶③，翠被④，豹舄，执鞭以出。仆析父从。右尹子革夕，王见之，去冠、被，舍鞭，与之语曰：『昔我先王熊绎⑤，与吕伋、王孙牟、燮父、禽父并事康王，四国皆有分⑥，我独无有。今吾使人于周，求鼎以为分，王其与我乎？』对曰：『与君王哉！昔我先王熊绎辟在荆山，筚路蓝缕以处草莽，跋涉山林以事天子，唯是桃弧、棘矢以共御王事。齐，王舅也[7]；晋及鲁、卫，王母弟也[8]。楚是以无分，而彼皆有。今周与四国服事君王，将唯命是从，岂其爱鼎？』王曰：『昔我皇祖伯父昆吾[9]，旧许是宅[10]。今郑人贪赖其田[11]，而不我与。我若求之，其与我乎？』对曰：『与君王哉！周不爱鼎，郑敢爱田？』王曰：『昔诸侯远我而畏晋，今我大城陈、蔡、不羹，赋皆千乘，子与有劳焉，诸侯其畏我乎！』对曰：『畏君王哉！是四国者，专足畏也，又加之以楚，敢不畏君王哉？』工尹路请曰：『君王命剥圭以为鏚柲[12]，敢请命。』王入视之。析父谓子革：『吾子，楚国之望也。今与王言如响，国其若之何？』子革曰：『摩厉以须[13]，王出，吾刃将斩矣。』王出，复语。

注释

①颍尾：颍水入淮处，又称颍口。②荡侯、潘子、司马督、嚣尹午、陵尹喜：五人均为楚大夫。③秦复陶：秦国所赠羽衣。④翠被：翠羽披肩。被，同『披』。⑤熊绎：楚始封君。⑥四国，皆有分：四国，指齐、晋、鲁、卫。分，珍宝之器。⑦王舅：周成王母邑姜，为齐太公女。吕伋为齐太公之子，故为成王舅。⑧王母弟：鲁姬旦，卫康叔为周武王母弟，晋唐叔则为周成王母弟。⑨昆吾：楚远祖之兄。⑩旧许是宅：旧许，许国，地在今河南许昌市，后迁于叶，又迁于夷，故其地为郑所得，称为旧许。宅，居。⑪赖：利。⑫剥圭以为鏚柲：破圭玉来做斧柄的饰物。⑬摩厉以须：磨刀剑而等待。摩厉，今作『磨砺』；须，等待。

译文

楚灵王在州来狩猎阅兵，驻兵在颍尾，派荡侯、潘子、司马督、嚣尹午、陵尹喜率兵包围徐国以让吴国恐惧。楚灵王住在乾谿，作为他们的后援。下雪，楚灵王头戴皮帽子，身穿秦国的复陶羽衣，外披翠羽披肩，脚穿豹皮鞋，手持鞭子走出来。仆析父作为跟班儿。右尹子革晚上朝见，楚灵王接见他，取下帽子、披肩，丢掉鞭子，和他说话，说：『以前我们先王熊绎，和吕伋、王孙牟、燮父、禽父共同事奉康王，四国都被颁赐宝器，却单单我国没有。现在我派人去到成周，请求把鼎作为颁赐，周天子答应给我吗？』子革回答说：『给君王啊！很久以前我们先王熊绎僻处荆山，乘柴车、穿破衣以劈开丛生的杂草，跋山涉水以事奉天子，只能将桃木弓枣木箭作为进贡。齐国，是天子的舅父；晋国和鲁国、卫国，是天子的同胞兄弟。楚国因此没有获得颁赐而他们都有。如今是周朝和四国顺服事奉君王了，将会唯命是从，难道还爱惜鼎？』楚灵王说：『以前我们的皇祖伯父昆吾，定居在旧许，现在郑人贪利这里的土田而不给我们。我们假如求取，他会给我们吗？』子革回答说：『给君王啊！周朝不爱惜鼎，郑国敢珍惜土田？』楚灵王说：『从前诸侯认为我国偏僻而对晋国畏惧，现在我们大大地修建陈国、蔡国、两个不羹城的城墙，每地都有战车一千辆，您是有功绩的，诸侯大约害怕我们了吧！』子革回答说：『畏惧君王啊！光是这四个城邑，也就足够令人害怕了，又加上楚国全国的力量，谁敢不怕君王呢？』工尹路请求说：『君王命令破开圭玉以装点斧柄，谨请发布命令。』楚灵王走进去仔细观察。析父对子革说：『您，是楚国中有威望的人。现在和君王说话，对答好像回声一样，国家如何治理？』子革说：『我磨快了刀刃在等着，君王一旦出来，我的刀刃就将对准他砍下去了。』楚灵王出来，重新说话。

原文

左史倚相趋过，王曰：『是良史也，子善视之！是能读《三坟》、《五典》、《八索》、《九丘》[1]。』对曰：『臣尝问焉，昔穆王欲肆其心[2]，周行天下，将皆必有车辙马迹焉。祭公谋父作《祈招》之诗以止王心[3]，王是以获没于祗宫[4]。臣问其诗，而不知也。若问远焉，其焉能知之？』王曰：『子能乎？』对曰：『能。其诗曰：「祈招之愔愔[5]，式昭德音。思我王度，式如玉，式如金。形民之力[6]，而无醉饱之心[7]。」』王揖而入，馈不食，寝不寐，数日，不能自克，以及于难。

仲尼曰：『古也有志：「克己复礼，仁也。」信善哉！楚灵王若能如是，岂其辱于乾谿？』

晋伐鲜虞，因肥之役也。

注释

①《三坟》、《五典》、《八索》、《九丘》：都是古书名，仅有书名，没有内容留下。②穆王：周穆王。肆：放纵，恣意。③祭公谋父：周公的孙子，谋父是他的名。④祇宫：穆王行宫，筑于南郑，即今陕西华县北。⑤祈：求。招：或作昭，指明德。愔愔：音，安和貌。⑥形：表现。⑦醉饱之心：指纵欲之心。

译文

左史倚相快步走过，楚灵王说：『这个人是好史官，您一定要好好看待他！这个人可以读《三坟》、《五典》、《八索》、《九丘》。』子革回答说：『下臣曾经询问过他，从前周穆王想要放纵他的私心，遍游天下，打算让天下都有他的车马的痕迹。祭公谋父作了《祈招》这首诗来阻却穆王的私心，穆王因此得以善终于祇宫。下臣问他这首诗，他不了解。如果问更远的事情，他又如何了解？』楚灵王说：『您能知道吗？』子革回答说：『可以。这首诗说：「祈招安详和悦，表现有德者的声音。回想我们君王的风度，模样好像玉，好像金。保存百姓的力量，而自己没有满足欲望之心。」』楚灵王向子革作揖，走进去，不吃送上的饭，睡觉睡不着，好几天，不能抑制自己，所以遇上了祸难。

孔子说：『以前有话说：「克制自己回到礼仪上，这就是仁。」真是说得精辟啊！楚灵王如果能够像这样的话，难道还会在乾谿受到羞辱吗？』

晋国攻打鲜虞，这是由于打败肥国以后而顺路攻打。

昭公十三年

原文

十三年春，叔弓围费，弗克，败焉。平子怒，令见费人执之，以为囚俘。冶区夫曰[1]：“非也。若见费人，寒者衣之，饥者食之，为之令主[2]，而共其乏困[3]。费来如归，南氏亡矣。民将叛之，谁与居邑？若惮之以威，惧之以怒，民疾而叛，为之聚也[4]。若诸侯皆然[5]，费人无归，不亲南氏，将焉入矣？”平子从之，费人叛南氏。

楚子之为令尹也，杀大司马薳掩而取其室。及即位，夺薳居田，迁许而质许围[6]。蔡洧有宠于王，王之灭蔡也，其父死焉，王使与于守而行[7]。申之会，越大夫戮焉。王夺斗韦龟中犨[8]，又夺成然邑，而使为郊尹[9]。蔓成然故事蔡公[10]。故薳氏之族及薳居、许围、蔡洧、蔓成然，皆王所不礼也。因群丧职之族，启越大夫常寿过作乱，围固城，克息舟，城而居之。

注释

①冶区夫：鲁大夫。②为之令主：做费邑人的好主人。③共：同“供”。④为之聚：如同恐吓手段对费人，费人将憎恨季氏而背叛他这等于为南氏聚民。⑤诸侯皆然：若诸侯皆如季氏那样，见费人就捉，费人无所归，只有归依南氏。⑥质许围：以许围为人质。许围，许国大夫。⑦使与于守而行：使蔡洧守国，而自己出行至乾谿。⑧中犨：邑名，当位于今河南南阳市一带。⑨成然：韦龟之子。郊尹：治理郊区的大夫。⑩蔓成然故事蔡公：成然过去事奉过蔡公。蔓成然，即成然，食采于蔓。故事，即旧事，过去事奉。蔡公，即公子弃疾。

译文

十三年春季，叔弓领兵将费地包围，没有攻克，反而被费地的人给打败。平子大为动怒，下令军队见到费地的人就都抓起来，作为俘虏。』，冶区夫说：『这样做不对。如果见到费地人，有受冻的就给他送衣服，有挨饿的就送给他食物，变成他们的好主人，并给他们供应所缺乏的东西。这样费地人就会纷纷来投奔季氏，就像回家一样，南氏就要灭亡了。百姓一旦与他背叛，谁还会和他一起住在费城中呢？反之，要是用威力使他们害怕，用愤怒使他们恐惧，百姓就会因为担心忧虑而背叛您，这实际上是把百姓推向南氏。如果诸侯都这么做，费地人没有信赖的地方，他们不投奔南氏，还能投奔谁呢？』平子采纳了他的建议，果然没过多久费地人就都背叛了南氏。

楚灵王担任令尹的时候，杀了大司马薳掩，占有了他的全部家产。等到他做了君王，又夺取了薳居的田地。而且与此同时还把许地的人迁到别处，并抓了许国大夫许围作为人质。蔡洧曾受到楚灵王的宠信，楚灵王把蔡国灭掉时，蔡洧的父亲也被杀死。楚灵王派蔡洧镇守蔡地，然后率领军队继续前进。鲁昭公四年在申地举行的盟会上，越国大夫曾经受到了楚灵王的羞辱，楚灵王将斗韦龟的封邑中犨夺取了，又夺取了成然的封邑，然后让他任郊尹。成然从前曾经事奉过蔡公即公子弃疾。所以薳氏的族人和薳居、许围、蔡洧、成然，都是不受楚灵王喜欢的人。他们互相联合起来，依靠这些被剥夺职位和土地的人，同时又煽动越国大夫常寿过发动了叛乱，包围了固城，攻陷了息舟，接着又重新修筑了城池，在那里居住下来。

原文

观起之死也，其子从在蔡，事朝吴[①]，曰：『今不封蔡[②]，蔡不封矣。我请试之。』以蔡公之命召子干、子皙[③]，及郊，而告之情，强与之盟，入袭蔡。蔡公将食，见之而逃。观从使子干食，坎，用牲，加书，而速行。已徇于蔡曰[④]：『蔡公召二子，将纳之，与之盟而遣之矣，将师而从之[⑤]。』蔡人聚，将执之。辞曰：『失贼成军，而杀余，何益？』乃释之。朝吴曰：『二三子若能死亡，则如违之[⑥]，以待所济。若求安定，则如与之[⑦]，以济所欲[⑧]。且违上，何适而可？』众曰：『与之！』乃奉蔡公，召二子而盟于邓[9]，依陈、蔡人以国。楚公子比、公子黑肱、公子弃疾、蔓成然、蔡朝吴帅陈、蔡、不羹、许、叶之师，因四族之徒，以入楚。及郊，陈、蔡欲为名，故请为武军[10]。蔡公知之曰：『欲速。且役病矣[11]，请藩而已。』乃藩为军。蔡公使须务牟与史猈先入[12]，因正仆人杀大子禄及公子罢敌[13]。公子比为王，公子黑肱为令尹，次于鱼陂[14]。公子弃疾为司马，先除王宫，使观从从师于乾谿，而遂告之，且曰：『先归复所，后者劓。』师及訾梁而溃[15]。

注释

①事朝吴：观从做朝吴家臣。朝吴，原蔡大夫声子之子。②封：恢复。③子干、子皙：二子皆楚灵王弟。子干即公子比，子皙即公子黑肱。④己徇于蔡：自己对蔡人宣布。⑤将师而从之：诈称蔡公将帅军从二子去攻楚都城。⑥则如违之：就应违背蔡公。如，应当。⑦与之：赞助蔡公。⑧以济所欲：以成就复国之愿望。⑨邓：蔡国旧都，位于今河南漯河市东南。⑩请为武军：此则指筑起壁垒，树立陈、蔡军旗。⑪役病：随军夫役太疲劳了。⑫须务牟、史猈：二人皆为楚大夫，蔡公之党。⑬正仆人：仆人之长，太子近臣。⑭鱼陂：地名，位于今湖北天门县西北一带。⑮訾梁：楚地名，位于今河南信阳县。

译文

鲁襄公二十二年观起死的时候，他的儿子观从正在蔡国事奉蔡大夫朝吴，他对朝吴说：『现在如果再不恢复蔡国，那么蔡国就会永远被灭亡了。请同意我尝试一下。』便以蔡公的名义召请子干、子皙来蔡。二人来到蔡都郊区，观从才把真实情况告诉他们，并强行与他们盟了誓，然后入城袭击蔡都。蔡公正打算吃饭，听到这一情况后便逃走了。于是观从便让子干坐在蔡公的位置上吃饭，然后又挖了一个坑，把牲畜杀了，放上盟书，伪造成了结盟的假象，又迅速让子干两人走了。观从对蔡地人公开宣布说：『蔡公把子干、子晳请来，打算把他们送回楚国。现在已与他们结了盟，并送他们回去了，蔡公本人也准备率领军队协助他们。』蔡地人聚集起来后要把观从逮起来，观从为自己辩解说：『那两个人已经逃走，蔡公的军队也已组成了，你们杀了我有什么用？』蔡地人便把他放了。朝吴说：『你们这些人要是要为楚王效忠而死亡，那么就不要听从蔡公的命令，等待局势的进一步发展。如果你们想要安定下来，那么就不如帮助蔡公，以恢复你们的祖国。再说如果你们背离了蔡公，又打算听从谁的呢？』众人都说：『我们帮助蔡公！』于是就事奉蔡公，并且将子干、子晳两人请回来，在邓地结了盟。蔡公等人决定依赖陈国和蔡国人的力量攻打楚王，并答应将来将陈国和蔡国恢复了。于是楚国的公子比、公子黑肱、公子弃疾、蔓成然、蔡朝吴率领陈、蔡、不羹、许、叶等地的各路军队，并依靠薳氏、许围、蔡洧、蔓成然四氏的族人，浩浩荡荡的向楚国开进。行至楚都郊区时，陈、蔡两国为宣扬自己讨伐无道、复兴祖国的名声，请求筑起一座壁垒。蔡公知道情况后说：『我们应该迅速攻入城内，但现在军队已经特别疲乏，不宜再动用兵力修筑壁垒了。只要暂时用篱笆围成营栅能驻军就行了。』于是便用篱笆围起来作为军营。蔡公派遣须务牟和史猈先行入城，凭正仆人杀了太子禄和公子罢敌。然后拥立公子比即子干为王，公子黑肱即子晳为令尹，临时驻扎在鱼陂。公子弃疾即蔡公担任司马，首先将王宫中楚灵王的亲信清除了，把自己的党羽一个接一个地安排进去，又派观从到乾谿和楚灵王的军队接触，并把起兵叛王的消息报告了楚灵王的军队，而且还说：『先回来的人全部可以保有他们的禄位和家财，回来晚的则要处以割鼻之刑。』所以楚灵王的军队行至訾梁时就溃散了。

原文

王闻群公子之死也，自投于车下，曰：『人之爱其子也，亦如余乎？』侍者曰：『甚焉，小人老而无子，知挤

于沟壑矣。』王曰：『余杀人子多矣，能无及此乎？』右尹子革曰：『请待于郊，以听国人。』王曰：『众怒不可犯也。』曰：『若入于大都而乞师于诸侯①。』王曰：『皆叛矣。』曰：『若亡于诸侯，以听大国之图君也②。』王曰：『大福不再，只取辱焉。』然丹乃归于楚③。王沿夏④，将欲入鄢⑤。芋尹无宇之子申亥曰：『吾父再奸王命⑥，王弗诛，惠孰大焉？君不可忍⑦，惠不可弃，吾其从王。』乃求王，遇诸棘闱以归⑧。夏，五月癸亥，王缢于芋尹申亥氏。申亥以其二女殉而葬之。

观从谓子干曰：『不杀弃疾，虽得国，犹受祸也。』子干曰：『余不忍也。』子玉曰⑨：『人将忍子，吾不忍俟也⑩。』乃行。国每夜骇曰：『王入矣！』乙卯夜⑪，弃疾使周走而呼曰：『王至矣！』国人大惊。使蔓成然走告子干、子皙曰：『王至矣！国人杀君司马，将来矣！君若早自图也，可以无辱。众怒如水火焉，不可为谋。』又有呼而走至者曰：『众至矣！』二子皆自杀⑫。丙辰⑬，弃疾即位，名曰熊居。葬子干于訾，实訾敖⑭。杀囚，衣之王服而流诸汉，乃取而葬之，以靖国人。使子旗为令尹⑮。

注释

①若：或许，或者。大都：大县、大邑。②听大国之图君：逃往大国，听从大国以武力纳君返国。③然丹：子革。④沿夏：顺流为沿。顺夏水而下。夏，汉水别名。⑤鄢：楚别都，位于今湖北宜城县西南。⑥奸：干犯。⑦君不可忍：对君不可太狠心，太残忍。⑧棘闱：地名。⑨子玉：即观从。⑩不忍俟：不忍心等待灾祸降临。忍俟，忍心等待。⑪乙卯：十七日。⑫二子：指子干、子皙。⑬丙辰：十八日。⑭訾敖：楚君无谥者，以葬地加敖字为名号。⑮子旗：即蔓成然。

译文

楚灵王得知两个公子死了以后，自己从车上摔了下来。他说：『别人爱他的儿子是不是和我一样呢？』侍臣说：『恐怕要超过您。像我这样老而无子的人，死后当然要被推到沟壑里去的。』楚灵王说：『我杀别人的儿子太多了，能不落到这一步吗？』右尹子革说：『请君王在国都郊外等候，以听凭国人的处置。』楚灵王说：『看来大众的怨愤是不能触犯的。』子革说：『我们还不如逃到大的都邑中去，然后请求诸侯派兵救援。』楚灵王说：『不行了，都背叛我了。』子革说：『逃到其他国家，听凭大国为您做主。』楚灵王说：『那样也不能再把王位恢复了，只能自找羞辱而已。』于是子革便也离开楚灵王回到了楚都。楚灵王沿着夏水向前行进，准备到鄢地去。芋尹无宇的儿子申亥说：『我父亲曾经两次触犯了王命，君王都不诛杀他，还有能比恩惠大的吗？对君王不能过于狠心，恩惠不能忘记，我愿意永远跟随君王。』于是就前去追寻楚灵王，结果在棘闱碰到他，然后就和他一起回到家中。夏季，五月二十五日，楚灵王在申亥氏家中自缢而死。申亥把自己的两个女儿作为殉葬品，将楚灵王安葬了。

观从对子干说：『假如不杀了弃疾，即使您能得到国家，也还会受到祸害的。』子干说：『我不忍心把他杀掉。』观从说：『您不忍心杀死他，他会忍心杀死您的，我狠不下心再等下去了。』于是就离开了子干。这个时候人们尚不知楚灵王生死与否，所以国都的人每每在夜间互相惊扰说：『楚王回来了！』十七日，弃疾派人到各处散布：『君王回来了！』都城的人都极为惊愕。弃疾派蔓成然跑去向子干、子皙诈称：『君王回来了！城内的人已经杀了司马弃疾，马上就要攻到这里了！您如果能早点安排，可以免受耻辱。众人的愤怒犹如火水一样不可遏止，没有什么办法可想了。』这时又有人跑来说：『他们已经杀过来了！』于是子干、子皙便自杀了。十八日，弃疾即位，是为平王，更名为熊居。然后把子干安葬到訾地，称之为訾敖。平王又把一个囚犯杀死了，给他穿上楚灵王的衣服，丢入汉水中，再打捞上来埋葬，从而使国人确信楚灵王已死，人心慢慢安定下来，然后任命子旗即蔓成然为令尹。

原文

楚师还自徐①，吴人败诸豫章，获其五帅②。

平王封陈、蔡③，复迁邑④，致群赂⑤，施舍宽民，宥罪举职。召观从，王曰：『唯尔所欲。』对曰：『臣之先，佐开卜⑥。』乃使为卜尹。使枝如子躬聘于郑，且致犨、栎之田⑦。事毕，弗致，郑人请曰：『闻诸道路，将命寡君以犨、栎，敢请命？』对曰：『臣未闻命。』既复，王问犨、栎。降服而对⑧，曰：『臣过失命，未之致也。』王执其手，曰：『子毋勤⑨！姑归，不谷有事，其告子也。』

注释

①还自徐：去楚师围徐，今解围而还。②五帅：楚军围徐之五帅，即荡侯、潘子、司马督、嚣尹午、陵尹喜。③封陈、蔡：立陈惠公于陈，蔡平公庐于蔡，使复其故国。④复迁邑：使迁走的邑人返回。⑤致群赂：赏赐有功之臣。⑥佐开卜：卜师的助手。⑦致犨、栎之田：交还犨、栎二地。犨、栎本郑邑，楚取之。⑧降服：脱去上服，以示请罪。⑨毋勤：不必降服自辱。

译文

楚军从徐国归来，行至豫章被吴国人打败，五位将领荡侯、潘子、司马督、嚣尹午、陵尹喜均都被俘获。

楚平王重新恢复陈国和蔡国，并使原来楚灵王让迁出去的人都返回原来的住处，又赏赐群臣非常多的财物，布施恩惠，放宽有关百姓的政策，赦免罪人，使失去职位的人官复原职。并召见观从说：『你有什么要求，我都能够满足。』观从回答说：『我的祖先曾经做过卜尹的助手。』因此楚平王便任命他为卜尹。楚平王派枝如子躬到郑国聘问，并把犨、栎两地的田地送还郑国。但聘问完结后，子躬并没有提起归还田地一事，所以郑国人问道：『听路人传言，说是贵国将要把犨、栎两地还给我们君王，请问到底有没有这回事？』子躬回答说：『我没有接到这样的命令。』回到楚国复命时，楚平王问起犨、栎两地的态势，子躬脱去上衣请罪说：『我犯了非常恶劣的错误，违背了您的命令，没有还给他们。』楚平王拉起他的手安慰道：『你不必如此自责！先回去休息，以后如果我有事，自然还会让你去办的。』

原文

他年，芋尹申亥以王柩告，乃改葬之。

初，灵王卜，曰：『余尚得天下①！』不吉。投龟，诟天而呼曰②：『是区区者而不余畀③，余必自取之。』民患王之无厌也④，故从乱如归。

初，共王无冢适⑤，有宠子五人，无适立焉⑥。乃大有事于群望⑦，而祈曰：『请神择于五人者，使主社稷。』乃遍以璧见于群望曰：『当璧而拜者，神所立也，谁敢违之？』既，乃与巴姬密埋璧于大室之庭⑧，使五人齐⑨，而长入拜。康王跨之，灵王肘加焉。子干、子皙皆远之。平王弱，抱而入，再拜，皆厌纽⑩。斗韦龟属成然焉，且曰：『弃礼违命，楚其危哉！』

注释

①尚：庶几。表示希冀的副词。②诟：骂。③区区者：灵王小视天下，以为微不足道。区区，小、少。不余畀：不肯赋予我。④患王之无厌：担忧灵王贪得无厌，不断兴师扰民。⑤无冢适：没有嫡长子。冢，大。⑥无适立：不知立谁。适，专主。⑦大有事于群望：遍祭名山大川。⑧巴姬：共王妾。大室：祖庙。⑨齐：同『斋』。⑩厌纽：压

纽。纽，璧鼻，有孔，可穿绳。

译文

过了数年后，芋尹申亥才带着楚灵王的灵柩前来告诉楚平王，于是便改葬了楚灵王。

当初，楚灵王曾经占卜，并且说：『我渴望能得到天下！』占卜的结果却不吉利。于是楚灵王气得火冒三丈把龟甲扔到地上，诅咒上天说：『居然连这么一个小小的天下都舍不得给我，我一定要自己取得它。』百姓因为担心楚灵王的欲望永远没有满足的时候，因此不加思索地参加了动乱的行列，就像回家一样特别痛快。

起初，楚共王没有嫡长子，宠姬所生的庶子倒有五个。楚共王不知道立哪一个为太子才合适。于是就遍祭名山大川的神灵，祈祷说：『请神灵在这五个人中挑选一个，以让他管理国家。』又把一块玉璧向神灵作了一遍展示说：『谁要是对着这块玉璧下拜，谁就是神灵所立的太子，何人敢违背？』祭祀之后，楚共王就和巴姬偷偷地把玉璧埋到祖庙的院子里，然后让五位公子斋戒，依照长幼顺序依次入庙下拜。康王两脚各跨在玉璧的一边，当灵王下拜时胳膊压住了玉璧。子干、子皙站立的位置都离玉璧非常远。平王当时还很小，被人抱着进来，两次下拜，把两只手都正好压在玉璧的纽上。于是斗韦龟便嘱托儿子成然要事奉平王，并说：『要是不顾礼法违背神灵的意愿，楚国就会陷于危险！』

原文

子干归，韩宣子问于叔向曰：『子干其济乎？』对曰：『难。』宣子曰：『同恶相求①，如市贾焉，何难？』对曰：『无与同好，谁与同恶？取国有五难：有宠而无人，一也；有人而无主②，二也；有主而无谋，三也；有谋而无民，四也；有民而无德，五也。子干在晋十三年矣，晋、楚之从，不闻达者，可谓无人。族尽亲叛，可谓无主。无衅而动，可谓无谋。为羁终世③，可谓无民。亡无爱征④，可谓无德。王虐而不忌，楚君子干，涉五难以弑旧君，谁能济之？有楚国者，其弃疾乎！君陈、蔡，城外属焉⑤。苛慝不作⑥，盗贼伏隐，私欲不违⑦，民无怨心。先神命之⑧，国民信之。芈姓有乱⑨，必季实立⑩，楚之常也。获神，一也；有民，二也；令德，三也；宠贵，四也；居常，五也。有五利以去五难，谁能害之？子干之官，则右尹也；数其贵宠，则庶子也；以神所命，则又远之。其贵亡矣，其宠弃矣，民无怀焉，国无与焉，将何以立？」宣子曰：「齐桓、晋文，不亦是乎⑪？」对曰：「齐桓，卫姬之子也⑫，有宠于僖；有鲍叔牙、宾须无、隰朋以为辅佐，有莒、卫以为外主；有国、高以为内主⑬。从善如流，下善齐肃⑭，不藏贿，不从欲⑮，施舍不倦，求善不厌。是以有国，不亦宜乎？我先君文公，狐季姬之子也，有宠于献⑯。好学而不贰，生十七年，有士五人⑰。有先大夫子余、子犯以为腹心⑱，有魏犨、贾佗以为股肱，有齐、宋、秦、楚以为外主⑲，有栾、郤、狐、先以为内主⑳，亡十九年，守志弥笃。惠、怀弃民㉑，民从而与之。献无异亲，民无异望。天方相晋，将何以代文？此二君者，异于子干。共有宠子㉒，国有奥主。无施于民，无援于外，去晋而不送，归楚而不逆，何以冀国㉓？」。

注释

①同恶：共恶。谓共恶灵王。②无主：无内应。③为羁终世：终身客居晋国，与国人不亲。④亡无爱征：子干逃亡晋国，国人没有爱恋思念的迹象。⑤城外属焉：方城山以外归属于他。⑥苛慝不作：烦琐和邪恶没有发生。⑦私欲不违：不因私欲而违乱。⑧先神命之：指再拜皆厌纽。⑨芈：即楚国。⑩必季实立：必定是小儿子得立君。季，为少子，小儿子。⑪不亦是乎：不也是……吗？此指齐桓公、晋文公为庶子出亡而得立。⑫卫姬：齐僖公妾。⑬国、高：指国氏、高氏，皆为齐上卿。⑭下善齐肃：下善，一般行动。齐肃，疾速。⑮不从欲：不放纵情欲。⑯献：晋献公，文公之父。⑰五人：指狐偃、赵衰、颠颉、魏武子、司空季子。⑱子余、子犯：即赵衰、狐偃。⑲齐、宋、秦、楚以

为外主：谓齐妻以女，宋赠以马，楚王享之，秦伯纳之。⑳栾、郤、狐、先：即栾枝、郤縠、狐突、先轸。㉑惠、怀：指晋惠公、晋怀公。㉒宠子：指弃疾。㉓何以冀国：有何希望享有国家。

译文

子干从晋国回去后，韩起向叔向问道：『子干恐怕会成功吧？』叔向说：『很难得到成功。』韩起说：『大家共同憎恨一个人并且需要互相协助，就像商人都在追求获利一样，有什么难的？』叔向说：『子干没有和他一条心的人，又有谁能和他同仇敌忾呢？要想取得国家有五大障碍一定得消除：出身高贵但是没有贤人辅佐，这是一；有贤人辅佐但是没有有实力的人做主作为内应，这是二；有人做了内应但又缺乏谋略，这是三；有谋略但得不到大众的支持，这是四；有众人支持但自己不修德行，这是五。子干住在晋国已经有十三年了。晋、楚两国中与他交往的人，没听说有什么知名之士，可以说他没有贤人；他的族人被灭亡，亲戚又都背叛他了，可以说楚国没有人能够作为他的内应；无机可乘却轻举妄动，可以说没有谋略；长期在外流亡，可以说没有大众为基础；逃亡在外国，人却没有丝毫怀念他的意思，可以说无德。楚灵王虽然暴虐，但对贤人并不是完全地排斥，楚国如果以子干为国君，关系到这五大难处而杀死原来的国君，谁能帮助他成功呢？将来拥有楚国的恐怕就是公子弃疾吧！弃疾管理陈、蔡两地，而且方城之外的地区也都归他统治。在他所辖的地区，没有繁杂的政令和邪恶的行为，盗贼销声匿迹，人们虽然有私欲可是从来不违背礼法，百姓没有怨恨之心。可以说神灵已经任命了他，国内的百姓也都相当拥护他。而且楚国每当王族芈姓发生了王位之乱，理所当然是最小的儿子被立为国君，这是楚国的规律。他得到神灵的认可，这是一；受到百姓的拥戴，这是二；有良好的品德，这是三；受到宠爱并且拥有高贵的地位，这是四；年纪最小，符合楚国立君的传统做法。具有这五种优越条件，从而排除了那五种障碍，还有谁能把他伤害呢？子干的官位只不过是右尹而已，远远不如蔡公高贵，论起他的身份，也不过是庶子，并不能比上弃疾；神灵对他又是那样疏远。其显贵的地位丧失了，宠信也随之丢掉了，百姓不怀念他，国内又没有亲近之人，又凭靠什么取得王位呢？』韩起说：『齐桓公、晋文公和他的情况不是相同吗？』叔向说：『齐桓公是卫姬的儿子，得到了僖公的宠爱；又有鲍叔牙、宾须无、隰朋等人辅佐；有莒、卫等亲戚之国作为外援；有国氏、高氏在国内策应。另外齐桓公接受善言规劝非常痛快，谦恭下士，严以律己，从不贪财好色，不纵欲胡为，不停地施舍，不停地求善。他因此终于得到了国家，不是很应该的吗？我们先君文公是狐季姬的儿子，受到献公的宠爱，从小就好学不倦，聚精会神，十七岁时结交了狐偃、赵衰等五位贤能之士。有先大夫赵衰和狐偃作为自己的心腹，有魏犨、贾佗作为得力助手，有齐、宋、秦、楚等国作为外援，有栾枝、郤縠、狐突、先轸作为内应，尽管逃亡在外十九年，但返国的决心却越来越坚定执着。当惠公、怀公抛弃了百姓时，百姓就转而跟从帮助他。当时献公的亲人除了文公之外，再没有别人了，百姓只有把期望寄托到他身上了。那时上天也正在保佑晋国，又有谁能取代文公呢？这两位君王都和子干不一样。共王有最受宠爱的儿子，国家已经内定了君主。在这种情况下，子干对百姓没有一点点恩德，在外面又一点援助也没有，离开晋国时没有人前去送他，回到楚国时也没有人欢迎他，这样的人又如何有希望得到国家呢？』

原文

晋成虒祁，诸侯朝而归者皆有贰心。为取郠故，晋将以诸侯来讨。叔向曰：『诸侯不可以不示威。』乃并征会①，告于吴。秋，晋侯会吴子于良②。水道不可，吴子辞，乃还。

七月丙寅③，治兵于邾南④。甲车四千乘，羊舌鲋摄司马，遂合诸侯于平丘⑤。子产、子大叔相郑伯以会。子产以幄幕九张行⑥，子大叔以四十，既而悔之，每舍，损焉。及会，亦如之⑦。

次于卫地，叔鲋求货于卫[8]，淫刍荛者[9]。卫人使屠伯馈叔向羹，与一箧锦[10]，曰：『诸侯事晋，未敢携贰，况卫在君之宇下，而敢有异志？刍荛者异于他日，敢请之。』叔向受羹反锦，曰：『晋有羊舌鲋者，渎货无厌[11]，亦将及矣。为此役也[12]，子若以君命赐之，其已。』客从之。未退，而禁之。

注释

①并征会：征召所有诸侯会见。并，遍。②良：地名，位于今江苏邳县新治东南。③丙寅：二十九日。④治兵于邾南：于邾国南境检阅军队。⑤平丘：地名，位于今河南封丘县东。⑥幄幕：军旅用之帐篷，盖在上面称幕，围在四周称幄，皆以布为之。⑦如之：指子太叔所带幄幕同子产一样仅剩九张。⑧叔鲋：即羊舌鲋，叔向之弟。⑨淫刍荛者：放纵砍柴草的人。⑩一箧锦：箧为狭长方形盒子，中盛美锦。⑪渎货无厌：贪求财货不知满足。⑫役：事。

译文

晋国的虒祁之宫落成之时，诸侯朝见回来后都产生了背离之心。因为鲁国夺取莒国的郠地一事，晋国打算召集诸侯前来攻打。叔向说：『必须再向诸侯显示一下威力。』便通知诸侯前去参加盟会，同时也转告了吴国。秋季，晋昭公和吴王约好在良地进行会见。但因为水路交通不很方便，吴王便推辞不来了，晋昭公也只好回去了。

七月二十九日，晋国在邾国南部进行了一场军事演习。总共调动战车四千辆，由叔向的弟弟羊舌鲋代理司马，然后在平丘会合了诸侯。子产、游吉陪同郑定公前去赴会。出发前子产带了大小帐篷九顶，可是游吉却带了四十顶，上路之后游吉就开始后悔了，于是每到一处住宿一次，就减少一次。等到行至平丘，剩下的帐篷就和子产一样多了。

晋军驻扎在卫国，羊舌鲋向卫国索要财物，并任意放纵士兵四处砍伐。卫国人派屠伯前去送给叔向一碗羹汤和一箱锦缎，说：『诸侯事奉晋国，不敢有三心二意。况且我们在贵国君王的保卫之下，怎么能有别的想法呢？现在贵国砍柴的人和以前都大不一样，请您能够对此加以制止。』叔向接受了羹汤，但把锦缎退了回去，说：『晋国有个羊舌鲋，一向贪求财物不知满足，他即将遭到灾祸。至于现在这件事，只要您把这箱锦缎以贵君的名义赐给他，他一定能下令制止。』屠伯听从了他的话，把锦缎送给了羊舌鲋。当真，屠伯还未退出羊舌鲋的住处，羊舌鲋就下令禁止乱砍滥伐了。

原文

晋人将寻盟，齐人不可。晋侯使叔向告刘献公曰①：『抑齐人不盟，若之何？』对曰：『盟以底信。君苟有信，诸侯不贰，何患焉？告之以文辞，董之以武师，虽齐不许，君庸多矣②。天子之老③，请帅王赋④，「元戎十乘⑤，以先启行」，迟速唯君。』叔向告于齐，曰：『诸侯求盟，已在此矣。今君弗利⑥，寡君以为请。』对曰：『诸侯讨贰，则有寻盟。若皆用命，何盟之寻？』叔向曰：『国家之败，有事而无业，事则不经；有业而无礼，经则不序；有礼而无威，序则不共；有威而不昭，共则不明⑦；不明弃共，百事不终，所由倾覆也。是故明王之制，使诸侯岁聘以志业⑧，间朝以讲礼，再朝而会以示威，再会而盟以显昭明。志业于好⑨，讲礼于等，示威于众，昭明于神，自古以来，未之或失也。存亡之道，恒由是兴。晋礼主盟，惧有不治，奉承齐牺⑩，而布诸君，求终事也。君曰「余必废之」，何齐之有？唯君图之。寡君闻命矣！』齐人惧，对曰：『小国言之，大国制之，敢不听从？既闻命矣，敬共以往，迟速唯君。』叔向曰：『诸侯有间矣⑪，不可以不示众。』八月辛未，治兵⑫，建而不旆⑬。壬申，复旆之，诸侯畏之。

邾人、莒人愬于晋曰：『鲁朝夕伐我，几亡矣。我之不共，鲁故之以⑭。』晋侯不见公。使叔向来辞曰：『诸侯将以甲戌盟⑮，寡君知不得事君矣，请君无勤。』子服惠伯对曰：『君信蛮夷之诉，以绝兄弟之国，弃周公之后，亦唯君。寡君闻命矣。』叔向曰：『寡君有甲车四千乘在，虽以无道行之，必可畏也。况其率道⑯，其何敌之有？牛虽瘠，偾于豚上⑰，其畏不死？南蒯、子仲之忧，其庸可弃乎？若奉晋之众，用诸侯之师，因邾、莒、杞、鄫之怒，以讨鲁罪，间其二忧，何求而弗克？』鲁人惧，听命。

注释

①刘献公：周王卿士。②庸：功。③天子之老：周王之卿士、三公，自称『天子之老』。老，卿士。④王赋：周王的军队。⑤元戎：大车。⑥弗利：不以会盟为有利，即不参与。⑦不明：不昭告神明。⑧志业：记住自己的职责。⑨志业于好：识其贡赋之业。志，识。⑩奉承齐牺：奉上盟会所用之牺牲。⑪有间：诸侯与晋有间隙，有二心。⑫治兵：军事演习。⑬建而不旆：建立旌旗而不加飘带。旆，即旒，旌旗飘带。⑭鲁故之以：即以鲁之故。⑮甲戌：初七日。⑯率道：循道。⑰偾于豚上：压在小猪身上。偾，仆。

译文

晋国人准备重申过去的盟约，齐国人表示坚决反对。晋昭公便派叔向告诉周王卿士刘献公说：『齐国人不答应继续结盟，这该如何是好？』刘献公说：『结盟用以表示信用，君王假如有信用，诸侯就不能生有二心，还忧虑什么？如果以优美的文辞警告他们，以强大的武力监督他们，即使齐国不答应，您的功劳也是很大的。要是贵国要讨伐齐国，我愿意统率天子的军队前去助阵，「十辆大车，作为开路先锋」，何时攻打由君王作出决定。』叔向便告诉齐国：『诸侯要求结盟，如今已经都聚集在这里了。可是贵国君王却不想参加结盟，我们君王请贵国再考虑一下到底应该怎么办。』齐国人答道：『只有在诸侯讨伐生有二心的国家时才有必要重温盟约。如果诸侯都听从晋国的命令，哪里还用得着重温旧盟呢？』叔向说：『一个国家之所以会走向衰败，就在于虽然还坚持行朝聘之礼，却不进献贡赋，这样朝聘就不会正常；进献贡赋却不讲究礼法，即使朝聘正常了也会失去上下的固有秩序；讲究礼法却丝毫没有威严，即使秩序不乱也不能做到恭敬；有威严却不能对之加以宣扬，即使能做到恭敬，也不能昭告神灵；不能昭告神灵便将恭敬抛弃，各种事情都将难有结果，这就是国家逐渐败亡的原因。因此，圣明的君王规定，让诸侯每年聘问一次以尽到自己的职责，每三年朝见一次以温习礼法，每六年举行一次会见以显示出应有的威严，每十二年举行一次盟会以表明信义。这样，履行义务，温习礼法，显示威严，昭告神灵，自古以来，都没有改变过。国家的兴衰存亡经常就因此而决定。晋国依据传统的规矩主持盟会，常常担心不能够做好，因此就准备好使用的牺牲，再征得各位君王的赞同，目的就是能把事情办好。现在贵君却说「我一定要废掉这一活动」，这样还结什么盟呢？希望君王能对之慎重考虑一下。我们君王等待您的决定！』齐国人畏惧了，回答说：『小国虽然提出了自己的意见，但最终还得由大国来裁断，如何能不听从大国的决定呢？我们已经听到命令了，将会恭恭敬敬地前去参加盟会。至于什么时候动身，听凭贵国吩咐。』叔向说：『因为诸侯和晋国之间已经有了隔阂了，所以我们不能不示威一下。』八月初四日，开始军事演习，但只有大旗，旗子上没有飘带。初五日，又在旗子上系上飘带，表明晋国将随时用兵，所以诸侯都感到害怕了。

邾国人、莒国人到晋国控告说：『鲁国不停地攻打我国，我国快要灭亡了。我们之所以不能向贵国进献贡品，就是因为鲁国不停地侵扰。』所以晋昭公拒绝接见昭公。并派叔向说：『诸侯准备在初七日结盟，我们君王深深知道不能事奉贵国君王，因而请贵君不要再去参加结盟了。』子服惠伯回答说：『贵君竟然听信蛮夷小国的控告，断绝了与兄弟国家的关系，抛弃周公的后代。既然是这个样子，我们也只有听凭贵国国君的决定了。我们君王了解您的意思了。』叔向说：『我们君王拥有战车四千辆，即使不讲道义四处侵略，也足以使人闻风丧胆。况且是主持正义呢，有谁能抵挡得住呢？即使是一头瘦牛，压在小猪身上，小猪难道就不怕被压死？贵国南蒯和子仲引起的祸患，难道已经被忘记了吗？要是晋国发动大军，率领诸侯的军队，利用邾、莒、杞、鄫等国的怨恨，以攻打鲁国犯下的罪过，贵国南蒯和子仲造成的动乱的阴影还没消失，在这种情形下，我们想要什么得不到呢？』鲁国人这才真的害怕了，于是就表示服从命令，不参加盟会了。

原文

甲戌，同盟于平丘，齐服也。令诸侯日中造于除①。癸酉，退朝。子产命外仆速张于除，子大叔止之，使待明日。及夕，子产闻其未张也，使速往，乃无所张矣。

及盟，子产争承②，曰：『昔天子班贡，轻重以列③。列尊贡重，周之制也。卑而贡重者，甸服也④。郑伯，男也，而使从公侯之贡，惧弗给也，敢以为请。诸侯靖兵⑤，好以为事。行理之命⑥，无月不至，贡之无艺，小国有阙，所以得罪也。诸侯修盟，存小国也。贡献无及，亡可待也。存亡之制，将在今矣。』自日中以争，至于昏，晋人许之。既盟，子大叔咎之曰：『诸侯若讨，其可渎乎⑦？』子产曰：『晋政多门，贰偷之不暇，何暇讨？国不竞亦陵⑧，何国之为？』

公不与盟。晋人执季孙意如，以幕蒙之，使狄人守之。司铎射怀锦⑨，奉壶饮冰，以蒲伏焉⑩。守者御之⑪，乃与之锦而入。晋人以平子归⑫，子服湫从⑬。

注释

①造于除：到盟会处。造，至；除，除地为坛。②争承：争贡赋的次序。③列：地位。④甸服：天子畿内供职贡者，亦即距王城千里以内之地。⑤靖兵：息兵罢战。⑥行理：即行旅，指晋之使者。⑦渎：忽视、轻慢。⑧不竞亦陵：不竞争也被欺凌。⑨司铎射：鲁大夫。司铎，官名。⑩蒲伏：即匍匐而入。⑪御之：阻止他。⑫平子：即季孙意如。⑬子服湫：即子服意伯。

译文

诸侯决定初七日在平丘举行一次会盟，这是因为齐国顺从了晋国。晋国让诸侯在中午聚集在盟会地点。初六日，诸侯朝见晋昭公退下来以后，子产命令仆人尽快在盟会地点把帐篷搭起来，但游吉阻止了，让等到第二天再搭。当天晚上，子产得知还没有搭起帐篷，便派人赶忙前去察看，结果发现那里已经被占满，没有地方了。等到开始结盟时，子产为贡赋的等次进行争论。他说：『过去天子规定贡赋的等次，是以诸侯地位的高低为根据的。地位尊贵贡赋就多，这是周朝一向的制度。地位低下贡赋却很重，只有在天子境内供职的是这样。在天子的九服中，郑伯只是男服，却要让我们缴纳和公侯相同的贡赋，恐怕无力承受，特此提请考虑。诸侯之间应当停止战争，注重团结友好。如今晋国催收贡赋的命令没有一个月间断过，而且所要贡赋没有一个限度，小国一旦满足不了便会得罪大国。诸侯重温旧盟，是为了把小国保全下来，但一旦大国对小国贡赋的要求没有限度的话，小国的灭亡就屈指而数了。决定小国是存是亡，就看这次盟会了。』从中午争辩到黄昏，晋国人最终还是答应了他。盟誓之后，游吉对子产进行责备，说：『如果诸侯发兵讨伐郑国，你今天的行为不是太轻率了吗？』子产说：『如今晋国的政权分散在各个家族手中，他们不能同心同德，整天钩心斗角，哪里顾得上讨伐我们？如果一个国家不能和别国互相竞争，就会遭到欺陵，还称得上是什么国家？』

昭公没有加入这次会盟，晋国人还把季平子抓了起来，用帐篷布把他裹起来，让狄人看守。司铎射怀里揣着锦锻，用壶装满了冰水，悄悄地爬到看守季平子的地方。看守的狄人阻拦他，他把那块锦锻送给狄人，才得以进去。后来晋国人把季平子带回国内，一路同行的还有子服意伯。

原文

子产归，未至，闻子皮卒，哭，且曰：『吾已！无为为善矣，唯夫子知我。』仲尼谓子产：『于是行也，足以为国基矣[1]。《诗》曰：「乐只君子，邦家之基。」子产，君子之求乐者也。』且曰：『合诸侯，艺贡事[2]，礼也。』

鲜虞人闻晋师之悉起也，而不警边，且不修备。晋荀吴自著雍以上军侵鲜虞，及中人[3]，驱冲竞[4]，大获而归。

楚之灭蔡也，灵王迁许、胡、沈、道、房、申于荆焉。平王即位，既封陈、蔡，而皆复之，礼也。隐大子之子庐归于蔡，礼也。悼大子之子吴归于陈，礼也。

注释

①基：根基，柱石。②艺贡事：制定贡赋的限度。③中人：地名，位于今河北唐县西北三十里。④驱冲竞：驱使冲车以争逐。冲，陷阵的兵车。

译文

子产回国，还未走到都城，就听说子皮已经去世了。他放声大哭，并且说：『我完了！从此再也没有人帮助我行善了，只有你最了解我啊。』孔子认为子产：『在这次盟会上的所作所为，说明他足以成为郑国的中流砥柱了。《诗》说：「君子欢乐，由于他是国家的根基。」子产是君子中比较注意追求快乐的人。』孔子又说：『会合诸侯，制定向盟主进献贡赋的限度，是符合礼法的。』

鲜虞人听说晋军统统出动参加了诸侯会盟的军事演习，便放松了边境上的警戒，而且也不再修筑城防。不料晋国的荀吴统率上军从著雍入侵鲜虞，一举攻入中人地区，使用冲车争逐，结果俘获了大批人员和大量财物，然后回国。

楚国把蔡国灭掉的时候，楚灵王曾把许、胡、沈、道、房、申等地的人迁到了楚国境内。楚平王即位之后，不仅重封了陈、蔡二国，而且还让这些地方的人都纷纷返回自己的家乡，这是合乎礼法的。让隐太子的儿子庐回到蔡国，合乎礼法。让悼太子的儿子吴回到陈国，也是合乎礼法的。

原文

冬，十月，葬蔡灵公，礼也。

公如晋。荀吴谓韩宣子曰：『诸侯相朝，讲旧好也。执其卿而朝其君，有不好焉，不如辞之。』乃使士景伯辞公于河。

吴灭州来，令尹子期请伐吴。王弗许，曰：『吾未抚民人，未事鬼神，未修守备，未定国家，而用民力，败不可悔。州来在吴，犹在楚也。子姑待之。』

季孙犹在晋，子服惠伯私于中行穆子曰：『鲁事晋，何以不如夷之小国？鲁，兄弟也，土地犹大，所命能具。若为夷弃之，使事齐、楚，其何瘳于晋①？亲亲、与大，赏共、罚否，所以为盟主也。子其图之！谚曰：「臣一主二。②」吾岂无大国？』穆子告韩宣子，且曰：『楚灭陈、蔡，不能救，而为夷执亲，将焉用之？』乃归季孙。惠伯曰：『寡君未知其罪，合诸侯而执其老③。若犹有罪，死命可也。若曰无罪而惠免之，诸侯不闻，是逃命也，何免之为？请从君惠于会。』宣子患之，谓叔向曰：『子能归季孙乎？』对曰：『不能。鲋也能。』乃使叔鱼④。叔鱼见季孙曰：『昔鲋也得罪于晋君，自归于鲁君，微武子之赐⑤，不至于今。虽获归骨于晋，犹子则肉之⑥，敢不尽情？归子而不归，鲋也闻诸吏，将为子除馆于西河，其若之何？』且泣。平子惧，先归，惠伯待礼⑦。

注释

①瘳：本指病好了，这里引申为好处的意思。②臣一主二：一臣有二主，如不合道，臣可择主而事。③老：天子

之卿及诸侯之卿都叫老。④叔鱼：即羊舌鲋。⑤微：如果没有。武子：季平子的祖父。⑥犹子则肉之：等于是您赐予我第二次生命。肉之，使白骨生肉，亦即死而复生之意。⑦待礼：等待赦免之礼。

译文

冬季，十月，安葬了蔡灵公，这是符合礼法的。

昭公前往晋国。荀吴对韩起说："诸侯互相朝见，本是为了重温过去的友好关系。如今我们扣押他们的卿却让他们的国君前来朝见，这是非常不友好的表现，倒不如不让他前来朝见。"于是就派士景伯在黄河岸边谢绝了昭公对他的朝见。

吴国灭掉了州来，令尹子期请求攻打吴国。楚平王没有同意，说："我还没有对百姓安抚，也没有事奉鬼神，又没有修建防御工事，国家还没有安定下来，却要征用民力，如果失败，后悔也来不及了。州来归属吴国，就像属于楚国一样。你就等着瞧吧。"

季平子还被晋国扣押。子服惠伯私下对荀吴说："鲁国事奉晋国，哪一点不如蛮夷小国呢？鲁国是晋国的兄弟国家，领土又很大，晋国规定的贡赋，它都能满足。如果因为两个小小的蛮夷之国而将它抛弃，促使它去事奉齐、楚两国，那么对晋国有什么益处呢？亲近兄弟国家，联合强大的国家，奖赏缴纳贡赋的国家，惩罚不能供给的国家，这才是成为盟主的最重要的原因。您还是认真考虑一下吧！俗话说：'一个臣子可以同时去事奉两个主人。'我们难道就没有其他大国可以事奉了吗？"荀吴把这话告诉了韩起，并且说："楚国把陈、蔡两国灭掉时，我们没有去救援，如今却为了两个蛮夷小国把自己兄弟国家的大臣扣押起来，这能起到什么作用呢？"于是就把季平子释放了。惠伯说："我们君王还不知道究竟犯了什么罪，居然在会合诸侯时把他的卿抓了起来。如果有罪，即使被处死也没有关系。要是无罪，即使承蒙贵国释放，但诸侯并不知道真实情况，他们可能还以为是故意逃脱了呢，怎么能说成是无罪释放呢？希望能召集诸侯在盟会上当场宣布季孙无罪释放。』韩起对此事感到非常为难，他对叔向说：『你能想办法使季孙回国吗？』叔向答道：『我不能。但羊舌鲋有办法。』于是便让羊舌鲋去处理这件事。羊舌鲋见到季平子说：『从前我得罪了晋国国君，投靠了贵国，假如没有您祖父季武子的恩赐，便没有我的今天。我这把老骨头虽然得以回到晋国，也等于是您赐予了我第二次生命，我怎么能够不尽力报答您呢？如今让您回去您却不回去。据我所知，晋国已经准备在西河修建一座房屋，长时间把您关押在那里。您打算怎么办呢？』说着，泪水还涌了出来。季平子信以为真，害怕起来，就决定先回鲁国了，将惠伯留下继续待在晋国等候补办释放他的正常手续。

设色山水图　明·文嘉

图中远山耸立，林木吐翠；近树扎于石岩之上，生机勃发。树下二高士临水盘坐倾谈。构图斜伸，险中得稳。空旷水面，远衬山头浓点，却无头重脚轻之感。画面水墨苍润，设色淡丽，境界清旷，景色宜人。

昭公十四年

原文

十四年春，意如至自晋，尊晋、罪己也。尊晋、罪己，礼也。

南蒯之将叛也，盟费人[1]。司徒老祁、虑癸伪废疾[2]，使请于南蒯曰：『臣愿受盟而疾兴。若以君灵不死，请待间而盟[3]。』许之。二子因民之欲叛也，请朝众而盟。遂劫南蒯曰：『群臣不忘其君[4]，畏子以及今，三年听命矣。子若弗图，费人不忍其君，将不能畏子矣。子何所不逞欲？请送子。』请期五日，遂奔齐。侍饮酒于景公。公曰：『叛夫[5]！』对曰：『臣欲张公室也[6]。』子韩皙曰：『家臣而欲张公室，罪莫大焉。』司徒老祁、虑癸来归费，齐侯使鲍文子致之。

注释

①盟费人：南蒯与费邑人相盟。②司徒老祁、虑癸伪废疾：司徒，一说为姓，一说即小司徒。老祁、虑癸，二人为季氏家臣。伪废疾，假装生病。废，借为发。③间：稍痊愈。④君：指季氏。⑤叛夫：如同今言叛徒，为齐景公戏言。⑥张公室：加强公室实力。

译文

十四年春季，季平子从晋国回到国内。《春秋》只记下了他的名字，没有写其族姓，是为了尊重晋国而归罪于鲁国。尊重晋国归罪于自己，是符合礼法的。

南蒯打算叛离时，和费地人盟誓。司徒老祁、虑癸假装犯病，派人向南蒯请求说：『我们非常希望接受盟约，但不幸疾病复发而不能去。如果托您的福而不致死去，请求等病好一点了再去参加盟誓。』南蒯同意了。他们二人便利用百姓准备背叛南蒯的心理，请求在众人朝见之后再盟誓。然后便劫持了南蒯，并且说：『我们大家对主人季氏并未忘记，只是因为害怕你的淫威，所以不得已忍气吞声顺服了你三年。你如果再不使主意改变一下，费地的人因为不忍心背叛主人季氏，将要对你不客气了。你到什么地方不能达到自己的目的呢？请让我们把你送走吧。』南蒯请求给他五天时间，最后逃亡到了齐国。有一次他陪齐景公喝酒时，齐景公曾讽刺他：『你是个叛徒！』南蒯说：『我是想增强公室的力量。』子韩皙说：『作为家臣却要打算加强公室，没有比这更大的罪过了。』司徒老祁、虑癸前来把费地归还鲁国，与此同时，齐景公也派鲍文子前来鲁国表示将要把费地送还。

原文

夏，楚子使然丹简上国之兵于宗丘，且抚其民。分贫振穷；长孤幼，养老疾；收介特①，救灾患；宥孤寡②，赦罪戾；诘奸慝③，举淹滞④；礼新叙旧⑤；禄勋合亲⑥；任良物官。使屈罢简东国之兵于召陵，亦如之。好于边疆，息民五年，而后用师，礼也。

秋，八月，莒著丘公卒，郊公不戚⑦，国人弗顺，欲立著丘公之弟庚舆。蒲余侯恶公子意恢而善于庚舆⑧，郊公恶公子铎而善于意恢。公子铎因蒲余侯而与之谋曰：『尔杀意恢，我出君而纳庚舆。』许之。

楚令尹子旗有德于王，不知度，与养氏比⑨，而求无厌。王患之。九月甲午⑩，楚子杀斗成然⑪，而灭养氏之族。使斗辛居郧⑫，以无忘旧勋。

注释

①收介特：收容单身汉，不使他们流散。②宥：宽缓其赋税。③诘奸慝：禁治奸诈邪恶之徒。诘，禁治。④淹滞：沉沦下位的人才。⑤礼新叙旧：礼遇新人安排旧好。⑥禄勋合亲：赏有功，睦亲族。⑦郊公：莒君著丘公之子。

⑧蒲余侯：莒大夫，名兹夫。⑨养氏：子旗之党，养由基之后。⑩甲午：初三日。⑪斗成然：又称蔓成然，即子旗。⑫斗辛：子旗之子。

译文

夏季，楚平王派然丹在宗丘挑选并训练楚国西部地区的部队，同时安抚当地的百姓。扶助贫困，赈济穷人；抚养孤儿，赡养病残老人；收容单身流散的百姓，救济灾患家庭；宽免孤儿寡妇的赋税，赦免罪犯；惩治奸邪之人，举荐选拔失去职位的贤人；重用前来投靠的外臣，重新录用过去的官员；奖赏立功之人，亲近宗族亲属；任用贤能忠良，物色称职的人才。又派屈罢在召陵选拔训练东部地区的军队，所有政策都和然丹一样。并打算和四方邻邦和睦相处，让百姓休养生息五年，然后才兴师动众，这样做是合乎礼法的。

秋季，八月，莒国的著丘公死了，但他的儿子郊公没有丝毫的悲伤，所以国都的人们都不顺从他，便打算拥立著丘公的弟弟庚舆为新国君。莒大夫蒲余侯极为讨厌公子意恢，但和庚舆关系很好。郊公讨厌公子铎，却和意恢很友好。于是子铎便依靠蒲余侯并和他商议：『只要你能杀了意恢，我就赶走郊公，而接纳庚舆为新君。』蒲余侯答应了他。

楚国的令尹子旗依仗对楚平王有功，便不知有所节制，和养氏勾结起来，随心所欲贪得无厌。楚平王对他很感头痛。九月初三日，楚平王杀了子旗，并灭亡了养氏的族人。然后把子旗的儿子斗辛封在郧地，以表示没有将他的祖先的功勋忘却。

原文

冬，十二月，蒲余侯兹夫杀莒公子意恢。郊公奔齐。公子铎逆庚舆于齐。齐隰党、公子鉏送之，有赂田①。

晋邢侯与雍子争鄐田②，久而无成③。士景伯如楚，叔鱼摄理，韩宣子命断旧狱，罪在雍子。雍子纳其女于叔

鱼，叔鱼蔽罪邢侯④。邢侯怒，杀叔鱼与雍子于朝。宣子问其罪于叔向。叔向曰：『三人同罪，施生戮死可也⑤。雍子自知其罪而赂以买直⑥，鲋也鬻狱⑦，邢侯专杀⑧，其罪一也。己恶而掠美为昏⑨，贪以败官为墨⑩，杀人不忌为贼⑪。《夏书》曰⑫：「昏、墨、贼，杀。」皋陶之刑也。请从之。』乃施邢侯而尸雍子与叔鱼于市。

注释

①赂田：莒国赠送齐国田为报偿。②鄐：晋邢侯邑名。③久而无成：争执甚久而调解无成。④蔽：判断。⑤施生戮死：生者杀而陈尸、死者暴尸。⑥买直：买来胜诉。⑦鬻狱：卖法。⑧专杀：擅自杀人。⑨己恶而掠美为昏：己有罪恶反而掠取他人之美就是昏乱。此指雍子。⑩贪以败官为墨：贪婪而败坏官职就是不干净。此指叔鱼。⑪杀人不忌为贼：杀人而无所顾忌就是残暴。此指邢侯。不忌，不知畏惧。⑫《夏书》：逸书。

译文

冬季，十二月，蒲余侯兹夫杀了莒国的公子意恢。郊公逃亡来到齐国。公子铎便从齐国迎回了庚舆。齐国的隰党、公子钼前去为他送行，莒国送给了齐国田地以表示感谢。

晋国的邢侯和雍子为鄐邑的田地争执了起来，争了很久也没有调解好。那个时候士景伯正在楚国，由羊舌鲋代理他的职务，于是韩起命令羊舌鲋审理此案。开始判决雍子有罪，可是雍子把自己的女儿送给了羊舌鲋，于是羊舌鲋又改判邢侯有罪。邢侯大为动怒，便在朝廷上杀了羊舌鲋和雍子。韩起就如何给邢侯定罪征求叔向的意见，叔向说：『三个人的罪行是一样，只需把活着的人杀死，然后将三人陈尸街头就行了。雍子知道自己犯下了罪，却以女儿行贿换得胜诉；羊舌鲋贪赃枉法；邢侯擅自在朝廷上接连诛杀两人。三人的罪行同样严重。自己邪恶却加以掩饰为昏，贪婪而亵渎职责为墨，杀人而肆无忌惮为贼。《夏书》说：「昏、墨、贼，触犯了这三种罪行，格杀勿论。」这是皋陶曾经制定的刑法。请依照此法办。』于是就杀了邢侯，接着将三人尸体挂在市上示众。

原文

仲尼曰：『叔向，古之遗直也！治国制刑，不隐于亲[1]。三数叔鱼之恶，不为末减。曰义也夫[2]，可谓直矣！平丘之会，数其贿也[3]，以宽卫国，晋不为暴。归鲁季孙，称其诈也，以宽鲁国，晋不为虐。邢侯之狱，言其贪也，以正刑书，晋不为颇[4]。三言而除三恶，加三利。杀亲益荣，犹义也夫[5]！』

注释

①不隐于亲：不包庇亲人。叔鱼为叔向弟，虽亲无私隐。②曰义：行义。③数其贿：责其贪得无厌。④颇：偏。⑤犹：通『由』。

译文

孔子说：『叔向的正直大有古人遗风啊！治理国家制定刑法，可以不偏袒亲人。曾经三次列举其弟羊舌鲋的罪状，却没有给他把罪行减轻。这是主持正义啊，他不愧是一个正直无私的人啊！在平丘的那次会盟中，叔向曾批评羊舌鲋贪图财物，从而放过了卫国，使晋国没有胡乱施行强暴。在晋国释放季孙时，叔向指出他喜欢欺诈，从而宽容了鲁国，使晋国没有进一步走向凌虐。在分析邢侯这起案件时，叔向直言他贪赃枉法，恳请严惩不贷，从而使晋国执法不偏颇。三次说话除去了晋国有可能犯下的暴、虐、颇三种邪恶，从而为晋国增添了三次光彩。虽然他的话使自己的亲人暴尸街头，却使自己的名声更加显著，这是维持正义的结果啊！』

昭公十五年

原文

十五年春，将禘于武公，戒百官。梓慎曰：“禘之日，其有咎乎！吾见赤黑之祲[1]，非祭祥也，丧氛也。其在莅事乎[2]？”二月癸酉[3]，禘，叔弓莅事。籥入而卒[4]。去乐，卒事，礼也。

楚费无极害朝吴之在蔡也，欲去之。乃谓之曰：“王唯信子，故处子于蔡。子亦长矣，而在下位，辱。必求之，吾助子请。”又谓其上之人曰：“王唯信吴，故处诸蔡。二三子莫之如也，而在其上，不亦难乎？弗图[5]，必及于难。”夏，蔡人逐朝吴，朝吴出奔郑。王怒，曰：“余唯信吴，故置诸蔡。且微吴，吾不及此。女何故去之？”无极对曰：“臣岂不欲吴？然而前知其为人之异也[6]。吴在蔡，蔡必速飞。去吴，所以翦其翼也。”

注释

①赤黑之祲：红黑色的邪恶之气。祲，不祥之气。②莅事：临事，指主持祭礼的人。③癸酉：十五日。④籥：古代祭祀备有乐舞，乐有文舞、武舞。文执羽籥，武执干戚。入庙时，先文后武。⑤弗图：不图谋除掉他。⑥前：以前，早些时候。异：异于常人。

译文

十五年春季，鲁国打算在武公庙举行禘祭，并且告诉百官做好准备并斋戒。梓慎说：“只怕举行禘祭那天要发生灾祸！由于我看见了一股红黑颜色的妖气在天空盘绕，这不是祭祀的祥兆，是一种丧事的气氛。难道会应验在主持人身上吗？”二月十五日，正式举行禘祭，由叔弓主持。当开始演奏籥舞的人入场时，叔弓突然间死去。于是就撤去音乐，但仍然把祭祀活动进行到底，这是符合礼法的。

楚国的费无极嫉妒朝吴镇守蔡国，准备除掉他。于是就对他说：『就因为君王只信任您一个人，所以才把您安置在蔡国。您年纪这么大了，地位却如此低下，这是您的耻辱。您一定要力争提高地位，我帮助您向大王请求。』又转而对比他地位高的人说：『君王只信任朝吴一个人，所以让他治理蔡国。你们几个都不如他，地位都比他高，这对你们来说，不是很大的威胁吗？要是你们再不想办法制伏他，就一定会受到他的迫害。』于是，夏季，蔡国人赶走了朝吴，朝吴逃亡到了郑国。楚平王知道此事后，大为光火，对费无极说：『我就信任朝吴，因此才把他安排在蔡国。再说如果当年没有朝吴，我也到不了今天这种地步。你为什么要赶他走？』费无极回答说：『我难道不想让朝吴坚持守卫蔡国？只是我早就知道他怀有野心。朝吴在蔡国，蔡国必然会迅速强大起来，从而背叛楚国。除掉朝吴，目的在于剪除蔡国的羽翼。』

原文

六月乙丑，王大子寿卒。

秋，八月戊寅，王穆后崩。

晋荀吴帅师伐鲜虞，围鼓[①]。鼓人或请以城叛，穆子弗许[②]。左右曰：『师徒不勤，而可以获城。何故不为？』穆子曰：『吾闻诸叔向曰：「好恶不愆，民知所适，事无不济。」或以吾城叛，吾所甚恶也。人以城来，吾独何好焉？赏所甚恶，若所好何？若其弗赏，是失信也，何以庇民？力能则进，否则退，量力而行。吾不可以欲城而迩奸[③]，所丧滋多。』使鼓人杀叛人而缮守备。围鼓三月，鼓人或请降。使其民见，曰：『犹有食色[④]，姑修而城。』军吏曰：『获城而弗取，勤民而顿兵[⑤]，何以事君？』穆子曰：『吾以事君也。获一邑而教民怠，将焉用邑？邑以贾怠，不如完旧[⑥]。贾怠无卒[⑦]，弃旧不祥。鼓人能事其君，我亦能事吾君。率义不爽，好恶不愆，城可获而民知义所，有死命而无二心，不亦可乎？』鼓人告食竭、力尽，而后取之。克鼓而反，不戮一人，以鼓子䳒鞮归[8]。

注释

①鼓：国名，姬姓，白狄的一支，时属鲜虞。国境位于今河北晋县。②穆子：即荀吴。③迩奸：接近奸邪。④食色：从脸色上看，还有饭吃。⑤顿兵：损坏兵器。⑥完旧：坚持不懈。⑦无卒：没有得到好结果。⑧䳒鞮：鼓国君主名。

译文

六月初九日，周景王的儿子王太子寿死了。

秋季，八月二十二日，太子寿的母亲王穆后也去世了。

晋国的荀吴率领大军攻打鲜虞，围攻鼓国。鼓国人中有人请求带领全城人投降，但荀吴没有答应，左右侍从说：『不费一兵一卒就取得一个城邑。为何不干呢？』荀吴说：『我听叔向说过：「追求善恶都不能够太过分，如此百姓才能知道努力的方向，做任何事情就都能获得成功。」假如有人率领我们的城池叛变，这是我们所憎恨的。为何别人率城投降，我们就特别高兴呢？如果奖赏我们所憎恨的行为，那么又怎么看待我们所喜欢的事情呢？如果不奖赏他们，便失去了信用，又凭借什么来保护百姓？因此要依靠我们自己的力量，有能力就进攻，没有能力就只有撤退，量力而行。我们不能为了得到一个城池便亲近邪恶，要不然的话，失去的东西就会更多。』于是便让鼓地人杀了那个打算叛变的人，加强防卫。将鼓地包围了三个月之后，鼓地人又请求允许投降。荀吴让鼓地的人们前来见他，说：『通过察看你们的气色，可以知道城内还有粮食，你们暂且再回去修城抵抗。』军官说：『本来可以取得的城池却不要，而要坚持在这里无谓地消耗民力和武器，这样做如何能事奉君王呢？』荀吴说：『我恰恰就凭这一点来事奉君王。取得一座城邑却教导百姓学会怠惰，要这座城邑还能起什么作用？用一座城邑换来怠惰，不如不要这座城，以保持一贯的勤奋。换取怠惰必将没有好结果，丢掉本来的勤奋是不够吉祥。鼓国人能事奉他们的国君，我也能事奉我们的国君。坚持维护正义，好恶不过，既能够获得城邑，还能够使百姓懂得什么是道义，鼓励他们拼命执行君王的命令而不要产生背叛之心，不是应该的吗？』到后来鼓国人前来报告说城内的粮食已经吃完了，人也筋疲力尽了，荀吴这才将鼓城攻克。荀吴攻克鼓城后回国，结果这次战役没有杀害一人，只抓了鼓君鸢鞮回到国内。

原文

冬，公如晋，平丘之会故也。

十二月，晋荀跞如周，葬穆后，籍谈为介。既葬，除丧，以文伯宴①，樽以鲁壶。王曰：『伯氏，诸侯皆有以镇抚王室，晋独无有，何也？』文伯揖籍谈，对曰：『诸侯之封也，皆受明器于王室，以镇抚其社稷，故能荐彝器于王。晋居深山，戎狄之与邻，而远于王室，王灵不及，拜戎不暇②，其何以献器？』王曰：『叔氏③，而忘诸乎！叔父唐叔④，成王之母弟也，其反无分乎？密须之鼓⑤，与其大路，文所以大蒐也。阙巩之甲⑥，武所以克商也。唐叔受之以处参虚⑦，匡有戎狄。其后襄之二路⑧，鏚钺、秬鬯，彤弓、虎贲，文公受之，以有南阳之田，抚征东夏⑨，非分而何？夫有勋而不废，有绩而载，奉之以土田，抚之以彝器，旌之以车服，明之以文章，子孙不忘，所谓福也。福祚之不登，叔父焉在⑩？且昔而高祖孙伯黡，司晋之典籍，以为大政，故曰籍氏。及辛有之二子董之晋，于是乎有董史。女，司典之后也⑪，何故忘之？』籍谈不能对。宾出，王曰：『籍父其无后乎！数典而忘其祖⑫。』

注释

①文伯：即荀跞。②拜戎：服戎戌，使戎归服。③叔氏：指籍谈。④叔父：周王对诸侯同姓者，无论辈分，俱称伯父或叔父。⑤密须：古国名，被周文王所征服，得其鼓与大路，用以田猎检阅。⑥阙巩：古国名，被周武王所灭。⑦参虚：即实沈之次，晋国的分野。⑧襄之二路：周襄王所赐晋文公大路、戎路。参僖公二十八年传。⑨东夏：齐、鲁、郑、宋诸国，皆在晋东，故称东夏。⑩福祚：福佑。登：记。⑪司典：指孙伯黡。⑫数典：举出典故。忘其祖：忘其祖宗之业。

译文

冬季，昭公到晋国去，这是由于平丘那次会见的缘故。

十二月，晋国的荀跞到周王室为穆后送葬，籍谈作为他的副手。安葬完毕以后，减除了丧服，天子和荀跞一起饮宴，用鲁国进献的壶当酒杯。天子说：『伯氏，各国诸侯都有东西准备进献给王室，唯独晋国没有，这是为什么呢？』荀跞回答不上来，便作揖让籍谈来回答。籍谈答道：『当初诸侯受天子分封的时候，都曾从王室受领了宝器，用以镇抚他们受封的国家，所以他们能献给天子各种礼器。而晋国居住在深山老林，和戎狄为邻，远离王室，承受不到天子的洪福，只忙着降服戎狄，哪里还有什么能力进献宝器呢？』天子说：『叔氏，你难道忘却了不成！叔父唐叔是成王的同母弟弟，难道没有从王室分得赏赐吗？密须的鼓和大路车，是文王在检阅军队时曾经使用过的东西。阙巩的皮甲，是武王战胜商朝之后所获得的。唐叔接受了这三件东西后，便住在参虚的分野晋地，国境上原来就有戎狄之人。后来，晋文公又接受了襄王的大路、戎路车、斧钺、黑黍酿造的香酒、红色的弓以及勇士等，从而占有了南阳的田地，安抚和征伐了东方各国，这不是王室的赏赐又是什么呢？王室对待诸侯，有功勋就加以重赏，有业绩就详细记载在史册上。赐给他土地使其得到奉养，赐给他宝器使其安定国家，赐给他车服以表彰他的功勋，记载在史册上以宣扬他的光辉业绩，从而使其子子孙孙永远不会忘记，这就是所说的福。要是连这些福禄都忘记了，叔父的良心何在？另外，过去你的高祖孙伯黡负责掌管晋国的典籍，以主持国家大政，因此你们才被称为籍氏。直到辛有的第二个儿子董来到晋国以后，晋国才有了史官董氏。你是管理典籍的官员的后代，怎么能够把这些忘了呢？』天子的一席话，使籍谈无话可说。等他们两人出去之后，天子说：『籍谈将来恐怕要绝后吧！因为他在述说典籍时却把自己祖先的功业给忘记了。』

原文

籍谈归，以告叔向。叔向曰：『王其不终乎！吾闻之：「所乐必卒焉。」今王乐忧，若卒以忧①，不可谓终②。王一岁而有三年之丧二焉，于是乎以丧宾宴，又求彝器，乐忧甚矣，且非礼也。彝器之来，嘉功之由③，非由丧也。三年之丧，虽贵遂服④，礼也。王虽弗遂，宴乐以早⑤，亦非礼也。礼，王之大经也，一动而失二礼，无大经矣。言以考典，典以志经，忘经而多言，举典，将焉用之？』

注释

①卒以忧：王既乐忧，亦将死于忧。②终：善终，即寿终正寝。③嘉功之由：即由嘉功。④遂服：指完成服丧。⑤以：通『已』，即太。

译文

籍谈回到晋国之后，把此事告诉了叔向。叔向说：『天子只怕是难以善终了！我听说：「喜欢什么事情，就一定会死在什么事情上。」现在天子以忧患为快乐，如果因为忧患而死，就不能说是善终。天子在这一年里碰见了两次应该服丧三年的丧事，在这种情形下又和前去吊丧的宾客饮宴，席间又向他人索要宝器，这种以忧患为快乐的做法的确太过分了，而且是违背礼法的。宝器的取得，是由于嘉奖功业，并不是因为丧事。应服三年的丧事，就算贵为天子，也要如期服完，这是礼法规定的。天子即使不肯服丧三年，但与宾客一起饮宴奏乐也未免过早了吧，这也是违背礼法的。礼法是天子治理天下最最根本的大法，一次行动中却两次违背了礼法，可以说他眼中已经丧失了这一根本大法了。语言用以引证典籍，典籍用以记载礼法，将礼法忘记了，即使口若悬河，列举了许多典故史实，又有什么用呢？』

水阁读书图　明·陈铎

图中山峦层叠，石纹繁复，树木茂盛，云气缭绕，涧中溪水之上水阁屋舍掩藏，内有文士读书正抬头凝想，溪水波光粼粼，溪岸石上有两人皆抬首仰望。用笔浑厚老健，着色淋漓清润。

昭公十六年

原文

十六年春，王正月，公在晋，晋人止公。不书，讳之也。

齐侯伐徐。

楚子闻蛮氏之乱也，与蛮子之无质也，使然丹诱戎蛮子嘉杀之，遂取蛮氏。既而复立其子焉，礼也。

二月丙申[①]，齐师至于蒲隧[②]。徐人行成。徐子及郯人、莒人会齐侯，盟于蒲隧，赂以甲父之鼎[③]。叔孙昭子曰："诸侯之无伯，害哉[④]！齐君之无道也，兴师而伐远方，会之有成而还，莫之亢也[⑤]。无伯也夫！《诗》曰：'宗周既灭，靡所止戾。正大夫离居，莫知我肄。'其是之谓乎！"

注释

①丙申：十四日。②蒲隧：地名，位于今江苏睢宁县西南。③甲父：古国名，在今山东金乡县南。④害哉：更加害怕。⑤亢：抵御。

译文

十六年春，周历正月，昭公在晋国，晋国人将昭公扣留了。《春秋》没有加以记载，这是由于隐讳。

齐景公进攻徐国。

楚平王听说蛮氏爆发动乱和蛮子没有信用，派然丹诱骗戎蛮子嘉而把他杀了，就占取了蛮氏。不久以后又重新立了他的儿子，这是合于礼的。

二月十四日，齐军抵达蒲隧。徐国人求和。徐子和郯人、莒人与齐景公会见，在蒲隧结约盟誓，送给齐景公甲父之鼎。叔孙昭子说：『诸侯如果没有盟主，对小国是个危害啊！齐国的国君无道，起兵攻打边远的国家，会见了他们，缔结了和约而返回来，没有人有力量抵御。这是由于没有霸主的原因啊！《诗》说：「周王室已经逐渐衰亡倾倒，无所安定。执政的大夫四散分居，没有人知道我的困苦辛劳。」所指的就是这个吧！』

原文

三月，晋韩起聘于郑，郑伯享之。子产戒曰：『苟有位于朝，无有不共恪！』孔张后至，立于客间，执政御之[1]；适客后，又御之；适县间[2]。客从而笑之。事毕，富子谏曰[3]：『夫大国之人，不可不慎也，几为之笑而不陵我？我皆有礼，夫犹鄙我。国而无礼，何以求荣？孔张失位，吾子之耻也。』子产怒曰：『发命之不衷，出令之不信，刑之颇类，狱之放纷，会朝之不敬，使命之不听，取陵于大国，罢民而无功，罪及而弗知，侨之耻也。孔张，君之昆孙[4]，子孔之后也[5]，执政之嗣也[6]，为嗣大夫，承命以使，周于诸侯，国人所尊，诸侯所知。立于朝而祀于家，有禄于国，有赋于军，丧、祭有职，受脤归脤[7]。其祭在庙[8]，已有著位。在位数世，世守其业，而忘其所，侨焉得耻之？辟邪之人而皆及执政，是先王无刑罚也。子宁以他规我。』

宣子有环[9]，其一在郑商。宣子谒诸郑伯[10]，子产弗与，曰：『非官府之守器也，寡君不知。』子大叔、子羽谓子产曰：『韩子亦无几求，晋国亦未可以贰。晋国、韩子，不可偷也。若属有谗人交斗其间，鬼神而助之，以兴其凶怒，悔之何及？吾子何爱于一环，其以取憎于大国也？盍求而与之？』子产曰：『吾非偷晋而有二心，将终事之，是以弗与，忠信故也。侨闻君子非无贿之难，立而无令名之患。侨闻为国非不能事大、字小之难，无礼以定其位之患。夫大国之人，令于小国，而皆获其求，将何以给之？一共一否，为罪滋大。大国之求，无礼以斥之，何餍之有？吾且为鄙邑，则失位矣。若韩子奉命以使而求玉焉，贪淫甚矣，独非罪乎？出一玉以起二罪[11]，吾又失位，韩子成贪，将焉用之？且吾以玉贾罪，不亦锐乎⑫？』

注释

①执政御之：执政，即司正，主管典礼者。御，阻挡。②县间：悬挂钟、磬乐器的空隙。③富子：郑大夫。④君子昆孙：子孔为郑襄公之兄，孔张之祖父，故称孔张为『君之昆孙』。昆，兄。⑤子孔：郑襄公兄，孔张的祖父。⑥执政：子孔曾执郑国之政。⑦受脤归脤：诸侯祭社，以祭肉赐大夫，称受脤；大夫祭社，也归肉于公，叫归脤。⑧其祭在庙：辅助国君在宗庙祭祀。⑨宣子：晋韩起。⑩谒：请求。⑪起二罪：一共一否导致郑国之罪，又助韩起成贪欲之罪。⑫锐：细小。

译文

三月，晋国的韩起前往郑国聘问，郑定公设享礼招待他。子产告诫大家说：『要是在朝廷的享礼上拥有一个席位，诸位不要发生不恭敬的事！』孔张后到，站在客人中间，主管典礼的人挡住他；他想去到客人后边，主管典礼的人又把他挡住；他只好去到挂乐器的间隙中待着。客人因此而嘲笑他。事情结束，富子劝谏说：『对待大国派来的人，是不可以不慎重从事的。难道说被他们笑话了，而他们将来就不会对我们加以欺辱吗？我们都能做到有礼，那些人还会看不起我们。国家要是没有礼仪，怎么能求得光荣？孔张没有站到应该站到的位置上，这是您的耻辱。』子产发怒说：『发命不合适，出令没信用，刑罚偏颇不公平，诉讼放任混乱，朝会时丧失礼仪，命令没有人听从，招致大国的欺负，使百姓疲惫而没有功劳，罪过来到却还一点都不知晓，这是我的奇耻大辱。孔张，是国君哥哥的孙子，子孔的后代，执政的继承人，做了嗣大夫；他接受命令而出使，遍使诸侯各国，被国内的人们所尊敬，诸侯对他都很熟悉。他在朝中有官职在家里有祖庙，受领国家颁给的封邑爵禄，分担战争需要的人力物力，丧事、祭祀有一定的职事，接受和归还祭肉。辅助国君在宗庙里祭祀，已经有了稳固的地位。他家在位已经好几辈子，世世代代保守自己的家业，如今忘记了他应该处的地位，侨怎么能为之感到羞耻？不正派的人把一切都归罪于我这个执政者，如果对这种情况不使用刑罚的话，等于先王没有刑罚。可是你还是用别的事来纠正我。』

韩起有一副玉环，其中的一个在郑国的商人的手里。韩起向郑定公恳求，子产不给，说：『这不是公家府库中保管的器物，寡君根本不知道。』子太叔、子羽对子产说：『韩子也没有过多的要求，对晋国也不可能三心二意。晋国和韩子都是不能够轻慢的。要是正好有坏人在两国中间挑拨，鬼神如果再帮着坏人，以激荡起他们的凶心怒气，后悔还哪里来得及？您为何爱惜一个玉环，而以此去惹大国的讨厌呢？为什么不去找来给他？』子产说：『我不是对晋国轻慢而有三心二意，而是要自始至终事奉他们，所以才没有还给他，这是为了忠实和守信用的缘故。侨听说君子不是担心没有财物，而是怕没有美好的名声。侨又听说治理国家不是怕不能把大国事奉、抚养小国，而是怕没有礼仪来将其地位安定下来。大国的人给小国下命令而都得到要求的一切，将要依靠什么来源源不断地供给他们？一次给了，一次不给，所得的罪过更大。大国的一些要求，要是不依礼驳斥，他们哪里会有什么满足？我们如果成为他们边境里的城市，那就得失去了作为一个国家的地位了。如果韩子奉命出使而将玉环求取回来，他的贪婪邪恶就太过分了，这难道说不是罪过吗？拿出一只玉环而引起两种罪过，我们又将失去了作为一个国家的地位，韩子成为贪婪的人，哪里用得着这样？而且我们因为玉环而把罪过换来，不也是犯不上吗？』

原文

韩子买诸贾人，既成贾矣。商人曰：『必告君大夫！』韩子请诸子产曰：『日起请夫环，执政弗义，弗敢复也。今买诸商人，商人曰「必以闻」，敢以为请。』子产对曰：『昔我先君桓公，与商人皆出自周。庸次比耦①，以艾杀

此地[2]，斩之蓬、蒿、藜、藋，而共处之；世有盟誓，以相信也，曰：「尔无我叛，我无强贾，毋或匄夺[3]。尔有利市宝贿，我勿与知。」恃此质誓[4]，故能相保，以至于今。今吾子以好来辱[5]，而谓敝邑强夺商人，是教敝邑背盟誓也，毋乃不可乎！吾子得玉而失诸侯，必不为也。若大国令，而共无艺[6]，郑，鄙邑也，亦弗为也。侨若献玉，不知所成[7]。敢私布之。」韩子辞玉，曰：「起不敏[8]，敢求玉以徼二罪？敢辞之。」

注释

①庸次比耦：共同合作。②艾杀：铲除，清除。③毋或匄夺：不乞求，不掠夺。④质誓：信守盟誓。⑤以好来辱：带着友好屈尊光临。⑥无艺：无极。⑦成：利益。⑧敏：聪明、机敏。

译文

韩起向商人购买玉环，生意已经成交了。商人说：『一定要告诉君大夫！』韩起向子产请求说：『前些时候我请求能够得到这只玉环，执政认为不合乎道义，所以不敢再次请求。如今在商人那里购买，商人说「一定要报告这件事」，这才敢以此作为请求。』子产答道：『从前我们先君桓公和商人们都是从周朝迁居出来的，并肩协作来清除这块土地，把野草杂木砍去，一起居住在这里；世世代代都有盟誓，用以互相之间信赖。誓辞说：「你不要背叛我，我不要强买你的东西，不要乞求、不要豪抢掠夺。你有赚钱的买卖和宝贵的货物，我也不加过问。」我们依仗着这个有信守的盟誓，所以能彼此相互支持直到今天。现在您带着友好的情谊光临我们这个边远小国，而希望我们去强夺商人的东西，这是教导敝邑背弃盟誓，未免不太合适吧！如果得到玉环而失去诸侯，那您一定是不干的。如果大国有命令，要求我们永无止境地供应所要求的物品，那就把郑国当成了边境里的城市，我们也是不干的。侨如果献上玉环，真不知道到底有什么好处。谨敢私下向您求请。』韩起就把玉环退还回去，说：『起虽然不聪明，又怎么敢求取玉环以换来两项罪过？冒昧地把它退回去。』

原文

夏，四月，郑六卿饯宣子于郊。宣子曰：『二三君子请皆赋，起亦以知郑志。』子齹赋《野有蔓草》。宣子曰：『孺子善哉！吾有望矣。』子产赋郑之《羔裘》①。宣子曰：『起不堪也。』子大叔赋《褰裳》。宣子曰：『起在此，敢勤子至于他人乎？』子大叔拜。宣子曰：『善哉，子之言是！不有是事，其能终乎？』子游赋《风雨》。子旗赋《有女同车》。子柳赋《萚兮》。宣子喜，曰：『郑其庶乎②！二三君子以君命贶起，赋不出郑志③，皆昵燕好也。二三君子，数世之主也，可以无惧矣。』宣子皆献马焉，而赋《我将》。子产拜，使五卿皆拜，曰：『吾子靖乱，敢不拜德！』

宣子私觐于子产以玉与马，曰：『子命起舍夫玉，是赐我玉而免吾死也，敢不藉手以拜④！』

注释

①《羔裘》：《诗经·郑风》之《羔裘》篇，以与《唐风》、《桧风》之《羔裘》相别。②庶：庶几兴盛。③郑志：郑诗，郑风。④藉手：假借手中薄礼。

译文

夏，四月，郑国的六卿前往郊外为韩起饯行。韩起说：『请几位大臣都当场赋诗一首，起也可以了解郑国的意图。』子齹赋《野有蔓草》。韩起说：『孺子好啊！我获得了希望。』子产赋郑国的《羔裘》。韩起说：『起是称不上的。』子太叔赋《褰裳》。韩起说：『有起在这里，难道敢劳驾您去事奉别人吗？』子太叔拜谢。韩起说：『好啊，您谈到了这个！要不是有这回事，能善始善终地长久友好下去吗？』子游赋《风雨》。子旗赋《有女同车》。子柳赋《萚兮》。韩起非常高兴，说：『郑国差不多要强盛了吧！几位大臣用国君的名义赏赐起，所赋的诗不出郑国之外，几乎都是表示友好的。几位大臣全部都是传到几世的大夫，可以因此而不再有所畏惧了。』韩起对他们都奉献马四，而且赋了《我将》。子产拜谢，接着又让其他五个卿也都拜谢韩起，说：『您将动乱安定下来，岂敢不拜谢恩德！』

韩起用玉和马作为礼物暗地里拜见子产，说：『您命令我舍弃那个玉环，这是赐给了我金玉之言而免我一死，哪里敢不借此薄礼而拜谢！』

原文

公至自晋，子服昭伯语季平子曰：『晋之公室其将遂卑矣。君幼弱，六卿强而奢傲，将因是以习，习实为常，能无卑乎？』平子曰：『尔幼，恶识国？』

秋，八月，晋昭公卒。

九月，大雩，旱也。

郑大旱，使屠击、祝款、竖柎有事于桑山①。斩其木，不雨。子产曰：『有事于山，蓺山林也②，而斩其木，其罪大矣。』夺之官邑。

冬，十月，季平子如晋葬昭公。平子曰：『子服回之言犹信③。子服氏有子哉！』

注释

①屠击、祝款、竖柎：三人都是郑国大夫。②蓺山林：养护山林植被，令其繁茂。③子服回：即子服昭伯。

译文

昭公从晋国回来以后，子服昭伯对季平子说：『晋国的公室的地位恐怕即将降低了。国君年幼而力量微弱，六卿强大而奢侈骄傲，将要逐步由此而成习惯，习惯而成自然，能够不降低吗？』平子说：『你还比较年轻，哪里懂得国家大事？』

秋，八月，晋昭公去世。

九月，举行盛大的雩祭，这是因为发生了旱灾。郑国时逢大旱，派屠击、祝款、竖柎祭祀桑山。把山上的树木全都砍去了，也没有雨。子产说：『祭祀山神，应当养护山林植被使之繁茂，现在反而砍去山上的树木，他们的罪过就相当大了。』于是就把他们的官爵和封邑剥夺了。

冬，十月，季平子到晋国参加昭公的丧礼。平子说：『子服回答昭伯的话还是可以信任的。子服氏有了好儿子了！』

昭公十七年

原文

十七年春，小邾穆公来朝，公与之燕。季平子赋《采叔》，穆公赋《菁菁者莪》。昭子曰：『不有以国①，其能久乎？』

夏，六月甲戌朔，日有食之。祝史请所用币②。昭子曰：『日有食之，天子不举，伐鼓于社；诸侯用币于社，伐鼓于朝，礼也。』平子御之，曰：『止也。唯正月朔③，慝未作④，日有食之，于是乎有伐鼓用币，礼也。其余则否。』大史曰：『在此月也。日过分而未至，三辰有灾⑤，于是乎百官降物⑥；君不举，辟移时⑦；乐奏鼓，祝用币，史用辞。故《夏书》曰：「辰不集于房⑧，瞽奏鼓，啬夫驰⑨，庶人走⑩。」此月朔之谓也。当夏四月，是谓孟夏。』平子弗从。昭子退曰：『夫子将有异志，不君君矣⑪。』

注释

①不有以国：若无治国的人才。不有，假设连词；以，为。②所用币：所用祭品。③正月朔：周历六月初一日。④慝：阴气。⑤三辰：指日月星。⑥降物：素服。⑦辟移时：避开正寝，等到过了日食。⑧辰不集于房：意为日、月与地球成一条直线排列，不在正常的轨道。⑨啬夫：乡邑官名。⑩庶人走：庶人奔走相告。⑪不君君：不以国君为君。

译文

十七年春，小邾穆公前来朝见，昭公和他共同饮宴。季平子赋了《采叔》，穆公赋了《菁菁者莪》。昭子说：『假如没有治理国家的人才，国家难道能够长存吗？』

夏，六月初一日，日食。祝史请示应该使用的祭品。昭子说：『天上发生日食，天子不吃丰盛的菜肴，在土地神庙里击鼓；诸侯用祭品在土地神庙里祭祀，在朝廷上击鼓，这是礼制。』平子反对这样做，说：『不能那么办。只有正阳六月初一日，阴气没有发作，发生日食，这样才击鼓并使用祭品，这是礼制。其他的时候就与这不一样。』太史说：『就是在这个月。太阳过了春分而没有到夏至，日、月、星有了灾祸，在这时候百官穿上素服；国君不吃丰盛的菜肴，远离正寝躲过日食的时辰；乐工击鼓，太祝使用祭品，太史使用辞令来祈祷消灾去祸。因此《夏书》说：「日月交会不在较为正常的位置上，瞽师击鼓，啬夫驾车，百姓奔跑。」说的就是这个月初一日发生的情况。正当夏正的四月，所以叫做孟夏。』平子没有接受。昭子退出，说：『这个人将要产生别的念头，他将要不把国君当成国君了。』

原文

秋，郯子来朝，公与之宴。昭子问焉，曰：『少皞氏鸟名官，何故也？』郯子曰：『吾祖也，我知之。昔者黄帝氏以云纪，故为云师而云名[1]；炎帝氏以火纪，故为火师而火名；共工氏以水纪，故为水师而水名；大皞氏以龙纪，故为龙师而龙名。我高祖少皞挚之立也，凤鸟适至，故纪于鸟，为鸟师而鸟名：凤鸟氏，历正也；玄鸟氏[2]，司分者也[3]；伯赵氏[4]，司至者也；青鸟氏，司启者也；丹鸟氏[5]，司闭者也[6]。祝鸠氏[7]，司徒也；鴡鸠氏[8]，司马也；鸤鸠氏[9]，司空也；爽鸠氏[10]，司寇也；鹘鸠氏，司事也。五鸠，鸠民者也。五雉[11]，为五工正[12]，利器用、正度量，夷民者也。九扈，为九农正，扈民无淫者也[13]。自颛顼以来[14]，不能纪远，乃纪于近。为民师而命以民事，则不能故也。』

仲尼闻之，见于郯子而学之。既而告人曰：『吾闻之，「天子失官[15]，学在四夷」，犹信。』

注释

①故为云师而云名：传说黄帝受命有云瑞，故以云记事。春官为青云，夏官为缙云，秋官为白云，冬官为黑云，中官为黄云。②玄鸟：即燕子。③分：指春分、秋分。燕子春分来，秋分去。④伯赵：即伯劳。⑤丹鸟：锦鸡，亦名天鸡。⑥闭：指立秋、立冬。丹鸟立秋来，立冬去。⑦祝鸠：鹪鸠，即鹁鸪，性情忠孝，故为司徒，掌教民。⑧鴡鸠：王鴡，雕类，又名鹗，性情凶猛，故为司马主法律。⑨鳲鸠：布谷，每年谷雨后始鸣，夏至后乃止，性均平，故为司空主平水土。⑩爽鸠：鹰，性鸷，故为司寇主盗贼。⑪五雉：指西方鷷雉，东方鶅雉，南方翟雉，北方鵗雉，伊、雒之南翚雉五种。⑫五工正：五种工匠之长。⑬扈民：止民。⑭颛顼：继少皞之古代帝王。⑮失官：古代学在官府，失官即失学。

译文

秋，郯子前来朝见，昭公和他共同饮宴。昭子向他询问，说：『少皞氏用鸟名作为官名，这是什么缘故？』郯子说：『他是我的祖先，我当然知道。过去黄帝氏用云记事，所以设置的各部门长官都用云字命名；炎帝氏用火记事，所以设置的各部门长官都用火字命名；共工氏用水记事，因此设置的各部门长官都用水字命名；太皞氏用龙记事，所以设置各部门长官纷纷都用龙来命名。我的高祖少皞挚即位的时候，凰鸟正好来到，所以从那时起就以鸟开始记事，并且设置各部门长官都用鸟来命名：凰鸟氏，就是历正；玄鸟氏，是掌管春分、秋分的；伯赵氏，是掌管夏至、冬至的；青鸟氏，是掌管立春、立夏的；丹鸟氏，是掌管立秋、立冬的。祝鸠氏，就是司徒；鴡鸠氏，就是司马；鳲鸠氏，就是司空；爽鸠氏，就是司寇；鹘鸠氏，就是司氏。这五鸠，全部是鸠聚百姓的。五雉是五种掌管手工业的官，是改善器物用具、使尺度容量得到统一、让百姓得到平均的。九扈是九种管理农业的官，是制止百姓不让他们放纵的。自从颛顼以来，不能描述远古的事情，于是就从近古开始记述。做百姓的长官而用百姓的事情来命名，那已经是不能够按照过去办理了。』

孔子听到，进见郯子向他好好学习。不久以后告诉其他人说：『我曾经听说，「在天子那里失去了古代官制，官制的学问还全部保存在远方的小国」，这还是可以信任的。』

原文

晋侯使屠蒯如周，请有事于雒与三涂[1]。苌弘谓刘子曰：『客容猛，非祭也。其伐戎乎！陆浑氏甚睦于楚，必是故也。君其备之！』乃警戎备。九月丁卯[2]，晋荀吴帅师涉自棘津，使祭史先用牲于雒。陆浑人弗知，师从之。庚午[3]，遂灭陆浑，数之以其贰于楚也。陆浑子奔楚，其众奔甘鹿[4]。周大获。宣子梦文公携荀吴而授之陆浑，故使穆子帅师，献俘于文宫[5]。

冬，有星孛于大辰[6]，西及汉。申须曰[7]：『彗所以除旧布新也。天事恒象[8]，今除于火，火出必布焉[9]，诸侯其有火灾乎！』梓慎曰：『往年吾见之，是其征也。火出而见，今兹火出而章，必火入而伏[10]，其居火也久矣，其与不然乎？火出，于夏为三月，于商为四月，于周为五月。夏数得天[11]，若火作，其四国当之，在宋、卫、陈、郑乎！宋，大辰之虚也[12]；陈，大皞之虚也；郑，祝融之虚也[13]，皆火房也。星孛及汉，汉，水祥也。卫，颛顼之虚也，故为帝丘，其星为大水[14]。水，火之牡也[15]。其以丙子若壬午作乎！水火所以合也。若火入而伏，必以壬午，不过其见之月。』

郑裨灶言于子产曰：『宋、卫、陈、郑将同日火。若我用瓘斝玉瓒[16]，郑必不火。』子产弗与。

注释

①有事：即祭祀。雒、三涂：雒指雒水，三涂位于今河南嵩县西南。②丁卯：二十四日。③庚午：二十七日。④甘鹿：地名，位于今河南宜阳县东南。⑤文宫：晋文公庙。⑥孛：即彗星，俗称扫帚星。大辰：大火星，即心宿。⑦申须：鲁大夫。⑧恒象：常常象征吉凶。⑨火出必布：大火星再出现，必散布为灾。⑩火入而伏：秋季大火始入，火灾即消失。⑪夏数得天：夏代历数与天道相合。⑫大辰之虚：大火星的分野。⑬祝融：高辛氏的火正，居郑地。⑭大水：营室。⑮水，火之牡：言水火相配，水为雄，火为雌。牡，雄。⑯瓘斝玉瓒：均为礼器名。瓘，玉圭；斝，玉爵；瓒，盛灌鬯酒之勺，以圭玉为柄。

译文

晋顷公派屠蒯前往周朝，请求祭祀雒水和三涂山。苌弘对刘子说：『客人的容貌非常凶猛，不是为了祭祀，恐怕是为了攻打戎人吧！陆浑氏和楚国很友好，肯定是这个缘故。您还是防备一下！』于是就对戎人加强警备。九月二十四日，晋国的荀吴带领大军从棘津徒步涉水，让祭史先用牺牲祭祀雒水。陆浑人根本不知道，部队就跟着打过去。二十七日，就将陆浑灭亡了，责备他们和楚国勾结。陆浑子潜逃到楚国，他的部下逃亡到甘鹿。周朝俘虏了大批陆浑人。韩宣子梦见晋文公拉着荀吴而把陆浑交付给他，因此让他领兵，在晋文公庙里奉献俘虏。

冬，彗星出现在大火星旁边，光芒往西一直到达银河。申须说：『彗是用来扫除旧东西推广新东西的，天上发生的事常常预示吉凶，如今对大火星清扫，大火星再度出现必然散布灾殃，诸侯各国恐怕会有火灾吧！』梓慎说：『去年我看见它，这就是它的征兆了。大火星出现而见到它。如今它在大火星出现时更加明亮，一定会在大火星消失时潜伏。它和大火星在一起已经很长时间了，难道不是这样吗？大火星出现，在夏正是三月，在商正是四月，在周正是五月。夏代历数和天象相互适应，要是发生火灾，恐怕有四个国家承当，火灾在于宋国、卫国、陈国、郑国吧！其中宋国，是大火星的分野；陈国，是太皞的分野；郑国，是祝融的分野，都是大火星经常所居住的地方。彗星到达银河，银河，指的就是水。卫国，是颛顼的分野，所以是帝丘，和它相配的星是大水。水和火相配合。只怕会在丙子日或者壬午日发生火灾吧！水火会在那时配合的。如果大火星消失而彗星随着潜伏，必定在壬午日，不会超过它发现的那个月。』

郑国的裨灶对子产说道：『宋、卫、陈、郑四国将要在相同的一天发生火灾。如果我们用瓘、玉斝、玉杓祭神，郑国一定不会爆发火灾。』子产不肯给。

原文

吴伐楚，阳匄为令尹①，卜战，不吉。司马子鱼曰：『我得上流，何故不吉？且楚故，司马令龟②，我请改卜。』令曰：『鲂也以其属死之③，楚师继之，尚大克之！』吉。战于长岸，子鱼先死，楚师继之，大败吴师，获其乘舟余皇，使随人与后至者守之，环而堑之，及泉，盈其隧炭，陈以待命。吴公子光请于其众，曰：『丧先王之乘舟，岂唯光之罪，众亦有焉。请藉取之以救死。』众许之。使长鬣者三人潜伏于舟侧④，曰：『我呼余皇，则对。』师夜从之。三呼，皆迭对⑤。楚人从而杀之。楚师乱，吴人大败之，取余皇以归。

注释

①阳匄：即子瑕，楚令尹。②令龟：即命龟。占卜前向神报告所要卜问的事叫做命龟。③其属：子鱼私家之军。④长鬣者：高大健壮的人。⑤迭对：更替回答。

孤屿鼓棹图　明·王问

图中湖水浩渺辽阔，巨岩峭壁厚重，树木芦草浓郁，远处渚滩，疏朗悠远，境界开阔。岩壁下驶过小舟，撑篙船夫及船头老者，刻画自然，神态生动。整幅构图明快空旷，笔墨轻重、浓淡、动静的对比与衬托，恰到好处。

译文

吴国攻打楚国，阳匄做令尹，占卜战争的结果，非常不吉利。司马子鱼说：『我们地处上游，为什么不吉利？而且依照楚国的惯例，由司马在占卜前报告占卜的事情，我请求重新占卜。』报告说『鲂带领部属战死，楚军跟上去，希望获取全胜！』吉利。在长岸作战，子鱼先战死，楚军跟着上去，将吴军打败，得到了他们一艘名叫余皇的船，派随国人和后来抵达的人看守，环绕这条船挖深沟，一直见到泉水，用炭填满，列阵听候命令。吴国的公子光请求大家，说：『丢掉先王的坐船，难道只是光的罪过，大家也有罪的。请求凭借大家的力量夺取回来以救一死。』大家同意了。派遣身高力壮的三个人偷偷地埋伏在船旁边，说：『我喊余皇，你们就相应回答。』吴军在夜里跟上去。喊了三次，埋伏的人都交替回答。楚国人上去杀了他们。楚军混乱，吴军大败楚军，将余皇夺取了回去。

昭公十八年

原文

十八年春，王二月乙卯①，周毛得杀毛伯过而代之。苌弘曰：『毛得必亡。是昆吾稔之日也②，侈故之以。而毛得以济侈于王都③，不亡何待？』

三月，曹平公卒。

夏，五月，火始昏见。丙子④，风。梓慎曰：『是谓融风⑤，火之始也。七日，其火作乎！』戊寅⑥，风甚。壬午，大甚。宋、卫、陈、郑皆火。梓慎登大庭氏之库以望之⑦，曰：『宋、卫、陈、郑也。』数日，皆来告火。

注释

①乙卯：十五日。②昆吾稔之日：昆吾恶贯满盈的日子。昆吾，祝融之后，陆终次子，封于帝丘，与夏桀同日亡。③济侈：以侈成事。④丙子：初七日。⑤融风：东北风。一说为立春木风，火之母，火始生。⑥戊寅：初九日。⑦大庭氏：古国名，在鲁国都城内，鲁在其故址建库。

译文

十八年春，周历二月十五日，周大夫毛得杀了毛伯过，代替了他的位置。苌弘说：『毛得肯定要落个逃亡他国的结果。由于十五日这一天正是夏代暴君昆吾恶贯满盈而死的日子，他是因为过于骄纵才招致死亡的。毛得居然敢在天子的都城为非作歹，他怎么能不落个逃亡的下场呢？』

三月，曹平公死。

夏季，五月，大火星在黄昏的时候开始出现。初七日，刮起了大风。梓慎说：『这就是融风，是火灾发生的预兆，再过七天就要发生大火了！』初九日，风逐渐刮得凛冽起来。十四日，风刮得更大。这一天，宋、卫、陈、郑四国全部都发生了火灾。梓慎登上大庭氏的库房向远处眺望，并说：『起火的地方是宋、卫、陈、郑四国。』果然过了几天这四个国家都先后来鲁国报告火灾的消息。

原文

裨灶曰：『不用吾言，郑又将火。』郑人请用之，子产不可。子大叔曰：『宝，以保民也。若有火，国几亡。可以救亡，子何爱焉？』子产曰：『天道远，人道迩，非所及也，何以知之？灶焉知天道？是亦多言矣，岂不或信？』遂不与，亦不复火。

郑之未灾也，里析告子产曰[1]：『将有大祥[2]，民震动，国几亡。吾身泯焉，弗良及也[3]。国迁其可乎？』子产曰：『虽可，吾不足以定迁矣。』及火，里析死矣，未葬，子产使舆三十人迁其柩。

注释

①里析：郑大夫。②祥：变异之气。③弗良及：意为先于火灾而死。良，能。

译文

裨灶说：『对我的话不予接受，郑国还会发生火灾。』于是郑国人请求按他的话去做，但子产还是不答应。游吉说：『宝物本来是用来保护百姓的。要是再发生了火灾，国家就要接近于灭亡。如今有人提出挽救灭亡的办法，您为什么还舍不得那些宝物呢？』子产说：『自然界的规律永远都不能够预测，人世间的道理则近在眼前，两者没有关联，怎么能够知道还要发生火灾呢？裨灶哪里知道有自然规律的存在？他的话说多了，难道就没有偶尔说中的时候？』最后还是不赞同，结果郑国也没有再爆发火灾。

郑国没有发生火灾的时候，里析曾经告诉子产说：『郑国即将发生大的灾难，全国的百姓都要为之而惊动，国家也几乎要灭亡。不过到那个时候我已经死了，等不到了。我建议迁都可以吗？』子产说：『就算可以迁都，但我一个人也决定不了。』等到火灾发生，里析已经死了，但还没有安葬，于是子产便派了三十个人把他的灵柩移到安全地带。

原文

火作，子产辞晋公子、公孙于东门。使司寇出新客，禁旧客勿出于宫。使子宽、子上巡群屏摄①，至于大宫。使公孙登徙大龟。使祝史徙主祏于周庙②，告于先君。使府人、库人各儆其事。商成公儆司宫③，出旧宫人，置诸火所不及。司马、司寇列居火道，行火所焮④。城下之人，伍列登城。明日，使野司寇各保其征，郊人助祝史，除于国北，禳火于玄冥、回禄⑤，祈于四鄘⑥。书焚室而宽其征，与之材。三日哭，国不市。使行人告于诸侯。宋、卫皆如是。陈不救火，许不吊灾，君子是以知陈、许之先亡也。

六月，鄅人藉稻⑦，邾人袭鄅。鄅人将闭门，邾人羊罗摄其首焉⑧，遂入之，尽俘以归。鄅子曰：『余无归矣。』从帑于邾⑨。邾庄公反鄅夫人，而舍其女。

注释

①屏摄：祭祀的处所。②主祏：安放神主的石函。③商成公：郑大夫。司宫：巷伯、寺人之官。④行火所焮：巡行救火。焮，火所燃烧的地方。⑤玄冥、回禄：玄冥，水神；回禄，火神。⑥四鄘：四面城墙。⑦鄅人：鄅国君。鄅姓国，在今山东临沂县北。藉稻：巡行踏勘藉田，以劝农耕种。⑧摄其首：斩守门人的首级而持之。⑨从帑：跟随妻子儿女。

译文

发生火灾以后，子产在东门拒绝晋国的公子和公孙进入都城，又派司寇把新近前来聘问的客人全部送出国都，禁止旅居郑国的外国大夫走出住所，并让子宽、子上巡视祭祀场所以及郑国的宗庙，以确保这些场所安全。让公孙登把大龟搬走，让祝史把宗庙中安放神位的石匣搬挪到周王庙中，以便向先君报告发生的事件。让管理府库的官员各自认真坚守岗位，不得擅离职守。让商成公告诫司宫官员，将先公的宫女们都安置到大火不能烧到的地方。司马、司寇紧随火道，奋力扑救。城下的人纷纷排成队依次入城。次日，又派野司寇分别把他们所征召的徒役管理好，使其不要逃散，郊人帮助祝史在都城北部挖土，堆成祭坛，祈求水神火神消除火灾，然后又在各个城门进行祈祷。登记了被烧毁的房屋，减免房主的赋税，并发放木材让他们把房屋重新建起来。让郑国人大哭三天，市场也都停止营业。还让外交官员分别向各诸侯通报这一情况。宋国、卫国救助火灾的情况和郑国相同，只有陈国没有主动采取救火措施。此外许国得知四国发生火灾后也没有派人前去慰问。君子们因此而得知陈国、许国必将先行灭亡。

六月，鄅国国君巡视田中稻谷的耕种情况，邾国人趁机偷袭鄅国。鄅国人正打算关闭城门时，邾国人羊罗砍下了关门人的脑袋，于是邾军大举发兵攻进鄅都，结果把鄅都里所有的人都俘虏回去了。鄅君说：『我已经没有国家可以回了。』于是就跟着他的被邾人俘虏的妻子儿女到了邾国。邾庄公将其妻子还给了他，却把他的女儿留下。

原文

秋，葬曹平公。往者见周原伯鲁焉[①]，与之语，不说学。归以语闵子马[②]。闵子马曰：『周其乱乎！夫必多有是说，而后及其大人。大人患失而惑[3]，又曰：「可以无学，无学不害。」不害而不学，则苟而可。于是乎下陵上替[4]，能无乱乎？夫学，殖也。不学，将落，原氏其亡乎！」

七月，郑子产为火故，大为社，祓禳于四方[5]，振除火灾，礼也。乃简兵大蒐，将为蒐除[6]。子大叔之庙在道南，其寝在道北，其庭小[7]。过期三日，使除徒陈于道南庙北，曰：「子产过女而命速除，乃毁于而乡[8]。」子产朝，过而怒之，除者南毁。子产及冲[9]，使从者止之曰：「毁于北方[10]。」

注释

①原伯鲁：周大夫。②闵子马：又名闵马父，鲁臣。③患失而惑：担心失去官位因而不明事理。④下陵上替：下面欺凌上面，上面废弛怠惰。⑤祓禳于四方：祭祀四方之神以祈求消灾除患。⑥将为蒐除：将要为检阅清除场地。⑦其庭小：指子太叔庙、寝之庭狭小，故必须拆毁其庙或寝。⑧乡：同「向」。除徒所向，为子太叔之庙。⑨冲：十字路口，交通要道。⑩北方：北方为子太叔之寝。

译文

秋季，安葬了曹平公。前去参加葬礼的鲁国使者见到了周大夫原伯鲁，和他进行谈话时，发现他是一个不好学习的人。回去之后，告诉了闵子马。闵子马说：「周王室恐怕要大乱了！只有社会上不好学习的风气普遍流行时，才会影响到当权的人。当权的人由于担心失去官位，所以就不明事理，又会说：「可以不学习，不学习并没有什么害处。」由于认为不学习没有什么害处，因此就更加不学习，对待政事得过且过。地位卑微的企图欺凌上司，地位高的人则荒废公务，按照这样下去，能不发生动乱吗？学习就如同种植，不学习就会渐渐走向凋落衰败，由此看来原氏恐怕要灭亡了吧！」

七月，郑国的子产由于发生的这场大火灾，而大兴土木修建土地神庙，祭祀四方神灵以便求得消除灾患，救治火灾所造成的损失，这一行动是符合礼法的。然后又精选军队准备举行盛大的阅兵演习，并开始着手对这些场地进行修整。游吉的家庙正好在道路的南面，住房在道路的北边，住房的庭院很小，都必须统统拆除。但限定的期限已经超过了三天，还没有拆除。游吉让做场地清除的徒卒分别站在路南庙北，对他们说：『如果子产从这里经过，而让你们尽快进行清除的话，你们就立即拆庙。』子产上朝路过这里，看到还没有拆毁，非常恼火，于是徒卒便急忙向南拆庙。子产离开这里走到十字大街时，又让随从去通知：『不要将庙毁掉，拆毁北面的住房。』

原文

火之作也，子产授兵登陴。子大叔曰：『晋无乃讨乎？』子产曰：『吾闻之，小国忘守则危，况有灾乎？国之不可小，有备故也。』既，晋之边吏让郑曰：『郑国有灾，晋君、大夫不敢宁居，卜筮走望[1]，不爱牲玉。郑之有灾，寡君之忧也。今执事撊然授兵登陴[2]，将以谁罪？边人恐惧，不敢不告。』子产对曰：『若吾子之言，敝邑之灾，君之忧也。敝邑失政，天降之灾，又惧谗慝之间谋之，以启贪人，荐为敝邑不利，以重君之忧。幸而不亡，犹可说也；不幸而亡，君虽忧之，亦无及也。郑有他竟[3]，望走在晋[4]。既事晋矣，其敢有二心？』

注释

①走望：四处祭祀名山大川。②撊然：凶猛貌。③郑有他竟：郑若有他国之忧。竟，通『境』。④望走在晋：希望投奔晋国。

译文

火灾发生的时候，子产发放武器下去，让国境上的士兵登上城墙做好警戒。游吉说：『你这么做，晋国会不会前来攻打我们呢？』子产说：『据我所知，小国平时要是忘记了防守就非常危险，更何况现在是发生火灾的时候呢？一个国家要想不被人瞧不起，就必须经常戒备不松懈。』不久，晋国的边防官员向郑国提出了抗议：『郑国爆发了灾患，晋国的君王和大夫不敢贪图丝毫安逸，四处祭祀名山大川，不吝惜牲畜，为贵国祈祷。郑国的灾祸，就是我们君王的忧患。如今您突然给边境的百姓发放了大量武器，让他们登上城墙严阵以待，这是要问谁的罪呢？我国边境上的百姓非常恐惧，特此向您报告。』子产回答说：『正像您说的那样，我们国家的灾患也就是贵君的忧患。因为我国政策失误，所以上天降下了灾祸，我们又担心奸邪之人乘人之危，也怕那些贪婪之辈趁火打劫，更加重我国的损失，给贵国君王带来更大的忧患。要是我国侥幸没有灭亡，还有机会进行辩解；如果不幸灭亡了，即使贵国君王再担心，也没有什么意义了。和郑国相邻的还有其他国家的国境，可是一旦受到攻击，我们可望投奔的就只剩下晋国。我们既然已经侍奉晋国了，如何还敢有二心呢？』

原文

楚左尹王子胜言于楚子曰：『许于郑，仇敌也，而居楚地，以不礼于郑。晋、郑方睦，郑若伐许，而晋助之，楚丧地矣。君盍迁许？许不专于楚，郑方有令政①，许曰：「余旧国也。」郑曰：「余俘邑也②。」叶在楚国③，方城外之蔽也。土不可易④，国不可小，许不可俘，仇不可启。君其图之！』楚子说。冬，楚子使王子胜迁许于析，实白羽。

注释

①令政：善政。②余俘邑：许迁后，郑得其地，故称为俘邑。③叶：楚国邑名。此时为许国的都城。④易：轻视。

雪景山水图　明·王问

此图画群峰白雪，枯木苍松，溪水曲流，木桥横架，茅屋傍水，内有文士攻读，屋后山岩间流泉飞泻，石径登处，隐藏梵宇古塔。溪畔停舟，内有两人赏玩满山雪景，富有诗情画意。山石用枯笔皴擦，锋芒毕露。苔鲜浓墨密集，构图繁密，明净秀丽。

译文

楚国的左尹王子胜对楚平王说：『许国与郑国是仇敌，因此它住在楚地对郑国非常不礼貌。晋国和郑国目前正处于友好时期，郑国如果对许国进行攻打，再得到晋国帮助，楚国就会丧失许国这块土地。君王为什么不考虑把许国迁走呢？只要许国从此不再专一侍奉楚国，郑国有了善政，许国就会说：「郑国原本就是我们许国的旧地。」郑国则会说：「许国是我们曾经俘虏的城邑。」对于楚国来说，叶地是方城山之外的屏障，大国不可以轻视，小国同样也不可以轻视，不可以把许国作为俘虏看待，更不可以四处树敌。希望君王能认真考虑！』楚平王很高兴。到了冬天，便派王子胜把许国迁到析地，实际上也就是过去的白羽。

昭公十九年

原文

十九年春，楚工尹赤迁阴于下阴[1]，令尹子瑕城郏[2]。叔孙昭子曰：『楚不在诸侯矣！其仅自完也，以持其世而已。』

楚子之在蔡也，郹阳封人之女奔之[3]，生大子建。及即位，使伍奢为之师[4]，费无极为少师。无宠焉，欲谮诸王，曰：『建可室矣[5]。』王为之聘于秦，无极与逆，劝王取之。正月，楚夫人嬴氏至自秦[6]。

注释

①迁阴于下阴：阴，阴地戎人。下阴，位于今湖北光化县西。②郏：本为郑邑，后属楚。③郹阳：蔡邑名，位于今河南新蔡县。奔：私奔。娶女不依礼曰奔。④伍奢：伍举之子，伍员之父。⑤可室：可以娶妻成家了。⑥至自秦：从秦来。

译文

十九年春季，楚国的工尹赤迁移阴地的人到了下阴，令尹子瑕在郏地建造了城池。叔孙昭子说：『楚国已经无心称霸诸侯，只是满足于维护自己的利益，维持它们当代的政权罢了。』

楚平王在蔡国的时候，郹阳封人的女儿私奔到他那里，后来把太子建生下。等到楚平王即位之后，便让伍奢做太子建的老师，费无极为少师。但太子建厌恶费无极，于是费无极便想诬陷他，对楚平王说：『太子建应该娶妻立室了。』楚平王从秦国为太子建聘定了妻子，费无极于是前往迎娶，他劝楚平王自己把秦女娶下了。正月，楚平王的夫人嬴氏从秦国来到楚国。

原文

郳夫人，宋向戌之女也，故向宁请师。二月，宋公伐邾，围虫①。三月，取之，乃尽归郳俘。

夏，许悼公疟。五月戊辰②，饮大子止之药，卒。大子奔晋。书曰『弑其君』。君子曰：『尽心力以事君，舍药物可也。』

邾人、郳人、徐人会宋公。乙亥③，同盟于虫。

注释

①虫：邾邑名，位于今山东济宁县境内。②戊辰：初五日。③乙亥：五月十二日。

译文

郳君的夫人是宋国向戌的女儿，所以向戌的儿子向宁请求宋元公发兵攻打邾国。二月，宋元公统兵攻打邾国，围攻邾邑。三月，攻克虫地，又把郳国被俘的人全都送了回去。

夏季，许悼公得了疟疾。五月初五日，喝了太子止送的药之后就死了，太子吓得马上逃往晋国。《春秋》记载为『弑其君』。君子认为：『只要尽心竭力侍奉君王就足够了，不一定要奉献药物。』

邾国人、郳国人、徐国人拜见了宋元公。五月十二日，三方在虫地结成联盟。

原文

楚子为舟师以伐濮①。费无极言于楚子曰：『晋之伯也，迩于诸夏，而楚辟陋，故弗能与争。若大城城父②，而置大子焉，以通北方，王收南方，是得天下也。』王说，从之。故大子建居于城父。

令尹子瑕聘于秦，拜夫人也。

注释

①濮：百濮，在今河南宝丰县东。②城父：楚城父，位于今河南宝丰县东四十里。

译文

楚平王准备调动水军进攻濮地。费无极对楚平王说：『晋国是诸侯盟主，又和中原各国接近，而楚国却地处偏远，因此不能与之争雄。倘若在城父修建高大的城墙，把太子建安置到那里镇守，然后让他负责与北方诸侯联合，君王负责收取南方，这样您便能得到整个天下了。』楚平王十分高兴，采纳了他的建议，因此太子建被安置到城父。

令尹子瑕到秦国聘问，拜谢秦国把嬴氏嫁给楚平王为妻。

原文

秋，齐高发帅师伐莒，莒子奔纪鄣①。使孙书伐之②。初，莒有妇人，莒子杀其夫，已为嫠妇③。及老，托于纪鄣④，纺焉以度而去之⑤。及师至，则投诸外。或献诸子占，子占使师夜缒而登。登者六十人，缒绝。师鼓噪，城上之人亦噪。莒共公惧，启西门而出。七月丙子⑥，齐师入纪⑦。

是岁也，郑驷偃卒。子游娶于晋大夫⑧，生丝，弱⑨，其父兄立子瑕⑩。子产憎其为人也，且以为不顺⑪，弗许，亦弗止。驷氏耸⑫。他日，丝以告其舅。冬，晋人使以币如郑，问驷乞之立故。驷氏惧，驷乞欲逃，子产弗遣。请龟以卜，亦弗予。大夫谋对。子产不待而对客曰：『郑国不天⑬，寡君之二三臣札瘥夭昏⑭，今又丧我先大夫偃。其子幼弱，其一二父兄惧队宗主⑮，私族于谋而立长亲。寡君与其二三老曰⑯：「抑天实剥乱是⑰，吾何知焉？」谚曰：「无过乱门。」民有乱兵，犹惮过之，而况敢知天之所乱？今大夫将问其故，抑寡君实不敢知，其谁实知之？平丘之会，君寻旧盟曰：「无或失职！」若寡君之二三臣，其即世者，晋大夫而专制其位，是晋之县鄙也，何国之为？』辞客币而报其使⑱，晋人舍之。

注释

①纪鄣：莒邑，在今江苏赣榆县北。②孙书：陈无宇之子，又名子占。③嫠妇：寡妇。④托：寄居。⑤纺焉以度而去之：纺线搓成绳子，量了城墙高度就收藏起来。⑥丙子：十四日。⑦纪：即纪鄣。⑧子游：即驷偃。⑨弱：幼小。⑩子瑕：即驷乞，子游之弟。⑪不顺：不立子而立弟，不合常法。⑫耸：恐惧。⑬不天：不获天福。⑭札瘥天昏：因疫疠而死曰札，病死曰瘥，短命而死曰夭，无名而死曰昏。⑮队：同『坠』，绝。⑯二三老：郑国卿大夫。⑰剥乱：同义词连用。⑱辞客币：退回客人的礼品，表示拒绝其指责。

译文

秋季，齐国的高发统率军队攻打莒国，莒子逃亡到纪鄣。齐国又派孙书追击。当初，莒国有一个女人，莒共公杀了她的丈夫，因此这个女人就成了寡妇。她年老时寄居在纪鄣，纺线搓成绳子，丈量了纪鄣城墙的高度后就把绳子藏了起来。这次齐军攻到城下，她就把绳子从城头上扔到城外。有人献了绳子给孙书，孙书便让军队在夜间攀着绳子登城，登上六十个人后，绳子断了。这时军队击鼓呐喊，登上城的人也大声喊叫。莒共公畏惧了，便打开西城门逃了出去。七月十四日，齐军攻克纪鄣。

这一年，郑国的子游死了。子游娶了晋大夫的女儿为妻，生了儿子丝，还没有长大成人，于是他的父兄们便拥立了他的叔父子瑕为继承人。子产不喜欢子瑕的为人，而且也认为不立子而立弟的做法违背了常规，于是他对此不答应，也不制止。因此驷氏的族人都很忧虑。几天后，丝把这件事告诉了他的舅舅即晋国的大夫。冬季，晋国人带着财礼到郑国去，质问为什么要立子瑕。驷氏的族人非常害怕，子瑕打算逃跑，子产拦住他不让走。子瑕请求用龟甲占卜，子产也不给。大夫们在商量怎样向晋国作出合理的解释。子产没等他们商量好就回答晋国客人说：『郑国不能得到上天的保佑，因此我们君王的几个大臣都相继死去，现在已失去了我们的大夫子游。他的儿子还很年轻，因此他的几个父辈兄弟担心一时把宗主断绝，就和族人们商量立了年长的亲子。我们君王和几个老臣说：「这是上天要破坏继承的规矩，我哪里知道这件事呢？」常言说：「不要经过犯上作乱人家的门口。」百姓中有打架斗殴的现象发生，人们还避之唯恐不及，更何况也许是上天要祸乱的家庭呢？如今您问为什么要立子瑕，我们的君王都不知道，还有谁能够知道呢？平丘那次盟会上，贵君重申过去的盟约说：「千万不要把自己的职责放弃了！」如果我们君王的几个臣子中，只要是有人去世，晋国大夫都要来专横地干涉他们的继承人问题，这就相当于把我们郑国当成了贵国边境上的一个县，我们还能算得上是一个独立的国家吗？』于是拒绝了客人的礼物，并对他们作了报答，晋国人这才不再过问了。

原文

楚人城州来，沈尹戌曰：『楚人必败。昔吴灭州来，子旗请伐之。王曰：「吾未抚吾民。」今亦如之，而城州来以挑吴，能无败乎？』侍者曰：『王施舍不倦，息民五年，可谓抚之矣。』戌曰：『吾闻抚民者，节用于内，而树德于外，民乐其性[①]，而无寇仇。今宫室无量，民人日骇，劳罢死转[②]，忘寝与食，非抚之也。』

郑大水，龙斗于时门之外洧渊[③]，国人请为禜焉[④]。子产弗许，曰：『我斗，龙不我觌也；龙斗，我独何觌焉？禳之，则彼其室也。吾无求于龙，龙亦无求于我。』乃止也。

令尹子瑕言蹶由于楚子曰[⑤]：『彼何罪？谚所谓「室于怒，市于色」者[⑥]，楚之谓矣。舍前之忿可也。』乃归蹶由。

注释

①性：即生。②罢：通『疲』。转：指死而弃尸野外。③洧渊：洧水发源于阳城山，流经新郑县南成渊。④禜：驱除灾害的祭祀。⑤蹶由：吴王的弟弟。昭公五年楚灵王拘捕他来楚国。⑥室于怒，市于色：即『怒于室，色于市』的倒装。色，指表现出怒色。

译文

楚国人在州来筑城，沈尹戌说：『楚国人一定不会成功。从前吴国人灭了州来，子旗请求讨伐他们。楚王说：「我还没有安抚我的百姓。」其实现在还和过去一样，百姓仍然没有得到安抚，却开始在州来筑城，向吴国挑战，他们还能不败亡吗？』侍从说：『君王从来没有停止过对百姓的施舍，让百姓休养生息了五年，可以说百姓已经得到安抚了。』沈尹戌说：『所谓安抚百姓，就是对内要尽量节约开支，对外要树立德行不动刀兵，从而使百姓有一个安定的生活环境，内外没有忧患。而现在修建宫室无休无止，百姓每天惊恐不安，过度劳累以至弃尸沟壑，流离失所备受饥寒。照这样看来，并没有使他们得到抚慰。』

郑国发生了大水灾，在都城南门之外的洧渊中有两条龙在争斗，人们请求祭祀以消灾。子产却坚决不同意，他说：『我们人与人争斗，龙看不见；龙与龙争斗为什么偏偏我们就看得见呢？向它们祭祀，那里本来就是它们居住的地方。（怎么能通过祭祀而祈求赶走它们呢？）我们对龙没有什么要求，龙对我们也同样无所要求。』便劝阻人们不要祭祀。

楚国令尹子瑕对楚平王说起吴王弟弟蹶由的问题：『他有什么罪过呢？俗话说：「在家里吵架，就到大街上迁怒于路人。」说的就是楚国这种情况。如今我们应该放弃以前和其他国家结下的怨恨了。』于是楚国便释放蹶由回国了。

昭公二十年

原文

二十年春，王二月己丑[①]，日南至[②]。梓慎望氛曰：「今兹宋有乱，国几亡，三年而后弭[③]。蔡有大丧。」叔孙昭子曰：「然则戴、桓也[④]！汰侈，无礼已甚，乱所在也。」

费无极言于楚子曰：「建与伍奢将以方城之外叛，自以为犹宋、郑也，齐、晋又交辅之，将以害楚，其事集矣。」王信之，问伍奢。伍奢对曰：「君一过多矣，何信于谗？」王执伍奢，使城父司马奋扬杀大子。未至，而使遣之。三月，大子建奔宋。王召奋扬，奋扬使城父人执己以至。王曰：「言出于余口，入于尔耳，谁告建也？」对曰：「臣告之。君王命臣曰：'事建如事余。'臣不佞，不能苟贰。奉初以还[⑤]，不忍后命[⑥]，故遣之。既而悔之，亦无及已。」王曰：「而敢来，何也？」对曰：「使而失命，召而不来，是再奸也[⑦]。逃无所入。」王曰：「归。从政如他日。」

无极曰：「奢之子材，若在吴，必忧楚国，盍以免其父召之。彼仁，必来。不然，将为患。」王使召之，曰：「来，吾免而父。」棠君尚谓其弟员曰[⑧]：「尔适吴，我将归死。吾知不逮，我能死，尔能报。闻免父之命，不可以莫之奔也；亲戚为戮[⑨]，不可以莫之报也。奔死免父，孝也；度功而行，仁也；择任而往，知也；知死不辟，勇也。父不可弃[⑩]，名不可废，尔其勉之！相从为愈[⑪]。」伍尚归。奢闻员不来，曰：「楚君、大夫其旰食乎[⑫]！」楚人皆杀之。

员如吴，言伐楚之利于州于[⑬]。公子光曰：「是宗为戮，而欲反其仇，不可从也。」员曰：「彼将有他志[⑭]，余姑为之求士，而鄙以待之[⑮]。」乃见鱄设诸焉[⑯]，而耕于鄙。

注释

①己丑：初一日。②南至：冬至。③弭：安定。④戴、桓：指戴族，华氏；桓族，向氏。⑤奉初以还：奉初命以周旋。⑥后命：即杀太子。⑦再奸：再次违犯王命。⑧棠：地名，当在今河南遂平县西北。⑨亲戚：有多种含义，此指父母。⑩父不可弃：兄弟皆逃为弃父，是不孝。⑪相从为愈：比之相从俱死为好。⑫旰食：即晚食。言楚国从此多难，君臣连吃饭也要晚了。⑬州于：吴子僚。⑭彼：指公子光。⑮鄙以待之：退处于野以待之。⑯鱄设诸：一作专诸。人名。

译文

二十年春，周历二月初一日，冬至。鲁国梓慎望气，说：『今年宋国有祸乱，差不多要把国家灭亡了，三年以后才得以平息。蔡国有大的丧事。』叔孙昭子说：『这就是戴、桓两族了！他们奢侈无度，骄纵无礼到了极点，祸乱一定将在他们那里发生。』

费无极对楚平王说：『太子建和伍奢准备领着方城山外的人背叛，自以为如同宋国、郑国一样，齐国、晋国又一起辅助他们，将会对楚国有所危害，这事情快成功了。』楚平王相信了这些话，质问伍奢。伍奢回答说：『君王有了一次过错已经非常严重了，为什么还听信他人诬陷？』楚平王于是把伍奢捉拿了，派城父司马奋扬去杀太子。奋扬没有到达，先派人通知太子逃走。三月，太子建往宋国逃亡。楚平王召回奋扬，奋扬让城父大夫逮捕自己回到郢都。楚平王说：『话从我的嘴里说出去，只有你一人听到了，谁告诉建的？』奋扬回答说：『下臣告诉他的。君王命令我说：「事奉建要像服侍我一样。」下臣不才，不能苟且反复。奉了原先的命令去对待太子，就不忍心执行后来的命令，所以让他逃走了。就是在这以后我后悔，也来不及了。』楚平王说：『你敢回来，为什么？』奋扬回答说：『被派遣而没有将使命很好地完成，把我召回国又不回来，这是再次违犯王命。逃走也没有地方可去。』楚平王说：『你现在回城父去吧，还像过去一样做官。』

费无极说：『伍奢的儿子有才能，倘若到了吴国，一定要使楚国担忧，何不用赦免他们父亲的办法召回他们。他们仁爱，一定回来。不如此，将要成为我们楚国潜在的祸患。』楚平王派人召回他们，说：『只要你们回来，我就赦免你们的父亲。』棠邑大夫伍尚对他的兄弟伍员说：『你去到吴国，我准备回去死。我的才智不如你，我可以死，你能够报仇。听到赦免父亲的命令，不能不奔走回去；亲人被杀戮，不能不报仇。奔走回去使自己的父亲得到赦免，这是孝；估计功效而后行动，这是所谓的仁；选择任务而前去，这是智；明知回去就要死而不躲避，这是勇。父亲不能丢掉，但同时也不能够把名誉废弃了，你还是努力吧！各人不要勉强为好。』伍尚于是回去。伍奢听说伍员不来，说：『楚国的国君、大夫恐怕以后不能得到片刻的安宁了！』楚国人把他们父子都杀了。

伍员去到吴国，向公子光说明进攻楚国的利益。公子光说：『他的家族被杀戮，而要报私仇，不能听他的。』伍员说：『他将要有别的念头，我姑且为他寻求勇士，在郊外等着他。』于是就举荐鱄设诸，自己在城郊外种地。

原文

宋元公无信多私，而恶华、向。华定、华亥与向宁谋曰：『亡愈于死，先诸？』华亥伪有疾，以诱群公子。公子问之，则执之。夏，六月丙申①，杀公子寅、公子御戎、公子朱、公子固、公孙援、公孙丁，拘向胜、向行于其廪②。公如华氏请焉，弗许，遂劫之。癸卯③，取大子栾与母弟辰、公子地以为质。公亦取华亥之子无戚、向宁之子罗、华定之子启，与华氏盟，以为质。

卫公孟絷狎齐豹，夺之司寇与鄄④。有役则反之，无则取之。公孟恶北宫喜、褚师圃，欲去之。公子朝通于襄夫人宣姜⑤，惧而欲以作乱。故齐豹、北宫喜、褚师圃、公子朝作乱。

初，齐豹见宗鲁于公孟，为骖乘焉。将作乱，而谓之曰：『公孟之不善，子所知也，勿与乘，吾将杀之。』对曰：『吾由子事公孟，子假吾名焉，故不吾远也。虽其不善，吾亦知之，抑以利故，不能去，是吾过也。今闻难而逃，是僭子也⑥。子行事乎，吾将死之，以周事子⑦，而归死于公孟，其可也。』

丙辰⑧，卫侯在平寿⑨，公孟有事于盖获之门外⑩，齐子氏帷于门外而伏甲焉。使祝蛙置戈于车薪以当门，使一乘从公孟以出；使华齐御公孟，宗鲁骖乘。及闳中⑪，齐氏用戈击公孟，宗鲁以背蔽之，断肱，以中公孟之肩。皆杀之。

公闻乱，乘，驱自阅门入⑫。庆比御公，公南楚骖乘。使华寅乘贰车⑬。及公宫，鸿駵魋驷乘于公。公载宝以出。褚师子申遇公于马路之衢，遂从。过齐氏，使华寅肉袒，执盖以当其阙⑭。齐氏射公，中南楚之背，公遂出。寅闭郭门，逾而从公。公如死鸟⑮。析朱鉏宵从窦出⑯，徒行从公。

注释

①丙申：初九日。②廪：米仓。③癸卯：十六日。④鄄：齐豹之邑，位于今山东鄄城县西北。⑤宣姜：灵公嫡母。⑥僭：失信。⑦周：终。⑧丙辰：六月二十九日。⑨平寿：卫下邑。⑩盖获：卫郭门。⑪闳：曲门。⑫阅门：卫都偏侧城门。⑬贰车：副车。⑭当其阙：遮挡空缺处。⑮死鸟：地名。⑯窦：城墙的排水口。

译文

宋元公没有信用，私心很重，而不喜欢华氏、向氏。华定、华亥和向宁商量说：『逃亡比死强，先下手吗？』华亥假装有病，以引诱公子们。凡是公子去探病，就让人把他们抓起来。夏，六月初九日，杀死公子寅、公子御戎、公子朱、公子固、公孙援、公孙丁，把向胜、向行拘禁在谷仓里。宋元公到华氏那里去请求，华氏不同意，反而趁机劫持宋元公。十六日，抓住了太子栾和他的同母兄弟辰、公子地作为人质。宋元公也取得了华亥的儿子无戚、向宁的儿子罗、华定的儿子启，和华氏结盟，把他们充当人质。

卫国的公孟絷轻慢齐豹，剥夺取走了他的司寇官职和鄄地。有任务就让他回去，没任务就占取过来。公孟讨厌北宫喜、褚师圃，想要消灭他们两人。公子朝和襄夫人宣姜私通，心中害怕，想趁机发动祸乱。所以齐豹、北宫喜、褚师圃、公子朝发动了叛乱。

当初，齐豹把宗鲁推荐给公孟，做了公孟骖乘。齐豹将要发动祸乱，对宗鲁说：『公孟这个人不好，是您所知道的，不要和他共乘一辆车，我将要把他除掉。』宗鲁回答说：『我由于您事奉公孟，您替我吹嘘，所以公孟才亲近我。虽然他不好，我也知道，但是由于对自己有利，不能及时离开，这是我的过错。如今听到有祸难而独自逃走，这是使您的话没有信用了。您办您的事吧，我准备为此而死，以事奉您到底；回去在公孟那里死去，也许是能够做到的。』

六月二十九日，卫灵公正在平寿，公孟在盖获门外边祭祀，齐子氏在门外安置帷帐，在里边预先埋伏下许多甲士。派祝蛙把戈藏在车上的柴禾里挡着城门，派一辆战车跟着公孟出来；派华齐驾驭公孟的坐车，宗鲁做骖乘。到达曲门中之后，齐氏用戈袭击公孟，宗鲁用背部掩护他，击断了胳臂，戈击中公孟的肩膀。齐氏把他们全部杀死。

卫灵公得知发生叛乱，坐上车子，驱车从阅门进入国都。庆比驾车，公南楚充当骖乘。派华寅乘坐副车。到达卫灵公宫室，鸿駵魋又坐上卫灵公的车子。卫灵公把宝物装载满了出来。褚师子申在马路的十字路口遇到卫灵公，就随同一起上车出城。经过齐氏那里，让华寅光着上身，拿着车盖遮蔽空档。齐氏用箭射卫灵公，把南楚的背射中了，卫灵公就逃出国都。华寅关闭内城城门，跳出外城城墙追从卫灵公。卫灵公去到死鸟。析朱钼趁黑从城墙的排水洞里逃出，徒步跟随卫灵公。

原文

齐侯使公孙青聘于卫。既出，闻卫乱，使请所聘。公曰：『犹在竟内，则卫君也。』乃将事焉①，遂从诸死鸟。请将事。辞曰：『亡人不佞，失守社稷，越在草莽，吾子无所辱君命。』宾曰：『寡君命下臣于朝，曰：「阿下执事②。」臣不敢贰。』主人曰：『君若惠顾先君之好，照临敝邑，镇抚其社稷，则有宗祧在。』乃止。

卫侯固请见之，不获命，以其良马见，为未致使故也③。卫侯以为乘马。宾将掫④，主人辞曰：『亡人之忧，不可以及吾子；草莽之中，不足以辱从者⑤。敢辞。』宾曰：『寡君之下臣，君之牧圉也。若不获扞外役⑥，是不有寡君也。臣惧不免于戾⑦，请以除死。』亲执铎⑧，终夕与于燎。

齐氏之宰渠子召北宫子。北宫氏之宰不与闻谋，杀渠子，遂伐齐氏，灭之。

丁巳晦⑨，公入，与北宫喜盟于彭水之上⑩。秋，七月戊午朔，遂盟国人。八月辛亥⑪，公子朝、褚师圃、子玉霄、子高鲂出奔晋。闰月戊辰⑫，杀宣姜。卫侯赐北宫喜谥曰贞子，赐析朱鉏谥曰成子，而以齐氏之墓予之。

卫侯告宁于齐，且言子石⑬。齐侯将饮酒，遍赐大夫曰：『二三子之教也。』苑何忌辞⑭，曰：『与于青之赏，必及于其罚。在《康诰》曰：「父子兄弟，罪不相及。」况在群臣？臣敢贪君赐以干先王？』

琴张闻宗鲁死，将往吊之。仲尼曰：『齐豹之盗，而孟絷之贼，女何吊焉？君子不食奸，不受乱，不为利疚于回⑮，不以回待人，不盖不义，不犯非礼。』

注释

①将事：将行聘礼。②阿下执事：屈附执事。执事，指卫侯。③未致使：即未行聘礼。④掫：巡夜打更。⑤从

者：指公孙青。⑥扞外役：在外执行巡夜之役。⑦戾：即罪。⑧铎：大铃。⑨丁巳晦：六月三十日。⑩彭水：水名。⑪辛亥：二十五日。⑫戊辰：十二日。⑬子石：公孙青。⑭苑何忌：齐大夫。⑮不为利疚于回：不因为利益而为邪恶所病。疚，病；回，邪恶。

译文

齐景公派公孙青到卫国聘问。已经走出国境，听说卫国发生叛乱，派人请示聘问的地方。齐景公说：『卫侯还在卫国境内，那么就是卫国国君，你到卫侯那里行聘问礼。』于是跟随卫灵公到死鸟。请求举行聘问礼。卫灵公辞谢说：『我这个逃亡的人没有才能，失守社稷，远在杂草丛中，没地方辱没您执行君命。』客人说：『我们国君在朝堂上命令下臣说：「你要把自己比同卫国的臣下。」臣不敢违背君命。』主人说：『贵国国君如果加惠顾念先君的友好关系，派您照察我们卫国，镇定抚揖卫国的社稷，那么有宗庙在那里。』这才停止行聘问礼。

卫灵公坚持请求接见公孙青，公孙青推辞不掉，便带了他的一匹骏马作为礼物谒见卫灵公，这是因为没有送达聘问使命的缘故。卫灵公因为喜欢他敬重自己，便把他送的马作为自己驾车的马。客人要为卫灵公巡夜打更，主人辞谢说：『我们逃亡者的忧虑，不可以把它连累到您；杂草丛中，不足以辱没跟随您的人。冒昧地辞谢。』客人说：『我们国君的下臣，就是贵国国君的放牛牧马的。如果得不到在外面巡夜打更捍卫的差事，这是不亲善我们国君了。臣害怕不免于罪过，请求以此免除一死。』就亲自拿着大铃，终夜在那里点着火参加警戒。

齐豹的家臣渠子呼唤北宫喜。北宫喜的家臣不向北宫喜报告，也不同他商量，杀了渠子，随即攻打齐豹，消灭了齐兵。

六月三十日，卫灵公进入国都，和北宫喜在彭水岸上结盟。秋，七月初一日，接着和国都的人结盟。八月二十五日，公子朝、褚师圃、子玉霄、子高鲂逃往晋国。闰八月十二日，杀了宣姜。卫灵公赐北宫喜谥号叫贞子，赐析木钼谥号叫成子，皆未死而赐谥，而且把齐豹家的墓地给了他们。

卫灵公向齐国报告国内已恢复安宁，并且说公孙青在卫国如何有礼。齐景公正准备饮酒心中高兴，普遍赐给众大夫酒说：『公孙青这样知礼，都是众大夫教诲的结果啊！』大夫苑何忌辞谢说：『参加了对公孙青的赏赐，一旦公孙青有了罪，也必定涉及对公孙青的惩罚。在《康诰》上说：「父子兄弟有了罪，各不相干。」何况在朝的众臣下呢？臣岂敢贪图国君的赏赐，而违背先王？』

孔子弟子琴张听说宗鲁死了，准备前往吊丧。孔子说：『齐豹之所以被称为盗，公孟絷之所以被杀害，皆因宗鲁。你为什么要去吊丧呢？君子不吃邪恶人的俸禄，不接受叛乱人的许诺，不为了利被邪恶困病，不用邪恶对待别人，不掩盖道义，不触犯不合礼。』

原文

宋华、向之乱，公子城、公孙忌、乐舍、司马强、向宜、向郑、楚建、郳甲出奔郑。其徒与华氏战于鬼阎[1]，败子城。子城适晋。

华亥与其妻，必盥而食所质公子者而后食。公与夫人每日必适华氏，食公子而后归。华亥患之，欲归公子。向宁曰：『唯不信，故质其子。若又归之，死无日矣。』

公请于华费遂[2]，将攻华氏。对曰：『臣不敢爱死，无乃求去忧而滋长乎！臣是以惧，敢不听命？』公曰：『子死亡有命，余不忍其訽[3]。』

冬，十月，公杀华、向之质而攻之。戊辰[4]，华、向奔陈，华登奔吴。向宁欲杀大子。华亥曰：『干君而出，又杀其子，其谁纳我？且归之有庸[⑤]。』使少司寇牼以归[⑥]，曰：『子之齿长矣，不能事人。以三公子为质[⑦]，必免。』公子既入，华牼将自门行。公遽见之，执其手，曰：『余知而无罪也！入，复而所[⑧]。』

注释

①鬼阎：宋地名，位于今河南西华县东北。②华费遂：宋大司马，华氏之族。③詬：同『诟』，羞耻。④戊辰：十三日。⑤有庸：有功。⑥牼：华亥庶兄。⑦质：信，送回人质，自明不叛君之信。⑧复而所：恢复你所居之官。所，所居官。

译文

宋国华氏、向氏那次叛乱，公子城、公孙忌、乐舍、司马强、向宜、向郑、楚建、郳甲等八大夫因避乱逃往郑国。他们的徒众和华氏在鬼阎交战，华氏打败了公子城。公子城于是不去郑国而到晋国去。

华亥和他的妻子，一定要洗干净手，伺候作为人质的公子们先吃，然后自己才吃。宋元公和他的夫人每天必定去到华亥家，等公子们吃完饭然后回去。华亥对此很发愁，想要送回公子们。向宁说：『只因国君不讲信用，所以让他的儿子作为人质。如果又送回去，那我们离死就不远了。』

宋元公向华费遂请求，准备攻打华氏。华费遂回答说：『臣不敢吝惜死，只恐怕要求去掉忧虑，忧虑反而更加滋长啊！臣因此害怕，岂敢不听从命令？』宋元公说：『儿子死亡自有天命，我不忍心他们受耻辱。』

冬，十月，宋元公杀了华氏、向氏的人质而攻打他们。十三日，华氏、向氏逃往陈国，华登逃往吴国。向宁想要杀了太子。华亥说：『冒犯国君而出逃，又杀他的太子，还有谁会接纳我们？再说释放回去还可以有点功劳。』让少司寇华牼带太子等回去，说：『你的年纪大了，不能再侍奉别人。把三位公子作为凭信，一定可以免罪。』公子们已经进入宫室，华貙准备从宫门离开。宋元公急忙接见他，拉着他的手说：『我知道你没罪啊！进入朝廷恢复你的官位。』

原文

齐侯疥，遂痁[1]，期而不瘳[2]。诸侯之宾问疾者多在。梁丘据与裔款言于公曰[3]：『吾事鬼神丰，于先君有加矣。今君疾病，为诸侯忧，是祝、史之罪也！诸侯不知，其谓我不敬。君盍诛于祝固、史嚚以辞宾？』公说，告晏子。晏子曰：『日宋之盟[4]，屈建问范会之德于赵武[5]。赵武曰：「夫子之家事治，言于晋国，竭情无私。其祝、史祭祀，陈信不愧[6]；其家事无猜，其祝、史不祈[7]。」建以语康王[8]。康王曰：「神、人无怨，宜夫子之光辅五君，以为诸侯主也！」』公曰：『据与款谓寡人能事鬼神，故欲诛于祝、史。子称是语，何故？』对曰：『若有德之君，外内不废，上下无怨，动无违事，其祝、史荐信[9]，无愧心矣。是以鬼神用飨，国受其福，祝、史与焉。其所以蕃祉老寿者[10]，为信君使也，其言忠信于鬼神。其适遇淫君，外内颇邪，上下怨疾，动作辟违[11]，从欲厌私[12]，高台深池，撞钟舞女[13]，斩刈民力，输掠其聚[14]，以成其违[15]，不恤后人。暴虐淫从，肆行非度[16]，无所还忌[17]，不思谤讟，不惮鬼神，神怒民痛，无悛于心[18]。其祝、史荐信，是言罪也；其盖失数美[19]，是矫诬也[20]。进退无辞，则虚以求媚。是以鬼神不飨其国以祸之，祝、史与焉。所以夭昏孤疾者[21]，为暴君使也，其言僭嫚于鬼神[22]。』公曰：『然则若之何？』对曰：『不可为也。山林之木，衡鹿守之[23]；泽之萑蒲[24]，舟鲛守之[25]；薮之薪蒸[26]，虞候守之[27]；海之盐、蜃[28]，祈望守之[29]。县鄙之人，入从其政；逼介之关[30]，暴征其私；承嗣大夫，强易其贿。布常无艺，征敛无度；宫室日更，淫乐不违。内宠之妾，肆夺于市；外宠之臣，僭令于鄙。私欲养求，不给则应[31]。民人苦病[32]，夫妇皆诅。祝有益也，诅亦有损。聊、摄以东[33]，姑、尤以西[34]，其为人也多矣！虽其善祝，岂能胜亿兆人之诅？君若欲诛于祝、史，修德而后可。』公说，使有司宽政，毁关，去禁，薄敛，已责㉟。

注释

①痁：疟疾。②期而不瘳：一年也未病愈。期，一年。③梁丘据、裔款：皆齐景公所宠幸的大夫。④日：往日。⑤范会：士会。⑥陈信不愧：陈述真实情况不愧心。⑦不祈：祝、史无祈求鬼神之事。⑧康王：楚康王。⑨荐信：陈述实情。荐，进言。⑩蕃祉：蕃，繁衍；祉，福。老寿：健康长寿。⑪辟违：邪僻逆理。⑫从欲厌私：放纵情欲，满足私心。⑬撞钟：奏乐。⑭输掠其聚：掠取百姓财物。⑮成其违：铸成其过。⑯非度：不过法度。⑰还忌：顾忌。⑱悛：改。⑲盖失数美：掩盖过失，列举美善。⑳矫诬：虚诈欺骗。㉑夭昏孤疾：与『蕃祉老寿』相对，短命无福之意。㉒僭嫚：欺诈轻侮。㉓衡鹿：管理山林的官吏。㉔萑蒲：芦苇。㉕舟鲛：管理水泽的官吏。㉖薪蒸：柴木。㉗虞候：管理柴木的官吏。㉘蜃：大蛤。㉙祈望：管理水产的官吏。㉚逼介之关：迫近国都的关卡。㉛不给则应：不满足就治罪。应，应之以罪。㉜苦病：痛苦困顿。㉝聊、摄：齐西境。聊，位于今山东聊城县西北；摄，即聂，也在聊城境内。㉞姑、尤：齐东界。姑，即大姑河，源出山东招远县会仙山，南流经莱阳县西南；尤，即小姑河，源出掖县北马鞍山，南流入大姑。㉟已责：豁免积欠租税。责，同『债』。

译文

齐景公起初害两天一发作的小疟疾，竟转成一天一发作的大疟疾，一年没有痊愈。诸侯来探病的客人很多在齐国。梁丘据和裔款向齐景公说道：『我们侍奉鬼神很丰盛，比先君有增加。现在国君害了这么重的病，造成诸侯的忧虑，这是太祝、太史的罪呀！诸侯不知道，可能还以为我们对鬼神不恭敬。国君何不对太祝固、太史嚚进行杀戮，以辞谢来探病的宾客呢？』齐景公高兴，告诉晏婴。晏婴说：『往日，在宋国的那次盟会上，楚国屈建向晋国赵武问范会的德行。赵武说：「夫子的家事治理得很好，对晋国竭尽真情，毫无偏私。那太祝、太史祭祀时，如实陈述，没有愧心；他的家事没有互相猜疑，那太祝、太史对鬼神无所祈求。」屈建把这话告诉楚康王。楚康王说：「神和人都没怨恨，怪不得夫子能够光荣地辅佐五位国君，使晋国成为诸侯的盟主啊！」』齐景公说：『梁丘据和裔款认为寡人能够侍奉鬼神不应得此怪病，所以想要对不称职的太祝固、太史嚚进行杀戮。您说这些话是什么意思？』晏婴回答说：『如果是有美德的国君，里里外外没有废事，上上下下没有怨言，一举一动不违背事理，那太祝、太史向鬼神进献祭品言语真实，就没愧心了。因此鬼神享用祭品，国家受到鬼神的赐福，太祝、太史一起受到这种赐福。他们之所以健旺多福，年老长寿，是因为他们是国君言语真实的使者，他们的话对鬼神忠诚实在。假使恰巧遇上邪恶的国君，里外偏颇歪斜，上下怨恨妒忌，动作邪僻背理，放纵贪欲，满足私心，筑高台，建深池，奏音乐，舞美女，砍割民力，堕毁掠夺百姓积聚的财物，以实现他的邪恶，不为后人担忧。凶恶残暴，邪恶放纵，肆意妄行，违背法度，无所顾忌。不思虑怨言，不惧怕鬼神，鬼神恼怒，百姓痛恨，从内心不知悔改。如果太祝、太史向鬼神进献祭品时言语真实，这是述说国君的罪过；如果掩盖过失列举美善，这是欺诈诬妄。进退都没有话好说，只好拿一些空话来讨好鬼神。因此鬼神不享用祭品，他的国家而受到鬼神的降祸，太祝、太史一起遭受灾害。他们之所以短命早死，孤独疾苦，是因为他们是暴君的使者，他们的话对鬼神虚假轻慢。』齐景公说：『这样的话，那么应该怎么办呢？』晏婴回答说：『这不是杀太祝、太史可以治好病的。山林的树木由衡鹿掌管，洼地的芦苇、香蒲由舟鲛掌管，湖泽里的木柴由虞候掌管，海里的盐和大蛤由祈望掌管。远方边境的人进入国都服役；迫近间隔国都的关卡，凶恶残暴地夺取他们的私物；世袭的大夫，强迫交换他们的财物。公布寻常政令没个准则，横征暴敛没个限度；宫室天天更新，沉溺于乐舞不肯离去。内宫宠爱的姬妾，肆意在市场上掠夺；外面宠爱的臣子，在边境上假传国君命令。他们私欲增长，要求下面供应，供应不上就用刑罚对付。老百姓困苦疲惫，男的女的都在诅咒。向鬼神祝祷是有好处的，可是诅咒也有损害。聊地、摄地以东，姑水、尤水以西，那里的人多着呢！即使太祝、太史善于祝祷，难道能胜过亿万人的诅咒吗？国君如果想要对太祝、太史进行杀戮以求治好自己的病，修治德政然后才可以。』齐景公高兴，于是命令有关官吏放宽政策，毁坏关卡，去掉禁令，减轻赋税征收，豁免所欠债务。

原文

十二月，齐侯田于沛[1]，招虞人以弓[2]，不进[3]。公使执之。辞曰：『昔我先君之田也，旃以招大夫，弓以招士，皮冠以招虞人。臣不见皮冠，故不敢进。』乃舍之。仲尼曰：『守道不如守官[4]。』君子韪之[5]。

齐侯至自田，晏子侍于遄台[6]，子犹驰而造焉[7]。公曰：『唯据与我和夫！』晏子对曰：『据亦同也，焉得为和？』公曰：『和与同异乎？』对曰：『异。和如羹焉，水、火、醯、醢、盐、梅以烹鱼肉[8]，燀之以薪[9]，宰夫和之[10]，齐之以味，济其不及，以泄其过。君子食之，以平其心。君臣亦然。君所谓可而有否焉，臣献其否以成其可；君所谓否而有可焉，臣献其可以去其否。是以政平而不干，民无争心。故《诗》曰：「亦有和羹，既戒既平。鬷嘏无言[11]，时靡有争。」先王之济五味、和五声也[12]，以平其心，成其政也。声亦如味，一气[13]，二体[14]，三类[15]，四物[16]，五声，六律[17]，七音[18]，八风[19]，九歌[20]，以相成也；清浊、小大，短长、疾徐，哀乐、刚柔，迟速、高下，出入、周疏，以相济也。君子听之，以平其心。心平，德和。故《诗》曰：「德音不瑕[21]。」今据不然。君所谓可，据亦曰可；君所谓否，据亦曰否。若以水济水，谁能食之？若琴瑟之专一[22]，谁能听之？同之不可也如是。』

注释

①沛：地名，位于今山东博兴县南。②虞人：掌山泽之官。③进：进见。④守道不如守官：守道义不如守官位。

⑤韪：是，对。⑥遄台：位于今山东临淄县东，今名歇马亭。⑦子犹：梁丘据。⑧醯：醋。⑨燀：烧火。⑩宰夫：厨师。⑪醓醢：醓，同『奏』，即进。嘏，今作『假』。⑫五声：宫、商、角、徵、羽。⑬一气：声音需由气发动。⑭二体：乐舞二种，即文舞和武舞。一说为阳刚、阴柔。⑮三类：指《风》、《雅》、《颂》。⑯四物：杂用四方之物以成器。⑰六律：指黄钟、大簇、姑洗、蕤宾、夷则、无射。⑱七音：五声再加上变音、变徵，共七种音阶。⑲八风：八方之风。⑳九歌：歌九功之德。九功，即六府三事，详见文公七年。㉑德音不瑕：见《幽风·狼跋》。瑕，玉面上的痕斑，比喻小毛病。㉒专一：专奏一个声调。

译文

十二月，齐景公在沛地打猎，用弓招呼虞人，虞人没有应召。齐景公派人逮了他。他辩解说：『我们先君打猎的时候，用红旗召唤大夫，用弓召换士，用皮冠召唤虞人。下臣没有见到皮帽子，所以不敢前进。』于是就将他释放了。孔子说：『守着道义不如守着官位。』君子认为孔子说得正确。

齐景公打猎归来，晏子在遄台随侍，梁丘据驱车来到。齐景公说：『只有梁丘据跟我和谐啊！』晏子回答说：『据也只不过一样而已，哪里配得上说和谐？』齐景公说：『和谐跟相同不一样吗？』晏子回答说：『不一样。和谐就如同做羹汤，用水、火、醋、酱、盐、梅，来烹调鱼和肉，用柴禾烧煮，厨工把调料加进去，使味道适中，味道太淡就增加调料，味道太浓就用水冲淡。君子食用羹汤，内心平静。君臣之间也是这样。国君所认为行而有不行的，臣下指出它的不行的部分，而使行的更加完备；国君所认为不行而其中有行的，臣下指出它的行的部分而去掉它的不行。因此政事平和而不会背弃礼仪，百姓没有争夺名利之心。因此《诗》说：「有着调和的羹汤，已经告诫厨工把味道调得匀净。神灵来享也没有什么可以责备，上下也都没有争竞。」先王调匀五味、谐和五声，是用来将他的内心平静下来，完成政事的。声音也像味道那般，是由一气、二体、三类、四物、五声、六律、七音、八风、九歌互相构成的，是由清浊、大小、短长、缓急、哀乐、刚柔、快慢、高低、出入、疏密彼此相互调剂的。君子听了，内心平静，内心平静，德行就和谐。所以《诗》教导人们说：「德音没有缺失。」现在梁丘据不是如此。国君认为行的，梁丘据也认为行；国君认为不行的，梁丘据也认为不行。如同用清水去调剂清水，谁能吃它呢？好比琴瑟老弹一个声音，有人会愿意听它吗？不应该相同的道理就像这样。」

原文

饮酒乐。公曰：『古而无死，其乐若何！』晏子对曰：『古而无死，则古之乐也，君何得焉？昔爽鸠氏始居此地，季荝因之，有逢伯陵因之，蒲姑氏因之，而后大公因之。古若无死，爽鸠氏之乐，非君所愿也。』

郑子产有疾，谓子大叔曰：『我死，子必为政。唯有德者能以宽服民，其次莫如猛。夫火烈，民望而畏之，故鲜死焉；水懦弱，民狎而玩之，则多死焉，故宽难。』疾数月而卒。大叔为政，不忍猛而宽。郑国多盗，取人于萑苻之泽[1]。大叔悔之，曰：『吾早从夫子，不及此。』兴徒兵以攻萑苻之盗，尽杀之，盗少止。

注释

①萑苻：即萑蒲，芦苇一类的水草。

译文

喝酒喝得很高兴。齐景公说：『自古以来如果没有死，它的欢乐会到达什么样的程度啊！』晏子回答说：『自古以来假若没有死，现今的欢乐就是古代人的欢乐了。君王能得到什么呢？从前爽鸠氏开始居住在这里，季荝将它沿袭下来，有逢伯陵沿袭下来，蒲姑氏沿袭下来，以后太公沿袭下来。自古以来如果没有死，那是爽鸠氏的欢乐，可不是君王所希望的那样啊。』

郑国的子产有病，对子太叔说：『我死以后，您必然执政郑国。只有有德行的人可以用宽大来使百姓服从，再下来就不如严厉。火猛烈，百姓看着就害怕，所以很少有人死于火；水懦弱，百姓轻慢而玩弄它，死的人就很多，所以宽大很困难。』病了几个月逝世。太叔执政，不忍心严厉而施行宽大。郑国盗贼很多，聚集在芦苇塘里。太叔这才后悔莫及，说：『我早点依从他老人家，就不至于达到这一步。』发动步兵攻打芦苇塘里的盗贼，把他们全部杀了，盗贼稍稍收敛。

原文

仲尼曰：『善哉！政宽则民慢，慢则纠之以猛。猛则民残①，残则施之以宽。宽以济猛②，猛以济宽，政是以和。《诗》曰：「民亦劳止，汔可小康；惠此中国③，以绥四方。」施之宽也。「毋从诡随，以谨无良；式遏寇虐，惨不畏明。」纠之以猛也。「柔远能迩④，以定我王。」平之以和也。又曰：「不竞不絿，不刚不柔，布政优优，百禄是遒。」和之至也。』

及子产卒，仲尼闻之，出涕曰：『古之遗爱也。』

注释

①残：伤害。②济：调剂。③惠：厚爱。中国：此指西周王畿。④柔：安抚。能：亲善。

译文

孔子说：『好啊！政策宽大百姓就怠慢，怠慢就用严厉来纠正。严厉百姓就备受伤害，伤害就实施宽大。用宽大调剂严厉，用严厉调剂宽大，政事因此和谐。《诗》有这么一句话说：「百姓已经很辛劳，差不多可以稍稍安康；赐恩给中原各国，用以安定四方。」这是实施宽大的措施。「不要放纵随声附和的人，以束缚不良之人；应当用刑律制止侵夺残暴，他们从来不怕法度。」这是用严厉的方法来纠正。「安抚边远，柔服近地，来安定我王。」这是用和谐来使国家安宁。又说：「不急不缓，不刚不柔，施政从容不迫，百种福禄临头。」这是和谐的顶尖所在。』

等到子产死去，孔子听到消息了，流着眼泪说：『他的仁爱，是古人的遗风啊。』

樵谷图　明·文伯仁

画中树木葱绿，曲溪淙淙，山谷幽深，意境深远。溪畔院落茅舍，山头草木回春，烟气苍茫。有山村生活气息。笔墨细润、松秀，构图自然，毫无矫揉造作而得野趣。

昭公二十一年

原文

二十一年春，天王将铸无射。泠州鸠曰①：『王其以心疾死乎！夫乐，天子之职也。夫音，乐之舆也②；而钟，音之器也。天子省风以作乐③，器以钟之④，舆以行之⑤。小者不窕⑥，大者不摦⑦，则和于物⑧。物和则嘉成⑨。故和声入于耳而藏于心，心亿则乐。窕则不咸，摦则不容，心是以感，感实生疾。今钟摦矣，王心弗堪，其能久乎？』

三月，葬蔡平公。蔡大子朱失位，位在卑。大夫送葬者归，见昭子⑩。昭子问蔡故，以告。昭子叹曰：『蔡其亡乎！若不亡，是君也必不终。《诗》曰：「不解于位，民之攸塈⑪。」今蔡侯始即位，而适卑⑫，身将从之。』

注释

①州鸠：乐官名。②乐之舆：音乐的车厢。此以车作比喻。③省风以作乐：视察风俗来制作乐曲。省，观；风，风土民俗。④器以钟之：以器聚音。钟，聚。⑤舆以行之：用声音来表现。⑥小者不窕：小乐器发音不细弱。⑦不摦：不粗大，新铸的无射钟声音洪大刺耳。⑧和于物：使事物和谐。⑨嘉成：美好的音乐因而形成。⑩昭子：鲁大夫叔孙婼。⑪不解于位，民之攸塈：意为居其位而不懈怠，百姓得以休息。解，同『懈』；塈，息，归。⑫适卑：站在下位。

译文

二十一年春天，周天子打算铸造一只名叫无射的大钟。乐师泠州鸠说：『天子只怕要死于心病吧！音乐应该由天子执掌。音就像音乐的车厢，钟就是发音的器具。天子在观察了各地的风俗之后创作了音乐，以把那些不良风俗改变掉。这种音乐通过各种乐器来表现，各种音调通过不同的乐器发出。小的乐器发音却一点也不微弱纤细，大的乐器发声并不粗大刺耳，这样万物就会趋于和谐。万物和谐，就能产生出美好动听的音乐。所以和谐的声音进入人的耳朵深入人的内心，内心就会感到十分平静和无限快乐。如果声音微弱纤细便不能保证人人都能够听到，假如声音粗大刺耳使人们内心不堪忍受，内心就会产生不安，不安就要引起疾病。如今钟的声音如此粗大刺耳，天子的内心便忍受不了，还能长寿吗？』

三月，为蔡平公举行葬礼。蔡国太子朱在葬礼上没有站在应当站的位置，而是站在了身份相对较低的位置上。参加葬礼回来的鲁国大夫探望叔孙婼。叔孙婼问起蔡国的有关情况，鲁大夫便把这件事告诉了他。叔孙婼长叹一声说：『蔡国不久就要被灭亡了！即使不被灭亡，现在这位新君也必然难以终守其位。《诗》说：「君王在自己的职位上不懈怠，百姓就能安居乐业。」如今蔡侯刚刚即位，就站到了较低下的位置上，那么他今后的身份地位也必然会随之而下降。』

原文

夏，晋士鞅来聘，叔孙为政[①]。季孙欲恶诸晋，使有司以齐鲍国归费之礼为士鞅。士鞅怒，曰：『鲍国之位下，其国小，而使鞅从其牢礼，是卑敝邑也。将复诸寡君。』鲁人恐，加四牢焉，为十一牢。

宋华费遂生华貙，华多僚、华登。貙为少司马，多僚为御士[②]，与貙相恶，乃谮诸公曰：『貙将纳亡人。』亟言之。公曰：『司马以吾故，亡其良子[③]。死亡有命，吾不可以再亡之。』对曰：『君若爱司马，则如亡。死如可逃，何远之有？』公惧，使侍人召司马之侍人宜僚，饮之酒而使告司马。司马叹曰：『必多僚也。吾有谗子而弗能杀，吾又不死。抑君有命，可若何？』乃与公谋逐华貙，将使田孟诸而遣之。公饮之酒，厚酬之，赐及从者。司马亦如之。张匄尤之，曰：『必有故。』使子皮承宜僚以剑而讯之[④]。宜僚尽以告。张匄欲杀多僚。子皮曰：『司马老矣，登之谓甚，吾又重之，不如亡也。』五月丙申[⑤]，子皮将见司马而行，则遇多僚御司马而朝。张匄不胜其怒，遂与子皮、臼任、郑翩杀多僚，劫司马以叛，而召亡人。壬寅[⑥]，华、向入。乐大心、丰愆、华牼御诸横[⑦]。华氏居卢门[⑧]，以南里叛。六月庚午[⑨]，宋城旧鄘及桑林之门而守之[⑩]。

注释

①为政：此为主持接待宾客。②御士：为宋公御车。③良子：指华登。④子皮：即华貙。承宜僚以剑：把剑架在宜僚脖子上。⑤丙申：十四日。⑥壬寅：二十日。⑦横：地名，位于今河南商丘县西南。⑧卢门：宋郊之城门。⑨庚午：十九日。⑩旧鄘：宋都旧城。桑林：宋都城门名。

译文

夏季，晋国的士鞅来鲁国聘问，由叔孙婼接待。季孙故意要让晋国憎恨叔孙婼，便让具体负责礼仪的官员，以齐国的鲍国归还费地时的礼节接待士鞅。士鞅非常生气，说：『鲍国的地位低下，他的国家弱小，如今竟然让我接受招待他所用的七牢之礼，分明是轻视我国。我要向我们国君汇报此事。』鲁国人畏惧了，急忙增加了四牢，变成十一牢的规格。

宋国的华费遂来了华貙、华多僚、华登。华貙充当少司马，多僚担任宋元公的驾车人。但多僚却很不喜欢华貙，于是就在宋元公面前诬陷华貙说：『华貙准备接纳逃亡的华亥等人回来。』并且反反复复说了许多次。宋元公说：『华费遂为了我而使他的一个好儿子逃亡在外。生死听从天意，我不能再让华貙也落个逃亡的下场。』多僚回答说：『君王如果真的关心我父亲，就不如逃往国外。如果能将死亡避过去，还能怕路途遥远吗？』宋元公这才有点担心了，便让侍从召来华费遂的侍从宜僚，让他喝酒，并让他去告诉华费遂。华费遂得知后叹了口气说：『这肯定是多僚要诬陷华貙。我有这么一个诬陷他人的儿子，却因为受到君王的宠信而不能除掉他，我又不死。现在君王有了命令，我能有什么办法？』便和宋元公商量将华貙驱逐走，准备让华貙到孟诸去打猎，然后让他逃走。于是宋元公请华貙喝酒，并送给他不少礼物，同时也赏给他的随从一些礼物。华费遂也和宋元公一样送给他们很多礼物。华貙的家臣张匄感到非常诧异，说：『这必然有其他的原因。』便让华貙用剑顶住宜僚的脖子逼问他。宜僚便把事情说了出来。张匄要杀死多僚。华貙说：『我父亲已经年老了，华登逃亡就已经使他十分伤心了，我与其把宜僚杀了再次伤害他，不如主动逃跑算了。』五月十四日，华貙准备去见父亲然后便出发，路上碰到多僚正给父亲驾着车去上朝。张匄抑制不住满腔愤怒，便和华貙、臼任、郑翩一起冲上前杀了多僚，并将华费遂劫持了，宣布发动叛乱，同时召请逃亡的华亥等人回国。二十日，华氏、向氏回到国内。乐大心、丰愆、华牼在横地和他们相持。华氏住在卢门，统率南里的人叛变了。六月十九日，宋国修建旧城和桑林之门，并派遣士兵把守。

原文

秋，七月壬午朔①，日有食之。公问于梓慎曰：『是何物也？祸福何为？』对曰：『二至、二分，日有食之，不为灾。日月之行也，分，同道也②；至，相过也③。其他月则为灾。阳不克也，故常为水④。』

于是叔辄哭日食。昭子曰：『子叔将死，非所哭也。』八月，叔辄卒。

注释

①壬午朔：初一日。②分，同道也：春分、秋分时昼夜相等，称为同道。③至，相过也：夏至、冬至时，或日极长夜极短，或日极短夜极长，称为相过。④阳不克也，故常为水：古人知日食是日光为月所遮蔽，又认为日为火为阳，月为水为阴，故认为日食是阳不胜阴，而常为水灾。

译文

秋季，七月初一日，鲁国出现了日食。昭公问梓慎：『这是怎么回事？象征着什么祸或什么福呢？』梓慎回答说：『冬至、夏至、春分、秋分出现日食，不会有灾害到来。因为日月在运行过程中，春分、秋分时黄道和赤道相交昼夜相等，冬至、夏至时则相距最远。假如其他月份出现了日食就会导致灾害。这是由于阳不能胜阴，因此常常发生水灾。

这时叔辄因忧虑日食会造成灾害而哭泣起来。叔孙婼说：『叔辄恐怕要死了，因为不应该哭这次出现的日食。』果然，八月，叔辄死去了。

原文

冬，十月，华登以吴师救华氏。齐乌枝鸣戍宋[1]。厨人濮曰：『《军志》有之：「先人有夺人之心，后人有待其衰。盍及其劳且未定也伐诸？若入而固，则华氏众矣，悔无及也。』从之。丙寅[2]，齐师、宋师败吴师于鸿口[3]，获其二帅公子苦雂、偃州员。华登帅其余以败宋师。公欲出，厨人濮曰：『吾小人，可藉死而不能送亡[4]，君请待之。』乃徇曰：『扬徽者[5]，公徒也。』众从之。公自杨门见之[6]，下而巡之，曰：『国亡君死，二三子之耻也，岂专孤之罪也？』齐乌枝鸣曰：『用少，莫如齐致死。齐致死，莫如去备。彼多兵矣，请皆用剑。』从之。华氏北，复即之[7]。厨人濮以裳裹首而荷以走，曰：『得华登矣！』遂败华氏于新里[8]。翟偻新居于新里，既战，说甲于公而归[9]。华妵居于公里[10]，亦如之。

十一月癸未[11]，公子城以晋师至。曹翰胡会晋荀吴、齐苑何忌、卫公子朝救宋。丙戌[12]，与华氏战于赭丘[13]。郑翩愿为鹳，其御愿为鹅[14]。子禄御公子城，庄堇为右。干犨御吕封人华豹，张匄为右。相遇，城还。华豹曰：『城也！』城怒，而反之。将注⑮，豹则关矣⑯。曰：「平公之灵尚辅相余⑰！」豹射，出其间。将注，则又关矣。曰：「不狎，鄙⑱。」抽矢。城射之，殪。张匄抽殳而下⑲，射之，折股。扶伏而击之⑳，折轸㉑。又射之，死。干犨请一矢㉒，城曰：「余言汝于君。」对曰：「不死伍乘，军之大刑也。干刑而从子，君焉用之？子速诸！」乃射之，殪。大败华氏，围诸南里。华亥搏膺而呼㉓，见华貙，曰：「吾为栾氏矣㉔！」貙曰：「子无我迂㉕，不幸而后亡。」使华登如楚乞师，华貙以车十五乘、徒七十人，犯师而出，食于睢上㉖，哭而送之，乃复入。

注释

①乌枝鸣：齐大夫。②丙寅：十七日。③鸿口：地名，位于今河南虞城县西北。④不能送亡：不能护送君王出逃。⑤扬徽：挥舞旗帜。徽为标志，指旌旗之类。⑥扬门：宋都正东门。⑦即：追。⑧新里：地名，为华氏所取，位于今开封市东。⑨说：同「脱」。归：归附。⑩华妵：华氏族，亦不助华氏而投公。⑪癸未：初四日。⑫丙戌：初七日。⑬赭丘：宋地名。⑭鹳、鹅：皆军阵名。⑮注：搭箭。⑯关：引满弓。⑰平公：公子城之父。此名为临战祈祷。⑱不狎，鄙：不更替互射，可鄙。狎，更替。⑲殳：兵器名。⑳扶伏：同「匍匐」。㉑轸：车厢四面的衡木。㉒请一矢：即受一箭求死。㉓搏膺：拍胸。㉔栾氏：指晋栾盈作乱而死，事在襄公二十三年。㉕迂：恐惧，恐吓。㉖睢上：水名，今已埋没，位于今河南商丘县境内。

译文

冬季，十月，华登率领吴国军队帮助华氏。齐国的乌枝鸣救援戍守宋国。宋国厨邑大夫濮说：「《军志》中有这样的话：『先发制人就可以把敌人的斗志夺去，后发制人就要等待敌人士气衰竭。』为什么不趁吴军长途跋涉还没有安定下来就首先攻打呢？如果等他们进入南里，和华氏会师之后，将阵地巩固了，华氏的力量可就强大了，到那时后悔都来不及了。』乌枝鸣采纳了他的建议。十七日，齐军和宋军在鸿口大败吴国军队，俘获了他们的两个将帅公子苦雂、偃州员。华登则率领剩余的部队击退了宋军。宋元公打算逃亡，厨邑大夫濮说：『我们这些小人宁可为君王而死，也不能送君王逃奔国外，君王请等我们为您而决一死战。』便通报全军说：『请举起你们的旗帜，以表明是君王的士兵。』于是全体将士都将军旗扬起。宋元公从扬门上看到这种情况，便走下城检阅全军，并说：『国家灭亡君王死去，也是你们的耻辱，哪里是我一个人的罪过？』乌枝鸣说：『用少数兵力不如集中兵力奋力一战，集中兵力奋力一战不如不列阵以麻痹他们。他们的人不少，请都使用剑作战。』宋元公同意这么做。结果，打败了华氏，宋军、齐军又追了上去。厨邑大夫濮用一件下衣裹着一个人头，背在背上奔跑着喊道：『已经杀了华登了！』接着就在新里打败了华氏。翟偻新住在新里，战斗开始后，他脱下盔甲投靠归附了宋元公。华妵也在新里居住，战斗开始后也同样投向了宋元公。

十一月初四日，公子城统领晋国的军队赶来。曹国的翰胡会合晋国的荀吴、齐国的苑何忌、卫国的公子朝也前来救助宋国。初七日，联军与华氏在赭丘正面交锋。华氏的党羽郑翩请求摆成鹳阵，御者却请求摆成鹅阵。子禄为公子城驾车，庄堇为车右。干犨为吕地封人华豹驾车，张匄为车右。双方刚刚接触，公子城就要回去。华豹说：『这就是公子城！』公子城恼火了，掉转车头。正预备搭箭时，华豹已经拉弓了。公子城说：『希望我的父亲平公的神灵保佑我！』华豹一箭射出，箭头从子城、子禄中间穿了过去。子城准备第二次搭上箭时，华豹已经把弓拉开。公子城说：『你不让我有还击的机会，真是卑鄙无耻。』于是华豹便松开弓取下箭。公子城一箭射去，射死了华豹。张匄抽出殳从车上下来，公子城射出一箭，射断了张匄的大腿。张匄爬起来强忍伤痛冲到公子城跟前，举起殳猛击，结果击断了车后横木。公子城又射一箭，才终于射死了张匄。干犨请求射他一箭以让他死去，公子城说：『我去向君王为你求情。』干犨说：『不和同一辆战车上的人一起去死，就是犯了军中的大法。犯了法再追随您，君王怎么会再重视器重我呢？您快点一箭射死我吧！』公子城又射了他一箭，干犨死去。宋军、齐军大败华氏，把南里包围了。华亥拍着胸高喊，见到华貙说：『我们已经成了晋国的栾盈！』华貙说：『你不要制造恐怖气氛，倘若不幸战败，我们就逃亡国外。』于是就派华登到楚国请求救兵，华貙带领十五辆战车、七十个步兵护送华登冲出包围圈，来到睢水岸边，吃完饭，哭着送华登上路，然后又转身往南里冲去。

原文

楚薳越帅师将逆华氏，大宰犯谏曰：『诸侯唯宋事其君。今又争国，释君而臣是助，无乃不可乎！』王曰：『而告我也后，既许之矣。』

蔡侯朱出奔楚。费无极取货于东国[1]，而谓蔡人曰：『朱不用命于楚，君王将立东国。若不先从王欲，楚必围蔡。』蔡人惧，出朱而立东国。朱愬于楚[2]，楚子将讨蔡。无极曰：『平侯与楚有盟，故封。其子有二心，故废之。灵王杀隐大子，其子与君同恶，德君必甚。又使立之，不亦可乎？且废置在君[3]，蔡无他矣。』

公如晋，及河。鼓叛晋，晋将伐鲜虞，故辞公。

注释

①东国：蔡平侯庐的弟弟，蔡侯朱的叔父。②愬：同『诉』。③废置在君：蔡君之废立由楚君决定。置，立。

译文

楚国的薳越打算率军前去接应华氏，但太宰犯劝阻说：『现在诸侯各国君王的大权旁落，只有宋国的臣民还在一心一意地尊奉他们的君王。现在他们正在争夺国家的政权，如果我们放下君王而去帮助臣子，恐怕不可以吧！』楚平王说：『你说得太晚了，我已经同意帮助他们了。』

溪仙馆图　明·文伯仁

此图为文伯仁晚年佳作，绘溪山胜境。图中峰峦重叠，溪水激流，树木郁茂，山路曲折，浓荫丛中，馆舍隐露，亭阁水榭临溪，木桥上人物停步顾应，意态悠然。笔墨工细精致，清劲流畅，绵密高雅。设色清淡，工丽拙雅，不脱文派风貌。

蔡侯朱逃亡到了楚国。费无极从朱的叔父东国那里得取了不少财物，于是他对蔡国人说：『朱不听从楚国的命令，因此楚国打算立东国为你们的国君。如果你们不立即顺从楚王的意愿，楚军一定会围攻蔡国。』于是蔡国人害怕了，便赶走了朱而立东国为国君。朱到楚国控告，楚平王准备攻打蔡国。费无极说：『蔡平侯曾经和楚国有约在先，因此才重新封立了蔡国。现在他的儿子有了二心，因此才将他废黜掉。灵王杀了东国的父亲隐太子，您又推翻了灵王，这样灵王就是你们共同的仇人了，他必然从心里往外感激您。现在又立他为君，不也是可以的吗？再说如果废立蔡君的大权操在您的手里，蔡国人就不敢再产生别的念头了。』

昭公访问晋国，来到黄河岸边。此时恰遇鼓地背叛晋国归属了鲜虞，晋国准备攻打鲜虞，由此只得谢绝了昭公的访问。

昭公二十二年

原文

二十二年春，王二月甲子[①]，齐北郭启帅师伐莒[②]。莒子将战，苑羊牧之谏曰[③]：『齐帅贱，其求不多，不如下之，大国不可怒也！』弗听，败齐师于寿余[④]。齐侯伐莒，莒子行成。司马灶如莒莅盟[⑤]，莒子如齐莅盟，盟于稷门之外[⑥]。莒于是乎大恶其君。

楚薳越使告于宋曰：『寡君闻君有不令之臣为君忧，无宁以为宗羞[⑦]，寡君请受而戮之。』对曰：『孤不佞，不能媚于父兄[⑧]，以为君忧，拜命之辱。抑君臣日战，君曰「余必臣是助」，亦唯命。人有言曰：「唯乱门之无过。」君若惠保敝邑，无亢不衷[⑨]，以奖乱人，孤之望也。唯君图之！』楚人患之。诸侯之戍谋曰：『若华氏知困而致死，楚耻无功而疾战，非吾利也。不如出之，以为楚功，其亦无能为也已。救宋而除其害，又何求？』乃固请出之，宋人从之。己巳[⑩]，宋华亥、向宁、华定、华貙、华登、皇奄伤、省臧、士平出奔楚。宋公使公孙忌为大司马，边卬为大司徒，乐祁为司城，仲几为左师，乐大心为右师，乐挽为大司寇，以靖国人。

注释

①甲子：十六日。②北郭启：人名，齐大夫。③苑羊牧之：人名，莒大夫。苑，为其氏，名牧之，字羊。④寿余：位于今山东安丘县境内。⑤司马灶：齐大夫。⑥稷门：齐都城门。⑦宗羞：宗庙的耻辱。⑧媚于父兄：取悦于父兄。因华、向为公族，故称父兄。媚，取悦。⑨无亢不衷：不要保护不善之人。亢，保护。⑩己巳：二十一日。

译文

二十二年春季，也就是周历二月十六日，齐国的北郭启率领军队攻打莒国。莒国国君准备迎战，苑羊牧之极力劝阻说：『齐军将帅北郭启出身卑贱，他的要求也不会太多，不如向他表示认输，不能轻易惹恼大国啊！』莒国国君没有听信他的话，在寿余打败了齐军。齐景公大怒，亲自率领大军进攻莒国，莒国国君被迫求和。齐国的司马灶到莒国结盟，莒国国君到齐国参加结盟，双方在齐都西门稷门之外订立了盟约。莒国人由此而对他们的君王很不满。

楚国的薳越派人告诉宋元公说：『我们君王得知君王有一个逆臣已经成为心腹大患，这很可能会给贵国宗庙带来耻辱，我们君王请求把他们送到我国处罚。』宋元公回答说：『我无德无能，不能和公族父兄一起和睦相处，以至惊扰贵国国君，有劳关心。我们君臣有了矛盾，贵国国君却说「我一定要帮助你的臣子」，那么我也不得不悉听尊便。人们常说：「不要经过犯上作乱人家的门口。」君王倘若要保护我国，就请不要庇护对国家不忠之人，以鼓励更加肆无忌惮的作乱的人，这才是我的最大愿望。希望贵国国君能对此加以认真考虑！』楚国人对此非常担忧。诸侯帮助戍守宋国的将领策划说：『如果华氏感到没有任何希望而拼死一战，楚国又因为没能把宋君说服，无功返回而出兵作战，对我们就很不利了。不如解除围困让华氏逃出去，与此同时成全楚国，华氏也不会再成为宋国的忧患了。挽救了宋国又帮助它将祸害除掉，还能再有什么更高的要求呢？』于是他们就坚持请求放华氏出逃，宋国人也只好答应了。二十一日，宋国的华亥、向宁、华定、华貙、华登、皇奄伤、省臧、士平逃亡楚国。宋元公任命公孙忌为大司马，边卬为大司徒，乐祁为司城，仲几为左师，乐大心为右师，乐挽为大司寇，以使民心安定。

原文

王子朝、宾起有宠于景王，王与宾孟说之[①]，欲立之。刘献公之庶子伯蚠事单穆公，恶宾孟之为人也，愿杀之，又恶王子朝之言，以为乱[2]，愿去之。宾孟适郊，见雄鸡自断其尾。问之，侍者曰：『自惮其牺也[3]。』遽归告王，且曰：『鸡其惮为人用乎！人异于是。牺者，实用人，人牺实难[4]，已牺何害？』王弗应。夏，四月，王田北山[5]，使公卿皆从，将杀单子、刘子。王有心疾，乙丑[6]，崩于荣锜氏[7]。戊辰，刘子挚卒，无子，单子立刘蚠。五月庚辰[8]，见王[9]，遂攻宾起，杀之，盟群王子于单氏。

晋之取鼓也，既献，而反鼓子焉。又叛于鲜虞。

注释

①宾孟：即宾起。②乱：违礼。指王子朝有自立的欲望。③自惮其牺：自己害怕做祭礼时被充当牺牲。④人牺：充当他人的牺牲。⑤北山：北芒山。⑥乙丑：十八日。⑦荣锜氏：周大夫之家。⑧庚辰：初四日。⑨王：周天子猛。景王崩，猛承嗣，未及改称元年即死。

译文

王子朝、宾起受到周景王的宠信，景王和宾起都非常喜爱王子朝，便打算把他立为太子。当时刘献公的庶子伯蚠正侍奉单穆公，他很不喜欢宾起的为人，想杀了他，同时对王子朝流露出的想做太子的意思也极为反感，认为他有叛乱的企图，也想借机杀死他。有一次宾起到郊外，见到一只公鸡自己把尾巴上的羽毛啄掉，便问侍从这是什么原因。侍从说：『这是它担心成为祭品而在自我损伤。』于是宾起便急忙回去告诉周景王，并说：『鸡也害怕被人当作牺牲杀掉啊！人和鸡就不相同了。牺牲实际上是被人使用的，做别人的牺牲确实不容易，但做自己的牺牲又有什么可以畏惧的呢？』周景王没有对他的话作出反应。夏季，四月，周景王在北芒山打猎，让所有公卿都随同前往，准备杀掉单穆公和伯蚠。但是周景王心脏病突发，十八日，死在周大夫荣锜氏家里。二十二日，刘献公也去世了，由于他没有嫡子，单穆公便把刘蚠立为继承人。五月初四日，拜见新即位的天子周悼王，随后便攻打宾起，并且杀了他，并在单氏家里和王子们结了盟。

晋国攻占鼓地的时候，在宗庙中举行了献俘的仪式后，便让鼓子回国继续去做国君了。现在他又背叛晋国臣服了鲜虞。

原文

六月，荀吴略东阳[1]，使师伪籴者负甲以息于昔阳之门外，遂袭鼓，灭之，以鼓子鸢鞮归，使涉佗守之[2]。

丁巳[3]，葬景王。王子朝因旧官、百工之丧职秩者，与灵、景之族以作乱。帅郊、要、饯之甲[4]，以逐刘子。壬戌[5]，刘子奔扬[6]。单子逆悼王于庄宫以归[7]。王子还夜取王以如庄宫[8]。癸亥[9]，单子出。王子还与召庄公谋[10]，曰：『不杀单旗，不捷。与之重盟，必来。背盟而克者多矣。』从之。樊顷子曰[11]：『非言也[12]，必不克。』遂奉王以追单子，及领[13]，大盟而复，杀挚荒以说。刘子如刘，单子亡。乙丑[14]，奔于平畤[15]。群王子追之，单子杀还、姑、发、弱、鬷、延、定、稠[16]，子朝奔京[17]。丙寅[18]，伐之。京人奔山，刘子入于王城。辛未[19]，巩简公败绩于京。乙亥[20]，甘平公亦败焉[21]。

注释

①略东阳：巡行东阳。东阳，当时指太行山以东广大地区。②涉佗：晋大夫。③丁巳：六月十一日。④郊、要、饯：周地三邑名。⑤壬戌：十六日。⑥扬：位于今河南偃师县附近。⑦悼王：王子猛。庄宫：王城内宫名。⑧王子还：王子朝的同党。⑨癸亥：十七日。⑩召庄公：召伯奂，王子朝的同党。⑪樊顷子：即樊齐，单、刘之党。⑫非言：不是善言。⑬领：即癞辕山，一名崿岭。⑭乙丑：十九日。⑮平畤：地名，当离洛阳不远。⑯还……稠：此八人

皆为王子，灵、景之族。⑰京：地名，非郑之京邑，当在洛阳西南。⑱丙寅：二十日。⑲辛未：二十五日。⑳乙亥：二十九日。㉑甘平公：周卿士。

译文

六月，荀吴巡视东阳时，派部队伪装成卖粮的人，里面穿着皮甲在昔阳城门外休息，趁机偷袭鼓国，灭亡了他，俘获了鼓子鸢鞮回国，留下涉佗镇守鼓地。

十一日，安葬了周景王。王子朝依靠前朝官员以及百工中职位被剥夺的人，联合周灵王、周景王的子孙发动了叛乱。王子朝统率郊地、要地、饯地的武装士兵，追赶刘蚠。十六日，刘蚠往扬地逃亡。单穆公则把周悼王从庄宫迎回家里。子朝的党羽王子还又在夜里把周悼王送回庄宫。十七日，单穆公逃出周都。王子还和召庄公策划说：『如果不把单旗杀了，就不能算是取得了最后的胜利。我们要求重新结盟，他肯定要来。虽然这样做背弃了上次的盟约，但背弃盟约又取得胜利的实在是很多。』召庄公同意这么做。但樊顷子说：『真不像话，一定会不能得逞。』王子还事奉周悼王追赶单穆公，追到崿岭，和单穆公结盟后回来，并杀了挚荒以欺骗单穆公。刘蚠也从扬地回到封邑刘地，单穆公从樊顷子那里听说了王子还的阴谋以后便逃亡了。十九日，往平畤逃跑而去。王子们追赶他，他将还、姑、发、弱、鬷、延、定、稠八位王子杀了，子朝逃往京地。二十日，单穆公攻打京地。京地人都纷纷逃到北芒山，刘蚠于是进入王城。二十五日，巩简公在京地被王子朝打得落荒而逃。二十九日，甘平公也被打败。

原文

叔鞅至自京师，言王室之乱也。闵马父曰[①]：『子朝必不克。其所与者，天所废也。』

单子欲告急于晋。秋，七月戊寅，以王如平畤，遂如圃车[2]，次于皇。刘子如刘，单子使王子处守于王城，盟百工于平宫。辛卯，鄩肸伐皇[3]，大败，获鄩肸。壬辰，焚诸王城之市。八月辛酉，司徒丑以王师败绩于前城[4]，百工叛。己巳，伐单氏之宫，败焉。庚午，反伐之。辛未，伐东圉。冬，十月丁巳，晋籍谈、荀跞帅九州之戎及焦、瑕、温、原之师，以纳王于王城。庚申，单子、刘盆以王师败绩于郊，前城人败陆浑于社[5]。十一月乙酉，王子猛卒。不成丧也。己丑，敬王即位[6]，馆于子旅氏。十二月庚戌，晋籍谈、荀跞、贾辛、司马督帅师军于阴，于侯氏，于溪泉，次于社。王师军于氾，于解，次于任人。闰月，晋箕遗、乐徵、右行诡济师取前城，军其东南。王师军于京楚。辛丑，伐京，毁其西南。

注释

①闵马父：即闵子马，鲁大夫。②圃车：地名，与皇地临近。③鄩肸：周朝大夫，王子朝党与。④前城：位于今洛阳市东南三十里，伊水东岸。⑤社：位于今河南巩县北。⑥敬王：王子猛母弟王子匄。

译文

鲁国的叔鞅从京师回来，说起王室的叛乱。闵马父说：『子朝绝对不可能胜利。因为他所依赖的那些丧失官位的人，都是上天已经决定要废弃的。』

单穆公想向晋国请求援助。秋季，七月初三日，带着周悼王到了平畤，随后又到了圃车，在皇地驻扎。刘盆回到刘地，单穆公又派王子处驻守王城，并和百工在平宫结盟。十六日，鄩肸攻打皇地，被打得大败，鄩肸被俘。十七日，在王城的市上焚尸示众。八月十六日，司徒丑率领天子的军队攻打子朝占据的前城，结果被打得大败，百工也都叛变了。二十四日，百工进攻单穆公的宫殿，被单穆公打败。二十五日，单穆公又一次组织军队进行反击。二十六日，攻打东圉。冬季，十月十三日，晋国的籍谈、荀跞率领九州的戎人和焦、瑕、温、原等地的军队护送周悼王到王城。十六日，单穆公和刘蚠统率天子的军队在郊地被王子朝打败。同时，王子朝的党羽又在社地打败了九州的戎人。十一月十二日，周悼王逝世。《春秋》称『卒』而不称『崩』，是由于国人没有为周悼王举行天子的葬礼。十六日，周敬王即位，住在子旅氏家里。十二月初七日，晋国的籍谈、荀跞、贾辛、司马督率领军队分别屯驻在阴地、侯氏、溪泉和社地。天子的军队驻扎在汜地、解地和任人。闰十二月，晋国的箕遗、乐徵、右行诡率领军队横渡伊水、雒水攻占了前城，驻扎在前城的东南处，天子的部队则驻扎在京楚。二十九日，攻打子朝占领下来的京地，摧毁了京城的西南方向的城池。

晴雪长松图　明·钱穀

图中峰峦重叠，山坳间衬以高林、瀑布，山麓平坡，长松掩映竹篱茅屋，前临溪水、木桥，人物活动其间。山石用笔粗简，而松针细致，得空灵之感。自题篆书：『流泉依细石，晴雪落长松。』诗情画意自现。

昭公二十三年

原文

二十三年春，王正月壬寅朔，二师围郊。癸卯[1]，郊、鄩溃。丁未[2]，晋师在平阴，王师在泽邑。王使告间[3]。庚戌[4]，还。

邾人城翼[5]，还，将自离姑[6]。公孙钼曰[7]：『鲁将御我。』欲自武城还，循山而南，徐钼、丘弱、茅地曰[8]：『道下，遇雨，将不出，是不归也。』遂自离姑。武城人塞其前，断其后之木而弗殊[9]。邾师过之，乃推而蹶之，遂取邾师，获钼、弱、地。

邾人诉于晋，晋人来讨。叔孙婼如晋，晋人执之。书曰：『晋人执我行人叔孙婼。』言使人也。晋人使与邾大夫坐[10]。叔孙曰：『列国之卿，当小国之君，固周制也。邾又夷也。寡君之命介子服回在[11]，请使当之，不敢废周制故也。』乃不果坐[12]。

韩宣子使邾人聚其众，将以叔孙与之。叔孙闻之，去众与兵而朝。士弥牟谓韩宣子曰[13]：『子弗良图[14]，而以叔孙与其仇，叔孙必死之。鲁亡叔孙，必亡邾。邾君亡国，将焉归？子虽悔之，何及？所谓盟主，讨违命也。若皆相执，焉用盟主？』乃弗与，使各居一馆[15]。士伯听其辞而诉诸宣子，乃皆执之。士伯御叔孙，从者四人，过邾馆以如吏。先归邾子。士伯曰：『以刍荛之难[16]，从者之病[17]，将馆子于都[18]。』叔孙旦而立，期焉。乃馆诸箕。舍子服昭伯于他邑。

范献子求货于叔孙，使请冠焉。取其冠法[19]，而与之两冠，曰：『尽矣。』为叔孙故，申丰以货如晋。叔孙曰：『见我，吾告女所行货。』见，而不出。吏人之与叔孙居于箕者，请其吠狗[20]，弗与。及将归，杀而与之食之。叔孙所馆者，虽一日，必葺其墙屋[21]，去之如始至。

注释

①癸卯：初二日。②丁未：初六日。③间：本意为病情好转，此为乱势稍平。空一段时间再看。④庚戌：初九日。⑤翼：邾邑名，位于山东费县西南九十里。⑥离姑：邾邑，从离姑，则途经鲁国的武城，过邻国必假道。⑦公孙鉏：邾大夫。⑧徐鉏、丘弱、茅地：三人名，皆邾大夫。⑨弗殊：树木伐倒而不使断绝。殊，绝。⑩坐：古代诉讼双方面对面争辩是非称『坐』。⑪子服回：鲁大夫，叔孙的副手。⑫不果坐：始终不去争论。⑬士弥牟：即士景伯。⑭子弗良图：即子图弗良。⑮使各居一馆：指叔孙、子服回各居一馆。⑯刍荛之难：柴薪难以供给。⑰从者之病：侍从辛苦，过于疲劳。⑱都：别处都邑。⑲冠法：帽子的尺寸大小。法，模、型。⑳吠狗：其狗善吠，故称吠狗。看门吠叫之狗。㉑葺：修补。

译文

二十三年春，周历正月初一日，周天子和晋国的两支军队把郊地包围了。初二日，郊地、鄩地人溃散。初六日，晋国的部队在平阴，周天子的军队在泽邑。周天子派人向晋军报告情势好转。初九日，晋军回师国内。

邾人在翼地筑城，回去，准备从离姑那条路上走。公孙鉏说：『鲁国将会防备我们。』就考虑从武城返回去，沿着山往南走。徐鉏、丘弱、茅地说：『山道一直往下，一下雨，将会走不出去，这就不能回去了。』就取道离姑。武城人出兵挡住去路，又把退路两旁的树木加以砍伐而没有推倒它。邾军经过这里以后，武城人推倒树木，于是把邾军消灭了，俘虏了徐鉏、丘弱、茅地。

邾人向晋国起诉，晋国国君派人前来问罪。叔孙婼前往晋国，晋人就抓住了他。《春秋》记载说：『晋人执我行人叔孙婼』。这是表明他们抓住了使臣。晋人让叔孙婼和邾国的大夫面对面地辩论。叔孙婼说：『各国的卿相当于小国的国君，本来是周朝的制度。小小的邾国还是夷人呢。有我们国君所委任的副使子服回在，请让他担任这件事，这是由于不敢废弃周朝的制度的缘故。』就不去辩论。

韩宣子让邾人聚集起来，准备完全把叔孙婼交给他们。叔孙婼闻讯，去掉随从和武器前去朝见。士弥牟对韩宣子说：『您不好好筹划一下，而把叔孙交给他们的仇人，叔孙一定会因此而死。鲁国没有了叔孙，必然把邾国灭掉。邾君亡国，将要回到哪里去？到时您即使后悔，哪里还来得及？所谓盟主，任务是讨伐违背命令。如果你抓我、我抓你，还要盟主干什么？』韩宣子就不再把叔孙婼交给邾人，让他和子服回各自住在一个宾馆里。士弥牟听了他们的辩解，告诉了韩宣子，于是就全逮捕了他们。士弥牟为叔孙婼驾车，跟从的有四个人，路过邾人的宾馆而到官吏那里去。先让邾子回国。士弥牟说：『由于柴禾供给困难，服务人员劳苦，预备让您住在别的城邑里。』叔孙婼一早就站着，等候君王命令。晋人就让他在箕地居住下来。让子服回住在另外的城邑里。

范献子向叔孙婼求取财货，派人去请求送给他帽子。叔孙婼把他帽子的样子拿来，照样把两顶都给了他，说：『都在这里了。』为了叔孙婼的原因，申丰带着财货去到晋国。叔孙婼说：『来见我，我告诉你把财货送到哪里去。』申丰进见叔孙婼以后就没有出来。和叔孙婼共同住在箕地的官吏请求得到他的看门之狗，叔孙婼不给。等到将要回去了，把狗杀掉和官吏一起吃了。叔孙婼所住过的地方，只住一天，也一定修缮墙屋，离开的时候就如同刚到的时候一样。

原文

夏，四月乙酉[①]，单子取訾[②]，刘子取墙人、直人[③]。六月壬午[④]，王子朝入于尹[⑤]，癸未[⑥]，尹圉诱刘佗杀之。丙戌[⑦]，单子从阪道[⑧]，刘子从尹道伐尹[⑨]。单子先至而败，刘子还。己丑[⑩]，召伯奂、南宫极以成周人戍尹[⑪]。庚寅[⑫]，单子、刘子、樊齐以王如刘[13]。甲午[14]，王子朝入于王城，次于左巷。秋，七月戊申[15]，鄩罗纳诸庄宫[16]。尹辛败刘师于唐。丙辰[17]，又败诸鄩。甲子[18]，尹辛取西闱[19]。丙寅[20]，攻蒯[21]，蒯溃。

莒子庚舆虐而好剑，苟铸剑，必试诸人。国人患之。又将叛齐。乌存帅国人以逐之[22]。庚舆将出，闻乌存执殳而立于道左，惧将止死。苑羊牧之曰[23]：『君过之！乌存以力闻可矣，何必以弑君成名？』遂来奔。齐人纳郊公[24]。

注释

①乙酉：十四日。②訾：周地，有东、西二訾，此为西訾，位于今巩县西南。③墙人、直人：二地名，位于今河南新安县境内。④壬午：十二日。⑤尹：地名，位于今河南洛宁县境内。⑥癸未：十三日。⑦丙戌：十六日。⑧阪道：偏僻的道路。⑨尹道：正路。⑩己丑：十九日。⑪召伯奂、南宫极：二人皆周卿士。⑫庚寅：二十日。⑬刘：刘子之邑。⑭甲午：二十四日。⑮戊申：初九日。⑯鄩罗：周大夫，鄩肸之子。⑰丙辰：十七日。⑱甲子：二十五日。⑲西闱：在洛阳西南。⑳丙寅：二十七日。㉑蒯：位于今洛阳市西北。㉒乌存：莒大夫。㉓苑羊牧之：莒大夫。㉔郊公：著丘公之子。

译文

夏，四月十四日，单子占取訾地，刘子攻占墙人、直人。六月十二日，王子朝进入尹地。十三日，尹圉诱骗刘佗并且杀死了他。十六日，单子从偏僻山道、刘子从大道出兵讨伐尹地。单子先抵达而战败，刘子就回去了。十九日，召伯奂、南宫极带着成周的军队在尹地守卫。二十日，单子、刘子、樊齐带了周天子到刘地而来。二十四日，王子朝进入王城，住在左巷。秋，七月初九日，鄩罗送王子朝到庄宫。尹辛在唐地率军打败刘军。十七日，又在鄩地将刘军打败。二十五日，尹辛占取西闱。二十七日，攻打蒯地，蒯地人溃散。

莒子庚舆暴虐而喜欢剑，倘若铸造了新的剑，一定要用人来试一试。国内的人们都心怀不安又恼恨。他又打算背叛齐国。乌存率领国内的人们赶走他。庚舆将要出国，听到乌存拿着殳在路边站着，害怕会杀了他。苑羊牧之说：『君王过去吧！乌存由于勇力而出名就行了，为什么用杀死国君来成名？』庚舆就逃亡到鲁国来。齐国把郊公送回莒国即位。

原文

吴人伐州来，楚薳越帅师及诸侯之师奔命救州来。吴人御诸钟离。子瑕卒[①]，楚师熸[②]。吴公子光曰：『诸侯从于楚者众，而皆小国也，畏楚而不获已，是以来。吾闻之曰：「作事威克其爱，虽小必济。」胡、沈之君幼而狂，陈大夫啮壮而顽，顿与许、蔡疾楚政。楚令尹死，其师熸。帅贱多宠，政令不壹。七国同役而不同心，帅贱而不能整，无大威命，楚可败也。若分师先以犯胡、沈与陈，必先奔。三国败，诸侯之师乃摇心矣。诸侯乖乱，楚必大奔。请先者去备薄威[③]，后者敦陈整旅[④]。』吴子从之。戊辰晦[⑤]，战于鸡父[⑥]。吴子以罪人三千，先犯胡、沈与陈。三国争之[⑦]。吴为三军以系于后[⑧]：中军从王，光帅右，掩余帅左。吴之罪人或奔或止，三国乱。吴师击之，三国败，获胡、沈之君及陈大夫。舍胡、沈之囚，使奔许与蔡、顿，曰：『吾君死矣！』师噪而从之，三国奔。楚师大奔。书曰：『胡子髡、沈子逞灭，获陈夏啮。』君臣之辞也。不言战，楚未陈也。

注释

①子瑕：楚令尹。②熸：士气低落。③去备薄威：放松警备，减少军威。显示松懈涣散的样子，用以诱敌。④敦陈整旅：加强军阵，整顿师旅，待敌而战。⑤戊辰晦：七月二十九日。⑥鸡父：楚地，位于今河南固始县东南。⑦争之：争获俘虏。⑧系：紧随。

译文

吴人围攻州来，楚国的薳越率领楚国和诸侯的军队奉命奔赴救援州来。吴人在钟离抵抗他们。令尹子瑕死，楚军士气涣散。吴国的公子光说：『诸侯跟从楚国的不少，却都是小国，因为害怕楚国而不得不出兵，因此前来。我听说：「做事情如果威严胜过感情，虽然弱小，一定不会失败。」胡国、沈国的国君年轻而浮躁，陈国的大夫啮虽然年富力强，却不聪明又顽固不听劝，顿国和许国、蔡国憎恨楚国的政策。楚国的令尹死了，他们的士气涣散。元帅地位低而很受宠信，政令又不一致。七国共同来打仗而不同心，元帅地位低而难以整齐号令，没有重大的威信，楚国是能够打败的。如果分兵以先攻胡国、沈国和陈国的军队，他们一定会首先奔逃。三国败退，诸侯的军队就会军心动摇了。诸侯混乱，楚军必然拼命逃跑。请让先头部队放松戒备军威大减，后续部队巩固军阵整顿师旅，以诱惑敌兵。』吴王采纳了他的见解。七月二十九日，在鸡父作战。吴王用三千名罪犯先攻胡国、沈国和陈国，三国军队竞相抢着俘虏吴军。吴国组成了三个军在后紧跟着：中军跟随吴王，公子光率领右军，公子掩余率领左军。吴国的罪犯有的奔逃，有的停步，三国的军队顿时乱了阵脚，吴军进攻，三国的军队败退，活捉了胡、沈两国的国君和陈国的大夫。吴军释放胡国、沈国的俘虏让他们逃跑到许国和蔡国、顿国的军队里，说：『我们的国君去世了！』吴军擂鼓呐喊跟从着冲上去，三国的军队奔逃。楚军也跟着拼命奔逃。

《春秋》记载说：『胡子髡、沈子逞灭，获陈夏啮。』这是对国君和臣下使用的不同文辞。不提到『战』，这是由于楚国没有把阵势摆开。

原文

八月丁酉①，南宫极震②。苌弘谓刘文公曰：『君其勉之！先君之力可济也。周之亡也，其三川震③。今西王之大

臣亦震[4]，天弃之矣。东王必大克[5]。』

楚大子建之母在郹，召吴人而启之。冬，十月甲申[6]，吴大子诸樊入郹，取楚夫人与其宝器以归。楚司马薳越追之，不及。将死，众曰：『请遂伐吴以徼之[7]。』薳越曰：『再败君师，死且有罪。亡君夫人，不可以莫之死也。』乃缢于薳澨。

公为叔孙故如晋，及河，有疾，而复。

注释

①丁酉：二十七日。②南宫极震：南宫极因地震房屋坍塌而死。③三川：即泾、渭、洛水。④西王：子朝在王城，故称西王。⑤东王：敬王居狄泉，在王城之东，故称东王。⑥甲申：十六日。⑦徼之：侥幸取胜。徼，同『邀』，求取。

译文

八月二十七日，南宫极因为地震被压死了。苌弘对刘文公说：『君王还是努力吧！先君所致力的事能够不失败。周室灭亡的时候，三川发生地震。如今西王的大臣那里也发生地震，这是上天抛弃他了。东王一定会大获全胜。』

楚国太子建的母亲住在郹地，召来吴国人，为他们打开城门。冬季，十月十六日，吴国的太子诸樊攻进郹地，带了楚夫人和她的宝器之后回国。楚国的司马薳越追赶他，没有追上。准备自杀，众人说：『趁机攻打吴国可能侥幸取胜。』薳越说：『再次让国君的军队打败，死有余辜。把国君夫人丢了，我不能不为此而死。』就在薳澨地上吊自尽身亡。

昭公为了叔孙的原因去到晋国，到达黄河，有病，回去。

原文

楚囊瓦为令尹，城郢。沈尹戌曰：『子常必亡郢[1]，苟不能卫，城无益也。古者，天子守在四夷；天子卑，守在诸侯。诸侯守在四邻；诸侯卑，守在四竟。慎其四竟，结其四援，民狎其野[2]，三务成功[3]，民无内忧，而又无外惧，国焉用城？今吴是惧，而城于郢，守已小矣。卑之不获，能无亡乎？昔梁伯沟其公宫而民溃，民弃其上，不亡何待？夫正其疆埸，修其土田，险其走集[4]，亲其民人，明其伍候[5]，信其邻国，慎其官守，守其交礼，不僭不贪[6]，不懦不耆[7]，完其守备，以待不虞，又何畏矣？《诗》曰：「无念尔祖，聿修厥德。」无亦监乎若敖、蚡冒至于武、文[8]？土不过同[9]，慎其四竟，犹不城郢。今土数圻[10]，而郢是城，不亦难乎？』

注释

①子常：即囊瓦。②狎其野：安习于田野农事。狎，习惯。③三务：春夏秋三时的农事。务，事务。④走集：边境的壁垒。⑤伍候：为边境上负责伺望侦察的民间组织。伍，为户籍单位，五家为伍；候，伺望侦察。⑥僭：差失。贪：过滥。⑦耆：强。⑧无：句首助词，无义。监：鉴。⑨同：领土方百里为一同。⑩圻：土地方千里为一圻。

译文

楚国的囊瓦做令尹，在郢都增筑城墙。沈尹戌说：『子常必然丢掉郢都，如果不能保卫，增筑城墙是没有好处的。古代，天子的守卫在于四夷；天子的地位降低，守卫取决于诸侯。诸侯的守卫在于四方邻国；诸侯的地位削低，守卫在于四方边境。警惕四方边境，结交四方邻国，百姓在自己土地上安居乐业，三时的农事有所丰收。百姓没有内忧，又没有外患，国都哪里用得着增筑城墙？现在害怕吴国，而在郢都增筑城墙，守卫的范围已经不大了。地位降低以后的那些守卫都办不到，能够不被灭亡吗？从前梁伯在公宫旁边挖沟而百姓溃散，百姓抛弃他们上边的人，不灭亡还等待什么？划定疆界，修治土地，把边垒巩固好，亲近百姓，加强眺望，不欺侮邻国，谨慎官吏的职责，保持外交活动的礼节，不差失不贪滥，不懦弱不强横，将自己的防御好好整修，以准备意外的发生，又畏惧什么呢？《诗》说：「思念你的祖先，发扬他们的美德。」试看若敖、蚡冒到文王、武王，土地也没有超过方圆百里，警惕四方边境，尚且不在郢都增筑城墙。现在土地超过方圆几千里，却在郢都增筑城墙，不也是很难了吗？』

松壑云泉图　明·宋旭

此图画群山叠荡，峰峦簇聚，白云缭绕，瀑布飞流，双松挺拔，木榭小桥，相映成趣。设色清淡，山石用披麻皴，松干用赭石，松枝墨写，以石绿染之。构图空灵而不松散。

昭公二十四年

原文

二十四年春，王正月辛丑[①]，召简公、南宫嚚以甘桓公见王子朝。刘子谓苌弘曰：『甘氏又往矣。』对曰：『何害？同德度义。《大誓》曰：「纣有亿兆夷人[②]，亦有离德；余有乱臣十人[③]，同心同德。」此周所以兴也。君其务德，无患无人。』戊午[④]，王子朝入于邬[⑤]。

注释

①辛丑：初五日。②纣有亿兆夷人：纣有亿兆之民。夷，语中助词，无义。③乱：治。反义相训。④戊午：二十二日。⑤邬：地名，位于今河南偃师县南。

译文

二十四年春季，周历正月初五日，召简公、南宫嚚带甘桓公去向王子朝表示拜见之意。刘蚠对苌弘说：『甘桓公又到王子朝那里去了。』苌弘对此答复说：『这有什么关系？同心同德关键在于与道义相符。《大誓》说：「纣王虽然有亿兆之民，但他们个个离心离德；我有治世之臣十个，却人人同心同德。」这就是周朝之所以兴盛的原因。君王应该致力于修养德行，不要害怕没有人跟随自己。』二十二日，王子朝进入邬地。

原文

晋士弥牟逆叔孙于箕。叔孙使梁其踁待于门内[①]，曰：『余左顾而欬[②]，乃杀之。右顾而笑，乃止。』叔孙见士伯，士伯曰：『寡君以为盟主之故，是以久子[③]。不腆敝邑之礼[④]，将致诸从者。使弥牟逆吾子。』叔孙受礼而归。二月，『婼至自晋』，尊晋也。

三月庚戌[⑤]，晋侯使士景伯莅问周故。士伯立于乾祭[⑥]，而问于介众[⑦]。晋人乃辞王子朝，不纳其使。

注释

①梁其踁：叔孙家臣。②欬：同『咳』，咳嗽。③久子：久留您于晋。④不腆：不富厚，自谦之词。⑤庚戌：十五日。⑥乾祭：王城北门。⑦介众：大众。

译文

晋国的士景伯到箕地迎接叔孙婼等人的到来。叔孙婼派梁其踁隐藏在大门里面，对他说：『倘若我向左看并且咳嗽一声，你就出来杀死他。如果我向右看并且微笑，你就不要动手。』叔孙婼会见士景伯时，士景伯说：『我们君王由于身为盟主，所以才把您挽留了那么久。我们将送上微薄的礼物，送您回国。我来就是迎接您回去的。』叔孙婼接受了礼物便回国了。二月，《春秋》记载说『婼至自晋』，说明了对晋国的尊重。

三月十五日，晋顷公派士景伯前往王室探查子朝和敬王谁有过错。士景伯站在王城的北门上，向大家询问了解情况。调查的结果表明王子朝理亏，因此晋国决定拒绝王子朝的要求，拒绝接纳他派往晋国的使者。

原文

夏，五月乙未朔[①]，日有食之。梓慎曰：『将水。』昭子曰：『旱也。日过分而阳犹不克，克必甚，能无旱乎？阳不克莫[②]，将积聚也。』

六月壬申[③]，王子朝之师攻瑕及杏[④]，皆溃。

郑伯如晋，子大叔相，见范献子。献子曰：『若王室何？』对曰：『老夫其国家不能恤，敢及王室？抑人亦有言曰：「嫠不恤其纬[⑤]，而忧宗周之陨，为将及焉[⑥]。」今王室实蠢蠢焉[⑦]，吾小国惧矣，然大国之忧也，吾侪何知焉？

吾子其早图之！《诗》曰：「瓶之罄矣，惟罍之耻[8]。」王室之不宁，晋之耻也。」献子惧，而与宣子图之。乃征会于诸侯，期以明年。

秋，八月，大雩，旱也。

注释

①乙未朔：初一日。②不克莫：即不克阴。莫，同『暮』。③壬申：初八日。④瑕、杏：周敬王邑名。⑤嫠不恤其纬：嫠，寡妇。纬，织布的纬线。⑥将及：祸将及于己身。⑦蠢蠢焉：动乱的样子。⑧瓶之罄矣，惟罍之耻：瓶、罍皆为古代盛酒器。瓶，器小；罍，器大。罄，空。句意为瓶中无酒，罍中必空。此以瓶喻王室，以罍喻晋，晋虽为诸侯，实强大。

译文

夏季，五月初一日，鲁国发生了日食。梓慎说：『将要发生水灾。』叔孙婼说：『这是要发生旱灾的征兆。因为太阳已经过了春分，而阳气还没有胜过阴气，一旦胜过阴气，就必然非常厉害，旱灾能发生吗？阳气超过了时间却还没有胜过阴气，是正在进一步蓄积以等待爆发的时间。』

六月初八日，王子朝的军队进攻瑕地和杏地，瑕、杏两地的军队都大败而逃了。

郑定公前往晋国，子太叔辅助，会见了士鞅。士鞅说：『你们打算怎样对待王室的争端？』子太叔说：『我这个老头子连自己国家和家族都没有管理好，怎么敢介入王室的事情呢？不过有人说过：「寡妇不害怕纬线不够，却忧虑宗周的衰落，因为宗周灭亡，祸患也将降到她的头上。」现在王室确实动荡不安，对此我们小国非常忧虑，然而大国的担心，我们怎么能够明白呢？您还是早作安排！《诗》说：「酒瓶空空，也是酒罐的耻辱。」王室动乱不宁，也是贵国的耻辱。』士鞅听到这话，不得不开始担心，便和韩起商量。于是他们决定召集诸侯会见，时间定在第二年。

秋季，八月，鲁国举行了盛大的祈求甘雨的雩祭活动，这是由于发生了旱灾。

原文

冬，十月癸酉，王子朝用成周之宝珪沉于河。甲戌，津人得诸河上。阴不佞以温人南侵①，拘得玉者，取其玉。将卖之，则为石。王定而献之，与之东訾。

楚子为舟师以略吴疆。沈尹戌曰：『此行也，楚必亡邑。不抚民而劳之，吴不动而速之，吴踵楚，而疆埸无备，邑能无亡乎？』

越大夫胥犴劳王于豫章之汭②，越公子仓归王乘舟③。仓及寿梦帅师从王④，王及圉阳而还⑤。吴人踵楚⑥，而边人不备，遂灭巢及钟离而还。沈尹戌曰：『亡郢之始于此在矣。王一动而亡二姓之帅，几如是而不及郢？《诗》曰：「谁生厉阶⑦？至今为梗⑧。」其王之谓乎！』

注释

①阴不佞：周敬王大夫。温：晋国邑名，原属周。②汭：河流转弯的地方。③归：通『馈』，赠送。④寿梦：越国大夫。⑤圉阳：楚国地名。⑥踵楚：踵，脚后跟。此为名词动用，紧跟，紧随着。⑦厉阶：等于说祸端。厉，恶，凶；阶，由低升高的阶梯。⑧梗：病，灾祸。

译文

冬季，十月十一日，王子朝把成周的宝珪往黄河中沉下，以求得河神保佑。十二日，黄河渡口上的船夫捞到了这块宝珪。周敬王的大夫阴不佞率领温地的军队向南追击王子朝，抓住了那个捞到宝珪的船夫，把玉抢夺了过来。打算卖掉宝珪时，却发现它已经变成了一块石头。等到周敬王王位稳定以后，阴不佞才把宝珪献了出来，周天子把东訾一地赐给他作为奖赏。

楚平王训练水军准备围攻吴国疆界。沈尹戌说：『这次行动，楚国一定会损失城邑。不安抚百姓却使他们疲惫不堪，吴国本不想用兵，却向他们挑衅促其迅速出击，吴军必然要紧追不舍，而我们的边疆又没有任何防御设施，能不损失一些城邑吗？』

越国大夫胥犴在豫章的江边抚慰楚平王，越国公子仓送给楚平王一艘船。公子仓和寿梦统率军队跟随楚平王一同前进，楚平王到达圉阳就返回去了。

吴军尾随而至，楚国边境的守军又没有防备，吴国人把巢和钟离灭掉了以后才回去。

沈尹戌说：『郢都的沦陷将由此而始。君王一次行动便失去了两地的将领，照这样来几次，难道敌军就不会向郢都逼近了吗？诗说：「是谁挑起了事端？至今还深受其害。」说的就是楚平王吧！』

昭公二十五年

原文

二十五年春，叔孙婼聘于宋，桐门右师见之[①]。语，卑宋大夫而贱司城氏[②]。昭子告其人曰[③]：『右师其亡乎！君子贵其身而后能及人，是以有礼。今夫子卑其大夫而贱其宗，是贱其身也，能有礼乎？无礼必亡。』

宋公享昭子，赋《新宫》。昭子赋《车辖》。明日宴，饮酒，乐，宋公使昭子右坐[④]，语相泣也[⑤]。乐祁佐，退而告人曰：『今兹君与叔孙其皆死乎！吾闻之：「哀乐而乐哀[⑥]，皆丧心也。」心之精爽，是谓魂魄。魂魄去之，何以能久？』

季公若之姊为小邾夫人，生宋元夫人，生子以妻季平子。昭子如宋聘，且逆之。公若从，谓曹氏勿与[⑦]，鲁将逐之。曹氏告公，公告乐祁。乐祁曰：『与之。如是，鲁君必出。政在季氏三世矣[⑧]，鲁君丧政四公矣[⑨]。无民而能逞其志者，未之有也。国君是以镇抚其民。《诗》曰：「人之云亡，心之忧矣[⑩]。」鲁君失民矣，焉得逞其志？靖以待命犹可，动必忧。』

注释

①桐门右师：乐大心为右师，居桐门。②司城氏：乐祁此时为司城，为乐氏大宗。③昭子：即叔孙婼。④右坐：坐在右边近处，便于交谈。⑤语相泣：谈话中都流了眼泪。⑥哀乐而乐哀：当哀而乐，当乐而哀。⑦曹氏：即宋元夫人。小邾君为曹姓。⑧三世：指文子、武子、平子。⑨四公：指宣、成、襄、昭四公。⑩人之云亡，心之忧矣：人民离去，心忧于此。见《大雅·瞻仰》。云，语中助词。

译文

二十五年春季，叔孙婼来到宋国聘问，右师乐大心拜见他。在相互交谈中，乐大心流露出对宋国大夫以及本族司城氏的蔑视。叔孙婼对手下人说：『右师恐怕要逃亡了吧！君子尊重自己，然后才能够尊重别人，这样就不会违背礼法。如今他看不起本国的大夫，轻视自己的宗族，实际上等于看不起自己，能说他懂得礼法吗？不懂礼法，就注定要灭亡。』

宋元公设宴招待叔孙婼，席间宋元公吟诵了《新宫》一诗。叔孙婼则吟诵了《车辖》一诗。第二天又举行饮宴，喝酒，宾主都很开心，宋元公让叔孙婼靠近自己在右边坐着，两人说着说着竟忍不住泪流满面。当时乐祁帮助主持宴会，他退出来以后对别人说：『君王和叔孙婼只怕在今年就要死去！我听说：「应该高兴的时候却悲哀，应该悲哀的时候却高兴，都是心态失常的表现。」心的精华就是魂魄。有朝一日失去魂魄，还靠什么得以长寿？』

鲁国季公若的姐姐是小邾夫人，宋元公夫人是她生的。宋元公夫人生了一个女儿，打算嫁给季平子为妻。叔孙婼到宋国聘问，顺便为季平子迎亲。当时季公若也随同叔孙婼到了宋国，他劝宋元公夫人千万不要将女儿嫁给季平子，因为鲁国正准备将他驱逐出国境。宋元公夫人把这件事告诉了元公，元公又告诉了乐祁。乐祁说：『还是嫁给他。如果鲁君要驱逐他，那么被驱赶的一定是鲁君。因为鲁国的政权落在季氏手里已经相继三代了，鲁国国君丧失政权，现在已经是第四代了。没有百姓却能实现他的希望的，这是前所未有。因此，作为一个国君应该注重安抚他的臣民。《诗》说：「丧失了百姓，是心中的忧患。」鲁君已经失去了百姓，哪里还能实现自己的愿望？只要安心地等待命运的安排就行了，轻举妄动一定会招致忧患。』

原文

夏，会于黄父①，谋王室也。赵简子令诸侯之大夫输王粟、具戍人，曰：『明年将纳王。』

子大叔见赵简子，简子问揖让周旋之礼焉。对曰：『是仪也，非礼也。』简子曰：『敢问何谓礼？』对曰：『吉也闻诸先大夫子产曰：「夫礼，天之经也，地之义也，民之行也。」天地之经，而民实则之。则天之明②，因地之性，生其六气③，用其五行。气为五味，发为五色，章为五声。淫则昏乱，民失其性。是故为礼以奉之：为六畜、五牲④、三牺⑤，以奉五味；为九文⑥、六采⑦、五章⑧，以奉五色；为九歌、八风、七音、六律，以奉五声；为君臣、上下，以则地义；为夫妇、外内，以经二物；为父子、兄弟、姑姊、甥舅、昏媾姻亚，以象天明；为政事、庸力行务，以从四时；为刑罚、威狱，使民畏忌，以类其震曜杀戮⑨；为温慈、惠和，以效天之生殖长育。民有好、恶、喜、怒、哀、乐，生于六气，是故审则宜类⑩，以制六志。哀有哭泣，乐有歌舞，喜有施舍，怒有战斗；喜生于好，怒生于恶。是故审行信令，祸福赏罚，以制死生。生，好物也；死，恶物也。好物，乐也；恶物，哀也。哀乐不失，乃能协于天地之性，是以长久。』简子曰：『甚哉，礼之大也！』对曰：『礼，上下之纪，天地之经纬也，民之所生也，是以先王尚之。故人之能自曲直以赴礼者⑪，谓之成人。大，不亦宜乎！』简子曰：『鞅也请终身守此言也。』

宋乐大心曰：『我不输粟。我于周为客，若之何使客⑫？』晋士伯曰：『自践土以来⑬，宋何役之不会，而何盟之不同？曰「同恤王室⑭」，子焉得辟之？子奉君命，以会大事，而宋背盟，无乃不可乎！』右师不敢对，受牒而退⑮。士伯告简子曰：『宋右师必亡。奉君命以使，而欲背盟以干盟主，无不祥大焉⑯。』

『有鸜鹆来巢⑰』，书所无也。师己曰⑱：『异哉！吾闻文、成之世，童谣有之，曰：「鸜之鹆之，公出辱之。鸜鹆之羽，公在外野，往馈之马。鸜鹆跦跦⑲，公在乾侯⑳，征褰与襦。鸜鹆之巢，远哉遥遥，稠父丧劳，宋父以骄。鸜鹆鸜鹆，往歌来哭。』童谣有是，今鸜鹆来巢，其将及乎？」

注释

①黄父：地名，在今山西沁水县西北。②天之明：指日、月、星、辰。③六气：指阴阳、风雨、晦明。④五牲：牛、羊、豕、犬、鸡。⑤三牺：即以牛、羊用于祭天、地、宗庙，称为三牺。⑥九文：九种文采，即龙、山、花虫、火、宗彝五种画于衣上，藻、粉米、黼、黻四者绣于裳上。⑦六采：六种色彩，即青、白、赤、黑、玄、黄六色。⑧五章：青与赤谓之文，赤与白谓之章，白与黑谓之黼，黑与青谓之黻，五色皆备谓之绣。⑨震曜：雷电。⑩审则宜类：慎重效法，适当仿效。⑪自曲直以赴礼：意为从不同方面，或委屈其本性，或顺从其性情以遵循礼。⑫使客：指使宾客。⑬贱土：指僖公二十八年践土之盟。⑭同恤王室：此为当时的盟词。⑮牒：简札。⑯无不祥大焉：即『不祥莫大焉』的变句。无，莫。⑰鸜鹆：即八哥。⑱师己：鲁大夫。⑲跦跦：跳行貌。⑳乾侯：晋邑名，在今河北成安县东南。

译文

夏季，鲁国的叔诣和晋国的赵鞅、宋国的乐大心、卫国的北宫喜、郑国的游吉以及曹国人、邾国人、滕国人、薛国人、小邾国人在黄父会见，目的是商讨如何安定周王室。赵鞅让诸侯的大夫输送粮食给周天子，并且准备帮助戍守王室的将士，他说：『明年预备护送天子回到王都。』

游吉见到赵鞅，赵鞅请求有关揖让和交际的礼节。游吉回答说：『这只是仪式，并不是礼节。』赵鞅问：『请问什么是礼节呢？』游吉回答他说：『我从先大夫子产那里听说：「礼是上天的规范，大地的准则，百姓行动的依据。」天地的规范，就是百姓效法的对象。向上天的明亮学习，依靠大地的本性，就产生了上天的六气阴阳风雨晦明，使用了大地的五行金木水火土。气有酸咸辣苦甜五种味道，又表现为青黄红白黑五种颜色，表现为宫商角徵羽五种声音。过分沉溺到上述声色味之中就会招来昏乱，百姓就会丧失本性。所以要制定礼法以帮助他们保持这种本性：规定了六畜、五牲、三牺，以使五味有所遵循；规定了九文、六采、五章，以使五色有所遵循；从而又规定了九歌、八风、七音、六律，以使五声得以遵循；规定了君臣上下之间的关系，以效法大地的准则；规定了夫妻内外之间的关系，以将阴阳刚柔两种事务规范；规定了父子、兄弟、姑姐、甥舅、翁婿、连襟之间的关系，以好比上天的明亮；规定了治国政务，农工管理，工作措施，以适应四时；规定了刑罚牢狱，使百姓受到威慑，以效法雷电杀伤万物的威力；规定了温和仁慈的政策，以效仿上天的养育万物的方法。百姓的好恶、喜怒、哀乐六种情绪，是从上天的六气中枝生出来的，因此要小心地效法、恰当地模仿，以制约这六种情绪不致过分。悲哀时可以哭泣，欢乐时可以歌舞，欢喜时可以施舍，愤怒时可以征战；喜好导致高兴，愤怒产生厌恶。因此要谨慎地行动，制定政令要取信于人，以祸福赏罚制约生死。人们爱活着，死是人们所厌恶的。喜好给人以欢乐，厌恶令人悲哀。哀乐不失于礼法，就能和天地的本性相协调，所以万物才能够长久不衰。』赵鞅说：『据此观之，礼法的作用真是太大了！』游吉回答说：『礼法是上下的纲常，天地的准则，是百姓赖以生存的基础，因此先王把礼法作为第一要事来加以对待。所以只要能间接或直接地达到礼法的要求，就可以称之为完人。礼法有如此重要的作用，不是很自然的吗？』赵鞅说：『我赵鞅将永远把这番道理牢记心中。』

宋国的乐大心说：『我国没有送给天子粮食。对周王朝来说，我们是客人，怎么能让客人奉送粮食呢？』晋国的士景伯说：『践土结盟晋国称霸以来，宋国哪一次战争没有介入，哪一次结盟没有参加？盟誓要「共同为王室分担忧患」，您怎么能逃避责任？您奉君命来参与会盟商讨为王分忧的大事，却要让宋国背弃盟约，恐怕不能够吧！』乐大心不敢再答对，只好接受了写明送粮发兵任务的简札退下去了。士景伯对赵鞅说：『宋国的右师乐大心一定会落个逃亡的下场。奉君命出使，却要违背盟约以冒犯盟主，再没有比这更大的不祥了。』

『有鸜鹆来巢』，这是前所未有的事情，所以《春秋》特别加以记载。鲁大夫师己说：『奇怪！在文公、成公时代，曾有童谣说：「鸜鹆啊鸜鹆，君王出去一定会遭羞辱。鸜鹆的羽毛，君王在野外，送他一匹马。鸜鹆在跳跃，君王住乾侯，缺裤少短袄。鸜鹆的窝巢，遥远路迢迢，稠父辛劳死，定公却骄傲。鸜鹆啊鸜鹆，出去唱着走，来时却哭叫。」童谣这么说，如今鸜鹆又来做窝，难道预示着灾祸要来到了吗？』

原文

秋，书再雩，旱甚也。

初，季公鸟娶妻于齐鲍文子[1]，生甲。公鸟死，季公亥与公思展与公鸟之臣申夜姑相其室。及季姒与饔人檀通[2]，而惧，乃使其妾抶己，以示秦遄之妻[3]，曰：『公若欲使余，余不可而抶余。』又诉于公甫[4]，曰：『展与夜姑将要余。』秦姬以告公之[5]，公之与公甫告平子，平子拘展于卞而执夜姑[6]，将杀之。公若泣而哀之，曰：『杀是，是杀余也。』将为之请。平子使竖勿内，日中不得请。有司逆命，公之使速杀之。故公若怨平子。

季、郈之鸡斗。季氏介其鸡[7]，郈氏为之金距。平子怒，益宫于郈氏，且让之。故郈昭伯亦怨平子。

臧昭伯之从弟会，为谗于臧氏，而逃于季氏，臧氏执旃[8]。平子怒，拘臧氏老[9]。将禘于襄公，万者二人[10]，其众万于季氏[11]。臧孙曰：『此之谓不能庸先君之庙[12]。』大夫遂怨平子。

公若献弓于公为[13]，且与之出射于外，而谋去季氏。公为告公果、公贲。公果、公贲使侍人僚柤告公[14]。公寝，将以戈击之，乃走。公曰：『执之！』亦无命也。惧而不出，数月不见。公不怒。又使言，公执戈以惧之[15]，乃走。又使言，公曰："非小人之所及也。"公果自言。公以告臧孙，臧孙以难。告郈孙，郈孙以可，劝。告子家懿伯，懿伯曰："谗人以君侥幸，事若不克，君受其名，不可为也。舍民数世，以求克事，不可必也⑯。且政在焉，其难图也。"公退之。辞曰："臣与闻命矣，言若泄，臣不获死⑰。"乃馆于公。

注释

①季公鸟：季公亥之兄。②季姒：公鸟之妻。饔人檀：季氏家臣中掌饮食者，名檀。③秦遄之妻：秦遄，鲁大夫。其妻为公鸟之妹。④公甫：即公甫靖，季孙纥之子。⑤秦姬：秦遄之妻。公之：名鞅。⑥卞：地名，在今山东泗水县东。⑦介其鸡：为鸡戴上甲，即制作小铠甲着于鸡头。一说介作"芥"，即将芥子捣成粉末，撒在鸡翼上，可以迷敌方的眼睛。⑧旃："之焉"的合音字。⑨老：家臣头子。⑩万：乐舞名。⑪万于季氏：到季氏那里跳万舞。⑫不能庸先君之庙：不能使昭公成祭祀之功于先君之庙。庸，酬功。⑬公为：昭公之子务人。⑭公果、公贲：皆公为之弟。⑮以惧之：用戈吓唬一下而已，并未真击。⑯不可必：即无把握。⑰不获死：不得善终，不得好死。

译文

秋季，《春秋》两次记载举行祈求降雨雩祭的情况，表明旱灾非常严重。

当初，季公鸟娶齐国鲍文子的女儿为妻，生了儿子甲。公鸟去世以后，季公亥和公思展以及公鸟的家臣申夜姑一同照管他的家庭。公鸟的妻子季姒和厨师檀私通，因为担心季公亥惩罚自己，便让她的侍女将自己打伤，然后让公鸟的妹妹、秦遄的妻子秦姬验看，而且说："季公亥想让我跟他通奸，我不愿意，他就打了我。"又向公甫控告说："公思展和申夜姑逼迫我与公亥私通。"秦姬告诉了公之，公之和公甫对季平子说了此事，季平子便把公思展抓了起来关押在卞地，又抓了申夜姑，打算把他也杀了。季公亥哭着哀求道："杀了他，就等于杀了我。"便要进去为夜姑求情。季平子让手下人阻拦他不让进来，中午也没有得到接见。行刑的官员前来接受处决的命令，公之让他尽快杀了申夜姑。所以申公亥十分怨恨季平子。

季氏和郈氏两家的鸡常常在一起争斗。季氏的鸡的头上套上一个皮甲，郈氏则给鸡装上金属爪子。季氏的鸡斗败后，季平子很是生气，便侵占郈氏的宅基地，扩大自己住宅的范围，而且还责骂郈氏。所以郈昭伯也很恼恨季平子。

臧昭伯的堂弟臧会曾经因为企图陷害诬告别人而和臧昭伯闹得不欢愉，然后就逃到了季氏家，昭伯到季氏家来抓他。季平子很生气，便把臧氏的家臣抓了起来。在襄公庙中举行祭祀活动时，仅仅两个人表演跳《万舞》，其他多数人都到季氏家里跳《万舞》去了。臧孙说：『这可能就是所谓的不能在先君的庙里祭祀，以报答先君的功勋吧。』从此以后大夫们便十分怨恨季平子。

季公亥献给昭公的儿子公为一把弓，并和他一起到外面去射箭，借此机会商量怎样才能把季氏除掉。公为把此事说给了弟弟公果、公贲。公果、公贲派昭公的侍从僚相去报告昭公。当时昭公正在睡觉，听僚相报告后便拿起戈要打他，僚相仓皇逃走。昭公下令：『抓住他！』但也只是说说而已，并没有再下正式命令。僚相不敢出门，一连几个月不敢进见昭公。昭公气消了。公果等又让他将此事报告，昭公听到后又拿起戈恐吓他，僚相又逃走。第三次让他去说，昭公才说：『这并非你这个小人物应该管的事。』于是公果便亲自去报告此事。昭公告诉了臧孙，臧孙认为难以成功。又告诉了郈孙，郈孙认为能够取得成功，便劝昭公支持他这么干。又告诉了子家懿伯，懿伯说：『这些奸邪之人企图依靠君王侥幸成功，但若不成功，君王就要蒙受恶名，这事不能干。失去民心已经有好几代了，现在却要企求行动成功，恐怕没有足够的把握。再说政权握在这个人手里，只怕难以成功。』昭公让他退下。懿伯说：『我明白君王的意思，您放心，倘若我泄露出去，不得好死。』然后就住在公宫中不出来。

原文

叔孙昭子如阚①，公居于长府②。九月戊戌③，伐季氏，杀公之于门，遂入之。平子登台而请曰：“君不察臣之罪，使有司讨臣以干戈，臣请待于沂上以察罪。”弗许。请囚于费④，弗许。请以五乘亡，弗许。子家子曰⑤：“君其许之！政自之出久矣，隐民多取食焉，为之徒者众矣。日入慝作⑥，弗可知也。众怒不可蓄也。蓄而弗治，将蕰⑦。蕰畜，民将生心。生心，同求将合⑧。君必悔之！”弗听。郈孙曰：“必杀之。”

公使郈孙逆孟懿子⑨。叔孙氏之司马鬷戾言于其众曰：“若之何？”莫对。又曰：“我家臣也，不敢知国。凡有季氏与无⑩，于我孰利？”皆曰：“无季氏，是无叔孙氏也。”鬷戾曰：“然则救诸！”帅徒以往，陷西北隅以入。公徒释甲执冰而踞⑪，遂逐之。孟氏使登西北隅，以望季氏。见叔孙氏之旌，以告。孟氏执郈昭伯，杀之于南门之西，遂伐公徒。子家子曰：“诸臣伪劫君者，而负罪以出，君止。意如之事君也⑫，不敢不改⑬。”公曰：“余不忍也！”与臧孙如墓谋，遂行。

注释

①阚：鲁邑名，位于今山东南旺湖。②长府：府库名。③戊戌：十一日。④费：季氏采邑。⑤子家子：子家羁，子家懿伯。⑥日入慝作：太阳落山后，邪恶将会发生，奸恶之徒起来。⑦蕰：同“蕴”，即积聚。⑧同求将合：与季氏同心者将纠合一起。⑨孟懿子：即仲孙何忌。⑩凡：大概、概略说。⑪冰：箭筒盖。⑫意如：季平子名。⑬不敢不改：季氏不敢不改变对君王的侮慢态度。

译文

叔孙婼到阚地去时，昭公在库府中居住。九月十一日，昭公发兵攻打季氏，在门口杀了公之，冲进季氏家里。

季平子登上高台向昭公请求说：『君王没有弄明白我是否有罪，便派人攻打，我请求在沂水之上等候君王调查的结果。』昭公没有同意。季平子又请求把他囚禁在自己的封邑费地，昭公也没有允许。又请求只带五辆车子逃亡，昭公还是不同意。懿伯说：『君王答应他吧！很久以来政令都是出自他的手中，不少穷人都曾经受到过他的恩惠，愿意跟随他的人有很多。会不会到了夜间有奸人帮助他，也很难说。您看这些人怒气冲冲，不能再激他们了。假如不将这些人平息下来，就会越积越多。积聚多了，百姓就会产生背叛之心。产生了背叛之心，就会和叛乱的人相互勾结起来。君王一定会后悔！』昭公不听。郈孙说：『一定要把季孙杀了。』

昭公派郈孙去迎接孟懿子助战。叔孙氏的司马鬷戾问他的手下：『如今我们怎么办？』无人回答。鬷戾又说：『我只是一个家臣，不敢过问国家大事。但有没有季氏，哪一种情况对我们更有利？』大家都说：『没有了季氏，就相当于没有了叔孙氏。』鬷戾说：『那么我们就去援救季氏吧！』于是就率领众人前去营救，攻破西北角冲了进去。昭公的军队当时都脱下皮甲手执箭筒蹲在地上，鬷戾便领人赶走了他们。孟氏让人登上房屋的西北角眺望季氏家的情况。眺望的人发现了叔孙氏的旗子，便告诉了孟氏。孟氏便抓住郈昭伯，在南门的西侧杀死了他，接着又攻打昭公的军队。懿伯说：『现在必须让群臣伪装成劫持君王进攻季氏，并畏罪潜逃，君王则要留在宫中。将来季孙侍奉君王的态度就不会不有所改变。』昭公说：『我实在难以忍下这口气了！』于是就和臧孙到祖坟上辞别祖先，商量逃亡的事宜，随后离开了国都。

原文

己亥①，公孙于齐②，次于阳州③。齐侯将唁公于平阴，公先至于野井。齐侯曰：『寡人之罪也。使有司待于平阴，为近故也。』书曰：『公孙于齐，次于阳州，齐侯唁公于野井。』礼也。将求于人，则先下之，礼之善物也。齐

侯曰：『自莒疆以西，请致千社[④]，以待君命。寡人将帅敝赋以从执事，唯命是听。君之忧，寡人之忧也。』公喜。子家子曰：『天禄不再[⑤]。天若胙君[⑥]，不过周公[⑦]。以鲁足矣。失鲁，而以千社为臣，谁与之立[⑧]？且齐君无信，不如早之晋。』弗从。

臧昭伯率从者将盟，载书曰[⑨]：『戮力壹心，好恶同之。信罪之有无，缱绻从公[⑩]，无通外内！』以公命示子家子。子家子曰：『如此，吾不可以盟。羁也不佞，不能与二三子同心，而以为皆有罪[⑪]。或欲通外内，且欲去君。二三子好亡而恶定，焉可同也？陷君于难，罪孰大焉？通外内而去君，君将速入，弗通何为？而何守焉？』乃不与盟。

注释

①己亥：九月十二日。②孙：同『逊』，逃奔。③阳州：齐邑，位于今山东东平县北。④千社：二万五千户。二十五户为一社。⑤天禄不再：上天的福禄不会二次降给君王。⑥胙：通『祚』，赐福。⑦不过周公：不会超过周公。周公，即指鲁国。⑧立：即复位。⑨载书：盟书。⑩缱绻：坚决。⑪皆有罪：认为从者陷君于危难，留者逐君，都有罪。

译文

十一月十三日，昭公逃亡到了齐国，在阳州居住下来。齐景公打算到平阴慰问昭公，昭公便先过了平阴来到野井等候齐景公。齐景公说：『这是我的罪过。我让官员在平阴等候，是考虑到距离您住的阳州比较接近的缘故。』《春秋》记载为：『公孙于齐，次于阳州，齐侯在野井唁公。』表明这样做是合乎礼法的。准备向他人求助，就要先虚心谦恭屈居人下，这是礼法中的好事。齐景公说：『请允许暂时把莒国以西的两万五千户采邑奉送给您，并随时等待君王下令讨伐季氏。我将统率我国军队随您前往，并听从您的一切指挥。君王的忧患，就是我的忧患。』昭公大喜过望。懿伯说：『上天的福禄不会降给君王两次。上天纵然保佑君王，也不过像周公那样拥有整个鲁国罢了。倘若失去鲁国，得到两万五千户而成为齐国一个臣子，谁还会愿意帮助您恢复君位呢？而且齐君一向不讲信用，不如早点到晋国去。』昭公没有听从。

臧昭伯率领跟随昭公逃亡的人准备结盟，盟书上写道：『同心协力，好恶一致。，把罪人查清楚了，坚决跟从君王，不和内外的敌人彼此私通！』以昭公的名义拿给懿伯看。懿伯说：『这样写，我就不参加结盟。我即使愚蠢无能，但不能和你们同心协力，而是认为留在国内和逃亡国外的人都有罪。也许我可能会与国内国外的人通气联络，并且要离开君王去谋求让他复位。你们喜欢逃亡而讨厌安定君位，我却和你们正好相反，咱们怎么能好恶一致呢？陷君王于危难之中，还有比这更大的罪过吗？和国内的人联络沟通而暂时离开君王，是为了让君王尽快复位，为何不愿意做呢？逃亡并且在异国他乡寄居，有什么可守护的呢？』于是便不肯和他们结盟。

原文

昭子自阚归，见平子。平子稽颡①，曰：『子若我何？』昭子曰：『人谁不死？子以逐君成名，子孙不忘，不亦伤乎？将若子何？』平子曰：『苟使意如得改事君，所谓生死而肉骨也。』昭子从公于齐，与公言。子家子命适公馆者执之。公与昭子言于幄内。曰：『将安众而纳公。』公徒将杀昭子②，伏诸道。左师展告公③，公使昭子自铸归④。平子有异志。冬，十月辛酉⑤，昭子齐于其寝⑥，使祝宗祈死，戊辰⑦，卒。左师展将以公乘马而归，公徒执之。

壬申⑧，尹文公涉于巩⑨，焚东訾，弗克。

十一月，宋元公将为公故如晋，梦大子栾即位于庙，己与平公服而相之。旦，召六卿。公曰：『寡人不佞，不能事父兄，以为二三子忧，寡人之罪也。若以群子之灵，获保首领以殁，唯是楄柎所以藉干者⑩，请无及先君。』仲几对曰：『君若以社稷之故，私降昵宴，群臣弗敢知。若夫宋国之法，死生之度，先君有命矣。群臣以死守之，弗敢失队。臣之失职，常刑不赦。臣不忍其死，君命只辱。』宋公遂行。己亥⑪，卒于曲棘⑫。

十二月庚辰⑬，齐侯围郓。

注释

①稽颡：屈膝下拜，以额触地，投降时行之。②公徒：昭公之徒众。③展：鲁大夫。④铸：地名，在今山东肥城南。⑤辛酉：初四日。⑥齐：同『斋』。⑦戊辰：十一日。⑧壬申：十五日。⑨尹文公：子朝之党。涉于巩：在巩县涉水过河。⑩楄柎：古时棺木下面垫尸体的木板。藉干：装载骸骨。干，指骸骨。⑪己亥：十一月十三日。⑫曲棘：地名，位于今河南兰考县东南。⑬庚辰：二十四日。

译文

叔孙婼从阚地回到国都，见到季平子。季平子叩头请罪说：『您准备将我怎么处置？』叔孙婼说：『将来谁能幸免一死？您因为驱逐了君王而成名，子子孙孙将永远不会忘记，您不感到可悲吗？我对您能怎么样呢？』季平子说：『假如能让我改过自新，事奉君王，您的恩德就如同让死者复生，让白骨长肉了。』于是叔孙婼到齐国将此事报告了昭公。懿伯下令对凡进入昭公居住的公馆的人，全都扣押起来。昭公和叔孙婼在帐幕内商议。叔孙婼说：『请求君王回国以安抚众人。』昭公的亲兵准备把叔孙婼杀了，并且已经埋伏在道路一旁。左师展对昭公说了这件事，昭公让叔孙婼改道从铸地回国。季平子又改变了主意，叔孙婼感到受到了愚弄。冬季，十月初四日，在家里斋戒沐浴，让祝宗为他求死。果然，十一日，叔孙婼去世。左师展打算带着昭公乘一辆车回国，但不久便被昭公的亲兵抓住了。

十五日，王子朝的党羽尹文公在巩县渡河，焚烧了东訾，但并没有攻陷。

十一月，宋元公预备为了鲁昭公的事情到晋国请求帮助，晚上梦见太子栾在宗庙中即位，自己和先君宋平公身穿朝服侍立一旁。次日早晨，宋元公便召集众位大臣，说：『我愚蠢无能，不能侍奉父兄，以致使诸位惶恐不安，这是我的罪过。如果托诸位的福，使我能够得以善终的话，我请求给我使用的棺材不要和先君完全一样。』仲几回答说：『君王如果为了国家而自动降低饮宴喜丧的标准，我们不敢苟同。宋国的法度和生死的礼制，先君早已作了明确规定，我们作为臣子要誓死维护它，不敢擅自违背。倘若我们失职，法律是不能赦免我们的。我们不忍心因失职而被处死，因此只好不执行君王的命令。』随后宋元公就动身出发了。十三日，行至曲棘时逝世。

十二月二十四日，齐景公发兵把鲁国的部队在郓地包围了。

原文

初，臧昭伯如晋，臧会窃其宝龟偻句①，以卜为信与僭，僭吉。臧氏老将如晋问，会请往。昭伯问家故②，尽对。及内子与母弟叔孙，则不对。再三问，不对。归，及郊，会逆，问，又如初。至，次于外而察之，皆无之。执而戮之，逸，奔郈。郈鲂假使为贾正焉③。计于季氏，臧氏使五人以戈楯伏诸桐汝之间④。会出，逐之，反奔，执诸季氏中门之外。平子怒，曰：『何故以兵入吾门？』拘臧氏老。季、臧有恶。及昭伯从公，平子立臧会，会曰：『偻句不余欺也。』

楚子使薳射城州屈，复茄人焉⑤；城丘皇，迁訾人焉。使熊相禖郭巢⑥，季然郭卷。子大叔闻之，曰：『楚王将死矣。使民不安其土，民必忧，忧将及王，弗能久矣。』

注释

①宝龟：用于占卜的龟甲。偻句：本地名，产龟甲，因以为龟甲之名。②故：事。③郈鲂假：郈邑大夫。郈，

位于今山东东平县东南四十里。贾正：掌管市场买卖的官长。④闾：里门。⑤茄：近淮水之小邑，使其居民回州屈居住。⑥郭：筑内城。

译文

当初，臧昭伯到晋国时，臧会趁机偷了他的名叫偻句的宝龟，以用来占卜为人诚实好还是虚伪好，最终确定是虚伪吉利。臧氏的家臣准备到晋国探望昭伯，臧会请求让自己去。当昭伯问起家中的情况时，他回答得十分详细。但涉及昭伯的妻子和同母弟弟的情况时，臧会就沉默不语了。昭伯再三追问他，他还是不回答。昭伯回国时走到郊外，臧会出城迎接，昭伯又将上次的问题提起，臧会还是故意装出有难言之隐的样子，昭伯感到疑惑。到了都城，先住到城外观察一下情况，结果什么情况也没有。于是便把臧会抓起来准备将他杀了，臧会逃到郈地。郈鲂假让他担任郈地的贾正，掌管货物价格。有一天臧会到季氏家里送账簿，臧氏派了五个人手执武器隐藏在桐汝的里门，臧会出来时，他们就一拥而上，臧会吓得又跑了回去，结果在季氏的中门之外抓住了他。季平子听说这件事大为恼怒，说：『为什么擅自带着武器闯入我的家中？』便把臧氏的家臣扣押了。从此季、臧两家结下了仇恨的祸根。等到昭伯追随昭公出逃后，季平子便立了臧会为臧氏继承人。臧会说：『偻句宝龟真是没有骗我啊。』

楚平王派薳射在州屈筑城，让茄地人回到原地居住；又在丘皇筑城，同时也迁了訾地人过去。派熊相禖修筑巢地的外城，派季然修筑卷地的外城。子太叔知道这件事以后说：『楚王快要死了。不让百姓在原来的土地上安居，他们必然感到痛苦，那么痛苦也将要降到君王身上，他已经不能活多久了。』

昭公二十六年

原文

二十六年春，王正月庚申①，齐侯取郓。

葬宋元公，如先君，礼也。

三月，公至自齐，处于郓，言鲁地也。

注释

①庚申：初五日。

译文

二十六年春，周历正月初五日，齐景公把郓地占领了。

安葬宋元公，像安葬先君一样，这是符合礼的。

三月，昭公从齐国到达，在郓地居住下来，这是说到了鲁国境内。

原文

夏，齐侯将纳公，命无受鲁货。申丰从女贾①，以币锦二两②，缚一如瑱③，适齐师，谓子犹之人高齮④：『能货子犹，为高氏后，粟五千庾⑤。』高齮以锦示子犹，子犹欲之。齮曰：『鲁人买之，百两一布⑥。以道之不通，先入币财。』子犹受之，言于齐侯曰：『群臣不尽力于鲁君者，非不能事君也。然据有异焉。宋元公为鲁君如晋，卒于曲棘；叔孙昭子求纳其君，无疾而死。不知天之弃鲁耶，抑鲁君有罪于鬼神，故及此也？君若待于曲棘，使群臣从鲁君以卜焉。若可，师有济也。君而继之，兹无敌矣⑦。若其无成，君无辱焉⑧。』齐侯从之，使公子钼帅师从公。

成大夫公孙朝谓平子曰[⑨]：『有都以卫国也，请我受师[⑩]。』许之。请纳质[⑪]，弗许，曰：『信女足矣。』告于齐师曰：『孟氏，鲁之敝室也[⑫]。用成已甚[⑬]，弗能忍也，请息肩于齐[⑭]。』齐师围成。成人伐齐师之饮马于淄者[⑮]，曰：『将以厌众[⑯]。』鲁成备而后告曰：『不胜众。』

师及齐师战于炊鼻[⑰]。齐子渊捷从泄声子[⑱]，射之，中楯瓦[⑲]，繇朐汰辀[⑳]，匕入者三寸[㉑]。声子射其马，斩鞅[㉒]，殪。改驾，人以为鬷戾也而助之[㉓]。子车曰[㉔]：『齐人也。』将击子车，车子射之，殪。其御曰：『又之。』子车曰：『众可惧也，而不可怒也。』子囊带从野泄[㉕]，叱之。泄曰：『军无私怒，报乃私也，将亢子[㉖]。』又叱之，亦叱之。冉竖射陈武子[㉗]，中手，失弓而骂。以告平子，曰：『有君子白皙，鬒须眉[㉘]，甚口[㉙]。』平子曰：『必子强也，无乃亢诸？』对曰：『谓之君子，何敢亢之？』林雍羞为颜鸣右[㉚]，下。苑何忌取其耳[㉛]。颜鸣去之。苑子之御曰：『视下[㉜]。』顾。苑子刜林雍[㉝]，断其足，鑋而乘于他车以归[㉞]。颜鸣三入齐师，呼曰：『林雍乘！』

四月，单子如晋告急。五月戊午[㉟]，刘人败王城之师于尸氏[㊱]。戊辰[㊲]，王城人、刘人战于施谷[㊳]，刘师败绩。

注释

①中丰、女贾：二人皆季氏家臣。②二两：二匹。③缚一如瑱：将二匹锦束在一起，像一块瑱圭。④子犹：齐景光公宠臣，即梁丘据。高齮：梁丘据之臣。⑤庾：古代容量单位。其容量当时为二斗四升。⑥一布：一堆。⑦兹：则。⑧无辱：不必亲自出征。⑨成：本孟氏邑，位于今山东宁阳县北。⑩受师：抵御齐军。⑪纳质：交上人质。⑫敝室：凋敝没落家族。⑬用成已甚：役使成邑的民力财力太过分。⑭息肩：卸下负担。此处指请降。⑮淄：水名。⑯厌众：使众心服。⑰炊鼻：位于今宁阳县境内。⑱泄声子：鲁大夫。⑲楯瓦：盾脊。⑳繇朐汰辀：由曲木穿过车辕。繇，同『由』；汰，过；辀，车辕。㉑匕：箭头。㉒斩鞅：射断马颈皮带。㉓鬷戾：鲁国叔孙氏司马。㉔子车：即子

渊捷。㉕子囊带：齐大夫。野泄：即泄声子。㉖亢：同『抗』，抵挡。㉗冉竖：季氏臣。陈武子：陈无宇之子，名开，字子强。㉘鬒须眉：胡须眉毛黑且密。鬒，黑、稠发。㉙甚口：善于骂人。㉚林雍、颜鸣：皆为鲁国人。㉛苑何忌：齐大夫。㉜视下：眼睛向下看。㉝斮：砍。㉞蹩：一足行。㉟戊午：初五日。㊱尸氏：地名，位于今河南偃师县西。㊲戊辰：十五日。㊳施谷：地名，位于今洛阳市东。

译文

夏，齐景公预备送昭公回国，命令不要接受鲁国的财礼。申丰跟着女贾，用锦两匹作为财礼，捆紧像一块瑱圭，去到齐军中，对子犹的家臣高齮说：『如果你能把子犹收买下来，我们让你当高氏的继承人，赠送你五千庾粮食。』高齮把锦给子犹看，子犹想要。高齮说：『鲁国人买得很多，一百匹一堆。由于路途不通，先把这点送来。』子犹将锦收下后，对齐景公说：『臣下们对鲁国国君不肯尽力，不是不能奉行君命。然而据却感到惊异。宋元公为了鲁国国君去到晋国，死在曲棘；叔孙昭子请求帮助他的国君复位，无病而死。不知道是上天抛弃鲁国呢，还是鲁国国君得罪了鬼神所以才造成如今这样呢？君王如果在曲棘等候，派臣下们跟从鲁国国君向鲁作战以为试探。如果可行，军事上成功，君王就继续前去，这就不会有抵抗的人了。如果没成功，就不必劳动君王了。』齐景公答应了，派公子鉏率领军队跟从昭公。

成大夫公孙朝告诉平子说：『城市，是用来保卫国家的，请让我们抵御齐军。』平子听从了。公孙朝请求奉上人质，平子不同意，说：『相信你，这就够了。』公孙朝告诉齐军说：『孟氏，是鲁国的破落户。占用成地太过分了，我们难以忍受，请求征服齐国以便休息。』齐军就包围成地。成地的军队攻打在淄水饮马的齐军，说：『这是给大家做做样子的。』鲁国做好充分准备以后才告诉齐国人说：『我们抵挡不过大家。』

鲁军和齐军在炊鼻交战。齐国的子渊捷碰上泄声子，用箭射泄声子，将盾脊射中，箭从横木穿过车辕，箭头射进盾脊三寸深。泄声子用箭射子渊捷的马，射断马颈的皮带，射死了马。子渊捷改乘别的战车，鲁国人误认他是鬷戾，就上去帮助他。子渊捷说：『我是齐国人。』鲁国人准备击打子渊捷，子渊捷一箭射去，射死了鲁国人。子渊捷的驾车人说：『再射一箭。』子渊捷说：『大队人马可以让他们害怕，而不能激怒他们。』子囊带碰上声子，大声叱骂他。声子说：『作战的时候没有个人的愤怒，我如果和他对骂就是为我个人了，我要抵挡您一阵。』子渊捷还是叱骂声子，声子也就和他对骂。冉竖用箭射陈武子，把手射中了，弓掉地而大骂。冉竖报告平子，说：『有一个君子皮肤白胡子眉毛黑而密，善于骂人。』平子说：『一定是子强，不是挡住了他吗？』冉竖回答说：『称他为君子，怎么敢抵挡他？』林雍耻于做颜鸣的车右，下车。苑何忌割了他的耳朵。颜鸣要把他带走。苑何忌的驾车人说：『往下边看！』眼睛就看着林雍的脚。苑何忌砍斫林雍，砍断了他的一只脚，林雍用一只脚跳上其他的战车逃回来。颜鸣三次向齐军冲击，大喊说：『林雍来坐车！』

四月，单子去到晋国报告情况紧急。五月初五日，刘国人在尸氏重创了王城的军队。十五日，王城人、刘国人在施谷交锋，刘军大败。

原文

秋，盟于鄟陵[1]，谋纳公也。

七月己巳[2]，刘子以王出。庚午[3]，次于渠[4]。王城人焚刘[5]。丙子[6]，王宿于褚氏[7]。丁丑[8]，王次于萑谷[9]。庚辰[10]，王入于胥靡[11]。辛巳[12]，王次于滑[13]。晋知跞、赵鞅帅师纳王，使女宽守阙塞[14]。

九月，楚平王卒，令尹子常欲立子西，曰：『大子壬弱[15]，其母非适也，王子建实聘之。子西长而好善。立长则

顺，建善则治。王顺国治，可不务乎？」子西怒曰：『是乱国而恶君王也。国有外援，不可渎也[16]；王有适嗣，不可乱也。败亲、速仇[17]，乱嗣，不祥。我受其名[18]。赂吾以天下，吾滋不从也，楚国何为[19]？必杀令尹！』令尹惧，乃立昭王。

注释

①鄍陵：不详何处。②己巳：十七日。③庚午：十八日。④渠：阳渠，位于今洛阳县。⑤焚刘：烧刘氏邑。⑥丙子：二十四日。⑦褚氏：位于今洛阳市东。⑧丁丑：二十五日。⑨萑谷：与施谷相邻接。⑩庚辰：二十八日。⑪胥靡：位于今偃师县东。⑫辛巳：二十九日。⑬滑：即今偃师县南缑氏镇。⑭阙塞：即伊阙，位于今洛阳市南之龙门。⑮大子壬：即楚昭王，后改名轸。⑯渎：轻慢。⑰败亲、速仇：亲，指楚平王；仇，指秦国。⑱受其名：言受恶名。⑲滋：益。

译文

秋，昭公和齐景公、莒子、邾子、杞伯在鄍陵结盟，这是为了商量将昭公送回去。

七月十七日，刘子把周天子送了出去。十八日，住在阳渠。王城的军队烧了刘邑。二十四日，周天子住在褚氏。二十五日，周天子住在萑谷。二十八日，周天子来到胥靡。二十九日，周天子在滑地住着。晋国的知跞、赵鞅率领军队接应周天子，派女宽镇守阙塞。

九月，楚平王死。令尹子常意欲立子西，说：『太子壬年纪小，他的母亲不是正室，而是王子建所聘的。子西年长而且心地善良。立年长就顺乎情理，建立善良国家就得到管理。君王顺理国家太平，能不尽力去做吗？』子西生气地说：『这是搞乱国家、宣扬君王的丑事。国家有外援，不能轻慢；君王有嫡出的继承人，不能将顺序混乱。败坏亲人、召来仇敌，混乱继承人，非常凶险。我蒙受恶名。即使用天下来收买我，我也是不干的，楚国有什么用？必须要把令尹杀了！』令尹害怕，就立了昭王。

原文

冬，十月丙申[①]，王起师于滑。辛丑[②]，在郊，遂次于尸。十一月辛酉[③]，晋师克巩。召伯盈逐王子朝[④]，王子朝及召氏之族、毛伯得、尹氏固、南宫嚚奉周之典籍以奔楚。阴忌奔莒以叛[⑤]。召伯逆王于尸，及刘子、单子盟。遂军圉泽，次于堤上。癸酉[⑥]，王入于成周。甲戌[⑦]，盟于襄宫[⑧]。晋师使成公般戍周而还[⑨]。十二月癸未[⑩]，王入于庄宫。

注释

①丙申：十六日。②辛丑：二十一日。③辛酉：十一日。④召伯盈：即召简公，本王子朝之党，此又叛为子朝。⑤阴忌奔莒：阴忌，子朝之党。莒，周邑名，其地不详。⑥癸酉：二十三日。⑦甲戌：二十四日。⑧襄宫：周襄王庙。⑨成公般：晋大夫。⑩癸未：初四日。

译文

冬，十月十六日，周天子在滑地发兵进攻。二十一日，在郊地，就在尸地住下。十一月十一日，晋军攻陷巩地。召伯盈赶走了王子朝，王子朝和召氏的族人、毛伯得、尹氏固、南宫嚚守护着周朝的典籍向楚国逃亡。阴忌逃亡到莒地发动叛乱。召伯在尸地迎接周天子，和刘子、单子结盟。于是就屯驻在圉泽，住在堤上。二十三日，周天子进入成周。二十四日，在襄王的庙里一同盟誓。晋军派成公般在成周戍守，随后就回去了。十二月初四日，周天子来到庄宫。

原文

王子朝使告于诸侯曰：

『昔武王克殷，成王靖四方，康王息民，并建母弟[1]，以蕃屏周，亦曰：「吾无专享文、武之功，且为后人之迷败倾覆，而溺入于难，则振救之。」至于夷王[2]，王愆于厥身[3]，诸侯莫不并走其望[4]，以祈王身。至于厉王，王心戾虐，万民弗忍，居王于彘[5]。诸侯释位[6]，以间王政。宣王有志，而后效官[7]。至于幽王，天不吊周[8]，王昏不若，用愆厥位[9]。携王奸命[10]，诸侯替之，而建王嗣[11]，用迁郏鄏[12]。则是兄弟之能用力于王室也。至于惠王，天不靖周，生颓祸心，施于叔带[13]。惠、襄辟难，越去王都。则有晋、郑，咸黜不端[14]，以绥定王家。则是兄弟之能率先王之命也[15]。在定王六年，秦人降妖[16]，曰：「周其有頿王，亦克能修其职，诸侯服享[17]，二世共职。王室其有间王位[18]，诸侯不图，而受其乱灾。」至于灵王，生而有頿。王甚神圣，无恶于诸侯。灵王、景王，克终其世。

『今王室乱，单旗、刘狄，剥乱天下，壹行不若[19]。谓：「先王何常之有？唯余心所命，其谁敢讨之？」帅群不吊之人，以行乱于王室。侵欲无厌，规求无度[20]，贯渎鬼神，慢弃刑法，倍奸齐盟，傲很威仪[21]，矫诬先王。晋为不道，是摄是赞[22]，思肆其罔极[23]。兹不谷震荡播越[24]，窜在荆蛮，未有攸厎[25]。若我一二兄弟甥舅[26]，奖顺天法[27]，无助狡猾，以从先王之命，毋速天罚，赦图不谷[28]，则所愿也。敢尽布其腹心，及先王之经，而诸侯实深图之！

『昔先王之命曰：「王后无适，则择立长。年钧以德，德钧以卜。」王不立爱，公卿无私，古之制也。穆后及大子寿早夭即世，单、刘赞私立少，以间先王。亦唯伯仲叔季图之[29]！』

注释

①建：分封。②夷王：周厉王之父。③愆：恶疾。④并走其望：一起祭祀其境内的名山大川。⑤彘：地名，位于今山西霍县。⑥释位：离开其位。⑦效官：致王位于宣王。⑧吊：保佑。⑨用愆厥位：因而失掉王位。用，因；愆，失；厥，其。⑩携王：即王子余臣，幽王死，为虢公翰拥立于携，至平王二十一年，被晋文侯杀死。⑪王嗣：

指周平王。⑫郏鄏：即洛阳。⑬施：延及。叔带：襄王弟，争位作乱，襄王出奔。⑭咸黜不端：晋文公杀叔带，郑厉公杀王子颓，为王室剪灭不端之人。⑮率：遵循。⑯降妖：出现妖言。⑰诸侯服享：使诸侯顺服享有国家。⑱间王位：乘隙谋求王位。⑲壹行不若：专行不顺之事。⑳规求：贪求。㉑傲很：无视。㉒摄、赞：二词同义，佐助。㉓肆其罔极：放纵其贪得无厌的欲望。㉔不谷：子朝自称。震荡播越：动荡流离。㉕厎：止。㉖兄弟甥舅：兄弟，指同姓诸侯。甥舅，指异姓诸侯。㉗奖顺天法：成全顺从上天的法度。㉘赦图：免除忧虑，谋去灾难。㉙伯仲叔季：泛指众诸侯。

译文

王子朝派人向诸侯报告说：

『从前武王战胜殷商，成王安定四方，康王使百姓休养生息，一起分封同母兄弟，以充当周朝的屏障，还说：「我不能独自一人承受文王、武王的功业，而且还是为了后世子孙，一旦荒淫败坏而陷入危难，就能够拯救他。」到了夷王，恶疾缠身，诸侯无不遍祭境内的名山大川，为夷王的身体健康祈祷。到了厉王，他的内心乖张暴虐，老百姓无法容忍，就让他住到彘地去。诸侯各自离开他们的君位，来参预周王朝的政务。宣王知识开通，然后把王位奉还给了他。到了幽王，上天不保佑周朝，天子昏乱不顺，所以就失去王位。携王触犯天命，诸侯把他废弃了，立了继承人，因此迁都到郏鄏。这就是由于兄弟们能够为王室效力。到了惠王，上天不让周朝安定，使子颓生出祸心，延及于叔带。惠王、襄王避难他方，离开了国都。这时候就有晋国、郑国都来消灭不正派的人，以平定王室。这就是因为兄弟们能够遵奉先王的命令。在定王六年，秦国人中降下妖孽，说：「周朝会有一个长胡子的天子，也能够完成自己的职分，使诸侯顺从而享有国家，两代谨守自己的本分。王室中有人企图谋夺王位，诸侯不为王室图谋，受到了动乱灾祸。」到了灵王，生下来就有胡子，他神奇聪明，对诸侯没有做什么坏事。灵王、景王都能善始善终。

『如今王室动乱，单旗、刘狄搅乱天下，专门倒行逆施，说：「先王登位根据什么准则？只要我心里想立谁，有谁敢来征讨？」，带了一些不好的人，以此在王室中制造混乱。他们侵吞没有满足，贪心没有任何限度，惯于亵渎鬼神，轻慢把刑法抛弃了，违背触犯盟约，蔑视礼仪，诬蔑先王。晋国无道，反而对他们加以赞助，想要放纵他们永远无法满足的欲望。现在我动荡流离，逃窜在荆蛮，还没有归宿。如果我们一两位兄弟甥舅顺从上天的法度，千万不要帮助狡猾之徒，以表示对先王命令的服从，不要招致上天的惩罚，除去我的忧虑并为我谋划，就是我的愿望了。谨敢披露心意和先王的命令，希望诸侯仔细地考虑一下！

『从前先王的命令说：「王后没有嫡子，就选立年长的。年纪相当根据德行，德行相当根据占卜。」天子的册立不能偏爱，公卿没有任何私心，这是古代的制度。穆后和太子寿夭逝，单氏、刘氏偏私立了年幼的，违犯先王的命令。请所有长于我或小于我的诸侯都来认真考虑一下！』

原文

闵马父闻子朝之辞，曰：『文辞以行礼也。子朝干景之命[①]，远晋之大[②]，以专其志[③]，无礼甚矣，文辞何为？』

齐有彗星，齐侯使禳之。晏子曰：『无益也，只取诬焉。天道不謟，不贰其命，若之何禳之？且天之有彗也，以除秽也。君无秽德，又何禳焉？若德之秽，禳之何损[④]？《诗》曰：「惟此文王，小心翼翼。昭事上帝，聿怀多福。厥德不回，以受方国。」君无违德，方国将至，何患于彗？《诗》曰：「我无所监，夏后及商。用乱之故，民卒流亡。」若德回乱，民将流亡，祝史之为，无能补也。』公说，乃止。

注释

①干景之命：违犯景王的遗命。②远晋之大：疏远晋这样的大国。③专其志：专欲为王。④禳之何损：如果德行污秽，禳祭也不会减损。

译文

闵马父听到王子朝的辞令，说：『文辞是用来实行礼的。子朝违犯了景王的命令，疏远晋国这个大国，一心一意想做天子，无礼到极点了，哪里还用得着文辞？』

齐国出现彗星，齐景公派人祭祷以此消灾。晏子说：『没有好处的，只能招来欺骗而已。天道不可怀疑，不能使它有所差错，怎么能去祭祷？而且上天的扫帚，是用来把污秽完全清除掉的。君王没有污秽的德行，又祭祷什么？倘若德行污秽，祭祷又能减轻什么呢？《诗》说：「这一位文王，小心翼翼。隆重地事奉天帝，求取各种福禄。他的德行不违背天命，接受着四方之国的朝拜。」君王没有恶德，四方的国家将会来到，哪里还用得着怕有彗星？《诗》有这么一句话说：「我没有什么借鉴，要有就是夏和商。由于政事混乱，百姓终于流离失所。」假若德行违背天命而混乱，百姓将要流亡，祝史的所作所为，是不能用来弥补的。』齐景公十分欢喜，就停止了祭祷。

原文

齐侯与晏子坐于路寝。公叹曰：『美哉室！其谁有此乎？』晏子曰：『敢问何谓也？』公曰：『吾以为在德。』对曰：『如君之言，其陈氏乎！陈氏虽无大德，而有施于民。豆、区、釜、钟之数，其取之公也薄，其施之民也厚。公厚敛焉，陈氏厚施焉，民归之矣。《诗》曰：「虽无德与女，式歌且舞①。」陈氏之施，民歌舞之矣。后世若少惰，陈氏而不亡，则国其国也已②。』公曰：『善哉！是可若何？』对曰：『唯礼可以已之。在礼，家施不及国，民

不迁，农不移，工贾不变，士不滥[3]，官不滔[4]，大夫不收公利。』公曰：『善哉！我不能矣。吾今而后知礼之可以为国也。』对曰：『礼之可以为国也久矣，与天地并。君令臣共[5]，父慈子孝，兄爱弟敬，夫和妻柔，姑慈妇听，礼也。君令而不违，臣共而不贰；父慈而教，子孝而箴[6]；兄爱而友，弟敬而顺；夫和而义，妻柔而正；姑慈而从，妇听而婉。礼之善物也。』公曰：『善哉！寡人今而后闻此礼之上也[7]。』对曰：『先王所禀于天地以为其民也[8]，是以先王上之。』

注释

①式：句首语气助词，无义。②国其国：陈氏取代齐君，统治齐国。③不滥：不失职。④滔：怠慢。⑤共：通『恭』。⑥箴：规劝、谏止。⑦上：同『尚』，尊尚。⑧禀：承受。

译文

齐景公和晏子在处理政事的宫室里坐着。齐景公长声叹气说：『屋子多么美丽啊！谁会拥有这里呢？』晏子说：『请问君王的意思是什么？』齐景公说：『我以为在于有德行的人。』晏子说：『如同君王所说，恐怕在于陈氏吧！陈氏即使没有大的德行，然而对百姓有施舍。豆、区、釜钟这几种量器的容积，从公田征税就用小的，向百姓进行施舍就用大的。您征税多，陈氏施舍多，百姓归向他了。《诗》说：「虽然没有德行给予你，也应当且歌且舞。」陈氏的施舍，百姓为之歌舞了。您的后代如果稍稍怠惰，如果不灭亡陈氏，他的封地就会变成国家了。』齐景公说：『非常正确！这可怎么办？』晏子回答说：『只有礼可以把陈氏为国这事阻止。倘若合于礼，家族的施舍不能扩大到国内，百姓不迁移，农夫不挪动，工人商人不改行，士不失职，官不怠慢，大夫不夺占公家的利益。』齐景公说：『对啊！我不能做到了。我从现在开始知道礼能够用来治理国家了。』晏子回答说：『礼可以治理国家由来很久了，和天

城南高隐图　明·宋旭

此幅画面简洁，隐约城墙，其内楼阁高塔掩现；城外杂树成林，茅屋错落；沙滩江面，摇橹小舟；近景院落小屋，内有隐士静坐观花，院外树木葱郁；旁侧小桥上，一老者曳杖而来。该图构思精巧，城内城外，一虚一实，正反映了人物超凡脱世，寄情山外的思想。同时，画法师沈周，笔墨苍劲而古拙。

地相等。国君发令、臣下恭敬，父亲对儿子能维持慈爱，儿子孝顺，哥哥仁爱，弟弟恭敬，丈夫和蔼，妻子温柔，婆婆慈爱，媳妇顺从，这都是与礼相合的。国君发令而没有错失，臣下恭敬而没有任何异心；父亲慈爱而教育儿子，儿子孝顺而规劝父亲；哥哥仁爱而友善，弟弟恭敬而服从；丈夫和蔼而明理，妻子温柔而正直；婆婆慈爱而肯依从规劝，媳妇顺从而能委婉陈辞。这又是礼中的好事情。』齐景公说：『对啊！我从现在开始得知礼应当加以崇尚了。』晏子答复说：『先王从天地那里继承了礼以治理百姓，因此先王崇尚它。』

國學典藏·綫裝書系

春秋左傳

【超值白金版·插图本】第六册

〔春秋〕左丘明·著

江西美術出版社

昭公二十七年

原文

二十七年春，公如齐。公至自齐，处于郓，言在外也。

吴子欲因楚丧而伐之，使公子掩余、公子烛庸帅师围潜[1]，使延州来季子聘于上国[2]，遂聘于晋，以观诸侯。楚莠尹然、王尹麇帅师救潜，左司马沈尹戌帅都君子与王马之属以济师[3]，与吴师遇于穷[4]，令尹子常以舟师及沙汭而还[5]。左尹郤宛、工尹寿帅师至于潜，吴师不能退。

吴公子光曰："此时也，弗可失也。"告鱄设诸曰："上国有言曰：'不索，何获？'我，王嗣也，吾欲求之。事若克，季子虽至，不吾废也。"鱄设诸曰："王可弑也。母老、子弱，是无若我何[6]？"光曰："我，尔身也。"

注释

①潜：楚地，位于今安徽霍山县东北。②延州来：季子原本封在延陵，后复封州来，故称延州来。③都君子：都邑亲兵。王马：公马。济师：增援部队。④穷：地名，在今安徽堆县西南。⑤沙汭：位于今安徽怀远县东北。⑥是无若我何：此为"我无若是何"的变句，意为我没有办法安置老母、弱子。

译文

二十七年春季，昭公到齐国去。昭公从齐国回来，又居住在郓地。《春秋》记载"居于郓"，说明是不在鲁国都城。

吴王打算趁楚国有平王的丧事而讨伐它，便派公子掩余、公子烛庸统兵围攻潜地，又派延州来季子到中原各诸侯国访问，季子随后便到晋国聘问，以便观察了解诸侯的态度。楚国的莠尹然、王尹麇统领军队救援潜地，左司马沈尹戌率领都邑的亲兵和楚王养马的官属增援，在穷地和吴军相遇，令尹子常率领水军行至沙汭便回去了。左尹郤宛、工尹寿率领军队到达潜地，吴军前后被夹击，进退两难。

吴国的公子光说：『如今是个难得的机会，不能错过。』便告诉鱄设诸说：『中原各诸侯国曾说过：「不主动追求，哪里能得到王位？」我是王位继承人，我想得到王位。假如事情成功，即使季子回来，也不能够废掉我。』鱄设诸说：『可以杀掉君王。但母亲年老，子女年幼，怎么安置他们呢？』公子光说：『我就等于你，会帮助你照顾母亲和孩子的。』

原文

夏，四月，光伏甲于崛室而享王①。王使甲坐于道，及其门。门、阶、户、席，皆王亲也，夹之以铍。羞者献体改服于门外②，执羞者坐行而入③，执铍者夹承之，及体以相授也④。光伪足疾，入于堀室。鱄设诸置剑于鱼中以进，抽剑刺王，铍交于胸⑤，遂弑王。阖庐以其子为卿⑥。

季子至，曰：『苟先君无废祀，民人无废主，社稷有奉，国家无倾，乃吾君也，吾谁敢怨？哀死事生，以待天命。非我生乱，立者从之⑦，先人之道也。』复命哭墓，复位而待。吴公子掩余奔徐，公子烛庸奔钟吾⑧。楚师闻吴乱而还。

注释

①堀室：窟室，即地下室。②羞者献体：进食的人赤身露体。羞，食品，此用作动词。③坐行：膝行，即跪着行走。④及体以相授：刀剑顶着身体，相传递呈。⑤铍交于胸：鱄设诸刺中王僚，卫士也用铍交叉刺入鱄设诸胸部。

⑥阖庐：即公子光。其子：鱄设诸之子。⑦立者从之：立为国君的人就服从他。⑧钟吾：小国，为吴所灭，位于今江苏宿迁县东北。

译文

夏季，四月，公子光在地下室安置了伏兵，然后宴请吴王。吴王让甲士从道旁一直坐到门口，以防有什么不测的事发生。大门、台阶、小门、坐席旁边，都有吴王的亲兵守卫，他们手持利剑护卫在左右。送菜的人要在门外脱光衣服换装后才能入内。端菜的人跪着走到吴王跟前，甲士用剑抵住他的身体，然后让他把菜递上去。公子光假装脚上有病，去地下室躲了起来。鱄设诸把一支短剑藏到鱼肚子里端了上去，来到吴王跟前时，突然一下子抽出短剑刺向吴王。与此同时，甲兵也迅速将利剑交叉刺入鱄设诸的胸膛，结果吴王当场被杀死。后来公子光登上王位后让鱄设诸的儿子做了卿的官职。

季子回来以后说：『假如不废弃先君的祭祀，百姓仍有主人，土地和五谷神灵受到侍奉，国家和家族没有倾覆灭亡，这个人就是我的君王，我还能怨恨谁呢？只能伤心死者，服侍生者，以等待上天的安排。叛乱并不是我发动的，谁被立为君王，我就服从谁的命令，这是先人的传统。』便哭着到吴王僚的墓前复命，回到自己的位子上等候王命。吴国的公子掩余往楚国逃亡，公子烛庸逃亡钟吾。楚军听说吴国发生了叛乱，便撤退回国了。

原文

郤宛直而和，国人说之。鄢将师为右领①，与费无极比而恶之。令尹子常贿而信谗，无极谮郤宛焉，谓子常曰：『子恶欲饮子酒②。』又谓子恶：『令尹欲饮酒于子氏。』子恶曰：『我，贱人也，不足以辱令尹。令尹将必来辱③，为惠已甚。吾无以酬之，若何？』无极曰：『令尹好甲兵，子出之，吾择焉。』取五甲五兵④。曰：

『置诸门，令尹至，必观之，而从以酬之。』及飨日，帷诸门左。无极谓令尹曰：『吾几祸子。子恶将为子不利，甲在门矣。子必无往！且此役也⑤，吴可以得志⑥，子恶取赂焉而还；又误群帅，使退其师，曰：「乘乱不祥。」吴乘我丧，我乘其乱，不亦可乎？』令尹使视郤氏，则有甲焉。不往，召鄢将师而告之。将师退，遂令攻郤氏，且爇之⑦。子恶闻之，遂自杀也。国人弗爇，令曰：『不爇郤氏，与之同罪。』或取一编菅焉⑧，或取一秉秆焉⑨，国人投之，遂弗爇也。令尹炮之⑩，尽灭郤氏之族党，杀阳令终与其弟完及佗与晋陈及其子弟⑪。晋陈之族呼于国曰⑫：『鄢氏、费氏自以为王，专祸楚国，弱寡王室，蒙王与令尹以自利也，令尹尽信之矣，国将如何？』令尹病之。

注释

①右领：官名。②子恶：即郤宛。③必来辱：一定屈尊前来。④五甲五兵：五领甲，五种兵器。⑤此役：指救潜之役。⑥吴可以得志：『可以得志于吴』的倒装句。⑦爇：烧，放火焚烧。⑧取一编菅：有人拿着一张席子。编菅，草编、草席。⑨一秉秆：一把禾秆。秉，把。⑩炮：焚烧。⑪阳令终：阳匄之子。⑫晋陈：楚大夫，郤氏之党。

译文

楚国的左尹郤宛正直而温和，国内的人都很喜欢他。而右领鄢将师和费无极互相勾结起来，非常不喜欢郤宛。令尹子常贪图财物而又轻信谗言，于是费无极便趁机在他面前陷害郤宛：『郤宛想请您喝酒。』又对郤宛说：令尹想到你家里喝酒。』郤宛说：『我地位不高，不敢让令尹屈尊。如果真让令尹屈尊前来，那就是我的福气。我没有好东西招待他，怎么办？』费无极说：『令尹喜欢武器，您拿出来，我选择一下。』于是挑选了五副皮甲和五种兵器。又对郤宛说：『把这些东西放到门口，令尹来到，一定要观看，您就趁机献给他。』宴请那一天，郤宛在大门里边拉起了一道帐幔把那些兵器遮挡起来。费无极又对子常说：『我差一点将您害死。郤宛打算杀您，已经把兵器藏在门后了。您千万不要去！再说这次救援潜地的战役，楚国本来可以得志于吴国，就是由于郤宛接受了吴国的贿赂才撤兵回国的；而且他还诱骗其他将领说：「乘人之危不够吉祥。」吴国曾经趁我国有丧事而进攻，难道我们就不能趁他们发生动乱而攻击他们吗？』令尹派人到郤宛家里察看，果然有皮甲武器放在门里。令尹便不去了，召见鄢将师，把这件事告诉了他。鄢将师便命令攻打郤氏，并准备放火焚烧郤氏的家。郤宛得知此事后，便自杀了。国都的人们不愿意把郤氏的家烧了，鄢将师便下令：『不烧郤氏，与之同罪。』人们只好取来一张席子或找来一把草，扔到郤氏家里，然而没有燃着。不久令尹又派人烧了郤氏，把郤氏的族人和党羽都杀死，还杀了阳令终和他的弟弟完、佗，以及晋陈及其子弟。晋陈的族人都在城内到处喊道：『鄢氏、费氏以君王自居，独断专权祸害楚国，削弱王室权力，欺蒙君王和令尹，营私舞弊，令尹却全都相信他们了，国家将要怎么办呢？』令尹子常听说后焦虑万分。

原文

秋，会于扈[1]，令戍周，且谋纳公也。宋、卫皆利纳公，固请之。范献子取货于季孙，谓司城子梁与北宫贞子曰[2]：『季孙未知其罪，而君伐之。请囚，请亡，于是乎不获。君又弗克，而自出也。夫岂无备而能出君乎？季氏之复，天救之也。休公徒之怒，而启叔孙氏之心。不然，岂其伐人而说甲执冰以游？叔孙氏惧祸之滥，而自同于季氏，天之道也。鲁君守齐[3]，三年而无成。季氏甚得其民，淮夷与之，有十年之备，有齐、楚之援，有天之赞，有民之助，有坚守之心，有列国之权，而弗敢宣也，事君如在国。故鞅以为难。二子皆图国者也，而欲纳鲁君，鞅之愿也，请从二子以围鲁，无成，死之。』二子惧，皆辞。乃辞小国，而以难复。

孟懿子、阳虎伐郓，郓人将战。子家子曰：『天命不慆久矣。使君亡者，必此众也。天既祸之，而自福也，不亦难乎！犹有鬼神[④]，此必败也。乌呼！为无望也夫，其死于此乎！』公使子家子如晋，公徒败于且知。[⑤]

注释

①扈：郑地，位于今河南原阳县西。②子梁：宋乐祁。北宫贞子：卫北宫喜。③守齐：请求齐国援助。④犹：如果。⑤且知：在郓地附近。

译文

秋季，晋国的士鞅、宋国的乐祁犁、卫国的北宫喜以及曹国人、邾国人、滕国人在扈地会见，决定派兵戍守周王室，同时商议如何帮助昭公将君位恢复。宋、卫两国都认为送昭公回国复位对自己有好处，所以力主这么做。士鞅由于从季孙那里接受了贿赂，便对司城乐祁犁和北宫喜说：『季孙还不了解他的罪过时，君王就攻打他。季孙请求被囚禁和逃亡，都没有得到同意。君王又不能战胜他，便自己出国逃亡了，并不是季孙将他赶走。难道在毫无准备的情况下能将君王赶走吗？季氏能继续保持原来的地位，这是天意啊。上天平息了鲁君亲兵的愤怒，并为季孙氏的人出谋划策。如果不是这样，那些前去攻打季氏的君王亲兵为什么脱下皮甲、手拿箭筒蹲在那里做游戏呢？叔孙氏担心祸乱惹到自己身上，便自动和季氏站在一起，这也是天意如此。鲁君请求齐国帮助，三年也没有任何结果。季氏深得百姓的拥护，连淮夷都很亲近他，而且充分准备了十年，有齐国楚国的支援，有上天的保佑，有百姓的帮助，有坚守的决心，有诸侯一样的权势，但季氏却没有任何不忠行为，纵然君王出逃在外，侍奉国君如同仍在鲁国一样。因此我认为这件事不容易办，你们二位都是为国家谋划的重臣，想护送鲁君恢复君位，这也是我的愿望，我请求跟随您围攻鲁国，倘若不能成功，就为此而死。』乐祁犁和北宫喜这才感到害怕了，都拒绝这样做。士鞅又拒绝了其他小国，并以难以帮助鲁君回国为理由向晋君报告。

孟懿子、阳虎发兵攻打郓地，郓地的军队打算迎战。懿伯说：『天命要帮助季氏，这很久以来就没有什么可怀疑的了。导致君王逃亡的，一定就是这些主张迎战的人。上天既然已经要降下祸乱，自己却还去求取福气，不是很难吗？如果鬼神有知，这一战就一定要失败。唉！没有希望了，难道要死在这里吗？』昭公派懿伯到晋国去后，昭公的亲兵在且知被击败。

原文

楚郤宛之难，国言未已①，进胙者莫不谤令尹②。沈尹戌言于子常曰：『夫左尹与中厩尹③，莫知其罪，而子杀之，以兴谤讟，至于今不已。戌也惑之：仁者杀人以掩谤，犹弗为也。今吾子杀人以兴谤而弗图，不亦异乎！夫无极，楚之谗人也，民莫不知。去朝吴，出蔡侯朱，丧大子建，杀连尹奢，屏王之耳目，使不聪明。不然，平王之温惠共俭，有过成、庄，无不及焉。所以不获诸侯，迩无极也。今又杀三不辜④，以兴大谤，几及子矣。子而不图，将焉用之？夫鄢将师矫子之命，以灭三族。三族，国之良也，而不愆位⑤。吴新有君，疆埸日骇。楚国若有大事，子其危哉！知者除谗以自安也，今子爱谗以自危也，甚矣，其惑也！』子常曰：『是瓦之罪⑥，敢不良图？』九月己未，子常杀费无极与鄢将师，尽灭其族，以说于国。谤言乃止。

冬，公如齐，齐侯请飨之⑦。子家子曰：『朝夕立于其朝，又何飨焉！其饮酒也。』乃饮酒，使宰献，而请安⑧。子仲之子曰重⑨，为齐侯夫人，曰：『请使重见。』子家子乃以君出。

十二月，晋籍秦致诸侯之戍于周，鲁人辞以难。

注释

①言：指谤言。②谤：公开批评指责。胙：祭庙用的牲肉。③左尹：郤宛。中厩尹：阳令终。④三不辜：指郤宛、阳令终、晋陈三人。⑤不愆位：在其职位上无过失。⑥瓦：囊瓦，即令尹子常。⑦飨：享礼，是诸侯聘问时最隆重的礼仪。⑧请安：齐侯请离席自安。⑨子仲：即鲁公子慭。子：女儿。

译文

楚国发生了郤宛之难后，人们的怨言还没有平息，人们祭祀时都指责令尹。沈尹戌对子常说：『郤宛和阳令终这两个人，人们并不了解他们究竟犯了什么罪，您却杀了他们，从而招致众多的怨恨，到现在还没有停止。我也迷惑不解：一个仁爱的人，即使让他为了掩饰诽谤而去把人杀了，他也不会做。现在您杀了人招来诽谤，却不知道去采取补救措施，不是很令人不可思议吗！那个费无极，是楚国有名的奸佞小人，百姓谁都知道。他清除了朝吴，把蔡侯朱赶走了，使楚国失去了太子建，又杀了连尹伍奢，遮掩君王的耳目，使他是非分辨不清楚。如果不是这样，以平王的温和仁慈、恭敬勤俭，超过了成王、庄王，没有不如他们的地方，之所以还不能得到诸侯的拥护，就是因为接近了费无极的缘故。如今又杀了三个无辜的人，招致全国上下的怨恨，灾祸几乎就要降到您身上了。在这种情况下，倘若再不尽早采取弥补措施，您这个令尹还有什么作用？鄢将师假传您的命令，消灭了三个家族。这三个家族可是楚国最优秀的家族啊，他们在位期间从来没有犯过错误。吴国立了一位新君，边境的情况越来越紧张。有朝一日楚国遇到战争，您的地位就很危险！是聪明人就要铲除奸邪小人以求得自身安全，现在您却要庇护他以危害自己，您也太不明白事理了！』子常说：『这是我的罪过，我如何才能想个好办法呢？』九月十四日，子常杀了费无极和鄢将师，并把他们的族人也全部消灭了，以安抚国人的怨气。如此一来，怨气才逐渐平息。

冬季，昭公到齐国，齐景公请求设宴热情招待他。子家懿伯说：『一天到晚都在人家的朝廷上，还设什么正规的享礼来招待他呢！就是在一起喝酒罢了。』于是就在一起喝酒。齐景公委托宰臣向昭公饮酒，请求离席而去。鲁国子仲的女儿重，是齐景公的夫人，齐景公说：『让您见见重。』于是懿伯便陪同昭公急忙出去了。

十二月，晋国的籍秦把诸侯帮助王室守卫的军队派出去，但鲁国以国内发生了祸乱为由没有派兵。

抱琴独坐图　明·蒋乾

图中峰壁临湖，翠树葱郁，屋宇水亭，平坡堤坨，相映成趣。水亭中有人凭栏眺望，屋前平坡，有人临流独坐，有抱琴童子侍立。笔墨学文徵明，意境清远。

昭公二十八年

原文

二十八年春，公如晋，将如乾侯。子家子曰：『有求于人，而即其安[①]，人孰矜之[②]，其造于竟。』弗听。使请逆于晋。晋人曰：『天祸鲁国，君淹恤在外[③]。君亦不使一个辱在寡人[④]，而即安于甥舅[⑤]，其亦使逆君？』使公复于竟而后逆之。

晋祁胜与邬臧通室[⑥]。祁盈将执之，访于司马叔游。叔游曰：『《郑书》有之[⑦]，「恶直丑正[⑧]，实蕃有徒。」无道立矣，子惧不免。《诗》曰：「民之多辟，无自立辟[⑨]。」姑已，若何？』盈曰：『祁氏私有讨，国何有焉[⑩]。』遂执之。祁胜赂荀跞，荀跞为之言于晋侯。晋侯执祁盈。祁盈之臣曰：『钧将皆死[⑪]，慭使吾君闻胜与臧之死也以为快。』乃杀之。夏，六月，晋杀祁盈及杨食我[⑫]。食我，祁盈之党也，而助乱，故杀之。遂灭祁氏、羊舌氏。

注释

①即其安：在其地安居。②矜：怜悯。③淹恤：滞留。④一个：一位使者。在：存问。⑤甥舅：指齐国。⑥通室：互与其妻通奸。⑦《郑书》：郑国先代之书。⑧恶直丑正：嫉害正直者。恶、丑同义。⑨立辟：陷入邪恶。⑩国何有焉：与国有何关系。⑪钧：同。⑫杨食我：叔向之子伯石。杨，叔向邑名。

译文

二十八年春季，昭公前往晋国，打算先到晋国的乾侯。懿伯说：『有求于人，却又安于无所作为，还有谁同情您？还是在我国边境上等候晋国来人吧。』然而昭公没有听从他的建议，于是就派人要求晋国人迎接他到晋都。晋国人说：『天要降祸给贵国，使贵国君王长期流亡在外，贵国君王也不派一个人来通知我们，就在甥舅的国家安心地住了下来。既然这样，还用得着让我们去迎接吗？』让昭公又返回鲁国边境，然后才派人把他迎到乾侯。

晋国的祁胜与邬臧互相交换妻子淫乐。祁盈准备抓他们，就去征求司马叔游的意见。叔游说：『《郑书》中有句话：「陷害正直，这样的人的确很多。」目前无道的人得势，您还担心难免灾祸。《诗》说：「百姓邪恶已经太多了，自己不要再陷于邪恶。」暂时不抓他们怎么样？』祁盈说：『这是我们的家务事，和国家有什么关系？』随后就把他们抓了起来。祁胜贿赂荀跞，荀跞告诉了晋顷公这件事。顷公便以擅自抓人为借口而把祁盈逮了起来。祁盈的家臣说：『反正他们都要死，不如先让我们的主人得知祁胜、邬臧已经死去的消息，这样心里也许会更高兴一些。』于是就把祁胜和邬臧杀了。夏季，六月，晋国杀了祁盈和杨食我。食我是祁盈的党羽，因为他帮助祁盈作乱，因此才杀了他，随后又将祁氏、羊舌氏族人灭亡。

原文

初，叔向欲娶于申公巫臣氏，其母欲娶其党①。叔向曰：『吾母多而庶鲜②，吾惩舅氏矣。』其母曰：『子灵之妻杀三夫③，一君，一子，而亡一国、两卿矣。可无惩乎？吾闻之，「甚美必有甚恶」，是郑穆少妃姚子之子，子貉之妹也④。子貉早死，无后，而天钟美于是，将必以是大有败也。昔有仍氏生女，鬒黑而甚美⑤，光可以鉴，名曰玄妻。乐正后夔取之，生伯封，实有豕心，贪惏无餍，忿纇无期⑥，谓之封豕。有穷后羿灭之，夔是以不祀。且三代之亡⑦，共子之废⑧，皆是物也。女何以为哉？夫有尤物，足以移人。苟非德义，则必有祸。』叔向惧，不敢取。平公强使取之，生伯石。伯石始生，子容之母走谒诸姑⑨，曰：『长叔姒生男⑩。』姑视之，及堂，闻其声而还，曰：『是豺狼之声也，狼子野心，非是，莫丧羊舌氏矣。』遂弗视。

秋，晋韩宣子卒，魏献子为政⑪。分祁氏之田以为七县，分羊舌氏之田以为三县。司马弥牟为邬大夫⑫，贾辛为祁大夫，司马乌为平陵大夫，魏戊为梗阳大夫，知徐吾为涂水大夫，韩固为马首大夫，孟丙为盂大夫，乐霄为铜鞮大夫，赵朝为平阳大夫，僚安为杨氏大夫。谓贾辛、司马乌为有力于王室，故举之。谓知徐吾、赵朝、韩固、魏戊，余子之不失职，能守业者也。其四人者，皆受县而后见于魏子，以贤举也⑬。

注释

①娶其党：娶其娘家亲族。②庶鲜：庶兄弟少。③子灵：即巫臣。④子貉：即郑灵公，于鲁宣公四年即位，为公子归生所杀。⑤黰：发密而黑。⑥忿惏无期：暴戾无极。惏，亦作类，戾，愤怒乖戾无休止。⑦三代之亡：指夏桀宠末喜，殷纣宠妲己，周幽宠褒姒，皆因之被灭亡。⑧共子之废：指太子申生，因晋献公宠骊姬而废。⑨子容之母：伯华之妻，叔向之嫂。走谒诸姑：跑去告诉婆婆。⑩长叔姒：大弟媳。⑪魏献子：魏舒。⑫邬大夫：邬县大夫，为统治并领有此县之人。⑬以贤举：因有贤能而举荐选拔。

译文

当初，叔向想要娶申公巫臣的女儿为妻，但是她的母亲却要让他娶自己的娘家亲族。叔向说：『我的母亲多然而庶兄弟却很少，就是因为母亲娘家的女人难以生育。我要以此为戒。』他母亲说：『巫臣的妻子夏姬曾经杀了三个丈夫、一个国君、一个儿子，灭亡了一个国家和两个卿，这岂非不是教训吗？据我所知：「最美的人也肯定最恶毒。」夏姬是郑穆公的少妃姚子的女儿，子貉的妹妹，子貉死得早，没有留下后代，上天集中美丽在她一个人身上，必然是要用这种美丽滋生祸乱。以前有仍氏生了一个女儿，长了一头稠密的黑发，非常漂亮，光彩照人，起名为玄妻。乐正后夔娶她为妻，生了伯封，伯封性情和猪没有不同，贪婪不知满足，非常凶暴，人们都称他为大猪。后来有穷后羿消灭了他，后夔因此绝了后代。再说夏、商、西周的灭亡，晋太子申生的被废黜，都是由美色所造成的。你为何要娶她呢？有了绝色的女人，足以使人发生变化，如果不是有大德大义之人，娶了她肯定要招致灾祸。』叔向害怕了，便不敢娶了。然而晋平公却出面强行让叔向娶她，后来生了伯石即杨食我。伯石生下来的时候，叔向的嫂子跑去告诉婆婆：『大弟弟的媳妇生了个男孩。』叔向的母亲于是前去看望。等到走到堂前时，听到伯石的哭声便回去了，说：『这是豺狼一样的叫声，狼一样的孩子必然有野心。如果不是这个人，没有人可以使羊舌氏灭亡。』便决心不去看他。

秋天时候，晋国的韩起去世，魏舒执政。他把祁氏的田地分为邬、祁、平陵、梗阳、涂水、马首、盂七个县，把羊舌氏的田地分为铜鞮、平阳、杨氏三个县。然后将司马弥牟任命为邬邑大夫，贾辛为祁地大夫，司马乌为平陵大夫，魏戊为梗阳大夫，知徐吾为涂水大夫，韩固为马首大夫，孟丙为孟地大夫，乐霄为铜鞮大夫，赵朝为平阳大夫，僚安为杨氏大夫。魏舒认为贾辛、司马乌援助王室有很大功劳，所以便提拔了他们；觉得知徐吾、赵朝、韩固、魏戊是卿的庶子中能够尽职尽责、守护家业的人。这四个人，都是被任命为县大夫之后才进见魏舒的，这表明他们是因为贤能才被重用的。

原文

魏子谓成鱄[①]：『吾与戊也县，人其以我为党乎[②]？』对曰：『何也？戊之为人也，远不忘君，近不逼同[③]，居利思义[④]，在约思纯[⑤]，有守心而无淫行。虽与之县，不亦可乎？昔武王克商，光有天下[⑥]。其兄弟之国者十有五人，姬姓之国者四十人，皆举亲也。夫举无他，唯善所在，亲疏一也。《诗》曰：「唯此文王，帝度其心。莫其德音，其德克明。克明克类，克长克君。王此大国，克顺克比。比于文王，其德靡悔。既受帝祉，施于孙子。」心能制义曰度，德正应和曰莫，照临四方曰明，勤施无私曰类，教诲不倦曰长，赏庆刑威曰君[⑦]，慈和遍服曰顺，择善而从之曰比，

经纬天地曰文。九德不愆⑧，作事无悔，故袭天禄⑨，子孙赖之。主之举也，近文德矣，所及其远哉。』

注释

①成鱄：晋大夫。②党：偏袒。③逼同：威胁同列。不逼同：不逼迫同位之人。④居利思义：有了利益想到道义。⑤在约思纯：处在贫困之中而无滥心。⑥光：借为广。⑦赏庆刑威：即赏善刑恶。⑧九德不愆：九种德行都能作到而无过失。⑨袭：承受。

译文

魏舒对大夫成鱄说：『我将魏戊任命为县大夫，别人会不会认为他是我的党羽呢？』成鱄回答说：『怎么可能呢？魏戊的为人，从远处说不忘记君王，从近处说不威胁同僚；见到利首先想到义，再贫困也保持廉洁，向来是遵守礼法而没有任何过分行为。交给他一个县，有什么不可以的呢？从前武王战胜商朝，拥有了整个天下，他的兄弟得以被封国的有十五人，姬姓被封国的有四十人，这全部是选拔重用自己的亲族。选拔人才不考虑其他因素，只看他是不是贤能，远近亲疏都一视同仁。《诗》说：「只有这个文王，上天才使其内心合于道义。他的品德高尚，美名传遍四方，光明磊落毫无私心，完全可以被称为领袖和君王。统帅这样一个大国，能使四方归顺服从，顺服了文王，他们的德行便没有缺憾。承受了上天的福禄，并延续到他的子孙。」内心可以制约于道义叫度，德行端正反应和谐叫莫，德行远播四方叫明，乐于施舍没有私心叫类，诲人不倦叫长，赏罚分明叫君，慈祥和蔼可以使天下顺服叫顺，选择好的去做叫比，以天地为准则叫文。这九种德行都能做到而无过失，做任何事情全部没有悔恨，因此才能承受上天的福禄，并且造福子孙。现在您对这些人的举荐重用，说明已经接近文王的德行了，影响将非常深远。』

原文

贾辛将适其县，见于魏子。魏子曰：『辛来，昔叔向适郑，鬷蔑恶①，欲观叔向，从使之收器者，而往，立于堂下。一言而善。叔向将饮酒，闻之，曰：「必鬷明也②。」下，执其手以上，曰：「昔贾大夫恶，取妻而美，三年不言不笑，御以如皋③，射雉，获之。其妻始笑而言。贾大夫曰：『才之不可以已，我不能射，女遂不言不笑夫』。今子少不飏④，子若无言，吾几失子矣。言不可以已也如是。」遂如故知，今女有力于王室⑤，吾是以举女。行乎，敬之哉，毋堕乃力⑥。』

仲尼闻魏子之举也，以为义，曰：『近不失亲，远不失举，可谓义矣。』又闻其命贾辛也，以为忠，『《诗》曰「永言配命⑦，自求多福」，忠也。魏子之举也义，其命也忠，其长有后于晋国乎。』

注释

①恶：貌丑。②鬷明：即鬷蔑，又称然明。③皋：沼泽。④少不飏：稍不显扬。即外貌不太好看而不显扬。⑤力：功。⑥毋堕乃力：不要使你的功绩损毁。⑦配命：合天命。

译文

贾辛准备到他的县去上任，在走以前去拜见魏舒。魏舒说：『贾辛你过来！从前叔向到郑国去的时候，有一个人长得很丑，叫鬷蔑。他想拜见叔向，便随着收拾器具的人一同进去了。他在堂下站着，说了一句精彩的话。叔向正要饮酒，听到这句话后说：「这一定是鬷蔑！」于是走下堂来，拉着他的手上去，说：「从前贾大夫长得很丑，但却娶了个很漂亮的妻子。他的妻子过门后三年不说不笑。贾大夫驾着车带她到沼泽地去打野鸡，一箭射中之后，她方才开始有说有笑。贾大夫说：『一个人不能没有本事。大概你以为我不能射箭，才不说不笑吧！如今你其貌不扬，如果不是说了那句话，我差一点会失去你。说话竟是如此重要！」两人一见如故。如今你对王室有功，所以我才举荐选拔你。你去吧！要恭敬行事，千万不可以前功尽弃！」

孔子听说了魏舒举荐选拔人才的情况，认为他的行为方式合于道义，就说：『举荐选拔人才近处不忽略亲属，远处不错过贤人，可以说是合乎道义了。』又听到了对贾辛说的一些话，认为魏舒很忠诚：『《诗》说：「永远顺应天命，肯定可以得到各种福禄。」这就是忠诚。魏舒举荐选拔人才的行动体现了道义，对贾辛的命令体现了忠诚，他的子孙肯定会长时间地享有晋国的利益！』

原文

冬，梗阳人有狱①，魏戊不能断，以狱上。其大宗赂以女乐②，魏子将受之。魏戊谓阎没、女宽曰③：『主以不贿闻于诸侯，若受梗阳人，贿莫甚焉。吾子必谏！』皆许诺。退朝，待于庭。馈入④，召之。比置⑤，三叹。既食，使坐。魏子曰：『吾闻诸伯叔，谚曰：「唯食忘忧。」吾子置食之间三叹，何也？』同辞而对曰：『或赐二小人酒，不夕食。馈之始至，恐其不足，是以叹。中置⑥，自咎曰：「岂将军食之而有不足？」是以再叹。及馈之毕，愿以小人之腹为君子之心，属厌而已⑦。』献子辞梗阳人。

注释

①狱：诉讼案件。②大宗：宗族中始祖之嫡长子所在的一宗。女乐：古代之歌舞伎。③阎没、女宽：晋国大夫。④馈：饭菜。⑤比置：摆完酒菜食品。⑥中置：菜上到一半。⑦属：适，恰好。厌：足。已：止。

译文

冬季，梗阳有人打官司，魏戊无法判断是非曲直，便移交给上司魏舒决断。诉讼中间的一方送给魏舒一个女乐人，魏舒准备接受。魏戊对阎没、女宽两人说：『恩主以从来不受贿赂闻名于诸侯各国，如果接受了那个梗阳人送的女乐人，就没有比这更大的贿赂了。你们势必要劝阻他！』两人都答应了。等到退朝之后，他们站在院子里等候魏舒出来。饭菜送了进来，魏舒召他们二人进来一起吃，摆上饭菜后，两人连着叹了三口气。吃完饭后，魏舒让他们坐下，并说：『我听伯叔说过：「只有在吃饭的时候才可以忘掉忧愁。」你们在上菜时叹息三次，是因为什么呢？』两人便一同回答：『昨天晚上有人请我们喝酒，并没有吃晚饭，所以刚才感到很饿。刚上饭菜的时候，我们担心不够吃，就叹了一口气；饭菜上了一半时，我们想：「将军既然让我们吃饭，难道会不让吃饱？」因此就再次叹了口气。等到饭菜都上完以后，我们于是便决定以小人的肚子来衡量君子的内心，正好吃饱就行了。』魏舒听了这话，便拒绝了梗阳人的贿赂。

昭公二十九年

原文

二十九年春，公至自乾侯，处于郓。齐侯使高张来唁公，称主君①。子家子曰："齐卑君矣，君祇辱焉②。"公如乾侯。

三月己卯③，京师杀召伯盈、尹氏固及原伯鲁之子。尹固之复也，有妇人遇之周郊，尤之④，曰："处则劝人为祸，行则数日而反，是夫也，其过三岁乎⑤。"

夏，五月庚寅⑥，王子赵车入于鄻以叛⑦，阴不佞败之。

平子每岁贾马，具从者之衣屦而归之于乾侯。公执归马者卖之，乃不归马⑧。

注释

①主君：春秋时卿大夫的家臣称卿大夫为主君。②祇辱：只是自取辱。③己卯：十三日。④尤之：指责，责怪他。⑤其：同"岂"。⑥庚寅：二十五日。⑦赵车：子朝的余党。鄻：周邑。⑧归：通"馈"，送。

译文

二十九年春，昭公从乾侯来的时候，住在郓地，齐侯派高张来慰问昭公，称他做主君。子家子说："齐国对君王太不重视，君王只是自取其辱。"昭公于是前往乾侯。

三月十三日，京城里杀了召伯盈、尹氏固和原伯鲁的儿子。尹氏固回去恢复位子的时候，有个女人在成周郊外碰上他，对他责备道："待着就怂恿别人惹祸，出去了不几天就回来，这个人啊，难道可以活过三年吗？"

夏，五月二十五日，王子赵车跑到鄻地而叛变，阴不佞将他打败了。

平子每年买马，整理好随从人员的衣服鞋子，送到乾侯去。昭公抓住了送马的人，卖掉了马。于是平子就不再将马送过去了。

原文

卫侯来献其乘马，曰启服[1]，堑而死[2]，公将为之椟。子家子曰：『从者病矣，请以食之。』乃以帏裹之。

公赐公衍羔裘，使献龙辅于齐侯[3]，遂入羔裘[4]。齐侯喜，与之阳谷[5]。公衍、公为之生也，其母偕出。公衍先生。公为之母曰：『相与偕出，请相与偕告。』三日，公为生，其母先以告，公为为兄。公私喜于阳谷而思于鲁，曰：『务人为此祸也[6]。且后生而为兄，其诬也久矣。』乃黜之，而以公衍为大子。

注释

①启服：马名。②堑而死：堕于坑而死。③龙辅：龙纹美玉。④入：献上。⑤阳谷：齐国城邑。⑥务人：即公务。

译文

卫侯前来奉献他自己驾车的马，名字叫启服，掉进坑里死了。昭公打算把它装进棺材埋起来。子家子说：『随从的人生了病，请让他们把这匹马吃了吧。』于是就把破帷幕包着死马埋葬。

昭公把羔羊皮衣赐给公衍，派他把龙纹的美玉献给齐侯，他就把羔羊皮衣也同时奉献。齐侯很高兴，给了他阳谷。公衍、公为出生之时，他们的母亲一起出去住在产房里，公衍先出生。公为的母亲说：『我们同时生产，就一起去报喜。』三天以后，公为出生。公为的母亲先去报告，公为就做了哥哥。昭公心里很喜欢阳谷，而又想起鲁国的这段往事，说道：『公为惹起了这场祸事。而且出生在后而做哥哥，这冤枉也很长时间了。』就废了公为，而把公衍作为太子。

原文

秋，龙见于绛郊。魏献子问于蔡墨曰①：“吾闻之，虫莫知于龙②，以其不生得也③。谓之知，信乎？”对曰：“人实不知，非龙实知。古者畜龙，故国有豢龙氏，有御龙氏④。”献子曰：“是二氏者，吾亦闻之，而不知其故，是何谓也？”对曰：“昔有飂叔安⑤，有裔子曰董父，实甚好龙，能求其耆欲以饮食之⑥，龙多归之。乃扰畜龙⑦，以服事帝舜。帝赐之姓曰董，氏曰豢龙。封诸鬷川⑧，鬷夷氏其后也。故帝舜氏世有畜龙。及有夏孔甲，扰于有帝⑨。帝赐之乘龙⑩，河、汉各二⑪，各有雌雄，孔甲不能食，而未获豢龙氏。有陶唐氏既衰，其后有刘累，学扰龙于豢龙氏，以事孔甲，能饮食之。夏后嘉之，赐氏曰御龙，以更豕韦之后。龙一雌死，潜醢以食夏后。夏后飨之，既而使求之。惧而迁于鲁县，范氏其后也。”献子曰：“今何故无之？”对曰：“夫物，物有其官，官修其方，朝夕思之。一日失职，则死及之。失官不食⑫，官宿其业⑬，其物乃至，若泯弃之，物乃坻伏⑭，郁湮不育⑮。故有五行之官⑯，是谓五官。实列受氏姓⑰，封为上公，祀为贵神。社稷五祀⑱，是尊是奉。木正曰句芒⑲，火正曰祝融，金正曰蓐收，水正曰玄冥，土正曰后土。龙，水物也。水官弃矣⑳，故龙不生得。不然，《周易》有之，在乾䷀之姤䷫，曰：‘潜龙勿用。’其同人䷌曰：‘见龙在田㉑。’其大有䷍曰㉒：‘飞龙在天㉓。’其夬䷪曰㉔：‘亢龙有悔㉕。’其坤䷁曰：‘见群龙无首，吉㉖。’坤之剥䷖曰㉗：‘龙战于野。’若不朝夕见，谁能物之？”献子曰：“社稷五祀，谁氏之五官也？”对曰：“少皞氏有四叔，曰重，曰该，曰修，曰熙，实能金木及水。使重为句芒，该为蓐收，修及熙为玄冥，世不失职，遂济穷桑，此其三祀也。颛顼氏有子曰犁，为祝融，共工氏有子曰句龙，为后土，此其二祀也。后土为社；稷，田正也。有烈山氏之子曰柱为稷，自夏以上祀之。周弃亦为稷，自商以来祀之。”

注释

①蔡墨：晋大夫。②知：同智。③生得：活捉。④豢、御：养。二词同义。⑤飂叔安：飂，国名，也作蓼。叔安，国君名。⑥耆：同『嗜』。⑦扰畜：驯养。⑧鬷川：封地名，位于今山东定陶县北。⑨有帝：天帝。有，名词词头。⑩乘龙：驾车之龙，四龙为乘龙。⑪河汉：黄河、汉水。⑫不食：不食俸禄。⑬宿：长久。⑭坻伏：隐伏。⑮郁湮不育：抑郁不能生长。⑯五行：即金、木、水、火、土。⑰列受氏姓：代代相传继承姓氏。⑱社稷五祀：社为地神，稷为谷神。五祀，即掌管五行之神。⑲正：官长。⑳弃：废弃。㉑见龙在田：此为乾卦九二爻辞。意思是龙出现在田野里。㉒大有：卦名，卦象为乾下离上。此卦是乾卦九五阳爻变为阴爻而来。㉓飞龙在天：此为乾卦九五爻辞。意思是龙飞上云天。㉔夬：卦名，卦象为乾下兑上。该卦为乾卦上九爻由阳变阴而来的。㉕亢龙有悔：此为乾卦上九爻辞。意思是龙升至极点必有忧悔。㉖见群龙无首，吉：此为乾卦用九辞。意思是见到群龙没有领头的，吉利。㉗坤之剥：坤卦变为剥卦。剥，卦名，卦象为坤下艮上。此卦为坤卦上六爻由阴变阳而来。

译文

秋，龙出现在绛地郊区，魏献子问蔡墨说：『我听人说，虫类没有比龙再聪明的了，因为它不能被人活捉。所以认为它聪明，是这个样子吗？』蔡墨说：『实在是人不够聪明，不是龙聪明。古代养龙，所以国内有豢龙氏、御龙氏。』献子说道：『这两家，我也听说过，但不清楚他们的来历，这是说的什么呢？』蔡墨回答说：『过去有飂的叔安，有一个后代叫董父，实在对龙很喜欢，能够了解龙的喜好要求来喂养它们，有很多龙去他那里，于是就对龙进行驯服，让它们伺候帝舜，帝舜赐他姓叫做董，氏名字叫做豢龙，封他在鬷川，鬷夷氏就是他的后代，所以帝舜氏每代都有养龙的。到了有夏孔甲，顺服天帝，天帝赐给他驾车的四条龙，黄河和汉水的各两条，分别有一雌一雄。孔甲不能饲养，但是又没有找到豢龙氏。有陶唐氏衰落以后又有刘累，向豢龙氏学习驯龙，以此事奉孔甲，能够喂养这几条龙。夏后对他进行嘉奖，赐氏叫做御龙，以替代豕韦的后代。龙中间一条雌的死了，刘累偷偷地剁成肉酱给夏后吃，夏后吃了，后来又让刘累再找来吃。刘累因忧虑而迁移到鲁县，范氏即为他的后代。』献子说：『现在为什么没有了？』蔡墨回答说：『事物都有管理它的官吏，官员对他修治的管理方法，每天早晚都考虑这个。如果失职，就要丢掉性命。丢了官就不能吃公家的俸禄。官员老是从事这方面的工作，生物才会来到。如果泯灭将它们丢弃，生物就自己潜伏，抑郁不能成长。因此有职掌五行的官员，这叫做五官，一代一代继承姓氏，封爵是上公，祭祀是神灵。在土地神、五谷神和五行之神的祭祀之中，对他们尊敬崇奉。木官之长叫句芒，火官之长叫祝融，金官之长叫蓐收，水官之长叫玄冥，土官之长叫后土。龙，是属于水生的生物，水官废弃了，所以龙不可以被人活捉。如果不这样，《周易》就有乾卦初九爻辞说：「潜伏的龙没有被使用」；九二爻辞说：「活龙在田野里」；九五爻辞说：「飞舞的龙在天上」；上九爻辞说：「飞升到极点的龙有一些悔恨」；用九爻辞说：「见到群龙没有领头的，吉利」；坤卦变成剥卦说，「龙在野外战斗」。如果不是早晚都见到，谁可以写它们？』献子说：『土地神、五谷神庙里的五种祭祀，是哪一代帝王的五官？』蔡墨回答说：『少皞氏有四个父亲，叫重、叫该、叫修、叫熙，能够管理金、木以及水。派重做句芒，该做蓐收，修和熙做玄冥，世世代代都很尽职尽责，就帮助穷桑氏成功，这是其中的三种祭祀。颛顼氏有个儿子叫犁，做祝融；共工氏的一个儿子叫句龙，做后土，这是它中间的两种祭礼，后土做了土地神；五谷神，是管理土田的官员。有烈山氏的儿子叫柱，做了土地神，在夏代以前对他进行祭祀，周朝的弃也成为五谷神，从商朝以来祭祀他。』

原文

冬，晋赵鞅、荀寅帅师城汝滨，遂赋晋国一鼓铁①，以铸刑鼎，著范宣子所为刑书焉。

仲尼曰：『吾其亡乎！失其度矣。夫晋国将守唐叔之所受法度，以经纬其民，卿大夫以序守之，民是以能尊其贵，贵是以能守其业。贵贱不愆，所谓度也。文公是以作执秩之官②，为被庐之法③，以为盟主。今弃是度也，而为刑鼎，民在鼎矣④，何以尊贵？贵何业之守？贵贱无序，何以为国？且夫宣子之刑，夷之蒐也，晋国之乱制也，若之何以为法？』蔡史墨曰：『范氏、中行氏其亡乎！中行寅为下卿，而干上令，擅作刑器，以为国法，是法奸也。又加范氏焉，易之⑤，亡也。其及赵氏，赵孟与焉。然不得已，若德，可以免。』

注释

①鼓：重量单位，四石为一鼓，合当时四百八十斤。②执秩：掌管官爵位次。这里为官名。③被庐之法：指僖公二十七年，晋文公蒐于被庐，修订唐叔之法而制成的晋国法律。④在：审察，察看。⑤易之：指范宣子刑书改变被庐之法。

译文

冬，晋国的赵鞅、荀寅率领军队在汝水边上筑城，就向晋国的平民老百姓征收了四百八十斤铁，用来铸造刑鼎，铸着宣子所编写的刑书。

孔子说：『晋国恐怕要灭亡了吧！失掉了它的法度了。晋国理应遵守唐叔传下来的法度，作为百姓的行为准则，卿大夫依据他们的位次来维护它，百姓才能尊敬贵人，贵人因此能保守他们的家业，贵贱的差别没有错误，这就是所谓法度。文公因此设立管理官职位次的官员，被庐制定法律，因此成为盟主。现在废弃这个法度，而铸造了刑鼎，百

乔柯翠林　明·陆师道

此图画群峰苍翠，山穴幽岩，小桥流水，云烟吞吐，气象万千，有一宽敞堂屋，依山傍水而筑，前后乔柯翠林，松柏盘曲。亭内有人凭案端坐，有人肃穆侍立，各具神态。此幅参揉文徵明工整清丽『小青绿』的山水技法，山石勾勒粗细兼用，山顶攒以密密层层的点子。全图用笔工整，设色精工，神韵清远。

姓都可以看见鼎上的条文，还用什么来尊敬贵人？贵人还有什么家业能够保守？尊贵和卑贱没有次序，还怎么治理国家？而且范宣子的刑书，是在夷地检阅时编写的，是晋国的乱法，为什么能把它当成法律呢？』蔡史墨说：『范氏、中行氏恐怕要灭亡了吧！中行寅是下卿，却违反上面的命令，擅自铸造刑鼎，以此作为国家的法律，这是效法邪恶。同时加上范氏，改变被庐制定的法律，这就要灭亡了。恐怕还要牵涉到赵氏，因为赵孟参与其中。但赵孟出于不得已，如果修养德行，能够免于祸患。』

昭公三十年

原文

三十年春，王正月，公在乾侯，不先书郓与乾侯，非公，且征过也①。

夏六月，晋顷公卒。秋八月，葬。郑游吉吊，且送葬。魏献子使士景伯诘之，曰：『悼公之丧，子西吊，子蟜送葬。今吾子无贰②，何故？』对曰：『诸侯所以归晋君，礼也。礼也者，小事大，大字小之谓③。事大在共其时命④，字小在恤其所无。以敝邑居大国之间，共其职贡，与其备御不虞之患⑤，岂忘共命？先王之制，诸侯之丧，士吊，大夫送葬。唯嘉好⑥、聘享、三军之事，于是乎使卿。晋之丧事，敝邑之间，先君有所助执绋矣⑦。若其不间，虽士大夫有所不获数矣。大国之惠，亦庆其加⑧，而不讨其乏，明厎其情⑨，取备而已，以为礼也。灵王之丧，我先君简公在楚，我先大夫印段实往，敝邑之少卿也。王吏不讨，恤所无也。今大夫曰，「女盍从旧⑩」？旧有丰有省，不知所从。从其丰，则寡君幼弱，是以不共；从其省，则吉在此矣，唯大夫图之。』晋人不能诘。

注释

①征：表明。②无贰：即没有二人，仅游吉一人。③字：抚爱。④共其时命：恭敬地按时执行命令。共同『恭』。⑤与：参与。⑥嘉好：即朝会。⑦执绋：挽灵车的大绳，意为送葬。⑧庆其加：以其于常礼有所增加为善。庆，善。⑨明厎其情：明白致其诚心。厎，致。⑩女盍从旧：你们何不按照旧例。

译文

三十年春季，周历正月，昭公在乾侯居住。《春秋》在此之前不写『公在郓』、『公在乾侯』，但是如今这么记载，意在责备昭公，并且明确指出他的过错。

夏季，六月，晋顷公逝世。秋季八月，举行葬礼。郑国的游吉前往吊唁，同时也参加送葬。因而便魏舒派士景伯前去质问游吉：『悼公去世时，贵国的子西前来吊唁，子蟜前来送葬。而现在却只有您一个人前来，是什么意思？』游吉回答说：『诸侯之所以归服晋君，是因为晋国讲究礼义道德。礼法就是指小国事奉大国，大国爱护小国。事奉大国关键在于随时恭敬地对大国的命令付诸实行，爱护小国关键就是体恤小国所缺少的。我国处在大国之间，不但要进献各种贡品，而且还要参与预防被攻伐的各种打算，怎么敢忘记这种丧葬大事的礼法呢？先王定下来的制度是：诸侯的丧礼，由士吊唁，大夫送葬；只有朝会、聘问宴享、战争之事，才派卿亲自前往。以前晋国遇到丧事时，只要我们国家安定无事，先君也曾亲自前来送葬；假使没有时间抽出身来，即使是士、大夫有时也难以保证。大国对小国的恩惠就体现在，小国可以有机会派出地位高于常礼的人事奉大国，而大国又对小国在礼法上的偶尔不周可以加以体谅，明察它的忠诚，只要求大体具备这种礼仪，不苛求具体的礼数，就认为是合乎礼法。周灵王去世之时，我们先君简公正在楚国，因而我们就派了先大夫印段前去——他只是我国的一个少卿。但王室的官员并没有责备我们，因为他们理解我们没有比较合适的人选。然而如今大夫却说：「你为何不按从前的规矩办？」从前有高于常礼的时候，也有低于常礼的时候，我不知道应该比照哪一种情况。如果高于常礼吧，我们君王现在年纪尚不够，因此不能亲自前来。如果低于常礼吧，这样就由我游吉代表了。希望您再慎重考虑一下！』晋国人便不再质问了。

原文

吴子使徐人执掩余，使钟吾人执烛庸。二公子奔楚，楚子大封[①]，而定其徙[②]。使监马尹大心逆吴公子，使居养[③]。莠尹然、左司马沈尹戌城之，取于城父与胡田以与之[④]。将以害吴也。子西谏曰：『吴光新得国，而亲其民。视民如子，辛苦同之，将用之也。若好吴边疆[⑤]，使柔服焉，犹惧其至。吾又强其仇以重怒之，无乃不可乎。吴，周之

胄裔也，而弃在海滨，不与姬通[6]。今而始大，比于诸华[7]，光又甚文[8]，将自同于先王。不知天将以为虐乎，使翦丧吴国而封大异姓乎[9]？其抑亦将卒以祚吴乎[10]？其终不远矣。我盍姑亿吾鬼神[11]，而宁吾族姓，以待其归。将焉用自播扬焉。』王弗听。

注释

①大封：厚封土地。②定其徙：确定其徙居之处。③养：即所封邑名，位于今河南沈丘县南。④城父、胡：二邑名，城父即夷，胡，位于今安徽阜阳市。⑤好：修好。⑥不与姬通：不与姬姓诸国往来。⑦诸华：中原诸国。⑧文：有知识。⑨封大异姓：使异姓国疆域扩大。⑩祚：赐福，保佑。⑪亿：安。

译文

吴王派徐国人捉拿掩余，派钟吾人将烛庸捉拿过来，这两个公子便逃亡到了楚国。楚昭王封给他们这块土地，就是养地，并让他们安居下来。楚王曾让监马尹大心到边境上迎接吴国的公子，送他们到养地，同时又派莠尹然、左司马沈尹戌为养地筑城，并把城父和胡地的田地也划归养地，这样做的目的是借助他们从而危害吴国。子西劝谏说：『吴国的公子光刚刚即位，对他的百姓很亲近，视他们如子女，与他们同甘苦，这是准备有朝一日要使用他们。即使在两国边境上和吴人讲和，怀柔他们归服，还担心他们会发兵入侵呢。现在我们又协助他们的仇人强大起来，必然会进一步增加他们的愤怒，恐怕不能这么做吧！吴国也是周朝的后代。将他们丢弃在海滨，不能和中原姬姓诸侯国来往，现在才逐渐强盛起来，堪与中原各国相比。公子光又很有学识，他打算使自己创建先王一样的功业。现在我们还不明白，究竟是上天将要使他变为暴虐，致使吴国灭亡而使异姓国家扩大疆土呢，还是要最终保佑吴国使之强大起来呢？这一结果很快就能看到了。我们何不暂且敬奉我们的鬼神，使我们的百姓安定，以等待他的发展结果呢？又为什么自寻无谓的烦恼呢？』但昭王不听规劝。

原文

吴子怒。冬，十二月，吴子执钟吾子，遂伐徐，防山以水之①。己卯，灭徐。徐子章禹断其发，携其夫人，以逆吴子。吴子唁而送之②，使其迩臣从之③，遂奔楚。楚沈尹戌帅师救徐，弗及，遂城夷，使徐子处之。

吴子问于伍员曰：『初而言伐楚，余知其可也，而恐其使余往也，又恶人之有余之功也。今余将自有之矣。伐楚何如？』对曰：『楚执政众而乖④，莫适任患。若为三师以肄焉⑤，一师至，彼必皆出。彼出则归，彼归则出，楚必道敝⑥。亟肄以罢之⑦，多方以误之，既罢而后以三军继之，必大克之。』阖庐从之，楚于是乎始病。

注释

①防山：在山中筑堤坝，用来蓄水。防：堤，用为动词。水：用水冲灌。用为动词。②唁：安慰，抚慰。③迩臣：近臣。④乖：背戾不和。⑤肄：通『肆』，指突然袭击旋即撤退。⑥道敝：楚军奔走于道路而疲敝不堪。⑦亟：屡屡。罢：通『疲』。

译文

吴王果然生气了。冬季，十二月，吴王抓住了钟吾子，随后便攻打徐国，而且积蓄山上的水来淹徐国。二十三日，灭亡了徐国。徐子章禹剪下头发，表示效忠吴王，并带着妻子出城迎接。吴王安慰了他之后，于是派近臣送他走，随后他便逃亡到了楚国。楚国的沈尹戌领兵援助徐国，但没有来得及。然后便在夷地筑城，让徐子住在这里。

吴王问伍员说：『开始时你要求攻打楚国时，我就表示同意，但既担心会派我去，又害怕别人会抢了我的功。现在我将独自夺取这一功劳了。准备攻打楚国怎么样？』伍员回答说：『楚国掌权的人很多，他们之间又貌合神离，没有人敢于为国家分忧解难。如果派遣三支部队对楚国发动突然袭击，然后便迅速撤离。一支部队侵入到楚国，楚军必然会全军出动。楚军一出动，我们就撤回，楚军一回去，我们就再出动。这样，楚军就肯定会疲于奔命。多次突然袭击，又多次迅速撤退，用各不相同的战术造成楚军的失误。等他们疲惫不堪时，我们便派出三军发动总攻，必然能大获全胜。』吴王阖庐录用了这一建议，楚国从此便有了心腹大患。

雨景山水图　明·孙克弘

图中画远山雾霭，近树清波，板桥屋舍，点缀其中。用笔圆润，墨色浑厚，表现了春天的雨后景色。此图自题诗云：『僧房十日掩紫关，闲看浮云自往还，无限天机心会得，起来磨墨写房山。』全幅诗情画意，皆含仿米之意。

昭公三十一年

原文

三十一年春，王正月，公在乾侯，言不能外内也①。

晋侯将以师纳公。范献子曰：『若召季孙而不来，则信不臣矣②。然后伐之，若何？』晋人召季孙，献子使私焉，曰：『子必来，我受其无咎③。』季孙意如会晋荀跞于适历④。荀跞曰：『寡君使跞谓吾子：「何故出君？有君不事，周有常刑，子其图之！」』季孙练冠麻衣跣行，伏而对曰：『事君，臣之所不得也，敢逃刑命？君若以臣为有罪，谓囚于费，以待君之察也，亦唯君。若以先臣之故，不绝季氏，而赐之死。若弗杀弗亡，君之惠也，死且不朽。若得从君而归，则固臣之愿也。敢有异心？』

注释

①不能外内：不能去国外，又不能回国内。②不臣：不合于臣道。③受其无咎：保其无灾祸。④适历：晋地名。

译文

三十一年春，周历正月，昭公在乾侯，这表明他既不能到国外去，又不能回国内。

晋侯准备用武力护送昭公回国。范献子说：『如果召见季孙而他不来，那么的确是有失臣道了，然后再攻打他，怎么样？』晋国召见季孙，献子派人私下告诉他说：『您肯定要过来，我保证您不可能会遭不测。』季孙意如和晋国的荀跞在适历会见。荀跞说：『寡君让跞对您说：「为什么赶走国君？有国君而不服侍，周朝有一定的刑罚。您还是仔细考虑一下！」』季孙头戴练冠，身上穿着麻衣，光着脚走路，趴在地下而回答说：『事奉国君，这是下臣求之不得的，岂敢逃避刑罚？君王假如认为下臣有罪，就请把下臣囚禁在费地，以便等着君王的查问，也唯君王之命是听。

如果由于先君的缘故，不断绝季氏的后代，而将臣赐死。如果不杀，也不让逃亡，这是您的恩惠，死而不朽。如果能跟随君王回去，那本来就是下臣的愿望，怎么会有别的念头？』

原文

夏，四月，季孙从知伯如乾侯[①]。子家子曰：『君与之归，一惭之不忍，而终身惭乎[②]？』公曰：『诺。』众曰：『在一言矣，君必逐之。』荀跞以晋侯之命唁公，且曰：『寡君使跞以君命讨于意如，意如不敢逃死，君其入也！』公曰：『君惠顾先君之好，施及亡人，将使归粪除宗祧以事君[③]，则不能见夫人[④]。己所能见夫人者，有如河[⑤]！』荀跞掩耳而走，曰：『寡君其罪之恐[⑥]，敢与知鲁国之难？臣请复于寡君。』退而谓季孙曰：『君怒未怠[⑦]，子姑归祭[⑧]。』子家子曰：『君以一乘入于鲁师，季孙必与君归。』公欲从之，众从者胁公，不得归。

薛伯谷卒，同盟，故书。

秋，吴人侵楚。伐夷，侵潜、六[⑨]。楚沈尹戌帅师救潜，吴师还。楚师迁潜于南冈而还[⑩]。吴师围弦。左司马戌、右司马稽帅师救弦，及豫章。吴师还。始用子胥之谋也。

注释

①知伯：即荀跞。②惭：愧，羞。③粪除：扫除。④夫人：那个人，指季孙意如。⑤有如河：有河神作证。⑥其罪之恐：恐其获罪。⑦未怠：未缓解、松驰。⑧归祭：回去主持祭祀，即代理国君事宜。⑨六：地名，位于今安徽六安县北。⑩南冈：在潜地之北。

译文

夏，四月，季孙紧跟荀跞到了乾侯，子家子说：『君王和他一起回去。一次羞耻不能忍受，终身的羞耻反而就能忍受吗？』昭公说：『对。』大家说：『这就在一句话了，君王一定得将他赶走！』荀跞以晋侯的名义慰问昭公，而且说：『寡君派跞以国君的名义责骂意如，意如不敢逃避死亡，君王还是返回国去吧！』昭公说：『君王赐惠照顾到先君的友好，延续到逃亡的人，打算让我回去打扫宗庙以事奉君王，那就不可以看见那个人，有河神为证！』荀跞按上耳朵跑开，说：『寡君诚惶诚恐，岂敢预闻鲁国的祸难！下臣请求去回复寡君。』退出去告之季孙，说：『国君的怒气没有平息，您暂时回去主持祭祀。』子家子说：『君王驾一辆车进入鲁军，季孙一定和君王一同返回。』昭公想要听从，跟随的人们胁迫昭公，使昭公不能回去。

薛伯谷死，因为是同盟国，所以《春秋》加以记载。

秋，吴军袭击楚国，对夷地进行攻打，侵袭潜地、六地。楚国沈尹戌率领楚军援助潜地，吴军退走。楚军把潜地人迁移到南岗然后回去。吴军包围弦地。到达豫章，吴军退走。这是使用伍子胥的方法。

原文

冬，邾黑肱以滥来奔，贱而书名，重地故也。

君子曰：『名之不可不慎也如是。夫有所有名而不如其已。以地叛，虽贱必书地，以名其人，终为不义，弗可灭已。是故君子动则思礼，行则思义，不为利回[①]，不为义疚[②]。或求名而不得，或欲盖而名章[③]，惩不义也。齐豹为卫司寇，守嗣大夫，作而不义，其书为「盗」。邾庶其、莒牟夷、邾黑肱以土地出，求食而已，不求其名，贱而必书。此二物者[④]，所以惩肆而去贪也。若艰难其身，以险危大人，而有名章彻[⑤]，攻难之士，将奔走之。若窃邑叛君，以徼大利而无名，贪冒之民将置力焉[⑥]。是以《春秋》书齐豹曰「盗」，三叛人名，以惩不义，数恶无礼，其善志也[⑦]。故曰：《春秋》之称微而显[⑧]，婉而辨。上之人能使昭明，善人劝焉，淫人惧焉，是以君子贵之。』

十二月辛亥朔，日有食之。是夜也，赵简子梦童子羸而转以歌[9]。旦占诸史墨，曰：『吾梦如是，今而日食，何也？』对曰：『六年及此月也，吴其入郢乎！终亦弗克。入郢必以庚辰，日月在辰尾[10]，庚午之日[11]，日始有谪。火胜金，故弗克。』

注释

①回：违背。不为利回：不因为贪利而违礼。②疚：内心痛苦。不为义疚：不因为弃义而内疚。③章：同『彰』，显明。④二物：指齐豹书『盗』，黑肱等三人贱而书名两件事。物：事。⑤章彻：显明。章同『彰』，彻与彰同义。⑥贪冒：贪夺。冒有侵义。⑦善志：善于纪事的人。⑧称：述也，记述史实。⑨羸：同『裸』。转以歌：指边跳舞边应着节奏唱歌。⑩辰尾：星宿名。苍龙七宿的第六宿。⑪庚午：周历十月十九日。

译文

冬，邾国的黑肱带着滥地逃亡前来。这个人低贱而《春秋》将他的名字记录下来，这是由于重视土地的原因。

君子说：『名义不可不慎重就像这样：有时有了名义反而不如没有名义，带了土地叛变，即使这个人低贱，也肯定要记载地名，以此来记载这个人，终于成为不义，而不能磨灭。因此君子行动就想着礼，办事就心中装着义；不做只图利而背叛礼的事，不做不符合义而内疚的事。有人求名而没有加以记载，有人想要掩盖反而明白地记下了名字，这是对不义的责罚。齐豹做卫国的司寇，世袭大夫，做事情不讲义气，被记载为「盗」。邾国的庶其、莒国的牟夷、邾国的黑肱带着领地逃亡，只是为了谋求生活罢了，不求什么名义。即使地名低贱也肯定要进行记载。这两件事情，是用来惩罚放肆而去除贪婪的。如果经历艰苦，使上面的人陷于危险，但是却使名声显扬，发动祸乱的人就要为这个而奔走。如果盗窃城邑背叛国君去追求大利而不记下他的名字，贪婪的人就会卖力去做事情。因此《春秋》记载齐豹

潮满春江图　明·居节

图中群峦叠峰，云岚缥缈，江水茫茫，坡坨断续，野树参差，小舟停靠。此图山头用重墨点攒，远山近峰则施淡墨，使整幅境界清旷，得江南江汉野趣。

叫做「盗」，也记录下来三个叛逆者的名字，用来惩戒不义，斥责无礼，这真是善于记述啊。所以说，《春秋》记载隐微而意义显著，文辞婉转而且别有分寸。上面的人可以发扬《春秋》大义，就使善人得到鼓励，恶人有所害怕，因此君子重视《春秋》。』

十二月初一日，出现日食。那天晚上，赵简子梦见一个孩子裸体按着歌声的节拍跳舞，早晨让史墨占卜，说：『我梦见这样，现在日食，是什么意思？』史墨回答说：『六年之后到这个月，吴国大约要进入郢都吧，但最后还是不能胜利，进入郢都一定在庚辰那天，日月在苍龙之尾。庚午那一天，太阳开始有灾难。火能够胜金，所以吴国不能战胜楚国。』

昭公三十二年

原文

三十二年春，王正月，公在乾侯。言不能外内，又不能用其人也①。

夏，吴伐越，始用师于越也。史墨曰："不及四十年，越其有吴乎。越得岁而吴伐之②，必受其凶。"

秋，八月，王使富辛与石张如晋，请城成周。天子曰："天降祸于周，俾我兄弟并有乱心③，以为伯父忧④。我一二亲昵甥舅，不皇启处⑤，于今十年，勤戍五年。余一人无日忘之，闵闵焉如农夫之望岁⑥，惧以待时⑦。伯父若肆大惠，复二文之业⑧，弛周室之忧，徼文、武之福，以固盟主，宣昭令名，则余一人有大愿矣。昔成王合诸侯，城成周，以为东都，崇文德焉。今我欲徼福假灵于成王⑨，修成周之城，俾戍人无勤，诸侯用宁，蝥贼远屏⑩，晋之力也。其委诸伯父，使伯父实重图之。俾我一人无征怨于百姓⑪，而伯父有荣施⑫，先王庸之。"

注释

①其人：指子家羁等人。②岁：岁星，即木星。越得岁，指当时岁星在斗宿，斗为越分野。③俾：使。兄弟：指王子朝之党。④伯父：王对同姓诸侯之称。指晋侯。⑤不皇启处：无暇安居。⑥闵闵焉：忧愁的样子。岁：收割。⑦惧以待时：怀着畏惧心情期待平定叛乱之时。⑧二文：指晋文侯、晋文公。⑨假灵：与徼福义近，即求福。⑩蝥贼远屏：将坏人放逐到远方去。屏，放逐。⑪征：召。⑫荣施：荣功。

译文

三十二年春季，周历正月，"昭公居住于晋国的乾侯。"《春秋》仍然这样记载，是说明昭公既去不了国外，又回不到国内，又不善于对身边的人才合理使用。

夏季，吴国攻打越国，这是吴国第一次对越国用兵。史墨说：『用不了四十年，越国恐怕就要吞并吴国吧！因为现在岁星正运行在越国上空，而吴国偏偏在这个时候攻打越国，所以吴国肯定会受到岁星的惩罚。』

秋季，八月，周天子派富辛和石张前往晋国，请求进一步修建成周的城池。天子说：『上天降临灾难给周朝，使我的兄弟们都产生了祸乱之心，这样给晋侯带来了忧患。我几个亲近的甥舅之国得不到安宁，已经有十年了，诸侯派兵保护周都也已经有五年了。我并没有敢忘记这个，整日提心吊胆，与农夫盼望丰收没有什么不同，等待着收割季节的到来。如果伯父肯施以大恩，重新建立晋文侯、晋文公的大业，缓解周王室的忧患，从而求得文王、武王的保佑，巩固盟主的地位，进一步宣扬晋国的美名，这就是我最大的愿望了。从前成王曾经将诸侯召集起来在成周筑城，以作为周都的东都，表明了尊崇文治而不是依靠武功。现在我打算祈求成王保佑，修筑成周的城池，使诸侯的守兵得以撤回，诸侯各国得以安宁，乱臣贼子被放逐到远方去，这全部要依靠晋国的力量。现把这一任务交给伯父，请晋侯认真想一下。这样就不会使我受到百姓的怨恨，晋侯也就有了荣耀和功绩，先王的神灵也会对您表示感激的。』

原文

范献子谓魏献子曰：『与其成周，不如城之，天子实云。虽有后事，晋勿与知可也。从王命以纾诸侯①，晋国无忧，是之不务，而又焉从事？』魏献子曰：『善。』使伯音对曰②：『天子有命，敢不奉承，以奔告于诸侯。迟速衰序③，于是焉在。』

冬，十一月，晋魏舒、韩不信如京师，合诸侯之大夫于狄泉，寻盟，且令城成周，魏子南面④。卫彪傒曰⑤：『魏子必有大咎，干位以令大事⑥，非其任也。《诗》曰：「敬天之怒，不敢戏豫。敬天之渝，不敢驰驱。」况敢干位以作大事乎？』

注释

①纡：缓。纡诸侯，使诸侯撤戍周之兵而缓解其负担。②伯音：即韩不信。③迟速衰序：指筑城的进度与工作量的分配。衰，差。④南面：面向南，居君位。⑤彪傒：卫大夫。⑥干位：越位。

译文

范献子对魏舒说：『与其派军队戍守成周，倒不如增修它的城墙。既然天子愿意这么做，就是以后发生了什么意外，晋国也不需要承担什么责任。听从天子的命令，缓解诸侯的负担，晋国也没有了忧患，不尽量这样做，还能做什么呢？』魏舒说：『好。』便派伯音答复天子的使者：『既然天子有了命令，我们怎么可以不听从呢？我们将尽快告诉各诸侯，至于筑城的进度和任务量的分配，全部由我们负责。』

冬季，十一月，晋国的魏舒、韩不信到了京师，召请诸侯的大夫们在狄泉重申了平丘的盟约，并且下达命令要在成周筑城，当时魏舒面南而坐，卫国的彪傒说：『魏舒肯定会有大灾临身，身为卿却坐在君王的位置上向诸侯颁布命令，这不是他能担负得了的责任。《诗》说：「害怕上天发怒，所以不敢像对待儿戏一样；害怕上天变脸，所以不敢放纵。」更何况竟敢越位为天子大兴土木呢？』

原文

己丑①，士弥牟营成周②，计丈数③，揣高卑，度厚薄，仞沟洫④，物土方⑤，议远迩，量事期⑥，计徒庸⑦，虑材用，书糇粮⑧，以令役于诸侯，属役赋丈⑨，书以授帅⑩，而效诸刘子。韩简子临之，以为成命⑪。

十二月，公疾，遍赐大夫，大夫不受。赐子家子双琥⑫，一环，一璧，轻服⑬，受之。大夫皆受其赐。己未，公薨。子家子反赐于府人⑭，曰：『吾不敢逆君命也。』大夫皆反其赐。书曰：『公薨于乾侯。』言失其所也。

注释

①己丑：十四日。②营：经营，即制定方案。③丈数：长度。④仞：测量深度。⑤物：考察。⑥量事期：预算完工日期。⑦徒庸：人力工时。⑧书糇粮：记载所需粮食。⑨属役赋丈：分配各国出劳役多少，完成工程若干。⑩帅：诸侯国的大夫。⑪成命：既定方案。⑫琥：玉琥。⑬轻服：细好之服。⑭府人：管理府库的官吏。

译文

十四日，士弥牟设计为成周筑城的施工办法，计算长度，计算高度，度量厚度，测算深度，确定挖掘土石的方向和远近，并且预算工程所需时间、人数、材料、粮食，从而便于为各诸侯国分配任务。根据各国的大小确定劳工和工程的数量，还写成书面材料交给诸侯的大夫，并把总体规划送给刘文公。由韩简子负责监督。将这些当成既定方案。

十二月，昭公生了病。他要普遍赏赐跟随他的大夫，但大夫们没有接受。赐给子家懿伯一对玉琥、一只玉环、一块玉璧以及一身又细又好的衣服，懿伯于是接受了。于是大夫们才都分别接受了赏赐。十二月十四日，昭公去世。懿伯把昭公赏赐给他的东西交给管理财物的人，并且说道：『我当初之所以接受，是因为害怕违背了君王的命令。』于是大夫便也都归还了赏赐。《春秋》记载：『公薨于乾侯。』意思是说昭公没有死在他理所当然该死的地方。

原文

赵简子问于史墨曰：『季氏出其君，而民服焉，诸侯与之，君死于外而莫之或罪，何也？』对曰：『物生有两，有三，有五，有陪贰①。故天有三辰，地有五行，体有左右，各有妃耦。王有公，诸侯有卿，皆有贰也。天生季氏，以贰鲁侯，为日久矣。民之服焉，不亦宜乎？鲁君世从其失②，季氏世修其勤，民忘君矣。虽死于外，其谁矜之？社稷无常奉，君臣无常位，自古以然。故《诗》曰：「高岸为谷，深谷为陵。」三后之姓③，于今为庶，主所知也。在

《易》卦，雷乘乾曰大壮䷡，天之道也。昔成季友，桓之季也，文姜之爱子也。始震而卜④，卜人谒之曰：「生有嘉闻⑤，其名曰友，为公室辅」。及生，如卜人之言，有文在其手曰「友」，遂以名之。既而大有功于鲁，受费以为上卿。至于文子、武子，世增其业，不废旧绩。鲁文公薨，而东门遂杀适立庶⑥，鲁君于是乎失国，政在季氏，于此君也四公矣⑦。民不知君，何以得国？是以为君慎器与名⑧，不可以假人。」

注释

①陪贰：等于说配偶，指事物相辅相成的一面。②从：通「纵」。失：通「佚」。③三后：指虞、夏、商。姓：子孙。他们的后代子孙已成为平民。④震：通「娠」。⑤嘉闻：美名闻于世。⑥东门遂：鲁国臣子，即公子遂、东门襄仲。适：通「嫡」。⑦四公：宣、成、襄、昭。⑧慎：谨慎对待。

译文

赵简子问史墨：「季孙赶走了他的国君，然而百姓却很顺服他，诸侯又都支持他，君王死在外地也没有人怪罪他，这是为什么呢？」史墨回答说：「事物的存在方式分别有所不同，有的成双成对，有的成三，有的成五，有的有正有副。因此天上有日、月、星三辰，地上有金、木、水、火、土五行，身体有左右两侧，人都有配偶，天子有公，各位诸侯有卿，都有辅佐之人。上天生了季氏，让他辅佐鲁国君王，经过的时间已经很长了。百姓顺服季氏，不也是理所应当的吗？鲁国的君王代代放纵安逸，而季氏却世代修德勤政，以至于百姓忘掉了君王的存在。即使君王客死他乡，又有谁会怜悯他呢？奉祀社稷、管理国家的人不会固定不变，君臣的位置也不会永恒不变，自古以来就是如此。因此，《诗》说：「高山可以变深谷，深谷能够变成山陵。」虞、夏、商三王的子孙如今都已经变成了平民，这是您所清楚的。《周易》的卦象上，代表雷的震卦在乾卦之上就叫大壮，这是上天的规律。从前的季友是桓公的小儿子文

访隐图　明·居节

此图写文人执杖访友的情景。图中青山脚下，茅屋小院傍水而筑，修竹摇曳，江水汤汤，怡然自得之情溢于画面。山石以简率笔墨皴染，画风清雅，颇得宋人韵致。

姜的爱子，在最开始怀他的时候，曾做了占卜，占卜的人对桓公说：「出生以后便享有一个好名声，名字叫友，能够辅佐公室。」生下来之后，果然和卜人说的一样，手上有一个特别像「友」字的图案，因此便为其取名叫「龙」。过了一段时间后他立了僖公，从而为鲁国立下大功，因此被封在费地，并官拜上卿。直到季文子、季武子，每一代都能增加他们的家业，从不废弃祖先的功劳。鲁文公去世时，东门遂杀了嫡子，立庶子为新的国君，从此鲁国君王失掉了国家的政权，政权落在季氏手中，到昭公这一代已历经四代国君了。百姓的心目中失去了他们的国君，国君还怎么能得到国家政权呀？因此作为一个国君一定要谨慎地对待礼器和名声，不能随便把它们交给别人。』

定公

定公元年

原文

元年春，王正月辛巳，晋魏舒合诸侯之大夫于狄泉①，将以城成周。魏子莅政，卫彪傒曰：『将建天子②，而易位以令③，非义也。大事奸义，必有大咎。晋不失诸侯，魏子其不免乎！』是行也，魏献子属役于韩简子及原寿过，而田于大陆，焚焉④，还，卒于宁。范献子去其柏椁，以其未复命而田也。

孟懿子会城成周，庚寅，栽⑤。宋仲几不受功⑥，曰：『滕、薛、郳，吾役也。』薛宰曰：『宋为无道，绝我小国于周，以我适楚，故我常从宋。晋文公为践土之盟，曰：「凡我同盟，各复旧职。」若从践土，若从宋，亦唯命。』仲几曰：『践土固然⑦。』薛宰曰：『薛之皇祖奚仲居薛，以为夏车正⑧。奚仲迁于邳，仲虺居薛，以为汤左相。若复旧职，将承王官，何故以役诸侯？』仲几曰：『三代各异物，薛焉得有旧？为宋役，亦其职也。』士弥牟曰：『晋之从政者新，子姑受功，归，吾视诸故府。』仲几曰：『纵子忘之，山川鬼神其忘诸乎？』士伯怒，谓韩简子曰：『薛征于人⑨，宋征于鬼⑩，宋罪大矣。且己无辞，而抑我以神，诬我也。「启宠纳侮」，其此之谓矣。必以仲几为戮⑪。』乃执仲几以归。三月，归诸京师。

注释

①狄泉：周朝地名，在周都城内。②建天子：为天子建城池。③易位：上年传说『魏子南面』，臣而居君位，所以说『易位』。④焚：焚烧薮泽之草木，以驱围野兽助猎，称为火田。⑤栽：指设立筑土墙的夹板。⑥不受功：不接受摊派的工程。⑦固然：本来如此。⑧车正：掌车服的官。⑨征于人：取证于典籍故事。⑩征于鬼：取证于山川鬼

神。⑪戮：羞辱。

译文

元年春，周历正月初七日，晋国的魏舒在狄泉与诸侯的大夫会合，打算增筑成周的城墙。魏舒主持其事，卫国的彪傒说：『准备为天子筑城，而超越自己的地位来布命施令，这是不合道义的，重大的事情违背道义，肯定会发生大灾祸。晋国要不失去诸侯，魏子可能不会免于灾祸吧！』这一趟，魏舒把事情交给韩简子和原寿遇，自己跑到大陆泽去打猎，放火驱围野兽，返回之后，死在宁地。范献子撤除了盛装魏舒尸体的柏木外棺，这是由于魏舒还没有复命就去打猎。

孟懿子参与了增筑成周的工程，十六日，开始夯土。宋国的仲几没有打算接受摊派工程任务，说：『滕国、薛国、郳国，是为我们服役的。』薛国的宰臣说：『宋国无道，让我们小国和周朝从此断绝往来，带着我国事奉楚国，所以我国经常服从宋国。晋文公在制定践土的盟书，说：「凡是我的同盟，每一个都恢复原来的职位。」或者服从践土的盟约，或者服从宋国，都唯唯诺诺。』仲几说：『践土的盟约原本就是让你们为宋国服役的。』薛国的宰臣说：『薛国的始祖奚仲住在薛地，做了夏朝的车正。奚仲迁居到邳地，仲虺在薛地居住，做了商汤的左相。如果恢复原来的职位，马上会接受天子的官位，为什么要为诸侯服役呢？』仲几说：『三代的事情各不相同，薛国哪里还能按原来的章程办事？为宋国服役，也是你们的责任。』士弥牟说：『晋国的执政者是新人，您姑且接受摊派工程任务，我去查一下史策记录。』仲几说：『纵使您忘了，山川的鬼神难道会忘记吗？』士弥牟大发雷霆，对韩简子说：『薛国用人作证明，宋国用鬼神作证明。宋国的罪过大了。而且他自己没有什么话可以说了，而用鬼神来对我们压制，这是欺骗我们。「给予宠信反而招来侮辱」，就是说的这种情况了。一定要惩戒仲几了。』于是就抓了仲几返回国内。三个月，把他送到都城。

原文

城三旬而毕，乃归诸侯之戍。齐高张后，不从诸侯。晋女叔宽曰：『周苌弘、齐高张皆将不免。苌叔违天，高子违人。天之所坏，不可支也。众之所为，不可奸也。』

夏，叔孙成子逆公之丧于乾侯①。季孙曰：『子家子亟言于我，未尝不中吾志也。吾欲与之从政，子必止之②，且听命焉。』子家子不见叔孙，易几而哭③。叔孙请见子家子，子家子辞。曰：『羁未得见，而从君以出。君不命而薨，羁不敢见。』叔孙使告之曰：『公衍、公为实使群臣不得事君。若公子宋主社稷④，则群臣之愿也。凡从君出而可以入者，将唯子是听。子家氏未有后，季孙愿与子从政，此皆季孙之愿也，使不敢以告⑤。』对曰：『若立君，则有卿士、大夫与守龟在⑥，羁弗敢知。若从君者，则貌而出者，入可也。寇而出者⑦，行可也。若羁也，则君知其出也，而未知其入也。羁将逃也。』

注释

①叔孙成子：叔孙婼之子。②止：留。③几：作期解。④公子宋：即昭公弟定公。⑤不敢：叔孙成子名。⑥守龟：天子、诸侯占卜用的龟，用以决断大事。⑦寇：寇仇，指与季氏结仇的。

译文

筑城的工程三十天完工，就让诸侯的戍卒回国。齐国的高张迟到了，没有赶上诸侯。晋国的女叔宽说：『周朝的苌弘、齐国的高张都马上要祸难临身了。苌弘违背天意，高子违背人愿。上天要毁坏谁，谁也不能对他进行保护；大众要怎么做，谁也不能与他作对。』

夏，叔孙成子到乾侯迎接昭公的灵柩。季孙说：『子家子屡次和我谈话，未尝不符合我的心意。我想要让他参与政事，您必须要留下他，而且听取他的意见。』子家子不肯会见叔孙，就改变了原定的哭丧时间。叔孙请求与子家子见面。子家子辞谢说：『羁没有见到您，就跟随国君出国了。国君没有留下命令就逝世，羁不肯见到您。』叔孙派人告诉他说：『公衍、公为的确让臣下们不能事奉国君，如果公子宋主持这个国家，那是臣下们的愿望。凡是跟随国君出国的谁可以回国，都将由您的命令所决定。子家氏并没有继承人，季孙愿意让您参与政事。这都是季孙的希望，派不敢前来奉告。』子家子说：『如果立国君，那么有卿士、大夫和守龟在那里，羁不肯参与其中。如果踊随国君的人，这样的话表面上跟随出国的，可以回去；和季孙氏结了仇而出国的，可以走开。至于羁，那么是国君知道我出国而不清楚明白我回去的，羁打算逃走。』

原文

丧及坏隤，公子宋先入，从公者皆自坏隤反①。

六月癸亥②，公之丧至自乾侯。戊辰③，公即位。季孙使役如阚公氏④，将沟焉⑤。荣驾鹅曰⑥：『生不能事，死又离之⑦，以自旌也⑧。纵子忍之，后必或耻之。』乃止。季孙问于荣驾鹅曰：『吾欲为君谥，使子孙知之。』对曰：『生弗能事，死又恶之，以自信也⑨。将焉用之？』乃止。

秋，七月癸巳，葬昭公于墓道南。孔子之为司寇也，沟而合诸墓⑩。

昭公出故，季平子祷于炀公⑪。九月，立炀宫⑫。

周巩简公弃其子弟，而好用远人。

注释

①坏隤：地名，位于今山东曲阜县境内。②癸亥：二十一日。③戊辰：二十六日。④阚公氏：阚为鲁群公墓地

名，又因为公墓所在，故称阚公氏。⑤沟：挖沟。名词动用。⑥荣驾鹅：即鲁大夫荣成伯。⑦离之：指将昭公墓和祖茔隔离。⑧自旌：自彰其恶。旌：表明。⑨自信：自我申明。信，同『申』。⑩沟而合诸墓：即在昭公墓以外，挖沟，扩大墓域，表示昭公墓与鲁先君之墓属同一兆域。⑪炀公：鲁先君考公酉之弟，名熙。考公卒，炀公继承兄位。季氏欲废公衍而立昭公之弟，效炀公嗣位故事，故祈祷于炀公。⑫立炀宫：建炀公庙。这是季氏另建炀宫以表示兄终弟及，鲁有先例，并非自己私意。

译文

灵柩抵达坏隤，公子宋先进入国内，跟随昭公的人都从坏隤往回走了。

六月二十一日，昭公的灵柩从乾侯运回来了。二十六日，定公登位做了新君。季孙派遣劳役去到阚公氏那里，打算在那里挖沟。荣驾鹅说：『国君活着不能事奉，死了又把他的坟墓和祖坟相互隔离，用这个来表明自己的过失吗？即使您忍心这样做，后来必然有人以此为羞耻。』于是就停下来。季孙问荣驾鹅说：『我要为国君制定谥号，让后世的子子孙孙都知道。』荣驾鹅说：『活着不可以事奉，死了又与先君之坟相隔离，用这个来自我表白吗？哪里用得着这个？』于是就停止了。

秋，七月二十二日，在墓道南边将昭公安葬。孔子做司寇的时候，在昭公坟墓外挖沟使它和先君的坟墓同在一个区域内。

由于昭公出国的原因，季平子向炀公祈祷。九月，建立炀宫。

周朝的巩简公丢开他的子弟而喜欢对疏远的人加以任用。

定公二年

原文

二年夏，四月辛酉，巩氏之群子弟贼简公[①]。

桐叛楚[②]，吴子使舒鸠氏诱楚人，曰：『以师临我，我伐桐，为我使之无忌。』秋，楚囊瓦伐吴，师于豫章。吴人见舟于豫章[③]，而潜师于巢。冬，十月，吴军楚师于豫章，败之。遂围巢，克之，获楚公子繁。

邾庄公与夷射姑饮酒，私出。阍乞肉焉[④]，夺之杖以敲之。

注释

①贼：杀害。②桐：小国名，楚的属国。③见：使出现。④阍：守门人。

译文

二年夏，四月二十四日，巩家的子弟们将巩简公杀死了。

桐国人背叛楚国，吴王阖庐派舒鸠氏对楚国人进行诱骗，说：『以军队逼近我国，我国就去攻打桐地，这样做是为了使桐地人对我们并未有猜忌。』秋天，楚国的囊瓦攻打吴国，在豫章驻扎。吴国人让水师出现在豫章，而在巢地潜伏军队。冬，十月，吴军在豫章攻击楚军，打败了他们。因而包围巢地，攻克了它，将楚公子繁俘获了。

邾庄公和夷射姑喝酒，夷射姑出去小便，守门人向他讨肉，他夺过守门人的手杖来敲打他。

定公三年

原文

三年春，二月辛卯①，邾子在门台②，临廷③。阍以瓶水沃廷④。邾子望见之，怒。阍曰：『夷射姑旋焉。』命执之。弗得，滋怒，自投于床，废于炉炭，烂⑤，遂卒。先葬以车五乘。殉五人。庄公卞急而好洁⑥，故及是。

注释

①辛卯：二十九日。②门台：即门楼。③临廷：面对着庭院。④沃：洒，浇水、泼水。⑤烂：因烧伤而感染。⑥卞急：性情急躁。

译文

三年春季，二月二十九日，邾庄公在城门楼上站着，往庭院里看时，看到守门人正在院子里洒水，邾庄公很生气，但守门人说：『夷射姑在这里撒尿了。』庄公便下令把夷射姑抓起来，没有抓住。庄公更加生气，从床上跳了下来，不小心掉在炉子上燃烧的火炭上，烧烂了皮肉，后来因为感染不治而去世了。在庄公下葬之前，先以五辆车和五个人殉葬。庄公因为性情急燥和喜欢干净，因此才导致这种后果。

原文

秋，九月。鲜虞人败晋师于平中，获晋观虎，恃其勇也。

冬，盟于郯①，修邾好也。

注释

①郯：位于今山东郯城县西南。

译文

秋季，九月，鲜虞人在平中将晋军打败，俘获了晋国的观虎。观虎的被俘完全是他恃勇轻视敌人而造成的。

冬季，仲孙何忌和邾子在郯地结盟，以便重新建立和邾国的友好关系。

原文

蔡昭侯为两佩与两裘以如楚[1]，献一佩一裘于昭王。昭王服之，以享蔡侯。蔡侯亦服其一。子常欲之，弗与，三年止之。唐成公如楚[2]，有两肃爽马[3]，子常欲之，弗与，亦三年止之。唐人或相与谋，请代先从者，许之。饮先从者酒，醉之，窃马而献之子常，子常归唐侯。自拘于司败，曰：『君以弄马之故，隐君身，弃国家。群臣请相夫人以偿马[4]，必如之。』唐侯曰：『寡人之过也，二三子无辱[5]！』皆赏之。蔡人闻之，固请，而献佩于子常。子常朝，见蔡侯之徒，命有司曰：『蔡君之久也，官不共也[6]。明日礼不毕[7]，将死。』蔡侯归，及汉，执玉而沈，曰：『余所有济汉而南者，有若大川！』蔡侯如晋，以其子元与其大夫之子为质焉，而请伐楚。

注释

①佩：佩玉。②唐成公：唐国君主。唐为楚附庸小国。③肃爽：骏马名。肃爽本为一种羽毛洁白如练，头高颈长的雁，因得马与之相似，故名。④夫人：那个人，指养马人。⑤无辱：不应受刑辱。⑥官不共：官吏不供给礼品。⑦礼不毕：毕，完备。礼品不完备。

译文

蔡昭公制作了两块佩玉和两件皮衣送到楚国。献给楚昭王一块佩玉、一件皮衣。昭王设宴款待蔡昭公，昭公也穿一件皮衣，带一块佩玉。子常想向他要，但昭公没有给，于是子常把他扣押了三年。唐成公前往楚国，去的时候带了两匹名为肃爽的骏马，子常也要骏马，成公没有给他，于是便把他也扣押了三年。唐人经过商议，请求派人到楚国替代随成公先去的侍从，楚国人答应了。于是他们就来到楚国，和先来的侍从一起喝酒，把他们灌醉后，偷出骏马将马献给了子常，子常这才释放唐成公回国。偷马的人把自己捆起来，到唐国的司法官员那里请罪说：『君王因为对马匹进行玩弄，而使自己身陷囹圄，抛弃了国家。群臣请求协助那个养马人来赔偿骏马，一定要找来两匹同样的好马。』唐成公说：『这是我的过错。你们几个不要再羞辱我了！』便各自赏赐了他们。蔡国人听说此事后，也坚持要求蔡昭公，把玉佩献给了子常。子常上朝时，见到蔡昭公的侍从，便让官员告诉他们：『蔡君之所以长时间地被扣留在楚国，就是因为你们不能够进献礼品。假使明天再不准备好，就把你们处死。』蔡昭公回国途中，到达汉水，把一块玉沉到水中发誓说：『我决不再南渡汉水朝见楚国，愿意对着河神发誓！』蔡昭公立即到晋国，用儿子和他的大夫的儿子作为人质，请求晋国对楚国进攻为其报仇。

定公四年

原文

四年春三月，刘文公合诸侯于召陵，谋伐楚也。晋荀寅求货于蔡侯，弗得。言于范献子曰：『国家方危，诸侯方贰，将以袭敌，不亦难乎。水潦方降，疾疟方起，中山不服[1]，弃盟取怨，无损于楚，而失中山，不如辞蔡侯。吾自方城以来[2]，楚未可以得志，只取勤焉[3]。』乃辞蔡侯。

晋人假羽旄于郑，郑人与之。明日，或旆以会[4]。晋于是乎失诸侯。

注释

①中山：即鲜虞，战国时为中山国。②方城：晋楚方城之战，发生在襄公十六年。③只取勤：仅劳师费财。勤：即劳。④或旆以会：旆指旗帜末梢燕尾状的重旒。

译文

四年春季三月，刘文公在召陵召集诸侯，商议攻打楚国。晋国的荀寅向蔡昭公索取财物，没能够得到，便对范献子说：『现在国家正处在危急时刻，诸侯对我们也都有了二心，在这种情况下攻打和我们势均力敌的楚国，难道还有成功的希望吗？现在阴雨连绵，疟疾流行，鲜虞人又不顺从，破坏盟约招致怨恨，对楚国不会造成重大损害，却会失去鲜虞的帮助，不如拒绝蔡侯的请求。自从鲁襄公十六年方城一战，我们一直没在楚国身上实现过愿望，现在这么做劳民费财却得不到好处。』于是晋国便拒绝了蔡昭公的请求。

晋国人向郑国人借用羽毛来装饰旌旗，郑国人把羽毛给了他们。第二天，晋国就打着这面旗子去参加盟会。从此晋国失去了诸侯的拥护。

原文

将会，卫子行敬子言于灵公曰[①]：『会同难[②]，啧有烦言[③]，莫之治也。其使祝佗从。』公曰：『善。』乃使子鱼。子鱼辞，曰：『臣展四体[④]，以率旧职[⑤]，犹惧不给而烦刑书[⑥]，若又共二[⑦]，徼大罪也。且夫祝，社稷之常隶也。社稷不动[⑧]，祝不出竟，官之制也。君以军行，祓社衅鼓[⑨]，祝奉以从。于是乎出竟。若嘉好之事，君行师从，卿行旅从，臣无事焉。』公曰：『行也。』

注释

①子行敬子：卫大夫。②会同难：朝会难于协同。③啧有烦言：啧，争论、争辩。将要争论不休。④展四体：四体，四肢。从事工作，即动手跑腿。⑤率旧职：承袭先人的职责。⑥不给：不能尽职。烦刑书：触犯刑律。⑦共二：供奉第二种职务。⑧社稷：土地神和谷神。⑨祓社衅鼓：对社稷之神进行祭祷，并杀牲以血涂鼓。

译文

盟会开始之前，卫国的子行敬子对卫灵公说：『这次会盟难以取得共同意见。这一定是因为互有分歧，谁也说服不了谁。希望您能派遣祝佗和我一同前往。』灵公说：『好吧。』便让祝佗去参加盟会，但祝佗推辞说：『我竭尽全力来办理分内的事情，尚且担心做不好而产生罪过。如果派我去参加盟会，恐怕会招致大罪了。再说祝史是国家缺少不了的官员，社稷的神灵不出国境，祝史就不能走出国境，这是传统的官制。假如君王率军出发，祭祀社神，杀牲以血涂鼓，祝史才能够奉社神之命而行，这种情况下才能走出国境。至于朝会之事，君王有两千五百人随从，卿有五百人随从。还用得着我去参加盟会吗？』灵公说：『你还是去吧。』

原文

及皋鼬[1]，将长蔡于卫[2]。卫侯使祝佗私于苌弘曰：『闻诸道路，不知信否？若闻蔡将蔡先卫，信乎？』苌弘曰：『信。蔡叔，康叔之兄也[3]，先卫，不亦可乎？』子鱼曰：『以先王观之，则尚德也，昔武王克商，成王定之，选建明德，以藩屏周。故周公相王室，以尹天下，于周为睦[4]。分鲁公以大路、大旂，夏后氏之璜，封父之繁弱[5]，殷民六族，条氏、徐氏、萧氏、索氏、长勺氏、尾勺氏，使帅其宗氏，辑其分族[6]，将其类丑[7]，以法则周公，用即命于周。是使之职事于鲁，以昭周公之明德。分之土田陪敦[8]，祝、宗、卜、史，备物、典策，官司、彝器。因商奄之民[9]，命以《伯禽》，而封于少皞之虚[10]。分康叔以大路、少帛[11]、綪茷[12]、旃旌、大吕，殷民七族，陶氏、施氏、繁氏、锜氏、樊氏、饥氏、终葵氏，封畛土略，自武父以南，及圃田之北境，取于有阎之土[13]，以共王职。取于相土之东都[14]，以会王之东蒐。聃季授土[15]，陶叔授民，命以《康诰》[16]，而封于殷虚[17]，皆启以商政，疆以周索[18]。分唐叔以大路、密须之鼓[19]，阙巩[20]，沽洗[21]，怀姓九宗[22]，职官五正。命以《唐诰》[23]，而封于夏虚[24]，启以夏政，疆以戎索。三者皆叔也[25]，而有令德，故昭之以分物。不然，文、武、成、康之伯犹多，而不获是分也，唯不尚年也[26]。管蔡启商[27]，惎间王室[28]。王于是乎杀管叔而蔡蔡叔，以车七乘，徒七十人。其子蔡仲，改行帅德[29]，周公举之，以为己卿士。见诸王而命之以蔡[30]，其命书云：『王曰：「胡[31]，无若尔考之违王命也[32]。」若之何其使蔡先卫也？武王之母弟八人，周公为大宰，康叔为司寇，聃季为司空，五叔无官[33]，岂尚年哉！曹，文之昭也[34]；晋，武之穆也[35]。曹为伯甸[36]，非尚年也[37]。今将尚之，是反先王也。晋文公为践土之盟，卫成公不在，夷叔，其母弟也，犹先蔡。其载书云：「王若曰：晋重、鲁申、卫武、蔡甲午、郑捷、齐潘、宋王臣、莒期。」藏在周府，可覆视也。吾子欲复文、武之略[38]，而不正其德，将之如何？』苌弘说，告刘子，与范献子谋之，乃长卫侯于盟。

注释

①皋鼬：地名，位于今河南临颍县南。②长蔡于卫：使蔡先于卫歃血。③蔡叔、康叔：蔡叔为蔡国始封君，康叔为卫国始封君。④睦：亲厚。⑤封父之繁弱：封父，国名，其地位于今河南封丘县。繁弱，古时良弓名。⑥分族：其余小宗之族。⑦类丑：附属此六族的奴隶。⑧陪敦：附庸。⑨商奄：国名，位于今曲阜县境内。⑩少皞之虚：即曲阜，虚同『墟』。⑪少帛：即小白，旗名。⑫缙茷、旃旌：均为旗名。缙，大赤色。⑬有阎：卫所受朝宿邑，在京畿附近。⑭相土之东都：即今河南商丘县，一说为今河南濮阳县。相土，殷商之祖。⑮聃季：周公弟，司空。⑯《康诰》：周书。⑰殷虚：朝歌，位于今河南淇县。⑱疆以周索：按照周朝的制度划疆理土。⑲密须：国名，位于今甘肃灵台县西。⑳阙巩：指代铠甲。㉑沽洗：亦作姑洗，钟名。㉒怀姓：即隗国，指晋西北诸族。㉓《唐诰》：诰命篇名。㉔夏虚：位于今山西太原市一带。㉕三者皆叔：三者指周公、康叔、唐叔。或为武王之弟，或为成王之弟。㉖不尚年：不崇尚年龄。㉗启商：引诱商人。㉘惎：教唆。惎间：谋犯。㉙改行帅德：改变行为遵循善德。帅同『率』，循。㉚命之以蔡：任命做蔡侯。㉛胡：蔡仲名。㉜考：已故之父称考。㉝五叔：指管叔、蔡叔、成叔、曹叔、霍叔。㉞曹，文之昭：曹国是文王的后代。曹叔为文王之子，周公异母弟。㉟晋，武之穆：晋国是武王的后代。晋始封君唐叔为周武王之子。㊱伯甸：以伯爵居甸服。㊲非尚年：曹叔长于唐叔虞，而封地远，故云不崇尚年龄。㊳略：道，规章。

译文

当他们走到皋鼬时，听说会盟时准备让蔡国在卫国之前歃血为盟。于是卫灵公派祝佗私下问苌弘：『我们在来的路上听说这个消息，不知道是真是假？』苌弘说：『是真的。蔡国始祖蔡叔是卫国始祖康叔的哥哥，因为这个关系把蔡国安排在卫国前面，难道不可以吗？』祝佗说：『从先王的用人标准来看，是崇尚德行的。从前武王战胜了商纣之后，成王安定了天下之后，便选拔分封有德行的贤人，用来作为护卫周朝的屏障。因此周公得以辅佐王室，治理天下，诸侯和周朝也得以和睦相处。赐给周公的儿子伯禽鲁公的东西有金车、龙旗、夏后氏的璜玉、封父的繁弱弓，以及殷朝的六个家族条氏、徐氏、萧氏、索氏、长勺氏、尾勺氏，并命令这六族率领大宗，集合小宗，带着所属的奴隶，放弃殷商的法令，都来听从周公的法制，归顺周朝，遵从周朝的命令。这是为了让他们到鲁国尽心做事，以宣扬周公的德行。还分封给鲁国土田和附庸国，以及太祝、宗人、太卜、太史，还有各种器物、典籍简册、百官、祭器，把商奄之地的百姓作为基础，颁布了诰命《伯禽》，把他封在少皞的故城。赐给康叔的东西，有金车、白旗、红旗、杂色旗、大吕钟，还有殷朝的七个家族陶氏、施氏、繁氏、锜氏、樊氏、饥氏、终葵氏。分封的土地从武父以南直到圃田的最北边，并把所有阎的土地也一起送给他，并且让他在王室供职，还把相土的车都送给他以让他协助天子在东方巡视。周公的弟弟聃季也被封送了土地，陶叔送给他百姓，颁布了《康诰》，把他封在殷朝的故城。鲁公和康叔开始施政都是沿袭殷朝的政治制度，但治理土地边疆却都是采取周朝的制度。赐给唐叔的东西，有金车、密须国的鼓、阙巩国的甲、沽洗钟，还有怀姓的九个宗族、五正的职官，并且颁布了《唐诰》，把他分封在夏朝的故城。唐叔开始沿用夏朝的政治制度，治理疆土却是按照戎人的制度。这三个人都是武王的弟弟，都有高尚的德行，所以分赐他们很多东西，用来宣扬其德行。如果不是出于这一原因，文王、武王、成王、康王的儿子中年长的还有很多，为什么得不到赏赐和分封呢？就是因为历代天子崇尚德行而不看重年龄。管叔、蔡叔煽动商朝遗民发动叛乱，企图谋反朝廷，天子因为这件事而杀了管叔放逐了蔡叔，只把七辆车子，七十个随从给了蔡叔。蔡叔的儿子蔡仲改恶从善，周公提拔他为自己的卿士，并让他见周天子，天子任命他为蔡侯。任命书上说：「天子说：胡，你不要像你父亲那样违抗天子的命令！为什么安排蔡国在前面呢？武王的同母弟弟有八个，周公做了太宰，康叔做了司寇，聃季做了司空，其他五叔管叔、蔡叔、成叔、霍叔、毛叔都没有官职，难道这就是崇尚年龄吗？曹国的先祖是文王的儿子，晋国的先祖是武王的儿子，而曹国身为伯爵却只是做了甸服这么小的官职，这也并没有看重年龄。现在如果改变传统做法，崇尚年龄，就是违反了先王的制度。当年晋文公召集践土盟会时，卫成公没有参加，代表他参加的是他的同母弟弟夷叔，夷叔尚且能够排在蔡国之前，何况卫成公呢？当时盟书上说：「晋国的重耳、鲁国的申、卫国的叔武、蔡国的甲午、郑国的捷、齐国的潘、宋国的王臣、莒国的期。」这一盟书保存在周王室的典籍府库中，可以随时查阅。阁下如果想恢复发扬文王、武王的法度，不修正自己的德行，怎么可以呢？』听了这番话之后，苌弘很高兴，又告诉了刘子，然后和范献子商量之后，便决定让卫灵公先行歃血盟誓。

原文

反自召陵，郑子大叔未至而卒。晋赵简子为之临，甚哀，曰：『黄父之会[1]，夫子语我九言，曰：「无始乱，无怙富，无恃宠，无违同，无敖礼[2]，无骄能，无复怒，无谋非德，无犯非义。」』

沈人不会于召陵，晋人使蔡伐之。夏，蔡灭沈。

秋，楚为沈故，围蔡。伍员为吴行人以谋楚。

楚之杀郤宛也，伯氏之族出。伯州犁之孙嚭，为吴大宰以谋楚。楚自昭王即位，无岁不有吴师。蔡侯因之，以其子乾与其大夫之子为质于吴。

冬，蔡侯、吴子、唐侯伐楚。舍舟于淮汭，自豫章与楚夹汉。左司马戌谓子常曰：『子沿汉而与之上下[3]，我悉方城外以毁其舟，还塞大隧、直辕、冥厄[4]，子济汉而伐之，我自后击之，必大败之。』既谋而行。武城黑谓子常曰[5]：『吴用木也，我用革也，不可久也。不如速战。』史皇谓子常[6]：『楚人恶子而好司马[7]，若司马毁吴舟于淮，塞城口而入[8]，是独克吴也。子必速战，不然不免。」乃济汉而陈，自小别至于大别[9]。三战，子常知不可，欲奔。史皇曰：「安求其事，难而逃之，将何所入？子必死之，初罪必尽说[10]。」

十一月庚午[11]，二师陈于柏举[12]。阖庐之弟夫概王，晨请于阖庐曰：「楚瓦不仁[13]，其臣莫有死志，先伐之，其卒必奔。而后大师继之，必克。」弗许。夫概王曰：「所谓『臣义而行，不待命』者，其此之谓也。今日我死，楚可入也。」以其属五千，先击子常之卒。子常之卒奔，楚师乱，吴师大败之。子常奔郑。史皇以其乘广死[14]。

注释

①黄父之会：在昭公二十五年。②敖礼：傲视有礼之人。敖同『傲』。③与之上下：与吴军周旋，不要让吴军渡过汉水。④大隧、直辕、冥厄：汉东三隘道，即今豫鄂交界三关。东为九里关，即大隧；中为武胜关，即直辕；西为平靖关，即冥厄。⑤武城黑：楚武城大夫。武城，位于今河南信阳市东北。⑥史皇：楚大夫。⑦司马：沈尹戌。⑧城口：三隘道的总称。⑨小别、大别：二山名。⑩尽说：全部解除。说，通『脱』。⑪庚午：十八日。⑫二师：吴、楚之军队。柏举：地名，在今湖北麻城东北。⑬瓦：子常名。⑭乘广：楚王或主帅所统率的兵车。

译文

从召陵盟会上回来，郑国的游吉还没有回到郑国的时候就去世了。晋国的赵鞅前往吊唁，非常悲痛地说：「黄父那次会盟时，您曾经对我说过九句话：『不可发动战乱，不可倚仗富有，不可倚仗宠信，不可违背众人意愿，不可傲视礼法，不可自负有才能，不可多次发怒，不可策划不合乎道德之事，不可做不义之事。』」

因为沈国没有派人参加召陵的会盟，所以晋国人便驱使蔡国去攻打沈国。夏季，蔡国灭亡了沈国。

秋季，楚国假借沈国被灭而发兵围攻蔡国。伍子胥作为吴国的外交官负责谋划对付楚国的计策。

楚国杀死郤宛的时候，郤宛的党羽伯氏的族人都逃出了楚国。伯州犁的孙子伯嚭担任吴国的太宰，也蓄谋对付楚国。自从楚昭王即位之后，楚国每年都遭到吴军进攻。蔡昭公利用这个机会，把儿子乾和他的大夫们的儿子送到吴国做人质，用这个来谋求吴国攻打楚国。

冬季，蔡昭公、吴王、唐侯联合出兵攻打楚国。吴军把战船停在淮河口，与楚军在豫章隔汉水相对恃。楚国左司马戌对令尹子常说：『您和他们在汉水的上下游周旋，我率领方城以外的全部军队去毁掉他们的战船，用来堵塞大隧、直辕、冥厄三处险要通道。然后您渡过汉水向楚军发动攻击，我领兵从后面袭击，一定能把他们打败。』二人商议好以后便决定分头行动。武城黑对子常说：『吴国木制战车上没有其他东西遮盖，而我们则在战车上蒙上了一层皮革，现在又遇到下雨，因此要速战速决。』史皇对子常说：『楚国人一开始就讨厌您而喜欢司马戌。如果他在淮水上把吴国的战船毁掉，并且封锁了那三处要道而回，这就等于是他一个人战胜了吴国军队。所以您必须速战速决，不然的话，难免招来灾祸。』于是子常便渡过汉水摆开阵势，战阵从小别山一直摆到大别山。一连交战三次，子常自知无法打败吴军，于是就打算逃走。但史皇劝他说：『和平时期，您想着执掌大权，现在发生了战争，您却要溜之大吉，您难道还能逃出去吗？您一定要拼死一战，这样才可以把当初的一切罪过赎回。』

十一月十八日，吴、楚两军在柏举摆开阵势。阖庐的弟弟夫概王早晨请示阖庐：『楚国的子常不讲仁爱，他的臣子没有人会为他拼死作战的。如果先攻打他，他的士兵一定会溃散。然后我们派大军追击溃逃的士兵，就一定能战胜他们。』但吴王不同意这么做。夫概王说：『人们所说的「只要所做所为合于道义，做臣子的就不必等待命令」，大概说的就是这种情况。现在我决心拼死一战，我们完全可以一直攻入楚国的郢都。』于是夫概王就率领他的部属五千人首先进攻子常的士兵。子常的士兵立刻四散奔逃，楚军开始大乱，吴军一鼓作气击败楚军。子常逃亡到了郑国，史皇在子常的战车上战死。

原文

吴从楚师，及清发①，将击之。夫概王曰：『困兽犹斗，况人乎？若知不免而致死，必败我。若使先济者知免，后者慕之，蔑有斗心矣，半济而后可击也。』从之，又败之。楚人为食，吴人及之，奔，食而从之②。败诸雍澨③，五战及郢。

己卯，楚子取其妹季芈畀我以出④，涉睢⑤。针尹固与王同舟，王使执燧象以奔吴师⑥。

庚辰⑦，吴入郢，以班处宫⑧。子山处令尹之宫⑨。夫概王欲攻之，惧而去之，夫概王入之。

注释

①清发：水名，为涢水支流，位于今湖北安陆县境内。②食而从之：吃了楚军做的饭又追赶。③雍澨：地名，位于今湖北京山县境内。④季芈畀我：楚昭王的妹妹。畀为我名，芈为姓，季为排行第四。⑤睢：水名，即今沮水，今枝江县东北。⑥燧象：燃火燧系象尾，使象群奔吴师。⑦庚辰：二十八日。⑧班处宫：按爵位尊卑等次分居楚王君臣的宫室。⑨子山：吴王之子。

译文

吴军追击楚军，来到清发，准备对楚军再次发动进攻。夫概王说：『一个被围困的野兽尚且要垂死挣扎，更何况是人呢？假如让他们感到无论如何都难免一死，就必然会同我们拼命战斗，而打败我们。假如让先渡过河去的人得以逃生，后面的人必然争先恐后渡河逃命，这样他们就没有斗志了。等他们一半人渡过河时就是发动攻击的最好时机。』吴王听从了这一建议，果然又一次大败楚军。楚国人渡过河以后正挖灶做饭，根本没有料到吴军赶到，楚军便顾不上吃饭急忙奔逃。吴军吃了楚军做的饭之后又继续在后面追赶，并且在雍澨将他们打败。这样，经过五次激烈地战斗，吴军终于一直攻到楚国郢都。

十一月二十七日，楚昭王带着他的妹妹季芈畀我逃出郢都，渡过睢水。针尹固和昭王同乘一条船。昭王让针尹固把点燃的火把系在大象的尾巴上，然后让大象冲向吴军，以阻击吴军的激烈进攻。

二十八日，吴军开进郢都，他们按照职位高低分别住在相应的宫室里。子山住进令尹的宫室，夫概王准备攻打子山并赶走他，子山害怕了，连忙让了出来，夫概王便住了进去。

原文

左司马戌及息而还[1]，败吴师于雍澨，伤。初，司马臣阖庐，故耻为禽焉。谓其臣曰：『谁能免吾首[2]？』吴句卑曰：『臣贱，可乎？』司马曰：『我实失子[3]，可哉。』三战皆伤，曰：『吾不可用也已。』句卑布裳，刭而裹之，藏其身而以其首免。

楚子涉睢，济江，入于云中[4]。王寝，盗攻之，以戈击王。王孙由于以背受之，中肩。王奔郧[5]，钟建负季芈以从[6]，由于徐苏而从。郧公辛之弟怀将弑王[7]，曰：『平王杀吾父，我杀其子，不亦可乎！』辛曰：『君讨臣，谁敢仇之？君命，天也，若死天命，将谁仇？《诗》曰：「柔亦不茹，刚亦不吐。不侮矜寡，不畏强御。」唯仁者能之。违强陵弱[8]，非勇也。乘人之约，非仁也。灭宗废祀[9]，非孝也。动无令名，非知也。必犯是，余将杀女。』斗辛与其弟巢以王奔随。吴人从之，谓随人曰：『周之子孙在汉川者，楚实尽之。天诱其衷，致罚于楚，而君又窜之，周室何罪？君若顾报周室，施及寡人，以奖天衷[10]，君之惠也。汉阳之田，君实有之。』楚子在公宫之北，吴人在其南，子期似王[11]，逃王，而已为王[12]，曰：『以我与之，王必免。』随人卜与之，不吉。乃辞吴曰：『以随之辟小而密迩于楚，楚实存之，世有盟誓，至于今未改。若难而弃之，何以事君？执事之患，不唯一人。若鸠楚竟[13]，敢不听命。"吴人乃退。鑢金初宦于子期氏[14]，实与随人要言[15]。王使见，辞曰："不敢以约为利。"王割子期之心[16]，以与随人盟。

注释

①息：楚地，在今河南息县西南。②免吾首：谓不使吴人得我尸首。③失子：即不叫你贤能。④云中：即云梦泽。云梦泽跨长江南北，此指南云梦。⑤郧：今湖北京山县、安陆县一带。⑥钟建：楚大夫。⑦郧公辛：蔓成然之子斗辛。⑧违强：避强。⑨灭宗废祀：弑王，会犯下宗族被灭绝，祖先之祀被废止的大罪。⑩以奖天衷：以助完成上天的意志。⑪子期：楚昭王之兄公子结，面貌与昭王相似。⑫为王：着楚王衣饰，将自己扮成楚王。⑬鸠楚竟：鸠，安也。竟，通"境"。⑭鑢金：子期家臣。⑮要言：约言。⑯割子期之心：割破子期胸部取血。

译文

楚国的司戌走到息地，听说楚军战败，便连忙返回来了，在雍澨把吴军打败，不过他自己也身负重伤。当初，司马戌曾经在吴国做过阖庐的臣子，因此他深以被吴军俘虏为耻辱，便对部下说："在我战死之后，你们谁能保证我的脑袋不落入吴军之手呢？"吴句卑走上前说："我地位低下，能不能胜任呢？"司马说："可惜我以前竟然没有重用你，你当然能够胜任。"三次战斗，司马都负了伤。他说："我将要不久于人世了。"不久就死了。句卑把自己的衣服铺在地上，把司马的脑袋割下来包好，并且将他的尸体隐藏起来，然后便带着司马的脑袋逃走了。

楚昭王率领军队渡过睢水，过了长江，进入云梦泽。有一天，昭王正在睡觉，遇到一伙盗贼前来攻击。盗贼用戈刺杀昭王，王孙由于连忙用背抵挡上去，结果被砍在肩上。昭王不得已继续逃亡，到了郧地。钟建背着季芈跟在后面，由于苏醒之后也赶了上去。郧公辛的弟弟准备乘机杀掉昭王，他说：『当初平王杀死了我的父亲，现在我杀死平王的儿子，难道不可以吗？』郧公辛说：『君王讨伐臣子，臣子怎么敢怀恨在心呢？君王的命令就是上天的命令。如果死于上天的命令，你能仇恨谁？《诗》说：「不侮辱软弱，不躲避刚强，不欺侮鳏寡，不畏惧强暴。」只有仁慈的人才能达到这一要求。逃避强暴欺凌弱者，不能算是勇敢；乘人之危加害他人，不能算是仁慈；谋害君王招致灭族之祸，不能算是孝道；一举一动不能落得美名，不能算是聪明。你如果一定要杀害昭王，我就杀死你。』于是郧公辛便和他的弟弟巢一同护送昭王逃到了随地。吴国人追了上去，吴王对随国人说：『周朝子孙住在汉水一带的，都被楚国杀害灭族。现在上天帮助周王室，要惩罚楚国，而贵国君王却把楚君隐藏了起来，周王室哪里得罪了你们？贵国国君如果要报答周朝，就应当能帮助我以执行上天的意志，如果这样，就是贵国国君的恩惠了。汉水以北土地，都可由贵国掌管。』当时楚昭王在随君宫室的北边，吴军在南边。昭王的哥哥子期容貌长得酷似昭王，他让昭王逃跑，然后自己穿上昭王的衣服，说：『如果把我交给吴军的话，君王就一定能免于被擒获。』随国人对此加以占卜，结果是这样做并不吉利。于是随国人对吴军说：『我们随国地处偏僻又很弱小，与楚国是近邻，只能依靠楚国存在。而且我们两国世代都订有盟约，到现在一直没有改变。如果楚国遇到灾难，我们就抛弃他们，又怎么能够事奉贵国国君？贵国国君的忧患并不只是楚王一人。如果你们征服并安定了整个楚国，那么我们就顺从你的安排。』于是吴国人便撤退了。炉金以前曾经做过子期的家臣，实际上这次是他与随国人商议不要把楚昭王交给吴国人。事后昭王打算接见他，但他婉言谢绝了，说：『我不敢趁君王处于困境时而谋求个人私利。』昭王把子期胸部的皮肤割破，并且取出血和随国人结了盟。

原文

初，伍员与申包胥友。其亡也，谓申包胥曰：『我必复楚国[①]。』申包胥曰：『勉之！子能复之，我必能兴之。』及昭王在随，申包胥如秦乞师，曰：『吴为封豕、长蛇[②]，以荐食上国，虐始于楚。寡君失守社稷，越在草莽[③]，使下臣告急，曰：「夷德无厌，若邻于君，疆埸之患也。逮吴之未定，君其取分焉[④]。若楚之遂亡，君之土也。若以君灵抚之，世以事君。」』秦伯使辞焉，曰：『寡人闻命矣，子姑就馆，将图而告。』对曰：『寡君越在草莽，未获所伏，下臣何敢即安？』立，依于庭墙而哭，日夜不绝声，勺饮不入口七日。秦哀公为之赋《无衣》[⑤]，九顿首而坐。秦师乃出。

注释

①复：同覆，倾覆、颠覆。②封：大。③越：离散，等于说流浪。④取分：与吴共分楚之土地。⑤《无衣》：《诗经·秦风》篇名。

译文

当初，伍子胥和申包胥关系很和睦。他逃亡的时候对申包胥说：『我一定要颠覆楚国。』申包胥说：『那你就尽力去做吧！你能颠覆它，我就一定要使它复兴。』等到昭王逃到随国，申包胥便到秦国去请求援兵。他说：『吴国就像大野猪和毒蛇，多次侵伐中原诸国，最先危害楚国。现在我国国君失去了家，流落在乡间荒野，诚心诚意特派下臣前来告急说：「夷狄之人的贪欲没有满足的时候，如果他们占有了楚国，与贵国成了邻邦，将来一定会成为贵国边境上的一大祸患。君王何不趁吴国人还没有在楚国牢牢站稳脚跟，就发兵入楚，与吴国人瓜分楚国呢？如果楚国就这样灭亡，那么楚国就将划入君王的版图。如果仰赖君王的洪福，而能拯救楚国使其不致遭受灭亡的话，楚国将世世代代事奉君王。」』秦哀公派人拒绝了申包胥的要求，对他说：『我知道了您的意思。您暂且住在馆驿里，等我们商议好之后再告诉您。』申包胥回答说：『我国国君流亡在乡间荒野，况且没有安身之处，我怎么敢独自贪图安逸呢？』于是就站在院墙底下大哭起来，哭声日夜不停，七天滴水未进。秦哀公非常感动，为他吟诵了《无衣》这首诗。申包胥听到这消息后，接连九次叩头才坐下，随后秦军便出动了。

秋景山水图　明·丁云鹏

此图写天高气爽，万木红绿相间，高人曳杖桥头赏景。远山毕现，屋舍掩藏。山水相环，景致宜人。该图取法董巨，用笔凝重圆润，有别于丁氏的平常面目。

定公五年

原文

五年春，王人杀子朝于楚。

夏，归粟于蔡，以周亟[①]，矜无资[②]。

越入吴，吴在楚也。

六月，季平子行东野，还，未至，丙申[③]，卒于房。阳虎将以玙璠敛[④]，仲梁怀弗与[⑤]，曰：『改步改玉[⑥]。』阳虎欲逐之，告公山不狃[⑦]。不狃曰：『彼为君也，子何怨焉？』既葬，桓子行东野[⑧]，及费。子泄为费宰，逆劳于郊，桓子敬之。劳仲梁怀，仲梁怀弗敬。子泄怒，谓阳虎：『子行之乎[⑨]？』

注释

①周亟：救急。②矜无资：怜悯无粮食。资，粮。③丙申：十七日。④玙璠：鲁国君王所佩的宝玉。⑤仲梁怀：与阳虎同为季氏家臣。⑥改步改玉：古礼，越是尊贵之人，其步行慢而短，卑贱之人步履则长而快。步履不同，则佩玉也不同。昭公出，季氏代行君事，佩玙璠，祭宗庙。今定公立，季孙复臣位。步履及佩玉亦当改变。⑦公山不狃：季氏家臣子泄。⑧桓子：季孙意如之子季孙斯。⑨行：赶走仲梁怀。

译文

五年春，子朝被成周人在楚国杀死了。

夏，鲁国把粮食送到蔡国，用来救急救难，怜惜他们没有粮食。

越国人进入吴国，这是吴国人正在楚国的原因。

六月，季平子巡视东野，返回，没有到达，十七日，死在房地。阳虎打算用美玉陪葬，仲梁怀不给，说：『步履改变了，也要跟着改变美玉。』阳虎打算赶走他，告诉公山不狃。不狃说：『他是为着国君，您有什么怨气呢？』安葬以后，桓子巡视东野，抵达费地，子泄做费地宰，在郊外迎接慰劳，他被桓子深表尊重。慰劳仲梁怀，而他却受不到仲梁怀的尊重。子泄发怒，对阳虎说：『他会被您赶走吗？』

原文

申包胥以秦师至，秦子蒲、子虎帅车五百乘以救楚。子蒲曰：『吾未知吴道。』使楚人先与吴人战，而自稷会之①，大败夫概王于沂②。吴人获薳射于柏举。其子帅奔徒以从子西，败吴师于军祥③。

秋，七月，子期、子蒲灭唐④。

九月，夫概王归，自立也，以与王战而败，奔楚，为堂谿氏⑤。

吴师败楚师于雍澨，秦师又败吴师。吴师居麇⑥，子期将焚之，子西曰：『父兄亲暴骨焉，不能收，又焚之，不可。』子期曰：『国亡矣！死者若有知也，可以歆旧祀⑦，岂惮焚之？』焚之，而又战，吴师败。又战于公婿之谿⑧。吴师大败，吴子乃归。囚闉舆罢⑨。闉舆罢请先，遂逃归。叶公诸梁之弟后臧从其母于吴⑩，不待而归⑪。叶公终不正视。

注释

①稷：地名，当位于今河南桐柏县境内。②沂：位于今河南信阳县境内。③军祥：位于今湖北随县西南。④唐：位于今湖北枣阳县东南唐城镇。⑤堂谿：谿谷名，位于今河南遂平县西北。⑥麇：地名，在雍澨附近。⑦歆旧祀：享旧祭。⑧公婿之谿：位于今湖北襄樊市东。⑨闉舆罢：楚大夫。⑩叶公诸梁：司马沈尹戌之子叶公子高，叶为其采

邑，以邑为氏。⑪不待而归：丢下其母而返楚。

译文

申包胥统领秦军到达。秦国的子蒲、子虎率领战车五百辆用以救援楚国，子蒲说：『我不知道吴国人的战术战法。』先让吴楚二军作战，而从稷地领兵和楚军会合，在沂地打败夫概王。吴国人在柏举俘获了薳射，薳射的儿子率领溃逃的士卒跟随子西，又在军祥击溃了吴军。

秋，七月，子期、子蒲摧毁唐国。

九月，夫概王返乡，自立为王，领兵和吴子作战，被打败，潜逃至楚国，就是后来的棠溪氏。吴军在雍澨击溃楚军。秦军又打败吴军。吴军驻扎在麇地，子期酝酿放火烧他们，子西说：『父兄亲戚曝尸荒野，又要烧掉，这可不行。』子期说：『国将灭亡，死去的人如地下有知，怎么还能享用发往的祭祀？哪里怕焚尸灭骨？』放火焚烧吴军，又接着作战，吴军战败，又在公婿之谿作战。吴军再次被打得大败，吴王就回国去了。阖舆罢被俘。阖舆罢请求先走，就趁机逃回楚国。叶公诸侯的兄弟后臧跟着他母亲在吴国，抛弃了母亲回到楚国。叶公就一直对其以冷眼相待。

原文

乙亥①，阳虎囚季桓子及公父文伯②，而逐仲梁怀。冬十月丁亥③，杀公何藐④。己丑⑤，盟桓子于稷门之内。庚寅⑥，大诅⑦，逐公父歜及秦遄，皆奔齐。

楚子入于郢。初，斗辛闻吴人之争宫也，曰：『吾闻之：「不让，则不和，不和，不可以远征。」吴争于楚，必有乱。有乱，则必归，焉能定楚？』

注释

①乙亥：九月二十八日。②公父文伯：季桓子从父兄弟。③丁亥：十日。④公何藐：季氏族人。⑤己丑：十二日。⑥庚寅：十三日。⑦诅：祈求鬼神加灾祸于某人。

译文

九月二十八日，季桓子与公父文伯被阳虎囚禁了，仲梁怀被赶走。冬十月初十日，杀了公何藐。十二日，和桓子在稷门里边发誓。十三日，举行大的诅咒，驱赶了公父歜和秦遄，两个人都逃亡到齐国。

楚王进入郢都。起初，斗辛听说吴国人争夺宫室，说：『我听说：「不谦让，就不和睦；不和睦，就不能远征。」楚国为吴国人争夺之地，必然发生动乱；发生动乱，就必然回去，怎么能平定楚国？』

原文

王之奔随也，将涉于成臼①。蓝尹亹涉其帑②，不与王舟。及宁，王欲杀之。子西曰：『子常唯思旧怨以败，君何效焉？』王曰：『善。使复其所③，吾以志前恶④。』王赏斗辛、王孙由于、王孙圉、钟建、斗巢、申包胥、王孙贾、宋木、斗怀，子西曰：『请舍怀也。』王曰：『大德灭小怨⑤，道也。』申包胥曰：『吾为君也，非为身也。君既定矣，又何求？且吾尤子旗⑥，其又为诸？』遂逃赏。王将嫁季芈，季芈辞曰：『所以为女子，远丈夫也。钟建负我矣。』以妻钟建，以为乐尹⑦。

王之在随也，子西为王舆服以保路，国于脾泄⑧。闻王所在，而后从王。王使由于城麇，复命，子西问高厚焉，弗知。子西曰：『不能，如辞。城不知高厚，小大何知？』对曰：『固辞不能，子使余也。人各有能有不能。王遇盗于云中，余受其戈，其所犹在。』袒而视之背，曰：『此余所能也。脾泄之事，余亦弗能也。』

晋士鞅围鲜虞，报观虎之败也。

注释

①成白：楚国水名，即白水，又称白成河。②蓝尹亹：楚国大夫。帑：通『孥』，妻子和子女。③复其所：恢复原来职务。④前恶：以前的过失。⑤大德灭小怨：大德可以消除小的怨恨。⑥尤子旗：尤，责怪。子旗即蔓成然。⑦乐尹：掌管音乐歌舞的官。⑧国：用为动词，指建立临时国都。脾泄：楚国邑名。

译文

楚王逃亡到随国的时候，打算在成白渡河。蓝尹齐让他的妻子儿女渡河，却不把船让给楚王。等到安定以后，楚王要杀他。子西说：『子常就因为记挂着过去的怨恨而横遭失败，君王为什么要学他呢？』楚王说：『好。就恢复他的官职吧，我用这件事来谨记先王的过失。』楚王赏赐斗辛、王孙由于、王孙圉、钟建、斗巢、申包胥、王孙贾、宋木、斗怀。子西说：『请消除对他们的哀悼吧。』楚王说：『大德摒除小的怨恨，这是合于正道的。』申包胥说：『我是为了国君，而不是为了自己。国君已经安定了，我又追求什么？而且我痛恨子旗，难道又要去学他贪得无厌吗？』于是就逃走而没有接受赏赐。楚王打算让季芈出嫁，季芈辞谢说：『女人之所以为女人，就是要远离男人。钟建已经背过我了。』楚王遂让钟建娶其为妻，让钟建做了乐尹。

楚王在随国的时候，子西仿造了楚王的车子和服饰用来保护溃逃的人，在脾泄建立了国都。听到了楚王之所在，然后赶去。楚王派由于在麇地筑城，由于回来复命。子西询问起城墙的高度厚度，由于摇头而不知。子西说：『你干不了，就应当推辞。连城墙的高度厚度都不知道，又怎么会知道其大小？』由于回答说：『我曾经坚决推辞说干不了，是您让我这样做的。人人都有其所为也有其所不能为。君王在云梦泽碰上强盗，我挡住了强盗的戈，伤处还在这里』。由于脱去衣服把背部给子西看，说：『这是我能干得了的。脾泄的事情，我是干不了的。

鲜虞被晋国的士鞅包围，报复观虎被俘的战役。

树下人物图　明·丁云鹏

图中黄衣童子执扇炊茶，青衣居士闲数念珠。石布青苔，地生茵草，湖石清凉，碧树成荫。树石巧妙地环绕成回字型构图，以其深浓繁细烘托淡雅洗练的人物，使后者成为观者瞩目的中心。全幅造型、用笔谨劲细秀，设色典丽清雅。

定公六年

原文

六年春，郑灭许，因楚败也。

二月，公侵郑，取匡①，为晋讨郑之伐胥靡也。往不假道于卫，及还，阳虎使季、孟自南门入②，出自东门，舍于豚泽③。卫侯怒，使弥子瑕追之④。公叔文子老矣，辇而如公，曰：『尤人而效之，非礼也。昭公之难，君将以文之舒鼎⑤，成之昭兆⑥，定之鞶鉴，苟可以纳之，择用一焉。公子与二三臣之子，诸侯苟忧之，将以为之质。此群臣之所闻也。今将以小忿蒙旧德，无乃不可乎。大姒之子⑦，唯周公、康叔为相睦也⑧。而效小人以弃之⑨，不亦诬乎⑩！天将多阳虎之罪以毙之⑪，君姑待之，若何？』乃止。

注释

①匡：郑邑，即今河南长垣县的匡城。②季、孟：指季桓子、孟献子。③豚泽：卫国都城东门外地名。④弥子瑕：卫灵公的宠臣。⑤文之舒鼎：卫文公的舒鼎。⑥成之昭兆：成，卫成公，文公之子；昭兆，宝龟。⑦太姒：文王妃。⑧周公、康叔：鲁、卫的始祖。⑨小人：指阳虎。⑩诬：骗。⑪多：增加。

译文

六年春天，郑国灭亡了许国，这是郑国利用楚国战败而无法救援许国的机会将其灭亡的。

二月，定公发兵攻打郑国，匡地被其占领，这是为晋国而对郑国攻打胥靡的惩罚。由于发兵时没有向卫国借道，回来时，季桓子、孟献子被派遣由卫都的南门进去，从东门出来，然后住在豚泽。卫灵公得知这一消息后大为恼怒，便派弥子瑕奋力直追他们。此时公叔文子已经年老退休了，他坐车去谒见灵公说：『责怨别人却又去效法他，不合礼法。当初鲁昭公在国外流亡的时候，君王曾以文公的舒鼎、成公的宝龟、定公的鞶鉴作为悬赏，如果有谁能帮助他回国，就可以在这三件宝物中任选其一。如果这样做了以后，各诸侯还不放心的话，君王还允诺将儿子和几个大臣的儿子作为人质以换求鲁昭公回国，这都是群臣所知道的事。现在却要因为这小小的怨恨而将过去的恩德完全埋没了，恐怕不行吧？在文王妃的许多儿子中，只有鲁、卫两国的始祖周公和康叔关系最好，现在我们却要仿效阳虎这样的小人而放弃和睦，不也是太容易受人愚弄了吗？上天肯定会增加阳虎的罪过，并最终让他死亡，君王暂且忍耐一下，怎么样？』卫灵公这才消释了怒气。

原文

夏，季桓子如晋，献郑俘也。阳虎强使孟懿子往报夫人之币①，晋人兼享之。孟孙立于房外，谓范献子曰：『阳虎若不能居鲁，而息肩于晋，所不以为中军司马者，有如先君！』献子曰：『寡君有官，将使其人②，鞅何知焉？』献子谓简子曰：『鲁人患阳虎矣，孟孙知其衅③，以为必适晋，故强为之请，以取入焉。』

四月己丑，吴大子终累败楚舟师，获潘子臣、小惟子及大夫七人④。楚国大惕，惧亡。子期又以陵师败于繁扬⑤。令尹子西喜曰：『乃今可为矣！』于是乎迁郢于都，而改纪其政⑥，以定楚国。

周儋翩率王子朝之徒，因郑人将以作乱于周，郑于是乎伐冯、滑、胥靡、负黍、狐人、阙外。六月，晋阎没戍周，且城胥靡。

注释

①报夫人之币：回报晋夫人之聘礼。当时聘礼没有单独回报夫人的。②使其人：选择任用称职之人。③衅：征兆。④潘子臣、小惟子：楚舟师统帅。⑤陵师：陆军。指在陆上作战的部队，因吴楚之地多江河。⑥纪：治

理。

译文

夏季，季桓子到晋国，进献俘获的郑国人和战利品。阳虎又强逼孟懿子专门前去向晋定公夫人献上礼品，于是二人一起被宴请。孟懿子站在房外对范献子说：『阳虎如果在鲁国待不下去而逃叛到晋国，希望看在先君的面子上，委派他担任中军司马。』献子说：『寡君任命官员，是要选择合适的人，我怎么敢担保呢？』后来范献子对赵鞅说：『阳虎已成了鲁国人的祸患。孟孙看到了这一征兆，肯定阳虎会逃亡到晋国，所以极力为他求情，以便使他在晋国求得禄位。』

四月十五日，吴国的太子终于打败了楚国的水军，俘获了楚将潘子臣、小惟子和七个大夫。楚国全国上下胆战心惊，深恐国家灭亡。接着子期率领的陆军在繁阳战败。这时令尹子西高兴地说：『这样一来国家才可以治理好了。』于是就把国都从郢地迁往鄀地，并改变了治国政策，致使楚国逐渐安定下来。

周王室的儋翩率领王子朝的余党依靠郑国人策划在周王室境内发动叛乱。郑国就马上发兵攻打冯、滑、胥靡、负黍、狐人、阙外等地。六月，晋国的阎没率领军队到成周戍守，并在胥靡筑城。

原文

秋，八月，宋乐祁言于景公曰：『诸侯唯我事晋，今使不往，晋其憾矣。』乐祁告其宰陈寅。陈寅曰：『必使子往。』他日，公谓乐祁曰：『唯寡人说子之言，子必往。』陈寅曰：『子立后而行，吾室亦不亡。唯君亦以我为知难而行也。』见溷而行[1]。赵简子逆，而饮之酒于绵上[2]，献杨楯六十于简子[3]。陈寅曰：『昔吾主范氏[4]，今子主赵氏，又有纳焉。以杨楯贾祸，弗可为也已。然子死晋国，子孙必得志于宋。』范献子言于晋侯曰：『以君命越疆而使，未致使而私饮酒[5]，不敬二君[6]，不可不讨也。』乃执乐祁。

阳虎又盟公及三桓于周社[7]，盟国人于亳社，诅于五父之衢。

冬，十二月，天王处于姑莸[8]，辟儋翩之乱也。

注释

①见溷：让溷拜见景公。溷，乐祁之子。②绵上：即山西翼城县西小绵山。③杨楯：古代武器名，即盾牌。黄杨木所制之盾。④主：事奉。⑤致使：报告使命。⑥二君：指晋定公与宋景公。⑦三桓：指季孙、孟孙、叔孙三族。⑧姑莸：周地。

译文

秋季，八月，宋景公听其臣乐祁说：『现在诸侯中只有我国仍然忠心地事奉晋国。如果不派使者到晋国聘问，他们恐怕要对我们不满意了。』这话又被转述给了他的家宰陈寅。陈寅说：『必定会派您前去。』过了几天，景公对乐祁说：『只有我欣赏你的意见，所以也一定要派你去！』陈寅劝乐祁说：『您必须立了继承人之后才去，这样乐氏家族也不至于覆灭，同时也可以使君王知道您这是冒险而去。』于是，乐祁便带着儿子溷去进见了景公，确立他为继承人之后便出发了。赵鞅出来迎接乐祁，并在绵上为他接风洗尘，六十副杨木盾牌被献给了赵鞅。陈寅说：『从前乐氏事奉晋国的范氏，如今您却事奉赵氏，又献给他礼物。这些杨木盾牌只能招灾引祸，实在不应该这么做。但如果您献身在晋国，您的子孙在宋国必然能得到重用。』果然范献子对晋定公说：『谨奉君命越过别国出使到晋国，但还没有履行使者的责任就私下和人饮酒作乐，不事正务，这是对两国国君的不尊不敬，对这种行为应该给予惩罚。』于是乐祁被捕。

仙山楼阁图　明·李士达

此图拟写蓬莱仙境。图中群山嵯峨，桃树遍布，繁花盛开，仙翁十数人，各得其乐。山头玉泉飞泻，云烟间楼阁琼台掩映，给人以凌虚之感。画左上作者自题：『仙山楼阁拥蓬莱，玉洞桃花万树开。』

阳虎又在周社和鲁定公及孟孙、季孙、叔孙三家盟誓，接着又在亳社和国都的人们面前盟誓，并在五父之衢诅咒。

冬季，十二月，周天子住到周地，这是为了躲避儋翩发动的叛乱。

定公七年

原文

七年春二月，周儋翩入于仪栗以叛[①]。

齐人归郓、阳关，阳虎居之以为政。

夏，四月，单武公、刘桓公败尹氏于穷谷。

秋，齐侯、郑伯盟于咸，征会于卫。卫侯欲叛晋，诸大夫不可。使北宫结如齐，而私于齐侯曰：『执结以侵我。』齐侯从之，乃盟于琐[②]。

齐国夏伐我。阳虎御季桓子，公敛处父御孟懿子，将宵军齐师[③]。齐师闻之，堕，伏而待之。处父曰：『虎不图祸，而必死。』苫夷曰[④]：『虎陷二子于难，不待有司，余必杀女。』虎惧，乃还，不败。

冬，十一月戊午，单子、刘子逆王于庆氏[⑤]。晋籍秦送王。己巳，王入于王城，馆于公族党氏[⑥]，而后朝于庄宫[⑦]。

注释

①仪栗：周朝邑名。②琐：晋国地名。③军：名词动用，攻击的意思。④苫夷：鲁国臣子，又叫苫越。⑤庆氏：驻守姑莸的大夫。⑥党氏：周大夫。⑦庄宫：庄王庙。

译文

七年春季二月，周朝的儋翩进入仪栗继续发动叛乱。

齐国人把郓地、阳关重新还给了鲁国，阳虎在那里发号施令。

夏季，四月，单武公、刘桓公在穷谷将尹氏打得落花流水。

秋季，齐景公、郑献公在咸地结盟，并要求卫国也前去参加会盟。卫灵公准备背叛晋国归顺齐、郑两国，但大夫们都不赞成这么做。于是卫灵公便派北宫结到齐国去出使，并私下对齐景公说：『你们把我抓起来，并且发兵攻打我国。』景公采取了这一建议，并在琐地结了盟。

齐国的国夏发兵攻打鲁国。阳虎为季桓子驾车，公敛处父为孟懿子驾车，准备在傍晚的暮色之中攻击齐军。齐军得到这一情报后，便故意让军容不整，使鲁军麻痹，暗中则设下伏兵等候。公敛处父说：『阳虎你没有考虑这样做会招致祸害吗？你必定难逃一死。』苦夷也说：『阳虎把季孙和孟孙拖入危险的境地，到那时，不必掌管刑狱的官员出面，我也一定要杀了你。』阳虎害怕了，便收兵撤军了，这样鲁军才没有遭到失败的命运。

冬季，十一月二十三日，单武公和齐桓公到姑莸大夫庆氏家里迎接天子，由晋国的籍秦护送天子。十二月五日，天子进入王城，住在周大夫公族党氏家里，后来又到庄王庙中祭拜。

定公八年

原文

八年春，王正月，公侵齐，门于阳州。士皆坐列，曰：『颜高之弓六钧[①]。』皆取而传观之。阳州人出，颜高夺人弱弓，籍丘子鉏击之[②]，与一人俱毙。偃[③]，且射子鉏，中颊，殪。颜息射人中眉[④]，退曰：『我无勇，吾志其目也。』师退，冉猛伪伤足而先，其兄会乃呼曰：『猛也殿[⑤]！』

二月己丑[⑥]，单子伐谷城，刘子伐仪栗。辛卯，单子伐简城，刘子伐盂，以定王室。

注释

①颜高：鲁国臣子。六钧：古一钧三十斤。②籍丘子鉏：齐国人。③偃：仰卧，仰面倒下。④颜息：鲁国人。⑤猛：即冉猛，鲁国人。殿：镇守军后掩护撤退。⑥己丑：二月无己丑日，或以为三月之误。

译文

八年春，周历正月，定公入侵齐国，攻打阳州的城门。战士都并排坐着，说：『颜高的强弓有一百八十斤呢！』大家都拿过来争相传看。阳州人开门迎战，颜高只好把别人的弱弓抢过来准备射箭，籍丘子鉏敲击颜高，颜高和另外一个人都被击倒在地上。颜高倒在地上，向子鉏射去一箭，射中他的脸颊，子鉏被射死了。颜息射人射中眉毛，退下来说：『我没有本事，我本来想射中他眼睛的。』军队撤退，冉猛假装脚上受伤而走在军队前头，他的哥哥冉会冲他大声喊道：『猛，到后边去掩护！』

三月二十六日，单子攻打谷城，同时刘子攻打仪栗。三月二十八日，单子攻打简城，刘氏又攻打盂地，以安定王室。

原文

赵鞅言于晋侯曰：『诸侯唯宋事晋，好逆其使，犹惧不至，今又执之，是绝诸侯也。』将归乐祁，士鞅曰：『三年止之，无故而归之，宋必叛晋。』献子私谓子梁曰[①]：『寡君惧不得事宋君，是以止子。子姑使溷代子。』子梁以告陈寅，陈寅曰：『宋将叛晋，是弃溷也，不如待之。』乐祁归，卒于大行。士鞅曰：『宋必叛，不如止其尸以求成焉。』乃止诸州[②]。

注释

①子梁：即乐祁。②州：晋国邑名。止诸州：将乐祁之尸身留在州地，不令归宋。

译文

赵鞅对晋侯说：『诸侯之中只有宋国事奉晋国，好好迎接他们的使者，还恐怕不来，现在竟然又抓了他，这样将会断绝和诸侯们的关系。』打算放回乐祁，士鞅说：『扣留了他三年，无缘无故又把他放回去，宋国一定会因此背叛晋国了。』士鞅私下对乐祁说：『寡君害怕不能事奉宋君，因此不能让您回去。您就让溷代替您。』乐祁把话告诉陈寅。陈寅说：『宋国就要背叛晋国，不如等一下。』乐祁动身回去，走到中途死在太行。士鞅说：『宋国必然背叛，不如留下他的尸体来求和。』于是就把乐祁的尸体留在了州地。

原文

公侵齐，攻廪丘之郛[①]。主人焚冲[②]，或濡马褐以救之[③]，遂毁之。主人出，师奔。阳虎伪不见冉猛者，曰：『猛在此，必败。』猛逐之，顾而无继，伪颠。虎曰：『尽，客气也[④]。』

苦越生子，将待事而名之。阳州之役获焉，名之曰阳州。

夏，齐国夏、高张伐我西鄙。晋士鞅、赵鞅、荀寅救我。公会晋师于瓦[⑤]。范献子执羔，赵简子、中行文子皆执雁。鲁于是始尚羔。

注释

①郛：外城。②主人焚冲：廪丘守将烧毁攻城的战车。③濡马褐：浸湿粗麻布短衣。④客气：虚心假意，不是真正勇气，故易于泄气。⑤瓦：地名，位于今河南滑县瓦岗集。

译文

定公进攻齐国，攻打廪丘外城。廪丘守将放火焚烧冲城的战车，有人将麻布短衣浸湿了灭火，就攻破了外城。守将出战，鲁军仓皇四处奔逃。阳虎假装没有看见冉猛的模样，说：『冉猛要在这里，一定能打败他们。』冉猛追赶廪丘人，看到后面没有人跟上来，就假装从车上摔倒下来。阳虎说：『都是虚假的，不是真正的勇气。』

苫越生了儿子，打算等待发生大事而以此为他的孩子命名。阳州这一役俘虏了敌人，就为儿子起名为阳州。

这年夏天，齐国的国夏、高张攻打我国西部边境。晋国的士鞅、赵鞅、荀寅前来救援我国。定公在瓦地会见晋军，士鞅手拿小羊，赵鞅、荀寅则手拿大雁作为礼物。鲁国从这时开始就以羔羊为尊贵的象征。

原文

晋师将盟卫侯于鄟泽[①]。赵简子曰：『群臣谁敢盟卫君者？』涉佗、成何曰[②]：『我能盟之。』卫人请执牛耳[③]。成何曰：『卫，吾温、原也，焉得视诸侯[④]？』将歃，涉佗捘卫侯之手[⑤]，及捥[⑥]，卫侯怒。王孙贾趋进[⑦]，曰：『盟以信礼也。有如卫君，其敢不唯礼是事，而受此盟也。』卫侯欲叛晋，而患诸大夫。王孙贾使次于郊，大夫问故。公以晋诟语之[⑧]，且曰：『寡人辱社稷，其改卜嗣，寡人从焉。』大夫曰：『是卫之祸，岂君之过也？』公曰：『又有患焉，谓寡人「必以而子与大夫之子为质」。』大夫曰：『苟有益也，公子则往。群臣之子，敢不皆负羁绁以从[9]？』将行，王孙贾曰：『苟卫国有难，工商未尝不为患，使皆行而后可。』公以告大夫，乃皆将行之。行有日[10]，公朝国人，使贾问焉，曰：『若卫叛晋，晋五伐我，病何如矣[11]？』皆曰：『五伐我，犹可以能战。』贾曰：『然则如叛之，病而后质焉，何迟之有？』乃叛晋。晋人请改盟，弗许。

注释

①鄟泽：卫地名。②涉佗、成何：二人为晋大夫。③请执牛耳：请晋臣执牛耳。执牛耳，指主持会盟的人。④视诸侯：同诸侯一样看等。⑤捘：推。⑥捥：腕。及捥，血流到腕。⑦王孙贾：卫大夫。⑧诟：羞辱，侮辱。⑨羁绁：马笼头，马缰绳。⑩行有日：已定起程日期。⑪病何如：危及国家将如何。

译文

晋国将要和卫侯在鄟泽结盟，赵简子说：『下臣们有谁敢去和卫国国君结盟？』涉佗、成何说：『我们愿意去和他结盟。』卫国人请他们两人主持会盟。成何说：『卫国，仅仅和我国温地、原地差不多，哪里能和诸侯平等看待？』将要歃血盟誓，涉佗推开卫侯的手，血顺着胳膊淌到手腕上。卫侯发怒，王孙贾快步走上前，说：『结盟是用来褒扬礼仪的，就像卫国国君所做的那种行为，难道敢不奉行礼仪而接受这个盟约？』卫侯想要背叛晋国而又担心大夫们反对。王孙贾让卫侯住在郊外。大夫问为什么这样做，卫侯把所受晋国人的侮辱告诉他们，而且说：『寡人使我们的国家蒙受耻辱，还是改立其他人作为先君的继承人，寡人愿意服从。』大夫说：『这是卫国一个国家的祸患，难道是君王的过错吗？』卫侯说：『还有使人担心的事呢，他们对寡人说「一定要你和大夫们的儿子去作为人质」。』大夫说：『如果有益处，公子就去，臣下们的儿子岂敢不听你支配一同跟随前去？』将要动身的时候，王孙贾说：

『如果卫国有了灾难，工匠商人未尝不是祸患，应该让他们全都离开才行。』卫侯把话告诉大夫，于是就要他们都走。已经定了动身的日期，卫侯让国内的人们朝见，派王孙贾向大家说：『如果卫国背叛晋国，晋国攻打我们五次之后，会达到什么样的实力？』大家都说：『攻打我们五次，还可以有能力作战。』王孙贾说：『那么我就应当先背叛晋国，发生危险再送人质，还有什么用呢？』于是就背叛晋国。晋国人请求重新结盟，卫国人不答应。

原文

秋，晋士鞅会成桓公侵郑，围虫牢，报伊阙也。遂侵卫。

九月，师侵卫，晋故也。

季寤、公鉏极①、公山不狃皆不得志于季氏，叔孙辄无宠于叔孙氏，叔仲志不得志于鲁。故五人因阳虎②。阳虎欲去三桓，以季寤更季氏，以叔孙辄更叔孙氏，己更孟氏。冬十月，顺祀先公而祈焉。辛卯③，禘于僖公④。壬辰⑤，将享季氏于蒲圃而杀之，戒都车曰：『癸巳至⑥。』

成宰公敛处父告孟孙，曰：『季氏戒都车⑦，何故？』孟孙曰：『吾弗闻。』处父曰：『然则乱也，必及于子，先备诸。』与孟孙以壬辰为期。

注释

①公鉏极：季氏族子。②因：依靠。③辛卯：初二日。④禘于僖公：禘为三年大祭先君之礼，应在大庙举行。⑤壬辰：初三日。⑥癸巳：初四日。⑦戒都车：向都邑之兵车发布命令。

译文

这年秋季，晋国的士鞅会合成桓公侵袭郑国，包围虫牢，以报复伊阙这一战役。于是就乘机进攻卫国。

九月，鲁军侵袭卫国，这是由于晋国的原因。

季寤、公钼极、公山不狃在季氏那里都不得志，叔孙辄在叔孙氏那里也不受宠信，叔孙志在鲁国不得志，所以这五个人一起投靠阳虎。阳虎想要除掉三桓，用季寤取代季氏，用叔孙辄取代叔孙氏，自己取代孟氏。冬十月，依即位先后的次序祭祀先公并且祷告。初二日，在僖公庙里举行禘祭。初三日，打算在蒲圃设享礼招待季氏而乘机杀死他，命令都邑里的战车部队说『癸巳那天都要到此会齐』。

成地的宰臣公敛处父告诉孟孙，说：『季氏命令集合战车部队，是什么缘故？』孟孙说：『我没有听说。』处父说：『那么就是叛乱了，必然要殃及到您头上，是不是应该先准备一下？』和孟孙约定以初三作为预定日期。

原文

阳虎前驱，林楚御桓子，虞人以铍[1]、盾夹之，阳越殿，将如蒲圃。桓子咋谓林楚曰[2]：『而先皆季氏之良也，尔以是继之。』对曰：『臣闻命后。阳虎为政，鲁国服焉。违之，征死[3]。死无益于主。』桓子曰：『何后之有？而能以我适孟氏乎？』对曰：『不敢爱死，惧不免主。』桓子曰：『往也。』孟氏选圉人之壮者三百人[4]，以为公期筑室于门外[5]。林楚怒马及衢而骋，阳越射之，不中，筑者阖门。有自门间射阳越，杀之。阳虎劫公与武叔[6]，以伐孟氏。公敛处父帅成人，自上东门入[7]，与阳氏战于南门之内，弗胜。又战于棘下[8]，阳氏败。阳虎说甲如公宫，取宝玉、大弓以出，舍于五父之衢，寝而为食。其徒曰：『追其将至。』虎曰：『鲁人闻余出，喜于征死，何暇追余？』从者曰：『嘻！速驾，公敛阳在。』公敛阳请追之[9]，孟孙弗许。阳欲杀桓子，孟孙惧而归之。子言辨舍爵于季氏之庙而出[10]。阳虎入于讙、阳关以叛[11]。

郑驷歂嗣子大叔为政[12]。

注释

①铍：长刀。②咋：同『乍』，突然。③征死：招死。④国人：奴隶。⑤公期：孟氏支子。⑥武叔：叔孙州仇。⑦上东门：鲁东城的东门。⑧棘下：城内地名。⑨公敛阳：即公敛处父。⑩子言：即季寤。辨舍爵：斟酒遍告祖宗。此为古人出奔告别之礼。⑪讙：位于今山东宁阳县西北。⑫驷歂：驷乞之子，子然。

译文

阳虎驱车走在前边，林楚为桓子驾车，警卫军官手持长刀、大盾在两边保护，阳越走在最后。桓子突然对林楚说：『你的先人都是季氏家里的忠良之臣，你也要继承他们。』林楚说：『臣下听到这话已经晚了。阳虎执政，鲁国人都顺服他，违背他就是找死，死了对主人也没有好处。』桓子说：『有什么晚的？你能带我去到孟氏那里吗？』林楚回答说：『我不敢私爱自己的性命，怕的是不能使主人免于祸难。』桓子说：『去吧！』孟氏挑选了三百个健壮的奴隶为公期在门外造房子。林楚鞭打乘坐的马匹，到了大街上就飞快地奔驰而去。阳越用箭去射，没有射中。造房子的人关上大门。有人从门缝里用箭射阳越，阳越被射死了。阳虎劫持定公和武叔以攻打孟氏。公敛处父率领成地人从上东门进入城中，和阳氏在南门里边作战，没有得胜；又在棘下作战，阳氏被打败。阳虎脱去皮甲去到公宫，拿了宝玉、大弓然后出来，住在五父之衢，睡下以后让人做饭。他的同伙说：『追赶的人恐怕快要跟来了。』阳虎说：『鲁国人听到我出去的消息，正高兴着可以晚点死了，哪里还敢来追人？』跟随的人说：『哈！快点套上马吧，公敛处父在那里。』公敛处父请求追杀阳虎，孟孙没有答应。公敛处父想要杀死季桓子，孟孙害怕，就把季桓子送回家去。季寤在季氏的祖庙里向列祖列宗一一斟酒祭拜然后逃走。阳虎进入讙地、阳关而叛变。

郑国的驷歂继承子太叔执政。

定公九年

原文

九年春，宋公使乐大心盟于晋，且逆乐祁之尸。辞，伪有疾，乃使向巢如晋盟，且逆子梁之尸。子明谓桐门右师出[1]，曰：『吾犹衰绖[2]，而子击钟，何也？』右师曰：『丧不在此故也。』既而告人曰：『已衰绖而生子，余何故舍钟？』子明闻之，怒，言于公曰：『右师将不利戴氏[3]，不肯适晋，将作乱也。不然无疾。』乃逐桐门右师。

郑驷歂杀邓析，而用其《竹刑》[4]。君子谓子然：『于是不忠。苟有可以加于国家者，弃其邪可也。《静女》之三章[5]，取彤管焉[6]。《竿旄》「何以告之」[7]，取其忠也。故用其道，不弃其人。《诗》云[8]：「蔽芾甘棠，勿翦勿伐，召伯所茇[9]。」思其人犹爱其树，况用其道而不恤其人乎？子然无以劝能矣。』

注释

①子明：乐祁之子乐溷。右师：即乐大心。②衰绖：丧服。③戴氏：指宋国。④《竹刑》：邓析作刑律，书写在竹简，故名曰《竹刑》。⑤《静女》：《诗经·邶风》篇名。⑥彤管：《静女》诗写男女私约，互相赠物定情。彤管，赤管笔，一说为赤色茅草。⑦《竿旄》：《诗经·鄘风》篇名。⑧《诗》云：以下三名出自《召南·甘棠》。甘棠，一名杜梨。蔽芾，高大茂密。⑨茇：在草莽间住宿。

译文

鲁定公九年春季，宋景公派乐大心到晋国结盟，同时顺便把乐祁的尸首运送回来，但乐大心却假装有病推辞了。景公只好又改派向巢到晋国结盟，并接回乐祁的尸体。乐祁的儿子子明即溷让乐大心出国迎回尸体，他对乐大心说『我还在服丧期间，您却敲钟奏乐，这是什么意思？』乐大心说：『因为丧事是发生在晋国，并不在这里。』不久乐大心又背地里对别人说：『既然是在服丧，自己却在这期间生了儿子。那么我又为什么不可以奏乐呢？』子明听说这些话后非常生气，便对景公说：『乐大心将要危害宋国。他不愿意到晋国去，是准备背叛作乱啊。否则，为什么没病装病而推辞不去呢？』于是宋景公便赶走了乐大心。

大夫邓析被郑国的驷歂杀了，但又采用了邓析所著的《竹刑》。君子们认为驷歂：『从这件事上表明他不正直。因为只要一个人对国家做出过贡献，就应该原谅他的一些邪恶。好比《静女》一诗共有三章，但可取的也就是「彤管」一章。《竿旄》一诗中的「何以告之」，可取的就是诗中表现出来的忠心。所以只要采纳了他的主张，就不要再迫害这个人。《诗》说：「甘棠高大茂盛，不要剪掉它的枝叶，也不要砍其树干，因为召伯曾经在这里听政。」怀念一个人，连他曾经在一旁坐过的树都要倍加爱护，更何况采用了邓析的《竹刑》却又将他杀死呢？驷歂将无法招纳贤能之士。』

原文

夏，阳虎归宝玉大弓。书曰『得』，器用也。凡获器用曰得，得用焉曰获。

六月，伐阳关。阳虎使焚莱门①。师惊，犯之而出，奔齐，请师以伐鲁，曰：『三加，必取之。』齐侯将许之。鲍文子谏曰②：『臣尝为隶于施氏矣③，鲁未可取也。上下犹和，众庶犹睦，能事大国，而无天灾。若之何取之？阳虎欲勤齐师也，齐师罢，大臣必多死亡，己于是乎奋其诈谋④。夫阳虎有宠于季氏，而将杀季孙，以不利鲁国，而求容焉。亲富不亲仁，君焉用之？君富于季氏，而大于鲁国，兹阳虎所欲倾覆也，鲁免其疾，而君又收之，无乃害乎？』齐侯执阳虎，将东之。阳虎愿东，乃囚诸西鄙。尽借邑人之车，锲其轴⑤，麻约而归之⑥。载葱灵⑦，寝于其中而逃。追而得之，囚于齐。又以葱灵逃，奔宋，遂奔晋，适赵氏。仲尼曰：『赵氏其世有乱乎。』

注释

①莱门：阳关城之门。②鲍文子：鲍国。③为隶于施氏：在施氏那里做家臣。施氏，鲁大夫。④已：指阳虎。⑤锲：刀刻。⑥麻约：以麻捆束车轴。⑦载葱灵：在车上装载衣物。葱灵，载衣物的车子。

译文

夏季，阳虎把带走的宝玉和大弓又还给了鲁国。《春秋》之所以在这里用『得』字，是因为宝玉和大弓是器物用具。凡是获得器物用具称『得』，得到人或动物则称『获』。

六月，鲁军攻打阳关。阳虎派军队焚烧了阳城关的莱门，鲁军受到扰乱，阳虎趁机突围逃到了齐国。阳虎请求齐国出兵帮助攻打鲁国，并说：『只要出兵三次，就一定能占领鲁国。』齐景公正准备答应他，鲍国在一旁劝谏说：『臣下曾经做过鲁大夫施氏的家臣，深知鲁国不是轻易能够征服的。目前鲁国上下还算团结，百姓也很和睦，能够事奉大国，而且又没有遇到天灾，凭什么去占领它呢？阳虎是要利用我们齐国，齐军一旦疲惫不堪，臣民必然死伤很多，于是阳虎的阴谋就会得逞。阳虎曾经深受季氏的宠信，他准备杀死季孙，以危害鲁国，并且以此博得其他国家的喜欢，以求接纳他。阳虎为富不仁，君王怎么能够听信这种人的谗言呢？君王比季氏富有，又比鲁国强大，所以成为阳虎所要颠覆的对象。鲁国好不容易铲除了这一祸害，君王却要收留他，这不是在引狼入室吗？』于是齐景公便把阳虎抓了起来，准备把他囚禁在齐国东部。阳虎装出很愿意的样子，齐景公便又决定把他囚禁在西部边境。阳虎到了齐国西部后，把当地的车子都借来，用刀把车轴削刻得很细，然后用麻绳缠上之后再还给车主，目的是他将来逃跑时，这些车子的车轴将会折断而追不上。有一次阳虎在车上装了很多衣物，他藏到里面企图逃跑，结果被追上抓回齐国都城。后来阳虎又一次藏在装载衣物的车中逃离了齐国，到了宋国，然后又到了晋国，投奔了赵氏。孔子说：『赵氏将因此而永世不得安宁了。』

原文

秋，齐侯伐晋夷仪[①]。敝无存之父将室之[②]，辞，以与其弟，曰：『此役也，不死，反，必娶于高、国。』先登，求自门出，死于溜下[③]。东郭书让登，犁弥从之，曰：『子让而左，我让而右，使登者绝而后下。』书左，弥先下。书与王猛息[④]，猛曰：『我先登。』书敛甲[⑤]，曰：『曩者之难，今又难焉。』猛笑曰：『吾从子，如骖之有靳[⑥]。』

晋车千乘在中牟，卫侯将如五氏，卜过之，龟焦。卫侯曰：『可也！卫车当其半，寡人当其半，敌矣。』乃过中牟。中牟人欲伐之，卫褚师圃亡在中牟，曰：『卫虽小，其君在焉，未可胜也。齐师克城而骄，其帅又贱，遇，必败之，不如从齐。』乃伐齐师，败之。齐侯致禚、媚、杏于卫[⑦]。

注释

①夷仪：位于今河北邢台市西。②敝无存：齐国人。室之：为他娶妻。『之』指代敝无存。③溜：屋檐流水的地方。④王猛：即犁弥。⑤敛甲：紧束甲衣。⑥骖之有靳：古代兵车驾有四马，并排，两侧称骖，中间二马称服。靳为服马胸前束之皮条。⑦禚、媚、杏：三者皆为齐国西部边境之邑。

译文

秋季，齐景公出兵攻打晋国的夷仪。齐国有个人叫敝无存，他的父亲准备在这时为他娶妻，但他推辞了，让他弟弟先结婚，说：『这次战役中，如果我侥幸不死，回来后一定娶高氏、国氏家的女子为妻。』作战时，他勇猛冲锋在前，率先登上城墙，又准备从城门冲出来，结果在城门的檐下战死了。东郭书也抢先攀登城墙，犁弥也不甘落后地跟了上去，他向东郭书喊道：『你从左边上去，我从右边上去，等大家都上去之后，我们再一齐跳下来。』于是东郭书听从了他的话从左边登上了城墙，但犁弥却先跳了下去。战斗结束后，两人在一起休息时，犁弥说：『是我第一个登上了城墙。』东郭书拿起皮甲准备和犁弥决一胜负，他说：『刚才你跟我过不去，现在又要跟我过不去。』犁弥笑着说：『我跟着您后面，就像骖马要始终跟着服马一样，哪能抢在您前面呢？』

这时晋国有一千辆战车集中在中牟。卫灵公准备前往五氏，因为要经过中牟，所以想占卜一下吉凶，结果占卜时居然把龟甲都烧焦了。卫灵公说：『可以通过。卫国的战车能抵挡他们的一半，另一半则由寡人抵挡，这样就能和他们势均力敌了。』于是便亲自率领军队通过中牟。中牟的晋军准备攻打他们，此时恰恰卫国的褚师圃逃亡在此，他说：『卫国虽然小，但有他们的国君跟着，因此战胜不了他们。齐军刚刚攻下夷仪城，非常骄傲，他们的将帅地位又很低贱，如果和他们相交锋，一定能打败他们，不如去追赶齐军。』于是晋军便攻打齐军，果然将齐军打败。齐景公把禚、媚、杏三地慷慨送给了卫国。

原文

齐侯赏犁弥，犁弥辞曰：『有先登者，臣从之。皙帻而衣狸制[①]。』公使视东郭书，曰：『乃夫子也，吾贶子[②]。』公赏东郭书，辞曰：『彼宾旅也。』乃赏犁弥。

齐师之在夷仪也，齐侯谓夷仪人曰：『得敝无存者，以五家免。』乃得其尸。公三襚之[③]，与之犀轩与直盖，而先归之。坐引者，以师哭之，亲推之三。

注释

①皙：白色。帻：头巾。制：斗篷。②吾贶子：我把奖赏让给你。③襚：送给死者衣被，这里指为死者加衣。

译文

齐景公准备大加赏赐犁弥，但犁弥推辞了，他说：『有人率先登城，我只不过是尾随其后而已。那个人扎着白头巾，披着狸皮斗篷。』景公让他看东郭书是不是那个人，他说：『就是那个人。』又转而对东郭书说：『我要把赏赐让给你。』景公便要赏赐东郭书，但东郭书百般推辞说：『他是其他国家寄居在齐国的客人。』于是齐景公就赏赐了犁弥。

正当齐军在夷仪作战时，齐景公曾对夷仪人说：『谁如果能够找回敝无存的尸首，赏赐五家，并且免除劳役。』有人找回了敝无存的尸首后，景公亲自为他穿上衣服，并用犀牛皮装饰的车子和长柄伞作为他殉葬的装饰，又先把尸首送回国。敝无存的灵柩被送回去时，全军大哭，拉车人跪着，齐景公亲自推动丧车车轮三周而上路。

秋景山水图　明·李士达

此图画深秋之季二位隐士于山中小亭对酌清谈之境。画面上的悬岩突兀，山势险峻，云雾缭绕。置阵布势，气魄雄伟。云烟断白，巧妙地表现出了空间层次感。山石以碎笔皴染，傅以淡色，墨色干湿浓淡相交相融，生发出丰富的效果，独具韵味。

定公十年

原文

十年春，及齐平。

夏，公会齐侯于祝其，实夹谷①。孔丘相。犁弥言于齐侯曰：『孔丘知礼而无勇，若使莱人以兵劫鲁侯，必得志焉。』齐侯从之。孔丘以公退，曰：『士兵之！两君合好，而裔夷之俘②，以兵乱之，非齐君所以命诸侯也。裔不谋夏，夷不乱华，俘不干盟③，兵不逼好④——于神为不祥，于德为愆义⑤，于人为失礼，君必不然。』齐侯闻之，遽辟之⑥。

将盟，齐人加于载书曰：『齐师出竟，而不以甲车三百乘从我者，有如此盟。』孔丘使兹无还揖对⑦，曰：『而不反我汶阳之田，吾以共命者⑧，亦如之。』

注释

①夹谷：即祝其。位于山东莱芜县之夹谷岭。②裔夷之俘：偏远的东夷俘虏。裔，指中原以外的地区；夷，指华以外的人。③干盟：干犯盟会。④逼好：威逼友好。⑤愆义：损害大义。⑥遽辟之：马上让莱人避开。⑦兹无还：鲁大夫。⑧共命：供给齐国所需。

译文

十年春，鲁国和齐国讲和。

夏，定公与齐侯在祝其相会，祝其也就是夹谷。孔丘作为相礼。犁弥对齐侯说：『孔丘懂得礼而缺乏勇，假如派莱地人用武力劫持鲁侯，一定可以如愿以偿。』齐侯听从了他的建议。定公被孔丘带着，说：『战士们拿起武器攻上去！两国的国君友好会见，而边远的东夷俘虏动用武力来捣乱。边远不能谋害中原，东夷不能搅乱华人，俘虏不能侵犯盟会，武力不能胁迫友好——对于神灵是违逆吉祥，对于德行是丧失道义，对于人们是丢弃礼制，君王肯定不会这样的。』齐侯听到了，很快就让莱地人避开。

将要结盟发誓，齐国人在盟书上加上一句话，说：『齐军出境但鲁国不派三百辆甲车跟随我们，有盟誓可以作为见证！』孔丘让兹无还作揖回答说：『你们不归还我们汶阳的土地，让我们用来供应齐国的需要，也有盟誓为证！』

原文

齐侯将享公，孔丘谓梁丘据曰：『齐、鲁之故，吾子何不闻焉？事既成矣，而又享之，是勤执事也。且牺象不出门①，嘉乐不野合②。飨而既具③，是弃礼也。若其不具，用秕稗也。用秕稗，君辱，弃礼，名恶，子盍图之？夫享，所以昭德也。不昭，不如其已也。』乃不果享。

齐人来归郓、讙、龟阴之田。

晋赵鞅围卫，报夷仪也。

初，卫侯伐邯郸午于寒氏④，城其西北而守之⑤，宵熸⑥。及晋围卫，午以徒七十人门于卫西门，杀人于门中，曰：『请报寒氏之役。』涉佗曰：『夫子则勇矣，然我往，必不敢启门，』亦以徒七十人，旦门焉，步左右⑦，皆至而立，如植⑧。日中不启门，乃退。

注释

①牺、象：酒器名，即牺尊、象尊。②野合：野外合奏。③飨而既具：享礼的器具全部具备。既：尽，全部。④邯郸午：邯郸本卫邑，后属晋。午，邑宰名。寒氏：即五氏，位于今邯郸市西。⑤城其西北：攻破寒氏城西北隅。⑥

宵熸：寒氏守军夜间溃逃四散。⑦步左右：走到城门左右两边。⑧如植：像树木一样。

译文

齐侯打算设厚礼招待定公。孔丘对梁丘据说：『齐国、鲁国自古就有的典礼，您为什么没有听说呢？事情已经完成了，而你们又设享礼，这是徒然劳动做事。而且牺尊、象尊不出国门，钟声不在野外合奏。设享礼同时而全部具备这些东西，这不合礼法；如果不具备这些东西，那就像秕子稗子一样卑微而不郑重。像秕子稗子一样，这是君王的耻辱；不合礼法，就导致名声不好。您何不考虑一下！享礼，是用来宣扬德行的。如果不能宣扬，不如不用。』于是最终没有设享礼。

齐国人前来归还郓地、讙地、龟阴的土地。

晋国的赵鞅包围卫国，这样做是为了报复夷仪这一役。

起初，卫侯在寒氏攻打邯郸午，攻破邯郸城西北角而派兵据守。等到晋国包围卫国的时候，邯郸午带了七十个徒兵攻打卫国西门，在城里杀了人，说：『用这来报复寒氏这一役。』涉佗说：『这个人算得上是勇敢了，然而我去，他们一定不敢开城门。』也带了七十个徒兵在早城攻打城门，走到城门左右两边，全部站定，像树木一样纹丝不动。到中午不开城门，这才退回去。

原文

反役，晋人讨卫之叛故①，曰：『由涉佗、成何。』于是执涉佗，以求成于卫。卫人不许，晋人遂杀涉佗，成何奔燕。君子曰：『此之谓弃礼，必不钧②。《诗》曰：「人而无礼，胡不遄死③。」涉佗亦遄矣哉。』

初，叔孙成子欲立武叔，公若藐固谏曰：『不可。』成子立之而卒。公南使贼射之④，不能杀。公南为马正，使

公若为郈宰。武叔既定，使郈马正侯犯杀公若[5]，不能。其圉人曰：『吾以剑过朝，公若必曰：「谁之剑也？」吾称子以告，必观之。吾伪固，而授之末[6]，则可杀也。』使如之。公若曰：『尔欲吴王我乎[7]？』遂杀公若。侯犯以郈叛。武叔懿子围郈，弗克。

注释

①讨：责问。②必不钧：二人所犯罪过轻重必定不同。③人而无礼，胡不遄死：句见《鄘风·相鼠》。遄，速。④公南：叔孙家臣，武叔之党。⑤遄：叔孙氏邑名。⑥伪因而授之末：假装不懂礼而以剑锋递给公若。末，尖。⑦尔欲吴王我乎：你想把我当作吴王吗？吴王，即吴王僚。

译文

退兵以后，晋国人责问卫国背叛的原因，卫国人说：『由于涉佗、成何。』晋国人因此逮捕了涉佗，以此向卫国要求讲和，然而卫国人不答应。晋国人就杀了涉佗，成何闻讯逃亡到燕国。君子说：『这叫做无视礼法，两个人的罪过必然有轻有重。《诗》说：「做人而没有礼，为什么不早点死？」涉佗死得也算很快了。』

起初，叔孙成子想要立武叔为继承人，公若藐坚决劝谏，说：『不行。』但是成子还是立了武叔然后死去。公南派坏人用箭暗射杀公若，没有成功。公南做上马正，就让公若做郈地宰臣。武叔在大局已定之后，使郈地的马正侯犯杀死公若，结果没有能办到。侯犯的管马人说：『我拿着剑经过大堂，公若见了一定会说：「谁的剑啊？」我抬出您来，他一定会细看这剑。我假装不懂礼节而把剑尖递给他，就可以乘机杀死他了。』侯犯就派他照办。果然公若说：『你要把我当吴王吗？』管马人就轻松杀死了公若。侯犯带领郈地人叛变，武叔包围郈地，最终没有攻下。

原文

秋，二子及齐师复围郈[1]，弗克。叔孙谓郈工师驷赤曰：『郈非唯叔孙氏之忧，社稷之患也。将若之何？』对曰：『臣之业，在《扬水》卒章之四言矣。』叔孙稽首。驷赤谓侯犯曰：『居齐、鲁之际，而无事，必不可矣。子盍求事于齐以临民[2]？不然，将叛。』侯犯从之。齐使至，驷赤与郈人为之宣言于郈中[3]曰：『侯犯将以郈易于齐，齐人将迁郈民。』众凶惧[4]。驷赤谓侯犯曰：『众言异矣，子不如易于齐。与其死也，犹是郈也[5]。而得纾焉，何必此？齐人欲以此逼鲁，必倍与子地。且盍多舍甲于子之门，以备不虞？』侯犯曰：『诺。』乃多舍甲焉[6]。侯犯请易于齐，齐有司观郈，将至。驷赤使周走呼曰[7]：『齐师至矣！』郈人大骇，介侯犯之门甲[8]，以围侯犯。驷赤将射之。侯犯止之，曰：『谋免我[9]。』侯犯请行，许之。驷赤先如宿[10]，侯犯殿。每出一门，郈人闭之。及郭门，止之，曰：『子以叔孙氏之甲出，有司若诛之，群臣惧死。』驷赤曰：『叔孙氏之甲有物[11]，吾未敢以出。』犯谓驷赤曰：『子止而与之数[12]。』驷赤止而纳鲁人。侯犯奔齐，齐人乃致郈。

注释

①二子：指武叔、公南。②临民：统治百姓。③宣言：制造谣言。④凶惧：轰动不安。⑤犹是郈也：意为以郈换取齐国另一个邑，所得无异于郈地。⑥舍甲：存放皮甲。⑦周走：跑遍全邑。⑧介：穿戴。⑨谋免我：谋划如何免除我的祸难。⑩宿：齐邑，位于今山东东平县东南。⑪有物：有标志、记号。⑫数：查点。

译文

秋，武叔、公南两个人和齐军再次包围郈地，但没有攻下。武叔对郈地的工师驷赤说：『郈地不仅是叔孙氏的忧虑，而且是整个国家的祸患，打算怎么办？』驷赤说：『下臣的事情在《扬水》这首诗第四章的四个字上了。』武叔随即向他叩头。驷赤就对侯犯说：『处在齐国、鲁国两强之间而不事奉哪一国，必然是不行的。您何不请求事奉齐国以统治百姓？不这样，他们必然会叛变的。』侯犯听从了，齐国的使者到来后，驷赤和郈地人在郈地散布谣言说：『侯犯打算与齐国交换郈地，齐国人打算迁走郈地的百姓。』大家吵得沸沸扬扬，很害怕，驷赤对侯犯说：『大家的意见和您不一样，与其坐以待毙，不如把郈地和齐国交换，您所得的等于这块郈地，而危机却可以缓和，为什么非死抱着这里不松手？齐国人想借此逼迫鲁国，必然加倍还给您土地。为什么不多准备一些皮甲放在门里以防意外？』侯犯说：『对。』于是就多准备皮甲放在门里。侯犯请求与齐国交换一块土地，齐国的官员要来视察郈地。他们即将到达时，驷赤派人绕遍全城喊着说：『齐国的军队到了！』郈地人非常害怕，穿上侯犯准备好的皮甲来包围侯犯。驷赤要向这些人射箭，侯犯阻止他，说：『想办法让我免于遭难。』侯犯请求出走，大家答应了。驷赤先去宿地，侯犯跟在最后。每出一道门，郈地人就关上一道门。到了外城门，大家拦住侯犯，说：『您把叔孙氏的皮甲带出去，官员们如果因此而要治罪，我们就更害怕被杀。』驷赤说：『叔孙氏的皮甲有标记，我不敢带出去。』侯犯对驷赤说：『您留下向他们做交接。』驷赤留下，并且接纳了鲁国人。侯犯逃亡到齐国。齐国人就把郈地交还给鲁国。

原文

宋公子地嬖蘧富猎[1]，十一分其室，而以其五与之。公子地有白马四，公嬖向魋，魋欲之[2]。公取而朱其尾、鬣以与之。地怒，使其徒扶魋而夺之[3]。魋惧，将走，公闭门而泣之，目尽肿。母弟辰曰：『子分室以与猎也，而独卑魋，亦有颇焉[4]。子为君礼，不过出竟，君必止子。』公子地出奔陈，公弗止。辰为之请，弗听。辰曰：『是我廷吾兄也[5]。吾以国人出，君谁与处？』冬，母弟辰暨仲佗、石彄出奔陈。

武叔聘于齐，齐侯享之，曰：『子叔孙！若使郈在君之他竟，寡人何知焉？属与敝邑际[6]，故敢助君忧之。』对

曰：『非寡君之望也。所以事君，封疆社稷是以[⑦]，敢以家隶勤君之执事[⑧]？夫不令之臣[⑨]，天下之所恶也，君岂以为寡君赐？』

注释

①嬖：宠爱。②魋：向魋，宋大司马桓魋。③抶：鞭打。④颇：偏僻不公正。⑤迋：通『诳』，欺骗。⑥际：交界。⑦以：为。⑧家隶：家臣，指侯犯。⑨令：即善。

译文

宋国的公子地十分宠信蘧富猎，把家产分成十一份，蘧富猎得到了五份。公子地有四匹白马，宋公宠信向魋，向魋想要这四匹白马。宋公把马牵来在马尾、马鬣上涂上红颜色给了向魋。公子地发怒，派手下人打了向魋一顿并且把马夺回来了。向魋害怕，计划逃走，宋公关上门对向魋哭泣，眼睛都哭肿了。宋公的同母兄弟辰对公子地说：『您把家产分给猎，但就是看不起魋，这也是不公平的。您平日对国君有礼，至多不过出国，国君一定留您。』公子地逃亡陈国，宋公没有留他。公子辰为他请求，宋公不接受他的请求。公子辰说：『这是我欺骗了我哥哥。我带着臣民们出国，国君和谁住在一块？』冬，宋公的同母兄弟辰和仲佗、石彄也都逃亡陈国。

武叔出使齐国，齐侯设享礼招待他，说：『子叔孙！假使郈地在君王其他的国境上，寡人知道什么呢？这里刚好和敝邑毗邻，所以敢帮着您分忧。』武叔回答说：『这不是寡人的愿望。我们事奉君王，就是为了国家疆土的安危，岂敢为了家臣而使执事劳累，不好的臣下，是天下人共同讨厌的，君主难道用这来作为对臣民的赐予？』

定公十一年

原文

十一年春，宋公母弟辰暨仲佗、石彄、公子地入于萧以叛①。秋，乐大心从之，大为宋患，宠向魋故也。

冬，及郑平，始叛晋也。

注释

①萧：宋邑，位于今安徽萧县西北。

译文

十一年春季，宋景公的一母弟弟辰和仲佗、石彄、公子地进入萧地，他们在那发动了叛乱。同年秋季，乐大心也投奔了他们，成为宋国的一大祸患，这就是被宋景公宠信的结果。

冬季，鲁国和郑国讲和，从此鲁国开始与晋国背道而驰。

定公十二年

原文

十二年夏，卫公孟彄伐曹，克郊[①]。还，滑罗殿[②]。未出，不退于列。其御曰：『殿而在列，其为无勇乎？』罗曰：『与其素厉[③]，宁为无勇。』

仲由为季氏宰[④]，将堕三都。于是叔孙氏堕郈。季氏将堕费，公山不狃、叔孙辄帅费人以袭鲁。公与三子入于季氏之宫[⑤]，登武子之台。费人攻之，弗克。入及公侧，仲尼命申句须、乐颀下[⑥]，伐之，费人北。国人追之，败诸姑蔑[⑦]。二子奔齐[⑧]。遂堕费。

注释

①郊：曹邑名，位于今山东菏泽县界。②滑罗：卫大夫。③素厉：空有勇猛之名，徒有虚名。素，空。厉，猛。④仲由：字子路，孔子弟子。⑤三子：季孙、叔孙、孟孙。⑥申句须、乐颀：二人为鲁大夫。⑦姑蔑：地名，位于今山东泗水县东四十五里。⑧二子：即公山不狃、叔孙辄。

译文

十二年夏季，卫国的公孟彄率领军队攻打曹国，攻克郊地。回来时，大夫滑罗作为殿后部队。卫军还没有退出曹国，滑罗却没有走在最后。他的御者说：『作为殿后的部队却走在队伍中间，难道我们打算被人指责没有勇气吗？』滑罗说：『与其假装勇敢，还不如被人说我们没有勇气。』

子路担任季氏的家臣，提议毁弃季孙、叔孙、孟孙三家的采邑。于是叔孙氏毁弃了郈邑。季孙氏正准备毁弃费邑，公山不狃、叔孙辄率领费地的人攻打鲁国国都。定公和季孙、叔孙、孟孙三人赶忙藏进季氏的住宅，登上武子之台。费地的人攻打他们，却没有能够得胜。攻到武子之台的下边时，孔子派申句须、乐颀冲下台回击他们，费地人败逃。国人追赶他们，在姑蔑打败了他们。公山不狃和叔孙辄逃亡到了齐国。随后费邑便被毁弃了。

原文

将堕成[1]，公敛处父谓孟孙[2]：『堕成，齐人必至于北门。且成，孟氏之保障也，无成，是无孟氏也。子伪不知，我将不堕。』

冬，十二月，公围成，弗克。

注释

①成：位于今山东宁阳县东北，为鲁之北境，与齐相邻。②公敛处父：成邑宰。

译文

正打算毁弃成邑，公敛处父对孟孙说：『如果毁弃了成邑，齐国人一定会直接进攻鲁国的北部边境。再说成邑就是孟氏的屏障啊，如果没有了成邑，也就等于没有了孟氏。即使你假装不知道，我也不会毁了成邑。』

冬季，十二月，定公领兵攻打成邑，战败。

定公十三年

原文

十三年春，齐侯、卫侯次于垂葭[①]，实郹氏。使师伐晋，将济河。诸大夫皆曰：『不可。』邴意兹曰：『可。锐师伐河内[②]，传必数日而后及绛。绛不三月，不能出河，则我既济水矣。』乃伐河内。

齐侯皆敛诸大夫之轩[③]，唯邴意兹乘轩。齐侯欲与卫侯乘，与之宴，而驾乘广[④]，载甲焉。使告曰：『晋师至矣。』齐侯曰：『比君之驾也，寡人请摄[⑤]。』乃介而与之乘[⑥]，驱之，或告曰：『无晋师。』乃止。

注释

①垂葭：即郹氏，位于今山东菏泽西北。②河内：原属卫国，卫迁都后属晋。位于今河南汲县。③敛：收回。轩：车。④驾乘广：套好战车。乘广：楚兵车名，齐亦有之。⑤摄：代御者驾车。⑥介：穿上甲衣。

译文

十三年春，齐侯、卫侯住于垂葭，垂葭即郹氏。派遣军队攻打晋国。将要渡过黄河，大夫们全都说不行。邴意兹说：『行。用精兵攻打河内。消息一定需要几天才能到绛邑。绛邑的兵马不到三个月也不能到达黄河，到那时我军已回兵渡河了。』于是就攻打河内。

大夫们的车子都被齐侯收起来了，只有邴意兹可以坐车。

齐侯想和卫侯同坐一辆车，跟他一块饮宴而命令套好战车，载上甲兵。派人报告说：『晋军到了！』齐侯说：『等套好君王的车子，寡人就代替您的驾车人驾车。』于是就披甲和卫侯一起登车，驱车向前。有人报告说：『无晋军。』这才停车。

原文

晋赵鞅谓邯郸午曰：『归我卫贡五百家，吾舍诸晋阳。』午许诺。归告其父兄，父兄皆曰：『不可。卫是以为邯郸[1]，而置诸晋阳，绝卫之道也[2]。不如侵齐而谋之[3]。』乃如之，而归之于晋阳。赵孟怒，召午，而囚诸晋阳。使其从者说剑而入，涉宾不可[4]。乃使告邯郸人曰：『吾私有讨于午也，二三子唯所欲立。』遂杀午。赵稷、涉宾以邯郸叛。夏六月，上军司马籍秦围邯郸。邯郸午，荀寅之甥也；荀寅，范吉射之姻也。而相与睦，故不与围邯郸，将作乱。董安于闻之，告赵孟，曰：『先备诸？』赵孟曰：『晋国有命，始祸者死，为后可也。』安于曰：『与其害于民，宁我独死，请以我说。』赵孟不可。秋七月，范氏、中行氏伐赵氏之宫[5]，赵鞅奔晋阳，晋人围之。

注释

①卫是以为邯郸：卫国用这五百家帮助邯郸。②绝卫之道：断绝和卫国的友好之路。③侵齐而谋：用侵袭齐国的办法去谋划，使五百家迁到晋阳去。侵齐，则齐必报复，再以惧齐而迁走。④涉宾：邯郸赵午的家臣。⑤范氏、中行氏：范氏即士吉射，中行氏即荀寅。

译文

晋国的赵鞅对邯郸午说：『把卫国进贡的五百家都还给我，我要把他们迁到晋阳去。』邯郸午答应了。回告父老兄长，父老兄长都说：『不行。卫国是用这五百家来帮助邯郸的，要安置到晋阳去，这就是断绝和卫国的友好之路。不如用侵袭齐国的方法来解决。』于是就照着办，然后把五百家迁到晋阳。赵鞅发怒，把邯郸午找来，囚禁在晋阳。赵鞅要求邯郸午的随从解除佩剑再进来，涉宾不肯服从。赵鞅就派人告诉邯郸人说：『我私人惩罚了午，您几位可以按自己的愿望立继承人。』就杀了邯郸午。赵稷、涉带领邯郸人叛变。夏六月，上军司马籍秦包围邯郸。邯郸午，即荀寅的外甥；荀寅，是范吉射女婿的父亲，彼此和睦，因此不参与包围邯郸，准备发动叛乱，董安于听到了这个消息，告诉赵鞅说：『先做准备吗？』赵鞅说：『晋国有一条法令，最先发动祸乱的人处死，我们后发制人就行了。』董安于说：『与其危害百姓，还不如我一个人死。请把我作为解释。』赵鞅没有答应。秋七月，范氏、中行氏攻打赵氏的宫室，赵鞅逃亡到晋阳，晋国人派人包围晋阳。

原文

范皋夷无宠于范吉射①，而欲为乱于范氏。梁婴父嬖于知文子②，文子欲以为卿。韩简子与中行文子相恶③，魏襄子亦与范昭子相恶④。故五子谋，将逐荀寅，而以梁婴父代之，逐范吉射，而以范皋夷代之。荀跞言于晋侯曰：『君命大臣，始祸者死，载书在河⑤。今三臣始祸，而独逐鞅，刑已不钧矣。请皆逐之。』

注释

①范皋夷：范氏侧室子。②梁婴父：晋大夫。知文子：荀跞。③韩简子：韩起之孙韩不信。中行文子：即荀寅。④魏襄子：魏舒之孙曼多。范昭子：即士吉射。⑤载书在河：盟书沉在河中，昭告神明。

译文

范皋夷不受范吉射的宠爱，想要在氏族中发动叛乱。梁婴父受到知文子的宠信，知文子想让他做卿。韩简子和荀寅互相不和，魏襄子也和范吉射互相不和，所以五个人预谋，打算驱逐荀寅，而用梁婴父顶替他；驱逐范吉射，而用范皋夷代替他。荀跞对晋侯说：『君王命令大臣，最先发动叛乱的人处死，盟书沉在黄河里昭告神灵。现在三个大臣开始发动祸乱，而只驱逐赵鞅，处罚已经不相同了。他们都应当被驱逐。』

原文

冬，十一月，荀跞、韩不信、魏曼多奉公以伐范氏、中行氏，弗克。

二子将伐公[①]，齐高强曰：『三折肱知为良医。唯伐君为不可，民弗与也。我以伐君在此矣。三家未睦[②]，可尽克也，克之，君将谁与？若先伐君，是使睦也。』弗听，遂伐公。国人助公，二子败，从而伐之。丁未，荀寅、士吉射奔朝歌。

韩、魏以赵氏为请。十二月辛未，赵鞅入于绛，盟于公宫。

初，卫公叔文子朝而请享灵公，退，见史鳅而告之。史鳅曰：『子必祸矣！子富而君贪，罪其及子乎[③]！』文子曰：『然。吾不先告子，是吾罪也。君既许我矣，其若之何？』史鳅曰：『无害，子臣，可以免。富而能臣，必免于难，上下同之。戍也骄[④]，其亡乎！富而不骄者鲜，吾唯子之见。骄而不亡者，未之有也。戍必与焉。』及文子卒，卫侯始恶于公叔戍，以其富也。公叔戍又将去夫人之党[⑤]，夫人诉之曰：『戍将为乱。』

注释

①二子：指范氏、中行氏。②三家：指荀跞、韩不信、魏曼多。③其及子：灾祸将降到你的身上。④戍：公叔戍，公叔文子的儿子。⑤夫人之党：夫人指卫灵公夫人南子，其党指宋朝等人。

译文

冬，十一月，荀跞、韩不信、魏曼多事奉晋侯攻打范氏、中行氏，结果没有攻下。

这两个人打算攻打晋侯，齐国的高强说：『久病便成良医。唯有攻打国君是不行的，百姓不肯亲附。我正是因为攻打国君才待在这里啊。三家不和睦，可以全部攻下他们。攻下了他们，国君还去亲附谁？假设先攻打国君，这是促使他们和睦。』这两个人不听，于是攻打晋侯。国内的人们帮助晋侯，两个人战败，三家跟着就去攻打他们。十八日，荀寅、范吉射二人逃亡朝歌。

韩氏、魏氏帮赵氏请求。十二月十二日，赵鞅进入绛邑，在公宫盟誓。

起初，卫国的公叔文子上朝要求设享礼招待灵公，退朝，见到史鳅便告诉了他。史鳅说：『您必然招来祸患了！您富有但国君贪婪，祸患恐怕要落到您身上吧！』文子说：『是这样。我没有先通知您，这是我的罪过。国君已经答应我了，怎么办？』史鳅说：『没有关系。您恪守臣道，可以免祸。富有但是能谨守臣道，一定能免于祸难。这一原则对尊卑都适用。公叔戌骄傲，恐怕要逃亡吧！富有而不骄傲的人很少，我唯独碰见了您一个。骄傲而不逃亡的，还没有过。戌一定会逃亡的。』等到文子死了，卫侯才开始讨厌公叔戌，因为他富有，公叔戌又准备除去夫人的党羽，夫人向卫侯控告说：『戌将要发动叛乱。』

定公十四年

原文

十四年春，卫侯逐公叔戍与其党，故赵阳奔宋，戍来奔。

梁婴父恶董安于，谓知文子曰：『不杀安于，使终为政于赵氏，赵氏必得晋国。盍以其先发难也，讨于赵氏？』文子使告于赵孟曰：『范、中行氏虽信为乱，安于则发之，是安于与谋乱也。晋国有命，始祸者死。二子既伏其罪矣，敢以告。』赵孟患之。安于曰：『我死而晋国宁，赵氏定，将焉用生？人谁不死，吾死莫矣[①]。』乃缢而死。赵孟尸诸市，而告于知氏曰：『主命戮罪人，安于既伏其罪矣，敢以告。』知伯从赵孟盟，而后赵氏定，祀安于于庙。

顿子牂欲事晋，背楚而绝陈好。二月，楚灭顿。

注释

①莫：同『暮』，迟暮。

译文

十四年春季，卫灵公驱赶了公叔戍和他的党羽，于是赵阳逃亡到了宋国，公叔戍则逃亡到了鲁国。

梁婴父非常讨厌董安于，便对荀跞说：『假如不杀了董安于，而一直让他执掌赵氏大权，那么赵氏一定会吞并整个晋国，何不以赵氏过去曾经首先发动了祸乱作为借口去讨伐他呢？』于是荀跞就告诉赵鞅说：『荀寅和范吉射虽然也的确发动了叛乱，但这都是董安于挑起的，是安于参与他们共同作乱的。晋国的法律规定，处死率先制造祸乱的人，那两个人已经都受到处罚了，就请对董安于也处以相应的惩罚。』赵鞅有点害怕了。安于说：『如果我死了就能使晋国安宁，使赵氏家族稳定，又何必活着呢？人谁没有一死？我死得已经太晚了。』于是自缢而死。赵鞅把他的尸体抬到市上示众，然后通知荀跞说：『阁下命令我处罚罪人，如今他已伏法，特此禀告。』荀跞便和赵鞅结了盟。从此以后赵氏家族安定下来了，安于的灵位也被供奉在祖庙中。

顿国的国君牂准备事奉晋国，于是便背叛了楚国，并和陈国断绝了友好关系。二月，楚国发兵灭掉了顿国。

原文

夏，卫北宫结来奔，公叔戌之故也。

吴伐越，越子勾践御之，陈于槜李。勾践患吴之整也，使死士再禽焉①，不动。使罪人三行，属剑于颈，而辞曰：『二君有治，臣奸旗鼓②，不敏于君之行前，不敢逃刑，敢归死。』遂自刭也。师属之目③，越子因而伐之，大败之。灵姑浮以戈击阖庐④，阖庐伤将指⑤，取其一屦⑥。还，卒于陉，去槜李七里。

夫差使人立于庭，苟出入，必谓己曰：『夫差，而忘越王之杀而父乎？』则对曰：『唯，不敢忘！』三年乃报越。

晋人围朝歌，公会齐侯、卫侯于脾、上梁之间⑦，谋救范、中行氏。析成鲋、小王桃甲率狄师以袭晋⑧，战于绛中，不克而还，士鲋奔周⑨，小王桃甲入于朝歌。

秋，齐侯、宋公会于洮，范氏故也。

注释

①死士：敢死之士。禽：通『擒』。②奸：违犯。旗鼓：指代军令。③属之目：注目而视。④灵姑浮：越国大夫。⑤将指：足大趾。⑥取其一屦：还掉了一只鞋。⑦脾、上梁之间：也就是牵，卫地。⑧析成鲋、小王桃甲：两人都是晋国大夫。⑨士鲋：即析成鲋。

译文

夏季，卫国的北宫结逃亡来到鲁国，这是受到公叔戌牵连的缘故。

吴国发兵攻打越国，越王勾践率领军队奋勇抵抗，在檇李摆开阵势。勾践对吴军严整的阵容极为担心，便两次派出敢死队员袭击吴军，还抓获了吴军先头队列的一些士兵，但吴军阵脚始终丝毫不乱。勾践又派出一些犯人，让他们顺次排成三行，并手持一把剑放到各自脖子上，走到吴军阵前说：『两国君王兵戎相见，我们因为严重违犯了军令，在君王面前显得极为无能，不敢逃避刑罚，希望用自杀这种方式谢罪。』说完便一齐自刎而死。吴军将士都聚精会神地注视这一凄惨景象，越王乘机下令进攻，结果吴军被打得大败。越国大夫灵姑浮用戈猛击吴王阖庐，把阖庐的大脚趾砍掉一个，姑浮拾到他的一只鞋。阖庐撤退途中，行至陉地而死。陉地距檇李才七里地路程。

后来阖庐的儿子夫差派人站在院子里，只要看到他出入，便提醒他：『夫差，难道你忘了越王杀父之仇吗？』此时夫差便连忙回答：『没有。我不敢忘记！』这样到了第三年，夫差向越国报了杀父之仇。

晋国人包围了朝歌，定公在脾地和上梁之间会聚齐景公、卫灵公，商议共同救援荀寅和范吉射之事。析成鲋、小王桃甲率领狄军攻打晋国，在绛城展开了激烈战斗，没有战胜便收兵撤退了。析成鲋逃亡到了成周，小王桃甲则逃到了朝歌。

秋季，齐景公、宋景公二人在洮地会见，商议救援荀寅。

原文

卫侯为夫人南子召宋朝[1]，会于洮。大子蒯聩献盂于齐[2]，过宋野。野人歌之曰：『既定尔娄猪[3]，盍归吾艾豭[4]。』大子羞之，谓戏阳速曰[5]：『从我而朝少君[6]，少君见我，我顾，乃杀之。』速曰：『诺。』乃朝夫人。夫人见大子，大子三顾，速不进。夫人见其色，啼而走，曰：『蒯聩将杀余。』公执其手以登台。大子奔宋，尽逐其党。故公孟彄出奔郑，自郑奔齐。

注释

①宋朝：宋国公子，貌美，私通于南子。②盂：卫邑名。③娄猪：发情的母猪，喻南子。④艾豭：漂亮的公猪。艾，美，喻宋朝。⑤戏阳速：太子家臣。⑥少君：君夫人称少君即小君，指南子。

译文

卫灵公为了夫人南子而召见宋国的公子朝。齐、宋两国在洮地举行会面时，卫国的太子蒯聩前去把盂地献给齐国，途经宋国野外。这时田野上有人对他大声唱道：『既然已使发情的母猪安定了，为什么还不送回我们的公猪？』太子听了羞辱万分，便对家臣戏阳速说：『你跟我去进见夫人南子，她接见我时，只要我一回头，你就把她杀了。』戏阳速说：『好。』于是两人便去朝见夫人。夫人见到太子的时候，太子连续回头三次，戏阳速也不上前动手。夫人看到太子的脸色不对，吓得哭着逃走了，并惊慌失措地喊道：『蒯聩要杀我。』灵公赶快出来拉住她的手迅速登上高台躲避。太子逃亡到了宋国，随后灵公便把太子的党羽全部驱逐出境了。因此公孟彄逃亡到了郑国，又从郑国辗转逃到了齐国。

原文

大子告人曰：『戏阳速祸余。』戏阳速告人曰：『太子则祸余。太子无道，使余杀其母。余不许，将戕于余①。若杀夫人，将以余说②。余是故许而弗为，以纾余死。谚曰：「民保于信」。吾以信义也③。』

冬，十二月，晋人败范、中行氏之师于潞④，获籍秦、高强。又败郑师及范氏之师于百泉⑤。

注释

①戕：残杀。②将以余说：将归罪于我以解脱自己。说，通『脱』。③吾以信义：我以义为信。④潞：位于今山西潞城县东北。⑤百泉：地名，位于今河南辉县市西北。

译文

太子蒯聩对别人说：『是戏阳速害我。』但戏阳速却说：『太子想嫁祸于我。他大逆不道，让我替他杀死他的母亲。如果我不答应，他就会杀了我，但是如果杀了夫人，他将归罪于我。因此我虽然答应他但并没有真的去干。俗话说：「百姓以信用保全自己。」我是以道义作为自己的信用而行事的。』

冬季，十二月，晋国人在潞地打败了范吉射和荀寅的军队，籍秦和高强被抓获了。接着又在百泉打败了郑国军队和范吉射的军队。

定公十五年

原文

十五年春，邾隐公来朝，子贡观焉[①]。邾子执玉高，其容仰；公受玉卑，其容俯。子贡曰：『以礼观之，二君者皆有死亡焉。夫礼，死生存亡之体也，将左右周旋，进退俯仰，于是乎取之；朝祀丧戎，于是乎观之。今正月相朝，而皆不度[②]，心已亡矣。嘉事不体[③]，何以能久？高仰，骄也；卑俯，替也[④]。骄近乱，替近疾，君为主，其先亡乎！』

注释

①子贡：卫国人，姓端木名赐，字子贡，为孔子弟子中杰出的外交家。②不度：不合乎礼仪规范。③体：指礼。④替：废，怠，衰落。

译文

十五年春季，邾隐公来鲁国朝见，子贡在那里观礼。当时邾隐公手握着玉举得太高，仰着脸，定公接玉的姿势又太低，他的脸朝下。子贡说：『从礼法的角度分析，这两个君王都有死亡的表现。礼法是生死存亡的主体，因为人的左右行动、扭转、进退、俯仰等都要从礼法中寻求依据。朝见、祭祀、丧葬、作战，从这些仪式中都能看到礼法的表现。现在是正月，两君彼此朝见，就已经不合乎法度了，说明他们的心中已经完全没有法度了。朝会不合乎礼法，还怎么能长寿呢？姿势过高，脸往上看，表明高傲；姿势过低，脸朝下看，说明已经开始衰微。高傲接近祸乱，衰微接近疾病。君王作为主人，恐怕会比客人先死吧！』

原文

吴之入楚也，胡子尽俘楚邑之近胡者。楚既定，胡子豹又不事楚，曰：『存亡有命，事楚何为？多取费焉。』二月，楚灭胡。

夏，五月壬申，公薨。仲尼曰：『赐不幸言而中，是使赐多言者也。』

郑罕达败宋师于老丘。齐侯、卫侯次于蘧挐，谋救宋也。

秋，七月壬申，姒氏卒。不称夫人，不赴，且不祔也。①

葬定公，雨，不克襄事，②礼也。

葬定姒，不称小君，不成丧也。

冬，城漆，书，不时告也。

注释

①祔：祭名，新死者与祖先合在一起祭祀。按古礼，夫人死了，要与祖姑合祭。②不克襄事：襄，成也。因下雨，未能完成葬事。

译文

当初吴军侵入楚国的时候，胡国君王把胡国周围的楚国人都抓了过去。等到楚国安定下来以后，胡国国君豹又不事奉楚国，说：『生死存亡冥冥中自有注定，事奉楚国又能怎么样？只不过多损失一些贡礼而已。』二月，楚国出兵灭了胡国。

夏季，五月二十二日，鲁定公果真去世。孔子说：『子贡不幸而言中，这就更证明子贡是个话多的人了。』

西林十六景图　明·张复

此图册共十六页，写西林十六景致。此选其中两页。之一画重峦山丘，成林杂树，山间溪水板桥，屋合村宇。画面具有沈周粗笔风韵。之二写雪景山水，粗简明晰。

郑国的罕达在老丘将宋军打败。

齐景公、卫灵公领兵驻扎在蘧挐，以谋求尽力救援宋国。

秋季，七月二十三日，定公夫人姒氏也随之去世了。《春秋》不称她为夫人，是因为鲁国在她死后没有发正式讣告，而且没有把她的灵位放在婆母的灵位一旁。

鲁国安葬定公，当时由于下雨，葬礼被迫停顿下来，这是合乎礼法的。

接着又安葬了定姒，《春秋》不称她为『小君』，是因为没有按夫人葬礼的要求安葬她。

冬季，鲁国在漆地筑城。《春秋》之所以记载了此事，是因为没有按时祭告祖庙，事实上这次筑城是在秋季进行的，因为不敢在秋季农忙时节祭告祖庙，所以才特意推迟到冬闲祭告。

哀公

哀公元年

原文

元年春，楚子围蔡，报柏举也。里而栽①，广丈，高倍。夫屯昼夜九日②，如子西之素③。蔡人男女以辨，使疆于江、汝之间而还④。蔡于是乎请迁于吴。

吴王夫差败越于夫椒⑤，报檇李也。遂入越。越子以甲楯五千，保于会稽⑥。使大夫种因吴大宰嚭以行成⑦，吴子将许之。伍员曰：『不可。臣闻之：「树德莫如滋，去疾莫如尽。」昔有过浇杀斟灌以伐斟鄩，灭夏后相⑧。后缗方娠⑨，逃出自窦⑩，归于有仍，生少康焉⑪，为仍牧正⑫。惎浇⑬，能戒之。浇使椒求之⑭，逃奔有虞⑮，为之庖正⑯，以除其害。虞思于是妻之以二姚⑰，而邑诸纶⑱。有田一成⑲，有众一旅⑳，能布其德，而兆其谋㉑，以收夏众，抚其官职。使女艾谍浇㉒，使季杼诱豷㉓，遂灭过、戈㉔，复禹之绩。祀夏配天，不失旧物㉕。今吴不如过，而越大于少康，或将丰之，不亦难乎？勾践能亲而务施，施不失人，亲不弃劳，与我同壤而世为仇雠，于是乎克而弗取，将又存之，违天而长寇仇，后虽悔之，不可食已㉖。姬之衰也㉗，日可俟也㉘。介在蛮夷，而长寇仇，以是求伯㉙，必不行矣。』弗听。退而告人曰：『越十年生聚㉚，而十年教训㉛，二十年之外，吴其为沼乎㉜！』三月，越及吴平。吴入越，不书，吴不告庆㉝，越不告败也。

注释

①里而栽：离蔡都城一里构筑堡垒。②夫屯昼夜九日：役夫屯驻九昼夜。③素：预定计划。④江、汝之间：长江之北，汝水之南。⑤夫椒：越地，位于今浙江绍兴县北。⑥保于会稽：守住会稽。会稽，即会稽山，位于今浙江绍

兴县东南。⑦种：文种，字禽，楚国南郢人。⑧夏后相：夏代国君，夏启之孙，名相。后相失国，依于二斟，复为浇所灭。⑨后缗：后相妻，有仍氏女。⑩窦：城墙洞。⑪少康：后缗遗腹子，夏代中兴帝王。⑫牧正：牧官之长。⑬惎：心怀仇恨。⑭椒：浇臣。⑮有虞：部落名，虞舜之后。⑯庖正：掌饮食之官。⑰虞思：有虞酋长名，姚姓，以二女妻少康。⑱纶：地名，今河南虞城县东南。⑲成：方十里为成。⑳旅：五百人为旅。㉑兆其谋：开始实施复国计划。兆，始。㉒使女艾谍浇：让女艾打入浇处做间谍。女艾，少康臣。㉓季杼：少康之子。豷：浇弟。㉔过、戈：过，浇之国名；戈，豷之国名。㉕旧物：原来的天下。㉖不可食：吃不消。㉗姬：吴姓，此指吴国。㉘日可俟：计日可待。㉙伯：霸主。㉚生聚：生息积聚。㉛教训：教育训练。㉜吴其为沼：吴将为越灭，宫室毁坏为池沼。㉝告庆：通告战事获胜。

译文

元年春季，楚昭王派军队攻打蔡国国都，以报复柏举那一战。楚军在距蔡国国都一里处建筑了堡垒，宽一丈，高两丈，并在那里驻扎了九天九夜，这和从前令尹子西的预定计划一样。最后蔡国人男女各自分成两排出城投降。楚昭王命令他们迁到长江和汝水之间，然后便回去了。但蔡国人随后便向吴国人请求搬迁到吴国去。

吴王夫差在夫椒打败了越军，报了槜李之战的仇，随后便攻进了越国。越王勾践率领披甲执盾的五千名士兵退守会稽山，并派大夫文种疏通吴国太宰伯嚭向吴国求和。吴王夫差准备答应越国的要求，伍子胥说：『不能同意求和。据臣听说：「树立德行最好是不断培育，铲除病毒最好是干净彻底。」从前有过国的君王浇杀了斟灌，攻打斟鄩，消灭了夏后相。当时后相的妻子后缗正怀有身孕，她从城墙的排水道里逃了出来，回到娘家有仍氏，之后生了少康。少康成人之后，担任了有仍氏的牧正，他对浇充满了仇恨，但又能处处提防他。浇派椒去寻找他，他只好逃亡到了有虞国，并做了一名庖正，从而避免了这场祸难。有虞的酋长虞思把两个女儿嫁给他为妻，并把他封在纶邑，有土地方圆十里，还有五百人的部众。从此少康能广泛地施行德政，开始实施恢复夏朝的计划。聚集了夏朝的大批遗民，安抚他的各级官员；又派臣子女艾混入浇的内部去做间谍，派儿子季杼去诱骗浇的弟弟豷。不久就灭了浇的过国和豷的戈国，终于复兴了禹王的大业，恢复了对夏朝祖先和天帝的祭祀，使夏朝的规章制度得以流传下来。现在的吴国还没有过国强大，而越国的力量却超过了少康，或许上天还要让越国进一步强大起来，这样发展下去，如果吴国和越国讲和，将来越国更难以对付。越国和我们土地相连，但世代都是仇人。在这种情况下战胜了他们却又不去占领，并准备让他们继续生存下去，这无疑是违反天命而使仇敌更加强大，日后即使后悔了，也来不及了。作为姬姓的吴国，衰败指日可待。我们处在越国和楚国夹缝之中，又使仇敌得以壮大，却还希望以此来谋求成为诸侯的盟主，这是绝对行不通的。』吴王不听。伍子胥退出来之后告诉别人说：『从今以后越国用十年时间繁衍人口聚集财富，用十年时间教育百姓训练军队。二十年之后，吴国的宫室恐怕就要变成废墟了啊。』三月，越国和吴国讲和。对这次吴国侵入越国一事，《春秋》没有加以记载，是由于吴国没有前来报告胜利，越国也没有报告失败。

原文

夏，四月，齐侯、卫侯救邯郸，围五鹿[①]。

吴之入楚也，使召陈怀公。怀公朝国人而问焉，曰：『欲与楚者右，欲与吴者左。陈人从田[②]，无田从党[③]。』逢滑当公而进[④]，曰：『臣闻国之兴也以福，其亡也以祸。今吴未有福，楚未有祸。楚未可弃，吴未可从。而晋，盟主也，若以晋辞吴，若何？』公曰：『国胜君亡，非祸而何？』对曰：『国之有是多矣，何必不复。小国犹复，况大国

乎？臣闻国之兴也，视民如伤，是其福也。其亡也，以民为土芥，是其祸也。楚虽无德，亦不艾杀其民[⑤]。吴日敝于兵[⑥]，暴骨如莽[⑦]，而未见德焉。天其或者正训楚也！祸之适吴，其何日之有[⑧]？』陈侯从之。及夫差克越，乃修先君之怨[⑨]。秋，八月，吴侵陈，修旧怨也。

注释

①五鹿：晋邑名。今河北大名县东。②从田：根据田地的方位而分立左右，即田在东者居左，为吴；田在西者居右，为楚。③从党：附亲族而立。④当公：不左不右正对着陈怀公。⑤艾：同刈。艾杀即斩杀。⑥日敝于兵：每日都疲敝于战事。⑦莽：原野之草。⑧何日之有：言日子不多。⑨先君之怨：指定公四年吴入楚时，陈怀公不应阖庐之召所结之怨。

译文

夏季，四月，齐景公、卫灵公率领军队前去救援邯郸，包围了五鹿。

当初吴国侵入楚国的时候，曾经派人去邀请陈怀公。陈怀公便在朝廷上征询国人的意见说：『愿意亲近楚国的请站在右边，愿意亲近吴国的请站在左边。』陈国人中有田地的按照田地所在的方向决定左右，没有田地的人则和他们的党族站在一起。逢滑正面对着怀公走上前去说：『臣听说，国家的兴旺是因为福，而其灭亡则是因为祸。如今吴国没有福，楚国也没有祸，因此对楚国不能随便丢弃，对吴国也不能盲目跟从。晋国是诸侯盟主，如果以晋国为借口而拒绝吴国，可不可以呢？』怀公说：『吴国胜利楚君逃亡，对楚国来说不是灾难是什么？』逢滑回答说：『国家遇到这种境况的时候多的是，为什么就能肯定他们不能再次复兴？一个弱小国家尚且能得以复兴，更何况是一个大国呢？据臣所知，国家兴盛的时候，就会更加关心百姓，好像对待伤员一样，这反而成为国家的福气；反之当国家灭亡的时侯，就会将百姓生命视如草芥粪土，这样就会成为国家的祸害。楚国虽然缺少品行，但它并没有滥杀百姓。吴国每日在战争中衰落下去，将士的尸骨暴露荒野如草芥数不胜数，却从未听说过他们有什么德行。或许是上天正在给楚国一个血的教训，吴国大难临头，也不会很久了。』陈怀公听了他的话。等到夫差战胜越国，便打算报复陈国。秋季，八月，吴军入侵陈国，就是对陈国不响应阖庐号召的报复。

原文

齐侯、卫侯会于乾侯，救范氏也，师及齐师、卫孔圉、鲜虞人伐晋，取棘蒲①。

吴师在陈，楚大夫皆惧，曰：『阖庐惟能用其民，以败我于柏举。今闻其嗣又甚焉，将若之何？』子西曰：『二三子恤不相睦，无患吴矣。昔阖庐食不二味，居不重席，室不崇坛②，器不彤镂③，宫室不观④，舟车不饰，衣服财用，择不取费⑤。在国，天有灾疠，亲巡孤寡，而共其乏困。在军，熟食者分⑥，而后敢食。其所尝者，卒乘与焉⑦。勤恤其民而与之劳逸，是以民不罢劳，死知不旷⑧。吾先大夫子常易之，所以败我也。今闻夫差次有台榭陂池焉⑨，宿有妃嫱嫔御焉⑩。一日之行，所欲必成，玩好必从。珍异是聚，观乐是务，视民如仇，而用之日新⑪。夫先自败也已，安能败我？』

冬，十一月，晋赵鞅伐朝歌。

注释

①棘蒲：晋地，今河北赵县境内。②室不崇坛：房屋不建在高坛上。③器不彤镂：器物不加雕饰。④不观：不筑楼台亭阁。⑤择不取费：选其实用，不尚华美。⑥熟食者分：煮熟的饭菜使军士都能分到。⑦其所尝者，卒乘与焉：其所吃的甘珍异味，士兵也都能得到。⑧不旷：不会白死。旷，空。⑨次：住处。⑩妃嫱嫔御：皆宫中女官，妃嫱为

贵者，嫔御为贱者。⑪用之日新：役使百姓天天变化，没有止境。

译文

齐景公、卫灵公在乾侯会见，商量如何救援范氏。随后鲁军便会同齐军、卫国的孔圉、鲜虞人攻打晋国，攻取了棘蒲。

吴军驻扎在陈国，这使楚国的官员贵族们都很担忧。他们说：『吴国阖庐就是由于善于使用他的百姓，所以才在柏举把我们打败。现在听说他的继承人比他还要厉害，这该怎么办？』子西说：『你们几个应该尽力团结一致，不必担心吴国。从前阖庐吃饭时只上一道菜，座位下面铺一层席子，建房不起高坛，器物不雕饰花纹，宫室内不建亭台楼阁，车船不加装饰，衣物和用品仅求实用不尚奢靡。在国内只要发生了天灾和疾病，他必定亲自去探访安抚孤儿鳏寡并救助他们。在军队中，食物做好之后他必定先分给士兵们，自己才敢吃，每当他吃甘美食物的时候，也必定分给战士们一份。时常关心百姓，和他们同劳动同享受同甘苦共患难，因此百姓丝毫也不感到疲乏，认为累死战死也应该。我们的先大夫子常的所作所为却恰恰与此相反，所以才使我国导致失败。但现在我听说夫差每到一处必然修建楼台池沼，睡觉也必定有嫔妃宫女陪伴。即使外出一天，也要把想要的东西都要回去，把喜欢的东西都随身带去。一心聚敛珍奇宝物，终日沉溺于声色犬马，对待百姓如仇敌，而用他们却没完没了。这是首先自己把自己打败，又怎么能打败我们呢？』

冬季，十一月，晋国的赵鞅率兵攻打朝歌，讨伐范氏和中行氏。

哀公二年

原文

二年春，伐邾，将伐绞①。邾人爱其土，故赂以漷、沂之田而受盟②。

初，卫侯游于郊，子南仆③。公曰：『余无子，将立女。』不对。他日，又谓之，对曰：『郢不足以辱社稷，君其改图。君夫人在堂，三揖在下④。君命只辱。』

夏，卫灵公卒。夫人曰：『命公子郢为太子，君命也。』对曰：『郢异于他子，且君没于吾手⑤，若有之，郢必闻之。且亡人之子辄在⑥。』乃立辄。

六月乙酉⑦，晋赵鞅纳卫太子于戚。宵迷⑧，阳虎曰：『右河而南⑨，必至焉。』使太子絻⑩，八人衰绖，伪自卫逆者。告于门，哭而入，遂居之。

秋，八月，齐人输范氏粟，郑子姚、子般送之⑪。士吉射逆之，赵鞅御之，遇于戚。阳虎曰：『吾车少，以兵车之旆⑫，与罕、驷兵车先陈。罕、驷自后随而从之，彼见吾貌，必有惧心。于是乎会之，必大败之。』从之。卜战，龟焦。乐丁曰⑬：『《诗》曰：「爰始爰谋，爰契我龟。」谋协以故，兆询可也。』简子誓曰：『范氏、中行氏，反易天明⑭，斩艾百姓，欲擅晋国而灭其君。寡君恃郑而保焉。今郑为不道，弃君助臣，二三子顺天明，从君命，经德义，除诟耻，在此行也。克敌者，上大夫受县，下大夫受郡，士田十万，庶人工商遂⑮，人臣隶圉免⑯。志父无罪⑰，君实图之。若其有罪，绞缢以戮，桐棺三寸，不设属辟⑱，素车朴马⑲，无入于兆⑳，下卿之罚也。』

注释

①绞：邾邑，位于今山东滕县北。②漷、沂：二水句，皆流经邾境。③子南：卫灵公之子，名郢。④三揖：指

卿、大夫、士。⑤君没于吾手：意为侍候国君至死。⑥亡人：指太子蒯聩。⑦乙酉：十七日。⑧宵迷：日暮天黑以后迷路。⑨右河而南：右行渡河往南。⑩絻：古代丧服之一，脱帽，以布包发。⑪子姚、子般：即罕达、驷弘。⑫旆：大将的旗。⑬乐丁：晋大夫。⑭反易天明：违背天命。明，通『命』。⑮遂：做官，古代庶人工商世承其业，不得仕进。⑯人臣隶圉免：做人奴隶的使之成为自由民。⑰志父：即赵鞅。⑱属辟：外棺。⑲素车朴马：装运棺材的车马不加装饰。⑳兆：兆域，即同族人的墓地。

译文

二年春，鲁国攻打邾国，准备先攻绞地。邾国珍惜它的土地，所以用漷、沂两地的田地作为贿赂，接受盟约。

起初，卫灵公在郊外游耍，公子郢为他驾车。卫灵公说：『我没有嫡子，打算立你做继承人。』公子郢没有回答。过些时候又对他那么说，公子郢回答说：『郢不足以有辱国家，您还是改变想法为好。君夫人在堂上，卿、大夫、士在下边，您没有和他们商议，我片面听从了只能是有辱您的命令。』

夏，卫灵公死。夫人说：『传令公子郢做太子，这是国君的命令。』公子郢回答说：『郢和别的儿子不一样，而且我侍奉国君到死，如果有这话，郢一定会听到。况且还有逃亡者的儿子辄在那里。』于是就立了辄。

六月十七日，晋国的赵鞅把卫国的太子送回戚地。夜晚迷了路，阳虎说：『右边到黄河再渡河往南，一定就到了。』让太子脱帽，八个人穿着丧服，装成是从卫国前来迎接的样子，告诉戚邑守门人，大哭着进城，就在那里住了下来。

秋，八月，齐国人给范氏运送粮食，郑国的子姚、子般负责押送。士吉射迎接他们，赵鞅抵制他们，在戚地碰见。阳虎说：『我们的车子少，把大将的旗帜插在车上和子姚、子般的战车先行对阵，子姚、子罕从后面跟上来，他们看到我的面貌，必然有畏惧之心，到那时候再会合战斗，一定可以把他们打得大败。』赵鞅听信了。卜算战争的吉凶，龟甲烤焦。乐丁说：『《诗》说：「先行谋划，于是占卜。」占卜与谋划一致，相信过去的卜兆就行了。』赵鞅发誓说：『范氏、中行氏背弃天命，斩杀百姓，想要在晋国独掌大权而灭亡国君。我们国君依靠着郑国保护自己。现在郑国无道，抛弃国君帮助臣下，我们几个人顺应天命，服从国君的命令，推行德义，消除耻辱，就在这一回了。打败敌人的，上大夫得到县，下大夫得到郡，士得到十万亩土田，庶人工商做官，奴隶获得自由。志父如果战胜敌人而免于罪过，就请国君三思。如果战败有罪，就用绞刑把我诛杀，死后用三寸厚的桐木棺，不要再有衬板和外棺，用没有装饰的车马运送棺材，不要埋进本族的墓地中，这是按照下卿的地位所作的处罚。』

原文

甲戌[1]，将战，邮无恤御简子[2]，卫大子为右。登铁上[3]，望见郑师众，大子惧，自投于车下。子良授大子绥而乘之[4]，曰：『妇人也。』简子巡列，曰：『毕万，匹夫也。七战皆获，有马百乘，死于牖下[5]。群子勉之，死不在寇。』繁羽御赵罗，宋勇为右[6]，罗无勇，麇之[7]。吏诘之，御对曰：『痁作而伏[8]。』卫大子祷曰：『曾孙蒯聩敢昭告皇祖文王，烈祖康叔，文祖襄公：郑胜乱从[9]，晋午在难[10]，不能治乱，使鞅讨之。蒯聩不敢自佚[11]，备持矛焉。敢告无绝筋，无折骨，无面伤，以集大事，无作三祖羞[12]。大命不敢请[13]，佩玉不敢爱。』

郑人击简子中肩，毙于车中[14]，获其蜂旗[15]。大子救之以戈，郑师北，获温大夫赵罗[16]。大子复伐之，郑师大败，获齐粟千车。赵孟喜曰：『可矣。』傅傁曰[17]：『虽克郑，犹有知在，忧未艾也。』

注释

①甲戌：八月七日。②邮无恤：即王良。③铁：丘名。位于今河南濮阳县西北。④子良：即邮无恤。绥：绳索。

⑤死于牖下：意为得以善终。牖，窗户。⑥繁羽、赵罗、宋勇：三人都是晋大夫。⑦麇之：绑在车上。麇，束缚。⑧痁：疟疾。⑨郑胜乱从：郑胜扰乱常道。郑胜，郑声公名。⑩午：晋定公名。⑪佚：同『逸』，安逸。⑫三祖：即皇祖、烈祖、文祖。⑬大命：死生之命。⑭毙：仆倒。⑮蜂旗：旗名。⑯赵罗：与上文赵罗不是一个人。⑰傅傁：赵简子的下属。

译文

八月初七日，将要打战，邮无恤为赵鞅驾御战车，卫国的太子做车右。登上铁丘，遥望郑军人数众多，太子害怕，自己跳到车下。邮无恤把车上做拉手的皮带递给太子而让他上车，说：『你像个女人。』赵鞅巡视队伍，说：『毕万是个平凡人，七次战斗都俘获敌人，后来拥有了四百匹马，在家里善终。各位努力吧！未必就死在敌人手里。』繁羽为赵罗驾御战车，宋勇做车右。赵罗害怕，别人用绳子把他捆在车上。军吏盘问原因，驾车者回答说：『虐疾发作趴下了。』卫国的太子祷告说：『远孙蒯聩谨敢报告皇祖文王，烈祖康叔，文祖襄公：郑胜扰乱常道，晋定公处在危难之中，不能平定祸乱，派赵鞅前来讨伐。蒯聩不敢放纵安逸，居于持矛作战的行列里，谨敢祈求保佑不要断筋，不要折骨，不要破脸，以成就大事，不给三位祖先带来耻辱。死生的命运不敢请求，对佩玉不敢爱惜。』郑国人敲击赵鞅打中肩膀，赵鞅倒在车里，郑国人获得了他的蜂旗。太子用戈救援赵鞅。郑军败逃，俘虏了温大夫赵罗。太子再次进攻，郑军大败，俘获了一千车齐国的粮食。赵鞅愉快地说：『行了。』傅叟说：『虽然打败了郑国，还有知氏在那里，忧患还没有解除呢！』

原文

初，周人与范氏田，公孙龙税焉①，赵氏得而献之，吏请杀之。赵孟曰：『为其主也，何罪？』止而与之田。及

铁之战，以徒五百人宵攻郑师，取蜂旗于子姚之幕下，献，曰：『请报主德。』追郑师，姚、般、公孙林殿而射，前列多死。赵孟曰：『国无小。』既战，简子曰：『吾伏弢呕血，鼓音不衰，今日我上也。』大子曰：『吾救主于车，退敌于下，我，右之上也。』邮良曰：『我两靷将绝[2]，吾能止之，我，御之上也。』驾而乘材[3]，两靷皆绝。

吴泄庸如蔡纳聘，而稍纳师[4]。师毕入，众知之。蔡侯告大夫，杀公子驷以说，哭而迁墓。冬，蔡迁于州来。

注释

①公孙尨：范氏家臣。②靷：字当作靳引车前行的皮索。绝：断。③乘：意即载。材：木料。④稍纳师：逐渐把吴军接进蔡国都城。

译文

开始，周朝人给范氏土田，公孙尨为范氏收税，赵氏捉住了他献给赵鞅，军吏请求把他杀了。赵鞅说：『他是为了主人，有什么罪？』阻止了军吏并且给了公孙尨田地。待到铁地这一战，公孙尨带领部下五百人夜里攻打郑军，在子姚的帐幕下取得了蜂旗，奉上，说：『请以此报答主人的恩德。』前锋部队大部分战死。赵鞅说：『对小国也不能轻视。』战斗结束，赵鞅说：『我伏在弓袋上吐血，但鼓声不断，今天我的功劳最大。』太子说：『我在车上救了您，在下边追赶敌人，我是车右中功劳最大的。』邮无恤说：『我骖马的两根肚带快要断了，我还能驾驶它，我是御者中功劳最大的。』他又驾车从小木材上经过，两根肚带就全断了。

吴国的泄庸去到蔡国赠送聘礼，逐渐把军队混入蔡国。军队全部进入，大家才知道这回事。蔡侯告诉大夫，杀了公子驷以此向吴国解释，号哭着把先帝的坟墓迁走。冬，蔡国迁到州来。

哀公三年

原文

三年春，齐、卫围戚，求援于中山。

夏，五月辛卯[1]，司铎火[2]。火逾公宫，桓、僖灾[3]。救火者皆曰顾府。南宫敬叔至，命周人出御书，俟于宫，曰：『庀女而不在[4]，死。』子服景伯至，命宰人出礼书[5]，以待命，命不共[6]，有常刑。校人乘马[7]，巾车脂辖[8]。百官官备[9]，府库慎守，官人肃给。济濡帷幕，郁攸从之[10]，蒙葺公屋。自大庙始，外内以悛[11]，助所不给。有不用命，则有常刑，无赦。公父文伯至，命校人驾乘车。季桓子至，御公立于象魏之外[12]。命救火者伤人则止[13]，财可为也。命藏《象魏》，曰：『旧章不可亡也。』富父槐至，曰：『无备而官办者[14]，犹拾沈也[15]。』于是乎去表之槁[16]，道还公宫[17]。

孔子在陈，闻火，曰：『其桓、僖乎。』

注释

①辛卯：二十八日。②司铎：官署名。③桓、僖灾：桓公、僖公庙被火烧毁。④庀女：即庀于女，意为托你保护好。庀，借为庇。⑤宰人：即宰夫，掌管法令礼数的官员。⑥命不共：奉命不能尽职尽责。⑦校人乘马：校人把马四匹一列编好。校人，掌国君马匹的官员。⑧巾车脂辖：巾车给车轴涂上油。巾车，车官之长。⑨官备：坚守岗位。⑩郁攸：灭火器具。⑪外内以悛：先内后外，依次扑救。悛，次。⑫象魏：古代诸侯宫室有三门，库门、雉门、路门。雉门即宫室南门。雉门两旁，积土为台，台上筑重屋叫楼，楼可以观望，故称为观。国家的法令常悬于观上，故又叫做象魏。⑬伤人：受伤之人。⑭官办：百官各尽职守。⑮沈：汁水。⑯去表之槁：清除火道上的干枯易燃物。⑰道还公宫：环绕公宫开辟火巷。还，同『环』。

译文

三年春季，齐国、卫国调动军队攻打戚地，戚地向鲜虞火速求救。

夏季，五月二十八日，鲁国的司铎官发生了火灾。大火穿过公宫，蔓延到了桓公和僖公庙。救火的人们都喊着要保护府库。孔子的弟子南宫敬叔跑来，命令负责掌管周朝典籍的官员把君王所读的书都搬出来，并在公宫门口候命，还对他说：『这些书都交给你了，如果有损失，我就把你处死！』子服景伯也来了，他让宰人把礼书都搬出来等候命令，并告诫他如果失职，将依法惩处。然后又下令管理马匹的人准备好马，管理车辆的人给车轴上好油，以等待使用。每个官员都坚守各自岗位，府库加大管理，负责管理馆舍的官员要保障各种供应。又用水浸湿帷幕把火焰附近的东西遮盖上，并准备了救火的器具放在旁边。还用浸湿的帷幕把公室的房子都遮蔽起来，从太庙开始，从外到内依次蒙上。对力量弱的加以帮助。凡是有不听从指挥的，依法惩治，不予赦免。公父文伯也来了，命令掌管车马为君王的车子套上马。季桓子来到，手执马鞭站在象魏门之外，准备随时为君王驾车离开。他传令救火的人一旦受伤就赶快下来，因为财物烧掉了还可以再创造。又命令把法令典章都珍藏起来，他说：『旧的典章文献绝对不能丢失。』富父槐也来了，他说：『平时没有应付火灾的各项措施，到这时候才让百官各负其责，这就像水洒在地上一样无法收拾。』于是就组织人迁走火头前面的各种易燃物品，并环绕公宫开辟了火巷，从而使大火不致蔓延公宫。

当时孔子正在陈国，听说发生了火灾，说：『这大概是上天要灭掉桓、僖二庙吧。』

原文

刘氏，范氏世为婚姻，苌弘事刘文公，故周与范氏[①]。赵鞅以为讨。六月癸卯，周人杀苌弘。

秋，季孙有疾，命正常曰[2]：『无死！南孺子之子[3]，男也，则以告而立之；女也，则肥也可[4]。』季孙卒，康子即位。既葬，康子在朝。南氏生男，正常载以如朝，告曰：『夫子有遗言，命其圉臣曰[5]：「南氏生男，则以告于君与大夫而立之。」今生矣，男也，敢告。』遂奔卫。康子请退，公使共刘视之[6]，则或杀之矣，乃讨之。召正常，正常不反。

冬，十月，晋赵鞅围朝歌，师于其南。荀寅伐其郛，使其徒自北门入，己犯师而出。癸丑，奔邯郸。

十一月，赵鞅杀士皋夷[7]，恶范氏也。

注释

①与：亲近。②正常：季孙家臣。③南孺子：季孙的妻子。④肥：季康子。⑤圉臣：自谦之词，意即贱臣。⑥共刘：鲁国大夫。⑦士皋夷：即范皋夷，范氏庶子。

译文

刘氏和范氏世代为姻亲，苌弘事奉刘文公，因此周王室偏向范氏，为此赵鞅强烈批评王室和范氏。六月十一日，周朝的人杀了苌弘。

秋天，季桓子患了病，他对宠臣正常下令说：『你千万不要为我而死！我夫人南孺子如果生下男孩，就告诉君王，立此子为继承人；假如是女孩，那就可以立肥为继承人。』季桓子死后，康子登上王位。埋葬了季桓子之后，康子便在朝廷上听命。这时南孺子生了一个男孩，正常便抱着他来到朝廷上报告说：『王公生前曾留下遗言说：「南氏生男，则报告君王和大夫们，并立他为继承人。」如今生了这个男孩，特此报告。』说完便急忙逃亡到了卫国。于是康子请求退位，哀公派大夫共刘前去视察，发现刚刚生下的这个男孩已经被人杀死了，于是就下令缉拿杀死男孩的凶手，又召请正常回国，正常没有返回来。

冬季，十月，晋国的赵鞅攻打朝歌，大军驻扎在朝歌之南。荀寅从里边领军攻打包围朝歌外城的军队，命令城外的部下则从北门冲了进来，荀寅、范吉射便从北门破围而出。二十三日，两人又逃亡到了邯郸。

十一月，赵鞅杀了士夷皋，这是由于厌恶范氏而迁怒于他。

山水图　明·张复

图绘群山之间，有楼阁高架于溪流之上，几株参天古松临溪而立，松下一老者笼袖信步，二童子其后跟随。布景繁密，笔墨秀润，设色清丽。

哀公四年

原文

四年春，蔡昭侯将如吴，诸大夫恐其又迁也，承公孙翩逐而射之，入于家人而卒[①]。以两矢门之，众莫敢进。文之锴后至[②]，曰：『如墙而进，多而杀二人。』锴执弓而先，翩射之，中肘。锴遂杀之，故逐公孙辰，而杀公孙姓、公孙盱[③]。

夏，楚人既克夷虎[④]，乃谋北方。左司马眅、申公寿余、叶公诸梁致蔡于负函[⑤]，致方城之外于缯关[⑥]，曰：『吴将泝江入郢[⑦]，将奔命焉。』为一昔之期[⑧]，袭梁及霍[⑨]。

注释

①家人：平民百姓的家。②文之锴：蔡昭侯之臣。③公孙盱：即公孙霍。④夷虎：叛楚的蛮夷人。⑤致蔡于负函：在负函召集蔡人。负函，地名，位于今河南信阳县境内。⑥缯关：位于今河南方城县。⑦泝：逆流而上。⑧昔：夕，一夜。⑨梁、霍：二地名，梁位于今河南临汝县西，霍位于梁西南。

译文

四年春季，蔡昭公欲到吴国去。他的大夫们担忧他又要把国家迁往吴国，便准备杀死他。公孙翩保护着昭公逃跑，大夫们急追并用箭射昭公，昭公中箭逃到一个百姓家里就死了。公孙翩拿着两枝箭守在这家百姓的门口，便没有人敢再前进了。大夫文之锴随即赶到，他说：『大家排成一道人墙前进，他最多也只能杀死两个人。』文之锴手执弓走在前面，公孙翩向他射了一箭，射中了肘部，他反手一箭，将公孙翩射死。并因此而赶跑了公孙辰，杀了公孙姓、公孙盱。

夏季，楚国人战胜了背叛它的夷虎之后，准备攻打北方。左司马眅、申公寿余、叶公诸梁在负函聚集了蔡国都城的人，又在缯关集合了方城之外的人，对他们说：『吴国军队准备沿长江逆流而上攻打郢都，我们将要赶去援救。』并规定一晚上就准备好，第二天便突袭梁地和霍地。

原文

单浮余围蛮氏，蛮氏溃，蛮子赤奔晋阴地。司马起丰、析与狄戎①，以临上雒。左师军于菟和，右师军于仓野，使谓阴地之命大夫士蔑曰：『晋楚有盟，好恶同之。若将不废，寡君之愿也。不然，将通于少习以听命②。』士蔑请诸赵孟，赵孟曰：『晋国未宁，安能恶于楚？必速与之。』士蔑乃致九州之戎③，将裂田以与蛮子而城之④，且将为之卜⑤。蛮子听卜，遂执之与其五大夫，以畀楚师于三户⑥。司马致邑立宗焉⑦，以诱其遗民，而尽俘以归。

秋，七月，齐陈乞、弦施、卫宁跪救范氏。庚午，围五鹿⑧。九月，赵鞅围邯郸。冬十一月，邯郸降。荀寅奔鲜虞，赵稷奔临⑨。十二月，弦施逆之，遂堕临。国夏伐晋，取邢、任、栾、鄗、逆畤、阴人、盂、壶口，会鲜虞，纳荀寅于柏人⑩。

注释

①起：发动。丰、析：楚国地名。②少习：山名，在晋国。③九州之戎：指陆浑一带的少数民族。④裂田：分给土地。⑤为之卜：为其卜筑城之日。⑥畀：交给。⑦致邑立宗：给予城邑，立其宗主。⑧五鹿：位于今河北大名县东。⑨临：位于今河北临城县西南十里。⑩柏人：位于今河北隆尧县西南尧城镇。

译文

单浮余围攻蛮氏，结果蛮氏溃败，蛮子赤逃亡到了晋国的阴地。司马眅动员丰地、析地和狄戎一起去攻打上雒。

左翼部队从菟和出发，右翼军队由仓野出发，并派人告诉阴地的大夫士蔑说：『晋、楚两国曾有盟约，好恶一致。如果双方能遵守这一盟约，将是我国国君最大的愿望，不然，我们打通少习山之后再来听候贵国的命令。』士蔑急忙向赵鞅报告。赵鞅说：『晋国还没有安定下来，怎么能和楚国结仇呢？你迅速把蛮子交给他们。』于是士蔑便集合九州之戎，诈称要封地给蛮子并为他造城，并且准备为此而占卜。蛮子前来接受占卜时，士蔑便把他和他的五个大夫抓了起来，在三户把他们交给了楚军。楚国的司马又假称要封邑给蛮子并为他策立继承人，以诱骗蛮氏的百姓，然后把他们都抓起来带回楚国。

秋季，七月，齐国的陈乞、弦施、卫国的宁跪发兵救助范氏。十四日，包围了五鹿。九月，赵鞅围攻邯郸。冬季十一月，邯郸表示愿意投降。荀寅逃亡到了鲜虞，赵稷则逃亡到了临邑。十二月，弦施前去迎接赵稷，拆掉了临邑的城墙。齐国的国夏攻打晋国，接连着攻占了邢地、任地、栾地、鄗地，逆畤、阴人、盂地、壶口等，会合鲜虞人把荀寅送到晋邑柏人。

哀公五年

原文

五年春，晋围柏人，荀寅、士吉射奔齐。

初，范氏之臣王生恶张柳朔，言诸昭子①，使为柏人②。昭子曰：『夫非而仇乎？』对曰：『私仇不及公，好不废过，恶不去善，义之经也。臣敢违之？』及范氏出③，张柳朔谓其子：『尔从主，勉之。我将止死，王生授我矣④。吾不可以僭之⑤。』遂死于柏人。

夏，赵鞅伐卫，范氏之故也，遂围中牟。

注释

①昭子：即范吉射。②为柏人：做柏人的邑宰。③出：逃出柏人，出逃到齐。④授我：使我死于节操。⑤僭：不守信。

译文

五年春，晋国围攻柏人，荀寅、士吉射逃亡齐国。

起初，范氏的家臣王生厌恶张柳朔，向范昭子建议，让张柳朔去做柏人的地方长官。昭子说：『这个人不是你的仇人吗？』王生回答说：『私事和公事不相干，喜爱不废弃过错，厌恶不排除善良，这是道义的常理，我怎么敢违背它？』等到范氏离开柏人，张柳朔对他儿子说：『你跟随主人，努力吧！我准备留下来死去，王生把死难的大节交给了我，我不能对他不讲信用。』然后就战死在柏人。

夏，赵鞅攻打卫国，这是为了范氏的缘由，并趁机包围中牟。

原文

齐燕姬生子，不成而死。诸子鬻姒之子荼嬖，诸大夫恐其为大子也，言于公曰：『君之齿长矣，未有大子，若之何？』公曰：『二三子间于忧虞，则有疾疢①，亦姑谋乐，何忧于无君？』公疾，使国惠子、高昭子立荼，置群公子于莱。秋，齐景公卒。冬，十月，公子嘉、公子驹、公子黔奔卫，公子鉏、公子阳生来奔。莱人歌之曰：『景公死乎不与埋，三军之事乎不与谋，师乎师乎②，何党之乎③？』

郑驷秦富而侈，嬖大夫也④，而常陈卿之车服于其庭。郑人恶而杀之。子思曰：『《诗》曰：「不解于位⑤，民之攸塈⑥。」不守其位而能久者鲜矣。《商颂》曰：「不僭不滥⑦，不敢怠皇⑧，命以多福。」』

注释

①疾疢：疾病。疢，热病。②师：众。③党：所。何党：何处。之：往。④嬖大夫：下大夫。⑤解：同懈。⑥攸：所。塈：息。⑦僭：超越本分，过分。滥：溢，等于说自满。⑧皇：通『遑』，闲暇。

译文

齐景公的夫人燕姬生了儿子，但在众公子中，鬻姒所生的儿子荼受到宠爱。大夫们恐怕荼被立为太子，就对齐景公说：『您老了，还没有立太子，怎么办？』齐景公说：『您几位陷入了忧虑之中，就会生出疾病，暂且去寻欢作乐，哪里用得着为没有国君而忧虑？』齐景公得病，让国惠子、高昭子立荼为太子，把公子们安排在莱地。秋，齐景公死。冬，十月，公子嘉、公子驹、公子黔逃亡到卫国，公子鉏、公子阳生逃亡前来。莱地人歌唱说：『景公死了啊，不参加葬礼，三军的大事啊，不参加商量，众公子啊，又有什么地方可以前往？』

郑国的驷秦富有而奢侈，是一个下大夫，却经常把卿的车马服饰陈列在他的庭院中。郑人厌恶他而把他杀了。子思说：『《诗》说：「勤勉不懈忠于职位，百姓所以得以安宁。」不安于他的本位而能够保持长久的是很少的。《商颂》说：「不出错不自满，不敢懈怠偷闲，上天赋予各种福缘。」』

林和靖诗意图　明·董其昌

此图画峰峦起伏，林木葱郁，溪水相映，茅屋草舍点缀其间，小径、草桥隐现。用笔疏淡，用墨细润，山石用皴很少，多以淡色染成。环境幽深恬淡，恰如林逋之诗，有超然出尘之致。

哀公六年

原文

六年春，晋伐鲜虞，治范氏之乱也。

吴伐陈，复修旧怨也。楚子曰：『吾先君与陈有盟，不可以不救。』乃救陈，师于城父①。

齐陈乞伪事高、国者，每朝必骖乘焉②。所从必言诸大夫，曰：『彼皆偃蹇③，将弃子之命。皆曰：「高、国得君④，必逼我，盍去诸？」固将谋子，子早图之。图之，莫如尽灭之。需，事之下也⑤。』及朝，则曰：『彼虎狼也，见我在子之侧，杀我无日矣。请就之位⑥。』又谓诸大夫曰：『二子者祸矣！恃得君而欲谋二三子，曰：「国之多难，贵宠之由，尽去之而后君定」⑦。既成谋矣，盍及其未作也，先诸？作而后悔，亦无及也。』大夫从之。

注释

①城父：此为北城父，位于今河南宝丰县东。②骖乘：古时乘车，尊者居左，御者居中，车右居右以防不测。③偃蹇：骄傲。指诸大夫。④高、国得君：高、国立君荼，故得君信任。⑤需，事之下也：疑虑不决是下策。⑥请就之位：请让我投靠到他们那一边。⑦尽去之：完全除掉他们。

译文

六年春季，晋国军队攻打鲜虞，目的是惩处鲜虞帮助范氏叛乱。

吴国围攻陈国，这是再次对以前两国的积怨进行报复。楚昭王说：『寡人先君以前和陈国有过盟约，现在不能不去救援。』于是就发兵救助陈国，军队驻扎在城父。

齐国的陈乞假装侍奉高张、国夏的样子，每次上朝，一定和他们两人同坐一辆车子。并且每次跟随他们去上朝时，也一定会攻击其他大夫：『他们都是一些狂妄之徒，正准备违反您二位的命令。他们说：「高、国二人一旦得到君王的宠爱，必然会迫害我们，为什么不把他们两个除掉呢。」可见这些人早就打算要对付你们，你们一定要早点想办法处治他们！对付他们，最好是将他们全部杀掉。犹豫等待是下策。』到了朝廷上，他对高、国二人说：『他们都像虎狼一样狠毒。看到我紧跟在您二位的身边，很快就能把我杀死，请准许我到他们那边去。』走到大夫们那里，又对他们说：『这两个人准备发动叛乱。他们仗着得到君王的宠信而准备对付你们这些大夫，并且说：「国家多灾多难，就是因为有一些受宠的大夫而引起的，必须把他们都铲除掉，君王的地位才能得以稳定。」他们已经谋划好了。你们为什么不趁他俩还没有动手，先下手为强呢？一旦他们先动手了，你们后悔也来不及了。』大夫们听了陈乞的话。

原文

夏，六月戊辰[1]，陈乞、鲍牧及诸大夫，以甲入于公宫。昭子闻之，与惠子乘如公，战于庄[2]，败。国人追之，国夏奔莒，遂及高张、晏圉、弦施来奔。

秋，七月，楚子在城父，将救陈，卜战不吉，卜退不吉。王曰：『然则死也！再败楚师，不如死。弃盟逃仇，亦不如死。死一也，其死仇乎[3]！』命公子申为王[4]，不可；则命公子结[5]，亦不可；则命公子启[6]，五辞而后许。将战，王有疾。庚寅[7]，昭王攻大冥[8]，卒于城父。子闾退，曰：『君王舍其子而让，群臣敢忘君乎？从君之命，顺也。立君之子，亦顺也。二顺不可失也。』与子西、子期谋，潜师闭涂，逆越女之子章[9]，立之而后还。

注释

①戊辰：二十三日。②庄：临淄城内大街。③死仇：死于与仇敌交战中。④公子申：子西，为楚令尹。⑤公子

结：子期。⑥公子启：子闾。⑦庚寅：十六日。⑧大冥：位于今河南项城县。⑨越女：越王勾践之女。章为昭王子，即位为惠王。

译文

夏季，六月二十三日，陈乞、鲍牧和大夫们带领甲兵冲入公宫。高张得知这一情况以后，急忙和国夏到齐侯那里。双方在庄地交战，结果高张和国夏战败。齐国人继续穷追不舍，国夏逃亡到了莒国，之后又和高张、晏圉、弦施逃亡来到鲁国。

秋季，七月，楚昭王率兵驻扎在城父，准备出兵救援陈国。占卜作战，结果是不吉利，占卜退兵，也是不吉利。昭王说：『既然这样，那就只有死路一条了。再次让楚军蒙受战败之辱，不如死去的好；背弃盟友逃避仇敌也不如死去的好。同样是死，倒不如与敌人作战而死！』然后就命公子申继承王位，但公子申不肯受命。只好又命令公子结，公子结也不愿接受。又命令公子启，公子启推辞了五次之后才勉强接受了。正打算作战，昭王有了病。十六日，昭王率领军队攻打大冥，结果在城父去世。这时公子启准备放弃王位，他说：『君王舍弃了他的儿子而把王位让给别人，群臣怎么能忘记得了君王呢？我暂且听从君王的命令，符合忠顺之道；但拥立君王的儿子为新国君，也符合忠顺之道。两种忠顺都不能失去啊。』于是便和子西即公子申、子期即公子结商议，秘密转移军队，封锁有关消息，然后把昭王宠姬越女所生的公子章迎立为君王，随后便收兵回国了。

原文

是岁也，有云如众赤鸟，夹日以飞，三日。楚子使问诸周大史。周大史曰：『其当王身乎①。若禜之②，可移于令尹、司马。』王曰：『除腹心之疾③，而置诸股肱④，何益？不谷不有大过，天其夭诸？有罪受罚，又焉移之？』遂

弗禜。

初，昭王有疾。卜曰：『河为祟。』王弗祭。大夫请祭诸郊。王曰：『三代命祀，祭不越望⑤。江、汉、睢、漳，楚之望也。祸福之至，不是过也。不谷虽不德，河非所获罪也。』遂弗祭。

孔子曰：『楚昭王知大道矣！其不失国也，宜哉！《夏书》曰：「惟彼陶唐，帅彼天常⑥。有此冀方⑦，今失其行。乱其纪纲，乃灭而亡。」又曰：「允出兹在兹，由己率常可矣。」』

八月，齐邴意兹来奔。

陈僖子使召公子阳生。阳生驾而见南郭且于⑧，曰：『尝献马于季孙，不入于上乘。故又献此，请与子乘之。』出莱门而告之故。阚止知之⑨，先待诸外。公子曰：『事未可知，反，与壬也处⑩。』戒之，遂行。逮夜，至于齐，国人知之。僖子使子士之母养之⑪。与馈者皆入⑫。

注释

①当王身：日为君，日为妖气缠绕，只有楚国见之，故此灾当楚王之身。②禜：禳祭。③腹心：楚王以腹心自比。④股肱：以股肱比令尹、司马。⑤不越望：不超越本国境内的山川。⑥帅彼天常：帅同率，循也。遵循上天之常道。⑦冀方：即中国。⑧南郭且于：即齐公子鉏。⑨阚止：阳生家臣子我。⑩壬：阳生之子。⑪子士之母：陈僖子妾。⑫入：入处公宫。

译文

就在这一年，天上有一片云彩，就像一群红色的鸟，围着太阳飘浮了三天。于是楚昭王便到王城请教周王室的太史。周太史说：『这一征兆恐怕要应在君王身上吧！如果您举行祭祀消灾的话，这一灾难就有可能转移到您的令尹或司马身上。』昭王说：『排除了腹部和心脏的疾病，却把它转移到四肢上，能有什么好处呢？如果不是寡人犯下了不可宽恕的过错，上天会让我短命而死吗？自己有了罪，甘愿受到惩罚，又何必嫁祸于他人呢？』因此就没有进行祭祀消灾。

当初，昭王有病时，占卜的人说：『这是黄河神在做怪。』昭王仍然不去祭祀黄河。大夫们请求在郊外祭祀黄河之神，昭王说：『夏、商、周三代规定的祭祀制度是，举行祭祀不能超过本国山河的范围。长江、汉水、睢水、漳水才是我们楚国祭祀的对象。祸福的来临，不会超出这个范围。寡人虽然缺少品德，也不至于得罪黄河之神啊。』于是便决定不祭祀黄河。

孔子对此说：『楚昭王真可谓是深明大义了。所以他没有失去王位也是应该的了。《夏书》说：「只有那位古代的陶唐君王，才能遵守上天的纲常，因此才能拥有中原这个地方。如今废除了他的做法，扰乱了他的纲纪，就是自取灭亡。」又说：「一个人树立德行关键在于他自己。」能够从我做起，遵守天道，就可以了。』

八月，齐国的邴意兹逃亡来到鲁国。

陈乞派人邀请正在鲁国的公子阳生回去。阳生驾车去见同在鲁国的公子钼说：『我曾献给季孙几匹马，但都不是好马，因此打算把这几匹马再献给他，请准许我和您一起先坐上车看这些马怎么样？』车子出了莱门，阳生才把真相告诉了公子钼。这时阳生的家臣阚止也知道了这件事，他等在门外，准备和阳生一同回去。阳生对他说：『事情到底怎么样还很难预料，你先回去，和君王一起等着我的消息。』反复吩咐了阚止之后就动身了。晚上到达齐国都城时，国内的人们也都知道了他到来的消息。陈乞先把他安排在儿子子士的母亲那里。不久又让他随同送饭的人一起进入公宫。

原文

冬，十月丁卯，立之。将盟，鲍子醉而往。其臣差车鲍点曰[1]：『此谁之命也？』陈子曰：『受命于鲍子。』遂诬鲍子曰：『子之命也！』鲍子曰：『女忘君之为孺子牛而折其齿乎？而背之也！』悼公稽首曰[2]：『吾子奉义而行者也，若我可，不必亡一大夫；若我不可，不必亡一公子。义则进，否则退，敢不唯子是从？废兴无以乱，则所愿也。』鲍子曰：『谁非君之子？』乃受盟。使胡姬以安孺子如赖[3]，去鬻姒[4]，杀王甲，拘江说，囚王豹于句渎之丘。

公使朱毛告于陈子曰：『微子，则不及此。然君异于器，不可以二。器二不匮，君二多难[5]，敢布诸大夫。』僖子不对而泣，曰：『君举不信群臣乎？以齐国之困，困又有忧，少君不可以访，是以求长君，庶亦能容群臣乎！不然，夫孺子何罪？』毛复命，公悔之。毛曰：『君大访于陈子，而图其小可也。』使毛迁孺子于骀[6]，不至，杀诸野幕之下，葬诸殳冒淳[7]。

注释

①差车：鲍牧家管车之官。②悼公：即公子阳生。③安孺子：齐国君主荼。在位不到一年，年幼被杀，无谥号，称为安孺子。④去：遣送他处。⑤君二多难：君有两个，便多祸患。⑥骀：位于今山东临朐县。⑦殳冒淳：地名。

译文

冬季，十月二十四日，陈乞宣布立阳生为国君。正准备和大夫们结盟，鲍牧醉醺醺地来到了。他的负责掌管车辆的家臣鲍点问陈乞说：『这是谁的命令呢？』陈乞说：『这是按照鲍子的命令办的。』便转身诬陷鲍牧说：『这分明是您的命令啊！』鲍牧说：『您难道忘记了先君非常喜爱他的儿子荼，曾经让荼当牛牵着而折断了一颗牙吗，怎么敢背弃先君呢？』听到这话，悼公连忙叩头对鲍牧说：『您是遵循道义的人，如果我能被立为君王，也一定不会杀掉您这样一个大夫，假如我做不了君王，相信您也必定不会杀掉我这个公子。合乎道义就做，不合道义就不做，一切听从您的安排。不管是废谁立谁，只要不致发生叛乱，就是我的最大愿望。』鲍牧说：『您和荼谁不是君王的儿子呢？都有条件被立为君。』于是就接受了盟约。悼公随后让景公的妾胡姬带着荼到了赖地，把荼的母亲鬻姒安排到了其他地方，并杀了王申，拘捕了江说，又把王豹囚禁在句渎之丘。

悼公派大夫朱毛对陈乞说：『没有您，我就到不了这一步。但君王和器皿不一样，不能同时有两个存在。有两个器具，就不会感到缺少了，但有了两个君王，就会产生很多祸乱，希望您能把这个意思转告诸位大夫。』陈乞没有回答，而是哭着说：『君王难道对我们都不相信吗？由于齐国极端贫穷，而且内遇饥荒，外有忧患，年幼的君王不能担此重任，所以我们才另外寻求年长的君王。我想君王大概能够容忍群臣的这一选择吧！假如不是这种情况，荼又有什么罪过，为什么一定要废掉他呢？』朱毛把这些话转告了悼公，悼公很后悔。朱毛说：『君王遇到大事才去征询陈子的意见，像这样的小事自己决定是可以的。』于是悼公便让朱毛把荼迁到骀地。还没有到达骀地，朱毛就在野外的帐幕中把荼杀了，然后把他埋葬在殳冒淳。

哀公七年

原文

七年春，宋师侵郑，郑叛晋故也。

晋师侵卫，卫不服也。

夏，公会吴于鄫。吴来征百牢①，子服景伯对曰：『先王未之有也。』吴人曰：『宋百牢我，鲁不可以后宋②。且鲁牢晋大夫过十，吴王百牢，不亦可乎？』景伯曰：『晋范鞅贪而弃礼，以大国惧敝邑③，故敝邑十一牢之。君若以礼命于诸侯，则有数矣④。若亦弃礼，则有淫者矣⑤。周之王也，制礼，上物不过十二，以为天之大数也⑥。今弃周礼，而曰必百牢，亦唯执事。』吴人弗听。景伯曰：『吴将亡矣，弃天而背本⑦。不与，必弃疾于我⑧。』乃与之。

注释

①百牢：牛羊猪三牲齐备为一牢。百牢即牛羊猪各百头。②后宋：薄于宋。③惧：恐惧，使动用法。④有数：有常数。⑤淫：过分。⑥天之大数：古代以天空为十二次，故制礼以十二为天之大数。⑦背本：吴与周国为姬姓，尊周礼，今背之是背本。⑧弃疾：加害。

译文

七年春季，宋军进攻郑国，这是因为郑国背叛了晋国。

晋国军队进攻卫国，是因为卫国不听从晋国。

夏季，哀公在鄫地和吴国人进行了会见。吴国人提出要鲁国以百牢的礼数宴享自己。子服景伯回答说：『在我鲁国历代君王中还没有过这种先例。』吴国人说：『宋国就曾经以百牢的礼遇招待我们，鲁国不能比宋国差。再说鲁国曾经以十牢以上的规格宴享晋国大夫，那么，以百牢宴享吴王，不也可以吗？』景伯说：『晋国大夫范鞅一向贪得无厌而且背弃礼法，他企图以大国的势力来使我国折服，因此我国才不得不以十一牢宴享他。贵君如果打算依仗礼法来号令诸侯，那么宴享的规格是有一定的数量的。假若贵君也背弃礼法，那么和范鞅相比较，就有过之而无不及了。周朝统一天下后，规定的礼法中，最高的规格也不超过十二牢，因为十二就是上天的大数了。现在贵国假如背弃礼法，一定要我国以百牢之礼相待的话，我们也将照办。』吴国人不听忠告。景伯说：『吴国将要灭亡了，他们超越了天命，背弃了祖先的礼法。如果不答应他们的要求，肯定会加害于我国。』于是只好设百牢之礼款待吴国人。

原文

大宰嚭召季康子，康子使子贡辞。大宰嚭曰：『国君道长①，而大夫不出门，此何礼也？』对曰：『岂以为礼，畏大国也。大国不以礼命于诸侯，苟不以礼，岂可量也？寡君既共命焉，其老岂敢弃其国②？大伯端委以治周礼③，仲雍嗣之④，断发文身，赢以为饰⑤，岂礼也哉？有由然也。』反自鄫，以吴为无能为也。

季康子欲伐邾，乃飨大夫以谋之。子服景伯曰：『小所以事大，信也。大所以保小，仁也。背大国，不信；伐小国，不仁。民保于城⑥，城保于德，失二德者，危，将焉保？』孟孙曰：『二三子以为何如？恶贤而逆之⑦？』对曰：『禹合诸侯于涂山⑧，执玉帛者万国。今其存者，无数十焉。唯大不字小⑨，小不事大也。知必危，何故不言？鲁德如邾，而以众加之⑩，可乎？』不乐而出。

注释

①国君道长：吴王自吴至鄫，路途遥远，故曰道长。②老：老臣，指季氏。③端委：端，玄端之衣；委，委貌之冠。二者皆为周统一前礼服。④仲雍：吴太伯之弟。⑤赢以为饰：作为赤身裸体的装饰。赢或作裸。⑥民保于城：百

姓由城来保护。⑦恶贤而逆：何贤而迎。即哪一种意见贤明我就接受。⑧涂山：位于今河南嵩县西南。⑨字：养，爱抚。⑩以众加之：用大军压迫。

译文

吴国太宰伯嚭召见季康子，季康子派子贡前去辞谢。太宰伯嚭说：『我们国君远道而来，而贵国大夫却不出国门，这是什么礼法呢？』子贡回答说：『这哪里是什么礼法，只不过是惧怕大国，所以才不敢出来。大国不依据礼法号令诸侯，假如不依礼法办事的话，后果就不堪设想了。寡君既然已经奉命前来了，大臣怎么敢丢下国家不管呢？当年太伯初到吴国，总是身着礼服，以周礼治理吴国，仲雍继承他的君位之后，剪断头发并在身上刺了纹理，以作为光着上身的装饰，这难道也合乎礼法吗？只是出于不得已罢了。』从鄫地回来后，季康子便认为吴国不会有什么大的作为。

季康子准备讨伐邾国，便宴请大夫们一起商议此事。子服景伯说：『小国用以事奉大国的，就是信用；大国用以保护小国的，就是仁爱。背叛大国，是为不信，攻打小国，是为不仁。百姓凭借城池来受到保护，城池则依靠德行来加以保护，如果失去了信用和仁爱，境况危急时，还靠什么来受到保护呢？』孟孙说：『几位大夫是何意思呢？你们谁的意见好我就听从谁的。』大夫们回答说：『当年禹王在涂山会合诸侯的时候，携带玉帛前去朝拜的国家有一万多个，而现在剩存的不过几十个。这都是由于大国不能养育小国，小国不能事奉大国啊。既然我们知道这么做必定陷入危险的境地，为什么不说呢？鲁国的品行和邾国一样，却要对他们诉之武力，能成功吗？』因此大家便不欢而散。

原文

秋，伐邾，及范门①，犹闻钟声。大夫谏，不听。茅成子请告于吴②，不许，曰：『鲁击柝闻于邾③，吴二千里，

不三月不至，何及于我？且国内岂不足？』成子以茅叛，师遂入邾，处其公宫，众师昼掠。邾众保于绎[4]。师宵掠，以邾子益来，献于亳社，囚诸负瑕[5]。负瑕故有绎[6]。

邾茅夷鸿以束帛乘韦[7]，自请救于吴，曰：『鲁弱晋而远吴，冯恃其众，而背君之盟，辟君之执事[8]，以陵我小国。邾非敢自爱也，惧君威之不立。君威之不立，小国之忧也。若夏盟于鄫衍[9]，秋而背之，成求而不违，四方诸侯，其何以事君？且鲁赋八百乘[10]，君之贰也[11]。邾赋六百乘，君之私也[12]。以私奉贰[13]，唯君图之。』吴子从之。

注释

①范门：邾郭门。②茅成子：邾大夫茅夷鸿。③击柝：敲梆子。古以击柝为巡夜警戒。④保于绎：守卫在绎，位于今山东邹县东南峄山。⑤负瑕：位于今山东兖州市西。⑥有绎：即有绎地人。⑦束帛乘韦：帛十端，熟牛皮四张。⑧辟：鄙陋。⑨鄫衍：即鄫。⑩赋：军赋，指兵车。⑪贰：陪贰，副贰，即副手。⑫私：私属。⑬以私奉贰：把下属交给副手，意为加强了副手的力量。

译文

秋季，鲁国仍旧发兵进攻邾国，到达邾都的范门时，还能听到都城内飘出的悠扬钟声。邾国的大夫们劝邾君迅速出兵抵御，但邾君不听。茅成子请求去吴国求救，邾君也不同意，并且说：『鲁、邾距离咫尺，夜里敲的梆子声都能听到；而吴国却距我们有两千里之遥，没有三个月的时间根本来不到这里，怎么能来得及解除我们的危急？再说凭借我们国内的力量难道就不够吗？』结果茅成子率领茅地背叛了邾君，鲁军立刻开进邾国，并且住到公宫中。鲁军各部白天抢劫财物，邾国的兵众则退守绎山。鲁军夜间进袭绎山，俘获了邾子益，把他献给亳社，然后关押在负瑕。因此负瑕至今还有绎山人居住。

邾国的茅成子领着五匹帛四张熟牛皮以私人的名义到吴国请求救援。他说：『鲁国以为晋国衰弱而无力救助，吴国遥远鞭长莫及，便依仗其强大的兵力公然背叛了和君王在鄫地订立的盟约，戏弄君王，欺凌我弱小国家。我们邾国并不是完全为自己的命运而担忧，担心的是君王的威严不能得以保持。君王的威严保持不住，这才真正是小国的忧患啊！假如鲁国夏季在鄫地结了盟，秋季就背弃了盟约，而且有什么要求必能如愿以偿，根本没有任何阻力的话，四方的诸侯还靠什么来事奉君王呢？再说鲁国只有八百辆战车，只配做您的部下；邾国有六百辆战车，是私属于您的部队。把自己的部队拱手送给部下，希望您考虑这样做的后果。』吴王听从了他的建议。

原文

宋人围曹。郑桓子思曰：『宋人有曹，郑之患也，不可以不救。』冬，郑师救曹，侵宋。

初，曹人或梦众君子立于社宫，而谋亡曹。曹叔振铎请待公孙强，许之。旦而求之，曹无之。戒其子曰：『我死，尔闻公孙强为政，必去之。』及曹伯即位，好田弋。曹鄙人公孙强好弋①，获白雁，献之，且言田弋之说②。说之，因访政事，大说之。有宠，使为司城以听政。梦者之子乃行。强言霸说于曹伯，曹伯从之，乃背晋而奸宋③。宋人伐之，晋人不救，筑五邑于其郊，曰黍丘、揖丘、大城、钟、邘④。

注释

①弋：将细丝系在箭上射取飞鸟。②田弋：田为打猎。说：指田猎的技艺。③奸：犯，侵犯。④邘：地名。

译文

宋军围攻曹国。郑国的子思说：『一旦宋国占领了曹国，就成为郑国的一大祸患，我们不能不去援救。』于是，冬季，郑军救援曹国，并攻打宋国。

当初，曹国有人做梦见到一群君子模样的人站在土神庙的城墙上，商量着怎样灭亡曹国。曹国的始祖叔振铎请求等找到公孙强这样一个人再说，君子们准许了。第二天早晨便开始找这样的人，结果找遍了整个曹国也没有找到。于是这个做梦的人告诫他的儿子说：『等我死后，你只要听说公孙强这个人掌政了，就一定要逃离这个地方。』等到曹伯阳即位之后，他喜欢打猎射鸟。正巧曹国边界上有一个叫公孙强的人也喜欢射鸟，他抓了一只稀奇的大白雁，献给了曹伯阳，并且和他探讨起打猎射鸟的技艺，曹伯阳非常高兴。又向他询问有关的国家政事，结果更加欣赏他。公孙强因此得到曹伯阳的宠爱，被任命为司城，执掌国政。那个做梦人的儿子得知这一情况后便迅速离开了曹国。

公孙强向曹伯阳灌输有关称霸天下的言论，曹伯阳听了他的话，便背弃晋国侵犯宋国。宋国人攻打曹国，晋国人也隔岸观火。待郑国攻宋，宋国撤退以后，公孙强又在都城外筑造了五座城邑，这就是黍丘、揖丘、大城、钟、邗。

哀公八年

原文

八年春，宋公伐曹将还，褚师子肥殿①。曹人诟之②，不行。师待之③。公闻之，怒，命反之，遂灭曹，执曹伯及司城强以归，杀之。

吴为邾故，将伐鲁，问于叔孙辄④。叔孙辄对曰：『鲁有名而无情⑤，伐之，必得志焉。』退而告公山不狃。公山不狃曰：『非礼也。君子违，不适仇国⑥。未臣而有伐之⑦，奔命焉⑧，死之可也。所托也则隐。且夫人之行也⑨，不以所恶废乡⑩。今子以小恶而欲覆宗国，不亦难乎？若使子率，子必辞，王将使我。』子张疾之⑪。王问于子泄⑫，对曰：『鲁虽无与立，必有与毙。诸侯将救之，未可以得志焉。晋与齐、楚辅之，是四仇也⑬。夫鲁，齐、晋之唇，唇亡齿寒，君所知也。不救何为？』

注释

①褚师子肥：宋大夫。②诟：辱骂。③师待之：宋师停下来等待殿后之军。④叔孙辄：叔孙辄与公山不狃于定公十二年帅费入袭鲁，兵败奔齐，后逃到吴国。⑤无情：无实。⑥不适仇国：不逃往与本国结仇之国。⑦未臣：于国未尽为臣之道。⑧奔命焉：指为仇国奔走效命。⑨行：离国。⑩废乡：祸害乡土。⑪子张疾之：子张，公孙辄；疾之，悔恨前言失误。⑫子泄：公山不狃。⑬四仇：晋、齐、楚援救鲁国，成为吴之四敌国。

译文

八年春，宋公攻占了曹国以后准备回去，褚师子肥走在最后。曹国人辱骂他，他就停下来不走了。全军等待褚师子肥。宋公听到了，动怒，下令回兵，就灭了曹国，抓了曹伯阳和司城强回去，杀死了他们。

吴国因为邾国的缘故，准备攻打鲁国，询问叔孙辄。叔孙辄回答说：『鲁国有名而无实，攻打他们，一定能够如愿以偿。』退出来说与公山不狃。公山不狃说：『这是不合乎礼的。君子远离自己的国家，不去敌国。在祖国，没有尽到臣下的职责而又去攻打它，为敌国奔走效命，这就可以死去。有这样的任命就要逃避。而且一个人离开国家，不应该由于有所怨恨而危害故土。现在您由于小怨恨而要颠覆祖国，不也很难吗？您一定要推辞。君王将会派我。』公孙辄后悔自己话语有失。吴王又问公山不狃。公山不狃回答说：『鲁国虽然平时没有亲近的国家，危急的时候却一定有愿意共死的援国，诸侯将会援助它，是不能够如愿以偿的。晋国和齐国、楚国帮助它，这就是四个敌国了。鲁国是齐国和晋国的嘴唇，唇亡齿寒，这是您所明白的，他们不去救援还干什么？』

原文

三月，吴伐我，子泄率，故道险，从武城[1]。初，武城人或有因于吴竟田焉，拘鄫人之沤菅者[2]，曰：『何故使吾水滋[3]？』及吴师至，拘者道之，以伐武城，克之。王犯尝为之宰[4]，澹台子羽之父好焉[5]。国人惧。懿子谓景伯[6]：『若之何？』对曰：『吴师来，斯与之战，何患焉？且召之而至，又何求焉？』吴师克东阳而进[7]，舍于五梧[8]，明日，舍于蚕室[9]。公宾庚、公甲叔子与战于夷[10]，获叔子与析朱鉏。献于王，王曰：『此同车，必使能，国未可望也。』明日，舍于庚宗[11]，遂次于泗上[12]。微虎欲宵攻王舍[13]，私属徒七百人，三踊于幕庭[14]。卒三百人，有若与焉[15]，及稷门之内，或谓季孙曰：『不足以害吴，而多杀国士[16]，不如已也。』乃止之。吴子闻之，一夕三迁。

吴人行成，将盟。景伯曰：『楚人围宋，易子而食，析骸而爨，犹无城下之盟。我未及亏，而有城下之盟，是弃国也。吴轻而远，不能久，将归矣。请少待之。』弗从。景伯负载[17]，造于莱门[18]，乃请释子服何于吴[19]，吴人许之。以王子姑曹当之[20]，而后止。吴人盟而还。

注释

①武城：此为南武城，其地多山，位于今山东费县西南。②沤菅：浸泡澹草，剥下茎皮以为绳索。③滋：染污。滋，读为滓。④王犯：吴大夫，曾经逃到鲁为武城宰。⑤澹台子羽：武城人，孔子弟子，其父与王犯相好。⑥懿子：即孟孙。⑦东阳：地名。⑧五梧：当在东阳西北，位于山东平邑县西。⑨蚕室：位于今平邑县境内。⑩夷：鲁地名。⑪庚宗：位于今山东泗水县东。⑫泗上：位于今泗水县。⑬微虎：鲁大夫。⑭三踊：跳跃三次。⑮有若：孔子弟子。⑯国士：国内杰出的人才。⑰载：盟书。负载，带上盟书。⑱莱门：鲁郭门。⑲释子服何于吴：使子服景伯到吴国做人质。释，舍。⑳王子姑曹：吴王之子。

译文

三月，吴国攻打鲁国，公山不狃率兵，故意领着从险路进军，经过武城。开始，武城人有人在吴国边境里种田，拘捕了浸泡菅草的郑国人，说：『为什么把我的水搞污浊？』等到吴军来到以后，被拘捕的那个人领着吴军进攻武城，攻下了这个城邑。王犯曾经做过武城的地方长官，澹台如羽的父亲和他要好，国都的人，怕什么？而且是去找他们来的，还要求什么？』吴军攻取东阳而后前进，住在五梧。第二天，住在蚕室。公宾庚、公甲叔子和吴军在夷地交战，吴军俘虏了叔子和析朱钼，把尸体进献吴王。吴王说：『这是一辆车上的人。鲁国一定重用了能人，还不能小视这个国家呢。』第二天，住在庚宗，就在泗水边上驻扎。微虎想要趁夜袭击吴王的住处，让他的私人部队七百人在帐幕外的院里每人跳跃三次，最后精选了三百人，有若也在里边。出发到达稷门之内，有人对季孙说：『这样做不足以危害吴国，反而会让许多国内的杰出人才送了命，不如不干。』季孙就下令制止。吴王听说这情况，一晚上把住处搬迁了三次。

吴国人求和，将要订立盟约。景伯说：『楚国人围攻宋国，宋国人互相交换儿子来充饥，劈开尸骨烧饭，尚且没有订立城下之盟。我们还没到损伤得不能作战的地步，而有城下之盟，这是丢掉国家。吴国轻率而离本土很远，不能持久，快要回去了，请稍等一下。』不听。景伯违背自己草拟的盟约，去到莱门。鲁国就请求把子服景伯留在吴国，吴国人答应了，鲁国又请求用王子姑曹相抵，结果两国不再交换人质。吴人订立了盟约然后回国。

原文

齐悼公之来也，季康子以其妹妻之，即位而逆之。季鲂侯通焉①，女言其情，弗敢与也。齐侯怒。夏五月，齐鲍牧帅师伐我，取讙及阐。

或谮胡姬于齐侯曰②：『安孺子之党也。』六月，齐侯杀胡姬。

齐侯使如吴请师，将以伐我，乃归邾子。邾子又无道，吴子使大宰子余讨之③，囚诸楼台，栫之以棘④。使诸大夫奉大子革以为政⑤。

秋，及齐平。九月，臧宾如如齐莅盟。齐闾丘明来莅盟，且逆季姬以归，嬖。

鲍牧又谓群公子曰：『使女有马千乘乎！』公子愬之。公谓鲍子：『或谮子⑥，子姑居于潞以察之。若有之，则分室以行；若无之，则反子之所。』出门，使以三分之一行。半道，使以二乘。及潞，麇之以入⑦，遂杀之。

冬，十二月，齐人归讙及阐，季姬嬖故也。

注释

①季鲂侯：季康子叔父。②胡姬：齐景公妾。③子余：即太宰嚭。④栫：篱笆，这里用为动词，指用篱笼围住。⑤大子革：邾桓公。⑥或谮子：有人诬陷你。⑦麇：捆绑。

译文

齐悼公来鲁国的时候，季康子把他的妹妹嫁给悼公，悼公即位以后来迎娶她。季鲂侯和她私通，这个女人向季康子讲出了私通的秘密。季康子不敢把她送到齐国去。齐悼公动怒。夏五月，齐国的鲍牧率兵攻打鲁国，占领了讙地和阐地。

有人在齐侯那里陷害胡姬说：『她是安孺子的同党。』六月，齐侯杀了胡姬。

齐侯派人到吴国请求支援，打算用来攻打鲁国，就送回了邾子。邾子还是无道，吴王派太宰子余讨伐他，把他关押在楼台里，用荆棘做成篱笆围起来，让大夫们事奉太子革执掌政。

秋，和齐国讲和。九月，臧宾如去到齐国去参加结盟。齐国的间丘明来参加结盟，并且迎接季姬回去，对她很宠爱。

鲍牧又对公子们说：『要使你拥有四千匹马吗？』公子们报告了齐侯。齐侯对鲍牧说：『有人说您的坏话，您暂且住在潞地以等待调查。如果有这事，您就把家产的一半带走出国；如果没有，就回到您原来的地方去。』鲍牧出门，让他带着家产的三分之一动身，走到半途，只让他带着两辆车子走。到达潞地，就把他抓了回来，杀了他。

冬，十二月，齐国人归还讙地和阐地，这是由于季姬受到宠爱的原因。

哀公九年

原文

九年春，齐侯使公孟绰辞师于吴。吴子曰：『昔岁寡人闻命，今又革之，不知所从，将进受命于君。』

郑武子賸之嬖许瑕求邑①，无以与之。请外取，许之。故围宋雍丘②。宋皇瑗围郑师，每日迁舍，垒合③，郑师哭。子姚救之，大败。二月甲戌④，宋取郑师于雍丘，使有能者无死，以郑张与郑罗归⑤。

夏，楚人伐陈，陈即吴故也。

宋公伐郑。

秋。吴城邗⑥，沟通江、淮。

注释

①武子賸：又称子姚，即罕达。武，谥号。②雍丘：位于今河南杞县境内。③垒合：堡垒连成一体。④甲戌：十四日。⑤郑、张、郑罗：郑国有才能的人。⑥邗：位于今扬州市北。

译文

九年春季，齐悼公派公孟绰到吴国，告诉他们不必再出兵了。吴王说：『去年我刚刚听到贵国国君的命令，现在又改变了，真让我不知如何是好，我准备有机会亲自去聆听贵国君王的命令。』

郑国罕达的宠臣许瑕请求获得一处封邑，但是已经没有地方可以给他。于是许瑕又请求从外国夺取，罕达默许了，因此郑国便发兵围攻了宋国的雍丘。宋国的皇瑗则率领宋军包围了郑军，每天换一个地方筑造堡垒，不久便在雍丘周围都布满了堡垒。郑军见此情况，都大哭起来。罕达率兵前去救援，反而被打得大败。二月十四日，宋军在雍丘把郑军全部俘虏了，他们对有才能的人都不予杀害，最后带了郏张和郑罗回去。

夏季，楚国人进攻陈国，因为陈国与吴国友好。

宋景公出兵攻打郑国。

秋季，吴国在邗地建城，并挖沟连通了长江和淮水。

原文

晋赵鞅卜救郑，遇水适火[①]，占诸史赵、史墨、史龟。史龟曰：『是谓沉阳[②]，可以兴兵，利以伐姜[③]，不利子商[④]。伐齐则可，敌宋不吉。』史墨曰：『盈[⑤]，水名也；子[⑥]，水位也。名位敌，不可干也。炎帝为火师，姜姓其后也。水胜火，伐姜则可。』史赵曰：『是谓如川之满，不可游也。郑方有罪，不可救也。救郑则不吉，不知其他。』阳虎以《周易》筮之，遇泰䷊之需䷄，曰：『宋方吉，不可与也。微子启，帝乙之元子也[⑦]。宋、郑，甥舅也。祉，禄也。若帝乙之元子归妹而有吉禄[⑧]，我安得吉焉？』乃止。

冬，吴子使来儆师伐齐[⑨]。

注释

①水适火：占卜时所得兆象。②沉阳：水为阳，为流向火，所以说沉阳。③姜：姜姓国，指齐国。④子商：指宋国，宋为殷商的后代。⑤盈：即嬴，赵国祖先姓嬴。⑥子：即子商。⑦帝乙：商代君主，纣王的父亲。元子：长子。⑧归妹：嫁女。妹，少女。⑨儆：儆戒，通告。

译文

晋国的赵鞅为救援郑国而进行了占卜，得到的卦象是水流向火，于是便请史官赵、墨、龟阐释吉凶。史龟说：

高逸图　明·董其昌

此图画的是一河两岸，近处平坡数块、杂树三组，远处低丘矮山数叠。画法近于倪云林的面貌，山石皴法，折带、披麻兼用，而以侧笔为主。杂树画法和云林法有异，用柔浑的笔墨写出枝干，然后皴染点叶。全图给人依而不繁，旷而不空之感。

『这表明「阳气下沉，可以发兵，有利于攻打姜姓之国，不利于攻打商姓之国。」因此进攻齐国可以，但与宋国为敌就不吉利。』史墨说：『盈是水的名字，子是水的位置。名字和位置相当，则不能互相侵犯。炎帝是火师，姜姓是他的后代。水战胜火，攻打姜姓便能成功。』史赵说：『这就叫做江河涨水，便不能游过去。郑国现在正是有罪的时候，不能救它。如果救郑就不吉利，其他我就不知道了。』阳虎又用《周易》加以占筮，得到泰卦变成需卦，他说：『宋国目前正是吉星高照的时候，不能与它交战。微子启是帝乙的长子，宋国、郑国是甥舅之国。祉就是福禄，如果帝乙的长子把他的女儿嫁给了郑国而有吉祥有福的话，那我们哪里去得到吉利呢？』于是便停止救援郑国。

冬季，吴王夫差派人来鲁国，通告准备出兵一同攻打齐国。

哀公十年

原文

十年春，邾隐公来奔，齐甥也，故遂奔齐。

公会吴子、邾子、郯子伐齐南鄙，师于鄎①。齐人弑悼公，赴于师②。吴子三日哭于军门之外。徐承帅舟师③，将自海入齐，齐人败之，吴师乃还。

夏，赵鞅帅师伐齐，大夫请卜之。赵孟曰④：『吾卜于此起兵，事不再令，卜不袭吉⑤，行也！』于是乎取犁及辕⑥，毁高唐之郭，侵及赖而还。

秋，吴子使来复儆师。

冬，楚子期伐陈⑦。吴延州来季子救陈，谓子期曰：『二君不务德⑧，而力争诸侯，民何罪焉？我请退，以为子名，务德而安民。』乃还。

注释

①师：用为动词，驻扎。鄎：齐地。②赴：同『讣』。赴于师：将齐侯死讯讣告吴师，以取悦于吴。③徐承：吴国大夫。④赵孟：即赵鞅。⑤卜不袭吉：袭，重也。再卜也不会重得吉兆。⑥犁、辕：都是齐国地名。⑦子期：即公子结。⑧二君：吴、楚之君。

译文

十年春季，邾隐公逃亡来到鲁国。因为他是齐国的外甥，所以不久又逃往齐国。

哀公率兵和吴王、邾子、郯子一同攻打齐国的南部边境，军队驻扎在齐国南部边境的鄎城。

齐国人杀了齐悼公，然后通知了吴军，吴王在营门外哭了三天。吴大夫徐承准备率领水军从海上进攻齐国，结果被齐军打得大败而归。

夏季，赵鞅带兵攻打齐国，大夫请求为此而占卜吉凶。赵鞅说：『我正是按照去年占卜的结果而发兵的，一次行动不能占卜两次，再占卜一次不一定能得吉卦。干脆就出兵吧！』于是便攻占了犁地与辕地，摧毁了高唐的外城，一直攻到赖地才收兵回国。

秋季，吴王又派人来鲁国通知准备出兵再次进攻齐国。

冬季，楚国的子期出兵攻打陈国，吴国的延州来季子救援陈国，他对子期说：『吴、楚两国君王不致力于德政，而竟相使用武力，争夺诸侯，百姓有什么罪过呢？我请求退兵，从而使阁下得到一个取得胜利的好名声，以便使您致力于德政从而安定百姓。』然后便收兵回国了。

哀公十一年

原文

十一年春，齐为郎故，国书、高无邳帅师伐我，及清①。季孙谓其宰冉求曰②：“齐师在清，必鲁故也。若之何？”求曰：“一子守，二子从公御诸竟③。”季孙曰：“不能。”求曰：“居封疆之间。”季孙告二子，二子不可。求曰：“若不可，则君无出。一子帅师，背城而战。不属者④，非鲁人也。鲁之群室，众于齐之兵车。一室敌车⑤，优矣。子何患焉？二子之不欲战也宜，政在季氏。当子之身⑥，齐人伐鲁而不能战，子之耻也。大不列于诸侯矣。”季孙使从于朝，俟于党氏之沟⑦。武叔呼而问战焉。对曰：“君子有远虑，小人何知？”懿子强问之⑧，对曰：“小人虑材而言⑨，量力而共者也。”武叔曰：“是谓我不成丈夫也。”退而蒐乘⑩，孟孺子泄帅右师⑪，颜羽御，邴泄为右⑫。冉求帅左师，管周父御，樊迟为右⑬。季孙曰：“须也弱。”有子曰⑭：“就用命焉。”季氏之甲七千，冉有以武城人三百为己徒卒。老幼守宫，次于雩门之外⑮。五日，右师从之。公叔务人见保者而泣⑯，曰：“事充政重⑰，上不能谋，士不能死，何以治民？吾既言之矣，敢不勉乎！”

注释

①清：地名，位于今山东东阿县境内。②冉求：鲁人，孔子的弟子。③一子、二子：指季、叔、孟三孙。④不属者：不参加战斗的人。属，臣属。⑤一室：季氏一家。⑥当子之身：在您在世的时候。⑦党氏之沟：公宫与党氏之间的沟名。⑧懿子：孟孙何忌。⑨虑材而言：考虑才能而说话。⑩蒐乘：检阅兵车。⑪孺子泄：孟懿子之子。⑫颜羽、邴泄：二人为孟氏家臣。⑬樊迟：又名樊须，孔子弟子。⑭有子：即冉求。⑮雩门：鲁南城门。⑯公叔务人：即公为，昭公之子。⑰事充政重：徭役繁，赋税多。政，征。

译文

十一年春，齐国因为郎地这一战役的原因，国书、高无邳带兵攻打我国，到达清地。季孙对他的家臣头子冉求说：『齐军驻扎在清地，必然是因为鲁国的缘故，怎么办？』冉求说：『您三位中间一位留守，两位跟着国君在边境抵抗。』季孙说：『不行。』冉求说：『那就在境内近郊抵抗。』季孙告诉了叔孙、孟孙，这两位没有答应。冉求说：『如果不同意，那么国君就不必出去。您一位率领部队，背城而作战，不参加的就不能算是鲁国人。鲁国的卿大夫各家的总数要比齐国的兵车要多，即使您一家的战车也多于齐军，您担忧什么？他们两位不想作战是很自然的，因为政权掌握在季氏手里。您在世的时候，齐国人进攻鲁国而不能作战，这是您的耻辱，就完全不能和诸侯并列了。』季氏让冉求跟随他上朝，在党氏之沟等着。叔孙叫过冉求问他关于作战的意见。冉求回答说：『君子有着深远的考虑，小人知道什么？』孟孙坚持问他，他回答说：『小人是考虑了才能而说话，评估了力量才出力的。』叔孙说：『你这是说我成不了大丈夫啊。』退回去以后就检阅军队。孟孺子泄率领右军，颜羽为他驾御战车，邴泄充当车右。冉求率领左军，管周父为他驾御战车，樊迟充当车右。季孙说：『樊迟年纪太轻了。』冉求说：『因为他能够听从命令。』季氏的甲士七千人，冉求领着三百个武城人作为自己的亲兵，老的小的守御宫室，驻扎在南门外。过了五天，右军才跟随上来。公叔务人看到守城的人就掉眼泪，说：『徭役繁，赋税多，上面不能策划，战士不能拼命，用什么来治理百姓？我已经这么说了，还敢不努力吗？』

原文

师及齐师战于郊，齐师自稷曲[①]。师不逾沟。樊迟曰：『非不能也，不信子也。请三刻而逾之[②]。』如之，众从之。师入齐军。

右师奔[3]，齐人从之，陈瓘、陈庄涉泗[4]。孟之侧后入以为殿[5]，抽矢策其马，曰：『马不进也。』林不狃之伍曰：『走乎！』不狃曰：『谁不如[6]？』曰：『然则止乎[7]？』不狃曰：『恶贤[8]？』徐步而死。

师获甲首八十，齐人不能师。宵，谍曰：『齐人遁。』冉有请从之三，季孙弗许。

孟孺子语人曰：『我不如颜羽，而贤于邴泄。子羽锐敏，我不欲战而能默[9]。泄曰：「驱之[10]。」』公为与其嬖僮汪锜乘，皆死，皆殡[11]。孔子曰：『能执干戈以卫社稷，可无殇也[12]。』冉有用矛于齐师，故能入其军。孔子曰：『义也[13]。』

夏，陈辕颇出奔郑。初，辕颇为司徒，赋封田以嫁公女。有余，以为已大器[14]。国人逐之，故出。道渴，其族辕咺进稻醴[15]梁糗[16]腶脯焉[17]。喜曰：『何其给也？』对曰：『器成而具。』曰：『何不吾谏？』对曰：『惧先行[18]。』

注释

①稷曲：近郊地名。齐军由此向鲁军发起攻击。②三刻：申明号令三次。③右师：孟孺子泄所率领的军队。④陈瓘、陈庄：二陈均为齐国大夫。⑤孟之侧：孟氏之族人。⑥谁不如：谁不愿意逃跑。⑦止：留下来与敌决战。⑧恶贤：有何高尚。恶：疑问代词，哪里。⑨默：主帅不欲，心中虽不赞成，但能沉默不语。⑩驱之：驱车逃奔。⑪皆殡：皆予以殡殓。⑫殇：未成年而死，其丧服比成人降一等。⑬义：宜，有利。⑭大器：钟鼎类器物。⑮稻醴：稻米酿制的甜酒。⑯梁糗：小米干饭。⑰腶脯：碫制的干肉。⑱先行：先逐我。

译文

鲁军和齐军在郊外交战。齐军从稷曲攻击鲁军，鲁军不敢过沟迎战。樊迟说：『不是办不到，是不相信您，请您把号令申明三次再带兵过沟。』冉求照他的话办，大家就跟着过沟。鲁军击败齐军。

右军奔逃，齐国人追赶。陈瓘、陈庄徒步涉过泗水。孟之侧在全军之后最后回来，他抽出箭来打马，说：『我走在最后是马不肯往前走。』林不狃的伙伴说：『逃跑吗？』不狃说：『我比不上谁而要临阵逃跑？』伙伴说：『那么停下来抵抗吗？』不狃说：『停下来抵抗就高明吗？』从容缓步，被杀。

鲁军砍下战士的脑袋八十个，齐国人不能成军。晚上，间谍报告说：『齐国人逃跑了。』冉有三次请求追击，季孙没有同意。

孟孺子对别人说：『我不如颜羽，但比邴泄高明。颜羽精锐敏捷，我不想作战也只能保持沉默不说话，邴泄却说「赶着马逃走」。』公为和他喜爱的小僮汪琦同坐一辆战车，一起战死，都加以殡敛。孔子说：『能够拿干戈保卫祖国，可以不当成夭折来对待。』冉有使用了矛抵抗齐军，所以能攻进去。孔子说：『这是合于道义的。』

夏，陈国的辕颇逃亡到郑国。开始，辕颇做司徒，对封邑内的土田征收赋税用来出嫁哀公的女儿；还有多余的，就用来为自己制造大铜器。国内的人们驱赶他，所以出国。在路上口渴，他的部下辕咺奉上稻米甜酒、小米干饭、腌肉干。辕颇高兴地说：『为什么那么丰盛？』辕咺回答说：『器物铸成就准备好了。』辕颇说：『为什么不劝阻我？』辕咺回答说：『担心被你先赶走。』

原文

为郊战故，公会吴子伐齐。五月克博[1]，壬申[2]，至于嬴[3]。中军从王[4]，胥门巢将上军，王子姑曹将下军，展如将右军。齐国书将中军，高无丕将上军，宗楼将下军。陈僖子谓其弟书：『尔死，我必得志。』宗子阳与闾丘明相厉也。桑掩胥御国子。公孙夏曰：『二子必死。』将战，公孙夏命其徒歌《虞殡》。陈子行命其徒具含玉[5]。公孙挥命其徒曰：『人寻约[6]，吴发短[7]。』东郭书曰：『三战必死，于此三矣。』使问弦多以琴[8]，曰：『吾不复见子矣。』

陈书曰：『此行也，吾闻鼓而已，不闻金矣。』

甲戌⑨，战于艾陵⑩，展如败高子，国子败胥门巢。王卒助之，大败齐师。获国书、公孙夏、闾丘明、陈书、东郭书，革车八百乘，甲首三千，以献于公。

将战，吴子呼叔孙，曰：『而事何也？』对曰：『从司马。』王赐之甲、剑铍⑪，曰：『奉尔君事，敬无废命。』叔孙未能对，卫赐进，曰：『州仇奉甲从君。』而拜。

公使大史固归国子之元⑫，置之新箧⑬，褽之以玄纁⑭，加组带焉⑮。置书于其上，曰：『天若不识不衷⑯，何以使下国⑰？』

注释

①博：地名，位于今山东泰安县东南。②壬申：二十五日。③嬴：地名，位于今山东莱芜县西北。④中军：指吴中军，以下三将均为吴大夫。⑤含玉：葬礼有死者含玉，此表示必死的决心。⑥人寻约：每人准备八尺长的绳子。⑦吴发短：古代战场斩首数级，常以发连结。吴人剪发，则用绳子。此言激励将士，多获战功。⑧问弦多以琴：问候弦多并赠送一把琴。⑨甲戌：五月二十七日。⑩艾陵：位于今山东莱芜县东境。⑪铍：长剑。⑫元：首级。⑬箧：小箱子。⑭褽之以玄纁：用红黑色和浅红色的丝帛做垫子。⑮组带：丝带。⑯不识不衷：不衷，不正、邪恶。不了解其行不正。⑰使下国：让下国得胜。下国：弱小之国，鲁自指。

译文

为了在郊外作战的目的，哀公会合吴王攻打齐国。五月，攻占博地。二十五日，到达嬴地。中军紧跟吴王，胥门巢率领上军，王子姑曹率领下军，展如率领右军。齐国的国书率领中军，高无平率领上军，宗楼率领下军。陈僖子对他的弟弟书说：『你要是战死，我一定能够得志。』宗子阳和闾丘明也相互激励。桑掩胥为国书驾御战车。公孙夏说：『这两位必然战死。』快要进行战斗，公孙夏命令他的部下唱《虞殡》，陈子行传令他的部下准备决一死战。公孙挥命令他的部下说：『每人拿一根八尺的绳子准备系人头，吴国人头发短。』东郭书说：『打仗打三回一定要死，在这里是第三回了。』派人拿琴做礼物去问候弦多，说：『我不再会见到您了。』陈书说：『这一回，我听到的只是鼓声，听不到金声了。』

五月二十七日，两军在艾陵交战。展如击败高无平，国书打败胥门巢，吴王率领的部队救援胥门巢，大败齐军，俘虏了国书、公孙夏、闾丘明、陈书、东郭书，兵车八百辆，甲士的脑袋三千个，用来献给哀公。快要进入战斗，吴王喊叔孙说：『你现在担任什么职务？』叔孙说：『司马。』吴王把铠甲、长剑和短剑赠给他，说：『认真地承担你国君给的任务，不要废弃命令。』叔孙不能回答。子贡走向前面，说：『州仇敬受皮甲跟随着您。』叔孙叩头接受了赏赐。

哀公派太史送回国书的脑袋，放在新的筐子里，下垫红黑色和浅红色的丝绸，加上绸带，在上面放上一封信，说：『上天假若不了解你们行为不正，怎么能让下国得胜？』

原文

吴将伐齐。越子率其众以朝焉，王及列士，皆有馈赂。吴人皆喜，惟子胥惧，曰：『是豢吴也夫』！谏曰：『越在我，心腹之疾也。壤地同[1]，而有欲于我。夫其柔服，求济其欲也，不如早从事焉。得志于齐，犹获石田也[2]，无所用之。越不为沼[3]，吴其泯矣。使医除疾，而曰「必遗类焉」者，未之有也。《盘庚》之诰曰：『其有颠越不共[4]，则劓殄无遗育，无俾易种于兹邑[5]。』是商所以兴也。今君易之，将以求大，不亦难乎？』弗听。使于齐，属其子于鲍氏，为王孙氏。反役，王闻之，使赐之属镂以死⑥。将死，曰：『树吾墓槚⑦，槚可材也，吴其亡乎！三年，其始弱矣。盈必毁，天之道也。』

秋，季孙命修守备，曰：『小胜大，祸也。齐至无日矣。』

冬，卫大叔疾出奔宋⑧。初，疾娶于宋子朝，其娣嬖。子朝出，孔文子使疾出其妻而妻之⑨。疾使侍人诱其初妻之娣⑩，置于犁，而为之一宫，如二妻。文子怒，欲攻之。仲尼止之。遂夺其妻。或淫于外州⑪，外州人夺之轩以献。耻是二者，故出。卫人立遗⑫，使室孔姞⑬。疾臣向魋，纳美珠焉，与之城鉏⑭。宋公求珠，魋不与，由是得罪。及桓氏出⑮，城鉏人攻大叔疾，卫庄公复之。使处巢⑯，死焉。殡于郧，葬于少禘⑰。

初，晋悼公子慭亡在卫，使其女仆而田。大叔懿子止而饮之酒⑱，遂聘之，生悼子⑲。悼子即位，故夏戊为大夫⑳。悼子亡，卫人翦夏戊㉑。

注释

①壤地同：同居于一块土块。②石田：石头田地，不能耕种。③越不为沼：意思是不把越除掉。沼，泽。④颠越不共：狂乱不听命。⑤易种：蔓延种苗。⑥属镂：剑名。⑦槚：即楸树。落叶乔木，可成材，常与松树一同栽于坟地。⑧大叔疾：即世叔齐。⑨孔文子：卫卿孔圉。⑩妻之娣：以女嫁之。娣：太叔疾所娶女之妹，随娣陪嫁而得宠幸。⑪或淫于外州：又在外州与一女人通奸。外州，卫地名。⑫遗：太叔疾的弟弟。⑬使室孔姞：让他娶了孔姞。孔姞，即孔文子女，太叔疾之妻。⑭城鉏：宋邑，位于今河南滑县东。⑮桓氏：即向魋。⑯巢：卫地名。⑰郧、少禘：卫二地名。⑱大叔懿子：即世叔申。⑲悼子：即太叔疾。⑳夏戊：悼子的外甥。㉑翦：削其爵位，没收其家产。

译文

吴国将要攻打齐国，越王率领他的军队前去拜见，吴王和臣下都得到越王赠送的食物财礼。吴国人都很高兴，只有伍子胥担忧，说：『这是在养肥吴国啊！』就劝谏说：『越国在我们这里，是心腹大患，共处一块土地上而对我们有所图谋。他们的服从，是为了要求达到他们的欲望，我们不如早点下手。在齐国如愿以偿，就好像得到了满是石块的土田，无办法使用。越国要不变成沼泽，吴国就被越国吞并了。让医生治病，而说「一定要留下病根」，是从来没有的。《盘庚之诰》说，「如果有狂妄不听话的，就全部砍了不留后代，不要让他们在这里留下逆种」，这就是商朝之所以兴起的原因。现在您反过来，打算用这种办法来得到强大，不也很难吗？』吴王不听，派他到齐国去，他把儿子托付给齐国的鲍氏，就是王孙氏。从艾陵回来，吴王听到此事，派人把属镂宝剑赐给伍子胥让他自杀。伍子胥临死，说：『在我的坟墓上栽楸树，可以成材。吴国大约要灭亡了吧！三年以后，它就开始衰败了。事物满了必然败坏，这是自然规律。』

秋，季孙命令整理防务，说：『小国战胜大国，这是祸患，齐国没有几天就会来到的。』

冬，卫国的太叔疾逃亡到宋国。开始，太叔疾娶了宋国子朝的女儿，她的妹妹受到宠爱。子朝逃亡出国，孔文子让太叔疾休了他的妻子，而把女儿嫁给他。太叔疾派遣随从劝说他前妻的妹妹，把她安排在犁地而为她造了一座宫室，好像是第二个妻子一样。文子动怒，想要攻打太叔疾，孔子加以劝阻。文子就夺回了女儿。太叔疾又在外州和另外一个女人私通，外州人夺走了他的车子献上来。太叔疾为这两件事感到耻辱，所以逃亡出国。卫国人立了遗做继承人，让他娶了孔姞。太叔疾做了向姞的家臣，把珍宝献给向魋，向魋给了他城钼。宋公索取这珍宝，向魋不给，因此获罪。等到桓氏逃亡出国，城钼人攻打太叔疾，卫庄公又让他回去，让他待在巢地，死在那里。棺材摆放在郧地，埋葬在少禘。

起初，晋悼公的儿子慭逃亡在卫国，让他的女儿为他驾车打猎，太叔懿子留他饮酒，就聘他的女儿做妻子，生了悼子。悼子即位，所以夏戊做了大夫。悼子逃亡，卫国人削夺了夏戊的官爵和封邑。

原文

孔文子之将攻大叔也，访于仲尼，仲尼曰：『胡簋之事[①]，则尝学之矣；甲兵之事，未之闻也。』退，命驾而行，曰：『鸟则择木，木岂能择鸟？』文子遽止之，曰：『圉岂敢度其私[②]，访卫国之难也。』将止，鲁人以币召之，乃归。

季孙欲以田赋，使冉有访诸仲尼。仲尼曰：『丘不识也。』三发，卒曰：『子为国老，待子而行，若之何子之不言也？』仲尼不对，而私于冉有曰：『君子之行也，度于礼，施举其厚，事举其中，敛从其薄。如是，则以丘亦足矣[③]。若不度于礼，而贪冒无厌，则虽以田赋，将又不足。且子季孙若欲行而法，则周公之典在。若欲苟而行，又何访焉[④]？』弗听。

注释

①胡簋：即簠簋。簠，祭祀或宴享时用来盛稻粱之类的方形器。簋，祭祀或宴享时用来盛黍稷的圆形器。胡簋之事，指祭祀、朝聘等礼仪。②圉：孔文子之名。度：谋划。③则以丘亦足矣：那么以我孔丘看来就足够了。④访：询问。

译文

孔文子快要攻打太叔的时候，去征询孔子的意见。孔子说：『祭祀的事情，那是我以前学过的；战争的事情，

葑泾访古图　明·董其昌

此作仿董北苑笔意，图中山峦重峦，古树高拔，苍苍莽莽，小桥溪水，村落人家，境界高逸。画坡石或用披麻皴，或用折带皴，淡墨枯笔，干湿皴擦，整幅画面有墨色苍润之感。

我没有听说过。』退下去，叫人套上车子要走，说：『鸟要选择树木，树木哪里能选择鸟？』文子马上阻止他，说：『孔文子哪里敢为自己打算，为的是防范卫国的祸患。』孔子打算留下不走，鲁国人用财物来召请他，于是就回到鲁国。

季孙想要按田亩征税，派冉有征询孔子的意见。孔子说：『丘不懂得这个。』问了三次，最后说：『您是国家的元老，等待您的意见做事，为什么您不说呢？』孔子不作正式回答，私下对冉有说：『君子办事情，要按礼来衡量：施舍要力求丰厚，事情要做得适中，赋敛要尽量减轻。如此，那么按丘征税也就够了。如果不按礼来衡量而贪婪没有满足，那么虽然按田亩征税，还会不够的。而且季孙如果要办事合于法度，那么周公的典章就在那里；假若要随便办事，又哪里用得着向我询问呢？』季孙不听。

哀公十二年

原文

十二年春，王正月，用田赋。

夏，五月，昭夫人孟子卒。昭公娶于吴，故不书姓。死不赴[①]，故不称夫人。不反哭，故不言葬小君。孔子与吊，适季氏。季氏不絻，放绖而拜[②]。

公会吴于橐皋[③]，吴子使大宰嚭请寻盟。公不欲，使子贡对曰：『盟，所以周信也[④]，故心以制之，玉帛以奉之，言以结之，明神以要之。寡君以为苟有盟焉，弗可改也已。若犹可改，日盟何益？今吾子曰：「必寻盟」[⑤]。若可寻也，亦可寒也。』乃不寻盟。

吴征会于卫。初，卫人杀吴行人且姚而惧，谋于行人子羽[⑥]。子羽曰：『吴方无道，无乃辱吾君，不如止也。』子木曰[⑦]：『吴方无道，国无道，必弃疾于人[⑧]。吴虽无道，犹足以患卫。往也，长木之毙，无不摽也[⑨]。国狗之瘈[⑩]，无不噬也。而况大国乎？』

注释

①不赴：不讣告诸侯。②放绖：去除丧服。③橐皋：吴地，位于今安徽巢县西北。④周信：巩固信用。⑤寻：同『焺』，把冷的东西温暖过来。⑥子羽：卫大夫。⑦子木：卫大夫。⑧弃疾：加害。⑨摽：击。⑩国狗之瘈：狗发疯。意为家狗发了疯，无所不咬。

译文

十二年春季，周历正月，鲁国施行田亩征税制度。

夏季，五月，鲁昭公夫人孟子去世。由于昭公是从吴国娶的夫人，所以《春秋》不记录孟子的姓，又因为孟子死后没有向各国发讣告，所以也就不称她为夫人。埋葬以后也没有返回祖庙行哭礼，所以也就不称葬小君。当时孔子前去吊丧，到了季氏那里。季康子不脱帽，也就是没有把孟子当作夫人看待，孔子则脱下丧服答拜。

哀公在橐皋会见了吴国人，吴王派太宰伯嚭请求重温鄫地的盟约。但哀公没有答应，便派子贡前去答复说：『盟誓是用来牢固信用的，所以要在内心制约它，把玉帛献给它，用言语表现它，并且以神灵来加以约束。寡君认为既然已经有了盟约，就不要轻易改变它。如果盟约可以随便修改的话，即便每日结盟又有什么用处呢？现在阁下说：「一定要重温旧盟。」如果盟约可以重温，也必然可以撕毁。』结果吴国没能如愿。

吴国要卫国参加会见。当初，卫国人曾经杀了吴国的掌管外交的且姚，因此卫国人得到吴国让去参加会见的消息后非常畏惧，就和外交官员子羽商量。子羽说：『吴国目前正处于暴虐无道之时，恐怕会借此机会羞辱我们君王，不如不去参加。』但是子木说：『吴国暴虐无道。一个国家暴虐无道，就必定会加祸于人。吴国虽然无道，但仍然能够构成对卫国的威胁。还是去参加吧！大树倒下的时候，还要压倒一些东西，国家的名狗发疯之后，就会无所不咬，更何况是一个暴虐恣肆的大国呢？』

原文

秋，卫侯会吴于郧。公及卫侯、宋皇瑗盟，而卒辞吴盟。吴人藩卫侯之舍。子服景伯谓子贡曰：『夫诸侯之会，事既毕矣，侯伯致礼[1]，地主归饩[2]，以相辞也。今吴不行礼于卫，而藩其君舍以难之[3]，子盍见太宰？』乃请束锦以行[4]。语及卫故[5]，大宰嚭曰：『寡君愿事卫君，卫君之来也缓，寡君惧，故将止之。』子贡曰：『卫君之来，必谋于其众，其众或欲或否，是以缓来。其欲来者，子之党也；其不欲来者，子之仇也。若执卫君，是堕党而崇仇也[6]，夫堕子者得其志矣。且合诸侯而执卫君，谁敢不惧？堕党崇仇，而惧诸侯，或者难以霸乎！』大宰嚭说，乃舍卫侯。卫侯归，效夷言⑦。子之尚幼⑧，曰：『君必不免，其死于夷乎！执焉而又说其言，从之固矣。』

注释

①侯伯：指盟主。伯：长。侯伯致礼：盟主向来宾致礼。②归：通馈。饩：食物。③藩：围。难之：使之为难。④束锦：五匹锦。五匹为束。⑤故：事。⑥堕党崇仇：打击亲近者，抬高仇恨者。⑦效夷言：效仿夷人说话。夷言指吴、越方言。⑧子之：人名，卫臣，名公孙弥牟。

译文

秋季，卫出公在郧地会见了吴国人。哀公和卫出公、宋国的皇瑗私下结了盟，最后终于拒绝了和吴国结盟。吴国人包围了卫出公的住处。子服景伯对子贡说：『诸侯会盟时，各项事情办完了，盟主要向大家致谢，东道主国家要赠送大家食物，以表示告别。如今吴国不但不对卫国致礼，反而围住卫国国君的住处向他发难，您何不去见吴国的太宰呢？』于是子贡便请求让他带了五匹锦去了。和伯嚭谈话时言及卫国的事情，伯嚭说：『寡君本来愿意事奉卫君，只因卫国国君迟到了，寡君有点担忧，所以才准备挽留他。』子贡说：『卫国前来参加盟会，必然要和他的群臣商量。群臣中有的主张来，有的主张不来，因此才来晚了。那些主张参加的，都是您的朋友，主张不参加的，都是您的仇人。如果抓起卫君，就等于是害了您的朋友而成全了您的仇人，那些企图损害贵国的人就会更加得意。再说会合诸侯却把卫君抓了起来，谁不感到心惊胆战？损害朋友，成全仇人，并使诸侯感到畏惧，也许很难称霸天下！』太宰伯嚭听到这番话非常愉快，便放回了卫出公。卫出公回到国内后，经常学说吴国话。当时公孙弥牟虽然很年幼，却说：『君王必定难免灾祸，恐怕最终还是要死在夷地吧！因为他曾经被吴人抓起来过，却又喜爱说吴国话，肯定要跟他们去了。』

原文

冬，十二月，螽。季孙问诸仲尼，仲尼曰：『丘闻之，今火伏而后蛰者毕[①]。今火犹西流，司历过也。』

宋、郑之间有隙地焉[②]，曰弥作、顷丘、玉畅、岩、戈、钖。子产与宋人为成，曰：『勿有是[③]。』及宋平、元之族自萧奔郑，郑人为之城岩、戈、钖。九月，宋向巢伐郑，取钖，杀元公之孙，遂围岩。十二月，郑罕达救岩，丙申[④]，围宋师。

注释

①火伏：大火星在天空消失。蛰者：昆虫蛰伏。②隙地：两国间未开垦之地。③勿有是：两国都不独有此地。④丙申：二十八日。

译文

冬季，十二月，鲁国出现了蝗灾。季康子就此事请教孔子，孔子说：『据我所知，一旦火星在天空消失，昆虫也就应该全部蛰伏起来。但现在火星仍然悬挂在西方天空上，这是掌管历法的官员应该闰月而没有闰月的缘故。』

宋国和郑国之间有几块尚未开垦的田地，是弥作、顷丘、玉畅、岩、戈、锡。当初子产曾和宋国人达成合约说：『两国都不占有这些地方。』等到宋平公、宋元公的族人从萧地逃亡到郑国的时候，郑国人为他们在岩、戈、锡三地筑造了城池。九月，宋国的向巢进攻郑国，占领了锡地，杀了宋元公的孙子，随后又包围了岩地。十二月，郑国的罕达带兵救援岩地。二十八日，包围了宋国军队。

哀公十三年

原文

十三年春，宋向魋救其师。郑子剩使徇曰：『得桓魋者有赏。』魋也逃归，遂取宋师于岩，获成讙、郜延①，以六邑为虚②。

夏，公会单平公③、晋定公、吴夫差于黄池④。

六月丙子⑤，越子伐吴，为二隧。畴无余、讴阳自南方⑥，先及郊。吴大子友、王子地、王孙弥庸、寿于姚自泓上观之⑦。弥庸见姑蔑之旗⑧，曰：『吾父之旗也。不可以见仇而弗杀也。』大子曰：『战而不克，将亡国，请待之。』弥庸不可，属徒五千，王子地助之。乙酉⑨，战，弥庸获畴无余，地获讴阳。越子至，王子地守。丙戌⑩，复战，大败吴师。获大子友、王孙弥庸、寿于姚。丁亥⑪，入吴。吴人告败于王，王恶其闻也，自刭七人于幕下。

秋，七月辛丑⑫，盟，吴、晋争先。吴人曰：『于周室，我为长。』晋人曰：『于姬姓，我为伯⑬。』赵鞅呼司马寅曰：『日旰矣⑭，大事未成，二臣之罪也⑮。建鼓整列，二臣死之，长幼必可知也⑯。』对曰：『请姑视之。』反，曰：『肉食者无墨⑰。今吴王有墨，国胜乎⑱？大子死乎？且夷德轻⑲，不忍久，请少待之。』乃先晋人。

注释

①成讙、郜延：二人都是宋大夫。②虚：使之成为空邑，双方都不占有。③单平公：周卿士。④黄池：地名，位于今河南封丘县境内。⑤丙子：十一日。⑥畴无余、讴阳：二人都是越大夫。⑦泓：水名。⑧姑蔑：越国地名。⑨乙酉：二十日。⑩丙戌：二十一日。⑪丁亥：二十二日。⑫辛丑：初六日。⑬伯：霸主，晋自文公之后一直是诸侯霸主。⑭旰：晚。⑮二臣：指赵鞅与司马寅。⑯长幼：即先后。⑰墨：面色灰暗。⑱国胜：国为敌所胜。⑲夷德轻：夷

人轻佻不稳重。

译文

十三年春，宋国的向魋救助他们的军队。郑国的子剩派人向全军宣布说：『抓到向魋的有赏。』向魋就逃跑回国。郑军就在岩地全部歼灭宋军，俘虏了成讙、郜延，把六个城邑掳掠一空然后两国都不去独占。

夏，哀公在黄池约见单平公、晋定公、吴王夫差。

六月十一日，越王进攻吴国，两路出兵，大夫畴无余、讴阳从南边走，先到达吴国的郊外。吴国的太子友、王子地、王孙弥庸、寿余姚在泓水上观看越军。弥庸见到姑蔑的旗帜，说：『这是我父亲的旗帜。我不能见到仇人而不杀死他们。』太子说：『如果作战不能获胜，将会亡国，请等一等。』弥庸不答应，集合部下五千人，王子地协助他。二十日，两军交战，弥庸俘虏了畴无余，王子地俘虏了讴阳。越王到达，王子地守城。二十一日，再次交战，越军大败吴军，俘虏了太子友、王孙弥庸、寿余姚。二十二日，进入吴国。吴人向吴王通报战败。吴王讨厌诸侯听到此事，亲自把七个报告消息的人杀死在帐幕里边。

秋，七月初六日，吴国和晋国争论歃血的先后。吴人说：『在周王室中，我们是老大。』晋人说：『在姬姓之中，我们为首。』赵鞅呼唤司马寅说：『大事没有成功，是我们两个臣下的罪责。竖起旗帜整顿队列，我们两个臣下战斗到死，次序先后一定可以见到分晓。』司马寅说：『请暂且到吴王那里观察一下。』回来，说：『吃肉的人没有气色灰暗的。如今，吴王面色灰暗，是他的国家被敌人战胜了吗？太子死了吗？而且夷人轻佻不沉着，不能长期忍受，请稍等一等。』吴人就让晋人先歃血。

原文

吴人将以公见晋侯，子服景伯对使者曰：『王合诸侯，则伯帅侯牧以见于王。伯合诸侯，则侯帅子、男以见于伯。自王以下，朝聘玉帛不同，故敝邑之职贡于吴，有丰于晋，无不及焉，以为伯也。今诸侯会，而君将以寡君见晋君，则晋成为伯矣，敝邑将改职贡。鲁赋于吴八百乘，若为子、男，则将半邾以属于吴①，而如邾以事晋。且执事以伯召诸侯，而以侯终之，何利之有焉？』吴人乃止，既而悔之，将囚景伯。景伯曰：『何也立后于鲁矣②，将以二乘与六人从，迟速唯命。』遂囚以还。及户牖③，谓大宰曰：『鲁将以十月上辛有事于上帝先王，季辛而毕，何世有职焉，自襄以来，未之改也。若不会，祝宗将曰：「吴实然。」且谓鲁不共，而执其贱者七人，何损焉？』大宰嚭言于王曰：『无损于鲁，而只为名，不如归之。』乃归景伯。

吴申叔仪乞粮于公孙有山氏④，曰：『佩玉繠兮⑤，余无所系之。旨酒一盛兮，余与褐之父睨之⑥。』对曰：『粱则无矣⑦，粗则有之⑧。若登首山以呼曰：「庚癸乎⑨！」则诺。』王欲伐宋，杀其丈夫而囚其妇人。大宰嚭曰：『可胜也，而弗能居也。』乃归。

冬，吴及越平。

注释

①半邾：取邾赋的一半。则半邾为三百乘。②何：景伯名『何』。③户牖：地名。位于今河南兰考县东北。④公孙有山：鲁国大夫。⑤繠：下垂的样子。⑥褐之父：贫贱之老者。睨：斜视。⑦粱：精细小米。⑧粗：粗粮。⑨庚癸：古分货为甲乙丙丁十等。庚癸为下等货。

译文

吴人准备带着哀公进见晋侯，子服景伯对使者说：天子会合诸侯，那么诸侯的盟主就率领诸侯进见天子；诸侯的盟主会集诸侯，那么侯就率领子爵、男爵进见盟主。从天子以下，朝聘时所使用的玉帛也各不相同；所以敝邑进献给吴国的，只有比晋国丰厚，而没有不如的，因为把吴国作为诸侯的盟主。现在诸侯会见，而君王打算带着寡君进见晋君，那么晋国就成为盟主了，敝邑将会变化进贡的数量：鲁国按八百辆战车的数字确定进献贵国的贡品。假如变成子爵、男爵，那么将会按邾国战车的半数确定贡品，而按邾国战车的数字来事奉晋国。并且执事以诸侯盟主的身份召集诸侯，而以一般诸侯的地位结束，这有什么好处呢？』吴人就没有那么做。不久又后悔，打算关押景伯。景伯说：『何已经在鲁国立了继承人了，打算带两辆车子和六个人跟你们走，早走晚走唯命是从。』吴人就拘押了景伯带回去。到达户牖，景伯对太宰说：『鲁国将要在十月的第一个辛日祭祀天帝和先王，最后一个辛日结束，我子服何家世世代代都在祭祀中担任一定的职事，自从襄公以来没有改变过。如果不参加，祝宗会说「是吴国让他这样的」，而且贵国认为鲁国不恭敬，而只抓了它七个下贱的人，对鲁国有什么伤害呢？』太宰嚭对吴王说：『对鲁国没有损伤，而只能造成坏名声，不如放他回去。』于是就放回了景伯。

吴国的申叔仪到公孙有山氏那里求取粮食，说：『佩玉下垂多齐备啊，我没有地方系着；甜酒满满一杯啊，我和贫贱的老人干瞅着。』公孙有山氏回答说：『细粮已经没了，粗粮还有一些。假若你登上首山喊「下等货啊」，就答应你。』

吴王想要进攻宋国，杀死那里的男人而拘禁女人。太宰嚭说：『可以战胜，但不能在那里长住。』吴王这才回国。

冬，吴国和越国讲和。

哀公十四年

原文

十四年春，西狩于大野[1]，叔孙氏之车子钼商获麟，以为不祥，以赐虞人[2]。仲尼观之，曰：『麟也。』然后取之。

小邾射以句绎来奔[3]，曰：『使季路要我[4]，吾无盟矣。』使子路，子路辞。季康子使冉有谓之曰：『千乘之国，不信其盟，而信子之言，子何辱焉？』对曰：『鲁有事于小邾，不敢问故，死其城下可也。彼不臣，而济其言，是义之也[5]。由弗能[6]。』

齐简公之在鲁也[7]，阚止有宠焉。及即位，使为政。陈成子惮之[8]，骤顾诸朝。诸御鞅言于公曰[9]：『陈、阚不可并也，君其择焉。』弗听。

子我夕[10]，陈逆杀人[11]，逢之，遂执以入。陈氏方睦，使疾，而遗之潘沐[12]，备酒肉焉，飨守囚者，醉而杀之，而逃。子我盟诸陈于陈宗[13]。

初，陈豹欲为子我臣[14]，使公孙言己[15]，已有丧而止。既而言之，曰：『有陈豹者，长而上偻[16]，望视[17]，事君子必得志[18]。欲为子臣，吾惮其为人也[19]，故缓以告。』子我曰：『何害？是其在我也。』使为臣。他日，与之言政，说，遂有宠。谓之曰：『我尽逐陈氏，而立女，若何？』对曰：『我远于陈氏矣[20]。且其违者[21]，不过数人，何尽逐焉？』遂告陈氏。子行曰：『彼得君，弗先，必祸子。』子行舍于公宫。

注释

①大野：地名，位于今山东巨野县北。②虞人：掌山泽之官。③射：小邾大夫。句绎位于今山东邹县东南。

④要：约。⑤义之：以其不臣为义。⑥由：子路名。⑦齐简公：悼公阳生之子，名壬。⑧陈成子：陈常。⑨鞅：齐大夫。鞅为一般仆御之官，故称诸御。⑩子我夕：子我晚上朝见齐侯。子我，即阚止。⑪陈逆：字子行，齐臣。⑫潘沐：洗头的淘米水，以去污垢。潘，米汁。⑬陈宗：陈氏宗主家。⑭陈豹：字子皮，陈氏族人。⑮公孙：齐大夫。言己：向子我推荐自己。⑯长而上偻：高个子而有些驼背。⑰望视：眼睛向上看。⑱得志：满意。⑲惮其为人：担心其为人不忠厚。⑳远于陈氏：在陈氏家族中为远支。㉑违者：陈氏家族中不顺从子我之人。

译文

十四年春季，哀公到鲁国西部的大野去狩猎，叔孙氏的御者子鉏商捉获了一只麒麟，认为这是个怪物，便把它赐给了主管山泽的官员。孔子看到之后说：『这是麒麟。』便要了回去。

小邾国的大夫射带着句绎一地投靠鲁国，他说：『假如派子路来与我有一个口头约定，我就不必和鲁国结盟了。』于是鲁国便派遣子路去，子路推托不去。季康子派冉求对子路说：『不相信一个拥有上千辆兵车的国家的盟约，却相信你的话，这对你来说是极大的光荣，并不是一种屈辱啊。』子路回答说：『假如鲁国和邾国爆发了战争，我不必询问战争的原因就可以战死城下。现在他于国于君不尽为臣之道，如果我满足他的愿望和他会约结盟，就等于承认他的行为是合乎道义的了，我不能这么做。』

齐简公当初在鲁国的时候，曾经很宠爱阚止。等到他回国即位以后，就让阚止掌管齐国政权。陈常为此深为忧虑，时常在朝廷上左顾右盼，担心发生意外事故。齐大夫鞅对简公说：『陈常和阚止两个人不能都用，君王必须做出选择。』但简公没有听从。

一天傍晚，阚止前去拜访简公时，正好遇到陈逆杀了人，便派人把他抓起来带到公宫。当时陈氏族人都很团结，于是族人就让陈逆装作有病，并送去洗头的淘米水，在牢中置备有酒肉。陈逆把酒肉送给看守吃，看守喝醉之后，陈逆把他杀了就逃跑了。阚止在陈氏宗主家里和陈氏族人结盟，防范陈逆回来成为祸患。

当初，陈豹想做阚止的家臣，让公孙向阚止推荐自己。不久，因为陈豹家里有了丧事，公孙便把此事耽搁了。丧事过后，公孙对阚止说：『有一个人叫陈豹，身材很高大，有点驼背，两眼只向上望，如果事奉君子一定能令人舒服，他想做您的家臣。我因为担忧他的品行不好，所以才迟迟没有推荐给您。』阚止说：『这有什么了不起，品行好坏在于我如何使用。』便让他做了家臣。过了一些天，阚止和陈豹聊起有关政事，两人谈得很投机，阚止很高兴，随后陈豹便得到宠信。阚止对陈豹说：『我把陈氏族人全部赶走，立你为继承人，怎么样？』陈豹说：『我只不过是陈氏一族的远支，再说与您为敌的陈氏族人也就是几个人，您为什么要把他们都赶走呢？』随后便把此话告诉了陈氏。陈氏族人在一起商量时，陈逆对陈常说：『他已经得到了君王的宠信，如果不先下手为强，灾难必然会落到您头上。』于是陈逆先住到公宫中去。

原文

夏五月壬申[1]，成子兄弟四乘如公。子我在幄，出，逆之。遂入，闭门。侍人御之，子行杀侍人。公与妇人饮酒于檀台，成子迁诸寝[2]。公执戈，将击之。大史子余曰[3]：『非不利也，将除害也[4]。』成子出舍于库，闻公犹怒，将出，曰：『何所无君？』子行抽剑，曰：『需[5]，事之贼也。谁非陈宗？所不杀子者，有如陈宗！』乃止。

子我归，属徒，攻闱与大门[6]，皆不胜，乃出。陈氏追之，失道于弇中，适丰丘[7]。丰丘人执之，以告，杀诸郭关[8]。成子将杀大陆子方[9]，陈逆请而免之，以公命取车于道。及耏[10]，众知而东之。出雍门[11]，陈豹与之车，弗受，曰：『逆为余请，豹与余车，余有私焉。事子我而有私于其仇，何以见鲁、卫之士？』东郭贾奔卫[12]。

庚辰⑬，陈恒执公于舒州⑭。公曰：『吾早从鞅之言，不及此。』

注释

①壬申：十三日。②迁诸寝：强令简公迁居正寝。③子余：陈氏之党。④将除害：欺骗简公说是为人除害。⑤需，事之贼：犹豫不定，是事情的大害。⑥闱：宫中小门。⑦丰丘：陈氏邑。⑧郭关：齐都郭门。⑨大陆子方：即东郭贾，子我之臣。⑩耏：地名，在齐、鲁交界处。⑪雍门：齐城门。⑫东郭贾：即大陆子方。⑬庚辰：二十一日。⑭舒州：位于今河北大城县境内。

译文

夏季五月十三日，陈常兄弟八人乘坐四辆车到君王住所去。阚止当时正在朝廷，他出来迎接他们。陈氏兄弟进去之后便把门关上了，阚止被挡在门外。齐简公的侍从抵御他们，陈逆便把他们都杀了。这时简公正和女人在檀台上饮酒取乐，陈常要让简公等人搬到寝宫中去。简公不肯，便拿起戈要打陈常。太史子余说：『陈氏兄弟不是要为难君王，而是要为君王除害。』陈常迁到府库中去住，听说君王还在发怒，便准备出奔，他说：『哪里没有君王可供事奉呢？』陈逆抽出宝剑说：『犹豫不决，必定耽误大事。你要走了，谁不能做陈氏的宗主呢？如果您要走，我就杀了您，我对祖宗发誓。』于是陈常便打算不走了。

阚止被关在公宫外面，他回到家里聚集了家兵，攻打宫墙的小门和大门，都没有攻克，便逃了出去。陈氏族人追逐他，他在弇中迷失了方向，结果逃到了陈氏的封邑丰丘。丰丘人把他抓了起来，然后告诉了陈常，陈氏便把阚止杀死在外城的城门外。陈常还准备杀了阚止的家臣大陆子方，陈逆出面求情赦免了他。子方以简公的名义在路上劫了一辆车，逃到耏地后，被人们发现了，于是他又向东逃去，出了雍门。这时陈豹要赠给他一辆车，他拒绝接受，他说：

『陈逆为我求情免我一死，陈豹赠我车子让我逃命，这表明我和他们有私交。事奉阚止却又私下和他的仇人有交往，有何脸面去见鲁国人和卫国人呢？』后来子方还是逃亡到了卫国。

二十一日，陈常在舒州把简公捉了起来。简公说：『假如我从前听了鞅的劝告，也不会落到今天这一步。』

原文

宋桓魋之宠害于公。公使夫人骤请享焉，而将讨之。未及，魋先谋公，请以鞌易薄[1]，公曰：『不可。薄，宗邑也[2]。』乃益鞌七邑，而请享公焉。以日中为期，家备尽往。公知之，告皇野曰[3]：『余长魋也。今将祸余，请即救。』司马子仲曰：『有臣不顺，神之所恶也，而况人乎？敢不承命。不得左师不可[4]。请以君命召之。』左师每食击钟。闻钟声，公曰：『夫子将食。』既食，又奏。公曰：『可矣。』以乘车往，曰：『迹人来告曰[5]：「逢泽有介麇焉[6]。」公曰：「虽魋未来，得左师，吾与之田，若何？」君惮告子[7]。野曰：「尝私焉[8]。」君欲速，故以乘车逆子。』与之乘，至，公告之故，拜，不能起[9]。司马曰：『君与之言[10]。』公曰：『所难子者，上有天，下有先君。』对曰：『魋之不共，宋之祸也。敢不唯命是听。』司马请瑞焉[11]，以命其徒攻桓氏[12]。其父兄故臣曰：『不可。』其新臣曰：『从吾君之命。』遂攻之。子颀骋而告桓司马[13]。司马欲入，子车止之[14]，曰：『不能事君，而又伐国，民不与也，只取死焉。』向魋遂入于曹以叛。六月，使左师巢伐之，欲质大夫以入焉。不能。亦入于曹，取质[15]。魋曰：『不可。既不能事君，又得罪于民，将若之何[16]？』乃舍之。民遂叛之。向魋奔卫。向巢来奔，宋公使止之，曰：『寡人与子有言矣，不可以绝向氏之祀。』辞曰：『臣之罪大，尽灭桓氏可也。若以先臣之故，而使有后，君之惠也。若臣则不可以入矣。』

司马牛致其邑与珪焉[17]，而适齐。向魋出于卫地，公文氏攻之，求夏后氏之璜焉[18]。与之他玉，而奔齐，陈成子使为次卿。司马牛又致其邑焉，而适吴⑲。吴人恶之，而反。赵简子召之，陈成子亦召之。卒于鲁郭门之外，阬氏葬诸丘舆⑳。

注释

①鞌、薄：鞌为向氏邑，薄为公邑。②宗邑：祖庙所在地。③皇野：司马子仲。④左师：向魋之兄向巢。⑤迹人：掌田猎足迹、知禽兽之处的人。⑥逢泽有介麇：逢泽有一只麇鹿。逢泽，位于今河南商丘县以南。⑦惮告子：不便告诉您。⑧尝私：试着以私人关系说说看。⑨不能起：惊恐得站不起来。⑩与之言：与之盟誓。⑪瑞：符节。⑫桓氏：即向魋。⑬子颀：向魋之弟。桓司马：即向魋。⑭子车：向魋之弟。⑮取质：捉取曹人子弟为人质。⑯将若之何：可怎么办。⑰司马牛：桓魋之弟。珪：守邑的符信。⑱瓒：玉瓒。⑲适吴：到了吴国。⑳阬氏：鲁人。丘舆：位于今山东费县西。

译文

宋国的向魋凭借君王的宠信迅速发展自己的势力，以至于对君王构成了威胁。宋景公让母亲突然邀请他饮宴，企图乘机除掉他。但还没有来得及请他，向魋就首先策划对付景公了。他请求用自己的封邑鞌地和景公的薄地交换。景公说：『不行，薄地是我君王宗庙所在地。』同意把周围的七座城邑划归鞌地。向魋假装很高兴的样子，要宴请景公以表谢意，并约定在中午宴请。向魋把自己的私家武装全都埋伏在宴请的场所了。但他没想到景公已经知道了这一阴谋，景公对司马皇野说：『向魋是我养大的，现在他却要加害于我，请派兵去救我。』皇野说：『臣子不听从君命，就连神灵也会讨厌，更何况是人呢？我怎敢不接受命令呢？但必须得到向魋的哥哥向巢的支持，否则就难以成功，请以君王的名义召见他。』左师向巢每次吃饭时都要敲钟。此时正好从他家有钟声传来，景公说：『他正在吃饭。』向巢吃完饭之后，又奏乐。景公说：『现在可以去了。』于是皇野坐车前往向巢家里，对他说：『据掌管田猎足迹的官员报告说：「逢泽有一只麋。」君王说：「现在向魋还没有回来，如果能和左师一同去打猎，怎么样？」君王不好意思烦劳您一块去，我说：「让我以私人名义去试探一下。」君王想快点去，所以就让我乘车子来接您。』向巢便和他一同坐上车来到公宫。景公对他说了真相和打算，向巢吓得扑倒在地跪着不敢起来。皇野对景公说：『君王要和他盟誓。』景公说：『我决不让您受到伤害，我对天发誓，对先君发誓。』向巢回答说：『向魋对君不敬，这是国家的祸患，我怎么敢不绝对服从呢？』皇野请求授给他符节，以令他的家兵攻打向魋，但他家族的父老兄弟和旧臣说：『不行。』新臣说：『要服从君主的命令。』于是决定攻打向魋。向魋的弟弟驰马前去把这一消息报告了向魋。向魋打算领兵入城攻打君王，他的弟弟子车劝阻他说：『不能事奉君王，又要进攻都城，决不会得到百姓们的拥护，只能是自取灭亡。』于是向魋便进入曹邑发动叛乱。六月，景公派左师向巢攻打向魋，向巢要求把宋国的大夫送到曹邑做人质，没有得到同意。他便进入曹邑，准备抓曹邑的人作为人质。但向魋说：『不能这么做。既然不能事奉君王，又得罪了百姓，这可怎么办？』于是向巢便把曹邑的人质都释放了。但曹邑的百姓随后也背弃了他们。向魋逃亡到了卫国，向巢逃亡到了鲁国，宋景公派人挽留他说：『寡人已经和你结下盟约了，不能断绝向氏家族的祭祀。』向巢推辞说：『我的罪责太大了，即使把桓氏家族全部灭绝也不为过。如果看在先臣的面子上，使桓氏能有后人，那就是君王的大恩大德了。至于我，是决不能再回到国内了。』

向魋的弟弟司马牛把他的封邑和玉珪交出来后就逃亡到了齐国。向魋逃到卫国以后，卫国大夫公文氏进攻他，是为了向他索要夏后氏的一块玉璜。向魋给了他另外一块玉，然后便又逃到了齐国。陈常让他做了次卿，司马牛把齐国给自己的封邑交出来，之后又到了吴国。吴国人很厌恶他，所以他就又回到宋国。赵鞅请他到晋国去，陈常也请他到齐国去，结果他死在鲁国都城外，阮氏把他埋葬在丘舆。

原文

甲午，齐陈恒弑其君壬于舒州。孔丘三日齐①，而请伐齐，三。公曰：『鲁为齐弱久矣，子之伐之，将若之何？』对曰：『陈恒弑其君，民之不与者半。以鲁之众加齐之半，可克也。』公曰：『子告季孙。』孔子辞，退而告人曰：『吾以从大夫之后也，故不敢不言。』

初，孟孺子泄将圉马于成②，成宰公孙宿不受，曰：『孟孙为成之病③，不圉马焉。』孺子怒，袭成。从者不得入，乃反。成有司使，孺子鞭之。秋八月辛丑，孟懿子卒，成人奔丧，弗内，袒免哭于衢④，听共⑤，弗许。惧，不归。

注释

①齐：通『斋』。②圉：畜养。成：孟氏邑名。③病：使民贫困。④免：穿上丧服。衢：邑中大路。⑤共：同『供』。听命供驱使。

译文

六月五日，齐国的陈常在舒州杀死了齐简公壬。孔子为此斋戒三天，又接连三次要求鲁国攻打齐国。哀公说：『齐国历来削弱我们鲁国，您让我攻打它，那么我们国家将怎么办呢？』孔子回答说：『陈常杀了他的君主，百姓中亲近他的不到一半。用鲁国的全部兵力，加上齐国的一半人，完全能够战胜他。』哀公说：『你去告诉季孙。』孔子没有答应，退下来后对别人说：『因为我曾经也位居大夫之列，所以才不敢不说。』

当初，孟孺子打算在成地蓄养马匹，成地的邑宰公孙宿拒绝采用这一决定。他说：『当年孟孙子考虑到成地的百姓比较贫穷，所以才不在这里养马。』孟孺子非常恼火，便发兵突袭成地，结果跟随而去的人没有攻进去，便只好返回来了。成地的官员派人求见孟孺子，竟然遭到了孟孺子的鞭打。秋季八月十三日，孟懿子去世，成地的邑宰前去奔丧，孺子拒绝接纳。邑宰于是脱去上衣，摘下帽子，在大街上哭了起来，并且表示愿意听候孟孺子的命令。但孟孺子还是不肯原谅。邑宰非常担忧，所以也不敢回去。

秋兴八景图(之一)　明·董其昌

《秋兴八景图》为董其昌的精品之作，共八开，所写为作者泛舟吴门、京口途中所见景色。图中峻拔的山头，沉重的石块，深邃的溪谷，弥漫的烟雾，各尽其态。既有草木葱茂、风雨迷蒙的江南丘陵特点，又有沙汀芦荻、远岫横亘的水乡情调，亦有江天楼阁、彩舟竞发的江上景色。每幅皆构图精巧，意境高远，韵味充足。笔墨则集宋元诸家之长，形成苍秀雅逸的画风。此处选刊两页供欣赏。

哀公十五年

原文

十五年春，成叛于齐。武伯伐成，不克，遂城输①。

夏，楚子西、子期伐吴，及桐汭②。陈侯使公孙贞子吊焉，及良而卒③，将以尸入④。吴子使大宰嚭劳，且辞曰：『以水潦之不时，无乃廪然陨大夫之尸⑤，以重寡君之忧。寡君敢辞。』上介芋尹盖对曰⑥：『寡君闻楚为不道，荐伐吴国⑦，灭厥民人。寡君使盖备使，吊君之下吏。无禄，使人逢天之戚，大命陨队⑧，绝世于良，废日共积⑨，一日迁次。今君命逆使人曰：「无以尸造于门⑩。」是我寡君之命委于草莽也。且臣闻之曰，事死如事生，礼也。于是乎有朝聘而终，以尸将事之礼，又有朝聘而遭丧之礼。若不以尸将命，是遭丧而还也，无乃不可乎！以礼防民，犹或逾之。今大夫曰，死而弃之，是弃礼也。其何以为诸侯主？先民有言曰，无秽虐士⑪。备使奉尸将命，苟我寡君之命达于君所，虽陨于深渊，则天命也。非君与涉人之过也⑫。』吴人内之。

注释

①输：在成地附近。②桐汭：即现在的桐水。源出安徽广德县。③良：地名，在吴都附近。④尸：灵柩。⑤廪：泛滥。廪然：倾动的样子。⑥上介芋尹盖：上介，即第一副使。芋尹，陈国官名。盖，人名。⑦荐：屡次，多次。⑧队：同『坠』。⑨废日共积：废止行路动备殡殓用物。⑩以尸造于门：把灵柩放在国君大门外。⑪无秽虐士：虐士指死去。不要以死者为污秽。⑫涉人：掌管渡河之吏。

译文

十五年春季，成地背叛孟氏而投奔齐国。武伯攻打成地，没有攻下来，就在输地建城。

夏季，楚国的子西、子期进攻吴国，到达桐汭，陈侯派公孙贞子去吴国慰问，到达良地而死，副使想把灵柩运进城里。吴王派太宰嚭慰劳，而且辞谢说：『由于雨水不合时令，恐怕大水泛滥而毁坏大夫的灵柩，增加寡君的担忧，寡君谨此辞谢。』第一副使芋尹盖回答说：『寡君听说楚国无道，多次攻打吴国，伤害你们的百姓，寡君派盖备于使臣之列，向贵君的次级官吏慰问。不幸，使臣碰到上天的不高兴，丧了命，在良地去世。我们耗费时间聚敛殡殓的财物，又担心会耽误使命而加紧赶路，每天变换住地。而今您命令迎接使臣说「不要让灵柩到门上来」，这就使我们寡君的命令弃在杂草丛林之中了。而且下臣听说，「事奉死人像事奉他活着一样，这叫礼」，因此而有了在朝聘过程中使臣死去、运着灵柩完成使命的礼仪，同时又有了在朝聘过程中遇到受聘国家发生丧事的礼仪。假如不奉送灵柩完成使命，这就像是遇到受聘国发生丧事而回国了，恐怕不可以吧！用礼仪来防范百姓，还恐怕有所逾越，现在您说「死了就丢掉他」，这是丢掉礼仪，还怎么能当诸侯的盟主？从前的人有话说：「不要把死者看成污秽。」我奉送灵柩完成任务，如果我们寡君的命令能上达于贵君那里，即使落入深渊，那么也是上天的意志，不是贵君和掌管舟渡者的过错。』吴国人接受了他们。

原文

秋，齐陈瓘如楚[1]。过卫，仲由见之[2]，曰：『天或者以陈氏为斧斤，既斫丧公室，而他人有之，不可知也。其使终飨之，亦不可知也。若善鲁以待时，不亦可乎？何必恶焉？』子玉曰：『然，吾受命矣，子使告我弟。』

冬，及齐平。子服景伯如齐，子赣为介，见公孙成[3]，曰：『人皆臣人，而有背人之心。况齐人虽为子役，其有不贰乎？子，周公之孙也。多飨大利[4]，犹思不义。利不可得，而丧宗国[5]，将焉用之？』成曰：『善哉，吾不早闻命。』

陈成子馆客[6]，曰：『寡君使恒告曰，寡人愿事君如事卫君。』景伯揖子赣而进之[7]。对曰：『寡君之愿也。昔晋人伐卫，齐为卫故，伐晋冠氏[8]，丧车五百，因与卫地，自济以西，禚、媚、杏以南，书社五百。吴人加敝邑以乱。齐因其病[9]，取讙与阐。寡君是以寒心。若得视卫君之事君也，则固所愿也。』成子病之，乃归成。公孙宿以其兵甲入于嬴[10]。

注释

①陈瓘：陈恒兄，字子玉。②仲由：即子路。③公孙成：鲁成邑宰公孙宿。④飨：受。⑤丧宗国：失去祖宗之国。⑥馆客：在馆舍接见客人。⑦子赣：即子贡。⑧冠氏：地名，位于今河北冠县北。⑨病：愧。⑩嬴：齐邑名。在今山东泰安县东北。

译文

秋，齐国的陈瓘去到楚国，经过卫国，仲由拜访他，说：『上天或许是用陈氏作为斧子，把公室砍掉以后又为别人所有，现在不能知道；可能让陈氏最后享有，现在也不能知道。如果和鲁国友好以等候时机，不也是可以的吗？何必破坏关系呢？』陈瓘说：『对。我接受您的命令了，您派人去告诉我兄弟。』

冬季，和齐国讲和。子服景伯去到齐国，子贡做副使，拜访公孙成，说：『人们都是别人的臣下，有人还有背弃别人的念头，何况齐国虽然为您服役，难道没有三心二意吗？您，是周公的后代，得到巨大的利益很多，还想做不义的事情。利益不能得到，反而失去了祖国，哪里用得着这样？』公孙成说：『对啊！我怎么没有早听到您的话。』

陈成子在旅馆会见客人，说：『寡君派桓报告您说：「我愿意事奉贵君像事奉卫君一样。」』景伯向子贡作揖请他先走一步，让子贡回答说：『这正是寡君的愿望。从前晋人进攻卫国，齐国为了卫国的缘故，攻打晋国的冠氏，丧失了五百辆战车。由于这样就给了卫国土地，从济水以西和禚地、媚地、杏地以南，一共五百处采邑。吴人把大乱加于敝邑，齐国利用敝邑的困难，夺取了讙地和阐地，寡君因此而寒心。如果能比照卫君那样事奉贵君，那本来就是我们所愿望的。』陈成子感到悔恨，就把成地归还鲁国。公孙成带了他的武器装备进入嬴地。

原文

卫孔圉取大子蒯聩之姊，生悝。孔氏之竖浑良夫①，长而美，孔文子卒②，通于内。大子在戚，孔姬使之焉。大子与之言曰：『苟使我入获国，服冕乘轩，三死无与。』与之盟，为请于伯姬。

闰月，良夫与大子入，舍于孔氏之外圃。昏，二人蒙衣而乘，寺人罗御，如孔氏。孔氏之老栾宁问之，称姻妾以告，遂入，适伯姬氏。既食，孔伯姬杖戈而先，大子与五人介③，舆豭从之④。迫孔悝于厕⑤，强盟之，遂劫以登台。栾宁将饮酒，炙未熟，闻乱，使告季子⑥。召获驾乘车⑦，行爵食炙，奉卫侯辄来奔。

季子将入，遇子羔将出⑧，曰：『门已闭矣。』季子曰：『吾姑至焉。』子羔曰：『弗及，不践其难。』季子曰：『食焉，不辟其难。』子羔遂出。子路入，及门，公孙敢门焉⑨，曰：『无入为也。』季子曰：『是公孙也，求利焉，而逃其难。由不然，利其禄，必救其患。』有使者出，乃入，曰：『大子焉用孔悝？虽杀之，必或继之。』且曰：『大子无勇，若燔台，半，必舍孔叔⑩。』大子闻之，惧，下石乞、盂黡敌子路，以戈击之，断缨⑪。子路曰：『君子死，冠不免⑫。』结缨而死。孔子闻卫乱，曰：『柴也其来，由也死矣。』

孔悝立庄公⑬。庄公害故政，欲尽去之，先谓司徒瞒成曰：『寡人离病于外久矣⑭，子请亦尝之。』归告褚师比，欲与之伐公，不果。

注释

①竖：僮仆。②孔文子：即孔圉。③介：披甲。④猳：雄性猪。⑤厕：通『侧』，指背人的地方。⑥季子：即子路，当时是孔悝的邑宰。⑦获：人名。⑧子羔：卫大夫高柴，孔子弟子。⑨公孙敢：孔悝家臣。门：守门，用为动词。⑩孔叔：指孔悝。⑪缨：系在颔下的冠带。缨断帽子就会掉下来。⑫冠不免：不使帽子掉地。⑬庄公：蒯聩。⑭离：同『罹』，经历忧患。

译文

卫国的孔圉娶了太子蒯聩的姐姐伯姬，生了悝。孔氏的随从浑良夫个子高而美丽，孔圉死后，就和孔姬通奸。太子在戚地，孔姬派浑良夫前去。太子跟他说：『假若让我回国即位，给你大夫的冠服、车子，赦免死罪三次。』浑良夫和太子起誓，为他向伯姬请求。

闰十二月，浑良夫和太子回到卫都，住在孔氏家的菜园子里。夜晚，两个人用头巾盖住脸，寺人罗为他们驾车，去到孔氏家。孔氏的家臣头子栾宁问他们。他们说是姻戚家的侍妾，就进了门。到了孔姬那里，吃完饭，孔姬手执着戈走在前面，太子和五个人身披皮甲，用车子装上公猪跟着，把孔悝逼到墙角里，硬逼他盟誓，就劫持他爬上台去。栾宁正要喝酒，肉没有烤熟，听到有骚乱，派人告诉子路；召唤获驾上坐车，在车上饮酒吃肉，事奉卫侯辄逃亡前来。

子路正要进入国都，碰上子羔正要出来，说：『城门已经关闭了。』子路说：『我姑且去一下。』子羔说：『来不及了，不要去招惹灾祸！』子路说：『吃了他的俸禄，不能逃避祸难。』子羔就出去，子路进入。到达孔氏大门口，公孙敢在那里看守，说：『不要进去干什么了。』子路说：『这是公孙，在这里谋求利益而躲开灾难。我不是这样，贪图他的俸禄，就一定要救援他的忧患。』门里有使者出来，子路就趁机进去，说：『太子哪里用得着孔悝做帮手？即使杀了他，一定有人代替他。』而且说：『太子没有勇气，如果放火烧台，烧到了一半，太子必然会释放孔悝。』太子听到了，恐慌，让石乞、盂黡下台和子路格斗，用戈击中子路，把帽带也截断了。子路说：『君子死，帽子也不能掉在地上。』结好帽带子而死去。孔子听到卫国发生骚乱，说：『子羔会来的，子路可是死了。』

孔悝立了庄公。庄公认为原来的大臣都靠不住，想要全部干掉他们，就先对司徒瞒成说：『我在外边遭遇祸患很久了，请您也尝一尝。』瞒成回去报告褚师比，想要和他攻打庄公，没能成为事实。

挟弹游骑图　元·赵雍

此图绘一乌帽朱衣士人，手挟弹弓，骑在黑花马上，回顾身后高树，欲猎禽鸟的情景。画家用虚实结合的手法，刻画骑马人的神情姿态，至于林中的飞鸟，则不着一笔，耐人寻味。全图用笔工整精致，设色古雅。人马的造型准确生动，线条细劲流畅，有唐人遗风。

哀公十六年

原文

十六年春，瞒成、褚师比出奔宋。

卫侯使鄢武子告于周，[1]曰：『蒯聩得罪于君父君母，逋窜于晋。晋以王室之故，不弃兄弟，[2]置诸河上。[3]天诱其衷，获嗣守封焉。使下臣肸敢告执事。』王使单平公对曰：『肸以嘉命来告余一人。往谓叔父，余嘉乃成世，[4]复尔禄次，敬之哉。方天之休，[5]弗敬弗休，[6]悔其可追。』

夏四月己丑，[7]孔丘卒。公诔之曰[8]：『旻天不吊，不慭遗一老。[9]俾屏余一人以在位，[10]茕茕余在疚。[11]呜呼哀哉！尼父，[12]无自律。』

子赣曰：『君其不没于鲁乎。夫子之言曰[13]：「礼失则昏，名失则愆。」失志为昏，失所为愆。生不能用，死而诔之，非礼也。称一人，[14]非名也。君两失之。[15]』

注释

①鄢武子：卫大夫肸。②兄弟：同姓之国。③河上：即戚地。④嘉乃成世：赞许你继承先世。⑤方天之休：保有上天的恩赐。⑥弗敬弗休：不恭敬上天就不会赐福。⑦己丑：十一日。⑧诔：悼辞。⑨不慭遗一老：不肯姑且留下一位国老。慭：姑且。⑩俾屏：使他保护。俾，使。屏，蔽。⑪茕茕：孤独无依的样子。疚：病。⑫尼父：孔子名丘，字仲尼。父，尊称。⑬夫子：指孔丘。⑭一人：余一人的省称，为当时天子的自称。⑮两失：失礼、失名。

译文

十六年春季，卫国的瞒成、褚师比逃亡到宋国。

卫庄公派鄢武子向周王室报告说：『蒯聩得罪了父母，以致逃亡晋国。晋国看在王室的面子上，顾及兄弟之情，把他安排在黄河边上的戚地。所幸天随人愿，使他拥有了自己的国家，并派下臣前来报告天子。』天子派单平公回答说：『你给我带来了一个好消息，请你回去告诉叔父：「我赞成你继承君位，并答应恢复你的禄位。希望你谨慎为政！如此才能得到上天的保佑。假如不恭敬谨慎，上天就不会降福，到时候悔恨也来不及。」』

夏季四月十一日，孔子去世了。哀公致悼词说：『上天不愿为我保佑这位国老长留世上，以便让他保护我久居君位，丢下我一人孤单无依，悲哀欲绝。呜呼哀哉，尼父啊尼父，我再也没有为政的法度了。』

子贡说：『君王大概在鲁国难得善终吧！老师曾经说过：「失去礼法就会导致昏庸，失去名分就会出现错误。」失去意志也会导致昏庸，失去身份也会产生过错。对老师生前不能重用，死后却又致词怀念，这是不合礼法的；自称「一人」，是不合乎名分的，因为只有天子才这样自称。君王既失了礼法又失了名分。』

原文

六月，卫侯饮孔悝酒于平阳[1]，重酬之，大夫皆有纳焉[2]。醉而送之，夜半而遣之。载伯姬于平阳而行。及西门，使贰车反祏于西圃[3]。子伯季子初为孔氏臣，新登于公。请追之，遇载祏者，杀而乘其车。许公为反祏[4]，遇之，曰：『与不仁人争明无不胜。』必使先射，射三发，皆远许为。许为射之，殪。或以其车从，得祏于橐中。孔悝出奔宋。

楚大子建之遇谗也，自城父奔宋。又辟华氏之乱于郑，郑人甚善之。又适晋，与晋人谋袭郑，乃求复焉[5]。郑人复之如初。晋人使谍于子木[6]，请行而期焉[7]。子木暴虐于其私邑，邑人诉之。郑人省之，得晋谍焉。遂杀子木。其子曰胜，在吴。子西欲召之，叶公曰[8]：『吾闻胜也诈而乱，无乃害乎。』子西曰：『吾闻胜也信而勇，不为不利，舍诸边竟[9]，使卫藩焉[10]。』叶公曰：『周仁之谓信[11]，率义之谓勇。吾闻胜也好复言，而求死士[12]，殆有私乎？复言，非信也。期死[13]，非勇也。子必悔之。』弗从。召之使处吴竟，为白公。请伐郑。子西曰：『楚未节也[14]。不然，吾不忘也。』他日，又请，许之。未起师。晋人伐郑，楚救之，与之盟。胜怒，曰：『郑人在此，仇不远矣。』

注释

①平阳：位于今河南滑县东南。②有纳：纳以财货。③祏：盛神主的石函。西圃：孔氏庙所在地。④许公为反祏：许公为，人名，孔氏臣。反祏，返回迎接神主石函。⑤求复：要求复居郑国。⑥子木：太子建的字。⑦请行而期：晋间谍准备回晋并约定袭郑的日期。⑧叶公：即子高，沈诸梁。⑨舍：安置。竟：同『境』。⑩卫藩：守卫边防。⑪周仁：符合仁爱。周，密合。⑫死士：不怕死的人。⑬期死：不畏死。⑭未节：不合法度。楚国新复，还未恢复正常秩序。

译文

六月，卫庄公在平阳请孔悝喝酒，并重重地酬谢他，对大夫们也都赠送了礼物。孔悝喝醉之后，一直到了半夜才被送回去。孔悝用车子载着孔姬从平阳出发，刚走到西门，就又派副车回去，到西圃宗庙中取来收藏神主的石匣。子伯季子从前做过孔氏的家臣，最近才被君王提升为大臣，他请求派人追赶孔悝，恰巧路上遇到孔悝的副车回来取神主的石匣，于是子伯杀了副车，并乘上他的车子继续追逐。许公为孔悝委派前来接应取神主石匣的副车等人，结果遇到了子伯。他说：『和不仁不义的人交战，不会不胜利。』并且一定要让子伯先射箭。子伯射了三箭，都掉到离许公为很远的地方。许公为只射了一箭，就把子伯射死了。随后就有人坐着子伯的车子跟了上来，并在弓袋中找到了神主石匣。孔悝逃亡到了宋国。

楚国的太子建遭到陷害的时候，从城父逃到了宋国。为了避开宋国的华氏之乱，又逃到了郑国。郑国待他很好。他又到了晋国，与晋国人商议袭击郑国，并为此要求再次回到郑国以做内应。郑国人对他仍然一如即往。晋国人派间谍去和太子建联络，请求确定袭击的日期。太子建在他的封邑内滥施暴政，封邑的人纷纷控诉他。郑国派人前来调查此事，恰巧逮住了晋国的间谍，于是便把太子建杀了。太子建的儿子叫胜，此时正在吴国，楚国令尹子西准备召他回国。叶公说：『我听说胜这个人为人奸诈而好惹事生非，恐怕召他来会滋生祸事。』子西说：『我则听说胜这个人讲究信用而且英勇，从来不做损害国家的事情。把他安排在边境上，可以让他保卫国家的安全。』叶公说：『亲近仁爱才是信，合乎道义才是勇。我听说胜一向是说了必定要做，而且到处招揽亡命之徒，恐怕他会有更大的阴谋吧！说了什么话都要去做，这并不是信用；无论为了什么事都盲目去死，并不是勇敢。您一定会后悔的。』子西不听劝告，硬是把胜召回了楚国，把他安置到和吴国相邻的边境上，号称『白公』。胜请求进攻郑国，子西说：『目前楚国还没有恢复正常秩序。如果不是这个原因，我不会忘记郑国犯下的罪行。』过了一些日子，胜又一次请求，子西答应了。但还没有等到出兵，晋国就开始攻打郑国了。于是楚国发兵前去救助郑国，并与郑国结了盟。胜因此而大怒，他说：『原来郑国人就在这里，仇人就在我身旁。』

原文

胜自厉剑，子期之子平见之，曰：『王孙何自厉也[1]？』曰：『胜以直闻，不告女，庸为直乎[2]？将以杀尔父。』平以告子西。子西曰：『胜如卵，余翼而长之。楚国第[3]，我死，令尹、司马，非胜而谁？』胜闻之，曰：『令尹之狂也，得死[4]，乃非我。』子西不悛。胜谓石乞曰[5]：『王与二卿士，皆五百人当之，则可矣。』乞曰：『不可得也。』曰：『市南有熊宜僚者，若得之，可以当五百人矣。』乃从白公而见之，与之言，说。告之故，辞。承之以剑[⑥]，不动。胜曰：『不为利谄，不为威惕，不泄人言以求媚者，去之。』

吴人伐慎[⑦]，白公败之。请以战备献[⑧]，许之。遂作乱。秋七月，杀子西、子期于朝，而劫惠王。子西以袂掩面而死。子期曰：『昔者吾以力事君，不可以弗终。』抉豫章以杀人而后死[⑨]。石乞曰：『焚库弑王，不然不济。』白公曰：『不可。弑王不祥，焚库无聚，将何以守矣？』乞曰：『有楚国而治其民，以敬事神，可以得祥，且有聚矣，何患？』弗从。

叶公在蔡，方城之外皆曰：『可以入矣[⑩]。』子高曰：『吾闻之，以险侥幸者，其求无餍，偏重必离[⑪]。』闻其杀齐管修也而后入[⑫]。

注释

①王孙：胜为楚平王嫡孙，故称之为王孙。②庸：岂，反诘副词。③第：若，假设连词。④得死：能善终。言必杀子。⑤石乞：胜的下属。⑥承之以剑：把剑架在脖子上。⑦慎：地名，位于今安徽颍上县以北。⑧战备：战场所缴获甲兵。⑨抉豫章：拔掉一棵樟树。豫章，即樟木。⑩可以入：可入郢都讨伐白公叛乱。⑪偏重必离：不公正则众心必然分裂。⑫齐管修：管修自齐到楚，为阴大夫。

译文

于是胜磨了一把利剑，子期的儿子子平看到后问：『王孙为什么要自己磨剑呢？』胜说：『我向来以直爽而闻名，如果不告诉你，就算不上直爽。我准备杀了你的父亲。』子平把这话报告给子西。子西说：『胜就像是一个蛋，是我用翅膀把他孵化养大的。在楚国，待到我死了，令尹或司马的位置不由胜来担任还能由谁呢？』胜听到这话后说：『令尹太狂妄了，假如他能得以善终，我就不是人。』子西对他的心思仍然没有觉察。胜对石乞说：『君王和子西、子期两位卿士，只要五百人就可以对付了。』石乞说：『恐怕很难凑足五百人。』胜说：『市场南边有个人叫熊宜僚，只要能找到他，就能抵得上五百人。』于是石乞就跟着胜去见熊宜僚，和他一说话，便很欣赏他。他们讲明来意，宜僚拒绝了，把剑架到他脖子上，他也毫不退色。胜说：『他不求利禄，不怕威胁，更不会泄露别人的秘密去讨好他人。我们还是走吧。』

吴国人攻打楚国的慎地，胜率领楚军打败了他们。战后，胜请求把武器装备献给朝廷，楚惠王答应了，于是胜便乘机发动了叛乱。秋季七月，在朝廷上杀了子西、子期，劫持了惠王。子西死前愧悔难当，是用袖子遮住脸而死去的。临死时他说：『从前我就是以勇猛事奉君王的，不能有始无终。』于是就拔起一棵大樟树打死了几个人后才死去。石乞说：『要放火烧了府库，杀了君王，否则便不能成功。』胜说：『不能这么做。杀了君王不吉祥，烧了府库就没有了物资，我们靠什么来保卫楚国？』石乞说：『只要拥有了楚国，能够好好地治理百姓，虔诚地事奉神灵，就能得到吉祥，也就有了各种物资，还怕什么？』但胜不听他的话。

叶公当时恰在蔡国，方城之外的人都说：『您可以到郢都去平定叛乱了。』叶公说：『据我所知：凡是通过冒险而求得成功的人，他的需求没有得到满足的时候，而一旦他偏不公正的时候，百姓必然会离他而去。』等到听说胜把一向贤慧的管修也杀了之后，叶公才率领军队进入郢都。

原文

白公欲以子闾为王①。子闾不可，遂劫以兵。子闾曰：『王孙若安靖楚国，匡正王室，而后庇焉，启之愿也，敢不听从。若将专利以倾王室，不顾楚国，有死不能。』遂杀之，而以王如高府②，石乞尹门③。圉公阳穴宫④，负王以如昭夫人之宫⑤。

叶公亦至，及北门，或遇之，曰：『尹胡不胄？国人望君如望慈父母焉。盗贼之矢若伤君，是绝民望也。若之何不胄[6]？』乃胄而进。又遇一人曰：『君胡胄？国人望君如望岁焉[7]，日日以几[8]。若见君面，是得艾也[9]。民知不死，其亦夫有奋心。犹将旌君以徇于国，而又掩面以绝民望，不亦甚乎？』乃免胄而进。遇箴尹固，帅其属将与白公[10]。子高曰：『微二子者[11]，楚不国矣。弃德从贼，其可保乎[12]？』乃从叶公。使与国人以攻白公。白公奔山而缢，其徒微之[13]。生拘石乞而问白公之死焉，对曰：『余知其死所，而长者使余勿言[14]。』曰：『不言将烹。』乞曰：『此事克则为卿，不克则烹，固其所也[15]。何害？』乃烹石乞。王孙燕奔頯黄氏[16]。

注释

①子间：楚平王之子启。②高府：楚宫府库名。③尹门：守卫高府大门之长。④圉公阳穴宫：圉公阳，楚大夫。穴宫，在宫墙上挖洞。⑤昭夫人：楚惠王母，越女。⑥胄：头盔，此用作动词。⑦岁：谷熟。望岁：农民盼望好年景。⑧几：同『冀』，盼望。⑨艾：安。⑩与：协助。⑪二子：指子西、子期。⑫保：安。⑬微之：藏匿白公尸体。⑭长者：指白公胜。⑮固其所：本来就是这样的下场。⑯王孙燕：白公胜之弟。頯黄氏：吴地名，位于今安徽宣城县境内。

译文

胜欲立楚平王的儿子子间为君王，但子间拒不接受，于是胜就使用武力威胁他。子间说：『如果王孙能安定楚国，保卫王室，从而使百姓得到您的庇护，那么这是我的愿望，我怎么能不听从呢？但如果只为了谋取私利而颠覆王室，不顾及国家的兴衰，即使把我杀死，我也不会听从。』于是胜便把子间杀死了，然后领着惠王前往楚王的离宫高府，由石乞亲自看守大门。楚大夫圉公阳在宫墙挖了个洞，背着惠王逃到了母亲昭夫人的宫里。

这时叶公也率领军队来到了。当他行至郢都北门时，有一个人遇到他，对他说：『您为什么不戴上头盔呢？国都的人盼望您的到来就像盼望和蔼的父母一样，如果叛贼的乱箭射伤了您，那就断绝了百姓的希望。为什么不戴上头盔呢？』于是叶公便戴上头盔前进。又遇到一个人说：『您为什么要戴上头盔前进呢？国都的人期望您的到来就像盼望一年的收成一样，天天盼望着您。如果能见到您，他们心里就踏实了，就知道不会再有生命的危险了，人人也就有了奋战之心。他们还准备到处宣传，以便让大家都知道您回来了。而您却遮起面容断绝百姓的希望，不是太过分了吗？』于是叶公又把头盔摘下来继续前进。途中遇到箴尹固率领部队正准备去帮助胜。叶公说：『当年假如没有子西、子期二人，楚国就难以恢复为一个国家了。如果背离了有德之人而去跟从叛贼，那么您的身家性命还能有依靠吗？』于是箴固就又跟着叶公去攻打胜。叶公派他和国都的人攻打胜，胜逃到山上自缢而死，他的士兵把他的尸体藏了起来。叶公活捉了石乞之后追问胜的尸体下落。石乞说：『我当然知道他的尸体所在的场所，但主人不让我说。』叶公说：『不说就活活把你煮死。』石乞说：『本来这种事情成功了就是卿，不成功便被烹，这是必然的结局，又有什么关系呢？』于是便把石乞煮了。胜的弟弟王孙燕逃到了吴地頯黄氏。

原文

沈诸梁兼二事①，国宁，乃使宁为令尹②，使宽为司马③，而老于叶。

卫侯占梦，嬖人求酒于大叔僖子④，不得，与卜人比而告公曰⑤：『君有大臣在西南隅，弗去，惧害。』乃逐大叔遗。遗奔晋。卫侯谓浑良夫曰：『吾继先君而不得其器，若之何？』良夫代执火者而言⑥，曰：『疾与亡君，皆君之子也，召之而择材焉可也。若不材，器可得也。』竖告大子⑦，大子使五人舆豭从己，劫公而强盟之，且请杀良夫。公曰：『其盟免三死。』曰：『请三之后，有罪杀之。』公曰：『诺哉！』

注释

①沈诸梁：即叶公。二事：指令尹、司马二职。②宁：子西的儿子子国。③宽：子期的儿子。④大叔僖子：卫臣，即太叔遗。⑤比：私下串通。⑥执火者：掌灯之人。⑦竖：宫中小臣。

译文

在此次平定叛乱的过程中，叶公身兼令尹和司马二职。等到国家平定下来后，就让子西的儿子子国做了令尹，让子期的儿子子宽做了司马，然后叶公便告老还乡回到自己的封邑叶地。

卫庄公请来一个卜人为他解梦。他的一个爱臣有一次向太叔遗讨酒喝，没有得到，于是这个宠臣就和卜人勾结起来对庄公说：『君王有一个大臣住在西南方向，如果不把他除掉恐怕会有危险。』于是庄公便赶走了太叔遗。太叔遗逃到了晋国。

卫庄公对浑良夫说：『我虽然继承了君位，却没有得到先君的宝物，这可怎么办？』于是浑良夫让执掌灯火的人退下，自己代为执烛，私下对庄公说：『公子疾和逃亡在外的君王，都是君王的儿子。可以把他们召回来，然后按照每个人的才干确定一位太子，假如他没有才能，可以把他废掉，这样就可以把宝物弄到手了。』仆人把这件事告诉了公子疾。公子疾让五个人用车子载上一头公猪，跟着自己劫持了庄公，胁迫与他结盟，并请求杀了良夫。庄公说：『我曾经和他结盟，要免他三次死刑。』公子疾说：『那就请在免了三次之后把他杀死。』庄公说：『好吧。』

哀公十七年

原文

十七年春。卫侯为虎幄于藉圃①，成，求令名者，而与之始食焉。大子请使良夫。良夫乘衷甸两牡②，紫衣狐裘，至，袒裘③，不释剑而食。太子使牵以退，数之以三罪而杀之④。

三月，越子伐吴，吴子御之笠泽⑤，夹水而陈。越子为左右句卒⑥，使夜或左或右，鼓噪而进；吴师分以御之。越子以三军僭三步，当吴中军而鼓之，吴师大乱，遂败之。

晋赵鞅使告于卫曰：『君之在晋也，志父为主⑦。请君若大子来⑧，以免志父。不然，寡君其曰，志父之为也。』卫侯辞以难。大子又使椓之⑨。

夏六月，赵鞅围卫。齐国观、陈瓘救卫，得晋人之致师者⑩，子玉使服而见之⑪，曰：『国子实执齐柄，而命瓘曰：「无辟晋师。」岂敢废命。子又何辱⑫？』简子曰：『我卜伐卫，未卜与齐战。』乃还。

注释

①虎幄：刻有虎形花纹的小木房。藉圃：园圃名。②衷甸两牡：一辕两马之车。③袒裘：敞开皮袍，露出内衣。④三罪：即紫衣、袒裘、不释剑。⑤笠泽：即今吴淞江。⑥句卒：军阵名。即左右两队相勾联而别为左右。⑦志父：即赵鞅。⑧若：或。⑨椓：控诉，毁谤。⑩致师：单车挑战。⑪子玉：即陈瓘。⑫子又何辱：何劳你来挑战。

译文

十七年春，卫侯在藉圃建造了一座雕有虎纹的小木屋，建造成了，要找一个有好名誉的人和他在里边吃第一顿饭。太子请求找浑良夫。浑良夫坐上两匹马驾着的车子，身着紫色衣服狐皮袍。来到以后，敞开皮袍，没有解下佩剑就吃饭。太子派人牵着他退下，举出三条罪状而杀了他。

三月，越王进攻吴国，吴王在笠泽抵御越兵，夹着一条河拉开阵势。越王设立左右两翼，让他们在夜里或左或右，击鼓呐喊而前进，吴军分兵抵抗，越王带领三军偷渡，对准吴国的中军击鼓前进，吴军大乱，于是打败了吴军。

晋国的赵鞅派人告诉卫国，说：『君王在晋国的时候，我是主人。现在请君王或者太子来一趟，以免除我的罪过。不然的话，寡君大概会说这是我授意这样做的。』卫侯用国内有灾祸加以推辞，太子又派人对使者毁谤卫侯。

夏六月，赵鞅围攻卫国，齐国的国观、陈瓘救援卫国，俘虏了晋国单车挑战的人。陈瓘让被俘虏者穿上原来的服装然后召见他，说：『国子手握齐国政权，命令我说「不要射避晋军」，我哪里敢废除这命令？哪里又用得着劳动您呢？』赵鞅说：『我为攻打卫国占卜过，没有为和齐国作战占卜。』于是就带兵回去。

原文

楚白公之乱，陈人恃其聚而侵楚。楚既宁，将取陈麦。楚子问帅于大师子谷与叶公诸梁。子谷曰：『右领差车与左史老[1]，皆相令尹、司马以伐陈，其可使也。』子高曰：『率贱[2]，民慢之，惧不用命焉。』子谷曰：『观丁父，鄀俘也[3]，武王以为军率[4]，是以克州、蓼，服随、唐，大启群蛮。彭仲爽，申俘也，文王以为令尹，实县申、息[5]，朝陈、蔡[6]，封畛于汝[7]。唯其任也，何贱之有？』子高曰：『天命不謟[8]。令尹有憾于陈，天若亡之，其必令尹之子是与，君盍舍焉？臣惧右领与左史有二俘之贱，而无其令德也。』王卜之，武城尹吉[9]。使帅师取陈麦。陈人御之，败。遂围陈。秋七月己卯[10]，楚公孙朝帅师灭陈。

王与叶公枚卜子良以为令尹[11]。沈尹朱曰：『吉，过于其志。』叶公曰：『王子而相国[12]，过将何为？』他日，改卜子国而使为令尹。

卫侯梦于北宫，见人登昆吾之观，被发北面而噪曰[13]：『登此昆吾之虚，绵绵生之瓜。余为浑良夫。叫天无辜。』公亲筮之，胥弥赦占之[14]，曰：『不害。』与之邑，置之，而逃奔宋。卫侯贞卜[15]，其《繇》曰：『如鱼竀尾[16]，衡流而方羊[17]，裔焉大国[18]，灭之将亡。阖门塞窦，乃自后逾[19]。』

注释

①右领、左史：皆官名。②率贱：都做过俘虏。率，同『帅』，主帅地位低下。③鄀：国名。④武王：楚武王。⑤县申、息：使申、息成为楚国两个县。⑥朝陈、蔡：使陈、蔡来朝。⑦封畛于汝：开拓封疆至汝水流域。⑧謟：怀疑。⑨武城尹：子西之子公孙朝。⑩己卯：初八日。⑪枚卜：为选官而占卜。⑫王子：子良为惠王弟，故曰王子。⑬被：同『披』。噪：喊叫。⑭胥弥赦：卫筮史。⑮贞：问。⑯竀：浅红色。⑰衡流而方羊：横穿急流而彷徨不前。衡，同『横』。方羊，即彷徨。⑱裔焉大国：边界邻近大国。裔，边。⑲自后逾：从后墙跳出。

译文

楚国白公的那次祸乱，陈人依仗自己有积聚而侵入楚国，楚国秩序安定以后，打算夺取陈国的麦子。楚王向太师子谷和叶公诸梁询问统帅的人选，子谷说：『右领差车和左史老都辅佐过令尹和司马攻打陈国，大约是可以派遣的。』子高说：『这两个人都做过俘虏，百姓轻视他们，怕不会服从命令。』子谷说：『观丁父，做过鄀国俘虏，武王让他做军率，因此战胜州国、蓼国，使随国、唐国顺从，大大地开拓了蛮人地区。彭仲爽，担过申国俘虏，文王让他做令尹，使申国、息国成为我国的两县，使陈国、蔡国前来拜见，开疆拓土到达汝水。只要他能够胜任，做过俘虏有什么关系？』子高说：『上天的意志不容怀疑。令尹对陈国有仇恨，上天如果要消灭陈国，一定会保佑令尹的儿子去完成，您何不任命他呢？我担心右领和左史只有从前两位俘虏的的卑贱身份。』楚王占卜，公孙朝吉利，就派他率兵夺取陈国的麦子。陈人抵御，战败，公孙朝随即包围了陈国。秋七月初八日，公孙朝领兵消灭陈国。

楚王和叶公为让子良做令尹而占卜。沈尹朱说：『吉利，超过了他的愿望。』叶公说：『以王子的地位而辅助国王，超过这地位将会做什么？』不久，改卜子国而让他做了令尹。

卫侯在北宫做梦，梦见有一个人登上昆吾之观，披头散发脸朝着北边叫喊说：『把这昆吾之墟登上，有连绵不断的大瓜小瓜生长。我是浑良夫，向上天控诉无辜。』卫侯亲自占筮，胥弥赦预言说：『没有什么大事。』给他封邑，不接受而逃亡到宋国。卫侯使占卜，卜辞说：『像一条鱼尾巴发红，穿过急流而犹豫彷徨。临近大国，兴兵来犯，将要灭亡。关门塞洞，就越过后墙。』

原文

冬十月，晋复伐卫，入其郛。将入城，简子曰：『止。叔向有言曰，怙乱灭国者无后。』卫人出庄公而与晋平，晋立襄公之孙般师而还。

十一月，卫侯自鄄入，般师出。初，公登城以望，见戎州①。问之，以告。公曰：『我姬姓也，何戎之有焉？』翦之②。公使匠久③。公欲逐石圃④，未及而难作。辛巳⑤，石圃因匠氏攻公，公阖门而请，弗许。逾于北方而队⑥，折股。戎州人攻之，大子疾、公子青逾从公。戎州人杀之。公入于戎州己氏。初，公自城上见己氏之妻发美，使髡之⑦，以为吕姜髢⑧。既入焉，而示之璧，曰：『活我，吾与女璧。』己氏曰：『杀女，璧其焉往？』遂杀之而取其璧。卫人复公孙般师而立之。十二月，齐人伐卫，卫人请平。立公子起，执般师以归，舍诸潞。

注释

①戎州：戎人之邑。②翦之：驱散戎人村落，掠走其财物。③使匠久：役使匠人长久不让休息。④石圃：卫卿。

⑤辛巳：十二日。⑥北方：北面宫墙。⑦髡：剃发。⑧以为吕姜髢：作为吕姜的假发。吕姜，庄公夫人。髢，假发。

译文

冬十月，晋国再次进攻卫国，进入外城，将要进入内城。简子说：『停下来！叔向有话说：「依靠动乱而灭亡别国的没有后嗣。」』卫国人赶走了庄公而和晋国讲和。晋国人立了卫襄公的孙子般师然后回国。

十一月，卫侯从鄄地回国，般师出走。开始，卫侯登城远眺，见到戎州。他问是怎么回事，有人告诉他。卫侯说：『我是姬姓，哪里有什么戎人？』就灭了戎州。卫侯役使匠人长久不得休息。他又想要赶走石圃，没有来得及而灾难发生。十二日，石圃依靠匠人攻打卫侯。卫侯关上门请求，石圃不同意。卫侯越过北墙掉下去，摔断了大腿骨。戎州人攻打卫侯，太子疾、公子青越墙跟从卫侯，戎州人杀了他们。卫侯跑到戎州己氏家里。起初，卫侯从城上看见己氏的妻子头发很美丽，令她剪下来，作为吕姜的假发。到了己氏那里，把玉璧给他看，说：『救我的命，我给你玉璧。』己氏说：『杀了你，玉璧往那里去？』于是杀了卫侯而把他的玉璧拿过来。卫人让公孙般师返回来而立他为君。十二月，齐人进攻卫国，卫人请求媾和。齐人立了公子起，捉了般师回去，让他住在潞地。

原文

公会齐侯盟于蒙，孟武伯相[1]。齐侯稽首[2]，公拜[3]，齐人怒。武伯曰：『非天子，寡君无所稽首。』武伯问于高柴曰：『诸侯盟，谁执牛耳？』季羔曰：『鄫衍之役[4]，吴公子姑曹；发阳之役，卫石魋。』武伯曰：『然则彘也[5]。』

宋皇瑗之子麇有友曰田丙[6]，而夺其兄酁般邑以与之。酁般愠而行，告桓司马之臣子仪克。子仪克适宋，告夫人曰[7]：『麇将纳桓氏。』公问诸子仲[8]。初，子仲将以杞姒之子非我为子。麇曰：『必立伯也，是良材。』子仲怒，弗

从。故对曰：『右师则老矣⑨，不识麇也。』公执之。皇瑗奔晋，召之。

注释

①孟武伯：即孟孺子泄。②稽首：叩头。③拜：拱手鞠躬为礼。④季羔：即高柴。役：事，指结盟之事。⑤彘：孟武伯名。⑥皇瑗：宋百师。⑦夫人：指宋景公母。⑧子仲：即皇野。⑨右师：即皇瑗。

译文

哀公在蒙地约见齐侯并且结盟，孟武伯相礼。齐侯叩头，哀公弯腰作揖，齐人动怒。孟武伯说：『不是天子，寡君没法叩头。』孟武伯问高柴说：『诸侯结盟，谁来主盟？』高柴说：『鄫衍那一次起誓，主盟人的是吴国公子姑曹；发阳那一次，是卫国石魋。』孟武伯说：『那么这次就是我了。』

宋国皇瑗的儿子麇有个朋友叫田丙，麇抢取了他哥哥鄸般的封邑给了田丙。鄸般怨恨而离去，告诉桓司马的家臣子仪克。子仪克去到宋国，告诉夫人说：『麇想接纳桓氏。』宋公询问子仲。开始，子仲打算把杞姒的儿子非我作为嫡子。说：『一定要立老大，这是好人才。』子仲恼怒，不听从，所以回答说：『右师老了，已经不会作乱，对麇就不了解了。』宋公逮了麇。皇瑗逃亡到晋国，又把他召请回来。

哀公十八年

原文

十八年春，宋杀皇瑗。公闻其情，复皇氏之族，使皇缓为右师。

巴人伐楚，围鄾[①]。初，右司马子国之卜也，观瞻曰：『如志。』故命之。及巴师至，将卜帅。王曰：『宁如志[②]，何卜焉？』使帅师而行，请承[③]。王曰：『寝尹、工尹[④]，勤先君者也。』三月，楚公孙宁、吴由于、薳固败巴师于鄾，故封子国于析[⑤]。

君子曰：『惠王知志。《夏书》曰：「官占，唯能蔽志，昆命于元龟，」其是之谓乎？《志》曰：「圣人不烦卜筮[⑥]。」惠王其有焉！』

夏，卫石圃逐其君起，起奔齐。卫侯辄自齐复归，逐石圃，而复石魋与大叔遗。

注释

①鄾在此之后：地名，位于今湖北襄阳旧城东北。②宁：子国名。③请承：请求任命辅佐之官。④寝尹、工尹：寝尹指吴由于。工尹，即针尹固。⑤析：地名，位于今河南内乡县。⑥不烦：不用。

译文

十八年春季，宋国杀了皇瑗。然而等到景公得知了他们父子的确是冤枉时，便又恢复了皇氏家族，并任用皇瑗的儿子皇缓为右师。

巴人发兵攻打楚国，围攻鄾地。最初的时候，楚王为任命子国做右司马而占卜时，观瞻说：『符合君王的愿望。』结果子国被任命为右司马。等到巴人侵略时，准备为选择将帅而占卜时，楚惠王说：『既然子国符合我的意

仿古山水图　明·董其昌

此图册为董其昌代表作之一，共十页。图中高松陡坡，崇山巨嶂，顶天立地，气势撼人。山石皴法，直抵王蒙解索皴法神韵，细而刚，曲而韧，一波三折。设色浅绛青绿兼用，时而用赭石或以色墨皴写坡丘，超然于王蒙笔墨之上。

愿，还用得着占卜吗？』于是就让他领兵出发。子国请求君王任命一位副帅，惠王说：『寝尹吴由于和针尹固都是有功于先君的人。』三月，楚国的子国、吴由于、薳固在鄾地打败了巴军，惠王因此而把析地封给了子国。

君子对此评论说：『惠王真是知人善用。《夏书》中说：「占卜的官员只有在能够判断人的意愿之后，才能使用神龟占卜。」大概就是说的这种情况吧！《志》中说：「圣人不必经常占卜占筮。」惠王就能做到这一点。』

夏季，卫国的石圃赶跑了君王起，起逃亡到了齐国。卫出公辄又从齐国回到卫国，驱逐了石圃，再把石魋和太叔遗召了回来。

哀公十九年

原文

十九年春，越人侵楚，以误吴也。夏，楚公子庆、公孙宽追越师，至冥[1]，不及，乃还。

秋，楚沈诸梁伐东夷，三夷男女及楚师盟于敖[2]。

冬，叔青如京师[3]，敬王崩故也。

注释

①冥：越地名。②敖：东夷地名，位于今浙江滨海处。③叔青：叔还之子。

译文

十九年春季，越国人侵略楚国，这是为了使吴国造成错觉，放松警备。夏季，楚国的公子庆、公孙宽追击越军，到达冥地，没追上，便回来了。

秋季，楚国的叶公又领兵攻打东夷以报复越国，东夷的男女在敖地和楚军结盟。

冬季，叔青前往京师，这是由于周敬王去世的缘故。

哀公二十年

原文

二十年春，齐人来征公。夏，会于廪丘①。为郑故，谋伐晋。郑人辞诸侯，秋，师还。

吴公子庆忌骤谏吴子，曰：『不改，必亡。』弗听。出居于艾②。遂适楚。闻越将伐吴。冬，请归平越，遂归。欲除不忠者以说于越③。吴人杀之。

十一月，越围吴，赵孟降于丧食④。楚隆曰⑤：『三年之丧，亲昵之极也。主又降之，无乃有故乎？』赵孟曰：『黄池之役，先主与吴王有质⑥，曰：「好恶同之。」今越围吴，嗣子不废旧业而敌之⑦，非晋之所能及也，吾是以为降。』楚隆曰：『若使吴王知之，若何？』赵孟曰：『可乎？』隆曰：『请尝之。』乃往。

注释

①廪丘：齐地，位于今河南范县东。②艾：吴邑，位于今江西修水县西。③不忠者：反对与越国和好的人。说：解说。④丧食：服丧服间的饮食。⑤楚隆：赵孟家臣。⑥质：盟信。⑦嗣子：赵孟自指。

译文

二十年春，齐人前来集会。夏，在廪丘会见，这是为了郑国的缘故，策划攻打晋国。郑人向诸侯辞谢。秋，军队回国。

吴国的公子庆忌多次劝谏吴王，说：『如果继续这样，一定灭亡。』离开国都而住在艾地，又乘机去到楚国，庆忌听到越国准备进攻吴国的消息。冬，请求回国和越国讲和，想要除掉不忠的人来讨越国的欢心。吴人杀了庆忌。

十一月，越国围攻吴国，赵孟的饮食比服丧期间的饮食还要降等。楚隆说：『三年的丧礼，是表示亲人关系的顶点，现在您又降等，大概是另有缘故吧！』赵孟说：『黄池那一次盟会，先主和吴王有过誓言，说：「同好共恶。」现在越国包围吴国，继承人想不抛弃过去的誓言而帮助吴国，但又不是晋国力量所能达到的，我因此只能用饮食降等表达心意。』楚隆说：『假如让吴王知道，怎么样？』赵孟说：『行吗？』楚隆说：『请试一试。』于是就前往。

原文

先造于越军，曰：『吴犯间上国多矣，闻君亲讨焉，诸夏之人莫不欣喜，唯恐君志之不从。请人视之。』许之。告于吴王曰：『寡君之老无恤使陪臣隆，敢展谢其不共①！黄池之役，君之先臣志父得承齐盟②，曰：「好恶同之。」今君在难，无恤不敢惮劳，非晋国之所能及也，使陪臣敢展布之。』王拜稽首曰：『寡人不佞③，不能事越，以为大夫忧，拜命之辱。』与一箪珠④，使问赵孟⑤，曰：『勾践将生忧寡人，寡人死之不得矣。』王曰：『溺人必笑⑥，吾将有问也。史黯何以得为君子⑦？』对曰：『黯也进不见恶⑧，退无谤言。』王曰：『宜哉！』

注释

①展谢：致歉谢罪。②志父：即赵鞅。③不佞：不才，没有才能。④箪：竹编小盒。⑤问：赠送。⑥溺人必笑：快要淹死的人必然要笑一笑。⑦史黯：即史墨，晋臣。⑧进不见恶：在朝为官，不为人所厌恶。

译文

先到越军那里，说：『吴国触犯上国已经多次了，听说君王亲自出征，中原的人们莫不欢欣鼓舞，唯恐君王的意愿不能实现，请让我进去看看吴军的动静。』越王同意了，楚隆告诉吴王说：『寡君的老臣无恤派陪臣隆前来，谨为他的不恭而谢罪：黄池那一次结盟，君主的先臣志父得以参与盟会，盟誓说「同好共恶」。如今君王处在危难之中，无恤不敢畏惧辛劳，但又不是晋国力量所能达到的，谨派我向您报告。』吴王下拜磕头说：『寡人没有才能，不能事

仿古山水图　明·董其昌

此图采取两岸一水式平远构图。全画以中锋淡墨渴笔写山石林木，皴中带擦，笔法细劲，刚柔相济。巨松成双，穿插杂树屹于坡峦之上，画幅中间，亭子退居一旁，萧萧荒凉之气荡然无存，意境清新。虽题为仿古之作，但其深厚高超的艺术功力可见一斑。

奉越国，因而成为大夫的担忧，谨拜谢他的命令。』给了楚隆一小盒珍珠，让他送给赵孟，说：『勾践想要让我活着不好过，我是不得好死了。』又说：『快淹死的人必然强装笑颜，我还要问你呢，史黯为什么能成为君子？』楚隆回答说：『史黯这个人做官不被人厌恶，不做官不被人毁谤。』吴王说：『真是恰当啊！』

哀公二十一年

原文

二十一年夏五月，越人始来。

秋八月，公及齐侯、邾子盟于顾①。齐人责稽首，因歌之曰：『鲁人之皋②，数年不觉，使我高蹈③。唯其儒书④，以为二国忧。』

是行也，公先至于阳谷。齐间丘息曰：『君辱举玉趾，以在寡君之军⑤。群臣将传遽以告寡君⑥，比其复也，君无乃勤。为仆人之未次⑦，请除馆于舟道⑧。』辞曰：『敢勤仆人？』

注释

①顾：齐地，位于今河南范县东南。②皋：即浩倨，简略不恭。③高蹈：因怒而跳跃。④儒书：儒家之书。⑤在：存问，慰劳。⑥传遽：同义词连用，驿车。⑦未次：未准备好馆舍。⑧舟道：齐地名。

译文

二十一年夏季五月，越国头一次派遣使臣来到鲁国。

秋季八月，哀公和刘平公、邾子在顾地会见。齐国人又责备哀公十七年齐侯叩头，而哀公只是弯腰作揖那件事，并唱道：『鲁国人犯了过错，几年还不觉察，真使我们怒不可遏。只因为那宣扬礼的儒书，以致齐、鲁两国交恶。』

在这次会见中哀公先到了阳谷。齐大夫间丘息说：『有劳君王亲自前来慰问寡君的部队，我们群臣将迅速报告寡君。但等到他们回来时，君王恐怕就很疲困了。因为仆人们没有为君王清扫馆舍，就请在舟道收拾一个馆舍吧。』哀公致谢说：『岂敢有劳贵国的仆人？』

哀公二十二年

原文

二十二年夏四月，邾隐公自齐奔越，曰：『吴为无道，执父立子。』越人归之，大子革奔越。

冬十一月丁卯①，越灭吴，请使吴王居甬东②。辞曰：『孤老矣，焉能事君？』乃缢。越人以归③。

注释

①丁卯：二十七日。②甬东：即今浙江定海县东之翁山。③以归：以吴王之尸归越。

译文

二十二年夏季四月，邾隐公从齐国逃到了越国，他说：『吴国无道，抓了我这做父亲的却立了儿子。』越国人把他护送回去以后，太子革又逃亡到了越国。

冬季十一月二十七日，越国消灭了吴国，请求让吴王住到甬东。吴王致谢说：『我已经老了，怎么能还事奉君王呢？』随后便自缢而死。越国人把他的尸体送回了吴国。

哀公二十三年

原文

二十三年春，宋景曹卒①。季康子使冉有吊，且送葬，曰：『敝邑有社稷之事，使肥之有职竞焉②，是以不得助执绋，使求从舆人③。曰：「以肥之得备弥甥也④，有不腆先人之产马，使求荐诸夫人之宰，其可以称旌繁乎？」』

夏六月，晋荀瑶伐齐⑤。高无丕帅师御之。知伯视齐师，马骇，遂驱之，曰：『齐人知余旗，其谓余畏而反也。』及垒而还。

将战，长武子请卜⑥。知伯曰⑦：『君告于天子，而卜之以守龟于宗祧，吉矣。吾又何卜焉？且齐人取我英丘⑧，君命瑶，非敢耀武也，治英丘也。以辞伐罪足矣，何必卜？』

壬辰⑨，战于犁丘。齐师败绩，知伯亲禽颜庚⑩。

秋八月，叔青如越，始使越也。越诸鞅来聘，报叔青也。

注释

①景曹：宋元公夫人，景公之母。②肥：季康子名。职竞：事务繁忙。③求：冉有名。舆人：贱役，此指送葬推车的人。④弥甥：远房外孙。季桓子为宋景公之亲外甥，康子为桓子之子，与景公隔一代，称为弥甥。⑤荀瑶：荀跞之孙。⑥长武子：晋大夫。⑦知伯：即荀瑶，为荀跞之孙。⑧英丘：晋地名。⑨壬辰：二十六日。⑩颜庚：齐大夫颜涿聚。

译文

二十三年春，宋景公的母亲曹氏死了。季康子派冉有去慰问，并且送葬，说：『敝邑有国家大事，使肥事务繁忙，因此不能帮着送葬，特派求前来跟随在舆人之后，说：「由于肥是远房外孙，有不丰厚的先人的马匹，派求奉献在夫人的宰臣之前，也许能和夫人的马匹相配吧！」』

夏六月，晋国的荀瑶进攻齐国，高无邳领兵抵御。荀瑶观察齐军的虚实，马惊，就急忙驱马向前，说：『齐人已经看到我的旗帜，如果不上前去，恐怕要说我畏惧而回去了。』到达齐军的营里以后才回去。将要交战，长武子请求占卜。荀瑶说：『国君报告了天子，并且在宗庙里已经用龟甲占卜过，卦象吉利，我又占卜什么呢？而且齐人攻占了我们的英丘，国君命令瑶，不是敢于炫耀武力，而是为惩治齐国夺取英丘。用正当的理由攻打有罪者就足够了，何必占卜？』

二十六日，在犁丘交战，齐军大败。荀瑶亲自捉住颜庚。

秋八月，叔青到越国去，这是第一次出使越国。越国的诸鞅前来访问，这是回报叔青的出使。

哀公二十四年

原文

二十四年夏四月，晋侯将伐齐，使来乞师，曰：「昔臧文仲以楚师伐齐，取谷。宣叔以晋师伐齐，取汶阳。寡君欲徼福于周公，愿乞灵于臧氏[①]。」臧石帅师会之，取廪丘。军吏令缮[②]，将进。莱章曰[③]：「君卑政暴，往岁克敌，今又胜都[④]。天奉多矣，又焉能进？是躗言也[⑤]。役将班矣！」晋师乃还，饩臧石牛[⑥]。大史谢之[⑦]，曰：「以寡君之在行，牢礼不度[⑧]，敢展谢之。」

邾子又无道，越人执之以归，而立公子何[⑨]。何亦无道。

注释

①灵：福，威灵。②令缮：下令修治好作战用品。③莱章：齐大夫。④都：大邑，即廪丘。⑤躗言：大话。⑥饩臧石牛：用活牛慰劳臧石。⑦大史：晋太史。⑧不度：不合礼仪标准。⑨何：太子革之弟。

译文

二十四年夏季四月，晋出公准备进攻齐国，派使者来鲁国乞求出兵。晋国使者说：「从前贵国的臧文仲率领楚军攻打齐国，占领了谷地，臧宣叔率领晋国军队攻打齐国，攻取了汶阳。寡君希望能求得周公的保佑，请求使臧氏率军为我军助战。」于是臧石率领军队和晋军会合，攻下了廪丘。晋国的军吏下令准备好作战用品，将要发起攻击。齐国大夫莱章说：「晋君权力卑弱却滥施暴政，去年打败了我们齐军，如今又攻克了廪丘，上天给他们的保佑已经太多了，他们怎么还能前进呢？这只是在说大话而已。肯定就要班师回去了。」果然晋军不久就撤退了，并送给臧石一头活牛以犒劳鲁军，太史向臧石道歉说：「因为寡君也在军中，所以慰劳贵军的牲口不能达到规定的标准，特此表示歉意，请多多原谅。』

郝隐公回国之后，仍然暴虐无道，于是越国人又把他捉回越国，立了公子何为郝君。但公子何也同样暴虐无道。

原文

公子荆之母嬖①，将以为夫人，使宗人衅夏献其礼②。对曰：『无之。』公怒曰：『女为宗司，立夫人，国之大礼也，何故无之？』对曰：『周公及武公娶于薛，孝、惠娶于商，自桓以下娶于齐，此礼也则有。若以妾为夫人，则固无其礼也。』公卒立之，而以荆为大子，国人始恶之。

闰月③，公如越，得大子适郢④。将妻公，而多与之地。公孙有山使告于季孙，季孙惧，使因大宰嚭而纳赂焉，乃止。

注释

①公子荆：鲁哀公庶子。②宗人：官名，掌宗室礼仪。③闰月：闰十月。④得：相得，相亲悦。

译文

哀公庶子公子荆的母亲受到宠爱，哀公准备立她为夫人，便让主管宗祀之礼的衅夏呈上策立夫人的礼仪。衅夏说：『没有这种礼仪。』哀公气愤地说：『你身为掌管宗祀之礼的官员，立夫人是国家大礼，怎么会没有这种礼仪呢？』衅夏回答说：『周公和武公从薛国娶妻，孝公和惠公从宋国娶妻，自桓公以下都从齐国娶妻，这些礼仪都有。如果将妾立为夫人，那么本来就没有这种礼仪。』但哀公最终还是把公子荆的母亲立为夫人，并立公子荆为太子，从此国内的人们对哀公心存厌恶。

闰月，哀公到越国访问，和越国的太子适郢共处很好，适郢准备把女儿嫁给哀公，而且还要送给鲁国很多土地。公孙有山得知此事以后，迅速告诉了季孙。季孙担心哀公依仗越人讨伐自己，便派人通过吴国太宰伯嚭从中阻挠，并送给伯嚭许多礼物。这样，越国才取消了嫁女给哀公的决定。

云山幽趣图　明·陈继儒

此图仿巨然笔意，画茂树浓荫又疏林淡影，间以屋舍小桥，而浓淡烟云悠然于山谷之间。全幅风格空远清逸，略近米家山水，结构谨严，意境清新，富有层次变化感。

哀公二十五年

原文

二十五年夏五月庚辰①，卫侯出奔宋。

卫侯为灵台于藉圃，与诸大夫饮酒焉。褚师声子袜而登席②。公怒。辞曰：『臣有疾，异于人。若见之，君将殻之③。是以不敢。』公愈怒。大夫辞之，不可。褚师出，公戟其手④，曰：『必断而足。』闻之，褚师与司寇亥乘，曰：『今日幸而后亡⑤。』

公之入也，夺南氏邑⑥，而夺司寇亥政。公使侍人纳公文懿子之车于池。初，卫人翦夏丁氏，以其帑赐彭封弥子⑦。弥子饮公酒，纳夏戊之女，嬖，以为夫人。其弟期⑧，大叔疾之从孙甥也⑨，少畜于公，以为司徒。夫人宠衰，期得罪。公使三匠久。公使优狡盟拳弥⑩，而甚近信之。故褚师比、公孙弥牟、公文要、司寇亥、司徒期因三匠与拳弥以作乱，皆执利兵，无者执斤⑪。使拳弥入于公宫，而自大子疾之宫噪以攻公。鄄子士请御之⑫。弥援其手，曰：『子则勇矣，将若君何？不见先君乎⑬？君何所不逞欲⑭？且君尝在外矣，岂必不反。当今不可，众怒难犯，休而易间也。』乃出。将适蒲⑮，弥曰：『晋无信，不可。』将适鄄⑯，弥曰：『齐、晋争我，不可。』将适泠⑰，弥曰：『鲁不足与，请适城鉏以钩越⑱，越有君。』乃适城鉏。弥曰：『卫盗不可知也，请速，自我始。』乃载宝以归。

注释

①庚辰：二十五日。②袜：穿着袜子。穿袜入席为不恭。③殻：呕吐。④戟其手：以手叉腰作戟形，为人发怒时一种常见姿态。⑤幸而后亡：出逃不被断足算是幸运。⑥南氏：即公孙弥牟。⑦彭封弥子：即弥子瑕。⑧期：夏戊之子。因其姊得宠而做了司徒之官。⑨从孙甥：姊妹之孙，即从外孙。⑩优狡：优人，名狡。拳弥：卫大夫。⑪斤：斧

头。⑫鄄子士：卫大夫。⑬先君：指蒯聩。⑭逞欲：快意。⑮蒲：地名，位于今河南长垣县东。⑯鄄：位于今山东鄄城西北。⑰泠：近鲁邑。⑱城鉏：位于今河南滑县东。钩越：与越国联络。

译文

二十五年夏天，五月二十五日，卫出公逃亡到了宋国。

当初，卫出公曾在藉田的园圃修筑了灵台，并和大夫们在台上饮宴。褚师比竟然穿着袜子入了席，出公因而大怒。褚师比辩解说：『臣有脚病，与别人不一样，如果让君王先看到，肯定会呕吐，所以不敢脱下袜子。』出公更加愤怒，大夫们也都为褚师比开脱，出公还是不肯原谅，褚师比退出来后，出公仍然两手叉腰怒气冲冲地说：『我一定要砍断你的脚！』褚师比听到这话后，就和司寇亥同坐一辆车逃了出来。他说：『今日侥幸免于一死。』

出公刚回到国内时，就剥夺了公孙弥牟的封邑，并且夺取了司寇亥手中的权力。出公还派侍从把公文懿子的车子推到池塘里。从前，卫国人攻占了夏戊，把夏戊的家产赐给了彭封弥子。弥子请出公喝酒，把夏戊女儿送给了出公，出公很宠爱她，把她立为夫人。夫人的弟弟期是太叔疾的从外甥，从小在公室长大，被出公拜为司徒。夫人的宠爱日渐衰减，夏期也因此而得罪了出公。另外出公让三种匠人干活，长时间不让他们歇息。他还让伶人狡和大夫拳弥结盟，以羞辱拳弥，但又很宠信他。于是褚师比、公孙弥牟、公文懿子、司寇亥和司徒期便联合起来依靠三种匠人和拳弥在宫里做内应发动了叛变，他们都拿着锋利的武器，没有武器的就拿斧子。然后让拳弥进入公宫，而褚师比等人则从太子疾的宫中喊着要攻打出公。卫大夫鄄子士要求派人抵抗褚师比等人，拳弥则拉住他的手说：『你虽然勇敢，但如果战死，还有谁来保护君王呢？你居然忘了先君庄公未及时出走的结果吗？君王逃到哪里不能满足自己的欲望呢？再说君王也曾经在外边流亡过，怎么就能保证他不会东山再起？目前局势紧急，不能抵抗这些叛乱之人，众怒难以触犯。要在叛乱平息之后才能慢慢对付他们。』于是出公便逃亡了。他准备到靠近晋国的蒲地去，拳弥说：『晋国不守信用，不能到那里去。』于是准备到靠近齐国的鄄地去，拳弥又说：『齐、晋两国刚刚争夺我国，不能到那里去。』又打算到靠近鲁国的泠地去。拳弥说：『鲁国不足以依靠。请君王到城钼去，以联络越国。越国的君王很有能力。』于是出公便决定潜逃到城钼去。拳弥准备欺骗出公说：『不知卫国的叛贼是否会来袭击您，请君王立即上路，我在前面开路。』拳弥便装上出公携带的宝物绕一圈然后又返回了国内。

原文

公为支离之卒①，因祝史挥以侵卫。卫人病之。懿子知之，见子之②，请逐挥。文子曰：『无罪。』懿子曰：『彼好专利而妄③，夫见君之入也，将先道焉④。若逐之，必出于南门而适君所。夫越新得诸侯，将必请师焉。』挥在朝，使吏遣诸其室。挥出，信⑤，弗内。五日，乃馆诸外里⑥，遂有宠，使如越请师。

六月，公至自越。季康子、孟武伯逆于五梧⑦。郭重仆，见二子，曰：『恶言多矣，君请尽之。』公宴于五梧，武伯为祝，恶郭重，曰：『何肥也！』季孙曰：『请饮彘也⑧！以鲁国之密迩仇雠⑨，臣是以不获从君，克免于大行，又谓重也肥。』公曰：『是食言多矣⑩，能无肥乎？』饮酒不乐。公与大夫始有恶。

注释

①支离之卒：支离，分散，把大队分散成许多小股。②子之：即公孙弥牟。③专利而妄：专横好利而胆大妄为。④道：引导。⑤信：住两晚。⑥外里：卫侯驻地，在成钼附近。⑦五梧：鲁国南部边邑。⑧彘：孟武伯名。⑨密迩：靠得很近。仇雠：指齐国。⑩食言多：一语双关，表面是说郭重，实质是指责三桓。

译文

出公到城钼以后，设置了一种名为支离的步兵阵法，通过祝史挥作为内应攻打卫国，卫国人深感忧虑。公文懿子知道挥是出公的内应，便去见公孙弥牟，请求赶走挥。公孙弥牟说：『挥并没有罪啊。』公文懿子说：『他一向喜欢专权夺利不守法度，如果他想到君王有回来的可能，就一定会前去充当向导。如果驱赶他，他一定从南门出去，逃到君王那里。越国新近得到诸侯的拥护，他们一定会请求越国出兵协助的。』当时挥正在上朝，等到他下朝返回家里，公孙弥牟就派人把他赶走了。挥出城以后，在外待了两晚上，准备再回到城内，但没有让他进来。五天之后，他便到了出公所在的外里，并立即得到出公的宠信，出公派他到越国请求救兵。

六月，哀公从越国回来，季康子、孟孺子来到五梧迎接。当时郭重为哀公驾车，他先见到季康子和孟孺子，然后在哀公面前诬陷他们说：『这两个人说了君王很多坏话，请君王当面指责他们。』哀公在五梧设宴，孟孺子向哀公祝酒，因为他讨厌郭重，就故意讽刺他：『你为什么这么肥胖呢？』季康子马上接过来说：『请罚武伯一杯酒！因为鲁国紧邻仇敌之国，臣因此而不能跟随君王一同前往，从而免于长途跋涉，但武伯却问尝尽艰辛的郭重为什么吃得这么肥胖？』哀公指桑骂槐地说：『他是光说大话不办实事，能不胖吗？』因此大家虽然喝酒但并不痛快，于是哀公和大夫们心里有了隔阂。

哀公二十六年

原文

二十六年夏五月，叔孙舒帅师会越皋如、后庸、宋乐筏，纳卫侯，文子欲纳之。懿子曰：『君愎而虐，少待之，必毒于民，乃睦于子矣。』师侵外州，大获。出御之，大败。掘褚师定子之墓①，焚之于平庄之上②。

文子使王孙齐私于皋如③，曰：『子将大灭卫乎，抑纳君而已乎？』皋如曰：『寡君之命无他，纳卫君而已。』文子致众而问焉，曰：『君以蛮夷伐国，国几亡矣。请纳之。』众曰：『勿纳。』曰：『弥牟亡而有益，请自北门出。』众曰：『勿出。』重赂越人，申开守陴而纳公④，公不敢入。师还，立悼公。南氏相之。以城鉏与越人。公曰：『期则为此⑤。』令苟有怨于夫人者⑥，报之。司徒期聘于越，公攻而夺之币。期告王，王命取之。期以众取之。公怒，杀期之甥之为大子者。遂卒于越。

注释

①褚师定子：褚师比之父。②平庄：陵墓名。③皋如：越国大臣。④申开守陴：郭门、城门、城上女墙、内门都一齐大开。⑤期：司徒期。⑥夫人：司徒期之姊。

译文

二十六年夏五月，叔孙舒领兵会同越国的皋如、舌庸、宋国的乐茷送回卫侯，公孙弥牟准备接纳。懿子说：『国君刚愎而暴虐，稍等一些时候，必然毒害百姓，百姓就跟您和顺了。』联军侵袭外州，大肆劫掠。卫军出去抵抗，大败。卫侯发掘褚师定子的坟墓，把他的尸首在平庄之上放火毁掉了。

公孙弥牟派王孙齐私下去见皋如，说：『您是准备大举灭亡卫国呢，还是把国君送回来就算了呢？』皋如说：

『寡君的命令没有别的，只是把卫君送回来就算了。』公孙弥牟会合大家征求意见，说：『国君带着蛮夷来攻打国家，国家差一点灭亡了，请接纳他。』大家说：『不要接纳。』公孙弥牟说：『如果我逃亡对大家有好处，请让我于北门出去逃亡。』大家说：『不要出去。』公孙弥牟重重地贿赂越人，大开城门接纳卫侯，卫侯不敢进城。联军退兵。卫国奉立了悼公，南氏辅助他，把城鉏让给了越国人。卫侯说：『这次叛乱是期干的。』命令如果对夫人有怨的可以报复。司徒期到越国聘问，卫侯攻打他并且抢走了财礼。司徒期报告越王，越王命令取回来，司徒期带了一批人又把宝物夺取了回来。卫侯发怒，杀死了太子，太子是司徒欺的外甥，卫侯也就丧生在越国。

原文

宋景公无子，取公孙周之子得与启，畜诸公宫，未有立焉。于是皇缓为右师，皇非我为大司马，皇怀为司徒，灵不缓为左师，乐筏为司城，乐朱鉏为大司寇。六卿三族降听政①，因大尹以达。大尹常不告，而以其欲称君命以令。国人恶之。司城欲去大尹，左师曰：『纵之，使盈其罪。重而无基，能无敝乎②？』

冬十月，公游于空泽③。辛巳④，卒于连中⑤。大尹兴空泽之士千甲⑥，奉公自空桐入，如沃宫⑦。使召六子⑧，曰：『闻下有师⑨，君请六子画⑩。』六子至，以甲劫之，曰：『君有疾病，请二三子盟。』乃盟于少寝之庭，曰：『无为公室不利。』大尹立启，奉丧殡于大宫⑪。三日，而后国人知之。司城筏使宣言于国曰：『大尹惑蛊其君而专其利，今君无疾而死，死又匿之，是无他矣，大尹之罪也。』

得梦启北首而寝于卢门之外⑫，己为乌而集于其上，咮加于南门⑬，尾加于桐门⑭。曰：『余梦美，必立。』

注释

①六卿三族降听政：六卿指右师、左师、司马、司徒、司城、司寇。三族指皇、灵、乐。降听政，共同听政。

②敝：败。③空泽：位于今河南虞城县南。④辛巳：初四日。⑤连中：馆名。⑥千甲：甲士千人。⑦沃宫：宋都内宫名。⑧六子：六卿。⑨下：下邑。闻下有师：闻听下邑有敌军到来。⑩画：谋划对策。⑪大宫：宋国祖庙。⑫北首：头朝北，死象。卢门：宋国东门。⑬咮：鸟嘴。⑭桐门：北门。

译文

宋景公没有后代，要来了公孙周的儿子得和启养在公宫里，还没有策立继承人。当时皇缓做右师，皇非我做大司马，皇怀做司徒，灵不缓做左师，乐茷做司城，乐朱鉏做大司寇，六卿三族共同听取政事，通过大尹上达。大尹常常不向宋景公报告，而依据自己的意图假称君命来发号施令。国内的人们讨厌他。司城想要除掉大尹，左师说：『让他去，让他恶贯满盈。权势重而没有基础，能够不败吗？』

冬十月，宋景公在空泽郊游。初四那天，死在连中。大尹出动空泽的甲士一千人，奉着宋景公的尸体从空桐进入沃宫，派人召来六卿，说：『听说下邑有战事，国君请六卿一起谋划。』六卿到达以后，就用甲士威胁他们说：『国君有重病，请诸位盟誓。』就在小寝的院子里发誓，说：『不做对公室不利的事！』大尹立了启，奉着棺材安放在祖庙里，三天以后国内的人们才明白这件事。司城鉏派人在国内宣布说：『大尹迷惑他的国君，独断好利，现在国君没有生病就死了，死了以后又隐瞒死讯，这没有别的好说了，就是大尹的恶行。』

得梦见启头冲北睡在卢门之外，自己化作大乌鸦栖止在它上面，嘴巴搁在南门上，尾巴搁在北门上。醒来以后说：『我的梦很好，一定立为国君。』

原文

大尹谋曰：『我不在盟，无乃逐我，复盟之乎！』使祝为载书。六子在唐盂，将盟之。祝襄以载书告皇非我，皇

非我因子潞[1]、门尹得[2]、左师谋曰：『民与我，逐之乎！』皆归授甲，使徇于国曰：『大尹惑蛊其君，以陵虐公室。与我者，救君者也。』众曰：『与之。』大尹徇曰：『戴氏、皇氏将不利公室，与我者，无忧不富。』众曰：『无别。』戴氏、皇氏欲伐公[3]，乐得曰：『不可。彼以陵公有罪，我伐公，则甚焉。』使国人施于大尹[4]，大尹奉启以奔楚，乃立得，司城为上卿。盟曰：『三族共政，无相害也。』

卫出公自城鉏使以弓问子赣，且曰：『吾其入乎？』子赣稽首受弓，对曰：『臣不识也。』私于使者曰：『昔成公孙于陈[5]，宁武子、孙庄子为宛濮之盟而君入。献公孙于齐，子鲜、子展为夷仪之盟而君入。今君再在孙矣[6]，内不闻献之亲，外不闻成之卿，则赐不识所由入也。《诗》曰：「无竞惟人[7]，四方其顺之。」若得其人，四方以为主，而国于何有？』

注释

①子潞：即乐茷。②门尹得：即乐得，任门尹之职。③公：指大尹所立的新君启。④施：施加，加给。⑤孙：同『逊』，本国的君主或夫人出逃他国，称为『逊』。⑥再在孙：指卫出公十三年逃亡鲁国，今又逃亡宋国。⑦无竞惟人：竞，强也。意为没有别的强，只有得贤人强。

译文

大尹和别人商量说：『我没有参加盟誓，恐怕会赶走我吧！再跟他们盟誓吧！』让太祝制作盟书。六卿正在唐盂，打算与他盟誓。太祝襄把盟书的内容告诉皇非我。皇非我依靠乐茷、门尹得、左师策划说：『百姓归顺我们，把他赶走吧！』于是都回去把武装分发给自己的人，让他们在国都内巡行宣布说：『大尹迷惑他的国君，欺压虐待公室，亲附我们的人，就是救援国君的人。』大家说：『支持你们！』大尹于是巡行宣布说：『戴氏、皇氏妄图对公室不利，亲附我的，不要担心不发财。』大家说：『你和别人没有什么不一样！』戴氏、皇氏想要攻打启，乐得说：『不行。他因为欺公有罪；我如果出兵攻打，罪过就更大了。』让国内的人们把罪过算在大尹身上，大尹事奉启逃遁到楚国，于是就立得为国君。司城做了上卿，盟誓说：『三族共同掌握国政，不要彼此伤害！』

卫出公从城鉏派人拿一张弓赠送子贡，而且说：『我能回国吗？』子贡叩头受弓，回答说：『我不懂得。』私下对使者说：『从前成公躲避于陈国，宁武子、孙庄子在濮宛结盟然后国君回国。献公逃避在齐国，子鲜、子展在夷仪结盟然后国君回国。现在国君再次避居在外，内部没有听说有像献公时期的亲信，外部没有听到有像成公时代的大臣，那么子贡就不懂得依靠什么回国了。《诗》说：「得到人才能够强大，四方将会顺服。」如果得到这样的人，四方把他视为主人，取得国家又有什么困难？』

哀公二十七年

原文

二十七年春，越子使舌庸来聘，且言邾田，封于骀上①。

二月，盟于平阳②。三子皆从③。康子病之④，言及子赣，曰：『若在此，吾不及此夫。』武伯曰：『然。何不召？』曰：『固将召之。』文子曰：『他日请念。』

夏四月己亥⑤，季康子卒。公吊焉，降礼⑥。

注释

①骀上：即狐骀，位于今山东滕县东南。②平阳：位于今山东邹县。③三子：指季康子、叔孙文子、孟武伯。④病之：以盟为耻。⑤己亥：二十五日。⑥降礼：哀公对季康子怨恨已久，故吊丧时，降低等级，不备礼数。

译文

二十七年春季，越王派遣舌庸来到鲁国聘问，同时谈及到了鲁国侵占邾国的土地一事，并决定以骀上作为鲁、邾两国的边境。

二月，两国在平阳结盟。当时季康子、叔孙文子、孟孺子都跟随哀公前去了。季康子对鲁国君王和三位重臣竟和蛮夷之国的一个大臣结盟感到耻辱。说起子贡时，他说：『如果子贡在这里，我们就不会和越国结盟。』孟孺子说：『对。那怎么不把子贡找来？』季康子说：『本来是打算让他来的。』叔孙文子说：『在这个关头，您倒是想起人家来了，但愿以后也能想起他。』

夏季四月二十五日，季康子死去了。哀公前往吊唁，但使用的礼仪降低了一级。

原文

晋荀瑶帅师伐郑，次于桐丘①。郑驷弘请救于齐。齐师将兴，陈成子属孤子②，三日朝。设乘车两马，系五邑焉③。召颜涿聚之子晋④，曰：『隰之役，而父死焉。以国之多难，未女恤也。今君命女以是邑也，服车而朝，毋废前劳。』乃救郑。及留舒⑤，违谷七里，谷人不知。及濮，雨，不涉。子思曰⑥：『大国在敝邑之宇下⑦，是以告急。今师不行，恐无及也。』成子衣制⑧，杖戈，立于阪上，马不出者，助之鞭之。知伯闻之，乃还，曰：『我卜伐郑，不卜敌齐。』使谓成子曰：『大夫陈子，陈之自出。陈之不祀，郑之罪也。故寡君使瑶察陈衷焉。谓大夫其恤陈乎？若利本之颠，瑶何有焉？』成子怒曰：『多陵人者皆不在⑨，知伯其能久乎？』

中行文子告成子曰⑩：『有自晋师告寅者，将为轻车千乘，以厌齐师之门，则可尽也。』成子曰：『寡君命恒曰：「无及寡⑪，无畏众。」虽过千乘，敢辟之乎？将以子之命告寡君。』文子曰：『吾乃今知所以亡。君子之谋也，始衷终皆举之⑫，而后入焉⑬。今我三不知而入之，不亦难乎？』

注释

①桐丘：位于今河南扶沟县西。②属孤子：集合为国战死者的儿子。属：会见。③系五邑：将策书放在五个袋子里。邑，即裹，书囊。④颜涿聚：即颜庚。⑤留舒：位于今山东东阿县旧治东北。⑥子思：郑子产之子国参。⑦大国：指晋。⑧衣制：穿着雨衣。⑨不在：没有好结果。⑩中行文子：荀寅，曾为晋执政之卿，此时奔在齐。⑪及：打击。无及寡：不追击少量敌军。⑫举：谋。⑬入：上告而实行。

译文

晋国的荀瑶领兵攻打郑国，军队停留在桐丘。郑国的子般到齐国请求救兵。齐军打算出发时，陈常把以前战死沙场的将领们的儿子召集起来，用三天时间接见了他们。当时旁边放着一辆由两匹马拉着的车子，车上有五个口袋，口袋中各自装着策书。陈常召见颜涿聚的儿子晋，对他说：『隰地之战中你的父亲壮烈殉国。因为国家多灾多难，所以没有给你以更多的恩赐。现在君王把这座城邑封给你，你赶快乘这辆车去朝见，以免埋没了你父亲的功劳。』然后齐军便出发救郑。跨过留舒，过了谷地七里之后，谷地人还没有察觉。赶到濮地时，遇到大雨，军队不愿渡河。子思对齐军说：『晋国已经来到我国的屋檐底下，所以我们才向贵国求救。现在军队停滞不前，恐怕就来不及了。』陈常穿上雨衣手拿长戈当作拐杖，站在坡地上，只要战马不肯向前的，就亲自拉马或用戈打马。荀瑶得知这一消息以后，就决定收兵回国。他说：『我只占卜了攻打郑国，并没有占卜要和齐军决战。』并派人对陈常说：『陈大夫您出身陈国，陈国之所以遭到灭亡，就是由于郑国引起的，所以寡君派我前来了解陈国灭亡的原因。我想问问阁下，难道您就根本不关心陈国的命运吗？假如您忘了自己的祖国，并要通过陈国的灭亡来获得私利，我还操这个心干什么？』陈常生气地说：『经常欺压别人的人必然没有好结果。荀瑶难道能永远得志吗？』

逃到齐国的荀寅对陈常说：『有人从晋军中告诉我，他们准备使用一千辆轻型战车攻打齐军的营门，这样就很可能会使齐军全军覆没。』陈常说：『寡君曾告诫我：「不要攻击小股敌人，更不要害怕大批敌人。」即使晋军战车超过一千辆，我也不会逃避。我将把您的话转告寡君。』荀寅感叹地说：『现在我才知道自己为什么会逃亡在外了。君子计划一件事，一定要对开始、发展和结局都仔细考虑周全，才能向君王报告。现在我对这三点都没有考虑周全就盲目地报告了，怎么能不遭受挫折呢？』

原文

公患三桓之侈也①，欲以诸侯去之。三桓亦患公之妄也，故君臣多间②。公游于陵阪，遇孟武伯于孟氏之衢③，

曰：『请有问于子，余及死乎？』对曰：『臣无由知之。』三问，卒辞不对。公欲以越伐鲁而去三桓，秋八月甲戌，公如公孙有陉氏，因孙于邾④，乃遂如越。国人施公孙有山氏。

悼之四年⑤，晋荀瑶帅师围郑，未至，郑驷弘曰：『知伯愎而好胜，早下之，则可行也。』乃先保南里以待之。知伯入南里，门于桔柣之门⑥。郑人俘酅魁垒⑦，赂之以知政⑧，闭其口而死。将门，知伯谓赵孟：『入之！』对曰：『主在此。』知伯曰：『恶而无勇，何以为子？』对曰：『以能忍耻，庶无害赵宗乎！』知伯不悛，赵襄子由是惎知伯⑨，遂丧之。知伯贪而愎，故韩、魏反而丧之。

注释

①侈：猖狂、放肆。②间：间隙，矛盾。③衢：邑中大路。④孙：逃遁。⑤悼：鲁悼公，哀公的儿子。名宁。⑥门于桔柣之门：第一个『门』字做动词用，攻门。⑦酅魁垒：晋国将领。⑧知政：掌政。指做卿。⑨惎：忌恨。赵襄子：即赵孟。

译文

哀公对叔孙、季孙、孟孙三家的威胁感到头痛，便准备依靠诸侯把他们消灭掉。这三家也对哀公的狂妄昏乱感到焦虑，因此君臣之间的隔阂越来越严重。有一次，哀公在陵阪游玩，在孟氏之衢遇到孟武伯，便对他说：『我想请教阁下，我能得以善终吗？』孟武伯回答说：『我无可奉告。』哀公一连问了三次，武伯一直不回答。哀公准备利用越国攻打鲁国来除掉孟氏等三族。秋季八月一日，哀公到了公孙有陉家，乘机悄悄地逃到邾国，之后从邾国到了越国。国内的人都加罪于公孙有陉氏。

鲁悼公四年，晋国的荀瑶率领军队攻打郑国，还没有到达郑国时，郑国的子般说：『荀瑶刚愎自用而又急于求胜，不如趁早向他投降，以便让他早点撤回军队。』因此就先到南里守护，以守候晋军的到来。荀瑶到了南里，攻打桔秩之门，结果郑国人俘虏了酅魁垒。并且以让他做郑国的卿来引诱他，他没有答应，郑国人便塞住嘴将他杀害。晋军正准备攻打城门时，荀瑶对赵无恤说：『你进去吧！』赵无恤说：『有主帅在此，我怎敢先进去呢？』荀瑶讽刺赵无恤：『你丑陋而又缺乏勇气，赵家为什么把你立为接班人呢？』赵无恤回答说：『因为我能忍气吞声，也许这样才不致招来祸患吧！』荀瑶并不因此而有所收敛，赵无恤从此开始忌恨荀瑶。不久荀瑶便率领韩、魏军队围攻赵无恤，企图把他灭掉。但由于荀瑶一向贪婪而刚愎自用，因此韩、魏反而和赵无恤联盟起来将荀瑶灭亡了。

山居闲眺图　明·赵左

图中山峦云雾，飞泉溪流，长松古木，小桥曲径，楼阁屋舍，景致幽美。书斋内一高士临窗闲眺，神情自若。山石以长披麻皴略带荷叶皴反复皴染，下笔轻淡，风神洒脱，得元人的静逸。树干用双勾，笔迹纤细，顿挫有力，造形逼真，足见其功力之深。